Schatten im Wasser

STEFANIE GERCKE
Schatten im Wasser

ROMAN

Weltbild

Besuchen Sie uns im Internet:
www.weltbild.de

Genehmigte Lizenzausgabe für Verlagsgruppe Weltbild GmbH,
Steinerne Furt, 86167 Augsburg
Copyright der Originalausgabe © 2004 by Stefanie Gercke
Deutsche Erstausgabe im Wilhelm Heyne Verlag, München
in der Verlagsgruppe Random House GmbH
Umschlaggestaltung: Atelier Seidel, Neuötting
Umschlagmotiv: ZEFA, Düsseldorf
(© masterfile / Gloria H. Chomica)
Gesamtherstellung: TSB, 06721 Schleinitz
Printed in Germany
ISBN 3-8289-7800-2

2008   2007   2006   2005
Die letzte Jahreszahl gibt die aktuelle Lizenzausgabe an.

Der Anfang

Der Mann am Ruder des Schoners richtete seinen Kurs auf einen Fixstern aus, summte dabei munter vor sich hin und dachte an seine Frau und die Kinder in Deutschland, träumte davon, sie wenigstens im nächsten Jahr wiederzusehen. Die zarten Wolkenschleier, die jetzt hinter ihm von Süden aufzogen und sich zu violettschwarzen Sturmwolken verdichteten, sah er nicht.

Der Wind an dieser verführerisch schönen Küste war ein tückischer Geselle. In dieser Nacht im November 1844 kam er aus dem glühenden Norden Moçambiques, strich um das Schiff herum, versetzte ihm einen spielerischen Stoß und rüttelte frech an der Takelage, ehe er sich duckte und eine Verschnaufpause einlegte. Das Ruder bockte unter den Händen des Steuermanns. Argwöhnisch spähte er vor sich in die mondlose Finsternis. Doch keine Wolke verdeckte den funkelnden Sternenhimmel, und das Meer atmete leise. Der Mann entspannte sich und korrigierte seinen Kurs ein wenig. Geräuschlos glitt das Schiff dahin. Alles war ruhig. Die Stunden bis zum Tagesanbruch versprachen friedlich zu werden.

Nun regte der Wind sich wieder, hüpfte übers Wasser, schlug ein paar sahnige Schaumköpfe, während er die Küste nach Süden hinunterfegte, und legte sich hinter dem Wolkenberg auf die Lauer. Er atmete tief ein und pumpte sich auf. Von Minute zu Minute gewann er an Kraft, und dann machte er sich auf den Weg. Mit furioser Stärke stürmte er übers Meer und warf sich auf das Schiff. Die Segel blähten sich mit einem Knall, der Schoner legte sich hart backbords, und dem Steuermann lief jählings das Ruder aus der Hand. Er fluchte und griff nach, konnte es aber nicht halten. Das Schiff torkelte, und unter Deck wurde Johann Steinach, der Kapitän, gegen die Wand seiner Koje geworfen.

Er sprang von der Seegrasmatratze, bevor er richtig wach war, und Sekunden später stand er neben seinem Rudergänger und stemmte sich mit ihm gegen das Rad, wobei auch er einen stetigen Strom heftigster Flüche von virtuoser Farbigkeit ausstieß.

Schwerfällig reagierte der Segler und schwang langsam wieder auf Kurs. Der Rest der Mannschaft, sechs verwegen aussehende Burschen, polterte den Niedergang hoch.

»Hängt euch ans Ruder«, brüllte Johann Steinach die beiden größten an. Sie gehorchten, und mit ihrem Gewicht gelang es ihm, das Ruder herumzuwuchten und Kurs aufs offene Meer zu nehmen. Er atmete durch. Seine größte Angst war, in die starke Strömung zu geraten, die direkt unter Land nach Norden lief, und auf die berüchtigten Unterwasserriffe Natals gedrückt zu werden.

»Alles sturmklar machen, refft die Segel!«, befahl er, und die vier übrigen Männer schwärmten aus.

Doch so schnell, wie er es noch nie vorher erlebt hatte, blies sich der Wind zur Orkanstärke auf. Die Wellen wurden steiler und gewaltig, sie warfen das Schiff herum wie eine Nussschale. Sein Schreien und Ächzen trafen Johann Steinach ins Herz, aber blankes Entsetzen überfiel ihn, als er die Riesenfaust der mächtigen Nordströmung spürte, die den Segler mit rasender Geschwindigkeit mit sich zog. Böen, härter als Hammerschläge, trafen es und trieben es immer näher an die steinerne Barriere. Zusammen mit dem Steuermann kämpfte er wie ein Berserker. Sein Schiff war alles, was er in diesem Leben sein Eigen nannte.

Der Orkan heulte auf und knickte den Hauptmast wie einen dürren Zweig. Der krachte aufs Deck, zerstörte das Ruder und schleuderte den Steuermann und die beiden Matrosen, die sich noch an dem Rad festklammerten, in die tobende See. Johann hatte Glück. Er landete auf den Planken, wurde vom schäumenden Wasser mitgerissen. Seine Nägel kratzten übers Holz, splitterten, fanden keinen Halt, aber er blieb in der Reling hängen. Gleichzeitig hob eine riesige Woge den manövrierunfähigen Segler hoch, bis Bug und Heck frei hingen, und dann ging es in halsbrecherischer Fahrt die haushohe Wasserwand hinunter geradewegs in die Hölle.

Johann stürzte brüllend über das senkrecht stehende Deck hinab ins Meer. Fässer, losgerissene Planken, Taue, Eisenhaken prasselten auf ihn herunter und drückten ihn unter Wasser, Strudel zogen ihn in die Tiefe, wirbelten ihn um und um, bis er das Gefühl für sich verlor, nicht mehr wusste, wo oben und unten war.

Man sagt, dass der Mensch in seinen letzten Minuten sein Leben an sich vorbeiziehen sieht und an seine Liebsten denkt. Johann aber war nur wütend auf sich selbst, dass er, getreu dem alten Seemannsbrauch, nie schwimmen gelernt hatte. Welch hanebüchener Unsinn war es, zu glauben, dass der Wassertod ein schneller und angenehmer war, kämpfte man nicht dagegen, sondern ließ ihn geschehen. Rotes Feuerwerk explodierte hinter seinen Augen, seine Lungen wollten schier platzen, bis er endlich in einem Wellental auftauchte und krampfhaft nach Luft schnappte. Aber schon baute sich der nächste Wasserberg über ihm auf. Und wieder schmetterte ein Brecher ihn bis auf den Meeresboden, schurrte ihn über den Sand, zog ihm die Haut in Fetzen herunter und spuckte ihn wieder aus. Als sein Kopf die Wasseroberfläche durchbrach, sah er, dass sich am fernen Horizont der erste rosafarbene Schimmer des neuen Tages zeigte, und nun sah er auch, dass er nur noch einen Steinwurf vom Riff entfernt war.

Bevor er sich wehren konnte, erfasste ihn die Brandung und warf ihn auf die Felsen. Er packte zu, direkt, wie es ihm schien, in Millionen aufgestellter Messer. Er brüllte vor Schmerz und ließ wieder los, eine Entscheidung, die ihm das Leben rettete, denn als Nächstes landete er mit dem Gesicht nach unten auf festem Boden. Seine Hände vergruben sich im groben Sand. Mühsam öffnete er seine verklebten Augen. Er lag auf einem leicht ansteigenden Strand, der von dem Riff aus pockenbewachsenen, rund gewaschenen Felsen gegen die donnernde Brandung geschützt war. Er hatte keine Ahnung, wo er sich befand. Von Port Natal und der kleinen Siedlung Durban war bis zum Horizont nichts zu entdecken.

Seine Knochen schrien nach Ruhe, er war überzeugt, sich nie mehr auch nur einen Zoll weiterbewegen zu können. Doch die nächste Welle kam und zerrte ihn schon wieder zurück in die brodelnde See. Noch einmal nahm er seinen ganzen Willen zusammen und kroch gegen den Sog des rücklaufenden Wassers aufs Trockene, rollte herum und stemmte sich mit letzter Kraft auf seinen Ellbogen. Sein Blick strich übers Meer, suchte gegen alle Hoffnung seine Mannschaft. Jeden Einzelnen kannte er seit vielen Jahren, kannte ihre Frauen und Kinder. Sie waren seine Familie. Er suchte, bis ihm die Augen tränten. Er entdeckte niemanden. Der Ozean hatte sie alle verschlungen.

Erst nach Minuten brachte er den Mut auf, sich nach seinem Schiff umzusehen. Mit herausgerissenen Eingeweiden hing es, mitten in der schäumenden Gischt festgekeilt, auf den Felsen. Die Aufbauten waren vollkommen zerstört, in der Bordwand klaffte ein riesiges Loch. Mit stummer Verzweiflung beobachtete er, wie ein großer Teil der Ladung herausgespült und zum Spielball der Brandungsbrecher wurde. Welle auf Welle schlug gegen den Rumpf, brach Stück für Stück heraus, und langsam starb sein Schiff.

Als er es nicht mehr ertragen konnte, wandte er sich ab, barg seinen Kopf in den Armen und weinte. Er war so abgekämpft, so sterbensmüde, und der Schlaf lockte mit Ruhe und Vergessen. Er wehrte sich nicht mehr. Mit einem Rest seines Bewusstseins erinnerte er sich an Geschichten über Grausamkeiten der Schwarzen dieser Gegend gegen hilflose Fremde und die Furcht erregenden Dinge, die man ihm über menschenfressende Löwen und Leoparden, die hier in großer Zahl herumstreifen sollten, erzählt hatte. Er blinzelte hinauf zu dem undurchdringlichen Küstenwald, überlegte, ob die Raubkatzen sich tatsächlich auf den offenen Strand wagen würden, und schlief ein.

✳

Die Sonne stieg und vertrieb die Sturmwolken. Der Orkan war jetzt nicht mehr als ein starker Wind und zog sich in den Süden zurück. Das aufgewühlte Meer beruhigte sich, die meterhohen Wogen schrumpften zu kabbeligen Wellen.

Als die Sonne im Zenit stand, wachte Johann Steinach auf und glaubte, ihm würde der Kopf platzen. Er lag noch immer auf dem Bauch am Strand, stellte er fest, obwohl er meinte, jetzt näher am Rand des Buschs zu sein. Vorsichtig bewegte er Arme und Beine. Die Schmerzen, die dabei durch seinen Körper schossen, waren teuflisch und entlockten ihm ein Stöhnen, aber zeigten ihm immerhin, dass er offenbar noch im Besitz aller Gliedmaßen war. Auf seiner Haut waren Salz und Sand zu einer Kruste getrocknet, und auf jeder unbedeckten Stelle hatte die Sonnenhitze Blasen gezogen. Er war nackt bis auf seine Hose, die aber nur noch aus Fetzen bestand. Durch einen Schlitz seiner mit Salz und Schleim verklebten Lider versuchte er, seine Umgebung zu erkennen. Er spähte hinüber zu seinem Schiff. Es war verschwunden. Ein paar Holzplanken wirbelten in den Wellen herum, der Mast war angeschwemmt worden.

Er schielte nach vorn über den Sand, entdeckte Spuren unmittelbar vor seinem Gesicht und erstarrte wie vom Donner gerührt, als ihm klar wurde, dass es Fußspuren waren. Menschliche Fußspuren. Während er geschlafen hatte, waren Menschen gekommen, um ihn herumgegangen und vor ihm stehen geblieben. Ob sie sich wieder entfernt hatten, konnte er nicht ausmachen. Die übrigen Abdrücke waren verwischt. Er wagte nicht, sich zu rühren, tat so, als schliefe er noch, gewiss, von einer Horde feindseliger Schwarzer umringt zu sein. Fieberhaft überlegte er, wie er seine Haut retten konnte.

Da lachte jemand vergnügt, ein glucksendes Lachen tief in der Kehle, und er glaubte, seinen Ohren nicht trauen zu können. Ohne den Kopf zu bewegen, schaute er sich verstohlen um. Und dann sah er die Füße, die diese Spuren gemacht hatten. Sie gehörten einem Burschen, der ein paar Schritte entfernt auf einem angeschwemmten Baumstamm hockte. Neben ihm lehnten ein Speer und ein kräftiger Stock mit einer soliden Holzkugel an einem Ende. Sonst trug er keine Waffe. Mit einem schnellen Blick in die weitere Umgebung vergewisserte Johann sich, dass der Junge allein war. Von schwarzen Horden war nichts zu sehen. Er setzte sich auf, unterdrückte stoisch jeglichen Schmerzenslaut. Man erzählte sich, dass diese Wilden die unglaublichsten Schmerzen klaglos ertrugen. Er wollte nicht gleich von Anfang an als Memme dastehen.

Sein Blick traf den des jungen Schwarzen, der ihn ohne Feindseligkeit ebenso neugierig betrachtete wie er ihn. Seine Muskulatur war gut ausgebildet, er hatte breite Schultern und die langen, sehnigen Beine eines Läufers. Johann schätzte ihn auf ungefähr sechzehn Jahre. Das Einzige, was er trug, waren Schnüre um seine Hüften, an denen vorn und hinten buschige Wildkatzenschwänze seine Genitalien verdeckten. Der Schwarze betrachtete ihn ruhig, und mit Unbehagen wurde Johann klar, was dieser vor sich sah.

Einen weißen Mann, hilflos im Sand liegend, mit verklebten Haaren, feuerrot verbrannter Haut und aus vielen kleinen Wunden blutend, bekleidet nur mit einer zerlöcherten Hose. Mit Sicherheit ein jämmerlicher Anblick. Die Zähne zusammenbeißend, drückte er sich auf die Füße und richtete sich zu seiner vollen Größe von sechs Fuß und vier Zoll auf. Auch der Junge stand auf, und Johann bemerkte zu seiner Genugtuung, dass dieser um gut einen Kopf kleiner war als er selbst. Reglos starrten sie sich an.

Plötzlich sprach der Junge ein paar Worte mit dunklen, lang gezogenen Vokalen in einer ruhigen Melodie. Dabei lächelte er, ein anziehendes, würdevolles Lächeln, das Johann veranlasste, unwillkürlich auch zu lächeln und einen Schritt auf den jungen Schwarzen zuzugehen.

»Guten Tag«, sagte er dann auf Deutsch, »mein Name ist Johann.« Dabei zeigte er auf sich und wiederholte seinen Namen. »Johann.«

Der junge Bursche schien sofort zu begreifen. Er legte eine Hand auf seine Brust. »Sicelo«, sagte er und trat ebenfalls einen Schritt näher.

Johann tat es ihm gleich, und nun trennte sie nur noch eine Armeslänge. Zögernd streckte er ihm seine Hand entgegen. »Sicelo?«

Der Junge musterte ihn mit ernstem Blick und lächelte wieder dieses wunderbare, unschuldige Lächeln. »Johann?«

Dann legte er seine Hand vorsichtig in die des Weißen.

Damit wurden sie Freunde, Johann, der Bayer, und Sicelo, der Zulu, und die Freundschaft sollte halten, bis der Tod sie schied.

Kapitel 1

Er war schon betrunken, das wusste er, aber er trank weiter. Seit über einer Woche lag er in diesem Pestloch fest und hatte nichts Besseres zu tun, als sich Rum die Kehle hinunterzuschütten. Es gab keine Kneipen und keine Weibsbilder. Wie sollte ein Seemann das nüchtern ertragen? Mit den Backenzähnen, die Vorderzähne waren kürzlich bei einem Fall den Niedergang hinunter herausgebrochen, zog er den Korken aus der Flasche und spuckte ihn aus, stieß dabei das Glas vom Kartentisch. Jede Bewegung des Seglers ließ es mit dumpfem Ton über den Plankenboden rollen. Er bückte sich, ächzte, als ihm ein scharfer Schmerz in die Beine fuhr, und fing es ein. Das Geräusch ließ ihn an die Trommeln zum Jüngsten Gericht denken, der Schmerz erinnerte ihn daran, dass dieser Tag unaufhaltsam näher kam. Das wiederum führte seine Gedanken zu dem Häuschen in Husum, unter dessen dickem Rieddach er mit seiner Anna, seiner weißblonden, rosafarbenen, süß duftenden Anna, den Lebensabend zu verbringen gedachte, und nun gelangte er geradewegs zu der unangenehmen Tatsache, dass Monsieur bereits seit Sonnabend überfällig war.

An den Fingern zählte er die Tage ab. Heute musste Dienstag sein, die vierte Woche im April 1850, und Freitag wurde die *Carina* in São Paulo de Loanda erwartet, um Fracht aufzunehmen. So war es abgemacht. Sollte er nicht innerhalb der nächsten vierundzwanzig Stunden Anker lichten, würde ihm das Geschäft in Loanda durch die Lappen gehen. Das lukrativste Geschäft seines Lebens. Elfenbein. Herrliches, schimmerndes Elfenbein, genug, um seinen Laderaum zu füllen. Sein Auftrag war es, die Ladung in Kapstadt an einen Mann zu übergeben, dessen Namen er nicht kannte. Nur ein Erkennungswort hatte man ihm mitgeteilt. Kotabeni. Es war nicht wahrscheinlich, dass so einer auf ihn warten würde.

Ohne seinen Anteil aber bliebe das Häuschen in Husum ein Luftschloss. Alles drohte nun den Bach hinunterzugehen, nur weil der Monsieur auf der Suche nach ein paar Ekel erregenden Würmern, die angeblich kein Mensch vor ihm je gesehen hatte, offenbar die Zeit vergaß. Hastig setzte er die Flasche wieder an; er machte sich gar nicht erst die Mühe, den Rum ins Glas zu gießen, erpicht darauf, diese düsteren Gedanken schnell zu ertränken und das Zittern seiner Hände zu beruhigen. Doch der Rum schmeckte nicht, und seine Hände bebten noch immer wie Espenlaub im Sturm.

An Deck gackerte das Huhn in seinem Stall. Es war das letzte von zehn Artgenossen, die anderen waren bereits im Suppentopf gelandet. Das kam noch dazu, er musste in Loanda Proviant auftreiben, vielleicht eins der kleinen Schweine, die in den Eingeborenendörfern herumliefen. Wochenlang schon wechselten sich zerkochtes Huhn und fader Fisch auf dem Speiseplan ab. Es hing ihm zum Hals heraus. Schwein würde eine nette Abwechslung darstellen. Einen Moment schwelgte er in der Vorstellung von Schweinskeule mit krosser Haut, Klößen und Kraut. Nicht verdammt wahrscheinlich! Die Haut würde graurosa und labberig sein und das Fleisch zerfasert, weil dieser unselige Smutje den Braten gesotten hatte, und das auch noch viel zu lange. Sehnsüchtig dachte er an Anna und ihre Kochkünste.

Missmutig begann er, seine Pfeife zu reinigen. Etwa zweihundert Seemeilen waren es von der Mündung des Kongo bis Loanda, sein Schiff lag noch einmal zwanzig Seemeilen den Fluss hinauf, seit längerem herrschte Flaute, und rechts und links dräute der stinkende Urwald. Vor Jahren war einer seiner Matrosen dort spurlos verschwunden, später berichteten Händler von Menschenfressern in diesem Gebiet. Ein Grund mehr, diesen Ort schleunigst zu verlassen. Mit dem Pfeifenstiel fuhr er über die Seekarte.

Selbst wenn er einen dieser schnittigen Clipper unterm Hintern hätte und nicht seine lahme *Carina*, würde es mehr als knapp werden. Erbittert hieb er beide Fäuste auf den Tisch. Das Glas sprang hoch, und die dunkelbraune Flüssigkeit ergoss sich über seine kostbaren Karten. Fluchend wischte er alles auf den Boden. Das Glas zersplitterte mit einem Knall, und seine Wut auf den Mann, der sein Schiff gechartert hatte, stieg. Es half nichts, er musste mit der Tochter sprechen.

»Verflucht, verflucht, dreimal verflucht«, knurrte er, schüttete noch ein paar Schlucke hinunter. Er setzte die Flasche unsanft auf den Tisch, fuhr sich mit der Hand über den Mund und wischte sie in seinem Bart ab. Sein Kopf war dumpf, die Glieder waren schwer, Hemd und Hosenbund schweißnass. Diese gottverfluchte Hitze, die Mücken, die ständigen Fieberanfälle setzten ihm zu. Und dieses Mädchen da oben an Deck.

Über seinem Kopf hörte er sie hin- und herlaufen. Aufgeregte Schritte, hart, als wollte sie die Planken zerhacken. Ein zarter Engel war sie, mit hellblauen Augen, ihre Taille konnte er leicht mit seinen Pranken umfassen, aber, zum Teufel auch, sie hatte ein Rückgrat aus Stahl und ein Temperament, das ihm gegen seinen Willen Respekt einflößte. Seine Autorität als Kapitän schien sie nicht im Geringsten zu beeindrucken, wie sie überhaupt eine sehr freie Art hatte, mit Männern umzugehen. Laut zugeben würde er es nie, nur sich selbst gestand er ein, dass er sich gegen sie einfach nicht durchsetzen konnte, jedenfalls nicht mit Worten.

Aber wie sollte sie anders sein, wenn sie fast ihr ganzes Leben nur unter Männern verbracht hatte? Vor zwei Jahren hatte der Vater die *Carina* schon einmal gechartert und seine Tochter mitgenommen. Damals hatte sie ihm erzählt, dass sie ihren Vater seit ihrem fünften Lebensjahr auf seinen Reisen begleitete. Es hatte ihn entsetzt. Bei ordentlichen Leuten gehörte ein junges Mädchen doch ins Haus, in die Obhut von Frauen, um Weibersachen zu lernen, nicht zwischen einen Haufen grobschlächtiger Kerle und gepökelter Tierleichen, wie der Vater sie überall in seiner Kabine stehen hatte.

Solange sie auf See waren, vergrub der Herr Baron sich in seinen Büchern und Experimenten, aß und trank, ohne zu wissen, was, beachtete sein eigen Fleisch und Blut nicht mehr als ein Stück Möbel. Kaum waren sie am Reiseziel angekommen, schlug er sich mit diesem schwarzen Teufel, der ihm wie ein Schatten folgte, in den Busch und überließ seine Tochter ihrem Schicksal. Sie blieb an Bord zurück, oft länger als eine Woche am Stück, hatte niemanden zum Gefährten als ihre Gouvernante, dieses bleichgesichtige, ewig nörgelnde Fräulein, und einen Stapel dicker Bücher. Und seine Besatzung. Und die war weiß Gott kein Umgang für eine junge Dame.

Kürzlich, als seine Männer voll von billigem Fusel vom Landgang zurückkehrten, hatte er Bemerkungen gehört, die sich mit dem Äußeren des Mädchens beschäftigten, ihrem Körper und dem, was sie gern damit gemacht hätten. In allen Einzelheiten hatten sie es beschrieben. Dem, der am lautesten schwadronierte und am dreckigsten lachte, hatte er eins mit dem Tampen übergezogen und den anderen angedroht, sie den Haien zum Fraß vorzuwerfen. Wie eine getretene Hundemeute waren sie knurrend zurückgewichen, aber sie hatten Witterung aufgenommen, das war ihm klar. Ohne ein drastisches Exempel zu statuieren, konnte er die Männer nicht mehr lange in Schach halten. Kurzum, dieses Mädchen war Gift für sie alle. »Bei Gott«, schwor er sich, »nach dieser Reise kommt mir nie wieder ein Frauenzimmer auf mein Schiff, gegen kein Geld der Welt.« Seit er in diesem Höllenloch vor Anker lag, hatte er angefangen, mit sich selbst zu reden.

Heftig sog er an seiner Pfeife. Und dabei hatte er geglaubt, dass bessere Leute ein Gefühl für Anstand und Sitten hätten, wussten, was sie taten, besonders die, die einen Titel vor ihrem Namen trugen wie der Herr Baron Louis le Roux. Auch wenn es nur ein kleiner Titel war, zu dem kein bedeutender Landbesitz gehörte. Das hatte ihm die Gouvernante gesteckt. Er verdrehte die Augen zur Decke. Noch immer rannte das Mädchen an Deck hin und her. Seit dem Verschwinden ihres Vaters schien sie kaum noch zu schlafen, das hieß, dass auch sie sich Sorgen machte. Nicht gerade beruhigend für ihn.

»Und jetzt werde ich mir die Dame einmal vorknöpfen.« Entschlossen schob er seinen Stuhl zurück und erhob sich schwerfällig. Wenn Geld auf dem Spiel stand, konnte er sich kein Mitleid leisten. Mit niemandem. Mit einem Ruck zog er seine Hose unter seinem Hängebauch stramm, schnippte die Hosenträger zurecht und stärkte sich noch schnell mit einem Schluck Rum, ehe er seine Kajütentür öffnete und die enge Stiege emporklomm. Gleich als er die Luke hochschob, sah er sie.

Catherine le Roux stand mittschiffs, ihre Arme hielt sie über der Brust verschränkt, den Kopf an den Mast zurückgelehnt. Ihr klares Profil, die lange Kurve ihres Halses zeichneten sich scharf gegen das im frühen Morgenlicht flirrende Grün des Regenwaldes ab. Auf der letzten Reise war sie ein schmales, dünnes Mädchen gewesen, jetzt stand eine junge Frau vor ihm, mit vollen Brüsten, einer atemberaubenden Taille und weich geschwungenen Hüften. Ihre Schönheit versetzte ihm einen Stich, stachelte aber gleichzeitig seinen Zorn an. Darauf, dass sie jung war, darauf, dass sie schön war, und darauf, dass sie für ihn und seinesgleichen so unerreichbar bleiben würde wie ein funkelnder Stern am Nachthimmel.

Doch statt sie an dieser langen, glatten Kehle zu packen, sie zu schütteln, bis sie ihm willenlos in die Arme sank, knöpfte er seine Jacke über dem Bauch zu und räusperte sich vernehmlich. »Also, ich hoffe, Ihr Vater wird beizeiten zurückkommen, Fräulein le Roux«, begann er und beschattete seine Augen gegen die aufgehende Sonne mit der einen Hand, während er mit der anderen wichtig nach Westen zur Mündung des großen Stroms deutete. »Sehen Sie die Wolken, die sich über dem Meer auftürmen? Die sind tückisch. Das Wetter wird umschlagen. Ich will hier weg«, knurrte er und zog an seinem schwarzen Bart.

Schon bei seinen ersten Worten hatte sie sich heftig umgewandt. »Was wollen Sie?« Schweres Haar schwang wie glänzend schwarze Seide, hellblaue Augen packten ihn.

Ihre schroffe Art ärgerte ihn gewaltig. Er stemmte seine Arme in die Seiten. Wenn sie Streit suchte, den konnte sie haben. »Dieses verfluchte Pestloch ist mir unheimlich, hier ist etwas anders als sonst. Das fühle ich. Ich habe heute Nacht Stimmen gehört, da bin ich mir sicher. Als ob jemand geschrien hätte, und dabei haben die ganze Zeit die verwünschten Trommeln gedröhnt.«

Er bewegte die Schultern, als fürchtete er, dass ihn jede Sekunde jemand von hinten anspringen könnte. Sein Blick lief den Fluss entlang über den dichten Urwald. »Wie eine Mauer ist dieser verdammte Wald.«

Catherines Augen strichen über das schattige Ufer. Mangroven bildeten die erste Barriere, dahinter wuchs ein Wall von dichtem Gestrüpp, niedrigen Bäumen und großblättrigen Schlingpflanzen. Darüber, hoch wie Türme, erhoben sich die Regenwaldriesen. Weiße Nebelfetzen trieben durch ihre Kronen, als tanzten dort Geister.

»Wenn die Flut steigt, laufen wir aus. Wir müssen weiter, ich bin jetzt schon hinter den Zeitplan zurückgefallen«, grollte er, runzelte die schwarzen Brauen und streckte den Kopf auf eine Weise vor, wie er es zu tun pflegte, wenn er einen seiner Leute einschüchtern wollte.

Doch Catherine war vertraut mit Männern wie ihm. Auf ihren ausgedehnten Reisen waren ihr zahlreiche seiner Art über den Weg gelaufen. Den rauesten Matrosen konnte er in Schach halten, das hatte sie beobachtet, auch hatte sie gesehen, wie er mit gewissen Frauen umging. Er hatte sie angebrüllt und sogar geschlagen, und sie hatten sich ängstlich vor ihm geduckt. Ihr gegenüber benahm er sich jedoch linkisch, sprach lauter als sonst und zeigte mit jeder ungeschickten Geste, wie unwohl er sich in ihrer Anwesenheit fühlte.

Sie hob ihr Kinn, drückte das Rückgrat durch und brachte es fertig, ihn von oben herab anzuschauen, obwohl sie ihm nicht einmal bis zum Kinn reichte. »Das werden wir nicht. Wir bleiben hier, bis mein Vater zurückgekehrt ist. Ich muss Sie bitten, sich bis dahin in Geduld zu fassen. Falls diese Verzögerung sich in extra Tagen niederschlagen wird, werden Sie auch extra Charter erhalten. Sie werden nichts verlieren, das wissen Sie.« Ihr kühler Ton zog eine eindeutige Grenze. Mit diesem Menschen die Sorge um ihren Vater zu teilen war so unvorstellbar für sie, als würde sie ihn in ihr Haus einladen.

Vor sechs Tagen war ihr Vater in Begleitung von César, dem schweigsamen, braunen Mann vom Niger, den Kongo hinaufgepaddelt. Nach drei Tagen wollte er zurück sein; er hatte ihr versprochen, dass sie ihn danach zu einer der zahlreichen kleinen Inseln begleiten dürfe, um Sumpfvögel zu zeichnen. Und was er versprach, das wusste sie, hielt er. Immer. Papas Versprechen war einer der unverrückbaren Ecksteine ihres bisherigen Lebens gewesen. Dass er dieses Versprechen gebrochen hatte, konnte nur Schlimmes bedeuten. »Ich bin sicher, wir haben uns verstanden.« Nachträglich versuchte sie, ihre harschen Worte mit einem winzigen Lächeln zu mildern.

Der Kapitän deutete es prompt falsch und tobte inwendig. Für die hochnäsige Baronesse le Roux war er doch nur ein Fliegendreck unter ihren Schuhen. Aber er suchte sich zu beherrschen. »Ihr Herr Vater hat das Schiff nur für eine Woche gechartert, und die ist vorbei. Weiter südlich wartet Ladung auf mich. Wenn wir zu spät einlaufen, werde ich viel Geld verlieren, und mein Ruf wird ruiniert sein.« Seine Worte waren höflich, seine Haltung allerdings zeigte das Gegenteil. Er stand dicht vor ihr, die Hände drohend in die Seiten seines aufgedunsenen Bauches gestemmt, überragte er sie um Kopfeslänge. Mit jedem Atemstoß blies er ihr Rumdunst ins Gesicht. Ein Matrose wäre vor ihm in die Knie gegangen.

Catherine wich nicht zurück, nicht um ein Jota, aber das Lächeln verschwand, als wäre es ausgelöscht. »Ich erwarte meinen Vater noch heute zurück. Da Sie wohl kaum ohne ihn segeln können, werden Sie also warten, und zwar so lange, wie es dauert!« Schwarzes Haar flog, der hellblaue Rock wirbelte, Waden blitzten. Sie knallte die Luke zu und lief hinunter zur Kabine von Wilma, ihrer entfernten Kusine, die ihr Vater als ihre Gouvernante engagiert hatte. Mit irgendjemandem musste sie reden, und wenn es eben nur mit Wilma war. Dieser ungezogene Mensch wurde wirklich immer unerträglicher.

»Großes Maul und nichts dahinter.«

Sie blieb abrupt stehen. Die heisere Stimme in ihrem Kopf kam aus einer anderen Welt. Grandpère Jean! Sie presste die Lider zusammen, spürte die plötzliche Nässe an den Wimpern. Mein Gott, wie sehr sie ihn vermisste. Seit zwei Jahren war er tot, und mit ihm hatte sie ihren einzigen wirklichen Freund, ihren Ratgeber in allen Lebenslagen verloren. Grandpère mit den schwarzen Koboldaugen, der stets für sie da war, sie mit seinen Späßen zum Lachen brachte und ihr das Leben erklärte, wenn es ihr unverständlich war. Zum Schluss, als seine Zeit auslief, hatte er sich nicht mehr aus seinem großen Lehnstuhl gerührt, ein eingetrocknetes Männchen mit Pergamenthaut und Skeletthänden, aber seine Augen hatten vor Lebensfreude gefunkelt bis zu dem Moment, als er sie für immer schloss. Ihre Wange in seine Hand geschmiegt, hatte sie vor ihm gekniet, und als seine Lider sich senkten, sein Griff erschlaffte und sie allein zurückblieb, bekam ihr Herz einen Sprung, der nie wieder heilte.

»Ich melde mich bei dir«, waren seine letzten Worte zu ihr gewesen, und seitdem hörte sie oft seine scharfzüngigen Kommentare, so als stünde er neben ihr. Manchmal glaubte sie wirklich, dass er gleich um die Ecke kommen würde. Mit seinen eigenartig hüpfenden Schritten, das schüttere Haar altmodisch mit einer Samtschleife im Nacken zusammengefasst, wie immer spöttisch in sich hineinlachend, als wüsste er mehr von der Welt als seine Mitmenschen.

»Du hast nicht nur die Schönheit deiner Großmutter, du bist auch, wie sie war, leicht wie der Wind«, sagte er stets, »nicht wie diese schwerfälligen Menschen hier aus dem Norden. Du gehörst in ein Sonnenland.«

Er hatte sich in diesem kalten Land – wie er es nannte, und er meinte nicht nur das Klima – nie wirklich eingelebt. Obwohl er nach 1789 wieder nach Frankreich hätte zurückkehren können, tat er es nicht, auch nicht nach dem Tod von Grandmère, denn als Catherine erst fünf Jahre alt war, starb ihre Mutter. Ihr Vater war auf Forschungsreise gewesen, als es passierte. Grandpère fing sie auf, umsorgte sie, beantwortete ihre Fragen und trocknete ihre Tränen mit Geschichten aus der Provence, seiner warmen Heimat, die er immer im Herzen trug.

»Dort haben deine Grandmère und ich unsere ersten Jahre verbracht, dort waren wir glücklich.« Mehr als einmal schimmerten bei diesen Worten Tränen in seinen Augen. Er redete stets französisch mit ihr, denn sein Deutsch war immer noch holprig, und so wurde es die Sprache ihrer Kindheit, die Sprache der Geborgenheit und ihrer schönsten Erinnerungen.

Mit seinem Sohn Louis allerdings konnte er nicht viel anfangen. »Erbsenhirn, Schmetterlingsmörder«, lästerte er. »Außerdem stinkt er gar grässlich nach den Dämpfen seines Labors, als wäre er selbst eins von seinen eingemachten Tieren.« Grandpère Jean parfümierte sich stets mit würzigen Essenzen, die nach Holz, frischem Tabak und ein wenig nach Thymian rochen.

In Gedanken schmiegte sie sich in seine Arme, aber es war ihr nicht vergönnt, sich dort auszuruhen. Ein fürchterliches Geräusch, ein qualvolles Würgen, als würde jemand sein Innerstes von sich geben, holte sie zurück. Mit einem Anflug von Widerwillen presste sie die Lippen zusammen, klopfte sachte an Wilmas Tür und öffnete sie gleich darauf. Es war dunkel in der niedrigen Kabine, stickige, feuchte Luft schlug ihr entgegen, ein säuerlicher Geruch nach Erbrochenem, der sie zum Husten reizte. Der dumpfe Brodem von Krankheit und ungewaschenem Körper. Nur verhalten atmend durchquerte sie den schmalen Raum, entfernte die Decke, die vor dem winzigen Bullauge hing, und öffnete es. Wilma hielt es aus Angst, dass krankheitsgeschwängerte Dünste von draußen sie vergiften könnten, immer geschlossen. Leise trat Catherine an die enge Koje heran, auf der Wilma vollständig angezogen dahingestreckt lag, und schob den Eimer, der neben ihr auf dem Boden stand, mit dem Fuß weg. Die scharf riechende Brühe darin schwappte über. Sie kräuselte die Nase. »Wie geht es dir?«, fragte sie.

Ein schwaches Stöhnen war die Antwort. Seit sie das Schiff betreten hatte, warfen starke Anfälle von Seekrankheit Kusine Wilma immer wieder auf die Koje, sodass sie ihre dreifache Aufgabe als Gouvernante, Gesellschafterin und Lehrerin kaum erfüllen konnte. Eine Tatsache, die Catherine sehr gelegen kam. Die Grenzen, die ihr Wilma ständig setzte, beengten sie wie Korsettstäbe. Sie war in einem kleinen quadratischen Haus bei Ratzeburg aufgewachsen, und klein und quadratisch war ihre moralische Welt. Sie strich der Leidenden die nassen Haare aus dem Gesicht.

»Willst du nicht ein wenig aufstehen? Ich werde den Smutje anweisen, dir eine Suppe zu kochen, oder möchtest du einen Tee?«

»Um Himmels willen, welch ein Gedanke«, würgte Wilma hervor, presste die Hand auf den Mund und schielte dabei nach dem Eimer. Grauviolette Ringe auf käsig weißer Haut ließen ihre Augen wie verschmierte Tintenflecken aussehen, die sonst rötlich blonden Haare schlängelten sich dunkel vor Schweiß auf Stirn und Wangen.

»Du solltest mal aus deinem Loch hervorkriechen und frische Luft atmen, dann ginge es dir sicher besser.« Catherine versuchte, ihre Ungeduld zu verbergen. Wie konnte man sich nur so gehen lassen!

Wilmas Antwort auf diesen Vorschlag war ein entsetzter Blick aus aufgerissenen Augen und unterdrückte Würgegeräusche.

Ihre junge Kusine seufzte verstohlen. »Ach bitte, Liebe, ich langweile mich so ungemein. Ich habe bereits alle Bücher gelesen, die wir mitgebracht haben, einige davon schon zweimal, und alle Aufgaben gelöst, die du mir gestellt hast. Außerdem ist die *Carina* ein kleines Schiff mit bescheidenen Möglichkeiten der Ablenkung.« Die Sorge um ihren Vater gedachte sie vorläufig für sich zu behalten. Ihre Gouvernante neigte zu theatralischen Reaktionen.

Die Kranke streckte eine zittrige Hand aus und deutete auf ihre Reisetasche. »Nimm dir den Zeichenblock und versuche dich daran, die Natur abzubilden, wie ich es dir gezeigt habe, nicht dieses unordentliche Gekleckse, das du immer zu Papier bringst. Du hast noch viel zu lernen. Oder schreib dein Tagebuch, das magst du doch so gerne, nur lass mich bitte in Frieden sterben.« Sie sank zurück. »Diese Miasmen, diese stinkenden, tödlichen Dünste, die sich aus dem Sumpf erheben ...« Ermattet legte sie ihre Hand auf die bleiche Stirn. »Ich bin sicher, dass das Wechselfieber sich bereits meiner bemächtigt hat. Ich fühle, dass mein Schöpfer mich ruft.« Ihre Stimme erstarb.

»Unsinn, du bist seekrank, das ist keine Malaria«, lachte Catherine, wischte sich mit einem Tuch den Schweiß vom Gesicht und tupfte ihren Hals trocken. »Du stirbst sicher nicht. In den nächsten Tagen werden wir im Hafen ankern, wo das Wasser ruhiger ist als mitten im Fluss, und du wirst sehen, dir wird es sofort besser gehen.«

»Nur jemand, der noch nie seekrank war, kann so herzlos daherreden«, hauchte Wilma.

Reumütig zog Catherine das zerknüllte Laken zurecht. »Du hast Recht, ich bin da besser dran als du. Verzeih mir, liebste Wilma, ich werde mich nie wieder über dich lustig machen. Da auch mein Vater nie davon geplagt wird, habe ich leider kein Mittel gegen die Seekrankheit. Es soll da ein wunderbares Pulver aus England geben, vielleicht können wir es im nächsten Hafen bekommen. Aber ich werde dir gleich etwas von Papas Chinarindenpulver geben, das beugt dem Wechselfieber vor. Es ist entsetzlich bitter, also muss es sehr wirksam sein.« Sie bückte sich und hob den vollen Eimer hoch. »Lass mich den Eimer für dich ausleeren, der Gestank macht dich ja noch kränker.« Das Gesicht abgewandt, trug sie den Eimer am ausgestreckten Arm.

»Catherine«, keuchte ihre Gesellschafterin, »welcher Tag ist heute? Sollte dein Vater nicht schon längst aus den Sümpfen zurückgekehrt sein?« Leise jammernd befreite sie sich von dem zerwühlten Laken, richtete sich halb auf und fuhr sich durch die wirren Haare. »Da wird doch nichts passiert sein? Um Himmels willen, Catherine, es soll hier Kannibalen geben ...« Ihre Stimme stieg, brach und versickerte dann, ihre wässrigen Augen wurden riesig, die Haut unter der durchsichtigen Blässe grünlich. Schwer atmend fiel sie zurück in die Koje.

Catherine setzte den stinkenden Eimer wieder ab. »Hör auf«, befahl sie harsch und schob das Bild weg, das ihr bei diesen Worten plötzlich vor Augen stand. Es stammte aus einem der Abenteuerbücher ihres Vaters und zeigte einen dampfenden Kochkessel, in dem ein weißer Mann bis zum Hals in brodelnder Brühe hockte, das Gesicht von Schmerz verzerrt, den Mund zum Schrei aufgerissen, während zwei nackte, schwarzhäutige Wilde teuflisch grinsend die dampfende Suppe umrührten, aus der hier ein Fuß ragte und dort ein Bein. »Kannibalen bei der Vorbereitung ihrer Mahlzeit« war der Titel gewesen. »Hör auf!«, wiederholte sie. »Das ist alles Humbug.«

»Du hast Angst, nicht wahr? Deswegen bist du so reizbar. Ich kenn dich doch.« Wilmas Ton war vorwurfsvoll.

Mit gesenktem Kopf blieb Catherine stehen. »Ja«, gab sie endlich mit dünner Stimme zu. »Aber ich will nicht darüber reden.« Sie hob den Eimer wieder auf und öffnete die Tür.

»Du darfst nicht mit bloßen Schultern herumlaufen«, erreichte sie der matte Protest ihrer Lehrerin noch. »Es ist nicht schicklich, und deine schöne Haut wird verbrennen, schwarze Flecken bekommen und sich dann ablösen ... und zieh deine Schuhe an ... Catherine!«

Unsanft schob Catherine die Tür ins Schloss, um die quengelige Stimme nicht mehr hören zu müssen. Im engen Gang drückte sich der Schiffsjunge an ihr vorbei. Sie hielt ihn am Ärmel fest und gab ihm den Eimer. »Hier, schütte das über Bord, wasch den Eimer aus und bringe ihn Fräulein Jessel wieder.« Der Schiffsjunge tummelte sich, und sie warf die Tür ihrer Kabine krachend hinter sich zu. Typisch Wilma, sie glaubte zu sterben, machte sich aber Gedanken um schickliche Kleidung. Ihrer Vorstellung nach hatten junge Damen hoch geschlossene Kleider, Unterröcke und Lederschuhe mit wollenen Strümpfen zu tragen, auch wenn die Sonnenhitze ein aufgeschlagenes Ei gerinnen ließ. Wäre sie als Junge geboren worden, dann könnte sie Hosen tragen und ein Hemd mit kurzen Ärmeln, in dieser Hitze könnte sie sogar den Oberkörper vollkommen entblößen, den Wind und die Sonne auf ihrer Haut spüren. Welch himmlische Vorstellung. Die Ungerechtigkeit der Welt verdunkelte ihr Gemüt.

Spontan hob sie die Zipfel ihres langen Rocks und band sie über ihrer Hüfte fest, genoss den Luftzug, der ihre nackten Beine hochstrich. Zu Wilmas immer währendem Entsetzen trug sie an Bord nie einen Unterrock. Aus einer Kanne goss sie Wasser in die Waschschüssel, tunkte den Schwamm hinein und befeuchtete Hals, Arme und Beine. Es kühlte wunderbar.

»Du wirst ein schlimmes Ende nehmen«, zischte eine Stimme in ihrem Kopf.

Adele, die fürchterliche Schwester ihres Vaters! Catherine erlaubte sich, einige Augenblicke in der Vorstellung zu schwelgen, welch ein Schock der Anblick ihrer nackten Beine für diese wäre. Adele war um viele Jahre älter als ihr Bruder, eine bleiche, hoch gewachsene Frau, deren Mund so schmal war, als hätte sie ihre Lippen verschluckt, die stets nur Schwarz trug und dreimal am Tag auf den Knien lag und laut Gott und die Jungfrau Maria um die Rettung aller Sünder anflehte. Als Louis le Roux ihr nach dem Tod von Catherines Mutter mitteilte, dass er gedächte, seine kleine Tochter auf seine Abenteuerreisen mitzunehmen, hatte sie verbissen und zäh mit ihm um die Seele ihrer Nichte gekämpft. Catherine hatte heimlich der lautstarken Auseinandersetzung gelauscht.

»Sie ist erst fünf Jahre alt«, hatte Adele gejammert. »Ein so kleines Mädchen ... und man sagt, dass es dort Kannibalen gibt. Kannibalen! Man zittert, weiterzudenken.« Sie zitterte dramatisch und rang ihre Hände. »Und bedenke, dass diese Wilden völlig unbekleidet sein sollen – nackt ... unzüchtig.« Ein Beben erschütterte den mageren Körper bei dieser unglaublichen Vorstellung. »Catherines Seele wird in der Hölle schmoren!« Ihre Stimme überschlug sich vor Grausen und versickerte in einem Hustenanfall. »Ich werde sie bei mir im Haus unserer Eltern behalten und sie auf den richtigen Weg führen«, fuhr sie fort, als der Anfall vorbei war, »meine gute Freundin Mechthild sagt auch ...«

Louis le Roux lachte dröhnend. »Diese vertrocknete Schnepfe! Sicherlich glaubt sie an die unbefleckte Empfängnis. Anzunehmen, dass sie deiner Meinung ist. Nun bist du schockiert, nicht wahr?« Wieder lachte er laut. »Nein, nein, Schwester, ich will nicht, dass Catherine eine frömmelnde alte Jungfer wird wie du. Ich habe ihrer Mutter das auf dem Totenbett versprochen. Meine Tochter wird bei mir bleiben, und damit basta.«

Catherines Herz hatte bei diesem nachdrücklichen »Basta« gehüpft, wusste sie doch, dass ihr Vater, hatte er dieses Wort ausgesprochen, nicht mehr umzustimmen war. Von diesem Tag an wich sie ihm nicht mehr von der Seite.

Doch die Sorge um ihren Vater ließ sich nicht vertreiben, nicht für einen Moment. Adeles Bild verblasste. Mit flatternden Rockzipfeln durchmaß sie den Raum, der nicht nur größer, sondern durch zwei schmale Fenster, die unter der Decke entlangliefen, auch wesentlich heller war als der von Wilma. Nervös und ruhelos schwang sie an der Tür wieder herum. Ihr Blick fiel dabei auf den Speer, der über der Koje mit Schlaufen an der Kabinenwand befestigt war. Sie strich über den Schaft. An jenem Tag auf einem kleinen Marktplatz in der Nähe von Bamako, an dem die Hitze wie der glühende Hauch aus einem Hochofen in ihren Lungen brannte und der Staub der nahen Wüste zwischen den Zähnen knirschte, hatte ihr Vater die Waffe und gleichzeitig César entdeckt, das heißt, eigentlich hatte César ihn gefunden. Natürlich hieß er nicht César. Ihr Vater hatte ihm den Namen des großen römischen Kaisers verpasst.

»Sein Profil ist so wunderbar kriegerisch«, begründete er es.

Während der Erkundungstour durch den Ort hatte Louis le Roux diesen ungewöhnlich schön verzierten Speer gesehen. Er hing, zusammen mit anderen Waffen, an der ockerfarbenen Hauswand des Schmieds. Die Spitzen des metallenen Halbmonds, der die messerscharfe Speerspitze einrahmte, zeigten in Stoßrichtung, am Schaft darunter saßen zwei scharf gebogene Widerhaken. Winzige Ziselierungen verzierten das Metall. Ein Mann lehnte reglos daneben, die Hände hielt er in den Falten seines weiten Gewandes versteckt. Er hätte eine schöne Statue aus schimmerndem, kaffeefarbenem Stein sein können, wenn nicht seine ausdrucksvollen Augen gewesen wären, die jede Bewegung der beiden hellhäutigen Fremden verfolgte. Ihr Vater wurde mit dem Schmied schnell handelseinig. Als sie mit ihrer Trophäe auf die Straße traten, stieß sich dieser Mann von der Wand ab und sprach sie an. Doch sie verstanden seine Sprache nicht und baten den Schmied um Übersetzung.

Es stellte sich heraus, dass er ein Fulani war und seine gesamte Familie während eines Überfalls der blauen Männer aus der Wüste auf sein Heimatdorf getötet worden war. Der Speer hatte zuvor ihm gehört, er hatte ihn dem Schmied für ein paar Körner Gold verkauft.

»Er meint die Tuareg«, schob der Schmied ein.

Um nicht als Sklave nach Arabien verschleppt zu werden, sei er ins Innere des Landes geflohen. Seitdem sei er allein. Ein abgerissenes Blatt im Sturm, das hierhin und dorthin gewirbelt wurde, so drückte er sich aus und ließ dabei seine eleganten Hände flattern. »Ich bin ein Griot, der Hüter unserer Geschichten, wie es schon mein Vater war und vor ihm der Vater seines Vaters, bis zurück in die Morgennebel unserer Zeit.« Durch das Unglück seien ihm seine Geschichten abhanden gekommen, doch um weiterleben zu können, müsse er diesen Schatz wieder finden. Nun schien es ihm, dass die Fremdlinge auch auf der Suche sein müssten, denn hatten sie nicht ihre Farbe verloren? Er bitte darum, sich ihnen anschließen zu dürfen.

Louis le Roux rieb sich begeistert die Hände. »Unbedingt, unbedingt, mein Junge, wir werden gemeinsam unsere Farbe und deine Geschichten suchen.«

Seitdem war César sein Schatten. Von der ersten Minute an entstand eine geistige Verbindung zwischen den zwei Männern, die viel tiefer ging als eine Freundschaft, und sie hatten sich nie wieder getrennt. Sogar ins kalte Deutschland folgte ihnen der Mann vom Niger später.

Am Abend ihres ersten gemeinsamen Tages setzte sich der Griot neben Catherine und schwieg. Sie lauschte seinem Schweigen, denn es war angenehm und warm und roch nach Anis. An diesem Abend fand er noch keine Worte, doch am nächsten kamen zwei über seine Lippen, und am übernächsten ein paar mehr, bis sie das weiße Mädchen wie ein warmer Strom umspülten. Verstehen konnte sie ihn immer noch nicht, doch schon ein paar Wochen später beherrschte er Französisch und fand Worte in ihrer eigenen Sprache, die sie nie zuvor gehört hatte. César, der Griot, hatte seine Geschichten wieder gefunden.

»Er weiß um die Dinge dieser Welt«, hatte Grandpère Jean bemerkt, als er den Mann aus Timbuktu kennen lernte, hatte sich jedoch nicht weiter darüber ausgelassen. Dass er große Stücke auf César hielt, war allerdings deutlich.

»Unsere Seelen kennen sich«, erklärte ihr César einmal. »Sie können einander sehen.«

Catherine hatte nicht wirklich verstanden, was er meinte, aber wie damals, als er diese Worte sprach, bereitete sich jetzt ein Gefühl von Ruhe in ihr aus. César würde über ihren Vater wachen, und so lange würde ihm nichts zustoßen. An diesen Gedanken klammerte sie sich, ließ keinen anderen zu. Sie lehnte sich vor. Eine der ledernen Schlaufen, die den Speer hielten, war verschimmelt und hatte sich gelockert. Sorgfältig zog sie sie wieder fest.

Von einem Matrosen ließ sie sich einen Stuhl an Deck tragen und versuchte, sich mit Zeichnen von ihrer Sorge abzulenken. Schon nach einer Viertelstunde warf sie die Stifte hin und holte ihre Angel aus der Kabine, besorgte sich die Überreste der Fischmahlzeit vom Abend vorher und schnitt sie in kleine Köder. Mit geübten Handgriffen zog sie die Stückchen auf den Haken und fing tatsächlich einen Fisch. Geschickt löste sie den Haken aus dem Maul, hielt das Tier auf dem Boden fest und stach ihm mit dem Messer direkt hinter den Augen in den Kopf. Er zitterte noch einmal, dann war es vorüber. Sie ließ ihn auf die Planken fallen. Für sie und Wilma würde er reichen. Erneut zog sie einen Köder auf und warf die Angel ins trübe Wasser. Blicklos starrte sie den Fluss hinauf, bis ihr der Kopf schwamm, und mit jeder Minute, die verstrich, wuchs die Unruhe in ihr.

Am Ufer zwischen den gebündelten, bleichen Luftwurzeln der Mangroven machten zwei Männer ihre schwer beladenen Einbäume fest. Aufmerksam schaute sie ihnen zu. Offensichtlich waren es Händler, die mit den Bewohnern der Dörfer entlang des Stroms Handel trieben. Traditionell erfüllten sie noch eine andere, sehr wichtige Aufgabe: Sie waren die lebende Tageszeitung. Auch sie hatte die Trommeln in der Nacht gehört. Die Wahrscheinlichkeit, dass diese Männer etwas von ihrem Vater erfahren hatten, war immerhin gegeben. Ihr kam eine Idee. Kurz entschlossen zog sie die Angel ein, brachte den Fisch in die Kombüse und wies den Küchenjungen an, ihn auszunehmen und zum Abendessen zu braten. Dann rannte sie in die Kabine ihres Vaters, wuchtete mit beiden Händen den Deckel seiner schweren, lederbezogenen Truhe hoch und stopfte sich eine Hand voll des bunten Plunders in die Rocktasche, den er als Bezahlung für die Eingeborenen stets bei sich führte. Sie drückte ihren Strohhut auf den Kopf und klopfte entschlossen an die Tür der Kapitänskajüte. Auf ein unverständliches Brummen hin trat sie ein.

Der Kapitän saß am Kartentisch und hielt eine qualmende Pfeife zwischen den Zähnen, mit der linken Hand umklammerte er die Rumflasche. Bei ihrem Eintritt erhob er sich schwankend. »Ich hoffe, Sie kommen, um mir zu berichten, dass Ihr Herr Vater zurück ist«, knurrte er und fixierte sie dabei mit blutunterlaufenen Augen.

»Nein. Aber ich möchte Sie bitten, mich im Beiboot übersetzen zu lassen. Ich will mich im Dorf umhören. Vielleicht ist dort etwas bekannt.«

Er schnaubte. »Auf keinen Fall kann ich das erlauben, Fräulein le Roux, schließlich sind Sie nur eine Frau. Nein, das geht nun wirklich nicht. Welch ein Ansinnen! Schicken Sie einen Boten.« Ohne sie anzusehen, klopfte er seine Pfeife aus, holte seinen Tabakbeutel hervor und begann, sie neu zu stopfen. Glaubte diese junge Person denn, das Schiff und seine Mannen wären nur zu ihrer Verfügung?

»Einen Boten?«, schrie sie aufgebracht; sie konnte ihm seine Gedanken vom Gesicht ablesen. »Wie denn? Wen denn? Ich kenne hier keinen Menschen, den ich schicken könnte, außer einen Ihrer Matrosen, und wie ich Sie einschätze, würden Sie das nicht zulassen. Ich weiß ja auch nicht, wo mein Vater sich aufhält. Ich will, dass Sie mich sofort an Land bringen lassen. Sie werden schließlich von uns bezahlt.« Sie stand kerzengerade vor ihm. »Basta«, fügte sie nachdrücklich hinzu. Was fiel diesem Menschen ein? Sicherlich hatte er noch nie einen so bequemen Auftrag gehabt wie diesen. Er bekam eine beachtliche Summe, nur um ihren Vater ein paar Meilen den Kongofluss hinaufzubringen und danach sicher bis zur Hafenstadt Kapstadt am Südzipfel Afrikas, wo sie einen längeren Aufenthalt geplant hatten. Weiter gab es nichts für ihn zu tun. Er saß nur faul herum und aß, trank und rauchte. Unverschämter Kerl. Es war sicher der Rum, der aus ihm sprach.

»Aufgeblasener Mehlsack«, pflichtete ihr Grandpère bei und brachte sie zum Lächeln.

»Was wollen Sie als Frau allein im Urwald ausrichten, bei allem Respekt, Fräulein le Roux, das ist unmöglich. Viel zu gefährlich.« Er blies seine Wangen auf, streckte den feisten Bauch vor und runzelte seine schwarzen Brauen aufs Fürchterlichste. Das schüchterte noch jeden von seiner Mannschaft ein.

Nicht so die Frau ihm gegenüber. Völlig unbeeindruckt funkelte Catherine ihn an. »Deswegen möchte ich auch, dass Sie mir einen Ihrer Männer als Begleitung mitgeben. Das ist in der Charter enthalten, sagte mir mein Vater, und ob nun er an Land zu gehen wünscht oder ich, macht überhaupt keinen Unterschied. Solange er nicht an Bord ist, bin ich es, die Ihnen Anweisungen gibt. Also, ein wenig Beeilung, wenn ich bitten darf!« Ihr Ton war ein Echo der Stimme ihres Vaters. Sie zerrte ungeduldig an ihrem Rock. Er behinderte sie bei jeder Bewegung, erschien ihr als das Symbol ihrer Machtlosigkeit als Frau.

Und so geschah es. Der Kapitän grollte und polterte, gab dann aber unvermutet nach. Griesgrämig beobachtete er Catherine le Roux, die zusammen mit einem kräftigen, jungen Matrosen ins Beiboot stieg, und wünschte ihr insgeheim die Pest an den Hals. Mit dem leicht auffrischenden Wind im Rücken landete das Kanu unbehelligt in der Lücke im Mangrovengürtel. Catherine stieg an Land und versank sofort knöcheltief im warmen Uferschlick. Als sie ihre Füße wieder herauszog, blieb einer ihrer Schuhe stecken. Sie grub ihn aus und schlüpfte auch aus dem anderen. Barfuß, die Schuhe baumelten ihr vom Finger, stapfte sie weiter. Im Nu war der Saum ihres Baumwollkleides bis zum Knie mit Schlamm verschmiert. Wilma würde außer sich sein. Der Gedanke erheiterte sie. Wilma hatte so etwas Altjüngferliches, Schmallippiges. Es bereitete ihr Vergnügen, ihre Kusine aus der Fassung zu bringen.

»Hier, tragen Sie meine Schuhe«, befahl sie dem Matrosen, der eben das Boot an einem umgestürzten Stamm festband, raffte mit beiden Händen ihren Rock und betrat die Baumkathedrale des Urwalds. Halbdunkel umfing sie, faulig riechende, feuchtheiße Waschküchenluft schlug ihr entgegen. Große rote Ameisen schwärmten ihre bloßen Beine hinauf, verbissen sich in ihrer Haut, Mücken umtanzten sie in dichten Wolken, blau schillernde Fliegen kitzelten ihre Mundwinkeln. Sie spuckte aus, riss ein Palmblatt ab, wedelte die Insekten weg und sah sich dabei um.

Trotz der gleißenden Mittagszeit erhellte nur gelegentlich ein diffuser Sonnenstrahl das Dämmerlicht. Weiter als dreißig Fuß in den Wald hinein konnte sie nichts erkennen. Hoch über ihr rauschten die Baumriesen im stärker werdenden Wind, und als sie über den Strom zum Schiff blickte, erkannte sie an der pockennarbigen Wasseroberfläche, dass es begonnen hatte, zu regnen. Die Regentropfen trippelten leise auf dem Urwalddach, doch unzählige Lagen von lappigen Blättern schirmten sie gegen die Nässe ab. Langsam gewöhnten sich ihre Augen an das Zwielicht.

Etwa zwanzig grasbedeckte Hütten konnte sie zwischen den Bäumen ausmachen. Frauen mit Säuglingen saßen auf dem Boden, zwei andere zerstampften Maniok in einem Holzmörser mit mannshohen Stößeln, dass ihre nackten Brüste schwangen. Männer, die nur ein paar Leder- oder Stoffstreifen zwischen den Beinen trugen, hockten zusammen, rauchten oder dösten, einer schnitzte an einem Pfeil. Ein halbes Dutzend junge Mädchen in wippenden Grasröckchen stoben bei ihrem Anblick kichernd davon. Ob es ihre weiße Haut oder ihre Kleidung war, die sie so erheiterte? Auch die herumwuselnden nackten Kleinkinder starrten sie aus großen, schwarzen Augen an, als wäre sie eine Erscheinung. Grunzend wühlte sich ein mageres Schwein durch den Morast und knabberte mit feuchter Schnauze ihr Bein an, das ohne Zweifel eine Delikatesse für Borstenviecher darstellte.

»Lass das, fort mit dir!« Sie versetzte ihm einen Tritt und hob ihre Hand, heischte die Aufmerksamkeit der Dorfbewohner. »Ich benötige ein Boot, um den Fluss hinaufzupaddeln und meinen Vater zu suchen. Ich werde gut dafür bezahlen«, sagte sie auf Französisch und blickte auffordernd von einem zum anderen.

Alle Augen waren auf sie gerichtet, laute Ausrufe des Erstaunens, vermischt mit aufgeregtem Geschnatter, Lachen brandete auf, und sie fühlte sich, als wäre sie in einen lärmenden Vogelschwarm geraten. Doch niemand meldete sich als Wortführer, einer rief etwas, es schien eine Frage zu sein, dann verstummten alle wieder. Sie hatte kein einziges Wort verstanden und war sich überhaupt nicht sicher, ob auch nur einer der Leute begriffen hatte, was sie von ihnen wollte. Mit ausholenden Gesten wiederholte sie ihre Worte. »Haben Sie vielleicht meinen Vater gesehen?«, setzte sie hinzu. Das Ergebnis war wieder Stimmengewirr, Kichern hinter vorgehaltener Hand, augenrollende Heiterkeit.

Noch während sie krampfhaft überlegte, wie sie sich verständlich machen sollte, verwandelte sich das sanfte Trommeln der Regentropfen auf dem Blätterdach in ein mächtiges Brausen. Die Regenmassen bahnten sich ihren Weg durch den Blätterschirm, ein Wasserfall ergoss sich über sie, und im Nu war sie klatschnass. Silbriger Nebel umfing sie, dämpfte alle Geräusche und verursachte ihr ein Gefühl von großer Verlassenheit. Schon kribbelte Angst in ihrem Gedärm, als zu ihrer Erleichterung irgendwo aus dem grauen Nichts die Stimme ihres Begleiters brüllte.

»Gnädiges Fräulein, kommen Sie, wir müssen sofort zurück an Bord.«

Nach kurzem innerem Kampf musste sie zugeben, dass er Recht hatte. Selbst wenn die Eingeborenen etwas wussten und sich ihr verständlich machen könnten, wäre es vollkommen unmöglich, heute weiter in den durchweichten Wald einzudringen. Sie machte einen Schritt und erwartete fast, einen Widerstand zu spüren, so dicht fiel der Regen. »Wo sind Sie? Ich kann Sie nicht sehen!« Eine Hand berührte sie, und sie griff dankbar zu, folgte ihrem Führer blind, bis sie wieder die Stimme des Matrosen hörte, dieses Mal viel weiter entfernt von ihr.

»Wir müssen zum Ufer, wo sind Sie? Beeilen Sie sich.«

Als wäre sie gebissen worden, zog sie ihre Hand aus der rauen, schwieligen, die ihre hielt, zurück. »Ich bin hier«, schrie sie, hörte als Antwort aber nur ein paar gemurmelte Worte in der Sprache der Eingeborenen. Es war die tiefe Stimme eines Mannes, und auf seltsame Art beruhigten sie die Worte des Unsichtbaren. Nach kurzem Zaudern streckte sie die Hand wieder aus. Der Mann nahm sie, und bald spürte sie den flüssigen Uferschlamm unter ihren nackten Füßen. Ihr Führer ließ ihre Hand aus seiner gleiten, und sie stand allein im peitschenden Regen. Dreckverschmiert tauchte der Matrose aus dem Regengrau auf, kaum als menschliche Gestalt zu erkennen. Seine Hände waren leer, ihre Schuhe hatte er augenscheinlich irgendwo fallen lassen, der nachlässige Kerl. Kurz entschlossen hob sie ihre schlammschweren Rockzipfel und verknotete sie über ihrem Bauch. Die klebrigen Blicke des Mannes auf ihre mit zähem, schwarzem Matsch verschmutzten Waden unter den knielangen, spitzenbesetzten Unterhosen ignorierte sie. Was dieser Matrose über sie dachte, war ihr vollkommen gleichgültig. »Nun machen Sie schon, vorwärts«, befahl sie.

Ein Donnerschlag krachte, dass sie einen erschrockenen Satz machte, sie verhedderte sich in ihrem Rock und fiel auf die Hände. Schwerfällig rappelte sie sich auf. Etwas Aalglattes, Glitschiges wand sich heftig unter ihrem nackten Fuß. Sie sprang ungeschickt zur Seite, verlor das Gleichgewicht und landete nunmehr der Länge nach, das Gesicht nach unten, im Dreck. Wutentbrannt rappelte sie sich auf, kratzte sich den Matsch aus den Augen und schrie vor Zorn und Enttäuschung. Sie war ihrem Vater keinen Schritt näher, und ihr Kleid war ruiniert. Die Flecken würde sie aus dem hellen Stoff nie wieder herauswaschen können, und sie besaß an Bord nur noch ein Kleid zum Wechseln und ein gutes aus Krepp für Landgänge im Hafen. Mehr hatte ihr Vater nicht erlaubt. Er brauchte den Platz für seine Gläser und Döschen.

»Wir müssen das Beiboot finden«, murmelte der Matrose, den Blick noch immer auf ihren Beinen. Auf ihre scheuchende

Handbewegung hin tappte er mit ausgestreckten Armen an ihr vorbei in den Nebel. Immer wieder fiel er der Länge nach in den glucksenden Schlick, bis er schließlich einfach auf den Knien weiterkroch.

»Ich hab's, kommen Sie her«, hörte sie ihn endlich rufen. Mühsam arbeitete sie sich durch den zähen Morast zu ihm vor. Der Matrose wartete auf dem umgefallenen Baumstamm, an dem er das Boot festgebunden hatte.

»Teufel auch, ich kann das Schiff nicht erkennen. Wir müssen hier warten, bis der Spuk vorüber ist. Geht meist schnell vorbei. Kann aber auch Tage dauern«, murmelte er und zerdrückte ein paar voll gesogene Mücken auf seinem behaarten Arm. Sie platzten und verspritzten Blut.

Seine helfende Hand abwehrend, stieg sie in das schmale Kanu und kauerte sich ins Heck, sah nichts außer diesem undurchdringlichen, gleichmäßigen Grau, hörte nichts als das Röhren des Sturms und das Tosen der Regenmassen, konnte an nichts anderes denken als daran, wo ihr Vater sich jetzt befinden und wie es ihm in diesem Unwetter ergehen mochte. Bild schob sich vor Bild vor ihrem inneren Auge, jedes entsetzlicher als das vorher, und bald ergriff die Angst um ihn vollkommen von ihr Besitz. Sie bestand nur noch aus diesem stechenden, heißen Gefühl, das ihr Herz zum Rasen brachte und ihr die Kehle abdrückte. Es war ihr noch nicht klar, dass es nicht nur die Angst um ihren Vater war, die sie gepackt hielt, sondern auch die um sich selbst und ihre Zukunft.

»Schlimmes Unwetter«, bemerkte der Matrose.

Sie antwortete nicht, zog die Knie an und verbarg ihren Kopf in den Armen. Lockere Konversation mit diesem Mann zu machen, überstieg jetzt ihre Kräfte. Heftiges Jucken an ihren Beinen lenkte sie ab und machte sie auf ein gutes Dutzend Blutegel aufmerksam, die sie als Nahrungsquelle nutzten. Angeekelt machte sie sich daran, die Tiere von ihren nackten Beinen zu entfernen. Jeder der Blutsauger hinterließ eine rote Stelle auf ihrer Haut, und bald sah sie aus, als litte sie an einer bösartigen Krankheit.

Glücklicherweise wurde der Regen schon weniger, und obwohl die Sicht nicht viel besser war, erkannten sie doch im Nebeldampf die schemenhaften Umrisse des Seglers. Kurz darauf reichte der Kapitän ihr die Hand, um ihr das Fallreep hinaufzuhelfen.

Wilma Jessel lehnte käsebleich und zitternd an der Reling. »Was hast du dir nur dabei gedacht, du dummes Kind«, zeterte sie, hob die Hand, als wollte sie zuschlagen, ließ sie dann aber sinken. »Wie kannst du es wagen, meine Anordnungen so zu missachten. Wart nur, was dein Vater dazu sagt. Und wie du wieder aussiehst ... mein Gott, deine Beine sind ja nackt!«, kreischte sie. »Bedecke sie auf der Stelle!« Wie immer, wenn sie aufgeregt war, lispelte sie, und Schweißperlen schimmerten auf ihrer kurzen Oberlippe. »Und was wäre, wenn dir etwas zugestoßen wäre ... die Wilden hier ... Schlangen, Krokodile ...«

»Ja, ja, und Löwen, böse Waldgeister und Kannibalen«, unterbrach sie Catherine schroff. »Wie du siehst, hat mich keiner gefressen. Mir ist nichts weiter passiert, als dass ich nass geworden bin und ein paar Männer meine nackten Fußknöchel gesehen haben. Und jetzt gib endlich Ruhe, ich mag dein Gekeife nicht mehr ertragen.« Damit schob sie ihre Kusine zur Seite und verschwand in ihrer Kabine.

Mit bebenden Händen löste sie den Rockzipfelknoten, zog das verschlammte Kleid aus und ließ es einfach auf den Boden fallen. In Hemd und knielanger Unterhose warf sie sich aufs Bett. Ihre Haare durchnässten das Kapokkopfkissen, doch sie kümmerte sich nicht darum. Bedrückt schloss sie die Augen und ließ den Gedanken freien Lauf. Es war unwahrscheinlich, dass ihr Vater den Zeitpunkt seiner Rückkehr – der tatsächlich mit dem Kapitän abgesprochen war – so lange freiwillig verzögert hatte. Noch unwahrscheinlicher war es, dass er sein Versprechen ihr gegenüber einfach vergessen hatte. Der einzige triftige Grund, den sie sich vorstellen konnte, war der, dass ihn ein Unfall oder eine Krankheit ereilt hatte oder er, Gott bewahre, in die Hände kriegerischer Eingeborener gefallen war. Man hörte von Händlern immer wieder allerlei unangenehme Geschichten über Gegenden im Wald, wo Weiße spurlos verschwunden waren. Zusätzlich war es in diesem Unwetter unsinnig, auch nur daran zu denken, seinen Spuren zu folgen. Weder an Land noch zu Wasser würde sie vorwärts kommen.

Ihre Lider wurden schwer, die Gedanken trieben in einem dunklen Strom von Mutlosigkeit dahin, sie wagte nicht, darüber nachzudenken, wie es ihr ergehen würde, sollte ihr Vater nicht aus dem Urwald zurückkehren. Er war immer da gewesen, in seinem Schutz hatte sie ihr Leben geführt, sorglos, kindlich unbekümmert, ohne sich Gedanken über Zukünftiges zu machen. Sie stand am Rande eines bodenlosen Abgrunds und starrte ins schwarze Nichts. Ihre Hände im Laken verkrallt, glitt sie in den Schlaf.

Erst als eine Fliege ihre Nase kitzelte, schlug sie die Augen auf. Der Himmel über ihr wurde durch die Fenster in ordentliche Rechtecke geschnitten. Ins Gold des späten Tageslichts mischte sich schon das Blau der nahenden Nacht. In Minuten würde es stockfinster sein, und sie wäre zu tatenlosem Warten verurteilt. Unfähig, noch weiter still zu liegen, stand sie auf und zündete eine Kerze an. In ihrem Schein wusch sie sich gründlich in der Waschschüssel, kämmte ihre verklebten Haare, flocht sie in einen festen Zopf und zog sich an.

Dann nahm sie ihr verdrecktes Kleid, besorgte sich einen Eimer aus der Kombüse und ging an Deck. Im rasch sterbenden Licht schöpfte sie mit dem Segeltuchsack, der an einem langen Strick am Handlauf der Reling befestigt war, Wasser aus dem Fluss und füllte das Gefäß. Mit spitzen Fingern fischte sie einen Wasserwurm heraus und steckte ihr Kleid hinein. Zu Hause machte das die Waschfrau mit allerlei Mittelchen, und die Bügelfrau übernahm das Plätten. Hier hatte sie nur Flusswasser und grobe Seife, und obgleich sie kräftig schrubbte, gelang es ihr wie erwartet nicht, alle Schlammflecke aus dem Baumwollstoff zu entfernen. Das Kleid war dahin. In Kapstadt würde sie es irgendeiner Schwarzen schenken, die sicherlich sehr dankbar dafür wäre. Sie hängte es in die Wanten zum Trocknen.

Mittlerweile war es stockdunkel, aber zu früh, um schlafen zu gehen. Um sich abzulenken, stopfte sie bei Kerzenlicht ein Loch in dem Ausgehrock ihres Vaters, sah auch den Rest seiner Kleidung durch, reparierte hier etwas, nähte dort einen losen Knopf wieder an. Doch ihr Kerzenvorrat ging zur Neige, und sie beschloss, zu Bett zu gehen. Sie hatte Ruhe ohnehin bitter nötig, denn seit ihr Vater und César überfällig waren, schlief sie vor Sorge so schlecht, dass sie jeden Morgen bleiern müde aufwachte.

Nach kurzem Zögern begab sie noch einmal zu Wilma und entschuldigte sich knapp für ihre heftigen Worte. Dann legte sie sich schlafen. Unter halb geschlossenen Lidern verfolgte sie das Mondlicht, das in breiten Streifen langsam durch ihre Kabine wanderte, und irgendwann fielen ihr die Augen zu. Aber nicht erholsamer Schlummer überkam sie, sondern sie glitt in den schwarzen Abgrund wirrer Träume. Immer wieder wachte sie auf, saß minutenlang verwirrt in ihrer Koje, war sich nicht sicher, welches ihre Wirklichkeit war, der Traum oder die stickige Kabine. Als der Morgen nahte, fiel sie in einen schweren Schlaf. Sie träumte von ihrer bisherigen Reise, den harschen Winden und dem kalten Grün der Nordsee, dem tiefen Blauschwarz des Atlantiks in der Bucht von Biskaya, deren Gestade von dichten Nebelschleiern verhüllt war, den turmhohen, gläsernen Wellenbergen vor Spaniens Küste. Im Traum sah sie das Wasser unter dem Kiel allmählich klarer und blauer werden, die Dünung länger und flacher und hörte Césars Stimme.

»Horche genau hin, kannst du die Musik hören? Das ist der Wind in den Palmen meiner Heimat.«

Und tatsächlich vernahm sie zarte Harfentöne, und ein verführerischer Gewürzduft stieg ihr in die Nase. Afrika lag hinter dem Horizont, und bald würden sie ihr Ziel erreicht haben. Im Schlaf seufzte sie tief auf, entspannte sich und wurde ruhiger.

*

Auch der nächste Tag brachte Catherine keinerlei neue Erkenntnis über das Schicksal ihres Vaters. Gelähmt von der Sorge um ihn saß sie tatenlos herum, unfähig, sich in irgendeiner Weise abzulenken. Um dem Mahlstrom ihrer schwarzen Gedanken zu entkommen, ging sie mit der Sonne zu Bett und zwang mit eiserner Verbissenheit den Schlaf herbei.

Kurz vor Morgengrauen traf ein Schlag die Bordwand und hallte mit dumpfem Echo durch den Schiffsbauch. Catherine schreckte hoch, warf sich schwer atmend auf dem zerwühlten Laken herum, noch tief in ihren Traum verstrickt; etwas kratzte über die Holzplanken, ein schauerlicher Ton, wie der Schrei einer zu Tode gepeinigten Seele. Das Geräusch zerrte mit schmerzhaften, kleinen Bissen an ihr, sie suchte sich mit ziellosen Armbewegungen zu wehren, setzte sich dann jedoch widerwillig auf und öffnete die Augen. Es war stockfinster in der Kabine, nicht einmal Konturen konnte sie erkennen. Angestrengt starrte sie ins Dunkel, war sich bewusst, dass etwas nicht in Ordnung war. Ihr Herz schlug ihr bis zum Hals.

»Papa, bist du's?«, flüsterte sie, lauschte angespannt, hörte aber nur das eintönige Rauschen des großen Stroms, das Klatschen des Wassers gegen den Schiffsrumpf, das vielstimmige Konzert der Baumfrösche. Gegen ihre Schläfrigkeit kämpfend, versuchte sie sich zu erinnern, was sie gehört hatte. Den Aufprall eines anlegenden Bootes? Ein neugieriges Flusspferd, das an Schlaflosigkeit litt? Oder war es das Gurgeln des Flusses gewesen? Vermutlich hatte doch nur der Matrose, der Wache schob, gehustet oder gefurzt, sagte sie sich und beschloss, trotz der frühen Stunde aufzustehen. Tief in Gedanken schwang sie ihre Beine über den Kojenrand und schob gähnend die Träger des dünnen Nachthemdes auf die Schulter. Sie hob ihren dicken Haarschopf, der ihr bis zur Mitte des Rückens hing, und rieb die Haut unter den nassen Nackenhaaren mit einem Zipfel des Bettlakens trocken. Schlaftrunken wollte sie sich doch wieder entspannt zurücksinken lassen, als ihr einfiel, was verkehrt war.

Ihr Vater schlief nicht in der Nachbarkabine, sondern war irgendwo in dem endlosen, geheimnisvollen Wald verschollen. Mit einem Schlag war sie hellwach. Blindlings strich sie übers Bett, bis sie den dünnen Baumwollstoff ihres Kleides am Fußende fühlte. Sie zerrte es sich über den Kopf und fummelte ungeduldig an den Knopflöchern herum. Als sie endlich alle Knöpfe geschlossen hatte, konnte sie kaum Luft holen. Der Stoff war vom Waschen eingegangen. Mit ausgestreckten Händen tastete sie sich zur Tür, stieg die Stiege hoch zum Deck und stieß die Luke auf.

Der alte Frachtensegler lag tief im Wasser, wiegte sich träge in der Strömung des mächtigen Kongo, die Takelage knarrte. Ein unheimlicher Laut in der lastenden Stille, denn noch schwieg der Chor der Vögel, aber die Nachttiere waren schon verstummt. Erkennen konnte sie kaum etwas, erst allmählich wuchsen schattenhafte Formen aus der Dunkelheit, wich die samtige Schwärze der Tropennacht dem aufziehenden Tag. Kein Mensch war zu sehen, sie schien allein in dieser modrigen, fremden Welt.

Die Masten mit den aufgewickelten Segeln standen wie Scherenschnitte vor dem kühlen Perlgrau des nahenden Morgens. Sie tastete sich entlang des Geländers zum Heck, lehnte sich weit hinüber, hoffte, den Einbaum ihres Vaters zu entdecken. Doch da war kein Boot, auch nicht das leise Platschen von eintauchenden Paddeln, nur das geschäftige Flüstern des großen Stroms. Sie schaute hinüber zum Ausguck. Der Matrose, der Wache schob, schlief vermutlich wieder selig. Schon mehrfach hatte sie ihn erwischt. Das letzte Mal hatte sie sich ein Laken übergeworfen und war ihm als Gespenst erschienen. Ein flüchtiges Lächeln flog über ihr Gesicht, als sie an sein Gebrüll und Getue dachte. Alle im Schiff hatte er damit geweckt, sich vom Kapitän eine Kopfnuss eingefangen und musste seitdem immer die unbeliebte Mitternachtswache übernehmen. Einen Tag später strampelte eine fette Kakerlake in ihrem Morgentee. Der Küchenjunge, den sie zur Rede stellte, schwor Stein und Bein, dass nichts außer Teeblättern in dem Getränk gewesen war, als er das Tablett vor ihrer Tür abgestellt hatte. Als sie kurz darauf an Deck ging, begrüßte sie der Matrose, ein untersetzter Mann mit schwarzen Zahnstummeln, mit grinsender Verschlagenheit. Sie begriff sofort, wer ihr das Insekt in die Tasse gesetzt hatte, und sann auf Vergeltung. Heimlich entwendete sie ein Fläschchen mit Rizinusöl aus dem Gepäck ihres Vaters, lenkte den Matrosen ab und tat zwei Löffel voll in sein Essen. Die Rache war süß gewesen. Tagelang hing der Mann danach am Tampen über Bord und musste sich entleeren. Doch jetzt entdeckte sie ihn. Er war wach und auf seinem Posten. Ohne Zweifel hätte er das Kanu ihres Vaters bemerkt. Ihr Herz sank.

Gespenstische Schreie, klagend wie die Rufe verlorener Waldgeister, hallten aus der Tiefe des undurchdringlichen Urwalds und endeten in einem lang gezogenen, irren Lachen. Beklommen umfasste sie ihre Schultern, meinte, auf einmal menschliche Laute zu vernehmen und das metallische Klirren von Sklavenketten. Sie dachte mit Unbehagen daran, dass auch der Kapitän derart Merkwürdiges gehört hatte. Oder war es eine Täuschung? Lachten nur die Makaken, diese flinken Äffchen, sie aus? Im Urwald verzerrten sich alle Laute, das menschliche Ohr wurde leicht in die Irre geführt. Angespannt ließ sie ihren Blick in der zunehmenden Helligkeit am Urwaldsaum den Flusslauf bis zur Biegung hochgleiten. Still und schwarz lag der Wald vor ihr, uneinnehmbar wie eine Festung. Das gegenüberliegende Ufer konnte sie nicht ausmachen. Der Kongo war hier, in der Nähe seiner Mündung, schon weit wie ein Meer, und gazefeiner Morgennebel verschleierte ihre Sicht. Es lag etwas Bedrohliches in der Luft, etwas Böses, wie der Aashauch, der aus dem Schlick der Sümpfe stieg.

Sie waren tückisch, diese Sümpfe, rissen ihren schwarzen Rachen auf, schlangen die in sich hinein, die unvorsichtig in sie eindrangen, und ließen sie nie wieder frei. Mensch und Tier verschwanden auf Nimmerwiedersehen im Schlund dieser gefräßigen Ungeheuer. Die Sümpfe bedeckten einen gigantischen Friedhof von Gebeinen. Krankheiten stiegen wie Dämpfe aus dem stinkenden Morast, und man hatte ihr erzählt, dass dort Krokodile lauerten, die so groß waren, dass ein Mensch in ihrem geöffneten Rachen stehen konnte.

»So groß wie ein Schiff sind sie«, hatte ihr Vater gedröhnt und ihr dabei Pfeifenrauch ins Gesicht geblasen. Aber er hatte gezwinkert, und sie hatte gelacht, es nicht ernst genommen. In seinen Erzählungen waren die Dinge immer überlebensgroß;

sie hatte gelernt, sie in Gedanken auf ein glaubhaftes Maß zu verkleinern.

Sie starrte übers Wasser. Ihre überreizte Einbildung sah tanzende Dämonen, wo Nebelschleier übers Wasser trieben, hörte Stimmen, wo es keine geben konnte. Sie erschrak jählings, als ein Kanonenschlag, wie sie glaubte, die Luft erzittern ließ, dem eine ohrenzerreißende Kakophonie von Vogelschreien und das irrwitzige Gekreisch aufgeschreckter Affen antworteten. Erst da erkannte sie den hallenden Ruf der Hornraben, die jeden Morgen die Welt am Fluss weckten, und atmete auf.

Doch sie konnte sich nicht beruhigen. Unwillkürlich schätzte sie die Länge des Schiffs ab. Fünfzig oder sechzig Fuß. Ein Krokodil? Gänsehaut überlief ihre Arme, und sie erinnerte sich, dass flussaufwärts tosende Stromschnellen den Wasserweg versperrten. Boote mussten auf dem Landweg um dieses Hindernis geschleppt werden, durch den feindlichen Wald, der Gefahren barg, von denen Europäer nichts ahnen konnten. Wo war ihr Vater? Lebte er noch? Sie stützte ihren Kopf auf ihre gefalteten Hände.

»Lieber Gott, hilf mir«, betete sie leise, »hilf meinem Vater ... lass ihn gesund zu mir zurückkehren ... beschütze ihn.« Es war ein Zeichen, wie schlimm es um sie stand. Ihr Verhältnis zu ihrem Gott war seit dem frühen Tod ihrer Mutter, den sie als großes Unrecht empfand, denn ihre Mutter war ein Engel gewesen, nicht das beste, und nur wenn sie in wirklicher Not war, flehte sie ihn um Hilfe an. »Bitte beschütze ihn und César«, flüsterte sie.

Immer hatte ihr Vater alle Gefahren mit einem Lachen abgetan. Vor einiger Zeit hatte er sie auf eine kurze Expedition mitgenommen, und sie war im zwielichtigen grünen Dämmerlicht, das unter dem Baldachin der Urwaldgiganten herrschte, in die Krakenarme ellenlanger Lianen geraten, hatte sich darin verwickelt und war gestolpert. Halt suchend griff sie nach einem trockenen Zweig, der sich plötzlich in eine aufgebracht zischende Schlange verwandelte. In Panik hatte sie das Reptil von sich geschleudert und dabei Schwärme von just den Schmetterlingen verscheucht, die ihr Vater studieren wollte.

»Also bitte, Catherine, die Schlange ist vermutlich völlig harmlos und hat mehr Angst vor dir als du vor ihr. Da, sie läuft weg!«, rief er unwirsch und packte sie am Arm. »Du bleibst zukünftig an Land, junge Dame, sonst wirst du mir alle Tiere verjagen«, setzte er hinzu. »Frauen haben eben nichts im Urwald zu suchen.«

Tief beschämt hatte sie gehorcht. Jetzt verdammte sie ihre Zimperlichkeit und wünschte sich sehnlichst an seine Seite. Unerklärlicherweise glaubte sie, dass ihm nichts zustoßen konnte, solange sie bei ihm war.

*

Sie hob den Kopf von ihren gefalteten Händen und kehrte in die Gegenwart zurück. Mit brennenden Augen starrte sie hinunter auf den Fluss, spürte, dass die Müdigkeit der durchwachten Nacht sie einholte und ihre Glieder schwer wurden. Schwer wie Öl flossen die schattigen Wasser unter ihr dahin, glucksten um den hölzernen Schiffsrumpf, erzählten vom Leben an ihren geheimnisvollen Ufern im Inneren, von längst versunkenen Königreichen und unermesslichen Schätzen, ließen sie Bilder sehen, die prächtig waren wie Renaissancegemälde. Mit geschlossenen Augen lauschte sie den wispernden Stimmen, ihre Gedanken wurden mitgerissen wie auf dem Wasser schwimmende Blüten. Sie hüpften und drehten sich auf der Oberfläche ihrer Erinnerung, bis das ausgemergelte Gesicht von Mr. Irons, dem Missionar, auftauchte, bei dem sie immer auf die Rückkehr ihres Vaters hatte warten müssen.

Auch für diese Reise hatte ihr Vater es so geplant. Doch sie hatten die Missionsstation am Ufer des großen Stroms verlassen vorgefunden. Der Anlegesteg war eingebrochen, nur Teile davon ragten noch aus dem Wasser, die Hütte, in der der alte Priester jahrelang gelebt hatte, war zerstört. Die Wände aus geschälten Baumstämmen ragten schwarz wie Mahnmale aus dem Waldboden, das Grasdach war zerfetzt und eingesunken. Es schien, dass ein Feuer gewütet hatte, genau konnten sie das jedoch nicht feststellen. Die letzte Regenzeit hatte alles in schwärzlichen Matsch verwandelt und der Urwald längst seine grünen Finger ausgestreckt und sich zurückerobert, was man ihm einst entrissen hatte. Nur die durchweichte, verschimmelte Lederbibel von Mr. Irons zog Catherine unter einem angekohlten Holzbalken hervor. Auch das kleine Eingeborenendorf, das aus etwa zehn Hütten bestand, lag leer und still vor ihnen. Eine Gruppe Affen tobte kreischend durch die Bäume. Der größte landete zu ihren Füßen, bleckte seine gelben Zähne und schwenkte dabei etwas Blitzendes in seiner Krallenhand.

Catherine erkannte es sofort. »Das ist das Kruzifix von Mr. Irons«, flüsterte sie, wagte kaum lauter zu sprechen, so sehr beschlich sie der Eindruck, dass hunderte von Augen sie beobachteten, hunderte von Ohren sie belauschten. Eine beklemmende Vorahnung bemächtigte sich ihrer, ein Gefühl von Unausweichlichkeit, von Tod und Verderben. »Was ist hier nur passiert?«, fragte sie.

Keiner konnte ihr eine Antwort geben, und es blieb ihr auch keine Zeit, selbst eine zu suchen. Der Kapitän hatte auf Weiterfahrt gedrängt. »Der Wind ist günstig. Bei Flut müssen wir segeln, solange das Licht es noch erlaubt.« Jede Minute ließ er seinen Maat die Tiefe ausloten. Immer wieder musste die *Carina* treibenden Baumstämmen ausweichen, der Fluss wurde flacher, das Wasser floss nicht mehr stetig, es strudelte, und kleine Schaumköpfe zeigten, wo sich Felsen unter der Oberfläche verbargen. Als der Wind in sich zusammenfiel, ließ der Kapitän gegen den lauten Protest ihres Vater den Anker werfen. Sie hatten nur wenige Meilen flussaufwärts geschafft.

»Heuern Sie ein paar kräftige Männer im nächsten Dorf an, Kapitän, die können den Kahn treideln. Sollte ja nicht so schwierig sein, was? Das Ufer ist hier flach, kommen Sie schon, Mann, oder besteht Ihre Mannschaft aus schwächlichen Betschwestern?«

Die Ankerkette verschwand rasselnd im Wasser. »Bis hierher und nicht weiter, Monsieur le Roux«, beschied ihm der Kapitän. Wenn es um die Sicherheit seines Schiffes, seines ganzen Besitzes ging, zeigte er Unnachgiebigkeit. Doch da noch mindestens zwei Stunden Tageslicht verblieben, schickte er zwei Männer seiner Besatzung an Land, um zu erkunden, was hinter der nächsten Flussbiegung lag. Minuten vor Einbruch der Tropennacht kehrten sie zurück.

»Stromschnellen«, riefen die beiden Männer, noch bevor sie ihr nussschalenkleines Ruderboot wieder am Heck festmachten. »Völlig unpassierbar.« Dann berichteten sie von einem Eingeborenendorf, das sich das Ufer entlang zwischen den Bäumen hinzog. »Scheinen friedlich zu sein«, bemerkte der Matrose, als er an Bord stieg, »habe keine Suppenkessel entdeckt, in dem ein Missionar gesotten wurde«, setzte er mit einem grinsenden Seitenblick auf Catherine hinzu. Es war derselbe, der ihr die Kakerlake in den Tee getan hatte. Als sie ihn jedoch mit einem eisigen Blick fixierte, lief der Mann tiefrot an. »'tschuldigung, Fräulein, war nicht so gemeint, nichts für ungut«, murmelte er und polterte den Niedergang in den Bauch des Schiffes hinunter.

Seitdem dümpelte die *Carina* ein paar Schiffslängen vom Ufer mit kaum mehr als drei Fuß Wasser unter dem Kiel.

Ihr Vater entdeckte mehrere Einbäume im Uferschlamm und einige Eingeborene, die aus dem schattigen Wald auftauchten, und ließ sich daraufhin sofort an Land bringen. In Begleitung von César marschierte er, umringt von einem aufgeregt schnatternden Schwarm schwarzer Kinder, ins Dorf und kaufte den Bewohnern für etliche bunte Perlen und vier Längen groben Baumwollstoffes einen Einbaum ab.

Während César das schmale Boot vertäute, kletterte er über das Fallreep an Bord. »Neger lieben derartiges Zeugs«, erklärte er seiner Tochter. »Wirklich rührend, wie begeistert diese Naturkinder von solchem Tand sind. César, bring unsere Sachen ins Boot und staple sie so in der Mitte, dass es austariert ist. Wir legen noch in dieser Stunde ab. Du bleibst an Bord, Catherine. In drei Tagen bin ich zurück. Widme dich deinen Zeichenstudien, dann wird dir die Zeit schnell vergehen. Wenn du besser auf dein Kätzchen aufgepasst hättest, wäre es in Portugal nicht von Bord entwischt, und du wärst jetzt nicht so allein. Aber du hast ja immer noch die vortreffliche Wilma als Gesellschafterin«, fügte er hinzu.

»Drei Tage«, rief sie und folgte ihm in seine Kabine. Sie beobachtete ihn mit wachsender Unruhe. Seine spöttische Zunge fürchtend, scheute sie sich, ihm von dem unguten Gefühl zu erzählen, das sie beim Anblick von Mr. Irons' zerstörter Hütte beschlichen hatte. Erst als er sich hinter dem Paravent ankleidete, vermochte sie ihm endlich mit stockender Stimme davon zu berichten. »Bitte fahr nicht, Papa, ich fühle, dass etwas Schreckliches passieren wird. Sag dem Kapitän, dass er den Anker lichtet und flussabwärts segelt. Dieser Ort hier ist verflucht ...«

Er kam hinter dem Schirm hervor, knöpfte die Manschetten seines weißen Baumwollhemdes zu und schlang sich ein Tuch aus feinem Leinen um den Hals. »Unsinn, was du immer redest, du hast zu viel Fantasie. Du solltest dich vielleicht eher mit hausfraulichen Dingen beschäftigen, als ständig zu lesen.« Er reckte das Kinn, um das Tuch unter seinem Bart zu ordnen. »César ist bei mir, und ich bin bestens ausgerüstet.« Mit diesen Worten steckte er zufrieden lächelnd seine langläufige Pistole in den Gürtel. »Damit halte ich mir jedes wilde Tier vom Leib, und auch die Eingeborenen können mit ihren Pfeilen dagegen nichts ausrichten.«

Sie biss sich auf die Lippen. »Du hast mir versprochen, dass ich dich begleiten darf, um Zeichnungen von deinen Funden anzufertigen.«

»Das nächste Mal. Und was deine Zeichnungen betrifft«, er klaubte einen Fussel von seinem Hemd, »nun ja, ein wenig solltest du schon noch üben. Genauigkeit musst du hineinbringen, weniger Geschmier, verstehst du?«

Wie eifrig war sie doch aufgesprungen, um ihm ihre Zeichnungen zu zeigen! Sie verzog das Gesicht bei der Erinnerung. »Hier, sieh doch, diese Libelle habe ich gemalt. Ist sie nicht schön? So zart, so luftig. Sie muss dir doch gefallen«, hatte sie gerufen und ihm das Aquarell hingehalten.

Er hatte den Block zu sich herangezogen, das Bild erst nah vors Gesicht gehalten, dann auf Armeslänge, es mit zusammengekniffenen Augen hin und her gedreht. »Libelle? Ich sehe nur blaue und grüne Kleckse und hier ein bisschen Weiß ... keine

Konturen ... soll das hier der Kopf sein mit den Facettenaugen? Das ist, wie ich schon sagte, Geschmier, keine Libelle. Nein, Catherine, das musst du ordentlicher malen, jede Einzelheit. Die feinen Flügel, die Segmente des langen Leibes, diese ganz und gar erstaunlichen Augen.«

»Aber es schimmert, Papa. Ich wollte das Wesen einer Libelle zeigen, die ätherische Luftkreatur ... sie ist so leicht ...« Ihr hatten die Worte gefehlt.

»Das interessiert keinen. Zeichne das Insekt erst mit allen Einzelheiten, völlig naturgetreu, dann koloriere es. Wenn du das gut gemacht hast, darfst du dich an meinen Präparaten versuchen.«

Seine Präparate. Tote Tiere in Gläsern, eingelegt in Spiritus, fahles Gelb, verschrumpelte Haut. Aufgespießte Schmetterlinge, die Flügel gehoben, als versuchten sie davonzuflattern, ausgestopfte Vögel, für immer erdgebunden, und die Frösche aufgeschnitten und zerstückelt. Nichts, was sie zeichnen wollte. Sie hatte es ihm gesagt.

Ihr Vater hatte gelacht und ihr den Kopf getätschelt. »Kopf hoch, Kleines, wenn ich wiederkomme, paddeln wir gemeinsam zu den Flussinseln. Dann kannst du beweisen, was du in der Zwischenzeit gelernt hast.«

Sie hatte nur sein Versprechen gehört und für den Augenblick ihren Kummer vergessen. »Wenn du wiederkommst? In drei Tagen, wirklich? Du versprichst es?«

»Ja doch«, hatte er zerstreut geantwortet und seinen breitkrempigen Lederhut tief in die Stirn gedrückt. Eilig war sie ihm an Deck gefolgt.

»Adieu, Papa, komm gesund wieder«, hatte sie geflüstert und ihn schnell auf die Wange geküsst, während er sich zum Ablegen bereitgemacht hatte.

»Nun, nun, Töchterchen, Haltung bewahren, und keine Bange, dein alter Papa ist unverwüstlich.« Lachend hatte er einen kühnen Satz in den schmalen Einbaum gemacht, die wilden Schwankungen breitbeinig ausbalancierend. »In drei Tagen bin ich wieder da, lass dir die Zeit nicht lang werden«, hatte er gerufen und seinen Hut geschwenkt, und sie hatte ihm nachgesehen, so lange, bis ihre Tränen und die dichten Mangroven ihr den Blick auf seine hoch gewachsene Gestalt verwehrt hatten.

Noch minutenlang stand sein Abbild als Geisterbild eingebrannt auf ihrer Netzhaut vor ihr.

Das war vor sechs Tagen gewesen.

Wenigstens über das Schicksal von Mr. Irons hatte sie Gewissheit erhalten, aber in einer Weise, die sie nicht unbedingt beruhigte. Einen Tag, nachdem ihr Vater aufgebrochen war, kamen drei ebenholzfarbene Männer in einem Einbaum längsseits, um ihre Waren anzubieten. Das Kanu war mit Bananenstauden und Palmnüssen beladen, und einer der lederbeschürzten Eingeborenen trug einen Stock über der Schulter, auf den er eine Kette papiertrockene Fische gespießt hatte. Er war es auch, der ein paar Brocken Französisch sprach. Catherine, die froh über jede Abwechslung war, fragte ihn, woher er kam und wohin er wollte, und als sie erfuhr, dass er aus einem Dorf in der Nähe der Missionsstation stammte, befragte sie ihn nach dem Schicksal des verschwundenen Missionars. Doch die Sprachkenntnisse des Mannes reichten nicht aus. Erst als sie ihren Zeichenblock holte, mit einer paar Strichen einen Priester mit einem Kruzifix skizzierte und es ihm hinhielt, erfuhr sie, was sie wollte.

Weiße Männer und schwer mit Elfenbein beladene Träger waren bei Mr. Irons aufgetaucht. Einer der Weißen war verletzt gewesen, und der Missionar hatte ihn behandelt. Am Abend hörten die Eingeborenen laute Stimmen und Gebrüll, und der alte Mann sei aus der Hütte geschwankt. Der lebhaften Pantomime des Schwarzen entnahm sie, dass er Palmwein getrunken hatte und singend herumgestolpert war, ehe er von der Böschung abgerutscht, in den Fluss gefallen und nicht wieder aufgetaucht war. Plötzlich hatte die Station lichterloh gebrannt, und die Elfenbeinjäger waren mitsamt den zwei Kanus des Missionars verschwunden.

»Diese Verbrecher haben ihn sicher betrunken gemacht, um seine Kanus zu stehlen«, hatte sie zu Wilma bemerkt, die sich mittlerweile aufgerafft hatte, auch an Deck zu kommen, und sich, bleichgesichtig und unsicher auf den Beinen, neben ihr an der Reling festklammerte. »Es wird nicht allzu schwierig gewesen sein. Schon vor zwei Jahren legte Mr. Irons eine große Vorliebe für gegorenen Palmensaft an den Tag.«

Wilma hatte tief geseufzt und ihre Hände an die magere Brust gelegt, die blassen Augen himmelwärts gewandt. »Gott sei's gedankt«, sagte sie mit tiefer Inbrunst. »Ich fürchtete schon, die Wilden hätten ihn gefressen.«

Gebannt hatte Catherine dabei weiter die stummen Ausführungen des schwarzen Fischers beobachtet. Mit großen Gesten beschrieb er, was dann geschah. Unmittelbar nachdem Mr. Irons in den Fluss gefallen war, hatte es einen mächtigen Wirbel im Wasser gegeben, es hatte gekocht, als würde es von einer Riesenfaust umgerührt, und ein großes Krokodil lag danach für Tage faul mit aufgesperrtem Rachen am Ufer. Sein Wanst hatte einen beachtlichen Umfang, und an Beute schien es nicht interessiert zu sein. Der Fischer veranschaulichte die Dicke mit ausgebreiteten Armen. Angesichts Wilmas Zimperlichkeit übersetzte ihr Catherine die Geschichte nicht. Sie bereitete ihr selbst ein derart mulmiges Gefühl, dass sie vorzog, sie zu verdrängen, und tröstete sich damit, dass sie wohl die Zeichensprache des Fischers falsch verstanden hatte.

Aber das unangenehme Gefühl im Magen war geblieben, es breitete sich wie flüssige Säure in ihr aus. Ihr ganzes Denken wurde von der Sorge um ihren Vater beherrscht. Wie würde ihre Zukunft aussehen, sollte ihm tatsächlich etwas zugestoßen sein? Kaum war ihr dieser Gedanke durch den Kopf geschossen, überfiel sie heiße Scham. Wie konnte sie nur!

Würde es doch nur Tag werden und die strahlende afrikanische Sonne die nächtlichen Gespenster vertreiben! Sie blickte nach Osten. Der Himmel über dem Wald zeigte bereits jenes durchsichtige Türkis, das die aufgehende Sonne ankündigte. In wenigen Minuten würde es hell sein. Zwei elegante Seidenreiher strichen mit heiseren Schreien über die spiegelnde Oberfläche des Stroms, und als die ersten Strahlen ihr Gefieder vergoldeten, atmete sie auf, spürte schon jetzt, wie ihre schwarzen Gedanken in der Verheißung des Lichts zerflossen.

Ihrem Vater ging es gut, ganz sicherlich, ihm war noch nie etwas passiert. Vermutlich hatte er wieder irgendein Tier entdeckt, das noch nie ein Mensch vor ihm zu Gesicht bekommen hatte, und dabei in seiner Faszination die Zeit vergessen. Außerdem hatte er seine Pistole, und César wachte über ihn, wenn er sich in seinem Eifer ohne Rücksicht auf Schlangen und mörderische Moskitos durchs Unterholz schlug. Sie lächelte in sich hinein. Manchmal bezweifelte sie, dass ihr Vater überhaupt irgendein Wesen wahrnahm, das nicht unter ein Mikroskop passte und mindestens sechs Beine besaß.

Schwere Schritte lärmten den Niedergang hoch. Sie wandte sich halb um. Es war der Kapitän. Sein Blick war finster, die Augäpfel waren gelb verfärbt und von roten Adern durchzogen. Außerdem roch er stark nach billigem Tabak und altem Schweiß. Angewidert kräuselte sie ihre Nase. Bereits in Hamburg hatte sie ihren Vater gebeten, ein anderes Schiff zu nehmen, doch er bestand darauf, dass er gerade diesen Mann brauchte, der die Kongomündung wie kein zweiter kannte. Basta. Catherine fügte sich, und so hatten sie die *Carina* bestiegen.

»Guten Morgen, Baronesse, ich sehe, Sie halten wieder Ausschau nach Ihrem Herrn Papa«, dröhnte der Kapitän, sich hastig die dunkelblaue Jacke über seinem ausladenden Bauch zuknöpfend. »Nun wird es wirklich höchste Zeit, dass er zurückkehrt, nicht wahr? Ich muss sagen, ich hege die Befürchtung, dass ihm etwas passiert ist, und ich kann auf keinen Fall länger warten.« Er befingerte die hochgezwirbelten Enden seines gewaltigen Backenbarts, die er hinter die Ohren gehakt hatte.

Sie fand, dass die Geste etwas Defensives an sich hatte. »Nun, wir haben ja schon darüber geredet, Kapitän, und Sie kennen ihn ja, er wird sich kaum von seinen geliebten Krabbeltieren losreißen können. Sie müssen warten!« Demonstrativ wandte sie ihm den Rücken zu. Ihre ständig steigende Angst behielt sie für sich, als würde sie, in Worte gefasst, erst recht von ihr Besitz ergreifen. Erleichtert hörte sie kurz darauf die Luke am Niedergang klappen. Sie war wieder allein.

Kapitel 2

Die Sonne stieg rasch hinter den schwarzen Umrissen des Urwaldes hoch, und die Schatten der Nacht lösten sich auf. Das Flussufer glühte smaragdgrün, und aus den düsteren Mangroven, deren bleiche Luftwurzeln jetzt bei Ebbe aus dem Schlick ragten, wurde eine Reihe von Damen, die ihre grünen Röcke geschürzt und die blassen, langen Beine entblößt hatten. Schwatzend wiegten sie sich im Morgenwind, raschelten mit ihren Kronen, tauschten Klatsch und Neuigkeiten aus. Flinke Krabben huschten zwischen ihren Füßen, kleine Vögel wippten auf den Zweigen.

Rhythmisches Stampfen hallte vom Ufer herüber. Die Eingeborenenfrauen zerkleinerten Maniok für ihre Abendmahlzeit. Es war eins der vertrautesten Geräusche im Urwald und zeigte Catherine, dass sie nicht mehr allein war. Es wurde Tag an der Mündung des Kongos, und die Geister flohen das Licht. Das Gewicht der Nacht auf ihren Schultern wurde leichter. Sie wandte sich ab und ging in ihre Kabine. Es war Zeit zu frühstücken, obwohl sie keinen Appetit verspürte. Als sie die Kabinentür öffnete, fiel ihr Blick auf ihre Reisetasche. Sie wischte den grünlichen Schimmelrasen vom Leder, der durch die herrschende Feuchtigkeit üppig spross. Einem plötzlichen Verlangen gehorchend, kniete sie nieder, öffnete den Verschluss und hob ein in Wachstuch gehülltes Paket heraus. Behutsam schlug sie das Tuch zurück.

Perlmuttern schimmernde Seide und zarte Klöppelspitzen quollen hervor. Das Hochzeitskleid ihrer Mutter. Sie hatte es in einer Truhe gefunden, kurz nachdem ihre Mutter nach Wochen von bösem Husten und blutigem Auswurf an Lungenfieber gestorben war. Seitdem lag das Kleid stets zuunterst in ihrer Reisetasche und begleitete sie überallhin. Sie hob es heraus. Wie ein kühler Hauch fiel es auf ihre bloßen Beine.

Mit einem Schluchzer vergrub sie ihr Gesicht in dem zarten Stoff, atmete den schwachen Rosenduft ihrer Mutter, krümmte sich schier vor Verlangen nach ihrer Wärme und Zärtlichkeit, der Geborgenheit ihrer Umarmung. Ihr Vater war kein gefühlvoller Mensch. Er mied Körpernähe, glaubte, dass es genügte, den Geist eines Kindes zu bilden. Ihre seltenen, zaghaften Versuche, sich bei ihm anzuschmiegen, wies er gedankenlos ab, tätschelte ihr allenfalls abwesend den Kopf. Ganz fest drückte sie das Kleid an sich, meinte ein sanftes Streicheln zu spüren. Sie gab sich ganz diesem Gefühl hin und merkte nicht, dass sie es war, die sich selbst liebkoste. Ihre Atemzüge wurden tief und regelmäßig, und allmählich legte sich ihr innerliches Zittern. Als sie wieder ganz ruhig war, fast schläfrig, löste sie sich, faltete das Kleid liebevoll zusammen, rollte die langen Satinbänder ein und legte es zurück. Es war ihr Kostbarstes, das Einzige, was ihr von ihrer Mutter geblieben war, ihre innere Zuflucht, die Erinnerung an sonnendurchflutete Tage voller Jauchzen und Zärtlichkeit, an Märchen, die ihre Träume hell und leicht machten.

Sie strich noch einmal über die knisternde Seide, knipste den Verschluss der Reisetasche zu und erhob sich vom Boden. Der Smutje hatte ihr Frühstück, aus einem Becher dünnen Tees, Brot mit Marmelade, die Wilma mit an Bord gebracht hatte, und einem harten Ei bestehend, auf den kleinen Tisch neben ihrem Bett gestellt. Sie brach das Brot auf, fand, wie schon am Tag zuvor, mitgebackene, im Tod verkrümmte gelbe Mehlwürmer. Gleichmütig pulte sie die Tiere heraus und schnippte sie aus dem Fenster, während sie sich vornahm, den Smutje, einen pickeligen, grünschnäbligen Jungen vom platten Land um Bremen, dazu anzuhalten, das Mehl sorgfältiger zu sieben. Auch wegen des Tees musste sie mit ihm reden. Ihr Vater hatte ihn selbst mitgebracht, und der Verdacht beschlich sie schon seit längerem, dass der Junge sich daran bediente.

Der Küchenjunge war der Gehilfe ihres eigenen Kochs gewesen, der ihren Vater stets auf Reisen begleitete. Der jedoch war von einem Landgang in jämmerlicher Verfassung zurückgekehrt. Stundenlang hing er am Tampen an der Außenbordwand und entleerte sich mit wirklich sehr unangenehmen Geräuschen. Innerhalb weniger Tage wurde er quittegelb und skelettdürr und so schwach, dass er auf einem Eimer sitzen musste, weil er sich am Tampen nicht mehr halten konnte. Vier Tage nach seiner Rückkehr war er tot. Er wurde in Persenning eingenäht und über Bord geworfen. Der Kapitän sprach ein Gebet, alle sangen einen Psalm. Seitdem kochte der Küchenjunge.

Nachdem sie gegessen hatte, ließ sie ihren Rock wieder auf züchtige Länge fallen, nahm das ledergebundene Tagebuch, das sie von Wilma zum siebzehnten Geburtstag geschenkt bekommen hatte, klemmte sich den Zeichenblock unter den Arm und ging an Deck. Dort ließ sie sich von einem widerwilligen Matrosen einen Stuhl in die Spitze des Bugs stellen. Sie setzte sich, schlug den Zeichenblock auf und schaute sich um.

Flussaufwärts schlief ein Krokodil auf der Sandbank. Es war groß, aber von völlig normalen Krokodilausmaßen, wie sie beruhigt feststellte, nicht einmal so groß wie ein Eingeboreneneinbaum. Mit raschen Strichen begann sie, das Reptil zu skizzieren, und gab sich besondere Mühe, jede Hornschuppe einzeln auszuarbeiten.

Trotz der frühen Morgenstunde drückte feuchte Hitze auf das Schiff, kein Lüftchen rührte sich. Mücken umsirrten sie in dichten Wolken. Geistesabwesend zerquetschte sie eine auf ihrem Arm. Die Luft war erfüllt von Lachen, Hühnergackern und Schweinegrunzen, Vogelschreie hallten durch den Wald, der Fluss plätscherte leise, und im Hintergrund fiedelten die Zikaden. Eine friedliche Ruhe lag über allem. Wie eine vielbeinige Raupe tauchte eine lange Reihe Frauen aus dem Palmenhain am Ufer auf. Bis auf ihre Grasröcke waren sie nackt, und ihre schwarze Haut glänzte von Palmöl. Geschickt balancierten sie Bananenstauden, Körbe mit getrocknetem Fisch oder Palmnüssen auf ihren Köpfen. Junge Männer schleppten Bündel von kreischenden, flatternden, an den Füßen zusammengebundenen Hühnern zum abschüssigen Ufer und beluden den schmalen Einbaum, der im Schlamm auf die Flut wartete. Es war wohl Markttag in irgendeinem Dorf flussaufwärts.

Catherine rieb ihre Magengegend. Das unbehagliche Gefühl der vergangenen Nacht legte sich allmählich. Ihr Blick glitt in die Ferne. Leise summte sie ein paar Töne, die sich rasch zu einer Melodie verbanden, einer sinnlichen Weise im Dreivierteltakt, die ihr Herz schneller schlagen ließ und ihren ganzen Körper ergriff. Ihre Hand, die den Stift hielt, fiel in ihren Schoß. Die Wirklichkeit versank, sie vergaß die Sorge um ihren Vater, den Ärger mit dem Kapitän und die kranke Wilma. Ihre Gedanken flogen über den Kontinent nach Norden, zurück zu einem Abend im letzten Juni.

*

Ihr Vater plante, sich in Wien mit seinem Freund und Verleger Salvatore Strassberg zu treffen, um ihn für sein neues Projekt, eine Forschungsreise in die Wälder am Kongo, zu interessieren. Er träumte von einem Standardwerk über die Verwandtschaft der Tierwelt der Tropen, ausgehend von der Vermutung, dass die Welt in grauer Vorzeit eine riesige Landmasse gewesen sein musste, die sich irgendwann geteilt hatte, wobei die Tiere einer Familie über alle Kontinente verstreut wurden.

Doch ständig mangelte es ihm an Geld für seine Visionen, und er war auf Aufträge von seinem Verleger angewiesen. Die Erbschaft von Grandpère Jean steckte zum Teil im Haus der Familie vor den Toren Hamburgs, das ihm und seiner Schwester Adele gehörte und dessen Dach so löchrig war wie ein Sieb. Immer wieder forderte Adele Geld für Reparaturen, für neue Teppiche und neuerdings für die Beleuchtung des ganzen Hauses mit Petroleumlampen. Und so reichten seine Mittel nie aus, die Expeditionen ohne zusätzliche Gelder zu ermöglichen, aber das kümmerte Catherine wenig. Geld interessierte sie nicht. Solange sie ihn begleiten durfte und nicht bei der fürchterlichen Adele bleiben musste, war sie bereit, auf fast allen Komfort zu verzichten.

An einem warmen Junitag im Jahr 1849 erreichten sie Wien. Die Vögel sangen, Jasmin- und Rosenduft parfümierten die warme Luft, die Damen trugen helle Kleider und Sonnenschirme, und die Herren zwirbelten unternehmungslustig ihre Schnurrbärte. Mit glänzenden Augen hatte sie das lebhafte Treiben in vollen Zügen genossen, freute sich, dass Wilma verhindert war. Sie sehnte ihren achtzehnten Geburtstag herbei. An dem Tag, so hatte ihr Vater es bestimmt, würde sie endlich von Wilmas Obhut befreit sein.

In ihrem Hotel in Wien angekommen, ließ ihr Vater sich schnurstracks, noch bevor sie ausgepackt hatten, mit einem zweispännigen Fiaker zu seinem Freund kutschieren. Der Verleger lebte mit seiner Familie, seiner Frau und drei Töchtern, in einem opulenten Haus, das in einem wunderschönen, gepflegten Park lag. Salvatore Strassberg, ein imposant wirkender älterer Herr mit schlohweißen Haaren, wartete schon in der Bibliothek auf sie. Louis le Roux begrüßte ihn mit herzhaftem Handschlag.

»Ich bin mir sicher, viele neue Spezies von Fischen, Vögeln und Reptilien dort entdecken zu können, die ich dann mit denen, die mir aus anderen Reisen bekannt sind, vergleichen kann. Auch hoffe ich, auf unbekannte Bantustämme zu treffen, ja vermutlich werde ich sogar authentisch über die Zwergwaldmenschen berichten können«, schwärmte er später beim Kaffee seinem alten Freund vor. »Ich werde mich weiter in den Dschungel wagen als dieser Livingstone. Ich werde meinen Fuß dorthin setzen, wo noch kein menschliches Wesen vorher gestanden hat. Welch ein Prestige wäre es doch für Sie und Ihr Haus, wenn Sie, lieber Freund, als Erster meinen Bericht als Buch veröffentlichen könnten, nicht wahr?« Er sprach mit weit ausholenden Armbewegungen und mitreißender Begeisterung. Zu seiner Tochter geneigt, flüsterte er hinter der Hand: »Dafür wird er einen netten Vorschuss herausrücken, wart's nur ab.«

Tatsächlich zeigte sich Salvatore Strassberg außerordentlich interessiert, und strahlend reichten sie sich nach über einer Stunde die Hände.

»So ist es nun abgemacht, lieber Louis, ich wünsche Ihnen ein gutes Gelingen Ihrer Vorhaben. Kehren Sie gesund und mit reicher Beute zurück. Nun habe ich noch eine Bitte. Meine Frau und ich würden Sie und Catherine sehr gerne zu unserem alljährlichen Sommerball einladen, den wir morgen geben werden. Sie wird dort junge Leute ihres Alters kennen lernen können, tanzen und unser – wenn ich das so frei sagen darf – viel gerühmtes Büfett genießen.« Er streifte Catherines hübsches, aber einfaches Tageskleid mit verstohlenem Blick. »Da ich annehme, dass Sie nicht mit Ballkleidung gereist sind«, bemerkte er taktvoll, »schlage ich vor, dass sich Catherine in die kompetenten Hände meiner Frau begibt.«

Catherine hatte noch nie einen Ball besucht, die einzigen gesellschaftlichen Ereignisse ihres Lebens waren Zusammenkünfte ihres Vaters mit seinen Freunden gewesen, bei denen sie als Maskottchen geduldet wurde. Aufgeregt stand sie in der Mitte des Ankleidezimmers der Strassberg-Schwestern, während die Zofe einen überdimensionalen Bienenkorb aus Rosshaar heranschleppte.

»Heben Sie Ihre Arme, meine Liebe«, befahl Frau Strassberg, und gemeinsam mit der Zofe zwängte sie das Gebilde um Catherines schmale Mitte und befestigte es. »Es ist das Neueste in dieser Hinsicht«, erklärte Frau Strassberg mit sichtlichem Stolz. »Ihr Rock wird einen wunderbaren Schwung bekommen.«

Das Ungetüm saß fest auf Catherines Hüften, schien sie am Boden festzunageln, so schwer war es. Wie sollte sie nur damit tanzen? Sie zupfte unglücklich an den Bändern. Doch als ihr die Zofe das Korsett mit Dutzenden blinkender Metallösen und Stahlknöpfe hinhielt, stöhnte sie auf. Noch nie hatte sie so ein Folterinstrument getragen, aber ihre liebenswürdige Gastgeberin winkte streng ab und zerrte das Monstrum fest.

»Mein liebes Kind, es ist ganz ausgeschlossen, dass Sie sich ohne Korsett auf dem Ball präsentieren. Sie sind schließlich kein Bauernmädchen, sondern die Baronesse le Roux. Halten Sie die Luft an, und ziehen Sie Ihren Bauch ein.«

Catherine musste sich fügen; sie glaubte ersticken zu müssen, als Frau Strassberg und die Zofe energisch den Fischbeinkäfig immer enger um ihren Oberkörper schnürten. Aber sie erntete von ihrer Gastgeberin nur helles Lachen. Verdrossen hielt

Catherine still, während Frau Strassberg an ihr herumzupfte und die drei spargeldünnen Schwestern schadenfroh kicherten.

*

In dem Kleid aus elfenbeinfarbenem Organdy, das eine der Strassberg-Töchter ihr geliehen hatte und das nicht weniger als achtzehn Volants aufwies und mit glänzenden Seidenbändern verziert war, stand sie am Abend des Balls neben ihrem Vater und dem Gastgeber und bestaunte den aufs Herrlichste mit weißen Rosen geschmückten Saal. Hunderte von Kerzenflammen tanzten tausendfach in den zahlreichen Spiegeln und gaben dem Saal etwas Kostbares. Hohe Glastüren auf der Südseite führten hinaus auf eine weite Terrasse. Durch die alten Kastanienbäume im Garten blitzten die Strahlen der untergehenden Sonne und übersäten das Parkett des Ballsaals mit funkelndem Lichtflitter.

Der Organdyrock knisterte leise, die Unterröcke raschelten bei jedem ihrer Schritte. Catherine erhaschte ihr Abbild in einem der großen Spiegel und drehte sich langsam. Kritisch betrachtete sie ihre nun überaus schmale Taille und die hochgebundene Brust, verglich sich verstohlen mit den anderen jungen Mädchen und stellte fest, dass sie sich hübsch fand. Die Zofe hatte ihr Haar zu einem lockeren Knoten im Nacken zusammengenommen und Frau Strassberg zartrosa Röschen hineingesteckt. Catherine entfaltete ihren Fächer, kokettierte mit ihrem eigenen, so ungewohnten Anblick, drehte sich hierhin und dorthin und bewunderte den eleganten Fall der duftigen Volants des Kleides, als die Gestalt eines befrackten jungen Mannes im Spiegel neben ihr erschien.

Nie würde sie diesen ersten Eindruck von ihm vergessen. Diese feurigen Augen, die schwarzen Haare, die weich und glänzend um sein Gesicht fielen. Dieser Mund. Das hinreißende Grübchen im Kinn. Im Spiegel verbeugte er sich vor ihr. Keltisch, dachte sie, als sie auf seinen dichten, schwarzen Haarschopf hinunterschaute. Sie hatte erst kürzlich über die Kelten und ihre Wanderungen gelesen und war fasziniert gewesen. Ein sinnliches Volk, diese Kelten.

Noch jetzt rieselte bei dieser Erinnerung jenes Gefühl über ihren Rücken, das noch kein Mann vorher in ihr hervorgerufen hatte, das so überaus beunruhigend war und doch so wunderbar und gänzlich unerwartet. Die Männer, die ihr bisher begegnet waren, waren meist alt gewesen und interessierten sich offenbar ausschließlich für Wesen, die sie unter einem Mikroskop betrachten konnten, oder es waren die Mannschaften der Segelschiffe gewesen, krude, primitive Kerle, die sie immer abgestoßen hatten, umso mehr, nachdem sie die Bedeutung einiger ihrer Gesten in den Büchern ihres Vaters gefunden hatte.

Langsam, wie hypnotisiert, wandte sie sich um und sah ihm ins Gesicht.

»Herr Strassberg, haben Sie die Güte, uns bekannt zu machen«, bat der junge Mann, ohne den Blick von ihr zu lassen, und Salvatore Strassberg stellte ihn als Graf Konstantin von Bernitt vor, der aus Bayern stammte und sich jetzt in Wien umsah.

Formvollendet verbeugte sich der Graf vor ihr, hob ihre Hand zu seinen Lippen, und sie erhielt den ersten Handkuss ihres Lebens. Ehe sie sich von dieser erregenden Berührung erholt hatte, bat er ihren Vater artig um die Erlaubnis, sie zum Tanz führen zu dürfen. Nach einer eleganten Verbeugung, einem blitzenden Blick aus den magnetischen, dunklen Augen wirbelte er sie im flirrenden Kerzenlicht in einer schnellen Polka über das Parkett, und sie dankte Wilma insgeheim, dass sie ihr im Rahmen ihrer Erziehung ein paar Tanzschritte beigebracht hatte.

Der Abend, der dann folgte, war ein Potpourri von Musik, Farben, Düften und außerordentlichen Gefühlen. Besonders von Gefühlen. Selbst jetzt, bei dem bloßen Gedanken daran, überflutete sie Hitze. Es war nicht die des immer heißer werdenden, feuchten Tropentages, sondern eine, die aus ihrem Innersten stieg, ihre Haut rötete und ihre Augen fiebrig glänzen ließ.

Zum ersten Mal tanzte sie mit einem Mann, und die Empfindungen, die sie bedrängten, waren erschreckend und herrlich zugleich. Sein Griff war kräftig, sie spürte die harten Muskeln seiner Arme unter ihren Fingerspitzen, bewunderte seine breiten Schultern, die schmalen Hüften in dem elegant geschnittenen Frack. Er roch gut, nach teuren Zigarren, frischer Wäsche und herber Seife, ganz anders als die Matrosen, die meist nach Teer und Fisch stanken, und anders als ihr Vater, den häufig genug der faulige Geruch von Schwefelsäure umwehte. In der Pause brachte Konstantin ihr ein Glas Champagner und führte sie ans Fenster. Aufgeregt, glühend, nippte sie an dem ungewohnten Getränk, lauschte dabei hingerissen seinem Geplauder.

»Ich gedenke nach Afrika zu gehen«, erzählte er und berührte dabei die weiße Schleife aus Atlasseide, die er zum gesteiften Hemd und der Seidenweste trug. »Afrika! Stellen Sie sich das nur vor, Fräulein le Roux, Abenteuer, wilde Tiere, geheimnisvoller Dschungel, Berge voll mit Edelsteinen und so viel Gold, dass man den Stephansdom daraus bauen könnte«, schwärmte er, »und wussten Sie, dass es dort Menschen gibt, die nur kniehoch sind und in Vogelstimmen reden? Manche sollen sogar zwei Köpfe besitzen.« Er rollte mit den Augen, wie ein Erwachsener es tut, der einem Kind schaurige Märchen erzählt.

Catherine lachte und schüttelte ihren Kopf, dass der Nackenknoten wackelte. »Aber nein, Sie meinen doch sicher die Bambuti, den Stamm der kleinen Waldmenschen, nicht wahr? Ich muss Sie hinsichtlich der Vogelstimmen und der zwei Köpfe korrigieren. Ihre Stimmen sind unbestreitbar menschlich, wenn auch sehr hoch, und jeder von ihnen hat nur einen Kopf.« Sie lachte wieder. »Wie wir.«

Er starrte sie sprachlos an. »Und woher weiß Mademoiselle das?«, rief er, als er seine Stimme wieder gefunden hatte. »Sie scheinen ein Blaustrumpf zu sein, mein Fräulein.«

»Ich war dort«, antwortete sie unbefangen und ließ ihren Fächer flattern, denn die Hitze der brennenden Kerzen vermischte sich mit dem betäubenden Duft der rasch welkenden Rosen. »Die Bambuti habe ich selbst noch nicht zu Gesicht bekommen, aber Mr. Irons, der Missionar, der mich aufnahm, bis mein Vater aus dem Urwald zurückkehrte, berichtete mir, dass er die Pygmäen mit eigenen Augen erblickt hätte. Es seien perfekte, winzige Menschen, beschrieb er sie, mit einer Haut wie die Farbe von goldenem Elfenbein und Stimmen, so süß und hoch wie Flötenklänge.« Selbstvergessen blickte sie in die wogende Menge der Tanzenden, bemerkte gar nicht, dass ihm erneut die Worte fehlten. Strahlend klatschte sie am Ende des Stücks den Musikern stürmischen Beifall. Schweigend bot Konstantin ihr seinen Arm und geleitete sie zurück in den Ballsaal. Er nahm ihr das Champagnerglas ab und gab es einem Kellner.

Margarethe, die älteste Tochter des Hauses, spitznasig und mausgrau wie ihre Schwestern, drängte sich währenddessen an sie heran. »Du solltest dich mehr zurückhalten«, raunte sie biestig. »Es schickt sich nicht für ein Mädchen, zu viel Wissen zu haben. Herren mögen das gar nicht.«

»Ja warum denn nicht?«, rief Catherine zutiefst erstaunt. »Mein Vater sagt immer, dem, der Wissen hat, gehört die Welt.«

»Pah, was willst du denn damit? Du solltest dich nach einem Bräutigam umsehen, dann bist du versorgt. Aber sei gewarnt, der Herr Graf sucht eine Frau mit Geld, nicht eine, die sich ihr Ballkleid leihen muss.« Mit den letzten Worten steckte sie ihre mausige Nase in die Luft und rauschte mit einem nachdrücklichen Rascheln ihrer lila Taftröcke davon.

Catherine sah ihr entsetzt nach. Heiraten? Kürzlich, am Frühstückstisch, hatte ihr Vater nach vielem Räuspern und Brummen dieses Thema angeschnitten.

»Es ist langsam an der Zeit, dass du dich nach einem Ehemann umsiehst, mein Kind«, hatte er verkündet. »Ein Mann von Charakter mit Geld, möglichst mit Titel, das wäre das Beste für dich, dann ein paar Kinderchen ...«

»Aber Papa!« Mit diesem Aufschrei hatte sie die Tasse mit der heißen Schokolade so hart auf den Tisch gesetzt, dass sie überschwappte. »Es war doch abgemacht, dass ich dich zukünftig als deine Assistentin begleite, dass ich deine Entdeckungen in naturgetreuen Zeichnungen festhalten werde. Herr Strassberg selbst hat es doch vorgeschlagen, und Wilma hat meine Zeichenkünste verfeinert. In letzter Zeit lobt sie mich immer öfter.«

Ihr Vater nebelte sich heftig mit Pfeifenrauch ein, gab einen schroffen Kehllaut von sich, als hätte er sich verschluckt, dann schürzte er die Lippen. Ein flüchtiger Blick unter schweren Lidern streifte sie. »Du brauchst eine feste Hand, jemanden, der die Zügel anzieht«, murmelte er und fuhr sich mit dem Zeigefinger in seinen steifen Kragen, der ihm plötzlich zu eng geworden war. Louis le Roux hasste Auseinandersetzungen, ganz besonders die mit seiner willensstarken Tochter. »Ich werde dich nicht ewig durchfüttern können, und deine Zeichnungen sind noch nicht so, dass ich sie gebrauchen könnte. Wilma ist nur zu höflich, dir die Wahrheit zu sagen.«

Catherine hatten seine Worte wie ein Keulenschlag getroffen, so sehr, dass sie den Nachsatz über ihre Zeichnungen nicht einmal hörte. Unvermittelt hatte sie sich am Fenster eines düsteren Hauses stehen sehen, am Rockzipfel einen Haufen quarriger, rotznäsiger Kinder, und draußen, vor dem verschlossenen Fenster, erstreckte sich die Welt, die Sonne leuchtete, und in der Ferne zerfloss der weite Himmel in verheißungsvollem Schimmern.

Ein gewaltiger Schrecken durchfuhr sie, denn eine Ehe hatte nie zu ihren Zukunftsträumen gehört. Im Gegenteil. Viele Mädchen ihres Alters aus Adeles Nachbarschaft waren bereits verheiratet. Erst hatten sie ihre Figur verloren, dann ihr Aussehen und zum Schluss ihre Identität. Ihre Persönlichkeit wurde unter Windelbergen begraben, ihr Wissensdurst erlitt an den Klippen der Haushaltsführung Schiffbruch. Sie wandelten sich übergangslos von der höheren Tochter zur Ehefrau und Mutter. Der Mann wurde zum Maß ihrer Dinge. Mein Herr und Gebieter, so hatte auch Frau Strassberg erst vorhin von ihrem Mann gesprochen.

Automatisch folgte sie den Schritten ihres Tänzers. Heiraten? Bestimmt nicht, dachte sie, bestimmt noch lange nicht. Womöglich nie. Die Natur hat mir zwar einen weiblichen Körper gegeben, aber mein Verstand ist mehr der eines Mannes. Ich werde ein freies Leben führen, ungebunden sein, ich werde der Sonne folgen, durch die Welt reisen, Dinge entdecken, Menschen kennen lernen und alle Bücher lesen, die es gibt, und die von Papa mit meinen Zeichnungen illustrieren. Ich werde also ein veritabler Blaustrumpf werden. Diese Gedanken beschäftigten sie die nächsten zehn Drehungen, und ein winziges Lächeln umspielte ihre Mundwinkel, als sie sich ihr Leben ausmalte.

»Welche Gedanken verbergen sich hinter diesem entzückenden Lächeln?«, raunte Konstantin von Bernitt und drückte sie näher an sich, sodass sie das kühle Gold seines Siegelrings auf ihrem bloßen Rücken spürte.

Sie hob ihre Augen, lächelte wieder, senkte die Lider und schwieg, beobachtete dann vergnügt durch die Wimpern, in welche Verwirrung ihn das stürzte, und genoss ihre neu entdeckte Macht. Sie nahm sich vor, sie diesen Abend noch weidlich auszuprobieren. Die Musik setzte wieder ein, und Konstantin zog sie so dicht an sich, dass sie seinen Atem auf ihrem Gesicht spürte, und schwang sie herum, bis ihr der Kopf schwamm und die Knie weich wurden.

»Nächstes Jahr werde ich an Bord eines Frachtschiffs die Westküste Afrikas hinuntersegeln«, erzählte er. »Der Freund eines Freundes bemüht sich, am Ogowéfluss eine Handelsstation aufzubauen. Dort gedenke ich, mich umzusehen, was sich da für mich machen lässt.« Er ließ seinen Blick auf ihr ruhen. »Elfenbein, verstehen Sie? Das weiße Gold. Die Gelben im Fernen Osten pulverisieren es und essen es als«, er räusperte sich, »nun, sie essen es als eine Art Medizin. Und jede Klaviertaste auf der Welt wird aus Elfenbein gefertigt«, fuhr er hastig fort, »pro Klavier, so schätze ich, benötigt man mindestens den Zahn eines ausgewachsenen Elefanten. Unglaubliche Mengen. Berge, geradezu.«

»Von nun an werde ich, wenn ich ein Klavier höre, immer an Elefanten denken, Gebirge von hingemeuchelten Elefanten«, kicherte sie. »Welche Krankheit heilt diese geheimnisvolle Medizin aus Elfenbeinstaub?«

»Nun, das ist nichts für Damenohren«, schmunzelte er überlegen, legte ein paar hüpfende Schritte ein.

Wie immer, wenn sie auf ein Verbot stieß, regte sich unwiderstehlich Widerspruch in ihr. Sie ließ nicht locker. »Damenohren? Meine sind derbe Wahrheiten gewohnt. Bedenken Sie, dass ich jahrein, jahraus lange Monate auf Schiffen zugebracht habe. Die Matrosen haben eine sehr deutliche Sprache.«

Er lachte. »In der Tat, meine Liebe, Sie sind wirklich ganz außerordentlich ungewöhnlich, so erfrischend.« Und ganz außerordentlich entzückend, dachte er, während er ihre Taille fester umschlang. Ihre Haut ist superb. Zum Hineinbeißen. Das Wasser lief ihm förmlich im Mund zusammen.

Eine steile Falte erschien zwischen ihren schön gezeichneten Brauen. »Meinen Sie nicht vielleicht das Horn des Rhinozeros, das im Fernen Osten als Aphrodisiakum angesehen wird?«, fragte sie. Die Matrosen hatten einen saftigeren Ausdruck benutzt. Seine Bedeutung hatte sie aus dem Lexikon erfahren, verstanden hatte sie die Erklärung eigentlich nicht ganz, aber es klang aufregend und hatte sie neugierig gemacht.

Konstantin von Bernitt wurde tatsächlich verlegen. »Contenance, Contenance, Baronesse, welch unziemliche Neugier ...« Ihm schienen die Worte auszugehen.

Sie lächelte wieder schweigend und nahm sich vor, sich in Afrika das pulverisierte Horn eines Nashorns zu beschaffen und ein klitzekleines bisschen davon zu probieren. Würde es wohl prickeln und ihr dabei heiß werden? Oder würde sie jene süße Schwere durchfluten, die sonst ein zu schnell heruntergestürztes Glas Wein verursacht, wie jetzt, da sich sein Körper hart an ihren presste? Mit geschlossenen Augen gab sie sich dem Feuerwerk der Musik hin.

»... nach Afrika?«, hörte sie ihn dann fragen.

»Bitte? Verzeihen Sie, die Musik hat mich hingerissen, ich träumte und habe Sie nicht verstanden.«

Er machte eine geschwinde Drehung mit ihr und zeigte mit dem Kinn auf zwei junge Männer, die am Rand der Tanzfläche standen und sich unterhielten. »Da ist mein Freund mit seinem Freund, von dem ich Ihnen erzählte. Der, der die Handelsstation am Ogowé aufbauen will. Würden Sie ihn gern kennen lernen?«

Sie wollte, und er steuerte sie geschickt durch die wogende Menge, bis sie vor den beiden standen. Konstantin von Bernitt ließ seine rechte Hand auf ihrer Taille liegen, während er den

Jüngeren, einen drahtigen, dunklen Herrn mit vornehmem Gehabe, vorstellte. »Mein Freund Wilhelm von Sattelburg.«

Dieser lächelte sie gewinnend an und küsste ihr die Hand. Sein Begleiter hieß Pauli mit Nachnamen und Paul mit Vornamen, hatte unangenehm stechend schwarze Augen und war ziemlich betrunken. Catherine kräuselte die Nase, als ihr die Alkoholfahne ins Gesicht wehte. Sie reichte ihm nicht die Hand, sondern begnügte sich mit einem Neigen ihres Kopfes.

»Hübsches Frauenzimmer«, nuschelte der Betrunkene, »gibt's hier mehr davon? Hab was auszugeben.« Er schüttelte einen männerfaustgroßen, prall gefüllten blauen, mit goldenen Sternen bestickten Samtbeutel, die kohlschwarzen Augen glänzten in dumpfer Lüsternheit. »Und wo das herkommt, ist noch mehr.« Er lachte dröhnend.

»Wilhelm«, knurrte Konstantin von Bernitt, diesen Beutel fixierend, »bring Paul hier sofort raus, aber schnell. Was fällt ihm ein? Das ist das Fest unserer Freunde, ich bin selbst hier nur Gast. Du kompromittierst mich aufs Unangenehmste.« Mit ernster Miene wandte er sich Catherine zu. »Ich bitte vielmals um Vergebung, Baronesse, dass Sie einer solchen Szene ausgesetzt wurden. Es ist ganz und gar unverzeihlich von Pauli. Die einzige Entschuldigung, die ich anbringen kann, ist die, dass dieser Mensch ein paar Jahre im Urwald verbracht hat und dass ihm dabei anscheinend seine Manieren abhanden gekommen sind.«

Catherine lächelte. »Ich werde keinen Schaden nehmen. Ich bin weit Schlimmeres von den Matrosen gewohnt, und Herrn Pauli wird die gerechte Strafe ereilen, wenn er morgen früh aufwacht und glaubt, dass sein Kopf Kürbisgröße hat und zu platzen droht. In welchem Urwald war er? Nur am Ogowé?«

Wilhelm von Sattelburg schob Paul Pauli durch die weiten Flügeltüren nach draußen. Das Letzte, was man von dem Betrunkenen sah, war sein Arm, der den blauen Samtbeutel schwenkte.

Konstantin antwortete nicht gleich. Er sah den beiden Männern nach und kaute dabei auf seiner Unterlippe herum wie jemand, der angestrengt über ein Problem nachdachte. »Nein, er war auch im Südosten Afrikas an der Küste, südlich des Limpopo«, antwortete er endlich, »muss ein entsetzliches Klima gewesen sein. Heiß, feucht und voller Krankheiten. Er wird ständig vom Fieber geschüttelt, deswegen kann er wohl auch keinen Alkohol verkraften. Ich bitte nochmals um Verzeihung.«

»Südlich des Limpopo? Das scheint mir sehr außerhalb aller bekannten Routen zu liegen. Dort will er doch sicher keine Handelsstation aufbauen? Was hat er dort gewollt?«

»Sie haben wirklich ganz erstaunliche Kenntnisse von der Welt, gnädiges Fräulein. Ich weiß nicht, was er dort gesucht hat«, antwortete Konstantin langsam, »das weiß ich in der Tat nicht.« Sein Ton machte allerdings deutlich, dass es ihn sehr interessierte. Mit einem Ruck wandte er sich seiner Tänzerin wieder zu und schenkte ihr sein schneeweißes Lächeln. »Nun, Fräulein le Roux, dieser unangenehme Vorfall ist vorbei, und ich hoffe, dass Sie ihn in Zukunft nicht gegen mich halten werden?« Sein Arm lag wieder fest um ihre Taille, er schwang sie herum, bis sich alles um sie drehte, und tanzte mit ihr hinaus auf die breite, mit Lampions geschmückte Terrasse des Strassberg'schen Hauses.

Dicht nebeneinander an der Balustrade lehnend, plauderten sie über seine Pläne und das Vorhaben ihres Vaters. Seine Hand lag auf ihrer, geriet verstohlen auf Abwege und wanderte ihren Arm hoch. Sie ließ es eine Zeit lang geschehen, neugierig, wohin das führen würde. Als die Hand ihre Brust streifte, schoss die Berührung wie ein Blitz entlang ihrer Nervenbahnen genau in ihren Schoß. Ihr Herz stolperte, träge Hitze durchfloss ihre Glieder. Sie lehnte sich schwer an ihn. Die federleichte Berührung seiner Fingerspitzen wurde zu einer schier unerträglichen, unbeschreiblich herrlichen Qual, und sie erinnerte sich der Geschichten der Matrosen, an die Lustschreie der Mädchen, mit denen sie sich in ihren Quartieren gelegentlich vergnügt hatten.

So ist es also, das Leben, dachte sie, spürte seine angespannten Armmuskeln, die nur mit Mühe gezügelte Lust, schnappte hörbar nach Luft, als sein Mund den ihren streifte. Seine Lippen waren weich, sein Atem heiß. Sie hielt vollkommen still.

»Öffne deine Lippen, Carissima«, raunte er, und sie tat es wie in Trance, erschauerte, als seine Zunge über ihre strich, wünschte sich, seinen Mund überall auf ihrem Körper zu spüren. Alle Geräusche entfernten sich, die Lichter wurden zu funkelnden Sternen, die Musik riss sie mit sich fort. Ihr war es, als triebe sie in der Strömung eines warmen Flusses auf die Kante eines Wasserfalls zu, von der es kein Zurück geben würde. Seine Finger nestelten an den Knöpfen ihres Kleides. Ihr Atem kam schneller, sie ließ sich einfach treiben, versank in den dunklen Tiefen dieser verwirrenden Augen. Voller Verlangen wanderte ihr Blick zu seinem Mund, und sie wurde von dem ihr ganz und gar unverständlichen, aber unwiderstehlichen Impuls überfallen, sich auf die Zehenspitzen zu stellen, ihre Lippen auf seine zu legen und ihre Zunge in seinen Mund zu stecken. Nur ein letzter Rest von Willenskraft und die Überzeugung, dass er sie für ein loses Frauenzimmer halten und mit Verachtung betrachten würde, hielt sie zurück.

Er bemerkte ihren Blick, verstand, was in ihr vorging, und lächelte sein zähneblitzendes Lächeln. Welch ein hübscher Fisch am Haken, dachte er. »Bella carissima«, flüsterte er heiser und blies ihr ins Ohr, bemerkte dabei vergnügt, dass sie eine Gänsehaut bekam. Er überlegte, wie er es anstellen konnte, dieses deliziöse Fräulein le Roux irgendwo ganz allein für sich zu haben. Jagdfieber glühte in seinen schwarzen Augen.

»Catherine!« Wie aus weiter Ferne drang die Stimme ihres Vaters zu ihr durch, mit einem Ruck kam sie zu sich, erhaschte gerade noch diesen siegessicheren Raubtierblick und wachte vollends auf. Wieder rief ihr Vater, dieses Mal aus nächster Nähe. Plötzlich von einer unerklärlichen Schüchternheit gepackt und dankbar für diesen Rettungsanker, löste sie sich hastig von Konstantin von Bernitt und bat ihn, sie wieder in den Saal zu führen. Ihr Vater wies sie mit kurzen Worten zurecht, dass es sehr unschicklich für eine junge Dame sei, sich allein mit einem Mann zurückzuziehen, auch wenn es ein Graf von Bernitt war. Mit hochrotem Gesicht floh sie in die Bibliothek.

Im blauen Dämmerlicht stand sie am Fenster, die heiße Stirn ans kühle Glas gepresst, und versuchte, mit diesen ungeahnten, sinnverwirrenden Gefühlen fertig zu werden, die der Kuss von Konstantin in ihr hervorgerufen hatte.

*

Wie jemand, der aus einem tiefen Schlaf erwacht, kehrte sie aus der Vergangenheit zurück auf das schwankende Schiff in die Mitte des Kongos. Der Wind spielte in den Blättern der Uferbäume, raschelte durch die Palmwedel, raunte im Ried. »Bella carissima«, flüsterte er. »Meine Liebste.«

Verstohlen strich sie jetzt über ihre Lippen, die immer noch von der Berührung mit den seinen zu brennen schienen. Spontan schlug sie das Blatt mit der halb fertigen Skizze des Reptils um, nahm ihren Stift wieder auf und begann mit einem verträumten Lächeln zu zeichnen. Sie strichelte und schraffierte, setzte einen Schatten hier, einen stärkeren Akzent dort, und obwohl es nur angedeutet war, war bald ein Gesicht zu erkennen. Das Gesicht eines jungen Mannes mit glänzenden schwarzen Haaren und Oberlippenbart und einem unverschämten Funkeln in den dunklen Augen. Er lächelte leicht, zeigte kräftige Zähne zwischen ausgeprägten, vollen Lippen. Langsam ließ sie den Stift sinken, fühlte wieder diese flüssige Hitze in ihren Adern, die nichts mit dem heißen Atem des Urwalds zu tun hatte. Sorgfältig trennte sie das Blatt aus dem Zeichenblock und legte es in ihr Tagebuch. Die aufgeschlagene Seite leuchtete ihr weiß und unbeschrieben entgegen. Wie mein Leben, schoss es ihr durch den Kopf.

Ihr Blick glitt über den Horizont und weiter hinauf in den gleißenden afrikanischen Himmel. Geblendet schloss sie die Lider, und plötzlich hörte sie wieder Musik, wo nur das Rauschen des Flusses war, sah Lichter, wo keine sein konnten. Der faulige Atem des Urwalds schien nach Rosen zu duften, und sie wirbelte über das Parkett eines kerzengeschmückten Saals, spürte die Hände dieses Mannes fest auf ihrer Haut, seine Lippen auf ihrem Mund. Sie glühte, ihre Haut brannte, als wäre sie einer Kerze zu nahe gekommen. Wo mochte er sich jetzt aufhalten?

Vier Tage nach der Ballnacht waren sie am Fuß des Strassberg'schen Gartens verabredet gewesen. Niemand wusste davon, und den ganzen Tag klopfte ihr Herz. Kaum konnte sie ihre Vorfreude vor den neugierigen Schafsaugen der Strassberg-Töchter verbergen.

»Seht doch, sie hat sich in Konstantin von Bernitt verliebt«, rief die spitznasige Margarethe in die Runde ihrer feixenden Schwestern, als sich die Damen zum Nachmittagstee im blauen Salon eingefunden hatten.

Frau Strassberg zog die Brauen hoch, während sie ihre Teetasse, die aus so dünnem Porzellan war, dass das Licht durchschien, zierlich zum Mund führte. »Meine Liebe, das hoffe ich doch nicht, denn dieser Konstantin ist ein rechter Hallodri«, bemerkte sie.

Margarethe ließ ihre boshaft funkelnden Äuglein auf Catherine ruhen. »Ach, Mama, rede doch nicht so geziert daher, sag doch einfach, wie es ist. Er hat Freundinnen.« Sie versah dieses Wort mit inhaltsschwerer Betonung. Die wurstförmig gerollten Schläfenlocken über ihren Ohren bebten. »Es ist doch so, nicht? Du bist für ihn entbrannt. Gib es doch zu.«

Fast empfand Catherine Mitleid, denn es war offensichtlich, dass Margarethe den Grafen bis zum Wahnsinn liebte. »Aber wo denkst du hin«, antwortete sie wegwerfend. »Du hast mir doch selbst gesagt, dass er eine Frau mit Geld sucht, und jeder weiß, dass mein Papa nicht reich ist. Es wäre also ganz und gar vergeudete Zeit. Nun sagt mir doch, ob diese Locken über den Ohren jetzt das Neueste sind? Und die Samtjacke, die du trägst, ist wirklich wunderhübsch. Ich bin so lange im Urwald gewesen, dass ich nichts mehr von der modernen Welt weiß.«

Margarethe berührte geschmeichelt ihre Korkenzieherfrisur, zupfte die Schößchen der hochroten Samtjacke mit dem schwarzen Schnurbesatz zurecht. »Ja, nun, natürlich bin ich bestrebt, mich nach dem Neuesten zu kleiden ...« Angeregt ließ sie sich über die Mode, die neuen Haartrachten und die Künste ihrer Schneiderin aus, und Catherine war froh, sie abgelenkt zu haben.

Nach dem Abendessen zogen sich die Herren in die Bibliothek zurück, um Zigarre zu rauchen und Geschäftliches zu erörtern; die Damen versammelten sich wieder im Salon, dessen hohe Fenster und Flügeltüren weit offen standen. Catherine trank ihren Tee, hörte zu, antwortete, wenn sie etwas gefragt wurde, hing aber meistens ihren eigenen Gedanken nach, und die drehten sich alle um das bevorstehende Treffen mit Konstantin. Ihr Herz flatterte, ihre Beine waren schwer, und sie fragte sich, ob es das war, was in ihren Büchern als die süße Last der Liebe beschrieben wurde.

Die Sonne sank langsam, ihre Strahlen tauchten die Wölkchen am Junihimmel in zartes Rosa. Die Zeiger der Standuhr standen auf zehn nach acht. In zwanzig Minuten war sie mit Konstantin verabredet. Jetzt musste sie nur dem schwatzenden Damenkränzchen entkommen.

»Wollen wir nicht ein wenig Patiencen legen oder eine Scharade aufführen? Kennst du diese Spiele, Catherine? Oder spielt man an Bord der Schiffe, auf denen du in der Welt herumsegelst, etwas anderes?«, fragte die mausgraue Margarethe scheinheilig. »Ich bin über die Vorlieben von Matrosen nicht so informiert.«

Innerlich lächelte Catherine bei ihrer Antwort, äußerlich jedoch zeigte sie ein betrübtes Gesicht. »Schafskopf kann ich ...« Das hatten die Matrosen immer gespielt, und die deftigen Ausdrücke, die sie dabei aufschnappte und in aller Unschuld vor Tante Adele anbrachte, hatten die an den Rand eines Herzanfalls getrieben. In ihrem heiligen Zorn hatte sich die Tante allerdings verpflichtet gefühlt, ihr Anstand beizubringen, und tat es schlagkräftig mit einem Kochlöffel, den sie auf Catherines Rücken entzweiprügelte. Sie leckte sich über die kleine Narbe an der Unterlippe, die sie daran erinnerte, dass sie Adeles Prügel mit blutig gebissenen Lippen und brennenden Augen schweigend durchgestanden hatte. Sie war noch immer stolz darauf.

»Schafskopf? Nein, wie unkultiviert, das spielen doch nur Kutscher und solche Leute«, machte sich Margarethe lustig. »Da haben wir ja geradezu die Pflicht, dir die Zivilisation ein wenig näher zu bringen. Du kannst uns zusehen, vielleicht lernst ja auch du es.«

Catherine verschwieg, dass sie außerdem Schach spielte und im Tarock fast immer gewann. »Ach, ich würde mich lieber auf mein Zimmer zurückziehen, meinem Tagebuch von den aufregenden Ereignissen hier erzählen und dann bald schlafen gehen«, sagte sie stattdessen mit gekonnt schüchternem Augenaufschlag. Nichts hätte der Wahrheit ferner sein können. Sie fühlte sich so wach und lebendig wie noch nie. Das schiere Leben pulste durch ihre Adern.

Frau Strassberg schaute sie fürsorglich an. »Aber sicher, meine Liebe, das ist eine vernünftige Idee. Wenn du dich für bestimmte Bücher interessierst, bediene dich in unserer Bibliothek.«

Catherine dankte ihr artig, wünschte allen eine gute Nachtruhe und musste sich beherrschen, nicht vor Freude davonzuhüpfen. Außer Sichtweite der Strassberg-Damen rannte sie die Treppenstufen zu ihrem Zimmer mit großen Sätzen hinauf. Schnell ordnete sie ihre Frisur, kniff sich in die Wangen, bis diese rosig schimmerten, und knöpfte ihr Kleid ordentlich zu. Es hatte viele Knöpfe, und die Vorstellung, dass Konstantin sie öffnen würde, einen nach dem anderen, ganz langsam, und seine Finger, seine warmen, festen Finger, über ihre Brust streiften, machte sie schwindelig. Mit Mühe riss sie sich zusammen und öffnete leise ihre Zimmertür, erstarrte, als diese laut knarrte. Doch die Hausgeräusche, gedämpfte Stimmen, Fußgetrappel der Bediensteten, Gelächter der Strassberg-Schwestern, übertönten den Laut. Federleicht flog sie die Treppen hinunter, huschte mit seidigem Rascheln an einem Zimmermädchen vorbei zum Wintergarten und von dort hinaus in den Garten. Es dämmerte schon. Die aufziehenden Nachtschatten verwischten die Farben. Als sie unter dem mächtigen Schirm des Walnussbaums ankam, den sie als Treffpunkt verabredet hatten, stand dort noch niemand. Sie lehnte sich an den rauen Stamm, sog den würzigen Duft der Nussblätter in sich auf und wartete.

Sie wartete, die Sonne sank tiefer, die Schatten wurden dichter, die Luft deutlich feuchter und kühler, und sie wartete immer noch. Niemand tauchte auf. Ihr Herz wurde tonnenschwer. Er würde nicht mehr kommen, dessen war sie sich sicher. Mit einem abgrundtiefen Seufzer wollte sie eben gehen, als sie eine weiße Hemdbrust im Mondlicht aufleuchten sah und sanfte Fußtritte im Gras hörte. Ein Schauer der Erwartung rieselte ihr über die Haut. Doch es war nicht Konstantin, der aus dem Dunkel des Gartens auf sie zukam. Befremdet wich sie hinter den Walnussbaum zurück. Erst als der Mann leise ihren Namen rief, wagte sie sich hervor und sah sich Wilhelm von Sattelburg gegenüber.

Er zog seinen hohen Hut. »Gnädiges Fräulein«, begann er und teilte ihr dann mit hastigen Worten mit, dass Konstantin überstürzt die Stadt und das Land verlassen hatte und sich auf dem Weg nach Afrika befand. »Er wurde durch besondere Umstände dazu veranlasst«, erklärte er hölzern.

Es traf sie wie ein Schlag, und sie brauchte alle Selbstbeherrschung, sich nichts anmerken zu lassen. Hartnäckig fragte sie nach, aber er weigerte sich, diese besonderen Umstände näher zu erläutern. »Ist er mit Herrn Pauli an den Ogowéfluss gereist?«, fragte sie mit belegter Stimme, nun doch unfähig, ihre Enttäuschung zu verbergen. »Sie können es mir ruhig sagen, er selbst erzählte mir, dass er das vorhatte. Allerdings nicht zu diesem Zeitpunkt«, setzte sie hinzu.

»Paul Pauli?« Er tat einen hastigen Atemzug, so als fühlte er einen plötzlichen Schmerz, und warf ihr unter halb gesenkten Lidern einen scharfen Blick zu. »Nein, nein ... ich denke nicht, nun ja«, unterbrach er sich, »an den Ogowé, dorthin natürlich auch. Er plant allerdings, weiter zu reisen, bis an die Südspitze, ans Kap«, sagte er, sah sie dabei aber nicht an, sondern studierte die Spitzen seiner blank gewienerten, seitlich geschnürten Stiefeletten.

Ans Kap. Das war so gut wie ans Ende der Welt. Verzweiflung packte sie, als sie an ihre eigene bevorstehende Reise nach Afrika dachte. Wir werden uns verpassen, zitterte sie innerlich, irgendwo auf hoher See werden unsere Schiffe aneinander vorbeifahren, und wir werden nichts davon ahnen. »Und was wird er dort machen? Weiß man schon, wann er zurückkehren wird?«

Der junge Mann strich sich über seinen Kinnbart, schien etwas zu überlegen. »Nun, man wird sehen. Noch liegt nichts fest, aber ich denke, er wird eine Zeit lang dort leben müssen«, antwortete Konstantins Freund.

»Müssen?«

Herr von Sattelburg biss sich auf die Lippen. »Äh ... ja nun, er muss natürlich Geld verdienen, das wird nicht so schnell gehen, daher müssen, sehen Sie?« Die letzten Worte stieß er erleichtert hervor.

Stockend erzählte sie ihm von dem Forschungsvorhaben ihres Vaters. »Unsere Postadresse wird die von Herrn Strassberg sein. Welches ist die von Konstantin?«

Wilhelm von Sattelburg studierte immer noch seine Stiefelspitzen. »Falls Sie eine Nachricht für ihn haben, Baronesse, schicken Sie diese getrost an mich. Ich werde zusehen, dass er sie erhält.« Er überreichte ihr seine Visitenkarte, verabschiedete sich mit einer steifen Verbeugung und ließ sie allein im kalten Mondlicht zurück.

Mit bleischweren Schritten ging sie ins Haus und achtete dabei kaum auf Heimlichkeit. All ihre hochfliegende Fröhlichkeit hatte sie verloren.

Es wurde eine fürchterliche Nacht voller Tränen und Herzweh. Am nächsten Tag boten ihre verquollenen Augen, das hochrote Gesicht einen so jämmerlichen Anblick, dass Frau Strassberg darauf bestand, ihr kalte Wadenwickel zu machen und sie ins Bett zu verbannen, um das Fieber, das sie ganz offensichtlich befallen hatte, herauszuziehen.

Seither hatte sie nichts mehr von Konstantin von Bernitt gehört. Sie ließ ihren Zeichenblock sinken, starrte ins sanfte Morgenlicht, das wie kostbarer Perlenschimmer über dem Kongo lag, und grübelte über das Schicksal Konstantins nach. Den Ogowé hatte die *Carina* schon vor einer Woche passiert, und obwohl sie ihren Vater angebettelt hatte, einen klitzekleinen Abstecher den Fluss hinauf zu machen, hatte er, natürlich ihre Beweggründe nicht verstehend, weil sie andere vorgeschoben hatte, kategorisch abgelehnt.

»Unsinn, mein Kind, da kriechen schon so viele Kerle durch den Urwald, die sich Wissenschaftler nennen, da ist nichts mehr für mich zu holen. Nein, nein, es bleibt dabei. Wir werden den Kongo erforschen«, rief er leuchtenden Auges und sah nicht ihre Tränen.

Vielleicht aber war Konstantin jetzt schon auf dem Weg nach Süden, kämpfte just in diesem Moment gegen die haushohen Wellen, die, wie ihr der Kapitän berichtet hatte, die Passage vor der Südwestküste des Kontinents lebensgefährlich machte?

»Sie werfen die größten und seetüchtigsten Schiffe herum wie Korken«, hatte der Kapitän erzählt, »und Stürme heulen übers Wasser, packen die stärksten Masten und knicken sie wie Grashalme. Unzählige Schiffe sind dort verschwunden, und nicht einmal eine Planke ist je von ihnen wieder aufgetaucht. Man sagt, dass der Schlund der Hölle sich dort befindet und dass man an schlimmen Tagen das Heulen und Jammern der Ertrunkenen hört.« Vergnügt grinsend hatte er bei seinen Worten auf seinem Pfeifenstiel gekaut, während Catherine ihn entsetzt angestarrt hatte.

Sie legte den Kopf in den Nacken. Über ihr wölbte sich ein klarer, durchsichtig blauer Himmel, kein Lüftchen regte sich, und Konstantin rang vielleicht zur selben Zeit mit den Elementen um sein Leben. Ein grauenvoller Gedanke. Sie schob die Bilder weg, zauberte ein anderes vor ihr inneres Auge. In Papas Büchern hatte sie Abbildungen der prächtigen holländischen Häuser Kapstadts am Fuß des Tafelberges gesehen; sie stellte sich Konstantin vor, wie er auf der sonnenüberfluteten Terrasse eines solchen Hauses mit Freunden plauderte. So wird es sein, er wird sich dort etablieren, viel Geld machen und nach einer Zeit als wohlhabender Mann in sein Heimatland zurückkehren. Wer weiß, dachte sie, vielleicht ist das Schicksal gnädig und wir werden uns in naher Zukunft am Kap wieder treffen. In den Kolonien wurden Neuankömmlinge immer sehr beachtet. Es müsste leicht sein, ihn dort zu finden.

Plötzlich duftete es wieder nach Rosen, rauschte nicht mehr der Kongo in ihren Ohren, sondern fröhliche Musik, und Konstantins Gesicht tauchte vor ihr auf und lächelte sie an. Sie schloss die Augen und verlor sich in der Zeit.

So nahm sie nicht wahr, dass ein Einbaum führerlos um die Biegung des Flusses auf sie zutrieb. Aus dem Bug war ein großes, halbrundes Stück herausgebrochen, als hätte ein Riese es abgebissen, im Heck hockte regungslos eine zusammengesunkene, mit einem Tuch verhüllte Gestalt, sonst schien es leer zu sein. Schwerfällig drehte sich der Einbaum im Strom, verfing sich an einem aus dem Wasser ragenden Baumstamm, riss sich wieder los, trieb weiter.

Catherine oben an Deck öffnete die Augen und trennte eine Seite aus ihrem Tagebuch heraus. Ihr Gesicht leuchtete, als ihr Stift übers Papier tanzte. Sie sah nichts, sie hörte nichts. Sie schrieb an Konstantin.

»*Mein lieber Freund, es ist Ende April 1850, und seit meinem letzten Brief, den ich dem Kapitän eines heimwärts segelnden Schiffes mitgegeben habe, sind acht Tage vergangen. Ich bete, dass er Sie erreicht hat und dass ich eine Antwort bekommen werde.*

Ich sitze an Deck der Carina mitten auf dem Kongo. Wir ankern, so scheint es, in einer Schweinesuhle, derart stinkt es hier, seit der Wind gedreht hat. Mein Papa ist seit sechs Tagen im Urwald verschollen, meine Gesellschafterin Wilma glaubt, an Seekrankheit zu sterben, die Mücken sind gierig auf mein Blut wie auf ein besonders süßes Dessert. Ich aber kann nur an unseren gemeinsamen Abend denken. Jedes Ihrer Worte koste ich wieder und wieder, jede Berührung spüre ich noch heute ...«

Die Gestalt im Heck des Einbaums bewegte sich und wickelte sich unsäglich mühsam aus seinem Tuch. Sein Gesicht war schwarz, und auf dem weißen Tuch blühten scharlachrote Flecken. Der Mann öffnete seinen Mund und rief etwas, aber seine Stimme ging in dem Plätschern der kleinen Wellen unter, die gegen den Schiffsrumpf schlugen. Sein Kopf fiel nach vorn, als sei sein Hals zu schwach, ihn zu tragen.

Catherine aber träumte von der schönsten Nacht ihres bisherigen Lebens. Sie schmeckte Konstantin, roch den erregenden Geruch seiner warmen Männerhaut und sehnte sich mit allen

Sinnen nach seiner Berührung, seinem zärtlichen Schnurren. Noch nie hatte ein Mensch so vollkommen Besitz von ihr ergriffen. Es erschreckte sie.

Warum hatte er sie nur ohne ein Wort verlassen? Bis heute wusste sie das nicht, obwohl sie Gerüchte gehört hatte. Diese entsetzliche, spitznasige Margarethe tuschelte hinter vorgehaltener Hand, dass es ein Duell zwischen Konstantin und einem anderen gegeben hätte, und der Skandal sei nicht, dass er den anderen dabei ins Jenseits befördert, sondern dass er sich weit unter seinem Stand duelliert hatte.

»Das ist natürlich überhaupt nicht comme il faut, ganz und gar nicht«, verkündete Margarethe, »aber was das Schlimmste ist, sie sollen sich ohne Sekundanten duelliert haben. Empörend, absolut gegen jede gute Sitte.« Heftig ihren Fächer wedelnd, kühlte sie sich das vor Entrüstung hochrote Gesicht.

Noch jetzt zitterte Catherine allein beim Gedanken daran, was ihm hätte passieren können. Doch wenn es ihm möglich gewesen war, nach Afrika zu fliehen, musste er unversehrt geblieben sein.

»Wann werde ich Sie wiedersehen und Ihre Arme um mich spüren?«, fuhr sie mit dem Brief fort. Auf ihrem Stift kauend, hob sie den Kopf und ließ ihren Blick über die leere Wasserfläche gleiten. »Wann«, schrieb sie und versah das Wort mit drei Fragezeichen.

Etwas schabte unter ihr am Schiffskörper entlang. Sie machte vor Schreck einen Strich quer über das Papier und sprang auf. Wieder ein dumpfer Aufschlag, weiter hinten am Heck. Sie lehnte sich über die Reling und entdeckte den Bug eines schmalen Eingeborenenbootes, der sich eben ums Heck herumschob. Zu ihrer überwältigenden Freude erkannte sie den Einbaum ihres Vaters. Aufgeregt rief sie mehrfach laut seinen Namen. Doch niemand antwortete ihr.

Träge drehte sich das schmale Boot in der Strömung, und dann sah sie den Mann im Heck, sah die Blutflecken auf seinem Tuch, und als er endlich hochblickte, erkannte sie ihn nicht. Erst als er den Mund öffnete und kaum hörbar ihren Namen flüsterte, wurde ihr klar, dass sie César vor sich hatte. Sein Haar war weiß geworden, es zeigte das gräuliche Weiß kalter Asche, seine Haut war faltig, als wäre das Leben schon aus ihm herausgelaufen.

Sie schrie gellend auf. »Kapitän, Hilfe, alle Mann an Deck!« Ihre Stimme überschlug sich. »Alle Mann an Deck. Heilige Mutter Gottes, beeilt euch doch!«, wimmerte sie.

Hinter ihr polterten Schritte den Niedergang hoch. »Schnell, schnell, hierher!«, kreischte sie, winkte dem Kapitän, der übers Deck zu ihr hastete. Sie flog am ganzen Körper.

»Fräulein le Roux, ja, was ist denn? Nun beruhigen Sie sich, um Gottes willen ... verflucht, was ist das?« Er beugte sich weit über die Reling. »Jesusmariaundjosef, steh uns bei«, flüsterte er, als er den Einbaum sah.

In einer roten Pfütze am Boden des schmalen Bootes lag Louis le Roux. Er regte sich nicht. Seine Augen unter den bläulichen Lidern waren tief in ihre Höhlen zurückgesunken, die Haut war gelblich fahl, die Kleidung wie die Césars blutverkrustet. Der Kapitän bellte eine Reihe von Kommandos. Danach ging alles ziemlich schnell. Das Fallreep wurde heruntergelassen, ein Matrose stieg hinab und angelte den Einbaum mit einem langen Haken heran. Dann setzte er vorsichtig seinen Fuß hinein und half César zur Leiter. Ein zweiter Matrose hing am Reep und zog ihn mit einem festen Griff unter die Achseln nach oben an Deck. Wortlos sank der Schwarze an der Reling zusammen, blieb einfach auf den Holzplanken zu Catherines Füßen sitzen.

»César, mein Gott, was ist nur passiert?«, flüsterte sie, legte ihm kurz die Hand auf die Schulter, wandte sich dann aber, ohne auf seine Antwort zu warten, der Rettungsaktion für ihren Vater zu. Der Matrose im Boot hatte ihn bereits in eine Persenning gewickelt und gab das Zeichen, ihn an Bord zu hieven.

»O Herr im Himmel«, wimmerte sie, als sie sah, dass aus allen sichtbaren Öffnungen seines Körpers Blut sickerte, sogar aus den Augen. Ihr Magen drehte sich um. In ihrem Leben hatte sie noch nie so etwas Schreckliches gesehen. Mit bebendem Zeigefinger wollte sie nach seinem Puls am Hals tasten, als César sich neben ihr bewegte.

»Nicht«, wisperte er eindringlich, »nicht berühren, der Teufel wohnt in ihm, er frisst deinen Vater von innen auf, bis nur noch seine Haut leer zurückbleibt. Wenn du ihn berührst, wird der Teufel, der in Wirklichkeit aus einem unendlichen Schwarm kleiner Lebewesen besteht, auch über dich herfallen und dich auffressen«, sagte er.

Catherine zog ihre Hand zurück, als wäre sie gebissen worden, sah plötzlich die äußere Hülle ihres Vaters vor sich liegen, leer gefressen, wie eine Puppe, der man die Sägespäne herausgeholt hatte. »Ist er tot?«, fragte sie mit schwankender Stimme.

»Er lebt, aber er wird seinen Körper bald verlassen. Bald.«

»Bringt ihn in seine Koje«, befahl der Kapitän, der Césars fadendünne Worte wohl nicht verstanden hatte. »Er sieht übel aus, wird's nicht mehr lange machen«, murmelte er besorgt, während die Matrosen ihren Vater in seine Kabine schleppten und auf die Koje legten. »Irgendwas scheint von seinem Körper Besitz ergriffen zu haben, etwas, das ihn aufzehrt. Was sagt der Kaffer? Was ist passiert?«

César lehnte plötzlich hinter ihnen in der Kabinentür. »Ich schob das Boot in der Abenddämmerung mit einem langen Staken durch den Sumpf, als er begann, sich zu schütteln, als hätte ihn eine große Faust gepackt. Stunden später lief das Blut aus ihm heraus.« Er musste sich abstützen, mehrmals tief Atem holen, ehe er weitersprechen konnte. »Das, was ihn fraß, fiel auch über mich her. Wenn er von uns gegangen ist, werde ich ihm bald folgen.« Die letzten Worte waren so schwach, dass Catherine ihn kaum verstand.

Sie kniete neben ihrem Vater nieder, streckte die Hand aus, zögerte und zog sie wieder zurück. Stattdessen tastete sie seinen Körper mit den Augen ab. Aus Mund, Nase, Ohren und Augenwinkeln sickerte Blut, aber am Hals entdeckte sie ein winziges Flattern unter der Haut. Mit verzweifelter Konzentration starrte sie auf dieses Zeichen, dass er sich noch ans Leben klammerte. Mit César, der auf dem Plankenboden zusammengesackt war, hielt sie bei dem Todkranken Wache. Alle anderen schickte sie hinaus, besonders die ständig wimmernde Wilma, der von dem Gestank von Louis le Roux' verrottendem Körper schlecht geworden war.

Catherine bemerkte den Geruch nicht. Sie redete leise mit ihrem Vater, hielt dabei jetzt trotz Césars Protest seine Hand. »Du musst es schaffen, streng dich an. Du hast noch so viel zu tun. Herr Strassberg wartet auf deinen Bericht über die Bambuti, und ich habe schon die ersten Zeichnungen für unser gemeinsames Buch fertig. Du wirst sie mögen ...« So redete sie, was ihr gerade in den Sinn kam, und presste vor Anstrengung ihre Kiefer zusammen, dass sie schmerzten. Doch sie musste hilflos mit ansehen, wie sein Leben stückweise von ihm wich. Nach und nach verloren seine Gliedmaßen jegliche Farbe und wurden eiskalt. Die Kälte kroch seinen Rumpf hoch, das Flattern an seiner Kehle wurde schwächer und so unregelmäßig, dass sie auch nicht einen Lidschlag lang wagte, ihren Blick davon zu lösen.

Plötzlich schrie er und blickte sie starr an. Er bewegte die Lippen, aber was immer er ihr sagen wollte, ertrank in einem Blutschwall. Langsam löste sich sein Blick von ihr, er machte sich bereit, seine letzte Reise anzutreten. Sie rief ihn, verzweifelt bemüht, ihn aufzuhalten. Aber sie erreichte ihn nicht mehr. Er starb ohne ein einziges Wort für sie.

Der Kapitän ließ die Leiche sofort in die Persenning wickeln, einnähen und mit einem Tau verschnüren. Dann schickte er einen seiner Leute an Land, um einen Sack mit Sand zu füllen, und verholte inzwischen sein Schiff in die Mitte des Flusses, da dort die Wassertiefe größer war. Der Matrose kehrte schnell zurück, er hatte Mühe, den schweren Sack an Bord zu ziehen. Sie banden ihn dem Toten um die Mitte.

»Sonst steht Monsieur da unten auf dem Grund des Flusses, und wenn die Ebbe kommt und das Wasser sinkt, streckt er womöglich den Kopf heraus. Das geht natürlich nicht«, erklärte ihr der Kapitän.

Catherine starrte ihn nur an, unfähig zu fühlen und zu denken.

Nachdem der Kapitän mit sonorer Stimme aus der Bibel gelesen und ein Gebet gesprochen hatte, stimmte er in tiefem Bass »Näher mein Gott zu Dir« an.

Keine zwei Stunden nach seinem Tod wurden die sterblichen Überreste von Louis le Roux den Fluten des Kongos übergeben. Der Sack mit dem Toten rutschte von der Planke über Bord, klatschte in das rasch fließende Wasser und ging sofort unter. Ein Schwall von Gestank nach verrotteten Pflanzen und toten Fischen, verfaultem Schlamm und süßlicher Verwesung schlug ihr ins Gesicht. Sie presste ihre Hand vor den Mund und sah hinunter. Obwohl das Wasser trübe war und die Sonne nur wenige Fingerbreit die Oberfläche durchdringen konnte, meinte sie erkennen zu können, wie er auf den Grund des Flusses sank und sich zwischen den langen, glitschigen Fingern der Wasserpflanzen verfing.

»Wir segeln sofort«, teilte ihr der Kapitän knapp mit und brüllte ein paar Befehle. Die Ankerkette rasselte, der Anker wurde gelichtet. Nach der heftigen Regenflut war der Strom angeschwollen, die Strömung so stark, dass sie bis zur Mündung nur Stunden brauchen würden, während sie vorher flussaufwärts Tage benötigt hatten. Der Frachtensegler nahm Kurs aufs offene Meer.

Ihr Vater blieb allein in seinem nassen Grab zurück.

※

Catherine stand an der Reling, kerzengerade, und hielt ihr Taschentuch vor den Mund. Blut quoll unter dem weißen Tuch hervor, wo sie sich die Lippen zerbissen hatte. Es drang nicht in ihr Bewusstsein. Auch eine Fliege, die über ihren Handrücken kroch, betrachtete sie teilnahmslos. Doch plötzlich schien nicht nur ein einzelnes Insekt, es schienen tausende über ihren Körper zu wimmeln, sie sah sich vom Blut ihres Vaters bedeckt, spürte, wie unzählige winzige Rüssel es ableckten. César hatte es prophezeit. Schwärme unsichtbarer Lebewesen würden über sie herfallen und sie von innen auffressen. Die Bilder der letzten

Stunden standen in grellen Farben vor ihr, und eine Lawine von Ekel, Angst und Trauer begrub sie unter sich. Sie hetzte in ihre Kabine.

Dort riss sie sich das Kleid herunter. Vage erinnerte sie sich an eines der Medizinbücher ihres Vaters, in dem sie gelesen hatte, dass ein berühmter Arzt aus Schottland die Kleidung der Marinematrosen, die oft aus verpesteten Gefängnissen kamen, gebacken hatte. So hatte er verhindert, dass sich das Fleckfieber in der Marine ausbreitete. Backen? Was meinte der Schreiber damit?

In ihrem Hemd vor dem Waschtisch stehend, goss sie Wasser in die irdene Schüssel und seifte sich von oben bis unten ein, rieb sich danach mit einem Waschlappen ab. Anschließend schlüpfte sie in ihren Morgenmantel, warf das Kleid mit spitzen Fingern in die Waschschüssel und trug es an Deck. Mit dem Segeltucheimer holte sie Wasser aus dem Fluss und schrubbte und spülte das Kleid, bis sie meinte, das Gewebe durchgerieben zu haben. Sie wrang es aus und trug es hinunter zur Kombüse. »Smutje, ich brauch einen großen Topf mit Wasser«, befahl sie.

Neugierig sah der Junge zu, wie sie das Kleid hineinlegte und es auseinander zupfte. Dann brachte sie das Wasser zum Sieden. Eine geschlagene halbe Stunde ließ sie das Kleid kochen, rührte dabei häufig um, und später breitete sie es an Deck aus, damit es in der Sonne trocknen konnte.

Nun stand sie wieder an der Reling und starrte zurück in die Richtung, wo die Leiche ihres Vaters versunken war. Nach einer Weile begannen ihre Augen zu tränen und verwischten ihre Sicht.

∗

Es herrschte gedrückte Stimmung auf dem Schiff. Die Mannschaft machte stets einen großen Bogen um Catherine, die tagsüber mit leerem Blick im Heck lehnte. Immer noch sah sie den Körper ihres Vaters vor sich, wie er am Grund des großen Flusses dahintrieb. Lange, geisterhafte Ranken umklammerten ihn, immer fester wurde ihre Umarmung, und bald würde sich das

Segeltuch zersetzen, und Fische und Wasserkäfer würden ihn in kurzer Zeit auffressen. Falls nicht ein Krokodil ihn vorher riechen und ihn in seine unterirdische Speisekammer zerren würde.

Weil sie sich vor diesen Bildern zu Tode fürchtete, schlief sie kaum noch. Schon die zweite Nacht saß sie jetzt an Deck, versuchte wach zu bleiben und nickte doch immer wieder ein. Morgens weckte sie das Klatschen der Fliegenden Fische, die auf den Holzplanken landeten, und dann begann wieder ein Tag, an dem sie in der Tropenhitze fror, an dem sie so allein war, als wäre sie der letzte Mensch auf Erden.

Auch heute Morgen stand sie schon stundenlang im Heck, eine schmale, unendlich einsame Gestalt, blickte zurück in ihre Vergangenheit, sehnte sich mit jeder Faser ihres Körpers nach denen, die sie verloren hatte. Ihre Mutter, Grandpère Jean und nun ihren Vater. Sie nahm weder die spielenden Delphine wahr, die die *Carina* begleiteten, noch die Möwen, die sich schrill um die im Meer schwappenden Küchenabfälle stritten, die der Smutje über die Heckreling gekippt hatte. Sie fühlte sich körperlos und konnte nur an die eisige Leere denken, die vor ihr lag.

Gegen Nachmittag erst verließ sie ihren Platz, um in ihre Kabine hinabzusteigen, und entdeckte dabei César, der auf den Decksplanken zwischen den Tauen kauerte. Eben wickelte er sich aus dem mit geronnenem Blut verkrusteten Tuch. Mit schlechtem Gewissen, sich in ihrem eigenen Schmerz kaum um ihn gekümmert zu haben, beugte sie sich zu ihm hinunter. Der Verwesungsgestank seiner Wunden verschlug ihr schier den Atem. Ohne ihn zu berühren, untersuchte sie seinen blaurot angeschwollenen, linken Arm, der besonders schlimm aussah, und entdeckte zu ihrem Entsetzen, dass schwarzköpfige Maden aus den Eiterlöchern krochen. Angeekelt fuhr sie zurück. Noch nie hatte sie einen Menschen gesehen, der bei lebendigem Leibe von Maden gefressen wurde.

Lange sah der Mann aus Mali Catherine aus großen, brennenden Augen an, als wollte er ihr etwas mitteilen, das er nicht in

Worte fassen konnte, er, der ihr die wunderbarsten Märchen erzählt hatte. Abend für Abend hatte sie neben ihm gesessen, und er hatte mit Worten ein Tor geöffnet und sie in ein Königreich versunkener Zeiten schauen lassen, in eine Welt, die prächtig und prall von Leben war, so bunt, so voller Musik und Wärme. In seiner Heimat war er ein Griot gewesen, ein Märchenerzähler, und ihm fehlten nun die Worte.

Jetzt berührten ihre Blicke einander, und sie spürte ein Kribbeln, eine starke Kraft, die von ihm zu ihr strömte. Es war, als zöge er sie über eine unsichtbare Linie zu sich hinüber. Ein merkwürdiges, unerklärliches, warmes Gefühl. Trost? Hoffnung? Sie vermochte es nicht zu sagen. Langsam hob er seine heile Hand, lächelte sie an, und dann starb er. Das Lächeln aber blieb auf seinem Gesicht zurück.

In höchster Eile ließ der Kapitän ihn in ein Laken einnähen.

»Warum benutzen Sie kein Segeltuch?«, fragte Catherine aufgebracht.

»Hab nicht genügend«, knurrte er. »War er eigentlich Christ oder Heide?«

Sie wusste es nicht. »Er hat nach den Geboten der Menschlichkeit gelebt«, antwortete sie. Das hatte er wahrlich.

Und so wurde César, der ein Griot gewesen war, der seine Geschichten verloren hatte, und, als er sie wieder fand, die Welt damit verzauberte, mit einem Psalm und einem kurzen Gebet dem Ozean übergeben.

Catherine liefen die Tränen herunter, als sein verhüllter Körper langsam in der Tiefe verschwand. Später versuchte sie Wilma zu erklären, was sie gespürt hatte, kurz vor seinem Tod. »Er wird auf eine Weise über mich wachen. Ich werde ihn nie vergessen«, schloss sie.

»Wie kann er das, wenn er tot ist, außerdem war er nichts weiter als ein primitiver Afrikaner, der nicht einmal lesen und schreiben konnte. Du solltest nicht über solchen Unsinn nachdenken. Mach dir lieber Gedanken darüber, was jetzt aus dir und mir werden soll«, entgegnete ihre Gesellschafterin, übellaunig wie immer.

Catherine ließ sie stehen und setzte sich an ihren Platz im Heck. Eine seltsame Lethargie hatte sich ihrer bemächtigt, die durch die feuchte Hitze verstärkt wurde.

»Als würde ich in einem warmen Strom schwerelos dahintreiben, nichts scheint mehr wirklich«, schrieb sie in ihr Tagebuch, das sie seit dem Tod ihres Vaters nicht mehr angerührt hatte. Der Schmerz hatte sie so ausgefüllt, dass in ihr kein Platz für Worte gewesen war. Doch jetzt flüchtete sie sich zwischen die Seiten.

»Ich weiß nicht, welcher Tag heute ist, und es interessiert mich auch nicht. Gestern war heute noch morgen, und übermorgen wird morgen gestern sein. Die Zeit verschwimmt, und jeder Tag, der verstreicht, ist angefüllt mit meiner Einsamkeit und Trauer, jeden Tag lasse ich mein bisheriges Leben weiter hinter mir. Wie eine Insel, die allmählich im Meer zu versinken scheint, je weiter man sich mit dem Schiff entfernt, verschwindet die Landschaft meiner sorglosen Kinderjahre hinter dem Horizont. Was soll ich schreiben? Meine Zukunft scheint mir so weit entfernt wie meine Vergangenheit, selbst Konstantin ist nur ein ferner Punkt im Nichts. Ich bin jetzt allein auf der Welt, damit muss ich mich abfinden. Ich hoffe, dass es mir mit der Zeit gelingen wird.«

Wilma war wohl ihre Freundin geworden, aber bekam ein Gehalt von ihr, und wenn sie es ihr nicht mehr zahlen konnte, würde diese es sich nicht leisten können, bei ihr zu bleiben. Außerdem kränkelte sie ständig, hatte mal dies, mal das. Selbst in den Tagen nach dem Tod von Louis le Roux hielt sich Wilma nicht mit Klagen zurück.

»Ich werde hier sterben«, greinte sie, und Catherine musste sich abwenden, um zu verbergen, wie unduldsam sie das Gejammer machte. Seit dem Tod ihres Vaters schienen ihre Empfindungen abgestorben zu sein, und sie musste sich zwingen, Mitgefühl für Wilma zu heucheln. Nur in ihrem Tagebuch ließ sie ihren Gefühlen freien Lauf. Täglich saß sie auf den Tauen an Deck, weil es in der Kabine zu stickig war, und schrieb.

»Kusine Wilma ist mir doch eine große Enttäuschung. Sie dämmert in ihrer Koje. Sie jammert. Wo wir doch nichts ändern können! Es macht mich wütend. Ich bin so allein, möchte mit ihr reden, darüber sprechen, wie die Welt draußen aussieht, die richtige, nicht Papas Welt, die unter einem Mikroskop Platz fand.«

Nur einmal verlor sie ihre Haltung gegenüber der Gouvernante. »Wenn Jammern denn meinen Papa wiederbringt, uns Wind beschert und die Hitze mildert, dann werde ich lauter jammern als du. Reiß dich endlich zusammen«, schrie sie die Kranke an.

Aber es half nichts, Wilma stöhnte nur umso geräuschvoller, und Catherine entschuldigte sich mit zusammengebissenen Zähnen.

»Warum hast du vor allem Angst?«, fragte sie, neben Wilmas Bett stehend. »Du hast Angst vor lauten Geräuschen und vor Tieren, sind sie auch noch so klein und harmlos. Ich glaube, du wünschst dir insgeheim Krankheiten herbei, weil du eigentlich Angst vorm Leben hast. Und vor Männern«, setzte sie spitz hinzu. Wilma hatte sie an den Rand ihrer Geduld getrieben.

Seit sie ohne männlichen Schutz allein zwischen den rauen Matrosen an Bord waren, war Wilma voller dunkler Andeutungen, wessen diese fähig waren. Jede Nacht verrammelte sie ihre Tür, indem sie einen Stuhl unter die Klinke schob, weil sie befürchtete, dass einer dieser ungehobelten Kerle, wie sie die Matrosen Catherine gegenüber immer bezeichnete, in der Dunkelheit über sie herfallen könnte. »Wir sind ihnen schutzlos ausgeliefert, wer weiß, was sie uns antun werden. Wenn sie getrunken haben, sind sie wie Tiere«, zitterte die Gouvernante.

»Nichts wird uns passieren. Ich bin überzeugt, dass der Kapitän ein ehrbarer Mann ist.«

Doch später, als sie allein war in ihrer Kabine, löste sie den Speer aus seiner Halterung und prüfte die Spitze mit ihrer Fingerkuppe. Obwohl die Berührung nur leicht war, verletzte sie sich. Ein winziger Blutstropfen quoll hervor. Zufrieden legte sie die Waffe griffbereit neben ihr Bett. Man konnte schließlich nie wissen.

Kapitel 3

Kaum hatten sie Anker vor São Paulo de Loanda geworfen, paddelte eine Flotte kleiner Boote und Einbäume, die mit Früchten, lebenden Tieren und getrockneten Fischen beladen waren, zu ihnen herüber. Catherine stand an der Reling und schaute den Händlern zu, die, fröhlich durcheinander rufend, ihre Waren anpriesen. Sie luden Kakaobohnen, Dörrfisch und Proviant in Form von aufgeregt gackernden Hühnern, die in einem geflochtenen Korb zusammengepfercht waren. Zwei Männer brachten ein an den Füßen zusammengebundenes schwarzes Schwein, das bis zu seiner Bestimmung als Braten in einem Verschlag an Deck leben sollte, den der Kapitän dafür hatte errichten lassen.

Wilma raffte sich auf und kam nach oben. Sie begrüßte Catherine und quälte sich ein Lächeln ab. »Guten Morgen, meine Liebe. Seit wir hier ankern, fühle ich mich tatsächlich erheblich besser. Du scheinst also Recht gehabt zu haben. Nun, hier ist ja ein munteres Treiben.« Sie schaute sich um. »Was um Christi willen ist denn das?« Sichtlich entsetzt zeigte sie auf das Kanu unter ihnen, das gerade entladen wurde.

Catherine blickte hinunter. Der blutige Kopf eines Gorillas, der in einem Graskorb auf seinen abgetrennten Armen, Beinen und Innereien lag, grinste zu ihr hinauf. »Die Eingeborenen nennen es Buschfleisch.«

Wilma wurde grünlich um die Nase. »Mein Gott, sieh nur, wie er lacht, und seine Augen. So entsetzlich menschlich. Und der Kopf ... wie ...?« Ihre Stimme versagte.

»Sie essen die Augen, gekocht, wie wir Eier essen, und schneiden dem Vieh die Schädeldecke auf und löffeln das Gehirn aus.« Es bereitete ihr ein ganz unheiliges Vergnügen, Wilma ein wenig aus der Fassung zu bringen, obwohl sie keine Ahnung hatte, wie in Afrika die Essgewohnheiten in dieser Hinsicht waren.

Wilma übergab sich geräuschvoll ins Wasser. Catherine entschuldigte sich reumütig, und gemeinsam genossen sie die Aussicht auf das quirlige Leben im Hafen von Loanda, deren prächtige Kathedrale in der Nachmittagssonne golden übers Meer leuchtete. Unter ihnen packten die Händler, offensichtlich zufrieden mit dem Tagesgeschäft, ihre restlichen Waren zusammen und paddelten wieder an Land.

Der Kapitän trat zu ihnen an die Reling und räusperte sich mit allen Anzeichen von Verlegenheit. »Ich hätte da eine Familie, die eine Passage nach Kapstadt verlangt. Kann ich ihnen die Kabine Ihres Vaters geben? Er braucht sie nun ja nicht mehr.« Entschlossen mied er Catherines Blick.

Sie senkte den Kopf, als hätte sie einen Schlag bekommen.

»Das ist ja wohl das Gefühlloseste, was ich je gehört habe«, rief Wilma erbost. »Wie können Sie der Baronesse so etwas antun.«

»Es ist schon in Ordnung, Wilma.« Catherine hatte Schwierigkeiten mit ihrer Stimme. Ihre Kehle schien sich zugezogen zu haben. »Der Kapitän hat Recht. Mein Vater ... mein Vater braucht seine Kabine nicht mehr. Es ist in Ordnung, Kapitän, schicken Sie jemanden, der mir hilft, seine Sachen hinüber zu mir zu bringen.«

»Wird gemacht, gnädiges Fräulein.« Die Erleichterung stand ihm ins Gesicht geschrieben, als er zwei Matrosen heranwinkte.

Nach Einbruch der Dunkelheit wurde Catherine von Stimmen und Geräuschen eines anlegenden Bootes aufgestört. Neugierig kletterte sie auf den Stuhl und spähte aus dem Bullauge. Ein Kanu war längsseits gekommen, und mehrere Gestalten wuchteten einen eingehüllten Gegenstand direkt an ihrer Nase vorbei an Bord. Die Decke verrutschte einmal, und sie sah den matten Schimmer von Elfenbein im Mondlicht. Dreißig Stoßzähne von schöner Größe zählte sie, und die Tatsache, dass sie heimlich zum Schiff gebracht wurden, sagte ihr, dass es geschmuggelte Ware sein musste. Nachdenklich stieg sie vom Stuhl herunter, beschloss, diesen Vorgang im Hinterkopf zu behalten. Nur so. Man konnte ja nie wissen.

Eine Woche blieben sie in Loanda, eine Woche, in der Catherine nur einmal von Bord ging, um den Brief an Konstantin mit einem anderen Schiff zurück nach Europa zu schicken. Er war versiegelt und wie die anderen, die sie im Laufe ihrer Reise an ihn geschrieben hatte, an Wilhelm von Sattelburg adressiert. Ein zweiter Brief ging an Adele, um sie über den Tod ihres Bruders zu unterrichten. Sie hatte sich auf wenige Tatsachen beschränkt, ersparte ihr die Einzelheiten seines schrecklichen Sterbens und versprach ihr zu schreiben, sobald sie wusste, wo sie in Kapstadt unterkommen würde.

Gelegentlich spielte sie Schach oder Dame mit Wilma oder ließ sich von ihr vorlesen. Meist aber stand sie stundenlang im Bug, sah dem Treiben in der Bucht zu und hing dabei ihren Gedanken nach, froh, dass man sie in Ruhe ließ. Am Abend des siebten Tages stiegen ein leise sprechender Mann in Missionarstracht, seine spatzenkleine Frau und zwei ernste junge Mädchen, alle schwarz gekleidet und bleichsüchtig, als weitere Passagiere an Bord. Sie grüßten mit sanfter Stimme und begaben sich sofort nach unten. Als sich am nächsten Morgen die Sonne über den Horizont schob, hatte die *Carina* bereits abgelegt und nahm unter vollen Segeln Kurs nach Süden.

Die Missionarsfamilie verbrachte die überwiegende Zeit in ihrer Kabine. Catherine war es recht. Sie wollte allein sein, ihr stand nicht der Sinn nach oberflächlicher gesellschaftlicher Konversation und schon gar nicht nach dem salbungsvollen Mitgefühl dieser Kirchenleute.

*

Schon lange befanden sie sich jetzt auf offenem Meer, doch die erhoffte Abkühlung hatte es nicht gebracht. Seit fast einer Woche dümpelten sie in einer Flaute, die Segel hingen schlaff, die See war glatt und bleiern, die Hitze unerträglich. Das Schiff trieb in dieser glühend weißen Welt, um sie herum war nur Wasser, das Auge fand keinen Punkt, an dem es sich festhalten konnte. Das Knarren der Holzplanken, der Masten und gelegentliche Worte der Matrosen vertieften nur die drückende Stille.

Tage später, nach ihrer Rechnung musste es der letzte Sonntag im Mai sein, entdeckte Catherine kurz nach dem Aufwachen über ihnen ein dahinsegelndes Wölkchen. Ein erquickender Wind fuhr wie ein munterer Kobold durch die Takelage, zerrte ein wenig am Segeltuch, als wolle er damit spielen. Gegen Mittag war er so stark geworden, dass sich die Segel blähten, das Schiff nur so dahinflog und sogar der brummige Kapitän lächelte.

Bald aber quoll das Wölkchen zu einem riesigen, schwarzen Wolkenberg auf und verdunkelte die Welt. Er tat sich auf, und Wasser stürzte auf sie herunter wie aus einer Badewanne, zerhämmerte die Oberfläche des Ozeans und löschte alle Sicht aus. Es gab nur noch das Schiff und das mächtige Brausen des Regens.

Aufgeregt trommelte sie Wilma aus dem Dämmerschlaf, zwang sie, sich anzuziehen und mit an Deck zu gehen. Der starke Regen wusch das Salz aus ihren Kleidern und Haaren, reinigte ihre Haut und ihr Gemüt; Wilma lebte auf, und zum ersten Mal nach dem Tod ihres Vaters bekam Catherine wieder ein Gefühl für sich selbst.

An diesem Tag fand sie die Kraft, sich Notizen und Papiere ihres Vaters vorzunehmen. Sie musste sich Klarheit verschaffen, ob sie sich in der unangenehmen Lage befand, so schnell wie möglich einen vermögenden Ehemann suchen zu müssen, um versorgt zu sein.

Grauenvoller Gedanke, dachte sie, als sie mit fliegenden Fingern durch die Unterlagen blätterte, vor allem, was die Dinge anging, die man als die Pflichten der Ehefrau bezeichnete und deren Ergebnis dann neun Monate später in der Wiege schrie, während meist das nächste Kind schon im Bauch heranwuchs. Es überfielen sie keinerlei mütterliche Gefühle, wenn sie ein Kleinkind sah; sie fand Babys eigentlich ganz außerordentlich hässlich mit ihren zerknautschten, roten Froschgesichtern und sehnte sich überhaupt nicht danach, ein Nest zu bauen. Welchen Mann aber sollte sie wählen, wenn sie gezwungen war, eine Ehe einzugehen?

Niedergeschlagen ließ sie im Geiste die ihr bekannten Herren vorbeimarschieren und sah nur feiste Bäuche, gelbe Zähne, krumme Rücken und kurzsichtige Augen, wie sie Menschen bekommen, die ständig ihre Nase in Büchern vergraben. Keiner von ihnen war viel jünger als ihr Vater. Eine veritable Heiratswüste. Bis auf Konstantin von Bernitt natürlich. Sie stützte ihr Kinn in die Hand. Der aber kroch irgendwo im Dschungel herum. Wie sollte sie seiner habhaft werden?

Als ein ebenso erschreckender Gedanke erschien ihr die Möglichkeit, ihr Leben als Gouvernante einer kreischenden Kinderschar fristen zu müssen, die noch nicht einmal ihr eigen Blut war. Während sich diese Überlegungen in ihrem Kopf breit machten, blätterte sie weiter in den Papieren und stieß bald auf den Namen eines Freundes ihres Vaters in der Kapprovinz. Hoffnung flammte in ihr auf. So würde sie nicht ganz allein in diesem fremden Land sein. Wer dieser Freund war und unter welchen Umständen er dort lebte, wusste sie nicht, wie ihr auch kaum etwas über die Kapprovinz bekannt war. Natürlich hatte sie gelernt, dass sie an der Südspitze Afrikas lag, auch über die Geschichte der holländischen Handelsniederlassung, aus der die Stadt erwachsen war, wusste sie in groben Zügen Bescheid. Aber sonst hatte sie keine Vorstellung, wie das Leben dort aussah, ob es wie am Kongo Urwald gab, ob der auch so feucht und ungesund war und die eingeborene Bevölkerung genauso primitiv.

Ihre und Wilmas Passage war bis Kapstadt bezahlt. Die Quittungen und die Adresse des »Good Hope Guesthouse«, in dem ihr Vater geplant hatte zu logieren, fand sie in den Unterlagen. Sicher würde sie dort ein wenig verweilen können, um zu entscheiden, was sie mit ihrem Leben anfangen sollte. Vielleicht war ihr das Schicksal ja wohlgesonnen und bescherte ihr ein Wiedersehen mit Konstantin. Allein der Gedanke brachte sie zum Glühen.

Eifrig wendete sie die Seiten und fand zu ihrer großen Erleichterung, dass ihr Vater trotz seiner Weltfremdheit und Vorliebe für Insekten nicht die gesamte Einkünfte aus seinen Büchern in seine Forschungsreisen gesteckt, sondern zumindest einen kleinen Teil gespart hatte. Doch die monatlichen Zinsen waren bescheiden, und sie befürchtete, dass sie über kurz oder lang die Kapitalsumme würde angreifen müssen. Bis in die Nacht saß sie über den Papieren, rechnete beim trüben Schein einer Kerze alles durch. Die größte Schwierigkeit für sie war abzuschätzen, wie viel Geld sie jährlich benötigte, um einigermaßen unabhängig zu sein, denn über die Kosten des täglichen Lebens hatte sie sich nie Gedanken gemacht. Wilma würde ihr da weiterhelfen müssen. Sie klopfte an deren Kabinentür und trat ein.

»Gib mir bitte die Tinte und meinen Federkiel«, sagte ihre Lehrerin, als Catherine ihr Anliegen vorgetragen hatte. Sie bewegte ihre Lippen, während sie einige Zahlen notierte, prüfte, zusammenrechnete und wieder prüfte. Endlich unterstrich sie eine Zahl. »Wenn du sparsam lebst, brauchst du diese Summe. Schränkst du dich stark ein, das heißt, keine neuen Kleider, einfache Lebensmittel, keine Kutschen und Ähnliches, kommst du damit aus.« Ihr Zeigefinger lag auf der zweiten Summe, die weniger als zwei Drittel der ersten betrug.

Catherine bedankte sich und lief zurück zu ihren Papieren, und als die Kerze fast niedergebrannt war, legte sie todmüde ihren Federkiel beiseite und lehnte sich in dem harten Stuhl zurück. Was sie gefunden hatte, trieb ihr Tränen der Dankbarkeit in die Augen. Wenn sie sich nach Wilmas Vorschlag sehr stark einschränkte, würde sie vorerst überleben können. Sie befingerte den ausgebleichten Stoff ihres blauen Baumwollkleides und überlegte, wie lange der noch halten würde. Zumindest war sie nicht gezwungen, den Erstbesten zum Mann nehmen. Voraussetzung allerdings war, dass sowohl sie als auch Wilma sich in Kapstadt niederlassen würden. Sonst würde die Summe, die ihr noch blieb, wenn sie ihre Passagen nach Deutschland und Wilmas ausstehendes Gehalt abzog, so gering sein, dass sie kaum davon würde existieren können. Die Kerze war nun ganz heruntergebrannt, flackerte auf und erlosch mit leisem Zischen. Gähnend stand sie auf und streckte sich; sie verspürte das Bedürfnis nach frischer Luft.

An Deck umfing sie tiefblaue Dunkelheit. Der Steuermann war auf seinem einsamen Posten, sie nickte ihm im Schein der Positionsleuchten zu und tastete sich zum Bug. Das Deck hob und senkte sich in der langen Dünung, bis auf das schläfrige Knarren des Holzes war es still. Es war eine klare Nacht, Mondlicht floss silbrig über das Meer, warme Luft streichelte ihre Haut. Über ihr funkelte der diamantbesetzte Baldachin des südlichen Sternenhimmels, das Kreuz des Südens zeigte ihr den Weg, den das Schiff nahm. Sie lehnte mit dem Rücken am Mast, und allmählich fiel die Anspannung der letzten Wochen von ihr ab. Lange stand sie so, ließ ihre Gedanken frei zwischen Vergangenheit und Zukunft wandern.

Bald kündigte ein pflaumenfarbener Widerschein über dem Horizont den nahenden Sonnenaufgang an. Die Sterne verblassten immer mehr, das nächtliche Blau zerlief in Türkis, und der erste Fliegende Fisch klatschte auf die Holzplanken. Sie streckte sich, fuhr sich mit beiden Händen durchs Haar und fühlte sich, als wäre sie von einem erholsamen Schlaf aufgewacht. Die dunkle Last, die sie seit dem Tag, als der Körper ihres Vaters in den Fluten versunken war, beschwerte, war leichter geworden. Sie hatte eine Entscheidung getroffen.

Nach Deutschland würde sie nur zurückkehren, wenn es keinen anderen Ausweg gab. Das Haus in Hamburg mit dem umliegenden Land gehörte zur Hälfte ihrer Tante, die andere Hälfte hatte ihrem Vater gehört. Sie würde kaum ihren Teil einfordern können, obwohl der einen nicht unbeträchtlichen Wert darstellte. Aber mit Adele unter einem Dach wohnen? Bei der Vorstellung, den Rest ihres Lebens mit dieser verbitterten Frau zu verbringen, überfiel sie das Gefühl zu ersticken. Sie musste warten, bis sich ihr Dilemma auf natürliche Weise löste. Erst nach Adeles Tod würde sie ihre Haushälfte verkaufen können. Die Möglichkeit, dass ihr die Tante, die ein sehr starkes Gefühl für Familie und Besitz besaß, ihre Hälfte auch vererben würde, war zwar unwahrscheinlich, aber nicht ausgeschlossen. Adele hegte keine

Liebe für ihre Nichte, aber sie wäre in dem Falle schließlich die letzte lebende le Roux.

Doch obwohl sie mit dem Wert zumindest des halben Le-Roux-Hauses im Rücken eine angenehme finanzielle Sicherheit für spätere Zeiten besaß, würde sie sich wohl an den Gedanken einer Heirat doch gewöhnen müssen, wollte sie nicht den steinigen Weg des Gouvernantendaseins beschreiten. Darüber war sie sich klar geworden. Wobei die Frage, ob sie sich überhaupt dafür eignete, auch noch zu beantworten war. Auch das sah sie ein. Ihre Bildung konnte kaum als eine klassische bezeichnet werden. Eine Bestandsaufnahme ihrer Fähigkeiten war unangenehm schnell gemacht.

Sie sprach Französisch, Deutsch und Englisch. Letzteres allerdings nicht so fließend wie die beiden anderen Sprachen, die ihre Vater- und Muttersprache waren.

Ich kann schwimmen wie ein Fisch und werde nicht seekrank, zählte sie an ihren Fingern ab, ein unschätzbarer Vorteil, wenn man über die Weltmeere segelt, an Land jedoch von untergeordneter Bedeutung. Kochen kann ich nicht, Nähen, Sticken und Stricken langweilen mich. Das Einzige, was ich wirklich kann und was mir gleichzeitig Spaß macht, ist Malen. Die Bemerkungen ihres Vaters hinsichtlich der Qualität ihrer Zeichnungen hatte sie verdrängt. Sie beschloss, Salvatore Strassberg zu bitten, ihr Aufträge zum Illustrieren von naturkundlichen Büchern zu geben. Die Vorstellung gefiel ihr außerordentlich. Würde das der Weg sein, der sie vor dem Käfig der Ehe bewahren könnte? Noch heute würde sie eine Mappe mit Zeichnungen und Aquarellen anlegen, die sie von Kapstadt aus an Herrn Strassberg schicken konnte. Außerdem würde sie aus ihrem Tagebuch einen Bericht ihrer Reise zusammenstellen und den Zeichnungen beilegen. Schreiben war ihre zweite Leidenschaft. Reisen war teuer und beschwerlich, und nur wenige konnten es sich leisten. Deswegen wurden Reiseberichte immer gern gelesen und nicht schlecht bezahlt, wie sie wusste.

Von dieser Aussicht erheblich aufgemuntert, blickte sie vom Bug hinunter auf die Wellen. Eine Schule Delphine spielte unter ihr im glasklaren, tiefblauen Wasser, sie sprangen meterhoch in die Luft und lächelten ihr dabei zu. Der Horizont flammte auf, die Sonne stieg in einem Feuerkranz aus dem Meer und übergoss die Welt mit Licht. Der neue Tag verhieß, ein wunderbarer zu werden.

*

Etwa eine Woche später, südlich der Sonne näherten sie sich der berüchtigten Passage, die sie an der südwestlichen Küste Afrikas vorbeiführen würde und die alle Seeleute wegen ihrer Winterstürme mehr fürchteten als den Teufel. Schon jetzt waren die Wellen spürbar größer, der Wind blies stärker und eiskalt, und gelegentlich öffnete sich der Himmel, und es schüttete. Sie fror. Das Schiff rollte gewaltig. Vorsorglich zurrte sie ihre Habseligkeiten in der Kabine fest, so gut es ging. Ein flüchtiger Schwefelgeruch stieg aus den Sachen ihres Vaters auf, und wieder saß ihr dieser Gestank nach toten Pflanzen und Fischen, fauligem Schlamm und Verwesung in der Nase, der sie immer an die Stunde seines Sterbens und den Augenblick, als ihn das Wasser verschlang, erinnern würde. Nach dieser Reise, schwor sie sich, würde sie so schnell kein Schiff mehr besteigen.

Der Kabinenboden hob und senkte sich, kippte mal nach links, mal nach rechts. Mit einem letzten Blick kontrollierte sie, ob sie alles gesichert hatte, bevor sie die Tür sorgfältig verschloss und zu Wilma hinüberging.

»Arme Wilma«, flüsterte sie, als sie sah, in welcher Verfassung sich ihre Gesellschafterin befand. Sie lag in ihrer Koje, bestand nur noch aus Haut und Knochen und sah aus wie ein Gespenst. Zum ersten Mal kamen ihr Zweifel, ob Wilma die Strapazen der Reise wirklich überleben würde. Still saß sie neben der Kranken und hielt ihre eiskalte, schweißnasse Hand, als der Maat den Niedergang hinunterbrüllte, dass das Schiff geradewegs in einen Sturm segelte. Der Kapitän wünschte, dass sie in ihren Kabinen bleiben sollten.

Catherine fuhr hoch und sah das Schiff schon untergehen, sie selbst in der kleinen Kabine gefangen, während Wasserberge durch alle Öffnungen stürzten und sie begruben. Sie schnappte nach Luft, als wäre sie bereits am Ertrinken. »Wilma, aufstehen, komm, wir müssen an Deck gehen, hier ist es zu gefährlich«, rief sie und versuchte, ihre Gouvernante aus der Koje zu zerren.

Diese jedoch sträubte sich so entschlossen, dass sie verzweifelt von ihr abließ. In Windeseile sicherte sie Wilmas Habseligkeiten, band die Kranke selbst mit dem Gürtel ihres Morgenmantels am Geländer ihrer Koje fest und rannte in ihre eigene Kabine. Das Schiff rollte bereits bedrohlich. Schnell entschlossen zog sie eine der Hosen ihres Vaters an. Sollten sie sinken, hätte sie, in Röcke gekleidet, keine Chance. Der schwere Stoff würde sich voll saugen und sie hinunterziehen in die schwarzen Tiefen. Eisern zwang sie sich zurück in die Wirklichkeit, als ihre Einbildungskraft in Panik umzuschlagen drohte. Auch das engste Loch des Hosengürtels war viel zu weit für ihre zierliche Gestalt. Kurzerhand schnitt sie die Kordel des Kojenvorhangs ab, fädelte sie durch die Gürtelschlaufen und verknotete sie. Ihre Schuhe konnte sie nicht finden, sie krempelte blitzschnell die Hosenbeine über ihren nackten Füßen auf Knöchellänge hoch und schlüpfte in Papas Wetterjacke. Sie nahm ihren Schal und verließ hastig ihre Kabine.

Sie musste auf Händen und Füßen die schmale Stiege zum Deck hinaufkriechen, so stark schlingerte das Boot bereits. Mit dem vollen Gewicht ihres Körpers stemmte sie sich gegen die Luke, konnte sie gegen den Sturm kaum halten. Der Regen schlug ihr schmerzhaft ins Gesicht, der Orkan heulte um die Schiffsaufbauten, als wären Millionen armer Seelen aus der Hölle entkommen. In Sekunden war sie bis auf die Haut durchnässt, und der eisige Winterwind stach mit tausend Nadeln selbst durch die schwere Jacke. Das Schiff bockte und stampfte unter ihren Füßen wie ein wild gewordenes Pferd.

Der Kapitän hielt sich im Ruderhaus auf. Zwei Mann standen neben ihm am Ruder, knallrot angelaufen vor Anstrengung, das Schiff auf Kurs zu halten. »Gehen Sie zurück unter Deck!«, brüllte er ihr entgegen. »Zurren Sie sich auf Ihrer Koje fest, da sind Sie sicher. Ich befehle es Ihnen.« Über ihm zerriss das Segel mit einem Knall, die Fetzen wickelten sich um den Mast.

Catherine ignorierte ihn. Die dunklen Haare peitschten um ihr Gesicht, nahmen ihr immer wieder die Sicht, und sie wünschte, sie hätte sie vorher zum Zopf geflochten. Halb blind tastete sie sich weiter, bis sie einen der Masten erfühlte, federte, so gut es ging, das Stampfen des Schiffes mit den Knien ab. Sich mit einem Arm festklammernd, schlang sie ihren Schal erst um den Mast, anschließend um ihre Mitte und sicherte ihn mit einem Doppelknoten. Dann klammerte sie sich mit beiden Armen am Baum fest und starrte hinaus aufs aufgewühlte Meer.

Der Schiffsbug war in der Gischt verschwunden, Brecher auf Brecher überrollte das Deck, und jedes Mal, wenn sie nach Luft schnappte, füllte Salzwasser ihren Mund. Ein Fass flog übers Deck und zertrümmerte den Schweineverschlag und den Hühnerstall. Die Hühner wurden ins tosende Meer gewirbelt, das Schwein rutschte schreiend übers Deck und blieb mit gebrochenem Genick an der Reling hängen. Der Kapitän lehnte sich aus dem Ruderhäuschen, schrie ihr etwas zu. Sie sah die Mundbewegungen, verstand aber nichts. Der Lärm des Unwetters war ohrenbetäubend. Sie warf ihm durch den treibenden Regen einen widerspenstigen Blick zu und konzentrierte sich darauf, zu überleben.

Ein Kälteschauer nach dem anderen durchlief sie, das Schiff tanzte wie ein Korken auf den Wellen, legte sich auf die Seite, dass ihr der verknotete Schal den Atem abdrückte. Der Lärm zerriss ihr fast den Kopf, eine haushohe Welle folgte der anderen, und alle waren kalt wie flüssiges Eis. Bald war sie sich nicht mehr sicher, ob sie sich unter oder über Wasser befand. Bis aufs Mark durchgefroren, hustend, nach Luft japsend, wünschte sie sich nur noch einen schnellen Tod. In ihrer Not schrie sie ein Gebet in den Wind.

Und dann war es plötzlich vorbei. Es schien, als hätte sie der Sturm in letzter Sekunde ausgespuckt. Die Wellen gingen immer noch hoch, aber keine überflutete mehr das Deck, und das Schiff richtete sich allmählich wieder auf. Der Regen versiegte, auch der Orkan fiel in sich zusammen. Catherine hing wie eine ertrunkene Katze an ihrem Mast. Erst als sie die schwache Wärme der Wintersonne auf ihrer Haut spürte, wurde ihr bewusst, dass sie noch am Leben war, und öffnete die Augen.

Die *Carina* war ein Trümmerhaufen. Die Aufbauten waren zerschlagen, alle Holzfässer, die an Deck festgezurrt gewesen waren, hatten sich losgerissen und ein großes Loch ins Ruderhaus gedrückt. Sie versuchte sich aufzurichten und musste feststellen, dass sie sich nicht mehr bewegen konnte. Es war, als wären ihre Glieder zu Eis erstarrt. Schwer atmend kämpfte sie gegen ihre Schwäche, konnte aber ihre steifen Finger nicht dazu bringen, den Schal aufzuknoten. Plötzlich fühlte sie ein Paar raue Hände, der Schal löste sich, und sie wäre einfach aufs Deck gefallen, wenn der Kapitän sie nicht aufrecht gehalten hätte. Fest an seine durchnässte Uniformjacke gepresst, schleifte er sie zum Niedergang.

»In Kapstadt gehen Sie von Bord. Ich will Sie nicht wieder sehen. Sie haben mir nur Unglück gebracht. Außerdem habe ich mich entschlossen, die Küste hochzusegeln. Ich werde vorläufig nicht nach Deutschland zurückkehren.« Damit ließ er sie los.

Ihre Beine, die gefühllos waren vor Kälte, gaben unter ihr nach, und sie stolperte gegen die Wand. Die Pranke des Kapitäns packte sie noch einmal, hob sie fast vom Boden hoch und setzte sie vor der Kabine ab. Wütend über ihre eigene Schwäche riss sie sich los, wrang ihre Kleidung aus, so gut es ging, und rüttelte an der Kabinentür. Vergeblich, ihre Finger gehorchten ihr noch immer nicht. Ungeduldig langte der Kapitän an ihr vorbei und stieß die Tür auf. Sie wankte hinein, zu erschöpft, sich mit dem Grobian erneut zu streiten, wollte sich nur noch auf ihre Koje legen und schlafen. Der Anblick aber, der sich ihr bot, ließ ihr das Blut in den Adern gerinnen.

Césars Speer hatte sich aus seiner Halterung an der Kabinenwand gelöst, war auf ihre Koje heruntergefahren und stak mit zitterndem Schaft in ihrem Kopfkissen. Seine nadelscharfe, lange Spitze hätte ihr die Kehle durchbohrt, sie auf der Koje festgenagelt, wäre sie dem Befehl des Kapitäns gefolgt. Auf ein Geräusch hin fuhr sie herum.

Der Kapitän stand noch immer da und starrte an ihr vorbei auf diesen Speer. Er war kreidebleich, die Knöchel seiner Faust, die den Türpfosten gepackt hatte, waren blutleer. »Sie haben einen mächtigen Schutzengel, Fräulein le Roux«, flüsterte er heiser.

Catherine war es plötzlich, als wehte ein Geruch von Anis durch den Raum. Unwillkürlich sah sich suchend um, als erwarte sie, César zu erblicken. Aber natürlich war da niemand außer dem vor Nässe tropfenden Kapitän. »Ja, das hab ich wohl«, sagte sie endlich.

»Wenn Ihr Schutzengel uns noch hold bleibt, erreichen wir in wenigen Tagen wohlbehalten Kapstadt«, bemerkte er und wandte sich zum Gehen.

»Wovon hängt das ab?«, rief sie hinter ihm her, während sie den Speer herauszog. Sein Schaft war durchgebrochen, und sie verstaute beide Teile in ihrer voluminösen Reisetasche.

Der Kapitän drehte sich noch einmal um, ein zynisches Lächeln zog seine Mundwinkel herunter. »Die Winterstürme am Kap sind so furchtbar, dass man glaubt, das letzte Stündlein sei gekommen. Vor wenigen Wintern sind in einem einzigen Sturm sieben Schiffe in der Tafelbucht gesunken.« Damit schloss er die Kabinentür hinter sich.

»Hölle und Verdammnis«, entfuhr es ihr, und ein Kälteschauer ließ ihr die Haare zu Berge stehen. Er hatte jedoch nichts mit der Temperatur ihrer Umgebung zu tun. Entschlossen, auf andere Gedanken zu kommen, machte sie sich daran, das Chaos in der Kabine aufzuräumen. Die Bücher ihres Vaters waren über den Boden verstreut. Sie bückte sich und sammelte sie ein, hob eins jedoch so ungeschickt hoch, dass es aufblätterte und ein Dokument auf den Boden fiel. Ein Blick darauf zeigte ihr, dass sie es vorher noch nicht gesehen hatte. Sie hob es auf, trug es zum Fenster und begann zu lesen.

Als sie erfasste, was sie in den Händen hielt, sank sie auf den Stuhl. Ihr Vater hatte sich Grandpères Erbe auszahlen lassen. Außer dem mageren Einkommen aus seinen Büchern hatte ihr Vater ihr den Titel einer Baronesse und einen Haufen Flaschen mit in Spiritus schwimmenden, toten Tieren hinterlassen. Das Haus der le Roux und das Land gehörte Adele allein.

Es wurde Abend draußen, die Nacht brach herein. Bis in die frühen Morgenstunden saß Catherine wie angenagelt auf diesem Stuhl. Adele konnte sie nicht ausstehen, das hatte sie ihr häufig genug gezeigt. Die Hoffnung, dass sie es als ihre Pflicht ansehen würde, ihrer Nichte das Haus zu vererben, nur weil sie ihre letzte Verwandte war, könnte sich als trügerisch herausstellen. Außerdem schien ihr die Tante bei ihrem letzten Besuch gesund und munter gewesen zu sein und ihr Ableben noch in sehr weiter Ferne.

Ihr Kopf schmerzte, ihre Gedanken rasten im Kreis, sie vermochte sie nicht in kontrollierte Bahnen zu lenken, wurde immer tiefer in den Abgrund ihrer Zukunftsängste gezogen. Ihr Weg war vorgezeichnet.

Ehefrau oder Gouvernante.

*

Zur gleichen Zeit, an der Südostküste Afrikas in den grünen Hügeln Zululands, stützte Johann Steinach den Fuß auf die niedrige Mauer, die seine Veranda begrenzte, und wusste, dass der Moment gekommen war. Der letzte Ziegelstein, den er selbst aus dem rötlich gelben Schlamm vom Wasserloch geformt hatte, war getrocknet und eingefügt. Sein Haus war fertig. Aber ein Mann und sein Haus brauchten eine Frau, um ein Heim daraus zu machen. Es war an der Zeit, auf Brautschau zu gehen.

Vorfreude glomm in seinem Herzen auf, und er stieg die wenigen Stufen hinunter zum schmalen Sandweg, der zwischen den stacheligen, nach Jasmin duftenden Amatungulubüschen zu der neuen Obstplantage führte. Es wurde Abend, die Nachtkühle senkte sich über das Land, und aus der Ferne hörte er die hohen Schreie der eingeborenen Hirtenjungen, die seine Rinderherde in die wärmeren Täler trieben. Sie würden ihre Ziegenfelle fester um die Schultern ziehen und sich in der Nacht an den dampfenden Tierleibern wärmen. Obwohl Johann eigentlich selten fror, krempelte er die Ärmel seines rauen Baumwollhemdes herunter. Im Juni, mitten im Winter, konnte einem die Kälte in den Hügeln nachts schon tief in die Knochen kriechen.

Der Himmel hatte sich eingetrübt, und die sinkende Sonne blitzte nur hier und da durch die tief hängenden Wolken. Hoffentlich würde es endlich Regen geben. Er kratzte eine Hand voll der roten Erde vom Boden und zerkrümelte sie. Staubtrocken. Der kurze Schauer gestern war auf dem ausgetrockneten Boden verdunstet, ehe er eindringen konnte. Die Obstbäume zeigten schon erste Trockenschäden, und sein gemauertes Wasserreservoir war fast leer. Wenn es nicht in den nächsten zwei Tagen ergiebig regnete, würde er das Wasser vom Fluss heraufbringen lassen müssen. Er schaute den Abhang hinunter. Auch das Wasserloch tief unter ihm, das vom Krokodilfluss gespeist wurde, war schon ziemlich verschlammt. Wasser von dort nach oben zu schaffen würde eine Sauarbeit werden. Vielleicht sollte er doch eher zum Sangoma, dem Zauberdoktor, gehen und ihm ein Huhn bezahlen, damit er die Ahnen um Regen bat. Es gab weit und breit keine Kirche, in der er eine Kerze hätte anzünden können, um seinen Gott darum zu bitten.

Vor den Guavenbäumen blieb er stehen. Sie wuchsen in Natal wie Unkraut, was auf einen durchreisenden Händler zurückgeführt wurde, der angeblich eine faulende Frucht wegwarf, die wiederum ein Vogel aufpickte und darauf die Samen in seinem Kot übers Land verteilte. Zu seiner großen Freude entdeckte er, dass die Bäume erste Blüten angesetzt hatten. Im Februar würden sie tragen, falls sie nicht den Affen oder irgendeiner anderen Pest zum Opfer fielen. Ein weiterer prüfender Blick auf die Orangenbäumchen ergab, dass diese zum ersten Mal winzige grüne Knubbel ausgebildet hatten. Anfang des Sommers würden sie zu goldgelben Orangen gereift sein. Zufrieden sah er sich um. Jetzt fehlte nur noch eine Frau, die Marmelade daraus machen konnte. Emilie, seine Nachbarin, die seit dem Tod ihres Mannes mit ihrem Faktotum Pieter, einem knorrigen, alten Buren, ihre Farm allein führte, hatte da ein leckeres Rezept.

Doch erst galt es, das größte Problem zu überwinden. In Natal gab es nur wenige Frauen, und wenn eine landete, die unverheiratet war, blieb sie es nicht lange. Außerdem hatte er noch keine gesehen, die ihm gefallen hätte. Die blassen, blutlosen Engländerinnen mit ihrem gezierten Gehabe waren nichts für ihn, und er war nicht bereit, sich mit einer Frau zu verbinden, nur um warmes Essen und ein warmes Bett zu haben. Bis dass der Tod euch scheidet, das war sein Credo, und so würde es sein. Mit der Frau, der er seinen Ring an den Finger steckte, beabsichtigte er sein ganzes Leben zu verbringen.

Vor vielen Jahren, in seiner Heimat, hatte er eine gekannt. Die Grita, die älteste Tochter vom Nachbarbauern. Schwarze Haare, die Augen so blau wie die Kornblumen am Wiesenrand und eine Haut so süß und fest und rosig wie ein reifer Pfirsich. Sie lachte und sang und funkelte vor Lebendigkeit und Lebensfreude. Noch heute träumte er von ihr, obwohl es schon gut zehn Jahre her war, dass er sie zum letzten Mal gesehen hatte, und in seinen Träumen lag er bei ihr. Wenn er aufwachte, war dieses Gefühl der Leere in ihm, das ihn schmerzte wie eine Wunde.

»Sicelo, komm her! Wir haben etwas vor«, brüllte er. Kurz darauf spürte er einen Luftzug und wusste, dass der große Zulu neben ihm stand. Es war seine Art, lautlos aus dem Nichts aufzutauchen. Anfänglich war es Johann unheimlich gewesen, aber im Laufe der Jahre hatte er sich daran gewöhnt. »Wir machen eine Schiffsreise«, verkündete er und streifte seinen Freund mit einem spöttischen Seitenblick. Er kannte die Antwort. Sicelo betrachtete den Strand als Grenze seiner Welt und reagierte, wie er es erwartet hatte.

Der Zulu hob sein Kinn und verschränkte die Arme. »Cha. Nein.« Das war alles, was er von sich gab.

»Was hast du dagegen?«

»Bin ich ein Fisch?« Sicelo bückte sich und warf einem Pavian, der sich im Maisfeld den schönsten Kolben geschnappt hatte, einen Stein auf den Pelz. Der große Affe wich keinen Zoll, entblößte fauchend sein bösartiges Gebiss, das selbst Leoparden imponierte, und fraß unbeeindruckt weiter.

»Du sollst nicht im, sondern auf dem Wasser schwimmen. Ein großes Schiff wird dich tragen. Es ist aus Holz, es schwimmt oben.«

Sicelo ging wortlos zu einem hohlen Stein, in dem eine Pfütze vom letzten Regen stehen geblieben war, brach einen gegabelten Ast von einem Busch und legte ihn auf die Wasseroberfläche. »Da, es schwimmt.« Nun klaubte er einen Stein aus der Erde und balancierte ihn vorsichtig auf der Gabel. Der Ast sank. »Bheka! Sieh!« Damit verschränkte er wieder die Arme und musterte seinen Freund mit undurchschaubarer Miene.

Johann schmunzelte verschmitzt, suchte einen kleineren Stein und legte ihn behutsam auf den Ast. »Hier, bitte – er schwimmt.«

Sicelo runzelte misstrauisch die Stirn, während er das Wunder eingehend untersuchte. »Wird es ein großes Schiff sein?«, fragte er und bewies damit, dass er erkannt hatte, dass es kein Wunder war, sondern eine völlig logische Lösung.

»Ein sehr großes«, bestätigte Johann.

»Warum müssen wir mit dem Schiff fahren?«

»Mein Haus ist fertig. Ich will nach Kapstadt segeln, um mir eine Frau zu suchen.«

Ungläubig sah ihn der Zulu an. Dass es eine große, bedeutende Stadt hinter dem Rand seiner Welt gab, hatte er von Weißen gehört, die mit den Zulus Handel trieben. Geglaubt hatte er es nie. Keiner seines Stammes hatte sie je erblickt, auch nicht die, die wochenlang übers Land gezogen waren, um die Rinder anderer Häuptlinge zu stehlen. »Du willst übers große Meer, um dir in der Ferne eine Frau zu suchen, wo es hier genügend junge, kräftige Zulumädchen gibt und jeder Häuptling dir mit Freude eine oder mehrere seiner Töchter geben würde?« Er grinste. »Natürlich nur, wenn du Lobola zahlst, den Brautpreis, und bei einer Häuptlingstochter wird der nicht niedrig sein, mindestens dreißig Kühe. Du nennst viel Vieh dein Eigen. Du hättest die Wahl unter den besten. Kaufe dir zwei oder drei Frauen, die werden dann Töchter bekommen, für die du pro Stück mehr als dreißig Rinder als Lobola erhalten wirst. Du wirst reich sein und den ganzen Tag unter einem Baum sitzen und Bier trinken können.«

Johann lachte laut. Der Geschäftssinn der Zulus war legendär. »Würdest du eine weiße Frau heiraten?«, fragte er listig und freute sich, Sicelo damit festzunageln.

Sicelo grinste noch breiter. »Eine Frau, deren Gesicht die Farbe von Maisbrei hat, die bestimmt so dünn ist, dass sie selbst ein Krokodil verschmähen würde? Mein Freund, ich denke nicht.«

Jetzt hab ich dich, dachte Johann und setzte eine überlegene Miene auf. »Nun, so wie für dich eine weiße Frau zu fremdartig ist, wäre es für mich ein Zulumädchen.«

Doch Sicelos Grinsen bekam etwas eindeutig Anzügliches. »Das hindert dich aber nicht daran, in die Hütte von Jikijiki, die reif und süß ist wie ein saftiger Ipetshisi, zu kriechen, wenn es dich juckt.«

»Touché«, murmelte Johann und musste sich eingestehen, dass er dem schlauen Zulu in die Falle getappt war. Sicelo hatte einen guten Vergleich gewählt. Ipetshisi hieß der reife Pfirsich, aber das Wort bezeichnete auch ein hübsches Mädchen, und das war Jikijiki unzweifelhaft. Er hob die Brauen. »Seit fast zehn Jahren habe ich keine weiße Frau mehr angefasst. Ich bin ein Mann.« Er streckte sich, zuckte aber zusammen, als sich seine verrenkte Schulter mit einem scharfen Schmerz meldete.

Es war ein anstrengender Tag gewesen. Seit Sonnenaufgang war er über sein Land geritten, um nach dem Rechten zu sehen. In letzter Zeit waren immer wieder räuberische Zulutrupps über seine Grenzen gekommen und hatten sein Vieh gestohlen. Er ahnte, wer dafür verantwortlich war. An Inqabas Südgrenze lebte Häuptling Khayi mit seiner Sippe, der ihm das Gebiet neidete, das ihm König Mpande zugewiesen hatte. Dieses Mal hatte er jedoch keinen Beweis für Übergriffe gefunden, sondern ein Leopard hatte eins der Rinder erwischt. Die große Raubkatze musste erst kurz vor Tagesanbruch zugeschlagen haben. Der Bulle lebte noch, als Johann ihn fand. Die aufgeregten Schreie einer Pavianherde hatten ihn gewarnt, und kurz darauf hatte er aus dem dichten Busch, der in unmittelbarer Nähe eine flache Anhöhe hochwucherte, ein trockenes Husten gehört. Der Leopard war also noch in der Nähe, doch er hatte sich nicht darum gekümmert. Ihm waren nur zwei Fälle bekannt, wo eine der gefleckten Katzen einen Menschen gerissen hatte.

Das Rind war nicht zu retten gewesen. Er musste dem Tier die Kehle durchschneiden, Pulver und Kugeln waren knapp, und das Blei, um neue zu gießen, ging auch zur Neige. Das verletzte Tier war ein ausgewachsener Bulle, und er hatte seine ganze Kraft gebraucht, dessen Kopf festzuhalten, während er das Messer ansetzte. Dabei hatte er sich seine Schulter verrenkt.

»Hast du ein wirksames Muti gegen meine Schmerzen?«, fragte er seinen Freund.

Sicelo legte seine Fingerspitzen auf die verkrampfte Muskulatur, drückte an mehreren Punkten, und jedes Mal verzog Johann sein Gesicht. Der Zulu nickte. »Umgwenya oder Umsinsi«, murmelte er und verschwand im blauen Schatten der Büsche.

Johann knetete seine Schulter. Wilde Pflaume oder die zu Puder verriebene, gebrannte Borke des Kaffirbaums. Das würde helfen. Sicelo war ein begabter Inyanga, ein Kräuterheiler, und schon mehr als einmal hatte er ihm seine Kunst bewiesen. Seitdem hatte er sich nie wieder den groben Händen dieses überheblichen weißen Quacksalbers ausgeliefert, der seit einiger Zeit in Durban ansässig war. Für gewöhnlich verriet Sicelo nicht, welche Pflanzen er verwendete. Dieses Wissen gehörte seinem Volk. Durch Zufall hatte er seinen schwarzen Freund beim Sammeln der Medizinkräuter beobachtet, hatte ihm jedoch schwören müssen, das Wissen für sich zu behalten. Die Medizinfrau seines Dorfes, ein uraltes, rachsüchtiges Weib, hütete diese Geheimnisse eifersüchtig.

»Der Sohn des Bruders meines Vaters erregte einmal ihr Missfallen. Sein Kopf wurde wirr und begann zu schmerzen und wäre fast geplatzt. Danach hatte kein Gedanke mehr Platz darin«, hatte Sicelo ihm erzählt. Er hatte geflüstert, obwohl weit und breit niemand zu sehen war. »Die Tiere und Pflanzen sind ihre Ohren. Sie weiß alles«, sagte er leise, seine Stimme war nicht mehr als ein Hauch, seine Augen flackerten unruhig.

Die Sonne versank blutrot hinter den Hügeln. Johann machte sich rasch auf den Weg zurück zum Haus, denn in weniger als einer halben Stunde würde er die Hand nicht mehr vor Augen sehen können und wie blind herumtappen, bis er die Kerzen gefunden hatte. Vielleicht sollte er in Kapstadt eine Petroleumlampe erstehen. Man könnte sie auf kleinster Flamme sicherlich eine längere Zeit brennen lassen. Gewiss wäre seine zukünftige Frau auch sehr davon angetan. Frauen waren doch immer ängstlich des Nachts, das war bekannt. Dieser Gedanke gefiel ihm sehr. Er pflückte eine der herrlichen Blüten der Passionsblume und zwirbelte sie fröhlich zwischen den Fingern, während er sich vorstellte, dort oben, in der jetzt schattigen Tür seines neuen Hauses, würde ein helles Licht brennen und seine Frau auf ihn warten. Ein appetitlicher Geruch nach Braten und gekochtem Gemüse würde ihm entgegenwehen, vielleicht duftete es auch süß nach Kuchen oder Kompott, und hinterher wartete das neue Bett auf sie beide, das er selbst gezimmert hatte.

Die Vorstellung von zarter Weichheit und warmer seidiger Haut, die sich an seine presste, ließ seine Fantasie förmlich explodieren, und er überlegte, ob er sich Erleichterung bei Jikijiki verschaffen sollte, auch wenn sie ihm nur erlaubte, Hlobonga zu praktizieren, wie es die unverheirateten Zulumädchen taten, um nicht schwanger zu werden. Aber seine Schulter zwickte doch zu arg. Er verschob es auf ein anderes Mal.

Sicelo wartete bereits auf den Verandastufen auf ihn, in seiner Hand hielt er einen Beutel aus Ziegenfell und einige Wurzeln. »Ich werde einen Sud aus den Wurzeln des Umsinsi kochen.« Er verschwand hinter der Ecke im Kochhaus.

Johann nickte. »Komm herein, wenn du fertig bist. Ich muss noch etwas erledigen.« Im Haus zündete er eine Kerze an und ging durch den Wohnraum über den Gang ins Schlafzimmer, dessen eine Wand von einem großen Schrank eingenommen wurde. Er strich mit der Handfläche über die schimmernde braune Oberfläche. Das Möbel war sein ganzer Stolz. Er hatte selbst den kräftigen Stinkwoodbaum ausgesucht, ihn in Bretter zersägt, diese glatt gehobelt und den Schrank gezimmert. Das geölte Holz war leicht, aber sehr haltbar und verzog sich nicht. Hervorragende Eigenschaften für dieses extreme Klima, in dem es zundertrocken und am nächsten Tag feucht wie in einer Waschküche sein konnte.

Er öffnete ein Geheimfach im Inneren des Schrankes und zog einen abgewetzten Lederbeutel hervor. Im Schein der Kerze schüttete er den Inhalt auf seine Handfläche. Gold. Zwei nussgroße und zwei kleinere unregelmäßig geformte Nuggets, die offenbar ursprünglich Goldmünzen gewesen waren, und ein schmaler Goldring mit Perlen. Alles, was ihm geblieben war.

Das gelbe Metall schimmerte im Kerzenlicht. Wie hätte sich sein Leben wohl entwickelt, wenn er damals diesen Halunken einfach hätte verdursten lassen? Als er den Mann im Fluss zwischen den Zwillingsfelsen hängend fand, war der fast tot gewesen. Aber das Gesetz der Wildnis ist klar: Du musst helfen, nächstes Mal könntest du es sein, der Hilfe braucht. Also hatte er dem bewusstlosen Mann sein kostbares Wasser eingeflößt, bis dieser die Augen wieder aufschlug.

Diese Augen würde er nie vergessen. Schwarz wie Kohlenstücke, ohne jeden Ausdruck, als würde er in bodenlose Löcher blicken, und im ersten Moment fühlte er sich abgestoßen. Trotzdem teilte er das letzte Wasser und den Rest seines Essens mit ihm.

Gedankt hatte ihm der Kerl, indem er ihm eines Nachts, als er zusammengerollt in seiner Decke am Lagerfeuer schlief, mit einem Stein eins über den Kopf gezogen und seine Satteltaschen ausgeräumt hatte. Das übrige Gold, den kostbaren Smaragdring, den Lageplan der Fundstelle am Fluss, sein Pferd, sogar seine Schuhe, alles hatte er mitgenommen, nur die paar Goldstücke und den Perlring hatte er nicht gefunden.

Noch heute war Johann froh, dass er wenigstens diesen kleinen Schatz, mit Pferdeschwanzhaaren als Garn und einem am dicken Ende gespaltenen Stachel des Stachelschweins als Nadel, zuvor in seinem Gürtelbund eingenäht hatte. Sein Nähzeug, das er überall mit sich führte, hatte er im Fluss verloren, und diese Prozedur war mehr als mühselig gewesen, aber sie hatte sich gelohnt. Doch bevor er auch den Rest seines Fundes hatte verstecken können, passierte es.

Der Schurke ließ ihn als tot zurück, und fast wäre es auch wirklich so weit gekommen. Wäre das Wetter nicht umgeschlagen und hätte die Dürre durch einen Stunden andauernd Wolkenbruch beendet, wäre er schon am nächsten Tag entweder verdurstet oder an einem Sonnenstich gestorben. So aber überlebte er, und irgendwann musste er wieder zu sich gekommen sein. Bis heute konnte er sich an die Tage danach nicht erinnern.

Seine erste bewusste Erinnerung waren beißender Rauchgeruch und laute Stimmen gewesen.

Er hatte sich aufgesetzt und verwirrt um sich geblickt. Schnell begriff er, dass er sich in einer Zuluhütte befand, in deren Mitte ein Feuer flackerte. Der einzige Abzug war das nur wenig mehr als kniehohe Eingangsloch, und der stechende Rauch vernebelte den kreisrunden Raum, hing in Schwaden in dem geflochtenen Grasdach. Die Gesichter zweier Zulufrauen schwebten wie schokoladenbraune Monde über ihm. Sie redeten ungeniert über ihn, machten Bemerkungen über seine Hautfarbe, hatten ihn mit einem Engerling verglichen, der noch unter der Erde lebte, und begutachteten, was sich zwischen seinen Beinen befand. Trotz stechender Kopfschmerzen und den zuckenden Blitzen vor seinen Augen war ihm das entsetzlich peinlich gewesen, besonders als er entdeckte, dass er vollkommen nackt war.

Es stellte sich heraus, dass die Frauen einem der von Shaka Zulu vor Jahren versprengten Clans angehörten, die noch nie einen Weißen aus der Nähe gesehen hatten. Beim Kräutersammeln hatten sie ihn entdeckt, weitab von ihrem Dorf. Mehrere Männer waren nötig gewesen, um ihn dorthin zu transportieren. Sie behandelten ihn wie einen hochgeehrten Gast. Eine Sangoma wurde gerufen, um die Ahnen zu befragen, was es mit dem Fremden auf sich hatte. In einer Tonschale verbrannte sie Kräuter, sog ihren Rauch in tiefen Zügen in sich hinein, und dann begann sie zu tanzen. Mit geschlossenen Augen tanzte sie, bis sich ihr das Reich der Ahnen öffnete und ihr Eintritt gewährte.

Außer süßlichem Brandgeruch, dem monotonen Rhythmus ihres Gesangs und einem starken Druck auf seinen Ohren bekam Johann nichts davon mit. Auf Geheiß ihrer Vorfahren bereitete die Sangoma aus der Wurzel einer Pflanze, die große, grüne Früchte mit weichen Stacheln trug, ein bitter schmeckendes Gebräu. Zweimal am Tag reichte man ihm dann einen halben Schöpflöffel voll.

»Um deinen Körper zu stärken«, belehrte ihn eine der Frauen, die immer wieder aufgeregte Verwunderung darüber ausdrückte, dass dieser Fremde, dessen Haut ohne Farbe war, ihre Sprache sprechen konnte. Schüchtern erzählte ihm die Älteste, sie hätten bisher immer geglaubt, dass die weiße Rasse am Grund des Meeres lebe, Perlen sammle und ab und zu auf geflügelten, weißen Tieren an Land ritte, um Elfenbein zu suchen, von dem sie sich ernährten.

»So erzählen es unsere Ältesten, und so haben die es von ihren Vorfahren übernommen. Ernährst du dich von Elfenbein?«

Er lachte und schüttelte verneinend den Kopf, bereute es jedoch sogleich, als ihm glühende Eisen durch den Schädel fuhren.

Der Inyanga des Stammes bereitete aus einer Blumenzwiebel eine Paste, die er ihm auf Nacken und Stirn strich. Die Pflanze trug an ihrem langen Stängel eine hellblaue Blütenkerze, und der Kräuterheiler nannte sie Inguduza. Johann merkte sich den Namen, denn er spürte bald Linderung; Jahre später sollte er noch eine andere Wirkung dieser hübschen Blume kennen lernen. Interessiert beobachtete er den Inyanga bei seiner Arbeit. Über dem Feuer kochte er einen Sud aus einer weiteren Zwiebel, kühlte diesen in einem Lehmgefäß und kniete sich dann mit diesem Gefäß und einem ausgehöhlten Kuhhorn vor sein Lager. Johann sah ihn fragend an.

»Isinqe«, sagte der Inyanga und grinste breit.

Als ihm klar wurde, was der Mann meinte, wäre er vor Scham am liebsten in den Boden versunken. Er wollte aufspringen, aber die beiden kräftigen Frauen hielten ihn einfach fest, während der Inyanga das spitze Ende des Kuhhorns zwischen seine Gesäßbacken tief in seinen Darm schob und die Flüssigkeit hineingoss.

»Das Beste gegen Schmerzen und gebrochene Knochen«, erklärte der mit Perlen behängte Inyanga.

Ob der Einlauf geholfen hatte oder ob es seine Entschlossenheit war, nicht noch einmal diese erniedrigende Prozedur über sich ergehen zu lassen, konnte er nicht beurteilen, aber er genas daraufhin in Windeseile. Er verließ seine Retter beladen mit Geschenken. Milch, Fleisch, Maisbrei, alles, was er zum Überleben in der ersten Zeit brauchte. Ein Reittier hatte er nicht, Schuhe auch nicht, aber zum Glück hatte ihm der Bandit seine Hose gelassen, und erleichtert fühlte er die Goldnuggets und den Ring in seinem Gürtel. Doch der kleine Schatz half ihm gar nichts auf seinem wochenlangen Fußmarsch über endlose Hügel, durch krokodilverseuchte Flüsse und undurchdringliches Dornengestrüpp, während er die Nächte auf Bäumen verbringen musste, um sich vor Raubkatzen, Elefanten und Hyänen zu schützen, und am Tag, voller Furcht vor weiteren Überfällen, die Wildpfade mied und sich stattdessen durch den Busch kämpfte. Da er die Lage des Dorfes seiner Retter nicht genau bestimmen konnte, hielt er es nicht für ausgeschlossen, dass er lange im Kreis gelaufen war.

Er erreichte Inqaba mit blutig geschundenen Füßen, tiefbraun gebrannt, zu einem Knochengespenst abgemagert und erschöpft bis ins Mark, aber in tiefster Seele dankbar. Er fiel vor seiner Hütte, die er und Sicelo nach Zuluart aus einem Gerüst aus weichen Schösslingen und Lagen von Grasmatten errichtet hatten, auf die Knie und weinte. Als er sich wieder aufrichtete, stand Sicelo vor ihm. Mit ungläubiger Miene streckte der Zulu die Hand aus und berührte vorsichtig das Gesicht seines Freundes. Dann erleuchtete langsam ein schneeweißes Lächeln seine Züge.

»Meine Sinne sind nicht verwirrt. Du bist von unseren Ahnen zurückgekehrt«, flüsterte er. »Eh, Nkosi! Mein Herz wird leicht.« Dann drehte er sich um und entfernte einen dornigen Zweig mit kleinen, bereits vertrockneten Blättern, der über dem Eingang hing. »Mit diesem Zweig brachte ich deine Seele zurück in dein Haus, wie die Ahnen es verlangen, wenn ein Mann weit entfernt von seiner Heimat stirbt. Doch er vertrocknete schon am ersten Tag. Ich konnte dieses Zeichen nicht deuten, nun weiß ich, dass deine Seele dich nie verlassen hat.«

Johann nahm ihn schweigend in die Arme, etwas, was er noch nie vorher getan hatte, und der hoch gewachsene Zulu erwiderte seine Umarmung. Als sie sich voneinander gelöst hatten, aßen sie zusammen, dann schlief Johann rund um die Uhr, und danach begannen sie gemeinsam, den Grundstein für Johanns Haus zu legen.

Später, als sein Haus fertig war und der Schrank darin stand, versteckte er die Goldklumpen und den Ring in dem Geheimfach. Überzeugt davon, dass sein Fund nur einen Bruchteil eines größeren Schatzes darstellte, versuchte er immer wieder, den Lageplan aus dem Gedächtnis aufzuzeichnen. Der Fluss, in dem er das Gold gefunden hatte, war namenlos, der runde, mit Buschgrün überwucherte Hügel, den er sich als Erkennungszeichen gemerkt hatte, sah aus wie alle Hügel in diesem Teil Afrikas. Irgendwann gab er auf, aber das Rätsel hörte nie auf, ihn zu beschäftigen.

Jetzt war es an der Zeit, die Nuggets hervorzuholen und sie nach Durban zu Isaac zu bringen, der in seinem vorigen Leben Goldschmied gewesen war, damit der ihm zwei Eheringe daraus schmieden konnte. Pfeifend schüttete er alles zurück ins Ledersäckchen und befestigte es an seinem Gürtel. Die passende Frau zu dem Ring würde er in Kapstadt finden.

Kapitel 4

Völlig ausgehungert, unter notdürftig geflickten Segeln, liefen sie bei strahlendem Wetter in die weite Tafelbucht und in den Hafen von Kapstadt ein. Die gesamte Mannschaft war an Deck der *Carina* erschienen. Catherine und Wilma standen im Bug. Wilma war gelb im Gesicht und klapperdürr, und unter ihren Augen lagen dunkle Schatten, als hätte sie sich mit Ruß eingeschmiert. Trotzdem zeigte sie ein schwaches, erwartungsvolles Lächeln und richtete ihren Blick fest auf die in der Sonne leuchtenden Gebäude der kleinen Hafenstadt, als könnten die sich doch noch plötzlich auflösen wie eine Fata Morgana.

Ein Ruderboot kam längsseits, und der Abgesandte des Hafenmeisters, ein junger Mann mit strohgelben Haaren, bat um Erlaubnis, an Bord zu kommen. Der Kapitän erledigte die Formalitäten und befahl den Matrosen, das Hab und Gut der Baronesse ins Boot zu laden.

Catherine, die diese Prozedur überwachte, wandte sich an ihn. »Wir müssen noch abrechnen, Kapitän.«

Er lächelte erfreut. »Sicher, Fräulein le Roux. Die Kosten für die Seebestattungen Ihres Herrn Vaters und dieses Schwarzen stehen noch aus. Nobel von Ihnen, es von sich aus anzusprechen.«

Mit dieser unangenehmen Überraschung hatte sie nicht gerechnet, aber sie verbarg ihre spontane Reaktion sorgfältig. »Dafür fällt für ihn vom Kongo bis zu diesem Punkt keine Passage mehr an, und in Loanda hat der Missionar seine Kabine übernommen. Ich habe hier eine Aufrechnung gemacht.« Es war eine beträchtliche Summe, und sie brauchte sie dringend. Sie reichte dem Kapitän ein Blatt Papier, das sie aus ihrem Tagebuch herausgerissen hatte.

Der Kapitän studierte die Zahlen mit bösem Blick. »Darauf kann ich nicht eingehen. Völlig ausgeschlossen. Der Missionar hat nur einen Bruchteil des vollen Preises gezahlt.« Er gab ihr das Papier zurück und wollte sich abwenden.

Ihre Gedanken rasten. Eine solche Verhandlung hatte sie bisher nur auf exotischen Gemüsemärkten geführt, und da ging es nie um mehr als um den Preis von ein paar Früchten. »O doch, das können Sie, und das müssen Sie. Falls Sie sich weigern, Kapitän, werde ich die Freunde meines Vaters, die in Kapstadt leben, bemühen. Sie sind sehr einflussreich. Ist Elfenbeinschmuggel nicht ungesetzlich?«

Stolz war sie schon auf diese Eingebung, ob der Kapitän allerdings tatsächlich illegal handelte, entzog sich völlig ihrer Kenntnis. Aber das wusste dieser Mann schließlich nicht, und sie bemühte sich, eine unbeteiligte Miene zu zeigen.

Der Kapitän schnaubte ihr ins Gesicht, und sie wurde an einen rasenden Bullen erinnert, wich aber nicht einen Schritt zurück. Was konnte ihr schon passieren? Er würde sie nicht anfassen, schon gar nicht hier, vor dem Abgesandten des Hafenmeisters. Der Gedanke machte sie mutig.

»Nun, wie ist es, Kapitän? Soll ich einen Boten zu unseren Freunden schicken? Der Hafenmeister wird mir sicherlich behilflich sein.« Insgeheim betete sie, dass er ihre Herausforderung nicht annehmen würde. Sie hatte keine Ahnung, wer diese Freunde waren und welche Stellung sie in der Gesellschaft Kapstadts bekleideten. Nur einen Namen hatte sie und eine Adresse.

Der Kapitän musterte sie aus verschlagenen, kleinen Augen. Seine Ober- und Unterlider waren geschwollen, seine Nase glühte rot geädert. Er hatte wieder stark getrunken. Kühl hielt sie seinem wutentbrannten Blick stand.

»Wir sind bereit. Es ist Zeit, wir müssen ablegen«, schallte es ungeduldig aus dem Beiboot, und der Kapitän geriet sichtlich unter Druck. Sie wartete mit angehaltenem Atem. Schließlich glitt sein Blick zur Seite, und er polterte knurrend hinunter zu seiner Kabine. Er bezahlte sie in englischen Pfund, warf ihr das Geld geradezu hin. Catherine fing es geschickt auf und zählte nach. Er hatte eine unverschämte Summe für die Seebestattungen abgezogen, aber der Betrag, der übrig blieb, war immer noch erfreulich hoch.

»Ich komme sofort«, rief sie hinunter zum Beiboot, verbarg sich hinter dem Steuerhäuschen und steckte das Geld in einen festen, kleinen Leinenbeutel, den sie stets an einer Kordel unter ihrem Rock trug. Einige Münzen Kleingeld behielt sie griffbereit. Es war anzunehmen, dass sie eine Kutsche bezahlen musste. Sehr mit sich zufrieden strich sie ihren Rock glatt. Die Erfahrung, nicht nur durch ihre Weiblichkeit, sondern auch durch Mut und unter geschickter Ausnutzung einer Situation sich in der Männerwelt behauptet zu haben, jetzt, wo sie ohne den Schutz ihres Vaters leben musste, versetzte sie in Hochstimmung.

Kurz darauf halfen kräftige Hände ihr und Wilma über das Fallreep hinunter. Auf ihre Frage bestätigte der junge Mann, dass das Gästehaus am unteren Ende der Adderley Street, das ihr Vater ausersehen hatte, ein respektables war. Er bot ihr an, einen Zweispänner für sie am Hafen zu besorgen. »Auch sonst bin ich immer zu Ihren Diensten, mit Vergnügen«, verkündete und ließ rasch seinen Blick über ihre schlanke Figur laufen.

Catherine richtete sich auf. Was erlaubte sich dieser rüpelhafte Mensch? Betrachtete er sie etwa als Freiwild? Abgesehen von den groben Kerlen an Bord, die nicht zählten, war sie bisher als Tochter von Louis le Roux vom anderen Geschlecht nur mit vorzüglicher Höflichkeit, sogar mit Ehrerbietung behandelt worden, wie es ihrem Stand zukam. Ein solches Benehmen war ihr neu und außerordentlich unangenehm. »Danke, aber das wird nicht nötig sein. Wir haben Freunde in Kapstadt«, näselte sie kühl und würdigte ihn danach keines Blickes mehr.

Dann endlich spürte sie nach den Wochen auf See wieder festen Boden unter den Füßen. Am liebsten wäre sie auf die Knie gegangen, um die rote Erde zu küssen, so dankbar war sie, dass sie das Schicksal verschont hatte. Sogar Wilma bekam wieder Farbe ins Gesicht. Der Hafenmeister selbst, ein großer, beleibter Mann mit dröhnendem Lachen, wilder schwarzer Mähne und schwarzem Vollbart, sorgte dafür, dass zwei Stunden später ihr

Gepäck in eine von James Melvilles Mietdroschken geladen wurde, und wies den Kutscher an, die beiden Damen sicher zum Good Hope Guesthouse zu bringen.

»Sixpence für die Damen, Twopence für das Gepäck«, verkündete der Kutscher, und Catherine war froh über das bereitgehaltene Kleingeld. Verstohlen tastete sie nach dem Leinenbeutel unter ihrem Rock und stellte zufrieden fest, dass er gut dort aufgehoben war. Bevor sie dem Kutscher das Zeichen zur Abfahrt gab, überreichte sie dem Hafenmeister zwei Briefe mit der Bitte, sie dem nächsten Postschiff zu übergeben. Am gestrigen Abend hatte sie an Konstantin geschrieben, sich nach seinem Wohlergehen erkundigt und seinem jetzigen Aufenthalt gefragt. Weiter berichtete sie ihm von dem Sturm vor der Südwestküste und dass sie in der nächsten Zeit in Kapstadt sein würde. Adele hatte sie nur kurz die Adresse des Good Hope Guesthouse mitgeteilt und ihr eine knappe Beschreibung ihrer bisherigen Reise gegeben.

»Ich werde mich so schnell wie möglich bei Papas Freunden, der Familie Simmons, vorstellen«, bemerkte Catherine zu Wilma, die durch die holprige Fahrt über die unbefestigte Straße schon wieder seekrank wurde. »Sicherlich werden sie uns einladen, in ihrem Haus zu wohnen, bis wir wissen, was aus uns wird. So habe ich das auf meinen Reisen bisher als üblich erlebt.« Dankbar atmete sie die frische Luft ein. Es roch salzig nach Meer, Teer und Takelage, aber auch nach vergammeltem Abfall und Fisch. Der Geruch aller Hafenstädte nach Abenteuer und dem ewigen Kreislauf des Lebens.

*

»Sieh dir nur die Eingeborenen an, wie putzig sie aussehen!« Sie spazierte mit Wilma die lange Prachtstraße Kapstadts, die Adderley Street, hinunter und sog das Leben um sie herum in sich auf. Ihre Gouvernante errötete tatsächlich, schien kaum zu wissen, wohin sie ihren Blick wenden sollte. »Putzig? Sie sind praktisch nackt. Diese Menschen haben keinerlei Sinn für Anstand und Sittlichkeit.«

»In ihrer Kultur ist das wohl anständig und sittlich, vielleicht empfinden sie uns als genauso merkwürdig wie wir sie. Was tragen die nur auf dem Kopf? Sieht aus wie eine umgedrehte Tüte aus Stroh.« Catherine blickte einigen vorübergehenden Schwarzen nach.

»Kultur! Na, ich möchte doch bitten. Zudem scheinen viele dem Alkohol zugetan zu sein.« Wilma rümpfte die Nase und stieg mit gerafften Röcken vorsichtig über ein tiefes Loch in der schlammigen, von Pferdehufen und Wagenrädern zerstörten Straße. Es musste vor nicht allzu langer Zeit geregnet haben. »Und stinken tut es auch. Mir scheint, die kippen ihre Abwässer hier einfach in den Kanal. Herrgott, und da sind Ratten!«

Catherine blieb auf einer der zierlichen Fußgängerbrücken stehen, die den breiten Kanal überspannten. »Sonst wüssten wir ja gar nicht, dass wir in Afrika sind, außerdem ist dieser Zustand in Europa auch nicht gerade selten. Hier sieht es doch fast aus wie in einer europäischen Stadt im Frühling. Sieh doch nur.«

Sie zeigte auf die jungen Eichen und Seestrandpinien, die die Adderley Street säumten, auf die prächtigen Häuser mit den kleinen, blumengefüllten Vorgärten. Mit glänzenden Augen musterte sie eine Gruppe ansehnlich gekleideter Damen und Herren, die zu Fuß daherschlenderten. Als sie in die Strand Street einbogen, entdeckte sie zu ihrem Entzücken einen Hutmacher und zwei Schneidereien, deren Auslagen ihr als der letzte Schrei in der Mode erschienen.

Zwei betrunkene, zerlumpte Kerle torkelten grölend Arm in Arm auf sie zu. Catherine trat zur Seite, Wilma presste sich an die Hauswand hinter ihr und sah den lärmenden Männern furchtsam entgegen. »Sie werden uns noch die Kehle durchschneiden. Mein Gott, und wie die stinken.«

»Hör auf. Kapstadt ist eine der bedeutendsten Hafenstädte der Welt, und alle Hafenstädte sind dreckig und voller Betrunkener, die alle nach Fisch und Alkohol stinken. Jetzt komm endlich. Ich kann das Meer riechen«, sagte Catherine, »der Strand muss nahe sein, und hör doch die Flötenmusik. Lass uns nachsehen, wer da so wunderbar spielt.« Sie bog mit raschen Schritten in eine Nebenstraße ein.

»Pass auf, deine Röcke schleifen im Schlamm. Ich werde sie dir alle etwas kürzen müssen.« Wilma hob ihren eigenen Rock und ging nahe an der Häuserwand, wo die lehmige Erde trockener und festgetreten war. Catherine nickte. Ihr war schon aufgefallen, dass einige Damen sogar ihre Knöchel zeigten, so kurz trugen sie die Kleider. Praktisch auf diesen Straßen, oder war es etwa die neue Mode? Mit einem kurzen Satz wich sie einem schwarzen Wasserträger aus, der vor sich hinpfeifend seine schweren Eimer am Joch trug. Die Straße wurde immer belebter, die Flötenmusik deutlicher. Mehrere übergewichtige schwarze Damen in weiten, bodenlangen Röcken, weißen Blusen und ausladenden Kopfbedeckungen, die rechts und links in zwei mächtige Hörner gezwirbelt waren, strebten an ihnen vorbei auf einen mit Menschen gefüllten, quadratischen Platz zu.

Catherine lächelte hinter vorgehaltener Hand. »Sie erinnern mich an eine Herde aufgeblasener Truthühner. Wie sie ihre Brust herausdrücken ... und diese fetten Hintern ...«

»Wenigstens sind sie anständig gekleidet«, sagte Wilma.

Die hohen Flötentöne kamen näher. »Sie kommen von dem Platz dort. Es ist Markttag, wie herrlich«, rief Catherine und zerrte ihre widerstrebende Gesellschafterin hinter sich her. »Nun komm schon, Wilma, sei kein Spielverderber.« Ungeduldig ließ sie deren Hand fahren und tauchte vergnügt ins Menschengewimmel ein, entschlossen, wenigstens für heute die letzten Wochen zu vergessen.

Manche der Höker verkauften von ihrem Wagen herunter, lautstark die Vorzüge ihrer Erzeugnisse anpreisend, andere hatten Früchtepyramiden auf niedrigen Tischen aufgebaut oder trugen sie in großen Körben an einem über den Nacken gelegten Joch. »Drei für nur einen Penny, sechs für zwei«, brüllten die fliegenden Händler und schlängelten sich flink durch die Menge.

»Drei für nur einen Penny, Ma'm, lecker, lecker«, grinste ein junger Schwarzer in rotem Wams über seiner bloßen Brust und in zerschlissener Hose. Er hielt Catherine einen verschrumpelten Apfel unter die Nase.

Sie wehrte ihn mit einem Kopfschütteln ab und zog Wilma weiter. Es quakte und quiekte, bellte und krähte, es duftete nach Früchten und Gewürzen, roch nach Kuhstall und durchdringend nach Urin. Hausfrauen feilschten gestenreich um jeden Penny, feine Herren in Gehrock und Zylinder hoch zu Ross lenkten ihre Pferde langsam durch die Menge, kauften mit fachmännischem Blick nur das Beste. Wilma trat heftig nach einem Hund, der sie aufdringlich beschnupperte. Er jaulte auf, sie verlor das Gleichgewicht und stolperte gegen einen kunstvoll aufgebauten Turm aus weißem Kohl, fiel hin und wurde unter den herunterprasselnden Kohlköpfen fast begraben.

»Kleine Sünden bestraft der liebe Gott sofort«, bemerkte Catherine schadenfroh und sprang geschickt zur Seite, als eine Kuh breiige, grüne Fladen fallen ließ, die auf die Erde klatschten und den Saum von Wilmas Kleid bespritzten. Sie streckte ihrer Gesellschafterin die Hand entgegen und half ihr auf die Füße. »Lass es trocknen, dann kannst du es abbürsten.«

»Was für ein grässliches Land. Wir werden uns hier noch die Blattern oder Schlimmeres einfangen«, fauchte Wilma.

»Jetzt ist es genug, gib endlich Ruhe! Du machst mich böse. Seit Monaten vernehme ich nur Nörgeln und Gejammer von dir, nie ein fröhliches Wort. Lange will ich mir das nicht mehr anhören. Außerdem lass dir gesagt sein, dass es schon längst ein Mittel gibt, das die Ansteckung mit Blattern einigermaßen verhindert. Der Arzt schmiert es in einen Kratzer in der Haut, da bildet sich dann eine wässrige Pustel, die bald abheilt, und schon ist man gegen die Ansteckung so gut wie gefeit. Papa und ich sind so behandelt worden. Du hast doch in Bayern gelebt, soweit ich weiß, ist die Impfung dort doch bereits seit Jahren Pflicht.« Catherine presste ihre Lippen zusammen, um nicht noch heftiger zu werden.

»Nur für Neugeborene«, murmelte Wilma. »Und außerdem waren mir etliche Leute bekannt, die trotz der Behandlung gestorben sind.«

Auch Catherine waren solche Fälle bekannt. Sie zuckte die Schultern. »Dann war es das erste Mal vielleicht nicht wirksam. Versuche doch, dich hier impfen zu lassen. Es wird sicher ein Krankenhaus oder zumindest einige Ärzte geben.« Sie kramte die letzten Pennys aus ihrer Börse und blieb vor einem älteren Schwarzen stehen, der vor dem mit Säulen und Türmchen verzierten Rathaus am Boden sitzend seine Früchte feilbot. Mit Bedacht wählte sie zwei samtig rote Pfirsiche aus.

»Einen Penny für beide, Ma'm«, erklärte der Mann. Er roch nach Bier, und seine Kleidung starrte vor Dreck, aber seine Augen blitzten fröhlich.

»Einen Penny?«, empörte sie sich vergnügt. »Das ist viel zu viel, hier, sehen Sie, dieser hat einen schwarzen Fleck, und der andere ist kleiner. Einen halben Penny, und das für drei.« Auf den zahlreichen tropischen Märkten, die sie auf ihren Reisen besucht hatte, hatte sie die Kunst des Handelns perfektioniert.

»Madam, meine Kinder werden verhungern, ich werde mein Vieh und meine Frau nicht mehr füttern können. Wer soll dann auf meinen Feldern arbeiten? Ich werde nichts mehr zu essen haben und früh sterben«, entgegnete der alte Schwarze in einem Kauderwelsch aus gebrochenem Englisch und Holländisch. Dabei zog er ein dramatisches Gesicht.

»Einen halben Penny, nicht mehr.« Sie verbarg ein Lächeln, legte die Pfirsiche zurück und tat, als wolle sie sich abwenden.

»Gut, gut, einen halben Penny, weil Sie das sind, aber für zwei, nicht für drei.« Er warf in einer Geste des Aufgebens seine knochigen Arme in die Luft.

»Abgemacht«, sagte Catherine. »Aber ich möchte die zwei größten haben.«

»Ein Vergnügen, mit Ihnen Geschäfte zu machen, Madam. Ich bin der alte Moses, und Sie finden mich jeden Tag hier«, grinste der Alte, zeigte seinen zahnlosen Gaumen und reichte ihr die Früchte.

»Der Preis war immer noch zu gut«, giftete Wilma.

»Kann sein, aber der arme Kerl muss ja auch leben. Hier, hoffentlich findet der Gnade vor deinen Augen.« Catherine gab ihr einen der Pfirsiche und biss in den anderen. Er war der süßeste, den sie je gekostet hatte. Kapstadt musste ein wunderbares Klima haben, um solche Früchte hervorbringen zu können. Kauend schlängelte sie sich durch die Menschenmenge in Richtung der Adderley Street. »Ich habe Hunger, lass uns zurück ins Gästehaus gehen«, rief sie über ihre Schulter.

Nach dem Abendessen, es gab Kerri-Kerri, Reis mit gebratenen Hammelstückchen in einer duftenden Soße, die mit Tamarind, Ingwer und anderen fremdartigen Gewürzen abgeschmeckt war, gingen sie auf ihr Zimmer.

»Ich mach mich schon fürs Bett fertig. Ich bin furchtbar müde«, verkündete Wilma und knöpfte ihre Jacke auf.

Catherine verspürte überhaupt keine Schläfrigkeit, stand noch lange am Fenster und schaute hinunter auf die Straße, die zu ihrem Erstaunen zwar spärlich, aber doch schon mit Gaslampen beleuchtet war. »Wie gefällt dir Kapstadt?«, fragte sie in den Raum.

»Du hast es doch selbst gesagt. Es ist dreckig und stinkend wie alle Hafenstädte und voll mit Betrunkenen«, brummte Wilma.

Catherine wurde zornig. »Siehst du nicht, welch ein lebhaftes Treiben hier herrscht? Die Menschen erscheinen alle jung und fröhlich. Es liegt etwas Prickelndes in der Luft, mein Herz schlägt hier schneller.« Sie suchte nach Worten. »Selbst über dem Alltäglichen liegt ein Glanz, und hast du nicht bemerkt, dass die Menschen hier viel mehr lächeln als in Deutschland? Sogar die Eingeborenen scheinen mir sehr freundlich zu sein.«

Wilma brummte wieder und zog sich die dünne Bettdecke bis zum Kinn. Wie aufgebahrt lag sie da. Ihr Pfirsich lag unangebissen auf dem Nachttischchen.

Catherine beschloss, sich von ihr nicht mehr die Laune verderben zu lassen. Schweigend zog sie sich aus, löschte ihre Kerze und legte sich wohlgemut ins Bett, in ein richtiges Bett, das nicht unter ihr schwankte. Vor ihrem inneren Auge zog noch einmal der Tag vorbei, und sie freute sich auf den Morgen, vergaß für kurze Zeit, dass sie nun allein auf der Welt war und ihre Zukunft mehr als ungewiss.

Sie richteten sich im Good Hope Guesthouse ein, so gut es ging, aber das Zimmer war eng und dunkel, und Wilma ging ihr zunehmend auf die Nerven. »Ich werde versuchen, die Freunde meines Vaters zu finden«, teilte Catherine ihrer Gesellschafterin beim Frühstück mit. Nachdem sie die letzte Tasse starken Tees getrunken hatte, erkundigte sie sich bei der Pensionsbesitzerin, wo die angegebene Adresse der Simmons' zu finden sei.

»Einen halbstündigen Fußmarsch entfernt, immer die Straße hinauf«, lautete zu ihrer Erleichterung die Antwort. So brauchte sie nicht das Geld für eine Kutsche auszugeben.

Mit einem kohlegefüllten Plätteisen, das sie sich von Mrs. Halliwell, der Haushälterin des Gästehauses, erbeten hatte, glättete sie ihr Ausgehkleid. Es war aus flaschengrünem Krepp mit enger, spitz zulaufender Taille und schmalen Ärmeln, und eigentlich gehörte eine wippende Krinoline unter den weiten Rock, aber dafür war natürlich an Bord des Schiffes kein Platz gewesen.

»Du kannst doch nicht ohne Trauerkleidung auf die Straße gehen«, rief Wilma entsetzt, als sie sich verabschiedete. »Dein Vater ist kaum vier Wochen tot.« Sie strich über ihr Kleid, das von tiefstem Schwarz war. Der hohe Kragen ließ ihr Gesicht dramatisch weiß leuchten.

Aber Catherine wusste, dass sie nur zwei Kleider besaß. Eins war braun und das andere eben schwarz. Sie trug sie im wöchentlichen Wechsel. »Mein Verlust ist meine Privatsache. Wie es in meinem Herzen aussieht und wie ich um meinen Vater trauere, geht niemanden etwas an. Ich brauche das nicht marktschreierisch kundzutun«, antwortete sie knapp, willigte aber um des lieben Friedens ein, dass ihr Wilma schwarzen Trauerflor auf den Ärmel nähte.

Sie polierte ihre zierlichen Lederschühchen mit den vielen Knöpfen spiegelblank und machte sich auf den Weg, natürlich nicht, ohne ihren Sonnenschirm mitzunehmen. Es herrschte zwar Winter an der Südspitze Afrikas, aber die Sonne hatte um die Mittagszeit schon erstaunliche Kraft. Es war ein betriebsamer Morgen zu Füßen des mächtigen Tafelbergs. Eine schneeweiße Wolke zipfelte wie ein Tischtuch über den Rand seines flachen, lang gestreckten Gipfels. Blaue Schatten lagen in den tiefen Rissen seiner Flanken. Das Wetter war wunderbar, aber von frischer, frühlingshafter Kühle. Eine Wohltat nach der stickigen Hitze der tropischen Breiten, obwohl der Wind unangenehm kalt durch den dünnen Stoff ihres Kleides blies. Eine zweispännige Kutsche klapperte die Straße hinunter, Kinder spielten auf den Treppen vor den Häusern, Blumen blühten, sogar Rosen und Studentenblumen entdeckte sie; ständig musste sie sich daran erinnern, dass sie sich in Afrika befand und dass es eigentlich Winter war. Vor ihr inneres Auge schob sich das Bild vom winterlichen Norddeutschland, von den schmutzigen Schneehaufen, dem grauen, tief hängenden Himmel, der Nässe und Eiseskälte, die durch die Mauern in die Knochen kroch. Sie blinzelte unter ihrem Schirm in die Sonne, und ihr Herz hüpfte. Mit neuem Elan schritt sie die Straße hinunter.

Zwei Schwarze traten vom Bürgersteig, um sie vorbeizulassen. Sie dankte ihnen und erntete ungläubige Blicke. Der größere sagte etwas und lachte, dass der glänzend schwarze Zylinder auf seinem Kopf verwegen wackelte. Seine grüne Jacke, die viel zu eng für seinen breiten Brustkasten war, stand offen, die weiten, zerschlissenen Hosen hatte er bis zum Knie aufgekrempelt. Er lief barfuß. Sein Begleiter war, bis auf einen Hüftschurz aus gelbem Fell und eine schreiend rote Weste, praktisch nackt. Höchst merkwürdig, dachte sie, wirklich höchst merkwürdig. Sie nahm sich vor, ihre Zeichenstudien auf die eingeborene Bevölkerung auszudehnen. Sie wich drei munter schwatzenden Burinnen aus und fand sich dann nach wenigen Schritten an der angegebenen Adresse wieder. Beeindruckt blieb sie stehen.

Der Freund ihres Vaters, Mr. Simmons, schien ein wirklich wohlhabender Mann zu sein, denn sein Haus war ein prächtiges Gebäude mit Säulen und einer großen Terrasse, holländisch anmutendem Treppengiebel, blinkenden Fenstern und wunderbar verzierten Türen. Der Garten nahm ihr in seiner Schönheit den Atem. Kleine Margeriten in feurigen Schattierungen überzogen den Boden, Rosen blühten in einer Üppigkeit, die sie aus

Deutschland nicht kannte, und zum ersten Mal sah sie diesen baumgroßen Strauch mit den merkwürdigen silbrig rosa Blütenständen, dessen Namen sie aus Abbildungen in Papas Botanikbüchern als Protea kannte. Auf ihr Klopfen öffnete eine imposante Dame, eine beeindruckende Sinfonie in Schwarz. Schwarze Haut, schwarze Augen, schwarzer Turban und ein voluminöses schwarzes Kleid.

»Ja«, bellte sie mit sonorer Stimme. Nur das eine Wort, ohne Fragezeichen.

»Mrs. Simmons?«, fragte Catherine arglos und erntete ein prustendes Schnauben und heftiges Kopfschütteln, das den üppigen Körper in bibbernde Schwingungen versetzte. Offenbar handelte es sich hier um so etwas wie die Hausdame, entschied Catherine und trug ihr Anliegen vor. Sie erfuhr, dass sich Familie Simmons im Urlaub in ihrem Haus am Fuße des Wynberg Hill befand. »Ist es zu weit, um zu Fuß dorthin zu gehen?«, fragte sie. »Wie lange würde es dauern?«

»Ja«, beschied ihr die Hausdame und schloss die schwere Eingangstür.

Catherine starrte die geschnitzte Eichenholztür einen Moment lang enttäuscht an. Sie hatte so fest damit gerechnet, Mr. Simmons zu treffen, hatte gehofft, mit ihm, der ihn offenbar gekannt hatte, über ihren Vater sprechen zu können, um diese brennende Leere in ihrem Inneren zu füllen. Außerdem wollte sie vorsichtig erfragen, welche Möglichkeiten es für eine junge, allein stehende Dame gab, sich an diesem entzückenden Ort niederzulassen. Langsam ging sie zum Gartentor und verweilte einen Moment vor einem üppig blühenden Proteastrauch, der im Windschutz des Hauses wuchs. Nektarvögel mit gegabelten Schwänzen umschwirrten die rosa glänzenden kindskopfgroßen Blüten. Einer ließ sich auf Armeslänge vor ihr nieder, und sie hatte Muße, ihn mit dem Auge einer Künstlerin zu studieren. Kopf und Kehle schillerten bei jeder Bewegung grün und blau, wie ein kostbarer Opal, die Flügeldecken zeigten tiefes Olivgrün, und seine Brust leuchtete in dem satten Ton einer reifen Orange. Grünes Flirren, Opalglanz über silbrig rosa Samt. So würde sie die Vögel malen, in Öl, nicht als Aquarell. Nur die satten, glühenden Ölfarben würden diesen prächtigen Geschöpfen gerecht werden. Allmählich nahm das, was sie Salvatore Strassberg anbieten würde, Gestalt an. Wohlgemut lief sie auf die Straße.

Ein Windstoß blies ihr entgegen, und jetzt erst wurde sie gewahr, wie jämmerlich sie fror. Von ihr völlig unbemerkt war es mittlerweile später Nachmittag geworden, und der kräftige Wind hatte sich zu einem heftigen Brausen gesteigert, das schwarze Wolken über den Tafelberg trieb, sich in ihren Röcken fing und eine Kraft hatte, dass sie ernstlich befürchtete, hinweggeweht zu werden. Ihr Haarknoten löste sich auf, die Strähnen peitschten ihr ins Gesicht. Mehr als einmal musste sie sich an einen Zaun oder Baum klammern, so stark wurde der Druck des Sturms; sie hatte alle Hände voll zu tun, ihren Schutenhut und den Schirm festzuhalten. Wolken von Sand und rotem Staub fegten durch die Straße, puderten ihre Haare und knirschten ihr zwischen den Zähnen. Verstohlen spuckte sie aus. Sie hatte von diesen Stürmen gehört, die im Winter ums Kap heulten, aber nie damit gerechnet, dass um diese Zeit eine ganz unfrühlingshafte Kälte herrschen könnte, die unangenehme Erinnerungen an den norddeutschen Spätherbst weckte.

Urplötzlich erfasste sie eine hinterhältige Bö, hob sie vom Boden und schleuderte sie über den Bürgersteig mit dem Kopf gegen eine Hauswand. Sterne blitzten vor ihren Augen auf, und dröhnender Druck verschloss ihre Ohren. Als die Sterne sich verzogen, das Dröhnen abebbte, fand sie sich auf dem Boden wieder, ihre Beine rechts und links auf höchst unelegante Weise von sich gestreckt, ihr Rock war bis zur Wade hochgeschoben und entblößte ihre schlanken Fesseln. Ihr Hut hing ihr im Nacken, der Schirm sauste, vergnügte Purzelbäume schlagend, die Straße hinunter. Hastig streifte sie ihr Kleid wieder über die Beine und stand auf. Doch kaum hatte sie ihr rechtes Fußgelenk belastet, fiel sie mit einem Schmerzenslaut zurück. Ein wütender Teufel bearbeitete es mit glühenden Messern, so kam es ihr vor. In dem eng geschnürten Schuh schien der Fuß bereits zum

Bersten angeschwollen. »Hölle und Verdammnis«, knirschte sie ingrimmig.

»Wie bitte?«, fragte eine tiefe Stimme über ihr auf Deutsch.

Erschrocken flogen ihre Augen an zwei Beinen in blank geputzten Stiefeln hoch, über hellbeige Beinkleider zu einem dunkelbraunen Gehrock aus kräftiger Wolle. Ihr Blick glitt höher, sehr viel höher. Der Mann war ungewöhnlich groß. Dunkles, lockiges Haar hing lang über den hohen Kragen seines schneeweißen Hemdes, sein Gesicht war glatt rasiert, und etwas, vielleicht die Lachfältchen um seine warmen, braunen Augen und die langen Grübchen, die den kräftigen Mund einrahmten, ließ sie Vertrauen fassen.

»Ich glaube, ich habe mir den Fuß vertreten, er will mich nicht tragen«, sagte sie und verbiss sich jede Äußerung des Schmerzes.

»Lassen Sie mich Ihnen helfen, gnädiges Fräulein«, sagte der Mann und trat neben sie. »Darf ich?« Sein Deutsch war eindeutig bayerisch gefärbt. Es klang gemütlich, nach Kachelofen und frisch gebackenem Brot. Zuverlässig und bodenständig.

Auf ihr erst zögerliches, dann zustimmendes Nicken hin hob er sie mit sanftem Griff so leicht hoch, als wäre sie ein Kind. Ihr Gesicht lag an dem rauen Stoff seines Rocks. Er roch ein wenig muffig, nach Mottenkugeln und Schrank, als würde er nicht häufig getragen. Sie sah zu dem Mann auf. Der Wind blies ihm seine braunen Haare in die Stirn. Es gab ihm ein jungenhaftes Aussehen, das ihr gefiel, obwohl er schon älter sein musste. Ende zwanzig, vielleicht sogar schon dreißig. Behutsam stellte er sie auf die Füße, doch sie wagte nicht, den rechten zu belasten. Auf einem Bein stehend, lehnte sie Halt suchend mit dem Rücken an einer Hauswand.

»Gestatten«, sagte der Mann nun, nahm seinen Hut ab und machte eine artige Verbeugung. »Mein Name ist Johann Steinach. Darf ich Ihnen anbieten, Sie nach Hause zu geleiten? Sie werden so sicherlich nicht weit kommen, und es wird bald dunkel sein.« Er reichte ihr die Hand, und sie legte ihre hinein.

»Ich heiße Catherine le Roux.« Seine Hand war braun gebrannt und kräftig, und sie spürte die Schwielen ihrer Innenflächen. Ein Mann, der viel mit seinen Händen arbeitete, der zupacken konnte. Ein einfacher Bauer? Dafür erschienen ihr seine Manieren zu angenehm.

Johann Steinach zuckte bei der Berührung ihrer kühlen Finger heftig zusammen, als seien sie von rot glühendem Eisen. Er sah auf sie hinunter. Nussiger Duft von heißer Haut, kirschsüße Lippen, die warme Flut seidiger Haare, Augen so blau wie die Kornblumen seiner Heimat. Kopfüber stürzte er in diesen Strudel, ließ sich willig hinunterziehen, wusste, dass er bereits rettungslos verloren war. Er hatte gefunden, was er so lange gesucht hatte.

»Dunkel?«, rief Catherine jetzt und schaute bestürzt um sich. Sie zog ihre Hand zurück, um ihre flatternden Locken zu zähmen. Wie ein Vorhang verdunkelte die Nacht bereits das Tafelbergmassiv, sturmgetriebene schwarze Wolken fegten übers Meer, die schemenhaft leuchtende, weiße Sonnenscheibe stand schon tief über dem Horizont. In einer halben Stunde würde es stockfinster sein. »So spät ist es schon? Wie ist nur dieser Nachmittag vergangen?« Sie lächelte den Fremden an und neigte dabei zustimmend den Kopf. »Ich wäre Ihnen wirklich sehr verbunden. Mir war nicht bewusst, dass die Sonne gleich untergehen wird.«

Ihre Worte holten Johann Steinach zurück, erlaubten ihm ein paar kostbare Sekunden, sich zu fassen. Er stieß einen kurzen Pfiff aus. »Sicelo!«, rief er, und wenig später erschien ein hoch gewachsener Schwarzer, angetan mit knielangen Hosen und einem engen Wams, beides aus verwaschener schwarzer Wolle. Er führte ein großrahmiges Pferd am Zügel.

»Guten Tag«, grüßte Catherine den Mann höflich auf Englisch, wobei sie immer noch auf einem Bein balancierte. Der aber sah mit ausdrucksloser Miene an ihr vorbei und antwortete nicht.

Johann Steinach prüfte die Sattelgurte. »Sicelo ist Zulu. Er spricht keine unserer Sprachen.« Den Kragen werde ich dir umdrehen, wenn du dich meiner zukünftigen Frau gegenüber nicht angemessen benimmst, versprach er seinem Freund schweigend.

»Zulu?« Sie musterte den Mann neugierig. Er sah gut aus. Sein klar geschnittenes Gesicht mit den vollen Lippen und ausdrucksvollen dunklen Augen erinnerte an das eines Pharaos.

»Die Zulus bilden den mächtigsten und größten Eingeborenenstamm im südlichen Afrika. Ihr Land grenzt nördlich an die Provinz Natal. Dort, jenseits des Tugelaflusses, liegt auch meine Farm«, setzte er hinzu, als er ihr fragendes Gesicht bemerkte.

Sie hörte den Stolz in seiner Stimme, als er sein Eigentum erwähnte, wollte höflich nachfragen, aber er hatte sie schon vorsichtig untergefasst, um ihr zum Pferd zu helfen. Der Schmerz, der dabei durch ihr Fußgelenk schoss, nahm ihr den Atem. Gleich darauf fand sie sich im Damensitz auf dem Rücken seines Pferdes wieder. Nur mit Mühe vermochte sie in dem Sturm ihren Rock zu bändigen.

»Sitzen Sie gut? Schmerzt es noch sehr?« Er hätte sie am liebsten in seinen Armen bis ans Ende der Welt getragen und nie wieder losgelassen.

Sie nickte lächelnd, vermied es jedoch, hinunterzusehen. Die Höhe machte ihr zu schaffen. Segeln konnte sie, reiten nicht. »Es geht gut, danke.«

In gemächlichem Gang führte Johann Steinach das Pferd die Straße hinunter. Vor der Pension angekommen, hob er Catherine mit großer Vorsicht aus dem Sattel. Den Arm stützend um sie geschlungen, geleitete er sie ins Haus. »Wo kann ich einen Arzt finden?«, fragte er Mrs. Halliwell. »Mein Freund wird ihn sofort holen.« Er wies auf Sicelo und erntete ein befremdetes Stirnrunzeln von der Frau.

»Das wäre unser Doktor Carter. Sie finden ihn in der Long Street Ecke Strand. Wenn Ihr Bursche schnell ist, sollte er vor dem Abendessen zurück sein«, beschied sie ihm spitzmündig.

Johann brachte seinen humpelnden Schützling zu einem Stuhl; er musste sich zwingen, seinen Arm von ihr zu lösen. Dann eilte er wieder hinaus zu Sicelo und sprach mit dem Zulu in einer sanft klingenden Sprache, die von eigenartigen Klicklauten unterbrochen wurde. Sicelo antwortete und lief in flottem Trab los. Johann Steinach trat wieder zu ihr, nahm ihre

Hand in seine beiden, drückte sie und verabschiedete sich mit einer unbeholfenen, tiefen Verbeugung, allerdings nicht, ohne ihre Erlaubnis zu einem Krankenbesuch am nächsten Tag erbeten zu haben.

»Ein netter Mann, auch wenn er einen Kaffer als seinen Freund bezeichnet«, bemerkte Mrs. Halliwell, half Catherine die Treppe hoch zu ihrem Zimmer und öffnete die Tür.

Wilma saß am Fenster und kürzte den Saum eines ihrer Kleider. Als sie Catherines ansichtig wurde, sprang sie entsetzt auf. »Was ist passiert? Du bist überfallen worden! Ich hab dich gewarnt! Sicher war es einer dieser betrunkenen Banditen. Danke, Mrs. Halliwell, ich übernehme das jetzt.« Sie winkte die Haushälterin hinaus und ergriff Catherines Arm. »Bringen Sie unseren Tee aufs Zimmer, auch unser Abendessen werden wir hier einnehmen«, rief sie der Frau nach.

Catherine ließ sich aufs Bett fallen. »Beruhige dich, niemand hat mich überfallen. Der Sturm hat mich umgeweht.« Sie warf ihren Hut zielsicher auf den Stuhl am Fenster und zog die Decke über sich.

Kurz darauf brachte eine junge Schwarze in schwarzer Tracht und weißer Zimmermädchenhaube den Tee. Stumm knicksend setzte sie das Tablett auf dem kleinen Tisch vor Catherine ab. »Mrs. Halliwell hat ein paar Hafermehlkekse dazugelegt«, bemerkte sie dann schüchtern.

Wilma machte eine scheuchende Handbewegung. »Ja, schon gut. Du kannst gehen. Willst du deinen Tee mit Milch?«, fragte sie die Verletzte.

»Ja bitte, und mit viel Zucker«, sagte Catherine und biss sich fast die Zähne an den Keksen aus. Das Gebäck schmeckte staubig, aber sie hatte großen Hunger und würgte es herunter. Den Rücken gegen das hohe, geschnitzte Kopfteil mit einem Kissen abgestützt, den rechten Fuß auf einem Polster hoch gelegt, trank sie das belebende Getränk und wurde langsam innerlich warm. »Tut das gut. Es war so kalt wie in Norddeutschland im Spätherbst, und ich war nur für den Sommer angezogen. Sollten wir länger hier bleiben, werde ich mir wärmere Kleidung anschaffen müssen.« Wenn das Geld denn reicht, setzte sie schweigend hinzu.

Dr. Carter erschien wenig später, ein hagerer, junger Mann mit ernsten Augen und zarten Händen. »Er ist nur verstaucht«, verkündete er nach der Untersuchung ihres Knöchels und verordnete kalte Umschläge und strikte Ruhigstellung des Fußes. »Sie müssen ihn stets hoch legen und sollten sich erst erheben, wenn er abgeschwollen ist. Ich lasse Ihnen Tropfen gegen die Schmerzen da. Nehmen Sie bitte zwanzig davon mit dem Abendessen zu sich.« Daraufhin schrieb er seine Rechnung. Sie betrug drei Schillinge.

Wenig später wurde das Abendessen serviert. Wilma deckte für sich den Tisch und stellte Catherine mit gerümpfter Nase das Tablett auf den Schoß. »Was ist denn das für ein Zeug?«, fragte sie misstrauisch. »Unglaublich, was uns hier zugemutet wird.«

Catherine kratzte die dicke, gelbe Soße ab. »Fisch, offensichtlich«, stellte sie fest. »Hast du einmal darüber nachgedacht, ob du nach Deutschland zurückkehren willst?«, fragte sie dann, während sie den in Fett schwimmenden Fisch mit Reis aß. Er schmeckte fad, und das Fett war eindeutig vom Hammel, aber sie war noch immer so hungrig, dass ihr das egal war. Ihr Fuß pochte, und ihr Kopf auch, und trotz des heißen Tees fror sie wieder.

»Noch einmal überlebe ich eine Schiffsreise nicht«, antwortete ihre Gesellschafterin mit einer hilflosen Geste. »Ich werde also, zumindest vorläufig, hier bleiben müssen.« Sie rührte ihren Fisch nicht an, sondern kaute auf einer Süßkartoffel herum.

Catherine legte ihre Gabel nieder und gab sich einen Ruck. »Es gibt ein Problem, Wilma, ich werde dir nicht viel länger dein Gehalt bezahlen können. Du musst dich hier nach einer neuen Anstellung umsehen. Es tut mir so Leid«, fügte sie leise hinzu, als sie das zutiefst erschrockene Gesicht der anderen Frau bemerkte. »Es wird keine Schwierigkeit für dich sein, eine Stellung als Gesellschafterin oder Gouvernante zu finden. Du hast doch bemerkt, dass es hier durchaus zivilisierte Menschen gibt, und die herrlichen Häuser lassen darauf schließen, dass es ihnen wirtschaftlich gut geht. Sie werden dir gutes Geld zahlen können, und wir werden uns häufig sehen, ich versprech's.«

Wilma war bleich geworden und schwieg mit zusammengekniffenen Lippen, und beide beendeten ihre Mahlzeit, ohne ein weiteres Wort zu wechseln. Catherine legte sich bald darauf zur Ruhe, nicht ohne die verordnete Menge Laudanum zu nehmen. Das Mittel würde nicht nur ihre Schmerzen betäuben, sondern ihr auch erlauben, ihren Sorgen in den Schlaf zu entfliehen. Im Halbschlaf dann spürte sie zu ihrer Erleichterung, wie Wilma neben ihr unter die Decke kroch.

✳

»Fräulein le Roux, erlauben Sie, dass Ihnen Sicelo den Saft einer besonderen Pflanze auf Ihren Knöchel aufträgt? Es ist ein Rezept der Zulus. Es wird nicht wehtun, es kühlt, aber das ist bei dieser Art Verletzungen sehr erwünscht.« Johann Steinach, seinen Hut unter den Arm geklemmt, drückte ihr ein entzückendes Sträußchen Rosenknospen, die mit einer weißen Atlasschleife gebunden waren, in die Hand. Er hatte sie bei Bekannten im Garten gepflückt, und die Hausfrau hatte die Schleife gespendet.

Catherine nahm den Strauß lächelnd entgegen. »Ist Sicelo denn Arzt?«, erkundigte sie sich neugierig und vergrub ihre Nase in den duftenden rosa Blüten.

»Nicht in unserem europäischen Sinne, nein. Er hat nie eine Schule besucht, er weiß nur das, was ihn seine Mutter lehrte, die es wiederum von ihrem Vater und Großvater lernte, die alle Inyangas waren, Heiler, die für jede Krankheit ein Kraut kennen. Ich selbst nehme seine Dienste öfter in Anspruch, denn europäische Ärzte sind dünn gesät in Durban, und in Zululand gibt es gar keine.« Johann Steinach lächelte mit kräftigen weißen Zähnen.

Catherine stimmte der Behandlung neugierig zu. Wilma zog die Mundwinkel herunter und beobachtete Sicelo mit Misstrauen und Ablehnung.

Der streifte die Gouvernante mit einem hochmütigen Blick, dann nahm er zwei lanzenförmige, fleischige Blätter, an deren Längsseiten Dornen wie Sägezähne saßen, aus einem Beutel, brach sie auf und schabte mit einer Messerklinge den zartgelben, geleeartigen Saft auf einen Teller.

»Was ist das?«, fragte Catherine, während sie die schlanken, geschickten Hände des großen Zulus bewunderte.

»Die Blätter der Kap Aloe«, antwortete Johann Steinach. »Sie heilt alles, von Gicht über Prellungen bis zu Verstopfungen, je nachdem, ob man sie einnimmt oder auf die Haut schmiert. Bei Verstopfung des Darmes schluckt man ein pfefferkorngroßes Kügelchen des getrockneten Safts vom äußeren Blatt, für Arthritis die Hälfte. Einen verstauchten Fuß jedoch behandelt man, indem man den Saft aus dem Herzen des Blattes dick auf das Gelenk aufträgt und es mit einem feuchten Tuch umwickelt.« Er lächelte. »Darf ich?« Er zeigte auf ihren bloßen Fuß, sie nickte und streckte ihn ihm entgegen. Wilma schnaubte empört.

Catherine ignorierte sie. Seine Finger kitzelten, als er sanft das Gelee auf ihre Haut strich. Das Handtuch, das er neben der Waschschüssel fand, tauchte er in Wasser, wrang es aus und wickelte es geschickt um ihr Gelenk. Es war kühl und angenehm, und der stechende Schmerz schien tatsächlich nachzulassen. »Danke«, lächelte sie zu ihm hinauf und reichte ihm die Hand. Zu ihrem Erstaunen spürte sie, dass seine zitterte, maß dem aber keine Bedeutung bei.

Catherines Fuß schwoll alsbald ab. Johann Steinach erschien Tag für Tag, brachte mal Blumen mit, mal frisches Obst oder Konfekt, das, wie er erklärte, die holländische Bäckerei in einer der schmalen Nebenstraßen der Adderley Street herstellte. Er stützte sie auch bei ihren ersten Gehversuchen, und bald wagte sie einen Spaziergang mit ihm. Zwischen den Häusern schritten sie langsam hinunter zu dem geschäftigen Hafen. Wilma bestand darauf, sie als Anstandsdame zu begleiten. Missbilligend ihre Lippen zusammenkneifend, hatte sie an allem etwas auszusetzen, bis Catherine, die ihrer quengeligen Stimme überdrüssig war, sie anwies, sich in einiger Entfernung hinter ihnen zu halten. »Du verdirbst mir sonst noch diesen wunderbaren Tag.« Wilma gehorchte aufs Tiefste beleidigt.

Der eisige Sturm hatte aufgehört, eine gläserne Klarheit lag über dem Kap, und die Luft war frisch und leicht, die Sonne glänzte auf den Häusern, dem jungen Grün der Bäume und den hübschen Hüten flanierender Damen. »Ganz und gar nicht afrikanisch, nicht wahr?«, bemerkte Catherine an Johanns Arm und berichtete ihm von ihren Expeditionen in den Urwald am Flussufer des Kongo. »Es ist unbeschreiblich heiß und feucht dort, wie in einem Waschhaus, in dem den ganzen Tag Wäsche gekocht hat. Ich muss sagen, ich ziehe das gemäßigte subtropische Klima vor.« Nur kurz erwähnte sie, dass ihr Vater gestorben war, sie sagte nicht, wie und woran. Noch waren die Einzelheiten zu schmerzlich, zu privat, um sie vor einem fremden Menschen auszubreiten. Den Trauerflor hatte sie aus demselben Grund von ihrem Ärmel entfernt. Johann Steinach fragte nicht nach. Er zeigte zu ihrer Überraschung ein ausgeprägtes Taktgefühl, was ihr aufkeimendes Vertrauen in ihn nur festigte. Langsam schritt sie an seinem Arm über die sonnenbeschienene Weite des großen Paradeplatzes. Ein paar Kinder spielten mit einem Ball, während ihre farbigen Kindermädchen schwatzend zusammenhockten.

Auf einem Mauerblock unter windzerzausten Seestrandkiefern ruhte sie sich aus. »Aus welchem Teil Bayerns stammen Sie? Und warum sind Sie nach Afrika gegangen?« Sie lächelte zu ihm auf und fand, dass die Lachfältchen um seine braunen Augen wirklich sehr anziehend wirkten.

Johann erwiderte ihr Lächeln mit hämmerndem Herzen. »Das ist eine sehr lange Geschichte«, begann er in seinem gemütlichen Dialekt, »ich stamme aus der entlegensten Region in Bayern, dem Bayerischen Wald, und bin am Fuß des Rachel geboren, dort, wo der Bayerwald an den Böhmerwald grenzt. Der Hof meiner Eltern liegt auf einer großen Waldlichtung am Ufer eines Mühlenbachs, der ihr Sägewerk betreibt. Der Schnee fällt dort bis in den Mai hinein, und schon Anfang September kommen die ersten Nachtfröste. Schuld daran, dass ich nach Afrika ging, ist mein Vater. Er hat eine Passion, ungewöhnlich für einen, der tags so hart arbeitet. Er liest, nur so, zu seinem Vergnügen, jeden Abend eine Kerze lang, und vor dem Schlafengehen hat er mir von den fremden Welten erzählt, die er besucht hatte. Da hörte ich vom Ozean, einem Wasser, das so groß war, dass man kein Ende sah. Ich konnte es kaum glauben, denn ich kannte nur den Weiher von Kogelsreuth, dem kleinen Dorf, das eine halbe Stunde Fußmarsch von unserem Hof entfernt liegt, und die Ohe, ein Flüsschen, meist nicht mehr als einen Steinwurf breit, in der ich oft Forellen fing.«

Catherine hatte die Augen geschlossen. Seine ruhige, dunkle Stimme spülte wie eine warme Flut über sie hinweg. Der bayerische Tonfall war weich und rund. Sie hätte ihm stundenlang zuhören mögen. Als er aufhörte zu reden, erhob sie sich und ging langsam mit ihm hinunter zum Rand des Meeres. »Wann haben Sie Ihr Zuhause verlassen?« Ein kleiner Krebs raschelte über ihren Fuß, und sie wich einer flachen Welle aus.

Johann bückte sich, klaubte einen Kiesel auf und ließ ihn übers Wasser hüpfen. »Als ich siebzehn war und nichts mehr in der Schule lernen konnte, was ich nicht schon wusste, beschloss ich, mir den Ozean anzusehen. In der freien Zeit, die ich zwischen Schule und dem Bewirtschaften unserer Mühle noch fand, nahm ich jede Arbeit an. Mistgruben ausheben, im Winter die gefällten Bäume mit dem Schlitten vom Berg herunterbringen oder auch Briefe für die schreiben, die dieser Kunst nicht mächtig waren. Ich sparte jeden Heller meines Lohns. Eines Tages, lange vor Morgengrauen, verließ ich heimlich den Hof meiner Eltern und machte mich auf den Weg.«

Mit gerunzelter Stirn schwieg er einen Augenblick. »Dass ich mich von meinen Eltern nicht verabschiedet habe, kann ich mir bis heute nicht verzeihen. Doch sie hätten mir die Reise nie erlaubt, und ich hatte die feste Absicht, nachdem ich das Meer gesehen hatte, wieder nach Hause zurückzukehren.« Seine Handbewegung machte deutlich, dass er nicht weiter darüber sprechen wollte. »Viele Monate später stand ich am Ufer des Ozeans. Es war ein Moment, den ich mein Lebtag nicht vergessen werde. Noch nie hatte ich eine solche Weite gesehen, noch nie derartiges Licht. Aus meinen Büchern wusste ich, dass hinter dem Horizont im Westen Amerika lag, und da wollte ich hinfahren. Aber das einzige Schiff, das im Hafen ankerte, war ein Frachtensegler, der Waren in die Küstenorte Afrikas bringen sollte. Also entschied ich mich, die Gelegenheit beim Schopf zu packen und mir erst einmal Afrika anzusehen. Amerika würde nicht weglaufen.«

Draußen segelte eben ein prächtiges Handelsschiff durch das Sonnengefunkel in die Bucht, und auf der Pier und an den Lagerhäusern brach hektische Geschäftigkeit aus. Johann sah hinüber. »Der kommt aus Indien, hat vermutlich Gewürze geladen, edle Seide und Tee aus China, Kaffee aus Java und Arabien. Er wird hier Waren und Proviant aufnehmen.«

Sie beschattete ihre Augen mit einer Hand. »Was wird er außer Proviant an Bord nehmen?«

»Wein vermutlich, obwohl der Export zurückgegangen ist. Der meiste Wein wird deswegen hier am Kap konsumiert.« Er schmunzelte. »Sind Ihnen nicht die vielen roten Nasen der Herrschaften in den Straßen aufgefallen? Kapstadt ist ein bedeutender Seehafen, Garnisons- und Marktstadt, jedes Schiff, das aus Ostasien kommt, läuft in Kapstadts Hafen ein, und mit ihnen kommt immer mehr Gesindel. Die Stadt wächst schneller als Unkraut. Schon heute sind mehr als die Hälfte der Einwohner Schwarze, Farbige oder Malayen, meist freigelassene Sklaven und deren Nachfahren. Sie leben in ehemaligen, restlos überfüllten Sklavenunterkünften, in Kellerlöchern oder in heruntergekommenen Bruchbuden. Wenn sie Arbeit haben, versaufen sie ihre Pennys in den illegalen Spelunken, wenn sie keine haben, saufen sie, um ihren Hunger zu betäuben.« Er lachte trocken. »In der Nähe des Hafens entdeckte ich vor ein paar Tagen eine Familie, die in einem alten holländischen Ofen dahinvegetierte. Sie lebten in unbeschreiblichem Dreck, das jüngste Kind, ein Säugling, war von einer Ratte angefressen worden. Es würde mich nicht wundern, wenn es hier bald wieder einen Ausbruch der Pest gibt, wie Anfang der dreißiger Jahre. Gott sei Dank ist es in Durban noch anders.«

»In allen Hafenstädten herrschen ähnliche Zustände.« Sie fröstelte. Dünne Schleierwolken hatten sich über die Sonne gelegt, und ein kalter Wind war aufgekommen. Außerdem begann ihr Fußgelenk stark zu klopfen. »Bitte bringen Sie mich zurück zum Gästehaus, mein Fuß beginnt, wieder zu schmerzen.«

Johann mietete bei James Melville eine Droschke und half Catherine fürsorglich hinein. Wilma verschmähte seine helfende Hand, zeigte so überdeutlich, was sie von Johann Steinach hielt.

Ihn schien es nicht zu kümmern. Er setzte seine Geschichte fort, redete mit sehr lauter Stimme, um das Geratter der Räder zu übertönen. »Ich war groß und stark, und der Kapitän heuerte mich als Schiffsjungen an. Irgendwo in einem Hafen in Westafrika wurden er und sein Bootsmann von einer fürchterlichen Seuche dahingerafft, und ich war der Einzige an Bord, der die Seekarten lesen konnte. Als er den Tod nahen fühlte, bot mir der Kapitän an, sein Schiff zu übernehmen. Seine Bedingung war, dass ich seine Mannschaft behalten und über mehrere Jahre in Folge einen Betrag an seine Familie in Portsmouth senden würde. Ich stimmte zu. Segeln hatte er mir auf der langen Fahrt beigebracht, und auch genügend Englisch, um mich verständlich machen zu können. Als ich mit seinem Schiff in Kapstadt anlegte, nannte ich mich mit Fug und Recht auch Kapitän. Heute habe ich sogar ein Papier, das meinen Titel bestätigt.« Er grinste bei der Erinnerung. »So wurde aus dem Bauernlümmel aus dem Bayerischen Wald ein Seemann. Einige Zeit blieb ich in Kapstadt, knüpfte Kontakte, und dann segelte ich die Küste hoch von einem Hafen zum anderen und verkaufte meine Waren. Irgendein Vorfahr hat mir einen Instinkt für Geschäfte vererbt, und mein bescheidener Handel florierte.«

Das Gefährt hielt mit lang gezogenem Quietschen. Der Kutscher klappte den Tritt aus, und Johann half Catherine herunter. Sie trat durch die Tür des Gästehauses. Es roch stark nach Kohl und Hammel. Offenbar wurde schon für das Abendessen gekocht.

»Es ist Teezeit, Herr Steinach, ich hoffe, Sie leisten uns ein wenig Gesellschaft. Ich muss Ihre Geschichte bis zu Ende hören.

Ich bin vor Spannung ganz atemlos.« Sie führte ihn in den schummrigen Salon des Hauses, in dem schon mehrere Gäste an kleinen runden Tischen ihren Tee tranken, und strebte zum Fenster, wo gerade etwas frei geworden war. Zu ihrer stillen Freude verkündete Wilma, ihren Tee oben im Zimmer trinken zu wollen. Auf ihre Bitte bestellte Johann Steinach zwei Tees und Sandwiches bei dem verdrossen aussehenden schwarzen Mädchen. Froh, endlich das Gewicht von ihrem Fuß nehmen zu können, sank Catherine auf den zierlichen Stuhl, den er ihr zurechtrückte. »Wo liegt Ihr Schiff heute? In Durban?«

»Nein. 1844 geriet ich mit dem Segler in einen Sturm nördlich von Port Natal und lief auf ein dicht unter der Wasseroberfläche liegendes Riff auf. Ich wurde von Bord gespült, von der Brandung immer wieder gegen die scharfen Felsen geworfen. Irgendwann schleuderte mich eine besonders hohe Woge an den Strand, und ich schaffte es, mich hinaufzuziehen, dorthin, wo das Wasser mich nicht mehr erreichen konnte.« Einen Augenblick starrte er blicklos vor sich hin, und Catherine sah, dass er weit in der Vergangenheit weilte.

»Mein Schiff brach vor meinen Augen auseinander und sank«, flüsterte er rau, »ich besaß nichts mehr bis auf eine zerlöcherte Hose und war am Ende meiner Kräfte. Verzweifelt suchte ich nach meiner Besatzung, aber ich habe keinen je wieder gesehen. Sie sind wohl alle ertrunken.«

Catherine konnte ihn vor sich sehen, blutend, halb tot und völlig allein in diesem feindlichen Land. »Und dann?«, fragte sie atemlos.

»Ich schlief vor Erschöpfung ein, obwohl ich dagegen ankämpfte, denn ich hatte in Kapstadt schlimme Geschichten von den schwarzen Wilden gehört, den Zulus, die diese Küste bevölkerten, außerdem befürchtete ich, von Menschen fressenden Löwen und Leoparden angegriffen zu werden, die dort in großer Zahl herumstreifen sollten. Aber ich konnte mich einfach nicht wach halten. Wie lange ich schlief, weiß ich nicht, aber es war schon heller Tag, und als ich aufwachte, fand ich Fußspuren.« Seine Stimme verklang. Ein Gecko keckerte hinter einem Bild an der Wand, die anderen Gäste unterhielten sich gedämpft, Porzellan klirrte. Das Mädchen brachte den Tee, und Catherine bemerkte mit Missbilligung, wie fleckig ihr weißes Häubchen und die gestreifte Schürze waren, die sie über ihrem schwarzen Kleid trug.

Johann schien seine Umgebung nicht mehr wahrzunehmen. »Es waren menschliche Fußspuren«, sagte er leise. »Ich wagte nicht, mich zu rühren, ich glaubte einer Übermacht gegenüberzustehen.« Ein Lächeln der Erinnerung saß in seinen Mundwinkeln, als er weitersprach. »Plötzlich hörte ich ein Kichern und entdeckte einen Jungen, der auf einem angeschwemmten Baumstamm wenige Schritte von mir entfernt saß. Er war nackt, trug nur die Schwänze von ein paar Wildkatzen als Schurz. Ich schätzte ihn auf ungefähr sechzehn Jahre und erkannte schnell, dass er keine feindlichen Absichten hegte, sondern mich nur mit ebenso großer Neugier beobachtete wie ich ihn. Sein Name war Sicelo, und er war ein Ibhungu, ein junger Mann. Wir verständigten uns mit Zeichensprache, denn ich verstand seine Sprache nicht und er auch nicht meine. Mit Gesten erklärte er mir, dass die Flut mich im Schlaf überrascht und er mich darauf höher auf den Strand gezogen hatte. Später, als wir uns länger kannten, sagte er mir, dass er noch nie einen weißen Mann aus der Nähe gesehen hatte und anfänglich glaubte, dass unsere weiße Haut glitschig und kalt sein müsse wie die eines Fisches. Nach und nach erfuhr ich, dass er zum Hof des großen Zulukönigs Mpande gehörte. Er war mit anderen jungen Männern auf der Jagd gewesen, war von ihnen getrennt worden, hatte sich im Busch verirrt und fand sich plötzlich, als er aus den Schatten des Küstenbuschs heraustrat, am Strand. Er ruhte sich gerade vor dem langen Rückweg aus, als ich ihm vor die Füße geschwemmt wurde.«

Wilma kam die Treppe herunter und sah Johann Steinach streng an. »Es wird bald Abendessen geben«, blaffte sie, wobei sie Catherines aufgebrachte Miene ignorierte.

Er stand sofort auf. »Natürlich, ich verstehe. Es ist Zeit, dass ich mich verabschiede.«

Catherine reichte ihm ihre Hand und erwartete einen artigen Handkuss, aber er verabschiedete sich mit einem kräftigen Händedruck, einer steifen Verbeugung und einem langen, tiefen Blick in ihre Augen. »Die Zeit ist mir wie im Fluge vergangen. Ich danke Ihnen.«

»Sie müssen bald wiederkommen und mir den Rest Ihrer Geschichte erzählen.«

»Mit dem größten Vergnügen. Ich werde die Stunden bis dahin zählen«, lächelte er und reichte dann Wilma die Hand. Sie berührte flüchtig seine Fingerspitzen und rauschte wieder die Treppe hinauf. Catherine folgte ihr langsam, denn ihr Fuß spielte sich wieder auf. In ihrem Zimmer angekommen, legte sie sich aufs Bett und strich den Aloesaft erneut auf das verletzte Gelenk. »Es schmerzt schon lange nicht mehr so wie noch vor wenigen Tagen«, bemerkte sie zufrieden. »Im Übrigen möchte ich dich bitten, Herrn Steinach gegenüber etwas zivilere Manieren an den Tag zu legen. Und nun mache mir bitte einen feuchten Umschlag darüber.«

Tage später, viel früher, als sie erhofft hatte, konnte sie ihren verletzten Fuß wieder voll belasten. »Dieser Sicelo versteht sein Handwerk. Sieh mal, Wilma, es geht schon wieder. Ich werde mir heute eine Droschke mieten und nach Wynberg fahren, um endlich die Simmons' kennen zu lernen.«

»Ich werde dich begleiten«, seufzte Wilma mit märtyrerhafter Miene. Es war deutlich, dass sie zu nichts weniger Lust verspürte.

»Ach wo, das schaffe ich ganz allein. Bei den Simmons' ist wohl auch keine Anstandsdame notwendig. Außerdem werde ich den ganzen Tag unterwegs sein, und du weißt doch, dass du auch schon in der Kutsche seekrank wirst«, setzte sie listig hinzu. Diesen Tag würde sie sich nicht von Wilmas Gemecker verderben lassen. »Aber würdest du mir bitte deinen Umhang leihen? Mein Kreppkleid ist viel zu dünn, und Ende Juni ist laut Herrn Steinach hier die kälteste Zeit.«

Als sie auf die Straße trat, um die Kutsche zu besteigen, fuhr ihr der Wind unter die Röcke, und sie fror jämmerlich, trotz der langen Unterhose, die sie sich ebenfalls von Wilma geliehen hatte. Sie wickelte den Umhang fest um sich und drückte sich in eine Ecke des Gefährts. Die Straße nach Wynberg war anfänglich in erstaunlich gutem Zustand, und die Droschke kam zügig voran. Doch unterhalb des Berges, der wegen seiner Form Lion's Head, Löwenkopf, genannt wurde, brach die feste Straßenoberfläche ab, und die Räder knirschten auf Sand, rumpelten durch Furchen, und sie verloren so viel Zeit, dass sie befürchtete, zur Mittagsstunde dort anzukommen, was sehr unhöflich gewesen wäre. Durch ländliches Gebiet und an eher kargen Gärten vorbei erreichten sie endlich am späten Vormittag den kleinen Ort, der eigentlich nichts weiter war als eine Ansammlung von wenigen Häusern vor dem Hintergrund des Tafelbergmassivs. Der Kutscher zügelte seine Pferde vor einem einstöckigen, quadratischen Gebäude, dessen weiße Mauern in der Wintersonne leuchteten.

»Bitte warten Sie«, befahl Catherine, als sie ausstieg. Ein kräftiger Wind blies ihr um die Nase. Sie hielt ihren Hut fest und eilte zur Eingangstür, an der ein Messingklopfer in Form eines Elefantenkopfes hing. Sie klopfte zweimal mit dem Rüssel, der als Schwengel diente, und trat einen Schritt zurück. Kurz darauf wurde die Tür geöffnet, und ein schwarz befrackter älterer Mann mit einer Haut wie stumpfes Ebenholz stand vor ihr.

»Ma'm?« Er neigte würdevoll seinen Kopf mit den eisgrauen Kräuselhaaren.

»Mein Name ist Catherine le Roux, ich möchte Mr. Simmons sprechen«, antwortete sie.

Der Butler, denn das musste er sein, öffnete die Tür einladend weit, und sie betrat die Eingangshalle. Sie hatte kaum Zeit, sich umzusehen, bevor ein hoch gewachsener Mann in Reitstiefeln erschien. Er verneigte sich freundlich, konnte sein Erstaunen, sie ohne Begleitung zu sehen, jedoch kaum verbergen. »Guten Tag, Madam, ich bin Adam Simmons. Sie sind Miss le Roux, die Tochter meines Freundes Louis le Roux?« Als sie das bejahte, begrüßte er sie mit einem angedeuteten Handkuss. »Ich bin hoch erfreut. Bitte, treten Sie näher, und lernen Sie meine Familie kennen.«

Sie zögerte. »Ich muss den Kutscher der Droschke noch entlohnen und ihm sagen, wann er mich abholen soll.«

Mr. Simmons lächelte und winkte seinem Butler. »James, nimm der Dame den Umhang ab.« Er half ihr, sich des voluminösen Umhangs zu entledigen, dann flüsterte er dem alten Butler etwas zu. »Erledigt«, sagte er, legte seinen Arm unter ihren Ellbogen und führte sie in einen luftigen, hellen Raum, an dessen Stirnwand ein Feuer im Kamin flackerte. Eine dunkelhaarige Frau saß an einem Tischchen vor einem der vielen Fenster und stickte. Die Sonne floss herein und ließ ihr grünes Kleid aufleuchten. Als Catherine eintrat, erhob sie sich und kam ihnen entgegen.

»Elizabeth, Miss le Roux ist die Tochter meines langjährigen Freundes Louis«, stellte Mr. Simmons sie vor. »Miss le Roux, meine Frau Elizabeth.«

»Welche Freude, meine Liebe, seien Sie uns willkommen«, sagte Elizabeth Simmons mit melodiöser Stimme. »Wann werden wir Ihren Herrn Vater begrüßen können? Ich hoffe, er ist wohlauf?«

Ein Schatten fiel über Catherines Gesicht, sie blickte hinunter auf ihre Hände, sah ihren blutenden Vater und Césars schwärenden Arm und konnte ein Erschauern nicht unterdrücken. »Er ist tot«, flüsterte sie nach einer langen Pause.

»Meine Güte, wie taktlos von mir. Es tut mir so Leid. Mein armes Kind.« Mit wortreichen Beileidsbezeugungen und viel besorgtem Getue geleitete Elizabeth Simmons ihren Gast zu einem bequemen Sessel. »Adam, lass uns bitte einen Tee kommen. Sie bleiben doch zum Essen, nicht wahr?« Ihr freundliches Lächeln, der Blick der großen grauen Augen trafen Catherine geradewegs ins Herz, und sie musste ihre plötzlich hochkommenden Tränen herunterschlucken, ehe sie mit leiser Stimme dankend annahm.

Ihre Gastgeberin beobachtete sie teilnahmsvoll. »Sie Arme, wie ist das passiert? Mögen Sie darüber reden?« Hinter Catherines Rücken wedelte sie ihren Mann fort.

Stockend erzählte Catherine. »Ich weiß nicht, welche Krankheit ihn befallen hat, aber er blutete aus Mund, Nase, sogar aus den Ohren und den Augen ... es war schrecklich anzusehen.« Sie musste sich erst fassen, bevor sie weitersprechen konnte. »Er starb nach kurzer Zeit, ohne mir noch ein Wort sagen zu können. Ihre Adresse fand ich in seinen Unterlagen. Ich kenne sonst keinen Menschen hier«, setzte sie schüchtern hinzu. Johann Steinach zählte in dieser Hinsicht nicht.

Elizabeth streichelte stumm ihre Hand und reichte ihr ein Gurkensandwich. Als Catherine die erste Tasse heißen Tees getrunken und das Sandwich verspeist hatte, ging es ihr allmählich besser. Sie erzählte von ihren Reisen, von dem, was ihr Vater in den letzten Jahren gemacht hatte, was sein nächstes Projekt gewesen wäre und dass sie seine Entdeckungen zeichnerisch dokumentieren sollte. Später beim Lunch konnte sie schon wieder lachen und aß mit gutem Appetit die klare Suppe. »Die Suppe war delikat, was ist es?«, erkundigte sie sich, als sie den Löffel niederlegte.

»Schildkrötensuppe«, lächelte Elizabeth Simmons, »wir bekommen die Tiere von der Insel Ascension.«

»Ascension kenne ich nicht, aber Papa und ich haben vor zwei Jahren einen Abstecher nach St. Helena gemacht«, berichtete Catherine, während sie die leckere Taubenpastete zerteilte. »Die Leute da reden immer noch vom Kaiser, als lebte er noch.«

»Alle Achtung, für Ihre Jugend haben Sie wirklich schon sehr viel gesehen«, bemerkte der Hausherr voller Erstaunen.

Sie plauderten angeregt, und als sie bei den Früchten angelangt waren, die zum Nachtisch gereicht wurden, erkundigte sich Adam Simmons, wann sie nach Deutschland zurückkehren wolle.

Catherine tupfte sich den Mund mit der Serviette ab, nahm sich Zeit mit der Antwort und entschied dann, dass die Wahrheit das Beste sein würde. »Ich möchte nicht nach Deutschland zurückkehren, ich habe niemanden dort außer einer alten Tante. Doch was ich von Kapstadt gesehen habe, gefällt mir so gut, dass ich gerne hier bleiben möchte. Ich werde dem Verleger meines Vaters eine Mappe mit meinen Zeichnungen anbieten und hoffe, das kleine Einkommen, das mir aus den Büchern meines

Vaters zufließt, so weit aufbessern zu können, dass ich einigermaßen komfortabel hier leben kann.«

Ein kurzes Schweigen begrüßte ihre Worte. Adam wechselte einen schnellen Blick mit seiner Frau, räusperte sich dann, bevor er ihr antwortete. »Wenn ich Ihnen einen Rat geben darf, Miss le Roux, gehen Sie zurück nach Deutschland. Am besten mit dem nächsten Schiff. Afrika, auch hier im Süden, ist ein hartes Land. Nur die Stärksten überleben, und auch die häufig nur knapp. Allein stehende Frauen haben überhaupt keine Chance. Gar nicht daran zu denken! Männer, die eine Frau für die Ehe suchen, gibt es hier allerdings haufenweise. Das wäre noch die beste Möglichkeit. Es sei denn, Sie würden als Gesellschafterin in einem der großen Häuser leben ...« Der letzte Satz war eine Frage.

Im Geiste hörte Catherine Kindergekreisch und schüttelte vehement den Kopf. »Dazu wäre ich ganz und gar ungeeignet, und in Deutschland will ich sicher nicht leben. Nein, nein, ich bin fest entschlossen, hier auf eigenen Beinen zu stehen. Basta.« Das letzte Wort rutschte ihr heraus, und sie musste ein Lächeln unterdrücken. Das Erbe ihres Vaters schlug offenbar durch. Dann berichtete sie von Wilma. »Ich denke, sie wird sich hier um eine Stellung als Gouvernante bewerben, und ich kann ihr ein hervorragendes Zeugnis ausstellen.« Rasch zählte sie Wilmas Vorzüge auf, verschwieg allerdings deren Neigung, zu nörgeln und sich jedem Leiden mit großer Inbrunst hinzugeben. »Vielleicht ist Ihnen jemand in Ihrem Freundeskreis bekannt, der eine Gouvernante sucht?«

Adam Simmons hatte ihr schweigend zugehört. Jetzt spielte ein leichtes Lächeln um seine Mundwinkel. »Ich höre das Echo meines guten Freundes Louis. Wenn er Basta sagte, war nichts mehr auszurichten. Es ist mir jedoch kein Fall bekannt, wo sich eine Frau unseres Standes allein hier niedergelassen hätte. Ich fürchte, es wird in unserer rauen Gesellschaft nicht möglich sein. Sie brauchen hier männlichen Schutz. Außerdem sind Frauen ja nicht geschäftsfähig.«

Damit hatte sie nicht gerechnet. Ihr Herz sank.

Elizabeth warf ihrem Mann einen vorwurfsvollen Blick zu. »In wenigen Tagen kehren wir nach Kapstadt zurück«, sagte sie mit einem Lächeln. »Es würde uns eine Freude sein, wenn Sie eine Weile bei uns wohnen würden.«

Adam räusperte sich. »In unserem Haus könnten Sie genügend Herren kennen lernen, die ... nun, die als Ehemann infrage kämen. Ich bin Louis noch etwas schuldig«, setzte er hinzu.

Meinte er etwa, sie müsste heiraten, um hier bleiben zu können? Wollte er sie verkuppeln? Sie biss sich auf die Lippen, damit ihr nicht ein unpassendes Wort herausrutschte; sie dachte nicht daran, so schnell aufzugeben. Kommt Zeit, kommt Rat, hatte Grandpère immer gesagt, wenn sie einmal wieder viel zu ungeduldig gewesen war, und im Nachhinein gab sie ihm Recht. Sie beschloss, ihre wahren Absichten für sich zu behalten. Also lächelte sie, wenn auch mühsam, und dankte in artigen Worten.

Nachdem ihr die Kinder der Simmons' vorgestellt worden waren, zwei süße Mädchen von sieben und neun Jahren und ein kräftiger Junge, der blond und groß war wie sein Vater und das gleiche gewinnende Lächeln zeigte, ließen die Simmons' sie in ihrem eigenen Zweispänner zurück nach Kapstadt bringen. Die Schatten wurden schon länger, und es war sehr kalt, als sie einstieg. Es war höchste Zeit, sich auf den Heimweg zu machen.

»Sowie wir wieder in Kapstadt sind, werden wir Ihnen unsere Kutsche schicken und Sie mit Ihrem Gepäck abholen. Wir freuen uns. Was Ihre Gesellschafterin anbetrifft, habe ich ein wenig nachgedacht, und mir kam mein Freund Willem in den Sinn. Er sucht eine Gouvernante für seine Kinder.« Mit diesen Worten klatschte Adam Simmons dem kräftigen Braunen aufs Hinterteil, der Kutscher schnalzte, und sie setzten sich in Bewegung.

Catherine schmiegte sich tief in ihren Umhang, denn die Abendkälte kroch durch alle Ritzen. Während der gesamten Fahrt grübelte sie darüber nach, wie sie ihren Willen durchsetzen könnte. So schnell würde sie den Traum, ihr Leben nach ihren Wünschen zu führen, nicht aufgeben.

✳

Johann stand mit seinem Freund Sicelo an der Pier im Hafen Kapstadts und sah über die Bucht. Die Sonne hing hoch am durchsichtig blauen Himmel, und ein sanfter Wind kündete bereits vom Frühling. Eben war ein großer Segler in die Bucht eingelaufen, die Matrosen turnten in die Wanten und holten die Segel ein. Am Strand schoben ein paar Männer das Ruderboot des Hafenmeisters ins Wasser.

»Wenn alles klappt, soll übernächste Woche unser Schiff kommen, Sicelo, dann geht's nach Hause. Gott, wie ich mich auf Inqaba freue und darauf, endlich diesem Menschengewimmel zu entkommen.«

»Eh«, machte Sicelo als Kommentar.

»Ich muss dir etwas mitteilen, denn es wird auch dich betreffen. Meine Suche nach einer Frau hat ein Ende. Ich werde Fräulein le Roux bitten, mich zu heiraten«, fuhr Johann Steinach mit einem Seitenblick auf seinen langjährigen Weggefährten und Vertrauten fort.

»Eh?«, macht Sicelo noch einmal und klappte seinen Mund wieder zu. Nur die Betonung des Wortes war anders.

Johann grinste ihn fröhlich an. »Nun sag schon, meinst du, dass sie die Richtige ist?«

Der baumlange Zulu schob mit einem Finger seine runde Kappe tiefer in die Stirn. »Ist zu dünn, wird nicht arbeiten können.« Abwesend wanderte sein Blick zum Horizont.

»Unsinn, sie ist eine gesunde junge Frau, natürlich wird sie ihre Pflichten als Hausfrau erfüllen können.« Und Mutter, setzte Johann in Gedanken hinzu. Er sah sich schon von einer fröhlichen Kinderschar begrüßt, wenn er abends von seiner Rinderherde heimkehrte.

Sicelo wiegte seinen Kopf, dachte nach, kratzte sich an der Nase, betrachtete seine nackten Zehen. Tief in Gedanken rieb er sie aneinander. Endlich fällte er sein Urteil. »Das Gebären von Kindern wird sie umbringen, ihr Becken ist wie das eines Jungen oder eines Mädchens, bevor es blutet. Nimm dir eine kräftige, junge Zulufrau mit glänzender Haut, fetten Schenkeln und großem Hintern. Sie wird hart für dich arbeiten können und dir jedes Jahr ein Kind schenken. Dein Alter wird ein glückliches sein, denn deine vielen Kinder werden königlich für dich sorgen. Das sage ich dir, meinem Freund, ich, der ich ein Zulu bin und bereits selbst eine Frau im Auge habe.«

Johann wartete schweigend. Er wusste, dass Sicelo erst am Beginn seines Vortrages war.

»Ich denke, dass König Mpande dir sogar eine seiner eigenen Töchter geben wird. Bringe ihm so viel Geschenke, wie ein Ochse ziehen kann, bringe ihm Decken, Zucker und Salz, Perlen, die schimmern wie Regentropfen in der Sonne und die seine Frauen so lieben, die Tücher, die die Farben unserer schönsten Vögel haben, und das bittere Gebräu, das ihr Weißen Kaffee nennt. Er liebt Geschenke, und er ist schon dein Verbündeter, weil du seinen Sohn vor einem grausigen Schicksal gerettet hast. Doch nimmst du eine seiner Töchter zur Frau, wirst du zu seiner Familie gehören, der Familie des mächtigen Königs der Zulus. Nach und nach wird er dir noch mehr Frauen geben, die Töchter der großen Häuptlinge, Jikijiki vielleicht, deren Vater sehr bedeutend ist, und dann wirst du selbst ein großer Häuptling sein, ein großes Umuzi haben und für jeden Tag der Woche eine Frau, die bei dir liegen wird. Du wirst viele Kinder zeugen. Ich werde dich beneiden.«

Johann war zutiefst erstaunt, welche Leidenschaft den sonst so schweigsamen Zulu gepackt hatte. Mit einem Lächeln schüttelte er den Kopf. »Wir sind anders, Sicelo, wir Weißen dürfen nur mit einer Frau verheiratet sein. Unser Gott und unsere Gesetze verbieten die Vielweiberei.«

Sicelo schnalzte ungläubig. »Und wer bestellt eure Felder, bringt euch Essen, führt euer Vieh auf die Weiden? Wer sorgt für euch in eurem Alter? Ihr Weißen seid ein wunderliches Volk!«

Für lange Minuten schweigen sie gemeinsam. Ein angenehmes Schweigen, ein Schweigen zwischen vertrauten Freunden. Sicelo brach es endlich. »Sag mir, wird diese Frau dir Hlonipha erweisen?«

Sein weißer Freund schmunzelte. »Du meinst, wird sie die Sprache der Ehrerbietung kennen, wird sie mir Respekt erweisen, das Essen auf Knien servieren? Mir nie in die Augen sehen und nur ja sagen, auch wenn sie nein meint, und nie von mir mit meinem Namen sprechen?« Er lachte. »Das glaube ich kaum. Keine weiße Frau würde das tun, und kein weißer Mann würde das fordern. Es ist nicht Brauch bei uns.«

Der Zulu runzelte ungläubig die Stirn. »Es macht mein Herz schwer wie Stein, das zu hören.« Er seufzte vernehmlich und schüttelte den Kopf. Dann kam ihm ein Gedanke. »Wenn diese Frau einem Löwen begegnet, wird sie schreien, nicht wahr?«

Johann nickte vorsichtig. Wer würde das nicht? Ihm war nicht klar, worauf sein Freund hinauswollte, doch er kannte seinen verqueren Sinn für Humor.

Sicelo lachte triumphierend. »Der Löwe wird sie hören und sie fressen, und dann kannst du dir Jikijiki zur Frau nehmen«, rief er, riss seinen großen Mund auf und lachte mit schneeweißen Zähnen und funkelnden Augen. Vor Vergnügen über seinen Einfall schlug er sich auf die Schenkel. »Diese Frau, die ein Gesicht wie Maisbrei hat, sie ist so mager wie ein verhungertes Huhn. Wenn du bei ihr liegst, wirst du dich an ihren Knochen stoßen, so spitz sind die. Sag mir doch, Umlungu, weißer Mann, ist sie hübsch für dich, dieses magere Huhn?« Er gluckste vor Freude, hob seine Arme, bog sie zu Flügeln und streckte seinen Hals ruckweise vor. »Gaak, gaak, gaak«, machte er und schüttelte sich vor Lachen.

Johann lehnte sich an einen Holzpfosten und blickte in den Himmel, der ihm weiter erschien, als die Ewigkeit es sein konnte. »Sie ist schön, Sicelo, wunderschön. Ihre Haare ... die Figur ... ihre Augen, sie sind so blau wie Kornblumen, und ihr Mund ...« Seine Stimme verlor sich in seinen Träumen.

»Ha, Kornblumen? Was sind das? Wachsen die in deinem Land, das, wie du mir erklärt hast, im Sommer kälter ist als die Winternächte in unseren Bergen?«

Jetzt lachte auch Johann Steinach. »Komm, du alter Gauner, genug jetzt. Wir müssen uns um die Vorräte für Inqaba kümmern, die wir an Bord mitnehmen wollen.« Die Hände in den Taschen seines Gehrocks vergraben, ging er mit ausgreifenden

Schritten hinauf zur Stadt. Die ganze Zeit pfiff er eine muntere Weise, und ab und zu legte er einen Hüpfer ein. Er war ein Mann, der sich entschieden hatte.

»Eh«, machte Sicelo ratlos, kratzte sich unter seiner Kappe und folgte seinem Freund langsam. »Was hast du gegen eine pralle, junge Zulu einzuwenden? Vergiss diese magere Henne«, rief er hinter ihm her.

Johann blieb stehen und drehte sich um. »Nichts, das weißt du. Ich will sie nur nicht heiraten. Und von jetzt an, lieber Freund, wirst du meine zukünftige Frau mit Nkosikasi anreden, denn das wird sie sein. Meine Königin.«

Kapitel 5

Nun war Catherine schon längere Zeit Gast in dem schönen Haus der Simmons' am oberen Ende der Adderley Street, ganz in der Nähe des Stadtgartens, in dem sie häufige Spaziergänge unternahm. Zu ihrem Entzücken lebten Schwärme von Vögeln in den Bäumen und Büschen, und ihre Zeichenmappe füllte sich mit den schönsten Skizzen. Bald würde sie genug Material gesammelt haben, um es Salvatore Strassberg zu schicken. Sie rechnete nach. Etwa drei Monate brauchte ein Schiff, um Europa zu erreichen, es sei denn, es fuhr eins der neuartigen Dampfschiffe. Wie lange die Postkutsche bis Wien brauchte, wusste sie nicht, doch mindestens ein oder zwei Wochen musste sie Salvatore Strassberg zugestehen, um eine Entscheidung zu treffen. Sie zählte die Zeit an den Fingern ab.

»Es könnte über sechs Monate dauern«, klagte sie Wilma, die ebenfalls von den Simmons' eingeladen worden war und mit ihr das Gästezimmer teilte. »Wie soll ich das durchstehen?«

Wilma zuckte als Antwort nur säuerlich mit den Schultern. »Ich hab dir ja gesagt, dass ich deine Zeichnungen noch nicht für gut genug für eine Veröffentlichung halte, aber du willst es ja nicht wahrhaben.«

Catherine stöhnte hörbar. Am Monatsanfang würde Wilma eine Stellung als Gouvernante im Haus von Herrn Hogenbosch, einem der reichsten Schiffseigentümer und Händler, antreten, und sie zählte die Tage bis dahin. Seit sie sich gestritten hatten, war die Miene ihrer Gesellschafterin noch sauertöpfischer geworden.

Adam Simmons hatte ihr anlässlich eines Dinners einige unverheiratete Herren vorgestellt, die sie später Wilma gegenüber rundweg alle als grässlich bezeichnet hatte. Ihre ehemalige Gouvernante wurde ernstlich böse mit ihr.

»Es waren durchweg Herren, die von ihrem Stand und ihrem Vermögen her infrage kämen. Du bist wirklich undankbar.«

»Suche du dir doch einen Ehemann«, entgegnete sie schnippisch. »Sie benehmen sich wie ausgehungerte Wölfe. Du kannst sie alle haben. Einer wird dich sicher mit Kusshand nehmen.« Als Wilma zusammenzuckte und bleich wurde, verlor sie die Geduld. »Ach, um Himmels willen, hab dich nicht so. Es wird dich ja keiner dazu zwingen«, murmelte sie übellaunig. Es schauderte sie noch im Nachhinein, wenn sie an den Abend dachte. Frauen waren rar an diesem fernen Ende der Welt, und die Kandidaten hatten sich um sie gerissen, als wären sie eine Meute Hunde und Catherine die Beute. Jeder dieser Männer schien zu wissen, zu welchem Zweck er eingeladen worden war. Sie scharwenzelten um sie herum, priesen ihre Besitztümer, ihre Erfolge, wie viel Vieh sie hatten, schauten ihr tief und bedeutungsvoll in die Augen und dann in den Ausschnitt und küssten ihre Hand, wo sie nur konnten. Catherine hätte schreien mögen. Am Ende des Abends war sie sich wie ein Stück Vieh auf einer Auktion vorgekommen.

Zu allem Überfluss passierte etwas, womit sie nie gerechnet hätte. Sie hatte sich eben frisch gemacht und strebte zurück zum Tanzsaal, als sie auf Adam Simmons traf, der versteckt hinter den langen Wedeln einer großen Kübelpalme stand und rauchte. Im Hintergrund erklang Gelächter, Gläser klirrten, die Kapelle stimmte ihre Instrumente.

Mr. Simmons schien leicht angetrunken zu sein. Seine rot geäderten Augen glänzten wie lackiert, seine Wangen waren unnatürlich gerötet und von kleinen blauen Besenreiseradern durchzogen.

Er schob seine Zigarre in einen Mundwinkel, hielt sie mit kräftigen weißen Zähnen fest und grinste. »Nun, meine Liebe, das nenne ich einen gelungenen Abend, nicht wahr? Jeder Mann im Saal liegt Ihnen zu Füßen.« Er streichelte ihre Wange und sah ihr dabei in die Augen, als wolle er sie so festhalten. Seine Hand glitt über ihren Hals auf ihre Schulter, und bevor sie sich wehren konnte, landete sie auf ihrer Brust. »Catherine«, raunte er heiser. »Komm, nun lass mich schon, zier dich nicht, ich tu dir nichts ...«

»Finger weg, Mr. Simmons«, zischte sie, schlug ihm hart mit dem Fächer ins Gesicht und entwischte ihm mit einer geschickten Drehung in die Helligkeit des Ballraums.

Beim Frühstück am nächsten Morgen war der Hausherr hölzern und abweisend. Einen Morgengruß brummend, ließ er sich am Tisch nieder, verbeugte sich zwar in die Runde, vermied es aber, sie dabei anzusehen. Als die schwarze Haushälterin Ella ihm Spiegeleier und kleine Bratwürste servierte, schob er den Teller angewidert weg.

»Er hat einen Brummschädel«, vertraute Elizabeth ihrem jungen Gast flüsternd an. »Der Wein hat dieses Jahr sehr viel Sonne bekommen. Er war wohl zu schwer.« Sie lachte viel sagend.

Catherine bedachte Adam Simmons mit einem spöttischen Lächeln. Er wich ihrem Blick geflissentlich aus. »Zu schwerer Wein soll eine verheerende Wirkung haben, sagte man mir. Er löst die Zunge und verwirrt den Kopf und macht Narren aus den Männern.«

Die letzten Worte hatte sie so laut gesprochen, dass ihr Gastgeber sie verstanden haben musste, denn er stieß seinen Stuhl so hart zurück, dass er gegen die Wand krachte. Eine Entschuldigung murmelnd verließ er den Raum.

»Der Arme sieht wirklich mitgenommen aus«, bemerkte Catherine zu Elizabeth.

»Ach, es ist nichts, was ein flotter Ritt nicht heilen würde. Heute Mittag ist er wieder der Alte.«

Catherine sah ihm nach. Waren alle Ehemänner so? Streunten sie hinter jedem Rock her wie liebeskranke Kater? Die Aussicht verdarb ihr die Laune, und sie freute sich auf den Nachmittag. Johann Steinach hatte sie zu einem Spaziergang gebeten, und sie war froh, wenigstens ein paar Stunden in fröhlicher Gesellschaft verbringen zu können.

»Was wirst du heute unternehmen?«, fragte sie Wilma später, während sie sich vor dem kleinen Wandspiegel mit einem blauen Satinband das Haar im Nacken zusammenband.

»Ich«, Wilma betonte das Wort stark, »ich werde den Kindern unserer Gastgeber etwas vorlesen, Mrs. Simmons hat sich mit starken Kopfschmerzen und Schüttelfrost ins Bett gelegt. Ich fürchte, es ist etwas Ernstes, und ich bin dankbar, den Simmons' etwas von ihrer Freundlichkeit zurückzugeben.« Ihr Ton war ein einziger Vorwurf.

Catherine war entzückt. Endlich konnte sie einmal ohne ihren Wachhund ausgehen. »Wunderbar, die Kinder werden sich freuen«, antwortete sie unbekümmert. Sie wusste sehr genau, dass Johann Steinach der Grund für Wilmas Gereiztheit war. Sie setzte ihren Strohhut auf und machte sich wohlgemut auf den Weg. Bevor sie das Haus verließ, trieb sie jedoch das schlechte Gewissen zum Schlafzimmer von Mrs. Simmons.

Doch Ella, die schwarze Haushälterin, die ihr damals beim ersten Besuch die Tür geöffnet hatte, saß vor dem Zimmer und verweigerte ihr den Eintritt. »Es geht Madam nicht gut, sie darf keinen Besuch haben«, sagte sie und wischte sich eine Träne aus dem Augenwinkel.

»Bitte grüßen Sie Mrs. Simmons, ich werde mich später noch einmal erkundigen«, bat Catherine bestürzt und war nun nicht mehr so unbekümmert, denn sie mochte Elizabeth Simmons wirklich sehr gern.

Johann Steinach wartete bereits auf sie am Eingang zum Stadtgarten. »Fräulein le Roux, Sie sehen hinreißend aus. Wo ist die gestrenge Wilma?« Als Catherine ihm berichtete, dass sie mit den Kindern der Simmons' beschäftigt war, bot er ihr mit deutlicher Erleichterung seinen Arm, und sie spazierten langsam unter den Bäumen entlang.

»Mrs. Simmons scheint wirklich ernstlich krank zu sein«, sagte sie niedergeschlagen, »und ich befürchte, dass ich zur Last werden könnte. Wilma wird in wenigen Tagen das Haus verlassen, und ich werde wohl zu den zweifelhaften Kochkünsten Mrs. Halliwells zurückkehren müssen.«

Morgen oder übermorgen würde sie die Zeichenmappe an Salvatore Strassberg schicken. Während ein paar schlafloser Stunden war ihr in der Nacht schlagartig klar geworden, dass sie unmöglich die gesamte Zeit, die sie auf die Antwort warten musste, die Gastfreundlichkeit der Simmons' ausnutzen konnte. Außerdem war da noch Adam Simmons' merkwürdiges Benehmen. Eine Wiederholung wollte sie unter allen Umständen vermeiden. Sie fingerte nervös an ihren Hutbändern und überlegte, ob sie Johann Steinach ihr Dilemma anvertrauen konnte. Schon öffnete sie ihren Mund, schloss ihn aber gleich wieder. Wie sollte sie ihm davon erzählen, ohne dass er den Eindruck bekam, dass sie ihn als Lösung ihrer Schwierigkeiten sehen könnte? Das wäre zu peinlich. Stattdessen erzählte sie ihm ein wenig von ihren vielen Reisen und dem ungewöhnlichen Leben mit ihrem Vater. Am Ende sprach sie auch von seinem schrecklichen Tod.

»Sie haben mein tiefstes Mitgefühl. Welch ein entsetzliches Schicksal.« Johann wirkte sichtlich betroffen und erkundigte sich genau, welche Symptome der Kranke vor seinem Tod gezeigt hatte. »Ähnliches hat damals den Kapitän meines Schiffes und seinen Bootsmann dahingerafft. Eine böse Seuche war das. Kein Mittel half.« Er schwieg. Seine abwesende Miene verriet, dass er tief in Gedanken versunken war. Mit einem Blinzeln kehrte er zu ihr zurück, berührte zart ihren Arm. »Wie allein müssen Sie sich jetzt fühlen. Wie sehr könnte ich verstehen, wenn es Sie nicht verlangt, zu Ihrer Frau Tante zurückzukehren. Darf ich fragen, welches Ihre Pläne sind?«

»Der Nachlass meines Vaters gestattet mir, mich in Ruhe in Kapstadt umzusehen und mein weiteres Leben zu planen«, sagte sie in einem Ton, der dieses Thema abschloss. Auch das Vorhaben, ihr Einkommen als Illustratorin aufzubessern, erwähnte sie nicht. »Wo ist Sicelo?«, fragte sie stattdessen, denn der Zulu, der ihnen sonst stets in einigem Abstand folgte, war heute nicht zu sehen.

»Er ist zum Markt gegangen, um Werkzeug, Nägel, Talg für Kerzen und ähnlich Unentbehrliches einzukaufen. In wenigen Wochen werde ich mich einschiffen, um nach Durban zurückzukehren. Ich kann mein Land nicht länger allein lassen.« Er warf ihr einen langen Blick zu, schaute dann wieder weg. »Soll ich Ihnen nun den Rest meiner Geschichte erzählen? Oder wollen wir uns das für eine gemütlichere Gelegenheit aufheben?«

»Das wäre schön. Erzählen Sie mir doch ein wenig von Ihrer Farm«, bat Catherine. Sie hatte nur eine vage Ahnung, wo dieses Durban lag. Es interessierte sie auch nicht sehr. Sie sagte es nur, um ihren eigenen, sorgenvollen Gedanken nachhängen zu können.

Ein strahlendes Lächeln verwandelte Johanns Gesicht. »Sie liegt im Inneren, im Land der Zulus, weit nördlich vom Great Fish River, dessen Lauf als die Grenze nach Afrika gilt. Sagt einer, er geht über den Fluss, meint er, er zieht ins wilde Herz Afrikas. Es ist ein wunderbares Land, die Hügel, in denen meine Farm liegt, sind so grün und saftig wie das Voralpenland, und dreieinhalbtausend Hektar davon nenne ich mein Eigen.«

»Meine Güte.« Die Zahl weckte Catherine auf. Sie war beeindruckt. Ländereien solcher Größe besaßen nur die wirklich großen Adelsfamilien in Deutschland. Er musste aus seinem Schiffbruch doch eine erkleckliche Summe gerettet haben. Jetzt schenkte sie ihm ihre ganze Aufmerksamkeit.

»Ich habe die Wildnis mit meinen eigenen Händen urbar gemacht«, fuhr er mit großer Begeisterung fort, als er ihr erwachendes Interesse spürte, »ein Haus darauf gebaut und der Farm den Namen Inqaba gegeben.« Er sprach das Wort mit einem seltsamen Klicklaut aus. »Es ist ein Wort der Zulus und heißt ›Der Ort der Zuflucht‹.«

»Oh, welch ein schöner Name ist das. Bitte erklären Sie mir, wie man diesen eigenartigen Laut ausspricht.« Dreieinhalbtausend Hektar! Vor ihrem inneren Auge entstand ein wunderschönes weißes Haus auf einem Hügel, Palmen säumten die lange Auffahrt, und üppige Blumen blühten im Garten. Ob seine Diener Livree trugen? Aber dieser Sicelo trug nie etwas anderes als das Wollwams und die Kniebundhosen. Eine Weile grübelte sie darüber nach, erinnerte sich an die Bediensteten in anderen Häusern, die sie in Afrika besucht hatte. Nur die eines Händlers am Kongo hatten Livree getragen. Rot mit üppigen Goldtressen und weiß gepuderten Perücken. Man munkelte, dass der Mann unermesslichen Reichtum durch Handel mit schwarzem Gold, wie Sklaven in Afrika genannt wurden, aufgetürmt hatte. Sicher, das war ihre

Antwort. Einen Mann, der Ländereien von diesen Ausmaßen besaß, konnte man wohl als reich bezeichnen, aber vermutlich trugen seine Leute keine Livree, vielleicht nur eine Art Uniform.

»Bei der Leitung eines solchen Besitzes brauchen Sie sicher eine große Anzahl von Personal. Haben Sie viele Leute? Sind es alles Schwarze?«, fragte sie listig.

Er nickte. »Alles Zulus. Gute Leute. Ein bisschen faul gelegentlich, aber ich habe sie im Griff.«

Wie interessant! »Und Sicelo, was macht er? Ist er so etwas wie Ihr Butler?«

Er lachte fröhlich. »Butler? Ach, um Himmels willen. Ich wüsste nicht, was ich mit einem Butler anfangen sollte. O nein, uns verbindet etwas ganz Besonderes, mehr als Freundschaft. Wo ich hingehe, dahin geht auch er.«

Vorerst gab sie sich damit zufrieden. Das Leben als Hausherrin auf einem solchen Anwesen, von einer Schar von Bediensteten umsorgt, müsste außerordentlich angenehm sein. Nicht die übelste Alternative, falls Salvatore Strassberg ihrem Ansinnen unerwarteterweise ablehnend gegenüberstand. Natürlich rechnete sie nicht im Entferntesten damit, aber es war immer gut, einen anderen Plan parat zu haben. Neugierig ließ sie sich jetzt von Johann Steinach zeigen, wie man seine Zunge wölben musste, um diesen Klicklaut hervorzubringen. Vergnügt übten sie für die nächste Viertelstunde, und Johann lächelte dabei auf eine Art auf sie hinunter, als denke er über etwas nach.

»Inqaba«, sagte sie und brachte einen herrlichen Klicklaut zustande.

Johann Steinach blickte sie hingerissen an und suchte deutlich aufgeregt nach Worten. »Fräulein le Roux«, stammelte er.

Catherine aber erkannte nicht, dass er ihr etwas von großer Wichtigkeit sagen wollte. Vom Vertrauen erweckenden Ausdruck seiner dunklen Augen ermutigt, ließ sie sich dazu verleiten, ihn zu bitten, ihr bei der Suche nach Konstantin zu helfen. »Graf von Bernitt ist«, hier zögerte sie kurz, »ein Freund der Familie und plant, sich am Kap eine Existenz aufzubauen. Es ist mir sehr wichtig, ihn zu finden«, setzte sie hinzu.

Johanns Gesichtsausdruck verschleierte sich. Nach kurzem Schweigen erfragte er eine Beschreibung Konstantins. Dabei vermied er es, sie anzusehen.

Arglos malte sie Konstantins Bild mit vielen Worten, lebhaften Gesten und verräterisch glänzenden Augen und bemerkte nicht den Schatten, der sein Gesicht immer mehr verdunkelte. Mit unbewegter Miene versprach er ihr nachzuforschen, dann geleitete er sie mit dem Hinweis, dass er sich noch um die Vorräte für seine Farm kümmern müsse, zurück zum Haus der Simmons'. Während des ganzen Weges sprach er nur über Belanglosigkeiten wie das Wetter und den Zustand der Straße.

Catherine lächelte noch immer, als sie Wilma in ihrem Zimmer aufsuchte. »Seine Ländereien sind riesig, und er besitzt ein großes Haus. Seine Manieren sind manchmal etwas altmodisch, fast unbeholfen«, erzählte sie aufgeregt, »aber er ist voller Kraft und Wahrheitsliebe. Ich mag ihn. Sehr.« Dass er nach Konstantin von Bernitt forschen wollte, verschwieg sie ihrer Gesellschafterin.

Wilma zog ihre Mundwinkel noch weiter herunter, als sie ohnehin schon hingen. »Er ist kein Umgang für eine Baronesse le Roux. Wo kommt er denn schon her? Was meinst du, welches Leben die Familie eines Sägemühlenbesitzers im tiefsten Bayerischen Wald führt? Sieh dir nur den groben Stoff seines Rocks an. Ärmlich würde ich den nennen«, näselte sie. Sie war um vieles standesbewusster als ihr Schützling.

Ihr hochnäsiges Gehabe stachelte Catherines Trotz an. »Ach, Schnickschnack. Ich bin sicher, seinem Haushalt fehlt nur eine liebende Frau. Er wird den ganzen Tag über seine Ländereien reiten und seine Leute beaufsichtigen, da wird er keine Zeit haben, um auf die Feinheiten seiner Kleidung zu achten. Außerdem ist sein Gehrock aus gutem, solidem Wolltuch, und ein Sägemühlenbesitzer mit großen Ländereien wird auch einen gehobenen Platz in der Gesellschaft haben. Hör auf, ihn schlecht zu machen.« Aufgebracht lief sie hin und her, ihr Rock fegte über den Holzboden, ihre Schuhe schlugen Trommelwirbel. Alles würde sie daran setzen, frei zu bleiben, aber wer wusste schon, was das Leben für sie noch in der Hinterhand hatte? Diesen Johann Steinach sollte sie sich vielleicht näher ansehen. Es war immer gut, eine Hintertür offen zu halten. So lange, bis sie Näheres über das Schicksal von Konstantin erfuhr, würde er ein angenehmer Zeitvertreib sein.

Sie schaute über die Dächer Kapstadts hinaus in die blaue Unendlichkeit. Wie immer traf sie jeder Gedanke an Konstantin wie ein brennender Schlag und brachte ihr Herz zum Stolpern. Je weiter sie sich räumlich und zeitlich von ihm entfernte, desto glühender liebte sie ihn, durchlebte wieder und wieder dieses unbeschreibliche Gefühl, das sie auf die köstlichste Art vollkommen verwirrte, spürte, was ihr sein Mund, seine Blicke, seine zärtlichen Hände gesagt hatten. Jedes seiner Worte wendete sie hin und her und suchte nach ihrer wirklichen Bedeutung. Es war ihr schier unerträglich, zu wissen, dass die Strahlen der langsam hinter den Tafelberg sinkenden Sonne auch ihn jetzt wärmten, während ihre Wärme sie liebkoste, dass die Luft, die sie atmete, vielleicht auch seine Lippen berührte. Er schien ihr so nah, dass sie nur eine Hand nach ihm auszustrecken brauchte. Verstohlen zwinkerte sie die aufsteigenden Tränen fort, darauf bedacht, Wilma nicht in ihre Seele blicken zu lassen.

Am übernächsten Tag berichtete ihr Johann Steinach mit unbewegter Miene, dass es ihm nicht gelungen sei, eine Spur des Grafen von Bernitt zu finden. Sie nahm die Nachricht mit deutlicher Bestürzung auf, fragte ihn, wo er nachgeforscht habe, und musste dann zugeben, dass er sich redlich bemüht hatte. Nirgendwo in den Passagierlisten der in der letzten Zeit angekommenen Schiffe hatte der Name von Bernitt gestanden. Mit hängenden Schultern verabschiedete sie sich an diesem Tag von ihm.

Als sie kurz darauf Adam Simmons auf der Treppe traf, bat sie in ihrer Not auch ihn, nach Konstantin zu forschen.

Er versprach ihr, sein Bestes zu tun, doch ihre Bitte musste eigenartig auf ihn gewirkt haben, und ihr blasses Gesicht schien seine Neugier zu wecken. »Steht er Ihnen nahe?«

»Nein, nein, er ist nur ein Freund der Familie aus Wien«, stotterte sie. Das ging ihn nun wirklich nichts an. Zu ihrem Leidwesen konnte sie jedoch nicht verhindern, dass ihre Wangen sich wieder hochrot färbten und dass er es bemerkte. Hastig bedankte sie sich und lief in ihr Zimmer. Wilma saß an einem kleinen Tisch und häkelte so emsig, dass ihre Häkelkugel auf dem Boden ratternd hin und her tanzte. Verstohlen hob Catherine die Hände an ihr Gesicht. Es war noch immer rot.

Unglücklicherweise sah Wilma es, zog den Rückschluss, dass Johann Steinach an dieser Gemütswallung Schuld haben musste, und spitzte ihre Lippen. »Ermuntere ihn nicht. Es wird auch in diesem wilden Land passende Gesellschaft für dich geben, die deiner Herkunft gerecht wird. Du hast Glück, du hast die Wahl. Du brauchst dich nicht dem Erstbesten an den Hals zu werfen. Dieser große Blonde neulich Abend schien mir einen angemessenen Stammbaum zu besitzen, auch wenn er Engländer war. Außerdem hatte er Geld.«

Und krumme Beine und Mundgeruch, dachte Catherine.

»Mein Freund Cedric Arbuthnot-Thrice, die Baronesse Catherine le Roux«, so hatte sie Adam Simmons einander vorgestellt.

Cedrics lange Nase zuckte, als er sich tief über ihre Hand beugte. Jede Strähne seines wassergestriegelten, blonden Haars, das die Farbe von blassen Karotten hatte, saß wie angeklebt. »Gnädiges Fräulein«, trompetete er. »Bin entzückt, bin wirklich außerordentlich entzückt.«

Sie war vor der säuerlichen Geruchswolke, die er mit jedem Wort ausstieß, zurückgewichen, hatte gequält gelächelt und etwas Höfliches gemurmelt. Das Erste, was ihr allerdings durch den Kopf ging, war, dass sie ihn niemals heiraten konnte, weil sie fürchtete, ihre Zunge nicht genügend unter Kontrolle zu haben, um seinen Namen aussprechen zu können.

Er war der zweite Sohn eines Landadeligen und ans Kap gekommen, um sein Glück zu finden und reich zu werden. »Reich bin ich jetzt«, meinte er zufrieden. »Finanziell ist alles tipptopp bei mir, großes Haus, Dienerschaft natürlich, zwei Kutschen, ein Reitstall. Selbstverständlich bin ich gesund, Herz, Hirn und auch sonst. Ganz und gar.« Er zwinkerte bedeutungsvoll.

Was genau er damit meinte, verstand sie nicht. Seine leicht vorstehenden Augen zeigten jenes wässrige Blau, das bei Rotblonden so häufig war. Das Weiße war rot geädert, und Catherine schloss daraus, dass er dem guten Kapwein wohl sehr zugeneigt war.

»Mein Glück hatte ich bis zu dieser Minute noch nicht gefunden«, fuhr er fort und zwinkerte wieder, diesmal schelmisch, »doch nun blickt es mir ins Gesicht, nicht wahr?« Mit den letzten Worten versprühte er in weitem Bogen feinen Speichelnebel.

Gerade rechtzeitig vermochte sie sich hinter ihren Fächer zu ducken, sodass nur ihre Arme getroffen wurden. Das dringende Bedürfnis, sich auf der Stelle zu waschen, veranlasste sie, ihn nach ein paar entschuldigenden Worten schleunigst zu verlassen. Später, frisch gemacht und parfümiert, stand sie ein paar Schritte hinter ihm, als er mit Adam Simmons sprach.

»Kapitales Mädchen, diese kleine Baronesse«, raunte Cedric Arbuthnot-Thrice seinem Gastgeber zu, »außerordentlich geeignet für mich und mein Haus. Einwandfreie Familie, gute Erziehung, offenbar kerngesund. Etwas schmale Hüften, doch kräftig genug, um Kinder zu gebären.« Diesmal war sein anzügliches Zwinkern eindeutig. Sie wurde feuerrot, verschluckte sich fast vor Empörung und vermied es geflissentlich, noch einmal allein mit ihm zu sprechen.

Mit diesem Prachtexemplar lüsterner Männlichkeit wollte Wilma sie also verkuppeln. Weil er einen untadeligen Stammbaum und Geld hatte. Prätentiöse Gans! Empört blies sie ihre Wangen auf.

Am nächsten Tag beendete sie die letzte Zeichnung. Die entzückenden kleinen Kapfinken mit den weißen Augenringen, die zwitschernd im Proteabusch herumturnten, waren ihre Modelle. Noch einmal prüfte sie das Bild. Die Bewegungen stimmten genau. Mit einem Seufzer tiefster Befriedigung legte sie die Zeichnung in den steifen Kartonumschlag und band die Haltebänder zu. Sie hatte sich Farbproben auf ein Extrablatt getupft, um später das Bild zu vollenden, und rechnete damit, dass sie noch vor Ende dieser Woche ihre Zeichenmappe nach Wien schicken konnte. In bester Laune kehrte sie in das Haus an der

Adderley Street zurück; sie plante, sogleich Konstantin davon in einem langen Brief zu berichten.

Sie fand jedoch den Haushalt in heller Aufregung. Die kleinen Simmons-Mädchen hockten mit weit aufgerissenen Augen auf einer Bank in der Eingangshalle und schmiegten sich völlig verängstigt in die Arme ihres großen Bruders Johnnie.

»Was ist geschehen?«, rief Catherine erschrocken, während sie ihren Hut absetzte. »Johnnie, ist es deine Mutter?«

Er nickte nur, brachte aber kein Wort heraus und wischte sich mit dem Ärmel über die nassen Augen.

»Catherine.« Wilma eilte die Treppen herunter. Sie rang die Hände, ihr Gesicht war tränenverschmiert. »Ich hab's doch gesagt, ich wusste es. Es ist etwas Furchtbares. Wir müssen sofort hier weg.«

»Was ist denn um alles in der Welt geschehen? Ist Mrs. Simmons ...?« Sie brachte es nicht über sich, vor den Kindern ihre schlimme Vermutung auszusprechen.

»Nein, noch nicht, aber sie wird sterben, so sicher wie das Amen in der Kirche. Es sieht so aus, als hätte sie die Blattern, die schwarzen Pocken.« Wilma nahm keine Rücksicht auf die Kleinen.

»O mein Gott!« Catherine schlug die Hände vor den Mund. Die Pocken. Der schwarze Tod. Während des Ausbruchs der Seuche in Hamburg war sie im Hafen über die pustelübersäte Leiche einer Pockentoten gestolpert. Sie lag in der Gosse zwischen Ratten und Unrat, und ihr Vater meinte, dass ihre Verwandten sie einfach dort zum Sterben abgeladen hätten. »Im letzten Stadium stinken sie nämlich ganz unerträglich, das ist wohl der Grund«, hatte er ihr erklärt.

Sie nahm die Hände vom Gesicht und schnupperte unwillkürlich, ob sie den Gestank der Pockenkranken schon riechen konnte. »Wilma, das darf nicht sein. Die arme Mrs. Simmons. Ist es sicher?«

»Was heißt, die arme Mrs. Simmons, die ist ohnehin nicht mehr zu retten, was ist mit uns? Uns wird der schwarze Tod auch hinwegraffen, wir haben dieselbe Luft wie sie geatmet, Sachen berührt, die sie in der Hand gehabt hat, vielleicht hat es uns auch schon erwischt, obwohl du ja behandelt bist.« Wieder rang sie die Hände und hob ihr schweißüberströmtes Gesicht gen Himmel. »Heilige Jungfrau Maria, beschütze mich ...«

»Wenn du noch ein weiteres Wort sagst, schlag ich dir ins Gesicht, das schwör ich dir«, sagte Catherine eisig. »Du solltest dich schämen, dich vor den Kindern so gehen zu lassen.« Sie schwang herum und eilte die Stufen zum Schlafzimmer der Simmons' hinauf.

Doch Adam versperrte ihr den Weg. Seine Augen glühten in dem leichenblassen Gesicht, seine Hand drückte ihren Oberarm wie eine Schraubzwinge zusammen, aber seine Berührung hatte nichts Anzügliches. Sie hielt still. »Sie können Elizabeth nicht besuchen, es ist zu gefährlich«, seine Stimme war belegt. »Der Arzt ist sich fast sicher, dass sie die Pocken hat. Es bleibt uns nur, für sie zu beten. Und für uns alle, denn das könnte der Beginn einer weiteren Epidemie sein.« Er ließ sie los. »Wenn Sie helfen wollen, verlassen Sie das Haus, und nehmen Sie meine Kinder mit. Jetzt gleich. Vielleicht hat Gott ein Einsehen, und sie bleiben verschont. James, lass die Kutsche vorfahren«, schrie er durchs Haus, erst gar nicht auf ihre Antwort wartend.

»Sofort, Sir!« James rannte mit fliegenden Frackschößen hinaus

»Ella, pack ein paar Sachen für die Kinder, genug für mindestens drei Wochen! Fräulein le Roux, ich werde ewig in Ihrer Schuld stehen. Ich schicke Ihnen Ella und ein Hausmädchen, um Ihnen zu helfen. Ich bleibe bei meiner Frau.«

Catherine starrte Adam Simmons völlig überrumpelt an. Was um alles in der Welt sollte sie mit drei verschreckten Gören anfangen? Sie hatte doch überhaupt keine Erfahrung. Gerade wollte sie ablehnen, aber beim Anblick seines Schmerzes und der bleichen Gesichter der Kinder biss sie sich entschlossen auf die Lippen. »Wo soll ich mit den Kindern hinfahren, ich kenne hier doch niemanden außer Ihnen?«

»Wir besitzen noch ein kleines Haus in der Long Street. Es ist nicht weit von hier. Danke.« Er sah aus geröteten Augen auf sie herunter, und das müde Lächeln, das kurz seine Mundwinkel hob, war so herzzerreißend, dass Catherine allen Protest hinunterschluckte.

»Machen Sie sich keine Sorgen, Mr. Simmons. Ihren Kindern wird in meiner Obhut nichts passieren. Ich werde für Sie und Ihre Frau beten. Sie wird es schaffen, ich weiß es.« Flüchtig legte sie ihre Hand auf seinen Arm, er nickte, und sie rannte die Treppe hinunter in die Halle. Auf Wilma konnte sie nicht zählen, das wusste sie. Die Angst vor Krankheiten setzte ihren Verstand außer Kraft. So war sie nun eben, da konnte man nichts machen. Manche Menschen wurden halt schon in einer Kutsche seekrank, andere nicht einmal auf einem stampfenden Schiff. Sie seufzte.

Wilma wartete auf sie. Mit kurzen Worten teilte Catherine ihr mit, was sie vorhatte. »Du kannst mitkommen, aber ich erwarte es nicht von dir. Du hast die Wahl.«

Wilma trat einen Schritt zurück, als würde der schwarze Tod von Catherine zu ihr hinüberspringen wie Flöhe von einem Hund. »Ich gehe zu Mrs. Halliwell zurück und werde dort bleiben, bis ich meine neue Stellung antreten kann. Die Hogenboschs würden mich nie nehmen, wenn ich aus einem Pockenhaus komme.« Sie stotterte vor Aufregung.

Catherine musterte sie mit kaum verhohlener Verachtung.

✷

Johann Steinach musste von Adam Simmons erfahren haben, wo sie sich aufhielt, denn schon am zweiten Tag erschien er und bat sie zu einem Spaziergang. »Wir nehmen die Kinder mit, damit sie auf andere Gedanken kommen. Ich liebe Kinder«, schmunzelte er, während er die drei Geschwister sanft neckte.

Verlegen zuckte sie die Schultern. »Ich bin bisher selten mit Kindern in Berührung bekommen. Ich muss das erst lernen.«

»Das braucht man nicht zu lernen«, sagte er, schnitt leichtes Holz und dünne Bambusstäbe im Garten und schnitzte den Kindern kleine Figuren und Flöten. Dann lehrte er sie, eine einfache Melodie darauf zu spielen.

Sie war zutiefst erstaunt zu sehen, wie gerne und liebevoll sich der hoch gewachsene Bayer um die Kleinen kümmerte. Diesen Charakterzug hätte sie nicht bei ihm vermutet.

Er wirkte oft so unbeholfen, seine Hände schienen zu groß und kräftig für zierliche Arbeiten, er kannte seine eigene Kraft nicht, was sie zu spüren bekam, wenn er ihre Hand zusammenquetschte, anstatt sie zivilisiert und zart zu drücken. Die Kinder, obwohl sie sehr gut erzogen waren, nahmen ihn völlig in Beschlag.

»Sie sind restlos verstört, die armen Würmer. Wir müssen sie aufmuntern. Meine Geschichte werde ich Ihnen beim nächsten Mal weitererzählen«, meinte Johann und spielte mit den Kleinen Haschen.

Ihren achtzehnten Geburtstag am 18. Juli feierte Catherine nicht. Es schien ihr unter den Umständen nicht angebracht, doch Wilma musste Johann davon erzählt haben, denn er erschien mit Kuchen und Blumen und überreichte ihr mit feierlichen Worten ein kleines, in Papier eingeschlagenes Päckchen. Glücklich lächelnd, dass dieser Tag nicht ganz unbeachtet vorbeigehen würde, öffnete sie es. Ein Schal aus golddurchwirkter, pfirsichfarbener Seide schimmerte ihr entgegen.

»Er kam mit dem Schiff aus Indien, das wir am Hafen sahen«, erzählte er mit deutlicher Schüchternheit; er konnte sich nicht satt sehen an ihrer Schönheit und den eleganten Bewegungen, mit denen sie den Schal entfaltete.

»Danke«, lächelte sie ihn strahlend an. »Wie schön er ist.« Wie unglaublich prächtig, dachte sie, welch edlen Geschmack hat er. Sie erlaubte ihm, ihr den Schal um die Schultern zu legen.

Nachdem sich Johann verabschiedet hatte, wollte sie eben mit den Kindern ins Haus zurückgehen, als eine Kutsche auf der harten Sandstraße heranratterte. Schnaubend kamen die Pferde vor dem Haus zum Stehen. Die Kutschentür flog auf, und Adam Simmons sprang heraus.

»O Gott im Himmel, meine Mama ist gestorben«, schrie eins der beiden kleinen Mädchen verzweifelt und warf sich weinend in Catherines Arme.

Aber Adam Simmons rannte lachend, wie ein Verrückter lachend, über den Weg des malerischen, von Orangen- und Quittenbäumen umstandenen Gartens zum Haus und sprang die Stufen zum Eingang hoch. Er lachte so laut und so voller Glück, dass Catherine das Herz ganz leicht wurde. Es musste gute Nachrichten geben.

»Es sind nur die Windpocken, Kinder, es sind nur die Windpocken«, rief er schon von weitem. Schwer atmend blieb er vor ihnen stehen, breitete seine Arme aus und fing seine juchzenden Kinder auf. Die Tränen liefen ihm ungehindert übers Gesicht, aber er lächelte Catherine über die blonden Köpfe zu. »Die Kinder können wieder nach Hause. Unser Arzt sagt, es ist wünschenswert, dass sie die Windpocken im Kindesalter bekommen, dann verlaufen sie leicht. Die arme Elizabeth leidet fürchterlich unter Kreuz- und Kopfschmerzen, die Bläschen im Inneren ihres Mundes und der Nase bluten, und ihre Haut juckt zum Wahnsinnigwerden, aber sie erträgt es tapfer.« Bei diesen Worten strahlte er, buchstäblich von einem Ohr zum anderen.

Ella erschien mit furchtsamem Ausdruck auf ihrem runden, schwarzen Gesicht in der Küchentür. »Gott sei gedankt, gepriesen sei Gott, der Herr«, rief sie, als sie die gute Nachricht hörte, verschwand mit flatternden Schürzenbändern im Zimmer der Kinder und packte in fliegender Hast.

»Haben Sie schon die Windpocken gehabt, Fräulein le Roux?«

»Schon als Kind.« Sacht berührte sie eine deutliche Narbe an ihrem Kinn. »Es war scheußlich und hat entsetzlich gejuckt.«

»Man sagt, dass man nur einmal im Leben an den Windpocken erkranken kann. Für Sie besteht also keine Gefahr. Ich hoffe, Sie kommen noch für eine Zeit mit uns nach Hause?«

»Ja, bitte, Catherine«, schrien die kleinen Mädchen mit leuchtenden Augen. »Bitte, bitte.«

Nur zu gern erfüllte sie den Wunsch. Die Vorstellung, wieder in das düstere, von Kochdünsten geschwängerte Gästehaus zurückzukehren, erfüllte sie mit tiefstem Widerwillen. Auf Wilma brauchte sie keine Rücksicht mehr zu nehmen. Sie hatte ihrer Gesellschafterin den ausstehenden Lohn gezahlt, und nun hatte diese alle Hände voll zu tun, um den völlig verzogenen sechs Hogenbosch-Kindern Manieren beizubringen. Seit Wilma vor einigen Tagen diese Stellung angetreten hatte, hatten sie sich nicht wieder gesehen.

Kaum war sie im Haus der Simmons' angekommen, ging sie sofort ins Obergeschoss und überzeugte sich davon, ob die Diagnose des Arztes korrekt war. Elizabeth war bedeckt von nässenden Bläschen, aber gleichzeitig waren die ersten juckenden Stellen schon zu Krusten getrocknet, und daneben bildeten sich neue dieser reiskorngroßen Pusteln. Ein sicheres Zeichen, wie sie wusste, denn die eigentlichen Pocken verliefen nie schubweise, zeigten nie verkrustete Bläschen neben frischen. Der knorrige, alte Doktor Borg, einer der ältesten Freunde ihres Vaters, hatte ihr das erklärt. Erleichtert küsste sie Elizabeths Nasenspitze, die einzige unbefallene Stelle.

Das Gesicht unter dem hellblauen Betthäubchen war schmal und blass, die Augen noch rot gerändert und fieberglänzend. »Gott weiß, wie dankbar ich Ihnen bin, Catherine. Ich bin vor Sorge um meine Kinder fast gestorben, aber als ich hörte, dass Sie mit ihnen ins Haus in der Long Street gezogen waren, war ich ruhiger«, flüsterte die Kranke. »Doch, doch, das war sehr mutig von Ihnen«, beharrte sie, als Catherine verlegen abwehrte. »Sie haben ja nicht wissen können, dass es nur die Windpocken sind. Es hätte viel schlimmer kommen können, und dann wären auch Sie in höchster Gefahr gewesen, denn ich habe alle drei Kinder kurz vorher noch bei mir im Zimmer gehabt.«

Mit heimlicher Scham erinnerte sich Catherine, dass ihre erste Reaktion Ablehnung und Unwillen gewesen war. »Es ist das erste Mal, dass ich auf Kinder aufgepasst habe, hoffentlich habe ich alles richtig gemacht.«

Der Kranken schien das Sprechen schwer zu fallen, in ihrem Mundwinkel klebte ein winziger, verkrusteter Blutstropfen. Ihre Schleimhäute bluteten immer noch. Catherine schenkte ihr Wasser aus einem Krug ein, der mit einem von Glasperlen beschwerten Tuch auf dem Nachttisch stand. Als sie getrunken hatte, sprach Elizabeth im Flüsterton weiter. »Wunderbar haben

Sie es gemacht, Sie werden einmal eine sehr gute Mutter werden.« Sie quälte sich ein winziges Lächeln ab. »Ich habe gehört, dass ein Gentleman Sie gelegentlich auf den Spaziergängen begleitet und sich dabei ganz entzückend um meine Kinder gekümmert hat. Sie sind restlos begeistert von ihm. Darf ich wissen, wer es ist?«

Catherine wurde rot. »Sein Name ist Johann Steinach. Er hat eine Farm im Land der Zulus, und ich lernte ihn kennen, als ich mir bei einem Unfall den Fuß verstauchte. Er half mir, und seitdem machen wir öfter Spaziergänge zusammen. Das ist alles«, fügte sie hinzu.

»Wir würden uns freuen, ihn kennen zu lernen. Bitten Sie ihn, am Sonntag zum Tee zu kommen. Adam wird ihn empfangen. Noch kann ich keinem meinen Anblick zumuten.« Sie lachte leise, aber ihr Lachen endete in einem unterdrückten Schmerzenslaut. Mit einem Musselintuch tupfte sie einen Blutstropfen von ihren Lippen. »Die Bläschen in meinem Mund bluten nur, wenn ich lache«, bemerkte sie mit Galgenhumor, als sie Catherines besorgtes Gesicht sah.

*

Adam Simmons schien von Johann Steinach recht angetan zu sein. »Unsere liebe Catherine hat mir bereits berichtet, auf welch abenteuerlichem Weg Sie nach Afrika gelangt sind. Erzählen Sie doch, wie es kommt, dass Sie eine Farm in Zululand besitzen. Es gibt nur sehr wenige Weiße in dieser Gegend, und ich weiß von keinem, der dort eine Farm hat, denn Mpande, der König der Zulus, ist ein schlauer Halunke, der nichts umsonst hergibt und sein Land schon gar nicht.«

»Das ist ganz einfach. Ich fand etwas, was ihm mehr wert war als Land. Seinen Lieblingssohn. Ich fand ihn auf einem Baum, aber ich erzähle die Geschichte besser der Reihe nach.« Johann nahm einen Schluck des duftenden Tees, den Ella serviert hatte, und setzte sich bequem zurück. »Nachdem mein Schiff untergegangen war, konnte ich doch genug Waren bergen, die für die

Handelsposten entlang der afrikanischen Küste bestimmt gewesen waren, und sie in Durban an die Siedler verkaufen. Ich behielt ein paar Werkzeuge für mich, da ich vorhatte, in diesem fruchtbaren, grünen Land eine Farm zu erwerben und mein Haus darauf zu bauen«, begann er.

Bald hatte Johann Steinach so viel verdient, dass er zwei Pferde, ein Gewehr mit Munition und einige andere für das Leben im Busch unerlässliche Dinge kaufen konnte, und machte sich mit Sicelo auf den Weg nach Norden über den Berea, einen lang gezogenen Hügelrücken, der oberhalb der Siedlung von Norden nach Süden verlief und einen herrlichen Blick auf die Hafenbucht Durbans bot.

»Wir überquerten unzählige Flüsse. Es dauerte mehrere Wochen, denn die Flüsse waren breit und reißend, und wir mussten oft tagelang reiten, bis wir eine Furt fanden. Je weiter wir ins Herz Zululands vorstießen, desto beschwerlicher wurde unser Weg. Moskitos fielen über uns her, Zecken hingen in Trauben an meinen Beinen, und schon bald wurde ich von ständig wiederkehrenden Fieberschüben und Brechdurchfällen geplagt. Aber«, er lächelte breit, »wir Bayern sind ein zäher Menschenschlag. Ich überlebte.«

Während er sich Zeit nahm, seinen Tee zu trinken und ein Gurkensandwich zu essen, überschütteten ihn die Kinder, die bisher mucksmäuschenstill dabeigesessen hatten, mit Fragen. War er Löwen begegnet, gab es dort viele Schlangen, waren Elefanten wirklich rachsüchtig? Johann stand lachend Rede und Antwort.

Catherine nahm sich vor, bei nächster Gelegenheit einmal sehr genau nachzufragen, wo diese Löwen, Leoparden und Elefanten, von denen er ihr bisher berichtet hatte, herumstreunten. Doch sicher nicht in der Nähe eines so prächtigen Anwesens wie seinem? Aufmerksam lauschte sie ihm, als er seine Geschichte weitererzählte.

»Ein übel gelauntes Flusspferd, das uns angriff, als wir den Weißen Umfolozi überqueren wollten, kostete mich alle Vorräte. Mein Pferd geriet in Panik, entledigte sich meiner und der

Satteltaschen mit einem Bocksprung und ging durch. Krampfhaft hielt ich mein Gewehr aus dem Wasser, während ich versuchte, dem wild gewordenen Hippo zu entkommen. Die Satteltaschen wurden vom Fluss davongetragen, ich fand sie nicht wieder. Später, als ich mit Sicelo mein Pferd einfangen konnte, entdeckte ich, dass mir wenigstens Hammer und Säge geblieben waren, die ich am Sattel befestigt hatte. Unser Leben war gerettet, und das Gewehr würde für Nahrung sorgen, aber sonst besaß ich nicht mehr als das, was ich auf dem Leib trug. Ich war sehr niedergeschlagen. Dann, einige Tage später, in einer Biegung des Umfolozi, hörte ich Schreie, menschliche Schreie.«

Er machte eine Pause, wie es jeder gute Geschichtenerzähler getan hätte, und die Kinder japsten vor Spannung. »Ich zügelte mein Pferd und lauschte«, flüsterte er. »Der Fluss rauschte, die Ilalapalmen raschelten im Wind, ein Steppenbussard rief. Und dann hörte ich es wieder. Ein Mensch schrie. Ein Mensch in höchster Not. Vorsichtig führte ich mein Pferd ans Ufer und saß ab. Ich musste mich weit vorbeugen, ehe ich ihn entdeckte. Ein Junge, nackt bis auf ein paar Kuhschwänze, hing bäuchlings über dem untersten Ast einer knorrigen Sykamorefeige, in der Faust hielt er den Stab eines Rinderhirten und versuchte einen Leoparden abzuwehren, der am Stamm hochgereckt stand und mit der Vorderpranke nach ihm schlug. Es fehlte nur noch eine Handbreit zwischen den gebogenen Krallen und den Waden des Jungen, und der Abstand wurde mit jedem Schlag kürzer. Ich sprang vom Pferd, warf Sicelo die Zügel zu und rannte zum Fluss.«

Im Raum herrschte Totenstille, jeder schien den Atem angehalten zu haben. Die Gesichter der Kinder spiegelten pures Entsetzen wider. Johann hatte seine Zuhörer vollkommen in Bann geschlagen.

»Blitzschnell riss ich meine Elefantenbüchse hoch, lud sie und tötete den Leoparden mit einem Schuss. Der Junge glitt vom Baum herunter, untersuchte die tote Raubkatze und richtete sich dann auf. Er musste etwa dreizehn oder vierzehn Jahre sein, ein gut gebauter, muskulöser Junge mit glänzend schwarzbrauner Haut, eben an der Schwelle zum Mannesalter. Er stand sehr gerade, seine Schultern gestrafft, sein Kopf stolz erhoben, und sah mir geradewegs in die Augen. ›Yabonga ghakulu‹, sagte er. Das heißt ›größten Dank‹«, erklärte der Bayer seinen gebannten Zuhörern. »Mittlerweile sprach ich durch den Umgang mit Sicelo seine Sprache so gut, dass wir uns verständigen konnten. Gemeinsam hievten wir den toten Leoparden aufs Pferd und folgten dem Jungen tief in den Busch. Nach zwei oder drei Stunden erreichten wir am späten Nachmittag ein Umuzi, einen Kraal, von immensen Ausmaßen, der die flache Kuppe des größten Hügels bedeckte, eine riesige, runde Anlage, umzäunt von dichten Palisaden. Weit über hundert Bienenkorbhütten standen in drei Reihen entlang des äußeren Zauns. So.« Johann malte einen großen Kreis aufs Tischtuch und innen lauter Kringel, die die Hütten darstellen sollten. »Auf der Stirnseite, gegenüber des einzigen Eingangs, lagen abgezäunt weitaus größere Hütten. Der Junge führte uns bis zu diesem Zaun und bedeutete uns, dass wir warten sollten. Dann verschwand er. Noch immer wusste ich nicht, wer er wirklich war.«

Es dauerte ziemlich lange, bevor der junge Zulu wieder auftauchte und ihn mit einer Handbewegung aufforderte, ihm zu folgen. Sicelo befahl er zu warten. Den Weißen führte er zu einem künstlich aufgeworfenen Hügel neben der größten Hütte, auf dem, in einem kunstvoll geschnitzten Thronstuhl, ein unglaublich beleibter Zulu saß. Seine Fettmassen quollen durch die Löcher der Schnitzereien. Bis auf mehrere Perlenschnüre, die sich um seine Lenden wanden, und einen Perlenkragen, der auf den fettglänzenden Schultern lag, war er nackt. Auf dem Kopf trug er einen ebenholzschwarzen, mit Federn geschmückten Kopfring. Eine junge Frau reichte ihm auf Knien eine ausgehöhlte Kalebasse mit schäumendem Bier, und ein Diener schützte ihn mit einem mannshohen, fellbezogenen Zuluschild, der an einem Stiel befestigt war, vor der stechenden Sonne.

»Es verschlug mir glatt den Atem, als mir klar wurde, dass ich vor Mpande, dem Herrscher der Zulus, Halbbruder der legendären Zulukönige Shaka Zulu und Dingane, stand«, berichtete Johann. »Ich hatte Sipho, den ersten Sohn von Mpandes Lieblingsfrau, gerettet.« Er hielt inne und warf einen verstohlenen Blick auf seine Taschenuhr, die er an einer Kette an seiner Weste trug. Es ging bereits auf sechs Uhr zu. Die Teezeit war vorbei, und es würde bald Nacht werden. Es war Zeit, sich zu verabschieden.

Doch Adam Simmons, der die Geste gesehen hatte, hob die Hand. »Bitte bringen Sie Ihre Geschichte zu Ende. Ich bin sicher, dass weder Catherine noch meine Kinder sonst heute Nacht ruhig schlafen werden, und ich wohl auch nicht.«

»Das kann ich natürlich nicht verantworten«, lächelte Johann Steinach. »Ich werde es kurz machen. Als Dank gewährte König Mpande mir Land, um dort zu siedeln, und schenkte mir zehn Rinder. Es waren prachtvolle Tiere mit glänzenden Flanken und klaren Augen. Ihr Milchertrag war ziemlich mager, aber drei von ihnen waren trächtig, und sie waren der Anfang einer großen Herde. Nun nannte ich über dreieinhalbtausend Hektar in Zululands grünen Hügeln mein Eigen, und solange ich das Land und seine Leute mit Respekt behandle, habe ich die gleichen Rechte wie ein Zulu. Der König behielt mich noch wochenlang als seinen Gast in seiner Residenz, und täglich musste ich ihm Geschichten von meiner Welt erzählen, über meine Fahrten auf dem Meer, von dem er bisher glaubte, dass es ohne Grenzen war, über mein Land, wo im Winter der Regen weiß und weich wie Maismehl vom Himmel fiel und das Wasser eine Haut bekam, auf der man gehen konnte.

Als er mich endlich ziehen ließ, machten Sicelo und ich uns mit meiner kleinen Herde auf und nahmen gemeinsam mein Land in Besitz. Es dauerte Wochen, bis wir es zu meiner Zufriedenheit erkundet und den Platz gefunden hatten, wo ich den Rest meines Lebens verbringen will. Ein Hügel, sanft dem Sonnenaufgang zugeneigt, wie die Imizi, die Zuluhofstätten, gekrönt von Schattenbäumen. Der Fluss ist nicht weit entfernt, und gutes Weideland liegt dahinter im flachen Tal. Ich werde nie vergessen, wie ich zum ersten Mal dort stand.«

Er hatte seine Zuhörer vergessen, war zurück auf seinem Land, ließ seinen Blick nach Osten schweifen, über die grünen

Hügel in die vom Dunst verschleierte Ferne, meinte das Blau des Ozeans zu erkennen. Als er sprach, war seine Stimme träumerisch. »In diesem Augenblick wusste ich, dass ich das gefunden hatte, wonach ich so lange gesucht hatte. Einen Ort, den ich nie wieder verlassen will. Einen Ort, den ich Heimat nennen kann. Es ist nicht mein Geburtsort, aber ich fühle, dass ich dort neu geboren wurde.« Wieder schwieg er und schaute zurück in die Vergangenheit.

Mit Hilfe von Sicelo hatte er eine Bienenkorbhütte in der Art, wie sie die Zulus bewohnen, errichtet, um eine Unterkunft zu haben. Dann machten sie sich daran, Baumaterial zu sammeln. Mpande sandte ihm kräftige junge Burschen, die halfen, das Land zu roden. Sie schleppten Holz heran und formten Lehm, den sie vom Wasserloch holten, zu Ziegeln. Als Sohn eines Sägewerkbesitzers konnte Johann Steinach mit Holz umgehen, und so baute er sein Haus, mit Mauern aus Lehm, umgeben von einer Veranda, die im Schatten des tief heruntergezogenen riedgedeckten Daches lag. Es dauerte fast zwei Jahre, ehe er eines Tages im Licht der sinkenden Sonne seinen Hammer aus der Hand legte, sein Werk betrachtete und entschied, dass es gut sei.

Johann hob seine Hände. »Da steht es nun, oben auf dem Hügel, und überblickt das schönste Land der Erde.«

»Inqaba«, seufzte Catherine, und der Klick gelang ihr aufs Perfekteste.

Johann Steinach strahlte und stand auf. »Das war wunderbar, vollkommen, Fräulein le Roux. Vollkommen.« Schnell hob er ihre Hand und drückte einen festen Kuss darauf. Röte überflutete dabei sein Gesicht, er rang nach Worten, sein ganzer Körper wand sich in diesem Bemühen. Doch er brachte keinen Ton heraus und verbeugte sich nur stumm, während er sie dabei aus glühenden Augen anschaute.

Catherine verstand plötzlich. Meine Güte, er will mir einen Antrag machen, schoss es ihr durch den Kopf. Er will mich fragen, ob ich ihn heiraten will. Nein, wollte sie ihm sagen, nein, nicht jetzt, bitte jetzt noch nicht, ich weiß selbst nicht, was ich will. Aber sie war so verwirrt, dass auch sie kein Wort mehr hervorbrachte. So starrten sie einander an, stumm wie Fische, mit demselben dümmlichen Ausdruck auf ihren Gesichtern.

Johann griff wie ein Ertrinkender nach seinem Hut und verabschiedete sich hastig von den Kindern und seinem Gastgeber, der ihn zum Ausgang begleitete. In der Tür wandte er sich halb um, sein brennender Blick traf noch einmal ihren. Dann war er gegangen.

Sie sah ihm verwirrt nach, versuchte mit der Flut von Gefühlen fertig zu werden, die sie jetzt überschwemmten. Verwundert spürte sie, dass sie etwas wie Aufregung gepackt hatte, eine Neugier, als wäre ein Fenster zu einer unbekannten Welt einen winzigen Spalt geöffnet worden. Genau konnte sie noch nicht erkennen, was vor ihr lag, doch sie wusste, dass sie nur die Hand auszustrecken brauchte, um dieses Fenster aufzustoßen. Sie musste nur ja sagen, wenn er sie fragte.

Später, als sie die Stufen zu ihrem Zimmer hinaufstieg, hörte sie Adam Simmons' Stimme laut genug durch die geschlossene Tür des ehelichen Schlafzimmers, dass sie jedes Wort verstand. Als sie Johann Steinachs Namen vernahm, zögerte sie, die Neugier überwältigte sie, und sie blieb widerstrebend stehen.

»Dieser Johann Steinach ist ein guter, bodenständiger Mann, kräftig, voller Tatendrang, genau das, was dieses Land braucht«, sagte Adam Simmons. »Er wird einer liebenden Frau sicher einmal ein guter Mann sein.«

»Du meinst Catherine?«, hörte sie Elizabeth antworten.

»Nun, er ist nicht von ihrem Stand, aber sonst offenbar keine schlechte Partie. Dreieinhalbtausend Hektar fruchtbarster Boden in Zululand ist ein Grundstein für ein Vermögen, und in der Wildnis da draußen schert sich keiner um Rang und Namen. Da gilt es einfach nur, zu überleben, und dieser Steinach ist ein Überlebenskünstler, wie mir scheint.«

»Wage nicht, Catherine in eine Ehe zu drängen, Adam Simmons, das lasse ich nicht zu«, sagte Elizabeth streng.

»Liz, sie ist wirklich reizend, aber sie kann schließlich nicht ewig hier bleiben, und du weißt so gut wie ich, dass ihre Schnapsidee, allein hier zu leben, absolut indiskutabel ist.«

»Warum?« Elizabeths Ton war rebellisch.

»Aber Liz, ich bitte dich. Eine Frau allein in Afrika. Jeder Mann wird sie hier als Freiwild betrachten, es gibt ohnehin viel zu wenig Frauen in diesem Land. Da wäre es doch viel besser, wenn sie gleich einen heiratet, der einigermaßen annehmbar ist. Am besten allerdings wäre es, wenn sie mit dem nächsten Schiff wieder zurück nach Deutschland segeln würde. Und abgesehen davon vermisse ich es, allein mit dir zu sein.«

»Welch ein Unsinn«, fauchte Elizabeth. »In einem Haushalt, in dem ständig vier Bedienstete herumlaufen, kannst du das nicht ernsthaft meinen.«

»Bedienstete? Die gehören doch zum Mobiliar, die zählen nicht«, brummte er. »Na, wenigstens hat diese sauertöpfische Gouvernante das Haus verlassen.«

»Catherine war zur Stelle, als wir sie wirklich brauchten. Es war sehr mutig, dass sie sich, ohne zu zögern, der Gefahr der Ansteckung ausgesetzt hat. Sie wird bei uns wohnen, solange sie will, hörst du? Glaub nicht, dass ich nicht weiß, dass diese Wilma voller Angst auf der Stelle das Haus verlassen hat, als wir dachten, ich hätte die schwarzen Pocken. Louis le Roux' Tochter ist da aus anderem Holz geschnitzt.« Elizabeths Stimme war nicht so laut, aber sehr klar, und die Lauscherin verstand sie deutlich.

»Eben, das meinte ich ja. Perfekt als Frau eines Pioniers«, bemerkte Adam zufrieden.

Catherine hörte, wie sich seine Schritte der Schlafzimmertür näherten, und floh den Gang hinunter. Hastig schloss sie ihre Zimmertür hinter sich und lehnte sich schwer atmend dagegen. Freiwild! Tatsächlich? Adam Simmons wollte sie aus dem Haus haben, und den eigentlichen Grund machten ihr die heißen Blicke klar, mit denen er sie verfolgte, wenn er sich unbeobachtet fühlte. Klar war ihr auch, dass sie diese Situation nicht länger würde ertragen können, ganz sicherlich nicht all die Zeit, die sie auf eine Antwort von Salvatore Strassberg warten musste. Und wenn die ablehnend ausfallen würde, das war ihr glasklar, müsste sie entweder zurück nach Deutschland gehen, sich Adele als deren nur ungern geduldeter Gast ausliefern oder auf einen Haufen fremder, unerzogener Kinder aufpassen. Oder heiraten. Mit geballter Faust schlug sie auf den Türrahmen.

»Hölle und Verdammnis«, knirschte sie. »Ich will nicht.«

Gleich am nächsten Morgen steckte Catherine ihre Zeichenmappe mit dem Brief an Herrn Strassberg, in dem sie ihr Anliegen dargelegt hatte, in einen steifen Karton und versiegelte ihn. Zusammen mit einem Packen Briefe für Konstantin brachte sie den Umschlag persönlich mit der Kutsche zum Hafenmeister, um sich nach dem schnellsten Postschiff zu erkundigen. Innerhalb der nächsten Wochen sollte eins nach Europa auslaufen, teilte er ihr mit, spätestens in vierzehn Tagen, falls das Wetter ihnen keinen Strich durch die Rechnung machen würde. Nun kreuzte sie jeden Morgen einen Tag von ihrem sechsmonatigen Kalender aus, die Zeitspanne, die sie Salvatore Strassberg gewähren wollte.

*

Die Tage vergingen quälend langsam, und heute war Catherine besonders nervös und gereizt. Sie konnte sich ihre Gemütslage nicht erklären und mochte sich nicht einmal in einen Brief an Konstantin flüchten. Am Ende schob sie es auf das windige, unstete Wetter und die Tatsache, dass sie in dem lebhaften Haushalt der Simmons' kaum beachtet wurde. Sie las Elizabeth einmal am Tag vor, aber nur für höchstens eine Stunde, danach plauderten sie Belangloses. Ihre Gastgeberin musste sich noch schonen, die Pusteln waren noch nicht restlos ausgeheilt, und sie ermüdete schnell. Nach der Plauderstunde war Catherine wieder sich selbst überlassen und strich rastlos im Zimmer herum. So kam es, dass sie, als ihr James mitteilte, dass Herr Steinach in der Halle auf sie wartete, in heller Freude die Treppe hinunterstürmte und ihm strahlend mit ausgestreckten Händen entgegenlief. »Herr Steinach, wie schön, Sie zu sehen.«

Johann Steinach sah ihr Strahlen, legte ihre Worte falsch aus und lief puterrot an. Für Sekunden ließ er seine leuchtenden Augen stumm auf ihr ruhen, zerquetschte dabei fast den kleinen bunten Blumenstrauß, den er in der linken Hand hielt, dann sank er zu ihrer völligen Verwirrung auf die Knie.

»Würden Sie mir die Ehre erweisen, meine Frau zu werden, Fräulein le Roux?«, brachte er, der sich todesmutig gegen Elefanten zur Wehr gesetzt hatte und es mit Leoparden aufnahm, nur mit schwankender Stimme hervor.

Die Worte fielen wie Kiesel in einen stillen Teich, zerstörten die ruhige Oberfläche, zogen immer weiter werdende Kreise. Catherines Seelengefüge geriet ins Wanken, Bilder wirbelten ihr durch den Kopf. Von Männern, die sie als Freiwild betrachten würden, von Adam Simmons' Übergriffen, von Adeles kaltem Heim und dem grauen Novemberhimmel über Norddeutschland, von dem winzigen, kahlen Zimmer, das Wilma im Haus der Hogenboschs bewohnte. Von der ewig zankenden Kinderschar, die sie betreute, und der Tatsache, dass sie die Mahlzeiten mit den Bediensteten in der Küche einnehmen musste. Von dem karottenfarbenen Cedric Arbuthnot-Thrice und seinem Mundgeruch.

Dann erhob sich Inqaba vor ihrem inneren Auge, das herrliche weiße Haus in den grünen Hügeln Zululands, und plötzlich rauschte ihr das Blut so laut in den Adern, dass es alles andere übertönte.

»Ja«, sagte sie, ohne weiter nachzudenken. »Gerne.«

Und so begann die Geschichte der Steinachs auf Inqaba.

Kapitel 6

»Unser Schiff wird drei Tage nach unserer Hochzeit ablegen«, sagte Johann. »Bis dahin gibt es noch sehr viel zu tun.«

»Wir segeln mit dem Schiff? Ist das wirklich notwendig? Können wir nicht mit der Postkutsche reisen? Oder gibt es vielleicht Pferdebahnen?« Sie goss ihm eine weitere Tasse Tee ein, den ihnen Elizabeth Simmons aufs Zimmer geschickt hatte, und schob ihm Ellas köstliche Scones hin.

»Pferdebahnen und Postkutschen in Afrika? Mein Liebling, welch guter Scherz! Wir kämen kaum weiter als wenige Meilen hinter Wynberg. Das Schiff ist die einzige Möglichkeit.« Forschend blickte er ihr ins Gesicht. »Du hast doch keine Angst?« Er verzierte seinen Scone mit einem üppigen Sahnehäubchen und biss hinein.

Sie zögerte. »Nun ja, wir sind vor der Südwestküste in einen Furcht erregenden Sturm geraten, ich bin wirklich nicht erpicht darauf, das noch einmal mitzumachen.« Es scheute sie, ihm zu verraten, welche Angst sie empfunden hatte, war sie doch überzeugt, dass er keine Geduld mit Hasenfüßen haben würde.

Er lachte. »Dir kann nichts passieren, ich bin bei dir. Kein Schicksal ist grausam genug, einen Menschen zweimal Schiffbruch erleiden zu lassen, und das an derselben Küste. Es gibt also gar keinen Grund zur Besorgnis.« Er nahm ihre Hand in seine beiden und küsste sie hingebungsvoll.

Es gab Unmengen zu erledigen, und die Zeit bis zur Hochzeit verging wie im Flug. Auch heute, kurz nach ihrem offiziellen Verlöbnis, das sie im Kreise der Simmons' bei einem Fünf-Gänge-Essen und ausgezeichnetem Kapwein gefeiert hatten, saßen sie zusammen und stellten eine Liste der Dinge auf, die sie auf Inqaba unbedingt brauchen würden.

Er schlug seine langen Beine in den gewienerten Reitstiefeln übereinander und nahm einen Schluck Tee. »Es wäre ratsam,

Mrs. Simmons zu bitten, dich beim Einkauf zu begleiten. Sie ist eine sehr erfahrene Hausfrau und wird wissen, was du brauchst. Ich werde mit Sicelo alles einkaufen, was wir für Inqaba noch benötigen. Meine Werkzeuge sind abgenutzt, und es muss noch einiges am Haus getan werden. Ich habe nicht einmal einen ordentlichen Hammer. Außerdem sind die Vorräte erschöpft. Es fehlt an Salz, Zucker, Reis, Mehl und ein wenig Kaffee für Feiertage. Besonders dringend brauche ich Teer und Terpentin. Unsere Rinder leiden fürchterlich unter Zecken, die offenbar ein Fieber in sich tragen, das die Herden umbringt, und das scheint das Beste dagegen zu sein. Mr. Jeeves am Uhlantuzana wendet es mit einigem Erfolg an. Ich muss mich auch nach einem neuen Jagdgewehr mit Elefantenmunition umsehen. Die Dickhäuter sind eine ziemliche Plage.«

Catherine hörte nicht richtig zu. Solche Dinge waren schließlich Männersache, und sie hatte selbst genug zu tun. Sie hatte keine Bedenken, das Geld, das ihr Vater auf der hiesigen Bank für ihren geplanten Aufenthalt deponiert hatte, für Kleidung und Ähnliches auszugeben. Nach der Hochzeit mit Johann Steinach würde sie sich nie wieder Gedanken um Geld machen müssen, und die nächste Möglichkeit, irgendetwas einzukaufen, lag in Durban, hatte Johann auf ihre Frage geantwortet.

»Es ist nicht weit. In der trockenen Zeit, wenn die Flüsse wenig Wasser führen, ist es nur drei bis vier Tagesritte entfernt«, erzählte er. »In der Regenzeit allerdings wird es schwierig.«

Drei bis vier Tagesritte! In Afrika schienen andere Dimensionen zu herrschen. Nun, dann würden sie eben für eine Woche nach Durban reiten und einen gesellschaftlichen Besuch daraus machen. Sicher hatte er genügend Freunde dort. Außerdem würde ihr Mr. Simmons die Adresse von Lloyd Gresham, einem Freund, mitgeben.

»Alte Kolonialhand«, hatte er ihn bezeichnet. »Weiß alles über alle und kennt jeden, außerdem ist er sehr hilfsbereit. Hat einen Laden, in dem man alles vom Saatgut bis zur Hutschnur kaufen kann.«

Ihr fiel ein, dass sie Johann schon lange etwas fragen wollte. »Wie ist das Wetter in Zululand, auch so nass und kalt im Winter?«

»Nein, die Winter sind mild, es regnet zwar ab und zu, aber das verhindert, dass unsere Felder verdorren. Der Winter ist die beste Wachstumsperiode, da wird gesät. Im Hochsommer, also Ende November bis März, ist es heiß, da reifen viele unserer einheimischen Früchte.«

»Wie angenehm. Du kannst dir nicht vorstellen, wie schrecklich das Klima am Kongo ist. Überall lauern die scheußlichsten Krankheiten wie Wechselfieber, Schwarzwasserfieber, Blattern, Gelbfieber«, zählte sie auf. »Kein halbes Jahr würde ich es dort aushalten.« Ein Schatten huschte bei diesen Worten über sein Gesicht, aber das rührte wohl von den rasch ziehenden Wolken her, und sie beachtete es nicht weiter.

Catherine stellte eine lange Liste der Sachen auf, die sie unbedingt brauchen würde. Zusammen mit Elizabeth Simmons, die wieder auf den Beinen war, durchstreifte sie die Geschäfte der Adderley Street und der Strand und Long Street. Ihr erster Besuch galt der Damenschneiderin.

»Sie sollten feinen Musselin oder Indischen Chintz für den Tag wählen«, riet Elizabeth. »Ich habe gehört, dass die Hitze dort im Sommer unerträglich ist, und ich kann Ihnen nur zu einem Blumenmuster raten, das ist ungeheuer praktisch. Man sieht die Flecken kaum. Dieses Kornblumenblau ist eine hübsche Farbe für Sie, besonders mit den hellblauen Punkten darin. Für Abendeinladungen jedoch würde ich Seide wählen. Hier, das ist ein herrlicher Stoff.« Sie strich andächtig über einen Ballen goldschimmernden Seidentafts. »Die Schneiderin könnte eine gesmokte Partie ins Vorderteil einarbeiten lassen, das macht eine sehr gute Figur, auch wenn man flach ist. Obwohl«, hier streifte sie Catherine mit einem neidvollen Seitenblick, »das haben Sie wirklich nicht nötig.«

Endlich entschied sich Catherine für das getupfte kornblumenblaue Tageskleid, das Abendkleid aus Seidentaft und ein Reisekleid aus königsblauer, besonders leichter Wolle. Elizabeth überredete sie noch zu einem einfachen dottergelben Kattunkleid. »Für den Alltag, wenn keine Gäste zu erwarten sind. Äußerst praktisch. Ihre Waschfrau darf es nur nicht zu heiß waschen.«

Catherine stimmte zu, die Schneiderin nahm Maß, dann schlenderten die Damen weiter zum Strand hinunter. Scharfer Gestank nach verwesendem Fisch hing in der Luft, Unrathaufen türmten sich allenthalben. Zwei liebestolle Ratten sprangen unvermittelt über Elizabeths Füße. Sie schrie gellend auf. »Entschuldigen Sie, dass ich so hysterisch reagiere, aber meine Jüngste ist einmal von einer Ratte gebissen worden, sie ist so krank geworden, dass wir fürchteten, sie zu verlieren.« Sie hielt sich ihren Seidenschal vor den Mund. »Man sollte annehmen, dass die Regierung etwas gegen diesen Schmutz tut, aber sie bauen sich lieber Prachthäuser. Weiter unten in den Lagerhäusern und im Tronk sieht es nicht besser aus. Kakerlaken und Rattenrudel überall. Widerlich.«

Catherine machte einen Satz, als eine Ratte unter ihren Rock huschte. Sie trat zu, die Ratte quietschte und flitzte davon. »Tronk?«

»Unser Gefängnis. Es ist meistens voll mit dem Gesindel, das von den Schiffen kommt. All diese schrecklichen Ausländer überlaufen unser Land. Bringen nur Dreck und Krankheiten. Ich weiß gar nicht, wie das noch werden soll. Früher war hier alles anders.« Sie wedelte heftig mit einem Schalzipfel. »Lassen Sie uns heimgehen. Hier gibt es nichts zu sehen außer Kneipen, die mit Bierdunst und Betrunkenen die Umgebung verpesten.«

In der Adderley Street kaufte Catherine auf Johanns Hinweis hin und fachkundig beraten von Elizabeth auch noch Bettwäsche, Nähzeug, Seife und ähnlich nützliche Dinge. Sie ließ alles in Kisten einpacken, und Elizabeth wies ihren Kutscher an, diese in das kleine Haus in die Long Street bringen, das sie dem jungen Paar für die Zeit nach der Hochzeit zur Verfügung gestellt hatten, bis dieses sich einschiffen würde.

※

In der milden Sonne eines klaren Augusttages heirateten Catherine le Roux und Johann Steinach in der katholischen Kirche von Kapstadt. Die Simmons' richteten ihr die Hochzeit aus. Catherine, im seidenen Hochzeitskleid ihrer Mutter, schwebte wie ein perlmuttern schimmernder Schmetterling am Arm von Adam Simmons zum Altar. Wilma war ihre Brautjungfer, und die kleinen Mädchen der Simmons' streuten Blumen. Die Zeremonie war schön und schlicht.

Der Braut strömten die Tränen aus den Augen, und alle hielten sie für Freudentränen. Sie aber weinte um Grandpère, ihren Vater und ihre Mutter und darum, dass sie diesen Augenblick ohne sie sein musste. Doch als sie Arm in Arm mit Johann aus der Kirche trat, hatte der Wind nachgelassen, und über ihnen wölbte sich der strahlende afrikanische Frühlingshimmel. Ihre Tränen versiegten, und sie nahm freudig mit ihrem Mann die Glückwünsche der Gäste entgegen. Als besonderes Geschenk hatte Elizabeth Simmons einen Fotografen bestellt, und die ganze Hochzeitsgesellschaft hielt auf sein Kommando angestrengt die Luft an, während er unter seinem schwarzen Tuch verschwand.

Als sie zur Kutsche schritten, streckte Catherine ihre Hand aus und betrachtete den Ring, den ihr Johann an den Finger gesteckt hatte. Er war breit und schwer, mit zarten Ziselierungen und glänzte ganz ungemein. »Du hast tatsächlich das Gold, aus dem unsere Eheringe geschmiedet sind, selbst gefunden, und diesen entzückenden Ring auch? Wie aufregend!« Sie zog den schmalen, mit rosa schimmernden Perlen besetzten Goldreif vom Finger. »L. de Vila Flor«, buchstabierte sie das Monogramm, das abgeschliffen und kaum noch lesbar war. »Du sagtest, er lag ganz in der Nähe des Goldes im Wasser?«

»Ja, und zusätzlich fand ich noch einen weiteren Ring. Er war mit einem besonders großen Smaragd verziert. Wunderschön war er und sicherlich wertvoll, aber er wurde mir, wie das übrige Gold auch, gestohlen. Es ist eine lange Geschichte, ich erzähle sie dir später einmal. Jetzt lass uns feiern.«

»Wem der Ring wohl einmal gehörte?«, murmelte sie. »De Vila Flor ... de Vila Flor ...«, wiederholte sie mehr für sich selbst. »Es ist mir, als hätte ich diesen oder einen ähnlich klingenden Namen schon irgendwo gelesen ...« Doch dann schüttelte sie den Kopf. »Ich komme einfach nicht drauf.« Sie war sprachlos gewesen, als er ihr von seinem Fund erzählt hatte. Welche Schätze gab es in diesem Land. Welche Aussichten.

Johann hielt seiner frisch angetrauten Braut den Schlag des blumengeschmückten Gefährts auf und half ihr, das Brautkleid über den Sitz zu breiten. Während sie sich setzte, sah sie sich um. »Ich kann Sicelo nirgendwo entdecken. Warum ist er nicht gekommen?«

»Er ist kein Christ, der Missionar in Zululand arbeitet noch daran«, erklärte ihr Johann. »Es sieht aber nicht wirklich viel versprechend aus. Sicelo kann nicht verstehen, dass Christus sich nicht gewehrt hat, als sie ihn ans Kreuz schlugen, und treibt den Missionar zum Wahnsinn mit seinen Vorbehalten.« Er verschwieg ihr, dass sein schwarzer Freund mit seiner Wahl, sie als Frau zu nehmen, überhaupt nicht einverstanden war. Bis zuletzt hatte Sicelo die Vorzüge der Zulumädchen angepriesen. »Er erwartet uns am Schiff.«

Kurz darauf setzte sich der Hochzeitszug in Bewegung und hielt bald vor dem großen Haus der Simmons'. Sogar ein kleines Orchester hatte Adam engagiert, und als Catherine zu ihrem ersten Tanz in die Arme ihres Mannes glitt, verspürte sie Zufriedenheit. Es erfüllte sie mit einem gewissen Stolz, festzustellen, dass keiner der anwesenden Männer so gut aussah wie er, kaum einer an seine Größe heranreichte. Sein Anzug war schlicht, aber der Stoff von guter Qualität. Johann Steinach, ihr Mann, machte eine sehr gute Figur.

Sie legte sich in seinem festen Griff zurück, um ihm ins Gesicht zu sehen. Sein Arm, der ihre Taille umfasste, war so stark, dass er sie mühelos bei einer Drehung hochhob. Sie ließ ihre linke Hand über die langen, harten Muskeln seiner Oberarme gleiten und fühlte sich sicher bei ihm. Konstantin von Bernitt war eleganter gewesen, geistreicher, seine Unterhaltung mit Witz gewürzt, und er tanzte göttlich. Aber bei einer Begegnung mit einem wütenden Elefantenbullen würde sie eindeutig Johann

Steinach vorziehen. Sie probierte die Worte aus. »Mein Mann«, flüsterte sie. Der Klang war ihr noch fremd, sie würde sich erst daran gewöhnen müssen.

Nachdem die Kutsche der Simmons' das Brautpaar nach dem Fest in das Haus in der Long Street gebracht hatte, stand Catherine jetzt, noch immer im vollen Brautstaat, im Schlafzimmer des kleinen Hauses. Während sie im Schein der Kerzen langsam den Kranz aus duftenden Orangenblüten aus ihrem Haar löste, den sie statt einer Brautkrone trug, überfiel sie wie ein Blitz die Gewissheit, dass alles, was sie sich erträumt und erhofft hatte, alle ihre Sehnsüchte und Wünsche, mit ihrem Ja hinfällig geworden waren. Das Leben, das sie sich ausgemalt hatte, die Ungebundenheit, nach der sie sich so sehnte, würde sie nicht leben können. In einer einzigen unüberlegten Sekunde, verführt durch eine schillernde Vision, hatte sie gewählt. Es gab kein Zurück. Auf der Platzkarte ihres Hochzeitstisches hatte nicht Mrs. Catherine Steinach gestanden, sondern Mrs. Johann Steinach. Es hatte sie wie ein Schock getroffen. Für ihre Umwelt hatte sie aufgehört, als Individuum zu existieren. Ihr Herz flatterte gegen die Rippen wie ein Vogel gegen die Stangen seines Käfigs, als ihr mit einem Schlag die Unausweichlichkeit ihres Schicksals bewusst wurde.

Plötzlich schien ihr der freundliche kleine Raum unerträglich eng und stickig, und sie hatte Mühe, ihre Hände ruhig zu halten, während sie die Knöpfe ihres Kleides öffnete. Ihre Knie wurden weich, und sie setzte sich auf die Bettkante, strich über die glänzende Seide des Brautkleids. In diesem Augenblick vermisste sie ihre Mutter mehr als je zuvor, wünschte sich, mit ihr reden zu können, fühlte sich allein und einsam wie noch nie. Mit ihrem bestrumpften Zeh malte sie Muster auf den Steinfußboden, gerade, gekrümmte, gezackte, zum Schluss schließlich zwei ineinander verschlungene Kringel.

Endlich gab sie sich einen Ruck und stand auf, ließ das Kleid von den Schultern gleiten, rollte ihre fein gestrickten Seidenstrümpfe herunter und zog das bestickte Nachthemd an, das ihr Elizabeth Simmons geschenkt hatte. Dann stand sie neben dem

Bett, sah auf die Kissen hinunter und stellte zu ihrer Beunruhigung fest, dass sie nicht genau wusste, was ihr bevorstand. Sie war hin- und hergerissen zwischen dem Gefühl von Beklommenheit vor dem, was nun unweigerlich folgen würde, und der Neugier auf dieses Geheimnis, das ihr so lange niemand hatte erklären wollen.

Unterricht in dieser Hinsicht hatte sie nur von den Seeleuten erhalten. Oft hatte sie sich zwischen aufgerollten Tauen oder auf dem Boden des Beiboots versteckt und den rauen Stimmen, dem derben Gelächter gelauscht, mit gerunzelter Stirn die eindeutigen Gesten beobachtet, die die Erzählungen der Männer begleiteten. Sie fragte ihren Vater damals danach und bekam die erste und einzige Ohrfeige ihres Lebens, die mehr ihre Seele traf, als dass sie ihr wehgetan hatte. Heimlich schaute sie später die unverständlichen Ausdrücke im Wörterbuch nach. Alle fand sie nicht, aber ihre Bildung in den Dingen des Lebens machte dabei größte Fortschritte. Die zotigen Worte der Matrosen, die schlüpfrigen Stellen in den Büchern ihres Vaters, die dunklen Andeutungen Adeles und das, was sie vor vielen Jahren in einer warmen Sommernacht an Deck des Schiffes im Hafen von Barcelona beobachtet hatte, strudelten jetzt in ihrem Kopf durcheinander.

Es war an einem schwülen Hochsommerabend gewesen, ihr Schiff ankerte am Kai von Barcelona, und ihr Vater war an Land gegangen, um einen seiner Kollegen zu treffen. Ihr hatte er befohlen, in ihre Kabine zu gehen. Aber es war ein sehr warmer Abend, und ihr war unerträglich heiß, außerdem wollte sie den Sternenhimmel studieren, über den sie kürzlich gelesen hatte. Ihr Kopf schwirrte von all den komplizierten Namen. Also ging sie trotzdem an Deck, ihr Vater brauchte es ja nicht zu erfahren. Barfuß huschte sie über die warmen Planken, als ein Geräusch sie innehalten ließ.

Ein Ächzen und Knurren, das nicht von einem Menschen zu kommen schien, dann der helle Schrei einer Frau wie in Todesangst, der in einem lang gezogenen Stöhnen endete. Sie blieb wie angewurzelt stehen. Jetzt lachte die Frau, eine derbe Stimme antwortete Unverständliches, und die Frau stöhnte wieder. Geräuschlos drückte sich Catherine an der Reling entlang, bis sie den Stimmen näher war, und duckte sich hinter die Aufbauten. Langsam gewöhnten sich ihre Augen an die Dunkelheit, und sie entdeckte einen Mann und eine Frau, die auf den aufgerollten Tauen auf der Ladeluke lagen. Der Mann lag oben, die Frau unten. Aus ihrem offenen Mund drang lautes, lustvolles Stöhnen. Sein blanker Hintern hüpfte im hellen Mondlicht auf und ab, die nackten Schenkel der Frau leuchteten weiß. Die Schürze, die sie trug, der bis zur Taille hochgeschobene, gestreifte Rock aus grober Baumwolle, verrieten, dass sie ein Serviermädchen aus einer der Hafenspelunken war.

Plötzlich schüttelten sich beide wie im Krampf, die Frau stieß einen markerschütternden Schrei aus, der Mann brüllte, dann brach er über ihr zusammen, und Catherine befürchtete, dass sie beide hinüber waren. Schon wollte sie hinlaufen, da rollte der Mann zur Seite, sprang auf, zog die Hosen hoch und streckte der Frau die Hand entgegen. »Arriba! Vamos, pronto«, sagte er, zog sie hoch, kletterte mit ihr übers Fallreep und verschwand im Bauch der großen Hafenstadt.

Den Rest des Abends verbrachte Catherine mit dem Versuch, das Gesehene zu verstehen. Es hatte den beiden Spaß gemacht, da war sie sich sicher. Aber wozu das Ganze? Sie fand keine befriedigende Antwort, obwohl sie vage vermutete, dass es etwas mit den Erzählungen der Matrosen zu tun hatte, mit diesen Gesten, die sie nicht verstand, den Worten, die ihr keiner erklären wollte. Sie vertiefte sich ins Lexikon, das ihr Vater immer mit auf Reisen nahm. Aber keiner der von den Matrosen benutzten Begriffe stand darin. Unter »Geschlechtstrieb« las sie: »Starker Trieb zur Fortpflanzung und Erhaltung der Art durch Erzeugung neuer Individuen vermittelst geschlechtlicher Vereinigung dienend.«

Aber auch diese stocknüchterne Erklärung trug nichts zu ihrer Erleuchtung bei. Das Mädchen auf dem Schiff schien Freude gehabt zu haben, die Geschichten Adeles verhießen das Höllenfeuer für jeden, der es unverheiratet trieb. Für eine verheiratete Frau schien es nach den kryptischen Andeutungen ihrer Tante die Hölle schon auf Erden zu sein. »Es ist die Prüfung Gottes. Man muss es ertragen«, hatte Adele gewispert und ihr zerknülltes Taschentuch an den Mund gepresst.

»Aber woher weißt du das, du bist doch nicht verheiratet?«, hatte Catherine bemerkt und eine Kopfnuss für ihre Impertinenz eingefangen.

Sie zupfte an den Seidenbändern ihres Brautkleids. Würde sie Höllenqualen ertragen müssen, oder würde es ihr so ergehen wie dem Mädchen mit dem Schauermann? Vielleicht löste Johanns Berührung dasselbe Gefühl von köstlich träger Sinnlichkeit aus wie die von Konstantins Lippen? Seiner Hände, seiner Zunge, seiner Haut? Die Erinnerung an ihn überfiel sie mit der Wucht eines Erdbebens, und jede Faser ihres Körpers schrie nach ihm. Ihr wurde auf einmal sehr warm, feiner Schweiß überzog ihre Haut, der Puls dröhnte in ihren Ohren. Sie schwankte, alle Instinkte befahlen ihr, zu fliehen, bevor es zu spät war. Die Wände des Raumes wurden zu Kerkerwänden, und sie brauchte jedes Quäntchen Kraft, um ihre Panik niederzukämpfen. Minutenlang stand sie da, bis sich ihr Blick wieder klärte. Sie hatte ihr Lager gewählt, nun musste sie darauf liegen. Buchstäblich.

Entschlossen streckte sie sich auf dem Bett aus, kniff die Augen zusammen und stählte sich für das, was nun kommen würde. Sie überlegte noch, ob sie die Kerzen löschen sollte, als sich die Tür öffnete. Die hünenhafte Silhouette ihres Mannes trat in den Schein des fahlen Mondlichts, das hinter ihm in den Raum strömte. Leise schloss er die Tür, machte einen Schritt auf sie zu und streckte seine Hand aus. Im Kerzenlicht bemerkte sie, dass diese leicht bebte, und mit einem Schlag fiel jede Angst von ihr ab. Zaghaft lächelte sie ihn an und rückte zur Seite.

Er setzte sich zu ihr. Sie spürte seine Wärme durch den dünnen Stoff ihres Nachthemds und lag ganz still, als er sie berührte. Seine Liebkosungen waren von einer Sanftheit, die sie diesem kräftigen Mann nie zugetraut hätte. Ihre Haut sang unter seinen Fingerspitzen. Etwas unbeholfen war er, aber unendlich zärtlich und rücksichtsvoll, gab ihr viel Zeit, ehe er ihr Nachthemd hochschob. Er zog ihr das schimmernde Seidengewand über den Kopf und ließ es auf den Boden rascheln, betrachtete sie mit leuchtendem Blick, als wäre sie ein unendlich kostbares Gemälde. Langsam legte sie sich in den Kissen zurück, atmete tief ein. Dann legte er sich zu ihr. Einem tiefen Instinkt gehorchend, öffnete sie ihre Schenkel.

»Komm«, flüsterte sie und ließ sich fallen, und für diesen Augenblick vergaß sie, dass es Konstantin gab.

Die Kerzen waren schon lange erloschen, als sie noch immer wach lag. Johann neben ihr schlief, ihren Kopf hatte er auf seine Brust gebettet. Sie versuchte seinen Gesichtsausdruck in dem tanzenden Mondlicht zu erkennen, das durch einen Spalt zwischen den Vorhängen fiel. Es schien ihr, als ob er lächelte. Mit einem tiefen Atemzug schloss auch sie die Augen. Ihr Körper prickelte aufs Angenehmste in der Erinnerung der letzten Stunden. Eine heiße Woge erneuten Verlangens überschwemmte sie. Überrascht von sich selbst, noch schüchtern und unsicher über dieses unerwartete Gefühl, streckte sie die Hand nach ihm aus.

Als sie seinen festen Griff spürte, war sie überzeugt, das Richtige getan zu haben. Es würde gut werden, ihr gemeinsames Leben.

✳

Drei Tage später standen sie im Morgengrauen am Pier, um an Bord der *White Cloud* zu gehen, einem Auswandererschiff, das neue Bürger aus England ans Kap und nach Natal brachte. Es war ein ziemlich großes Schiff mit schönen Linien, der Kapitän ein jüngerer Mann mit breitem Lachen, die Sonne schien, und alle, die Catherine in Kapstadt kannte, standen an der Pier, um sie zu verabschieden.

Adam Simmons nahm ihre Hand. »Ich habe nun doch eine Spur von Ihrem Freund Bernitt gefunden«, raunte er.

Schlagartig überflutete sie tiefe Röte, und sie zog ihn nervös ein paar Schritte zur Seite, vergewisserte sich, dass Johann noch immer in lebhaftem Gespräch mit Elizabeth Simmons vertieft war und nicht auf sie achtete. »Was haben Sie gehört?«, fragte sie leise.

Die Neugier funkelte aus seinen Augen. »Ich habe den Namen unter meinen Freunden erwähnt. Es scheint, dass ein Graf von Bernitt sich bei Hogenboschs reichlich mit Vorräten für einen Ritt ins Innere eingedeckt hat. Alles nur vom Feinsten, sagt Hogenbosch, und dass er in Hochstimmung war und es sehr eilig hatte. Aber das ist schon Monate her. Er ist über den Great Fish River nach Afrika geritten.«

Mit klopfendem Herzen hörte sie Simmons zu. Er war hier gewesen. Hier in Kapstadt, war auf denselben Straßen gegangen wie sie, vielleicht war er in ihrer Nähe gewesen, als sie einem anderen ihr Jawort fürs Leben gegeben hatte. Es verschlug ihr den Atem, und es dauerte lange Augenblicke, bis sie ihre Stimme wieder fand. »Er sagte einmal, er wolle Elfenbein jagen. Er versprach sich ein gutes Geschäft davon«, flüsterte sie.

»Elfenbein?« Adam nickte. »Etliche von den Elfenbeinjägern sind außerordentlich reich geworden. Im Inneren, besonders im Land der Zulus, gibt es noch riesige Elefantenherden, doch alles Elfenbein gehört König Mpande. Wehe, man hat seine Genehmigung zum Jagen nicht eingeholt, das ist lebensgefährlich, wie das ganze Geschäft lebensgefährlich ist. Man läuft nicht nur Gefahr, von den Elefanten zu Tode getrampelt zu werden, sondern muss auch um sein Leben bangen, weil es genügend Ganoven gibt, die danach trachten, einem die Beute wieder abzujagen, und die nicht sehr wählerisch in ihrer Methode sind.«

»Ach, du lieber Himmel, das ist ja grauenvoll«, stieß sie hervor. Sie sah Konstantin schon unter den Füßen einer wütenden Elefantenherde sterben und wurde kreidebleich.

Adam ließ seinen Blick zwischen ihr und ihrem Mann hin- und herwandern, ein mailiziöses Lächeln huschte über seine Züge. Also war die kleine Baronesse doch nicht so unschuldig, wie sie tat? »Geht es Ihnen gut, Catherine?«, fragte er scheinheilig.

Aber sie hatte sich gefangen. Ihr Rücken straffte sich. »Natürlich, ganz ausgezeichnet, und ich danke Ihnen sehr für diese Information. Nun muss ich mich wieder um meinen Mann kümmern.« Sie berührte seinen Arm mit ihren Fingerspitzen und ließ ihn stehen.

Wilma, die ihr schwarzes Kleid zur Feier des Tages mit einem weißen Spitzenkragen aufgehellt hatte, reichte ihr unter Tränen ein Buch, um das sie eine rosa Schleife gebunden hatte. »Möge es dich treulich begleiten, meine Liebste. Ich wünsche dir Gottes Segen und alles Glück dieser Erde.« Schluchzend umarmte sie ihre ehemalige Schülerin.

Catherine las den Titel. »Unterricht für ein junges Frauenzimmer, das Küche und Haushaltung selbst besorgen will, aus eigener Erfahrung ertheilt von einer Hausmutter. Nebst einer Unterweisung in anderen zu einer guten Haushaltung gehörigen Wissenschaften.« Ach je, dachte sie, bedankte sich aber herzlich, steckte das Buch achtlos in ihre Reisetasche und vergaß es. Sie hatte nicht die geringste Absicht, Küche und Haushaltung selbst zu besorgen. Johann würde sicher nicht zulassen, dass sich seine Frau, die er so sichtlich auf Händen trug, die ihren schmutzig machen würde.

Der Kapitän, der die letzten Formalitäten mit dem Hafenmeister erledigt hatte, drängte zum Aufbruch, und Johann half seiner jungen Frau ins Beiboot, das auch eine Familie mit vier Kindern und zwei jüngere Paare zum Schiff bringen sollte. Kaum waren sie an Bord gegangen, lichtete die Mannschaft den Anker und setzte die restlichen Segel. Alle Passagiere drängten sich an der Reling, um einen letzten Blick auf die weiße Stadt am Kap zu werfen. Ein junger Bursche schubste Catherine, um ihren Platz ganz vorn zu ergattern.

Johann packte ihn am Kragen, hob ihn hoch und setzte ihn hinter sich ab. »Aus dem Weg, du Trampel.« Er zog seine Frau vor sich in den schützenden Kreis seiner Arme. »Nun hast du freie Sicht.«

»Meine Güte, welch ein Gewimmel«, rief sie. »Das sind doch mindestens hundert Leute. Wollen die alle nach Durban?«

»Ja, seit letztem Jahr kommt ein Schiff nach dem anderen mit Einwanderern, die in ihrer Heimat keine Zukunft mehr für sich und ihre Familien sehen. Meist haben sie ihr letztes Geld in diese Reise gesteckt. Es herrscht eine schlimme wirtschaftliche Depression in England und Europa, dazu kommen schlechtes Wetter, schlechte Ernten und die Kartoffelfäule, die besonders den Iren zu schaffen macht. Diese neuen Siedler hier sind von einem Mann namens Joseph Byrne angeworben, der bei Durban ein ganzes Tal aufgekauft und in Parzellen eingeteilt hat.« Er ließ seinen Blick über die Menschenmenge schweifen. Die Strapazen der monatelangen Reise waren den meisten deutlich anzusehen. Sie waren mager und blass, ihre Kleidung wirkte abgenutzt und verschmutzt. Im Großen und Ganzen ein jämmerlicher Haufen. »Diese armen Leute glauben Land vorzufinden, auf dem sie sofort pflanzen können, aber sie werden etwa zwanzig Morgen jungfräuliches Land bekommen, das oft nicht einmal eben, sondern hügelig ist. Davon können sie hier nicht leben, und da die meisten völlig unnütze Dinge mitbringen, nicht an Saatgut und landwirtschaftliche Geräte gedacht haben, ist ihre Lage hoffnungslos. Sie sind zum Scheitern verurteilt. Mehrere hundert vor ihnen haben schon aufgegeben. Am schlimmsten sind die dran, die herkommen, weil sie ihr Geld im Spiel oder beim Pferderennen verloren haben und die Buchmacher hinter ihnen her sind. Sie glauben, hier ihr Glück machen zu können, um dann als reiche Kolonisten in ihre alte Heimat zurückzukehren, und wissen nicht einmal, wie man mit den Händen arbeitet.«

Catherine schaute betroffen hinunter auf die seinen, strich sanft über die rissige Haut, die Schwielen, die Zeugnis davon gaben, wie hart seine Jahre gewesen sein mussten, bis er es zu Wohlstand gebracht hatte. Sie lehnte sich in seine Arme, sah das weiße Haus in den grünen Hügeln Zululands vor sich, das sie erwartete, und dankte Gott für seine Güte.

Allmählich nahmen sie Fahrt auf. Noch lange stand sie an der Reling und winkte den an Land Verbliebenen zu. Erst als die Stadt allmählich im Meer versank und ihre Freunde nicht mehr zu erkennen waren, wandte sie ihren Blick nach vorn. Hinter dem Tafelbergmassiv stieg die Sonne in den klaren, hellblauen Himmel, und das Meer schimmerte wie kostbares Perlmutt im frühen Morgenlicht. Schiefergraue Delphine schwammen mit atemberaubender Schnelligkeit dem Schiff voraus, und ein Schwarm weiß glänzender Möwen stritt sich kreischend um die Abfälle, die der Smutje am Heck über Bord warf. Die Luft, die vom Festland herüberwehte, roch schon nach Frühling.

Catherine warf den Kopf in den Nacken und lachte ihrem Mann zu. »Sag mir, wo Inqaba liegt.«

»Da hinten, dort, wo die Sonne aufgeht, da liegt Inqaba.« Ein Lächeln verklärte sein Gesicht, als er ins strahlende Licht zeigte.

»Erzähle mir, was ich sehe, wenn ich aus unserem Schlafzimmerfenster schaue.«

Sein Blick wanderte über die Hügel in die schimmernde Ferne. »Du siehst über die Kronen von Kaffirbäumen, Mimosen und blühenden Amatungulubüschen auf welliges, saftig grünes Land hinunter. Im Tal glänzt ein Wasserloch, im Westen liegen Weizen- und Maisfelder. Guavenbäume wachsen in der Nähe des Hauses, und ein Mangobaum. Vor drei Wintern habe ich Aprikosen, Quitten, Mandeln, Granatapfel, Orangen und Feigen gepflanzt, von denen ich hoffe, dass sie blühen, wenn wir nach Hause kommen. Ein Freund aus Pietermaritzburg, das ein bis zwei Tagesritte von Durban aus landeinwärts liegt und ein ganz entzückender Ort ist, hat mir die Jungpflanzen mitgebracht.«

Vor Catherines Augen entstand ein Paradies. Sie sah sich im Frühjahr unter rosa Mandelblüten wandeln, roch den betörenden Duft der Orangen und meinte die Quittenmarmelade der Kochmamsell ihrer Tante zu schmecken. »Gibt es bei euch auch die Baummelonen, die Papayas? Sie sind sehr lecker, und man sagt, ihr Verzehr hilft bei der Verdauung.«

»Ja, die gibt es. Ich habe eine Hand voll Samen gegen ein Huhn eingetauscht. Letztes Jahr haben die Bäume zum ersten Mal Früchte getragen, goldgelbe, saftige Früchte. Einige werden reif sein, wenn wir kommen.«

»Wie herrlich klingt das alles! Sag mir doch, was ich sehe, wenn ich an dem Fenster unseres Salons stehe.«

»Salon?« Er bedachte sie mit einem zweifelnden Lächeln, wollte offenbar etwas sagen, überlegte es sich dann wohl doch anders. »Von unserem Wohnraum aus hast du denselben Ausblick wie vom Schlafzimmer.«

»Wo liegt die Küche?« Es war immer gut, wenn diese weit weg von den Wohnräumen lag. Einmal wegen der Brandgefahr und außerdem, weil die Küchengerüche doch meist eine arge Belästigung darstellten und das Klappern der Töpfe wirklich störend sein konnte.

»Die Küche liegt neben dem Wohnraum, aber wir haben ein separates Kochhaus ...«

»Ein separates Kochhaus!« Sie war beeindruckt. Das gab es in keinem der großen Häuser, die sie kannte. »Ich kann es kaum erwarten, so sehr freue ich mich!« Sie meinte das wirklich, war wie berauscht von der Überzeugung, die richtige Entscheidung getroffen zu haben.

»Mich zerfrisst es immer vor Sehnsucht, wenn ich einmal nicht zu Hause sein kann. Nichts würde mich glücklicher machen, als wenn es dir auch so erginge.«

Sie stellte sich auf die Zehenspitzen, küsste ihn rasch auf den Mund und schmiegte sich in seine schützenden Arme. Gemeinsam sahen sie über den weiten Ozean zu dem fernen Land hinter dem Horizont, das sie von nun ab auch ihre Heimat nennen würde.

Die nächste Nacht wurde unruhig. Das Schiff rollte, Catherine stieß sich hart an der Kojenwand und wachte mit einem Aufschrei auf. Johann neben ihr regte sich, schwang die Beine auf den Boden und lauschte dem fauchenden Wind. Er musste sich bücken, da die Decke der kleinen Kabine zu niedrig für ihn war.

»Das Kap der Stürme macht seinem Namen wieder alle Ehre. Für kurze Zeit wird es eine raue Fahrt werden. Ich hoffe, du leidest nicht allzu sehr unter Seekrankheit«, bemerkte er mit deutlicher Besorgnis in der Stimme.

»Überhaupt nicht, du hast eine Frau mit Seebeinen geheiratet. Mir wird nie schlecht. Leg dich wieder hin, aber es ist zu eng hier, du wirst dich auf mich legen müssen«, kicherte sie und zog ihn zu sich herunter. Wegen der Kälte waren sie vollkommen angezogen ins Bett gestiegen. Sie knöpfte ihr Kleid auf und führte seine Hand unter ihr Hemd, bis sie auf ihrer Brust lag.

Später gingen sie gemeinsam an Deck. Er legte ihr den Arm um die Schultern. »Der Sturm lässt nach. Von jetzt ab wird unsere Reise ruhiger werden. Es ist eisig hier draußen, höchste Zeit, dass wir nach Hause kommen. Auf Inqaba wird es nie richtig kalt«, murmelte er, während er ihr einen Schal um den Hals schlang.

Sie spürte die Strahlen der noch unsichtbaren Sonne durch den Stoff. »Aber es wird wärmer, Gott sei Dank.« Sie sah hinauf in den Himmel, beobachtete die buckligen, grauen Wolken, die in Reih und Glied über den Himmel marschierten. »Sie sehen aus wie die Herde Elefanten, die ich im Kongo beobachtet habe«, rief sie. »Schau, vorne ist die Leitkuh, da hinten sind die Kleinen.«

In der Ferne rollte dumpfer Donner, und Johann schmunzelte. »Hörst du, sie reden auch miteinander wie die Elefanten.«

Ein heftiger Windstoß zerteilte das Grau, die Elefanten zerflossen, und die Sonne strahlte unerwartet heiß auf sie herab. Sie zog den Schal herunter, öffnete die obersten Knöpfe ihres Kleides und wedelte sich mit den Händen Kühlung zu. »Jesses, ist die Sonne heiß, das hätte ich nie geglaubt. Es ist doch noch Winter.«

»Der Winter im Süden ist kalt, unser Winter in Natal dagegen ist meist wärmer als der Sommer in Europa, sicherlich wärmer als der in meinen heimatlichen Bergen. Denk daran, wie viel näher wir hier am Äquator sind. Im Hochsommer wirst du dich noch manches Mal mit Sehnsucht an die Winterkälte in deiner Heimat erinnern.«

»Das kann ich mir im Moment wirklich nicht vorstellen. Es ist herrlich, die Wärme zu spüren und die Hoffnung zu haben, dass irgendwann das nasse Zeug an meinem Leib wieder trocken sein wird.«

Mit der Sonne und dem Nachlassen der rollenden Schiffsbewegungen erschienen immer mehr ihrer Mitpassagiere an Deck. Die vier Kinder des jungen Paares, die mit ihnen im Beiboot gewesen waren und sich als Mr. and Mrs. Robertson vorgestellt hatten, tobten herum, spielten fangen und versuchten in die Wanten zu klettern, wo sie schleunigst von einem missgelaunten Seemann herausgeklaubt wurden. Mrs. Robertsons Bauch wölbte sich deutlich unter ihrem losen Umhang. Sie war ganz offensichtlich schon im fortgeschrittenen Stadium ihrer fünften Schwangerschaft.

»Das ist die Zukunft unseres Landes«, bemerkte Johann und sah den drei Buben und ihrer Schwester mit glänzenden Augen zu. »Nette, kräftige Burschen, und das Mädchen ist sehr hübsch, nicht wahr? Wenn sie nur ein wenig älter ist, werden sich die Männer um sie reißen. Wir haben kaum weiße Frauen in Natal«, erklärte er, als sie ihn mit hochgezogenen Brauen ansah, und verschwieg ihr geflissentlich, dass es nicht einmal eine Hand voll in ganz Zululand gab. »Ja, was meinst du denn, was diese allein reisenden Jungfern dort in Natal suchen?« Er zeigte auf vier jüngere Frauen, die wie Schutz suchende Spatzen zusammengedrängt auf ihrem Gepäck saßen und leise miteinander schwatzten. Alle trugen Capote-Hüte mit großen Schleifen unter dem Kinn zu Kleidern, die hochgeschlossen waren und weit über die Knöchel fielen. Ihre Gesichter waren blass und ihre Hände zart.

»Sie suchen einen Mann hier?«, fragte Catherine ungläubig. »Dafür haben sie diese lange, beschwerliche Reise gemacht und wissen gar nicht, was hier auf sie wartet?«

»So ist es, liebe Frau Steinach. Nicht alle haben das Glück, so ein Prachtstück wie mich abzubekommen.« Er lachte vergnügt, als sie ihn spielerisch auf den Oberarm boxte.

»He, Johann, was hat dich denn auf diesen gottverlassenen Seelenverkäufer verschlagen?«, brüllte da eine Stimme neben ihrem Ohr. Catherine machte einen erschrockenen Satz und fuhr herum.

Ein Mann lehnte hinter ihnen am Mast. Sein Gesicht lag im Schatten eines ausladenden Strohhuts mit wippenden Straußenfedern, die in einem schönen Bogen bis auf seine Schultern hingen. Was sie unter dem schwarzen Bart erkennen konnte, der dicht genug war, dass ein Vogel bequem darin nisten konnte, war walnussbraun und von mehr Falten durchzogen als ein eingetrockneter Apfel. Ihr Blick glitt geschwind an ihm herunter. Sein Fellwams und auch die Hosen waren, nach dem Fellmuster zu schließen, aus Antilopenfell genäht, um seine Schultern hing die gefleckte Haut einer großen Wildkatze, und seine Füße steckten in flachen, ebenfalls aus Antilopenleder gefertigten Schnürstiefeln. Er erinnerte sie an ein Tier, und genauso roch er auch. Als sie ihre Augen wieder hob, grinste er sie frech an. Sie bedachte ihn mit einem eisigen Blick.

Zu ihrer Überraschung lachte Johann breit und packte die ihm dargereichte Rechte. »Na, das ist eine Überraschung. Dan! Was treibst du hier auf einem Schiff? Ich dachte, du traust den Dingern nicht?«

»Hab meine Häute in Kapstadt verkauft.« Er klimperte mit einem kleinen Ledersack, den er am Gürtel befestigt trug. Er war aus lebhaft gemustertem Schlangenleder wie der Gürtel auch.

»Sind die Dandys in England immer noch scharf auf Schlangenhaut?«

»Genau wie die Fatzkes in Paris – du weißt eben nicht, was der letzte Schrei in der Mode ist, du Ignorant. Sag, willst du mich nicht dieser hübschen Dame vorstellen?« Funkelnd blaue Augen musterten sie unter schwarzen Brauen.

»Sachte, sachte, Dan, ich bitte um ausgesuchte Höflichkeit. Du sprichst von meiner Frau.« Johann legte den Arm um ihre Schultern. »Catherine, dieser merkwürdige Mensch hier ist Dan de Villiers, genannt Dan, der Schlangenfänger, einer meiner besten Freunde. Wir kennen uns schon sehr lange.«

Dan de Villiers riss sich mit elegantem Schwung den Hut vom Kopf und vollführte eine elegante höfische Verbeugung, wobei ihm die zottigen, schulterlangen Haare wie ein Vorhang übers Gesicht fielen. »Madame – enchanté.«

»Monsieur.« Vorsichtig reichte sie ihm ihre Hand, die der Schlangenfänger zart wie eine Feder zu seinen Lippen führte und küsste. Sie atmete in kurzen, flachen Stößen, denn Dan de Villiers hatte unglücklicherweise den Wind im Rücken. Ihr wurde ganz schwindelig, und sie musste gewaltig nach Luft schnappen, wobei sie sich am üppigen Körpergeruch des Schlangenfängers fast verschluckte. »Wozu braucht man in Paris Schlangenleder?«, keuchte sie. Sie bemerkte, dass ihm der linke Zeigefinger völlig fehlte. Nur ein harter Stumpf war geblieben.

»Für Schuhe und Gürtel und extravagante Geldbeutel.« Er klingelte wieder mit seinem. Sein Lachen war heiser und schien direkt aus der Tiefe seines umfangreichen Bauches zu kommen.

»Schlangenfänger! Welch ein bemerkenswerter Beruf. Wo lernt man so etwas?«

»Afrika ist ein großer und harter Lehrmeister, Gnädigste.«

»Er meint, Liebling, dass er sich mit einer wütenden Puffotter angelegt und verloren hat. Sie biss ihn in den Zeigefinger, und um dem sicheren Tod zu entgehen, hat er seine Hand auf einen Baumstamm gelegt und den Finger abgehackt, um zu verhindern, dass das Gift sich in seinem Körper ausbreitete. Seitdem verfolgt er die Reptilien und zieht ihnen die Haut über den Kopf, sein Geld aber verdient er mit Elfenbeinhandel.«

Ihr Herz klopfte. Auch Konstantin wollte Elfenbein jagen. »Und das ist lukrativ?«, fragte sie laut.

Dan, der Schlangenfänger, gluckste und berührte eine schwere Goldkette an seinem Hals, die vorher durch den Kragen seines Baumwollhemdes verdeckt gewesen war, antwortete aber nicht. Catherines unerfahrenem Auge erschien sie klobig, sehr grob geschmiedet. Doch ihr Gewicht musste beachtlich sein. War Konstantin auf dem richtigen Weg? Was hatte Adam Simmons gesagt? Er war in Hochstimmung gewesen und hatte nur vom Feinsten gekauft.

Johann beugte sich zu ihr. »Was ist, mein Liebes? Du siehst sehr nachdenklich aus. Welche Laus ist dir über die Leber gekrochen?«

Betroffen sah sie ihn an. Er schien ihr die Gedanken vom Gesicht ablesen zu können. In Zukunft würde sie sich vorsehen müssen. Nervös lächelte sie ihren Mann an. »Du irrst, ich dachte nur an die Schlangen. Gibt es viele bei uns?«

Dan lachte dröhnend. »Mehr als genug, aber ich werde Ihnen beibringen, wie man vermeidet, ihnen zu nahe zu kommen, und wenn man das nicht kann, wie man die Biester ins Jenseits befördert, ohne selbst dabei draufzugehen.«

Sicelo schlenderte herbei, angelockt von der lauten Unterhaltung. »Ah, sawubona, Iququ«, murmelte er. »Ich sehe dich, der wie ein Ziegenbock riecht.«

»Ich seh dich auch, der du babbelst wie ein dummer Pavian«, knurrte der Schlangenfänger, und Johann lachte.

Aufatmend, dass sich die Unterhaltung jetzt in weniger gefährlichen Untiefen bewegte, plauderte Catherine noch einige Zeit mit Dan de Villiers, der sie aufs Lustigste mit Anekdoten aus dem Busch unterhielt.

*

Sie umrundeten das Kap der Stürme und segelten dicht unterhalb der Küste entlang, immer nach Osten, mit der Mittagssonne backbords. Afrika war nichts als ein graugrüner Schatten an der Grenze ihrer Sicht. Ganz allmählich aber drehte das Schiff nach Norden, die Sonne stieg höher und stand mittags über dem Bug, es wurde heißer, und die Farben leuchteten intensiver. Eines Tages wachte Catherine schon bei Morgengrauen auf und ging an Deck, um die Sonne zu begrüßen, während Johann noch schlief. Als sie die Tür des Niedergangs öffnete, strömte salzig frische, feuchte Luft herein. Sie atmete tief durch und sah sich um. Außer ihr war kaum jemand an Deck, nur die Wachen natürlich und einige Passagiere, die sich auf ihre Habseligkeiten gebettet hatten und noch in erschöpftem Schlaf lagen.

Über ihr blähten sich die Segel im sanften Wind, fingen die ersten goldenen Sonnenstrahlen ein. Am Heck angelten auf Befehl des Kapitäns mehrere Matrosen. Mit Köderfischen bestückt, schleppten sie ihre Angeln im Kielwasser. Den ganzen gestrigen Tag war ein großer Hai dem Schiff gefolgt. Immer wieder war seine Dreiecksflosse aufgetaucht, stets begleitet von den aufgeregten Schreien der Passagiere. »Die Abfälle ziehen ihn an«, hatte ihr Johann erklärt.

Catherine lehnte sich über den Bug und blickte nach Osten. Die Sonne schob sich langsam über den Rand der Welt und überschüttete die schattige Küste Afrikas mit Licht, verwandelte den Schwarm Seeschwalben über ihr in rosa Feenwesen. Delphine schwammen mit dem Schiff um die Wette, schnellten hoch in die Luft, tanzten für Sekunden auf ihren Schwänzen und lachten sie dabei an. Dann fielen sie zurück und glitten durchs klare Wasser davon. Gelegentlich zog der riesige Dreiecksschatten eines Rochens in majestätischem Flug unter ihnen dahin, und einmal sah sie in der Ferne die Fontäne eines Wales.

Hinter ihr knarrten Schritte über die Holzplanken. Sie wandte sich um. Johann kam auf sie zu. Er küsste sie auf die Wange. »Hier bist du also, mein Schatz.«

»Ich konnte nicht mehr schlafen, außerdem werde ich mit jeder Meile, die wir Natal näher kommen, immer aufgeregter.«

»Ich werde Sicelo wecken. Er wird froh sein zu sehen, dass seine Ahnen für gutes Wetter gesorgt haben.«

Sicelo lag, am Mast festgebunden, die Arme und Beine entspannt ausgestreckt und den Kopf auf ein Tau gebettet, auf den Planken und schlief noch fest. Johann ging hinüber zu ihm und stieß den schlafenden Zulu mit dem Fuß an. »He, Sicelo, du fauler Kerl, aufstehen! Wir sind bald zu Hause. Durban liegt eben hinterm Horizont.«

Sicelo fuhr hoch und strampelte wie ein hilfloser Käfer auf dem Rücken, weil ihn das zweimal um Oberkörper und Mast geschlungene Seil festhielt. Johann lachte laut.

»Kannst du Natal riechen?«, rief er voll überschwänglicher Freude und legte den Arm um seine Frau.

Sie hob ihre Nase in den frischen Wind, der vom Festland herüberwehte, und schnupperte. Er roch süßlich, ein wenig wie das Heu auf sommerlichen Wiesen. Lächelnd lehnte sie sich in Johanns Arm zurück, und gemeinsam sahen sie der Sonne zu, die sich den Himmel eroberte. »Hast du schon einmal von den Juwelen der Sonne gehört?«, fragte sie leise.

»Juwelen der Sonne? Nein, aber es klingt wunderbar. Wo findet man sie? Erzähl's mir.«

Versonnen lehnte sie sich an ihn. »Ich war viel allein als kleines Kind, und meine einzigen Gefährten waren die Matrosen und die Bücher meines Vaters«, begann sie. »Als meine Mutter starb, entriss mich mein Vater den Klauen seiner Schwester, die eine düstere, kalte Person ist und in einem düsteren, kalten Haus lebt, und nahm mich mit auf seine Reisen.«

Louis le Roux hatte seiner fünf Jahre alten Tochter vor ihrer Reise flugs die Grundbegriffe des Lesens beigebracht, um Ruhe vor ihren nie endenden Fragen zu haben. Er schenkte ihr einen Stapel einfacher Kinderbücher und tauchte zufrieden wieder in die Welt unter seinem Mikroskop ein. Die kleine Catherine blieb sich selbst überlassen und hatte außer einem hübschen silbergrauen Kätzchen, das sie auf alle Reisen mitnahm, keine Freunde. Also las sie. Und je mehr sie las, desto gieriger wurde sie. Bald verstand sie die kompliziertesten Texte, und ihre Welt wurde farbiger und größer.

An Bord holte oft einer der Matrosen eine Gitarre hervor und besang seine Abenteuer mit sehnsuchtsvollen Liedern, die immer von der Weite des Meeres, dem unendlichen Himmel und den schönen Frauen in den Häfen handelten. Sie lauschte mit Inbrunst, ließ sich von den Melodien in die Ferne tragen und fühlte sich frei wie der Sturm, der die Wolken über den Himmel trieb. Dann stand sie ganz vorn am Bug, das Gesicht hochgereckt, die Arme ausgebreitet. »Ich bin wie die Luft und das Licht«, schrie sie der Sonne entgegen. »Ich bin überall, ich gehöre niemandem. Keiner kann mich festbinden.«

Eines Abends kurz vor Sonnenuntergang stand sie auch dort. Ihr Vater, der den ganzen Tag an dem kniffligen Problem der Identifizierung einer unbekannten Käferart gearbeitet hatte, stieg aus seiner Kabine hoch und streckte seine steif gewordenen Glieder. »Was machst du so spät allein an Deck, Catherine?«, fragte er, wobei er sie in eine Wolke würzigen Pfeifentabaks hüllte.

»Ich warte auf die Juwelen der Sonne«, antwortete sie, ohne die Augen von dem Horizont zu lösen. »Jeden Abend warte ich hier. Irgendwann werde ich sie sehen. Wenn die Sonne untergeht, ganz kurz bevor sie verschwindet, öffnet sie sich, eine große grüne Träne quillt hervor und platzt, und dann regnet es

Millionen grüner Edelsteine. Sie funkeln und blitzen, dass einem die Augen schmerzen, und es muss so schön sein, dass es kaum zu ertragen ist.«

Er hatte ein nachsichtiges Gesicht gezogen. »Na so was, und woher weißt du denn das, kleines Fräulein, he? Woher bekommst du nur immer diese Ideen, Kind?«

»Hab ich in einem deiner Bücher gelesen. Ein Kapitän hat es in seinem Logbuch beschrieben.«

»Seit wann liest du meine Büchern? Die sind doch viel zu kompliziert. Du kannst doch noch gar nicht richtig lesen«, hatte er streng gefragt.

»Ach, Papa, ich kann schon lange lesen«, war ihre Antwort gewesen, »du hast es nur nicht gemerkt, und du musst neue Bücher kaufen, ich habe sie alle durch. Die dummen Bücher, die mir Tante Adele immer schenkt, sind doch nur für ganz kleine Kinder. Stell dir vor, sie will mir weismachen, dass es wirklich Drachen und Zauberer gibt. So ein Unsinn, man weiß doch heute, dass das nicht stimmt.« Aufgeregt zeigte sie nach Westen. »Da, sieh doch, jetzt, du darfst nur nicht blinzeln. Sieh genau hin!«

Just in dem Moment, als die glutrote Sonne hinter den Rand der Erde glitt, öffnete sie sich, und ein Juwel von so reinem, leuchtendem Grün blendete die beiden, das viel tiefer glühte als das Feuer des kostbarsten Smaragds. Es zerbarst, und in einer Kaskade funkelnder, grüner Tropfen sank der Feuerball unter den Horizont. Es dauerte nur einen Lidschlag lang, dann zog die Nacht auf, und bald glitzerte der sternenübersäte, nachtblaue Himmel über ihnen.

»Die Juwelen der Sonne«, sagte sie andächtig. »Hast du sie gesehen?«, wandte sie sich in heller Aufregung an ihren Vater. »Sag, dass du sie auch gesehen hast!«

»Ich habe sie gesehen«, bestätigte er mit großem Ernst, »und so etwas Wunderbares habe ich noch nie in meinem Leben erblickt.«

Eine Weile weideten sie sich an dem Glitzern und Funkeln, an den Sternen, die vom Himmel fielen und auf den Wellen tanzten, und dem Mond, der das Meer mit flüssigem Silber überzog. »Was liegt hinter dem Horizont?«, fragte sie dann ihren Vater, wie alle Kinder das irgendwann tun.

Er legte ihr die Hand unters Kinn und blickte ihr in die Augen. »Was wünschst du dir am meisten, Kleines?«

Das wusste sie genau. Sie sah es vor sich. Es leuchtete, es war etwas Funkelndes, etwas, das bunte Blitze aussandte, etwas unbeschreiblich Kostbares. Wie die Juwelen der Sonne. Es gab ein Wort dafür. Sie hatte es gelesen und nie wieder vergessen. Wie ein junger Vogel seine Schwingen hob sie ihre Arme über den Kopf. »Glück«, jubelte sie. »Alles Glück dieser Welt. Ich werde ausziehen und mein Glück suchen.«

Für einen Augenblick beobachtete ihr Vater schweigend den Widerschein des verglühenden Himmelsfeuerwerks, dann lächelte er auf sie herunter. »Das ist es, was jenseits des Horizonts liegt. Dort wirst du es finden.«

»Was ist Glück? Werde ich es wissen, wenn ich es gefunden habe? Wird es sein wie ein Haufen Edelsteine? Kann ich es in der Hand halten?«

Unbeholfen strich er ihr das üppige Haar aus der Stirn. »O ja, das wirst du, und es wird funkeln und schimmern, und dein Herz wird singen.« Wieder lächelte er, etwas wehmütig dieses Mal. »Aber das Glück ist so selten wie die Juwelen der Sonne.«

Catherine unterbrach ihre Geschichte und sah hoch zu ihrem Mann. »Das sagte er so leise, dass die Worte an mir vorbei in die Dunkelheit glitten und ich sie erst später verstand. Mit dem funkelnden Horizont vor Augen stürmte ich durch meine Kinderzeit. Die Freunde meines Vaters, die Forscher waren wie er, die Missionare, die unter den heidnischen Wilden auf Seelenfang gingen und bei denen ich auf unseren Reisen auf die Rückkehr meines Vaters aus dem Urwald warten musste, die Schiffsbesatzungen, alle schienen sich mit der Zeit an das wissbegierige kleine Mädchen gewöhnt zu haben. Keinen störte es, wenn ich still wie ein Schatten dabeisaß. Geduldig beantworteten sie meine Fragen, behandelten mich mit gedankenloser Zuneigung wie ein putziges Maskottchen. Niemand kontrollierte, wie ich mich kleidete, womit ich mich beschäftigte, welche Bücher ich las.

Als ich neun Jahre alt war, hatte ich jedes der Bücher meines Vaters bereits mehrfach durchgelesen, wusste einiges über die Natur und ihre Wissenschaften und vieles, was in der Welt vor sich ging. Außerdem konnte ich mich in mehreren Sprachen verständigen. Deutsch und Französisch sprach ich sowieso fließend. Aber auch mein Englisch war ganz passabel geworden. Papa war froh, dass ich beschäftigt war, und widmete sich ganz seinen Forschungen. Ihm entging dabei, welch arger Wildfang ich geworden war.« Sie lachte. »Ich kletterte auf Bäume, schwamm in meiner Unterkleidung in Flüssen und benahm mich mehr wie ein Lausbub als wie ein sanftes Mädchen. Auch mein Wortschatz entsprach durchaus nicht nur dem einer wohlerzogenen jungen Dame der guten Gesellschaft.«

Johann nickte ernst, doch seine Augen tanzten. »Du hast mich mit deinem Ausruf ›Hölle und Verdammnis‹ bis ins Mark schockiert. Es ist wirklich außerordentlich undamenhaft.« Ihre verlegene Reaktion freute ihn diebisch.

Sie gab ihm einen spielerischen Klaps. »Dein Bedauern kommt zu spät, du hast mich am Hals. Doch nun unterbrich mich nicht dauernd! Neben den lateinischen Ausdrücken, die ich von den Gelehrten aufschnappte, den gewundenen Phrasen der frommen Männer und Grandpères altertümlichem Wortschatz verfügte ich über ein reiches Vokabular der farbigsten Gossensprache, konnte fluchen wie die härtesten Matrosen, was ich auch in aller Unschuld tat. Als mein Vater dessen endlich gewahr wurde, war ich dreizehn. Wir kamen von einer Expedition aus Costa Rica zurück, und zu meinem großen Missvergnügen wartete Adele mit ihrer unbequemen Kutsche am Kai. Mein Vater erklärte mir, dass er gedachte, sich für einige Wochen in sein Labor zurückzuziehen und seine Funde auszuwerten, und dass sich Adele und Mechthild um mich kümmern würden.«

Lachend warf sie ihren Kopf in den Nacken. »Ich wäre fast weggelaufen, kann ich dir versichern. Wie viel lieber hätte ich neben ihm im Labor gesessen, seinen Versuchen mit Fröschen zugesehen, ihm geholfen, die Ausbeute der Schmetterlinge aufzuspießen. Stattdessen sollte ich der ungeteilten Aufmerksamkeit Adeles und ihrer steinalten Gesellschafterin Mechthild ausgeliefert sein.

›Aber, Papa, du wolltest mir zeigen, wie man einen Frosch aufschneidet, du hast es versprochen‹, protestierte ich, ja ich stampfte tatsächlich mit dem Fuß auf. Papa runzelte nur ärgerlich die Stirn.

›Es werden schwierige Experimente, da kann ich deine Fragerei nicht haben. Ich brauche Ruhe, und damit basta‹, sagte er, und hatte er das gesagt, blieb er hart wie Granit. Alles Betteln nutzte nichts. Dann mäkelte zu allem Überfluss noch meine Tante an mir herum, allein ihre keifende Stimme löste bei mir den heftigen Wunsch nach Flucht aus.

›Sie sieht aus wie ein Gassenjunge, Louis, sonnenverbrannt, und diese Haare‹, lamentierte sie, ›entsetzlich, wie ein Zigeunerkind! Wie gut, dass ihre arme Mutter das nicht mehr erlebt. Aber ich werde sie schon zu bändigen wissen.‹ Ihre knochigen Finger bohrten sich in meine Schultern, zogen an meinen langen Haaren, und das Glitzern ihrer schwarzen Vogelaugen machte mir klar, dass sie nicht nur mein Haar meinte. Es versprachen äußerst verdrießliche Wochen werden, und Panik packte mich. Ich riss mich los, und mit dem dir sattsam bekannten Ausruf ›Hölle und Verdammnis‹ rannte ich mit hochgeschürzten Röcken und fliegenden Haaren die Pier hinunter.« Sie lachte. »Wohin ich gedachte auszureißen, hatte ich mir natürlich nicht überlegt. Adele stieß einen spitzen Schrei aus und sank, sich hektisch bekreuzigend, auf den Sitz ihrer Kutsche zurück, während mein Vater brüllte, ich solle sofort zurückkommen. Mit gesenktem Kopf schlich ich zu ihm; ich fühlte mich, als hätte ich Bleigewichte an den Füßen. Papa zog mir die Ohren lang, und zu Hause wusch mir Adele den Mund mit Seife aus, verbannte mich für eine Woche in mein Zimmer, und ich musste sogar dort allein essen. Ich musste die Bibel lesen, die gelesenen Passagen wurden danach streng von Adele und der alten Mechthild abgefragt.«

Sie lehnte den Kopf zurück und ließ den Wind in ihren Haaren spielen. »Der einzige Lichtblick dieser Tage waren die Leckereien, die Adeles Köchin, die einen Narren an mir gefressen hatte, mir heimlich durch das Hausmädchen zukommen ließ. Trotzdem war ich todunglücklich. Danach engagierte mein Vater umgehend meine sehr entfernte Kusine Wilma Jessel, die sich seit dem Tod ihrer Eltern ohne Geld durchs Leben schlagen musste und als Gouvernante ausgebildet war. Von nun an überwachte Wilma, die übrigens nur sieben Jahre älter ist als ich, meine Erziehung und meine Bildung. Sie nahm diese Aufgabe unangenehm ernst.« Catherine lächelte zu ihrem Mann hoch. »Jetzt weißt du, was ich für ein schreckliches Kind war und dass du von mir wohl noch einiges ertragen musst.«

»Bei uns in Niederbayern züchtigt man aufmüpfige Ehefrauen immer noch mit der Rute«, lachte er und drückte ihr einen Kuss auf den Mund.

Der Wind hatte aufgefrischt, der große Segler machte gute Fahrt, und nach und nach erschienen immer mehr Menschen an Deck. Einige nahmen ihr Frühstück auf ihren Reisetaschen sitzend ein. Die meisten Auswanderer schleppten ihre Wertsachen oder das, was sie dafür hielten, ständig mit sich herum. Keiner traute dem anderen.

»Sie haben den Hai, sie haben den Hai«, kreischten die vier Robertson-Kinder und sausten herum wie übermütige Frischlinge. »Ein riesiger, riesiger Hai. Er hat mindestens zehn Menschen gefressen, sagt der Kapitän, mit einem einzigen Bissen verschlingt er sie.«

Johann und Catherine gingen zum Heck, wo sich bereits eine Traube von erregten Zuschauern um die Männer geschart hatte, die mit aller Kraft die Angel einzogen. Selbst die zimperlichen Jungfern waren gekommen. In sicherer Entfernung streckten sie, eng aneinander gedrückt, neugierig die Hälse vor und plapperten aufgeregt. Catherine unterdrückte das Bild einer Schar schnatternder Gänse. Mit einem Seitenblick streifte sie Johann. Sollte sie die Menschheit mit Tieren vergleichen, gehörte er eindeutig zur Gruppe der Löwen. Oder vielleicht zu den Elefanten?

Groß, unverwundbar, zuverlässig und ihr Schutz gegen das Böse der Welt. Ein gutes Gefühl, dachte sie und wurde sich erst jetzt bewusst, wie sehr sie das in ihrem bisherigen Leben vermisst hatte.

Ein Aufschrei aus vielen Kehlen schnitt durch ihre Gedanken, als der Kopf des großen Fisches die Wasseroberfläche durchbrach, das aufgerissene, riesige Maul entblößte Reihen von nadelspitzen, dreieckigen Zähnen.

Johann pfiff anerkennend. »Ein Großer Weißer, der gefährlichste von allen. Vor einiger Zeit, bei einer Schiffshavarie vor unserer Küste, wurde eine größere Anzahl der bedauernswerten Passagiere, die von dem untergehenden Schiff gesprungen waren und sich schon in Sicherheit glaubten, als sich Boote zu ihrer Rettung vom Strand her näherten, in einem Blutrausch von einem Rudel Großer Weißer verschlungen.«

»Hätten sie sich nicht auf die Schiffstrümmer retten können? Bei derartigen Unglücken schwimmen doch immer Holzplanken, ja sogar Tische und Kisten herum.«

Er zuckte die Schultern. »Das taten sie auch. Ein Überlebender, der mit vier anderen Passagieren rittlings auf einer Kiste hockte, erzählte, dass ein besonders großer Hai den Kopf aus dem Wasser gestreckt hatte, um nachzusehen, ob sich die Beute lohnte. Dann sprang er und schnappte sich einen der Leute, und seine Genossen holten sich die drei anderen.«

Catherine schluckte und trat vorsichtshalber einen Schritt von der Reling zurück. Sie wurde gewahr, dass Mrs. Robertson zugehört hatte und Johann schockiert anstarrte. Catherine fühlte Mitleid mit der hochschwangeren Frau, die kaum in guter Verfassung war. Blass und mager war sie, und ihre Kleidung und die der anderen Familienmitglieder war abgewetzt und verbraucht. Sicherlich hatte sie ihr Land nicht freiwillig verlassen, um hier in der Wildnis ihr Glück zu suchen. Finanzielle Not musste sie dazu getrieben haben. »Er ist immer zu Scherzen aufgelegt«, raunte sie der Engländerin zu.

»Oh, dann ist es ja gut«, lächelte Mrs. Robertson schwach und legte eine Hand auf ihr ungeborenes Kind.

Es dauerte noch über eine Stunde, ehe es den Matrosen gelang, den Hai an Bord zu ziehen. Als der massige Körper über die Reling rutschte und an Deck krachte, stoben alle angstvoll davon. Das Tier war in der Tat riesig, sprang herum, schlug mit dem Schwanz wild um sich und schnappte nach allem, was ihm im Weg war.

»Jesusmariaundjosef, sieh dir das an! Sein Kopf hat doch mindestens zehn Fuß Umfang!«, rief Johann und zog seine Frau hastig aus der Gefahrenzone.

Ein Matrose warf dem Hai ein Holzscheit von der Länge und Dicke eines Männerarms zwischen die Kiefer. Der Hai biss es mit der Leichtigkeit durch, mit der ein Mensch ein Streichholz knicken würde, und Catherine erschauerte bei der Vorstellung, wie es ihr ergehen würde, sollte sie zwischen diese grausigen Zähne geraten.

»Heute gibt's frischen Fisch«, frohlockte einer der Männer. »Holt den Smutje, damit er das Vieh zerlegt.« Damit ergriff er einen langen Speer und stieß dem Hai mehrfach in die Kiemen und in ein Auge. Der glänzend blaugraue Körper spannte sich wie ein Flitzbogen, erzitterte heftig, und nach immer schwächer werdenden Zuckungen bleckte er in einem letzten Aufbäumen sein beeindruckendes Gebiss. Catherine schätzte den Abstand von dem blutverschmierten Plankenboden bis zur Spitze seiner Rückenflosse auf vier bis fünf Fuß.

Der herbeigeeilte Smutje machte sich mit zwei Gehilfen daran, ihn zu zerlegen. »Wird eine gute Mahlzeit geben«, brummte er, setzte sein großes Messer an und säbelte los. Die dicke weiße Bauchhaut teilte sich, er schnitt tiefer und tiefer, und als er den Bauchraum selbst aufschnitt, entströmte dem Kadaver ein derart Ekel erregender Gestank, dass sich Catherines Magen umdrehte. Sie konnte nicht genau sagen, wonach der Fisch roch, aber sie würde sicherlich keinen Bissen davon anrühren. Zwei der bleichgesichtigen viktorianischen Jungfern übergaben sich in hohem Bogen und wanden sich anschließend vor lauter Peinlichkeit über ihre körperliche Reaktion in aller Öffentlichkeit.

Der Geruch saß Catherine so penetrant in der Nase, dass sie kaum ihr Frühstück, das aus Weißbrot mit Marmelade, pochierten Eiern und dünnem Tee bestand, herunterwürgen konnte. Plötzlich stand ihr alles bis zum Stehkragen. Die Schiffsreise, das schlechte Essen, die vielen Leute, die ihr keinen Augenblick allein mit Johann gewährten, es sei denn in ihrer winzigen Kabine. Den Gestank hatte sie satt, die groben Stimmen der Matrosen, die ewige Schlingerbewegung unter ihren Füßen. Einfach alles.

»Morgen früh kommt Durban in Sicht, und nachmittags dann wirst du zum ersten Mal deinen Fuß auf dein neues Land setzen. Halte durch bis dahin«, flüsterte ihr Mann und drückte sie an sich.

Sie starrte ihn aus großen Augen an. Offenbar hatte sie sich schon wieder durch ihr Mienenspiel verraten. Seine Worte jedoch weckten neue Zuversicht in ihr. »Lass uns heute ganz früh schlafen gehen und morgen mit der Sonne aufstehen, damit ich keine Sekunde von den letzten Meilen versäume«, flüsterte sie.

Kapitel 7

Der große Moment kam, als die Sonne ihren Zenith schon überschritten hatte. Catherine schätzte es auf drei Uhr, als Johann sie rief. »Komm und sieh. Da liegt Natal und hinter dem Bluff Durban.« Er zeigte auf einen weit ins Meer ragenden lang gezogenen Hügel, dessen Steilhänge mit sattgrüner Vegetation überzogen waren. Aufgeregt suchte sie das Land nach Zeichen von Besiedelung ab, fand aber kein Haus, keine Rauchsäule, nichts. Über die weite Fläche des Ozeans rollten die Wellen heran, brachen sich mit fernem Donnern an wuchtigen Felsen. Der Strand schien leer, der einzige Hinweis menschlicher Anwesenheit war eine winzige Flagge, die hoch oben auf der Spitze des Bluffs flatterte. Irgendwie beruhigte sie dieses Zeichen von Zivilisation.

»Ich sehe Löwen«, kreischte eins der Robertson-Kinder.

»Und ich Elefanten und wilde Neger mit Speeren«, trumpfte der älteste Junge auf. Er freute sich diebisch, als er die Wirkung seiner Worte auf die Umstehenden sah.

»O Gott, steh uns bei«, jammerten die viktorianischen Damen und spähten angestrengt hinüber zum Land.

Langsam umrundete ihr Schiff den Bluff, segelte dicht unter dem Festland entlang. Wie eine steile grüne Festung erhob sich der Hügelrücken neben ihnen aus dem Meer empor. Johann zeigte Catherine eine felsige Höhle an der äußersten Spitze der Landzunge.

Hellgrüne Blättervorhänge wehten vor ihrer Öffnung, Sonnenstrahlen funkelten auf den schattigen Wassern, und das donnernde Echo der Brecher fing sich in der Höhle und schallte wie aus einem Trichter zu ihnen herüber. Auf weichen Schwingen erhob sich ein großer, weißer Vogel von der äußersten Spitze des Bluff in die Luft und entschwand mit trägen Flügelschlägen im Dunst der Ferne.

Catherine beschattete ihre Augen und sah ihm nach. »Könnte ein Heiliger Ibis sein, er hat einen schwarzen Kopf.« Ihr war heiß, und sie schob ihre Ärmel hoch. Johann hatte Recht gehabt, die Sonne glühte in diesen Breiten, und sie war froh, ihr dünnes Baumwollkleid angezogen zu haben. Sie nahm sich vor, bald einen Schneider in Durban aufzusuchen, um einige neue Sachen zu bestellen. Der Segler glitt jetzt in eine weite Bucht, die Matrosen schwärmten die Wanten hoch, hangelten sich behände an den Rahen entlang und holten die Segel ein. Der Anker rasselte ins Wasser, und das Schiff drehte bei. Alle Auswanderer hatten sich inzwischen an Deck versammelt, und das erste Gepäck stapelte sich mittschiffs. Angestrengt starrten alle hinüber zur Küste. Über ihnen segelten wenige schneeweiße Wolken im tiefblauen Himmel, das Meer war eine schimmernde blaue Fläche, schaumgekrönte Brecher brandeten an den endlosen Strand, der wie ein goldenes Band um die lang gezogenen, von niedrigem Grün überwucherten Dünen lag. Im Süden nahm ihr der Bluff die Sicht, im Norden verlief das Grün im weißen Dunst der Gischt zu einem zarten Aquarell. Es war so schön, dass ihr das Herz hüpfte.

»Siehst du die Einbuchtung dort, nördlich des Bluff, ein, zwei Meilen die Küste hoch?« Johann legte den Arm um sie. »Lass deinen Blick an meinem Arm entlanglaufen, dann siehst du es. Dort mündet ein wunderschöner Fluss. Wir werden ihn überqueren, wenn wir nach Inqaba reiten.«

Sie zog ihre Brauen zusammen. Sie litt an Höhenangst. Ihr wurde schon schwindelig, wenn sie nur von einem Pferd herunterblickte, besonders auf Brücken. Hoffentlich waren die in Natal flach und nicht von Termiten zerfressen, sondern solide, aus Stein. »Reiten? Werden uns deine Zulus nicht mit der Kutsche am Hafen erwarten?«, fragte sie enttäuscht.

Er unterdrückte ein Schmunzeln. »Nein, mit einer Kutsche kommst du in Durban keine Meile weit. Ich habe zwei Pferde, zwanzig Ochsen und zwei Wagen bei einem Freund stehen.«

Sie schwieg, fühlte sich etwas vor den Kopf geschlagen. Ochsenwagen? Das war nicht ganz so, wie sie sich ihre Ankunft vorgestellt hatte.

»Na und? Bist du aus Zucker, ma petite?«, schalt Grandpère.

Sie musste lächeln. Natürlich war sie das nicht, und was hieß das schon? Auch in Deutschland gab es Strecken, die nur ein Ochsenkarren bewältigen konnte. Dann fiel ihr etwas ein. »Habe ich dir erzählt, dass ich mit dem ›Adler‹ gefahren bin, der Dampfeisenbahn, die zwischen Nürnberg und Fürth verkehrt? Ein urweltlicher Anblick. Der Lärm, der Dampf, die Hektik und diese Geschwindigkeit. Es war atemberaubend. Die Landschaft flog vorbei, und man konnte bequem sitzend alles in sich aufnehmen. Hast du die Bahn noch erlebt?«

»Nein. Einmal im Jahr sind wir zur Kirmes nach Frauenau gereist, und einmal war ich in Zwiesel. Als ich mich dann aufmachte, Amerika zu entdecken, konnte ich es nicht abwarten und nahm mir nicht die Zeit, dieses Weltwunder kennen zu lernen.«

»Nun«, hier lächelte sie ein wenig spöttisch, »irgendwann wird die Zivilisation auch in dieses Land kommen, und eine Eisenbahn wird uns schnell und sicher von Kapstadt nach Durban tragen.« Sie seufzte. »Lass uns hinunter in die Kabine gehen und packen, ich möchte so rasch wie möglich an Land gehen.« Ihre Augen mit der Hand beschattend, hielt sie Ausschau nach dem Boot des Hafenmeisters, konnte aber noch nichts erkennen.

»Wir haben noch Zeit. Der Hafen Natals, Port Natal, liegt innerhalb der Bucht hinter dem Bluff. Wir müssen nur heil die Einfahrt durchqueren. Ich hoffe, dass sie nicht schon wieder von einer Sandbank versperrt ist. Denn dann wird's brenzlig, dann müssen wir schwimmen.« Er lächelte fröhlich.

In der Kabine bündelten sie ihr Bettzeug und die Kleidung, packten die Lebensmittel, die ihnen die Simmons' mitgegeben hatten, Kekse, Tee, Eingemachtes, Pökelfleisch, Dörrobst, ihre Bücher und all den Krimskrams, der sonst noch herumlag. Catherine hob ihre Tasche auf. Sie war relativ leicht, hauptsächlich enthielt sie Kleidung, trotzdem war sie verärgert, dass Sicelo nicht hier war, um ihnen zu helfen.

»Warum hilft uns Sicelo nicht? Er liegt da oben nur an Deck und faulenzt«, fragte sie Johann.

»Er weigert sich, in den Bauch des Schiffes hinabzusteigen. Hab ich dir doch schon erklärt. So ist er nun einmal.«

Aber so leicht ließ sie sich nicht abspeisen. Es war immer gut, Dinge sofort und restlos zu klären. »Wie kann sich ein Bediensteter weigern, einen Auftrag auszuführen?«

Johann setzte seinen Fuß auf seine Reisetasche, um den Riemen, der sie verschloss, fester zu schnallen. »Weil Sicelo kein Bediensteter ist. Hab ich dir auch schon erklärt. Du solltest ihn als Spurensucher und im Kampf gegen wilde Tiere erleben. Da ist er wahrhaftig einzigartig«, sagte er zerstreut. Die Reisetasche beanspruchte seine ganze Aufmerksamkeit.

Sie sah das nachsichtige Lächeln in seinen Mundwinkeln und wurde nur noch ärgerlicher. Machte er sich über sie lustig? »Na, dann wird er ja ein gemütliches Leben bei uns haben, nicht wahr?«

Die Bemerkung war schnippisch und ungerecht, das hörte sie selbst, konnte es aber nicht über sich bringen, sich bei ihrem Mann zu entschuldigen. Johann wusste offenbar nicht viel über den Umgang mit der Dienerschaft, dachte sie. Nun, woher auch? Wer weiß, wie der Haushalt seiner Eltern geführt wurde, außerdem hatte er diesen schon verlassen, bevor er sich für solche Dinge hätte interessieren sollen. Das würde sie als ihre Aufgabe übernehmen müssen. Es war eine der wenigen Fertigkeiten, die sie von Adele gelernt hatte.

»Das ist die Voraussetzung, wenn du einen großen Haushalt führen willst, mein Kind. Früher, als unsere Umstände noch standesgemäß waren«, pflegte Adele zu bemerken, »hatten wir nie weniger Dienerschaft als sieben oder acht. Allein zwei Hausmädchen, ein Zimmermädchen, die Haushälterin, die Stallburschen und dann unsere Köchin natürlich. Heute ist es anders. Heute muss die Haushälterin kochen und mit einem einzigen Hausmädchen auskommen, und die Wäsche macht eine Waschfrau, die nur einmal die Woche kommt.«

Grandpère hatte die weinerlichen Klagen seiner Tochter stets ignoriert. Nur bei der Erwähnung der Köchin küsste er immer seine Fingerspitzen und verdrehte die Augen. »Ihre Desserts, ihre Soßen ... superb, superb«, hatte er dann wehmütig gemurmelt.

Johann unterbrach ihre Überlegungen. »Meine Werkzeuge, Samen und Vorräte sind noch im Frachtraum. Wir holen sie zum Schluss heraus, ebenso die Lebensmittelvorräte hier. Hast du alles?« Er hielt ihr die Tür auf. Sie nickte wortlos, sie war noch immer verschnupft.

Das Schiff schlingerte. Die Wellen schienen höher geworden zu sein, der Wind stärker. Auch alle anderen Passagiere hatten gepackt. Das Deck war übersät von ihren Habseligkeiten. Koffer mit rundem Deckel, unzählige Wäschebündel, Hutschachteln, verschnürte Pakete, sogar ein Schrankkoffer war dabei. Die Robertson-Kinder sausten johlend dazwischen herum, stolperten dauernd über irgendwelche Gepäckstücke und gingen den angespannten Passagieren gründlich auf die Nerven. Auflandiger Wind war aufgekommen, der Himmel verdunkelte sich, und die lange Dünung wurde merklich höher. Die starke Strömung zerrte am Schiff, es schaukelte und rollte, schon hingen die ersten über die Reling und erbrachen sich, unter ihnen die bedauernswerte Mrs. Robertson.

»Da kommt ein Boot. Boot in Sicht. Sie kommen!«, brüllte das älteste der Robertson-Kinder, ein blassblonder Bursche, und alle rannten hinüber zur Reling auf der Landseite und starrten gebannt dem flachen Boot entgegen. Es wurde von mehreren Männer gerudert.

»Das ist das Boot des Hafenkapitäns. Sie wollen wissen, ob wir Krankheiten an Bord haben«, erklärte ihr Johann. »Wird auch langsam Zeit, es geht schon auf den Abend zu.«

Schweigend beobachteten sie das heftig tanzende Boot. Immer wieder wurde es von einer Welle hochgehoben und um Längen zurückgeschleudert, drohte dabei fast zu kentern. Ein Mann ging über Bord, und ein Aufschrei lief durch die Zuschauer. Doch seinen Kameraden gelang es, ihn mit einem Griff an Kragen und Hosenboden zu erwischen und wieder ins Boot zu hieven.

»Sie werden's nicht schaffen, heute wird das nichts mehr«, knurrte ein Matrose, als das Ruderboot wieder unter einem der meterhohen Brecher verschwand, »und wir werden hier noch bis morgen festsitzen, und heute Nacht ist Springflut.«

Und so kam es. Das Boot kehrte nach weiteren vergeblichen Versuchen, die Brecher zu meistern, zurück in den Hafen. Die Passagiere saßen enttäuscht auf ihrem Gepäck herum und diskutierten aufs Lebhafteste diese neue Lage. Johann starrte mit gerunzelten Brauen hinüber zur Küste. »Der Mann hat Recht. Wir werden bis morgen an Bord bleiben müssen. Es lohnt sich nicht, wieder auszupacken. Wir können uns, so wie wir sind, für ein paar Stunden in die Koje legen. Wenigstens sind wir hier vor den Mücken sicher. Sicelo!«

Der Zulu umklammerte den Mast und hatte die breiten Lippen fest zusammengepresst. Sein Gesicht glänzte grau wie nasser Ton. Verbissen lauschte er dem, was sein Freund ihm zu sagen hatte, antwortete mit kurzen Sätzen. Catherine verstand nichts. Sie sprachen Zulu miteinander.

»Yebo«, stimmte Johann seinem Begleiter zu und drehte sich zu seiner Frau. »Sicelo meint auch, dass wir heute Nacht Sturm bekommen. Wir sollten unser Gepäck wieder mit hinunternehmen. Ein Glück, dass meine Werkzeuge und Vorräte noch im Laderaum sind.«

Kaum waren sie unter Deck, setzte harter Regen ein. Das Prasseln mischte sich mit dem Donnern der Brandung und dem tiefen Orgelton, mit dem der Wind durch die Takelage fegte. Das Schiff stampfte und rollte und zerrte an seinem Anker. Alle Passagiere waren wieder in ihre Kabinen zurückgekehrt, und die meisten waren furchtbar seekrank, manche weinten.

Selbst Catherine wurde der Magen flau, als der Segler sich hart backbords legte, nur langsam aufrichtete und gleich weit nach steuerbord rollte. Sie musste an den Hai denken, den die Matrosen gefangen hatten, und an Johanns Worte. Irgendwo hatte sie gelesen, dass auch Fische seekrank wurden und sich in größere Tiefen verzogen. Ob das auch auf Haie zutraf? Der Schiffsboden bekam plötzlich eine Neigung von mehr als fünfundvierzig Grad, und beide wurden aus der Koje geschleudert, rutschten über die Planken zwischen die Beine des festgeschraubten Tisches.

»Au«, schrie sie, »Hölle und Verdammnis, das hat wehgetan.«

»Deine Ausdrucksweise, meine entzückende Frau Steinach, ziemt sich ganz und gar nicht für eine Dame.« Johanns Ton war streng, sein Gesichtsausdruck nicht.

»Dann bin ich eben keine Dame«, keuchte sie und rieb sich ihren geprellten Rücken.

»Wir sollten unsere Sachen festzurren. Sonst werden sie kurz und klein geschlagen.« Er kroch unter dem Tisch hervor.

Das Schiff streckte das Heck in die Luft und raste einen Wellenberg hinunter. Der Boden unter ihnen schüttelte sich, hüpfte, stampfte, als säßen sie auf einem durchgehenden Pferd. Catherine versuchte vergeblich, sich irgendwo festzuhalten, wurde wie eine Puppe von einer Kabinenwand zur anderen geworfen. Johann erwischte sie am Knöchel und zog sie zu sich heran. »Halt dich an mir fest«, schrie er über das Jaulen des Sturmes.

Aus dem großen Gemeinschaftsschlafraum – nur die wenigsten der Auswanderer konnten sich eine Kabine leisten – klang Kinderweinen, jemand übergab sich lautstark, einige beteten. Irgendwo auf dem Schiff verrutschte Ladung und rumpelte gegen die Bordwand, und die Todesangst, die Catherine während des Sturms auf der *Carina* gepackt hatte, kam zurück. Mit beiden Armen umklammerte sie ihren Mann, presste ihren Kopf an seine Brust. Kraftvoll und stetig pulsierte sein Herzschlag durch ihren Körper, und langsam passte sich ihr eigenes, rasendes Herz seinem ruhigen Rhythmus an. Ihre Angst schwand. Johann war bei ihr.

Die Welle spuckte den Segler wieder aus, der Boden schwankte zwar noch heftig, aber Johann schaffte es, aufzustehen. Breitbeinig balancierte er die Schlingerbewegungen aus und half ihr ebenfalls hoch. Mit geübten Handgriffen zurrte er ihre gesamte Habe fest. »So, nun kann nichts mehr passieren«, grinste er, völlig unbeeindruckt von dem Toben der Elemente. »Außerdem ist das Schlimmste vorbei. Hast dich gut gehalten, mein Mädel. Komm, lass uns an Deck gehen und sehen, wie es Sicelo ergangen ist.«

»Warte, bitte.« Rasch flocht sie ihre Haare in einen dicken Zopf und versteckte ihn unter ihrem Schal, den sie fest um den Kopf schlang. »So, nun bin ich fertig.«

Er zog sie den Gang entlang zur Stiege nach oben, und als sie das Deck betraten, riss der Wind ihren Schal herunter und peitschte ihr den Zopf ums Gesicht. Mit beiden Händen hielt sie ihn zurück und schaute sich in dem grauen Licht des frühen Abends um. Sicelo hatte sich mit einem Strick am Hauptmast festgebunden. Sein Gesicht hatte die Farbe nasser Asche, die Augen hielt er fest zugepresst und murmelte dabei mit bebenden Lippen vor sich hin. Ab und zu überschwemmte eine Welle das Deck und begrub ihn unter einem Schwall Wasser. Dann steigerte sich sein Gebet zu Geschrei.

»Er spricht mit seinen Ahnen, fleht sie an, ihn zu beschützen, verspricht, ihnen ein Huhn zu opfern, wenn er wieder lebend in sein Umuzi zurückkehrt«, übersetzte Johann seiner Frau.

»Schätzt er sein Leben nicht höher ein als das eines Huhns?«

»Unser Sicelo ist ein vorsichtiger Mann«, schrie er gegen das Tosen der Wellen und lachte. Er lachte viel in diesen Tagen, mehr, als er es je zuvor getan hatte. Das Leben perlte wie Sekt in seinen Adern. Er streichelte die Frau in seinem Arm mit den Augen.

»Warum schläft er immer an Deck? Gibt es keinen Platz in der Mannschaftskabine für ihn?«

»Doch, natürlich, aber er würde sterben vor Angst da unten. Buchstäblich. Ihm ist nicht geheuer, dass ein Schiff schwimmt, und die Vorstellung, im Bauch dieses Ungeheuers eingeschlossen zu sein, ist für ihn so furchtbar, dass er sich lieber an Deck festbindet und den Stürmen trotzt. Er ist fast noch froher als ich, nach Inqaba zurückzukehren.«

»Wer beaufsichtigt deine Leute im Haus, wenn du nicht da bist? Hast du einen Majordomus?« Der Sturm riss ihr fast die Worte aus dem Mund.

»Einen was?«, brüllte er gegen das Röhren.

Eine große Welle brach sich am Bug und durchnässte Catherine bis auf die Haut. Sie sprang mit einem Aufschrei zurück und vergaß ihre Frage.

Sicelo zu ihren Füßen würgte, spuckte aus und kniff dabei immer noch seine Lider fest zusammen. »Meine Ahnen haben mich verlassen, ich bin allein in dieser Welt«, lamentierte er. »Ich werde hier sterben, und mein Körper wird im Bauch von Imfingo landen, dem großen Fisch, der mehr Zähne hat als das Krokodil. Mit mir im Bauch wird er durch das große Wasser schwimmen, hierhin und dorthin, bis die Zeit zu Ende ist, und meine Angehörigen werden meine Seele nicht in mein Umuzi zurückbringen können. Das bedeutet großes Unglück für sie.«

»Ich bin der Mann, der den Lieblingssohn deines Königs aus den Klauen des Leoparden gerettet hat, und ich sage dir, dass du nicht sterben wirst, Sicelo, aber du wirst mindestens eine Ziege opfern müssen, um deine Ahnen zu besänftigen.«

Sicelo öffnete seine Augen. »Eine Ziege, eh?«, ächzte er und schürzte betroffen die Lippen, während er seinen Blick über das wilde Meer schweifen ließ. Wasser lief ihm aus den Kraushaaren übers Gesicht, auch Wams und Beinkleider waren tropfnass. Er lockerte den Strick, mit dem er sich am Mast festgebunden hatte, so weit, dass er ihm nicht mehr den Brustkorb einschnürte. »Vielleicht doch besser eine Kuh, mein Freund?«

Mit großem Ernst überdachte Johann diese Frage. »Vielleicht besser eine Kuh«, bestätigte er endlich. »Deine Ahnen werden sehr zufrieden sein, und das Glück wird in dein Umuzi zurückkehren. Siehst du, der Wind wird schon jetzt weniger. Du wirst dich bald losbinden können.«

Sicelos Gesicht leuchtete auf, er löste den Strick aber vorsichtshalber nicht vollständig. Mit geschlossenen Augen begann er wieder, vor sich hinzuflüstern.

Die Nacht war ein Inferno aus tintenschwarzen Wolken und heulenden Sturmböen. Die Steinachs lagen in ihren Kojen, aber an Schlaf war nicht zu denken. Keiner an Bord des Seglers tat ein Auge zu. Gegen fünf Uhr in der Früh, als wässriges Grau den Morgen ankündigte, hörten sie einen lauten Knall und ein Klirren, dann klatschte etwas ins Wasser, das Schiff drehte quer zum Wind und legte sich zur Seite. Johann fuhr hoch und stieß sich prompt den Kopf an der niedrigen Decke.

»Verflucht, ich glaube, die Ankerkette ist gerissen«, schrie er, sprang aus der Koje und war mit zwei Schritten an der Tür und die Stufen des Niedergangs hoch, bevor Catherine reagieren konnte. Sie rannte ihm nach und glaubte, in der Hölle gelandet zu sein. Der Himmel hatte sich herniedergesenkt, schiefergraue Wolkenfetzen schleppten wie Vorhänge über das geisterhaft hellgrüne, schäumende Meer, treibender Regen nahm ihnen die Sicht. Eine Sturmbö warf sie um, sodass sie auf Händen und Knien auf dem schwankenden Deck landete. Nur mühsam gelang es ihr, sich an einem Tau hochzuziehen, und sie entdeckte entsetzt, dass die *White Cloud* den Felsen, die dem Bluff vorgelagert waren, bereits gefährlich nahe war und mit jeder Welle näher an die nadelscharfen Spitzen getrieben wurde. »Herrgott, der Du bist im Himmel, hilf uns ...«, betete sie und lauschte dabei voller Angst dem Orgeln des Orkans und den Schreien des gepeinigten Schiffs.

Der Kapitän befahl, sämtliche Passagiere zu wecken und an Deck zu bringen. Alle, sofort, so wie sie waren. Das geschah, und bald drängten sie sich alle um ihn. Einige trugen nichts als dünnes Nachtzeug und zitterten vor Nässe und Kälte. Hilflos mussten Besatzung und Passagiere mit ansehen, wie ihr Schiff in sein Verderben trieb. Schon kratzte der Schiffsboden über ein Hindernis, das tief unter der Wasseroberfläche lag.

Catherine verrenkte sich den Hals, um ihren Mann zu entdecken, wagte in der Furcht, über Bord gespült zu werden, aber nicht, das Tau loszulassen. Ihre Haare flogen im Sturm, das Kleid verhedderte sich am Tau. »Johann, wo bist du?«, schrie sie. »Johann, hierher!« Aber die Worte wurden vom Wind zerfetzt.

Der Kapitän gab den lamentierenden Passagieren Anweisungen, sich mittschiffs zu versammeln und ihr Hab und Gut zu sichern, doch gegen das schrille Gekreisch der Elemente konnte er sich nur schwer durchsetzen. Er verschwand im Ruderhaus. Die Männer brüllten Befehle an ihre Frauen, sich und die Kinder festzuhalten, während sie versuchten, die wichtigsten Gepäckstücke zu retten. Die Frauen schrien in Panik ihre Kinder an, die wiederum, nicht wissend, was um sie her passierte, nur hilflos weinten.

Johann suchte das Schiff nach Catherine ab, rief ihren Namen und drängte sich dabei rücksichtslos durch die Menge. Die Vorstellung, dass sie unbemerkt über Bord gegangen sein könnte, machte ihn fast wahnsinnig. In den haushohen Wellen würde sie keine Überlebenschance haben. An die riesigen Haie, für die diese Küste berüchtigt war, zwang er sich, nicht zu denken.

Er stieg auf eine Kiste, und da endlich sah er sie. Ein Stein fiel ihm vom Herzen. Schlau, wie sie war, hatte sie ein Tau gepackt und sich um den Leib gebunden. Er stieß die Umstehenden grob aus dem Weg und erreichte sie Sekunden vor der Kollision mit den Felsen, drückte sie gegen den Hauptmast, schlang seine Arme um sie und schützte sie mit seinem Körper gegen den Aufprall.

Als der kam, war er erstaunlich gelinde, nicht der brutale, markerschütternde Ruck, den sie erwartet hatten. Trotzdem riss sich tief im Bauch die Ladung los, knallte gegen die Bordwände und schlug alles kurz und klein. Der Segler kämpfte mit der ganzen Kraft und Zähigkeit der Eichbäume, aus denen er gebaut war, gegen den Untergang. Doch am Ende verlor er, und die Geräusche, mit denen er auseinander brach, waren grauenvoll. Catherine sollte sie bis ans Ende ihres Lebens nicht vergessen. Als wäre das Schiff ein lebendes Wesen und würde langsam in Stücke gerissen, schrie die *White Cloud*, als sich die zackigen Felsspitzen wie Monsterzähne in ihren Leib fraßen. Immer lauter schrie das Schiff, immer heftiger wurden die Stöße, die seinen Rumpf erschütterten. Ein tiefer Bassgeigenton erfüllte die Luft, der Catherine die Haare zu Berge stehen ließ. Der Mast, der Decksboden, jede Faser ihres Körpers vibrierte, als wären sie Klangköper einer Riesengeige.

»Der Wind versetzt die Taue in Schwingungen«, keuchte Johann. Mit einem Griff wie von Eisenklammern hielt er seine Frau in seinen Armen fest, presste ihr die Luft aus den Lungen, bis rote Feuerbälle hinter ihren Augen explodierten. So wartete sie auf ihr aller Ende. Der Mast über ihr brach und krachte neben ihnen herunter, zerschmetterte den großen Verschlag, in dem die Möbel der Auswanderer gestapelt waren. Das Deck stellte sich fast senkrecht, und Johann grunzte vor Schmerz, als ein Koffer seine Nieren rammte. Es kostete ihn das letzte Quäntchen seiner Kraft, um nicht loszulassen und mit Catherine in die tosenden Fluten zu stürzen.

Ihre Qual dauerte an, und Catherine verlor jegliches Gefühl für die Zeit und für sich selbst. Ihr ganzer Kosmos bestand aus dem Kreis seiner Arme, dem rauen Stoff seiner durchnässten Jacke und dem Pochen seines Herzens. Irgendwann verstummte das Schreien, nur noch das Donnern der brechenden Wellen und das Krachen von berstendem Holz erfüllte die Luft. Langsam starb das Schiff, Woge auf Woge brach sich über dem Deck, und dann, im ersten Grau des Morgens, sah sie eine gläsern grüne Wasserwand auf das Schiff zurauschen, die ihr so hoch erschien wie ein zweistöckiges Haus. Starr erwartete sie ihren Untergang, füllte ihre Lungen nicht mit Luft, hoffte, dass das Ende so schneller und gnädig sein würde.

Für Minuten bestand ihre Welt nur aus hallendem Donner, weißer Gischt, strudelnden Wasserblasen. Das Deck neigte sich weit zu einer Seite, dann rollte das Schiff zurück, das Wasser lief ab, und der Boden unter ihren Füßen war plötzlich fast waagerecht. Reine Luft strömte in ihre Lungen, sie hob den Kopf und blinzelte ungläubig durch die Wimpern. Die *White Cloud* hing auf den Felsen, aber die Riesenwelle hatte das Schiff aufgerichtet und fest verkeilt. Das Deck war noch in einem Stück. Überall türmten sich Gepäck und Holztrümmer, Menschen hingen halb ertrunken da, wo sie sich festgebunden hatten, aber keiner war über Bord gegangen.

Johann rührte sich. »Kannst du allein stehen?«, fragte er heiser, und als sie nickte, musste er seine vollkommen erstarrten Hände Finger für Finger vom Mast lösen. Catherine kam sich vor wie eine Holzpuppe, so steif waren ihre Muskeln. Schwankend richtete sie sich auf. Ihren schmerzenden Nacken massierend, sah sie sich um.

Die *White Cloud* war ein Wrack. Der Mast war wenige Fuß über ihrem Kopf gebrochen und hatte sie nur knapp verfehlt. Ein Mann kniete daneben, versuchte vergeblich, den leblosen Körper einer Frau von dem Gewicht des Hauptmasts zu befreien. Erst als Dan de Villiers einige Männer zusammenrief, gelang es, ihn so weit anzuheben, dass der Mann die Frau hervorziehen konnte. Sie war tot. Er nahm sie in die Arme, wiegte sie wie ein kleines Kind und schluchzte sich sein Herz heraus. Die Frau war das einzige Todesopfer dieser Horrornacht. Erschüttert wandte sich Catherine ab und folgte Johann. Er stieg über die Überreste der abgerissenen Frachtraumluke und spähte in den dunklen Bauch des Schiffs.

»Verdammt, wir haben ein Leck, wie's mir scheint, da unten schwimmen überall Gepäckteile.« Damit kletterte er über Masttrümmer und Tauwgewirr zu dem gähnenden Loch, wo vorher der Niedergang gewesen war. »Unsere Kabine ist noch nicht unter Wasser, ich muss runter, um zu retten, was zu retten ist«, sagte er und verschwand durch die geborstene Tür.

»Johann«, schrie sie, fassungslos über seinen Leichtsinn, »sei vorsichtig, um Gottes willen ...!« Angstvoll rufend folgte sie ihm, stolperte und fiel mit dem Kopf gegen eine Kante. Hastig richtete sie sich auf. Ihr wurde schwindelig, alles drehte sich um sie, und mit letzter Kraft stützte sie sich an einem Balken ab, fühlte sich als Sandkorn, das durch eine schwarze Welt wirbelt. Erst als ihr ein scharfer Geruch in die Nase stach, öffnete sie ihre Augen. Dan de Villiers stand dicht vor ihr und beäugte sie mit fürsorglichem Blick. Seinen extravaganten Hut schien er verloren zu haben. »Alles in Ordnung, Catherine?«

»Ja, es ist nichts. Ich hab mich nur gestoßen. Helfen Sie mir bitte, Mr. de Villiers, Johann ist irgendwo unter Deck und versucht etwas von unserem Gepäck zu retten. Ich mache mir Sorgen um seine Sicherheit.«

Aber anstatt loszurennen, lachte dieser nur gemütlich und spuckte seinen Kautabak über Bord. »Johann? Der kann sich selbst helfen. Der weiß genau, was er tut. Ihm wird nichts passieren. Sie bleiben schön hier und warten auf ihn. Außerdem heiße ich Dan. Mr. de Villiers war mein Vater«, setzte er hinzu.

Seine Reaktion beruhigte sie kaum, und sie ließ den Einstieg, durch den Johann verschwunden war, nicht aus den Augen. Zu ihrer unendlichen Erleichterung erschien sein Kopf nach kurzer Zeit in dem Loch, und gleich darauf stand er mit beiden Reisetaschen an Deck, das neue Gewehr hatte er unter den Arm geklemmt.

»Gott sei Dank.« Sie rannte ihm entgegen. Mit Schrecken sah sie, dass er tropfnass war und das Wasser aus seinen Stiefeln lief. »Steht das Wasser schon so hoch?«, flüsterte sie.

»Ja. Wir müssen zusehen, dass wir von Bord kommen.« Sein Gesicht war finster. »Ich hab versucht, in den Frachtraum zu gelangen, aber er wird durch Trümmer versperrt. Soweit ich sehen kann, ist er aufgerissen, und ein Großteil der Sachen schwimmt im Meer. Himmel und Hölle! Entschuldige, Catherine, aber es ist schlimm. Wenn es mir nicht gelingt, meine Werkzeuge, das Saatgut und die Vorräte herauszuholen, werden wir diesen Winter nicht säen können, und das ist eine Katastrophe. Verflucht!«, schrie er und trat gegen die lose Holzplanke, die gegen sein Schienbein geschlagen war.

Catherine fuhr zusammen. Es war das erste laute Wort, das sie von ihm hörte. »Wir sind immerhin noch am Leben, und du hast unsere Reisetaschen gerettet, alles andere wird sich finden. Wir werden es schon schaffen.« Ihr nasses Kleid klebte auf ihrer bloßen Haut, und der Wind kühlte sie so stark, dass sie das Gefühl hatte, in Eiswasser gelandet zu sein.

Stumm starrte er sie an. Sie schien das Ausmaß dieser apokalyptischen Vorstellung nicht zu begreifen. Aber, so wies er sich sofort selbst zurecht, wie sollte sie derartige Probleme auch verstehen? Sorglos war sie bisher durch die Welt gezogen, frei wie ein Vogel, ohne Wurzeln, ohne Verpflichtungen, musste sich nie Gedanken machen, ob am nächsten Tag noch etwas zu essen da sein würde. Sie hatte ein Leben gelebt, das mit der Wirklichkeit nichts zu tun gehabt hatte. Das, was sie auf Inqaba erwartete, würde ihr so fremd erscheinen, als wäre sie auf einem anderen Planeten gelandet. Er blickte auf sie hinunter. Nass wie eine ertrunkene Katze sah sie aus, war käsig im Gesicht und blau gefroren, doch Kraft und Lebendigkeit und ein eiserner Wille leuchteten aus diesen wunderbaren Augen. Seine Kehle wurde eng.

Noch immer konnte er sein Glück kaum fassen, dass dieses zauberhafte Wesen seine Frau geworden war.

»Sicelo könnte ich den Kragen umdrehen«, bemerkte das zauberhafte Wesen verdrossen und zerrte an ihrer Reisetasche. »Ich sehe wirklich nicht ein, warum wir unser Gepäck allein schleppen sollen.«

Der Kapitän, ohne seine dunkelblaue Jacke mit den goldenen Knöpfen und ohne sein Lachen, kletterte ein Stück die Wanten hoch, um das Deck besser übersehen zu können. »Alle herhören!«, brüllte er. »Wir müssen das Schiff so schnell wie möglich evakuieren. Noch hält es, aber sollte sich der Sturm wieder verstärken, könnte es vollkommen auseinander brechen. Wir werden versuchen, unser Beiboot zu Wasser zu lassen und Sie damit überzusetzen. Gelingt das nicht, werden wir eine Leine zwischen Schiff und Küste spannen und alle mit einem Bootsmannsstuhl an Land seilen. Sollte auch das fehlschlagen, müssen wir durch die Brandung waten. Es ist ablaufendes Wasser, bei Ebbe sollte das durchführbar sein. Wenn die *White Cloud* so lange durchhält«, fügte er leise hinzu.

Als Antwort schäumte eine Welle übers Vorderdeck, und sein Schiff ächzte, worauf einige Passagiere entsetzt aufschrien. In größter Eile löste die Mannschaft die Seile des Beiboots und bemühte sich, es unbeschädigt zu Wasser zu lassen. Es gelang, aber ein Blick auf die tanzende Nussschale war genug, um Catherine den Magen umzudrehen. Auch der Kapitän zeigte Zweifel. Er fertigte aus einem langen Tau eine Schlinge und bellte ein paar kurze Befehle. Ein vierschrötiger, rothaariger Kerl trat vor, befahl den Umstehenden zurückzutreten, band das eine Ende des Taus fest um den Mast und ließ die Schlinge über seinem Kopf kreisen. Dann warf er. Das Tau klatschte kurz vor den Felsen ins Wasser. Fluchend holte er es wieder ein und schleuderte es erneut. Wieder und wieder, und dann klappte es, die Schlinge fiel über eine Felszacke, und Passagiere und Matrosen brüllten ihren Beifall.

Die Mannschaft hatte inzwischen ein leeres Brandyfass oben aufgeschnitten und zwei Seilschlaufen daran befestigt, durch das sie das Seil zogen. Ein zweites Seil schlangen sie ebenfalls um den Mast, während sie das andere Ende am Fassrand verknoteten. Sie schlugen ein Loch in den Boden, dessen Zweck Catherine erst einsah, als sie beobachtete, was nun passierte. Der Rothaarige, mit einem weiteren, noch aufgerollten Tau in den Händen, kletterte hinein und machte sich klein. Dann zog er sich Hand über Hand hinüber. Die Brecher rauschten über ihn hinweg, immer wieder verschwand er vollkommen in der schäumenden See. Das Fass lief voll, aber das Wasser strömte aus dem Loch im Boden ebenso schnell wieder heraus, und wenn der Matrose aus der Gischt auftauchte, tat er ohne Anzeichen von Panik einen tiefen Atemzug, bevor ihn die nächste Woge erwischte. Er schaffte es hinüber, wurde am Ende zwar aus dem Fass und gegen die steinernen Zacken geschleudert, aber zur allgemeinen Erleichterung sah man ihn kurze Zeit darauf, bis auf mehrere blutende Schrammen unverletzt, aus dem Wasser steigen. Er zog das Seil strammer und sicherte es am Felsen. Das zweite Tau befestigte er am Fass, das andere Ende ebenfalls an einem Felsen. Das Brandyfass konnte nun hin- und hergezogen werden. Dann signalisierte er zur *White Cloud*, dass mit der Evakuierung der Passagiere begonnen werden könne, und die Matrosen hievten das Fass zurück an Bord.

Die Kinder mussten als Erste hinüber, und Mrs. Robertson weinte laut, während ihre beiden ältesten, nur mit ihren dünnen Nachthemden bekleidet, fest ihre Taufbecher umklammernd, vom Schiff ins Fass stiegen. Sie verschwanden bis zur ihrer Nase darin. So schwebten sie dicht über dem tosenden Meer dem Festland entgegen. Immer wieder sprangen die Wellen hoch und verschlangen das Fass, und jedes Mal schrie Mrs. Robertson auf. Mit riesigen, angsterfüllten Augen starrten die Kleinen zurück auf ihre Eltern. Sie hatten strikte Anweisung, sich am Strand nicht vom Fleck zu rühren, wie auch der Kapitän alle aufforderte, dicht beieinander zu bleiben, bis Hilfe käme.

»Es wandern eine ganze Menge Tiere durch den Dschungel am Bluff, und kürzlich hat man mehrere Leoparden gesehen«, erläuterte er. Seine Bemerkung sollte wohl nur dazu dienen, den Leuten klar zu machen, warum sie sich nicht vom Strand entfernen sollten, bewirkte jedoch, dass aufgeregtes Geschrei einsetzte. Die viktorianischen Fräulein drängten sich schreckensbleich aneinander und empfahlen laut ihre Seelen Gott, wohl felsenfest von ihrem bevorstehenden Ende überzeugt. Catherine sah gereizt zu ihnen hinüber. Welchen Zweck hatte Jammern, wenn es galt, zu handeln?

Nach und nach wurden alle auf diese Weise hinüber an Land gebracht. Als Catherine ihren nackten Fuß auf den sandigen Streifen setzte, der den vom Hang herunterwuchernden Küstenurwald zum Meer abgrenzte, knickten ihr die Knie einfach weg, und sie landete im seichten Wasser. Sie war zu müde, um sich darüber aufzuregen, ihr Kleid war ohnehin tropfnass. Kein Gefühl bewegte sie in diesem besonderen Moment ihres Lebens. Auf Händen und Füßen kroch sie höher auf trockenen Sand, betrat auf diese Weise den Boden ihrer neuen Heimat. Sie streckte sich aus und wartete, dass Johann, Dan de Villiers und Sicelo nachkommen würden. Es dauerte lange, bevor erst Johann mit einer ihrer Taschen und dann der Schlangenfänger mit der anderen mit dem Bootsmannsstuhl das Land erreichten, doch Sicelo kam nicht.

»Hast du ihn gesehen?«, fragte Johann seinen Freund.

»Nicht seit gestern Abend«, antwortete der.

Johann biss sich auf die Lippen, und Catherine wurde klar, dass seine Beziehung zu dem Zulu doch tiefer ging, als sie angenommen hatte. Sie legte ihm tröstend die Hand auf den Arm. »Vermutlich ist er über Bord gesprungen und an einer anderen Stelle an Land geschwommen. Mach dir also keine zu großen Sorgen. Er kann doch schwimmen?«

»Nein, kann er nicht. Der würde untergehen wie ein Stein.« Ruhelos lief Johann am Strand auf und ab, starrte über die Wasseroberfläche und den Strand am Point, einer spitzen, schmalen Landzunge, die etwas weniger als eine halbe Meile von ihrem Standpunkt entfernt auf der anderen Seite der Hafeneinfahrt lag. Es war bereits später Nachmittag, und das Licht wurde bläulicher. Bald würde er nichts mehr erkennen können. Sein Suchen war vergebens. Sicelo blieb verschwunden, und der Schmerz hätte ihn nicht schlimmer treffen können, wäre es sein eigener Bruder gewesen, den er verloren hatte.

Die Kinder weinten vor Kälte und Hunger. Doch wenigstens hatte der Regen aufgehört, und der Wind war schwächer geworden, hatte von Nordost auf Südost gedreht. Einige der Einwanderer sammelten Treibholz und zündeten es an, wärmten sich an den stark rauchenden Feuern und versuchten, ihre Kleidung zu trocknen.

Auch Johann und Dan schichteten ein Feuer auf. Müde lehnte Catherine ihren Rücken an Johanns Brust und schmiegte sich fest in seine Arme. Schnell wurde es dunkel, der Mond ging auf, fliegende Wolkenschatten malten gespenstische Muster in den Sand. Seine Körperwärme entspannte sie, ihr fielen die Augen zu, und ihr Kopf sank zurück. Das Murmeln der beiden Männer lullte sie in den Schlaf. Endlich streckte sich auch Dan de Villiers lang aus und fing an zu schnarchen. Johann döste nur; er lauschte mit wachsender Besorgnis dem Ächzen des Seglers. Das Schreckgespenst des Verlustes seiner gesamten Habe hielt ihn wach. Er sehnte den Morgen herbei und hoffte, dass die *White Cloud* bis dahin durchhalten würde.

Der Tag begann in grauem, kaltem Licht. Düstere Wolken mit schweren Regenbäuchen hingen über dem Bluff, aber es war trocken. Johann starrte sorgenvoll übers Meer. Die *White Cloud* hatte während der Nacht leichte Schlagseite bekommen, und er meinte zu sehen, dass sie unterhalb der Wasserlinie ein großes Loch hatte. Im Meer trieben Holzbalken, doch die konnten auch von dem Möbelverschlag oder den zerstörten Aufbauten herrühren.

»Ich hoffe, Cato kommt bald in die Puschen und schickt die Boote, damit die Fracht gelöscht wird«, knurrte er. Seine Befürchtung, dass zumindest ein Teil bereits im Ozean schwamm, behielt er für sich.

Dan setzte sich stöhnend auf. »Gott, bin ich steif. Ich werde alt, lieber Freund, ich kann schon den Kerl mit der Sichel rasseln hören.«

»Sauf weniger, dann geht's dir besser«, antwortete sein wenig mitfühlender Freund lakonisch. Momentan galt seine Sorge nur dem Zustand des Schiffes und dem Schicksal Sicelos.

Mehrere Passagiere wanderten niedergeschlagen am Wasserrand entlang und suchten zwischen dem angespülten Gepäck nach ihrem Eigentum. Viel fanden sie nicht. Hier eine Brille, dort ein aufgeweichtes Buch oder einen silbernen Becher. Die Strömung lief nach Norden, und die meisten ihrer über Bord gegangenen Habseligkeiten waren abgetrieben. Immer noch rollten meterhohe Brecher unablässig über die Sandbarre, die den Point vom Bluff trennte.

Mrs. Robertson hatte die Arme um ihre weinenden Kinder gelegt. Sie war bleich, mit violetten Schatten unter den Augen und strähnigem Haar. Mr. Robertson starrte angestrengt hinüber zum Point.

»Seht nur«, rief er jetzt erregt, zog ein zusammenschiebbares Fernrohr aus seiner nassen Jacke hervor und spähte auf den breiten Strand auf der anderen Seite, der sanft zum Wasser abfiel. Trotz der Entfernung konnte man erkennen, dass er von Gepäckstücken und Trümmerteilen der *White Cloud* übersät war.

»Was siehst du? Nun sag schon.« Mrs. Robertson zupfte aufgeregt an seinem Jackenärmel und mühte sich, auch etwas zu erkennen.

»Unser Gepäck sehe ich! Es ist beschädigt, der Inhalt wird von den Wellen wieder ins Meer hinausgezogen«, berichtete er. »Ich kann Kisten, Ochsenkarren, mehrere Pflüge und ein paar Möbelstücke erkennen, und ein Klavier. Es ist von der Brandung ans Ufer geschleudert worden und zerbrochen. Wem gehörte das?«, fragte er die Passagiere.

Eine ältere Dame meldete sich. Ihr faltiges Gesicht war von den Anstrengungen der Nacht gezeichnet, aber ihr Blick war ungetrübt. »Es war ein Flügel, er gehörte mir«, sagte sie mit unbewegter Miene. Sie hatte offensichtlich schon Schlimmeres in ihrem Leben verkraftet als den Verlust eines Musikinstruments.

»Und da schwimmt ein Pferd«, unterbrach sie Mr. Robertson in heller Aufregung.

Höflich bat ihn der feine Herr, der in Kapstadt viel Aufsehen erregt hatte, als er das bildschöne Tier mit an Bord brachte, um das Fernrohr. Angestrengt starrte er hindurch, wurde bleich, als er mit ansehen musste, wie sein wertvolles Rennpferd mit den Wellen kämpfte, aber nur das Wechselspiel seiner Miene zeigte seine innere Erregung, als es sicheren Boden erreichte, sich aber aufrappelte und in kopfloser Panik in den dichten Busch davonpreschte. »Wie dumm«, murmelte er mit britischer Untertreibung. »Der Hengst sollte der Grundstock meines zukünftigen Gestüts in Indien werden«, erklärte er den anderen und gab Timothy Robertson höflich dankend das Fernrohr zurück.

Alle starrten gebannt auf das Geschehen in der Ferne, konnten aber nur schwarze Punkte im goldgelben Sand erkennen, außer Catherine, die die Augenschärfe eines Falken besaß.

»Da kommen Leute aus dem Busch«, sagte sie.

Mr. Robertson hob sein Fernrohr und ließ es über den fernen Strand wandern. »Es sind einige Männer, unangenehm aussehende Kerle, muss ich sagen, sie torkeln, scheinen betrunken zu sein«, kommentierte er. »Jetzt öffnen sie das Gepäck, verdammt, und wühlen es durch und nehmen Sachen heraus! He, lassen Sie das, das ist ja unerhört!«, brüllte er. Er fuhr herum zum Kapitän. »Sie plündern unser Gepäck, Kapitän, tun Sie etwas!«

Der Kapitän zuckte nur mit den Schultern. Er wirkte nicht sonderlich aufgeregt. »Das sind besoffene Matrosen, Herumtreiber, das übliche Hafengesindel. Was soll ich von hier aus denn machen?«

Dan de Villiers rappelte sich grunzend von einem Felsen hoch und stapfte zu dem Kapitän hinüber. Er packte den Mann am Hemdkragen und zog ihn dicht an sich heran. Ihre Gesichter waren auf gleicher Höhe, aber der Schlangenfänger war breiter und muskulöser als der Seemann. »Sie werden etwas tun, damit wir nicht alles verlieren, was wir besitzen, haben Sie verstanden?«, sagte er leise, aber es klang gefährlicher als das Zischen einer giftigen Schlange. »Sie werden jetzt Hilfe holen, wie, ist mir völlig gleichgültig, und wenn Sie hinüberschwimmen, aber in Kürze will ich hier Boote sehen, die uns sicher zum Point bringen. Ich habe mich doch klar ausgedrückt?« Er ließ abrupt los und stieß ihn zurück.

Der Kapitän strauchelte, lief puterrot an, hob die Fäuste und sprang auf den Schlangenfänger zu. Johann duckte sich, bereit, seinem Freund zur Seite zu stehen.

»Ich mach das schon«, grinste Dan böse und holte aus.

»Boote voraus, da kommen Rettungsboote«, brüllte einer der Matrosen, und Dan zog seine Faust zurück und blickte hinüber zum Point. »Na, gerade noch Glück gehabt, mein Lieber«, bemerkte er mit Bedauern zum Kapitän.

Tatsächlich umrundeten eben zwei Boote mit gehissten Segeln die Landzunge. Geschickt den Wind nutzend und unterstützt durch vier Ruderer, steuerten sie schräg gegen die Wellen, schossen zwischen zwei Brechern hindurch und kamen um ein gutes Stück näher. Bei dem Anblick sprangen alle am Strand auf und stürzten an den Saum des Wassers. Gellende Rufe wie »Hierher« und »So beeilt euch doch« begleiteten sie, und eine Viertelstunde später ging das erste Boot längsseits. Die wüst aussehenden Männer in ihren flatternden, grob gewebten Hemden hoben ihre Ruder. »Kapitän«, salutierte der vorderste. »Willkommen in Natal«, grüßte er dann die frierenden, übermüdeten Passagiere.

»Du gehst ins erste Boot«, befahl Johann. »Ich komme mit dem zweiten nach, wenn Frauen und Kinder in Sicherheit sind.«

»Nein«, sagte sie. »Ich werde dich doch nicht im Stich lassen. Wofür hältst du mich?«

»Tu bitte, was ich dir sage, Liebling, jetzt ist nicht der richtige Zeitpunkt zu streiten. Es muss sein.«

Sie blinzelte nicht einmal. »Ich bleibe bei dir. Basta.«

»Catherine ... um Himmels willen!«

»Es hat keinen Zweck, Liebling. Ich bleibe hier.« Sie lächelte sanft. Es amüsierte sie, wie verwirrt und hilflos ihr hünenhafter Mann dreinblickte.

Dan hinter ihnen lachte heiser. »Sieh an, sieh an, der starke Johann hat seine Meisterin gefunden. Hier, hilf mir mal.« Mit Unterstützung seines Freundes hob er die Robertson-Kinder in das wild tanzende Brandungsboot. Die Matrosen fingen die Kleinen auf. Die kräftigsten Männer erboten sich, den Frauen hinüberzuhelfen, doch die meisten zogen es vor, selbst zum Schiff zu waten. Die Matrosen zogen sie dann auf ruppigste Art über die niedrige Reling. Zum Schluss folgten die Männer.

Nur ein kleineres Gepäckstück wurde jeder Familie erlaubt. Proteste wurden laut, einige Frauen, deren Cockney-Akzent verriet, dass sie aus den unteren Bevölkerungsschichten stammten, schrien die fantasievollsten Beleidigungen, doch der Steuermann öffnete als Antwort nur die Luke in der Mitte des Boots und brüllte die Passagiere an, dort hinunterzuklettern. Einige widersetzten sich, besonders die Männer, und wurden grob die Stufen hinuntergestoßen.

Die viktorianischen Damen, die wohl die Anwesenheit von Johann und Dan de Villiers als Schutz betrachteten, weigerten sich kategorisch, dieses Boot zu nehmen. Der Steuermann spuckte knurrend seinen Zigarrenstummel über Bord, und nachdem der Kopf des letzten Passagiers unter Deck verschwunden war, schlug er die Luke zu. Das Protestgeschrei der Eingeschlossenen war deutlich zu vernehmen.

»Ruhe da unten«, grölte der Steuermann, und seine Leute lachten.

Das Segel wurde gehisst, die Männer nahmen ihre Ruder auf, das Boot drehte ab und wurde rasch von dem immer noch kräftig wehenden Südostwind hinüber zum Point und außer Sichtweite geblasen. Catherine bedauerte die armen Leute aus tiefstem Herzen, die in stinkender Finsternis eingeschlossen von jedem Brecher wie Spielzeuge durcheinander geworfen wurden. Nach der schlimmen Nacht würde ihnen das wohl den Rest geben.

Johann hatte neues Treibholz auf die glimmenden Überreste des Feuers gehäuft. Die Flammen loderten alsbald, und die Zurückgebliebenen scharten sich dankbar darum. Es war nicht wirklich kalt, aber alle waren ausgehungert, durchnässt und am Ende ihrer seelischen Kräfte.

Dann legte das zweite Boot an, und die Prozedur begann von neuem. Als Erstes mussten die zartbesaiteten Damen an Bord gehen, und sie taten es unter lautem Zetern, wussten sie doch, was ihnen blühte. Mit nur um eine Handbreit gelüpften Röcken staksten sie steifbeinig wie Störche durch das knietiefe Wasser zum Brandungsboot und wurden von den breit grinsenden Matrosen an Bord gezogen. Der Steuermann, der ein Zwillingsbruder des anderen Rohlings hätte sein können, stand an der geöffneten Luke und brüllte ihnen zu, dass sie sich schnellsten dort hinunterbegeben sollten. Die Fräulein richteten sich kerzengerade auf und stiegen mit stolz erhobenem Haupt in das schwarze Loch, dieselbe Haltung an den Tag legend, mit der die französischen Adligen sich dem Schafott ergaben. Die anderen Frauen folgten widerstandslos mit gesenkten Köpfen, ihre Männer mit verbissener Beherrschung.

Die Steinachs und Dan waren die Letzten, die sich zum Schiff begaben. Johann warf dem Steuermann eine Münze hin, der ihm mit einem Nicken erlaubte, beide Reisetaschen mitzunehmen. Doch als auch sie in den Frachtraum hinabsteigen sollten, weigerte sich Catherine. Sie stand an Deck des schlingernden Schiffs, einen sturen Zug um ihren schönen Mund, und schüttelte einfach den Kopf.

»Ich geh nicht«, verkündete sie und hielt sich am Mast des Hilfssegels fest. Johann hätte sie mit Gewalt davon wegziehen müssen, und das würde er nicht tun, sonst hätte sie sich in ihrem brandneuen Ehemann gewaltig getäuscht.

Er starrte ratlos auf sie herunter, rührte sie natürlich nicht an, aber es war deutlich, dass er sich nur mit Mühe beherrschte. Dan grinste, dass seine weißen Zähne unter seinem Bart leuchteten, der Steuermann lief langsam rot an, und die Matrosen machten anzügliche Kommentare, während sie das Hilfssegel setzten.

»Mann, sehen Sie zu, dass Ihr Frauchen schleunigst da hinunterklettert«, raunzte der Steuermann.

Catherine sah aufsässig zu ihrem Mann hoch. »Ich hab Angst da unten. Basta. Und wenn ich das sage, meine ich es ernst. Am besten gewöhnst du dich gleich daran. Dann ist bei mir nämlich nichts mehr zu machen.«

»Die Brandung ist zu hoch. An Deck wäre es zu gefährlich. Du könntest ins Meer gespült werden. Also geh bitte. Denk an die Haie«, fügte er listig hinzu.

Sie schlang ihre Arme fester um den Mast. »Vermutlich hast du dir das mit den Haien nur ausgedacht, in der Bucht gibt es sicher keine. Ich bleibe hier oben. Außerdem stinkt es so gotterbärmlich, dass es nicht auszuhalten ist. Wozu um alles in der Welt wird dieses Boot für gewöhnlich benutzt?«

»Walfang«, antwortete er, konnte seinen Satz aber nicht beenden. Eine riesige Welle rollte auf den havarierten Segler zu und brach ein großes Stück aus ihrem Bug heraus. Die *White Cloud* schrie auf. Die nächste Woge drohte die Trümmer auf das Brandungsboot zu werfen. Blitzschnell schlug der Steuermann die Ladeluke zu, machte die Leinen los und brüllte seine Matrosen an, zu rudern, was das Zeug hielt. Die Steinachs und Dan blieben an Deck.

Das kleine Schiff hüpfte auf den Wellen, eine der Reisetaschen rutschte, traf Johanns Beine, er verlor das Gleichgewicht und fiel hart auf die Planken. Das Boot schoss tief hinunter in ein Wellental und dann steil wieder hoch, sein Bug zeigte geradewegs in den Himmel. Johann hatte keine Chance. Er fiel über Bord und wurde sofort von einer gierigen Woge verschluckt.

»Mann über Bord«, brüllte einer der Matrosen, zog sein Ruder ein und zeigte auf Johanns Kopf im Wellental. Das Boot drehte sofort bei.

Catherine ließ den Mast los und stürzte zur Bordkante. Das Meer toste und spritzte, Schaumfetzen trieben über die Oberfläche und täuschten ihren Blick. »Johann!«, schrie sie. »Johann!« Aber das Toben der Elemente übertönte alles, nicht einmal ihre eigene Stimme konnte sie verstehen. Sie packte Dan de Villiers Ärmel. »Dan, so helfen Sie ihm doch!«

Aber er wehrte sie ab. Über seinen ausgestreckten Zeigefinger peilend, folgte er Johanns auf- und abhüpfendem Kopf. »Wenn ich nur einmal blinzle, verliere ich ihn vielleicht, und dann ist sein Schicksal besiegelt. Er kann nämlich nicht sehr gut schwimmen, auch wenn er das selbst glaubt ... verdammt, er ist weg.

Seht ihr ihn noch?«, schrie er die zwei Seeleute neben ihm an. Die schüttelten nur stumm den Kopf, ohne ihren Blick jedoch vom Wasser zu lösen.

Sprachlos vor Angst starrte sie in die Wellen, bis ihr die Augen tränten. Aber sie sah nichts, und der erlösende Ruf »Da ist er« blieb aus. Dan und zwei der Seeleute beobachteten konzentriert das Meer, sie strichen mit ihrem Blick ganz systematisch über die Oberfläche, als wäre es in geometrische Felder eingeteilt. Sie suchten noch mindestens eine halbe Stunde, fanden aber keine Spur von Johann.

»Es hat keinen Sinn, der kommt nicht wieder hoch«, sagte der Steuermann und gab seinen Männern den Befehl, die Ruder wieder aufzunehmen.

»Nein!«, schrie Catherine und wollte sich ins Wasser stürzen, aber Dan packte sie und hielt sie fest. Erschüttert verbarg sie ihr Gesicht an seiner Brust, unfähig zu begreifen, dass ihr Mann nicht wieder auftauchen würde. Salzwasser lief ihr aus den Haaren über das Gesicht und brannte ihr in den Augen. Sie wischte es weg, aber weinte nicht. Ihr Körper schien hohl zu sein, und das Atmen war eine ungeheure Anstrengung. Wortlos schob sie Dan weg.

Langsam umrundete das Boot den Point, dessen sandiges Ufer rechts von ihnen lag. Der Himmel riss auf, die Sonne kam hervor, eine Welle hob das kleine Boot über die Sandbank, und sie glitten in das kristallklare, spiegelglatte Wasser einer wunderschönen, von einem dichten Mangrovengürtel umschlossenen Bucht. Sie maß etwa zweieinhalb Meilen im Durchmesser, Bäume wuchsen bis hinunter auf den Sand, ein kleiner Frachtsegler dümpelte vor Anker, mehrere Ruderboote waren auf den Strand gezogen. Kolonien von weißen Reihern nisteten im Grün kleiner Mangroveninseln, Schildkröten schwammen an der Wasseroberfläche, Delphine sprangen, eine dicht gedrängte Gruppe weißer Pelikane tauchte mit rhythmischem Nicken die großen Schnäbel ins Wasser und füllte die Kehlsäcke. Auf einem Sandinselchen zur linken Hand sonnte sich eine Gruppe Flusspferde. Hellgrünes Seegras verwandelte einen Teil der Bucht in eine

Meereswiese, auf der rosarote Flamingos mit würdevollen Bewegungen nach Futter fischten.

Nach dem tobenden Inferno draußen auf See waren sie im Paradies gelandet.

Catherine war es, als schaute sie durch das falsche Ende eines Fernrohrs. Alles erschien unwirklich, sehr hell, und eine singende Stille drückte auf ihre Ohren. Ihr war kalt, und immer noch atmete sie nur mit großer Anstrengung. Steif wie eine Marionette wandte sie ihren Kopf, sah die ersten Anzeichen menschlichen Lebens am Strand. Pfähle und Pflöcke im Sand, die hölzerne Hütte des Hafenmeisters, die, von Büschen fast verdeckt, auf einem niedrigen Hügel stand. Unmittelbar angrenzend erhob sich ein weiß verputztes Gebäude mit Schindeldach. Ein beleibter Mann in kurzer blauer Jacke und weißen Beinkleidern stand, die Arme auf dem Rücken verschränkt, auf einem erhöhten Holzdeck und beobachtete die Neuankömmlinge. Er strahlte robuste Autorität aus. Der Hafenmeister, vermutete sie.

Der Steuermann öffnete die Luke und befreite die im Laderaum zusammengepferchten Passagiere aus ihrem Verließ. Einer nach dem anderen kletterten sie ans Licht, auf ihren Gesichtern stand deutlich die Angst, die sie in dem stickigen, schwarzen Loch zwischen schreienden und weinenden Menschen ertragen hatten. Es stank nach Erbrochenem, und nicht wenige hatten frische blutunterlaufene Flecken und kleinere Verletzungen. Stumpf sah ihnen Catherine entgegen. Fragen schwirrten durcheinander, mitleidige Blicke streiften sie. Offenbar hatte man unter Deck mitbekommen, welche Tragödie sich oben abgespielt hatte. Sie wandte ihnen den Rücken zu. Es war ihr unmöglich, jetzt mit jemandem zu sprechen.

Ein Wachposten in rotem Rock marschierte, die Muskete mit aufgepflanztem Bajonett geschultert, vor einem Wachhäuschen auf und ab. Er wurde von den Passagieren mit begeisterten Rufen begrüßt.

»Es lebe England«, rief ein Mann, trunken von der Tatsache, dass sie überlebt hatten und von dem lebenden Zeugnis ihrer eigenen Zivilisation begrüßt wurden.

Ein paar Eingeborene schliefen im Buschschatten am Strand. Weiter südlich, am Rand eines Sumpfes entdeckte Catherine die glänzend braunen Rücken von grasenden Flusspferden. Das Boot wurde langsamer, die Matrosen zogen die Ruder ein, strichen das Segel, und dann klatschte der Anker ins Wasser. Etwa zweihundert Fuß vom Strand ankerten sie vor einem Gebäude. Es war aus Holz und stark verwittert. Das geteerte, lückenhafte Dach aus Yellow-Wood-Halbstämmen wirkte schäbig. Ein beleibter Mann in weißem Anzug, der seinen Manilastrohhut verwegen tief ins Gesicht gezogen hatte, erschien in der offenen Tür und brüllte mit schneidender Stimme Kommandos. Die dösenden Schwarzen erhoben sich träge und schlenderten gemächlich zum Strand.

Catherine nahm es wahr, aber alles schien auf einer anderen Bewusstseinsebene zu geschehen, es berührte sie nicht. Auch Johanns Tod war für sie keine Wirklichkeit. Die Dimension war zu groß. Es war nicht die große Liebe gewesen, dieser Zustand himmelhochjauchzender Verrücktheit, den Konstantin in ihr ausgelöst hatte, aber sie hatte ihn geachtet und gemocht. Er war so voller Lebenskraft und Aufrichtigkeit gewesen, und sie trauerte um ihn. Aber sie war ehrlich genug, vor sich selbst zuzugeben, dass sie auch um ihre verlorene Zukunft trauerte. Die Aussicht auf das Leben mit ihm war sehr angenehm gewesen.

Und seine Hände waren zärtlich, und seine Berührungen haben mich erregt. Ihre Hand flog zu ihrem Mund. Der Gedanke schockierte sie, war sie doch überzeugt, dass sie anders war als andere Frauen, dass ihr Körper ihr keine Falle stellen konnte. Wie konnte sie unter diesen Umständen an so etwas denken? Es war ihre Schuld, dass ihr Mann diesen qualvollen Tod hatte erleiden müssen. Sie sah ihn hilflos im Meer treiben, und bevor sie sich dagegen wehren konnte, sah sie die riesigen grauen Schatten hungriger Haie aus dem Nichts auftauchen, sah, wie sie ihn umkreisten, sah sie zuschnappen, hörte das Krachen seiner Knochen.

Mit einem Aufschrei presste sie ihre Hände über die Ohren. Das quälende Bild verschwand. Hastig bekreuzigte sie sich und sprach mit geschlossenen Augen ein Gebet für sein Seelenheil. Es beruhigte sie nicht, sie fand in den Worten keinen Trost, aber es half ihr, ihre Gedanken zu ordnen. Warum war sie nur so stur gewesen? Johann könnte jetzt neben ihr sitzen, sie wären in Sicherheit. Mit dieser Schuld würde sie leben müssen. Schuld muss gesühnt werden, hatte ihr ein Missionar gesagt, sonst findet man seinen Seelenfrieden nie wieder. Das Leben hatte strahlend vor ihr gelegen, und jetzt sah sie nur Schwärze, und winterliche Einsamkeit kroch ihr in die Knochen wie damals, als sie erst ihre Mutter, dann Grandpère und später auch ihr Vater für immer verlassen hatten. Sie schwor sich, Inqaba weiterzuführen. Das war sie ihrem Mann schuldig, und das würde ihre Sühne sein. Außerdem blieb ihr außer dem Gouvernantendasein kaum eine andere Möglichkeit, ihren Lebensunterhalt zu bestreiten. Als seine Frau war sie wohl die rechtmäßige Erbin von Inqaba. In seiner Reisetasche, die sich unter der Ruderbank verklemmt hatte, war ihre Heiratsurkunde. Sie konnte es also beweisen. Aber sie hatte keine Ahnung, wie man eine Farm bewirtschaftete. Mit dieser Welt war sie noch nie in ihrem Leben in Berührung gekommen.

In Europa wurde im Frühjahr gesät, aber Johann hatte erwähnt, dass er es im Winter machen müsste. Das Haus allein zu verwalten, traute sie sich zu, die Hausbediensteten würde sie schon in den Griff bekommen, aber für die Farm würde sie Hilfe brauchen. Als Erstes musste sie jemanden finden, der sie nach Inqaba bringen konnte, und dann jemanden, der ihr dort helfen würde. Dan de Villiers wusste, wie sie auf die Farm gelangen konnte, und er würde ihr sicherlich helfen. Johann hatte seine Ochsen und den Wagen bei Freunden stehen, aber er hatte keinen Namen erwähnt, und Sicelo konnte sie auch nicht mehr fragen. Niemand auf Inqaba wusste von ihr. Wie würde sie, eine Frau, die obendrein keine blasse Ahnung von Ackerbau und Viehzucht hatte, aufgenommen werden?

Auf einmal schwankte das Brandungsboot so stark, dass sie sich abstützen musste. Jemand hinter ihr keuchte, spuckte und hustete, als wäre er drauf und dran zu ertrinken. Dan de Villiers

Stimme dröhnte, und Tumult brach unter den Passagieren und Seeleuten aus. Mit größter Mühe stemmte sie sich auf die Füße und wandte sich um. Passagiere und Matrosen hingen in einer dichten Traube am Heck, schrien herum, lachten, riefen, erschienen ihr unerklärlich aufgeregt. Ihre Gesichter glänzten vor ungläubigem Staunen.

»Macht mal Platz«, röhrte Dan und pflügte sich einen Weg durch die Leute, die zurückwichen und den Blick aufs Heck freigaben. Ein Mann saß da, er wandte ihr den Rücken zu. Seine Hose war aufgerissen und das ehemals weiße Baumwollhemd zerfetzt, Seewasser rann ihm aus den dunklen Haaren und verdünnte das Blut, das aus vielen kleinen Schnitten quoll. Er hielt seine Hände hoch, als seien sie verletzt. Die Finger waren zu Krallen gebogen und blau angelaufen. Hustend krümmte er sich zusammen, würgte, hustete wieder, als wollte er sich schier die Seele aus dem Leib husten. Dann wischte er sich mit dem Unterarm über den Mund, wand den Kopf, und sie sah sein Gesicht.

Es traf sie wie ein Schlag, trieb ihr geradezu die Luft aus den Lungen. »Johann«, schrie sie, als sie wieder atmen konnte. »Johann!« Mit den Armen rudernd, drängte sie sich durch die Gasse, die die Passagiere für sie öffneten, und fiel vor ihm auf die Knie. »Johann«, flüsterte sie und legte ihren Kopf in seinen Schoß, spürte seine Arme um sich, die Wärme seiner Haut, das Pochen seines Herzens an ihrer Wange. Es war ein Moment reinster Seligkeit, der Erlösung von aller Schuld, Verheißung des Paradieses für immer. Ihr Herz zerbarst fast vor Glück. Lange Zeit saßen sie so. Als er sprach, war seine Stimme heiser und kaum hörbar, dauernd wurde er von krampfartigem Husten unterbrochen. So berichtete er, wie es ihm ergangen war, nachdem er über Bord gefallen war.

Die Unterströmung hatte ihn sofort gepackt, tief heruntergezogen und so herumgewirbelt, dass er nicht mehr wusste, wo oben und unten war, und seine Lungen vor Luftmangel schier barsten. Als sie ihn endlich freigab, war er mit dem Kopf gegen den Schiffsrumpf geschlagen.

»Aber nicht so hart, dass ich das Bewusstsein verlor. Glücklicherweise war ich noch nicht weiter abgetrieben und versuchte, die Bordkante zu packen. Ich bin leider kein sehr geübter Schwimmer.« Er grinste belämmert. »Ich hatte Pech, der Rumpf rauschte rasend schnell über mich hinweg, und meine Hände fanden nirgendwo Halt. In allerletzter Sekunde, das Boot war schon mehrere Fuß von mir entfernt, spürte ich plötzlich ein Seil zwischen meinen Händen, griff zu und ließ nicht wieder los. Ich habe die ganze Zeit hinter euch an diesem Seil gehangen und wartete jede Sekunde darauf, die messerscharfen Zähne eines Hais in meiner Seite zu spüren. Immer wieder versuchte ich, euch mit Schreien auf mich aufmerksam zu machen, aber ich schluckte nur Wasser.« Er hielt seine völlig erstarrten Hände hoch. »Es war unglaublich kalt, meine Hände sind wie erfroren.« Trotz seiner offensichtlichen Schmerzen lächelte er. Seine Augen waren entzündet und geschwollen, über seine Wange lief ein langer Schnitt, aus dem Blut sickerte. Aber er lächelte.

Vorsichtig nahm sie seine Hände zwischen ihre, küsste sie und rieb sie behutsam. Er biss die Zähne zusammen und verzog vor Schmerz das Gesicht. Kurz entschlossen knöpfte sie ihr Kleid auf und steckte seine Hände unter ihre Achseln. »Es wird gleich besser sein, mein Liebster.« Eine tiefe Zärtlichkeit für ihn überschwemmte sie.

»Weißt du, was mit Sicelo passiert ist?«, fragte er. Seine Schultern sackten nach vorn, als sie stumm den Kopf schüttelte »Der arme Kerl. So weit von seinem Umuzi zu sterben ist ein schreckliches Schicksal für einen Zulu. Seine Seele ist zu ruheloser Wanderschaft verdammt. Bevor wir die Bucht verlassen, werden wir den Zweig des Büffeldornbaums brechen und damit seine Seele zurück in sein Dorf bringen. Die Zulus glauben, dass er sonst nie Frieden finden wird.«

Mittlerweile waren die Schwarzen, angetrieben von der scharfen Stimme des weiß gekleideten Mannes, zu ihnen hinausgewatet. Ihre ebenholzschwarze Haut glänzte vor Fett, und bis auf ein zusammengedrehtes Tuch, das sie zwischen ihren Beinen hindurchgezogen hatten und das ihre Gesäßbacken freiließ, waren sie vollkommen nackt. Die Schiffbrüchigen beäugten sie mit gemischten Gefühlen, die viktorianischen Jungfern erblassten.

»Prachtvolle Exemplare«, dröhnte Dan. »Seht euch nur diese Muskeln und die Hintern an. Hervorragend als Träger. Und auch für andere Dinge«, gluckste er.

»Dan, es sind Damen anwesend«, zischte Johann, erntete aber nur heiseres Gelächter.

Die Frauen an Bord, besonders die unverheirateten, liefen rot an, erschauerten sichtlich und wussten nicht, wohin sie ihre Blicke wenden sollten. Alle außer Catherine. Der Anblick ließ sie unberührt. Nackte oder fast nackte schwarze Menschen waren nichts Neues für sie. Es erschien ihr vollkommen natürlich.

»Hören Sie alle her«, brüllte der Steuermann. »Jeder von Ihnen springt einem Nigger auf den Rücken, und der wird Sie heil und trocken an Land bringen.«

Ein Aufschrei entfuhr den viktorianischen Jungfern. Sie wurden noch blasser. »Unmöglich, das ist völlig unmöglich«, protestierten sie und schauten überallhin, nur nicht auf die schwarzen Männer, die ihnen etwas auf Zulu zuriefen und vor Lachen brüllten. Die Hautfarbe der Damen wechselte ins Tiefrot.

»Sie sind ja völlig ... unbekleidet«, wimmerte eine, offenbar nicht imstande, das Wort »nackt« über die Lippen zu zwingen.

Die Zulus zeigten erst auf ihren eigenen Rücken und dann auf die Damen. »Woza, woza«, schrien sie, vollführten übermütige Tanzbewegungen und schlugen sich auf die Schenkel vor Freude über einen Scherz, dessen Bedeutung den Neuankömmlingen verborgen blieb.

Catherine neigte sich zu Johann. »Was sagen sie?« Seit sie ihn wieder gefunden hatte, hatte sie seine Hand nicht losgelassen.

»›Woza‹ heißt ›komm her‹«, übersetzte er und unterschlug wohlweislich den Rest. Der Humor der Zulus war von derber Art.

Mehrere junge Männer sprangen todesmutig den Schwarzen auf den Buckel und gelangten kurz darauf unter viel Gelächter und Geschrei trockenen Fußes an Land. Die Träger kehrten sofort wieder um und stolzierten mit lautem Woza-Geschrei durch das hüfthohe Wasser. Die Frauen beobachteten sie beklommen. Catherine jedoch, wie immer von sehr praktischer Natur, hatte ihr Auge schon auf den größten und kräftigsten der Zulus geworfen, der sie ihrer Meinung nach am ehesten sicher durchs Wasser tragen würde.

Johann aber hielt sie zurück. »Ich werde dich tragen, wir werden zusammen das Land betreten, mein Land, das jetzt auch dein Land sein wird. Es wird der wirkliche Beginn unseres gemeinsamen Lebens werden«, sagte er feierlich, kletterte über die Bordwand und bot ihr seine Schultern.

»Was ist mit unseren Reisetaschen?«

»Die nehme ich«, sagte Dan de Villiers, half ihr erst auf Johanns Rücken und stieg dann selbst ins klare Wasser und watete ihnen voran, die beiden Taschen hoch über seinen Kopf haltend.

Minuten später setzte Catherine ihren Fuß auf den Sand, und just in diesem Augenblick brach die Sonne durch die Wolken. Ihre Strahlen waren heiß und prickelten, und nun erst wurde ihr die Bedeutung des Moments bewusst. Natal würde von nun an ihre Heimat sein, ihre und Johanns. Hier würde sie mit ihm leben, bis zu ihrem Ende. Sie tastete nach Johanns Hand und hielt sie fest. Mit allen Sinnen nahm sie auf, was sich ihr darbot. Der Sand schmiegte sich warm und weich an ihre Sohlen, die Luft trug ihr den Duft süßer Blüten und frischen Grüns zu, die hohen Schreie der Seeschwalben waren voller Freiheit und Lebensfreude.

Sie warf ihren Kopf in den Nacken. Das Licht schien hier etwas Besonderes zu sein. Alle Farben waren intensiver, besonders Grün und Blau, und der Himmel war endlos. Etwas Berauschendes, Aufregendes lag in der Luft. Ihr Herz schlug schneller. Sie stand im strahlenden Sonnenlicht, die Kälte der Einsamkeit war gewichen, und sie konnte plötzlich wieder ihre Zukunft sehen. Sie setzte sich auf einen mit Seepocken bewachsenen Baumstamm, zog Johann zu sich herunter und lehnte ihren Kopf an seine Schulter. Für lange Minuten saßen sie so, schweigend, eng umschlungen, bis die kalte Nässe ihres Kleides sie schaudern ließ.

KAPITEL 8

Der Schlangenfänger stapfte über den Strand zu ihnen, setzte die Reisetaschen ab und ließ sich der Länge nach hinfallen. »Ich hab die Nase gestrichen voll, das nächste Mal reite ich nach Kapstadt«, knurrte er. »Eine der Taschen ist übrigens nass geworden.«

Das Boot hatte sich fast geleert, nur die prüden Damen waren noch an Bord und widersetzten sich bisher standhaft allen Versuchen, sie an Land zu tragen. Der Steuermann stieß eine Reihe unflätiger Flüche aus, die ihre Zimperlichkeit und die Verzögerung, die sie verursachten, aufs Drastischste beschrieben.

Letztendlich erschien ihnen wohl das Schicksal, einem nackten schwarzen Mann auf den Rücken steigen zu müssen, weniger schlimm, als seinen Flüchen weiter ausgesetzt zu sein, denn sie ergaben sich mit hochroten Gesichtern ihrem grausamen Geschick. Catherine konnte nur vermuten, welche Qualen sie ausstanden, während ihre entblößten Schenkel die Körper dieser Männer umschlangen, bloße weiße Haut an bloßer schwarzer Haut lag, obwohl die Hautfarbe hier wohl nur eine untergeordnete Rolle spielte. Kaum hatten die Zulus mit ihrer Last den Strand erreicht, sprangen die Fräulein herunter und flohen.

Dan setzte sich auf, zog seine Pfeife hervor und zündete sie an. Aus zusammengekniffenen Augen starrte er durch den blauen Rauch aufs Meer, während sich seine Miene zusehends verdüsterte. »Merkwürdig, dass die Ankerkette gerissen ist, nicht wahr?«, sagte er endlich und schielte zu Johann hinüber, der mit dem Rücken am Baumstamm lehnte.

Die Frage riss seinen Freund aus der Lethargie, die sich im Moment der Ausruhens über ihn gesenkt hatte. »Was willst du damit sagen?«

Dan malte ein Schiff unter vollen Segeln in den Sand. »Würde mich doch sehr interessieren, wie hoch das Schiff von der Reederei versichert war«, sagte er, ohne aufzusehen.

Johann pfiff durch die Zähne. »Versicherungsbetrug?« Daran hatte er noch nicht gedacht. Aber je länger er sich Dans Bemerkung durch den Kopf gehen ließ, desto wahrscheinlicher erschien ihm der Vorwurf. »Du könntest Recht haben. Wäre auch bei weitem nicht das erste Mal. Durban hat den Ruf, ausgezeichnete Möglichkeiten zu bieten, ein gut versichertes Schiff abzuschreiben. Viele der Schiffe, die hier gestrandet sind, waren verdächtig hoch versichert.«

Dan nickte und malte einige hohe Wellen in sein Sandbild. »Und immer ging alle Fracht verloren, aber selten ein Menschenleben.« Er schob eine große Sandwoge auf, die sich über seine Zeichnung ergoss und sein Schiff verschluckte. Unter gesträubten Brauen sah er seinen Freund an. »Das macht mich sehr, sehr nachdenklich und sehr, sehr wütend.« Seine großen Fäuste öffneten und schlossen sich, und Catherine hatte den unangenehmen Eindruck, dass er in seiner Vorstellung den Hals des Reedereiagenten gepackt hatte.

»Wenn das wahr ist, schlag ich den Kerl windelweich«, sagte Johann in einem Ton, als kommentiere er schlechtes Wetter, doch Catherine, die sich an seine Schulter gelehnt hatte, spürte seine vor Erregung verhärteten Muskeln.

»Warum so rücksichtsvoll«, murmelte Dan und stocherte in seiner Pfeife herum. »Ich würde ihm glatt den Hals umdrehen, diesem gewissenlosen Halunken.«

Catherine war bei diesem Wortwechsel erstarrt. Ihre Gedanken drehten sich in einem immer schneller werdenden Karussell.

All ihr Bargeld hatte sie in ihre Einkäufe investiert. Die Vorstellung, dass sie ihre gesamte Habe verlieren könnte, erinnerte sie an die Nacht, als sie entdeckte, dass sie nichts besaß außer den mageren Einkünften aus den Büchern ihres Vaters. Das Gespenst der Zukunftsangst erhob sein widerliches Haupt, und sie brach in kalten Schweiß aus.

Als ahnte er ihren inneren Aufruhr, drehte sich Johann zu ihr um. »Mach dir keine Sorgen. So schlimm wird es nicht werden. Ich sorge dafür.« Mit Mühe verzog er seine Lippen zu einem beruhigenden Lächeln und sah erleichtert, dass sie sich entspannte. Er beschloss, den Ausmaß des Schadens und seine bitteren Sorgen für sich zu behalten. Das war er ihr schuldig. Sie befanden sich schließlich noch auf ihrer Hochzeitsreise. Der Alltag würde sie nur zu schnell einholen.

Catherine lächelte erleichtert zurück. Für Sekunden hatte sie vergessen, dass sie nicht mehr allein durchs Leben gehen musste. Von jetzt ab würde Johann sie mit seinen starken Schultern vor aller Unbill schützen. Als Gedankenspiel stellte sie im Kopf eine Inventarliste ihrer Kisten auf und beruhigte sich vollends. Es waren alles Dinge, deren Wiederbeschaffung nur Geld kosten würde. Bettwäsche, Handtücher und Ähnliches. Ihre größten Schätze, ihr Hochzeitskleid, die Malutensilien, Papas Papiere und Unterlagen, einige seiner Bücher, seine Medizinfläschchen, unter anderem das Chinarindenpulver, Césars Speer und auch die vier neu angefertigten Kleider hatte sie in die Reisetasche gepackt. Sie würde ihren Aufenthalt in Durban nutzen, um die verlorenen Sachen zu ersetzen.

Dan, dessen Pfeife ständig ausging, schlug sie ungeduldig am Baumstamm aus und stemmte sich hoch. »Ich werde mir mal ein wenig die Beine vertreten«, sagte er leichthin, doch sein Ton war grimmig.

Eine lärmende Affenherde tobte durch die flache Krone eines alten Baumes, sprang in atemberaubenden Sätzen durch die Äste, keckerte aufgeregt und schien zu beraten, ob sie sich herunterwagen sollte, um ein wenig in den herumstehenden Gepäckstücken zu stöbern. Ein besonders wagemutiges Tier sprang in Riesensätzen zu einem Kleinkind, entriss ihm seinen Keks und sauste triumphierend kreischend zurück auf den Baum. Das Kleine schrie empört, und Catherine zog die Reisetaschen dicht an sich heran, um sich zu vergewissern, dass sie gut verschlossen waren.

Ein offener Wagen, gezogen von zwölf Ochsen, rollte mit klirrendem Geschirr und unter großem Geschrei der Gespannführer vor dem Zollhaus vor. Zwei freundlich aussehende weiße Männer sprangen herunter und kamen auf sie zu.

Johann richtete sich auf. »Da kommen Gresham und Strydom. Dem Himmel sei Dank, jetzt kommt Bewegung in die Sache«, sagte er. »Was hat euch so lange aufgehalten, dass ihr jetzt erst aufkreuzt?«, rief er den Männern zu, und die Erleichterung in seiner Stimme war überdeutlich.

»Wir sind gekommen, sobald wir von der Havarie gehört haben. Siehst ja reichlich mitgenommen aus«, feixte der Größere von ihnen und deutete auf Johanns Wunden und Blutergüsse. »Hast du dich mit Dan geprügelt?« Er trug einen Schlapphut mit einer langen, stahlblau schimmernden, gebogenen Schwanzfeder, die irgendein unglücklicher Paradiesvogels hatte dafür hergeben müssen.

Mit herablassendem Grinsen hob Johann die Brauen. »Um Himmels willen, das wäre gegen die Spielregeln. Ich vergreif mich doch nicht an Kleineren.« Den Arm um seine Frau gelegt, wartete er das Gelächter ab, ehe er ihr seine Freunde vorstellte.

»Catherine, meine Liebe, das sind Cornelius Strydom und Lloyd Gresham, ehrenwerte Bürger Durbans und sehr gute Freunde von mir. Meine Freunde, das ist Mrs. Catherine Steinach, meine Frau.«

Sie reichte ihnen die Hand und verbiss sich einen Schmerzenslaut, als der hünenhafte Cornelius Strydom ihr die Finger zusammenquetschte. Doch sie wurde mit ausgesuchter Höflichkeit und mehr Herzlichkeit, als sie erwartet hatte, begrüßt. Johann schien sehr beliebt zu sein. »Mr. Gresham«, grüßte sie erfreut den gepflegten Mann mit dem rötlich blonden Bart. »Mr. Adam Simmons aus Kapstadt gab mir Ihre Adresse und empfahl mir Ihr Geschäft aufs Wärmste.«

»Wie geht es meinem Freund Adam und seiner Familie?«, erkundigte sich Lloyd Gresham.

Schnell berichtete sie ihm das Nötigste von Elizabeths Erkrankung und ihrer Genesung und dass es der restlichen Familie und Adam selbst außerordentlich gut ging.

»Wird aber auch Zeit, dass ihr endlich erscheint«, brummte Dan, der von seinem Spaziergang zurückkehrte. »Ich dachte schon, ich müsste nach Durban laufen.«

Cornelius Strydom grinste. »Jammerlappen, das war doch nur ein kleiner Sturm, und euch ist ja nichts passiert, außer dass ihr ein bisschen nass geworden seid. Aber Spaß beiseite.« Sein Gesicht wurde ernst, und er wandte sich an die anderen Schiffbrüchigen. »Das meiste Gepäck ist am Back Beach am Point angespült worden. Wir werden Sie jetzt dorthin führen, um zu sehen, was noch zu retten ist, und um diesen diebischen Halunken, die das Gepäck durchwühlen, das Handwerk zu legen!«

Die Auswanderer hatten sich herangedrängt und begrüßten seine Worte mit Jubelrufen; sie waren begierig, sofort aufzubrechen. Dankbar, endlich handeln zu können, stapften sie, aufgeregt diskutierend, ihren Führern durch den grobkörnigen Sand nach.

»Ich komme mit«, rief Catherine. Johanns Rückkehr und ihre glückliche Landung waren ihr wie Sekt ins Blut gegangen. Sie platzte schier vor Energie. Hastig bat sie Mrs. Robertson, ihre Reisetaschen vor den Angriffen der Affen zu schützen, und lief zu ihrem wartenden Mann.

»Ach, übrigens«, raunte Dan Johann ins Ohr, »ich habe mir den Agenten der Reederei geschnappt und ihn ein bisschen ausgequetscht.« Seine Pranken packten die Luft und würgten sie. »Er hat mir hoch und heilig versichert, dass es ein Unglück gewesen ist, und fürs Erste bin ich geneigt, ihm zu glauben. Er sagt auch, dass der Frachtraum noch unversehrt ist und innerhalb der nächsten Stunde damit begonnen werden wird, die Fracht zu löschen.«

»Gut«, war alles, was Johann antwortete, aber das volle Gewicht seiner Hoffnung lag in dem einen Wort.

Bald erreichten sie den Küstenurwald, kämpften sich durch fast undurchdringlichen Busch, kletterten über gestürzte Bäume und stapften mühsam durch tiefen, losen Sand. Mehr als einmal huschte eine Schlange ins dunkle Blättergewirr, die sich vorher mitten im Weg gesonnt hatte, und Cornelius Strydom erschlug eine vier Fuß lange, hellgrüne Baumschlange, die plötzlich direkt Catherine vor die Füße fiel. Sie dankte ihm und setzte ihre Schritte jetzt vorsichtiger.

Er tippte lächelnd an seinen Hut. »Mevrou Steinach, Sie müssen uns besuchen, sobald Sie sich eingelebt haben. Meine Frau wird sich sicher sehr über Ihre Gesellschaft freuen. Es gibt nicht viele Frauen in unserer Nachbarschaft.« Er blinzelte auf sie herunter und schnappte mit seinen Hosenträgern, die er über einem nicht sehr sauberen hellgrauen Baumwollhemd trug.

»Martha Strydom ist die Hebamme für ganz Natal«, murmelte Johann, der auf ihrer anderen Seite ging. »Alle weißen Kinder, die hier in den letzten Jahren geboren wurden, hat sie auf die Welt gebracht. Ihre Farm liegt nahe bei unserer, etwa zwei Tagesritte südlich auf der anderen Seite des Tugela. Sehr praktisch. Sie und Emilie Arnim, die nur einen halben Tagesritt von Inqaba entfernt am Fluss wohnt, haben für mich gesorgt, wenn ich mal zu krank war, um mir allein zu helfen.«

Catherine zog die Brauen hoch. Zwei Tagesritte waren ihrer Meinung nach nicht wirklich nahebei. Nun, vielleicht waren solche Entfernungen hier üblich, dann würde sie sich ohne Zweifel auch daran gewöhnen. Noch ein paar Schritte mussten sie sich durch dicht an dicht stehende Rizinuspflanzen kämpfen, dann hatten sie die Meerseite des Points und somit den Back Beach erreicht. Sie standen auf dem Kamm einer flachen Sanddüne und konnten die gesamte Gegend überschauen. Der Anblick war trostlos. Das Gepäck war über eine Meile am Strand verstreut. Alle Reisetaschen, Koffer und Seesäcke waren aufgeschlitzt und durchwühlt.

Johann war bleich geworden. »Dan, sieh dir das an. Nie im Leben ist das Zeug nur das, was an Deck verstaut wurde. Die Hälfte davon mindestens stammt aus dem Frachtraum. Der Rumpf muss stark beschädigt sein.«

De Villiers antwortete nicht, aber seinem Gesicht war anzusehen, dass er derselben Ansicht war. Er bohrte seine Fäuste in die Hosentaschen und trat einen aufgebrochenen Kistendeckel über den Sand. »Diese verfluchten Halunken«, knurrte er.

»Mein silbernes Teeservice«, schrie eine der älteren Frauen auf und riss hektisch alles aus ihrem Koffer, was die Räuber noch zurückgelassen hatten. Ihr Teeservice blieb verschwunden, und auch eine gute Wolldecke war weg, wie sie kurz darauf herausfand.

Der Herr, dessen Pferd sich in den Busch geschlagen hatte, wanderte mit gesenktem Kopf herum und rief es beim Namen. Er trug die Überreste eines mausgrauen Gehrocks aus feinem Tuch, das modische, ehemals weiße Hemd darunter hing in Fetzen, und eine breite Schramme zog sich über die rechte Hälfte seines Gesichtes. Aber seine Kleidung, Art und Sprache waren die eines gebildeten Mannes. Catherine erkannte ihn jetzt als den Passagier, der mit seiner Frau die größere der zwei Deckskabinen belegt hatte.

Die alte Dame, der das Piano gehörte, bat zwei junge Männer, den Deckel des Flügels mitzunehmen. »Er wird einen hervorragenden Tisch abgeben«, bemerkte sie. »Es ist schließlich bestes Mahagoni.«

»Dann nehmen wir die vier Beine auch gleich mit«, antworteten ihre Helfer und brachen die Klavierbeine kurzerhand ab.

Johann und Catherine streiften zwischen dem Treibgut herum, und Johanns Gesicht verdüsterte sich mit jedem Schritt. Als er seine Werkzeugkiste entdeckte, fand er seine schwärzesten Vermutungen bestätigt. Sie war im Frachtraum verstaut gewesen. Er bückte sich. Der Deckel war aufgebrochen, der Inhalt geplündert worden. Nur ein Hammer war in den Sand gerutscht und von den Dieben übersehen worden. Wütend ging er weiter und stand bald darauf vor den Trümmern eines Pfluges. »Das war meiner«, knurrte er und trat dagegen.

Catherine, die sich nach der Kiste mit ihrer Bettwäsche umgesehen hatte, blieb neben ihm stehen. »Kann man ihn nicht reparieren?«

»Ich werd's versuchen, aber viel Hoffnung habe ich nicht. Ich werde die Teile mitnehmen, vielleicht können mir meine Zulus neue Griffe schmieden.« Er packte den zerstörten Pflug und zog ihn hinauf zum Rand des Buschs außer Reichweite der auslaufenden Wellen. Dann ging er hinunter zum Meer. In der Brandung schwammen Trümmer allerlei landwirtschaftlicher Geräte und losgerissene Teile der *White Cloud*. Eine halbe Meile lief er am Rand des Wassers entlang und suchte nach dem kleinen Kasten, den er dummerweise in der Kabine vergessen hatte. Er enthielt Pulver des Fieberrindenbaums, das er dringend benötigte, denn schon seit Tagen spürte er, dass ein neuer Fieberanfall drohte. Es hatte ihn eine Stange Geld gekostet. Für den Preis einer einzigen Dosis würde er fast zwanzig Pfund bestes Rindfleisch bei Dick King in Durban bekommen. Noch wichtiger aber war eine andere Kiste, die Weizensaatgut und drei Setzlinge des Fieberrindenbaumes enthielt, des Cinchona, die ein Freund für ihn aus Bolivien herausgeschmuggelt hatte. Das Land hatte Samen und Setzlinge mit striktem Ausfuhrverbot belegt, um das Monopol zum Export der Rinde zu schützen. Sein Freund war ein großes Risiko eingegangen, aber er hatte es geschafft, ohne erwischt zu werden. Seine Reise dauerte über fünf Monate, und es war nur seiner intensiven Pflege zu verdanken, dass die Setzlinge die lange Zeit lebend überstanden hatten. Den Verlust der Weizensaat konnte Johann zur Not verschmerzen, aber die kleinen Bäumchen waren lebenswichtig für die Zukunft von Inqaba. Ohne sie würde er dem Wechselfieber nichts entgegenzusetzen haben, das eine der größten Geißeln Natals und Zululands war. Die Menschen starben wie die Fliegen daran, besonders für Europäer war es tödlich, so wie es letztes Jahr Gerald, Peter und vier weitere seiner Freunde erwischt hatte. Noch hatte er ihren Tod nicht verkraftet.

In der heißen, regnerischen Zeit um die Jahreswende waren die Männer in mehreren Booten den Umfolozi zum St.-Lucia-See hinuntergerudert. Flusspferde und Wasservögel wollten sie jagen, die dort in großen Scharen lebten. Doch ihr Unternehmen stand von Anfang an unter einem schlechten Stern. Der Umfolozi war, wie alle anderen Flüsse Zululands, mit Krokodilen verseucht. Schon in den frühen Morgenstunden ihres ersten Tages bekamen sie gefräßigen Besuch. Die Krokodile schwammen im Schutz des weit übers Wasser hängenden Ufergrüns geräuschlos bis ans Boot, das die Jagdhunde trug. Zwei der Panzerechsen setzten ihre Klauenfüße auf den Bootsrand, das Boot kippte, und die Hunde landeten im Wasser.

Die Krokodile schlugen mit ihren mächtigen Schwänzen das Flusswasser zu blutigem Schaum, während sie einen nach dem anderen verschlangen. Dann legten sie sich, träge von ihrem Fressgelage, in die Sonne und ließen sich von den flinken Madenhackern die Zähne säubern. Das Schreien der todgeweihten Hunde hatte die Männer in die Flucht getrieben; sie ruderten, bis sie ihre Arme nicht mehr bewegen konnten, und setzten ihre Boote für die Nacht auf eine Sandbank. Sie schleppten ihre Zelte weit genug die Uferböschung hoch, um aus der Reichweite dieser urweltlichen Monster zu sein. Als die Sonne tief über den Hügeln stand und die blauen Schatten im Flusstal lagen, erhoben sich dichte Moskitowolken und fielen über sie her. Bald waren sie mit stark geschwollenen Stichen übersät, und sie entzündeten in fliegender Eile in jedem passenden Behälter, den sie finden konnten, Kuhdungfeuer, um mit dem beißenden Rauch die lästigen Insekten zu vertreiben. Sie erstickten fast selbst daran, aber es half nichts. Keiner wurde verschont, und alle fühlten sich kurz darauf krank und fiebrig.

Als Erster starb Gerald, nach einer Woche erwischte die Malaria zwei der anderen, und zum Schluss blieben nur Peter und sein schwarzer Begleiter übrig. Als er fühlte, dass er sterben würde, schickte er den Jungen weg. Später berichtete dieser Junge, dass er nach einer Stunde heimlich zurückgekehrt sei und seinen Herrn tot aufgefunden habe. In den Monaten darauf starben noch weitere acht weiße Jäger, auch in Durban erwischte es einige.

Seitdem war Johann von der Idee besessen, Cinchonabäume anzupflanzen, und hatte sich an den Mann in Bolivien gewandt. Mit Chinarindenpulver würde er die Geschichte Natals und Zululands verändern, dessen war er sich sicher. Er plante, die Bäumchen an verschiedenen Stellen zu ziehen, bis er den idealen Standort gefunden hatte. Sieben Grad war das Kälteste, das der Cinchona überstehen würde, und die Temperatur fiel in

Zululand im Winter nachts an einigen Stellen noch tiefer – doch nicht auf Inqaba. Er würde die Setzlinge an einen sonnigen Platz pflanzen und mit Mauern gegen Wind schützen. Das würde ihren Ansprüchen genügen. In zwei Jahren, so hoffte er, würde er die erste Chinarinde ernten können.

Jeden Fußbreit suchte er am Strand ab, lief mehr als eine Meile nach Norden, doch seine Suche war vergeblich. Von der Kiste, in der die Cinchonabäumchen in Töpfen aufrecht verpackt waren, und auch von dem Medizinfläschchen fand er keine Spur. Mit hängenden Schultern kehrte er zu seiner Frau zurück. »Ich glaube, eine weitere Suche hat keinen Sinn. Lass uns gehen.«

Sie hielt ihn am Ärmel zurück. »Aber sieh doch, die Kiste, die dort in der Brandung schwimmt! Ich glaube, es ist meine mit der Bettwäsche. Komm, hilf mir, sie an Land zu ziehen.« Sie rannte ihm voran geradewegs ins Wasser.

Sofort erfasste sie die Strömung, zerrte an ihrem Rock und riss ihr die Beine weg. Vor Johanns entsetzten Augen verschwand sie in der nächsten Welle. Mit Riesensätzen sprang er hinter ihr her, schluckte Seewasser. Doch bevor er sie erreichte, tauchte sie prustend auf und fand auf einer Unterwassersandbank Boden unter den Füßen, packte die Kiste und stemmte sich gegen die Strömung. »Es ist unsere«, keuchte sie und hielt sie, bis er sie erreicht hatte.

»Mach das nie wieder«, brüllte er über das Tosen der Brecher. »Du hättest leicht ertrinken können. Ich habe Todesängste um dich ausgestanden.«

»Das war vollkommen unnötig, ich kann schwimmen wie ein Fisch«, schrie sie zurück. Gemeinsam schleiften sie die Wäschekiste aufs Trockene, und sie wartete ungeduldig, bis er den Deckel geöffnet hatte. Natürlich war die Wäsche völlig durchnässt, und die Farben waren an einigen Stellen ineinander geflossen, aber nach kurzer Prüfung stellte sie fest, dass alles noch da war. Aufatmend schloss sie den Deckel wieder und sah sich um.

Holzteile, Möbelstücke, triefnasse Wäschebündel, ein Vogelkäfig ohne seinen Bewohner waren angeschwemmt worden, die Karten eines Kartenspiels trieben vor dem Wind über den

Strand, hüpften wie ein bunter Vogelschwarm über die weite Fläche. Mitten in der Gischt mühte sich Mr. Robertson, mit einem langen Stock einen größeren, hölzernen Kasten an Land zu ziehen, der mit jeder auflaufenden Welle fast bis vor seine Füße kullerte. Mannhaft sprang er darauf zu, aber ehe er der Kiste habhaft werden konnte, zog das ablaufende Wasser sie mit boshaftem Glucksen wieder weit hinaus. Das neckische Spiel wurde hektischer, und Mr. Robertson geriet mit jedem mutigen Satz tiefer ins Meer, bis ihn eine hohe Welle umwarf und ihn unter die Gischt zog.

»Landei«, knurrte Johann und stürzte hin, langte aufs Geratewohl ins Wasser und erwischte Tim Robertson gerade noch am Kragen. Der tauchte mit krebsrotem Gesicht aus dem weißen Schaum. Johann setzte ihn am Strand ab und fischte zusammen mit Dan auch die Kiste heraus. Sie war ziemlich schwer. »Wenn Sie nicht schwimmen können, sollten Sie sich vom Meer fern halten. Was ist so Wichtiges in dem Kasten, dass Sie Ihr Leben dafür riskieren?«

Mr. Robertson stammelte seinen feuchten Dank. »Mein Setzkasten. Meine kleine Druckpresse liegt weiter dahinten«, erklärte er. »Ich plane, eine Zeitung herauszugeben. Nicht auszudenken, wenn ich ihn verloren hätte. Wahrheit ist unser kostbarstes Gut, sie muss allen zugänglich sein, denn eine Gesellschaft kann ohne die Wahrheit nicht funktionieren.« Er war einen Kopf kleiner als Johann, aber kompakt und so muskulös, dass seine dunkle Jacke überall spannte. Er hatte blasse Haare, blasse Augen und blasse Haut, auf den ersten Blick war er nicht bemerkenswert, aber er schien zu wachsen, als die Liebe zu seinem Beruf aus seinen Augen glühte. »Im Übrigen kann ich schwimmen, doch ich bin nur mit den Wellen der Nordsee vertraut, ich habe, wie ich zugeben muss, die Unterströmung und die Gewalt des Seegangs unterschätzt.« Mit beiden Händen wischte er sich die nassen Haare aus der Stirn. »Ich hoffe, Ihr Verlust ist nicht zu groß?«

»Wir sind am Leben«, wich Johann aus und wunderte sich zum wiederholten Mal, welch nutzloses Zeug die Einwanderer mitschleppten. »Statt eines Setzkastens und einer Druckpresse hätte er lieber Saatgut mitbringen sollen, das wäre nützlicher«, bemerkte er zu Catherine, als er zusammen mit Dan die Kiste durch die buschbewachsenen Dünen zurück zum Landeplatz trug. Den zerstörten Pflug musste er später holen. Catherine konnte ihn unmöglich durch den weichen Sand ziehen.

Sie schüttelte den Kopf. »Das finde ich nicht. Eine Zeitung fördert den Zusammenhalt einer Gesellschaft, schmiedet sie zu einer Einheit, gibt ihr gewissermaßen eine Identität.« Verstohlen lockerte sie ihr Oberteil. Der Baumwollstoff war vom Salz klebrig und steif. Sie sehnte sich nach einem Bad, viel Seife und frischer Kleidung. Und nach einem schönen weichen Bett.

Johann warf ihr einen verständnislosen Blick zu. »Identität?«

»Wir, die Einwohner von Natal gegen den Rest der Welt, so etwas«, erklärte sie. »Außerdem erfährst du Tratsch und Klatsch aus jeder Ecke des Landes, was sehr unterhaltsam sein kann.«

Identität. Sie hatte Recht, und es beeindruckte ihn, immer wieder neue Fähigkeiten seiner Frau zu entdecken. Das Leben mit ihr würde nie langweilig werden. Es würde ein Vergnügen sein, mit ihr die rhetorischen Klingen zu kreuzen, sie im Schachspiel herauszufordern und gemeinsam Bücher zu lesen. Eben wollte er in der Vorstellung schwelgen, abends mit ihr nach einem reichlichen Abendessen im Schein seiner neuen Petroleumlampe auf der Veranda zu sitzen und Schach zu spielen, als ihn die Tatsache, dass eben die Petroleumlampe jetzt auf dem Grund des Meeres lag, wieder in die Wirklichkeit zurückholte. Niedergedrückt trottete er mit gesenktem Kopf weiter.

Auch die Einwanderer waren bleich, vielen glänzten Tränen in den Augen, und ihre Stimmen hatten den klagenden Ton von Waldkäuzchen, ihre Haltung zeigte das Untröstliche von Menschen, deren Lebenstraum brutal zerschlagen wurde

Am Landeplatz setzten Johann und Dan ihre Last ab. Gresham und Strydom gingen hinüber ins Zollhaus, um herauszufinden, wie weit die Formalitäten geklärt waren und ob sie mit dem Abtransport der Schiffbrüchigen beginnen konnten. Catherine sank neben ihren Reisetaschen auf einen angeschwemmten

Baumstamm. Der älteste Sohn Robertsons hatte sie treulich bewacht, und sie wünschte, dass sie eine Süßigkeit für ihn hätte, aber so konnte sie ihm nur dankbar den Kopf tätscheln. Der Kleine trollte sich. »Was passiert nun?«, fragte sie Johann und drehte ihre Haare wie ein Tau zusammen, um die Nässe herauszuwringen.

Er beschattete seine Augen mit beiden Händen und schaute hinüber zum Bluff, konnte aber nur die Masten des Seglers sehen. »Lange hält die *White Cloud* diesen Seegang nicht durch, dann bricht sie endgültig auseinander. Wenn die restliche Fracht nicht vor der nächsten Flut gelöscht wird, befürchte ich das Schlimmste.« Unruhig lief er hin und her. »Ich muss zum Schiff raus und zusehen, ob ich noch etwas von unseren Vorräten retten kann. Der Sturm hat die Sandbank noch höher geschoben, man müsste leicht zu Fuß hinübergelangen. Sicher befindet sich die Kiste mit meinen Setzlingen noch an Bord.« Vielleicht konnte er in die Kabine gelangen. Er klammerte sich an die Hoffnung, dass das Medizinfläschchen sich dort befand, und vielleicht fand er doch noch die Petroleumlampe, die er für seine junge Frau gekauft hatte und die verdammt teuer gewesen war. »Was ist, Dan, kommst du mit? Den Pflug kann ich später noch holen.«

»Die Brandung vor der Sandbank wird noch genauso gewaltig sein wie vorhin«, brummte der, stand aber ebenfalls auf; er bewegte sich mit der kraftvollen Bedächtigkeit eines großen Bären.

Sie fuhr hoch. »Johann, nein. Das ist zu gefährlich. Wir werden es auch so schaffen. Wir können doch sicher auch hier noch Vorräte kaufen. Du hast einmal unglaubliches Glück gehabt. Fordere das Schicksal nicht heraus. Bitte überlass das dem Hafenmeister und seinen Leuten. Die wissen schon, was sie tun.«

»Das gerade bezweifle ich. Alles, was ich besitze, steckt noch im Schiff, und ich werde nicht zusehen, wie es im Meer versinkt.« Damit rannte er mit langen Sätzen den Strand hoch zum Point, aber die Lethargie des Fiebers machte ihn schon merklich langsamer. Er musste schleunigst seine Medizin finden, um nicht für die nächste Zeit völlig kampfunfähig zu sein. Zum wiederholten Mal verwünschte er sich und seine Dummheit, sie in der Kabine vergessen zu haben. Er beschleunigte seine Schritte. Hinter sich hörte er Dan keuchen. »Du wirst zu fett, mein Lieber«, warf er ihm über die Schulter zu, bekam jedoch nur einen saftigen Fluch als Antwort.

»Aber die Wellen sind doch viel zu hoch«, schrie ihm Catherine nach. »Johann! Die Haie, die Strömung. Bleib hier! Hölle und Verdammnis!« Angstvoll starrte sie auf die schneeweißen Schaumkronen der Brandung, die sich auf der anderen Seite an der Sandbarre brach.

Doch die beiden Männer hörten sie nicht mehr, verschwanden um die nächste Biegung, und Buschwerk verwehrte ihr die Sicht. Minuten später sah sie die Freunde ins seichte Wasser an der Spitze des Points waten. Dann verlor sie beide aus den Augen und verfluchte den Leichtsinn ihres Mannes. Sie verstand ihn nicht. Alles, was er besaß, steckte noch im Schiff? Was sollte diese Bemerkung? Auch hier würde es eine Möglichkeit geben, Ersatz für seine zerrissene Kleidung zu bekommen. Als Erstes würde sie sich einen Hut kaufen müssen, die Sonne brannte ungehindert auf sie herunter, und ihre Haut fühlte sich an, als wäre sie geschrumpft, so sehr spannte sie.

Die weite Wasserfläche warf die gleißende Helligkeit zurück, und sie kniff ihre Lider geblendet zu einem Spalt. Johann und Dan kamen wieder in ihr Blickfeld; sie bahnten sich ihren Weg durchs Wasser auf der Lagunenseite der Sandbank. Johann hatte Recht gehabt. Das Wasser reichte ihnen nicht einmal bis zur Brust. Die See war kabbelig, aber wenigstens mussten sie nicht mit haushohen Wellen kämpfen. Ihre Augen schmerzten vor Anstrengung, sie im Blick zu behalten. Die Köpfe der beiden Männer erschienen nur noch als tanzende Punkte in den schimmernden Sonnenreflexen, und bald waren sie nicht mehr zu erkennen. Sie mussten die Sandbank überquert haben und sich jetzt auf der Meerseite befinden. Mitten in den tosenden Brechern. Unwillkürlich faltete sie die Hände. »Heilige Jungfrau, hilf ihnen, bitte, hilf ihnen«, betete sie lautlos. »Beschütze sie und bringe sie heil wieder zurück.« Plötzlich todmüde, legte sie ihre Stirn auf die gefalteten Hände.

»Mrs. Steinach, Catherine!« Eine Stimme riss sie aus ihrem Bittgebet. Die hochschwangere Mrs. Robertson rannte unbeholfen und mit jedem Schritt kleine Sandfontänen aufwerfend auf sie zu. Ihre Haare waren wirr, die Augen entzündet, kein Hut schützte sie vor der stechenden Sonne. Sie lief barfuß und atmete schwer, ihre Schwangerschaft machte ihr offensichtlich zu schaffen. »Haben Sie meine Kinder gesehen? Die drei kleineren meine ich. Sie sind verschwunden.«

»Aber sie waren doch mit Ihnen im Boot?« Catherine unterdrückte ein Gähnen.

»Ja, und diese schrecklichen Wilden haben sie als Erste an Land gebracht. Ich habe ein wenig geruht, und die meiste Zeit haben die Kleinen in meiner Nähe gespielt, aber plötzlich waren sie weg, und nun kann ich sie nicht mehr finden.« Sie schluchzte auf.

Catherine stand auf und merkte plötzlich, dass ihr alle Knochen wehtaten. »Wo ist denn Ihr Mann?«

»Als Timothy mit seinem Setzkasten zurück war, ist er wieder losgegangen, um den Weg zur Stadt zu suchen. Hier ...«, Mrs. Robertson wies auf ihre Umgebung, »... hier ist ja nichts. Es ist absolut trostlos. Ich hatte eine Stadt erwartet, und alles, was ich sehe, sind wenige armselige Hütten und ein Haufen nackter Wilder. Mein Mann will hier eine Zeitung gründen. Wie mir scheint, wird er keine Leser finden, und wie sollen wir dann überleben?« Sie atmete tief durch, um sich zu fassen. »Darüber will ich jetzt gar nicht nachdenken. Bitte, helfen Sie mir, die Kinder zu suchen.«

Mit schleppenden Schritten, als wären ihr wie einem Sträfling Bleikugeln an die Fußgelenke geschmiedet, folgte ihr Catherine. Immer wieder drehte sie sich dem Meer zu, aber die Sonne flimmerte, Lichtpunkte tanzten vor ihren Augen, und sie konnte weder Johann noch Dan entdecken. Sie schickte ein stilles Stoßgebet gen Himmel und folgte der vorauseilenden Mrs. Robertson.

Sie fanden die Kinder bald. Todmüde, wie sie waren, hatten sie sich unter den Büschen in den Schatten verkrochen und schliefen fest und selig mit roten Wangen, wie nur kleine Kinder mitten im größten Chaos schlafen können. Mit einem Aufschrei warf sich ihre Mutter über sie, herzte und küsste sie und brach in erlösende Tränen aus, ganz offensichtlich am Ende ihrer Kräfte. Kurz darauf kehrte auch ihr Mann von seinem Ausflug zurück. Seine grimmige Miene verhieß nichts Gutes.

»Es gibt keine Stadt«, sagte er. Nichts weiter.

Ein Zittern durchlief Mrs. Robertson. Sie barg ihren Kopf an seiner Brust und schluchzte herzzerreißend, schrie plötzlich leise auf, hielt sich ihren Bauch und weinte dann umso lauter. Ihr Mann tröstete sie, so gut er es vermochte, aber die weißen Linien um seinen Mund verrieten seine Sorgen.

Diese Mutlosigkeit, das Sich-gehen-Lassen, stachelte Catherine an. »Das kann nicht sein, mein Mann lebt hier. Er hat mir viel davon erzählt. Sie müssen sich verirrt haben. Nehmen Sie das nächste Mal einen Kompass mit.« Damit ließ sie die Robertsons stehen und nahm wieder ihren Platz auf dem Baumstamm ein. Ihre Hände auf die Knie gelegt, starrte sie ins glitzernde Licht, hoffte mit jeder Faser ihres Körpers auf den Augenblick, da Johann und Dan wieder auftauchen würden. An die Möglichkeit, dass sie nicht zu ihr zurückkehren würden, dass eine Welle sie gegen das Schiff schleudern könnte oder sie mit ihrer Kleidung unter Wasser hängen bleiben und ertrinken könnten, erlaubte sie sich nicht zu denken. Lange saß sie so, bewegte sich nicht, fixierte nur die schimmernde Ferne. Irgendwann spürte sie, dass sich ihr jemand näherte, aber sie kümmerte sich nicht darum.

»Nkosikasi«, murmelte eine dunkle Stimme. »Sawubona.«

»Was?« Sie schrak hoch. Erst auf den zweiten Blick erkannte sie Sicelo. Sein Wams hatte er verloren, und seine blutunterlaufenen Augen waren böse entzündet. Er musste schon länger an Land sein, denn seine Hosen zeigten angetrocknete Salzränder, und in den wolligen Haaren glitzerten Salzkristalle. »Sicelo, wo kommst du her?«, rief sie mit echter Freude.

Er antwortete mit einem langen Satz aus kehligen Lauten und Klicks. »Eh«, schloss er.

Sie zuckte hilflos die Schultern. »Ich versteh dich nicht.« Das war das Erste, was sie lernen würde, dieses eigenartige Zulu, das Laute besaß, die sie nie vorher mit menschlicher Sprache in Verbindung gebracht hatte.

Sein Blick strich über die Umgebung, hin und her, mit stürmischer Unruhe, bis er ihren wieder traf. »Johann?« Mit seinem Arm beschrieb er einen weiten Bogen, hob dann mit schweigender Leidenschaft die Hände zu einer Frage.

Sie nickte heftig. »Johann lebt, er ist hinaus zum Schiff.« Auf seinen verständnislosen Blick hin machte sie übertriebene Schwimmbewegungen und zeigte hinaus, wo die zwei kleineren Masten der *White Cloud* über den Busch des Points ragten.

Pantomimisch teilte er ihr sein Entsetzen mit, klickte und zischte, schüttelte dabei fassungslos den Kopf und machte deutlich, dass die Handlungen der Weißen für ihn vollkommen unverständlich waren. Catherine zeigte auf den Baumstamm und bedeutete ihm, sich zu setzen; sie wusste, dass sie das einsame Warten jetzt nicht ertragen könnte. Er ließ sich neben ihr nieder, und sie warteten gemeinsam.

Nach einer Weile begann Sicelo, leise zu singen. Wäre Catherine seiner Sprache mächtig gewesen, hätte sie Folgendes gehört:

»Du bist stark wie Indlovu, der Elefant, das Tier der Könige, der Vorfahr der Zulus, denn du fürchtest niemanden, du bist der Donner der Himmel, du bist das Lied des Windes und das Murmeln der Flüsse.« So sang Sicelo mit rauchiger Stimme, die in Catherines Ohren klang, als flüsterte ein sanfter Wind durch die Blätter der Bäume, und er bat die Seelen seiner Ahnen, seinen Freund mit der weißen Haut, den Umlungu Johann, vor der Wut des großen Wassers zu schützen.

Catherine lauschte der eintönigen Melodie, und eine Müdigkeit überfiel sie, die ihr fast den Atem nahm. Sie rutschte auf den Sand, lehnte sich an den Stamm und starrte mit trockenen Augen über die Bucht, während sie ihre tiefe Unruhe zu bezwingen suchte. Doch alsbald schlossen sich ihre Lider, so sehr sie sich auch dagegen wehrte, ihr Kopf fiel nach vorn auf ihre auf den Knien gekreuzten Arme, und sie schlief ein. Sie schlief und träumte in wirren Bildern, schreckte mehrfach hoch, konnte sich aber nicht wach halten. Erst als ihr jemand über den Kopf strich und sie rief, wurde sie munter, öffnete die Augen und sah Johann und Dan vor sich stehen. Mit einem Schrei sprang sie auf und warf ihrem Mann die Arme um den Hals. »Gott sei Dank, du bist zurück. Ich hatte solche Angst um dich. War es schlimm? Du siehst zu Tode erschöpft aus.«

»Der ist zäh wie Hosenleder, den bringt nichts so schnell um«, grunzte Dan de Villiers und warf sich der Länge nach in den warmen Sand. Er war blass unter seiner Walnussbräune, die Falten standen weiß heraus, und sein Atem ging so schnell, als wäre er hundert Stufen hinaufgerannt.

Johann verharrte in ihren Armen; er verlagerte für einen Augenblick sein ganzes Gewicht auf ihre Schultern, sodass sie einen Schritt zurücktreten musste, um ihn aufzufangen. Aber gleich darauf richtete er sich wieder auf und streichelte ihr übers Gesicht. »Ach was, das gibt sich wieder. Unkraut vergeht nicht.« Dann begrüßte er seinen schwarzen Freund mit einem innigen Händedruck, war so erleichtert, dass er seiner Stimme kaum traute. »Musstest dich wieder wichtig machen, alter Gauner, was?«, krächzte er mit glücklichem Lächeln.

Sicelo lachte breit. »Nur ein Umlungu ist so dumm, zu glauben, dass er ein Fisch ist.«

Trotz seiner Erschöpfung musste Johann lachen. Rasch übersetzte er die Worte für Catherine und war froh, als ein Lächeln auch ihr abgespanntes Gesicht erhellte.

»Konntet ihr in den Frachtraum gelangen?«, fragte sie. »Habt ihr etwas aus dem Wrack retten können? Ich kann mir gar nicht vorstellen, wie du es in diesem Seegang überhaupt bis zur *White Cloud* geschafft hast. Mein Gott, was ist dir passiert?« Erst jetzt fiel ihr auf, dass sein Hosenbein blutdurchtränkt war.

»Der Sturm hat so viel Sand aufgeworfen, dass wir zu Fuß die Sandbank überqueren und an den Strand des Bluff gelangen konnten, nur die letzte Strecke hinüber zum Schiff war unangenehm.« Er grinste schief. Die Verletzungen in seinem Gesicht bluteten wieder, in seinen verfilzten Haaren trocknete das Meeressalz zu weißen Körnern. »Wir sind ein paar Mal gegen sehr harte Kanten geschleudert worden. Morgen werde ich überall blaue Flecken haben.« Er rollte seine Hose hoch und entblößte eine lange und ziemlich stark blutende Schnittwunde mit sauberen Rändern, so als hätte ein Chirurg Haut und Muskeln aufgetrennt.

»Eh, Indlovu mkhulu, großer Elefant«, rief Sicelo deutlich besorgt und untersuchte mit zarten Fingern die klaffende Wunde. Johann verzog das Gesicht, als sein Freund die Haut drückte, um zu sehen, ob der Bereich geschwollen war. Vorsichtig zog er sie auseinander und nickte, dann folgten mehrere schnelle Sätze auf Zulu, und er verschwand zwischen den Büschen.

»Yebo«, stimmte Johann nachträglich zu und tupfte das Blut mit einem Zipfel seines Ärmels ab. »Die Verletzung geht nicht bis zum Knochen hinunter«, erklärte er seiner Frau. »Sicelo sucht eine bestimmte Pflanze, die das Blut stillt, sonst entzündet sich der Schnitt, und der Heimweg würde ziemlich schwierig für mich werden.«

Catherine nickte und deutete neugierig auf einen tropfenden Seesack, den Dan neben sich liegen hatte, und eine flache Holzkiste, aus der das Wasser noch herauslief. »Nun, was habt ihr da mitgebracht?«

»Baumwoll- und Roggensamen und einige kleinere Werkzeuge. Der Frachtraum hat ein großes Loch. Alles andere ist von den Wellen zertrümmert worden, davongeschwommen oder von Plünderern gestohlen«, antwortete ihr Mann müde.

»Du baust Baumwolle an? Ich dachte, du züchtest Rinder?«

»Baumwolle verspricht ein gutes Geschäft zu werden, und hier gab es bisher nur eine Art wilder Baumwollpflanze, die von den Zulus angebaut wird, die aber minderwertig in Ertrag und Qualität ist. Diese Samen sind aus Amerika, sie sollen äußerst ergiebig sein. Ihre Baumwolle soll die längsten Stapelfasern haben und vom reinsten Weiß sein.«

»Das ist dann ja eine sehr gute Nachricht, nicht wahr? Warst du auch in der Kabine, und hast du gefunden, was du suchtest? Was war es eigentlich?«

»Ja, war ziemlich schwierig. Die Tür war bis obenhin mit Gerümpel versperrt.« Den Kasten, in dem er das Fläschchen verwahrte, hatte er gefunden, aber das Glas war zerbrochen, und das Chinarindenpulver hatte sich in der Nässe aufgelöst. Nur noch schmierige Rückstände saßen am Boden, kaum mehr als eine Tagesdosis. Er hatte sie herausgekratzt und geschluckt. Es hatte geholfen, er fühlte sich besser, aber er wusste auch, dass es nicht ausreichen würde. Das Fieber hatte sich nur zurückgezogen, würde jeden Moment wieder zuschlagen können. »Was hast du denn da?«, lenkte er sie ab und berührte die Haut ihres Halses, auf der ein schwach roter Ausschlag zu sehen war, der sich auch über ihren Ausschnitt und die Arme zog.

Sie vergaß ihre Frage und kratzte sich. »Es juckt ziemlich.«

»Du hast die Rizinuspflanzen im Busch berührt. Sie sind giftig. Sei nächstes Mal vorsichtiger. Warte.« Er stand auf und humpelte an den Rand des Buschs. Als er zurückkehrte, hielt er eine Pflanzenranke mit länglichen, fleischigen Blättern, die seidige, purpurfarbene Margeritenblüten trug, in der Hand. Er zerdrückte eine Hand voll Blätter zwischen den Fingern und strich ihr den geleeartigen Brei auf Hals und Brust.

Zu Catherines Erstaunen kühlte er aufs Angenehmste. Sie schob die Ärmel ihres Kleides hoch und hielt ihm ihre Arme hin. »Hier juckt es besonders. Wie heißt die Pflanze?«

»Keine Ahnung. Ich nenne sie Eiskraut. Passend, nicht wahr?« Er pflückte zwei der leuchtenden Blüten und steckte sie ihr ins dunkle Haar. Das Purpur glühte, ihre Haare glänzten, und ihre Augen im goldenen Oval ihres Gesichts waren blauer als der Himmel Afrikas über ihnen. Es verschlug ihm den Atem. Er vergaß seine Schmerzen, das aufsteigende Fieber, den Verlust seiner Habe und das, was noch vor ihnen lag. Langsam ging er vor ihr auf die Knie.

»Ich liebe dich«, sagte er.

»Ich habe Hunger«, sagte sie genau zur gleichen Zeit. Johann zuckte zusammen, als hätte er einen Schlag bekommen, und ihr brannte die Röte im Gesicht.

Dan röhrte vor Lachen. »Johann, du romantischer Esel, jetzt hast du deinen Stellenwert erfahren.«

»Verzeih«, stammelte sie und beugte sich zu ihm hinunter; sie wollte ihn auf die Füße ziehen, aber plötzlich klingelte es in ihren Ohren, sie fühlte sich leicht und schwerelos, spürte jählings, wie ihr die Knie weich wurden und sie kraftlos gegen ihren Mann fiel. Sein bestürztes Gesicht entfernte sich in einem Wirbel grauer Schleier. Es dauerte in paar Sekunden, ehe sich die Schleier verzogen hatten und sein Gesicht wieder im Fokus war.

»Catherine, hörst du mich? Was ist mit dir?«, brüllte er sie an, als wäre sie schwerhörig.

Sie probierte ein Lächeln. »Nichts. Ich habe einfach nur Hunger. Seit gestern Mittag habe ich nichts mehr gegessen.«

»Dem kann abgeholfen werden«, sagte Dan, während er an seiner Gürteltasche nestelte. Ein Rinnsal dunkelbrauner Kautabakflüssigkeit rann ihm aus dem Mundwinkel in den Bart. Er wischte sie an der Schulter ab und zog ein vertrocknetes Stück Fleisch von höchst merkwürdiger Farbe hervor. »Hier, das ist gewürztes und getrocknetes Antilopenfleisch, wir Buren nennen es Biltong. Es ist beim Tauchen nass geworden, aber das macht nichts. Kauen Sie es sorgfältig.« Er reichte es ihr und ließ sich wieder in den Sand fallen.

Catherine nahm das Biltong zögernd. Es fühlte sich glitschig an, weil die Oberfläche des Trockenfleischs vom Seewasser schmierig geworden war. »Und das hier sind getrocknete wilde Feigen.« In Dans hochgestreckter Hand lagen vier braune, verschrumpelte Dinger. Er reichte auch Johann einen Streifen Biltong, spuckte den Tabakkloß aus und schob sich selbst einen in den Mund.

Catherine betrachtete das Fleisch zweifelnd. Appetitlich wirkte das Zeug wirklich nicht, eher wie das, was Dan eben ausgespuckt hatte, aber sie biss folgsam in das harte Fleischstück und kaute. Nach mehreren Bissen entstand zu ihrem Erstaunen wohlschmeckender Brei in ihrem Mund, und ihr Magen begann zu knurren. Sie kaute eifriger und vergaß dabei ganz, verhalten zu atmen. Allmählich gewöhnte sie sich an Dans Ausdünstungen. Als sie die vier getrockneten Feigen, die salzig auf der Zunge waren, auch hinuntergeschluckt hatte, fühlte sie sich wesentlich gestärkt. »Wo werden wir heute Nacht schlafen? Wir werden doch nach Durban fahren, nicht wahr? Wird uns jemand abholen?«

»Bei Freunden und ja und nein«, antwortete Johann auf die drei Fragen. Mit einem Zipfel seines Baumwollhemdes wischte er sich das herunterrinnende Blut von seinem Bein, tupfte auch die Wundränder vorsichtig ab. Es tat höllisch weh.

»Es ist gut, dass es blutet«, erklärte ihm Catherine, »damit werden alle schlechten Stoffe aus der Wunde herausgewaschen, und man kann hoffen, dass es nicht fault. Hör schon auf, daran herumzudrücken, und außerdem solltest du deine Finger waschen, bevor du die Wunde berührst.« Sie hielt seine Hände fest.

Doktor Borg hatte ihr das erzählt. »Sonst übertragen sie Mikroorganismen, die auf jeder Haut leben, und es wird Wundbrand einsetzen, und dann sieht die Wunde ungefähr so aus.« Er hatte ein Stückchen Gulasch unters Mikroskop gelegt und sie hindurchsehen lassen. Fette Maden mit schwarzen Köpfen wanden sich durchs Fleisch, und in üppig sprießenden Schimmelwäldern wimmelten Dutzende merkwürdig geformter Lebewesen. Seitdem war sie eine fanatische Anhängerin des Händewaschens.

Johann untersuchte seine Finger, die vom langen Aufenthalt im Wasser eher weißlichen, verschrumpelten Würsten glichen als Gliedmaßen, machte aber keine Anstalten aufzustehen.

Dan rührte sich. »Ich hab George Cato beim Zollgebäude gesehen, er wird wissen, wo wir hier einen Arzt finden können. Sicelo in Ehren, aber der Schnitt sieht böse aus. Ich glaube, die haben seit Neuestem einen Armeearzt in Durban.« Damit stemmte er sich auf die Füße und schlurfte hinüber zu dem schäbigen Holzhaus, vor dem der Mann mit dem verwegenen Strohhut Kommandos brüllend auf und ab marschierte. Mr. Cato war offenbar für alle eine Respektsperson, nur der Hafenmeister erschien unbeeindruckt.

»Das ist das Zollhaus? Es sieht eher aus wie eine Scheune«, spottete Catherine. »Eine verfallene Scheune.« Wie sah wohl dann das Rathaus von Durban aus? So es denn eins gab, nahm man die Worte von Mr. Robertson ernst.

Johann schmunzelte. »Hier sieht alles etwas anders aus, als du es aus Europa kennst. Daran wirst du dich gewöhnen müssen. Es hat aber nichts zu sagen, es ist meist nur der äußere Schein. Auch die Gesellschaftsstrukturen sind hier im Grunde die gleichen. Es gibt solche, die sich als etwas Besseres ansehen, und solche, die es von Geburt und Herkunft sind. Dann gibt es die, nämlich die Zulus, die den Reichtum an der Zahl ihrer Rinder und Frauen messen und mit dem schnöden Mammon, den wir gegen unsere Produkte tauschen, nichts anfangen können. Sicelo hat es einmal sehr treffend ausgedrückt. Kann ich es essen, oder wird etwas daraus wachsen, wenn ich es in den Boden stecke?, fragte er. Als ich das verneinte, bedachte er mich mit diesem Blick, der sagte, dass er alle Weißen für Verrückte hielt und ich ihm das gerade bestätigt hatte.«

Der feine Herr, der sein Pferd verloren hatte, kam näher. Gönnerhaft wandte er sich an Johann. »Sagen Sie mal, alter Junge, Sie scheinen sich hier ja auszukennen. Wo bekommt man denn eine Droschke und einen Gepäckträger? Obwohl ja nicht mehr viel Gepäck übrig ist«, fügte er verdrossen hinzu.

Johann gab sich große Mühe, nicht zu lachen und sich nicht anmerken zu lassen, welch groteskes Ansinnen das war. »Droschken gibt es leider nicht, aber als Gepäckträger könnten Sie vielleicht einen der Zulus anheuern.«

»Sie meinen diese nackten Wilden? Mein lieber Mann, das kann nicht Ihr Ernst sein.« Ein Blick auf sein Gegenüber machte ihm klar, dass der Vorschlag durchaus ernst gemeint war. »Gütiger Himmel! Welche Zustände! Man sollte doch meinen, dass eine Stadt wie Durban solche Bequemlichkeiten bietet.« Erbost stapfte er zu seiner jungen Frau, die ihm, mit gefalteten Händen in untadeliger Haltung auf einer Reisetasche sitzend, voller Erwartung entgegenblickte.

»Der ist mit dem nächsten Schiff wieder weg, das garantiere ich. Solche verweichlichten Kerlchen halten sich hier nicht lange«, sagte Dan de Villiers, der eben zurückkehrte und sich neben die Steinachs in den Sand fallen ließ. »Es gibt tatsächlich seit kurzem einen Armeedoktor in Durban, aber der ist gerade irgendwo im Busch und flickt einen Mann zusammen, der von einem Leoparden angefallen worden ist; glücklicherweise hat die Raubkatze nur sein Bein erwischt.«

Catherine sah sich erschrocken um und fragte sich, ob die flirrenden gelben Flecken hinter dem Lianenvorhang Sonnenpunkte waren oder das Fell einer Raubkatze. »Passiert das hier öfter? Es gibt doch in der Stadt Durban keine Leoparden, oder?«

»Och, na ja, die Bezeichnung Stadt wäre vielleicht etwas übertrieben«, grinste Dan. »Hin und wieder verirren sich schon Leoparden zwischen die Häuser, besonders wenn Dick King Schlachttag hat und seine geschlachteten Tiere im Kaffirbaum vor seinem Laden aufhängt. Da können die Biester meist nicht widerstehen. Letztes Mal haben sie ihm zwei Rinderhälften weggeschleppt. Wo habt ihr für heute Nacht Unterkunft?«, fragte er seinen Freund.

»Meine Ochsen und der Wagen stehen bei den Farringtons, und da werden wir auch übernachten.« Johann gähnte, plötzlich überwältigt von einem unwiderstehlichen Verlangen, sich einfach der Länge nach in den Sand zu legen und ein paar Stunden zu schlafen.

»Gute Wahl, seine Alte kocht ganz gut, allerdings sollte sie mal ihre Matratzen neu mit Seegras stopfen. Als ich letztes Mal bei ihr übernachtet habe, rochen sie ziemlich streng.« Er beäugte einen schmalen jungen Mann, der eben aus dem Zollhaus trat. »Ach, sieh einer an, da kommt der Reedereiagent. Mal sehen, was der nun will. Vermutlich herausfinden, wie viel Geld er von seiner Versicherung für die Havarie fordern kann. Da sollte er aber noch warten, bis die *White Cloud* von den Wellen zu

Kleinholz verarbeitet ist, dann kann er Totalschaden reklamieren.« Er neigte sich zu Johann. »Du bist doch versichert? Etwa nicht?«, rief er, als er die zusammengekniffenen Lippen seines Freundes sah. »Ach, du heiliger Strohsack, das ist ja eine Katastrophe. Wie konnte das passieren?«

Johann verzog sein Gesicht, als hätte er auf eine Zitrone gebissen. Er legte die Finger auf die Lippen und zeigte dabei auf Catherine. »Hast du schon jemals gehört, dass ein Mensch zweimal Schiffbruch an derselben Küste erleidet?«, flüsterte er.

»Häufiger. Ich kenne auch Leute, die zweimal von einem Löwen gebissen wurden, und einen, der dreimal vom selben Baum gefallen ist und sich beim dritten Mal den Hals gebrochen hat. Weiß deine Frau nicht davon?«

Sein Freund schüttelte nur stumm den Kopf. Lieber hätte er sich mit einem Löwen angelegt, als seiner jungen Frau diese Riesendummheit zu gestehen. »Ich werde Rupert Farrington zwei meiner Zugochsen verkaufen. Er sitzt mir schon lange deswegen im Nacken, behauptet, meine wären die stärksten in Natal. Damit kann ich den Verlust zumindest zu einem Teil wettmachen. Ich hätte dann immer noch vierzehn Tiere, das genügt zum Pflügen. Sicelo kommt zurück«, sagte er laut.

Der Zulu hockte sich vor ihnen auf die Erde und breitete seine Beute aus. Herzförmige, giftgrüne Blätter, graubraune Borke, zwei große, lappige Blätter der wilden Banane und ein Büschel Lianen. »Umsinsi«, sagte er zu Johann. »Ngifuna umentshisi.«

»Zündhölzer, ich habe welche in meiner Reisetasche«, nickte Johann, öffnete die Tasche und wühlte mit seinen gefühllosen Händen unbeholfen darin herum.

Catherine nahm sie ihm weg. »Lass mich das machen. Hier«, sie hielt die Schachtel hoch, »sie ist allerdings feucht geworden.«

»Ich habe zwar Feuerstein und Stahl in meiner Tasche, aber der Zunder wird auch nass sein.« Johann musste den weißen Kopf des Zündholzes mehrfach an einem Stein anreißen, ehe es endlich aufflammte, und dann stank es fürchterlich.

Sicelo nahm das brennende Holz aus seiner Hand, hielt es an den kleinen Scheiterhaufen, den er aus trockenen Stöckchen und Gras gebaut hatte, und blies hinein, bis eine Flamme hochzüngelte. Als alles durchgeglüht war, schob er das Feuer auseinander und steckte die Borke in die schwelende Glut. Unter viel Rauchentwicklung verbrannte sie ganz langsam zu Holzkohle. In der Zwischenzeit suchte er Steine, die er als Mörser benutzen konnte, fand aber keine in dem groben Sand. Kurzerhand steckte er die Blätter in den Mund, zerkaute sie und mischte sie mit viel Speichel, ehe er den hellgrünen Brei auf seine Handfläche spuckte. Mit einem Stock schob er die schwarz gebrannte Borke aus der Glut, zerstieß sie zu grobem Puder, prüfte die Hitze mit einem Finger und mischte dann den Blätterbrei darunter.

Catherine sah fasziniert zu. Sie vertraute Sicelo, nachdem ihr Fußgelenk durch seine Heilkunst so schnell abgeschwollen war. Sie nahm sich vor, ihn auf Inqaba nach diesen Pflanzen zu befragen. Es würde sehr interessant sein, sein Wissen mit dem der modernen Heilkunst zu vergleichen, soweit ihre Kenntnisse das zuließen. »Was bewirkt das Zeug?«, fragte sie ihren Mann.

»Hoffentlich, dass sich die Wunde nicht entzündet und vereitert. Außerdem stillt es die Schmerzen.«

Der Zulu strich den Brei aus Borke und Blättern mit leichten Fingern dick auf Johanns Wunde. Der sog zischend die Luft durch die Zähne, als das Gemisch das rohe Fleisch berührte, gab aber sonst keinen Laut von sich. Sicelo brach die große Mittelrippe eines Bananenblatts und wickelte es sorgfältig um die Breipackung, zog die Lianen durch die Finger, drehte und knetete sie, bis sie geschmeidig geworden waren, und schlang endlich einen festen Knoten um den Verband.

»Yabonga gakhulu«, murmelte Johann, prüfte, ob der Wickel fest saß und rollte sein Hosenbein dann darüber. Dann stand er auf, um den Mann von der Reederei, der von Familie zu Familie ging und nach den Policen fragte, abzufangen, ehe er zu ihnen kam und Catherine erfuhr, wie es um ihre Finanzen stand.

Mrs. Robertson, die schon seit einiger Zeit unruhig auf und ab gegangen war, kaum zwei Schritte tat, ohne zu stöhnen und die Hände zu ringen, schrie plötzlich gellend auf, krümmte sich zusammen und fiel langsam auf die Knie in den Sand. Die Köpfe aller flogen herum.

Catherine schlug die Hand vor den Mund. »Um Himmels willen, sie bekommt ihr Kind hier auf dem Strand.«

Tim Robertson hob seine Frau hoch und trug sie in den Schatten. Eine Matrone von beachtlichem Umfang und lauter, befehlsgewohnter Stimme schob ihn resolut zur Seite. »Frauensache«, verkündete sie knapp. »Wir brauchen Sichtschutz. Sie wollen doch nicht, dass Ihre Frau vor aller Augen und diesen nackten Wilden ihr Kind bekommt?« Sie winkte den Hafenmeister heran, der eine Decke brachte.

Die anderen Passagiere glotzten, wie das Menschen so tun, wenn einer der ihren in Schwierigkeiten ist, und die Zulus, die mit allen Anzeichen von größter Neugier näher gekommen waren, kommentierten das Geschehen mit vielen Worten, lautem Gelächter und großen Gesten. Eine heftige Diskussion war unter ihnen ausgebrochen.

»Warum sind sie so aufgeregt?«, fragte Catherine, frustriert, weil sie kein Wort verstehen konnte und weil sie auch am liebsten genau zugesehen hätte, um zu erfahren, was bei einer Geburt wirklich passierte. Auch da hatte sie nur Adeles schreckliche Geschichten, die meist davon handelten, welch unaussprechliche Qualen Frauen ertragen mussten. »Gott lässt uns unter Schmerzen gebären und verheißt uns dafür die Seligkeit«, hatte Adele mit frommem Augenaufschlag gesagt und ihr damit einen weiteren Grund geliefert, warum sie kein Kind bekommen wollte.

Johann übersetzte für sie. »Sie glauben, dass weiße Frauen nur Tiere gebären.«

»Tiere?«, rief sie ungläubig. »Wie kommen die denn darauf? Welch Humbug. Wie dumm sie sind.«

»Unwissend, in unseren Augen vielleicht abergläubisch, aber nicht dumm. Mache nie den Fehler, die Zulus für dumm zu halten. Sie sind gerissen und schlau.«

Das markerschütternde Geschrei der Gebärenden fuhr Catherine durchs Gebein. Für über zwei Stunden schrie die bedauernswerte Frau, und Catherine verspürte kein Verlangen mehr, die Geburt zu beobachten. Sie hielt sich die Ohren zu, bis endlich der erlösenden Ruf der Matrone ertönte. »Es kommt, ich kann das Köpfchen sehen.«

Kurz darauf hörten sie den herzerweichend süßen Schrei des neugeborenen Kindes, und alle Umstehenden brachen in Hurrarufe aus, als die Matrone den Säugling hochhielt. Es war ein Mädchen, sehr klein, weil es zu früh gekommen war, aber perfekt ausgebildet, mit einem feinen Flaum blonder Haare und einem entzückenden Kirschmündchen. Die Zulus zogen sich unter ihren Schattenbaum zurück und diskutierten lautstark die Tatsache, dass es nicht nur eindeutig menschlich war, sondern auch dieselbe unnatürlich weiße Haut besaß wie alle Weißen, aber so gut wie keine Haare.

Auch Sicelo verwunderte das aufs Höchste. »Was ist mit ihren Haaren passiert? Wird sie kahl wie ein Hühnerei sein?«, fragte er seinen Freund, der laut lachte und ihm erklärte, wie es war.

Catherine trat näher heran und betrachtete das Baby mit einer gewissen Scheu. So ein winziges Menschlein hatte sie noch nie zu sehen bekommen. Jemand hatte ein Baumwolltuch hervorgesucht und das Kleine fest darin eingewickelt, sodass nur noch das krebsrote Gesichtchen hervorschaute. Behutsam streckte sie einen Finger aus und streichelte dem kleinen Wesen über die blütenzarte Haut.

»Wollen Sie sie einmal halten?«, fragte die erschöpfte, aber sichtlich glückliche Mutter.

Catherine nahm das Bündel mit größter Vorsicht und hielt es, als wäre es aus zerbrechlichstem Glas. Die Kleine lag warm und überraschend schwer in ihrem Arm, drehte und wendete ihr Köpfchen und suchte die Brust ihrer Mutter. Stattdessen erwischte sie Catherines Fingerknöchel und fing sofort kräftig an zu saugen. Catherines Herz machte einen Satz, sie spürte die Berührung bis tief in ihren Bauch, und das Gefühl war so intensiv, dass es an Schmerz grenzte. Ebenso erschrocken wie verwirrt gab sie die Kleine schleunigst der Mutter zurück. Zu ihrer Erleichterung hatte niemand etwas bemerkt. Es wäre ihr peinlich gewesen, denn sie selbst hätte ihre Reaktion nicht erklären können.

Johann war herangehumpelt, legte den Arm um die Schulter seiner Frau und gratulierte den jungen Eltern artig, und jeder, der seine leuchtenden Augen sah, konnte seine Gedanken lesen.

»Ich glaube, das Kind hat keine Überlebenschance«, flüsterte Catherine besorgt. »Sie ist so winzig, ihre Haut ist noch durchsichtig, man kann alle Adern sehen, sie wird's nicht schaffen, da bin ich mir sicher. Die armen Eltern.«

Er lachte leise. »Du hast wohl noch kein Neugeborenes gesehen, was? Es ist ein kräftiges Mädchen, hör dir doch nur sein Geschrei an. Keine Angst, sie wird es schaffen.« In seinem Heimatdorf war das Kinderkriegen keine große Sache gewesen. Seine Tante hatte ihren ersten Sohn sogar während des Heuens mitten auf der Wiese geboren.

Der Schlangenfänger trat hinzu und bot Mrs. Robertson einen Streifen Biltong an, den diese nach einem misstrauischen Blick dankend ablehnte. Achselzuckend steckte er sich das getrocknete Fleisch selbst in den Mund und wandte sich kauend an den jungen Vater. »Ich würde vorschlagen, dass Ihre Frau sich hier so lange wie möglich ausruht. Cornelius Strydom bringt mit der letzten Fuhre eine Matratze mit, damit sie mit ihrer Kleinen auf dem Ochsenwagen bequem liegen kann. Ist Ihnen das recht?«

Tim Robertson bedankte sich, und die Steinachs und Dan schlenderten zu ihren Taschen, um alles für den Transport nach Durban vorzubereiten. Die Zulus dösten wieder im Baumschatten, und der weiß gekleidete Mann mit dem Manilastrohhut stand vor dem Zollhaus und redete mit Lloyd Gresham.

Dan schaute hinüber. »Was ist denn mit Cato heute los? Sonst hält er doch immer lange, salbungsvolle Reden zur Begrüßung der neuen Bürger, um sie dabei auch gleich in seinen Laden zu locken, gerissen wie er ist. Er ist ein geldgieriger Kerl, Catherine, aber sein Laden ist der beste weit und breit, das muss man ihm lassen, besser als der von Gresham.«

Johann zuckte die Schultern. »Geldgierig sind wir hier doch alle, er ist bloß cleverer als die meisten. Er wird's weit bringen, das sag ich dir. Seine Rede werden wir wohl später zu hören bekommen, jetzt ist er dabei, unseren Transport zu organisieren, und dafür kaufe ich gern in seinem Geschäft ein.«

※

Als endlich am späten Nachmittag die Zollformalitäten erledigt waren, gehörten Catherine und Johann zu den Ersten, die Cornelius Strydom auf seinem Ochsenwagen nach Durban brachte. Die Auswandererfrauen und ihre Kinder saßen bleichgesichtig auf Koffern, deren schlosslose, aufgerissene Deckel von hastig umgewundenen Stricken gehalten wurden, auf durchweichten Bündeln und aufgelösten Schachteln. Es war alles, was sie vor den Fluten und den Plünderern hatten retten können. Ihre Männer gingen hinter dem Gespann her, in ihren Gesichtern waren die Strapazen in tiefen Furchen eingegraben, und ihre Augen zeigten jene trübe Stumpfheit, die hoffnungslose Verzweiflung und Angst hervorruft. Die viktorianischen Fräulein waren zu Gespenstern verblasst, sie schienen kaum noch Lebenssaft in ihren Adern zu haben.

Aus Johanns klaffender Beinwunde sickerte unter Sicelos Grünverband noch immer Blut heraus, und Dan hob seinen Freund kurzerhand, seinen lautstarken Protest ignorierend, auf den Wagen neben Catherine. Cornelius Strydom drückte seinen Schlapphut mit der schillernden Feder tief ins Gesicht und ging, auf seiner kalten Zigarre kauend, neben dem Zug her. Seine über zwanzig Fuß lange Peitsche schwang er mit so hervorragendem Geschick über die Rücken der zwölf Ochsen, dass er nur das Ohr des zweiten Zugtiers schnippte, genug, um dessen Interesse von einem Grasbüschel am Wegesrand abzulenken und es an seine Aufgabe zu erinnern. Das Zuggeschirr klirrte, Wagenreifen quietschten, die Achsen knarrten, und Strydom brüllte in regelmäßigen Abständen »Ho, ho, ho!« und endete mit einem lang gezogenen »Jaaak! Jaaak!«.

Catherines Kopf dröhnte. »Zwölf Ochsen«, staunte sie und kratzte sich. »Wozu so viele?« Die Kratzstelle blutete, und sie leckte ihren Zeigefinger an und rieb die Stelle am Handgelenk damit ein.

Johann zeigte mit dem Daumen auf den breiten, von Bäumen und dornigem Busch gesäumten Sandweg vor ihnen. »Weicher, loser Sand, später felsiges Gestein und, wenn's geregnet hat, bodenloser Morast. Kein anderes Vieh schafft das. Mit solchen Gespannen sind die Trekburen vom Kap hier heraufgezogen. Durch Wüsten und Savanne, durch Sümpfe und Flüsse und über Steilhänge in den Drakensbergen, die ein Mensch auf allen vieren hinaufkraxeln muss, weil sie fast senkrecht sind. Ein volles Ochsengespann hat zwanzig Zugtiere, und ihre Kraft ist legendär.«

Sie sah ihn von der Seite an. Er musste eine fantastische Konstitution haben, denn trotz seiner Wunde, und obwohl er fast ertrunken wäre und sich dann noch zum Wrack durchgekämpft hatte, verschwanden die weißen Linien um seinen Mund zusehends. Seine Augen glänzten. Es war erstaunlich. Es schien, dass er mit jeder Drehung der Wagenräder, die ihn näher nach Inqaba trug, weiter auflebte. Sie versuchte, ihre Umgebung mit seinen Augen zu sehen. Spitzendecken aus Trichterwinden in leuchtendem Purpur lagen über dem Busch, bunte Schmetterlinge gaukelten von Blüte zu Blüte, winzige schimmernde Vögel huschten durch das Blättergewirr, und der Küstenwald war erfüllt von ihren zarten Stimmen. Ein wunderschöner Ort für einen geruhsamen Nachmittagsspaziergang, ignorierte man die gierigen Mückenschwärme, die sich aus dem Grün erhoben und völlig ausgehungert über sie herfielen. Sie erschlug eine auf ihrem Arm. Ein verschmierter Blutfleck blieb zurück. Cornelius Strydom ließ seine Peitsche knallen, und das Gespann rumpelte weiter.

Ein Schweinestall war das Erste, was die Einwanderer von Durban erblickten. Von graugelbem Futterbrei triefende rosa Schnauzen pressten sich aufgeregt durch enge Zaunstäbe und grunzten das erste Willkommen. Zu dem Schweinestall gehörte eine Hütte. Das Dach deckte grobes Gras, die Wände bestanden aus Grasmatten, die mithilfe von Lianen an Pfosten aus roh behauenem Holz befestigt waren. Die Türöffnung, deren Herkunft ohne Schwierigkeiten auf eine große Kiste ohne Deckel und Boden zurückgeführt werden konnte, die hochkant zwischen zwei Pfosten stand, wurde von einem sich sanft blähenden Tuch verdeckt. Jetzt schob eine Frau das Tuch, das wohl einmal ein Laken gewesen sein musste, beiseite, steckte ihre Haarsträhnen mit einer gezierten Bewegung unter ihr Häubchen, lüpfte ihren Rock auf die Art, wie man das mit einem Ballkleid tut, trippelte näher und besah sich die Fracht, die da auf dem Ochsenkarren daherkam.

»Mr. Strydom, was haben Sie denn da? Wieder neue Bürger für unsere Stadt? Du meine Güte, bald wird es hier ja wie ein Ameisenhaufen sein. Und lauter Kinderchen!« Sie patschte ihre Hände zusammen. »Nun, da wird der Reverend äußerst erfreut sein, noch ein paar Schäfchen mehr in seine Klasse zu bekommen. Wir haben seit Neuestem auch einen Reverend in der Stadt«, erklärte sie den sprachlosen Reisenden.

Der Herr über zwölf Ochsen tippte mit einem Finger an seinen Hut und schob die Zigarre in den anderen Mundwinkel. »Guten Tag, Mrs. Smithers, Sie haben Recht. Diese Herrschaften hier sind die Zukunftshoffnung unseres Landes.«

Catherine wollte schon über diese ironische Bemerkung lachen, aber der fröhliche, rotbäckige Ausdruck Mr. Strydoms offenbarte ihr, dass er es genau so meinte. Ein kleiner Zweifel über das, was sie erwartete, regte sich in ihr, nicht mehr als ein winziges zuckendes Würmchen in einer Ecke ihres Magens. Doch sie dachte an andere tropische Hafenstädte, die sie besucht hatte, an die Außenbezirke, wo die Gescheiterten und Gestrauchelten, die zerstörten Hoffnungen und die Scherben der Träume wie Strandgut in der Sonne verfaulten. Das Würmchen gab Ruhe.

»Warten Sie«, flötete Mrs. Smithers, eilte in ihre Behausung und erschien nur wenige Minuten später mit einer Schüssel, in der sich goldgelbe Ananasstücke türmten. »Die hatte ich schon vorbereitet, wir haben ja alle von Ihrem Unglück gehört. Hier, nehmen Sie, nehmen Sie. Es wird Ihnen gut tun.«

Ihre Fingernägel waren abgebrochen und hatten schwarze Schmutzränder, aber ihr Lächeln war strahlend, wenn auch löchrig, und die Ananasstückchen schmeckten so süß und saftig, dass die gebeutelten Schiffbrüchigen sie verzückt mit geschlossenen Augen herunterlutschten. Sie waren Nahrung für Körper und Seele.

»Das war aber sehr freundlich«, bemerkte Catherine; ihre Meinung über Mrs. Smithers Aussehen und deren Haus behielt sie für sich.

Johann wischte sich die Hände an seiner Hose ab. »So ist das hier, das ist Natal. Hier halten wir zusammen, jeder hilft jedem. Heute Abend werden wir sicherlich keinen Mangel leiden. Alle werden etwas zu unserem Willkommen beitragen. Und auch für die anderen wird gesorgt werden. Wart's nur ab.« Er klang stolz.

Cornelius Strydom drehte sich um. »Wer von Ihnen wird von Freunden erwartet oder hat Unterkunft im Commercial Hotel arrangiert? Die anderen werde ich zur Einwandererbaracke bringen.« Sein Blick flog über seine Passagiere.

Ein Ehepaar meldete sich. »Mein Bruder wartet auf uns. Er hat eine Farm hier«, erklärte der vierschrötige Mann wichtig und fing mit Genugtuung die neidischen Blicke der anderen auf.

Zwei weitere Hände gingen hoch. »Commercial Hotel für uns.« Es waren allein reisende Männer von kräftiger Statur, die, wie sie den Steinachs an Bord erzählt hatten, Handel mit den Siedlern und auch den Zulus betrieben.

Die Augen der viktorianischen Fräulein hatten sich bei dem Wort Einwandererbaracke entsetzt geweitet. Hastig steckten sie die Köpfe zusammen, dann hob eine ihren bebenden Finger. Die drei anderen hielten sich fest an den behandschuhten Händen. »Bitte haben Sie die Güte und bringen uns zum Commercial Hotel«, piepste das Fräulein, und ihre Begleiterinnen nickten so heftig, dass die Capote-Hüte schwankten. »Ist es ein gutes Hotel?«

»Unglücklicherweise ist es das einzige in Durban«, flüsterte Johann seiner Frau zu, »obendrein ist Hugh McDonald gewiss nicht auf eine Schar verängstigter Jungfrauen eingerichtet. Sie würden sich in rauer Gesellschaft befinden.«

Dan, der mit ausgreifenden Schritten neben ihnen lief, glockste heiser. »Fünf Shilling am Tag für Zweibeiner, freie Unterkunft und Mahlzeiten für Ameisen, Wanzen, Schlangen und alle möglichen anderen Kreaturen.«

Die Fräulein hatten ihn gehört und erstarrten zu alabasterfarbenem Entsetzen, und Cornelius Strydom winkte auch schon ab. »Das wird schwierig werden, meine Damen, soweit ich weiß, bietet das Commercial keine Unterkunft für Damen. Allerdings führen Mr. und Mrs. Russel eine private Pension. Ich werde Sie dorthin bringen.« Die Erleichterung in den Spatzengesichtern war überwältigend.

Cornelius Strydom knallte mit der Peitsche und brüllte »Ho! Ho!« und »Jaak!«, die Jochs klapperten, und seine Ochsen legten sich kräftig ins Zeug. Der Wagen ackerte durch den Matsch eines bis auf Pfützen ausgetrockneten Flussbetts, das den Sandweg kreuzte. »Gut, dass der Umgeni uns längere Zeit nicht besucht hat«, grinste Strydom an seiner Zigarre vorbei. Als er die fragenden Blicke seiner Passagiere auffing, erklärte er es näher. »Das ist der Fluss, der ein paar Meilen nördlich von hier ins Meer fließt und dem es nach starken Regenstürmen gelegentlich danach gelüstet, aus seinem Bett zu steigen, auf Erkundungstour übers Land zu gehen, um sich dann in die Bucht zu stürzen. – Hoa, hoa!«, schrie er und ließ die Peitsche in Schlangenlinien von einer Straßenseite zur anderen sausen, als einer der Ochsen nicht spurte.

Johann lächelte zustimmend. »Letztes Jahr im April war der Umgeni so in Rage, dass er die einzige kleine Brücke wegriss, die zwar nur aus Mangrovenstämmen bestand, aber den sumpfigen Teil der Straße überbrückte und den lächerlichen Kanal platt machte, der von Lieutenant Gibbs Leuten in der Absicht gegraben worden war, fließend Wasser nach Durban zu bringen.« Er schmunzelte. »Dabei hat er eine Schneise durch Catos Land gepflügt, die seitdem Cato's Creek genannt wird. Ein eigenwilliger Kerl, der Umgeni.«

Unter Gebrüll und Peitschenknallen lenkte Strydom sein Gefährt um eine weite Kurve, und Catherine lehnte sich vor, gespannt auf den ersten Eindruck der Stadt. Der Charakter der Bewohner spiegelte sich in den Häusern einer Stadt wider, dachte sie und sah dabei die klaren, geradlinigen Fassaden an der Hamburger Alster, die Reichtum und Überfluss verbargen, und die heiteren der Häuser in Wien, die Lebensfreude und Melancholie zugleich ausdrückten. Natürlich kam es auf den Zustand der Gebäude an, nicht zu sprechen von dem der Straßen. Durban würde nicht so groß sein wie Kapstadt, der Illusion gab sie sich nicht hin. In Gedanken verkleinerte sie die Stadt am Kap einfach. Was sie jetzt vor sich sah, war eine Reihe einstöckiger, weiß gekalkter Häuser, die die Bucht säumten, breite Straßen, hübsche Gärten, die unvermeidlichen Hafengebäude und den dazugehörigen Dreck. Man musste schließlich realistisch sein.

Jetzt verdeckte nur noch ein tief überhängender Baum mit lila Blüten den Blick, sie lehnte sich weiter vor, und dann schwenkten sie unter zwei Milkwoodbäumen, die einen natürlichen Torbogen bildeten, in eine über hundert Fuß breite Straße ein. Catherine hielt den Atem an. Schlagartig verstummte jede Unterhaltung auf dem Ochsenwagen.

Mr. Robertson hatte Recht gehabt. Die Stadt Durban gab es nicht.

Die Straßen waren aus lockerem, von tiefen Furchen durchzogenem Sand, hier und da sprossen ein paar Zelte oder grasgedeckte Hütten wie braune Pilze in Obst- und Gemüsegärten, dazwischen lagen leere, von großblättrigen Pflanzen und verfilztem Busch überwucherte Flächen. In Viehgattern blökten Kühe, Hühner pickten zwischen Schweineställen, und unter einem blühenden Kaffirbaum faulenzten laut schwatzend ein paar nackte Schwarze. Die räudigen Tierschwanzquasten um ihre Hüften bedeckten kaum das, was den sich vor Peinlichkeit windenden Damen die brennende Röte in die Wangen trieb.

Fassungslos, nicht imstande, auch nur ein Wort zu äußern, starrte Catherine auf das, was die Leute hier als Stadt bezeichneten. Vergeblich suchte sie das freundliche Blinken von Fensterscheiben. Alle Fensteröffnungen waren mit Musselin verhängt. War hier ein Sturm hindurchgefegt, der alle Fenster zertrümmert hatte? »Wo um alles in der Welt ist die Stadt? Wo sind die Häuser, die Läden?«, fragte sie mit schneidender Stimme. Langsam war sie am Ende ihrer Kräfte und ihrer Geduld.

Dan feixte und spuckte in den Sand. Johann hob entschuldigend seine geschundenen Hände. »Du musst es dir nur vorstellen. Das hier ist die Smithstreet, an der bald Läden und Hotels errichtet werden«, mit lebhaften Gesten wies er auf den Sandweg vor ihnen, »parallel dazu läuft die West Street. Dort wird unser Rathaus einmal stehen, und dann werden gediegene Läden und Stadthäuser gebaut, sogar ein Park ist geplant.« Er lehnte sich vor. »Da hinten ist Dick Kings Schlachterei, hier wird ein Hotel entstehen, und die Grundstücke dort gehören Mr. Gresham, der Großes vorhat, und in dem länglichen Gebäude auf der anderen Seite sind die Anglikanische Kirche und die Schule untergebracht. Mr. Grafton kannst du schon bei seinem Handwerk hören.« Das helle Pingping einer Schmiede, das aus der Nähe herüberklang, untermalte seine Worte.

Catherine sank zusammen und starrte stumm auf das, was er ihr zeigte, aber ihre Vorstellungskraft reichte nicht aus, mehr zu sehen als die ausgefahrene Sandstraße, den verfilzten Busch und die paar jämmerlichen Hütten dazwischen. In wenigen Minuten war das Bild von Durban, von der kleinen, weißen Stadt am Meer, in ihr zusammengebrochen. Die Trümmer trafen sie hart. Tränen prickelten hinter ihren Lidern, doch sie beherrschte sich eisern, wollte sich keine Blöße vor den anderen Passagieren geben.

»Das weiß gekalkte Ladengebäude dort ist als Cato's bekannt. Es ist das Zentrum Durbans, hier findet das Leben statt. Man trifft sich, tauscht Nachrichten aus, bespricht die Lage der Welt. Ochsengespanne werden hier abgeschirrt, das Vieh zur Auktion getrieben, und jedes Mal, wenn ein Schiff mit neuen Bürgern kommt, stapeln sich hier die Geräte, die sie nicht brauchen können, weil sie in Natal unnütz sind oder zu schwer, um auf Ochsenwagen landeinwärts geschafft zu werden, und die sie hoffen, verkaufen zu können. Meist aber will niemand das Zeug, und es verrostet langsam. Irgendein Archäologe wird alles wohl in hundert Jahren ausgraben und sich gehörig wundern. Wir müssen bei Gresham oder Cato's morgen das Nötigste besorgen. Ich brauche noch Ersatzteile für den zerbrochenen Pflug, Saatgut und Vorräte fürs Haus«, erläuterte Johann, der nicht bemerkte, in welchem Seelenzustand sich seine junge Frau befand.

»Gibt es da Kleider und Sonnenhüte zu kaufen?« Ihre Stimme war rau vor unterdrückter Enttäuschung.

»Kleider? Nein, wohl nicht. Stoff vielleicht, gelegentlich. Aber sonst bekommst du da wirklich alles. Töpfe, Werkzeuge, Tee, Mehl und so weiter«, antwortete er voller Enthusiasmus.

Sie sah hinüber zu Cato's. Unter riesigen, alten Feigenbäumen, am morastigen Ufer eines Seitenarms des unberechenbaren Umgeni duckte sich ein lang gestrecktes, weißes Gebäude. Das zottelige Grasdach war tief heruntergezogen und ruhte auf Pfosten, die eine Verdanda bildeten, auf der Waren ausgebreitet waren. Davor knatterte eine blau-weiße Fahne im Wind. In der Nähe hingen fünf Rinderhälften in einem mächtigen Kaffirbaum, und vor dem Eingang zum Laden zerhackte ein blonder Mann Knochen auf einem blutigen Schlachterblock. Neben ihm lag ein abgetrennter Rinderkopf. Als er den Wagen der Schiffbrüchigen erblickte, hielt er inne und wedelte mit dem Hackmesser die summende Fliegenwolke weg.

»He, Johann«, schrie der junge Mann am Schlachterblock, trat dabei einen aufjaulenden Hund weg, der es auf ein Fleischstück abgesehen hatte, »hab schon gehört, dass es dich zum zweiten Mal erwischt hat. Scheußliche Sache, Mann. Wirklich. Wir sehen uns heute Abend bei den Farringtons.« Das Hackmesser fuhr blitzend herunter und spaltete den Rinderschädel, der auf dem Block lag. Das Gehirn glänzte graurosa im Sonnenlicht.

»He, Dick, du alter Gauner, du wirst gierig«, entgegnete Johann und zeigte auf ein Schild. »Zehn Pfund Fleisch für einen Shilling, das ist verdammt teuer. Vielleicht sollte ich als Lieferant meine Preise auch erhöhen. – Das ist Dick King, Liebling. Hab dir ja schon von ihm erzählt«, wandte er sich an seine Frau.

»Dick King? Der Schlachterladen, wo sich gelegentlich Leoparden das Fleisch vom Haken holen? Ich hoffe, die lauern nicht schon hinterm Baum.« Ihre Stimme war papiertrocken und kratzig vor Sarkasmus.

Johann lachte, verzog aber gleich darauf das Gesicht. Sein Bein brannte und stach äußerst heftig. »Keine Angst, Liebling, tagsüber kommen die nicht. Nur sollte man nicht auf einen Mondscheinspaziergang gehen. Das kann in diesem Land eh schnell zu unangenehmen Situationen führen.« Er hatte ihre Frage völlig ernst genommen.

»Zu sehr unangenehmen«, griente der Schlangenfänger. Es bereitete ihm Spaß, die junge Frau Steinach ein wenig zu necken.

Ein kräftiger Südwestwind war aufgekommen und blies lange Sandschleier die breite Straße hinunter. Der Sand geriet ihnen zwischen die Zähne, klebte auf der Haut, juckte in den Haaren. Cornelius Strydom zügelte seine Ochsen mit viel Klappern und Quietschen vor einem niedrigen, gestreckten Gebäude, unter dessen schattigem Grasdach eine Gruppe Männer herumsaß und trank.

»Da wären wir, meine Herren, das ist das Commercial Hotel«, verkündete er. Vor dem Haus, im tiefen Schatten uralter Würgefeigenbäume, die ihre Wirtsbäume längst erdrosselt hatten, lud er die beiden Männer ab. Sie schienen dort bekannt zu sein, denn eine der zahlreichen Türen des Hotels flog auf, und ein Mann begrüßte sie mit lautem Hallo und kräftigem Schulterklopfen. Unter dröhnendem Gebrüll wendete Strydom sein Gespann, und Catherine begriff, warum alle Straßen in diesem Land mindestens hundert Fuß breit waren. Es war die Breite, die man benötigte, um ein volles Ochsengespann zu wenden. Der Sand war weich und locker, und das Manöver dauerte lange. Der Wagen schwankte, sie wurden hin und her geworfen, die Kinder weinten, und sie spürten jeden Knochen im Leib. Außerdem sank die Sonne schnell, eine eigentümlich milde Feuchte legte sich über das Land. Es war wirklich nicht kalt, trotzdem fröstelte sie.

»Ist es noch weit zu den Farringtons?« Sie hätte mit Freuden ein Königreich für ein heißes Bad, für frische Kleidung und ein üppiges Abendessen gegeben.

»Ich muss erst die anderen bei der Einwanderungsbaracke absetzen, die Farrington-Farm liegt etwas weiter am Rande Durbans. Sie sind als Letzte dran, Mevrou Steinach, so lange müssen Sie leider aushalten.« Cornelius Strydom zog dem vordersten Ochsen eins über, um ihn auf Trab zu bringen.

Erst als sie in dieser Nacht nicht schlafen konnte, weil es so spät und sie völlig übermüdet war, weil ihr der Kopf schwirrte von all den Leuten, die bei den Farringtons zu ihrer Begrüßung erschienen waren, weil die Seegrasmatratze von der netten Mrs. Farrington gar so stank und piekte, ihre Haut auf Armen und Ausschnitt juckte, dass sie schier verrückt wurde, und weil sie auch nicht mit der Tatsache fertig wurde, dass der Wohnzimmerfußboden, auf dem die Matratze lag, aus einem Gemisch aus der roten Erde der Termitenhügel und Kuhdung bestand und ziemlich streng roch und sie ihre Notdurft hinterm Haus im Busch verrichten musste, da es keine Toilette gab, wagte sie es, die Frage zu stellen, die stellvertretend für all die vielen Fragen herhalten musste, die sich in ihrem Kopf drängten.

»Haben wir eine Toilette?« Auf die Antwort wartete sie mit angehaltenem Atem.

»Ja«, brummte Johann schläfrig, zog sie fest in seine Arme, zupfte die grobe Zudecke zurecht, bettete mit einem zufriedenen Seufzer sein Gesicht in ihr duftendes Haar und schlief wieder ein. Er roch nach Bier und schnarchte leise.

Catherine lag schlaflos mit brennenden Augen neben ihm, war sich nicht sicher, dass er sie wirklich verstanden hatte, und kämpfte heldenhaft gegen ihre aufsteigende Befürchtung, dass das weiße Haus auf dem Hügel von Inqaba nur in seiner Vorstellung bestand. Erst als die Sterne blasser wurden, zwang sie den Schlaf herbei, um die Gedanken, die in ihrem Kopf herumsummten wie aufgescheuchte Bienen, nicht mehr denken zu müssen.

✳

Rupert Farrington hatte die zwei Ochsen mit Kusshand genommen und einen guten Preis dafür gezahlt. Es reichte für einen neuen Pflug, ein paar Werkzeuge, einen Sack Mehl vom Kap und zwei Sack klumpigen Burenmehls, Reis, getrocknete Bohnen und, als großen Luxus, einen kleinen Sack mit Zucker. Als er alles in seinem Planwagen verstaut hatte, blieb Johann vor einer blitzblanken Petroleumlampe stehen, fast der gleichen, die er in Kapstadt gekauft und dann in der Havarie der *White Cloud* verloren hatte. Er streifte Catherine, die müde durch den dunklen, voll gestopften Laden strich, mit einem Blick und nickte Mr. Catos Verkäufer zu. »Pack sie ein.« Die Lampe würde sie garantiert aufheitern. Noch nicht viele Haushalte hier konnten sich eine solche leisten, er mit Sicherheit auch nicht, aber es gab Dinge, die bedeuteten mehr als Geld.

Nach einem enttäuschten Blick über die Auslagen, die nur aus Lebensmitteln, Farm- und Haushaltsgegenständen und zwei Ballen groben Baumwollstoffs bestanden, kümmerte sich Catherine nicht weiter um den Einkauf. Johann würde am besten wissen, was sein Koch brauchte. Während ihr Mann und Sicelo die Waren auf dem Ochsenwagen verstauten, ging sie über die lange, sandige Straße zurück zum Farrington-Haus, dankbar, dass diese trocken war und nicht die Schlammwüste, in die sich die Wege nach einem Regen sicher verwandelten. Sie wich mit finsterer Miene einem Schwarzen aus, der versuchte, ihr einen lebenden Affen zu verkaufen, der, an allen vier Beinen zusammengebunden, an einem Stock hing und kläglich jammerte.

»Catherine, warten Sie bitte«, hörte sie Dan de Villiers Stimme und drehte sich um. Wie ein großer unbeholfener Bär trottete der Schlangenfänger die Straße herunter und blieb schnaufend vor ihr stehen. »Es ist eine lederbezogene Kiste angeschwemmt worden, die das Monogramm L. le Roux trägt. Gehörte sie Ihrem Vater? Ich habe sie herschaffen lassen.«

Es war die Truhe ihres Vaters, und der Inhalt war zwar nass, aber durch vorsichtiges Trocknen würde sie vieles retten können. Dan ließ das Stück von zwei Zulus zu den Farringtons bringen, und mithilfe von Dolly Farrington breitete sie erst den Inhalt ihrer Wäschekiste in der Sonne aus und nahm sich dann die Truhe vor. Sie legte die Bücher ihres Vaters zum Trocknen aus, seine zoologischen Aufzeichnungen, Kleidungsstücke und was sonst noch alles unter der Nässe gelitten hatte. Die toten Tiere in ihren Einmachgläsern ließ sie in der Truhe. Glücklicherweise war keins zerbrochen. Sie würde sie auf Inqaba aussortieren, dann entscheiden, welche sie wegwerfen sollte. Vielleicht konnte sie einige zur Unterstützung ihrer Skizzen gebrauchen.

»Nun muss ich noch meine Reisetasche ausräumen«, sagte sie zu Dolly Farrington. »Dan de Villiers hat sie freundlicherweise vom Boot an Land gebracht, aber eine Welle hat sie erwischt.«

Die Kleider waren steif vom Meerwasser, die Seiten der Bücher und Papiere klebten zusammen. Sie entfaltete ihre Gewänder und hängte sie in der Türöffnung in den leichten Wind, untersuchte besorgt die Salzwasserränder auf den zarten Stoffen und blätterte traurig in ihrem feuchten Skizzenblock.

»Morgen hat Durban etwas Besonderes an Unterhaltung zu bieten«, erzählte Mrs. Farrington, während sie neidvoll den wunderbaren Seidentaft des Abendkleids befühlte. »Ein Mord ist passiert, und nun müssen die Mörder mit ihrem Leben dafür zahlen. Es wird eine Hinrichtung geben.«

Catherine fiel der Skizzenblock aus der Hand. »Das gilt als Unterhaltung?« Eigentlich war sie erstaunt, dass so etwas Zivilisiertes wie Gesetz und Ordnung zwischen diesem Haufen ärmlicher Lehmhütten existierte.

»Zwei Männer werden aufgehängt, weil sie einen ihrer Kumpane erwürgt und dann in die Sümpfe geworfen haben. Sie hofften wohl, dass es aussehen würde, als sei er ertrunken. Unglücklicherweise haben sie sich hinterher die ganze Nacht lang übermäßig dem Alkohol hingegeben und mit dem Mord geprahlt. Männer!« Sie verdrehte die Augen. »Meine Güte, ist das hübsch«, rief sie und ließ die Spitzenvolants des Kleides durch ihre Finger rascheln. »Sie sind doch manchmal zu kindisch, die Männer, meine ich. Werden Sie auch kommen?«, plapperte sie weiter und merkte nicht, dass Catherine zu einer Statue erstarrt war. »Ganz Durban wird da sein. Die Deutschen aus New Germany kommen schon heute Abend mit ihren Ochsenwagen, damit sie morgen die besten Plätze haben. Direkt neben den Galgen hat man natürlich ausgezeichnete Sicht. Dazu gibt es Gutes zu essen. Springbock und Flusspferd wird auf offenem Feuer gebraten, und den jungen Leuten bietet es die Gelegenheit, sich zu sehen und zu flirten. Die einzigen anderen gesellschaftlichen Veranstaltungen hier sind die Hochzeiten.« Sie lachte vergnügt. »Und wie sollen die zustande kommen, wenn die jungen Leute sich nicht ab und zu treffen können?«

Catherine war schon bei Mrs. Farringtons ersten Worten der Unterkiefer heruntergeklappt, und sie fühlte sich unfähig, ein Wort zu artikulieren. Energisch probierte sie ihre Stimme aus. »Ha«, krächzte sie, aber mehr als das bekam sie nicht heraus. Angewidert schluckte sie den aufsteigenden Brechreiz herunter.

»Ist Ihnen nicht wohl, meine Liebe?« Neckisch zwinkernd tätschelte Mrs. Farrington ihren Bauch. »Doch nicht schon etwas Kleines unterwegs?«

Das war endgültig zu viel. Catherine zuckte zurück, als wäre sie gebissen worden, warf ihr Bettzeug hin und rannte davon, einfach in den Garten, trampelte über die wild wuchernden Kürbispflanzen, verfing sich in langfingrigen Erbsenranken, stolperte über zwei im Gras liegende, schlafende Zulus, die aufwachten und ihr unter Gelächter etwas nachriefen, und erreichte schließlich die Straße. »Johann!«, schrie sie gellend.

Mit Sicelo wuchtete er gerade den Pflug auf den Ochsenwagen. Bei ihrem Schrei ließ er ihn fast fallen und drehte sich erschrocken um. Es musste ihr etwas Ernstliches zugestoßen sein. Ihr Gesicht war weiß, die blauen Augen glühten schwarz wie Kohle, und das Haar ihr stand wild um den Kopf. Als hätte sie einen Geist gesehen. Mit einem Satz sprang er vom Wagen herunter, knickte ein, als ihm der Schmerz in sein Bein schoss, biss aber die Zähne zusammen und humpelte seiner Frau zu Hilfe. »Was ist passiert? Hat dir jemand etwas getan? Bist du verletzt?« Er streckte ihr die Arme entgegen.

»Verletzt? Ach was, wer sollte mir etwas tun? Ich will, dass wir sofort diesen barbarischen Ort verlassen, und diese fürchterliche Mrs. Farrington will ich nie wieder sehen.« Ihre Stimme war um mehrere Töne gestiegen.

Das war alles? Sie hatte sich mit Dolly Farrington gestritten? Er seufzte. »Heute ist es zu spät. Wir fahren morgen bei Sonnenaufgang. Und nun sag mir endlich, was so Schlimmes passiert ist, dass du die nette, gastfreundliche Dolly nicht mehr wieder sehen willst.«

Mit vor Empörung bebender Unterlippe schrie sie die Geschichte über den Gerichtstag heraus. »Das sind Zustände hier wie im schwärzesten Mittelalter. Ein Picknick unter dem Galgen! Als Nächstes machen sie daraus eine Tanzveranstaltung.«

Johann verkniff sich die Bemerkung, dass morgen natürlich auch getanzt werden würde. Wie jung sie war, wie ungestüm! Vom wirklichen Leben hatte sie tatsächlich keine Ahnung, hatte ihres abseits des normalen Alltags geführt. »So ist nun einmal das Gesetz. Es dient zur Abschreckung. In Deutschland ist das nicht anders. Es lohnt sich nicht, sich darüber so aufzuregen, und was Dolly anbetrifft, ist sie eine der liebenswürdigsten Frauen, die ich kenne, und könnte keiner Fliege etwas zuleide tun. Du tust ihr völlig Unrecht.«

»Aber was sind das für Menschen, die sich daran ergötzen, wenn ein anderer am Galgen sein Leben herauszappelt?«

»Was sind das für Menschen, die einem anderen für ein paar Pennys die Gurgel durchschneiden? Schon die Bibel fordert ein Leben für ein Leben. Hier gibt es eine Menge rauer Gesellen. Die brauchen Zucht und Ordnung.« Er wollte mit seiner Arbeit fortfahren, aber sah erschrocken, dass alle Empörung von ihr gewichen war und ihre Augen verräterisch glänzten. »Was ist, mein Liebes, sag es mir.« Er versuchte, sie an sich zu ziehen, aber sie blieb störrisch.

»Kannst du es dir nicht vorstellen?«, flüsterte sie. »Das Letzte, was diese Männer auf Erden sehen werden, sind johlende, essende, tanzende Menschen, die auch noch Beifall klatschen, während ihnen im Namen des Volkes und mit Gottes Segen die Schlinge um den Hals gelegt wird. Wie kannst du das gutheißen? Es macht uns, das Volk, doch auch zu Mördern. Sind dir die Männer bekannt?« Sie fühlte sich plötzlich sehr allein. Sie hatte geglaubt, beurteilen zu können, wie ihr Mann über gewisse Dinge dachte, und nun stand vor ihr ein Fremder. Bis dass der Tod euch scheidet, hatte der Pfarrer gesagt. Jählings erschauerte sie.

»Natürlich. Hier kennt jeder jeden«, antwortete er, wollte ihr noch sagen, dass auch er nicht die geringste Absicht hegte, diesem Spektakel beizuwohnen, aber sie schwang herum und ließ ihn stehen. Mit leisem Grausen dachte er an das, was seine junge Frau in Zululand erwartete; er schwor sich, alles in seiner Macht Stehende zu tun, um zu verhindern, dass sie Kenntnis davon bekam. Er würde sie hegen und pflegen wie das zarte Pflänzchen, das sie war, sie mit einer Mauer aus Liebe vor den Grausamkeiten dieser Welt beschützen. »Hilf mir bitte mit dem Pflug«, sagte er zu Sicelo.

An diesem Abend gab sie unmittelbar nach dem Abendessen vor, unerträgliche Kopfschmerzen zu haben, und verkündete, jetzt schlafen gehen zu wollen. Dolly Farrington, die in der winzigen Küche bei Kerzenlicht das morgige Picknick vorbereitete, bedauerte sehr, dass die Steinachs nicht noch einen weiteren Tag bleiben wollten. Catherine sagte ihr mit schmalen Lippen gute Nacht.

Johann, der mit Rupert Farrington im Mondlicht vor dem Haus saß und ein Glas Wein genoss, versuchte, Catherine zurückzuhalten. Insgeheim wünschte er sich, dass sie wie die anderen Frauen ihrer Gastgeberin zur Hand gehen würde. Doch sie blieb halsstarrig, hängte das Musselintuch vor die leere Fensterhöhle, zog ihr Kleid aus und rollte sich auf der Matratze, die die Farringtons ihnen in die Wohnzimmerecke gelegt hatten, in ihre Decke ein.

Johann, der ihr gefolgt war, sah auf sie hinunter, sah die blauen Schatten unter ihren Augen, die weißen Linien von der Nase zum Mund und hätte sich am liebsten zu ihr gelegt. Wie hatte er vergessen können, was sie durchgemacht hatte? Wie müde musste sie sein. »Ich habe mit Rupert noch Geschäftliches zu erledigen. Ich komme später nach, schlaf du derweil schon ein wenig.«

»Dann sei so leise, dass du mich nicht aufweckst«, sagte sie schnippisch, zu erschöpft und aufgewühlt, um an irgendetwas anderes zu denken als an die Flucht in den Schlaf.

Johann setzte sich wieder zu Rupert Farrington und hielt ihm sein leeres Glas hin. »Alles in Ordnung auf der Farm?«, fragte er, während der Hausherr den Wein eingoss.

Rupert Farrington nickte. Seine rote Haartolle wippte. »Bis auf die üblichen biblischen Plagen und die ungute Tatsache, dass die Zulus an den Grenzen unruhig sind. Sie behaupten, jemand stiehlt ihr Elfenbein.«

»Und, stimmt das?«

Rupert Farrington zuckte seine massigen Schultern. »Es gibt ein Gerücht, dass eine kleine Gruppe Weißer, die sich in Zululand herumtreibt, dahinter steckt. Dem Anführer haben sie den Namen Kotabeni gegeben. Doch keiner hier hat sie gesehen, niemand weiß Genaues. Vielleicht sind sie über die Drakensberge gekommen, vielleicht sind sie aber auch nur Hirngespinste. Du kennst die Zulus. Ihre Wahrheitsliebe deckt sich nicht immer mit unserer, und wer weiß, was sie im Schilde führen, diese gerissenen, kriegslüsternen Schweinehunde.« Das letzte Wort sprach er mit einer gewissen Hochachtung aus.

Johann grinste und nahm einen Schluck Wein. Rupert hatte Recht. Wenn es ihnen passte, konnten die Schwarzen sehr fantasievoll sein. Dann wurde er ernst. »Heute noch bekomme ich Gänsehaut, wenn ich an Piet Retiefs Schicksal denke. Warst du Anfang 1838 schon in Natal?«

Rupert Farrington nickte. »Allerdings, und ich habe Retief häufiger getroffen. Er war erfahren, mit allen Wassern gewaschen. Mir ist ein Rätsel, was ihn dazu veranlasst hat, nachdem König Dingane sein Zeichen bereits unter den Vertrag gesetzt hatte, unbewaffnet das königliche Dorf zu betreten. Ich bin überzeugt, dass Dingane von Anfang an nie vorhatte, Retief und seine Buren lebend ziehen zu lassen.«

Johann kniff die Augen zu einem schmalen Spalt zusammen. »Ich denke doch. Das Gerücht sagt, dass sein Induna, sein oberster Ratgeber, ihn aufgehetzt hat.«

»Wennschon. Es macht keinen Unterschied. Retief war doch schon im Aufbruch begriffen, als Dingane sie zu einem zeremoniellen Umtrunk lud. Warum er gehorchte, als verlangt wurde, dass sie ihre Musketen niederlegen, habe ich nie verstanden.« Der Schotte ließ seinen Wein im Glas kreisen. »Vor allen Dingen, nachdem der junge William Wood, der Zulu wie ein Zulu sprach, weil er unter ihnen aufgewachsen war, sie gewarnt hatte. Er hatte im Umuzi ein paar Gesprächsfetzen aufgeschnappt. Aber Retief und seine Freunde haben ihn nur ausgelacht.«

Johann schüttelte den Kopf. »Man sollte doch meinen, dass der Anblick der gebleichten Menschenknochen, die über den Todeshügel verstreut waren, sie nachdenklich gestimmt haben müsste.«

»Der Ort der Knochen«, nickte Rupert düster und schnippte die Asche von seiner Zigarre.

»Ich möchte wissen, was dann wirklich passiert ist«, grübelte sein Freund.

Rupert sah ihn scharf an. »Was passiert ist und wie, wissen wir genau. Außer Wood und dem Missionar Owen, der den Vertrag aufgesetzt hat, gab es noch mehrere weiße Zeugen, unter anderem Mrs. Owen und zwei oder drei weitere Frauen, die sich alle außerhalb des Königshofes aufhielten, direkt in Sichtweite des Todeshügels. Owen hat das ganze Massaker durchs Fernglas beobachtet. Ich war dabei, als er davon berichtete. Man stelle sich über viertausend federgeschmückte, brüllende Zulus vor, die, gegen ihre Schilde schlagend, sich rhythmisch stampfend in Kreisformation auf die unbewaffneten Buren zubewegten. Dingane saß in seinem zerfledderten Lehnstuhl und sah mit steinerner Miene zu. ›Bulala abathakathi!‹, rief er dann plötzlich. ›Tötet die Hexer!‹ Worauf seine Krieger über die Weißen herfielen, ihnen die Hände festbanden und sie über den Fluss auf den Todeshügel schleppten. Die Buren schlugen um sich, aber die Übermacht der Zulus prügelte sie mit ihren Kampfstöcken zu Tode. Piet Retief haben sie als Letzten getötet, damit er den Tod eines jeden einzelnen seiner Begleiter mit ansehen musste. Einige wurden angeblich gepfählt.« Er verzog sein Gesicht. »Ich mag mir nicht vorstellen, was sie durchgemacht haben. Man sagt, dass die Zulus Retief das Herz und die Leber herausgeschnitten und Dingane dargeboten haben. Daraus stellten seine Sangomas ein Zaubermittel her und versprengten es auf dem Weg, den die Buren zum Umuzi geritten waren.«

Johann schüttelte den Kopf. »Das ist möglich, aber nicht wahrscheinlich, denn Pretorius und sein Kommando hat die Skelette im Dezember desselben Jahres gefunden. Als sie anrückten, um das Massaker zu rächen, soll Retiefs Skelett angeblich noch bekleidet gewesen sein, und in seiner ledernen Jagdtasche, die noch an seinem Schulterknochen hing, hat man den Vertrag mit Dinganes Zeichen gefunden, der uns Weißen das Land von Port Natal zusammen mit allem Land vom Tugela bis zum Umzimvubufluss im Westen und zum Meer im Norden zu unserer immer währenden Verfügung überlässt.«

»Das ist erst elf Jahre her, das dürfen wir nie vergessen.«

»Jetzt haben sie zwar Mpande als König, der fetter und gemütlicher ist, gutes Essen und die Frauen liebt, aber auch bei seinem königlichen Dorf gibt es einen Todeshügel, wo er missliebige Stammesgenossen exekutieren lässt. Der Mimosenwald auf seiner Kuppe leuchtet weithin, und ich bete, dass Catherine nie von seiner Existenz erfährt«, murmelte Johann. »Sie ist schon völlig aus dem Häuschen, seit sie von der Hinrichtung morgen gehört hat.«

Rupert schmunzelte nachsichtig. »Deine Frau ist ein bisschen weltfremd. Aber sie ist ja auch noch sehr jung, sie wird beizeiten lernen, dass es Regeln und Gesetze gibt, die eingehalten werden müssen. Tut man es nicht, bekommt man halt die gerechte Strafe. Das ist in jeder Zivilisation so. Aber wie willst du verhindern, dass sie vom Hügel der Mimosen hört?«

Als Antwort hob sein Freund hilflos die Schultern. »Sie wird mit dem Leben in einem Umuzi nie in Berührung kommen, und keiner der Zulus wird darüber reden.«

Rupert wiegte zweifelnd den Kopf. »Sicher, da wirst du Recht haben. Als Frau wird sie sich wohl nur im Umkreis ihres eigenen Hauses bewegen.« Er tat einen tiefen Zug von seiner Zigarre und stieß bläuliche Rauchwolken aus. »Ich werde dieser Geschichte vom Elfenbeindiebstahl nachgehen. Ärger mit den Eingeborenen können wir nicht gebrauchen. Der letzte Überfall sitzt mir noch in den Knochen, und ich möchte nicht in deiner Haut stecken, wenn rachsüchtige Zulus auf dem Kriegspfad über Inqaba herfallen. Hast du eine Fluchtmöglichkeit? Du und Catherine, ihr könnt euch ja kaum auf ein Schiff retten, wie wir in Durban es das letzte Mal taten.«

Johann zuckte niedergedrückt die Schultern. »Inqaba liegt auf einem Hügel, wir können sie rechtzeitig sehen, und ich habe zwei schnelle Pferde. Aber ich werde mich bei meinen Zulus umhorchen.« Die beiden Männer versanken in schweres Schweigen. Von den Sümpfen strich Feuchtigkeit zu ihnen herüber, und trotz der vergleichsweise kühlen Frühlingsnacht kamen die Mücken in großen Schwärmen. Lange Zeit war nur das regelmäßige Klatschen zu hören, mit dem die Freunde die Insekten auf ihrer Haut erledigten. Bald kam wieder Wind auf, das Donnern der Brecher wurde vom Strand heraufgetragen, und die dröhnenden Rufe der Ochsenfrösche aus den Sümpfen zerrissen die Nachtruhe.

»Wenn Blei nicht so teuer wäre, würde ich diese verfluchten Monster abknallen«, knurrte Rupert. »Wie ist es, mein Freund, ein letztes Glas Wein?«

Viel später schlich Johann sich ins Wohnzimmer und legte sich zu seiner Frau. Obwohl Catherine wach war, tat sie so, als schliefe sie, und wandte ihm die ganze Nacht den Rücken zu. Die Ochsenfrösche brüllten, der Mond schien durchs dünne Fenstertuch, ein leichter Wind hob es immer wieder wie mit Geisterhand und ließ gierig summende Mücken herein. Sie zog die Decke über den Kopf, doch auch da war sie nicht sicher vor den Angriffen. Ihr Kopf begann nun tatsächlich auf die unerträglichste Weise zu schmerzen, und die Fragen, die sich in ihr aufgestaut hatten und die sie aus lauter Angst vor der Antwort bisher nicht gestellt hatte, wuchsen zu einem riesigen Brocken an, der so schwer war, dass er ihr die Luft abdrückte.

KAPITEL 9

Das Pferd hieß Caligula und war groß, schwarz und übermütig. Es rollte unartig die Augen, zeigte seine gelben Zähne in einem frechen Grinsen und schlug ihr seinen Schwanz um die Ohren. Catherine machte einen Satz zurück.

»Ich kann nicht reiten, hast du das vergessen?« Ihre Stimmung war düster. Sie hatte kaum geschlafen und sehr schlecht geträumt, ihr Rücken juckte von Dolly Farringtons Seegrasmatratze und unzähligen Mückenstichen. Noch hatte sie sich von dem Schlag, den ihr der Anblick von Durban versetzt hatte, nicht erholt, und der Argwohn, dass Johann ihr ein Luftschloss vorgaukelte, wuchs wie ein böses Geschwür in ihrem Kopf. Nicht einmal die frische Blütenpracht allenthalben, die sich nach dem ergiebigen nächtlichen Regen geöffnet hatte, und die milde Luft konnten sie aufheitern. Nun sollte sie auch noch diesen bösartigen Gaul besteigen. Die Sache mit den Hinrichtungen, die nur eine viertel Meile von hier entfernt in einer Stunde stattfinden sollten, hatte sie in die hinterste Ecke ihres Gedächtnisses verbannt.

Johann packte das Halfter. Auch er hatte wenig und schlecht geschlafen, aber aus anderen Gründen. Er wischte sich den kalten Schweiß ab, der als Vorbote schlimmerer Dinge auf seiner Stirn stand. Das Chinarindenpulver hatte bei weitem nicht ausgereicht. »Unsinn, du musst nur aufsteigen, der Rest erledigt sich von selbst. Du wirst sehen, wenn wir auf Inqaba ankommen, bist du eine famose Reiterin.« Das Pferd kratzte zu diesen Worten mit dem Vorderhuf im Sand, schlug heftig mit dem Kopf und schielte nach etwas Essbarem.

»Mir wird schwindelig da oben.« Ihre Stimme wurde schwärzer, ihr Ton bissiger. Sie hasste es, eine Schwäche zugeben zu müssen.

»Dann hefte deinen Blick auf das, was kommt, und schau nicht hinunter. Was du sehen wirst, ist so wunderbar und grandios, dir wird der Schwindel schleunigst vergehen.« Eine winzige Spur von Ungeduld stahl sich in seinen Ton. Er fühlte sich fiebrig und schlapp und bemühte sich, seine Frau davon nichts merken zu lassen. Außerdem ging ihm die Sache mit dem Elfenbeindiebstahl nicht aus dem Kopf. Neben den Rindern waren Stoßzähne das höchste Gut der Zulus. Sie zu stehlen war Wahnwitz. Er hatte keine Lust, die Konsequenzen für irgendeinen lebensmüden Dummkopf zu tragen. Er würde Sicelo bitten, sich umzuhören. Sorgfältig prüfte er noch einmal den Sattelgurt und bot ihr dann seine gefalteten Hände als Steigbügel. »Halte die Zügel fest und lasse sie unter keinen Umständen los, egal, was passiert.«

Voller Widerwillen ergriff sie die Zügel, setzte einen Fuß auf seine Hände und fand sich gleich darauf im Damensitz im Sattel. Sie hakte ihr Knie über den Knauf und ordnete ihr Kleid. Es war abscheulich unbequem. Neidvoll sah sie zu, wie mühelos Johann sich auf sein Pferd schwang und gemütlich zurechtsetzte. Die Zügel locker haltend, zog sie den Kinnriemen ihres breitkrempigen Strohhutes fest, den ihr Dan de Villiers nachträglich zur Hochzeit verehrt hatte. Die prächtige Straußenfeder, die er eigenhändig ausgewählt hatte, wehte wie ein stolzes Banner im kräftigen Seewind, und die breite Krempe schützte sie gegen die Sonne. Dafür war sie ihm sehr dankbar, denn Hüte, so hatte sie zu ihrer außerordentlichen Befremdung von Dolly Farrington erfahren, machte man sich hier selbst.

»Man schneidet einen großen Kreis aus einem hübschen Kattun oder auch aus Steifleinen, aber das ist hier so gut wie nie zu bekommen. Man kann den dünneren Stoff stattdessen doppelt legen und umsäumt ihn dann mit kleinen Stichen. Den Hinterkopfteil fältelt man und heftet die Falten an, um sie dann mit festem Garn einzureihen. Sehen Sie, so sieht das dann aus.« Dolly Farrington stülpte sich eine Haube auf den Kopf und schielte unter der schlappen Krempe hervor. »Natürlich kann man die Krempe mit Draht versteifen, aber der rostet innerhalb von Stunden in dieser Feuchtigkeit, auch Karton, mit dem man den Rand fester machen könnte, löst sich bald auf.«

Dan de Villiers hatte sie bei diesem Gespräch beobachtet, in sich hineingegluckst bei der Vorstellung, was die junge Frau Steinach noch alles zu lernen hatte, und war ein wenig später mit diesem Straußenfederhut bei ihr erschienen. Sie setzte ihn sofort auf, rückte ihn verwegen über die Stirn und lachte ihn aus strahlend blauen Augen an, worauf der Schlangenfänger weiche Knie bekam und sich energisch zurechtweisen musste. Immerhin war sie die Frau seines Freundes.

Caligula, der keinen Zug an der Trense fühlte, entdeckte Mrs. Farringtons saftige Salatblätter, verspürte große Lust, sie abzuknabbern, und zog den Kopf nach vorn und seine Reiterin aus dem Sattel. Sie hing an seinem Hals und lief tiefrot an, verwünschte den verdammten Gaul, verwünschte ihren grienenden Ehemann und die amüsierten Zuschauer und hoffte inständig, dass sich die Erde auftun und sie verschlucken würde. Stattdessen rutschte sie an dem fettigen Pferdehals ab und landete auf ihrem Hinterteil im Sand. Eine erneute Welle von Gelächter lief durch die Umstehenden, besonders die anwesenden Zulus freuten sich schenkelschlagend über ihre Kapriolen. Am lautesten lachte Sicelo und fing sich prompt einen Knuff und eine zornige Salve auf Zulu von Johann ein, der sofort aus dem Sattel geglitten war, um ihr zu helfen.

»Mach dir nichts draus«, sagte er leise, während er sie hinaufhob, »das ergeht allen Anfängern so. Du musst mit den Zügeln immer Verbindung zum Pferdemaul halten, lass sie nie locker schleifen. Du brauchst nichts weiter zu tun, als im Sattel zu bleiben. Caligula wird seinem Stallgenossen folgen. Und nun lass uns aufbrechen, sonst wird der Tag zu kurz.« Und ich fall vom Pferd, weil das Fieber ständig steigt. Aber das dachte er nur.

Verdrossen blinzelte Catherine in die Sonne, die eben über dem Meer aufgegangen war. Seit zwei Stunden war sie schon auf den Beinen, und vor ihr lagen noch gute zwölf Stunden, die sie in diesem vermaledeiten Sattel verbringen musste. Zwölf Stunden Geschaukel durch Dornen und Gestrüpp unter der stechenden afrikanischen Sonne. »Hölle und Verdammnis«, wütete sie schweigend, ließ sich aber nichts anmerken, sondern nahm

Johann die Zügel ab und zog sie an, bis sie den Widerstand der Trense spürte.

Ihr Mann befestigte die Leine, an der das Packpferd lief, am Knauf seines Sattels. Die großen Taschen waren prall gefüllt. Eine enthielt nur Proviant. Jeder, der Johann hier kannte, und das waren viele, hatte ihnen in den letzten drei Tagen etwas für die Reise mitgegeben. Die Farringtons schenkten ihnen eine Schweinekeule, die Nachbarn zur Rechten eine ganze Bananenstaude, die zur Linken ein lebendes Huhn, das jetzt, bis zum Hals in einem Beutel verschnürt, empört gackernd auf den Packtaschen thronte. Gekochte Maiskolben, süß duftende Ananas, zwei lebende Felsenlangusten, hausgemachte Marmelade, zwei Flaschen Wein, all das hatten Johanns Freunde herangeschleppt. »Die Langusten könntest du uns zum Mittagessen zubereiten«, schnalzte er in Vorfreude. »Früher hätte ich so ein Krabbelzeug ja nie gegessen, aber hier habe ich es schätzen gelernt.«

Catherine bedachte ihn mit einem aufmüpfigen Blick. »Ich kann nicht kochen, und ich will auch nicht kochen. Dafür hat man doch Personal«, knirschte sie, langsam am Ende ihrer Nervenkraft. Ihr Rücken juckte noch immer von den pieksigen Seegrasmatratzen.

Ihr Mann lachte vergnügt. »Macht nichts, auch das wirst du schnell lernen. Wer gerne gut isst, kann auch gut kochen.« Mit diesen Worten schwang er sich elegant auf seinen großen Braunen und trieb ihn mit Schenkeldruck vorwärts.

Sie fand seine Bemerkung ziemlich unpassend und nahm sich vor, ihm diese Art mit der Zeit abzugewöhnen. »Wir werden doch wohl unterwegs irgendwo einkehren können«, bemerkte sie spitz, wartete jedoch nicht auf seine Antwort, sondern schlug ihre Hacken unvorsichtig hart in die Flanke Caligulas. Er machte einen Satz vorwärts, und nur ein Klammergriff an der Sattelkammer rettete sie vor erneuter Schmach. Caligula beruhigte sich schnell. Vor ihnen kletterte Sicelo auf den Kutschbock des Planwagens, der mit den Zugochsen bei den Farringtons untergestellt gewesen war. Johann prüfte noch einmal das

Zuggeschirr. »Ich erwarte dich spätestens in drei bis vier Wochen«, sagte er zu Sicelo. Dann trat er zurück, und Sicelo wendete mit viel Geschrei und Peitschenknallen und machte sich auf den Weg nach Inqaba, begleitet von dem durchdringenden Getriller junger Zulufrauen. Ein knorriger, alter Zulu, angetan mit Tierschwänzen und einem winzigen Schurz, den Johann von der Straße weg angeheuert hatte, lief neben dem Gespann her.

»Er behauptet, mit einem Ochsengespann umgehen zu können«, sagte Johann und rückte die zusammengerollte Decke, die über den schweren Packtaschen lag, zurecht. »Zieh sie so hoch, dass sie wie eine Sessellehne in deinem Rücken liegt«, riet er seiner Frau, deren Pferd die gleiche Last trug wie seines. Er reichte ihr ein leichtes Gewehr hinüber. Sein eigenes hing griffbereit vorn am Sattel.

Abwehrend hob sie die Hände. »Ich kann nicht schießen, und ich will auch nicht schießen. Also was soll ich mit dem dummen Gewehr?«, wies sie ihn pampig zurück, schämte sich gleich darauf, brachte es aber nicht fertig, sich zu entschuldigen.

»Du musst es nur hochheben, zielen und den Abzug ziehen, wenn dir jemand an den Kragen will. Ich werde es dir beibringen, und im Notfall kommst du schon selbst drauf, das kannst du mir glauben«, antwortete er nur und befestigte ihr Gewehr vorläufig an seinem Sattel. Er meinte dabei Sicelos bissiges Lachen zu hören und schob ungewollte Gedanken an die unkomplizierte Jikijiki energisch beiseite. Die gehörten der Vergangenheit an, ein für alle Mal. Schießen würde Catherine ebenso schnell lernen wie kochen und reiten. Seine wunderbare, hinreißende, ganz und gar anbetungswürdige Catherine!

Die presste ihre Lippen zusammen. Er mutete ihr wirklich zu viel zu. Das waren schließlich ihre Flitterwochen. Was sie erwartet hatte, darüber war sie sich selbst nicht ganz klar. Eine gestaltlose Vorstellung davon, verwöhnt zu werden, von den besten Zimmern in den Gasthäusern am Wegesrand, gutem Essen, Unbeschwertheit. Auf jeden Fall etwas anderes. Zusätzlich trug zu ihrem Verdruss bei, dass ihre Füße in der feuchten Hitze in den Knöpfchenstiefeln von Minute zu Minute mehr anschwollen und sie in ihrem langärmeligen, hochgeschlossenen Reisekleid zum Gotterbarmen schwitzte. Eine Freundin von Mrs. Farrington hatte zwar in den vergangenen drei Tagen in fliegender Hast ihr ausgebleichtes, hellblaues Kattunkleid gewendet, das nun wieder einigermaßen manierlich aussah, aber als Herrin von Inqaba konnte sie doch unmöglich derartig unpassend gekleidet ihre Reise antreten. Schon spürte sie die Nässe unter ihren Armen und fürchtete, bald genauso scharf zu riechen wie die meisten hier. Eine ganze Kanne Wasser hatte sie abends aufgebraucht, um sich zu reinigen, hatte sich heute Morgen ein wenig Mehl von Mrs. Farrington erbeten und ihre Achselhöhlen damit gepudert. Es war normales Weizenmehl. Reismehl, das dafür besonders geeignet war, gab es in diesem jämmerlichen Ort natürlich nicht.

Sie hob die Zügel, und Caligula setzte sich gemächlich in Bewegung und folgte Johanns Wallach Shakespeare. Vor ihrem inneren Auge flimmerte wie eine Fata Morgana die weiße Stadt am Meer, die sie erwartet hatte, die feudale Kutsche der Steinachs, von der sie geglaubt hatte, an der Pier abgeholt zu werden. Sie warf einen verächtlichen Blick über die Schulter zurück. Es gab nicht einmal eine Pier. Die Fata Morgana löste sich auf. Ihr Blick richtete sich in die Zukunft, auf das weiße Haus auf dem Hügel, sah sich auf der prächtige Auffahrt ihren Einzug auf Inqaba halten. Sofort regte sich das Argwohngeschwür. »Unser Haus auf Inqaba – ist es weiß?«, tastete sie sich vorsichtig an die Wahrheit heran.

»Nein, es hat die Farbe der afrikanischen Erde, aus der seine Ziegel gebrannt wurden, ein wunderschönes, goldgelbes Ocker. Warum fragst du? Hättest du es lieber weiß? Wir könnten es kalken, das wäre kein großes Problem. Weiß sieht vielleicht auch noch freundlicher aus«, setzte er hinzu.

Seine prompte Antwort und die Begeisterung für ihren Vorschlag zerstreute alle Zweifel. Was interessierte sie Durban? Ihr Zuhause würde Inqaba sein. »Ich kann die Auffahrt vor mir sehen«, sagte sie listig und beobachtete ihn mit Luchsaugen auf jede Regung, »sie ist weit und rechts und links von Bäumen gesäumt. Ist das Bild richtig, das ich da male?«

Er strahlte. »Vollkommen richtig. Und du kannst das Haus schon von ferne auf seinem Hügel thronen sehen.«

Sie sah das Haus, wie es stolz von seiner Anhöhe übers Land schaute, und schmolz dahin. »Herrlich«, seufzte sie inbrünstig. »Wären wir doch nur schon zu Hause.« Was zählten da schon ein paar unbequeme Tage?

Nach lautstarkem Abschied von allen, die sie seit ihrer Ankunft getroffen hatten, lenkte Johann sein Pferd aus Durban hinaus gen Osten, vorbei am Commercial Hotel, dessen Gäste ihnen grölend Lebewohl zuriefen, an Dick Kings frischen, von Fliegen umschwärmten Schweinehälften und Catos Laden, vor dem eben von den Drakensbergen heruntergekommene Trekburen ihre Ochsen ausspannten. Auf dem großen, buschbewachsenem Platz in der Mitte Durbans hatten mehrere lärmende Familien bunt gestreifte Zelte aufgestellt und bereits die ersten Feuer für das Grillfest angezündet. Zwei junge Schweine, eben aus dem Spanferkelalter, hingen frisch geschlachtet an einem der Planwagen. Zwischen den Zelten packten Frauen Kochutensilien aus, Bettdecken wurden gelüftet, Kinder spielten mit kläffenden Hunden im niedrigen Dünenbusch. Durban bereitete sich auf das Hinrichtungsspektakel vor. Die Galgen, die auf einem Brettergerüst errichtet waren, erhoben sich schwarz und drohend in den durchsichtig blauen Frühlingshimmel. Catherine ritt mit gesenktem Kopf vorbei.

»Die Aussicht vom Berea hinunter auf Durban, die Bucht und das Meer zeige ich dir das nächste Mal. Wir müssen so schnell wie möglich heim«, rief ihr Mann ihr über die Schulter zu und trieb sein Pferd an.

Der breite Weg wurde schmaler, und irgendwann nahm Johann eine Abzweigung. »Das kürzt den Weg zum Umgeni um über eine Stunde ab. Auch wenn er etwas beschwerlicher ist, wirst du mir heute Abend noch dankbar sein.«

Nach zehn Meilen, die sie auf einem Pfad durch Gestrüpp, sumpfiges Land und Sanddünen geritten waren, musste sie absteigen, weil ihr Hinterteil derart brannte, dass es ihr unmöglich war, auch nur noch eine Sekunde länger im Sattel zu sitzen. Verschämt betastete sie die schmerzenden Stellen und fühlte rohes Fleisch. »Ich hab mich durchgeritten«, rief sie empört aus. »Was soll ich nur tun?«

Es zuckte verdächtig um seine Mundwinkel, aber er brachte es fertig, mitfühlend dreinzuschauen. »Zähne zusammenbeißen und weiterreiten. Die Stellen werden bald unempfindlich.«

»Was?«, schrie sie. »Das kann unmöglich dein Ernst sein!«

»Was willst du sonst machen, Schatz – laufen?«

Catherine kochte. Unter zusammengezogenen Brauen musterte sie ihren brandneuen Ehemann, der locker und lässig auf seinem Pferd saß, enervierend kühl und frisch aussah. Das Weiß seiner Augen war zwar gerötet und sein Gesicht blass, aber das war nach den Anstrengungen und Missgeschicken der letzten Tage wirklich nichts Ungewöhnliches. »Gut, ich werde weiterreiten, aber nicht so.« Mit diesen Worten schwang sie ihr rechtes Bein über den Sattelknauf und passte ihre Beinhaltung der Johanns an. Die Knie fest angepresst, Hacken heruntergedrückt, drapierte sie den weiten, königsblauen Rock, so gut es ging, über ihre Beine und setzte sich tief aufatmend aufrecht. »So, das ist besser. Wir können nun weiterreiten.« Ihr Blick forderte ihn heraus, auch nur ein Wort über die Unschicklichkeit ihres Sitzes zu verlieren.

Johann setzte an, etwas zu sagen, bemerkte diesen Zug um ihren Mund, mit dem er nun schon mehrfach konfrontiert worden war, seufzte unsicher und schwieg. Er sah seine Mutter vor sich, deren stets dunkelgraue Röcke schwer bis zu ihren Schuhen fielen, und seine Schwestern, die zurückgezogen lebten, denen das Gespräch mit jungen Männern nur gestattet war, sollten diese ernsthafte Absichten zeigen, die in einem festen Korsett von Konventionen und Regeln steckten, von dem sie sich nie würden befreien können. Zuletzt hatte er sie im Winter gesehen. Blass waren sie gewesen und hatten älter ausgesehen, als sie Jahre zählten, hatten nichts mit diesem stolzen, eigenwilligen Geschöpf gemein, das vor ihm auf dem Rappen herumtänzelte, das ein Bild sprühenden Lebens war und das er so liebte, dass es schlimmer war als jeder Schmerz, den er je gefühlt hatte.

»Hat's dir die Sprache verschlagen?«, lachte das verführerische Geschöpf jetzt, riss übermütig ihren Hut vom Kopf und entblößte die elegante Linie ihres herrlichen Nackens. »Lass uns weiterreiten.« Sie bohrte Caligula die Hacken in die Seiten. Der preschte ein paar erschrockene Bocksprünge vorwärts, dass Johann fast das Herz stockte, aber sie blieb im Sattel, lachte nur verwegen und schwenkte ihren Hut.

Gegen Mittag rasteten sie im Schatten eines weit überhängenden Feigenbaums an den Ufern eines namenlosen Flüsschens. Johann schöpfte Wasser in einen dreibeinigen, eisernen Kochtopf, entzündete ein Feuer darunter und kochte die Langusten mit ein wenig Salz. Dann servierte er sie seiner Frau gekrönt von einem großen Klacks kostbarer Butter. Dolly Farrington hatte sie eigenhändig geschlagen und ihm im letzten Moment noch zugesteckt.

Nachdem sie gegessen und ihre Wasserflaschen aufgefüllt hatten, ritten sie weiter und erreichten mit hereinbrechender Dunkelheit die Farm der Fullhams, eines englischen Ehepaares. Catherine konnte kaum stehen, als sie aus dem Sattel rutschte, die Muskeln an der Innenseite ihrer Schenkel waren bretthart, und sie konnte ihre zitternden Knie nicht davon abhalten, bei jedem Schritt auseinander zu streben. In grotesken Entengang watschelte sie auf die Frau zu, die ihr aus dem Haus entgegentrat. Es war ihr furchtbar peinlich, und es half auch nicht, beide Arme eng an die Oberschenkel zu pressen. Die überanstrengten Muskeln auf der Innenseite ihrer Schenkel führten ihr eigenes Leben.

Mrs. Fullham verriet mit keiner Miene, ob sie den unschicklichen Reitsitz Catherines bemerkt hatte. »Ich bin Ann Fullham, seien Sie willkommen, meine Liebe. Unser Abendessen ist fast fertig. Wir würden uns freuen, wenn Sie mit uns essen würden. Sicherlich werdet ihr auch über Nacht bleiben, Johann?«

»Gern, Ann. Wir müssen morgen bei Sonnenaufgang weiter.«

Catherine schob sich dicht an ihren Mann heran. »Willst du damit sagen, dass Mrs. Fullham nichts von unserer Ankunft gewusst hat? Ich dachte, du hast unsere Übernachtungsmöglichkeiten entlang unserer Reiseroute vorher arrangiert?«, zischte sie. Weiche Betten, gutes Essen, dienstbare Geister, das hatte sie sich vorgestellt. Die Frage, die ihr auf der Zunge lag, ob es hier denn keine Telegrafen gab wie schon seit Jahren in Europa, schluckte sie herunter. Die Antwort lag auf der Hand.

Johann ahnte nichts von ihren Erwartungen, zu gut hatte sie sich verstellt. Er antwortete ihr leise. »Das ist nicht nötig. Du kannst bei jedem hier ankommen, wann du willst, und wirst immer Unterkunft und Verpflegung bekommen, so viel du brauchst und so lange du willst. Jeder erwartet es, denn das nächste Mal könntest du selbst in Not sein. Diese Gastfreundschaft hält das Land zusammen. Ihr Haus liegt praktischerweise einen strammen Tagesritt von Durban entfernt und wird von allen Reisenden in dieser Gegend als Übernachtungsmöglichkeit in Anspruch genommen. Die Fullhams haben sogar ein richtiges Gästezimmer. Sehr komfortabel«, fügte er hinzu.

Das Gästezimmer war eine fensterlose, niedrige Kammer unter dem Grasdach, in der sich die stickige Hitze des Tages fing, sich mit dem muffigen Geruch von feuchtem Gras und Schimmel vermischte. Stehen konnten sie nicht, sie mussten hineinkriechen. Der Fußboden wurde völlig von zwei klumpigen Matratzen ausgefüllt, die Catherine misstrauisch schüttelte, bevor sie sich hinlegte. Zwei Geckos sausten ins frei liegende Grasdach, eine Maus verschwand in einer breiten Bodenritze, blieb aber so sitzen, dass sie die Geschehnisse mit neugierigen Knopfaugen beobachten konnte, während mehrere glänzend braune Tausendfüßler in die Schatten raschelten und ein Schwarm Mücken lüstern über sie herfiel.

»Hölle und Verdammnis«, zischte sie und bedachte ihren Mann mit einem Blick, der ihn nicht darüber im Zweifel ließ, dass er besser keine Bemerkung über ihre Ausdrucksweise machen sollte.

So ignorierte er geflissentlich ihren Ausbruch, dachte, dass sich das schon geben würde, sobald sie Inqaba erreicht hatten, und fuhr fort, mit der Kerze in der Hand das Grasdach sorgfältig abzuleuchten. »Nichts. Keine Schlangen. Hier oben lebt manchmal eine grüne Mamba, aber sie ist offensichtlich ausgewandert. Das musst du dir merken. Wo Schlangen leben, gibt es keine Ratten. Es hat also seine Vorteile, auch wenn es dir unangenehm sein sollte.« Mit einem Seufzer streckte er sich auf der Matratze aus. »Das tut gut, und die Matratzen stinken nicht nach Seegras, nicht wahr, mein Schatz?«

Catherine antwortete nicht. Sie hatte keine Worte mehr. Ihr Kopf drohte zu platzen, ob vor Enttäuschung, Wut oder einfach nur von dem Gerüttel auf dem Pferderücken machte keinen Unterschied. Zum ersten Mal verstand sie, warum es Morde gab, die aus heiterem Himmel geschahen.

Johann wühlte neben ihr herum und suchte sich eine bequeme Lage. »Anns Mockturtlesoup war lecker, nicht wahr?«, murmelte er schläfrig. »Sie kocht dafür immer einen ganzen Kalbskopf, das gibt diesen herrlichen sämigen Geschmack.« Seine Worte versickerten. Er drehte sich zu ihr, mit dem Gesicht ganz nah an ihren Hals, berauschte sich an ihrem Duft und schlief ein.

Catherine blieb wach. Es ging ihr nicht gut. Das Stroh, das die Matratzen füllte, piekste durch das grobe Baumwollgewebe und reizte ihre ohnehin juckende Haut, ihr Gesäß brannte höllisch, von der versprochenen Taubheit war keine Spur, und es schmerzten mehr Muskeln in ihrem Körper, als sie je für möglich gehalten hatte zu besitzen. Zu allem Überfluss hatten die schnell von ihrem Schweiß glitschig gewordenen Zügel große Blasen auf ihren Handflächen wachsen lassen. Johann schnaufte leise im Tiefschlaf, die Geckos huschten übers Dachgebälk, die Mücken sirrten gemein, in der Ecke raschelte es. Sie warf sich herum, kratzte sich, warf sich andersherum. Nickte sie einmal ein, starrte sie ein abgehackter Kalbskopf mit geronnenen Augen anklagend an.

Innerlich schäumend, äußerlich lächelnd, nahm sie am nächsten Morgen das Frühstück mit den Fullhams ein. Johann war gut ausgeruht kurz vor Sonnenaufgang aufgewacht und hatte sie mit einer zärtlichen Umarmung geweckt. Wie eine wütende Natter war sie hochgeschossen, mit vor Schlafmangel und Erschöpfung geröteten Augen, und hatte ihn so angezischt, dass er verstört zurückzuckte.

Beim Frühstück lehnte sie höflich dankend die aufgewärmte Mockturtlesuppe ab, war sich sicher, dass sie ein gesottenes Auge darin entdeckt hatte, aß aber reichlich von der ebenfalls vom Abend vorher aufgewärmten, gekochten Schweinekeule mit Maisbrei. Sie wischte ihren Teller mit Mrs. Fullhams krustigem Brot aus und machte sich dann mit wirklichem Genuss über die frische Ananas her, die ihre Gastgeberin kurz vorher geerntet hatte.

Johann hatte ihrem Vorratshuhn den gackernden Kopf abgeschnitten und die Hausherrin gebeten, es ihnen zu rupfen. »Unterwegs kann das mühselig sein«, lächelte er, als er ihr das bluttropfende, kopflose Federvieh überreichte.

Fullhams Farm lag nur eine Meile vom Umgeni entfernt auf einer Anhöhe, und die Steinachs erreichten den Fluss noch vor acht Uhr morgens. Die Luft war kristallklar und von erfrischender Kühle, da es die Nacht vorher stark geregnet hatte. Johann ritt langsam den gewundenen Pfad entlang, beobachtete unablässig seine Umgebung. Die rote Erde war morastig, und die Pferde verschwanden bis zum Bauch im saftig grünen Gras. Das Ried raschelte im Wind, Palmen neigten sich graziös über die sanften Wellen, eine Flotte Pelikane landete nahe der Mündung des gemächlich zum Meer strömenden Flusses, die seit den letzten Unwettern über eine Meile breit war. Auf unzähligen kleinen Sandinseln standen wie kitschige rosa Schnitzereien Flamingos herum, und über ihnen kreiste auf majestätischen Schwingen ein Adler.

Catherine öffnete die obersten Knöpfe ihres Kleides. In dem Wollkleid war ihr trotz der angenehmen Temperatur jetzt schon heiß. Die Waschmöglichkeiten bei Mrs. Fullham waren eingeschränkt gewesen, und sie sehnte sich nach einem Bad. Außerdem schmerzten die durchgerittenen Stellen auf ihrem Gesäß trotz der Ringelblumensalbe, die ihr Ann Fullham gegeben hatte. Sie blickte über den Fluss. Das Wasser schien sauber zu sein, die Strömung nicht stark. Es gab keine Wellen, und relativ flach war es auch.

Plötzlich wurde das Verlangen nach Abkühlung und Reinigung übermächtig. Sie glitt vom Pferd, warf Johann übermütig die Zügel zu und rannte, bevor dieser überhaupt reagieren konnte, die kurze Strecke zum Fluss. »Komm, lass uns schwimmen. Es wird nicht viel Zeit kosten. Bitte.« Ihr schwarzes Haar glänzte in der Morgensonne, das Kleid schimmerte. Schön wie ein königsblauer Schmetterling flatterte sie durch das Ufergrün.

Johann sah sie im Ried verschwinden, nur noch die schwankenden Halme zeigten ihm ihren Weg. Für Sekunden saß er wie eine Salzsäule auf seinem Pferd, dann erst reagierte er. »Komm zurück, Catherine, sofort. Um Himmels willen, schnell!«, brüllte er. Seine Stimme wurde vom Rauschen des Umgeni und dem Donnern der nur eine viertel Meile entfernten Brandung verschluckt.

Catherine spähte zu ihm hinüber. Durch die wogenden Grasspitzen konnte sie ihn kaum erkennen, verstand nur Bruchstücke und deutete seine Worte falsch. Sie kicherte. »Es ist doch ganz flach hier, du wirst schon nicht ertrinken«, rief sie, öffnete die Knöpfe ihres Kleides und streifte ihre Stiefelchen ab, ließ alles einfach auf den Boden fallen. »Komm, sei kein Frosch. Lass uns wenigstens einmal untertauchen, ich fühle mich so verschwitzt.« Im flatternden Unterkleid rannte sie über das sandige Ufer ins Wasser. Es war weich und erquickend kühl und reichte ihr hier gerade bis zu den Knien. Sie schöpfte eine Hand voll Wasser und spritzte sie sich ins Gesicht und über Hals und Brust. »Ah«, schnurrte sie. »Herrlich.«

Der Fluss gurgelte, hier und da platschte es leise, wenn ein Fisch sprang oder ein Eisvogel tauchte. Ganz in ihrer Nähe klatschte etwas ins Wasser. Sie sah hinüber. Das Gras schwankte und flirrte, aber sonst entdeckte sie nichts. Es war wohl ein großer Vogel, der dort fischte, vielleicht ein Adler oder einer der Kormorane, die etwas entfernt auf einem abgestorbenen Baum saßen und ihre blauschwarzen Schwingen in der Sonne trockneten. Der Fluss musste sehr fischreich sein.

Sie tat ein paar Schritte tiefer in den Fluss, hörte ein Fauchen und blieb wie angenagelt stehen, ihr Blick flog misstrauisch über Wasser und Uferzone. Lange gelbe Sandschleier drifteten in der Strömung, als hätte etwas den Schlamm aufgewühlt, und für eine Sekunde meinte sie, einen Schatten im Wasser gesehen zu haben. Aber jetzt lag alles wieder friedlich im goldenen Sonnenschein. Beruhigt bückte sie sich, spritzte sich das erfrischende Nass über die nackten Arme und rieb sich mit einer Hand voll des feinen Flusssands sanft ihre Haut ab, bis sie glühte. Voller Genuss spülte sie sich ab, fühlte sich endlich frisch und sauber. Mit geschlossenen Augen breitete sie ihre Arme aus und ließ sich wie die Kormorane von Sonne und Wind trocknen.

Auch Johann hatte das harte Klatschen und das Fauchen gehört, die Sandschleier gesehen und gleich darauf den Schatten. Ihm war sofort klar, was das bedeutete. Es sprengte ihn förmlich aus seiner Versteinerung. Mit einem Satz sprang er vom Pferd, schlang mit fliegenden Händen die Zügel beider Pferde um die nächste Palme, riss sein Gewehr vom Sattel und stürzte ins Ried. Das harte, mannshohe Gras peitschte ihm ins Gesicht, und immer wieder stolperte er in Sinklöcher, strauchelte, vergeudete quälende Sekunden, um sich wieder aufzurappeln. Catherines Stimme klang übers Wasser zu ihm herüber, sehen konnte er sie noch nicht, aber er wusste, dass ihm kaum noch Zeit blieb, sie rechtzeitig zu erreichen. Das klatschende Geräusch war zu nahe gewesen.

Sein Gewehr über dem Kopf haltend, kämpfte er sich weiter durchs Ried. Dann konnte er seine Frau schon sehen, und sein Herz stolperte vor Erleichterung. Sie plantschte mit unbeschwertem Vergnügen im schenkeltiefen Wasser, warf einen Wasserschwall mit den Händen hoch und drehte sich wie ein schimmerndes Feenwesen in dem glitzernden Tropfenregen.

»Catherine«, schrie er. »Komm an Land! Beeil dich.« Er holte tief Luft, um seiner Stimme mehr Kraft zu verleihen, und verschluckte sich fast an dem starken Moschusgeruch, der ihm aus dem feuchten Ufersaum entgegenschlug. Das Blut gefror ihm in den Adern. Er kam zu spät. Das Krokodil war in unmittelbarer Nähe. Fieberhaft schmeckte er den Wind, wendete seinen Kopf hierhin und dorthin, bis er feststellen konnte, wo der Geruch am stärksten war. Unmittelbar vor ihm. Das Reptil lauerte versteckt im Ufergras zwischen ihm und dem Kostbarsten, das er besaß, wartete begierig auf seine Beute. Hastig hob Johann sein Gewehr, spannte den Hahn und bewegte sich lautlos vorwärts. Wieder hörte er das klatschende Geraschel, mit dem die Riesenechsen ins Wasser gleiten, versuchte verzweifelt festzustellen, ob es immer noch dasselbe Tier war oder ob dieses Gesellschaft bekommen hatte. Dann teilte sich vor ihm die Grasmauer, er stand am Ufer und hatte freie Sicht.

Es waren drei Krokodile, und keins war kleiner als fünfzehn Fuß.

Catherine musste ihn gehört haben, denn sie drehte sich um und winkte ihm fröhlich zu. »Komm rein, du Feigling, es erfrischt ganz herrlich«, rief sie lachend. Hinter ihr erhob sich der Drachenkopf des großen Krokodils lautlos aus dem Wasser.

Er brüllte wie ein verwundeter Stier, schoss. Der Schuss rollte über den Fluss, Vögel stiegen lärmend auf, stoben kreischend auseinander, als das Echo vom gegenüberliegenden Ufer zurückgeworfen wurde. Das Reptil schien aus dem Wasser zu springen, warf seinen Kopf zurück und riss den zähnestarrenden Rachen auf. Catherine fuhr herum, fand sich diesem Höllenschlund gegenüber und warf sich seitwärts. Das Maul schloss sich mit dem Geräusch einer zuschnappenden Falle, und die riesige Echse fiel leblos wie ein Baumstamm ins Wasser. Johann hatte ihr durchs Auge genau in ihr vorsintflutliches Sauriergehirn geschossen. Ein Meisterschuss.

Catherine rappelte sich hoch und starrte auf das Tier, das nur wenige Schritte von ihr entfernt blutend im Fluss trieb. Plötzlich tauchte ein langer Schatten aus dem aufgewühlten, gelben Wasser auf, der Kadaver wurde wie von einer Riesenfaust gepackt und geschüttelt, und dann begann das Wasser zu kochen. Zwei, drei, fünf Krokodile zählte sie, die sich über ihren toten

Artgenossen hermachten und kürbisgroße Stücke herausrissen. Sie war kreidebleich geworden, fast durchsichtig, und Johann fürchtete, sie könnte einfach hintenüber ins Wasser fallen und eine leichte Beute für die übrigen gepanzerten Jäger werden.

»Komm langsam ans Ufer, nicht hektisch, sonst erregst du ihre Aufmerksamkeit, ganz langsam«, rief er und sah nur an ihren Augenbewegungen, dass sie ihn verstanden hatte. Über das Visier seines Gewehres beobachtete er ihre Umgebung, bis sie nur noch wenige Schritte von ihm entfernt war. Mit einem Satz sprang er ins Wasser, schlang die Arme um seine Frau, hob sie mühelos hoch und warf sie sich wie eine Stoffpuppe über die Schulter.

»Lass mich runter«, flüsterte sie und konnte das Klappern ihrer Zähne nicht beherrschen. »Mein Kleid muss hier irgendwo liegen.«

Johann brachte sie erst zu den Pferden, wartete, bis sie sicher in Caligulas Sattel saß, und ging dann zurück, um ihre Kleidung zu suchen. Aber das Kleid war weg und die Schuhe auch. Vor ihm glänzte der Rücken eines riesigen Krokodils. Seine Panzerhaut tropfte vor Nässe, langsam wendete es sich ihm zu. Zwischen seinen Zahnreihen hingen königsblaue Fetzen, und ein zierlicher Stiefel lag vor ihm. Während ihn das Krokodil aus goldgelben Augen musterte, kaute es mit allen Anzeichen von Genuss auf der Wolle herum, packte den Stiefel, warf ihn hoch und verschlang ihn mit einem bösen Grinsen. Dann stemmte es sich langsam auf seine kurzen Beine, fixierte ihn dabei mit diesem grausigen, ausdruckslosen Starren, und Johann wusste, dass es Zeit war, so schnell wie möglich das Weite zu suchen. Er drehte sich um und rannte.

Eine viertel Meile oberhalb der Stelle, wo die Begegnung mit den Krokodilen stattgefunden hatte, mussten sie den Umgeni durchqueren. Johann führte die Pferde zu Fuß, bestand jedoch darauf, dass Catherine im Sattel blieb. Kurz vor dem anderen Ufer stolperte Caligula und warf sie ins kniehohe Wasser. So kam sie doch noch zu ihrem Vollbad.

Sie wrang ihr Unterhemd aus und löste ihre Haare, damit sie schneller trocknen konnten. »Woher soll ich ahnen, dass der Umgeni von Krokodilen verseucht ist? Er lag so friedlich da, so hell, gar nicht düster und drohend wie der Kongo.« Catherine zitterte nicht mehr. Ein glückliches Naturell und robuste Gesundheit hatten den Schock, sobald die Gefahr vorüber war, sehr schnell ausgeglichen.

Johann reichte ihr die Wasserflasche. »Sie brüten hier und sind zu einer fürchterlichen Plage geworden«, antwortete er auf ihre Frage. »Die umliegenden Farmer schießen ab und zu welche, aber sie vollkommen auszumerzen wäre zu teuer. Entweder müsste man Gift benutzen oder Kugeln verschwenden, beides kostet Geld und sollte nach Meinung der meisten von der Regierung am Kap geregelt werden. Wir zahlen hier schließlich auch unsere Abgaben.«

»Ist schon je jemand gefressen worden?«, fragte sie, während sie das frisch gewendete, hellblaue Baumwollkleid aus ihrer Tasche zog und hineinstieg. Sie sah ihn an. »Ich meine, die Einheimischen sind doch sicher nicht so unbedarft wie ich, hier baden zu wollen?«

Er dachte an den Tag, als man den Manzimakulu zum ersten und einzigen Mal in Sicherheit überschreiten konnte. Tagsüber hatte am Fluss zwischen zwei verfeindeten Stämmen eine Schlacht gewütet, und als die Sonne hinter die Hügel sank, schwammen die Toten Rücken an Rücken im Wasser. Die Krokodile lagen bis zur Bewegungslosigkeit voll gefressen an den Ufern und schliefen mit weit aufgerissenen Rachen, während ihnen die Madenhacker die Fleischfetzen aus den Zähnen pickten. Sie hatten nicht einmal geblinzelt, als er mit Sicelo und vier Pferden vor ihrer Nase die Furt durchquerte.

Er räusperte sich. »Nun, gelegentlich erwischen sie schon einmal einen Unvorsichtigen, meist badende Kinder oder Frauen, die Wasser vom Fluss holen. Eigentlich aber fressen sie nur Tiere, wenn sie zum Fluss zum Trinken kommen. Sie packen sie am Kopf und ziehen sie in ihre Unterwasserspeisekammer.«

Sie erlaubte sich nicht, sich näher mit dieser Aussage zu befassen. »Gibt es auch Krokodile im Hluhluwe?« Das war der Fluss, der in der Nähe von Inqaba floss, und sie war stolz, das Zuluwort bereits perfekt aussprechen zu können.

»Massenweise«, antwortete er trocken. Es hatte keinen Sinn, ihr etwas vorzumachen. Sie musste die Gefahren ihrer Umwelt kennen. In Afrika ist Ignoranz schnell tödlich, und meist gibt es weder eine Gnadenfrist noch ein zweites Mal.

»Oh«, sagte sie nur, bückte sich und zog die letzten Schuhe an, die sie besaß, ein Paar leichte Slipper, die sie sich zum Spazieren in Wiens Prater gekauft hatte. »Sie werden nicht lange halten«, meinte sie und wendete ihre schlanken Füße hin und her. »Du wirst eins von den Kroks schießen und mir ein paar Schuhe aus seiner Haut machen müssen. In Paris soll das der letzte Schrei sein«, scherzte sie, aber ihr Lachen klang etwas metallen.

»Krokodilhaut ist zu hart, aber wir können Dan, den Schlangenfänger, bitten, eine Python für dich zu finden. Ihre Haut eignet sich sehr gut, um Schuhe daraus zu fertigen. Er wird dir das sicherlich gerne zeigen. Sonst schieße ich dir einen Springbock, und wir nähen dir ein Paar Veldskoens daraus. Damit läuft hier eigentlich jeder herum. Sind sehr praktisch bei der Arbeit.« Fröhlich streckte er seine Füße aus. »Siehst du?«

Nach einem Blick auf die rostfarbenen, kreuzweise mit Lederschnur verschnürten Springbockfellstiefel, die wellige Falten ums Bein schlugen, und einem weiteren Blick in sein Gesicht, der ihr sagte, dass er das todernst meinte, ritt sie mehrere Meilen in vollkommenem Schweigen.

*

Von den felsigen, buschbedeckten Hügeln jenseits der Mphumulo-Mission blickten sie hinunter ins schimmernde Tal des gemächlich dahinfließenden Tugelastroms, der die Grenze zwischen Natal und Zululand bildet. Eine gewaltige Herde von Streifengnus zog in der Ferne durch die Ebene, Impalas ästen unter Schatten spendenden Akazien, Reiher stolzierten durch den Uferschlamm, pickten Insekten von der Haut der suhlenden Nashörner. Flusspferde trieben träge dahin, und junge Elefanten bespritzten sich übermütig mit Wasserfontänen.

»Als schauten wir ins Paradies«, flüsterte Johann.

Langsam lenkten sie ihre Pferde hinunter und überquerten den Tugela an einer seichten Stelle. Nun wurde das Land lieblicher, die Hügel waren flacher und runder, die Täler weit und sonnig. Kleine Flüsschen funkelten im Sonnenlicht, Myriaden von Schmetterlingen flatterten nektartrunken in der warmen Luft, und das Grün der Pflanzen war so leuchtend, wie sie es noch nie vorher gesehen hatte. Auf dem festgetrampelten Pfad, den sie durch den dichten Busch verfolgten, konnten sie nebeneinander reiten.

»Die Hauptstraße nach Zululand«, spottete Catherine. »Gasthäuser und Postkutschen muss ich mir wohl einbilden?« Sie lenkte Caligula an den Wegesrand, um einer der tiefen Wildspuren, die den Weg durchzogen, auszuweichen.

Johann riss eine lila Blüte von einer langen Ranke und reichte sie ihr mit einem Lächeln. »Wir reiten auf einem Elefantenpfad, der so alt ist wie die Hügel und Täler, durch die er uns leitet. Vom Wald auf dem Berea, dem Hügelrücken oberhalb Durbans, den die Elefanten besonders lieben, führt er ins Herz von Zululand. Wir nennen den Weg die Zuluhandelsstraße. Sie überquert den Tugela, windet sich entlang der Küste und gabelt sich hinter dem Umhlatuzefluss. Der eine Teil klettert nach Westen hinauf zu König Mpandes Residenz, der andere kurvt nordwärts durch die Hügel, kreuzt erst den Weißen und später den Schwarzen Umfolozi. Hier biegen wir nach Inqaba ab. Der Elefantenpfad überquert noch den Hluhluwe, schlägt dann einen weiten Bogen westwärts und vereinigt sich wieder mit seinem Bruder in der Nähe von Mpandes Hof. Von hier aus besucht er unzählige Hofstätten, wandert nach Norden entlang der Lebomboberge durch die Sümpfe von Tongaland und gelangt endlich nach Lourenço Marques. Seit Anbeginn der Zeit haben die Menschen diese Pfade benutzt, denn die Tiere finden instinktiv die sichersten und direktesten Verbindungswege und die besten Stellen, wo man die Flüsse gefahrlos durchqueren kann.«

Ein paar Schritte ritt er schweigend und wünschte, er könnte ihr zeigen, was er jetzt vor seinem inneren Auge sah. Zögernd kleidete er es in Worte. »Letztes Jahr ist das erste größere Einwandererschiff aus Bremen gekommen, und die *White Cloud* hat über hundert neue Bürger gebracht. Schon jetzt haben weitere Schiffe mit Auswanderern den alten Kontinent verlassen. Wir rechnen mit mindestens zweitausend neuen Siedlern in den nächsten zwei Jahren, vielleicht sind es sogar sehr viel mehr; Gerüchte besagen, dass es das Doppelte sein wird. Alle werden sich in Natal niederlassen, ein Haus bauen und das Land urbar machen. Sie werden Kinder bekommen, und ihr Erfolg wird in Europa bekannt werden. Viele werden folgen.« Ihre abweisende Miene stachelte seine Fantasie an. »Stell es dir nur vor, da wird es hier bald eine richtige Straße geben, vielleicht sogar Straßenbeleuchtung. Postkutschen werden verkehren und Gasthäuser entstehen. Durban wird Läden haben, Schiffe aus aller Herren Länder werden im Hafen anlegen und ihre Waren löschen, und bald wirst du Seide aus China und Indien, Gewürze und Tee aus Java kaufen können, die schönsten Dinge, die dein Herz begehrt.« Seine Vision ging mit ihm durch. »Siehst du es vor dir? Durban wird eine bedeutende Handelsstadt werden. Reiche Handelsherren werden in prächtigen Häusern residieren, es wird Einladungen zum Nachmittagstee und Bälle geben, Theater, Clubs und gute Restaurants.« Er war zufrieden mit sich. Diese Vorstellung musste sie doch mitreißen.

Catherine wich einem überhängenden Zweig aus und lenkte Caligula um ein tiefes, vom letzten Regen ausgewaschenes Loch, das fast den gesamten Weg ausfüllte. Sie mühte sich, einen Zipfel von Johanns Traum zu erhaschen, versuchte zu sehen, was er sah. Aber das Bild blieb verschwommen, wurde überlagert von den Bildern, die sie in den letzten Tagen gespeichert hatte. Mit einem abgerissenen Zweig wedelte sie sich die Fliegen aus dem Gesicht. Es war drückend und feucht, und das unablässige, hohe Sirren der Insekten ging ihr auf die Nerven. »Läden«, murmelte sie.

»Läden«, bestätigte er, eine Lücke in ihrer Abwehr entdeckend. »Läden mit reichen Auslagen, blühende Orangenbäume werden die Fußsteige davor beschatten. Bis dahin könntest du ab und zu nach Pietermaritzburg reisen, wo es schon Läden der unterschiedlichsten Art gibt, unter anderem weiß ich von einem hoch geschätzten Hutmacher.« Wohlweislich verschwieg er, dass die beschwerliche Reise nach Pietermaritzburg rund fünf Tage dauern würde, denn in diesem Moment war er bereit, ihr alles zu versprechen, um nur ihr Lächeln und den Glanz in den blauen Augen wieder zu entzünden.

Er wurde belohnt. Das Lächeln flimmerte zwar nur, und ihr Blick war noch zweifelnd, aber er hatte einen winzigen Keil in ihren Panzer getrieben. »Ich weiß einen wunderschönen Rastplatz am Fluss. Dort werden wir zu Mittag essen. Was hältst du von einem gebratenen Huhn und in der Asche gerösteten Kartoffeln? Echte Kartoffeln, nicht diese bleichen, wässrigen Zuluknollen. Ann Fullham hat uns zwei ihrer kostbaren Erdäpfel mitgegeben und auch das Huhn schon gerupft.«

Catherine lief bei diesem Menüvorschlag sofort das Wasser im Mund zusammen, und als sie eine Stunde später auf einem sandigen Platz unter dem hohen Dach mehrerer Schattenbäume absaßen, war sie schon ganz schwach vor Hunger. »Ich könnte ein Pferd vertilgen«, verkündete sie.

»Ich werde mich beeilen, Gnädigste«, grinste er fröhlich und baute aus Feldsteinen und trockenem Gehölz schnell eine Feuerstelle. Er salzte das Federvieh, füllte seinen Bauch mit Kräutern, zog einen Stock hindurch und hängte es in zwei Astgabeln übers munter flackernde Feuer.

Catherine wanderte hinüber zum Buschrand, wo sie aus einem wilden Bananenstrauch einen Strauß großer, glänzender Blätter und eine Ranke mit blauen Trichterwinden pflückte. Sie legte die Blätter sternförmig auf die Decke, die Johann auf den warmen Boden gebreitet hatte, brach das frische Brot auf, das Mrs. Fullham beigesteuert hatte, und halbierte für den Nachtisch eine duftende Ananas. Das alles arrangierte sie aufs Gefälligste auf den Blättern, schmückte sie noch mit einigen der blauen Blüten und bat ihren Mann lächelnd zu Tisch. Als er in den fetttropfenden, knusprigen Schenkel biss, war er sich sicher, dass kein König je in schönerer Gesellschaft köstlicher und vornehmer gespeist hatte.

»Wo werden wir heute Nacht schlafen, und wie lange müssen wir noch reiten?«, fragte sie, während sie die schwarz geröstete Haut einer Kartoffel abzog.

»In einigen Stunden werden wir die Farm von Justus und Maria Kappenhofer erreichen. Sie gehörten letztes Jahr zu den Einwanderern aus Bremen. Die anderen haben sich zwischen Pietermaritzburg und Durban niedergelassen und nennen ihren Ort New Germany. Justus Kappenhofer ist ein halbes Jahr durchs Land gereist, ehe er sich niederließ.« Er leckte das aromatische Fett von seinen Fingern.

»Justus baut Mais und Baumwolle an, die Maria wiederum verspinnt und Tuch daraus webt. Außerdem experimentiert sie mit Seidenraupen. Sie hofft, genügend Seide zu ernten, um sie nach Kapstadt liefern zu können. Könntest du ja vielleicht auch versuchen. Justus wiederum tauscht Mais und Tuch bei den Zulus gegen Elfenbein, Elfenbein wiederum gegen Gewürze aus Asien und so weiter. Er ist einer der engergiegeladensten Menschen, die ich kenne, und ein geschäftliches Genie. Mittlerweile ist er sehr wohlhabend. Die Kappenhofers haben einen Haufen entzückender Kinder. Ihre Älteste, Lilly, muss in deinem Alter sein. Es ist eine außergewöhnlich gastfreundliche Familie. Ich bin stolz, sie meine Freunde nennen zu können.«

Catherine ignorierte die Bemerkung über die Seidenraupen. »Ich bin überzeugt, ich werde Kappenhofers so gern mögen wie du«, sagte sie und öffnete die untere Knopfleiste ihres Kleides, schob es bis zu den Oberschenkeln hoch und legte sich auf der Decke zurück. Grüne Sonnenblitze funkelten durchs flirrende Blätterdach, und unter ihrem Rastplatz murmelte träge ein kleiner Fluss. Sonst war es absolut still, selbst die Schwalben jagten lautlos. Eine angenehme, satte Müdigkeit breitete sich in ihr aus, ihre geschundenen Muskeln entspannten sich, und ihre Gedanken begannen zu wandern. Hinter ihren geschlossenen

Lider gaukelten die Bilder, die Johann von ihrem zukünftigen Leben gemalt hatte, wie bunte Schmetterlinge. Willig glitt sie in diese schillernde Traumwelt, ließ sich verführen von dem, was sie sah.

Auch er war müde; er wusste, dass diese bleierne Mattigkeit in seinen Knochen das Fieber war, das nur darauf lauerte, zurückzukehren, aber noch wehrte sein Körper den Ansturm ab. Er hoffte, bis zur Heimkehr nach Inqaba durchhalten zu können. Die Zulus hatten ein Kraut, dessen Aufguss sie gegen Fieber tranken. Schon einmal hatte es einen drohenden Anfall von Malaria so abgeschwächt, dass er auf den Beinen geblieben war.

»Wann erreichen wir Inqaba?«, murmelte sie schläfrig und streckte sich wie eine satte Katze.

Er sah auf sie hinunter. Auf der Haut ihres Halses glitzerten winzige Schweißperlen, und er konnte sich kaum beherrschen, die Tröpfchen nicht abzulecken, seine Hose zu öffnen und sich in ihr zu verlieren. Aber ein glücklicher Instinkt sagte ihm, dass ein solcher Überfall nach den letzten Tagen alles verderben würde. Sanft rückte er näher an sie heran, bis er ihre nackten Beine berührte, und sein Herz begann zu klopfen, als er merkte, dass sie nicht wegrückte. »Wenn alles gut geht, übermorgen kurz vor Einbruch der Dunkelheit. Du wirst unser Haus in den goldenen Strahlen der Abendsonne sehen. Es wird ganz wunderbar sein, und drinnen wartet ein weiches Bett auf uns.« Er legte seine Hand auf ihren warmen Schenkel, eben oberhalb des Knies, und als er keine Abwehr spürte, schob er sie weiter, ganz nach oben und dann nach innen.

Die federleichte Berührung floss ihr wie schwerer Wein durch die Glieder, und zwischen ihren Beinen wurde es heiß. Überrascht stöhnte sie leise und drehte sich zu ihm. Mit einem kehligen Gurren und flinken Fingern knöpfte sie den Rest der Knopfleiste auf und schlug ihr Kleid zurück.

Ihr Mund schmeckte nach Ananas und warmer Seide, und er nahm sich Zeit, jeden der tanzenden Sonnenflecken auf ihrem Körper zu küssen, bis er es nicht mehr aushielt.

»Warte«, flüsterte sie rau und öffnete seinen Gürtel und dann die Knöpfe, bis er ihre kühlen Finger auf seiner heißen Haut spürte, die ihm den Weg ins Paradies zeigten. Als sie satt waren voneinander, lagen sie eng umschlungen und fielen in traumlosen Schlaf.

Die Sonne hatte ihren Höhepunkt schon seit zwei Stunden überschritten, als das Fieber Oberhand gewann und über Johann herfiel, und dieses Mal war es schlimmer, als er es bisher erlebt hatte. Seine Haut war glühend heiß, aber er schlotterte vor Kälte. Seine Zähne schlugen so laut aufeinander, dass Catherine prompt von Flamencotänzerinnen mit klappernden Kastagnetten träumte, bevor sie erwachte.

Sie setzte sich auf und erschrak aufs Heftigste, als sie ihm ins Gesicht sah. Es war graugelb und schweißüberströmt, die Augen glänzten wie lackiert, das Weiß war wässrig und von roten Adern durchzogen, der Unterkiefer zitterte unkontrolliert. »Um Himmels willen, was ist passiert? War es eine Schlange, Johann? Red mit mir, sag mir, ob du von einer Schlange gebissen worden bist.« Ihr Blick flog über die Decke und den mit spärlichem Gras bewachsenen Boden, aber sie entdeckte nichts außer einigen Pillendrehern, die im Dunghaufen einer Antilope herumwühlten. Ratlos sah sie ihn an, konnte sich keinen Reim darauf machen, dass er, der noch vor kurzer Zeit volle Manneskraft bewiesen hatte, so urplötzlich schwer krank war.

»Das Wechselfieber hat mich erwischt«, schnatterte er zwischen seinen Zähnen. »Geht sicher gleich vorbei.«

Sie atmete auf. Für diese Krankheit wusste sie ein Mittel. »Wo ist dein Chinarindenpulver?« Als er zitternd den Kopf schüttelte, schnallte sie ihre Reisetasche vom Packpferd und durchwühlte sie, bis sie zu ihrer ungeheuren Erleichterung ganz unten das Pulver ihres Vaters fand. Sie öffnete das Döschen. »Es ist nicht mehr viel, wir müssen dringend neues besorgen.«

Er wartete mit der Antwort, bis er eine Dosis geschluckt hatte, dann legte er sich zurück. Er fühlte sich, als wäre ein zwanzigspänniger Ochsenkarren über ihn hinweggerollt. »In ganz Natal gibt es kein Chinarindenpulver zu kaufen. Vielleicht hat jemand etwas aus Kapstadt oder Übersee mitgebracht, doch der wird es selbst brauchen. Außerdem ist es unglaublich teuer. Für eine Menge von fünf Gran müsste ich so viel bezahlen, wie ich für zwanzig Pfund Rindfleisch bekomme.«

Sie schätzte den ursprünglichen Inhalt des Döschens. »Ach, du lieber Himmel, dann muss Papa ziemlich viel Geld für das Pulver ausgegeben haben. Aber was macht ihr nun gegen das Fieber?«

Wir sterben wie die Fliegen, hätte er fast geantwortet, aber er schluckte die Worte rechtzeitig herunter. »Wir ignorieren es«, sagte er in einem Anflug von Galgenhumor und verzog seine Lippen zu einem müden Lächeln. Schwankend stand er auf, wehrte ihre helfende Hand ab. »Ich werde es schon schaffen, ich bin ein zäher Bayer, das weißt du doch.« Er bückte sich, um die Decke einzurollen und die Tasche wieder zu verstauen.

Sie schob ihn weg. »Lass mich das machen, ich bin ziemlich kräftig, eine richtig handfeste Mischung aus bodenständigen Schleswig-Holsteinern und drahtigen Franzosen.« Die Reisetasche war schwer, aber sie schaffte es, sie auf das Packpferd zu wuchten, und erntete einen hochachtungsvollen Blick von ihrem Mann. Zum Schluss häufte sie Erde über das Feuer, führte Caligula zu einem Baumstamm und stieg auf.

Johann schmunzelte. »Ich habe Recht gehabt, wenn du auf Inqaba ankommst, wirst du eine sehr gute Reiterin sein.« Er nahm seine Zügel auf, und sie ritten aus dem Schatten der schönen alten Bäume in die Sonne.

Aber sie erreichten ihr Tagesziel nicht. Johann war zu krank, die Medizin half ihm nur für kurze Zeit. Nach zwei Meilen zügelte er Shakespeare und wandte sich im Sattel um. Sein Gesicht glänzte vor Schweiß, und Kälteschauer jagten über seinen Rücken. »Ich schaff es nicht bis zu Justus' Farm, aber Onetoe-Jack lebt ganz in der Nähe, da finden wir Unterschlupf für heute Nacht.«

»Onetoe-Jack? Wer ist denn das? Einzeh-Jack, welch ein merkwürdiger Name. Woher hat er ihn?«

»Er hat nur einen Zeh, die anderen hat ihm eine Hyäne im Schlaf abgefressen. Sie haben ein entsetzliches Gebiss und können die dicksten Knochen damit knacken«, keuchte er. »Jack ist Elfenbeinjäger, ein sehr erfolgreicher übrigens, ziemlich reich und berühmt über alle Grenzen hinaus. Wir sind rund zehn Meilen von seinem Haus entfernt. Es ist das vorletzte Anwesen, das jeder passiert, der ins Herz von Afrika reisen will, und seine Behausung ist ein beliebter Treffpunkt aller Afrikaabenteurer. Hier hinterlassen sie Nachrichten für Freunde, tauschen Informationen aus, erzählen ihre Geschichten abends vorm Feuer.« Er grinste vergnügt. »Und lügen dabei, dass sich die Balken biegen, besonders wenn es darum geht, wo die größten Elefantenherden zu finden sind.«

Sofort erstand ein gepflegtes Anwesen vor ihrem inneren Auge, eine devote Dienerschar, ein dampfendes Bad und ein weiches Bett. Frohgemut wendete sie Caligula und folgte ihrem Mann.

»Da liegt sein Umuzi.« Johann wies auf einen Staketenzaun und eine dichte Dornenhecke, hinter der Onetoe-Jacks Haus versteckt war. Davor saß eine Gruppe fast nackter schwarzer Frauen und lachte und schwatzte, sie flochten sich gegenseitig Zöpfchen oder stickten Perlengürtel. Zwei trugen steife Röcke aus Rinderhaut und komplizierte Frisuren, die anderen nur Perlschnüre und Gehänge um die Hüften. Johann begrüßte sie auf Zulu, und bei seinem Anblick sprangen sie auf, scharten sich lärmend um ihn, hielten aber respektvollen Abstand zu dem nervös tänzelnden Shakespeare. Als sich die Frauen etwas beruhigt hatten, fragte Johann sie etwas, lauschte der Antwort und übersetzte für Catherine.

»Jack ist auf Jagd mit allen seinen Männern, aber wir sind willkommen, die Nacht hier zu verbringen. Wir werden in Jacks Hütte schlafen.«

Hütte? Sie schnappte nach Luft. Krachend brach das große Haus ihrer Fantasie zusammen. Oder hatte Johann nur eine flapsige Bezeichnung benutzt? Engländer pflegten solche Scherze zu machen, sodass man nie wusste, was sie wirklich meinten. Bayern etwa auch? »Was heißt Hütte? Was ist eigentlich ein Umuzi?«, fragte sie in böser Vorahnung.

»Eine Zuluhofstätte. Sie besteht aus den Hütten der verschiedenen Familienmitglieder und ist von einem Palisadenzaun umgeben.«

Während er noch sprach, schoben zwei der Frauen das Gatter auf, und die Steinachs ritten in den Hof. Verdattert schaute Catherine sich um. Sie befanden sich in einem Zulukraal. An der Stirnseite, im Schatten einer riesigen Akazie, dominierte eine sehr große Hütte, die einem umgedrehten Bienenkorb glich und sie sofort an den neuartigen Unterrock von Frau Strassberg erinnerte. Immer rechts und links angeordnet, standen davor vier kleinere Hütten. Mehrere nackte Kinder liefen dazwischen herum, die hellhäutiger waren als die Frauen, und verschwanden blitzartig in der nächsten Hütte, als sie der Steinachs ansichtig wurden. Catherine jedoch bemerkte, dass sich die Kuhhaut vor dem Eingang bewegte und glänzend schwarze Augen hervorlugten. Am Zaun standen mehrere Grasdächer auf Pfählen, die ganz offensichtlich als Vorratshütten dienten, denn Büschel von gelbem Mais, Wurzeln und ein gehäuteter Affe mit leeren Augenhöhlen schaukelten im Luftzug an einem Balken. In der Mitte des Umuzis dösten dumpf wirkende Rindviecher mit ausladenden Hörnern in einer Umzäunung aus dicht gesteckten Tambotipfählen. Unablässig schlugen sie mit ihren Schwänzen, um die Schwärme von Fliegen zu verjagen, die sie plagten. Eine Kuh blökte, hob ihren Schwanz und ließ schönen, spinatgrünen Dung herunterplatschen, der sofort von einer jungen Zulufrau aufgesammelt und in den Händen weggetragen wurde.

Johann folgte Catherines angeekeltem Blick. »Sie polieren ihren Hüttenboden damit«, erläuterte er amüsiert, obwohl ihm der Kopf fast zersprang vor Schmerzen. »Rinder sind der größte Reichtum jedes Zulus. Deswegen liegt das Viehgatter in der Mitte jedes Umuzis, und dort ist auch ihre Zisterne. Das Zuluwort ist iHasa, was eigentlich Speicher bedeutet, und sie bunkern dort auch kein Wasser, sondern Maiskolben für Notzeiten. Nur ein Kind kann durch den schmalen Einstiegsschacht steigen. Wenn es den Mais aufgeschichtet hat, wird ein Stein als Verschluss auf das Loch gelegt. Nach und nach versiegelt der Kuhdung die Kammer.« Er lachte in sich hinein. »Mit der Zeit sickert der Rinderurin durch die Erde in den Speicher, und angeblich verwandelt er den Mais in eine hochgeschätzte Delikatesse.«

»Igitt, das ist ja abscheulich!« Sie schüttelte sich.

Er blinzelte amüsiert. »Dafür essen wir Europäer verfaulte Milch ... Käse«, setzte er hinzu, als er ihren verständnislosen Blick auffing. »Die große Hütte ist die von Onetoe-Jack.« Er wies auf die einzige Hütte, deren Eingang mit einer richtigen Tür verschlossen war und deren Höhe aufrechten Gang zuließ, wogegen bei den übrigen Bienenkorbhütten vor dem Kriecheingang eine Kuhhaut hing.

Sie konnte nur stumm starren. Der Schock war einfach zu groß. »Hattest du nicht gesagt, er wäre reich?«, stotterte sie und wurde sofort rot ob dieser verräterischen Bemerkung. Verlegen wischte sie sich über die brennenden Wangen.

Johann aber war mit Shakespeares Zaumzeug beschäftigt und merkte nicht, dass sich ihre Frage eigentlich auf Inqaba bezog. »Steinreich. Ab und zu segelt er nach Kapstadt und verspielt alles beim Pferderennen. Zufrieden, erneut einen triftigen Grund zu haben, seiner Leidenschaft für die Elfenbeinjagd zu frönen, zieht er dann wieder für Monate ins Innere. Neuerdings nimmt er sogar reiche Gäste aus Übersee mit, weißt du, solche, die Gamaschen tragen und große Schlapphüte, die dicke Zigarren rauchen und die Elefanten zu Dutzenden abknallen. Nur so zum Spaß. Dafür schröpft er sie gnadenlos. Ist schon ein rechtes Schlitzohr, der Onetoe-Jack.« Er glitt aus dem Sattel und warf seinem Wallach den Zügel über den Kopf. »Geh du schon hinein, ich hole unsere Decken und sehe zu, dass die Pferde versorgt sind«, sagte er und führte die müden Gäule unter eine frei stehende Akazie, band sie fest und redete auf die Zulufrauen ein.

Beide Hände in den Rücken gestemmt, dehnte Catherine ihre schmerzenden Muskeln und sah ihm sorgenvoll nach. Seine Hände waren feucht und kalt gewesen, und das Fieber brannte rote Flecken auf sein Gesicht. Der Rest des Chinarindenpulvers würde noch knapp für zweimal reichen. Die Truhe ihres Vaters war mit Sicelo auf dem Ochsengespann unterwegs nach Inqaba. Frühestens in zwei Wochen würde sie wissen, ob vielleicht noch ein kleiner Vorrat des Medikaments darin sein würde. Was würde mit ihr geschehen, wenn Johann völlig von der Krankheit überwältigt wurde, am Ende Schwarzwasserfieber bekäme? Sie hatte genügend Weiße gesehen, die teilnahmslos und quittegelb mit fiebrig glühenden Augen dem Ende entgegendämmerten. Sie aßen nichts mehr und urinierten eine teuflisch stinkende schwarze Flüssigkeit, bis sie einer eingetrockneten Quitte glichen und starben.

Grübelnd kaute sie auf ihrem Finger. Man muss viel trinken, hatte Papa ihr immer gepredigt, und Gegenden meiden, die dampfig und feucht sind. Dunkel erinnerte sie sich auch, dass er von einer doppelten Dosis des Pulvers bei einem akuten Anfall gesprochen hatte. Dafür reichte ihr Vorrat, und das würde sie nachher gleich probieren. Sie öffnete die Tür von Onetoe-Jacks Hütte, neugierig, wie die Unterkunft eines reichen Elfenbeinjägers aussehen würde, und trat ein.

Dämmerlicht umfing sie und kühle, lehmige Feuchtigkeit. Ein Geruch nach Hund und Ziegenstall hing in der Luft. Durch ein winziges, offenes Quadrat, das mit einer filigranen Strohmatte verhängt war, sickerte das Gold der Abendsonne, der Raum aber lag im Dunklen. Sie versuchte vergeblich, etwas zu erkennen, und obwohl es absolut still in der Hütte war, überfiel sie auf einmal das unbehagliche Gefühl, nicht allein zu sein. Langsam streckte sie ihre Hand aus und zog die Matte zur Seite. Milchige Sonnenstrahlen tanzten herein, und sie wandte sich um. Obwohl sie darauf gefasst war, schlug sie erschrocken die Hand vor den Mund. Dutzende von Augenpaaren glühten aus dem dämmrigen Rund und beobachteten sie mit starrem Blick, hier und da schimmerten Zähne in lautlosem Grinsen. Es dauerte eine ganze Weile, ehe sich ihre Augen langsam an das trügerische Licht gewöhnt hatten und ihr klar wurde, dass es sich um ausgestopfte Tierköpfe handelte, die am Balkengerüst der Hütte hingen. Erleichtert trat sie ein paar Schritte vor.

Die Hütte war sehr geräumig, gut vierundzwanzig Fuß im Durchmesser, vielleicht sogar größer. Ein ungewöhnlich großes Messingbett beherrschte den Raum, und sie wunderte sich, denn es war groß genug, um mehreren Schläfern Platz zu gewähren, und mit einer prächtig rot bestickten Decke bedeckt. Es war eine Seidendecke, das fühlte sie, aber dies blieb der einzige Hinweis, den sie auf den Reichtum von Onetoe-Jack fand. Seine Hüte hingen an den Stoßzähnen zweier riesiger Elefantenköpfe, seine Kleidung war in Kisten verstaut, eine Kiste diente als Tisch, und um sich zu waschen, gab es nichts weiter als eine blecherne Schüssel, die auf dem Lehmboden stand.

Langsam ließ sie sich auf dem Schaukelstuhl nieder, der neben zwei einfachen Stühlen die einzige Sitzgelegenheit bot. Das Argwohngeschwür tief in ihrem Inneren brach wieder auf und richtete verheerende Verwüstungen an. Nervös stand sie auf und strich durch den Raum, berührte das Ochsenjoch, das mit allen möglichen anderen Dingen im Rund der Hüttenwand gestapelt war, glättete die Bettdecke und befingerte eine von der Feuchtigkeit hart gewordene lederne Jacke, die zusammen mit Peitschen aus Nilpferdhaut, Zuluspeeren und mehreren Pfeifen von einem Querbalken hing. Im Innenfutter der Jacke war ein Namensschild eingenäht, und nach kurzem Zögern gewann ihre Neugier überhand. Sie schob das Revers beiseite. Es waren nur drei Buchstaben, aber sie trafen sie härter, als eine Keule sie hätte verletzen können.

»K.v.B.« Für einen flüchtigen Augenblick stand die Welt still. Keinen Laut, kein Lüftchen, keine Bewegung, keine Gerüche gab es, nur ein weißes, pulsierendes Licht in ihrem Kopf.

Es könnte Klaus von Berg heißen, versuchte sie sich selbst weiszumachen, oder Karl von Burg. Es gab Hunderte von Möglichkeiten, aber sie wusste mit absoluter Gewissheit, dass diese drei Buchstaben nur eins bedeuteten. Es war das Monogramm Konstantin von Bernitts. Konstantin war hier gewesen, hatte in dem Schaukelstuhl gesessen, von Onetoe-Jacks Tellern gegessen. Vielleicht befand er sich ganz in ihrer Nähe, und sie ahnte es nicht?

Verzweifelt wehrte sie sich gegen die Obszönität des Schicksals. Bis dass der Tod euch scheidet, das hatte sie vor Gott geschworen und sich auf ewig durch dieses Ehegelübde mit Johann verbunden. Es war, als wäre eine Tür zugeschlagen, das Licht für immer ausgeschlossen und sie im Dunkeln gefangen. Als hätte man ihr auch die Luft zum Atmen genommen, wurde ihr die Kehle eng.

Eben wollte sie fliehen, hinaus in die Sonne rennen, vergessen, was sie gesehen hatte, als ihr ein Schriftstück auffiel, dessen Oberkante ihr aus der Jackeninnentasche entgegenleuchtete. Der Kampf, den sie mit sich austrug, war kurz und heftig, und am Ende griff sie zu, zog das Papier hastig heraus und entfaltete es.

Es war ein Brief von Wilhelm von Sattelburg an Konstantin, so zerknittert und verschmutzt, als hätte jemand das Blatt in einem Wutanfall zerknüllt. Das Datum war der 2. August 1849. Sie rechnete nach. Also war er, kurz nachdem Konstantin so überstürzt das Land verlassen hatte, geschrieben worden. Die Höflichkeitsfloskeln, die Fragen nach dem Befinden und so weiter überschlug sie, ihre Augen blieben am zweiten Absatz hängen.

»Die Sache mit Pauli ist leider noch nicht abgeschlossen. Seine Witwe, die schöne, aber so unendlich ordinäre Emma, läuft in der Stadt herum und behauptet, dass ihr Paul am Abend des Duells ein Samtsäckchen bei sich trug, dessen Inhalt ihr erlauben würde, für die nächsten hundert Jahre in üppigstem Luxus zu schwelgen. Sie beschrieb dieses Samtsäckchen derart glaubhaft, dass die Polizei voller Energie danach sucht. Als hätten die Herren nichts Besseres zu tun.

Hast du, als du Pauli verlassen hast, ein solches Säckchen bemerkt? Es soll blau gewesen sein mit goldenen Sternen darauf gestickt. (Wirklich scheußlich. Es passte zu ihm.)«

Sie ließ das Blatt sinken. Ein Bild blitzte aus ihrer Erinnerung auf, sie hörte eine Stimme. »Hab was auszugeben«, hatte Paul Pauli auf dem Ball der Strassbergs geprahlt und einen großen Samtbeutel geschüttelt. Einen Beutel aus Samt in Königsblau, mit aufgestickten goldenen Sternen. Er hatte noch etwas hinzugefügt, daran erinnerte sie sich, aber nicht mehr an seine genauen Worte. Irgendetwas, dass er noch mehr von dem hatte, was der Beutel enthielt. Gebannt las sie weiter.

»*Solange das nicht vom Tisch ist, wirst du Wien noch fern bleiben müssen. Denn das unangenehmste Gerücht, das die unsägliche Emma verbreitet, ist ihre Behauptung, dass es gar kein Duell gewesen sei. Du kannst dir sicher denken, worauf sie anspielt. Ich traf die Dame kürzlich im Prater, und auf meine dringenden Vorhaltungen über die Verbreitung ungeheuerlicher, böswilliger Lügen und die rechtlichen Konsequenzen, die es für sie haben würde, wurde sie frech. Wo Rauch ist, da ist auch Feuer, rief sie so laut, dass alle Umstehenden es hören konnten. Es war mir entsetzlich peinlich.*

Es ist wirklich zu betrüblich, dass ihr ohne Sekundanten gekämpft habt. Dann wäre alles klar, du hättest Zeugen. Ich muss dir sagen, lieber Freund, dass du da eine kapitale Dummheit begangen hast. Ganz abgesehen davon, dass so ein Abenteurer wie Pauli, ein Neureicher aus kleinen Verhältnissen, doch nicht satisfaktionsfähig war! Beizeiten musst du mir noch erzählen, weswegen ihr dieses Duell ausgetragen habt. Ging es um eine Dame?

Gott sei mit dir!

Wie stets, dein Wilhelm«

Sie starrte auf die Buchstaben. Hatte er sich etwa wegen einer Dame duelliert? Nachdem er ihr seine Liebe gestanden hatte? Das Blatt bebte in ihrer Hand. Die Säure lodernder Eifersucht verätzte ihre Seele, und sie brauchte Sekunden, um wieder einen klaren Gedanken fassen zu können. Oder war es kein Duell gewesen, wie diese grässliche Frau behauptete? Was meinte sie? Wie sonst sollte dieser Pauli zu Tode gekommen sein? Hatten sie sich gestritten, und Paul Pauli hatte Konstantin bedroht?

Eine Weile wendete sie diesen Gedanken hin und her, betrachtete ihn von allen Seiten. Es war einleuchtend. So musste es gewesen sein, denn es konnte doch wohl niemand bei gesundem Verstand glauben, dass Konstantin von Bernitt einem Menschen außer in einem Ehrenhändel auch nur ein Haar krümmen, geschweige denn ihn vom Leben zum Tode befördern würde. Pauli war lange am Kongo gewesen, und im Urwald wurden viele Männer zu Bestien. Sicher hatte er sich auf Konstantin gestürzt, ihn vielleicht gewürgt oder mit der Pistole bedroht, und der hatte sich gewehrt. Eine andere Möglichkeit gab es nicht. Ihr Puls raste, die Gedanken summten ihr wie ein Bienenschwarm im Kopf.

Was konnte sie tun, um Konstantin zu helfen? Wie konnte sie ihn erreichen? Ein Brief über seinen Freund in Österreich würde ewig dauern. Sie konnte den Gedanken nicht zu Ende denken. Die Tür knarrte in den Angeln, und sie fuhr vor Schreck fast aus der Haut. Gerade konnte sie noch den Brief in die Innentasche knüllen und zurücktreten, als vier der Zulufrauen kichernd hereinschlüpften.

Es waren schlanke, junge Mädchen mit vollen Brüsten und herzförmigen Gesichtern und einem Lachen, das ansteckte. Ihre Zähne schimmerten schneeweiß zwischen vollen Lippen, und obwohl sie so gut wie nackt waren, zeigten sie überhaupt keine Scham. Kichernd berührten sie ihr Kleid, pulten an den Knöpfen herum, zupften ihre zum Zopf geflochtenen Haare auseinander, betatschten ihre Haut, kratzten sie vorsichtig, kniffen sie, bis sie rote Stellen bekam. Es gab großes Gelächter und einen Schwall von kehligem Zulu. Eine roch an ihrer Haut und leckte sie geschwind, wie ein Kätzchen, das sich putzt, und stieß ein langes Wort mit vielen Klicks hervor, das augenrollendes Erstaunen bei den anderen hervorrief.

Catherine verstand kein Wort und war noch so verwirrt, geradezu betäubt von dem, was sie gelesen hatte, dass sie alles mit sich geschehen ließ. Unter den zarten Berührungen der Mädchen beruhigte sie sich sogar zumindest so weit, dass sie Johann anlächeln konnte, als dieser eintrat. Mit hohen Vogellauten stoben die Mädchen davon.

Johann warf ihre Decken auf das Bett, setzte ihre Reisetasche auf den Boden und ließ sich schwer im Schaukelstuhl nieder. Der Schweiß lief ihm aus den Haaren, doch als sie seine Wange berührte, war sie trocken und heiß. Er hatte noch immer hohes Fieber.

Mittlerweile hatte sie sich so weit gesammelt, dass ihr die Stimme gehorchte. »Wer sind diese Frauen? Sie sind hübsch, nicht wahr?«, presste sie hervor, nur um irgendetwas zu sagen. Johann durfte auf gar keinen Fall von Konstantins Besuch in Onetoe-Jacks Haus erfahren, und nie, unter gar keinen Umständen, durfte ihm der Brief von Wilhelm von Sattelburg in die Hände fallen.

»Es sind Jacks Frauen. Acht, soweit ich auf dem letzten Stand bin, vielleicht aber auch neun. Bevor wir schlafen gehen, bringen sie uns etwas zu essen. Ich bin ziemlich erledigt.« Die Wahrheit war, dass er sich kaum noch auf den Beinen halten konnte.

Acht Frauen? Catherine stellte sich vor, was Männer und Frauen im Ehebett machten, und verstand nicht. »Acht?«, platzte sie heraus. »Auf einmal?«

Johann starrte sie verständnislos an. Als er begriff, wohin ihre Gedanken liefen, konnte er gerade noch einen Lachanfall unterdrücken. Immer wieder vergaß er, wie jung sie doch war und, wie es sich für eine gesittete junge Frau gehörte, unberührt von allem Niederen der Welt. »Nacheinander«, erklärte er trocken, zog sie auf seine Knie und sah ihr forschend ins Gesicht. »Du bist sehr blass. Werde mir ja nicht krank.« Sie konnte doch unmöglich das Fieber haben, in Kapstadt trat es nicht auf, und sie hatte sich noch nicht lange genug in Natal aufgehalten. O Herr, schickte er ein schweigendes Stoßgebet zum Himmel, sei gnädig, bitte verschone sie. Bitte.

Krank?, dachte Catherine. Nein, krank war sie nicht. Verrückt, verzweifelt und völlig durcheinander, aber nicht krank. »I wo, ich habe eine Pferdenatur. Es geht mir bestens. Ich bin nur müde.« Sie gähnte übertrieben, mied aber vorsichtshalber seinen Blick, um ihm nicht die Gelegenheit zu bieten, in ihren Zügen die Wahrheit zu lesen.

Die kichernden Mädchen erschienen bald mit ihrem Essen. Sie knieten vor Johann nieder und stellten ihm eine dampfende, irdene Schüssel zu Füßen, die Fleisch, Knochen und Kürbisstücke enthielt. Zwei weitere von Onetoe-Jacks Frauen brachten eine stramm gewebte Matte mit einem großen Haufen steifen

Maisbreis und setzten auch die vor Johann ab. Catherine beachteten sie nicht. Mit einem leisen Lächeln in den Mundwinkeln sagte Johann etwas auf Zulu zu dem ältesten. Die sah hinüber zu Catherine, nickte und bot nun auch ihr die Speisen an, allerdings aufrecht stehend.

»Was hast du ihnen nur gesagt? Warum rutschen sie auf Knien vor dir herum, und warum ignorieren sie mich?«, fragte Catherine leise, aber aufgebracht von dieser Missachtung ihr gegenüber.

»Yabonga ghakulu«, murmelte ihr Mann und nahm ein bauchiges, tiefschwarz poliertes Tongefäß aus der Hand von Jacks ältester Frau entgegen. Es enthielt schäumendes Bier, das so kühl war, dass kleine Wassertropfen auf der Außenseite kondensierten. Er trank einen tiefen Schluck, bevor er seiner Frau antwortete. »Sie bringen ihrem Mann und seinen Gästen stets das Essen auf Knien dar, um ihren Respekt zu zeigen. Ich habe ihr nur gesagt, dass auch du ein geschätzter Gast von Jack bist. Als Frau hättest du sonst das, was von meinem Mahl übrig bleibt, draußen essen müssen.«

»Die Krumen vom Tisch meines Herrn und Gebieters«, spottete sie und stopfte aufgebracht die scharf gewürzten Gerichte in sich hinein.

Nachdem sie gegessen hatten, legten sie sich sofort hin. »Wir müssen morgen vor Sonnenaufgang los, dann schaffen wir es vielleicht sogar nach Hause«, murmelte Johann und bettete seinen Kopf an ihre Schulter.

Über ihr blinkten die schwarzen Glasaugen mit erschreckender Lebendigkeit aus dem Dunkel. Das Mondlicht, das durch die Schattenmatte sickerte, schimmerte auf den Hauern der Warzenschweine, den langen, spitzen Rhinozeroshörnern und den gewaltigen Stoßzähnen der Elefanten. »Wie soll ich denn schlafen können, wenn mich diese Viecher anstarren«, klagte sie.

»Aber die sind doch schon tot, sie tun dir nichts mehr«, war seine schläfrige Antwort, dann vernahm sie nur noch seine tiefen, regelmäßigen Atemzüge. Der ausgestopfte Löwenkopf bleckte sein tödliches Gebiss in hämischem Grinsen.

Schlaflos lag sie neben ihrem Mann und lauschte in die samtschwarze afrikanische Nacht. Dunkelheit umfing ihr Gemüt, und ihr Herz lag wie ein kalter Stein in ihrer Brust.

Konstantin, lachten die Hyänen, Konstantin, rief der Nachtvogel, Konstantin, gurrten die Tauben. Konstantin, Konstantin, Konstantin, erscholl das tiefe, erderschütternde Gebrüll eines Löwen. In ihrem Kopf drehte sich nur dieses einzige Wort.

Bis dass der Tod euch scheidet, wisperte der Wind in den Blättern der Akazie. Für immer und ewig. Für immer und ewig.

Mit diesen Worten im Kopf wanderte sie durch ein Labyrinth quälender Traumlandschaften, schreckte immer wieder auf, wusste oft minutenlang nicht, wo sie sich befand und wer der Mann war, der ruhig und tief an ihrer Seite schlief.

Kapitel 10

Tagsüber hatte es immer wieder getröpfelt, aber es war nicht kühler geworden, was eigentlich ungewöhnlich war für diese Zeit der ergiebigen Frühjahrsregen und frischen Nächte. Zwei Tage waren sie in Onetoe-Jacks Umuzi geblieben, jetzt ritten sie stramm durch, hatten nur kurz Rast gemacht, um die Pferde zu tränken und zu füttern und selbst den kalten Maisbrei mit dem fettigen Fleisch zu essen, das ihnen Jacks Frauen mitgegeben hatten.

Das Fleisch war zäh, das Fett klebte ihr am Gaumen, und der Mais schmeckte nach nichts. Catherine war es egal. Der Schlag, den sie erhalten hatte, war zu brutal gewesen. Bleigewichte drückten auf ihre Seele, und allerlei unsinnige Gedanken spukten in ihrem Kopf herum. Der Impuls, einfach ihr Pferd zu wenden, zu Onetoe-Jacks Umuzi zu reiten, zu warten, bis er zurückkehrte, und ihn zu fragen, wo sich Konstantin aufhielt, war fast übermächtig. Doch sie schalt sich eine dumme Gans. Sie war der Gegend völlig unkundig, und Johann würde sie mit Sicherheit nicht einfach so fortreiten lassen. Er würde fragen, plausible Antworten verlangen, keine Ausflüchte akzeptieren, und sie würde ihm die Wahrheit sagen müssen. Fast hätte sie laut gelacht, als sie sich das vorstellte.

Sie würde seinen Ring von ihrem Finger ziehen und ihm zurückgeben. Ich werde dich verlassen, Johann, würde sie dann sagen. Ich liebe einen anderen. Es tut mir furchtbar Leid.

So in etwa würde das klingen. Sie biss sich auf die Lippen. Könnte sie ihn um die Scheidung bitten? Ausgeschlossen, gab sie sich selbst sofort die Antwort. Als gläubiger Katholik würde er das nie zulassen, und er ahnte nicht einmal, dass die Wurzeln ihres Glaubens gelockert waren. Sie warf ihm einen heimlichen Blick unter der Hutkrempe zu. Auch er trug seinen Hut als Sonnenschutz weit ins Gesicht gedrückt. Das Fieber war durch die letzte doppelte Dosis Chinarindenpulver heruntergegangen, und er sah viel besser aus, obwohl sie vermutete, dass es etwas damit zu tun hatte, dass sie sich nicht mehr weit von Inqaba befanden. Ihr Blick glitt zu seinem energischen Kinn, dem Mund, der so gern lachte, seinen muskulösen, kräftigen Händen, die rau waren von schwerer Arbeit, aber so unerwartet zärtlich sein konnten, und ihr Herz zog sich zusammen. Hilflos musste sie sich eingestehen, dass sie es nicht fertig bringen würde, ihm diesen Schmerz zuzufügen. Sie wünschte, ihn hassen zu können, aber das tat sie nicht. Im Gegenteil, er war ein guter Mann, und dachte sie an andere, schätzte sie sich glücklich, an ihn geraten zu sein. Das Leben hatte ihr eine Falle gestellt, sie war hineingetappt, und nun war die Falle zugeschnappt. Bis dass der Tod sie erlöste. Sie presste ihre Hand auf den Mund, um den Schmerzenslaut zu dämpfen, der aus ihrer Kehle brach.

Doch Johann hatte ihn gehört. Überrascht wandte er den Kopf, lächelte sie tröstend an und verbarg seine Besorgnis darüber, dass sie so blass und angegriffen aussah. Es war ihm nicht verborgen geblieben, dass sie kaum geschlafen hatte, aber die Worte, die sie wieder und wieder im Schlaf gemurmelt hatte, waren nicht zu verstehen gewesen. Sicher war sie nur aufgeregt, schließlich würde sie heute zum ersten Mal ihr neues Heim sehen. Er hoffte inbrünstig, dass sie es vor Einbruch der Dunkelheit erreichen würden. Inqaba im goldenen Abendlicht war schöner als das schönste Schloss, das er sich vorstellen konnte. Bei pechschwarzer Nacht sah man nicht die Hand vor Augen, und bedachte man, welcher Art manche der ungebetenen Gäste gewesen waren, die ihn nachts gelegentlich besuchten, könnte ihr erster Eindruck dann nicht gerade angenehm ausfallen.

Ihm kamen da nicht nur die Schlangen in den Sinn, die es sich nachts auf dem aufgewärmten Terrassenboden bequem machten, sondern auch der Leopard, der kürzlich die Eingangstür zerkratzt hatte. Es hatte Stunden gedauert, ehe es ihm gelungen war, die tiefen Rillen wegzuschmirgeln. Die Elefanten kamen seltener bis zum Haus. Meist taten sie sich nur am Obst und jungen Schösslingen gütlich, rissen Zweige herunter, zertrampelten Früchte zu Brei und hinterließen im Maisfeld eine Wüstenei, wo vorher Halm an Halm gestanden hatte. Er nahm ihre Hand. »Sei geduldig, mein Liebling, es dauert nicht mehr lange, und dann wirst du Inqaba sehen, dein Haus, in dem wir den Rest unseres Lebens verbringen werden.«

Shakespeare stolperte, und er wurde abgelenkt, bemerkte so nicht, wie ihr die Tränen in die Augen schossen und sie noch bleicher wurde. Energisch blinzelte sie, bis ihr Blick wieder klar war, wütend über sich selbst, dass sie sich fast verraten hatte. In Zukunft würde sie ihre Gefühle besser unter Kontrolle halten müssen. Sie sehnte sich danach, Konstantin einen Brief zu schreiben. Auch hatte sie seit ihrer Ankunft in Durban keine Gelegenheit gehabt, sich ihrem Tagebuch anzuvertrauen. Es half ihr stets, ihre Gedanken zu ordnen, und oft wurde sie sich beim Schreiben über etwas klar, was sie vorher nicht verstanden hatte. Gereizt trieb sie ihr Pferd an.

Sie ließen das buschbewachsene Grasland hinter sich und folgten dem alten Elefantenpfad durch ein weites Tal hinunter zum Umfolozi. Palmen flüsterten, das Ried raschelte sanft, der Fluss unter ihnen glückste träge um rund geschliffene Felsen. Flusspferde trieben im lehmgelben Wasser, prusteten gelegentlich und zuckten mit den Ohren, wenn ein Madenhacker zu forsch nach Beute suchte. Es war früher Nachmittag, windstill und sehr schwül. Außer lautlos jagenden Schwalben regte sich kein anderes Tier. Bläuliche Feuchtigkeitsschleier hingen in den Palmen und den riesigen, lappigen Blättern der wilden Bananenstauden, drifteten sacht über die Flussoberfläche den steilen, buschbewachsenen Hang hinauf, der das andere Ufer begrenzte. Es roch nach Verwesung und frühem Tod. Ihr fielen Papas warnende Worte ein, derartige Gegenden zu meiden, und sie hütete sich, tief durchzuatmen. Mal Aria. Schlechte Luft. So hieß die Krankheit schließlich nicht umsonst.

Johann dagegen war bestens gelaunt, denn wenn sie das Tempo beibehalten konnten, würden sie rechtzeitig zu Hause sein. »Noch höchstens drei Stunden, Liebling, dann bist du erlöst«, rief er und trieb Shakespeare so kräftig an, dass dieser erstaunt ein paar bockige Galoppsprünge machte. »He, vorwärts, Alter, dein Stall wartet.«

Catherine antwortete nicht. Die modrige Luft füllte ihre Lungen, ihre Beinmuskeln schrien Zeter und Mordio ob der ungewohnten Beanspruchung, und ihr Hinterteil fühlte sich an, als würde jemand eine brennende Kerze darunter halten. Sicher hatte sie sich wieder blutig geritten. Schweigend folgte sie ihrem Mann und atmete auf, als sie das Flussufer verließen, das Buschland allmählich anstieg und die Luft frischer und trockener wurde. Einmal meinte sie weit entfernt Hundegebell zu vernehmen. »Kannst du die Hunde hören?«

»Hunde?« Johann lauschte angestrengt und schüttelte dann den Kopf. »Ich glaube, du hast dich geirrt, obwohl es nicht unmöglich ist, dass dort gejagt wird. Onetoe-Jack und andere haben hochgezüchtete Jagdhunde aus Europa mitgebracht. Die meisten von den verweichlichten Tölen sind allerdings entweder aufgefressen worden oder an irgendwelchen Krankheiten verreckt.« Er lachte, seine Augen glänzten, aufgeregt reckte er den Hals und wies über die Baumkronen. »Da, ich glaube, ich sehe schon das Dach von Inqaba. Sieh doch, lass deinen Blick entlang meinem Finger laufen. Nun, siehst du es? Kannst du es erkennen?«

Doch so sehr sie sich bemühte, sah sie nichts als grünen Busch, Palmengruppen und Bananenstauden. Links dehnte sich endloses Grasland, nur unterbrochen von einzelnen Schirmakazien, in deren Schatten Springböcke und Gnus grasten. »Nein«, erwiderte sie, »noch sehe ich nichts, aber ich bin schon sehr gespannt.« Das war an sich reichlich untertrieben. Nach der Erfahrung der letzten Tage, der Erinnerung an Onetoe-Jacks Unterkunft, schlug ihr das Herz bis zum Halse vor Angst.

»Nur noch ein paar Minuten, Liebling, nur noch ein paar Minuten«, rief er und lenkte Shakespeare um mehrere enorm große, mit Pflanzenmaterie durchsetzte Kotballen herum. »Elefanten«, erklärte er gedankenlos.

»Elefanten«, wiederholte seine Frau mit quietschender Stimme, aber er hörte es nicht mehr. Plötzlich schlug er Shakespeare die Hacken in die Rippen und galoppierte davon. Hinter einem fast mannshohen Stein lenkte er sein Pferd seitwärts in die Büsche. Eine Minute später erreichte sie den Felsen und fand sich auf einem ziemlich breiten Weg wieder, der sanft anstieg. Rechts und links wurde er von weit ausladenden Bäumen in leuchtend gelbem Blütenflor gesäumt. Ihr stockte der Atem, ihr Puls fing an zu rasen.

Die Auffahrt von Inqaba lag vor ihr.

Fast furchtsam ließ sie ihren Blick den langen Weg zur Kuppe hinaufwandern. Sie war abgeflacht, als hätte man einem Ei die Spitze abgeschnitten, und auf der freien, mit dichtem Busch begrenzten Fläche im Filigranschatten eines völlig blätterlosen Baums, der aber unzählige zierliche, rote Blütenkrönchen trug, stand ein Haus.

In den Strahlen der untergehenden Sonne glühten seine ockerfarbenen Wände wie feuriges Gold, das tief heruntergezogene, mit Grasschnüren zusammengehaltene Rieddach war noch nicht nachgedunkelt, sondern schimmerte weizengelb. Die Türöffnung war mit Brettern vernagelt.

Es war hübsch anzusehen, aber sehr klein. Das Kochhaus, vermutlich. Inqaba selbst musste, perspektivisch verdeckt, dahinter liegen.

»Nun sag schon, wie findest du es? Ist es nicht prächtig?« Diesem Augenblick hatte Johann entgegengefiebert, und obwohl sich die Malaria tatsächlich im Moment zurückgezogen hatte, brannten rote Flecken auf seinen Wangen, und seine Augen glänzten wie in Fieberglut.

Sie stellte sich in den Steigbügeln auf. »Wo ist es? Ich kann es noch nicht sehen ...« Erwartungsvoll blickte sie sich um, nicht wenig angesteckt von seiner Aufregung. Sicher würde gleich die Dienerschar zu ihrer Begrüßung erscheinen. Doch alles blieb ruhig. Man hatte sie wohl noch nicht erwartet.

»Da, du musst es sehen, es steht doch vor dir!« Mit ausgestreckter Hand wies er auf das kleine Gebäude.

Sie sank zurück in den Sattel. »Aber ... aber ... ist das nicht das Kochhaus?«, stotterte sie, und ihre Stimme entgleiste ihr. Sie rang nach Luft, als drückte eine zentnerschwere Last ihren Brustkorb zusammen.

»Kochhaus? Du Schäfchen, das ist Inqaba!« Mit diesen Worten schwenkte er verwegen seinen Hut und ritt hoch aufgerichtet in der Haltung eines siegreichen Ritters auf sein geliebtes Haus zu, zügelte Shakespeare kurz davor und breitete seine Arme weit aus. Sein Gesicht schien von innen zu leuchten, die dunklen Augen strahlten vor Liebe und Glückseligkeit. »Willkommen auf Inqaba, mein Liebling, mögest du hier für ewig dein Glück finden.«

Catherine hörte seine Worte kaum, sah außer tanzenden schwarzen Flecken nichts mehr. Die Emotionen der letzten Monate brachen wie eine mörderische Welle über sie herein und rissen sie in einen Strudel von chaotischen Gefühlen. Das goldfarbene Haus, Johanns hohe Gestalt, der türkisfarbene Abendhimmel verschwammen mit dem Grün des Buschs zu flirrenden Farbklecksen.

Seit sie die Wahrheit über ihre finanziellen Verhältnisse herausgefunden hatte und ihr klar wurde, dass ihr nur der Weg in die Ehe offen stand, wenn sie nicht Gouvernante werden wollte, hatte sich ihr ganzes Sein auf diesen einen Augenblick zugespitzt. Ihr Einzug in das Haus auf dem Hügel, in dem sie ihr neues Leben beginnen würde. Inqaba, der Ort der Zuflucht, war auch ihr innerer Fluchtpunkt aus dem Gefängnis einer trüben Zukunft geworden.

Nun sah sie Inqaba vor sich, und ihr Luftschloss wankte und brach zusammen. Das Getöse dröhnte ihr in den Ohren, und ihre Nerven waren so überreizt, dass sie tatsächlich Mörtelstaub schmeckte.

Johann, der den betäubten Ausdruck auf ihrem weißen Gesicht auf den überwältigenden Anblick und die Müdigkeit nach dem heutigen Parforce-Ritt zurückführte – womit er völlig richtig lag, wenn er es auch nicht falscher hätte deuten können –, hob sie aus dem Sattel, nahm ihre Hand und zog sie zum Haus. Catherine stolperte neben ihm her wie eine schlecht geführte Marionette.

In diesem Moment brach die Hölle los. Vier große, gelbe Hunde jagten laut bellend um die Hausecke, kamen auf rutschenden Pfoten unmittelbar vor den Steinachs zum Stehen und knurrten, ein grässliches Geräusch, das tief aus ihrer breiten Brust zu kommen schien. Ihre Rückenhaare zur Bürste gesträubt, die Ohren flach am Kopf, fletschten sie ihr löwenähnliches Gebiss.

»Beweg dich nicht«, sagte Johann und stand selbst still wie eine Statue. »Onetoe-Jack ist hier. Das sind seine Hunde. Jack, pfeif deine verrückten Köter zurück«, brüllte er.

Sekunden später erschien ein grinsender Mann in zerlöchertem Leopardenfellwams, unter dem ein weites, ehemals weißes Hemd flatterte. »Runter«, rief er und pfiff gellend durch eine Zahnlücke. Die Hunde legten sich mit mühsam gezügelter Angriffslust knurrend hin und ließen die Steinachs dabei keine Sekunde aus den Augen.

»Ruhig!«, befahl Onetoe-Jack und stolzierte mit dem trippelnden Gang eines eitlen Gockels auf sie zu, der jedoch von den klumpigen Schnürstiefeln rührte, die er wegen seiner fehlenden Zehen tragen musste. Im Vergleich zu Johann war er ein Zwerg, allerdings mit einem mächtigen Oberkörper. Er blinzelte unter einem wallenden Büschel von Löwenhaaren hervor, die mit einer Kette aus Löwenzähnen seinen Hut schmückte. »He, Johann, ich bin schon früher gekommen, wollte doch der Erste sein, der der neuen Herrin von Inqaba gratuliert.« Er zog seinen Hut und entblößte einen braun gebrannten, kahlen Schädel. Kluge graue Augen tasteten Catherines Gestalt ab. »Gnädigste, bin höchst erfreut«, er deutete einen Kratzfuß an. »Ein Prachtweib, muss ich sagen«, flüsterte er seitwärts Johann zu. »Da packt mich doch der blasse Neid.«

Catherine, der sein unerwartetes Auftauchen vollkommen die Sprache verschlagen hatte, hörte es und vermochte ihn nur mit einem stählernen Blick zu strafen. Zu mehr war sie nicht fähig. Der Blick, der andere hatte erzittern lassen, prallte jedoch vollkommen wirkungslos an Onetoe-Jack ab, denn er trippelte mit ausgestreckten Händen und breitem Lächeln auf sie zu, und bevor sie zurückweichen konnte, hatte er ihre Rechte mit beiden Händen ergriffen und schüttelte sie heftigst. Immer noch sprachlos sah sie auf ihn hinunter.

»Willkommen, willkommen«, rief Onetoe-Jack mit Fistelstimme und tanzte vergnügt auf seinen kurzen, in roten, pludrigen Kniebundhosen steckenden Beinen auf und ab.

»Was – macht – dieser – Mensch – hier?«, zischte sie Johann an und gab sich kaum Mühe, ihre Stimme zu dämpfen. Nur mit größter Willensanstrengung hielt sie ihre hochkochende Wut in Zaum.

»Inqaba ist das letzte Haus eines Weißen vor dem großen Unbekannten«, erläuterte ihr Mann. »Jeder macht hier Station, bevor er ins Innere Afrikas aufbricht. So ist es Sitte hier, außerdem wird es uns nie langweilig werden. Es ist immer Besuch da. Du wirst dich schon dran gewöhnen, und Jack ist ein ruhiger Gast. Und nun ist der große Moment gekommen.« Er nahm sie wieder an die Hand und zog sie zum Haus. »Bleib hier stehen, ich bin gleich zurück. Rühre dich nicht von der Stelle, hörst du?« Damit rannte er ums Haus und war verschwunden.

Catherine hätte sich gar nicht rühren können, sie blieb stehen, wo er sie abgestellt hatte, und war vollauf damit beschäftigt, ihrem Gefühlschaos zu entkommen und ihre Fassung wiederzuerlangen. Um jeden Preis musste sie sich zusammenreißen, das war sie sich schuldig. Von nichts und niemandem würde sie sich je zu einem jammernden Häufchen reduzieren lassen.

»So ist's recht. Contenance, Contenance«, kommentierte Grand-père Jean, und sie straffte ihr Rückgrat.

Kurz darauf vernahm sie krachende Hammerschläge, Geräusche von brechendem Holz, und dann stand Johann wieder vor ihr, ganz außer Atem, die dunklen Haare hingen ihm in die Augen. »So, ich habe dafür gesorgt, dass wir etwas sehen können. Ich vernagle die Fenster stets, wenn ich längere Zeit weg bin.« Damit hebelte er auch die Planken vor der Haustür weg.

»Und wo sind deine Hausdiener? Erwarten sie uns nicht?« Sie brachte nur ein raues Flüstern hervor. »Deine Leute, von denen du mir erzählt hast. Du sagtest, sie wären ab und zu ein wenig faul, aber dass du sie im Griff hast«, erläuterte sie, als sie seine leichte Verwirrung bemerkte.

»Hausdiener?« Er schaute ehrlich verblüfft drein. »Hab ich nie erwähnt, habe ich auch noch nie gehabt. Du musst das verwechseln. Wenn ich sie brauche, heuere ich Zulus für die Feldarbeit an, davon habe ich gesprochen. Die sind allerdings ziemlich faul. Ich kann sie nicht aus den Augen lassen, muss ihnen ständig Beine machen.« Er lachte. »Komm nun, ich möchte dir dein neues Heim zeigen.« Mit gespannter Erwartung strahlte er sie an.

Sie erstarrte. Wovon redete er? Er konnte doch nicht ernsthaft sagen, dass er niemanden hatte, der die Arbeit im Haus verrichtete? Ihr Gehirn weigerte sich, diese Möglichkeit zu erwägen. Es musste ein Missverständnis sein, sicherlich. Denn wie sollte ein Haushalt ohne Bedienstete funktionieren? Jemand musste schließlich dafür sorgen, dass das Haus sauber und ordentlich gehalten wurde und die Kleidung immer tipptopp war, und eine gute Köchin war unerlässlich für das Wohl der Herrschaft.

Natürlich war das ein Missverständnis. Sie schob das Problem weg. Trotz ihrer Anstrengungen, Haltung zu bewahren, trotz Grandpères Ermahnungen fühlte sie sich in ihrer jetzigen Verfassung restlos überfordert. Es war einfach zu viel. Ihre Seele und ihr Körper waren gleichermaßen gefühllos geworden, selbst ihr Hinterteil schien wie betäubt, und mit hängendem Kopf ließ sie sich von Johann zum Hauseingang führen, in derselben dumpfen Verfassung wie ein Tier, das zur Schlachtbank gebracht wird.

Er drückte die eiserne Türklinke herunter, die Tür war nicht verschlossen, und er stieß sie weit auf. Mit Schwung hob er seine junge Frau hoch und trug sie über die Schwelle. Der Gang war dunkel, und mit dem Fuß schob er eine weitere Tür auf und setzte sie ab. »Da sind wir, mein Herz.«

Das Erste, was ihr auffiel, war der Geruch. Staubig süß, nach Gras und Bienenwachs und nicht ganz trockenem Holz. Würzig, nicht unangenehm. Sie atmete tief ein. Die Wände waren weiß gekalkt, und der Fußboden war festgestampft und von seidigem Schimmer. Ohne Zweifel das Ergebnis der Kuhdungpolitur. Spinnwebschleier blähten sich vor zwei rechteckigen, etwa drei mal vier Fuß messenden, glaslosen Fensterlöchern, das hereinströmende Abendlicht malte filigrane Muster auf Wände und Boden. Die Tür zwischen den Fenstern war geschlossen; sie führte offenbar nach draußen auf eine Veranda. Über Fenstern und Tür prangte das Fell eines ehemals prachtvollen, schwarzmähnigen Löwen, sein Fell war schon etwas räudig, der Rachen mit dem altersgelben Gebiss aufgerissen, die Augenhöhlen starrten leer auf sie herunter.

»Der gedachte mich zu frühstücken«, stotterte Johann, sichtlich nervös. »Ist ihm aber schlecht bekommen.« Verstohlen wischte er sich Schweißperlen von der Stirn, ließ seine junge Frau dabei keine Sekunde aus den Augen.

Langsam nahm sie ihren Hut ab, legte ihn auf den Tisch, der mit zwei geraden Stühlen das hauptsächliche Mobiliar darstellte, und schüttelte ihre Haare aus. Der feine Staub, der Tisch und Stühle bedeckte, wirbelte auf und tanzte in den Lichtstrahlen. Das Regal, das die rechte Wand einnahm, war bis auf eine dicke Staubschicht und zwei Bücher leer. Sonst entdeckte sie nur noch eine Kommode, die aus demselben goldschimmernden Holz gefertigt war wie Tisch und Stühle. »Ist das unsere Eingangshalle?« Sie stellte die Frage, obwohl sie die Antwort schon wusste, und als sie kam, fand sie ihre Befürchtung bestätigt.

»Eingangshalle? Nein, nein, das ist unser Wohnraum. Du musst dir gleich die Aussicht anschauen. Herrlich, sage ich dir. Herrlich!« Seine Freude war wie ein Felsen, den nichts verrücken konnte.

Sie nickte wortlos. Nichts von dem, was sie sah, löste irgendein Gefühl in ihr aus. Als wäre sie eine unbeteiligte Zuschauerin, nahm sie nüchtern Bestand von dem auf, was bis ans Ende ihres Lebens ihre Umgebung sein würde, verbat sich, es in Gedanken mit dem Bild zu vergleichen, das sie sich vom Salon von Inqaba gemacht hatte. Ein Schutzmechanismus bewahrte sie davor. Von dem fast leeren Regal wanderten ihre Augen weiter zur anderen Wand. Johann hatte sie geschmückt. Über der Kommode schlängelte sich eine zehn Fuß lange Pythonhaut im Kreis zweier enormer Stoßzähne, ein Bündel struppiger Elefantenschwänze hing am Schaft eines Zulukampfspeers. Einen Zulukampfstock mit schwerem Holzkopf und ein Panga, das Hackbeil der Zulus, hatte er gekreuzt angebracht wie die Waffen auf Wappenschilden.

»In der Kommode dort bewahre ich Besteck auf und was man so braucht.« Er wischte liebevoll über die staubige Oberfläche des Möbels und öffnete demonstrativ die Schubladen.

»O, und ich nahm schon an, wir müssten mit den Fingern essen«, bemerkte sie, meinte es sarkastisch, aber er fasste es als Scherz auf und lachte herzlich.

»Unser Geschirr steht in der Küche im Regal. Ich habe vor, in nächster Zeit einen Schrank dafür zu tischlern.«

Unter dem Rieddach leuchtete ein Büschel getrockneter, sattgelber Maiskolben aus dem Schatten der Holzsparren, daneben hingen Streifen merkwürdig aussehender Materie, auf der dicke grün schillernde Fliegen herumkrochen.

»Was ist das?«, fragte sie tonlos.

»Selbst gemachtes Biltong. Es ist wirklich hervorragend. Möchtest du ein Stück probieren?« Er wedelte die Fliegen weg.

Sie konnte nur stumm den Kopf schütteln. Eine verwischte Bewegung zog ihren Blick höher, und sie entdeckte eine Familie blasser Geckos, die neugierig aus großen schwarzen Knopfaugen über die Holzbalken lugte. Gab es auch Schlangen, wo Geckos lebten? Sie wusste es nicht.

»Wo ist das Schlafzimmer?«, fragte sie ihren Mann. Eine glühend heiße Wut, die als brennender Knoten in ihrem Magen begonnen hatte, breitete sich in Wellen in ihr aus. Dazu trug auch bei, dass sie Wilma Recht geben musste, die Johann scharfsinnig nach der Qualität seiner Jacke beurteilt hatte. Auch sie fragte sich jetzt, welches Leben er auf dem Hof seines Vaters geführt hatte. Mit eiserner Willenskraft hielt sie ihre kochenden Gefühle im Zaum, fürchtete, von ihnen überwältigt zu werden, sollte sie die Kontrolle verlieren.

»Recht so, ma petite«, lobte Grandpère Jean aus seinem schattigen Reich. »Eine le Roux lässt sich nicht unterkriegen.«

Mit einem winzigen Lächeln in den Mundwinkeln folgte sie Johann, der jede Regung ihres Gesichts beobachtet hatte, jedes Aufflackern ihrer Augen, jedes Zucken der Mundwinkel. Als er dieses kleine Kräusellächeln entdeckte, nicht ahnte, dass er es völlig missdeutete, hob sich das Gewicht ein wenig, mit dem ihr Schweigen auf sein Herz drückte. Sie lächelte. Alles würde gut werden.

»Hier entlang«, sagte er, führte sie aus dem Wohnraum über den Gang und öffnete die Tür zu ihrem Schlafraum.

Sie trat ein. Das Zimmer war nur halb so groß wie das Wohnzimmer, kaum größer als die Hausmädchenkammer unter dem Dach des Le-Roux-Hauses. Das einzige Fenster war glaslos wie die im Wohnzimmer, allerdings mit einem lappigen, verstaubten Musselinvorhang verhängt. Die Tür daneben führte auf die Veranda. Sie stand einen Spalt offen, und ein breiter Lichtstrahl fiel auf den Fußboden aus rohen Holzbrettern.

»Ich habe unsere Möbel selbst gezimmert«, sagte Johann und zeigte auf das Bett, das links stand, auf den großen Schrank aus Stinkwood, der die Wand neben der Tür ausfüllte und auf den er so stolz war, und das Regal gegenüber dem Bett. Sein Ton hatte etwas Flehendes.

Sie hob ihre Augen zu ihm. »Warum haben die Fenster kein Glas? Hat es in ganz Natal so starke Stürme gegeben, dass alle Fensterscheiben zerbrochen sind? Auch in Durban habe ich keine gesehen.«

Er zuckte die Schultern. »Es gibt noch kein Glas in Natal. Alle verhängen die Fenster mit Musselin. Im Winter benutzen wir Decken, damit es nicht so kalt wird, im Sommer machen wir sie nass. Durch das Verdunsten kühlt die Luft im Zimmer etwas.«

Schweigend schluckte sie auch diese Nachricht. Ihr Magen fühlte sich bereits an, als wäre er mit Wackersteinen gefüllt. »Wir sollten den Fußboden ölen«, bemerkte sie abwesend, während sie ihren Schuh über die unbehandelte Oberfläche rieb.

»Wo kann ich mich frisch machen?«, fragte sie endlich und war erstaunt, wie fest und normal ihre Stimme klang.

Er sprang auf. »Ich hole dir sofort Wasser und auch unsere Taschen. Dort ist dein Waschtisch«, er wies auf einen kleinen Schrank, den sie unschwer als eine auf den Kopf gestellte Kiste erkannte, auf dem eine Blechschüssel stand. Die Kiste war abgeschmirgelt und grün angemalt. »Im Schrank findest du Seife, wenn sie nicht jemand während meiner Abwesenheit gefressen hat. In Afrika weiß man ja nie«, scherzte er. »Ich bin es gewohnt, mich draußen zu waschen«, erklärte er und verschwand hastig mit der Schüssel. Sekunden später steckte er den Kopf wieder zur Tür hinein. »Musst du, das heißt, wünschst du dich zu erleichtern?« Er griente verlegen.

»Du meinst, möchte ich die Toilette benutzen? Ja, das möchte ich.« Ihre Stimme klirrte.

Mit allen Anzeichen von Besitzerstolz zeigte er auf die dritte Tür im Gang. »Sie liegt in einem Anbau, aber man kann sie vom Haus begehen, es ist die erste in Zululand, und selbst in Durban müssen die meisten Leute buschen. Es gibt nur zwei Toiletten im ganzen Ort.«

»Buschen?« Welche Merkwürdigkeit verbarg sich nun dahinter?

»Sie müssen ... äh ... in den Busch dafür gehen, verstehst du? Wie bei den Farringtons.«

Nie würde sie diese Erfahrung vergessen. In Zululand gab es keinen Menschen im Umkreis von vielen Hektar Land, in Durban war das jedoch anders. Mit großer Selbstbeherrschung hatte sie ihre körperlichen Regungen unterdrückt, bis es dunkel war und sie sich vor Blicken einigermaßen sicher fühlte. Doch nur zu gut erinnerte sie sich an die unheimlichen Geräusche im Busch, die ihr deutlich machten, dass sie keineswegs allein war. »Ah! Ich wusste nicht, dass es dafür eine Bezeichnung gibt.«

»Ich bin gleich mit dem Wasser zurück«, sagte er hastig, als kein Beifall für seine bewundernswerte Einrichtung von ihr kam, und ließ sie allein.

Mit einer Hand schob Catherine die Tür auf. Gestaute Hitze und eine Geruchswolke von Kloake und trockenem Holz schlugen ihr entgegen. Aufgescheuchte Fliegen summten zornig. Durch einen langen Spalt am oberen Ende der dünnen Holzwand, wo sie ans Bretterdach stieß, fiel gedämpftes Licht herein. Spinnweben hingen wie Vorhänge in jeder Ecke. Die Toilette war im Hinblick auf derartige Einrichtungen dieser Art in Durban akzeptabel, der Sitz wiederum eine zweckentfremdete Kiste mit einem runden Ausschnitt und einem Deckel, der genau hineinpasste. In der Mitte des Deckels zusammengerollt döste eine dicke Schlange mit schöner Zeichnung.

Catherine stand stockstill und blinzelte nicht einmal, da sie gelesen hatte, dass Schlangen vermutlich nur bewegte Beute erkennen konnten. An ihrem wuchtigen, diamantförmigen Kopf identifizierte sie das Reptil als Puffotter.

»Johann«, krächzte sie, doch als Antwort fingen Onetoe-Jacks Hunde an zu jaulen und kratzten so heftig an der dünnen Holzwand, dass sie wackelte. Die Schlange hob ihren Kopf und züngelte. Catherine wagte nicht, sich zu bewegen, ihre Entfernung zur Schlange betrug nur zwei oder drei Fuß. Schnell ließ sie ihre Augen durch den winzigen Raum streichen und blieb an einem kindskopfgroßen Stein zu ihren Füßen hängen, der wohl dazu benutzt wurde, die Tür aufzuhalten.

In dem Bruchteil dieser einen Sekunde, als sie entschied, dass sie keine andere Wahl hatte, als selbst das Tier mit dem Stein zu erschlagen, tat sie den ersten Schritt in ihr neues Leben. Sie bückte sich sehr langsam, behielt dabei das Reptil sorgfältig im Auge, packte den Stein mit beiden Händen und richtete sich ebenso langsam wieder auf. Es war absolut notwendig, die Schlange sofort zu zerschmettern, einen Fehlwurf konnte sie sich nicht leisten.

Noch einmal lauschte sie, ob Johann zurückkehrte, und als sie nichts hörte, hob sie den Stein, legte all ihre Kraft, all die Wut, die sich seit ihrer Ankunft in diesem unsäglichen Nest Durban angestaut hatte, alle Enttäuschung und ungeweinten Tränen in diesen Wurf.

Der Stein traf die Puffotter mitten auf dem Leib, brach ihr mehrfach das Rückgrat, rollte dann vom Toilettensitz und polterte auf den Boden. Das Reptil riss im Todeskampf sein Maul auf, fuhr die Giftzähne aus und spritzte mit einer letzten gewaltigen Anstrengung die gelbliche, klare Flüssigkeit heraus.

Catherine machte einen Satz rückwärts, doch der dünne Strahl traf ihr Kleid und die Schuhe. Das Tier fiel ihr vor die Füße, zuckte noch ein paar Mal. Dann war es vorüber. Sie betrachtete die Giftotter. Kein Lebenszeichen war mehr zu entdecken. Die Schlange war tot. Triumph rauschte wie schwerer Wein durch ihr Blut. Sie spürte eine unbändige Kraft in sich, die nichts mit Muskeln zu tun hatte. In die nachfolgende Stille fielen Johanns Schritte auf dem Dielenboden im Gang. Sie öffnete die Toilettentür und rief ihn. »Könntest du dieses Vieh bitte entfernen? Ich muss mir das Gift aus dem Rock waschen.« Mit Schwung warf sie ihre Haare zurück, hob ihren giftgefleckten Rock mit spitzen Fingern an und verschwand im Schlafzimmer.

Johann, nicht verstehend, setzte die Taschen ab, die er hereingeschleppt hatte und betrat beunruhigt den Toilettenraum. Entsetzt starrte er dann auf das, was auf dem Fußboden lag. Automatisch überschlug er die Größe der Schlange, sah die tödlichen Giftzähne und musste sich am Türrahmen festhalten bei dem Gedanken, wie knapp Catherine, die sein Leben bedeutete, ohne die er nicht mehr atmen konnte, dem sicheren Tod entronnen war.

Erst dann begriff er, dass diese elegante, schöne, junge Frau mit den zarten Händen, seine Frau, die eine Zierde jedes großen Salons der gesellschaftlichen Welt sein würde, das Reptil erschlagen hatte, mutig wie jede durch die mörderischen Treks in Afrikas Wildnis kampferfahrene Pionierfrau. Der Stolz überwältigte ihn und trieb ihm die Tränen in die Augen. Schnell wischte er sie fort, ehe er ihr folgte.

Seine Frau wrang eben den unteren Teil ihres Rockes aus und strich ihn glatt. »Das muss jetzt reichen, ich werde mich nachher umziehen. Außerdem brauche ich neues Wasser, dieses ist voller Schlangengift«, sagte sie. »Und jetzt zeige mir bitte das restliche Haus.« Mit energischen Schritten ging sie vor ihm her, fest entschlossen, ihre Haltung zu bewahren, egal, was kommen würde.

Der Zugang zur Küche führte durchs Wohnzimmer. Er ging ihr voraus. »Vorsicht, Stufe«, rief er und bot ihr seine Hand.

Catherine ignorierte sie und trat über die niedrige Schwelle.

Er schob eine knarrende Tür auf, die zu einem fensterlosen, dumpf riechenden Raum führte. »Hier ist die Vorratskammer. Sie hat keine Fenster, sonst bedienen sich die Affen an unseren Vorräten. Das sind schon arge Racker, genau so schlimm wie die Ratten«, erklärte er und spähte hinein. »Ich werde noch mehr Regale dort anbringen. Das fände ich praktisch. Du nicht auch?«

In eisernem Schweigen nickte sie.

Links an der Wand zum Wohnraum, direkt unter einem quadratischen Fensterloch, stand ein solider, langer Tisch, daneben ein Regal mit nur wenigen blau gemusterten Geschirrteilen und an der gegenüberliegenden Wand eine umgedrehte Kiste mit einer großen Schüssel.

»Für den Abwasch«, erklärte er überflüssigerweise und löste den Riegel der zweigeteilten Tür, die auf die Veranda führte, öffnete aber nur den oberen Teil. Ein blühender Mimosenbaum warf einen schönen Schatten auf die Tür. »So kann man hinaussehen, aber hält das Viehzeug, das sich hier so herumtreibt, draußen. Hier«, er stieß die Seitentür neben dem Abwaschtisch auf, »hier ist unser Kochhaus«, strahlte er und führte sie über den schmalen, mit Feldsteinen gepflasterten Weg, wobei er das gut hüfthohe Gras, das zwischen den Steinritzen wucherte, heruntertrat.

Schweigend musterte sie das Kochhaus. Es war nichts weiter als ein Grasdach auf vier Pfosten über einer gemauerten Feuerstelle mit einem Ring aus Feldsteinen darum, überwuchert von üppigem Grasbewuchs. In ihrer Vorstellung war das Kochhaus ein heller, warmer Raum gewesen, der nach frischem Brot roch, mit einem Tisch in der Mitte, an dem Dienstmädchen Gemüse putzten, und einem großen Herd, wo die Köchin die erlesensten Gerichte kochte, ihren Töpfen die wunderbarsten Düfte entwichen. Sie hob einen Stein auf, wog ihn nachdenklich in der Hand. Dann legte sie ihn sorgfältig auf die Feuerstelle.

Johann plusterte sich vor Stolz. »Sehr praktisch, nicht wahr? So zieht der Rauch in die freie Natur ab. Möchtest du vielleicht eine Sitzgelegenheit haben? Auch ein Tisch wäre gut, denke ich. Das Gras schneide ich nachher.« Er war so begeistert von seinem Haus, so begierig, ihr alles zu zeigen, dass er ihr Schweigen nicht wahrnahm. »Komm, du musst endlich den Blick von unserer Veranda bestaunen.«

»Wo lebt Sicelo eigentlich? Doch nicht etwa hier?«, fragte sie und wies auf das Haus. Ganz bestimmt nicht hier.

»Nein, nein«, beruhigte er sie hastig. »Ich habe ihm ein Stück Land überlassen. Es liegt nicht sehr weit von hier entfernt. Dort hat er sein eigenes Umuzi gegründet, und nur für Notfälle hat er sich hinter dem Kochhaus die Hütte gebaut.« Er zog sie die Stufen hinauf, die zur Veranda führten.

Sie trat aus dem Schatten des tief heruntergezogenen Rieddachs hinaus ans Geländer und sah über das weite Land, das sich zu ihren Füßen erstreckte.

Violette Schatten lagen in den Senken, schwebten wie Spinnweben über dem Busch, und um die Hügelkuppen glühte ein feuriger Kranz, wo die Sonne eben unterging. Ihre Strahlen vergoldeten die Spitzen der Palmwipfel und verwandelten die Kronen der Bäume in lodernde Flammen. Das verlöschende Sonnenfeuer tanzte auf der spiegelnden Oberfläche des Wasserlochs unten im Tal, an dem eine Herde zierlicher Impalas ihren Abendtrunk einnahmen. Aufmerksam witternd wartete ein Gnu unter einem Baum.

»Ist es nicht ganz und gar wunderbar?«, flüsterte er andächtig und legte vorsichtig seinen Arm um ihre Schultern.

Es war grandios und wunderbar, das sah sie, aber es berührte sie nicht; ebenso wenig verspürte sie Müdigkeit oder Hunger, und als sie sich am Geländer einen Splitter in den Finger riss, war da auch kein Schmerz. Noch immer schien es ihr, als existierte sie auf einer anderen Ebene, als schaute sie als Zaungast von draußen herein. So nickte sie nur und wandte sich wieder dem Haus zu, und erst jetzt entdeckte sie den toten Springbock, der an zusammengebundenen Läufen kopfüber von dem äußeren Querbalken hing, der das Dach stützte. Auf dem Holzboden unter ihm stand eine schwärzliche Blutlache. Sein Fell schien sich zu bewegen, aber als sie näher hinschaute, waren es nur Hunderte von Fliegen, die darin herumkrochen, und auch die blutige Pfütze auf dem Boden war von wimmelnden schwarzen Fliegen bedeckt.

Onetoe-Jack stand breit grienend daneben, eine Hand in die beutelige Tasche seiner roten Kniebundhosen gebohrt. »Das hab ich euch als Geschenk mitgebracht. Ein Prachtbursche, nicht wahr? Hab ich vor zwei Tagen geschossen, sollte morgen schön mürbe sein.« Er klatschte dem toten Tier auf die Flanke, die Fliegen schwärmten hoch und schwirrten ihr mit bösem Gesumm ins Gesicht.

Es war zu viel. Ihre mühsame Selbstkontrolle brach zusammen. »Hölle und Verdammnis«, tobte sie. »Schaff mir diesen Kadaver mitsamt diesem grässlichen Menschen aus den Augen, sonst reite ich auf der Stelle nach Durban zurück und schiffe mich nach Kapstadt ein! Und jag die Köter in den Urwald!«

Damit machte sie auf den Hacken kehrt, fegte ins Haus durchs Wohnzimmer, den Gang hinunter zum Schlafzimmer, dabei schimmernde Staubwolken aufwirbelnd, und knallte endlich die Schlafraumtür hinter sich zu. Schwer atmend lehnte sie neben dem musselinverhängten Verandafenster, nur drei Fuß entfernt von Johann und dem Elfenbeinjäger, und jedes Wort, das die beiden Männer sprachen, verstand sie klar und deutlich.

Als die Tür geknallt hatte, war Onetoe-Jack zusammengezuckt, sein Hut rutschte ihm über die Augen. Mit einem Finger schob er ihn auf den Hinterkopf, worauf seine Stirn unnatürlich höher wurde, und starrte Johann fassungslos an. »Was ist denn in deine Frau gefahren?«

Keiner der beiden Männer bemerkte die Lauscherin.

Betreten betrachtete Johann seine Stiefelspitzen. »Du musst ihr das nachsehen. Sie ist Derartiges nicht gewöhnt«, erklärte er niedergeschlagen. »Ihr Vater hat nur Tiere gejagt, die unter ein Mikroskop passten. Das wirkliche Leben kennt sie noch nicht, sie ist gerade erst achtzehn geworden. Die meiste Zeit lebte sie auf

Segelschiffen, nur mit Büchern und einer verknöcherten Gouvernante als Gesellschaft. Während ihr Vater in aller Herren Länder durch den Urwald kroch, musste sie auf den entlegensten Missionarsstationen auf ihn warten. Die wenigen Monate zwischen den Reisen verbrachte sie in einem vornehmen Stadthaus mit Dienerschaft.« Er zuckte mit halbem Lächeln die Schultern. »Dafür schwimmt sie wie ein Fisch und wird nie seekrank.«

Onetoe-Jack ließ seinen Blick über die endlosen Hügel wandern und zog dabei besorgt an seinem Ohrläppchen. »Fähigkeiten, die sicherlich ihre Meriten haben, aber nicht zu den wichtigsten Eigenschaften einer jungen Pioniersfrau in Zululand gehören, nicht wahr? Du weißt, wie schwierig es für uns im Busch ist, eine Frau zu finden, die es hier aushält. Kochen sollte sie können, backen und nähen. Wird sie das Haus ohne Hilfe in Ordnung halten können, unangemeldete Gäste mit Freundlichkeit und Anstand bewirten und ihnen Schlafgelegenheiten bieten? Sie muss imstande sein, den Kaffern, die im Haus arbeiten, alles beizubringen, und sie muss die Autorität besitzen, sie straff zu führen. Wenn sie denn welche findet.« Er lachte, ein Geräusch wie ein hartes Bellen. »Sollte das Wunder geschehen und sie all das können, was es benötigt, um als Farmersfrau in dieser Gegend zu leben, braucht sie noch die Konstitution eines Trekochsen und ein sonniges Gemüt, das ihr erlaubt, Freude an allem zu finden. Hast du daran gedacht? Dabei habe ich noch nicht von deinen dynastischen Träumen gesprochen, darüber, dass du dir eine große Familie wünschst, Söhne, die eines Tages Inqaba übernehmen können.«

Catherine wunderte sich nur flüchtig über die gepflegte Sprache dieses merkwürdigen Mannes, zu sehr war sie vor den Kopf geschlagen von dem, was er gesagt hatte. Atemlos beugte sie sich vor, um zu sehen, wie ihr Mann reagierte.

Seine Miene hatte sich während dieser Ausführungen zusehends verfinstert. »Ich liebe sie«, antwortete er schroff. »Ich liebe sie bis zum Wahnsinn, mehr als mein Leben.«

»Mehr als Inqaba?«, fragte Onetoe-Jack, und seine Augen strichen dabei über das weite, honiggoldene Land.

Es dauerte eine Weile, bis sein Freund Worte fand. »Ich möchte nie erleben, dass ich je vor diese Wahl gestellt werde, und jetzt will ich nicht mehr darüber sprechen.« Er fixierte Jack mit einem Blick, der verriet, wie aufgewühlt er war. »Ich erwarte von dir, dass du meine Frau mit Respekt behandelst, merk dir das.« Mit einer ruppigen Bewegung riss er die Tür zum Wohnraum auf, blieb aber noch einmal stehen. »Ich werde die Pferde noch versorgen, dann gehen wir ins Bett. Du kannst im Wohnzimmer schlafen. Brauchst du noch etwas? Bist du allein?«

Onetoe-Jack gluckste unbeeindruckt. »Nein, ich habe noch einen Freund aus Übersee mitgebracht, aber der kommt erst morgen. Abgesehen davon hast du doch gehört, was die junge Mrs. Steinach gesagt hat. Ich soll ihr aus den Augen bleiben, also werde ich im Kochhaus schlafen, da stolpert sie nicht gleich über mich. Kann doch nicht riskieren, dass sie mir im Schlaf die Kehle durchschneidet, deine kleine Wildkatze. Denk an die Schlange.« Vergnügt in sich hineingluksend rief er seine Hunde, ging ums Haus, legte sich ohne große Umstände auf die Steine unter dem Grasdach des Kochhauses und rollte sich in seine Decke ein. Die Hunde drängten sich eng an ihn, und bevor Johann die Tür geschlossen hatte, begann er laut zu schnarchen.

Der Vorhang entglitt Catherines zitternder Hand. Das also erwartete sie? Hatte Johann sie geheiratet, um eine billige Hausmagd zu bekommen? Kochen, backen, nähen, das Haus rein halten, Logiergäste unterbringen und bewirten und dann noch Personal führen, das keine Sprache sprach, die sie verstehen konnte, und das alles mit einem Lächeln! In einem Haus, das nur zwei Zimmer und eine Kochstelle praktisch unter freiem Himmel vorwies? Fast musste sie lachen bei dieser Vorstellung. Keine Bedienstete in Deutschland wäre imstande, alle diese Arbeiten allein zu verrichten. Sie schnaubte. Im Gegenteil, die würde schreiend davonlaufen. Dazu kam noch das, was Onetoe-Jack als Johanns dynastische Träume bezeichnete.

Ihr Puls hämmerte, ein hohes Pfeifen füllte ihren Kopf, und für einen Moment glaubte sie, dass der Boden unter ihren Füßen sich bewegte. Mit zugekniffenen Augen bohrte sie ihre Fingernägel so hart in die Handflächen, dass blutunterlaufene Halbmonde zurückblieben, aber der Schmerz half ihr, sich wieder zu sammeln. Ihr erster Impuls war, auf der Stelle zu packen, zurück nach Durban zu reiten und sich nach Kapstadt einzuschiffen, und dann ...

Hier lief sie gegen eine gedankliche Wand.

Cedric Arbuthnot-Thrice erschien vor ihrem inneren Auge. Er war reich. Wie er geprahlt hatte, besaß er ein großes Haus mit Dienerschaft und, wenn sie sich recht erinnerte, zwei Kutschen und einen Reitstall, und zumindest erwartete er offenbar nicht mehr von ihr, als dass sie seine Kinder gebar. Die feinen Härchen auf ihren Armen stellten sich auf, als sie sich vorstellte, was sie dafür tun musste, sie roch die säuerliche Geruchswolke, die er mit jedem Wort ausstieß, sah sich umringt von einem halben Dutzend blasser Gören mit wasserblauen Augen und karottenfarbenen Haaren.

Die Möglichkeit, in Kapstadt als Gouvernante zu arbeiten, erschreckte sie fast noch mehr, dachte sie daran, wie Wilma Jessel jetzt lebte. Sie presste ihre heiße Stirn an die kühle, raue Wand. Von Kapstadt aus könnte sie nach Deutschland zurückgehen. Zu Adele. Sie würde zu Kreuze kriechen müssen, sich Adele und der alten Mechthild unterordnen, bis sie einen passenden Ehemann gefunden hatte.

Wieder geriet sie in eine gedankliche Sackgasse.

Die Fäuste geballt, hielt sie die Luft an und zwang ihre Tränen zurück. Es musste doch, Hölle und Verdammnis, eine andere Möglichkeit der Existenz für eine Frau geben! Sie wollte ihr Leben, ihr eigenes Leben, wollte nicht nur das ihres Mannes und der Kinder, die sie vielleicht haben würde, leben. Wollte sie selbst sein. Dieses Ziel würde sie erreichen, das würde ihr Traum sein, und war der Weg dorthin noch so verschlungen und steinig, sie würde es schaffen. Das schwor sie sich. »Ich bin ich«, sagte sie laut. »Catherine.«

Johann auf der anderen Seite der Tür hörte ihre Stimme, holte tief Luft, sammelte allen Mut, den er besaß, dachte an die Scharmützel mit hungrigen Löwen und wütenden Büffeln und dass er siegreich aus diesen Begegnungen hervorgegangen war. Seelisch so gestählt, klopfte er an die Schlafzimmertür. »Catherine, Liebling.«

Schweigen antwortete ihm.

»Catherine, mach bitte auf.«

Sie warf sich aufs Bett und hielt sich die Ohren zu. Eine Staubwolke stieg aus der Matratze auf, kitzelte sie in der Nase, und sie musste niesen. Als Johann erneut klopfte, hob sie den Kopf. »Du musst heute woanders schlafen. Ich will allein sein«, rief sie und war stolz, dass ihre Stimme nichts von ihrem inneren Aufruhr verriet. Sie biss sich auf ihre Faust, um nicht laut zu schreien, wollte sich nicht überwältigen lassen von der Vorstellung, für den Rest ihres Lebens in dieser armseligen Hütte gefangen zu sein.

»Ich will nicht, ich will nicht, ich will nicht!«, knirschte sie und schlug mit geballten Fäusten auf die Matratze ein. Der Staub wirbelte, ihr Ehering schnitt ihr ins Fleisch, und in Gedanken hörte sie die Ketten klirren, mit denen sie sich freiwillig gebunden hatte. Die Worte, mit denen sie das Versprechen besiegelt hatte, klangen noch immer in ihren Ohren. Ihn lieben und ehren, in Krankheit und Gesundheit, bis dass der Tod euch scheidet, und irgendwo da draußen war Konstantin. Verzweiflung verschloss ihre Kehle, und schon fühlte sie das Brennen von Tränen.

»Wenn Jammern denn hilft, werde ich am lautesten jammern, reiß dich endlich zusammen«, spottete da ihre eigene Stimme aus der Vergangenheit. Das hatte sie Wilma entgegengeschleudert. Beschämt kaute sie auf ihrem Fingernagel und setzte sich auf, starrte abwesend vor sich auf den Holzfußboden. Zu ihren Füßen entstieg eine kleine Armee Ameisen in einer langen Reihe einem Loch zwischen den Brettern. Sie marschierten durchs Zimmer, die Wand hoch und stürzten sich auf einen toten Gecko, der hundertmal so groß war wie sie selbst. Catherine stieg über die Ameisen hinweg, ging zum Fenster, zog den Vorhang beiseite und starrte in die rasch aufziehende Dunkelheit. Wenn sie nur ihr eigenes Ziel klar sehen könnte. Das Buch mit Reisebeschreibungen und ihren Zeichnungen? Sie stellte es sich vor, gebunden, mit ihrem Namen und vielleicht dem Aquarell, das sie von den Kapfinken angefertigt hatte, auf dem Einband. Aber war das genug für ein ganzes Leben? Sie stand ganz still und lauschte in sich hinein. Was also wollte sie?

Ich bin doch erst achtzehn, dachte sie, woher soll ich das wissen? Eigentlich wusste sie nur, was sie nicht wollte. Ihr Blick wanderte zum Horizont.

»Was wünschst du dir am meisten?«, hatte ihr Vater gefragt.

Und sie hatte ihm geantwortet, denn sie wusste es genau, damals, als sie ein sehr kleines Mädchen gewesen war und ihr Leben noch vor ihr lag, weit und strahlend hell und geheimnisvoll wie das Meer, auf dem die Sterne tanzten. Sie hatte es vor sich gesehen. Es leuchtete, es war etwas Funkelndes, etwas, das bunte Blitze schoss, etwas unbeschreiblich Kostbares. »Glück«, hatte sie gejubelt. »Alles Glück dieser Welt. Ich werde ausziehen und mein Glück suchen.«

Noch heute hörte sie die Wehmut in der Stimme ihres Vaters, als er antwortete. »Das ist es, was jenseits des Horizonts liegt. Dort wirst du es finden, und wenn du es in den Händen hältst, wird es funkeln und schimmern, und dein Herz wird singen.«

Glück? Würde sie es erkennen, wenn sie es in Händen hielt? War es etwas, das funkelte und ihr Herz zum Singen brachte? Grandpère hatte sein Glück beschrieben. Das Wissen, wohin er gehörte, und er hatte nicht nur den Ort gemeint, sondern auch die Menschen, die ihn liebten. Das Glück ist in der Seele zu Hause, hatte er gesagt.

Wohin gehörte sie? Einen Ort, den sie Heimat nennen konnte, hatte sie nie gehabt. Ihre Heimat war Grandpère gewesen, Papa und die Erinnerung an Mama, und sie alle waren tot. Sie fröstelte, spürte etwas von der knochenkalten Einsamkeit, die sie überfallen hatte, als sie glaubte, dass Johann ertrunken wäre. Doch dann, im selben Augenblick, in dieser Sekunde reinster Seligkeit, als er lebend aus dem Meer stieg, hatte ihr Herz vor Glück gesungen. Versonnen drehte sie ihren Ehering.

Vor Gott und dem Gesetz gehörte sie jetzt zu Johann Steinach. Er liebte sie und wusste, wohin er gehörte. Nach Inqaba, den Ort der Zuflucht, den er Heimat nannte. Darum beneidete sie ihn glühend. Er betrachtete sich als glücklich und bestätigte so Senecas Definition dieses Zustandes. Nicht der ist glücklich, der anderen so vorkommt, sondern der, der sich selbst dafür hält.

Wenn sie sich glücklich schätzen würde, wäre sie es dann auch? Inqaba gehörte auch ihr, Johanns Traum lag ihr zu Füßen, und sie besaß seine Liebe. Sie brauchte nur zuzugreifen. Sie hatte die Wahl.

Gedankenverloren untersuchte sie die Flecken, die das Schlangengift auf ihrem Rock hinterlassen hatte. Leicht hätte sie auf dem Boden dieses unappetitlichen Ortes ihr Leben verlieren können. Der Schrecken der Begegnung mit dem tödlichen Reptil kochte plötzlich wieder in ihr hoch, übertrug sich auf ihre jetzige Situation, die ihr ebenso ausweglos vorkam. Im Toilettenraum hatte sie gehandelt, und sie hatte es getan, nachdem sie die Sachlage nüchtern eingeschätzt hatte. So wie ihr Grandpère das immer gepredigt hatte. Sie hatte sich nicht von ihren Gefühlen bezwingen lassen. In dieser Sekunde hatte sie gewählt, ihr Leben selbst in die Hand genommen und gewonnen.

Sie ließ den Rock fallen und lief unruhig hin und her. Jetzt hatte sie wieder die Wahl. Sie konnte sich vom Leben hin und her werfen und es einfach fließen lassen, bis es sich an Geröll und Steinen zerschlug und endlich versickerte. Oder sie konnte seinen Fluss selbst bestimmen, sie ganz allein.

Inzwischen war es draußen stockdunkel geworden, durchs fadenscheinige Musselin floss die dunkelblaue Nacht herein, verdünnt von dem wolkenverschleierten Weiß des Mondlichts. Sie starrte auf das schwach leuchtende Viereck, bis ihr die Augen tränten, und langsam schob sich das Bild von dem weißen Schloss, das sie nach Johanns Worten in ihrer Fantasie gebaut hatte, über das, was hier auf dem Hügel in Stein und Holz stand. Als die beiden Bilder vollkommen übereinander lagen, entdeckte sie, dass das kleine Rieddachhaus wie ein Kern in der Schale des anderen saß.

Ihr Blick wanderte über das Regal die gespenstisch leuchtende Wand hoch. Der tote Gecko war verschwunden, die letzten Ameisen verschwanden eben in der Ritze zwischen den Bodenbrettern. Nachdenklich tastete sie sich zu ihrer Tasche, zog Decke und Nachthemd heraus und machte sich fürs Bett fertig. Dann kroch sie unter die Decke. Worte, unfertige Gedanken, Bilder wirbelten durcheinander, und sie hätte sie gern ihrem Tagebuch anvertraut, um zu erkennen, welches Muster sie ergaben. Aber es war dunkel, und sie hatte nirgendwo eine Kerze gesehen. Grübelnd wälzte sie sich herum, und jede Hoffnung auf Schlaf verflüchtigte sich.

Im Durcheinander ihrer Gefühle vergaß sie für diese Nacht Konstantin und den Inhalt des Briefes, den sie in Onetoe-Jacks Hütte gefunden hatte.

Johann verharrte noch immer vor der Tür und lauschte voller widersprüchlicher Regungen den gedämpften Lauten, die durch das dicke Holz drangen. Er sehnte sich danach, Catherine in den Arm zu nehmen, sie seiner Liebe zu versichern, ihr zu schwören, dass er alles in seiner Kraft Stehende tun würde, sie vor jeglicher Unbill zu schützen, ihr ein gutes Leben an seiner Seite zu bieten. Sie war noch so jung, und die Worte von Onetoe-Jack hatten ihn ins Mark getroffen, weil sie der Wahrheit entsprachen. Im Busch wurde fast Unmenschliches von den Frauen verlangt, und er hatte sie nicht davor gewarnt. Als sie ihm ihr Jawort gegeben hatte, hatte sie nicht gewusst, worauf sie sich einließ.

Sein Ohr an die Tür gelegt, hörte er, wie sie die Reisetasche heranzog, ohne Zweifel ihre Decke aufs Bett breitete, stellte sich vor, wie sie sich ihr Kleid über den Kopf streifte, Schuhe und Unterkleid auszog. Dann ächzte das Bettgestell. Sie hatte sich hingelegt. Nach einer Weile, in der er keinen Laut außer dem Nachtgesang der Zikaden und den gelegentlichen Rufen der Ochsenfrösche vernahm, ging er in den Hof, versorgte bei Mondlicht die Pferde, holte seine Decke, und nachdem er kurz überlegt hatte, ob er in Sicelos Bienenkorbhütte schlafen sollte, die etwas abseits vom Kochhaus stand, entschied er sich dagegen und rollte sich auf dem Boden seines Wohnraums zusammen.

Doch auch er konnte nicht schlafen. Das Wissen, dass er Catherine ohne Vorbereitung in diese raue Welt gebracht hatte, quälte ihn mehr als das Fieber, das er wieder steigen fühlte.

Eine unruhige Stille senkte sich über Inqaba.

Gegen elf Uhr, weder Catherine noch Johann schliefen, nur Onetoe-Jack schnarchte laut, wurde diese Stille durch lautes Getrappel vieler kleiner Füße unterbrochen, ein Tier quietschte und dann noch eins und noch eins, das Trappeln wurde lauter. Catherine hielt sich die Ohren zu, und Johann schwor sich, am nächsten Tag auf Rattenjagd zu gehen und ihre Nester in der Toilette und im Rieddach auszuheben.

Kapitel 11

Aus jahrelanger Gewohnheit stand Johann schon vor Sonnenaufgang auf und stieg hinauf zu dem gemauerten Regenwasserreservoir am Hügelhang. Es maß vierundzwanzig Fuß im Durchmesser und war sein ganzer Stolz. Jetzt aber war es nur zu einem Drittel gefüllt. Diesen Winter hatte es nicht so ergiebig geregnet wie üblich. Flüchtig dachte er an die kommende Sommerhitze, in der dieses Wasser ihr Überleben bedeuten würde, aber er tröstete sich, dass die Frühlingsregen noch ausstanden. Heute war der erste Tag im Oktober, und in diesem und dem nächsten Monat fiel gewöhnlich genügend Niederschlag. Er stieg die kurze Leiter zum Rand hinauf und ließ den Wassereimer an einer langen Kette hinunter, die mit einem eisernen Ring an der Mauer befestigt war. Diese Sicherung war notwendig gewesen, da die ersten drei Eimer nach kürzester Zeit spurlos verschwunden waren. Einen hatte er in dem Umuzi eines der kleineren Häuptlinge wiedergefunden, der jedoch steif und fest behauptete, er hätte ihn gegen ein Leopardenfell bei einem durchreisenden Händler eingetauscht. Johann hatte ihm das Gegenteil nicht beweisen können.

Hand über Hand zog er den gefüllten Eimer nach oben, leerte ihn wieder bis auf die Hälfte und wusch sich mit dem verbleibenden Wasser. Für bloße Körperpflege war Wasser einfach zu kostbar. Wieder ließ er den Eimer hinunter, und dieses Mal füllte er ihn bis zum Rand, trug ihn hinüber zum Haus und stellte ihn Catherine vor die Tür. Sie sollte nicht mit Wasser sparen müssen, nicht am ersten Tag. Er lauschte, aber aus dem Schlafzimmer drang noch kein Laut, und so entfernte er sich wieder auf Zehenspitzen. Sie schlief wohl noch. Er war froh, denn sie schien am Abend völlig mit ihren Nerven am Ende gewesen zu sein. Verständlich, bedachte man, was sie in den letzten Monaten mitgemacht hatte und wie jung sie noch war. Nun, das würde sich sicher bald ändern. Inqaba würde ihr helfen, sich zu finden. Flüchtig erlaubte er sich, an seinen Traum zu denken. Catherine und er, ein Leben lang, und eine gesunde Familie, die auf Inqaba aufwuchs.

Über ihm spannte sich das gläserne Gewölbe des Himmels. Er liebte das geheimnisvolle Licht, unmittelbar bevor sich die Sonne über den Horizont schob, diesen verzauberten Augenblick, wo es keine Zeit gab, alles in der Schwebe schien, die Vergangenheit, Gegenwart und Zukunft. Es ist der Augenblick, in dem Kinder am häufigsten geboren werden und Alte leichter aus dem Leben scheiden und die Sorgen gewichtslos werden.

Es ging ihm gut heute, das Fieber war fast auf Normaltemperatur gesunken und seine Energie zurückgekehrt. Kraft strömte wieder durch seine Adern. Mit ein wenig Glück hatte er für einige Zeit Ruhe. Wohlgemut, leise vor sich hinpfeifend, machte er sich auf den Weg zum Obstgarten. Zum Frühstück würde er seiner jungen Frau frische Früchte pflücken. Passionsfrüchte vielleicht, deren Inhalt, in aromatisch duftendes Gelee gehüllte Kerne, am besten mit Zucker und viel Sahne schmeckte. Natürlich hatte er keine Sahne, denn als Entlohnung, dass sie seine Herde während seiner monatelangen Abwesenheit beaufsichtigt hatten, bekamen seine Zulus alle Milch, die sie melken konnten. Später am Tag würde er sich auf den Weg machen und selbst eine Kanne von seiner Lieblingskuh melken. Für alles andere, das wusste er, würden heute andere sorgen.

Er fand kleine Bananen und tatsächlich mehrere reife, violettbraune Passionsfrüchte. Von den bereits gereiften Papayas hatten die verdammten Affen nicht viel übrig gelassen. Wie ein Luchs würde er die bewachen, die jetzt noch grün und hart waren. Mittlerweile war die Sonne aufgegangen, und es versprach, ein schöner Tag zu werden. Er atmete auf. Das Letzte, was er heute gebrauchen konnte, war einer der sintflutartigen Frühlingsregen, die um diese Zeit das Land in wenigen Stunden verwüsten konnten.

✳

Im Kopf völlig wirr vor sich überschlagenden Gedanken, war Catherine erst in den frühen Morgenstunden in einen totenähnlichen Schlummer gefallen. Sie hätte gern noch sehr viel länger geschlafen, wenn sie nicht plötzlich von einem grässlichen, heiseren Geschrei aufgeschreckt worden wäre. Sie schoss hoch, brauchte wirre Momente, ehe sie begriff, wo sie sich befand. Auf Inqaba, in ihrem Bett, das hart war und knarrte und dessen Matratze piekte, in einem Zimmer, das als Schutz kein Fensterglas besaß, sondern nur ein Stück Tuch, das sie in Deutschland als Käsemusselin bezeichneten. Billiges Zeug. Und vor diesem Fenster tobten irgendwelche unsäglichen Kreaturen herum, die Laute ausstießen, die einen Toten aufgeweckt hätten.

Sie warf die Decke beiseite, rannte zum Fenster, riss in ihrer Eile das Musselin herunter. Zornig zerknüllte sie es und schleuderte es auf den Boden. Es hatte ausgedient. Noch heute würde sie es durch etwas Schöneres ersetzen. Gereizt sah sie hinaus.

Auf dem Geländer der Veranda hockten drei riesengroße Ibisvögel mit metallisch schimmerndem braunem Gefieder, flappten mit den Flügeln und machten einen Höllenlärm. »Hadidah, Hadidah«, schrien sie und starrten sie herausfordernd an.

Ehe sie ihren Schuh nach ihnen schleudern konnte, schoss Onetoe-Jacks Hundemeute, die sie längst über alle Berge wähnte, heran und versuchte, die panisch kreischenden Vögel zu packen. Tohuwabohu brach aus. Onetoe-Jack polterte mit seinen Klumpschuhen um die Ecke, brüllte seine Hunde an, die Schnauze zu halten, Johann brüllte Onetoe-Jack an, er solle leise sein, und Dan, der Schlangenfänger, der gerade angekommen war, brüllte noch lauter, um sich Gehör zu verschaffen.

Catherine lehnte sich aus dem Fenster und holte tief Luft. »Johann!«, schrie sie im Bereich des hohen C und drang durch. Die Männer verstummten, selbst die Hunde klappten ihre geifernden Mäuler zu.

»Catherine, Liebling. Haben wir dich geweckt?«, fragte Johann überflüssigerweise und erntete einen pechrabenschwarzen Blick. Hastig schob er seine Freunde von der Veranda herunter. »So, Jungs, verzieht euch, lasst sie erst mal aufstehen. Und seid leise«, rief er ihnen nach. »Die Hadidahs machen schon genug Radau.«

Doch kaum hatte er diese Worte gesprochen, hörte sie eine neue Stimme. Und noch eine, und noch eine. Mehrere Leute betraten die Veranda, raubeinig wirkende Männer, Frauen in Schlapphüten und verschwitzten Kleidern, und begrüßten Johann mit Umarmungen und großem Getöse. Innerhalb kürzester Zeit erfüllten Gelächter und fröhliches Stimmengewirr Haus und Veranda. Es war offenbar eine Feier im Gang. Catherine hängte rasch das Musselin wieder als Sichtschutz vors Fenster und zog sich in die Tiefe des Zimmers zurück. Was um aller Welt ging da vor?

Die Tür zur Veranda öffnete sich, und ihr Mann steckte seinen Kopf herein. Ein freudiges Lächeln erhellte sein Gesicht. »Diese Überraschung ist wirklich gelungen, nicht wahr? Unsere Freunde geben heute ein großes Fest für uns, unsere richtige Hochzeitsfeier. Sie wollen uns gratulieren und dich kennen lernen.«

Seine Frau starrte ihn stumm an. Im Hintergrund sah sie neugierige Gesichter, spürte, wie sie mit Blicken abgetastet wurde, hörte Getuschel. Eine Überraschung? Sie hasste Überraschungen, jedenfalls derartige. In ihrer jetzigen Verfassung konnte sie sich nichts Schlimmeres vorstellen, als einer Horde unbekannter Leute gegenübertreten zu müssen, die sie angafften und dumme Fragen stellten, und sie hatte nicht vor, sich das bieten zu lassen. Johann musste gleich lernen, dass er das nicht mit ihr machen konnte. Sie schlug ihm die Tür vor der Nase zu, floh zurück ins Zimmer und presste die Hände auf die Ohren.

Johann seufzte, gab seinen Freunden ein Zeichen, ihre lautstarke Unterhaltung etwas zu dämpfen, und ging ins Haus. Leise klopfte er an die Schlafzimmertür. »Catherine, ich bringe dir Wasser zum Waschen. Mach bitte auf.«

Die Tür öffnete sich um eine Handbreit. Sie stand bebend im weißen Nachthemd vor ihm, das Haar hing ihr in wirren Locken ums Gesicht, ihre Wangen waren gerötet, die blauen Augen funkelten. Vor lauter Entrüstung brachte sie kein Wort hervor.

Er hielt es für freudige Aufregung, trug den Wassereimer zum Waschtisch und füllte die Schüssel. »Wasch dich in aller Ruhe, wir warten mit dem Frühstück. Es gibt frische Früchte aus unserem Obstgarten, und du wirst staunen, was sonst alles aufgetischt wird. Jeder hat etwas mitgebracht. Ich habe schon eine Warzenschweinkeule gesehen, Schinken in Aspik, Kürbismus, und Onetoe-Jack wird seinen Springbock am Spieß braten. Er zieht ihm gerade die Haut ab, und Dan hat bereits ein großes Feuer im Kochhaus gemacht.« Er hätte sie am liebsten auf der Stelle abgeküsst und ihr das Nachthemd über den Kopf gezogen. Doch zu seinem Leidwesen würde das warten müssen, auch wenn es ihm schwer fiel, so hinreißend, wie sie aussah.

Eine volle Minute antwortete sie nicht. Ihr Mund war ein gerader Strich. »Wenn diese Menschen nicht binnen zehn Minuten das Haus verlassen haben, gehe ich«, fauchte sie dann. »Basta«, setzte sie hinzu.

Er runzelte die Brauen. »Schatz, das sind Nachbarn und Freunde, die meist tagelang geritten sind, um uns willkommen zu heißen. Seit Wochen haben sie dieses Fest als Überraschung für uns geplant, sie haben gekocht und organisiert, dass jemand ihre Farmen beaufsichtigt, während sie auf Inqaba weilen.« Er holte tief Luft. »Es sind wunderbare Menschen, die meisten davon kenne ich schon sehr lange, und ich verdanke ihnen eine Menge. Bitte, zieh dich an und begrüße sie wenigstens. Du wirst sehen, es wird eine schöne Feier werden. Dan hat sogar seine Gitarre mitgebracht. Nach dem Essen werden wir bis in den Morgen tanzen können.«

Es gibt zwei Möglichkeiten, dachte sie, entweder ich bringe ihn auf der Stelle um, oder ich warte, bis diese Leute weg sind.

»Ich warte draußen bei den anderen«, nahm er ihr die Entscheidung unwissentlich ab und verließ den Raum, überzeugt, dass sie sich schnell beruhigen würde.

Wortlos knallte sie die Tür hinter ihm zu. Sie musste hier weg, wenigstens für heute. Diesen Menschen da draußen jetzt gegenüberzutreten schaffte sie einfach nicht. Johann hatte von einer Emilie Arnim gesprochen, die nur einen halben Tagesritt entfernt von ihnen Richtung Durban am Fluss wohnte. Den Fluss würde sie wiederfinden, daran hatte sie keinen Zweifel, und dann brauchte sie wohl dem Gewässer nur zu folgen, um diese Emilie aufzustöbern. Wenn das mit der unbegrenzten Gastfreundschaft stimmte, dann würde sie diese Dame mit Sicherheit für ein oder zwei Tage aufnehmen. Sollte sich Johann nur Sorgen um sie machen. Es würde ihm eine Lehre sein.

Eilig wusch sie sich, zog das gewendete Kattunkleid an und warf alles, was sie für ein paar Tage brauchte, in ihre Reisetasche. Sie öffnete ihre Tür um einen Spalt, vergewisserte sich, dass der Gang frei war, und glitt dann hinaus. Ihren Hut mit der wallenden Straußenfeder tief ins Gesicht gedrückt, gelangte sie ungesehen auf den Hof. Der Geruch nach gebratenem Fleisch wehte zu ihr herüber, Rauch wallte ums Grasdach des Kochhauses. Das Stimmengewirr, das von der Veranda herüberschallte, zeugte davon, dass die Feier schon in vollem Gange war. Keiner kümmerte sich um sie. So schnell es die schwere Tasche erlaubte, rannte sie hinüber zu den Pferden und fand Caligula vor einem Verschlag im Schatten stehend, doch er trug weder Zaumzeug noch Sattel. Shakespeare jedoch war gesattelt, und ohne irgendwelche Gewissensbisse band sie ihn los und führte ihn zu einem Stein, da sie sich noch nicht traute, ohne diese Hilfe aufzusteigen. Mit jagendem Puls lenkte sie den Wallach so lange neben der Auffahrt durch den lichten Busch, bis sie sicher sein konnte, vom Haus aus nicht mehr gesehen werden zu können. Dann trieb sie Shakespeare an.

Kaum zwei Stunden später hatte sie sich hoffnungslos verirrt. Sie zügelte ihr Pferd und überlegte, in welche Richtung sie geritten war. Sie hatte die Sonne im Rücken gehabt, es war frühmorgens gewesen, also war sie anfänglich wohl nach Westen geritten. Jetzt fiel ihr Schatten schräg nach rechts. Hatte sie sich nach Süden gewandt? Oder war die Sonne nur am Firmament gewandert? Der schmale Pfad, dem sie gefolgt war, von dem sie angenommen hatte, es wäre derselbe, auf dem sie mit Johann nach Inqaba geritten war, war immer enger geworden, gewundener, und nun stand sie bis zu den Steigbügeln im hohem Gras einer verwunschenen Lichtung und wusste nicht mehr weiter. Shakespeare schlug heftig mit dem Kopf und schnaubte, versuchte so die Fliegen, die in seinen Ohren und Nüstern krabbelten, loszuwerden.

Der Busch umschloss die Lichtung wie eine grüne Wand, schien näher zu kommen. Ein Singen und Wispern war um sie herum, Schatten flirrten, täuschten ihren Blick. Sie meinte Augen zu sehen, und dann waren es doch nur schwarze Beeren. Ein Vogel flatterte durch die Blätter, sie fuhr zusammen. Jemand hustete, ganz in ihrer Nähe, ein kurzer, trockener Laut, und ihr Herz machte einen Sprung. Ein Mensch? Nervös spähte sie ins Grün. Es raschelte, das Gras knisterte, etwas Schweres landete auf dem Boden, und ein kleines Tier quiekte in Todesangst. Ihr wurden die Hände feucht. Das hohe Sirren der Zikaden schmerzte in ihren Ohren, und der Ast über ihr bewegte sich plötzlich und verschwand im Blättergrün.

Sich an den Zügeln festklammernd, unterdrückte sie die aufsteigende Angst und blickte sich um. Die Hügel sahen alle gleich aus, keiner hatte ein markantes Merkmal, das ihr bekannt vorkam. Über die alte Elefantenstraße waren sie von Durban direkt zum Fluss gelangt, und irgendwann hatte Johann sie aufwärts geführt, heraus aus den feuchten Schwaden der Niederungen, immer höher in die Hügel und flachen Täler, wo es trocken war und die Luft süß vom staubigen Gras.

Jetzt schnupperte sie, schmeckte die Luft, sog sie durch die Zähne tief in ihre Lungen, und am äußersten Rand der staubigen Süße roch sie den weichen, dampfigen Brodem eines Gewässers. Erleichtert wischte sie sich den Schweiß vom Gesicht. Der Fluss musste in westlicher Richtung liegen. Sie hob die Zügel und schnalzte. Shakespeare tauchte in den dichten Busch ein, suchte sich seinen Weg langsam und mit größter Vorsicht. Catherine duckte sich unter knorrigen Ästen hindurch und schützte ihr Gesicht mit einer Hand vor zurückschlagenden Zweigen, die andere umklammerte die Zügel. Sie hatte sich den Lederriemen doppelt ums Handgelenk geschlungen. Sollte sie durch einen Fehltritt Shakespeares oder einen zurückschnellenden Ast aus dem Sattel geworfen werden, hatte sie nicht die Absicht, die Zügel fahren zu lassen. Leise murmelte sie ihrem Pferd aufmunternde Worte ins Ohr und bemerkte mit freudiger Erregung, dass sich die Vegetation allmählich änderte.

Zwischen wilden Bananenstauden und den Blätterdächern riesiger Sycamorefeigen wuchsen niedrige Palmen. Das Gewicht unzähliger beutelartiger Webervogelnester zog die Wedel tief zu Boden, und trotz ihrer Angst erfreute sie sich an den herumschwirrenden goldgelben Spatzenvögeln im glänzenden Grün. Schrill zwitschernd priesen die schwarzköpfigen Männchen ihre kunstvoll geflochtenen Nester mit aufgeregtem Flügelschlagen den hochnäsigen Weibchen an.

Und dann hörte sie es, das Rauschen des dahineilenden Wassers, das Gurgeln und Glucksen, mit dem es die Felsen umspülte, das sanfte Klingen des Rieds und das Platschen tauchender Eisvögel. Aufgeregt trieb sie Shakespeare durch den Palmengürtel, der das Ufer säumte, bis sie den Fluss sah. Shakespeare rutschte mit steifen Vorderläufen die Uferböschung hinunter, und sie fand sich an einer kleinen Lagune wieder. Sonnenlicht flimmerte, im klaren Wasser schimmerte ein silbriger Fischschwarm, im grünen Schatten der überhängenden Palmen stand ein Reiher.

Plötzlich zersprang die Wasseroberfläche in Millionen funkelnder Splitter, die Fischchen stoben davon wie Silberstaub. Jemand hatte einen Stein in den Teich geworfen. Ihr Kopf flog herum, und sie entdeckte, auf einem großen, flachen Felsen zusammengekauert, halb verdeckt durch Palmenwedel, ein Mädchen.

Bis auf bunte Perlengehänge, die ihre Hüften umschlossen, und ein breites Perlband an ihrem Hals war sie nackt. Ihre Brüste waren voll und fest, und die Haut glänzte in dem herrlichsten Goldbraun. Sie hatte ihre Hände vors Gesicht geschlagen, Tränen quollen unter den feingliedrigen Fingern hervor, und ihre bebenden Schulterblätter waren zart wie die eines Vögelchens. Im Wasser unter ihr lagen die Scherben eines großen Tonkruges.

Dann sah Catherine das Blut an ihrem Fuß. Vom Zeh ihres rechten Fußes über die Sohle bis zur Ferse klaffte ein hässlicher Schnitt, und offenbar litt sie starke Schmerzen. Mit dieser Verletzung würde sie keinen Schritt gehen können, und sie schien völlig allein in dieser Wildnis zu sein. Catherine fiel ein, dass sie noch die Medizinfläschchen ihres Vaters in der Tasche mit sich führte. Vielleicht konnte sie dem Mädchen helfen. »Hallo«, rief sie und stellte sich in die Steigbügel.

Das Mädchen schreckte auf und riss die Hände herunter, erblickte die Weiße und flüsterte etwas auf Zulu. Ihre Mandelaugen schwammen in Tränen, und Tränentropfen blinkten in den gebogenen Wimpern. Ihre Muskeln gespannt, glich sie einer Gazelle auf der Flucht.

Catherine schätzte sie auf etwa gleichaltrig, vielleicht ein oder zwei Jahre jünger als sie selbst. »Kann ich dir helfen?«, fragte sie und glitt aus dem Sattel. Johanns warnende Worte im Ohr, befestigte sie die Zügel am nächsten Baum und vergewisserte sich, dass Shakespeare zwar grasen, aber nicht davonlaufen konnte. Die Vorstellung, ohne Reittier im Busch zurückzubleiben, jagte ihr gehörigen Respekt ein. Sie sah hinüber zu dem Mädchen. Um zu ihr zu gelangen, musste sie durch Schlamm und seichtes Wasser waten. Kurz entschlossen zog sie ihre Schuhe aus, band ihren Rock hoch und stapfte durch den warmen Matsch. Die junge Zulu sah ihr ruhig entgegen. Das Blut tropfte von ihrem Fuß, rann über den Felsen und driftete in zartrosa Schlieren im Wasser davon.

Catherine erreichte sie und zeigte auf die Wunde. »Tut es weh?«, fragte sie und deutete mimisch Schmerz an.

»Yebo«, wisperte das junge Mädchen und nickte heftig.

Ja. Catherine lächelte erleichtert. Dieses Wort kannte sie. Sie streckte der Verletzten ihre Hand entgegen, bedeutete ihr, dass sie ihr helfen wollte. Nach einigem Zögern nahm die junge Schwarze ihre Hand und stand auf. Sie war so groß wie Catherine, auch ihre Figur war ähnlich. Vorsichtig stellte sie den verletzten Fuß auf den Boden und zuckte zusammen, konnte augenscheinlich nicht stehen. Kurzerhand umschlang Catherine die schmale Taille, führte die junge Frau zum Ufer und bedeutete ihr, sich auf einen Stein zu setzen. Behutsam nahm sie den schmalen Fuß mit der hellen, blutverschmierten Sohle in die Hand und untersuchte sanft die Wunde.

Die junge Zulu presste ihre vollen Lippen zusammen und gab keinen Laut von sich. Durch Handzeichen drückte Catherine aus, dass sie etwas aus ihrer Tasche holen müsse. Die Wunde musste verbunden werden, das Blut gestillt.

Die Namen auf den Medizinfläschchen, die sie am Boden der Tasche fand, sagten ihr nichts, und sie bedauerte, nicht besser zugehört zu haben, als ihr Vater und seine gelehrten Freunde von den Wirkungen dieser Mittel erzählten. Sie wusste nicht einmal, ob man den Inhalt einnahm oder äußerlich anwenden sollte. Nur das Fläschchen mit Laudanum, das der Arzt in Kapstadt ihr gegen die Schmerzen ihres verstauchten Fußes verschrieben hatte, erkannte sie. Doch es würde die junge Frau müde machen, sie würde auch mit verbundenem Fuß nicht imstande sein, zu laufen. Sie durchwühlte die Tasche nach einem Stück Tuch, das sie als Verband benutzen konnte. Sie fand nur den prächtigen, golddurchwirkten Schal, den sie von Johann bekommen hatte, das erste Geschenk, das er ihr je gemacht hatte. Sekundenlang zögerte sie, dann legte sie ihn behutsam zurück. Stattdessen kramte sie ihr Nachthemd hervor und riss ohne Umstände ein breites Stück vom Saum ab.

Auch als sie die Wunde gewaschen und verbunden hatte, wurde schnell deutlich, dass die Zulu nicht auftreten konnte. Catherine watete zurück durch den Schlamm und holte Shakespeare. »Aufsteigen«, befahl sie und zeigte der jungen Schwarzen, wie.

Zum ersten Mal lachte das Mädchen und zeigte dabei große, schneeweiße, ebenmäßige Zähne. Kichernd wie zwei Freundinnen bestiegen sie beide den breiten Pferderücken, die Zulu, die der Weißen völlig unbefangen die Arme um die Taille legte, hinter ihr. Nachlässig zog Catherine ihren Rock zurecht. Wie immer saß sie im normalen Reitsitz im Sattel. Vorsichtig lenkte sie Shakespeare das sanft geneigte Land hoch, bis sie auf einer Anhöhe standen und die Gegend überblicken konnten. Ihre Augen mit der Hand beschattend, schaute sie ins Rund, erwartete, zumindest das Haus der Frau Arnim zu erblicken oder wenigstens Rauch, der eine menschliche Behausung anzeigen würde, aber das endlose, wogende Grasmeer, von der Sonne zu einem stumpfen Gold getrocknet, war bis auf einige Schirmakazien, unter denen Impalas und Zebras ruhten, leer.

»Haus?«, fragte Catherine, aber das Mädchen verstand sie nicht. »Emilie Arnim«, versuchte sie es weiter, doch wieder erntete sie nur einen verständnislosen Blick aus diesen herrlichen, schimmernden Augen. »Inqaba«, sagte sie dann mit einem prächtigen Klick, beschrieb einen weiten Kreis mit ihrer Hand und hob fragend die Schultern.

Ein breites Lächeln überzog das ebenmäßige Gesicht des Mädchens. »Inqaba«, wiederholte sie. »Yebo.« Unmissverständlich deutete sie an, dass sie noch eine kurze Strecke am Fluss entlangreiten müssten und dann in die Hügel. »Yebo. Inqaba!«

Catherine nagte an ihrem Finger. Die einzige Möglichkeit, diesem Mädchen zu helfen, bestand darin, dass sie ihren Plan aufgeben und nach Inqaba zurückkehren würde. Diese Tatsache spuckte ihr gehörig in die Suppe, aber das Mädchen brauchte Hilfe. Johann konnte sich ihr verständlich machen und dafür sorgen, dass ihre Familie sie abholte und sich um sie kümmerte. Es musste sein. Catherine hob die Zügel, Shakespeare schlug mit dem Kopf, streckte die Nüstern vor und setzte sich in Bewegung. Sie ließ ihn gewähren; fast schien es, als wüsste er, in welcher Richtung sein Stall lag. Ab und zu zupfte das Mädchen sie am Ärmel, zeigte in eine Richtung, und es bedurfte nur einer winziger Korrektur mit dem Zügel, dass der Wallach gehorchte. Die warme Last der jungen Zulu in ihrem Rücken spürend, zwang sie ihm Schritttempo auf, auch wenn er ganz offensichtlich liebend gern eine schnellere Gangart eingeschlagen hätte.

Laute schwebten aus der Ferne über das weite Tal zu ihr hinauf, und als sie menschliche Stimmen erkannte und feststellte, dass sie aus der Richtung kamen, in der Inqaba liegen musste, lächelte sie. Ganz war ihr Plan offenbar nicht fehlgeschlagen, denn Johann und, wie es nach dem Stimmengewirr schien, der Rest ihrer Gäste waren ausgeschwärmt, um sie zu suchen. Sicher hatte er einen gehörigen Schrecken bekommen, das hatte sie ja bezweckt. Sie schlug Shakespeare die Hacken in die Seiten und ritt ihnen entgegen.

Der Lärm wurde lauter, etwas Großes krachte durch die Büsche, ein Pferd wieherte, Hunde bellten. Johann und die anderen mussten unmittelbar vor ihnen sein. Sie wischte ihr Lächeln aus dem Gesicht. Er sollte nicht glauben, dass sie froh war, ihn zu sehen.

Die Hunde entdeckten sie als Erste und umsprangen sie kläffend, bis Shakespeare nervös umhertänzelte. Sekunden später teilte sich der Busch, und Johann auf Caligula stand vor ihr. Hinter ihm erschienen Dan, der Schlangentöter, und Onetoe-Jack, beide ebenfalls zu Pferd.

Keck hob sie ihr Kinn, wartete auf seine Reaktion. Als sie kam, war sie völlig anders, als sie es sich ausgemalt hatte.

Seine Stimme war tief und aufgeladen mit Zorn. »Was fällt dir ein, so eine bodenlose Dummheit zu begehen?«, fragte er. »Ist dir eigentlich klar, was dir hätte passieren können?« Kein Lächeln milderte seinen Ton.

Sie fuhr zurück. Das war ein Johann, den sie bisher noch nicht erlebt hatte. »Was ... was sollte mir denn schon passieren?«, stotterte sie trotzig, aber ihr wurde heiß, als sie diesen Gedanken zu Ende dachte. Trotzdem brauchte er sie doch deswegen nicht gleich vor den anderen bloßzustellen.

Die Knöchel seiner Hände waren weiß. »Auf diese dumme Frage brauche ich dir wohl keine Antwort zu geben. Selbst du musst wissen, dass Afrika keinen Fehler verzeiht. Es gibt dir keine zweite Chance. Nur um das zu illustrieren, lass dir gesagt sein, dass wir keine halbe Meile von hier Leopardenspuren gefunden haben. Frische. Vielleicht hast du ihn ja husten hören.«

Sie erinnerte sich an das trockene Husten, und ehe sie die Tatsache verdaut hatte, dass der Leopard in ihrer unmittelbaren Nähe gewesen sein musste, trieb Johann Caligula neben ihr Pferd und nahm ihr die Zügel aus der Hand. Erst jetzt schien er zu bemerken, dass sie nicht allein war. Sein Blick traf den der jungen Zulu, seine Augen weiteten sich, als hätte er einen Schlag bekommen, und alle Farbe wich aus seinem Gesicht.

»Verflucht, Jikijiki«, flüsterte er heiser auf Deutsch.

Jikijiki schlug die Augen nieder, doch ein Lächeln umspielte ihre vollen Lippen, ihre Wimpern flatterten, und die zarten Nasenflügel blähten sich. Catherine, noch gedanklich mit dem Leoparden beschäftigt, hatte seine Worte nicht verstanden. Sie hörte das Mädchen hinter sich lachen, leise und ganz tief in der Kehle, es war mehr ein Gurren als ein Lachen. Dann sagte sie etwas auf Zulu, und Johann antwortete in derselben Sprache.

»Sie hat sich den Fuß aufgeschnitten«, mischte Catherine sich ein; sie fand das Lachen der Zulu und seine Reaktion eher befremdlich, dachte aber nicht weiter darüber nach. »Ich habe ihn verbunden, aber ich hatte keine Medizin da. Die Wunde wird eitern, wenn sie nicht behandelt wird.«

Dan de Villiers schob sich mit seinem großen Braunen dazwischen. »Ich erledige das«, sagte er leise zu Johann, lehnte sich hinüber, pflückte das junge Mädchen ohne Federlesens mit einem Arm aus Catherines Sattel und setzte sie vor sich auf seinen. »Ich habe gehört, dass der Sohn des Häuptlings des Nachbarclans ein Auge auf sie geworfen hat. Sobald er den Brautpreis zusammen hat, bist du dieses Problem los«, raunte er seinem Freund zu und gab seinem Pferd die Sporen.

Johann, zutiefst erleichtert über diese Neuigkeit, händigte seiner Frau die Zügel wieder aus. »Wenn du erst länger hier lebst, wirst du begreifen, in welche Gefahr du dich begeben hast. Du kennst die Gegend nicht, du hättest leicht vom Weg abkommen können. Warst du schon einmal des Nachts allein im afrikanischen Busch?« Sein Ton war sanfter geworden. Als er ihre Abwesenheit bemerkt hatte, war er vor Angst wie gelähmt gewesen – zu farbig hatte er sich ausmalen können, welchen Gefahren sie ausgesetzt war.

Catherine schüttelte nur stumm den Kopf und nahm sich vor, ihm nicht zu gestehen, dass sie sich bereits rettungslos verirrt hatte.

Inzwischen hatten sich die anderen Gäste eingefunden, durchweg Männer. Die Frauen waren offenbar auf Inqaba geblieben. Mit steinerner Miene musterten sie die junge Frau Steinach, die im Herrensitz auf ihrem Pferd saß, und streiften ihre Beine, die bis zu den Waden entblößt waren, mit verstohlenen Blicken. Einer nach dem anderen tippte an seinen Hut und begrüßte sie knapp. Sie vermieden dabei, ihr in die Augen zu sehen.

Catherine hatte sich noch nie in ihrem Leben so gedemütigt gefühlt, so jämmerlich und klein, und das Schlimmste war, dass sie wusste, dass Johann Recht hatte. Sie hatte tatsächlich mit unbeschreiblicher Naivität gehandelt. Nein, korrigierte sie sich, ein letztes Restchen von Selbstachtung wahrend, es war, wie er gesagt hatte, unbeschreiblich dumm gewesen. Ihr Stolz in Scherben, folgte sie ihm mit gesenktem Kopf. Verlegen schob sie ihr rechtes Bein über den Sattel, rutschte in den Damensitz und bedeckte sorgfältig ihre Beine. Bis sie auf den Hof von Inqaba ritten, sprach niemand ein Wort mit ihr.

※

»Himmel, Sie sehen ja wie das Lamm aus, das man zur Schlachtbank führt. Die Herren haben sich offenbar mal wieder von ihrer ruppigsten Seite gezeigt.« Die Stimme war kräftig, die Hand, die den Zügel aus Johanns Hand nahm, auch. Strahlend blaue Augen unter einem kurzen Haarschopf, der wie helles, poliertes Silber leuchtete, ein breites Lächeln.

Catherine glaubte für einen Moment einen Mann vor sich zu haben, bis sie genauer hinschaute. Die Frau war groß und gut gebaut, irgendwo zwischen fünfzig und sechzig, in glänzendes Schwarz gekleidet, und alle ihre Fingernägel waren abgebrochen.

»Seien Sie uns willkommen, meine Liebe. Ich bin Emilie Arnim, und das«, ihre Handbewegung umfasste fünf Frauen, die hinter ihr aufgetaucht waren, »das sind Ihre neuen Nachbarinnen. Wir freuen uns ungemein, Sie kennen zu lernen. Wir Frauen im

Busch sind eine verschwindende Minderheit in diesem Männerland. Kommen Sie, Sie müssen ja fürchterlichen Hunger haben nach so einem langen Ausritt.« Mit kräftigem Griff half sie ihr aus dem Sattel.

Catherine schüttelte ihren Rock aus und strich ihn glatt, bis er auf ihre Füße fiel. Emilie Arnim war größer als sie, und ihr Gesicht wirkte wie eine Landkarte ihres Lebens. Es war von klarem Schnitt und nicht von vornehmer Blässe, wie es in Europa als schön galt, sondern sonnengebräunt und mit Runzeln wie das einer Bauersfrau. Tiefe Lachfalten und Grübchen in den Wangen zeugten von ihrem fröhlichen Wesen. Catherine fühlte sich sofort zu ihr hingezogen.

Johann machte einen Schritt auf seine Frau zu, wollte ihr erneut erklären, wie gefährlich ihr Unterfangen gewesen war, aber Emilie Arnim hielt ihn zurück. »Lass sie sich erst einmal waschen und etwas essen und überlege dir, warum sie heute weggelaufen ist. Denke daran, dass sie die Gefahren im Busch überhaupt nicht einschätzen kann. Es wäre an dir gewesen, sie rechtzeitig damit bekannt zu machen. Außerdem war es gedankenlos von uns, sie einfach so zu überfallen. Das verschreckt ja den stärksten Charakter, besonders nach dem, was das arme Kind in der letzten Zeit durchgemacht hat. Nein, ihr könnt euch später mit der Hausfrau bekannt machen«, wehrte sie auch die herbeiströmenden anderen Gäste ab und ging Catherine voraus. Sie kannte sich in dem Haus der Steinachs bestens aus. Während des Baus hatte sie Johann, den sie als ihren Adoptivsohn betrachtete und auch so behandelte, mehr als einmal Essen gebracht, weil dieser dazu neigte, derartige elementare Notwendigkeiten zu vergessen.

Die Buschtrommel scheint hier bestens zu funktionieren, dachte Catherine, alle wissen alles über mich. Nur ich weiß nichts. Aber sie folgte der älteren Frau dankbar. Etwas an ihr erweckte sofort Vertrauen.

Energisch öffnete Emilie Arnim die Tür zu dem Schlafzimmer der Steinachs und verdrehte die Augen, als sie das zerwühlte Bett, die verstaubten Möbel in Augenschein nahm. »Ich werde hier mal ein wenig Ordnung schaffen. Sie, mein Kind, lassen mich walten und ziehen sich um. Gleich gibt es etwas Gutes zu essen, und dann sieht die Welt ganz anders aus.« Schweigend klopfte Emilie Arnim die Matratze aus, wendete sie und machte das Bett. Mit dem feuchten Handtuch, mit dem sich Catherine eben abgetrocknet hatte, wischte sie rasch über alle Möbel, betrachtete das Zimmer kritisch und hängte dann den Musselinvorhang wieder auf. »Sie sollten Johann bitten, große Bahnen von Kattun unter der Decke anzubringen, um Schlangen oder Ratten, die im Dach ihre Nester haben, davon abzuhalten, Sie nachts hier unten zu besuchen«, erklärte sie. »Ich komme gleich wieder.« Damit verschwand sie durch die Verandatür.

Ratten? Schlangen? Catherine starrte wie betäubt hinter ihr her und fühlte sich allmählich wie ein Boxer, der zum wiederholten Mal einen Schlag auf den Kopf bekommen hat. Aus ihrer Reisetasche zog sie das kornblumenblaue, getupfte Tageskleid aus Seide mit Baumwolle, das sie sich in Kapstadt auf Elizabeths Anraten hatte machen lassen. Ein wunderbar leichtes Gewand. Doch sie entdeckte, dass es stockfleckig war, mit weißen Seewasserrändern übersät und völlig zerknittert. Sie hätte heulen können. Wie um alles in der Welt sollte sie diese Flecken herausbekommen?

»Ein Königreich für eine Waschfrau«, murmelte sie, wühlte in ihrer Reisetasche herum und bekam auf einmal das Buch, das ihr Wilma geschenkt hatte, zwischen die Finger.

»Unterricht für ein junges Frauenzimmer, das Küche und Haushaltung selbst besorgen will«, las sie und blätterte mit spitzen Fingern darin, fand aber auf Anhieb nichts, was ihr jetzt weiterhalf.

Emilie Arnim kehrte mit einem Krug voller frischer Blütenzweige zurück. Weiße Blumensterne leuchteten zwischen glänzend grünen Blättern und dufteten wie das schönste Parfum aus Paris. »Amatungulu«, erklärte sie. »Sie tragen pflaumengroße, leuchtend rote Früchte, aus denen man ein wunderbares Fruchtgelee kochen kann. Ich werde Ihnen das Rezept zukommen lassen.«

»Ich kann nicht kochen«, platzte Catherine heraus.

Emilie Arnim zwinkerte unter ihrem kurzen, silberweißen Haarschopf hervor und lächelte fröhlich. »Dann werden Sie es schnell lernen müssen, sonst verhungern Sie, und Johann auch.«

Catherine verzog ihr Gesicht bei diesen Worten und betrachtete ihre Fingernägel, dann gab sie sich einen Ruck. »Frau Arnim, darf ich Sie etwas fragen? Sie kennen Johann offenbar schon länger. Warum hat er ... ich meine, was hat er sich gedacht ...«, stotterte sie und brach hilflos ab. Wie konnte sie diese an sich wildfremde Frau fragen, warum Johann sie geheiratet hatte?

Emilie Arnim, die ihr Gegenüber sehr genau betrachtet hatte, lächelte fein. »Sie meinen, hat Johann Sie geheiratet, weil er ein Dienstmädchen brauchte?« Das Aufflammen der blauen Augen bestätigte ihr diese Annahme. »Ich kann Ihnen versichern, dass unser Johann bis über beide Ohren in Sie verliebt ist. Nein«, korrigierte sie sich, »er liebt Sie abgöttisch, das ist etwas völlig anderes, und eigentlich hätte er Sie nicht heiraten dürfen, denn ich bin mir überhaupt nicht sicher, ob Sie das Leben hier im Busch meistern werden. Und nennen Sie mich bitte Mila. Ich gehöre praktisch zur Familie.«

Catherine starrte die ältere Frau an. Trotz regte sich in ihr. Wie konnte diese Frau, die sie nur wenige Minuten kannte, so etwas von ihr behaupten? »Das wollen wir doch erst einmal sehen«, bemerkte sie eisig. »Sie kennen mich doch gar nicht.«

Ein zufriedener Ausdruck erhellte das Antlitz Milas. Widerborstigkeit war eine gute Voraussetzung für das Leben hier. Die junge Frau Steinach hatte den ersten Test bestanden, und da sie offenbar weder dumm war noch zum Jammern neigte, war die Hoffnung, dass sie auf Inqaba durchhalten würde, durchaus berechtigt. Sie lächelte ihren Schützling an. »Sie würden absolut entzückend in diesem Kleid aussehen, aber es ist etwas unpraktisch für diese Gegend. Ich hoffe doch, Sie besitzen noch eins, das weniger zart ist.« Sie nahm ihr das ruinierte Kleid ab und rubbelte an den Stockflecken und den weißen Seewasserkrusten. »O je, das wird schwierig werden. Aber Sie werden es hier nur selten brauchen«, bemerkte sie, während sie die hochgekrempelten Ärmel ihres eigenen Kleides wieder zuknöpfte. »Die Mittagszeit ist schon fast vorüber, und da alle nur auf Sie warten und mittlerweile sicherlich halb verhungert sind, sollten wir sie nicht länger auf die Folter spannen und hinausgehen. Ich würde das gelbe Kleid anziehen, das ist sehr hübsch und passend.« Sie deutete auf das Musselinkleid, das aus der Tasche hervorsah.

Mürrisch tat Catherine, was sie vorschlug. »Fertig«, sagte sie kurz darauf, und erst in diesem Augenblick erinnerte sie sich an etwas, was Onetoe-Jack gestern Abend gesagt und was sie in der Hitze des Augenblicks überhaupt nicht begriffen hatte. Er hatte noch einen Freund aus Übersee mitgebracht. Sie stolperte vor Schreck. Übersee? Konstantin?

»Ist Ihnen schlecht, meine Liebe? Vermutlich vor Hunger. Aber das wird sich gleich geben.« Mila Arnim fasste sie fest am Ellbogen und schob sie nach draußen.

Die Sonne blendete, als sie auf die Veranda trat, und die Gesichter, die sich ihr zuwandten, schwammen wie riesige rosa Blumen vor ihren Augen. Johann nahm sie in Empfang, drückte ihr einen zerknirschten Kuss auf die Hand und bat sie mit einem langen Blick schweigend um Vergebung, ehe er ihr seine Freunde vorstellte.

Langsam verzogen sich die schwarzen Punkte, die das grelle Licht hervorgezaubert hatte. Catherine ließ die Vorstellungen über sich ergehen, während sie voll Bangen darauf wartete, plötzlich Konstantin gegenüberzustehen, und behielt in ihrer Aufregung kaum einen Namen. Sie starrte auf den Boden und wagte den Kopf nicht zu heben, als Johann ihr Onetoe-Jacks Freund vorstellte.

»Das ist Mr. Burton. Er kommt aus Amerika, um hier zu jagen.«

Der Freund aus Übersee. Eine Welle von Gefühlen schlug über ihr zusammen. Wäre Konstantin heute hier aufgetaucht, die Folgen wären nicht auszudenken gewesen. Allein der Gedanke daran verursachte ihr Atembeschwerden. Sie begrüßte Mr. Burton strahlend und ließ sich von Johann zu einem Stuhl führen. »Bleib hier sitzen, ich werde dir etwas zu essen holen.«

Es gab große Scheiben gebratenen Springbocks und ein saftiges, kernig schmeckendes Fleisch, das sich als ein Stück aus der Warzenschweinkeule herausstellte, Kürbismus, Perlhuhn, gestopft mit Kräutern, und rosa Schweineschinken in Aspik.

»Freunde aus Holland haben ihn uns geschickt. Ich musste eine zolldicke Schicht Schimmel abkratzen«, sagte eine vollbusige Frau mit gütigem Gesicht. »War ein bisschen warm die letzte Zeit. Schmeckt aber ausgezeichnet, kann ich Ihnen versichern.« Sie legte ein paar Ananasstücke dazu. »Mögen Sie ein wenig von dem Bobotie? Es ist Gehacktes mit Rosinen, Trockenfrüchten, vielen Gewürzen und Kräutern, mit Eiermilch überbacken.«

Johann legte einen Arm um sie. »Martha Strydom ist eine ausgezeichnete Köchin, eine unserer besten, außerdem hat sie fast jedes Kind in Natal zur Welt gebracht.«

Martha Strydom strahlte vor Freude über ihr rundes Gesicht und tätschelte Catherine die Wange. »Essen Sie nur tüchtig. Sie werden die Kraft hier brauchen.«

»Diesen Kuchen habe ich gebacken«, mischte sich eine jüngere Frau von robustem Aussehen und solider Gestalt ein. Sie drängte Catherine einen Teller mit einem riesigen Stück mit Ananas belegtem Plattenkuchen auf. »Pfeilwurzmehl, das ich unter das grobe Burenmehl gemengt habe, macht ihn so fein. Wir bauen Pfeilwurz an«, setzte sie mit offensichtlichem Stolz hinzu. »Wir hoffen es zu exportieren. Ich bin Holly Hocks, das dahinten ist mein Gatte Bob.« Sie zeigte auf einen gutmütig wirkenden, rot gesichtigen Mann um die vierzig. »Wir kennen Johann schon ziemlich lange.« Wie fast alle hier sprach sie Englisch, sprach das H am Wortanfang jedoch nicht aus, sondern sagte 'olly und 'ocks.

»Die niederen Klassen sind immer so aufdringlich, nicht wahr? Ich hoffe, es wird Ihnen nicht unmöglich sein, sich hier einzuleben. Als geborene Baronesse müssen Sie anderes gewohnt sein«, näselte eine dünne Stimme in ihr Ohr, und als sie sich umdrehte, sah sie sich einer weiblichen Ausgabe von Cedric Arbuthnot-Thrice gegenüber. Boshafte wasserblaue Augen funkelten ihr aus einem blassen Gesicht mit Sommersprossen entgegen. »Ich bin Mrs. George Mitford, ich heiße Prudence. Mr. George Mitford dort drüben ist mein Mann.« Sie wies auf einen älteren, schwarz gekleideten Herrn mit grau gestreiftem Vollbart, der sich durch sein Äußeres, er trug Gehrock, Weste und ein weißes Hemd, und sein Gehabe deutlich von den übrigen Anwesenden unterschied.

Catherine war es schleierhaft, woher diese unsympathische Mrs. Mitford wusste, dass sie die Tochter eines Barons war. »Ja, natürlich«, näselte sie zurück. »Für gewöhnlich trage ich eine Krone und residiere in einem Schloss, doch gelegentlich mische ich mich auch unters gemeine Volk.«

Hinter ihr verschluckte sich jemand, dann fing eine Frau an, laut und herzlich zu lachen »Da hörst du's, Pru. Und du hast vergessen, einen Hofknicks zu machen.« Mit einem seidigen Rascheln und einer Wolke frischen Frühlingsduftes warf sich eine junge Frau mit kupfergoldenen Locken und sprühenden grünen Augen auf den Stuhl neben ihr. »Sie haben meinen Namen sicherlich schon vergessen bei den vielen, die Sie heute gehört haben. Ich bin Lilly Kappenhofer«, lächelte dieses bezaubernde Geschöpf. »Wir sind nicht vornehm, dafür aber ziemlich reich, das heißt, meine Eltern sind es.« Wieder erklang dieses ansteckende Lachen, und sie zeigte auf ein Ehepaar von beachtlichen körperlichen Ausmaßen. »Die beiden gewichtigen Herrschaften dort drüben sind meine Eltern, Justus und Maria Kappenhofer. Ich werde in sechs Wochen Andrew Sinclair heiraten und erwarte Sie und Johann zu der Feier. Mein Vater hat ein ganzes Hotel in Pietermaritzburg gemietet. Es gibt Berge zu essen, ein Tanzorchester, und ganz Natal wird da sein. Eine wunderbare Gelegenheit, unsere merkwürdige Gesellschaft aus der Nähe zu beobachten, nicht wahr, Pru?«

»Wie Recht du hast, meine Liebe, sehr merkwürdig, bedenkt man, wer sich hier einbildet, zur Gesellschaft zu gehören.« Prudence Mitfords Lächeln entblößte große, leicht vorstehende Zähne, von denen einer nur noch als bräunliche Ruine vorhanden war.

Lilly Kappenhofer reichte Catherine einen aus Palmwedeln geflochtenen Hut, der hübsch mit einem geblümten Seidenband verziert war. »Ich habe den Hut für Sie anfertigen lassen. Er ist sehr praktisch, da er die Luft zirkulieren lässt.«

»Bis auf das läppische Band sieht er aus wie die Sonnenhüte, die sich die meisten Kaffern aufstülpen«, bemerkte Pru Mitford mit maliziösem Lächeln. »Findest du es passend, dass die Herrin von Inqaba, eine geborene Baronesse, genau den gleichen Hut wie ein Diener trägt? In England wäre das unmöglich.«

Das Geplänkel zwischen Lilly Kappenhofer und Prudence Mitford ging hin und her, die Klingen klirrten, es war offensichtlich, dass sie dieses Gefecht schon häufiger ausgetragen hatten, und Lilly lag um Längen vorn. Es langweilte Catherine in gewisser Weise. Mit Frauen konnte sie oft nicht viel anfangen; wenn sie ehrlich war, fand sie sie kompliziert. Männer waren simpleren Charakters, sagten, was sie dachten, und redeten nicht lange drum herum. Man musste nicht hinter die Worte schauen und den Doppelsinn suchen. In ihrer Gesellschaft fühlte sie sich sicherer, was, wie sie sich selbst sagte, vermutlich damit zusammenhing, dass sie außer Adele und Wilma keine Frau bisher näher kennen gelernt hatte.

Sie bedankte sich herzlich bei Lilli Kappenhofer für das Geschenk und erhob sich. »Ich glaube, mein Mann braucht mich«, murmelte sie und ging hinüber zu Johann, der mit Dan, Onetoe-Jack, George Mitford und dem Amerikaner vor der Küche stand und den Wein trank, den Kappenhofers mitgebracht hatten. Sie waren in eine lebhafte Unterhaltung vertieft und bemerkten sie nicht.

»Danke, dass du das mit Jikijiki so schnell erledigt hast«, sagte ihr Mann eben und schüttete seinen Wein hinunter, seine Bewegungen waren abgehackt, die Miene grimmig. »Sicelo erwarte ich übernächste Woche. Seine Reise wird leicht und angenehm sein, der Wagen ist fast leer. Der Rest meiner Sachen wird auf dem Meeresgrund von den Fischen gefressen. Wir haben kaum Saatgut und Werkzeug, und ich muss meine letzten Pennys angreifen, um neues zu kaufen. Wenn die Frühjahrsregen ausbleiben oder zu stark sind, die Heuschrecken über uns herfallen oder das Vieh die Lungenseuche bekommt, die, wie ich gehört habe, von umherreisenden Händlern eingeschleppt worden ist, kurzum, wenn irgendetwas passiert, was die Ernte beeinträchtigt oder meine Rinder krank macht, bin ich geliefert. Es liegt eine verdammt harte Zeit vor uns.«

»Welch lausiges Pech, zweimal Schiffbruch zu erleiden«, bemerkte Justus Kappenhofer, der sich eben zu der Gruppe gesellte. Er trug eine königsblaue Samtjacke, die merkwürdig in dieser Umgebung wirkte. »Was ist dran an dem Gerücht, dass es kein Zufall war? Tim Robertson, der, wie er mir sagte, auch auf der *White Cloud* gewesen war, ein intelligenter, engagierter, junger Mann, will in der ersten Ausgabe seiner Zeitung darüber schreiben.«

»Cato meinte, die Ankerkette wäre wirklich durch den Druck des Sturmes gerissen«, sagte Dan. »Er und Gresham haben sie geprüft. Es war wohl tatsächlich einfach nur ein Unglück.«

»Welch ein Glück für den Reedereiagenten«, grinste Jack. »Ich hab gehört, dass ihr sein gewaltsames Ableben geplant hattet. Die blutunterlaufenen Flecken hat er noch tagelang am Hals getragen.«

Der Schlangenfänger lächelte breit und spreizte seine riesigen Pranken.

»Wann zahlt die Versicherung?«, fragte Justus Kappenhofer.

Schweres Schweigen begrüßte seine Worte. Johann machte eine resignierte Handbewegung.

Mr. Kappenhofer runzelte die Brauen. »Das ist aber ein richtiges Unglück. Wenn du etwas brauchst, mein Junge, sag's mir nur.« Eine goldene Uhrenkette schimmerte unter der Samtjacke. »Du weißt, ich habe gute Verbindungen.« Vergissmeinnichtblaue Augen blitzten fröhlich, so wie seine ganze, runde Persönlichkeit fröhlich blitzte und vollkommen darüber hinwegtäuschte, welch scharfsinniger Intellekt und gewiefter Geschäftssinn sich hinter dieser Fassade verbarg.

Johann berührte ihn am Arm. »Danke, Justus, weiß ich zu schätzen. Aber noch habe ich meine beiden Hände zum Arbeiten. Das Schlimmste ist, dass die Fieberrindenbaumsetzlinge auf dem Grund des Meeres liegen.«

»Sag deinem Freund, er soll postwendend neue schicken. Ich setze eine Belohnung aus«, sagte Onetoe-Jack. Er stand breitbeinig da und hatte die Daumen unter seine Hosenträger gehakt, der Hut mit der Löwenmähne war ihm in den Nacken gerutscht.

»So leicht ist das nicht, er müsste sie aus dem Land schmuggeln, das ist gefährlich, und es sind schließlich lebende Pflanzen, die während der langen Überfahrt guter Pflege bedürfen. Außerdem ist die Verbindung von Bolivien zum Kap ja nicht gerade die direkteste. Ich werde ihn bitten, mir Samen zu senden, sobald er wieder nach Bolivien zurückgekehrt ist. Wann das sein wird, weiß ich nicht. Es kann Jahre dauern. Der Erfolg einer Anzucht aus Samen ist zudem keineswegs sicher.«

Trübsinnig starrte Onetoe-Jack in seinen Bierkrug. »Mein letzter Malariaanfall war auch nicht gerade von Pappe. Ich glaubte schon, der Herr kann ohne mich nicht mehr auskommen, da haben mir meine Frauen diese Hexe angeschleppt, diese stinkende Sangoma in Affenfellen und Tiergedärm, die Knöchelchen wirft und unaussprechliche Dinge zu einer Suppe verkocht. Sie haben mir einen scheußlich bitter schmeckenden Sud eingeflößt, ein Höllengebräu, aber, zum Henker, das Fieber wich tatsächlich. Möchte gar nicht wissen, was sie reingetan hat, Schlange und getrocknetes Affenhirn vermutlich, aber wenn's hilft, fresse ich auch Fliegendreck.« Seine Fistelstimme kiekste. »Einer meiner Amerikaner ist vom Fieber draufgegangen. Die scheinen besonders anfällig dafür zu sein. Ist nicht gut fürs Geschäft. Passen Sie gut auf sich auf, Mr. Burton.«

Flüchtig erinnerte sich Johann an seine Erfahrung mit Sangomas und grinste schief. »Ich kann mir auch keinen Anfall mehr leisten.«

»Du solltest mit auf Elfenbeinjagd kommen oder im Busch nach Gold suchen wie dieser verrückte Bernitt. Angeblich hat er einen Plan, auf dem ein Schatz eingezeichnet sein soll, obwohl ich kein Wort davon glaube. Aber er verschwindet für Wochen mit seinen Spurenlesern im Busch, und wenn er wieder aufkreuzt, hat er die Taschen voll Geld.« Onetoe-Jack ließ seinen Wein im Glas kreisen. »Würde liebend gern wissen, was er da so treibt. Gold ist hier nämlich noch nicht gefunden worden. Ich nehme an, er wildert Elfenbein.«

Kaum hatten die Worte Onetoe-Jacks Mund verlassen, brach Catherine am ganzen Körper in Schweiß aus. Sie musste sich am Geländer abstützen, um nicht zu schwanken. Aus weiter Ferne hörte sie eine Stimme neben sich, spürte eine Hand auf ihrem Arm. »Wie bitte?«, sagte sie schwach.

»Ist Ihnen nicht gut, Sie sind plötzlich so blass geworden?« Mila Arnims freundliches Antlitz schob sich in ihr Gesichtsfeld.

»Wie? Ach, nein, nein, alles in Ordnung. Ich bin nur noch ein wenig müde von der langen Reise ... ich kann eigentlich nicht reiten, wissen Sie, das heißt, jetzt kann ich's, aber vorher ... und dann der Damensitz ...« Sie verhaspelte sich und brach ab, klammerte sich an ihrem Weinglas fest und betete, dass keiner merkte, wie es um sie stand und warum. Angstvoll musterte sie ihren Mann, suchte nach einer Reaktion auf den Namen, aber zu ihrer unendlichen Erleichterung schien er ihn nicht verstanden zu haben. Etwas, das der Schlangenfänger sagte, hatte ihn abgelenkt.

Jetzt wandte er sich um, und sein Blick traf ihren. Er lächelte ihr zu. »Still jetzt, ich will Catherine nicht noch mehr beunruhigen, sie hat genug durchgemacht«, flüsterte er Onetoe-Jack zu und ging zu ihr. »Amüsierst du dich gut, mein Liebes?«

»Danke, ja«, log sie, kaum ihrer Stimme trauend. Sie wünschte, sich irgendwo verkriechen zu können, um das eben Gehörte zu verdauen. Hatte ihr anfänglich die Information, dass Inqaba wirtschaftlich auf der Kippe stand, die Laune restlos verhagelt, glich Onetoe-Jacks Bemerkung über Konstantin von Bernitt einem Erdbeben. Mit übermenschlicher Anstrengung gelang es ihr, sich nichts anmerken zu lassen. »Sagen Sie, Mr. Mitford, wie viele Hausbedienstete werde ich hier benötigen, was meinen Sie?«

George Mitford paffte an einer Zigarre und warf Johann einen schnellen Seitenblick zu. »Nun, Mrs. Steinach, das kommt ganz darauf an. Wir haben einen Küchenjungen und einen fürs Grobe im Haus und zwei, die den Garten in Ordnung halten sollen. Aber ich erlebe einen Reinfall nach dem anderen. Die Zulus sind fett und faul, dem guten Leben zugewandt und völlig uneinsichtig, dass Arbeit den Menschen adelt. Mein Küchenjunge verlangt fünf Shilling Sixpence, natürlich zusätzlich zu freier Unterkunft und Verpflegung, unglaublich.« Er kniff seine dünnen Lippen zusammen.

Dan prustete los. »Ist Ihnen mal der Gedanke gekommen, dass die Kerle wesentlich intelligenter sind als wir? Warum sollten sie arbeiten? Sie leben wunderbar ohne Arbeit, essen reichlich, liegen in der Sonne herum, kauen diesen grässlich schmeckenden Kautabak, und ihre Frauen arbeiten unterdes für sie.«

George Mitford nickte zustimmend. »Ich hab meinen Jungs eine Kuh pro Jahr angeboten, die ja immerhin ein bis zwei Pfund wert ist, aber keinen der Kaffern kann man dazu bewegen, ein ganzes Jahr ununterbrochen auf der Farm zu arbeiten. Es dauert meist keine drei Wochen, da kriegen sie Sehnsucht nach Zuhause und verschwinden.«

»Verschwinden?«, fragte Catherine, froh, dass es ihr gelungen war, die Konversation auf ein neutrales Gebiet zu lenken. »Einfach so? Haben sie keinen Vertrag?«

»Einfach so«, bestätigte Mr. Mitford. »Sie sind so primitiv, dass sie keinerlei moralische Verpflichtung ihrem Arbeitgeber gegenüber verspüren. Dabei behandeln wir sie fast wie zur Familie gehörig.«

»Unsinn, George, ihr Engländer behandelt eure Kaffern wie zahme Haustiere, nicht wie Menschen«, warf Dan ein, dem deutlich anzumerken war, dass er George Mitford nicht leiden konnte. »Ich sag Ihnen eins, irgendwann werden sie merken, dass ihr ganz normale Sterbliche seid und nicht die großen weißen Häuptlinge, die Feuerstöcke haben und geheimnisvolle Kräfte, und dass ihr von den meisten Dingen, die in ihrem Leben eine Rolle spielen, absolut nichts versteht, genauso wenig wie ihre Sprache. Und dann, mein Lieber, geht's uns an den Kragen. Sie sind nämlich absolut nicht dumm und naiv, man kann sie nicht wie einen Stier am Nasenring herumführen. Sie sind ein tapferes, kriegerisches Volk, hungrig nach Land und Rindern, die ihre Währung sind, verschlagen und schlau. Gnade uns Gott, wenn sie übermütig werden und es ihnen nach unserem Besitz gelüstet.«

»Ach, du lieber Himmel, das klingt ja ganz und gar erschreckend«, rief Catherine, die sich kaum zwingen konnte, der Unterhaltung zu folgen. »Wie sieht es bei uns aus, Johann? Diese Jikijiki, die ich heute Morgen im Busch getroffen habe, würde die vielleicht im Haus arbeiten?«, fragte sie und wunderte sich, dass Johann rot anlief und Onetoe-Jack sich wegdrehte und mit Justus Kappenhofer sofort eine lautstarke Konversation über das Wetter begann.

»Haben Sie schon Ihre hauseigene Giraffe gesehen? Nein? Dann kommen Sie«, dröhnte Dan de Villiers, zog sie sanft, aber nachdrücklich zum Geländer und zeigte hinunter aufs Wasserloch. »Soweit ich weiß, hat sie gerade ein Kalb. Nennt man das Giraffenjunge eigentlich Kalb? Weiß ich gar nicht.« Er redete schnell und lächelte breit. »Wir sollten Per Jorgensen fragen, der weiß so etwas. Per, komm doch einmal her.«

Per Jorgensen war ein blonder Hüne mit schwellenden Muskelpaketen. »Weiß nicht«, antwortete er auf Schwedisch.

»Per spricht außer seiner Muttersprache keine Sprache richtig«, informierte Dan die Hausherrin, heilfroh, dass er sie von dem heiklen Thema Jikijiki abgelenkt hatte. »Aber Cilla, seine Frau, kann ein wenig Französisch.«

Cilla Jorgensen passte zu ihrem Mann. Sie war groß, ihr Blick stahlblau und furchtlos, und ihr Profil hatte nichts Weiches, es war scharf geschnitten wie das eines edlen Wilden aus dem Norden Amerikas. Catherine musste zu ihr aufsehen und war für einen Augenblick von dieser kraftvollen Persönlichkeit eingeschüchtert. Bis Cilla lachte.

Es war ein Lachen von so mitreißender Herzlichkeit, so offen und anziehend, dass Catherine ganz warm wurde. »Mein Per weiß viel, er kann nur nicht darüber reden, er muss zu lange darüber nachdenken«, sagte Cilla in langsamem Französisch und steckte eine Strähne ihres glänzenden, blonden Haars fest, das sie in einem tiefen Nackenknoten zusammengefasst hatte. Sie legte Catherine die Arme auf die Schultern und küsste ihre Wange, einmal rechts und einmal links. »Willkommen an der Front. Ich kann gar nicht ausdrücken, wie froh wir Frauen sind, endlich Verstärkung zu bekommen. Sie müssen uns sehr bald besuchen.«

»Danke, ich komme gern«, hörte sich Catherine zur ihrem Erstaunen antworten, und es entsprach absolut der Wahrheit. »Ist es weit?«

»Nein, überhaupt nicht. Gleich jenseits des Tugela. Sollten Sie in drei bis vier Tagen schaffen. Nun zu Ihrer Frage nach den Hausangestellten«, fuhr Cilla Jorgensen fort und strich den Rock ihres schlichten, hellen Kleides glatt. »Im Prinzip hat George Recht, und am besten macht man alles selbst. Aber mein Spruch ist immer, besser einen faulen Hausangestellten als gar keinen.« Wieder dieses herrliche Lachen. »Mein Hausboy hat eine Schwester. Ich will mal sehen, ob ich die dazu bewegen kann, bei Ihnen zu arbeiten. Sagen Sie Johann, er soll Ihnen einen seiner Farmarbeiter ins Haus schicken, oder gleich zwei, damit einer nach dem Garten schauen kann. Die haben die Tätigkeit, die man als Arbeit bezeichnet, zumindest schon kennen gelernt. Die Hoffnung, europäische Hausangestellte in dieser Gegend zu finden, können Sie gleich begraben.«

Catherine hörte ihr mit gerunzelter Stirn zu. Ihr Traum, sich in Ruhe, von dienstbaren Geistern umsorgt, ihrem Buch widmen zu können, löste sich schneller auf als Rauch im Sturm, stattdessen baute sich ein unüberwindliches Gebirge von Problemen vor ihr auf. Von Hausarbeit hatte sie keine Ahnung, von der Pflege eines Gartens noch weniger. Im Hintergrund hatte sie Hühnergackern gehört, also gab es irgendwo einen Stall. Die Tiere mussten gefüttert und sauber gehalten werden, und wenn Johann glaubte, dass sie das tun würde, hatte er noch viel zu lernen.

✽

Alle blieben an diesem Abend auf Inqaba. Kappenhofers und Jorgensens waren in ihren Ochsenwagen gekommen und schliefen dort, die anderen verteilten sich aufs Haus. Es war weit nach Mitternacht, der Wein getrunken und die Kerzen längst heruntergebrannt, als Catherine sich völlig erschöpft von diesem unglaublichen Tag am Waschtisch wusch. Johann lag schon im Bett. »Dieser Onetoe-Jack ist ein merkwürdiger Mensch«, sagte sie, während sie sich das Haar bürstete. »Sieht aus wie ein zwergwüchsiger Clown, wohnt in einer primitiven Hütte mit acht Zulufrauen und hat Manieren wie ein Lord.«

»Das kommt, weil er einer ist«, murmelte Johann schläfrig.

Erstaunt drehte sie sich ihm zu. »Was meinst du damit?«

»Lord Percy Andover, der missratene Erbe eines reichen Edelmanns aus Kent. Hat als junger Mann eine Menge Unfug angestellt. Als es brenzlig wurde, hat ihn sein Vater in die Kolonien geschickt, wie das in England in diesen Fällen üblich ist. Ganze Heerscharen von missratenen Söhnen werden in den Kolonien ausgesetzt und treiben hier ihr Unwesen. Mittlerweile ist sein alter Herr gestorben, und er hat den Titel geerbt. Er könnte zurück in sein Heimatland gehen, die Gerichte pflegen glimpflich mit den Trägern hoher Titel umzugehen, außerdem ist längst Gras über seine Fehltritte gewachsen, aber er hat ein Problem. Sein Aussehen ist nicht gerade das eines Adonis. In England hat er damals keine Frau gefunden, die ihn ertragen konnte. Nun lebt er hier.«

»Und hat gleich acht und glaubt, er ist im Himmel.« Das aber dachte sie nur. Johann würde eine solche Schlüpfrigkeit von seiner Frau sicher nicht verstehen. Aufatmend sank sie in ihr Bett. Dankbar nahm sie wahr, dass es zwar muffig roch, aber nicht mehr so staubig war, nachdem Mila Arnim es ausgeschüttelt hatte. Sie zog die Decke bis zum Kinn. Über ihr Weglaufen war kein Wort mehr zwischen ihnen gefallen, aber sie nahm sich vor, am Morgen einige Dinge klarzustellen. Doch eins musste sie jetzt gleich loswerden.

»Habe ich die Konstitution eines Trekochsen und ein sonniges Gemüt? Wird es für Inqaba reichen?«

Johann, der eben wagen wollte, ihr den Arm unter den Kopf zu schieben, erstarrte. »Du hast es gehört!« Es war eine Feststellung, keine Frage.

»Ja, ich habe es gehört.« Sie sah dabei an die Decke.

Betroffen biss er sich auf die Lippen. »Alles andere auch?«

»Alles andere auch.« Damit drehte sie sich um und schloss die Augen. Johann kam es vor, als hätte sie eine Tür zugeschlagen. Während Catherine bald übermüdet einschlief, hielten ihn seine Sorgen und Schuldgefühle die ganze Nacht über wach.

*

Das Fest dauerte drei Tage. Tagsüber ritten die Männer aus, die Frauen machten es sich, nachdem sie die Hausarbeit gemeinsam erledigt hatten, auf der Terrasse bequem und tauschten Klatsch über den Rest der Kolonie aus. Catherine hörte neugierig zu.

»Jeder kennt hier jeden«, sagte Mila, »und jeder weiß alles über jeden und redet darüber. Aber wenn einer in Not ist, helfen alle. Ohne diesen Zusammenhalt könnten wir in diesem harten Land nicht überleben.«

»Wo wir gerade von Überleben sprechen, ich habe hier etwas mitgebracht.« Maria Kappenhofer reichte ein Quadrat gewebter Seide in die Runde. Es war ungefärbt und noch verhältnismäßig grob in der Struktur. »Meine erste Seidenernte«, sagte sie stolz. »Von der Raupe bis zum Seidenfaden.«

Angeregt begutachteten alle den Stoff, befingerten ihn fachmännisch, bemerkten den feinen Glanz, erörterten die Chancen, damit die verwöhnten Damen in Kapstadt zu begeistern und so zusätzliches Geld zu machen. So verging der Nachmittag, bis die Männer unter lautem Rufen und Gelächter wieder auf den Hof ritten.

»Das wird auch Zeit«, sagte Catherine. »Ich habe schon Hunger.«

Dan, der Schlangenfänger, kam triumphierend grinsend auf die Veranda marschiert und ließ eine armdicke Python vor ihnen auf den Boden gleiten. Catherine sprang erschrocken auf, merkte aber schnell, dass das Reptil mausetot war. Die anderen Damen beugten sich interessiert vor und begutachteten die Größe des Tieres und seinen guten Ernährungszustand.

»Python à la Congeraal gibt es heute Abend, gesotten, mit Kräutern und Zitronenbutter.« Dan küsste seine Fingerspitzen. »Ich werde sie gleich häuten. Johann, mach mal das Feuer an.«

Johann, sein weites Hemd in den Hosenbund stopfend, tauchte hinter ihm auf. Mit beiden Händen fuhr er sich durch die Haare, beugte sich über seine Frau und küsste sie. »Ich grüße dich, mein Herz, hast du einen guten Tag gehabt? Bald gibt es etwas zu essen. Wir sind hungrig wie die Löwen.«

Catherine vermochte nur zu nicken. Hinter ihr ertönte ein leises Lachen. Sie drehte sich um und sah sich Mila Arnim gegenüber.

»Ich kann auf Ihrem Gesicht lesen, dass Sie uns für barbarische Wilde halten. Versuchen Sie sich von dem Bild einer Schlange freizumachen, gehäutet sieht sie genauso aus wie ein leckerer Nordseeaal und schmeckt fast noch besser. In Europa werden schließlich auch Schnecken und Fischotter gegessen und Froschschenkel als Delikatesse betrachtet.«

Catherine mühte sich noch, diese Information zu verdauen und in Beziehung zu der toten Schlange zu bringen, als aufgeregtes Hundegebell Onetoe-Jack ankündigte. Seinen Löwenmähnenhut in den Nacken geschoben, eine dicke Zigarre zwischen die Zähne geklemmt, polterte er herbei und zeigte ihnen in der Pose eines Gladiators ein großes Stück bluttriefendes Fleisch, das er auf einen angespitzten Stock gespießt hatte. Das eher wabbelig wirkende Fleisch war mit einer braunen, lederartigen Haut bedeckt. »Hab 'nem Hippo ein Steak aus dem Hintern geschnitten«, kicherte er mit Fistelstimme und beobachtete amüsiert den Eindruck, den seine Erzählung auf die junge Frau Steinach machte. »Der Rest ist abgehauen.«

Catherine starrte ihn an. Das, was sie glaubte verstanden zu haben, konnte nicht sein Ernst gewesen sein. »Abgehauen?«, stotterte sie.

»Nun, meine Kugel ging fehl und blieb in der dicken Schulterschwarte stecken. Es war ein junger Hippo und kräftig. Er fiel um, rappelte sich aber wieder hoch, und ich erwischte ihn gerade noch am Hinterbein, wollte ihn mit dem Messer erledigen, aber die Klinge rutschte ab und landete im Hinterschinken. Da hab ich das Messer dann einfach durchgezogen und ein Stück abgesäbelt. Das Vieh schrie wie ein abgestochenes Schwein, riss sich los und verschwand im Fluss. Hoffentlich haben es die Krokodile nicht erwischt.« Mit diesen Worten humpelte er kichernd zum Kochhaus, wo ein dünner Rauchfaden ankündigte, dass das Feuer angefacht wurde.

Catherine schlängelte sich durch die angeregt plaudernden Gäste und erreichte das Kochhaus vor ihm. Johann, der vor der Feuerstelle kniete und das Feuer zum Leben zu erwecken trachtete, sah hoch und bemerkte besorgt, dass sie völlig außer sich schien.

»Was hast du mitgebracht, um unsere Speisekarte zu bereichern«, fragte sie sarkastisch. »Zarten jungen Affen oder vielleicht knackige Ameisen? Heuschrecken und dicke Maden sollen ja auch gut schmecken.« Sie wusste, dass Eingeborene Derartiges aßen.

Hinter ihr tauchte Onetoe-Jack mit seiner aufgespießten Fleischmahlzeit auf, und Johann verstand, weswegen sie so echauffiert war. Er dachte an die getrockneten Mopaniraupen, die er vorhin von einem Zulu gegen reife Bananen eingetauscht hatte und die er in Erdnussbutter als Delikatesse servieren wollte, und beschloss, vorläufig noch nichts davon zu erwähnen, sondern sie im Vorratsraum ganz hinten in eine dunkle Ecke zu stellen. »Du darfst Onetoe-Jacks Natalgeschichten nicht zu ernst nehmen«, sagte er und zwinkerte seinem Freund dabei zu. »Du brauchst auch nichts davon zu essen, Liebling. Soll ich ein Huhn schlachten und es dir braten?«

Sie bedachte ihn mit einem scharfen Blick. Blitzartig überfiel sie bei dieser Vorstellung die Erkenntnis, dass es völlig egal war, wie das Tier, das sie gebraten verzehren sollte, zu Lebzeiten ausgesehen hatte. Wieder einmal befand sie sich an einem Scheideweg ihres Lebens. Entweder sie wurde auf der Stelle zur Vegetarierin, oder sie würde sowohl Python als auch Hippopotamus als Nahrung betrachten. Schließlich war der Vorgang, einem Huhn den Hals durchzuschneiden, nicht weniger blutig als die Gewinnung eines Flusspferdsteaks, vom lebenden Tier wie vom toten. Sie holte tief Luft. »Nein, nein, es ist schon gut. Es ist nur ein wenig gewöhnungsbedürftig.« Es gelang ihr, ein Lächeln auf ihr Gesicht zu zwingen, wenn es auch noch etwas schwach ausfiel.

»Das ist Afrika«, bemerkte Lilly Kappenhofer hinter ihr. »Meine Mama hat ein delikates Rezept für Stachelschwein in Portwein, und ihr geräucherter Seekuhschinken ist wunderbar.« Sie strahlte, dass ihre Sommersprossen tanzten.

»Seekuh?«

»Euphemismus für Hippopotamus«, kicherte Lilly.

Ihre Gastgeberin war sich nicht sicher, ob sie veräppelt wurde, und nickte vorsichtshalber nur stumm. Sie sehnte sich nach einer ruhigen Minute, in der sie ihre Erlebnisse ihrem Tagebuch anvertrauen konnte, sie ordnen, hin und her wenden und relativieren. Im Moment fühlte sie sich, als tastete sie sich mit verbundenen Augen durch einen Irrgarten voller fremdartiger Gegenstände, an denen sie sich ständig stieß.

Onetoe-Jack schnitt eben schneeweißes Hippofett in einen Topf, fügte ein paar höllenscharfe Chilischoten hinzu, streute je eine Hand voll Reis und Mehl darüber. »Ihr habt nicht zufällig eingelegte Walnüsse? Nein? Nun, es geht auch so. Aber ein paar Kräuter aus dem Garten könnte ich gebrauchen.« Er blickte Catherine auffordernd an, die nur ihre Schulter zuckte. Sie wusste nicht einmal, wo der Kräutergarten von Inqaba lag.

»Ich habe schon welche gepflückt. Bedien dich«, sagte Johann und stellte einen dreibeinigen, gusseisernen Topf auf die Felssteine, zwischen denen nun das Feuer munter flackerte. »Bohnensuppe«, erklärte er mit begehrlichem Gesichtsausdruck. »Hat Maria Kappenhofer gemacht.«

»Habt ihr denn keinen Küchenjungen, der diese Arbeiten erledigt?« Prudence Mitford trat heran und wickelte dabei ihre

Röcke eng um sich, als würde allein die Berührung mit einer solchen Arbeit sie beschmutzen.

»Doch. Er kniet vor dir«, grinste Johann.

»Das ist unser Johann, wie er leibt und lebt«, rief Prudence. »Immer zu Witzen aufgelegt.«

Catherine fing den schnellen Blick auf, den er ihr zuwarf, während er emsig in der Bohnensuppe rührte, konnte ihn aber nicht deuten. Sie nahm sich vor, die Frage nach Küchenjunge, Hausmädchen, Gärtner und Köchin heute Abend im Bett zu klären. Scharfes Brennen lenkte ihre Aufmerksamkeit auf ihre Füße.

Sie sah hinunter. Eine Armee roter Ameisen marschierte über ihre Fußrücken. Einige hatten sich an ihren Knöcheln festgebissen, die anderen strebten den Essensabfällen zu, die sich vor der Küche türmten. Grün schillernde Schmeißfliegen wimmelten über den stinkenden Haufen und krochen ins Innere des abgetrennten Pythonkopfes. »Das ist ja ekelhaft!«, rief sie, während sie versuchte, die rabiaten Insekten aus ihrer Haut zu lösen. »Essensreste gehören in eine Abfallgrube, Johann. Haben wir so etwas nicht?«

»O doch, sogar mit einer sehr wirksamen Abfallbeseitigung. Ich hab es den Zulus nachgemacht und werfe unsere Fleischabfälle in eine Grube, die genügend weit vom Haus entfernt ist. Ein Hyänenrudel lebt dort und sorgt dafür, dass alles säuberlich vertilgt wird. Holzasche, Gemüseabfälle und auch der Inhalt unserer Toilette werden über den Gemüsegarten verteilt, um Mutter Erde zu ernähren. Praktische Leute, diese Zulus, sehr naturnah.« Seine Miene heischte Beifall.

Hatte sie sich verhört? »Willst du mir weismachen, dass ein Hyänenrudel beim Haus lebt?«

Johanns Antwort kam hastig. »Keine Angst, die tun uns nichts, die sind meist ziemlich voll gefressen.«

Catherine fing Prudences neugierig boshaften Blick auf und hob sich die Frage, was diese Hyänen als Nahrung ansehen würden, wenn sie einmal nicht genügend Abfall bekamen, für den Moment auf, wenn sie mit Johann allein war.

Die Python schmeckte tatsächlich wie Aal, war nur nicht so fett, aber das Hipposteak hatte trotz der Schärfe der Chilischoten und dem würzigen Aroma von Thymian und Rosmarin einen deutlich fischigen Nachgeschmack. Stoisch aß sie das kleine Stück, das ihr Onetoe-Jack auf den Teller gelegt hatte, lehnte aber dankend ein weiteres ab. Das Kürbismus mit Curry, die Zulukartoffeln, weiße, nierenförmige, in Hippofett gebratene Knollen, frisches Brot, von Mila Arnim gebacken, und gekochte Süßkartoffeln waren so reichhaltig vorhanden, dass keiner hungrig blieb. Zum Schluss tischte Johann vor Stolz strahlend selbst gemachten Fruchtsalat mit einem großen Klacks dicker Sahne auf, die Emilie Arnim vorsorglich mitgebracht hatte. Frisch gebrühter Kaffee und von Cilla Jorgensen gebackener Honigkuchen rundeten dieses Mahl ab.

Noch lange saßen sie zusammen, tranken Justus Kappenhofers guten Wein, wurden immer fröhlicher und die Geschichten immer fantastischer. Allmählich verschwamm die weite Landschaft im Dunst der aufziehenden Dunkelheit, und die Geschöpfe der afrikanischen Nacht erwachten. Hyänen lachten, Ochsenfrösche blökten, Zikaden fiedelten, und Affen schnatterten schläfrig. Nur das tiefe Röhren eines Löwen, das durch den Kern der Erde rollte und alle anderen Tiere verstummen ließ, erinnerte Catherine daran, dass da draußen nur ein Gesetz herrschte. Das Überleben des Stärksten.

Johann zog sie eng an sich, dachte an den Hügel der Mimosen und betete schweigend, dass er sie beschützen konnte, dass Afrika ihr nie Schaden zufügen würde.

Der Mond wurde schon blass, als sie endlich ins Bett gingen.

Am nächsten Morgen verließen die Gäste nach einem ausgedehnten Mahl gegen Mittag die Farm, und nicht eine Sekunde lang hatte Catherine ungestört mit Onetoe-Jack reden können, um ihn gefahrlos nach Konstantin zu fragen.

Als die Steinachs zuletzt noch Dan, den Schlangenfänger, und Mila Arnim verabschiedet hatten, gingen sie schweigend Seite an Seite ins Haus. Zu ihrem größten Erstaunen verspürte Catherine eine Art Verlust, ein ziehendes Gefühl von Einsamkeit; sie vermisste die lebhafte Gesellschaft dieser bunten Schar schon jetzt.

»Du lächelst, Liebling? Sag mir, was dich erfreut«, bat Johann.

»Ich mag deine Freunde«, erwiderte sie, und nun lächelte auch er.

»Gibt es einen Herrn Arnim?«, fragte sie, während sie das Geschirr in der Küche auftürmte.

»Gab es. Richard war Elfenbeinjäger. Einer seiner Treiber hatte einen Elefanten verletzt. Der alte Bulle war rasend vor Schmerzen, und Richard war im Weg.« Er verschwieg, dass man, nachdem es seinen Begleitern gelungen war, den Bullen zu töten, Richard Arnim nur noch an Kleiderfetzen und Haarbüscheln erkennen konnte. »Seitdem lebt Mila allein, geduldet von König Mpande, den sie wie wir alle mit Geschenken bei Laune hält. Ihr Anwesen hat nicht die Größe einer Farm, wirft aber genug ab, dass sie davon leben kann.«

Ganz allein in dieser Wildnis! Catherine mochte sich das nicht einmal vorstellen. Gemeinsam räumten sie auf und gingen mit der Sonne ins Bett.

»Ich muss noch vor den Hühnern aufstehen«, erklärte Johann.

»Wir werden also nicht zusammen frühstücken?«

»Nein, tut mir Leid, der Mann, den ich als Aufseher während meiner Abwesenheit eingestellt habe, wird morgen die Farm verlassen. Ich muss mit ihm auf die Felder und zu den Rindern, um alles zu kontrollieren. Ich muss dich tagsüber weitgehend allein lassen.«

Sie biss sich auf die Lippen bei der Vorstellung, den geschlagenen Tag mutterseelenallein in diesem Haus zu verbringen.

»Ich schicke dir einen meiner Farmarbeiter, wie Cilla vorgeschlagen hat«, sagte er kurz vor dem Einschlafen. »Sein Name ist Mzilikazi, und er wird dir im Haushalt und im Garten zur Hand gehen, du musst ihn nur anleiten. Er ist nur wenig älter als du und braucht Geld, um sich Kühe für den Brautpreis seiner Auserwählten kaufen zu können.« Er lächelte im Dunkeln. »Da es sich um die älteste Tochter eines bedeutenden Häuptlings handelt, ist sie teuer, er braucht also viel Geld. Eine gute Voraussetzung für die Bereitschaft, hart zu arbeiten.« Und er würde sein Möglichstes tun, dass Mzilikazi den Brautpreis so schnell wie möglich verdienen konnte, denn er war es, der sein Auge auf Jikijiki geworfen hatte. War sie erst einmal verheiratet, würden sich ihre Wege nicht wieder kreuzen. Verheiratete Zulufrauen traten nicht in die Dienste Weißer, die Arbeit im Umuzi und auf den Feldern war ihre Aufgabe, und auf eheliche Untreue stand die Todesstrafe.

»Nun gut, aber wir brauchen für den Anfang zumindest noch eine Frau, die kocht und den Haushalt führt, und einen Gärtner. Ich verstehe gar nichts vom Gärtnern.«

Johann addierte im Kopf die Kosten für die Personalwünsche und seufzte. »Hm«, machte er vage, nicht zustimmend, nicht ablehnend. »Wirst du mit Mzilikazi vorerst auskommen, bis ich jemanden gefunden habe, der deinen Ansprüchen genügt?«

»Werde ich wohl müssen«, antwortete sie und fühlte sich nach den geselligen Tagen doppelt einsam.

»Abends bin ich wieder da und die ganze Nacht lang, jede Nacht«, flüsterte er, als hätte er ihre Gedanken gehört. Zart streichelte er die seidige Haut unter ihrem Nachthemd, bis sie sich zu ihm drehte und sich in seine Wärme schmiegte.

KAPITEL 12

Pünktlich zum Sonnenaufgang kreisten die Hadidahs um ihr Haus und schrien so lange, bis Catherine endgültig aufwachte. Schon vor zwei Stunden hatte sie im Unterbewusstsein das Klappern von Shakespeares Hufen gehört, als Johann vom Hof ritt. Kühles Morgenlicht filterte durchs Musselin, es roch feucht. Offenbar hatte es nachts geregnet. Sie schwang die Beine über die Bettkante. Verschlafen schaute sie sich in dem unordentlichen, staubigen Zimmer um und wünschte sich auf der Stelle weit fort.

»Wat mut, dat mut«, bemerkte Grandpère Jean. Diesen Ausdruck hatte er von Catherines Mutter aufgeschnappt. Er fand ihn ganz wunderbar, meinte, dass man Pflichtbewusstsein nicht präziser und kürzer ausdrücken könne.

Sie zog eine Grimasse. Die Wahrheit konnte manchmal sehr unbequem sein. Gähnend streckte sie sich und kippte Wasser in ihre Waschschüssel. Johann hatte ihr genug für eine ausgiebige Morgenwäsche dagelassen. Dann zog sie das alte, ausgebleichte Kattunkleid an, schlüpfte in ihre Schuhe, die sichtlich unter ihrem Ausflug in die Wildnis gelitten hatten, und ging in die Küche. Johann schien ohne Frühstück losgeritten zu sein. Es stand keinerlei Geschirr herum, und die Feuerstelle im Kochhaus war kalt. Im Vorratsraum, der noch gut gefüllt war mit Überbleibseln ihres Festes, nahm sie sich hart gekochte Eier, Brot, Butter, ein wenig Schweineschinken in Aspik und ein gutes Stück von der Warzenschweinkeule. Der Rand war schmierig und roch schon unangenehm, aber den konnte man ja abschneiden. Sie ging sämtliche Vorräte durch und fand, dass noch genug für mindestens drei Mahlzeiten da war. Wohlgemut setzte sie sich an den Küchentisch und aß. Da sie keinen Schimmer hatte, wie man die gelblich grünen Kaffeebohnen, die Kappenhofers mitgebracht hatten, in ein braunes Getränk verwandelte, und auch keine Zündhölzer, nicht mal einen Feuerstein mit Stahl fand, um ein Feuer für Teewasser zu machen, trank sie kaltes Wasser.

Eben wischte sie mit einer Brotrinde ihren Teller sauber, als sie ein Geräusch von der offenen Küchentür her vernahm. Sie schaute hoch und sah sich einem Zulu gegenüber, einem gut gebauten jungen Mann mit seelenvollen braunen Augen und einem breiten Lächeln.

»Sawubona, Nkosikasi«, sagte er und wartete.

Sie legte ihren Kopf schief. »Sawubona?«, antwortete sie, nicht sicher, ob das die korrekte Antwort war.

»Yebo«, rief er erfreut, und dann schwiegen sie wieder.

Nach einigen Minuten, in denen sie sich ernsthaft gegenseitig musterten, hielt er ihr mit beiden Händen einen Zettel hin. Es war ein kurzer Gruß von Johann und der Hinweis, dass der junge Mann Mzilikazi hieß und der angekündigte Hausdiener sei. Sie seufzte. Ihr Alltag auf Inqaba hatte begonnen.

»Woza«, sagte sie, das Geschrei der Zuluträger bei ihrer Ankunft in der Durbaner Bucht noch im Ohr, und winkte ihn ins Haus.

Sein nackter Oberkörper glänzte fettig. Er roch etwas ranzig, aber in keinster Weise abstoßend, und trug die übliche Zulutracht von strategisch platzierten Kuhschwanzquasten und einem Schürzchen aus steifer Rinderhaut, das kaum seine Gesäßbacken bedeckte. So viel männliche Körperlichkeit in unmittelbarer Nähe empfand sie als unangenehm und beschloss, ihm so bald wie möglich eine Hose zu besorgen. Vielleicht besaß Johann eine alte. Mit Handzeichen bedeutete sie Mzilikazi, dass er ihr für jeden Gegenstand das Zuluwort nennen sollte.

Den ganzen Vormittag wanderte sie mit ihm durch die Räume, immer wieder, merkte schnell, dass der Zulu noch nie ein europäisches Haus von innen gesehen hatte, und verwünschte Johann mit Hingabe. Als die Sonne am höchsten stand, hieß sie ihn einen Stuhl auf den Hof in den Schatten des Kaffirbaums stellen und ließ sich darauf nieder. Der junge Zulu streckte sich auf dem Boden aus, den Oberkörper gegen den Stamm gelehnt.

Die Hitze fing sich unter dem Blätterdach, Fliegen summten, und die Mittagsstille legte sich übers Land. Sie teilten sich Brot, Fleisch und Wasser und schwiegen gemeinsam. Es war ein wohltuendes, geselliges Schweigen, so wie sie es von César gelernt hatte. Jeder hing träumerisch seinen Gedanken nach. Später fütterten sie die Hühner, deren Stall an den Obstgarten grenzte, und sie lernte dabei eine Menge neuer Worte, wiederholte jedes mehrmals. Es war schwieriger, als sie erwartet hatte, immer wieder brach Mzilikazi in Gelächter aus, bis ihm die Tränen herunterliefen. Er schien sich königlich zu amüsieren. Sie entnahm seinen Heiterkeitsausbrüchen, dass ihre Betonung falsch war und sie so den betreffenden Wörtern eine völlig andere Bedeutung gab. Streng bedachte sie ihn mit einem zurechtweisenden Blick, der jedoch keinerlei Wirkung zeigte.

Auf dem Rückweg blieb er abrupt stehen, bückte sich und untersuchte eine Fußspur im roten Sand. »Ingwe«, sagte er, als er sich aufrichtete.

Fragend sah sie ihn an. »Ingwe?« Sie betrachtete die Spur. Es war die einer Katze, einer sehr großen Katze, aber für einen Löwen zu klein. Ein Leopard?

»Ingwe«, nickte Mzilikazi, bleckte seine Zähne, knurrte, schlug mit seiner Hand wie mit einer Pranke nach ihr und malte das unbeholfene Bild einer großen Raubkatze mit gefleckter Fell in den Sand.

Sie erschrak. Ein Leopard war hier gewesen, noch vor kurzem, direkt vor ihrem Haus. Nervös die Umgebung beobachtend, rannte sie den Weg zurück zur Küche. Keine zehn Pferde würden sie heute wieder hinaus in den Garten locken. Die Uhr ihres Vaters, die sie seit seinem Tod mit sich herumtrug, war stehen geblieben, und sie konnte nur nach dem Sonnenstand urteilen, dass noch Zeit blieb, das Haus zu säubern. Mzilikazi bewegte sich mit bedächtiger Gemächlichkeit, schaute interessiert zu, während sie wischte und fegte, berührte diesen Gegenstand und jenen, begutachtete fachmännisch Césars Speer, den sie neben ihrem Bett an die Wand gehängt hatte, spähte alsdann in den Schrank, holte, ehe sie reagieren konnte, ihr Seidenkleid heraus, und versuchte, es sich über den wolligen Kopf zu ziehen.

»Cha!«, schrie sie ihm ein frisch gelerntes Nein auf Zulu entgegen und erntete erneut fröhliches Gelächter. Offenbar war die Betonung schon wieder falsch gewesen, denn er hängte das Kleid nicht zurück, sondern warf es auf den Boden und verschwand. Aufgebracht lief sie ihm nach, rief ihn energisch, aber es war, als hätte der Busch ihn verschluckt. Aufs Höchste verärgert, schwor sie sich, ihn morgen gründlich zur Rede stellen, egal, in welcher Sprache. Sie würde ihm ihr Missfallen schon deutlich machen.

Sie arbeitete allein weiter. Schweiß lief ihr in Strömen herunter, Blasen wuchsen auf ihren Händen, ihre Nägel brachen ab, und abends, als Johann auf den Hof geritten kam, tat ihr jeder Muskel im Körper so weh, war sie so müde, dass sie nicht mehr genug Energie aufbrachte, ihm wegen Mzilikazi Vorwürfe zu machen.

Sie aßen kalte Vorräte und begaben sich gleich darauf ins Bett.

Am nächsten Morgen wartete sie vergeblich auf den Zulu. Aufgebracht ging sie in den Garten, fütterte die Hühner mit Maiskörnern, die ihr Johann hingestellt hatte, und pflückte einen großen Strauß bunter Blumen, deren Namen sie nicht kannte, um sich wenigstens über etwas freuen zu können. Als Johann verdreckt und verschwitzt auf den Hof ritt, verlangte sie, dass er Mzilikazi zwingen solle, zur Arbeit zu erscheinen.

Johann verbarg ein müdes Lächeln. »Du kannst einen Zulu zu nichts zwingen. Entweder er kommt von allein, oder er kommt nicht. Ich werde versuchen, dir ein Mädchen zu besorgen und jemanden, der im Garten arbeitet und den Hühnerstall ausmistet.«

»Diese Jikijiki fand ich sehr angenehm, und sie ist jung und kräftig. Versuche doch, sie zu bekommen.«

Ganz bestimmt nicht, dachte Johann, sagte aber nichts, sondern nickte nur und saß ab. Seine Beine zitterten. Das Fieber war wiedergekommen. Noch heute würde er in Sicelos Umuzi reiten und seine Mutter fragen, ob sie ihm das Mittel gegen Fieber zubereiten könne. Er würde ein Huhn als Anreiz mitnehmen. Die alte Zulu war eine erfahrene Kräuterheilerin und verstand sich aufs Geschäft.

»Ich muss zu den Rindern«, sagte er nach dem Essen. »Die Lungenseuche ist nicht weit von hier ausgebrochen. Wir müssen die Herde in eine andere Gegend treiben. Ich werde nicht vor Sonnenuntergang wiederkommen, denn ich muss noch nach Kwabantubahle. Es tut mir Leid, dass ich dich so viel allein lassen muss, gerade jetzt, in den ersten Tagen. Ich verspreche dir, dass es besser wird, wenn Sicelo wieder da ist.« Er drückte ihr einen Kuss auf die Lippen und saß auf.

»Halt, warte. Was ist Kwabantubahle?«

»So nennt Sicelo sein Umuzi. Der Ort der freundlichen Menschen.« Er winkte und ritt vom Hof. Das Hufklappern entfernte sich rasch, und sie war wieder allein.

Missgelaunt ging sie ins Kochhaus, wo die Glut noch heiß genug war, dass sie sich einen Kaffee brauen konnte, pechschwarz, denn Milch gab es nicht, weil keine ihrer Kühe kürzlich gekalbt hatte. Johann hatte ihr gestern gezeigt, wie man die grünen Kaffeebohnen in der Pfanne röstet. Er tat es mit großem Geschick und mahlte die duftenden Bohnen in der Kaffeemühle, die er aus dem Schrank hervorgezaubert hatte. Den dampfenden Becher in der Hand, strich sie durch ihr Haus. Im Schlafzimmer sah sie ihre Kleidung durch, nähte einen Knopf an, brütete über dem Problem, wie sie die Seewasser- und Stockflecken aus dem Seidenkleid entfernen konnte. Wilmas Buch fiel ihr ein. Vielleicht fand sie darin die Lösung.

»Stockflecke aus Seidenzeugen machen«, las sie laut. »Zerschneide ein Stück Seife und koche sie. Das, was sich beym Kochen lang zieht, schmiere auf die Flecke, dann thu etwas klein geriebene Pottasche darauf, breite das Zeug auf einen langen grünen Graßfleck, und laß es so 24 Stunden liegen ...«« Ungeduldig klappte sie das Buch zu. Woher sollte sie in dieser Wildnis Pottasche nehmen? Sie schaute auf die Uhr, die sie nach Johanns hatte stellen können. Eine Stunde nach Mittag. Noch früh am Tag. Sie stand im Zimmer und lauschte der Stille. Über ihr raschelte etwas durchs Rieddach, die Hühner gackerten schläfrig, Fliegen summten, das Käsemusselin blähte sich im sachten Luftzug. Aus dem Hitzedunst in der Ferne schwebten Stimmen herüber, menschliche Stimmen. Sie erinnerte sich, dass Mzilikazis Umuzi in der Nähe sein musste, und verspürte große Lust, hinzureiten und ihn zurechtzustauchen. Bevor sie sich richtig bewusst war, was sie tat, stand sie am Pferdeunterstand und schleppte den schweren Sattel zu Caligula hinüber, der unter einem Schattenbaum den Tag verdöste.

»Wenn du den Sattel auflegst, pass auf, dass der Gaul sich nicht aufbläst und die Gurte zu locker werden, sonst fällst du hinterher herunter«, hatte Johann sie gewarnt.

Es kostete sie schweißtreibende fünfundvierzig Minuten, bis sie endlich triumphierend im Sattel saß und im Schritttempo vom Hof ritt, unter dem gelben Blütenmeer der Alleebäume entlang, den fernen Stimmen entgegen. Der Weg dorthin war nicht mehr als ein überwucherter Trampelpfad. Caligula trottete lustlos dahin und blieb mehr als einmal stehen, um ein saftiges Blättchen am Wegrand abzureißen, doch endlich sah sie einen Staketenzaun und darüber die runden Dächer der Bienenkorbhütten durch den Busch schimmern.

Ihr Erscheinen verursachte einen Menschenauflauf. Das Umuzi war ziemlich groß, und kaum hatte ein Hirtenjunge, der eben mit seinen Rindern vom Feld zurückkehrte, ihre Anwesenheit entdeckt und diese mit weithin tragender, heller Stimme allen mitgeteilt, sah Catherine sich von einer Traube durcheinander schnatternder Zulus umringt. Mittendrin entdeckte sie Jikijiki, die offenbar schon wieder imstande war, ihren Fuß zu belasten. Sie glitt aus dem Sattel, band Caligula am Zaun fest und bahnte sich ihren Weg zu Jikijiki.

»Sawubona«, flüsterte diese schüchtern und berührte den Arm der Weißen mit den Fingerspitzen. Dann rief sie ein paar Worte auf Zulu in die Menge.

Eine Welle von Freundlichkeit schlug ihr entgegen. Besonders eine ältere Zulu, die die kunstvolle Frisur und den steifen Rindshautrock einer verheirateten Frau trug, überschüttete sie mit Worten, berührte sie und zog sie dann, lebhaft dabei weiterredend, ins Umuzi hinein. Catherine verstand kein Wort, ließ es aber lachend geschehen. Auf dem Platz vor dem Viehgatter bedeutete ihr die Matrone stehen zu bleiben, eilte auf kurzen, säulenförmigen Beinen nach draußen und erschien gleich darauf mit Jikijiki im Schlepptau. Dann folgte wieder ein Wortschwall voller Klicks und Zischeln, lang gezogener dunkler Vokale und breitem Lachen.

Umame, verstand Catherine, und da die Zulufrau erst auf ihren eigenen, üppigen Busen zeigte und dann auf Jikijiki, nahm sie an, dass die Matrone die Mutter des Mädchens war.

»Yabonga ghakulu«, sagte die gewichtige Schwarze zum Schluss und ließ ein tiefes, glucksendes Lachen hören.

Großen Dank, auch das verstand Catherine, und nun begriff sie, dass die Mutter von Jikijiki ihr für die Hilfe, die sie ihrer Tochter hatte angedeihen lassen, dankte. »Yabonga«, antwortete die junge Deutsche und erntete einen Begeisterungssturm. Die jungen Mädchen und die mutigsten unter den Kindern zupften an ihr herum, streichelten sie, kniffen zart in ihre Haut. Sie stand da, ein wenig schüchtern, ihr Lächeln etwas unsicher, und wurde völlig überrascht von der Wärme, die sie durchflutete.

Jikijiki verschwand in einer Hütte, und Catherine schaute sich im Umuzi um. Es lag auf einer kleinen Anhöhe und unterschied sich nur durch die Anzahl der Hütten von dem von Onetoe-Jack, sonst war es genau gleich konstruiert, und es roch auch genauso. Nach Kuh und Dung, Ziegen, Staub und Rauch und süßem Gras.

Ihr Blick wanderte über die Landschaft. Aus dem zarten, grün getönten Dunstschleier am Horizont leuchtete ein flacher Hügel in strahlendem Gelb. Vielleicht war er mit Kiaatbäumen bewachsen wie ihre Auffahrt?

»Kostbares Holz«, hatte ihr Johann erzählt, als sie nach dem Namen der Bäume fragte. »Afrikanisches Eisenholz. Wenn sie groß sind, sind sie sehr viel wert. Ein hölzernes Bankkonto könnte man sie nennen.«

Sie sah genauer hin. Das Gelb schien ihr jedoch heller, es war kein Dottergelb wie das ihres Kleides. Vielleicht Mimosen. Die blühten offenbar um diese Zeit, denn ihr Baum, der neben der Veranda wuchs, war auch über und über mit kleinen gelben Pompoms bedeckt. Hübsch, dachte sie und ließ ihre Augen weiterwandern.

Jikijiki schlug eben die Rinderhaut, die den Eingang ihrer Hütte verschloss, zurück und kroch heraus. Mit beiden Händen hielt sie der Weißen einen zwei Zoll breiten Gürtel aus weißen Perlen mit eingearbeitetem gelbem Muster hin, der mit einer gedrehten Schnur geschlossen wurde. Catherine nahm ihn zögernd entgegen, fragte auf Englisch und mit großen Gesten, ob das Geschenk für sie wäre. Die Zulu nickte heftig.

»Yabonga«, sagte Catherine, traute sich noch nicht an das zweite Wort heran. Sie legte den Gürtel um und drehte sich langsam unter dem lebhaften Beifall der Frauen um die eigene Achse. Die Mädchen sprangen hoch, stießen helle Trillerlaute aus, und zwei kleine Jungs sausten Rad schlagend durchs Umuzi. Selbst einige alte Männer, die bisher lethargisch vor sich hingestiert hatten, klatschten in die Hände und grinsten mit zahnlosen Mündern. Eine der übergewichtigen Matronen hob ihre Arme und wiegte sich unter lauten Rufen hingebungsvoll im Tanz.

»Woza«, schrie sie Catherine zu und stampfte ihren mitreißenden Rhythmus in Afrikas rote Erde. Andere versuchten, Catherine mitzuzerren, doch sie befreite sich verlegen und bahnte sich einen Weg aus dem Zentrum dieses menschlichen Strudels.

»Mzilikazi?«, fragte sie. »Mzilikazi Umuzi – ist das hier?« Sie zeigte nachdrücklich auf den Boden. Langsam fiel der rasante Tanz in sich zusammen. Ihre Worte wurden mit großer Verwunderung und einem Strom von schnellem Zulu aufgenommen, besonders Jikijiki geriet in helle Aufregung. Es stellte sich heraus, dass Mzilikazis Umuzi etwas weiter im Süden lag.

»Mzilikazi arbeiten in Inqaba«, erklärte sie mit lauter Stimme, als verstünden die Schwarzen ihr Englisch dann besser, und versuchte die Tätigkeit in Pantomime zu beschreiben.

Die Zulus bogen sich vor Lachen, verstanden aber offenbar nichts. Rasch sah sich die Weiße um, entdeckte einen Besen aus gebündeltem Stroh, packte ihn und fegte mit übertriebenen Bewegungen den Boden. »Arbeiten«, erklärte sie.

»Eh, umsebenzi«, rief Jikijiki aus, und es war klar, dass sie verstanden hatte. Eifrig machte sie unmissverständlich klar, dass sie, Jikijiki, bei ihr arbeiten wollte.

Hoch erfreut willigte die Weiße ein, und nach wortreichem Abschied und viel Gelächter kletterten beide auf den mit Fliegen bedeckten und wohl deswegen äußerst missgelaunten Caligula.

*

Johann trieb Shakespeare an. Das Huhn, das er Sicelos Mutter zugedacht hatte, steckte in seiner Satteltasche und gackerte empört vor sich hin. Er zog seine Uhr hervor und sah, dass es erst vier war, noch Zeit, um Dan zu besuchen, bevor er Sicelos Umuzi aufsuchen würde. Gestern waren der Schlangenfänger und er sich am Wasserloch über den Weg gelaufen, und Dan hatte ihm berichtet, dass seine Katze vor sechs Wochen Junge geworfen hatte.

»Vielleicht möchte Catherine eins haben? Sie sind wirklich ganz entzückend. Lauter kleine schwarze Teufel. Oder ist sie eine Hundeperson?«, fragte er und schwenkte einen großen, verschlossenen Leinensack in der Hand, der sich wild bewegte. »Junge Felspython«, erklärte er.

»Hundeperson? Welch ein merkwürdiger Ausdruck, aber treffend.« Johann grinste bei der Erinnerung an Catherines Reaktion auf Onetoe-Jacks Hundemeute, die nicht darauf schließen ließ, dass sie Hunde liebte. »Ich glaube nicht, dass es ihre bevorzugten Tiere sind. Ein Kätzchen wird sie bestimmt begeistern, da bin ich mir sicher. Außerdem würde es mein schlechtes Gewissen beruhigen, weil ich gezwungen bin, sie im Moment häufiger allein zu lassen.«

Obendrein gab es bei Dan einen ganz ausgezeichneten Single Malt Whisky.

Die Palmengruppe vor Dans Behausung war im grünen Einerlei des Buschs bereits auszumachen. Er trieb Shakespeare mit kleinen Schnalzern an, und der setzte seine Hufe vorsichtig auf den steinigen, schmalen Pfad, bis sie einen großen Felsen erreichten. Johann saß ab. Erst bei näherem Hinsehen konnte ein scharfer Beobachter erkennen, dass er vor einer Feldsteinmauer stand, die farblich und in ihrer Struktur so mit dem Felsen, an dem sie hochgemauert war, verschmolz, dass sie fast unsichtbar war. Nur die mehrere Zoll dicke Tür aus Eisenholzbohlen, die weit offen stand, löste das Rätsel. Dan de Villiers wohnte in einer Felshöhle.

»Dan, Johann hier. Kann ich reinkommen?« Auf ein Brummen hin trat er ein. Dans Behausung war hoch und luftig wie eine Kathedrale, und ein kühler Luftstrom umfächelte ihn, der, wie er wusste, von geschickt in den Stein getriebenen Schächten stammte und die Höhle weitgehend trocken hielt. Am oberen Rand der Außenmauer, so hoch, dass man eine Leiter brauchte, um ihn zu erreichen, hatte Dan nur jeden zweiten Stein gesetzt, sodass durch ein breites Mauerband die Strahlen der schräg stehenden Sonne fielen und das Innere der riesigen Höhle erhellten.

Dan de Villiers saß auf einem wuchtigen, selbst gezimmerten Sessel, der ganz mit einem Leopardenfell ausgelegt war, hatte seine Beine auf einen Hocker gelegt und hielt eine Hand voll piepsender Kätzchen auf seinem Bauch. Über ihm baumelte die frisch geschabte Haut einer wunderschönen Felspython.

»Schieb den Kram vom Stuhl, hol dir ein Glas und setz dich«, dröhnte er. »Die Flasche steht neben mir. Ich hab die Hände voll.« Er kitzelte den spärlich behaarten Bauch eines der winzigen Katzenkinder. »He, ihr kleinen Racker, zieht eure Krallen ein.«

»Hast du Wasser da?«

»Wenn du Banause guten Whisky mit Wasser verdünnen willst, musst du es dir vom See holen.«

Johann ging in den hinteren Teil der Höhle und schöpfte mit einer Kanne Wasser aus dem klaren Felsenteich, der von einer unterirdischen Wasserader gespeist wurde. In der Küche fand er ein Glas. Über der Feuerstelle aus Feldsteinen hatte der Schlangenfänger eine breite Kaminschürze gemauert und den Abzug mit einem weiteren Schacht, durch den er ein Blechrohr als Schornstein gezogen hatte, mit der Außenwelt verbunden. Sein Geschirr, die Töpfe und Vorräte waren ordentlich auf einem Regal gestapelt. Es erstaunte Johann immer wieder, dass der tapsige, unordentlich wirkende Dan so pingelig in seinem Haushalt war. Außerdem war er ein ziemlich guter Koch, wie er häufiger hatte feststellen können.

»Die hier hatte ich für deine Frau ausgesucht«, sagte Dan und hielt ihm seine Pranke hin, auf der ihn ein schwarzes Fellknäuel mit sprühenden blauen Augen anfauchte. »Sie passt doch gut zu ihr.«

Johann lachte laut los. »Soll das eine Anspielung sein?« Er nahm das Tierchen, ließ es an seinem Finger nagen und kraulte ihm das Köpfchen, bis es sich mit einem Seufzer in seiner Hand umdrehte und den runden Milchbauch massieren ließ. »Es kann sogar schon schnurren. Catherine wird sich freuen.« Er behielt das Kätzchen auf dem Schoß, während er sich einen großzügigen Schluck Malt Whisky einschenkte und die klare, goldene Flüssigkeit genüsslich die Kehle hinunterrinnen ließ.

Dann erzählte er Dan das, was ihm Rupert über die Zulus und ihre Vermutung, dass jemand ihr Elfenbein stehle, gesagt hatte. »Wo hast du deins? Ist es sicher?«

Dan de Villiers prustete fröhlich und zeigte mit dem Daumen über die Schulter. »Da hinten, ganz am Ende, hinter dem kleinen Felsensee. Eingemauert. Da kommt keiner dran.« Er kippte seinen Whisky hinunter und schmatzte mit geschlossenen Augen. »Und ich habe gute Wächter für meinen Schatz, mein Lieber. Letztes Mal sah ich eine Kobra durch einen Felsspalt hineinkriechen.«

»Wenn das stimmt, dass hier jemand auf Raubzug ist, müssen wir ihn finden, bevor es die Zulus tun, denn dann marschieren die womöglich wieder auf Durban, und du weißt, was sie da vor zwölf Jahren angerichtet haben«, sagte Johann. Ende April

1838 hatte Dingane seine Impis, seine Regimenter, nach Durban geschickt, um alle Siedler, schwarz oder weiß, zu töten, ihr Vieh wegzutreiben, ihre Vorräte zu plündern und ihre Häuser zu verbrennen.

»Ich war da«, knurrte Dan und goss sich ein weiteres Glas randvoll mit Malt Whisky. »Wir hatten gehört, dass er im Anmarsch war, und wie eine der unvergleichlichen Pionierladys es ausdrückte, zogen wir es vor, nicht zu Hause zu sein, wenn Dingane an die Tür klopft. Die meisten der weißen Siedler gingen an Bord der *Comet*, die im Hafen lag, ich verschwand im Busch. Nachts erleuchteten die brennenden Siedlerhäuser an der Bucht und die Feuer von Dinganes Truppen auf dem Berea den Himmel. Fast zehn Tage hausten die Zulus dort, dann zogen sie ab und hinterließen völlige Verwüstung. Wir hatten nichts mehr, keine Vorräte, kein Essen, keine Kleidung, kein Vieh, alles war gestohlen oder zertrümmert, von den Häusern standen höchstens noch die Wände.« Er gluckste. »Ein paar der Eindringlinge wurden erschossen, und einen von ihnen fand man mit Damenkleidern und langen Strümpfen angetan mitten auf der Smith-Street liegend, und Mr. Canes französischen Cognac haben sie ausgegossen und in den Boden gestampft. Er schwor furchtbare Rache, denn bei einem anderen Überfall vor fünfzehn Jahren hatten sie seine geliebte Katze aufgespießt und gehäutet. Au, du kleines Mistvieh.« Er schubste eins der Kätzchen von seinem Bauch und lutschte an seinem blutenden Zeigefinger. »Wie geht's der schönen Catherine? Wird sie sich eingewöhnen? Ich hoffe es für dich.«

Sein Freund lächelte. »Mach nie den Fehler, Catherine zu unterschätzen. Sie ist eine Kämpferin. Ich habe Mzilikazi dazu bewegen können, im Haus zu arbeiten. So wird es leichter für sie sein, und Mila hat versprochen, sich um sie zu kümmern, sowie sie einen Moment Zeit hat.« Er stand auf. »Ich muss gehen, mein Lieber. Nur noch zwei Stunden bis zur Dunkelheit, dann will ich zu Hause sein, und vorher muss ich noch Sicelos Mutter überreden, mir einen Tee gegen meine Malaria zu brauen. Danke für den Whisky und das Kätzchen.« Johann schob das Kätzchen unter seine Jacke in die Innentasche und schloss alle Knöpfe bis auf den obersten. Der kleine schwarze Katzenkopf mit den leuchtend blauen Augen lugte putzig oben heraus. Dann lenkte er Shakespeare hügelaufwärts zu Sicelos Familienhof.

Sicelos Mutter Mandisa war eine harte Verhandlungspartnerin. Es kostete ihn noch eine große Prise Tabak und mehrere Zündhölzer, erst dann verschwand die dralle Zulu im Busch, um Minuten später mit einer Hand voll fedrigem Grün zurückzukehren. Johann versuchte zu erkennen, welches Kraut sie benutzte, aber mit lautem Protest wehrte Mandisa ihn ab und wies ihn an, draußen vor dem Umuzi zu warten. Ihm blieb nichts anderes übrig, als zu gehorchen. Der aromatisch riechende Sud war heiß und gallebitter, aber er trank ihn, so schnell er konnte, goss den Rest in die mitgebrachte Flasche und machte sich schleunigst auf den Weg nach Hause. Er spornte sein Pferd zu lockerem Trab an, streichelte das maunzende Fellknäuel in seiner Jackentasche und stellte sich wohlgemut vor, wie sehr sich Catherine freuen würde.

»Liebling, ich bin zu Hause«, rief er, als er vom Pferd sprang, dabei das Kätzchen gut festhaltend. Mit langen Schritten lief er über den Hof zum Kochhaus, entdeckte ein munter flackerndes Feuer und den großen, dreibeinigen Eisentopf mit einer brodelnden Suppe darauf. Er wedelte sich den Duft zu. Gar nicht schlecht, dachte er fröhlich, gar nicht schlecht. Meine Süße macht sich. Mit drei Schritten rannte er die Stufen zur Veranda hoch, dabei laut ihren Namen rufend. Er wollte sie schließlich nicht erschrecken.

»Johann!« Zum ersten Mal seit ihrer Ankunft empfing sie ihn mit einem strahlenden Lächeln.

Sein Herz hüpfte. Suppe und dann noch dieses Lächeln! Vorsichtig zog er das miauende Kätzchen aus seiner Jackentasche und hielt es ihr auf der Handfläche hin. »Ich habe dir etwas mitgebracht. Dans Katze hat Junge bekommen. Ist es nicht entzückend?«

Behutsam nahm sie das Tierchen auf. »Mein Gott, ist das süß. Was ist es?« Sie drehte das Fellknäuel fachmännisch auf den Rücken. »Ein Weibchen! Sieh dir nur dieses edle Profil an. Ich werde sie Nofretete nennen.« Mit raschelnden Röcken ging sie ihm voraus in die Küche. »Wir haben noch ein wenig Sahne von der Feier. Mal sehen, ob sie die mag.«

Johann folgte ihr, hingerissen von dieser häuslichen Szene. Überraschend musste er an seine Eltern denken, wie gerne er ihnen sein Glück zeigen würde, und stellte sich vor, wie stolz sie auf ihn wären. Er versuchte, ihre Gesichter zu sehen, aber ihre Abbilder verschwammen, bevor er ihrer habhaft werden konnte, waren nichts mehr als blasse Schatten in seiner Erinnerung. Vor vielen Jahren hatte er ihnen geschrieben. Ihre Antwort, die ihn erst nach fünfzehn Monaten erreichte, enthielt eine geharnischte Predigt seiner Mutter, die sein heimliches Fortlaufen betraf, und einen Nachsatz seines Vaters, in dem er von seinem Neid auf seinen Sohn sprach, der sich von seinen Träumen in ferne Länder tragen ließ, während er selbst höchstens einmal im Jahr ins Nachbardorf kam und das Meer nie gesehen hatte.

Versonnen lächelnd zündete er die neue Petroleumlampe an und hängte sie hoch an einen Holzdorn. Der Moment war gekommen, von dem er geträumt hatte. Seine Frau stand in der Küche seines Hauses, der Duft eines leckeren Abendessens kitzelte seine Nase, und im Schlafzimmer wartete ihr gemeinsames Bett. Er konnte sich nicht satt sehen. Das sanfte Licht glänzte auf Catherines Haar, schimmerte auf ihrer herrlichen Haut, als sie sich bückte und dem Kätzchen eine Schüssel Sahne hinstellte. Im zarten Schatten unter ihrem Ohr pochte sanft ihr Puls. Er beugte sich vor und küsste diese magische Stelle.

»Nicht jetzt«, sagte sie. »Erst muss ich das Essen fertig machen.« Sie hatte die Grundregeln zum Suppekochen in Wilmas Buch studiert und fand, dass sie lediglich Wasser und Salz als Basis brauchte. Dann hatte sie sich auf die Suche nach passenden Zutaten gemacht und fand harte Brotkrusten, ein paar getrocknete Bohnen und einen Knochen von der Warzenschweinkeule in der Vorratskammer, der schleunigst verwendet werden sollte, denn er war schon recht grün, und sie musste den Schimmel abkratzen. In der hintersten Ecke entdeckte sie eigenartige Gebilde, fingerlang, bräunlich und papiertrocken. Sie roch daran, biss drauf. Es schien so etwas wie Biltong zu sein, und kurz entschlossen warf sie eine Hand voll mit den anderen Zutaten in den eisernen, dreibeinigen Topf und füllte ihn randvoll mit Wasser. Im Garten fand sie einen kleinen Kürbis, der reif war, aber nur wenige grüne Bohnen. Die Kürbisschale war bretthart, und sie schnitt sich, als sie ihn schälte und zerteilte. Dann schnippelte sie die Bohnen, tat sie in die Suppe und schüttete Mehl hinein, denn sie hatte gelesen, dass die Suppe davon dick würde. Dummerweise schwamm das Mehl in kleinen Klößen an der Oberfläche herum und wollte sich nicht auflösen, egal, wie heftig sie rührte. Nun gab es Klöße in der Suppe.

Nofretete maunzte zu ihren Füßen herum, bis zu den Ohren mit Sahne verschmiert. Ihre winzige rosa Zunge erschien, und in der possierlichen Art kleiner Katzen begann sie, sich zu lecken. Catherine lachte leise, während sie Schnittlauch hackte. »Siehst du, jetzt fängt sie schon an, sich zu Hause zu fühlen. Es ist ein alter Trick, einem neuen Kätzchen Butter aufs Fell zu streichen. Sahne tut es in diesem Fall auch. Sie wird jetzt nicht mehr davonlaufen.«

Vielleicht sollte ich dir auch Butter auf die Haut streichen, mein Kätzchen, dachte er, stellte sich dabei vor, wie sie schnurrend in seinem Arm lag, und sein Kragen wurde ihm eng.

Zufrieden legte sie das Messer beiseite. »Ich muss dir etwas erzählen. Sieh doch, der Gürtel«, sagte sie und hob graziös ihre Arme über den Kopf und drehte sich. »Ist er nicht hübsch? Rate, wer ihn mir geschenkt hat.«

»Er steht dir großartig. War Mila hier?«

Sie lachte übermütig. »Ganz falsch, ganz falsch. Wo ist sie denn ...« Suchend schaute sie sich um. Jikijiki war nirgendwo zu sehen, als hätte sie sich lautlos in Luft aufgelöst. Vermutlich war das arme Ding Johann gegenüber zu schüchtern und war deswegen verschwunden. Sie spähte um die Ecke in die flackernde Dunkelheit und entdeckte die Zulu. »Woza«, sagte sie leise und streckte dem Mädchen die Hand hin.

Jikijiki ergriff sie und glitt mit den geschmeidigen Bewegungen einer Katze ins Licht. Ihre Wimpern flatterten, die vollen Lippen waren halb geöffnet, ihre Zähne blitzten.

»Jikijiki«, knurrte Johann und konnte sich einen Fluch eben noch verkneifen. »Was zum Teufel machst du hier?«, fragte er sie auf Zulu.

»Jontani, ich werde für dich arbeiten«, antwortete das Mädchen, seinen Namen ihrer Zuluzunge gerecht verbiegend, und reckte ihren Oberkörper auf eine Weise, dass die festen, vollen Brüste bebten.

Johann sah es. »Das geht nicht, du kannst nicht in meinem Haus arbeiten«, sagte er schroff. Am liebsten hätte er sie gepackt, nach draußen gezerrt und schnellstens zurück in ihr Umuzi befördert.

Langsam hoben sich die gebogenen Wimpern, und sie schaute ihn für eine Sekunde voll an, dann glitt ihr Blick zur Seite. Für ein Zulumädchen schickte es sich nicht, einem ihr höher Gestellten ins Gesicht zu sehen. »Jontani, du hast bei mir gelegen, viele Male. Warum kann ich nicht in deinem Haus wohnen? Du hast doch nur eine Frau, du brauchst eine zweite.« Die riesigen, dunklen Augen sprühten, ihre goldbraune Haut glänzte. Verhaltene Energie umgab sie wie ein schimmernder Schleier.

Johann wurde wie im Fieber abwechselnd heiß und kalt, der Schweiß lief ihm unter seinem Hemd in den Hosenbund. Jikijiki trug noch nicht das Perlenband um die Stirn, das bedeuten würde, dass sie verlobt war. »Wir Weißen dürfen nur eine Frau haben, so gebietet es unser Glaube«, sagte er heiser.

»Nur eine?«, rief die Schwarze aus. »Die arme Frau, sie muss die ganze Arbeit allein machen?« Sie klickte missbilligend, zischelte etwas und bohrte sich in der Nase.

»Mzilikazi arbeitet hier ...«

Catherine, die kein Wort des raschen Wortwechsels verstanden hatte, fiel ihm ins Wort, als sie diesen Namen hörte. »Mzilikazi, dieser faule Kerl, ist heute übrigens nicht gekommen. Ich wollte ihn zur Rede stellen und bin zu seinem Umuzi geritten, aber stattdessen bin ich in dem von Jikijiki gelandet.« Ihre Miene drückte Stolz aus.

Mit gerunzelten Brauen starrte er auf sie hinunter. »Du bist was? Bist du wahnsinnig, Catherine? Ich dachte, ich hätte dir klar gemacht, dass du nicht allein in den Busch reiten sollst.«

Sein Ton machte sie wütend. »Willst du mich hier einsperren? Wie, glaubst du, soll ich das aushalten?«

»Entweder lernst du schießen, oder du sagst mir Bescheid, wenn du ausreiten willst. Dann reiten wir zusammen.« Die Angst um sie machte seine Stimme schroff.

»Du bist ja nie da!«, fauchte sie. »Seit dem Fest habe ich dich kaum gesehen, nur abends, und dann warst du so erledigt, dass wir meist sofort ins Bett gegangen sind. Du hast mich völlig allein gelassen.« Die Hände in die Hüften gestemmt, musterte sie ihren Mann. Er schien wieder Fieber zu haben, denn er war schweißnass und hochrot. Doch sie war zu aufgebracht, um Mitleid zu empfinden. Es hatte sie so viel Mühe und ein Brandloch in ihrem gelben Kleid gekostet, dieses Feuer anzufachen, und es hatte sie mit Stolz erfüllt, dass sie es geschafft und obendrein eine Suppe zustande gebracht hatte. »Ich lerne schießen«, knirschte sie endlich. »Und dann möchte ich wissen, was du eigentlich gegen Jikijiki hast! Sie ist freundlich und sauber, und vor allen Dingen möchte sie hier arbeiten. Wenn du glaubst, ich werde das alles allein, ohne Hilfe machen, irrst du dich. Ich habe noch andere Dinge mit meinem Leben vor.« Ihr Blick flog zwischen ihrem Mann und der jungen Zulu hin und her; sie konnte den Ausdruck auf dem goldbraunen Gesicht nicht deuten. »Worüber habt ihr euch gestritten?«

Johann druckste herum. »Ich kenne sie. Sie ist ein freches, verwöhntes kleines Ding, sie wird bestimmt nicht gut arbeiten«, presste er endlich heraus und fühlte sich dabei entsetzlich, auch der jungen Zulu gegenüber. Inbrünstig hoffte er auf eine Ablenkung. Vielleicht einen Löwenangriff, einen Erdrutsch oder ein plötzliches Unwetter, irgendetwas, das dieser albtraumhaften Szene ein Ende bereitete. Aber es passierte nichts. Die beiden Frauen standen noch immer vor ihm. Catherine sprühte vor Zorn, die bis auf ihr entzückendes Perlenröckchen nackte Jikijiki bebte aufs Verführerischste und flatterte mit den Lidern.

»Frech? Jikijiki war mir gegenüber immer nur freundlich und zutraulich. Also, was ist hier wirklich los? Sag's mir besser gleich, denn ich schwöre dir, ich werde schnellstens Zulu lernen, und dann finde ich es heraus. Ich hasse es, nicht zu wissen, was um mich herum vorgeht.« Sie hob ihr Kinn und funkelte ihn an.

Es war kein Löwe in Sicht, nicht einmal ein klitzekleiner Erdrutsch, der ihn hätte verschlingen können. Ein letzter Rest von Widerstandskraft hielt ihn davon ab, ihr die Wahrheit zu sagen. Wie sollte die auch aussehen?

»Catherine, Liebe meines Lebens, als ich dich noch nicht kannte, habe ich die Einsamkeit einfach manchmal nicht mehr ausgehalten und bin zu Jikijiki gekrochen, wollte nur einmal wieder spüren, wie es ist, wenn eine Frau meine Haut streichelt, nur Wärme, Weichheit und Nähe fühlen. Sonst hatte es rein gar nichts zu bedeuten.«

Sollte er ihr das sagen? Er war überzeugt, dass sie ihn auf der Stelle verlassen würde. Aber das Schlimmste wäre, die Verachtung auf ihrem Gesicht zu lesen, den Schmerz, die gestorbene Liebe, die zerbrochene Zukunft. Ihre und seine.

Catherine stand sehr still, ließ ihn nicht aus den Augen, und plötzlich wusste sie mit absoluter Sicherheit, dass ihren Mann und Jikijiki etwas ganz anderes verband als ein Herr-und-Diener-Verhältnis. Verstohlen glitt ihr Blick über die junge Zulu, über ihre goldbraun schimmernde Haut, die schlanken Glieder, das ebenmäßige Gesicht mit den hohen Wangenknochen und diesen herrlichen Augen, und blieb an Jikijikis Mund hängen. Die Unterlippe bebte, in den Augenwinkeln formte sich eine große, kristallklare Träne, zitterte für Sekunden in den Wimpern und tropfte auf ihre Wange. Obwohl sie die deutsche Sprache nicht beherrschte, hatte sie offensichtlich mitbekommen, was Johann über sie gesagt hatte. Impulsiv legte Catherine der jungen Schwarzen die Hand auf den Arm.

»Jikijiki bleibt hier. Basta«, sagte Louis le Roux' Tochter. »Sie wird heute Nacht in Sicelos Hütte schlafen. Morgen musst du jemanden schicken, der ihr eine neue baut.« Nachher würde sie mit ihrem Tagebuch reden, alles aufschreiben, entwirren, was ihr jetzt so verworren erschien.

»Das ist Frauensache bei den Zulus«, platzte er heraus, bevor er die Worte zurückhalten konnte. Er biss die Zähne zusammen. Lieber Gott, hatte er sich nicht ohnehin schon in tiefsten Morast geritten?

Das war zu viel für Catherine. »Du meinst also, dass ich, Catherine le Roux-Steinach, zusammen mit einer jungen Zulufrau allein eine Grashütte bauen soll?«, fauchte sie, und ihre Stimme stieg in gefährliche Höhen.

»Nein, um Himmels willen, nicht du, natürlich nicht«, stammelte er, nun vollends aus der Bahn geworfen. »Zulufrauen tun das ... die können das ... Jikijiki könnte ja ...« Er warf hilflos die Arme hoch. »Ich komme morgen als Erstes mit Mzilikazi hierher, und dann bauen wir ihr eine Hütte, versprochen«, haspelte er nervös. Wie er Mzilikazi dazu bewegen sollte, wieder zurückzukehren, war ihm noch nicht klar. Aber mit ihm zurückkehren würde er, und wenn er den undankbaren Kerl an seinen wolligen Haaren hierher schleifen und mit vorgehaltenem Gewehr zur Arbeit zwingen musste.

»Gut«, zischte Catherine, packte Jikijiki an der Hand und zerrte sie zu Sicelos Hütte. Nach ein paar Schritten drehte sie sich um. »Was heißt ›schlafen‹ auf Zulu?«

»Lala«, stotterte er, völlig von der Situation überfordert, als er hinter ihrem Rücken einen lasziven Blick und ein winziges Lächeln dieses verwünschten Zulumädels auffing. Jikijiki provozierte ihn nur, in aller Unschuld, das war ihm klar, sie war kein loses Mädchen, wie es ein Europäer glauben würde, sie war eine Zulu. Aber welchen Rückschluss seine Frau aus alldem ziehen würde, das war ihm auch klar. Jikijiki durfte nicht im Haus bleiben. Mit dem Finger fuhr er sich in den nass geschwitzten Hemdkragen und runzelte aufs Bedrohlichste die Brauen. »Suka«, sagte er leise zu dem Mädchen. »Verschwinde.« Die Schwarze lächelte, schwang ihre Hüften und folgte der Hausherrin.

Ein Löwe tauchte nicht auf, auch kein Unwetter, aber die Suppe brannte an, und das hatte dieselbe dankenswerte Wirkung, Catherine vom Kriegspfad herunterzulocken und sie aufgeregt flatternd ins Kochhaus zu scheuchen, um Wasser nachzugießen. »Hölle und Verdammnis«, knirschte sie zwischen den Zähnen. »Auch das noch!«

Flugs zeigte sie anschließend Jikijiki, wie man den Tisch deckt, und bedeutete ihr, den Topf mit der dampfenden Suppe in den Wohnraum zu bringen, in dem Johann bereits Platz genommen hatte. Sie setzte sich und sah erwartungsvoll zur Küchentür.

Jikijiki kam herein, trug den Topf wie eine Opfergabe. Sie ging schnurstracks zu Johann, beugte ihre Knie und bot ihm die Suppe mit gesenkten Lidern dar. Sein Blick flog von ihr, die bis auf ihre Perlenschnüre immer noch nackt war, zu seiner Frau, die kerzengerade ihm gegenüber saß und eben ihre Serviette entrollte, die sich bei näherem Hinsehen als ein ungesäumtes Stück Baumwollstoff entpuppte. Er verschluckte sich fast und löffelte dann in dem verzweifelten Versuch, nicht in brüllendes Gelächter auszubrechen, die Suppe auf seinen Teller.

Das schwarze Mädchen hielt Catherine den Topf stehend hin. Für den Augenblick, entschied diese, würde sie das durchgehen lassen. Aber in Zukunft würde das anders werden. Sie nahm sich vor, viel Sorgfalt in die Ausbildung der jungen Zulu zu stecken. Ein gutes Hausmädchen war immer Gold wert. Ihren Blick fest auf ihr weißes Luftschloss gerichtet, tunkte sie den Löffel ein. »Weise sie bitte an, sich einen Teller voll zu nehmen und draußen zu essen. Morgen werde ich ihr mein gewendetes Kattunkleid geben«, sagte sie dann zu Johann und hob ein längliches, wurmartiges Stück Materie aus der wässrigen Suppe. »Was ist das? Ich fand im Vorratsraum einen Topf voll und dachte, es wäre Biltong. Er stand ganz hinten.«

Jetzt verschluckte sich Johann gründlich. Als er zu Ende gehustet hatte, kam seine Stimme nur als Krächzen. »Mopaniraupen.«

Catherines Kaubewegungen hörten abrupt auf, ihr Gesicht verzog sich. Aber dann zermalmte sie die Raupe entschlossen und schluckte sie hinunter. Python à la Congeraal, Hipposteak oder Mopaniraupen. Was war der Unterschied?

Im Bett gähnte zwischen ihnen ein Abgrund, der so tief war, dass Johann befürchtete, ihn nie wieder durchqueren zu können. Seine Hand tastete sich über die Wüste ihrer Laken hinüber zu ihr, aber sie hatte sich so weit an die äußerste Kante gepresst, dass er sie nicht erreichte.

»Bitte, erkläre es mir«, sagte sie plötzlich.

»Was?«, fragte er, obwohl er genau wusste, was.

Eine schwüle Stille senkte sich zwischen sie. Er brach in Schweiß aus.

»Das mit Jikijiki«, sagte sie endlich. »Hast du mit ihr ... so wie mit mir?«

»Nein«, rief er erleichtert. »Ganz und gar nicht.« Dann fehlten ihm die Worte, ihr zu erklären, wie junge Zulufrauen verhinderten, dass sie schwanger wurden. »Nur gestreichelt«, erklärte er lahm. Im Prinzip war es die Wahrheit. Er hörte einen tiefen Atemzug von der anderen Seite der Schlucht.

Bis tief in die Nacht lag er so, lauschte ihren Atemzügen und betete so inbrünstig, wie er noch nie gebetet hatte, leistete Abbitte für alle Sünden, versprach immer währende Buße, aber bitte, Gott, flehte er, lass sie bei mir bleiben.

Sie blieb, aber sie bestand darauf, dass auch Jikijiki blieb. Warum, konnte sie selbst nicht in Worte fassen, aber es hatte etwas mit Einsamkeit und dem Hunger nach Nähe zu tun.

✳

Sicelos Ankunft eine Woche später war unüberhörbar. Trekochsen brüllten, Sicelo schrie Zuluflüche und knallte mit der Peitsche, die Jochs klirrten, der Planwagen knarrte. Rumpelnd kam er auf dem Hof vor dem Haus zum Stehen. Sicelo sprang herunter. Er hatte sich verändert. Statt schwarzem Wams und Hose trug er nur die obligatorischen Kuhschwänze und den Rinderhautschurz über seinen muskulösen Hinterbacken. Nofretete schoss fauchend auf den nächsten Baum und machte einen Buckel.

Erleichtert ging Johann seinem schwarzen Freund entgegen. Sie begrüßten sich lachend auf Zulu und tauschten die traditionellen Floskeln aus, während Sicelo mit ausholenden Gesten den Verlauf der Reise beschrieb.

Catherine, die von dem Krach nach draußen gelockt worden war, versuchte indes, ihre Katze aus dem Baum zu holen.

»Sawubona, Nkosikasi«, grüßte sie der Zulu und stieß dann einen Laut der Überraschung aus, als sie ihm fließend in seiner Sprache antwortete und nach seinem Befinden fragte.

Johann funkelte vor Stolz, der ihm jedoch schlagartig verging, als Jikijiki auf den Hof schlenderte. Es war das Kreuz, das er zu tragen hatte. Täglich tat er nun Sühne, ganz für sich allein, nur in seinem Kopf, wenn die schimmernd braune Zulu an ihm vorbeistrich, ihm unter den Wimpern aufreizende Blicke zuwarf. Er erhöhte Mzilikazis Lohn, damit er seinen Brautpreis schneller beisammen hatte, und tat sein Bestes, Jikijiki aus dem Weg zu gehen.

Das Mädchen hatte sich strikt geweigert, ein Kleid zu tragen und lief so herum, wie sie es gewohnt war. Über einem winzigen Grasrock, der bei jedem Schritt aufreizend wippte, trug sie mehrere Perlenschnüre und ein mit Perlen besticktes Schürzchen.

»Eh«, machte Sicelo, wobei er seinem weißen Freund einen schnellen Blick zuwarf. »Was machst du hier?«, fragte er das Mädchen.

»Ich arbeite im Haus«, beschied sie ihm und zog ein hochmütiges Gesicht.

»Wo ist dein Begleiter?«, fragte Johann, um von dem brisanten Thema abzulenken.

»Imvubu«, antwortete Sicelo knapp. »Flusspferd.«

»Sind die denn gefährlich?«, fragte Catherine, die den Sinn des Wortwechsels verstanden hatte, ihren Mann erstaunt. Diese walzenförmigen Tiere, die meist regungslos im Fluss trieben und allenfalls mit den Ohren zuckten, waren ihr immer völlig harmlos vorgekommen.

»Gefährlich, angriffslustig, unglaublich schnell und immer schlecht gelaunt«, antwortete er, während er mit Sicelo ihre

Wäschekiste und die Ledertruhe ablud und ins Schlafzimmer trug.

»Khayi ist Elfenbein gestohlen worden«, sagte Sicelo, als er die Truhe absetzte. »Er schickt die Nachricht durchs Land, dass du es genommen hast, und seine Worte fallen wie Öl in ein glühendes Feuer, und der Rauch zieht schon ins Umuzi des Königs. Es ist besser, wenn du es löschst, lieber Freund.«

Khayi! Schon wieder. »Was soll ich tun? Dem König noch mehr Geschenke bringen? Oder Khayi eine Tracht Prügel verabreichen?«

Spöttisch musterte ihn sein schwarzer Gefährte. »Ihr Umlungus seid wie der Hammer in der Hand des Schmiedes. Du solltest den finden, von dem man nur den Namen Kotabeni kennt. Doch der ist wie die Morgennebel in unseren Tälern. Wenn der Tag aus dem Meer steigt, löst er sich auf. Wenn vom Mond ein großes Stück abgebrochen ist, sollten wir auf Jagd gehen.«

Johann nickte zustimmend. Kurz vor Neumond. Die schmale Sichel eines abnehmenden Himmelsgestirns würde nicht genügend Licht geben, um ihren Weg durch den Busch zu verraten.

Ein Aufschrei Jikijikis, der in durchdringendem Geheul endete, unterbrach sie. Johann stürmte durchs Haus ins Wohnzimmer und blieb wie angewurzelt stehen.

»Sie hat versucht, einen von Papas eingelegten Affen zu essen«, rief Catherine ihrem Mann zu, während sie einen Krug Wasser über dem Kopf der Schreienden auskippte. Diese spuckte, hustete und hörte auf zu schreien. »Bitte erkläre ihr, dass sie nicht sterben wird, der Affe war nur in Spiritus konserviert, und dass sie in Zukunft ihre Finger von meinen Sachen lassen soll.«

Johann erklärte es Jikijiki.

Diese hockte tropfnass vor ihm auf dem Boden, hielt sich den Hals und warf Catherine Blicke zu, die Johann an scharfe Messer denken ließen. Das Äffchen, dem ein Stück aus dem Bein fehlte, lag neben ihr. »Sie wollte mich töten«, beharrte sie. »Tote lösen sich auf und lassen ihre Seele frei. Dieser Affe ist tot, aber nicht zerfallen wie tote Körper sonst. Es ist der Zauber des weißen Mannes, vielleicht wollen sie alle Zulus in dieses brennende Wasser legen, damit ihre Seelen nie dem Körper entfliehen können.«

»Unsinn«, sagte Johann und drehte listig den Spieß um. »Du hast ihren Affen gegessen. Das ist Diebstahl. Ich werde mich bei deinem Häuptling beschweren.« Das hierarchische System bei den Zulus klappte hervorragend. Diebstahl wurde hart bestraft.

Erwartungsgemäß brachte diese Anschuldigung die junge Schwarze in Sekunden auf die Beine. »Ich stehle nicht«, kreischte sie, deutlich aufgeregt über Johanns Drohung. »Ich hatte Hunger. Ich kann nicht arbeiten, wenn ich hungrig bin.«

»Ich werde dir heute eine extra große Portion Mais für deinen Phutu geben, damit dein Bauch voll und zufrieden ist und dich nicht beim Arbeiten stört.«

So geschah es, und Catherine stellte die Präparate ihres Vaters ganz unten in die Wohnzimmerkommode. Jikijiki trollte sich in die Küche und putzte Bohnen fürs Abendessen. Den Mais für ihren Phutu jedoch beschnüffelte sie mit äußerstem Misstrauen, leckte daran und servierte ihn dann Mzilikazi, wie es sich gehörte, kniend. Unter den Wimpern beobachtete sie ihn gespannt. Erst als er seine Portion aufgegessen hatte und keinerlei Anzeichen einer plötzlich Erkrankung zeigte, verzehrte sie mit zufriedenem Lächeln die ihre.

Catherine packte indes weiter aus. Die Bettwäsche war stockfleckig und das Leder der Truhe ziemlich verschimmelt, aber Johann hatte ihr bereits eine Kiste gezimmert, in die sie jetzt Skizzenblock, Malfarben und die meisten Bücher stapelte. »Das Chinarindenpulver ist leider verdorben«, rief sie ihrem Mann zu, der schweißglänzend ins Haus kam. »Es hat sich in der Nässe aufgelöst. Ich werde es in die Sonne legen. Vielleicht trocknet es.«

Ihre Lieblingsbücher begrüßte sie eins nach dem anderen wie alte Freunde und stellte sie neben Wilmas Haushaltsbuch und ihr Tagebuch ins Regal. Vergnügt blätterte sie in dem, das die Entdeckung Afrikas durch die Portugiesen beschrieb. Eben wollte sie es ins Wohnzimmer bringen, als ihr ein Name auffiel. Alvaro de Vila Flor. De Vila Flor? Das Monogramm in ihrem

Ring? Aufgeregt zog sie ihren Ring ab und drehte ihn ins Licht, und da stand es tatsächlich. L. de Vila Flor. »Johann, sieh, was ich entdeckt habe«, rief sie und rannte nach draußen. Ein plötzlicher Windstoß tanzte über den Hof, raschelte durch ihr Buch, wirbelte Staub und trockene Blätter auf und fegte durchs Haus, dass die Türen klapperten.

Johann schaute in den Himmel. Milchige Schleier zogen auf, die an den Rändern einen Hauch von Schwefelgelb zeigten. »Hab jetzt keine Zeit. Wir bekommen Sturm. Und Regen«, setzte er hinzu, als die ersten Wolken über die Hügel quollen. »Gott sei Dank.«

In größter Hast entluden sie den Ochsenwagen, schafften alles, so schnell sie vermochten, ins Haus oder in den Geräteschuppen, der sich neben dem Unterstand der Pferde befand, während Nofretete mit dem unfehlbaren Instinkt aller Katzen ins Haus sauste und sich unter dem Bett in Sicherheit brachte. Als Sicelo eben den letzten Sack mit Mehl schulterte, hörte Catherine es. Mit mächtigem Rauschen kam der Regen übers Land, und die Sandspritzer zu ihren Füßen wurden zu Springbrunnen und vereinigten sich zu Seen. Der erste Blitz fuhr herunter. Sie rannte ins Schlafzimmer und warf das Buch achtlos in die Bücherkiste. Die dünnen Musselinvorhänge vor den Fensterlöchern flatterten wie Fahnen im Sturm.

Johann nagelte in Windeseile die Läden davor, und die Räume wurden in permanentes Dämmerlicht getaucht. »Ich muss noch Scharniere anbringen«, murmelte er entschuldigend. »Bin noch nicht dazu gekommen. Cato hatte noch keine im Angebot.«

Donner rollte über das Land, Blitze machten die Nacht zum Tag, und es regnete und regnete. Unvorstellbare Wassermassen fielen vom Himmel. Schmale Wege wurden zu Bächen, breitere zu Flüssen. Im Wohnzimmer und in der Küche leckte es durch, das Dach des Kochhauses sank ein, und ein Teil des Abhangs unterhalb des Hauses wanderte hinunter zum Wasserloch. Johann und Sicelo arbeiteten wie die Berserker, trieben mit den Hirten die Rinder auf höher gelegenes Gebiet, dämmten das Wasser an einer Stelle ein, nur damit es an anderer umso wütender durchbrach. Meist übernachtete er draußen bei seiner Herde, wenn er aber nach Hause kam, fiel er todmüde ins Bett und brach am nächsten Morgen noch in der Dunkelheit wieder auf.

Am dritten Tag des großen Regens gab es keinen trockenen Fleck mehr im Haus. Alles wurde feucht, schimmelte oder löste sich auf. Mehl klumpte, Maden erschienen wie aus dem Nichts, auf dem Biltong wuchs grüner Rasen, ihre Kopfkissen stanken, und Catherine begriff, dass ihr Leben in Afrika nie aufhören würde, ein Kampf zu sein.

Jikijiki verschwand am vierten Tag, Mzilikazi einen Tag später, und Catherine war allein. Zähneknirschend wischte sie die Wasserpfützen im Wohnzimmer selbst weg, erschlug zwei Ratten und eine Schlange, die sich vor dem Unwetter ins Haus gerettet hatten, und wünschte sich mit jeder Faser ihres Herzens weg von hier. Weit, weit weg. Jeder ihrer Versuche, ein Feuer anzufachen, um eine warme Mahlzeit zu kochen, ertrank. Stoisch schnitt sie die Schimmelkruste vom Brot, und Johann und sie ernährten sich von den Resten in der Vorratskammer. Das letzte Petroleum aus ihrer Lampe kippte sie in ein Schüsselchen, legte einen Baumwolldocht hinein und brachte es fertig, mit Stahl und Feuerstein einen Funken zu schlagen und ihn so zu entzünden. Auf der dünnen Flamme erhitzte sie eine Kanne Wasser, sodass sie wenigstens einmal zum Frühstück heißen Kaffee trinken konnten.

Aber es war nicht nur alles klitschnass, es war auch vergleichsweise kalt geworden, und sie fror. Eingehüllt in das Prasseln des Regens, das jeden anderen Laut tötete, kalt bis in die Knochen, fröstelnd wie im Fieber, saß sie am Tisch, das Tagebuch geöffnet vor sich, und dachte sehnsuchtsvoll an Wien, Damastservietten, Silberbesteck, trockene Betten, adrette Hausmädchen und an Konstantin, kurzum, daran, was hätte sein können. Die langen, leeren Stunden, in denen sie keine Menschenseele sah, kein Wort aus einer menschlichen Kehle hörte, setzten ihr zu. Alles konnte sie ertragen, Schlangen und Ratten im Haus, Leoparden im Garten, die harte und ungewohnte Arbeit, auch Mopaniraupen aß sie, ohne mit der Wimper zu zucken, nur diese knisternde Einsamkeit, die drohte, sie von innen aufzufressen, die schmerzte aufs Unerträglichste.

Auf ihren Schiffsreisen war sie oft allein gewesen, aber einsam nie. Immer waren Menschen um sie gewesen, und wenn sie jetzt die Gesellschaft von Wilma hätte oder wüsste, dass Papa jede Minute aus dem Dschungel an Bord käme, ja wenn es nur die wortfaulen, derben Matrosen wären, deren Stimmen sie hörte, wie glücklich würde sie sich schätzen. Es schien ihr, als existiere ihre Welt als separater kleiner Kosmos in der schwarzen Leere des Weltalls.

*

Doch in Afrika können jeden Tag Wunder geschehen, einfach so, wenn man sie am wenigsten erwartet. Am Morgen des achten Tages wachte sie auf und vermisste etwas. Es dauerte eine Weile, ehe ihr auffiel, dass es still war. Ganz still. Der Regen hatte aufgehört.

Langsam stand sie auf und schlug den Vorhang zurück. Ein unschuldig blauer Himmel grüßte sie, die heißen Strahlen der frühen Sonne und ein Land, das so grün und üppig vor ihr lag, dass sie lange zweifelte, ob die letzte Woche Wirklichkeit gewesen war.

Mittags erschien Jikijiki, ergriff ohne ein Wort den Besen und fegte die Veranda, sang dabei und schwang die Hüften im Takt. Kurz darauf erklang Mzilikazis tiefe Stimme, als er seiner Angebeteten singend antwortete, während er das zerstörte Dach des Kochhauses beiseite räumte, und bald prasselte ein munteres Feuerchen in der dachlosen Feuerstelle. Die Zulumelodie nachsummend, brühte sich Catherine eine Kanne Kaffee auf, war überzeugt, dass sie noch nie einen köstlicheren gekostet hatte, und tanzte durch ihren Tag, als hätte sie Schaumwein getrunken. Als Johann mittags auf den Hof ritt, rannte sie ihm entgegen, rufend, lachend und so voller Leben, dass ihm vor Dankbarkeit die Tränen in die Augen schossen.

»Ich habe einen Buschbock geschossen«, sagte er. »Lass uns heute die letzte Flasche von Justus' Wein aufmachen und feiern.« Er trug den Bock in die Küche, häutete ihn mit wenigen geschickten Messerschnitten, entfernte die Innereien und zerlegte ihn. »Die Leber braten wir mit Zwiebeln und essen sie als Vorspeise. Leg sie bis heute Abend in ein wenig Milch ein, damit sie zart wird. Sicelos Kuh hat gekalbt, und er hat mir ein Tongefäß voll Milch mitgegeben.« Mzilikazi und Jikijiki gab er Anweisungen, ein neues Dach über der Feuerstelle zu errichten und die Schäden im Obstgarten zu beseitigen.

»Eine Kuh ist in eine Schlucht gestürzt. Wir werden den Nachmittag brauchen, um sie zu befreien, aber ich werde bei Einbruch der Dunkelheit zurück sein«, versprach er und trabte vom Hof.

Catherine versuchte sich, getreu der Anleitungen im Rezeptteil von Wilmas Haushaltsbuch, an einer geschmorten Hammelkeule, die einem Buschbockbraten ihrer Meinung nach am nächsten kam. Lange grübelte sie über die Anweisung, das Fleisch auf ein Kreuz von Eichenhölzern zu legen, fragte sich, woher sie englisches Gewürz, Pflaumenmus und geriebenen Honigkuchen nehmen sollte, der offenbar unabdingbar für den Geschmack war, und was Breyhan war. Zum Schluss tat sie eine gute Portion Hammelfett, mehrere Zwiebeln und einfach alle Kräuter hinzu, die sie im Garten fand, und setzte das Fleisch in dem dreibeinigen Topf für sechs Stunden aufs Feuer. Das sollte den zähesten Bock zart machen. Es war schon früher Abend, als sie sich endlich die Hände wusch und Jikijiki befahl, die zwei Butternusskürbisse aus dem Garten zum Kochen vorzubereiten.

Schon seit Tagen brannte sie darauf, ihre Gedanken ihrem Tagebuch mitzuteilen, und jetzt hatte sie eine halbe Stunde Zeit. Rasch holte sie es hervor und setzte sich auf die Veranda in den Schatten des Mimosenbaumes. Endlos schien der Himmel über ihr, und die Blüten des stacheligen Baumes leuchteten wie Goldstücke vor dem zarten Porzellanblau. Schwalben wirbelten im leichten Wind dahin, eine Taube gurrte. Langsam schlug sie eine neue Seite auf.

»Afrika ist ein ständiger Kampf, es gibt hier nichts, was sanft und mild wäre«, schrieb sie, und die Worte flossen schneller aus ihr heraus, als sie schreiben konnte. »Alles ist unbändig und so voller Kraft, dass mir angst wird. Ich werde diesem Land etwas von der Kraft entreißen müssen, um hier zu bestehen. Das werde ich sicherlich tun. Denn das Land ist großartig. Ich spüre schon jetzt, dass ich nie wieder woanders leben könnte.«

Erstaunt über den letzten Satz, der wie von allein auf dem Papier erschien, hielt sie inne, überlegte, was sie zu diesem Bekenntnis bewogen hatte. Ihre Gefühle jedoch waren so widersprüchlich, dass sie nicht zum Kern vorstoßen konnte. Sinnend streifte ihr Blick über das Tal zu ihren Füßen, hinauf zu den sanften grünen Hügeln. Ein Adler flog aus den Schatten am Wasserloch auf, das Symbol der Freiheit, und schwang sich hoch in den türkisfarbenen Abendhimmel. Er schraubte sich höher und höher, bis er als winziger glühender Punkt im endlosen Firmament dahinschwebte.

Etwas bewegte sich in ihr, als würde ein Panzer aufbrechen, sich eine eisige Faust lockern, die ihr die Brust zusammengepresst hatte. Das Blut rauschte durch ihren Körper, zündete rote Funken vor ihren Augen, erfüllte sie mit so viel Kraft, dass sie glaubte, fliegen zu können. Sie sprang auf und schaute dem majestätischen Vogel nach, bis die Nacht über den Himmel zog wie ein dunkelblauer Samtvorhang und aus dem goldenen Adler ein funkelnder Stern wurde. Als sie sich endlich umwandte, war aus ihrem ockerfarbenen Starenkastenhäuschen ein weißes Schloss geworden. Johanns Traum stand vor ihr.

*

Das entfernte Geräusch von Pferdehufen holte sie in die Wirklichkeit zurück. Johann kam wie versprochen mit dem Einbruch der Dunkelheit nach Hause. Geschwind klappte sie ihr Tagebuch zu, deckte den Tisch unter der Mimose, schmückte ihn aufs Schönste und stellte Bambuskerzen auf den Tisch, die sie nach Johanns Anleitung gemacht hatte, indem sie geschmolzenen Rindertalg um einen Baumwolldocht in ein Bambussegment gegossen hatte.

Der Mond stieg wie ein riesiger goldener Ball hinter den Hügeln auf, und Afrika begleitete ihr Essen mit sanfter Nachtmusik. Nachtvögel riefen, Zikaden zupften ihre Saiten, und über allem schwebte der hohe Sopran der Baumfrösche. Johann streckte seine Hand aus und legte sie auf ihre, darauf gefasst, dass sie sie wegziehen würde. Sie tat es nicht.

Er atmete auf. Die Schlucht zwischen ihnen schien sich geschlossen zu haben.

Kapitel 13

Mila Arnim war schon seit Sonnenaufgang mit Pieter, ihrem burischen Faktotum, der mit Pflanzen und Tieren sprach und, außer für Mila, für Menschen nichts übrig hatte, auf ihren Feldern unterwegs. Mais, Ananas und Korn standen gut, und sie war früher fertig geworden, als sie erwartet hatte. Sie nahm einen Schluck verdünnten Ananassaft aus ihrer Wasserflasche. Die stickige Schwüle des Januartages setzte ihr zu. »Ich schau einmal kurz auf Inqaba vorbei, ich habe die jungen Steinachs seit Weihnachten nicht mehr gesehen«, sagte sie zu Pieter, nahm einen ihrer Zulus mit und machte sich auf den Weg. Sie befand sich an der nördlichsten Grenze ihrer Farm, kaum zwei Stunden in flottem Trab von Inqaba entfernt. Der Zulu folgte ihr in einem kräftesparenden, gleichmäßigen Trott. Im Hof von Inqaba saß sie ab, hakte ihr Gewehr vom Sattelknauf und ging auf die Terrasse. Sie fand Catherine im lichten Schatten der Mimose über ihrem Tagebuch sitzend. Sonnenstrahlen fielen durch die fedrigen Blätter und zauberten Goldlichter auf die dunkle Haarpracht. Sie gab ein so hübsches Bild in ihrem dottergelben Kleid ab, dass Mila wünschte, malen zu können.

Catherine sprang auf, als sie ihre Besucherin erkannte. »Mila, wie schön. Willkommen.« Die beiden Frauen fielen sich in die Arme. »Mach es dir bequem. Möchtest du einen Kaffee? Er steht noch vom Frühstück auf dem Feuer. Milch gibt es nicht. Ein Zulu kam gestern und wollte mir einen Topf voll verkaufen, aber sie war sauer. Möchtest du etwas essen?« Am Weihnachtsabend hatten sie sich auf das vertraute Du geeinigt.

»Einen Kaffee, danke. Im Übrigen ist die saure Milch eine Spezialität der Zulus. Sie nennen es Amasi«, sagte Mila. Mit allen zehn Fingern lockerte sie ihre kurzen, leuchtend weißen Haare auf. »Äußerst praktisch, diese Frisur«, bemerkte sie. »Die Läuse lassen sich auch besser in Schach halten. Jeder von uns hat sie schon gehabt. So ist das in Afrika«, lachte sie, als sie Catherines entsetzten Ausdruck bemerkte. »Aber Läuse sind nicht so schlimm. Warte nur, bis die Flöhe über dich herfallen.«

Verstohlen kratzte sich ihre Gastgeberin in den Haaren. Ihre Kopfhaut hatte urplötzlich angefangen, aufs Unangenehmste zu kribbeln. »Leider habe ich kein Brot mehr«, sagte sie, »und auch keine Butter, aber ich kann dir Suppe von gestern anbieten und ein hart gekochtes Ei.«

Milas Blick schweifte durch die Küche. Auf dem Waschtisch weichte eine rußgeschwärzte, verkrustete Backform, die Hand ihrer Gastgeberin wies eine kleine, frische Brandblase auf, auf einer Seite waren ihre Haarspitzen angesengt. »Wie ich sehe, hast du den Kampf um frisch gebackenes Brot vorerst verloren?« Sie verbiss sich ein Lächeln.

Catherine verzog das Gesicht und rieb Spucke auf ihre Brandwunde. »Wir hatten zu Hause ja immer eine Köchin, und meine einzige Anleitung ist ein fünfzig Jahre altes Kochbuch, in dem am Schluss des Brotrezepts steht, man solle nun den Laib dem Bäcker zum Backen bringen.«

Mila schmunzelte. »Der nächste Bäcker wäre ein neuer Immigrant etwa drei Tage von hier entfernt. Aber seit der Antike hat sich beim Brotbacken nichts geändert. Hast du den Teig gesäuert?«

Der Blick, den ihr Catherine zuwarf, ähnelte dem eines getretenen Hundes. »Das Rezept ist für Roggen, ich habe aber nur Burenmehl und noch ein wenig gutes Weizenmehl vom Kap ...«, sagte sie und hob hilflos die Hände.

»Hast du Hefe? Nein, nun gut. Dann brauchen wir wenigstens Bier und Natron.« Mila stand auf und ging in die Vorratskammer, in der sie sich offensichtlich besser auskannte als die Hausherrin. »Natron habe ich selbst hier gelassen. Während seines letzten Fieberanfalls habe ich Johann häufiger etwas gekocht.« Ihre Stimme klang dumpf aus der engen Kammer. »Ah, da haben wir's. Natron und Bier. Es ist der letzte Krug voll. Du musst neues brauen.« Sie streckte den Kopf aus der Küchentür und trug Mzilikazi auf, ein Feuer zu machen und eine Hand voll kleinerer

Feldsteine zu sammeln. Flugs mischte sie Mehl mit Salz, etwas Zucker und einem Löffel Natron und walkte es mit Bier zu einem festen Teig. »Er muss immer tüchtig geknetet werden. Du musst es deinem Mädchen beibringen, deswegen ist es wichtig, dass du es besser kannst als sie.«

Catherine seufzte, beobachtete Mila aber aufs Genaueste.

»Fertig«, verkündete diese und deckte den Teig mit einem Tuch ab. »Der Teig muss zweimal für eine Stunde gehen.« Energisch kratzte sie sich die zähe Masse von den Fingern. »Wir trinken jetzt eine Tasse Kaffee, und ich erkläre dir, was alles in deiner Küche fehlt. Johanns Junggesellenausrüstung ist wirklich spärlich. Als Erstes sollte er die Feuerstelle so hoch legen, dass du dich nicht zu bücken brauchst. Du hast keinen Mörser und nur eine Bratpfanne, außerdem vermisse ich einen Block zum Fleischhauen und das Fleischbrett. Eine Rute zum Schaumschlagen wäre auch gut, und du brauchst dringend Feuerzange, Schaufel und einen Balg, um das Feuer anzufachen«, zählte Mila auf. »Das bekommst du alles bei Cato's. Pieter wird nächste Woche nach Durban reiten, um unseren Honig zu verkaufen und auch Vorräte für uns zu besorgen. Er könnte dir die Sachen mitbringen.«

»Warte, ich werde mir das aufschreiben.« Catherine holte ihren Federkiel und riss ein Blatt aus ihrem Tagebuch. »Das wäre außerordentlich nett von ihm.« Sie setzte noch vier Ellen Calico, geblümt, möglichst in Gelb, und Nähzeug dazu. Obwohl ihre einzige Näharbeit bisher in dem Annähen von Knöpfen bestand, hatte sie sich vorgenommen, Vorhänge anzufertigen.

»Du könntest natürlich auch selbst buttern, wenn ihr wieder Milch habt. Hast du ein Butterfass?«

»Ein Butterfass? Ich habe keine Ahnung. Ich habe noch nie eins zu Gesicht bekommen. Bei uns gab es Butter vom Bauern.« Und ganz bestimmt hatte sie nicht die Absicht, auch noch selbst zu buttern, geschweige denn Bier zu brauen. Irgendwo musste sie schließlich die Grenze ziehen.

»Du brauchst auch keins. Unsere Milch ist sehr fett, man kann sie wunderbar mit der Gabel schlagen. Die Butter setzt sich schnell ab.« Mila nippte an ihrem Kaffee. »Und nun zum letzten Klatsch und Tratsch aus der Provinz«, schmunzelte sie.

»Oh, wunderbar!«, Catherine klatschte in die Hände. »Komme ich mir doch manchmal vor, als existiere ich auf dem Mond, so weit weg bin ich vom Leben.« Begierig sog sie alle Neuigkeiten auf, die Mila Arnim weitergab.

Als der Teig backfertig war, trug Mila die Backform ins Kochhaus, hockte sich mit zwischen die Knie geklemmten Röcken vor das flackernde Feuer und belegte den Boden des gusseisernen Topfes mit kleinen Feldsteinen, setzte die Backform darauf und schloss den Topf mit dem leicht nach innen gewölbten Deckel. In die Vertiefung häufte sie mit einem Blechlöffel glühende Kohlen. »Nun dürfen beide Feuer nicht ausgehen.«

Nach einer Stunde hob Mzilikazi auf Milas Geheiß den Deckel mit einem Stock an, eine Dampfwolke entwich, und Mila reichte Catherine einen dünnen Zweig. »Stich hinein, und wenn der Teig hängen bleibt, braucht es noch eine Weile, bleibt er sauber, ist das Brot gar. Eine Stricknadel wäre im Übrigen dazu besser geeignet.«

Mit zusammengebissenen Zähnen, ihr Gesicht mit einer Hand vor Rauch und der strahlenden Hitze schützend, beugte Catherine sich vor, stach zu und streifte dabei mit dem Unterarm den gusseisernen Außentopf. Es zischte leise.

»Hölle und Verdammnis«, entwischte es ihr, und der Zweig flog ins Feuer. Sie hielt sich ihren Arm, auf dem bereits eine wässrige Brandblase wuchs.

Mila untersuchte sie besorgt. »Hast du Essig? Der kühlt, sonst nehmen wir Wein oder Brandy. Ich brauche ein sauberes Leinenläppchen, vielleicht ein Taschentuch.«

Catherines Taschentücher schwammen irgendwo im Meer, so behalf sich Mila mit einem dünnen Handtuch, das sie großzügig mit Justus Kappenhofers Wein anfeuchtete. »Du musst den Verband nass halten und darauf achten, dass die Blase nicht aufplatzt und wund wird. Sonst gibt es die schrecklichsten schwärenden Entzündungen, die für lange Zeit nicht heilen und im schlimmsten Fall dein Blut vergiften können. Natalgeschwüre, wie wir sie nennen, sind gefürchtet. Wenn die Blase aufbricht, bestreue sie flugs mit Mehl, dass sie austrocknet.«

Das Brot war unten hart, oben verbrannt und innen schwer und feucht. »Es fehlt Sauerteig und Hefe«, sagte Mila und setzte noch rasch aus Mehl, Bier und Zucker einen Sauerteig an, erklärte Catherine, wie man ihn verbrauchte und für den nächsten Backtag neuen ansetzte, und stülpte sich dann ihren Sonnenhut auf den Kopf. »Ich muss los, meine Liebe, so schaffe ich es gerade noch vor der Dunkelheit nach Hause. Pieter wird dir die Sachen herüberbringen, sobald er aus Durban zurück ist. Grüß Johann von mir.« Sie zurrte den Sattelgurt fest. Dann schien ihr etwas einzufallen. »Bitte frag ihn, ob er auch Gerüchte über Unruhen unter den Eingeborenen gehört hat. Ich denke, die Elfenbeindiebstähle stecken dahinter. Wir machen uns alle ziemliche Sorgen.« Sie nahm die Jüngere mit großer Herzlichkeit in die Arme.

Ihr Griff war fest und ihre Haut weich, und für einen herrlichen Moment ließ sich Catherine an ihre Brust sinken und schloss die Augen. Seit Grandpères Tod hatte sie niemand so umarmt. Papas Berührungen waren meist flüchtig gewesen, nicht wirklich lieblos, eher gedankenlos, und Johanns Umarmungen waren immer leidenschaftlich fordernd. Es war gut, sich für ein paar Sekunden ausruhen zu können, und sie musste dabei an ihre Mutter denken.

∗

Als Johann an diesem Abend vom Feld kam, erschrak er beim Anblick ihres Armes. Die Blase war aufgeplatzt, und das rohe Fleisch wurde von einer bösen, roten Entzündung umringt, die hart war und bei jeder Berührung schmerzte. »Ich könnte dir aus Eiweiß und Mehl eine Paste machen«, murmelte er. »Die bleibt auf deinem Arm, bis sie abfällt. Darunter wird die Haut dann so gut wie neu. Das hab ich von meiner Mutter gelernt.«

»Aber wir haben kein Ei mehr«, unterbrach sie ihn. »Die Nester sind leer. Mzilikazi meint, eine Schlange hat sie ausgeräumt.« Die rohe Stelle nässte und brannte bei jedem Luftzug. »Der Brei, den Sicelo auf deine Wunde getan hat, hat doch wunderbar gewirkt.«

»Umsinsi, Kaffirbaum. Vor unserem Eingang wächst einer«, nickte Johann und machte sich auf die Suche nach seinem Freund.

Doch Sicelo untersuchte ihren Arm und schüttelte den Kopf. »Dieser Umsinsi ist nicht stark genug, er ist zu jung«, sagte er auf Zulu und verschwand in seiner Hütte. Als er zurückkehrte, trug er einen großen, blank gewetzten Beutel aus Antilopenleder. Schweigend legte er getrocknete Blätter und eine faustgroße, ebenfalls getrocknete Blumenzwiebel auf den Tisch.

Johann erkannte sie sofort. Die Giftzwiebel der Buschmänner, die das tödliche Pfeilgift lieferte. Schlagartig fielen ihm Sicelos Vorbehalte Catherine gegenüber ein. »Nein!«, schrie er, bevor er sich zurückhalten konnte, packte die Hände seines Freundes, in die er schon oft, ohne zu zögern, sein eigenes Leben gelegt hatte, und zwang ihn, die Zwiebel fallen zu lassen. »Nein«, flüsterte er.

Sicelo erwiderte seinen brennenden Blick ruhig und löste sanft seinen Klammergriff. Er sagte nichts, aber was er meinte, war deutlich, und Johann trat schamrot zurück. Schweigend zerstieß Sicelo die äußeren Schuppen der Zwiebel zu Puder, vermischte ein wenig davon mit Milch und einem Löffel Öl. Die Mischung strich er auf die aufgebrochene Blase. »Es ist eine starke Pflanze«, flüsterte er. »Kein menschlicher Schatten ist je auf sie gefallen und hat ihre Kraft zerstört. Ich habe sie um Erlaubnis gefragt und ihr gesagt, wen sie heilen soll. Sie war einverstanden und wird dir helfen.«

Der Schmerz trieb Catherine die Tränen in die Augen, aber sie ertrug ihn ohne einen Laut, auch als Sicelo einen festen Umschlag aus geschmeidig geschlagenen Bananenblättern darum legte. Als sie ihm in seiner Sprache dankte, erntete sie ein Lächeln. Gut, dachte sie, der erste Riss zeigt sich im Panzer. Seine Ablehnung hatte sie wohl bemerkt und sich vorgenommen, das zu ändern. Doch ihre Kunst der weiblichen Verführung prallte wirkungslos an Sicelos schwarzer Haut ab. Der einzige Weg, seine Anerkennung zu erringen, war, seinen Respekt zu verdienen. Also biss sie die Zähne zusammen.

»Ich habe heute Besuch gehabt«, erzählte sie Johann beim Abendessen und übermittelte ihm Milas Grüße. »Sie hat mir geraten, diese Sachen für den Haushalt zu bestellen.« Sie schob Johann Milas Liste hin und zog eine Grimasse, als der Schmerz durch ihren Arm schoss.

Johann studierte sie schweigend. Das Blatt bebte leicht in seinen Fingern, als er die Kosten überschlug. Er würde bei Cato's anschreiben lassen müssen, und er hasste es, Schulden zu machen. Aber das war sein Problem. Innerlich schalt er sich einen Narren, dass er nicht Milas Rat eingeholt und seinen Haushalt mit allem Nötigen ausgestattet hatte, bevor er nach Kapstadt gesegelt war, um sich eine Ehefrau zu suchen. »Es ist sehr freundlich von Mila, dass sie die Sachen für uns besorgen lässt. Den Haublock jedoch kann ich selber fertigen, und auch die Rute zum Schaumschlagen.« Er steckte die Liste ein. Er würde George Cato einen Teil der Maisernte verpfänden, das würde auch für die Geschenke ausreichen, die er König Mpande jedes Jahr darbrachte. Der König liebte Geschenke und wusste gut zu unterscheiden, was wertvoll war und was nicht. Billiger Tand stimmte ihn sehr unwirsch, und das war nicht gut für das Wohlergehen desjenigen, der ihn darbot.

»Außerdem will sie wissen, ob du die Gerüchte über Unruhen unter den Zulus gehört hast.«

Er hob den Kopf. »Woher stammen diese Gerüchte?«

»Hat Mila nicht erwähnt.« Sie strich ihren Bananenblattverband glatt. »Sie meint, es hat etwas mit den Elfenbeindiebstählen zu tun. Du siehst besorgt aus. Wären wir in Gefahr?«

Er sah sie nicht an. Welchen Sinn hätte es, sie zu beunruhigen? »Nein, hier auf Inqaba droht uns kein Unheil. Du weißt doch, nomen est omen. Inqaba heißt ›Ort der Zuflucht‹.«

Am nächsten Morgen ritt er hinüber zum Arnim-Anwesen. »Was sind das für Gerüchte?«, fragte er Pieter, als er absaß und einem Schwarzen die Zügel Shakespeares reichte. »Gib ihm Wasser, lass ihn im Schatten stehen. Ich muss gleich zurück nach Inqaba.«

Pieter, ein untersetzter, knochiger Mann mit Vollbart, kaute auf seiner Pfeife, ehe er antwortete. »Kaffirkrieg ist an der Grenze zur Kapkolonie ausgebrochen«, murmelte er endlich. »Neuigkeiten kamen vor einer Woche mit dem Schiff. Diese Idioten in Kapstadt reden von Vernichtung der Eingeborenen. Unsere Kaffern müssen Wind davon bekommen haben. Sie sind unruhig.« Er ging stets sparsam mit Worten um.

»Unternehmt ihr etwas?« Johann lächelte Mila zu, die ihm einen Krug mit Bier und einen Teller mit Gemüse und Fleisch reichte.

Pieter gab ein knurriges Lachen von sich. »Wie die Angsthasen in Pinetown, die sich hinter einem Graben und einem Wall aus Schlamm und Palisadenzäunen verbarrikadieren? Welch ein Unsinn. Einige von ihnen haben sogar ihre Familien nach Durban gebracht. Dort strömen jetzt die Freiwilligen zusammen und patrouillieren in der Stadt. Als könnten die eine Horde blutrünstiger Kaffern aufhalten, diese Dummköpfe!« Wieder lachte er kurz. »Und nun ist das Geschrei groß, weil alle Kaffern aus der Stadt geflohen sind vor Angst, dass sie auch kämpfen müssen, und nichts funktioniert mehr, weil niemand da ist, der die Arbeit macht. Stadtleute!« Er schnaubte.

Doch Johanns Bedenken waren nicht ausgeräumt. »Du bist sicher, dass das Ganze nichts mit den Elfenbeindiebstählen zu tun hat?«

Pieter sog an seiner Pfeife. »Zwei verschiedene Sachen. Du weißt, dass Khayi dich beschuldigt?« Er bedachte ihn mit einem scharfen Seitenblick. »Deine Frau ist zu oft allein. Du solltest dir einen Hund anschaffen«, sagte er. »Und die Halunken finden«, setzte er hinzu.

Aufs Tiefste beunruhigt ritt Johann zurück nach Inqaba.

*

Zwei Tage später war Catherines Arm unförmig angeschwollen. Bis zum Ellenbogen reichte die glänzend rote Schwellung. Sie bekam hohes Fieber und musste sich hinlegen. Mila Arnim schickte ihr mit einem Zulu ihre Arnikasalbe, aber die half kaum. Sicelo erneuerte jeden Tag den Breiumschlag und gab ihr einen bitter schmeckenden, doch angenehm würzig duftenden Trank, aber auch der brachte kaum Linderung. Sie wanderte durch wirre Fieberträume, schreckte mehr als einmal schweißgebadet hoch, als sie glaubte, Konstantin von Bernitts Gesicht über sich zu sehen.

Johann zerriss sich zwischen der Sorge um sie und den Anforderungen der Farm. Er stand vor Sonnenaufgang auf, um einen großen Topf mit Maisbrei und Gemüse zu kochen, von dem Catherine den Tag über aß. Abends verdünnte er den Brei zu Suppe und schnitt ein paar Stücke Fleisch hinein. Tagein, tagaus das Gleiche. Catherine aß kaum etwas, würgte, wenn der Essensgeruch durchs Haus zog, aber zu mehr hatte er einfach keine Zeit. Heuschrecken waren über das Land geschwärmt und hatten die Felder fast kahl gefressen, und die Rinder mussten mit Teer und Terpentin gegen Zecken behandelt werden. Das war nichts Besonderes im Farmalltag, aber es forderte seine gesamte Zeit, und er war gezwungen, seine kranke Frau tagsüber mit Jikijiki und Mzilikazi allein zu lassen. Nach dem Abendessen fiel er todmüde ins Bett. Der Haushalt verlotterte, denn keiner der beiden Zulus bückte sich auch nur, um etwas aufzuheben, wenn er nicht dazu angehalten wurde, wenn auch Jikijiki morgens einmal durchfegte, wie es ihre Pflicht in ihrem eigenen Umuzi sein würde. Auch sorgte sie dafür, dass die Kranke trank. Catherine fasste es als erstes Zeichen einer gewissen Zuneigung auf.

Von Pieter, der wegen der Vorräte fast eine Woche in Durban weilte, erfuhren die Kappenhofers, dass es der jungen Frau Steinach schlecht ging. Justus gab Pieter zwei Flaschen hervorragenden Kapweins mit, und Maria legte einen gepökelten Schweineschinken dazu. Er reichte den Steinachs für Tage, eine köstliche Abwechslung, auch wenn sie den Rest am Knochen mit einigen Maden teilen mussten. Eines Tages dann ritten Per und Cilla Jorgensen die Auffahrt hoch.

»Justus sagte mir, dass ich hier gebraucht werde. Maria wäre gekommen, aber sie hat das Fieber«, erklärte Cilla, die praktische, nüchterne Cilla, und glitt vom Pferd. Per, wortkarg wie immer, brummte, dass man ihm Nachricht geben solle, wenn seine Frau nicht mehr gebraucht würde.

»Werde die Nacht durchreiten, Kuh wird kalben, muss spätestens übermorgen daheim sein«, fügte er hinzu und ritt nach einem herzhaften Mahl geradewegs zurück zu seiner Farm.

Johann schickte ein Dankesgebet zum Himmel. Cilla quartierte ihn kurzerhand aus dem Schlafzimmer in den Wohnraum um. »Ich schlafe bei Catherine, bis es ihr besser geht«, verkündete sie. Mzilikazi musste ein Huhn schlachten, und sie kochte eine köstliche Brühe, die wieder Farbe in Catherines Wangen brachte und Johann zum Schwärmen hinriss. Im Nu lief der Haushalt wie am Schnürchen. Jikijiki, die von Natur aus nicht zu schnellen Bewegungen neigte, tummelte sich, wenn Cilla Jorgensen ihren eisblauen Blick auf sie richtete, und Mzilikazi verzichtete auf seine ausgedehnte Mittagspause. Unter ihrem strengen Regiment wurde das Haus von oben bis unten sauber gemacht, und Jikijiki lernte, wie man eine einfache europäische Mahlzeit zubereitet. Auch der überraschende Besuch dreier Elfenbeinjäger, die von zahlreichen schwarzen Fährtenlesern begleitet wurden und kurz nach Cillas Ankunft bei Sonnenuntergang die Allee der Kiaatbäume herauffritten, verursachte nicht einmal ein Kräuseln an der Oberfläche ihrer unerschütterlichen Ruhe. Die drei quartierte sie zu Johann in den Wohnraum ein und verteilte ihre Schwarzen auf Sicelos und Mzilikazis Hütten. Abends reichte sie gebratene Impalakeule mit Zulukartoffeln, vorher eine dicke, satt machende Kürbissuppe und hinterher einen Pudding aus Reis und Früchten. Morgens setzte sie als Erstes den Impalaknochen mit etwas Gemüse auf, während Mzilikazi ein Huhn schlachtete, das Jikijiki unter ihrer Anweisung mit Reis kochte. Dazu gab es steife Hafergrütze und Kaffee.

Jikijiki machte einen deutlich mitgenommenen Eindruck, als die Jagdgesellschaft wohlgemut und gesättigt nach dem Frühstück in die Wildnis aufbrach, und Catherine fühlte sich insgeheim völlig überwältigt von so viel praktischer Tatkraft.

Aus den Früchten, die der Garten jetzt hergab, kochte Cilla Marmelade und machte Kompott. Mzilikazi schickte sie in den Busch, um die leuchtend roten, hagebuttengroßen Früchte der Amatungulu zu pflücken, zuckerte sie mit einer klein geschnittenen, reifen Ananas ein und verarbeitete sie zu dem leckersten Gelee, das Catherine je gekostet hatte.

»Ich schreibe dir die Rezepte auf, dann kannst du sie nachkochen«, meinte die Schwedin in ihrem sehr schwedischen Französisch. Mit Argusaugen beobachtete sie Sicelo, wenn er den Breiumschlag aus dem Pfeilgift erneuerte, und erkundigte sich misstrauisch nach den Zutaten. Erst als ihr Catherine versicherte, dass sie dem Zulu trauen könne, ließ sie ihn gewähren. »Hast du es schon mit Honig versucht?«, fragte sie. »Meine schwedische Großmutter behauptet, dass es kein besseres Heilmittel für schwärende Wunden gibt.«

»Wie viel muss man davon essen, dass er wirkt?«

Cilla lachte. »Du sollst ihn nicht essen, sondern auf die Wunde streichen. Mzilikazi soll einen Honigvogel aufstöbern, der wird ihn zu den wilden Bienen führen. Zwar fordert er immer seinen Anteil, aber das ist nur recht und billig, nicht wahr?«

Der Zulu kehrte am späten Nachmittag mit einem Tonkrug voll Honig zurück. Cilla teilte ihn gerecht und gab ihm eine Hälfte davon. »Er hat sich sicherlich schon seinen Teil genommen, aber der Rest ist mehr als genug für uns.« Mit flinken, zarten Fingern löste sie Sicelos grünen Verband und wusch den Pfeilgiftbrei herunter. Sie erschrak, als sie den grünlichen Eiter sah und den feinen roten Strich unter Catherines Haut, der schon auf den Ellbogen zukroch.

Catherine ertrug den Schmerz ohne Laut, aber nachdem Cilla den Honig aufgetragen und die Wunde mit einem ausgekochten Leinenläppchen verbunden hatte, sank sie käsebleich in die Kissen zurück.

Abends, im Schein der Bambuskerzen, erzählte Cilla von Lilly Kappenhofers glanzvoller Hochzeit mit Andrew Sinclair, die Catherine durch ihre Verletzung verpasst hatte. »Die Braut war entzückend, ganz in elfenbeinfarbener Seide, trug wunderbaren Schmuck, und alle anwesenden Ladys waren gelb vor Neid, besonders Pru Mitford.« Sie lachte herzlich, während sie ein altes Kleid auftrennte, das sie mitgebracht hatte.

Catherine beobachtete sie mit geheimer Bewunderung, die mit dem Gefühl der eigenen Unzulänglichkeit gefärbt war. Alles ging der Schwedin leicht von der Hand. Sie bewegte sich ruhig, vermittelte den Eindruck von gelassener Bedächtigkeit, die, wie Catherine schnell merkte, eine große Energie und eisenharten Willen verbarg. »Wird dir die Arbeit nicht manchmal zu viel?«, fragte sie und beobachtete, wie Cillas kräftige Hände den Stoff zerteilten. Vorher hatte sie bereits aus dem Calico, den Pieter aus Durban mitgebracht hatte, die Vorhänge angefertigt.

Die Schwedin legte den Kopf schief und überlegte eine Weile. »Wir hatten nichts, als wir hier landeten«, sagte sie dann. »Jetzt nennen wir fruchtbares Land unser Eigen, und es bedarf nur unserer Hände Arbeit, um es urbar zu machen. Zwei Jahre liegen hinter uns, und sie waren furchtbar hart, aber in diesem Jahr werden wir schon die erste Ernte einfahren. In Schweden hausten wir in einer Holzhütte, unser Boden war steinig und mager und das Klima harsch. Ich habe mich als Hausmädchen verdingen müssen, bei einem französischen Diplomaten, was zumindest den Vorteil hatte, dass ich ein wenig Französisch lernte. Eines Tages hörte ich einen Besucher des Hauses von Natal schwärmen, von dem Klima, in dem das ganze Jahr über geerntet werden konnte, der fetten Erde, der zauberhaften Landschaft.« Sorgfältig legte sie dabei die Stoffbahnen aufeinander und schnitt anschließend die Unregelmäßigkeiten weg. »Wir verkauften alles und liehen uns Geld von unseren Familien. Weißt du«, hier leuchteten ihre klaren, blauen Augen, »ich erwarte ein Kind. Eines Tages wird es diese Farm erben, und seine Kinder nach ihm. Aus einem kleinen Samen wird ein großer starker Baum werden, der seine Wurzeln tief in der Erde verankert, und dafür ist mir keine Arbeit zu hart.« Sie lächelte und beugte ihren blonden Kopf wieder über ihr Nähzeug, mit feinen, regelmäßigen Stichen fertigte sie ein winziges Hemdchen aus dem aufgetrennten Kleiderstoff.

Catherine fühlte sich beschämt, obwohl das sicher nicht Cillas Absicht gewesen war. »Wann kommt dein Baby?«, fragte sie.

»Im Winter, Gott sei Dank. Die letzten Monate der Schwangerschaft in unserem Hochsommer wären sehr beschwerlich. Ich freue mich so sehr, dass mir manchmal ganz schwindelig wird.« Sie lachte. »Auch Lilly Sinclair glaubt, schon guter Hoffnung zu sein. Die Hälfte unserer Damen trägt verräterisch weite Kleider. Du musst dich beeilen, um Schritt halten zu können«, rief sie fröhlich, und ihr Blick ruhte viel sagend auf Catherines gertenschlanker Gestalt.

Catherine tat, als hätte sie nicht zugehört.

Bald flatterten die sonnig gelben Gardinen fröhlich vor den Fensterlöchern, und Johann bemerkte dankbar, dass die Fieberröte aus Catherines Gesicht wich und ihr verschleierter Blick wieder klar wurde. Das Klopfen in der Wunde hörte auf, und der rote Strich, der schon drei Zoll am Ellbogen vorbeigelaufen war, verschwand.

»Es ist ein Wunder, findet ihr nicht auch?«, rief Catherine, und es dauerte nicht lange, da konnte sie wieder aufstehen und unter Cillas taktvoller Anleitung nach und nach den Haushalt übernehmen. Am Ende der zweiten Woche packte die Schwedin ihre Sachen und ersuchte Johann um die Begleitung eines vertrauenswürdigen Zulus. »Es ist Pflanzzeit, Per hat zu viel zu tun, und mir wird nichts passieren.«

Johann bat Sicelo, sie sicher nach Hause zu begleiten. Am nächsten Morgen nahm sie Abschied von den Steinachs. Catherine sah hoch zu ihr. Wie eine Amazone saß Cilla auf ihrem großrahmigen Pferd, das blonde Haar unter dem Schlapphut war zum Zopf geflochten und in einen tiefen Nackenknoten geschlungen, ihr klares Profil zeichnete sich scharf gegen den blauen Himmel ab.

»Ich werde dich so sehr vermissen«, sagte Catherine und winkte ihr so lange nach, bis sich der von den Pferdehufen aufgewirbelte Staub als feiner Puder über die Bäume gelegt hatte und ihr die Augen tränten.

※

Eines wunderschönen Tages, er war so klar und herrlich, wie nur ein Sommertag in Zululand sein kann, mit azurblauem Himmel und glühenden Farben, erschienen Jikijiki und Mzilikazi gemeinsam, und Johanns Herz tat bei ihrem Anblick einen Sprung. Jikijikis Kopf war bis auf ein dichtes Haarbüschel rasiert, das zu einem hohen Kegel zusammengezwirbelt und mit rotem Lehm verschmiert sich oben zu einem Schirmchen verbreiterte. Dazu hatte sie ein mit Holzperlen besticktes Band um ihre Stirn gewunden. Mzilikazi grinste wie ein zufriedener, satter Kater und ließ lange Perlenschnüre an seinem Hals klimpern, die ihm Jikijiki als ihre Zusage geschickt hatte. So taten sie kund, dass sie verlobt waren.

»Meine Fürsprecher haben Jikijikis Vater um einen Funken Glut aus seinem Feuer gebeten, er zeigte seine Zustimmung, und damit waren die Verhandlungen um den Preis eröffnet«, sagte Mzilikazi stolzgeschwellt.

Diese Verhandlungen waren eine langwierige und sehr formelle Angelegenheit, wie Johann bekannt war, und bevor sie eröffnet werden konnten, musste der zukünftige Bräutigam dem Mädchen und seiner Familie bereits Geschenke zu Füßen legen. Heiraten war eine teure Angelegenheit bei den Zulus. »Wann wird Jikijiki in dein Umuzi ziehen?«, fragte er, nachdem er beiden gebührend gratuliert hatte.

»Meine zukünftige Frau hat die Bräuche der Umlungus gelernt, ihr Vater hat den Preis um viele Rinder erhöht. Doch meine Brüder haben mir Rinder gegeben, und jede meiner Kühe ist trächtig, auch habe ich zwei Elefantenstoßzähne. Die Ahnen sind mir wohlgesonnen, ich kann eine Familie ernähren. Schon bald wird Jikijiki sich Icece, der Reifezeremonie, unterziehen, sie wird viel essen und Bier trinken, und wenn sie in mein Umuzi kommt, wird sie fett und schön sein, ihre Haut wird glänzen, und in ihrem Bauch wird mein Samen wachsen und beweisen, dass sie fruchtbar ist.«

»Danke, Gott, für Deine große Güte«, flüsterte Johann voller Inbrunst. »Ich wünsche dir ein gutes Leben und viele Kinder, die dir im Alter dein Leben versüßen«, sagte er laut. Vor Erleichterung wurden ihm die Knie weich. Immer wieder hatte das Mädchen in den vergangenen Wochen Gelegenheit gefunden, dicht an ihm vorbeizustreichen, hatte ihm Blicke zugeworfen, die heißer brannten als eine Kerzenflamme. Sie hatte mit ihm gespielt, sich über ihn lustig gemacht, ihn herausgefordert. Nicht mit Worten, doch mit dem Spiel ihrer Wimpern, den koketten Drehungen ihres schönen Körpers, und er fürchtete das, was Catherine daraus lesen könnte. Und nun war die Zulu versprochen, und er war sicher vor ihr. »Ich werde Jikijiki eine junge Kuh als Hochzeitsgeschenk geben«, verkündete er im Überschwang.

Er wusste nicht wohin mit seiner Freude, warf sich auf sein Pferd, galoppierte die Auffahrt hinunter, riss seinen Hut vom Kopf und ließ einen Bayernjodler los, einmal die Tonleiter hinauf und wieder runter. Die Töne flogen durch die afrikanischen Hügel und kehrten tausendfach zurück. Vögel flatterten erschrocken auf, eine Herde Impalas stob davon, und fünf kleine Warzenschweine rannten mit steil aufgerichtetem Schwanz aufgeregt quieksend in den Busch.

Auf der Terrasse hob Catherine den Kopf. Es war ihr, als hätte sie Jodeln gehört, so wie in Bayerns Bergen. Doch es war sicher eine Sinnestäuschung gewesen. Wer auf Inqaba hatte schon Grund, so einen Freudenschrei loszulassen? Die Nachricht, dass Jikijiki verlobt war, hatte ihr gründlich die Laune verhagelt. Sowie Mzilikazi seinen Brautpreis zusammenhatte, den er zu ihrem heimlichen Ärger hauptsächlich mit Arbeiten auf Inqaba verdiente, so hatte ihr die Zulu klar gemacht, würde sie für immer auf dem Hof seiner Familie bleiben und dort arbeiten.

»Wann wird das sein?«, fragte sie, voller Verdruss über die Aussicht, wieder ohne Hausmädchen dazustehen.

Jikijiki blickte durch die offene Küchentür träumerisch in die Ferne. »Irgendwann, zur richtigen Zeit«, antwortete sie endlich.

Catherine atmete auf. Bevor das Irgendwann eintrat, würde sich sicher etwas ergeben. Kein Grund, sich jetzt Gedanken darüber zu machen. Ihre Laune stieg wieder.

»Ich gehe jetzt«, verkündete die Zulu, stellte den Besen in die Ecke, mit dem sie gerade angefangen hatte, die Küche zu fegen, und machte sich auf den Weg.

»Was heißt das?« Catherine starrte ihr wie vor den Kopf geschlagen nach. »Jikijiki, warte! Mzilikazi hat den Brautpreis noch nicht voll bezahlt, warum willst du gehen? Bleib stehen, Mädchen, antworte mir!«, rief sie zornig, als die Zulu einfach weiterging.

»Es ist notwendig«, erklärte diese und strebte weiter dem Busch zu.

Catherine lief ihr nach und packte sie am Arm. Jetzt verstand sie Adeles Klagen über treulose Bedienstete, obwohl Jikijiki nie nur das gewesen war. Je besser ihr eigenes Zulu wurde, je mehr sie sich verständigen konnten, desto freundschaftlicher schien ihr das Verhältnis. Sie lachten zusammen und arbeiteten zusammen, und als Jikijiki kurz vor Weihnachten an Brechdurchfall erkrankte, hatte sie zwei Nächte an ihrer Lagerstatt gewacht, bis es dem Mädchen besser ging.

»Du lässt mich also einfach so allein? Wer wird mir dann helfen?«, rief sie und erntete nichts weiter als ein unbekümmertes Schulterzucken. »Du musst ein gutes Mädchen finden, das für mich arbeitet«, forderte sie unwirsch.

Jikijiki bohrte nachdenklich in der Nase. »Es gibt keine Mädchen in meinem Umuzi, nur Ehefrauen. Ehefrauen arbeiten für ihre Männer, nicht für die Nkosikasi.«

»Nenn mich nicht Nkosikasi. Sind wir nicht Freundinnen?«, appellierte Catherine. Johann hatte ihr zu Weihnachten ein Schachspiel geschnitzt, und sie hatte begonnen, Jikijiki das Spiel beizubringen. Johann kam oft spät und war müde, musste vor Tagesanbruch aufstehen. Es blieb ihnen nur selten Zeit füreinander, und schon gar nicht für etwas so Frivoles wie zu spielen.

Das Mädchen war listig und geduldig und von erstaunlicher strategischer Begabung. Sie gab allen Figuren Namen. »Das ist Katheni«, sagte sie und berührte Catherines Königin, ihren Namen in Lautmalerei verwandelnd, wie es die Zulus mit den Namen der Weißen taten, und freute sich königlich, wenn ihre Dame »Jikijiki« Catherines König »Jontani« vom Feld fegte und ihr König Mzilikazi stolz und unversehrt das Brett beherrschte.

»Jikijiki ist stärker als Jontani«, lachte sie dann mit blitzenden Zähnen und stampfte einen wilden Triumphtanz, dass ihre Brüste und das Perlenröckchen hüpften. »Ich bin die Königin, gib mir etwas dafür.« Sie griff über den Tisch, packte Catherines Hand und befingerte ihren Ehering. »Den Ring will ich. Gib ihn mir.«

»Es ist das Zeichen, dass ich Johann gehöre«, wehrte Catherine ab. »Wir Umlungus dürfen uns davon nie trennen.«

Jikijiki verstand das sofort, und Catherine schenkte ihr stattdessen ein Perlenarmband aus den Beständen ihres Vaters. Die rot-grün funkelnden Perlen machten doch sehr viel mehr her, und die junge Zulu tanzte vor Freude wie ein Irrwisch über den Holzboden. Glasperlen besaßen meist nur die Frauen des Königs.

Catherine sah ihr zu, und unvermittelt packte sie das Verlangen, auch zu tanzen, ausgelassen zu sein. Sie wünschte sich Gefährtinnen, Freunde und die unbeschwerte Fröhlichkeit, die junge Menschen haben durften und die sie zwischen den alten Männern, ihrem Vater und seinen Kumpanen, nie erlebt hatte. Sie hob ihre Röcke, sprang auf und wirbelte im Walzerschritt über die Veranda. Jikijiki sah ihr neugierig zu, ahmte dann ihre Schritte fehlerlos nach, setzte dabei ihre Füße zierlich wie eine Gazelle.

»Komm, ich zeig's dir«, rief Catherine und legte ihr den Arm um die Taille. »Mit dem linken Fuß zuerst«, kommandierte sie und summte einen flotten Walzer.

Jikijiki warf ihren Kopf zurück und trillerte voller Übermut. Zusammen schwebten die beiden jungen Frauen, die geschmeidige braune, nur mit Perlenschnüren behängte Zulu, und die Weiße, in verwaschenes Grün gekleidet mit bodenlangem, schwingendem Rock, im Dreivierteltakt unter dem tiefblauen afrikanischen Himmel dahin. Die Perlen klimperten, das dünne Kattunkleid raschelte, Catherine sang aus vollem Halse.

»Wozu ist der Tanz?«, fragte die Schwarze, als sie atemlos innehielten. »Dient er dazu, deine Ahnen milde zu stimmen oder Fruchtbarkeit für deinen Leib zu erbitten?«

Catherine verstand nicht. »Er bedeutet nichts. Es bringt Spaß zu tanzen, es macht fröhlich«, antwortete sie achselzuckend.

Jikijiki schlug mit ihren Füßen einen Trommelwirbel, hüpfte hoch, drehte sich und rief: »Sieh mir zu, höre, was ich dir mit meinem Tanz sage.«

Und dann lernte Catherine von ihr, dass die Zulus mit jedem Tanz etwas ausdrücken, eine Seelenlage oder eine Absicht, so facettenreich und vielfältig, als wäre es durch eine Sprache. Jikijiki zeigte es ihr und bewies, dass sie diese Sprache vollendet beherrschte.

In diesen Stunden war Catherine glücklich.

✳

»Freundinnen?« Jikijiki schaute sie aus dunklen, unergründlichen Augen an und zwirbelte dabei eins der festgedrehten Löckchen ihres Kraushaars. Dann senkte sie die Lider und zog sich in sich selbst zurück. Eine Antwort gab sie nicht, sondern ging wortlos.

Mit geballten Fäusten sah Catherine ihr nach. Die Gleichgültigkeit des Mädchens tat weh. Entschlossen schob sie ihre Gefühle beiseite. Sie weigerte sich zuzugeben, dass die überschäumende Lebensfreude der jungen Zulu ihr mehr fehlen würde, als sie sich eingestehen wollte, und richtete ihren ganzen Zorn darauf, dass sie nun allein war mit der Aufgabe, neben ihren täglichen Haushaltspflichten die Wäsche der vergangenen Woche zu waschen, Feuer zu machen und das Abendessen zuzubereiten. Mzilikazi würde nach seiner Mittagspause die Wäsche waschen müssen, denn die neue Haut auf ihrem verbrannten Arm spannte noch und war empfindlich, und die Muskeln waren noch schwach.

Catherine sah Jikijiki, die eben im Busch verschwand, nach und unterdrückte ein Kraftwort. Sie musste ihren ganzen Stolz zusammennehmen, um ihr nicht nachzulaufen und darum zu betteln, dass sie bei ihr bliebe, sie nicht allein zurückließ.

Seufzend strich sie sich die feuchten Haare aus dem Gesicht. Es war unerträglich heiß heute, die Sonne brannte, die Schatten waren kurz und scharf, und das Land kochte. Die rote Erde, jeder Stein speicherte die Hitze und gab sie in glühenden Wellen wieder ab. Die Zikaden sirrten, der Busch knisterte, ein violett glänzender Pillendreher raschelte über die hart gebackene Erde. Außer dem Schnarchen Mzilikazis, der im Schatten des Kochhauses schlief, war kein Laut zu vernehmen, und die Stille vertiefte ihre Einsamkeit. Hoffnungsvoll lauschte sie auf das Geräusch von Pferdehufen auf Sand, das Besuch ankündigen würde, aber alles blieb still. Sie warf den Webervögeln Körner hin und fütterte das grasgrüne Chamäleon, das in der Mimose hauste, mit Fliegen. Es machte zwar außer zufriedenem Schmatzen kein Geräusch, aber es war ein Lebewesen. Dafür lärmten die schwarzköpfigen, gelb gefiederten Weber umso lauter. Sie wurden zusehends zahmer und pickten ihr die Körner manchmal von der Hand. Sie gaben ihr die Illusion, nicht allein zu sein.

Der Schweiß rann ihr in Bächen in den Ausschnitt, ihre Haut brannte. Sie stieg zum Wasserreservoir hinauf, füllte den Eimer und goss sich das Wasser einfach über den Kopf, genoss die Kühlung, die es brachte. Am Horizont im Osten glitzerte ein Band aus funkelnden Diamanten. Sie seufzte. Der Ozean? Wie weit mochte es bis zum Meer sein? Einen Tag, zwei Tage?

Ein schwaches Kläffen aus dem Hitzeschleier über dem Busch ließ sie aufhorchen. Sollte sie Besuch von einer Jagdgesellschaft bekommen? Mit den Handflächen strich sie rasch die Nässe von ihrem Körper ab, aber als sie ihren Bauch berührte, hielt sie inne. Für einen kurzen Augenblick schwebte das Zwitschern von fröhlichen Kinderstimmen in der Luft, doch gleich darauf zerfloss es wieder in den hohen Geigenklängen der Zikaden. Ihre Einbildungskraft hatte sie getäuscht. Ihr Bauch war so flach wie eh und je. Die Enttäuschung, die sie bei dieser Entdeckung empfand, war wie ein schmerzender Stich. Sie war allein wie immer, und nun würde nicht einmal mehr Jikijikis Stimme diese zentnerschwere Stille mildern.

Zu ihrem Tag gehörte der Gesang, mit dem die junge Zulu ihre tägliche Arbeit begleitete. In sanften, klaren Tönen, die dahinplätscherten wie ein Bächlein über Steine, beschrieb sie ihr Leben in diesem herrlichen Land, das Himmel hieß. Catherine, die nicht alles verstand, aber den Sinn begriff, wurde dabei von einer Sehnsucht erfüllt, die sie sich selbst nicht genau erklären konnte.

Wieder hörte sie kläffen, mehrstimmig dieses Mal, dann ein lang gezogenes, hohes Lachen. Sie fuhr zusammen. Das war keine Jagdgesellschaft, das war ein Hyänenrudel, ganz in ihrer Nähe. In Windeseile knöpfte sie ihr Kleid über der Brust zusammen. Es spannte etwas, weil es vom vielen Waschen eingegangen war, und als sie kräftig zog, zerriss es. Leise schimpfend untersuchte sie den langen Riss, der unter ihrem Arm bis zur Taille lief. Das Kleid war hinüber. Jikijikis Waschmethoden hatte es nicht standgehalten. Auch ihre Schuhe, die Johann ihr aus Springbockleder gefertigt hatte, begannen sich schon in den Nähten aufzulösen, und ihre Sohlen waren so abgeschliffen, dass sie jedes größere Sandkorn spürte. Ebenso gut konnte sie barfuß laufen. Zornig trat sie einen Stein aus dem Weg. Alles ging hier ungleich schneller entzwei als in Europa. Hitze, Feuchtigkeit, Dornen und allerlei Getier, das feine Stoffe zu schätzen wusste, setzten dem mageren Inhalt ihres Kleiderschrankes über die Maßen zu. Johann würde einen Springbock schießen müssen, um ihr neue Schuhe aus der Haut zu fertigen. Es war kein Geld da, um sich welche aus Kapstadt kommen zu lassen. Johann hatte gestanden, dass er die Maisernte zum größten Teil an George Cato verpfändet hatte, und das, was übrig blieb, und die Erträge, die er für die Kidneybohnen und den Buchweizen zu bekommen hoffte, brauchte er als Rücklage. Zwar hatten alle ihre Ananas Früchte angesetzt, doch die Ernte stand noch aus.

»Es tut mir Leid. Aber, Kopf hoch, das geht vorüber, und wir haben doch schon viel Schlimmeres überstanden.« Er hatte gelacht, auf den Schiffbruch angespielt.

Dieses ewig optimistische Lachen, das fröhliche Ignorieren von knallharten Fakten waren ihr über die Nerven gekratzt. »Na, hoffentlich«, hatte sie geantwortet und seine Umarmung abgewehrt.

Sie erreichte das Haus, aber das Lachen der Hyänen war verstummt. Beruhigt holte sie die schmutzige Wäsche aus dem Schlafzimmer und tat sie in den hölzernen Waschzuber, der unter dem Dach des Kochhauses stand. Dann stöberte sie Mzilikazi unter seinem Busch auf und weckte ihn. »Wir brauchen Wasser für die Wäsche. Zwei Eimer voll. Shesha!«, befahl sie barsch, als der Zulu keine Anstalten machte aufzustehen.

Mzilikazi kaute auf einem Grashalm, ließ seinen Blick übers Land schweifen und rührte sich nicht.

»Shesha«, fauchte sie wieder, plötzlich bis zur Weißglut gereizt. Ihr Blick verhakte sich mit seinem, und nach minutenlangem, schweigendem Gerangel rappelte sich der Zulu hoch und schlenderte von dannen. Seufzend holte sie Seife aus dem Vorratsraum, fand aber, dass nur noch ein kleines Stück da war. Seife konnte man kochen, das wusste sie und schlug in Wilmas Haushaltsbuch nach. Das Rezept umfasste zweieinhalb Seiten. Seufzend begann sie zu lesen. Sechstehalb Scheffel Asche zu einem halben Scheffel Kalk brauchte sie, so stand es da, und vier Eimer Wasser. Es mangelte ihr zum Ersten an einem Gefäß, das groß genug war, außerdem hatte sie keinen Kalk und wusste auch nicht, ob die Verfasserin von einem preußischen Scheffel oder dem bayerischen sprach. Der Unterschied war erheblich. Ihre Augen glitten die Seite hinunter. 34 Pfund Fett, Knochen, Speckschwarten, Abschaum von Fleisch und Grieben von Hammeltalgwürfeln, die vom Lichtergießen übrig waren, würde sie benötigen, und mehrere Metzen Salz. Der Vorgang benötigte rund vier Tage. Woher, um Himmels willen, sollte sie das alles nehmen? Außerdem benötigte sie die Seife jetzt und nicht erst in vier Tagen, auch wenn diese, wie das Buch verhieß, besser sei als jede gekaufte. So schnitt sie das letzte Stück auf, streute es über die Wäsche und wartete, dass Mzilikazi mit dem Wasser zurückkam.

Es dauerte, ehe er mit dem Eimer heranschlurfte. Catherine ignorierte seine verdrossene Miene. »Bring das Wasser zum Kochen, gieße es in den Zuber und wasch dann die Wäsche«, trug sie ihm auf. Sie selbst machte sich daran, die Matratzen und die mit Kapok gefüllten Kopfkissen in die Sonne zum Trocknen zu legen und das Haus zu reinigen. Nach zwei Stunden streckte sie ihren müden Rücken und ging nach draußen, um den Fortgang der Wäsche zu kontrollieren.

Die Wäsche schwamm in kalter, trüber Seifenlauge, war noch genauso schmutzig wie vorher, und Mzilikazi war nirgendwo zu sehen. Ingrimmig rannte sie zu seiner Hütte, fand ihn in ihrem Schatten an die Wand gelehnt, ein gewundenes Kuduhorn in der Hand, dessen Öffnung von einem eiergroßen Gefäß aus poliertem Seifenstein verschlossen wurde. Der Rauch, der daraus aufstieg, roch süßlich, wie getrocknetes Gras. Er nahm das Räuchergefäß in den Mund und tat mit geschlossenen Augen einen tiefen, genussvollen Zug, während er liebevoll die Perlenschnüre an seinem Hals befingerte. Sein Gesichtsausdruck versetzte sie jäh zurück zu einem Abend im Haus eines Freundes ihres Vaters. Sie hatte nicht schlafen können und suchte ihn, und als sie die Tür zum Raucherzimmer öffnete, war ihr genau dieser süßliche Geruch entgegengeschlagen. Ihr Vater lag bequem in seinem Sessel und sog, wie die anderen Gäste auch, an einer dünnstieligen Pfeife mit großem rundem Kopf. Ein verzücktes Lächeln umspielte seinen Mund. Er winkte ihr träge zu. »Beatrice, mein Herz, du siehst hinreißend aus. Zieh dich schon aus, ich komme gleich«, murmelte er. Sie war schockiert geflohen. Beatrice war der Name ihrer Mutter gewesen.

»Geh sofort und wasch die Wäsche! Auf der Stelle«, schrie sie, ihre Stimme schrill von dem Schrecken von damals. Sie packte ihn am Arm, hörte, wie der Stoff ihres Kleides erneut riss, und schrie vor Frustration auf.

Mzilikazi befreite sich und funkelte sie unter halb geschlossenen Lidern boshaft an. »Arbeit für Frauen«, meinte er knapp und atmete den bläulichen Rauch tief ein. Der Anflug eines Lächelns zuckte in seinen Mundwinkeln.

»Jikijiki hat mich im Stich gelassen, das weißt du ganz genau. Also wirst du jetzt die Wäsche waschen. Oder soll ich das etwa machen?« Sie streckte ihm ihre weißen, zarten Hände hin.

Der Zulu betrachtete diese mit großem Ernst, hob dann die Brauen, zuckte die Schultern, schüttelte den Kopf und rauchte weiter. »Alle Frauen arbeiten im Haus. Jikijiki wird bald in meiner Hütte leben«, murmelte er schläfrig. »Du musst ein neues Mädchen suchen.«

Catherine fühlte die schiere Mordlust durch ihre Adern rauschen, sie zwang sich jedoch zur Ruhe, denn sie fürchtete insgeheim, dass er jetzt aufstehen und gehen würde. Einfach so.

»Nutze immer den Schwung deines Feindes gegen ihn«, meldete sich Grandpère.

Schweigend musterte sie den jungen Mann vor ihr, der selig rauchte und gleichgültig tat. Was brauchte Mzilikazi am nötigsten?

Rinder, antwortete sie sich selbst, jede Menge Rinder, und die musste er sich verdienen. Hab ich dich, frohlockte sie und setzte eine sorglose Miene auf. »Nun gut, geh, hamba, hamba«, sang sie mit fröhlicher Scheinheiligkeit und machte eine scheuchende Handbewegung. »Ich brauche dich nicht mehr. Verlasse Inqaba. Jetzt, sofort.«

Mzilikazi beäugte sie misstrauisch, machte zwar keine Anstalten, sich zu erheben, doch er hatte aufgehört zu rauchen.

Sie sah es mit Genugtuung. Sich an seiner Verwirrung weidend, nahm sie demonstrativ Zündhölzer aus ihrer Rocktasche, entzündete eins und hielt es dicht ans Grasdach seiner Hütte, nur ein paar Zoll von seinem Kopf entfernt.

Das wirkte. Mzilikazi sprang blitzartig auf die Beine. »Cha!«, brüllte er. »Nein!« Er schlug nach der Flamme und feuerte dabei eine Salve erregten Zulus ab, von dem sie nichts außer »nein« und »arbeiten« verstand.

Das Zündholz flackerte, sie lächelte. »Wenn du hier nicht arbeitest, brauchst du keine Hütte. Deswegen brenne ich sie ab.« Nicht im Traum würde sie diese Drohung wahr machen, aber das verbarg sie sorgfältig.

Minuten später stand Mzilikazi am Waschzuber und schrubbte, dass es eine Freude war.

»Kräftig reiben«, sagte sie, ihren Triumph innerlich weidlich auskostend, und machte die entsprechende Handbewegung. Dann wandte sie sich ab, um im Haus den Riss im Kleid zu reparieren. Der Zulu hinter ihr knurrte erbost, fauchte geradezu. Sie winkte ihm fröhlich zu, doch er starrte mit geweiteten Augen an ihr vorbei, und jetzt merkte sie, dass das Schnauben nicht von Mzilikazi kam, sondern aus Richtung des Hofs.

»Ingwe«, flüsterte Mzilikazi. »Leopard.«

Sie brach in kalten Schweiß aus, rührte keinen Muskel, wagte nicht zu atmen, wagte nicht einmal, den Kopf zu wenden. Wie ein Opferlamm wartete sie auf den Angriff der Raubkatze, ihren Blick angstvoll mit dem von Mzilikazi verhakt. Plötzlich blitzten die Zähne in dem schwarzen Gesicht des Zulu. Das Lachen kam tief aus seinem Bauch, drängte sich aus ihm heraus, und dann lachte er, schlug sich auf die Schenkel, dass die Seifenlauge spritzte, und deutete über ihre Schulter. Catherine fuhr herum, und der Anblick, der sich ihr bot, verschlug ihr glatt die Sprache. Erst wollte sie wütend werden, doch dann gewann ihr Sinn für Komik die Oberhand, und sie musste auch lachen.

Ein Schwarzer, angetan mit rotem Uniformrock, aber ohne Hosen, sein männlicher Stolz nur von Kuhschwänzen verdeckt, lief im eiligen Trott aufs Haus zu. In einer Hand trug er Kampfstock und Assegai, den kurzen Kampfspeer der Zulus, auf dessen Spitze ein Stück Fleisch aufgespießt war, in der anderen einen langen gespaltenen Stock. In dieser Spalte steckte ein großer Briefumschlag. Keuchend streckte er ihr den Stock hin. Die Post war da.

Um Fassung ringend, Mzilikazis spöttisches Gelächter in den Ohren, stolperte sie dem Mann entgegen. Aufgeregt nahm sie ihm den großen Umschlag und den Zettel ab, der daneben steckte. Der Zettel war von Onetoe-Jack, der ihr mitteilte, dass er so frei gewesen war, ihre Post aus Durban mitzubringen und sie mit einem seiner Zulus zu ihr zu schicken. Sie wendete den Umschlag um und las den Absender. Salvatore Strassberg. Das Papier bebte in ihren Händen. Nun würde sie Gewissheit erhalten.

Für einen Moment schloss sie die Augen, um mit sich allein zu sein. Noch konnte sie sich ausmalen, wie es aussehen würde, ihr Buch mit den Zeichnungen und ihren Reisenotizen, konnte von dem Erfolg träumen und dem Geld, das endlich den Ausweg aus zerschlissenen Kleidern, selbst geschusterten Schuhen und Einsamkeit bedeutete. Ihre Finger zitterten, sie fühlte sich noch nicht bereit für das, was in dem Brief stand, denn er bedeutete das Ende ihrer Träume. Auf die eine oder andere Art. Wieder war sie an einem Scheideweg ihres Lebens angekommen.

Sie atmete tief durch, befahl ihrer davongaloppierenden Fantasie energisch Einhalt, zwang sich, erst dem Postläufer einen Krug frisches Wasser zu geben und kalten Maisbrei vom Vortag, den er zu dem mitgebrachten Fleisch verzehren konnte, ehe sie sich auf die Veranda zurückzog und den Umschlag vor sich auf den Tisch legte. Es war gerade eben sieben Monate her, dass sie ihre Skizzen von Kapstadt aus an Salvatore Strassberg abgesandt hatte. Er musste fast postwendend geantwortet haben, denn das Postschiff war um Wochen verspätet ausgelaufen, weil vor der Südwestküste Afrikas ein Sturm tobte. War das ein gutes Zeichen? Der Brief war groß. War die Antwort so rasch erfolgt, weil er ihr Anliegen ohne großes Federlesens ablehnte? Langsam hob sie den Umschlag und löste mit fliegenden Fingern die versiegelte Lasche.

Ihre Zeichnungen und ein Brief fielen ihr entgegen, und der Anblick traf sie so hart, dass ihr plötzlich eiskalt wurde. Mühsam faltete sie das schwere Bütten auseinander. Die Handschrift war winzig und schwer zu lesen, und als sie fertig war, trat sie ans Verandageländer. Tröpfchenweise sickerte der Inhalt in ihr Bewusstsein, bis sie begriff, dass es nicht Salvatore Strassberg war, der ihr geantwortet hatte, sondern seine Frau.

In dürren Worten teilte diese ihr mit, dass ihr Mann Salvatore, Gott hab ihn selig, vor drei Monaten plötzlich gestorben sei und sie den Verlag jetzt weiterführen würde. Sie fand den Reisebericht höchst interessant, aber, mit Verlaub gesagt, es gab schon so viele Reiseberichte, und ihrer hätte bedauerlicherweise keinerlei wissenschaftliche Basis, wäre nur eine Beschreibung ihrer

Erlebnisse. Auch ihre Bilder fand sie zwar sehr gut, nur leider völlig ungeeignet als Illustration naturkundlicher Bücher, bei weitem nicht präzise genug. Außerdem wäre die finanzielle Lage des Verlages derart prekär, dass sie sich auf keinerlei Experimente einlassen konnte.

»Wenn ich noch eine private Empfehlung aussprechen darf«, schrieb Frau Strassberg, »wäre es die, sich einem guten Kunstlehrer anzuvertrauen.« Sie schloss mit den besten Wünschen für die Zukunft und der Hoffnung, dass Afrika ihr eine neue Heimat geworden sei.

In einer glühend heißen Aufwallung knüllte Catherine den Brief zu einem Ball zusammen. Die Enttäuschung saß ihr wie eine Eisenklammer im Nacken. Sie ballte die Hände zu Fäusten, spannte ihren ganzen Körper an, als müsste sie einen großen körperlichen Schmerz ertragen. Als sie ihre Muskeln entspannte, war ihr Kopf klarer. Lamentieren würde nichts ändern. Sie würde einen anderen Weg finden, um aus dieser Misere herauszukommen, sie musste nur darüber nachdenken. Doch außer einem Bittbrief an Adele fiel ihr nichts ein, und den zu schreiben, ließ ihr Stolz nicht zu.

Inzwischen war ihr die Zeit davongelaufen. Die Sonne neigte sich schon dem Abend zu. Johann würde kurz nach Einbruch der Dunkelheit hungrig von den Feldern kommen, und sie hatte noch kein Essen vorbereitet. Sie musste sich sputen. Dabei hatte sie vorgehabt, endlich die Geschichte der Vila Flors zu studieren, um dem Geheimnis von Johanns Goldfund auf die Spur zu kommen. Daraus würde heute wieder nichts werden. Kerzen waren viel zu kostbar, um zum Lesen verbraucht zu werden.

»Hole noch einen Eimer Wasser«, sagte sie zu Mzilikazi und ignorierte sein fröhliches Pfeifen; sie brannte noch immer vor Ärger, dass er sie derart zum Narren gehalten hatte. Sie legte den Rost, den Johann sich von den Zulus hatte schmieden lassen, über die Feuerstelle, die mit Feldsteinen hochgemauert war, sodass sie sich nicht mehr zu bücken brauchte. So konnte sie zwei Töpfe gleichzeitig draufstellen. Ein schneller Blick in ihre Vorratskammer zeigte ihr, dass sie Mopaniraupen, Zulukartoffeln, vier Eier, einen Krug Milch und eine wunderbare Rinderkeule zur Verfügung hatte. Sie legte das Rindfleisch auf den Haublock, zog einen Stuhl heran und studierte die Rezepte in Wilmas Haushaltsbuch, während sie dabei abwesend das seidenweiche Fell Nofretetes kraulte, als sie ein eigenartig hohes Knurren aufstörte und ihr der Geruch nach verwestem Fleisch in die Nase wehte. In derselben Sekunde biss Nofretete sie in den Finger, stellte die Fellhaare hoch wie Stacheln und schoss mit einem Satz das Regal hinauf. Auf dem obersten Bord klammerte sie sich angstvoll fauchend fest und starrte an ihr vorbei zur Tür. Catherine, an Mzilikazis Scherz erinnert, folgte befremdet ihrer Blickrichtung. Und erstarrte.

In der Tür stand ein hundeähnliches, geflecktes Tier, nur war es viel größer als ein Hund und unglaublich hässlich. Geifer troff von seinen Lefzen, lange Reißzähne leuchteten, während es mit erhobener Nase den Geruch der Rinderkeule erschnüffelte.

Catherines Herz begann zu hämmern, als sie erkannte, was vor ihr stand. Eine Hyäne. Hier in ihrer Küche.

»Eine Hyäne hat ihm die Zehen im Schlaf abgefressen«, hatte Johann gesagt und die von Onetoe-Jack gemeint. »Ihr Gebiss ist so stark, dass sie jeden Knochen knacken können.«

Ihr rieselte es kalt den Rücken hinunter, sie wagte sich nicht zu rühren, war noch völlig durcheinander von dem Schreck des vermeintlichen Leopardenangriffs. Nofretete spuckte vom Regal herunter. Die Hyäne richtete ihre gelben Augen langsam auf die kleine Katze und machte einen Schritt in die Küche hinein. Catherines Blick flog durch den Raum. Ihr Hackmesser lag auf dem Küchentisch, keine zwei Fuß von dem Raubtier entfernt, ihr Gewehr stand im Schlafzimmer. Die Hyäne sog die Luft durch die Zähne, fixierte nun sie mit diesen kalten, klaren Augen und lachte spöttisch. Catherine meinte schon die nadelspitzen Zähne zu spüren, sah sich in ihrem Blut liegen, als sich plötzlich etwas in ihr aufbäumte.

Nach allem, was sie durchgemacht hatte, Stürme, Tod, Schiffsuntergang und Krankheit, würde sie sich nicht von einer hungrigen Hyäne ins Bockshorn jagen lassen. Sie packte ihren Stuhl, schleuderte ihn auf die Kreatur und schrie, so laut sie konnte. Überrascht aufjaulend wich das Raubtier wenige Schritte zurück, und es gelang ihr, die Tür zuzuschlagen. Wie ein Wirbelwind flog sie durchs Haus, schloss alle Ausgänge, trat als Letztes die Wohnzimmertür hinter sich zu und fiel im Gang gegen die Wand. Sie war in Sicherheit. Hätte sie jetzt den Stall erreichen und Caligula satteln können, sie hätte Inqaba und Johann auf der Stelle verlassen. Für immer. So aber rutschte sie langsam an dem rauen Mauerwerk hinunter auf den Fußboden und blieb dort sitzen, verwünschte ihre eigene Angst, verwünschte Johann und Afrika, verwünschte das Schicksal, das sie ihm vor die Füße geweht hatte.

Dort, in tiefster Dunkelheit, fand Johann sie später. Mit einem Satz war er bei ihr, von einer so entsetzlichen Angst gepackt, dass ihr jemand ein Leid angetan hatte, dass er sie nur wortlos in den Armen halten konnte. In abgehackten Sätzen stieß sie die Geschichte mit der Hyäne hervor.

Zu ihrem grenzenlosen Erstaunen lachte er. »Du hast dich wohl unnötig aufgeregt. Das war vermutlich Helene, die Hunger hatte und sicher nur hinter dem Braten oder vielleicht Nofretete her war.«

Er schlang seinen Arm fest um ihre Taille und führte sie nach draußen in die frische Abendluft. »Aber jetzt wirst du schießen lernen, damit du dich in Zukunft verteidigen kannst. Keine Widerrede.«

»Helene?« Ihr Stimme stieg hysterisch. Eine Hyäne namens Helene! Himmelherrgottnocheinmal!

»Sie ist die Ranghöchste unseres Hyänenrudels, das die Abfallgrube sauber hält, die Königin. Sie lebt seit einigen Jahren hier. Beruhige dich also. Noch nie hat eine Hyäne einen lebenden Menschen gefressen, und Helene schon gar nicht.«

»Ach, und was ist mit Onetoe-Jacks Zehen passiert?«, schrie sie, empört, dass er die Dramatik ihres Erlebnisses herunterspielte.

Ein Mann hinter ihr kicherte heiser. »Meine Gnädigste, ich war voll des süßen Weins und lag auf der Erde im Busch. Vermutlich habe ich schon recht appetitlich nach Verwesung gerochen, ein Geruch, der Hyänen geradezu in Verzückung versetzt.«

Onetoe-Jacks Fistelstimme! Erst jetzt wurde sie gewahr, dass Johann nicht allein war. Es war kurz vor Neumond, der Mond nur eine schmale Sichel. Sein schwaches Licht floss über die Steine und zeigte ihr, dass sich mehrere Männer im Hof befanden. Sie saßen eben von ihren Pferden ab. Neben Onetoe-Jack, der von einigen sehr dunkelhäutigen Schwarzen begleitet wurde, erkannte sie Rupert Farrington, Dan, den Schlangenfänger, und Timothy Robertson, der ihr im ersten Moment völlig fremd war, so sehr hatte er sich verändert. Aus dem blassen, eher schmächtigen jungen Zeitungsschreiber war ein kräftiger Mann mit einem breiten, offenen Lachen geworden, der auf seinem Pferd saß, als wäre er im Sattel geboren.

»Mrs. Steinach, einen wunderschönen guten Abend«, lächelte er und zog seinen Hut. Seine Stirn leuchtete sonnenverbrannt, und die Haut löste sich, wie auch von seiner Nase, in Fetzen ab. Auch die drei anderen grüßten sie herzlich.

Mzilikazi tauchte auf, immer noch mit einem zufriedenen Grinsen im Gesicht. Johann warf ihm die Zügel von Shakespeare zu und befahl ihm, mit den anderen Burschen die Pferde zu versorgen.

Catherine mühte sich, den Riss unter ihrem Arm zu verstecken. In dem zerrissenen Kleid fühlte sie sich eher wie eine Dienstmagd denn wie die Herrin auf Inqaba. Entnervt sah sie die Männer an. Wollten sie etwa zum Essen bleiben? Das konnte ihr Johann doch nicht antun! Die Antwort bekam sie umgehend.

»Wir haben einen Löwenhunger, Liebes. Was gibt es zu essen?«, fragte ihr Mann fröhlich.

Sie biss die Zähne zusammen, erklärte, warum nichts vorbereitet war, und gab sich die größte Mühe, ihren Zorn darüber zu verbergen, dass er einfach so vier Männer mitbrachte und von ihr erwartete, dass das Essen bereits auf dem Tisch stand. Später, wenn sie allein waren, würde sie mit ihm darüber reden. »Wir haben nicht genug da, Mzilikazi muss ein paar Hühner holen, sonst reicht es nicht.«

»Schlachte fünf Hühner, und bringe sie in die Küche. Ich versorge die Pferde«, wies Johann den Zulu an, der sich erstaunlicherweise im Trab entfernte.

»Ich habe Ihnen etwas mitgebracht«, sagte Onetoe-Jack und hielt ihr ein strampelndes Fellbündel hin, das sich als ein junger Hund von etwa vier Monaten herausstellte. »Sie sind sehr viel allein, und dieser Rüde ist der Sohn meines schärfsten Hundes. Er wird einmal ein hervorragender Schutzhund werden.« Er zeigte auf seine hechelnde Hundemeute, die unter dem Kaffirbaum lagerte. Die Tiere verfolgten jede ihrer Bewegungen, gaben aber keinen Laut von sich.

»Danke«, stotterte sie und nahm den kleinen Rüden, der ihr prompt quer übers Gesicht leckte, sich aus ihren Armen wand und mit fliegenden Ohren Nofretete ins Haus verfolgte. Sie benutzte diesen Moment, im Schlafzimmer in ein anderes Kleid zu wechseln, und fühlte sich nun etwas angemessener gekleidet.

»Wenn ich euch satt kriegen soll, musst du Bohnen und Kürbis aus dem Garten holen«, sagte sie zu Johann. »Und nimm dein Gewehr mit, wer weiß, welche blutrünstigen Kreaturen sich da noch herumtreiben. Leopold, der Leopard vielleicht, oder Leon, der Löwe«, spottete sie. Um keinen Preis der Welt wäre sie in der Dunkelheit dorthin gegangen, auch nicht in Begleitung.

Johann lachte und trollte sich, und sie machte sich daran, mit ihrem schärfsten Messer die Rinderkeule zu trimmen.

»Keine Hühner«, verkündete da Mzilikazi hinter ihr fröhlich und knackte eine Laus in seinem Kraushaar.

Unwirsch fuhr sie herum. Ihre Geduld war kurz davor, zu zerreißen. »Was heißt das, keine Hühner? Wir haben mindestens vier schlachtreife.«

»Schlange hat sie gefressen. Mama Nyoka.« Jetzt grinste der vermaledeite Zulu schadenfroh. »Sehr große Schlange.« Er zeigte mit ausgestreckten Armen Länge und Dicke dieser Schlange.

Catherine sah ihn entsetzt an. Mama Nyoka. Eine Python. Meinte er etwa, dass eine Python im Hühnerstall war? Sie warf das Messer auf den Tisch. »Zeig sie mir«, befahl sie, ergriff eine

Kerze und rauschte hinaus, wobei sie völlig ihre Angst vor wilden Tieren vergaß. Es war eine Python, eine sehr große, und fünf deutliche, hühnergroße Beulen in ihrem walzenförmig aufgeblähten Leib zeigten ihr, wo ihr Abendessen abgeblieben war. »Hölle und Verdammnis«, fauchte sie. Sie brauchte das Federvieh. Im Haus warteten fünf ausgehungerte Männer, die jeder, wie sie wusste, ohne weiteres ein Huhn allein als Vorspeise vertilgen würden. »Schlag dem Vieh den Kopf ab, schlitz ihm den Bauch auf, hol die Hühner raus und rupfe sie«, befahl sie und überlegte gleichzeitig, ob sie Dan um das Rezept für Python à la Congeraal bitten sollte.

Mzilikazi protestierte. »Zulus töten keine Schlangen«, erklärte er überheblich und verschränkte die Arme vor seiner breiten Brust. »Mama Nyoka, die Mutter aller Schlangen, hat das Wissen unserer Ahnen, und solange sie sich wie ein lebender Fluss durch das Grün des Buschs windet, werden die Flüsse Wasser führen, doch wenn sie stirbt, wird Afrika austrocknen. Mama Nyoka herrscht über die Seelen der Sangomas, und wer sie tötet, ruft Unglück herbei.« Seine Haltung zeigte ihr deutlich, dass er keinen Finger rühren würde.

»Welch ein Humbug«, rief sie, hörte aber tief in ihrem Inneren das Echo von Césars Geschichten, in denen jedes Tier eine Aufgabe im Schattenreich der Ahnen erfüllte. Ungeduldig unterdrückte sie das Unbehagen, das dabei in ihr aufstieg. Dieses war ein Notfall, Johann und seine Freunde warteten auf ihr Abendessen. Sie machte auf dem Absatz kehrt. »Dan«, rief sie. »Ich brauche Hilfe.«

Der Schlangenfänger lauschte ihrem Problem, ergriff das Hackschwert aus ihrer Küche, marschierte zum Hühnerstall, hackte mit einem mächtigen Streich durch die zähe Haut der Python und trennte den Kopf vom sich qualvoll windenden Rumpf. Dann schlitzte er fachmännisch den Bauch auf und zog die Haut ab, bevor er den Magen öffnete und, eins nach dem anderen, die Hühner herausholte. »Von der Haut werde ich dir ein paar Schuhe machen«, grinste er, fröhlich auf seiner Pfeife kauend. »Deine scheinen schon wieder hinüber zu sein. Du solltest dir angewöhnen, deine Schuhe nur im Winter zu tragen. Das spart. Viele hier machen das, und nach einer Zeit sind deine Fußsohlen so abgehärtet, dass du Schuhe nicht mehr vermisst.« Er legte die Schlangenhaut beiseite. »Den Rest der Python essen wir auf. Ich helfe dir bei der Zubereitung.«

Die Hühner sahen etwas mitgenommen aus. Die Federn ließen sich leicht aus dem Fleisch ziehen, ein Beweis, dass der Verdauungsprozess schon eingesetzt hatte. »Wir werden sie grillen«, entschied Catherine, rieb sie mit Salz ein, füllte ihre Bäuche mit Kräutern und verschloss die Öffnung mit einem Holzspieß. Die Schlange hatte ihnen jeden Knochen im Leib gebrochen, und sie lagen wie formlose, weißlich graue Säcke auf dem Tisch.

Johann kam kurz darauf in die Küche, wo er sie allein beim Bohnenputzen fand. »Wo ist Jikijiki?«

»Weg. Heute Morgen entschied sie, dass sie zurück in ihr Dorf gehen muss. Heute, gerade als sie dabei war, die Küche zu fegen. Sie stellte den Besen hin und verschwand!« Catherine setzte den Topf mit den Bohnen so hart auf den Tisch, dass er eine Scharte ins Holz schlug.

Johann zuckte die Schultern. »Sie wird wiederkommen, wenn es an der Zeit ist. So sind sie eben. Vermutlich wird sie im Umuzi gebraucht. Ich habe gehört, dass ihre Mutter krank ist.«

Der Fatalismus, mit dem er die Situation akzeptierte, ärgerte sie. »Wenn sich eine Hausangestellte in Deutschland so benimmt, verliert sie ihre Stellung, und zwar umgehend.«

»Jikijiki betrachtet sich nicht als Hausangestellte«, erklärte er geduldig. »Sie betrachtet die Arbeit hier lediglich unter völlig eigennützigen Aspekten, nur als Mittel, Geld oder Essen zu bekommen. Loyalität, das Bewusstsein von Verpflichtung wirst du als Weiße nie von einem Zulu erfahren. Sie sind ein sehr stolzes, von sich überzeugtes Volk.« Er schmunzelte. »Sie betrachten die Welt von oben herab. Ihr Name sagt es schon, denn ›Zulu‹ bedeutet ›Himmel‹. Sie sind das Volk, das Himmel heißt.«

»Ach, und wie ist es mit Sicelo?«

»Sicelo?« Wie sollte er erklären, was ihn mit dem Zulu verband? Sie hatten sich in einem Augenblick getroffen, da sie beide Verlassene waren, und als sie sich am Strand die Hände reichten, war es nicht zum Gruß gewesen, sondern sie hatten sich aneinander festgehalten. In jenem Moment waren sie eins geworden. »Mit Sicelo ist es etwas anderes. Komm«, wechselte er energisch das Thema, »lass mich dir helfen. Ich werde den Kürbis schneiden.«

Auch Dan de Villiers kam in die Küche und machte sich daran, die gehäutete Python an der Innenseite mit Kräutern einzureiben. Tim Robertson bot sich an, den Tisch zu decken, während Rupert Farrington in Richtung Kochhaus verschwand, um das Feuer zu überwachen. Onetoe-Jack stand im Weg herum, rauchte und erzählte komische Geschichten, die er mit seinen reichen Klienten aus Übersee erlebt hatte.

Sie aßen spät, aber es wurde ein fröhlicher Abend und er versöhnte Catherine vollends. Timothy Robertson berichtete strahlend, dass die erste Ausgabe seiner Zeitung nächsten Monat, im März, erscheinen würde, und danach vorerst einmal alle vier Wochen. »Ich muss das Land noch besser kennen lernen, ein Netzwerk von Informanten aufbauen, damit ich wirklich alles, was in der Kolonie vor sich geht, erfahre.« Seine Augen glänzten, die Nase zuckte, als wäre er ein Bluthund auf der Spur eines Wilds. »In den vergangenen Wochen bin ich diesem Gerücht nachgegangen, dass den Zulus Elfenbein gestohlen wird, und hörte davon, dass sich im Südwesten von Inqaba eine Gruppe weißer Jäger aufhalten soll, genau in dem Gebiet, in dem in letzter Zeit Elfenbein verschwunden ist. Und ich habe immer wieder diesen Namen Kotabeni gehört.«

Nun erfuhr sie auch, warum alle auf einmal aufgetaucht waren.

»Wir müssen herausfinden, wer dieser Kotabeni ist, der angeblich den Zulus das Elfenbein stiehlt, bevor die uns überfallen, denn Khayi verbreitet das Gerücht, dass ich der Dieb bin«, erklärte Johann. »Morgen reiten wir los. Es kann zwei oder drei Tage dauern. Sicelo wird mich begleiten, aber Mzilikazi wird hier sein, und ich lasse dir das Gewehr da. Dir kann nichts passieren.«

War er verrückt geworden? Sie sollte hier allein bleiben? Vor ihrem inneren Auge sah sie schon eine johlende Horde Zulukrieger in ihr Haus eindringen, sah die Hyäne mit dem albernen Namen Helene vor sich, dachte an die Python und die frischen Spuren des großen Leoparden direkt beim Haus. »Ich reite mit«, entgegnete sie. »Auf keinen Fall bleibe ich hier allein.«

»Unsinn, Kleines, das ist viel zu gefährlich. Hier bist du sicher. Helene wird nicht wiederkommen.«

Sie sah ihrem Mann fest in die Augen. »Ich komme mit. Ich bleibe hier nicht allein, nicht, wenn da draußen blutrünstige Zulus und hungrige Hyänen lauern. Basta. Und nenn mich nicht Kleines. Ich bin erwachsen.« Das Letzte flüsterte sie ihm zu.

Dan, der das wohl verstanden hatte, schmunzelte. Alberne, gezierte Frauen waren ihm ein Gräuel. Er fand Catherines Direktheit, ihre ungewöhnliche Art, mit Männern umzugehen, sehr erfrischend. Nein, korrigierte er sich im Geiste, du hast dich in dieses entzückende Geschöpf verliebt, du alter Gauner. Er unterdrückte einen Seufzer des Bedauerns. Die Glut in ihm war längst erloschen. Nur ein Schmerz war geblieben, sanft und vertraut, die scharfen Kanten von der Zeit rund geschliffen. Einmal hatte er sich in die Verlobte eines Freundes verliebt, hatte blind vor Begehren die Grenzen von Freundschaft und Anstand niedergerissen. Das Mädchen konnte mit dem Schuldgefühl nicht leben. Sie ging ins Wasser. Sein Freund meldete sich zum Kriegsdienst und fiel in den ersten Tagen. Bis heute war er überzeugt, dass sein Freund den Tod gesucht hatte. Er selbst hatte schon die Pistole in der Hand gehabt, den Hahn gespannt und gegen seine Schläfe gepresst, als er sich bewusst wurde, wie feige dieser Ausweg war. Seitdem büßte er, hatte nie wieder eine andere Beziehung zu einer Frau gehabt als eine flüchtige, für die er zahlte. Und nun gab es Catherine. Trübsinnig rieb er den Schmerz weg.

Johann indes versuchte mit allen Mitteln, sie von ihrem Vorhaben abzubringen. »Wir werden bei Sonnenaufgang aufbrechen und schnell reiten, keine Rücksicht auf dich nehmen können, es wird sehr anstrengend werden, und du wirst auf der nackten Erde schlafen müssen. Es gibt da auch keine Toilette. Nur Busch, und der ist voller Schlangen!« Aber ein Blick in ihre herausfordernd funkelnden Augen und auf seine breit grienenden Freunde sagte ihm, dass er sich nicht nur gegen Catherine durchsetzen musste. Alle lagen ihr zu Füßen. Knurrend gab er nach. »Schlangen gibt es da, große und sehr giftige«, drohte er noch einmal.

»Dann nehme ich das Gewehr und schieß sie tot«, rief sie. »Morgen werde ich üben.«

»Wir werden es Ihnen beibringen«, riefen ihre Gäste im Chor, und sie musste lachen. Es versprach in ihrer Gesellschaft ein lustiger Ausflug zu werden.

»Wie geht es Ihrer Frau und den Kindern, Mr. Robertson?«, fragte sie.

»Prächtig, prächtig«, rief er. »Es ist ein wenig beengt in dem Zelt und zu mancher Zeit kalt und nass, auch plagen uns Ungeziefer und die Mücken aus den Sümpfen, aber es wird nicht mehr lange dauern, und wir werden ein Stück Land erstehen können und dann ein Häuschen bauen.« Er wirkte wie ein großer Junge, voller Tatendrang und überschäumendem Enthusiasmus. »Und bitte nennen Sie mich Timothy.«

Catherine hatte sich anfänglich mit der Distanzlosigkeit, mit der Johanns Freunde ihr begegneten, schwer getan. Mit der Zeit aber hatte sie sich an die lockere Vertraulichkeit gewöhnt. Sie nickte lächelnd und fragte sich dabei, ob Mrs. Robertson die Begeisterung ihres Mannes teilte. »Ihre Frau ist zu bewundern, Timothy. Wie schafft sie das nur? Zwei Erwachsene, vier energiegeladene Kinder und einen Säugling unter diesen Umständen in einem Zelt zu versorgen! Wo kocht sie, wo wäscht sie? Macht sie alles allein?«, rief sie und betrachtete mit einem Anflug von Demut und Dankbarkeit ihr vergleichsweise luxuriöses Heim. Über die Frage, wo die Robertson-Familie ihre Notdurft verrichtete, wollte sie gar nicht erst nachdenken.

Zu ihrem Erstaunen errötete Tim Robertson bis unter die Wurzeln seines sandfarbenen Haars. Es war offensichtlich, dass er diesen Gesichtspunkt bisher noch nicht bedacht hatte. »Sobald ich zurück in Durban bin, werde ich ihr einen Kaffer besorgen«, murmelte er statt einer Antwort.

Als sie abends die Schlafzimmertür hinter sich schlossen, schlüpfte der junge Rüde mit hinein und sprang auf ihr Bett. »Nichts da! Hunde gehören nicht ins Bett«, rief Catherine und beförderte das schwanzwedelnde Tierchen wieder vor die Tür. »Ich werde ihn Brutus nennen, das passt doch zu Nofretete«, sagte sie, als sie sich ihr Kleid über den Kopf zog.

»Zu meinem zehnten Geburtstag bekam ich einen Hund«, bemerkte Johann träumerisch, »einen hässlichen, kleinen Kerl mit einem großen Herzen. Ich habe ihn abgöttisch geliebt. Er hieß Bepperl.«

Sein Lächeln ging ihr derart ans Herz, dass sie dem eigenartigen Namen zustimmte. »Also heißt er Bepperl«, seufzte sie und ließ sich küssen. Erst kurz vorm Einschlafen fiel ihr der Brief von Frau Strassberg ein, und sie erzählte Johann davon. »Stell es dir nur vor. Diese borniete Frau meint, dass meine Bilder nicht gut genug für naturkundliche Illustrationen wären! Ich bin so wütend, dass ich mir Flügel wünschte, um nach Wien zu fliegen, dann könnte ich sie davon überzeugen, dass meine Bilder die Seele der Dinge zeigen, nicht nur ein langweiliges Abbild darstellen. Jetzt fange ich noch einmal von vorn an und werde mein Skizzenbuch mit den schönsten Naturstudien füllen, und ich werde es schaffen, das verspreche ich dir.«

Er hörte die zurückgehaltenen Tränen und hätte Frau Strassberg mit Wonne den Hals umgedreht dafür, dass sie seiner Catherine so ein Leid zugefügt hatte, doch insgeheim war er froh. Denn wann hätte sie wohl neben der Arbeit in Haus und Garten Zeit dafür gefunden? Die war schließlich wichtiger. Doch er schwieg wohlweislich, und weil er wusste, wie viel Spaß ihr das Zeichnen und Malen bereitete, tröstete er sie, so gut er vermochte.

Kapitel 14

Die Hadidahs segelten auf sanften Schwingen im Morgengrauen herbei, setzten sich auf das Verandageländer vor dem Schlafzimmer und stießen ihre markerschütternden Weckrufe aus, bis alle Schläfer wach waren und Onetoe-Jacks Hunde kläffend um die Ecke jagten. Zufrieden mit ihren langen Schnäbeln klappernd, flogen sie dann davon. Johann sprang aus dem Bett und brüllte nach Mzilikazi, dass er Feuer fürs Frühstück machen solle.

Catherines erster Blick fiel auf den Brief von Frau Strassberg, und ihr Groll kehrte zurück. Wie sie darauf brannte, es ihr zu zeigen, dieser verknöcherten Kunstbanausin. Sie öffnete die Bücherkiste und suchte das Skizzenbuch und die Malstifte. Sicher würde sie auf ihrem Ausflug in den Busch Zeit finden, einige Entwürfe zu machen. Stück für Stück räumte sie die Bücher heraus. Tief griff sie in die Kiste, um an ihre Malsachen zu gelangen. Plötzlich schwärmten unzählige Ameisen ihren Arm hoch, sie spürte Kribbeln, stechende Bisse und ein scharfes Brennen. Mit einem Aufschrei, der Johann im Schnellschritt an ihre Seite brachte, zog sie ihre Hand zurück. Fassungslos starrte sie in die Kiste. Alle Papiere, auch ihre Zeichnungen, hatten die gefräßigen Insekten zu Schnipseln verarbeitet oder ganz gefressen, und als sie ihre Bücher untersuchte, rieselten Papierfetzen heraus. Hunderte von Buchseiten waren, mit Verdauungssaft vermengt, zu Nistmaterial geworden.

»Termiten«, knurrte Johann, als er die Bescherung sah. »Verdammt, sie haben sich durch den Boden in die Kiste gefressen.«

Ihre Stifte waren noch brauchbar, auch die Aquarellfarben waren intakt, aber alles andere war größtenteils zerstört. Wie betäubt griff sie hinein, nahm eine Hand voll des Papierkonfettis und ließ es durch die Finger rieseln. »Worauf soll ich zeichnen, ich habe nicht einmal Papier für Skizzen«, flüsterte sie erstickt und hob ihr tränenüberströmtes Gesicht zu seinem. »Ich hasse Afrika.«

Johann drehte dieses leise, verzweifelte Schluchzen, das schlimmer war als jedes laute Geschrei, das Herz um. Er zog sie an sich. »Die Maisernte verspricht gegen alle Vorhersage doch sehr gut zu werden, und die Kidneybohnen stehen auch nicht schlecht. Es wird etwas übrig bleiben, und bei nächster Gelegenheit werde ich in Durban Papier auftreiben. Ich verspreche es dir.« Ihr Gesicht lag an seiner Brust, seine großen, warmen Hände streichelten ihr Haar, ihren Rücken, und langsam versiegten ihre Tränen.

Sie putzte sich die Nase und nickte. »Danke«, sagte sie, stellte sich auf Zehenspitzen und küsste ihn auf den Mund.

»Wir müssen uns sputen, mein Herz, sonst wird der Tag zu kurz«, flüsterte er nach einer Weile. Draußen rumorten geräuschvoll ihre Hausgäste, und die Sonne überstrahlte schon den Horizont.

Nach einem herzhaften Mahl aus Hühnersuppe, kaltem Rindfleisch, Brot, Kürbismus und Rührei mit braun gebratenem Speck beluden die Männer die Pferde. Catherine gab unterdessen Mzilikazi genaueste Anweisungen, wie und wann er Bepperl zu füttern hatte, und drohte ihm die entsetzlichsten Strafen an, sollte dem Tierchen etwas passieren. Johann vernagelte die Fenster, dann brachen sie auf. Catherines Sonnenhut saß keck über einem Auge, und die Straußenfeder wippte unternehmungslustig; sie machte ganz den Eindruck, den Kummer über die Zerstörung, die die Termiten angerichtet hatten, überwunden zu haben.

Es war schwül und feucht, die Hitze unter einer weißgrauen Wolkendecke gefangen, und sie ritten hintereinander auf ausgetrampelten Wildpfaden. Vorhänge von blau und weiß blühenden Schlingpflanzen wehten über den Weg, Schmetterlingsschönheiten flatterten von Blüte zu Blüte, und mehr als einmal blitzte das grünblau schillernde Gefieder der Turakos auf. Sicelo, der sich strikt weigerte, ein Pferd zu besteigen, lief in lockerem Trab neben Johann her. Onetoe-Jacks Hunde trotteten dicht neben ihrem Herrn. Tim Robertson, der aufgeregt war wie ein kleiner

Junge vor Weihnachten, trug sein Notizheft stets griffbereit in der Satteltasche.

Sie ritten schweigend, in der entspannten Art von Männern, die ihr halbes Leben im Sattel verbrachten. Catherine jedoch litt. Die ersten Stunden saß sie züchtig im Damensitz, wurde jedoch schnell schmerzhaft daran erinnert, dass sich an den unangenehmen Stellen auf ihrem Hinterteil bisher noch keine Hornhaut gebildet hatte. Nach einer kurzen Rast, bei der alle Männer im Busch verschwanden, bald sichtlich erleichtert zurückkehrten und sich diskret wegdrehten, als sie ebenfalls das Bedürfnis verspürte, schwang sie sich darauf im Herrensitz in den Sattel, wobei ihre schlanken Beine aufblitzten. Sittsam strich sie ihren Rock herunter und bemerkte höchst amüsiert, dass Onetoe-Jack tatsächlich schockiert dreinschaute. Sie warf ihm einen spöttischen Blick zu. Welch ein Pharisäer war Lord Percy Andover doch! Er lebte mit acht Zulufrauen zusammen und zeigte sich sittlich empört bei dem Anblick von ein paar unbekleideten weißen Damenwaden. Sie trieb ihr Pferd neben das von Tim Robertson und fragte ihn, woher er sein Papier bezog.

»Aus Kapstadt, und es ist verdammt teuer und schwer zu bekommen. Außerdem ist es von schlechter Qualität. Warum fragen Sie?«

Ihre Unterhaltung fand ein abruptes Ende, als Caligula scheute, weil unmittelbar vor ihnen eine Gruppe Gnus aus dem Unterholz brach und mit wenigen Sätzen den Wildpfad überquerte und im Unterholz verschwand. Affen kreischten, Schmetterlinge flogen hoch, Vögel stießen Warnrufe aus. Sie hatte größte Mühe, ihr Pferd wieder unter Kontrolle zu bringen, und fiel so weit zurück, dass alle auf sie warten mussten.

Am späten Nachmittag hörten sie Krachen und Splittern von berstendem Holz und das Rauschen eines fallenden Baumes. Sicelo hob die Hand und stoppte die Kolonne. »Indlovu.« Er lauschte einen Moment, hielt dann beide Hände hoch und knickte nur die beiden Daumen weg.

»Elefanten«, flüsterte Johann seiner Frau zu. »Zehn Stück, zwei davon Junge«, las er von Sicelos Gesten ab. Hinter ihm hörte er das metallische Klicken, als Rupert und Onetoe-Jack die Hähne ihrer Büchsen spannten. Er hob die Hand. »Jungs, wir kommen in Teufels Küche. Wir haben keine Genehmigung von König Mpande. Der ist zwar fett und gemütlich, aber das kann schnell umschlagen. Dann, kann ich euch aus eigener Erfahrung versichern, ist er fürchterlich in seinem Zorn.«

Seine beiden Freunde senkten die Gewehre, als die grauen Riesen auf leisen Sohlen aus dem Grün traten. Die Leitkuh sah ruhig zu ihnen herüber, sicherte, spielte dabei lebhaft mit den Ohren. Dann schnaubte sie zärtlich, und plötzlich standen zwei winzige Jungtiere zwischen ihren Beinen. Nacheinander wanderte der Rest der Herde aus dem Gebüsch. Niemand der Reiter rührte sich, selbst die Pferde standen wie Statuen. Onetoe-Jack stieß einen kurzen Schnalzer aus, und seine Hunde legten sich in den Sand, ließen jedoch die graubraunen Kolosse nicht aus den Augen.

Nur das Rumpeln der Bäuche der großen Dickhäuter und laute Kaugeräusche waren zu hören. Die Kleinen lieferten sich mit hoch erhobenem Rüssel und hellem Quietschen Scheingefechte, jagten Schmetterlinge und bewarfen sich wie ungezogene Jungen mit Grasbüscheln. Die Herde wurde von einem mächtigen alten Bullen mit ausladenden, elegant geschwungenen Stoßzähnen begleitet.

»Welch ein Prachtstück. Er hat Glück, dass wir nicht auf Jagd sind«, murmelte Johann und streichelte seine neue Elefantenbüchse. Seine Stimme war nur ein Hauch, aber die alte Anführerin hatte ihn gehört. Die Elefantenkuh schwenkte herum und stellte die Ohren hoch. Auf der Stelle tretend, wiegte sie sich hin und her, schwang ihren Rüssel wie einen Pendel. Unvermittelt gab sie einen kurzen, scharfen Trompetenstoß von sich, der den Menschen durch Mark und Bein fuhr, und die riesigen Tiere traten den Rückzug an, bis zur letzten Sekunde von den alten Kühen abgesichert. Das Graubraun ihrer Lederhaut verschmolz mit dem sonnenflirrenden Grünbraun des Buschs, und eine Weile hörte man noch das Krachen des Unterholzes und die Warnrufe der Elefantenkühe, dann herrschte wieder summende Stille.

»Wunderbar«, murmelte Tim Robertson und schrieb mit leuchtendem Blick eifrig in sein kleines Notizbuch. »So urweltlich.«

Langsam setzten sich die Reiter wieder in Bewegung, Onetoe-Jack rief seine Hunde mit demselben merkwürdigen Schnalzer, und Sicelo winkte Onetoe-Jacks Schwarze vorwärts. Ihre blauschwarz schimmernde Haut verriet, dass sie vom Stamm der Shangane waren, den Shaka Zulu einst über die Grenze ins südliche Moçambique gejagt hatte.

»Bewegt euch, ihr Katzenfresser«, zischte er verächtlich. Sie folgten seinen Anweisungen widerspruchslos, obwohl er sie wie Sklaven behandelte. Als Zulu fühlte er sich ihnen gesellschaftlich weit überlegen und ließ sie es bei jeder Gelegenheit spüren. Catherine musste lächeln.

Während ihrer Mittagsrast bestand Johann darauf, dass sie schießen übte. Er legte einen Stein auf einen alten Baumstamm. »Wir bleiben hier, bis du den treffen kannst.«

Durch die Ratschläge aller anwesenden Männer angespornt, gelang ihr schon in kurzer Zeit eine erstaunliche Treffsicherheit, und es war keine halbe Stunde vergangen, als ein helles »Ping« und fliegende Steinsplitter davon zeugten. Sie lud ihre Büchse unter Johanns Anleitung selbst nach. »Siehst du den dünnen Ast dort? Stell dir vor, er ist eine Schlange«, rief sie übermütig und hob das Gewehr zur Wange. Der Schuss knallte, der Lauf schlug hoch, und der Ast zerbarst. »Nun ist sie mausetot.«

Alle klatschten lautstark Beifall, und Johann gockelte mit stolzgeschwellter Brust herum.

Bei Einbruch der Dunkelheit erreichten sie einen Fluss und suchten sich, genügend weit entfernt von den mückenverseuchten Ufern, einen Schlafplatz. Die Schwarzen machten Feuer, und sie grillten den Springbock, den Dan de Villiers nachmittags geschossen hatte. Gesättigt rollten sie sich in ihre Decken zum Schlafen ein. Das Wolkendach war aufgebrochen, und Myriaden von Sternen funkelten über ihnen. Catherine presste sich eng an ihren Mann, ihre Rückseite wurde durch das Feuer geschützt, trotzdem lauschte sie angespannt auf jedes Geräusch.

Die Schwarzen hatten sich ebenfalls in ihre Decken gewickelt und begannen, fleißig Läuse zu jagen, die zuhauf darin lebten. Mit deutlichem Knacken zerplatzten die Läuse unter ihren Daumennägeln. Dann pulten sie sich mit angespitzten Holzstücken Dornen aus ihren Fußsohlen und Fleischfetzen aus den Zähnen. Einer rülpste, ein anderer ließ lautstark mehrere Furze fahren.

»Thula«, knurrte Johann. »Ruhe.«

Jemand kicherte. Es knisterte im Busch und raschelte, Hyänen lachten ihr irres Lachen, nicht weit entfernt schnaufte ein großes Tier. Die Jäger der Nacht gingen auf Beutezug. Catherine erstarrte, als sie ganz in der Nähe ein trockenes Husten hörte, war sich nicht sicher, ob es ein Mensch war oder ein Leopard.

Dan de Villiers musste ihren Schreck gespürt haben. Er gluckste leise. »Keine Angst, Leoparden fressen keine angezogenen Menschen, nur nackte. Das ist erwiesen.«

Die halbe Nacht grübelte sie darüber nach, wie die Raubkatze das unterscheiden konnte, kam aber zu keinem Ergebnis.

*

Am nächsten Nachmittag zügelte Johann sein Pferd und lenkte es neben das seiner Frau. »Dort drüben ist König Mpandes Umuzi«, sagte er und deutete auf die riesige Anlage, die auf der nächsten Hügelkuppe vor ihnen lag. »Die Reihen von Bienenkorbhütten um den äußeren Rand gehören den Soldaten, die großen Hütten dort oben, die abgeteilt sind, werden vom König bewohnt, und in denen hinten hausen seine Frauen. Es muss etwas im Gange sein. Alle Einwohner haben sich auf dem Paradeplatz versammelt.«

Sie waren nahe genug, dass sie Einzelheiten erkennen konnten, und Catherine war beeindruckt. Mehrere tausend Menschen hockten dicht gedrängt auf dem Paradeplatz, auf einem thronähnlichen Sessel saß ein immens fetter Mann, und wie ihr Johann damals beschrieben hatte, schützte ihn auch heute einer seiner Männer mit einem an einem Stiel befestigten Schild vor der Sonne. Neben dem königlichen Dorf leuchteten gelb blühende Mimosen von der Kuppe einer flachen Anhöhe.

»Was machen die zwei Männer, die da durch die Reihen der Leute streifen? Kannst du sie erkennen?«, fragte sie Johann. »Sie tragen Felle und Federn um den Hals und auf dem Kopf.«

Als ihm klar wurde, was er sah, durchfuhr ihn eiskalter Schrecken. Catherine durfte auf keinen Fall die Wahrheit darüber erfahren, was sich da abspielte. Bevor er etwas unternehmen konnte, kniff Onetoe-Jack die Augen zusammen.

»Smelling out«, murmelte er. »Die Hexer schnüffeln.«

Catherine verstand seine Worte. »Die Hexer schnüffeln? Was hat denn das zu bedeuten?«

Johann warf seinem Freund einen wütenden Blick zu, und erst jetzt merkte Onetoe-Jack, was er angerichtet hatte, konnte aber nicht verhindern, dass Tim Robertson nachhakte.

»Das ist ja faszinierend. Das müsst ihr mir genau erklären. Können wir nicht näher heranreiten? Besonders an den Traditionen der Wilden bin ich interessiert. Ich plane, einen Artikel darüber zu schreiben, den ich auch nach London schicken werde. Schnüffeln? Was bezwecken die damit?« Er zog sein Notizbuch hervor.

Johann hatte keine Gelegenheit mehr einzuschreiten, denn in diesem Moment richtete sich eine der fellbehängten Gestalten hoch auf und zeigte mit einer dramatischen Geste auf einen Mann in der Menge.

»Sieh nicht hin«, rief Johann, wollte sie an sich ziehen, verhindern, dass sie Zeuge dessen wurde, was jetzt unweigerlich folgen würden. Aber er schaffte es nicht mehr.

Hinter demjenigen, den der Hexer ausgeschnüffelt hatte, standen plötzlich zwei baumlange Männer, die hohe Federkronen trugen. Sie packten den Mann, zerrten ihn auf die mit Mimosen bestandene Anhöhe und rissen, oben angekommen, seinen Kopf nach hinten. Johann meinte das Knacken zu hören, mit dem das Genick des Opfers brach. Gleichzeitig zeigte der andere Hexer, der durch die Reihen der Sitzenden gewandert war, wiederum auf einen Mann. Auch er wurde auf den Mimosenhügel geschleppt, und keine Minute später brach er unter den wuchtigen Schlägen eines Kampfstocks zusammen.

»Die Hyänenmänner«, flüsterte Dan. »Die Henker des Königs.«

Alle anwesenden Schwarzen waren zu aschfarbenen Säulen erstarrt. Catherine stopfte sich ihre Faust in den Mund, um nicht aufzuschreien, von der unsinnigen Angst gepackt, damit den König auf sich aufmerksam zu machen. Sie flog am ganzen Körper. »Bring mich hier weg«, stieß sie heraus, und Johann lehnte sich vor, packte ihre Zügel und riss Caligula herum. Im königlichen Dorf gingen die Hinrichtungen weiter.

»Was haben diese armen Kerle getan?«, presste Tim Robertson durch die Zähne. Ihm fiel fast der Stift aus den bebenden Fingern, aber er konnte seine Augen nicht von dem grausigen Schauspiel wenden.

Onetoe-Jack antwortete ihm. »Die Sangomas erschnüffeln die, von denen sie glauben, dass sie Schwarze Magie praktizieren. Oder einen Mann, der ihrer Meinung nach zu gut aussieht und damit den König überschatten würde. Oft genügt es, dass jemand in Anwesenheit des Königs niest. Ich habe von einem Mädchen gehört, das hingerichtet wurde, weil sie den Griff eines Schöpflöffels aus der königlichen Küche zerbrochen hat.«

»Mädchen?«, ächzte Catherine und wurde kalkweiß.

»Halt endlich deinen Mund«, fuhr Johann seinen Freund Jack an, zog Caligula in raschem Trab den Weg hinunter in entgegengesetzte Richtung und hielt nicht inne, bevor sie außer Sichtweite waren. Catherine hing nur noch im Sattel, hatte die Hand über den Mund gepresst, um sich nicht übergeben zu müssen. Die anderen waren ihnen im selben Tempo gefolgt, allen voran die Schwarzen, die zitterten wie Espenlaub im Sturm. Selbst Sicelo hatte sichtlich Farbe verloren.

Johann zügelte Shakespeare. Seine Frau war noch immer fahlweiß und brachte kein Wort hervor. Er machte sich Vorwürfe, dass er ihren Bitten nachgegeben und sie auf diese Expedition mitgenommen hatte, und er hätte sich ohrfeigen können, nicht rechtzeitig erkannt zu haben, was da vor seinen Augen passierte. Nur zu gut erinnerte er sich an ihre Reaktion auf die

Hinrichtung der Mörder in Durban. Wie musste es jetzt in ihr aussehen? Er legte seine Hand auf ihre, die sich um die Zügel krampfte.

»Vergiss, was du gesehen hast«, sagte er. »Es ist ihr Brauch, es betrifft uns nicht, und wir können auch nichts ausrichten. Du wirst nie wieder damit in Berührung kommen.« Flüchtig musste er an Khayi denken und auch an Piet Retiefs Schicksal, schob den Gedanken aber sofort beiseite. Ebenso empfand er es als unpassenden Augenblick, sie darauf hinzuweisen, dass auch in Europa regelmäßig öffentliche Hinrichtungen stattfanden, wenn auch erst nach ordentlichen Gerichtsverfahren. In Zululand war die Autorität des Königs absolut, sein Wort war Gesetz, und verfolgte man diesen Gedankengang weiter, musste man zugeben, dass es keinen Unterschied gab, nur die Urteilsfindung war eben anders. Die Parallele sah er in den Hexenverbrennungen, die angeblich immer noch hier und da in den unzivilisierteren Ecken Europas stattfanden. Doch im Augenblick war Catherine sicherlich nicht bereit, seine logischen Ausführungen anzuhören, also schwieg er. Stattdessen hakte er seine Wasserflasche vom Sattelknauf und reichte sie ihr. »Trink ordentlich, dann geht es dir etwas besser.«

Dan de Villiers drängte sich heran und hielt ihr eine flache Feldflasche hin. »Du brauchst Stärkeres als Wasser. Das ist Whisky, runter damit, Catherine, damit du uns nicht vom Pferd fällst«, befahl er.

Gehorsam setzte sie die Flasche an, nahm einen tiefen Schluck und bekam einen Hustenanfall, der erst Minuten später aufhörte, aber die Wirkung hatte, dass ihr Kreislauf sich stabilisierte und ihr Gesicht wieder Farbe bekam.

»D-d-dürfte ich vielleicht auch einen Schluck haben?«, fragte Tim Robertson mit schwankender Stimme. Auch er war weiß geworden, dass seine Sommersprossen hervorstanden. Der Schlangenfänger ließ den Whisky herumgehen, bis jeder ein paar Schlucke genommen hatte. In angespanntem Schweigen ritten sie weiter, keiner berührte die Vorkommnisse auch nur mit einem Wort.

Die Landschaft wurde bergiger, der Weg beschwerlicher. Sie kamen nur langsam voran. Sicelo blieb plötzlich stehen, kniete sich nieder und untersuchte die hart gebackene, rote Erde. Dann stand er auf und ging ein paar Schritte zurück. »Hier sind sie langgeritten«, sagte er und zeigte mit ausgestrecktem Arm auf einen Seitenpfad, der von Grün so überwuchert war, dass man ihn kaum erkennen konnte. »Noch nicht lange her. Mindestens ...«, sein Blick verfolgte eine für die anderen Anwesenden völlig unsichtbare Spur, »mindestens vier Leute auf Pferden, sechs Schwarze zu Fuß.«

»Woher weiß er, dass es Schwarze waren?«, fragte Tim, den Stift gezückt.

»Erstens gehen Weiße selten zu Fuß durch den Busch, und zweitens sind die Spuren von nackten Füßen gemacht, breit getretenen, nackten Füßen, die nie Schuhwerk gekannt haben. Außerdem laufen die Zulus mehr auf der Außenkante ihrer Sohlen«, diktierte Dan.

»Ah«, machte Tim Robertson und kritzelte eifrigst.

Im Schritttempo ritten sie weiter, immer Sicelo und den anderen Fährtenlesern folgend. Nach einer Stunde, kurz vor Sonnenuntergang, streckte Sicelo seine Nase in die Luft und witterte. »Rauch«, flüsterte er. »Da vorn.«

Niemand sah etwas, aber Catherine, die eine ausgezeichnete Nase hatte, erhaschte den Duft eines würzigen Holzfeuers und nickte. Lautlos zogen sie sich über eine Meile hinter die nächste Kuppe zurück, bis sie sicher waren, vor Entdeckung vollkommen geschützt zu sein. Zwischen Dornengebüsch wucherten die ersten Ilalapalmen, die anzeigten, dass sie nicht weit entfernt von Wasser sein konnten. Alle saßen ab, und von Sicelo kommandiert, schlugen die übrigen Schwarzen eine Lichtung in den verfilzten Busch.

Onetoe-Jack zog seinen Löwenmähnenhut vom kahlen Schädel und wischte sich den Schweiß ab. »Macht Feuer«, wies er seine Zulus an. Dann lief er auf seinen kurzen Beinen in den Busch und nestelte dabei an seinem Hosenbund. Catherine sah diskret weg. Onetoe-Jack musste buschen.

Nicht lange aber, und ein Aufschrei drang aus dem Dickicht und dann eine Reihe von derartig saftigen Flüchen, dass selbst Catherine, die bisher Seeleute als die Meister dieser Kunst angesehen hatte, beeindruckt war. Sekunden darauf brach der kleine, krummbeinige Mann wie ein wütender Büffel durchs Unterholz, seine Pluderhosen mit einer Hand am Bund gepackt, die andere hielt er hoch. »Es hat mich erwischt, das verwünschte Vieh«, röhrte er. Er streckte seine Rechte aus. Auf dem mittleren Fingergelenk saßen deutlich sichtbar die verräterischen, genau parallel liegenden Nadelstiche eines Schlangenbisses. Wieder folgte eine Kette von Flüchen.

Johann untersuchte den Biss besorgt. »Was war es? Hoffentlich keine Mamba?«

Dan schüttelte den Kopf. »Nein, die Giftzahnmarkierungen sitzen zu eng. Es muss eine kleinere Schlange gewesen sein.«

»Gibt ja auch kleine Mambas, und die sind noch angriffslustiger als ihre Mamas, und genauso giftig. Olivschwarz war sie wohl, soweit ich das in diesem erbärmlichen Licht erkennen konnte«, presste Onetoe-Jack hervor. Er hatte begonnen, stark zu schwitzen. Auch sein Atem kam schneller als normal.

Johann sah es mit Sorge. »Halt still«, befahl er, legte seine Lippen auf den Biss, saugte, so stark er konnte, und spuckte aus. Diese Prozedur wiederholte er mehrmals. »Catherine, ich brauche Wasser.«

Sie rannte zu seinem Pferd, löste mit fliegenden Händen die Wasserflasche und brachte sie ihm. Er spülte seinen Mund aus und gab die Flasche dann an Jack weiter, der gierig ein paar Schlucke nahm.

»Whisky wäre mir lieber«, brummte er.

»Wir müssen es aufschneiden«, sagte Dan, zog sein Messer hervor und machte blitzschnell einen Kreuzschnitt, Onetoe-Jack knurrte wie ein Hund, und der Schlangenfänger massierte die Stelle, bis das Blut frei floss. »Leg dich hin und rühr dich nicht«, befahl er.

Der Gebissene gehorchte. Seine Gesichtsfarbe war fahl geworden.

»Schmerzt es stark, ich meine, so, dass du schreien möchtest?«
»Es schmerzt, aber nicht unerträglich«, keuchte Jack.

»Gut, dann scheint es keine Puffotter gewesen zu sein, Die Schmerzen hält man kaum aus.« Dan massierte die Bisse weiter.

Sicelo, der sofort ein paar Lianen von einem nahen Baum gerissen und diese geknetet und gedreht hatte, um sie geschmeidig zu machen, schlang sie Jack als Aderpresse oberhalb des Ellbogens um den Arm. Kniend legte er behutsam seinen Zeigefinger auf die geschwollenen Bisswunden. Der Feuerschein flackerte über sein ebenmäßiges Gesicht, seine Lippen bewegten sich, die großen, dunklen Augen waren nach innen gekehrt, sahen den Kranken offenbar gar nicht.

Catherine, die neben Onetoe-Jack hockte, seine gesunde Hand hielt und dabei beruhigende Floskeln murmelte, wie man das bei einem verschreckten Kind tat, empfand plötzlich eine Wärme, die nicht vom Feuer herrührte, ein Kribbeln, das wie ein träger Strom durch sie hindurchfloss. Der Duft von Anis hing in der Luft, in den Bäumen sang der Wind, und ihr war, als spielten Harfen. Erschrocken musterte sie Sicelo. Seine Gesichtszüge schienen sich im tanzenden Flammenschein aufzulösen, und für eine kurze Sekunde sah sie Césars Gesicht in dem von Sicelo. Wieder packte sie diese unwiderstehliche Kraft, zog sie in den Bannkreis des großen Zulus.

Jetzt klärte sich sein Blick, er sah sie unverwandt an, als sähe er sie zum ersten Mal. »Eh, Nkosikasi«, flüsterte er, und obwohl er sich nicht bewegt hatte, spürte sie eine Berührung. Dann war es vorbei. »Ich brauche das Kraut, das dir Glück und Frieden schenkt und das beste Mittel gegen den Biss einer Schlange ist«, sagte er zu dem Kranken und befahl den anderen Schwarzen, Fackeln anzustecken und ihm in den Busch zu folgen.

Onetoe-Jacks Finger schwoll zusehends an, seine Lider wurden schwer, und er schielte, wie Catherine erschrocken feststellte, er konnte offenbar seine Augen nicht mehr fokussieren. Er versuchte sich aufzusetzen, fiel aber gleich wieder zurück. »He, hat das Biest mir Brandy in die Adern geschossen? Ich fühl mich besoffen«, lallte er, deutlich benommen.

»Wir hätten den Finger gleich abschneiden sollen«, grollte Dan und zerrte in tiefer Besorgnis an seinem Bart.

Es vergingen quälende Minuten, ehe Sicelo zurückkehrte. Triumphierend hielt er eine krautige Pflanze mit schönen orangeroten Blüten in seiner Faust. Mit schnellen Bewegungen riss er mehrere Blätter herunter, zerkleinerte sie, mischte ein paar Kügelchen einer harzigen Substanz darunter und bereitete dann einen Tee aus den tellerförmigen Blättern einer anderen Pflanze, deren Merkmal weiße Trompetenblüten waren. Den flößte er dem Kranken ein. Nachdem Onetoe-Jack eine volle Kalebasse Tee getrunken hatte, schob ihm der Zulu das Kräutergemisch in den Mund. »Man darf es nicht verschlucken, nur kauen, wie den Kautabak, den ihr Weißen benutzt.«

»Das Zeug stinkt«, protestierte Onetoe-Jack schwach, gehorchte aber und kaute die Blätter mit allen Anzeichen von Ekel. Allmählich jedoch entspannten sich seine schmerzverzerrten Züge. Er verfiel in einen halb bewusstlosen Zustand.

Sicelo zermalmte Wurzel, Stängel und die restlichen Blätter der Pflanze, umhüllte den gebissenen Finger mit dem Brei und strich ihn hinauf bis zum Ellbogengelenk. »Nun warten wir«, sagte er. »Der Kahle wird schlafen, und wenn er aufwacht, wird das Gift seinen Körper verlassen haben.«

»Wir sollten uns um diese Halunken, die Elfenbeindiebe, kümmern, ehe sie Lunte riechen und verschwinden. Das Licht ist so schwach, dass sie uns kaum entdecken werden«, sagte Rupert, der sich mit Tim Robertson im Hintergrund gehalten hatte.

Johann hängte seinen Hut über den Sattelknauf und fuhr mit allen zehn Fingern durch sein dunkles Haar. »Du hast Recht. Ich komme mit. Dan, bleibst du hier? Du hast am meisten Erfahrung mit Schlangenbissen. Wir müssen auch die Pferde hier lassen, sie würden uns verraten.«

Dan nickte. Ihm war es nur lieb, denn seit einigen Tagen saß ihm diese verfluchte Malaria wieder in den Knochen. Er hatte gehofft, dass er endlich dagegen immun wäre, aber es hatte ihn wieder erwischt, wie immer in der heißen, feuchten Zeit.

»Wir werden deine Augen und Ohren sein, ohne uns seid ihr Weißen doch blind und taub im Busch«, sagte Sicelo und lachte laut. »Shesha«, sagte er und scheuchte die anderen Schwarzen vorwärts.

»Seid vorsichtig«, mahnte Catherine.

Schweigend marschierten die Männer hintereinander in die Dunkelheit. Sicelo und zwei von Onetoe-Jacks schwarzen Begleitern gingen voran, gefolgt von den Weißen, die Nachhut bildeten zwei Schwarze. Vorsichtig, alle Sinne geschärft, setzten sie ihre Schritte, verharrten, als sie ein tiefes Schnauben vernahmen.

»Nashorn«, flüsterte Johann und musste trotz der Gefahr lächeln, als er merkte, wie aufgeregt Tim Robertson neben ihm war. Warnend legte er die Finger auf die Lippen und hoffte, dass der Wind sich nicht drehen und dem urweltlichen Koloss ihren Geruch zutragen würde. Vorsorglich vergewisserte er sich, dass geeignete Bäume in der Nähe waren, die sie bei Gefahr blitzschnell hinaufklettern konnten. Wachsam schlichen sie weiter.

»Isisi, Rauch. Da vorne«, flüsterte Sicelo.

Es waren vier Männer, alles Weiße, die um das Feuer saßen und aßen. Von ihren schwarzen Begleitern war nichts zu sehen. Drei der Männer waren übel aussehende Gesellen, zerlumpt und abgerissen. Verfilzte Haare hingen ihnen bis über die Schultern, und die zerlöcherten, dreckstarrenden Decken, die sie übergeworfen hatten, konnten nicht verbergen, dass nur einer Unterwäsche trug. Die zwei anderen hatten sich Tierhäute um die Hüften gewickelt, die ihre Blöße aber nur unzulänglich verdeckten.

Einer hatte eine Brandyflasche am Hals gepackt, setzte sie an und ließ mit verzückt rollenden Augen die Flüssigkeit seine Kehle hinunterlaufen. »Ahh«, grunzte er und wischte sich über seinen zottigen, schwarzen Vollbart. »Das tut gut.« Wie ein Raubtier riss er mit den Zähnen ein großes Stück von der Fleischkeule in seiner Hand ab und kaute es, während ihm der Saft in den Bart lief.

»Reizende Kerlchen«, murmelte Rupert. »Die sind schon lange im Busch, mindestens ein halbes Jahr.«

»Woran siehst du das?«, flüsterte Tim, der tatsächlich Notizbuch und Stift in der Hand hielt.

Rupert deutete auf die fingerlangen Dornen eines überhängenden Zweiges. »Ihre Klamotten sind zerfallen, und nur einer trägt noch die Überreste von Stiefeln. Wenn man Monate durch den Busch streift, hängen einem bald nur noch die Fetzen herunter. Die beiden dort haben nicht einmal mehr Unterwäsche. Der Große da drüben allerdings ist ein anderes Kaliber.«

Der Mann saß etwas abseits von den anderen, zerteilte sein Fleisch mit einem Jagdmesser und aß es dann so manierlich mit der Gabel seines Reisebestecks, als säße er an einer vornehm gedeckten Tafel. Er war kräftig gebaut, seine Kleidung nur wenig abgetragen und von gewisser Eleganz. Der Feuerschein spielte auf den dichten, schwarzen Haaren, die ihm über den Kragen seines hellen Hemdes hingen. Jetzt hob er den Kopf und schaute in ihre Richtung. Seine dunklen Augen schienen sich in ihre zu bohren, und Rupert wich unwillkürlich zurück. Doch der Mann wandte sich alsbald wieder ab, tupfte seinen akkurat geschnittenen Vollbart mit einem schneeweißen Taschentuch sauber und wischte dann seine Hände daran ab. Sie waren kräftig, und Johann fiel auf, dass er einen breiten Siegelring trug. Protzig fand er ihn.

»Seid mal still«, befahl er und lauschte konzentriert.

»Wie machen wir's?«, schmatzte einer der Zerlumpten, der nichts ahnend nur wenige Schritte von den Lauschern entfernt saß. Er kratzte sich im Schritt.

»Wie immer«, antwortete der mit dem Ring. Sein Englisch war von einem deutlichen Akzent gefärbt, den Johann jedoch nicht einordnen konnte. »Ich werde Khayi von den Zungus zuflüstern, dass Mbusa und seine Biyelas einen Überfall auf seine Kornvorräte planen, und dann warten wir, bis er über die Biyelas herfällt und sie sich gegenseitig die Köpfe einschlagen. Wir laden in Ruhe ihr Elfenbein auf die Pferde und empfehlen uns. Vergesst nicht, eure Gesichter schwarz zu färben, Hände, Hals und Füße natürlich auch. Obwohl«, er ließ einen verächtlichen Blick über seine Kumpane wandern, »obwohl eure Füße kaum einer Färbung bedürfen. Schwärzer geht's nicht.«

Rupert berührte Johann am Arm. »Was machen wir nun? Brennen wir ihnen eins auf den Pelz?«

Johann legte seine Finger auf die Lippen und gestikulierte dass sie sich zurückziehen sollten. Erst als sie außer Hörweite waren, antwortete er. »Wir sollten sie gefangen nehmen und dem Konstabel in Durban Bescheid geben. Das ist eine sehr ernste Angelegenheit. Das Elfenbein ist neben den Rindern der größte Schatz der Zulus. Wenn es wegen dieses Diebesgesindels Krieg gibt, wird die gesamte Kolonie ins Unglück gestürzt, und wir auf Inqaba müssen als Erste daran glauben.«

Sicelo fiel ihm ins Wort. »Es ist unsere Sache, wir werden uns um die Männer kümmern.« Er verschränkte die Arme über seiner nackten Brust und starrte seinen Freund an. Die Muskeln seiner Kinnbacken mahlten, seine Augen glühten, aber seine Miene verriet nichts. »Es hat nichts mit euch Weißen zu tun«, flüsterte er heiser. »Es ist unser Land, unser Elfenbein, ihr habt kein Recht, euch einzumischen.«

Ein Schauer lief Johann den Rücken hinunter, als die Wut seines Freundes ihn körperlich fast versengte, aber er wusste, er hatte keine Wahl, als zuzustimmen. Zögernd nickte er. »Wir ziehen uns zum Lager zurück und warten auf euch.«

»Wenn Impandla, der Kahle, aufwacht, gib ihm die Blätter zu kauen, die ich zubereitet habe. Er darf sich nicht bewegen«, flüsterte Sicelo, ehe er mit dem Schatten des Buschs verschmolz. Auch die übrigen Schwarzen schienen sich einfach aufzulösen. Eben standen sie noch neben ihnen, nun waren die drei Weißen allein.

Johann winkte Rupert und Tim. Im fahlen Mondlicht wies ihnen ihre eigene Spur von heruntergetretenem Gras und abgebrochenen Zweigen den Weg zurück ins Lager. Als sie es erreichten, fanden sie den Zustand von Onetoe-Jack erheblich verschlechtert. Die Hand war wie ein Ballon bis zum Gelenk angeschwollen, die Schwellung begann schon zum Ellbogen zu kriechen. Der Finger unter dem grünen Blätterbrei war schwarzblau verfärbt, und an der Bissstelle hatte sich eine blutgefüllte, walnussgroße Blase gebildet. Ein Augenlid war geschlossen, das andere stand offen, die

Pupille war groß und starr. Er sah furchtbar aus, zuckte, als Johann die Hand prüfend auf seine Stirn legte, schien aber nicht bei Sinnen zu sein, denn er reagierte nicht weiter.

»Werden wir ihn verlieren?«, fragte Catherine mit dünner Stimme.

Ihr Mann schüttelte den Kopf, obwohl er sich überhaupt nicht sicher war. »Hat er sich übergeben?«

Sie nickte. »Mehrfach, aber Dan hat ihn gezwungen, noch mehr Blätter zu kauen, danach hörte das Brechen auf, und er versank in einer Art Dämmerschlaf.«

Catherine rührte sich nicht von der Seite des Kranken, wollte nicht einmal etwas essen, doch Johann bestand darauf und brachte ihr ein großes Stück Warzenschweinkeule und dazu den Bohneneintopf, den Dan in der Zwischenzeit gekocht hatte. Nur wenige Steinwürfe vom Lager entfernt hatte er ein Warzenschwein mit dem Messer erlegt, um die Elfenbeindiebe nicht mit dem Knall eines Schusses auf sich aufmerksam zu machen. Jetzt briet das Schwein an einem improvisierten Spieß, der auf zwei Astgabeln ruhte, über dem Feuer.

Ein tiefes Grollen schreckte Catherine auf. Mit angehaltenem Atem lauschte sie in die tintenschwarze Nacht. Ein Tier jaulte. Dann das Geräusch eines Kampfes und ein kurzes, hohes Blöken, das abrupt abgeschnitten wurde, schließlich nichts weiter als das trockene Krachen von Knochen. »Was war das?«, flüsterte sie mit trockenem Hals.

»Löwen. Sie riechen unseren Schweinebraten«, antwortete Johann, warf ein weiteres Holzscheit ins Feuer und schürte es, bis es hell aufflammte. »Sie haben einen Bock gerissen und sind erst mal beschäftigt. Bleib dicht beim Feuer, da bist du sicher.«

Erschrocken rutschte sie näher, bis ihr die Glut der Flammen fast das Kleid versengte. Um Mitternacht wurde Onetoe-Jack unruhig, er versuchte sich aufzusetzen, und es bedurfte der vereinten Kräfte seiner Freunde, ihn zu beruhigen. Im Schein des Feuers, das sie weiter sorgfältig mit Holz fütterten, erneuerte Johann den Breiumschlag und schob ihm noch ein paar Blätter des Krauts in den Mund. Sie verhielten sich leise, flüsterten nur und horchten angestrengt auf die Geräusche im Busch. Das tiefe Gebrüll eines der Löwen ließ ihnen das Blut in den Adern gefrieren, alle Männer griffen gleichzeitig nach ihren Gewehren, entsicherten sie und bildeten eine Schutzmauer um den Kranken und Catherine. Atemlose Minuten verharrten sie so, lauschten mit jeder Faser ihres angespannten Körpers. Erst als schwere Schritte, Schmatzen, ein lautes Gähnen verrieten, dass sich die großen Raubkatzen zurückzogen, senkten sie die Büchsen. Keiner von ihnen schlief in dieser Nacht.

Gegen vier Uhr wurden die Sterne blasser, das Blau der Nacht wich dem kühlen Grau des nahenden Morgens, und alle Konturen traten stärker hervor. Vier Hadidahs segelten laut schreiend über sie hinweg, die Fledermäuse, ihre Bäuche angeschwollen von der nächtlichen Insektenmahlzeit, verschwanden in ihren Nisthöhlen.

»Die Sonne wird gleich aufgehen«, murmelte Dan und streckte sich. Seine Stimme war schwer und rau. »Ich möchte wissen, was unsere Kaffern machen. Hoffentlich waren die es nicht, die die Löwen heute Nacht verspeist haben. Ich werde mal einen starken Kaffee brauen. Wie geht's unserem Patienten?«

Catherine, die eingenickt war, schreckte auf. Schuldbewusst streckte sie die Hand aus und befühlte Onetoe-Jacks Stirn. Sie war kühl und trocken, beide Augen waren offen, die Pupillen normal groß. Er schielte kaum noch.

»Guten Morgen«, flüsterte er heiser. »Welch entzückende Krankenschwester ...«

Johann stieß einen erleichterten Seufzer aus. »Sieh dich vor, du Halunke, das ist meine Frau. Jeder, der ihr zu nahe kommt, spielt mit seinem Leben. Der Trick, sich von einer Schlange beißen zu lassen, um sich an sie heranzumachen, ist uralt. Und nun lass deine Hand ansehen.« Er entfernte mit großer Vorsicht den grünen, mittlerweile angetrockneten Blätterbrei und pfiff durch die Zähne. Die Hand, die so bedrohlich dick gewesen war, war deutlich abgeschwollen. Ein gutes Zeichen. Der Finger glänzte weiterhin schwarzblau, und die Blase war aufgeplatzt. Wässriges Blut sickerte heraus. »Kannst du dich aufsetzen?«

Der Engländer nickte. Catherine wollte ihn stützen, aber er konnte allein sitzen, schwankte nicht einmal, gab aber ihre Hand nicht frei. »Gehen Sie nicht weg, Gnädigste, sonst bekomme ich sicherlich einen Rückfall.« Seine Stimme war noch schwach. »Mir ist noch ganz komisch im Kopf. Welches Zeug hat mir dein Kaffer gegeben?«

»Ein paar Körnchen Haschisch und Leonotis, das ähnlich wie Marihuana wirkt«, antwortete Johann. »Dein Körper braucht Schlaf und Ruhe, um sich gegen das Gift wehren zu können. Äußerlich angewendet, ist es das Beste gegen Schlangenbiss. Du kannst von Glück sagen, dass Sicelo bei uns war. Im Übrigen solltest du ihn nicht als Kaffer bezeichnen. Die Zulus fassen das als Erniedrigung auf.«

»Mein Lieber, du willst doch nicht ernsthaft behaupten, dass die Kaffern uns ebenbürtig sind?«, näselte Lord Andover.

»Mein Lieber«, knurrte sein Freund Johann, »ohne diesen speziellen Kaffer würdest du jetzt vermutlich schon in der Hölle schmoren, wo du hingehörst.«

Onetoe-Jack kicherte schwach.

Catherine dachte an seine acht Zulufrauen und löste ihre Hand aus seiner. »Im eigentlichen Sinne ist es wirklich keine Beleidigung«, sagte sie dann. »Es beruht auf dem arabischen Wort Kafir, das einen Ungläubigen bezeichnet, und das sind sie doch.« César hatte ihr das erklärt.

»Von unserem christlichen Standpunkt aus betrachtet, ja«, antwortete Johann, »aber sie sind Zulus und haben ihren eigenen Glauben, nur wenige sind Christen. Wir sollten das respektieren.«

»Ach, er soll sich nicht so anstellen«, brummte Dan.

Johann bedachte ihn mit einem strengen Blick. Als er selbst dieses Wort einmal benutzte, hatte Sicelo ihm das klar gemacht. »Dieses Wort solltest du ausspucken, wir sind keine Kaffern, keine AmaKafulas, Kreaturen ohne Land und Würde, die im Dreck leben wie Hunde. Sklaven sind AmaKafulas, wir sind Abantu, menschliche Wesen. Wir haben menschliche Gefühle.«

Er hatte das Wort nie wieder in den Mund genommen, aber fast alle anderen Weißen benutzten es. Viele, ohne sich Gedanken darüber zu machen, andere eher abfällig. Unbewusst zuckte er die Schultern. Er würde das nicht ändern können. Er stand auf. »Alle Mann zum Frühstückmachen antreten«, befahl er, und als Catherine sich automatisch erheben und helfen wollte, drückte er sie zurück. »Unterwegs ist das Männersache«, lächelte er, und bald kitzelte der anregende Geruch von brutzelndem Speck ihre Nase.

Eben schlug Rupert die Eier in die Pfanne, und Dan säbelte dicke Scheiben von der Schweinekeule ab, die vom Abend vorher übrig geblieben war, als Sicelo mit seinen Begleitern wie aus dem Boden gewachsen neben ihnen stand. Eine blutige Schramme zog sich quer über seinen muskulösen Oberkörper, einer von Onetoe-Jacks Leuten blutete aus einem Messerstich, mehrere hatten Abschürfungen und Kratzer, aber sie waren vollzählig.

»Was ist passiert? Habt ihr sie erwischt?«, fragte Johann.

Sicelo sah für einen Moment sehr ernst drein, dann brach er in zähneblitzendes Lachen aus. »Eh, sie sind gerannt wie versengte Ratten. Yebo!« Er machte ein paar Tanzschritte. »Und alle Zungus und alle Biyelas sind hinter ihnen her. Ha!« Er klatschte in die Hände.

»Yebo!«, antworteten die anderen, klatschten auch in die Hände. »Sie sind gerannt wie Ratten.« Sie stampften auf die Erde, stießen die Fäuste in die Luft und sprangen hoch.

Johann beäugte ihn argwöhnisch. »Warte mit dem Feiern, mein Freund, und sag mir erst, was ihr mit ihnen gemacht habt?«

Sicelos Grinsen wurde breiter. »Sie haben Fliegen gelernt, wie die Vögel. Wir haben sie verschnürt und in einen Baum gehängt. Als wir gingen, hörten wir Ingwe im Busch. Sie werden viel Spaß miteinander haben.«

Hatte der Zulu etwa vier Weiße einem Leoparden zum Fraß hingehängt? Johann wurde es eiskalt, denn das würde im Handumdrehen einen Haufen wütender, bis an die Zähne bewaffneter Kolonisten auf den Plan rufen, und dann wäre eine kriegerische Auseinandersetzung kaum noch abzuwenden, und alles, was er für sich und Catherine aufgebaut hatte, wäre in höchster Gefahr.

Sicelo schien seine Gedanken zu lesen. »Keine Sorge, Johann, sie hängen so hoch, dass Ingwe sie nicht erreichen kann. Es ist abgemacht, dass Khayi sie rechtzeitig abschneiden wird.« Er grinste mit sichtbarem Vergnügen. »Dann werden sie laufen und nicht anhalten, bis sie über die Grenze nach Natal gelangt sind. Aber ihr Anführer, der schnell und listig wie eine Schlange im Unterholz ist, ist entwischt. Hier«, er warf ihm ein Taschentuch zu. »Das hat er zurückgelassen. Die besten Spurenleser der Biyelas und Zungus haben sich auf seine Fährte gesetzt.«

Das Taschentuch schwebte herunter, Johann griff danach, verfehlte es, und es landete zu Catherines Füßen. Sie hob es auf. Es war schmutzig, aber aus feinstem Leinen. »Das muss ein wohlhabender Mensch sein«, bemerkte sie und schüttelte das Tuch aus. »Es hat sogar ein Monogramm.« Eine zarte Duftwolke nach herber Seife und teuren Zigarren stieg ihr in die Nase, als sie das Gestickte untersuchte. Das Monogramm war ausgerissen, nur ein Buchstabe war noch vollständig zu erkennen. »K.« war da mit feinster Seide in die Ecke gestickt. Der zweite Buchstabe war bis auf ein Fragment zerstört, aber es hätte ein »v.« sein können, und vom dritten war nur der obere schwungvolle Bogen erhalten, der möglicherweise von einem B stammte. K.v.B.?

Der Schlag, der sie in den Magen traf, trieb ihr die Luft aus dem Leib. Sie musste stillhalten, bis sie wieder atmen konnte. Immer noch nach Luft ringend, wurde sie erst puterrot und dann weiß, verschluckte sich, und als sie endlich aufhörte zu würgen und Dan ihr die Whiskyflasche unter die Nase hielt, hatten alle anderen das Taschentuch vergessen. Blitzschnell steckte sie es in ihre Rocktasche. Wie glühende Kohle brannte es durch den dünnen Stoff. Sie brach in kalten Schweiß aus. Gehörte das Tuch Konstantin?

Ihr Mann beobachtete sie mit Beunruhigung. »Du bist käseweiß geworden. Was ist los? Hast du eine Art Anfall?«

»Unsinn«, hustete sie. »Ich hab mich nur verschluckt, eine Fliege war's vermutlich, außerdem habe ich Hunger ... und Durst ... und überhaupt ...« Sie verhaspelte sich und betete, dass er nichts gemerkt hatte.

Dan de Villiers gluckste. Er reichte ihr ein dickes Stück Fleisch. »Hier, damit du uns nicht umfällst, bevor das Frühstück fertig ist.«

Sie griff nach dem Fleisch wie nach einem Rettungsanker, zutiefst dankbar, dass der Schlangenfänger eine Ablenkung geschaffen hatte. Ihr Kopf dröhnte, Worte summten wie aufgescheuchte Wespen. Kotabeni? Konstantin als Anführer einer Bande von Banditen? Wie Schatten im Wasser die Ruhe stören, zerstörte dieser Gedanke ihre Gelassenheit.

Nie, dachte sie, nicht Konstantin, Graf von Bernitt. Einem unwiderstehlichen Impuls folgend, holte sie in einem unbeobachteten Augenblick das Taschentuch aus der Rocktasche und roch daran. Wieder stieg ihr ganz schwach das Parfum seiner Zigarren und der herben Seife, die er benutzte, in die Nase, und für Sekunden war sie in dem Ballsaal in Wien, die Musik spielte, Hunderte von Rosen verströmten ihr süßes Aroma, und Konstantins Lippen berührten ihre. Es warf sie völlig aus dem Gleichgewicht. Die animalische Anziehungskraft Konstantin von Bernitts wirkte sogar über den Duft seines Taschentuchs. Als hätte sie sich verbrannt, steckte sie es weg. Ihre Augen flogen zu ihrem Mann.

Den Sonnenhut tief ins Gesicht geschoben, stand er mit Rupert, Dan und Tim neben dem Lager von Onetoe-Jack. Er überragte alle Männer um mehrere Handbreit. In der trotz des frühen Morgens rasch zunehmenden Hitze hatte er sein Hemd ausgezogen, sein muskulöser Oberkörper war sonnengebräunt. Als spürte er ihre Blicke, hob er den Kopf und schaute über die Köpfe der anderen zu ihr hinüber, ein intimes Lächeln umspielte seinen Mund, eines, das nur für sie bestimmt war.

Ihr wurde plötzlich warm, ihre Wangen glühten. Spontan legte sie einen Finger an die Lippen und schickte ihm einen Luftkuss, dann senkte sie verwirrt den Kopf. Mechanisch kaute sie das zähe Wildfleisch und versuchte, ihre widersprüchlichen Gefühle zu ordnen. Begann Johann Konstantin aus ihrem Herzen zu verdrängen? Konstantin, das war die Amour fou, das Herzjagen, die Atemlosigkeit, die sie überfiel wie ein Fieberanfall, sie himmelhoch jauchzen ließ und gleich darauf in den Abgrund der Verzweiflung stieß. Johann hatte ihr seine unerschütterliche Liebe und seinen Traum zu Füßen gelegt, bot ihr Wärme und Geborgenheit und die Gewissheit ihrer gemeinsamen Zukunft. Tief in ihrem Herzen glühte ein Funke auf, es überfiel sie wie aus heiterem Himmel.

Meine Güte, dachte sie, sollte ich dabei sein, mich in meinen eigenen Mann zu verlieben?

Am meisten überraschte sie das Glücksgefühl, das sie bei diesem Gedanken durchströmte. Sie vergrub ihr erhitztes Gesicht in den Händen, um ihre Beherrschung wiederzuerlangen. Johann war ein guter Beobachter. Würde er etwas merken und sie darauf ansprechen, konnte das, da war sie sich sicher, zu einer Katastrophe führen. Sie war zu erregt. Ein Wort würde zum anderen führen, und am Ende würde ihre Ehe vielleicht in Scherben liegen. Sie biss in ihren Handballen, um sich zur Besinnung zu bringen.

»Hier ist etwas zur Wiederbelebung nach dieser grässlichen Nacht.«

Sie nahm ihre Hände vom Gesicht. Rupert stand vor ihr und hielt ihr einen Becher mit schwarzem, dampfendem Kaffee hin. Dankbar nahm sie ihn entgegen, verbrannte sich jedoch sogleich die Zunge an dem heißen Gebräu. Der Schmerz riss sie aus ihrem inneren Tumult.

»Frühstück ist fertig. Würde die gnädige Frau sich bitte ins Speisezimmer bemühen?« Rupert bot ihr seinen Arm und führte sie hinüber zu den anderen.

Dan trieb alle zur Eile an. »Wir müssen diesen Faulenzer in sein Umuzi bringen«, knurrte er und piekte Onetoe-Jack mit einem Messer in die Rippen. »Den Finger wirst du verlieren«, meinte er nach kurzer Untersuchung des mittlerweile schwarz verfärbten Fingers. »Am besten, du schneidest ihn dir gleich ab. Oder soll ich das für dich tun? Manchen Leuten bereitet es ja Schwierigkeiten.«

Catherine blieb der Bissen im Hals stecken. Meinte er das ernst?

Onetoe-Jack wurde fahl unter seiner tiefen Sonnenbräune. »Der bleibt dran, bis er abfällt«, brüllte er.

Johann war ungewöhnlich schweigsam. »Ich traue Khayi nicht«, sagte er endlich. »Der hinterlistige Halunke bringt es fertig und lässt die Kerle als Leopardenköder hängen. Er ist ein Aufwiegler, ihm wäre damit gedient, wenn es Unruhen gibt. Er wird es sofort zum Anlass nehmen, Inqaba anzugreifen. Wie ist es, Rupert, kommst du mit? Wenn wir stramm reiten, schaffen wir es in zwei Stunden hin und zurück. Ich möchte mich vergewissern, dass diesen Elfenbeindieben ihr elendigliches Leben erhalten bleibt.«

Sie schafften es in weniger als einer Stunde, den Baum, den Sicelo genau beschrieben hatte, zu erreichen.

»Verflucht!«, schrie Rupert, als er sah, was sie erwartete. »Khayi hat sie die ganze Nacht am Baum gelassen. Das war ihr sicheres Todesurteil.«

An einem niedrigen, waagerecht ausladenden Ast des Baumes baumelten drei zerrissene Stricke, am Boden darunter stritt sich ein Rudel knurrender Hyänen um etwas Blutiges. Rupert riss seine Flinte an die Schulter und feuerte in die Masse graubraun gefleckter Rücken. Mehrere Tiere jaulten schrill auf, eins blieb liegen, die anderen rannten in dem merkwürdig hoppelnden Trott ihrer Art in den Busch. Rupert sprang vom Pferd und zerrte die tote Hyäne von ihrer Beute herunter. Es waren die Überreste mindestens zweier Menschen, deutlich zu erkennen an den blank genagten Oberschenkelknochen, den zerfleischten Gesichtern und Oberkörpern.

»Diese Verletzungen stammen nicht von den Hyänen, das war ein Leopard«, sagte Johann grimmig. Er drehte einen der Köpfe mit einem Stock um. Die Schädeldecke am Hinterkopf sah aus wie eine eingedrückte Eierschale. Rasch untersuchte er den anderen Schädel und fand ihn ähnlich zugerichtet. »Und das hier war überhaupt kein Tier. Die Männer wurden mit einem Kampfstock erschlagen.« Er durchstöberte die Kleidungsfetzen nach einer Möglichkeit, die Toten zu identifizieren. Er fand nichts. »Wären wir etwas später gekommen, wäre nichts mehr von den beiden übrig gewesen. Die Hyänen hätten die Drecksarbeit für Khayi gemacht.« Schwer atmend stand er da und schaute auf den toten Dieb hinunter.

»Wir sollten sie begraben. Khayi können wir später zur Rechenschaft ziehen.« Johann band Caligula am Baum fest und suchte eine weiche Stelle im Boden.

Mit bloßen Händen gruben die beiden Männer eine flache Grube, schoben die zerstückelten Leichen hinein, füllten sie wieder auf, wuchteten ein paar große Steine heran und rollten sie auf das Grab.

»So, die Aasfresser kommen da nicht mehr heran. Hoffentlich ist wenigstens der dritte Mann davongekommen.« Johann wischte sich die Hände mit abgerissenen Blättern ab und schwang sich auf Shakespeares Rücken. »Kein Wort vor Catherine, ich bitte dich«, sagte er.

Rupert nickte. »Natürlich. Was machen wir mit diesem mörderischen Zulu? Ich würde am liebsten in sein Umuzi reiten und ihn über den Haufen schießen. Das würde einige Probleme lösen.«

»Das wäre Wahnsinn und einfach schlichter Mord. Wir werden das eleganter machen. Wir präsentieren König Mpande die Tatsachen. Glaube mir, Khayi wird bestraft werden. Nichts behagt dem dicken König weniger als kriegerische Unruhen, die ihn bei seinen Lieblingsbeschäftigungen stören: seine Frauen zu beglücken und zu essen. Wir sollten aber Dan und Onetoe-Jack nicht unbedingt die volle Wahrheit sagen. Ich befürchte, sie könnten archaische Rache nehmen.«

»Auge um Auge, Zahn um Zahn? So etwa?«

Johann schüttelte grimmig den Kopf. »Wenn das wenigstens so wäre, aber Dan, der alte Bure, neigt dazu, das Verhältnis eher eins zu zehn zu sehen, das heißt, zehn Zulus für einen Weißen.«

Im Lager angekommen, sahen sie, dass die anderen fertig zum Aufbruch waren.

»Nun?«, dröhnte Dan. »Hingen sie noch da, oder hat sie Ingwe gefressen?« Er lachte glucksend.

»Nein, wir haben nichts gefunden.«

»Gott sei Dank«, sagte Catherine und schnallte dabei ihre Satteltaschen zu. »Du machst ein so furchtbares Gesicht, dass ich schon dachte, dass nur noch die zerfleischten Leichen da gehangen haben.« Vorsichtig setzte sie ihren linken Fuß in Dans verschränkte Hände und schwang sich in den Sattel.

Sie lenkten ihre Pferde heimwärts, und Johann achtete sorgfältig darauf, dass ihm seine Gesichtszüge nicht noch einmal entgleisten; er bemühte sich um muntere Konversation und scherzte und lachte mit seiner Frau.

Onetoe-Jacks Zustand zwang sie, häufige Pausen einzulegen. Immer wieder wurde ihm übel, einmal fiel er vom Pferd, bevor Rupert und Dan ihn auffangen konnten. »Wir werden dich und deine jaulende Hundemeute morgen bei Mila Arnim abladen. So bist du nur ein Klotz am Bein«, raunzte Dan, konnte aber kaum seine Sorge um den Freund verbergen. Abwechselnd hielten sie nachts Wache neben Jack, und alle waren heilfroh, als sie am vierten Tag Milas Hof erreichten.

Sie überraschten die Hausherrin im Gemüsegarten. Ganz in Schwarz gekleidet, stand sie mit durchgedrückten Knien über die Beete gebeugt und jätete Unkraut. Einer ihrer Zulus schützte sie mit einem aus Palmwedeln geflochteten Schirm vor der stechenden Sonne.

Rupert Farrington saß ab und ging zu ihr. »Mila, meine Liebe, wäre es nicht eine bessere Idee, wenn dein Zulu das Unkraut jätet? Diese Tätigkeit ist nicht sehr damenhaft.«

Sie richtete sich auf, der Schweiß rann ihr aus den silberweißen Haaren. Sie wischte ihn mit dem Unterarm weg. Ein erdverschmierter Fleck blieb auf ihrer Wange zurück, der ihrem gebräunten Gesicht etwas Verwegenes gab. Sie lächelte. »Ich habe längst aufgehört, eine Dame zu sein, liebster Rupert. Es ist nur hinderlich in diesem Land.« Ihr Blick fiel auf Onetoe-Jack. »Was ist denn mit unserem Lord los? Er sieht aus wie gekochte Hafergrütze.«

Sie erzählten es ihr, und nachdem sie den schwarzen Finger und die aufgeplatzte Haut der Hand untersucht hatte, befahl sie Sicelo und ihrem Zulu, Onetoe-Jack im Wohnzimmer auf die

Couch zu legen. Erst dann schien sie Catherine wahrzunehmen. Sie stemmte die Arme in die Seiten und bedachte die anwesenden Männer mit vernichtenden Blicken. »Und was macht eine Frau bei dieser Expedition, wenn ich fragen darf?«

»Ich hatte Angst, allein zu bleiben«, warf Catherine rasch ein. »Ich habe sie dazu gezwungen.«

»Soso«, machte Mila spöttisch. »Du hast die fünf großen Kerle dazu gezwungen. Mit der Peitsche etwa oder mit der Flinte im Anschlag? Du hättest sie besser zu mir gebracht, Johann Steinach. Das war höchst leichtsinnig, und das weißt du. Hier, helft mir mal, Pieter ist noch auf den Feldern und wird heute spät kommen.« Damit stellte sie die anwesenden Männer an, Feuerholz zu suchen, während ihr schwarzes Hausmädchen in der Küche Gemüse putzte. »Du kannst dich in meinem Schlafzimmer waschen, Catherine. Wasser ist in der Kanne.«

Mit Schwung sprang Catherine vom Pferd. Sogleich verspürte sie das dringende Bedürfnis, die Toilette aufzusuchen. Leise fragte sie Mila danach, hoffte inständig, nicht buschen zu müssen, und eilte dann erleichtert hinter das Hauptgebäude. Mila gehörte zu den wenigen, die ein Toilettenhäuschen besaßen.

Hochrot vor Verlegenheit zog sie kurz darauf Mila beiseite und flüsterte ihr etwas ins Ohr. Ihre Gastgeberin hörte ihr genau zu und schmunzelte dann. »Ekelhaft, nicht wahr? Aber nichts Ungewöhnliches hier. Du hast einen Bandwurm, kein Wunder, dass du dauernd hungrig bist und isst wie ein Scheunendrescher. Doch wir müssen zusehen, dass wir ihn loswerden. Du solltest immer sehr darauf achten, dass alles Fleisch, das ihr zu euch nehmt, gut durchgegart ist.« Mit raschelnden Röcken ging sie ihr voraus in die Küche. »Die Wurzeln vom Granatapfel sind ein sicheres Mittel gegen Bandwurm. Auch sonst ist die Pflanze sehr nützlich. Ein Tee der getrockneten Rinde und der einer frischen Frucht hilft bestens bei Durchfall. Jeder sollte sie im Garten haben. Ich werde dir einen jungen Baum mitgeben.« Einer Büchse entnahm sie eine getrocknete Frucht, Wurzeln und ein paar dünne Zweige, schälte sie, schnitt sie klein und setzte alles mit ein wenig Wasser auf. »Es schmeckt höllisch bitter, aber mit einem Löffel Honig ist es erträglich«, sagte sie und reichte Catherine das brühheiße Getränk.

Johann betrat die Küche, um einen Topf Wasser zu holen. Er schnupperte an Catherines dampfendem Becher. »Granatapfeltee ... Himmel, Liebling, du hast doch nicht etwa einen Bandwurm?«

»Ich will nicht darüber reden«, fiel sie ihm hastig ins Wort.

Am nächsten Morgen verabschiedeten sie sich aufs Herzlichste. Jack konnte schon wieder aufstehen und wäre liebend gern mit ihnen geritten, aber die resolute Mila Arnim blaffte ihn an, er solle sich gefälligst ruhig halten, um keinen Rückfall zu provozieren. Sie hätte weder Lust noch Zeit, sich um einen Todkranken zu kümmern.

Johann grinste schadenfroh. »Du tust besser, was sie sagt. Du weißt, dass sie mühelos einen Löwen kirre machen kann, wenn sie zornig ist.«

Onetoe-Jack blies seine Wangen auf und fügte sich grollend.

»Timothy, vergessen Sie nicht, mir ein Exemplar Ihrer ersten Zeitung bringen zu lassen«, mahnte Mila den jungen Journalisten.

»Nein, bestimmt nicht. Sobald sie gedruckt ist, werde ich einen Postläufer schicken«, versprach er. »Ich gedenke, der Geschichte mit den Elfenbeindieben genauer nachzugehen. Der Geheimnisvolle, den man Kotabeni nennt und der uns entkommen ist, hat mein Interesse geweckt.« Er hob winkend den Arm und ritt mit Rupert und Dan de Villiers vom Hof.

Johann und Catherine würden allein nach Inqaba zurückkehren. Sicelo und Onetoe-Jacks Schwarze waren schon bei Sonnenaufgang von Milas Hof verschwunden. Sie sah Tim nach und hoffte inbrünstig, dass sein Vorhaben scheitern würde. Tim Robertson war hartnäckig wie ein Terrier und ließ offenbar nicht locker, wenn er sich in einer Geschichte festgebissen hatte. Sollte er Konstantin von Bernitt als gemeinen Elfenbeindieb entlarven, würde er weiter in dessen Lebensgeschichte herumwühlen und irgendwann auf das Duell stoßen und den Tod von Paul Pauli.

»Es war kein Duell, behauptet seine Witwe Emma«, schrieb Wilhelm von Sattelburg in seinem Brief, den sie damals in Onetoe-Jacks Hütte gefunden hatte. »Und wo Rauch ist, da ist auch Feuer.«

Tim würde bohren und bohren, bis er allen Dreck ans Tageslicht gefördert hatte. Es würde einen Skandal geben, und Johann würde sich ohne Zweifel daran erinnern, dass sie Graf Bernitt als guten Freund der Familie bezeichnet hatte. Ihr Herz schlug ihr bis zum Hals.

Sie musste das Taschentuch verschwinden lassen. Er durfte es nie bei ihr finden, auch wenn das Monogramm kaum zu erkennen war. Sie würde sich verraten, das war ihr klar, und dann würde er erfahren, dass sie von Anfang an gewusst hatte, wer Kotabeni war.

Johann schnalzte, und Shakespeare verfiel in lockeren Trab. Catherine zügelte Caligula etwas, zog das Taschentuch aus ihrer Tasche und ließ es auf die Erde flattern. Sie drehte sich nicht danach um.

✳

Als sie Inqaba erreichten, fanden sie Jikijiki vor dem Kochhaus, wo sie mit Bepperl spielte. Die Zulu kaute auf einem Streifen Biltong, den sie offenbar von den Vorräten geschnitten hatte, die unter der Wohnzimmerdecke trockneten. »Sawubona«, grüßte sie fröhlich, riss ein Stück von ihrem Biltong ab und gab es Bepperl.

Catherine dankte schweigend ihrem Schöpfer, dass das Mädchen wieder aufgetaucht war, und hätte die Zulu am liebsten geküsst, so froh war sie darüber. Was sie dazu bewogen hatte, wollte sie gar nicht wissen.

»Geh schon ins Haus, ich komme gleich nach. Erst muss ich hören, welche Katastrophen in meiner Abwesenheit passiert sind.« Johann schwang sich aus dem Sattel und führte Shakespeare zum Stall. »Mzilikazi!«, brüllte er.

Dieser kroch aus seiner Hütte und beeilte sich, ihm beim Absatteln zu helfen. Eine Ziege sei an Schlangenbiss gestorben, berichtete er, Warzenschweine hätten die Maisfelder umgegraben, sonst sei nichts Bemerkenswertes passiert. Johann atmete auf.

*

Catherine lehnte am Türpfosten. Vor ihr erstreckte sich ein weiterer leerer Tag. Jikijiki war heute in ihr Umuzi gegangen, um ihrer Mutter zu helfen, und Mzilikazi hatte schon früh den Hof verlassen, um eine seiner trächtigen Kühe zu suchen, die ausgerissen war. Sie hatte die Hausarbeit schnell erledigt, und vor heute Abend würde sie keine menschliche Stimme mehr hören. Ihr Verlangen danach war wie ein Schmerz, und manchmal, wenn er zu stark wurde, sattelte sie Caligula und besuchte Johann auf den Feldern. Anfänglich hatte sie untätig am Feldrand gesessen, doch er war viel zu beschäftigt gewesen, um die Zeit zu verplaudern. Kurz entschlossen hatte sie ihren Rock hochgebunden und geholfen, Mais und Kürbisse zu ernten, und vor ein paar Tagen hatte sie sogar ein Lamm auf die Welt gebracht. Auf ihren Oberarmen zeichneten sich bereits deutlich Muskeln ab.

Sicher konnte Johann nach den Tagen der Abwesenheit Hilfe gebrauchen. Sie griff ihren Sonnenhut und trat aus der Tür, um zu Caligulas Unterstand zu gehen, sah sich aber unversehens mehreren Zulufrauen gegenüber.

Unsicher mit den Füßen scharrend, standen sie vor der Küchentür und warteten offenbar auf sie. Alle trugen die komplizierten, hochgezwirbelten Frisuren der verheirateten Frau und steife Röcke aus blank geschabter Rindshaut. »Sawubona, Katheni«, grüßten sie im Chor.

Catherine antwortete, wie es vorgeschrieben war, und wartete. Sie wusste, dass die Frauen den eigentlichen Grund für ihren Besuch nicht sofort nennen würden. Bedächtig kommentierten ihre Besucherinnen die starken Mauern ihres Hauses, begutachteten mit verhaltener Neugier ihren Tisch, die Stühle, fragten nach dem Wohlergehen Nkosi Jontanis, und endlich kamen sie zur Sache. Eine von ihnen trat vor, eine gewichtige, ältere Frau, die große Autorität ausstrahlte.

»Nkosikasi«, begann sie. »Es gibt ein großes Problem, und wir bitten Nkosi Jontani um Hilfe.«

Es stellte sich heraus, dass seit einiger Zeit ein riesiges Krokodil im flachen Wasser der Flussbiegung residierte. »Es hat eine von uns geholt, und nun haben wir zu große Angst, um Wasser zu schöpfen. Die Tapfersten unserer Männer haben versucht, es zu töten, aber es ist zu schlau. Jontani muss es schießen«, erklärte die Zulu, hob ihren Arm und machte ein explodierendes Geräusch.

»Yebo, er muss es schießen«, stimmten ihre Begleiterinnen heftig zu. Die Angst stand ihnen deutlich ins Gesicht geschrieben.

Catherine trat an den Hang. Jeden Morgen in der Früh füllten die Frauen am Wasserloch ihre schweren Tonkrüge. Ihr Lachen und Singen, dieser Ausdruck unbändiger Lebensfreude, versüßten ihr das Aufstehen, und ihr fiel erst jetzt auf, dass sie das seit Tagen nicht mehr gehört hatte.

»Ich werde es meinem Mann heute noch sagen«, versprach sie, füllte ein großes Tongefäß mit Bier und reichte es ihnen. Jede trank davon und gab es weiter an die Nächste, deutlich ihre Zufriedenheit zeigend, dass die weiße Nkosikasi sich zu benehmen wusste. Nach wortreichem Abschied gingen sie, und noch für Minuten hörte Catherine ihre munteren Stimmen. Die Stille, die sich wieder über ihr Haus senkte, lastete umso schwerer. In Windeseile sattelte sie Caligula. Zwei Stunden später hatte sie Johann gefunden. Er war auf den Maisfeldern, um sich anzusehen, welchen Schaden die Vögel unter dem fast reifen Korn angerichtet hatten. Rund um die Felder waren winzige Bienenkorbhütten auf Plattformen gebaut, die etwa vier Fuß hoch waren. Sie dienten den Zulufrauen, deren Aufgabe es war, die Vögel zu verjagen, als Schutz gegen Sonne und Regen. Johann gab ihnen gerade Anweisungen. Catherine glitt vom Pferd.

»Das Vieh knall ich ab«, fluchte er, als er ihren Bericht hörte »und zwar heute Nachmittag noch.« Rasch zahlte er den Frauen ihren Lohn aus und ritt mit ihr nach Hause. »Wir haben noch vier Stunden Tageslicht, das wird reichen.« Im Hof von Inqaba saß er ab und erklärte Mzilikazi, der seine Kuh gefunden hatte, in schnellem Zulu, was er beabsichtigte zu tun. »Du kommst mit«, befahl er und lief ins Haus, um seine Büchse zu holen.

Mzilikazi bewaffnete sich mit seinem Assegai und dem Hackschwert, und gemeinsam marschierten sie über den schmalen Trampelpfad den Abhang seitlich des Hauses hinunter. Bald verrieten Catherine nur noch hin und her schlagende Buschkronen ihren Weg. »Sei vorsichtig, ich bitte dich«, rief sie ihm nach.

Mithilfe von Jikijiki machte sie sich daran, das Abendessen vorzubereiten. Mehrere Schüsse rollten durchs Tal und wurden donnernd von den Hügeln zurückgeworfen. Bepperl verschwand jaulend unter der Kommode im Wohnzimmer. Als die ersten blauen Schatten schon über dem Land lagen, tauchte Johann zu ihrer Erleichterung aus dem Busch auf. Aufgespießt auf lange Stöcke, schleppte er mehrere Klumpen blutiges Fleisch, die er auf den Küchentisch warf.

Sie sprang zurück. »Was ist das? Etwa Krokodil? Erwartest du, dass ich das auch noch esse?«

»Stell dich nicht so an, es ist köstlich«, erwiderte er schärfer, als er beabsichtigte. Doch er war müde und abgespannt, und seine Geduld war bis zum Zerreißen gespannt. Mzilikazi hatte sich am Wasserloch strikt geweigert, das tote Krokodil auch nur anzurühren.

»Fasse ich ein Krokodil an, werde ich zu den Ahnen gehen, ehe der Mond sechsmal gestorben ist«, rief er und rollte seine Augen, bis Johann nur noch das Weiße sehen konnte.

Ungeduldig stemmte er den abgeschnittenen Krokodilkopf hoch und warf ihn Mzilikazi hin. Der sprang mit einem Aufschrei zurück, aber der Kopf traf ihn trotzdem. Der Zulu wurde grau wie erkaltete Asche. »Ich bin tot«, flüsterte er. Mehr nicht.

Johann tat es sofort Leid, und er entschuldigte sich. Aber Mzilikazi reagierte nicht. Es war, als stünde nur noch die äußere Hülle von Mzilikazi vor ihm. Seine Augen waren stumpf und schienen nichts wahrzunehmen, sein Atem ging flach und sehr langsam. Für einen Augenblick befürchtete Johann, dass er hier und auf der Stelle sterben würde, atmete aber auf, als Mzilikazi sich steifbeinig auf den Rückweg machte.

»Entschuldige, Catherine, das war nicht so gemeint. Ich bin wohl übermüdet. Das Fleisch schmeckt wirklich gut. Wie Hühnchen, und noch besser, wenn wir es räuchern.« Er hängte die Fleischstücken in den Luftzug im Vorratsraum und vergewisserte sich, dass die Ratten es nicht erreichen konnten. Sicelo würde ihm mit Sicherheit erklären können, warum Mzilikazi fürchtete zu sterben, wenn er ein Krokodil auch nur mit den Fingerspitzen berührte, denn Johann zweifelte für keine Sekunde daran, dass dem jungen Zulu nur noch wenig Zeit vergönnt war. Er hatte schon einmal nicht verhindern können, dass ein kerngesunder junger Schwarzer einfach aus dem Leben ging, nur weil ihm eine Sangoma prophezeite, dass er sterben würde. Mit aller Kraft hatte er um ihn gekämpft, hatte dessen Familie angefleht, etwas zu tun, doch er konnte sie nicht dazu bewegen. Stoisch ertrugen sie das Schicksal, von dem sie wussten, dass es nicht abwendbar war. Die Zulus lebten in einem düsteren Labyrinth von Tabus, und er hatte seitdem gelernt, die Macht der Sangomas zu fürchten.

Seine Frau warf einen kurzen Blick auf sein erschöpftes Gesicht. Mit einem Finger fuhr sie die weiße Linie von der Nase zu seinem Mundwinkel nach. »Ist schon gut«, murmelte sie. »Komm jetzt essen.« Die Erntezeit war immer hart.

Steif und todmüde krochen sie kurz darauf ins Bett.

Catherine fiel in schweren Schlaf und träumte von der Havarie der *White Cloud*. Sie fühlte den Boden schwanken, hörte sogar die Balken ächzen. Im unruhigen Halbschlaf streckte sie ihre Hand aus, fand Johanns und sackte eben wieder in den Tiefschlaf zurück, als ein Stoß das Haus erschütterte und grelles Trompeten die nächtliche Ruhe zerriss, sodass sie meinte, die Mauern von Inqaba würden zusammenbrechen wie die von Jericho. Bepperl kläffte wütend, sie schrie auf und rüttelte ihren schlafenden Mann.

»Wach auf, jemand zerstört unser Haus!«

Er setzte sich auf, verzog das Gesicht und sprang aus dem Bett. »Elefanten«, murmelte er, griff seine Elefantenbüchse, die immer neben seinem Bett griffbereit stand, riss die Verandatür auf und rannte hinaus. »Mzilikazi«, röhrte er. »Indlovu!« Kurz darauf hallten mehrere Schüsse übers stille Tal, wieder erscholl grelles Trompeten und das Getrampel großer Tiere, vermischt mit Johanns Gebrüll. Mzilikazi war nirgendwo zu sehen.

Catherine wagte nicht, sich zu rühren, bis ihr Mann endlich wieder auftauchte. Er stellte sein Gewehr ab und warf sich aufs Bett, dass das Gestell krachte.

»Was um Himmels willen war das?« Ihre Stimme kiekste.

»Elefanten. Sie benutzen die Verandapfähle gern, um sich die Rücken zu reiben. Passiert aber nur selten«, setzte er hastig hinzu, als er ihr Entsetzen bemerkte.

»Unsere Verandapfähle? Gibt es nicht genügend Bäume dafür?«

Er grinste. »Meist sehen sie erst nach, was im Gemüsegarten reif ist, und fressen ihn kahl, bevor sie zur Körperpflege ans Haus kommen. Bleib einfach ruhig, dann passiert dir nichts. Ich habe die Pfähle extra verstärkt. Die halten das aus.« Er schloss die Augen.

Ihr verschlug es die Sprache, und als sie wieder Worte fand, kamen von ihm sanfte Schnarchgeräusche. Aufgebracht starrte sie ins Dunkel. Elefanten benutzten ihre Verandapfosten als Schubberpfähle? Afrika! Einen Augenblick dachte sie darüber nach, dann lächelte sie. So war es wohl. Nichts Besonderes.

Afrika!

Kapitel 15

Mzilikazi war bald nur noch ein Schatten seiner selbst. Er magerte zusehends ab, und sein Pfefferkornhaar zeigte drahtiges Weiß. Verschwunden war der gut aussehende junge Zulu, er schlurfte wie ein gebeugter, alter Mann über die Farm. Jikijiki verfiel in Verzweiflung und blieb der Arbeit immer öfter fern oder verrichtete sie nur schleppend und unaufmerksam. Das Strahlen um sie erlosch.

Johann war zutiefst beunruhigt und machte sich auf, Sicelo zu fragen, was dahinter steckte. Es musste ein Mittel geben, die unheimliche Macht zu brechen, die Mzilikazi zu vernichten drohte. Er fand seinen Freund vor seiner Hütte, wo er eben einen jungen Mangobaum pflanzte.

»Die Nkosikasi mit den weißen Haaren hat ihn mir geschenkt. Seine Zweige werden ein Schattendach bilden, unter dem ich mich ausruhen kann, und im Sommer werde ich die saftigen Früchte ernten«, bemerkte er zufrieden, während er das Loch zuschüttete und die Erde feststampfte. »Du hast Sorgen, ich sehe es an deinen Augen. Erzähle sie mir.«

Johann, der ihm die Freude nicht mit dem Hinweis verderben wollte, dass es mindestens sieben Jahre dauern würde, ehe er Mangos ernten konnte, schilderte ihm den Vorfall mit dem Krokodil. »Was zum Henker ist in Mzilikazi gefahren«, knurrte er. »Kannst du mir das erklären?«

Sicelos Gesicht wurde sehr ernst. »Jeder stirbt, der ein Krokodil berührt. Das ist erwiesen. Obwohl«, er streifte seinen Freund mit einem scheuen, fast furchtsamen Seitenblick, »obwohl der Schutz eurer weißen Haut sehr mächtig sein muss. An dir scheint der Fluch abgeprallt zu sein. Aber um Mzilikazi zu retten, musst du Umafutha, die alte Sangoma, rufen. Sie wird ganz bestimmte Kräuter verbrennen, Knochen werfen und sein Schicksal aus ihrem Muster lesen. Zum Schluss wird sie die Ahnen befragen. Es wird dich mindestens eine Ziege kosten, damit sie einen Gegenzauber findet. Sonst wird Mzilikazi sicherlich zu seinen Ahnen gehen, und Jikijiki vielleicht auch.«

Catherine lachte laut, als sie das hörte. »Das kann nicht dein Ernst sein. Du willst dieser alten Hexe eine unserer Ziegen geben, damit Mzilikazi endlich seine Spielchen lässt? Johann, um Himmels willen, du bist Christ. Du kannst diesen Unsinn nicht glauben.« Doch schon als sie es sagte, war die Luft erfüllt von Anisduft, sah sie Césars Lächeln, mit dem er starb, fühlte die unwiderstehliche Kraft, die Sicelo in sich konzentriert hatte, um Onetoe-Jack von dem Schlangenbiss zu heilen, und wusste, dass Mzilikazi keine Spielchen trieb und dass er sterben würde, wenn Johann nicht den Anweisungen der Sangoma folgte.

»Doch, genau das tue ich. Das ist Afrika«, sagte ihr Mann und machte sich daran, eine schöne fette Ziege einzufangen, die zusammen mit rund hundert Artgenossen, die Inqaba mit Milch und Fleisch versorgten und auch als Tauschobjekte dienten, in einem großen Gatter eine halbe Meile entfernt vom Haus lebte. Er band das blökende Tier unter dem Kaffirbaum am Eingang fest.

»Was passiert nun?«, fragte Catherine, die, sich ihre Hände an der Schürze abtrocknend, aus der Küche kam.

»Jetzt bitten wir Umafutha höflich, sich hierher zu bemühen, denn Mzilikazi kann kaum noch gehen. Er würde es nicht mehr schaffen, die Zauberin in ihrer Höhle zu besuchen. Ich kann dir versichern, dass er sonst tot sein wird, bevor der Mond wieder voll ist.«

Catherine roch die Sangoma, bevor sie sie sah. Eine Wolke von ranzigem Fett, Holzrauch und Ausdünstungen, die dem Verwesungsgestank der Hyäne nicht unähnlich waren, wehte ihr voraus. Dann watschelte eine kleine fette Frau aus dem Busch, der ein Leopardenfell von den Schultern bis zu den Fersen hing. Jedes Fleckchen ihrer nackten Haut war mit Narben verziert und mit roter und schwarzer Erde eingerieben. Das fettglänzende, von rituellen Narben übersäte Gesicht schaute aus dem weit aufgerissenen Maul einer rotäugigen Python hervor.

Die Alte ächzte, zerrte an ihren schulterlangen, mit stinkendem Hippopotamusfett eingeschmierten Haarzotteln. Ihr Kragen aus aufgefädelten menschlichen Zähnen, die Schlangenskelette, Hörner kleiner Böcke, bunten Perlen und Löwenzähne, die Hals, Brust und Rock schmückten, klapperten, raschelten und klimperten bei jedem ihrer gewichtigen Schritte.

Von den Hüften bis zu den Fußgelenken der Sangoma wanden sich nass glänzende graurosa Schlangen. Catherine schnappte nach Luft, als sie erkannte, dass es sich um blut- und fettgefülltes Gedärm handelte. Sie hoffte, dass es nur tierische Eingeweide waren, und hielt sich die Nase zu, als dieser lebende Albtraum näher kam. Die Brauen runzelnd, sodass die getrocknete grüne Mamba, die sie als Stirnreif trug, sich lebensecht schlängelte, beäugte die Sangoma die weiße Frau im Eingang des Hauses mit blutunterlaufenen Augen. Das klägliche Meckern der angebundenen Ziege lenkte sie ab. Sie betrachtete das Tier abschätzend und kniff ihr in die Seite, um zu sehen, ob sie fett war. Dabei stopfte sie sich Blätter in den Mund, die sie einem Fellbeutel entnahm. Endlich nickte sie anerkennend, der grausige Schlangenrachen grinste, dann entfernte sie sich in Richtung von Mzilikazis Hütte.

Catherine, zwar abgestoßen, aber keineswegs eingeschüchtert, schlängelte sich hinterher, huschte von Busch zu Busch, war sich sicher, dass die Alte sie nicht sehen konnte. Doch die blieb plötzlich stehen, fuhr herum und spießte sie mit einem so hasserfüllten Blick auf, dass sie wie angewurzelt stehen blieb.

»Aiih«, zischte Umafutha, bösartig wie eine Schlange. »Aiih!« Sie stieß ein fauchendes Kichern aus und sagte etwas.

Catherine lief es eiskalt den Rücken herunter. Es war ihr auf einmal unmöglich, sich zu bewegen. Ihre Glieder waren wie aus Blei, und sie bekam kaum noch Luft. Erst als die Sangoma sich wegdrehte und in Mzilikazis Hütte verschwand, fand sie die Kraft, sich ins Haus zurückzuschleppen. Nicht ein einziges Mal wagte sie es, sich umzusehen.

Die Zeremonie dauerte Stunden. Merkwürdige und beängstigende Geräusche drangen aus der Hütte. Mzilikazi schrie einmal, ein ganz und gar unmenschlicher Laut. Jikijiki, die Catherine damit überraschte, dass sie sich ihr in die Arme warf und den Kopf an ihrer Schulter verbarg, wimmerte erschrocken auf. Catherine tröstete sie mit leisen Worten. Erst als die Sonne sich schon senkte, verließ die Sangoma, die störrische Ziege am Strick hinter sich herziehend, Inqaba.

Jikijiki flog förmlich zur Hütte, gefolgt von Johann und Catherine. Sie fanden Mzilikazi reglos auf dem Rücken am Boden liegend, Arme und Beine weit von sich gestreckt, die Augen fest geschlossen. Seine Verlobte warf sich mit lautem Wehklagen über ihn.

»Um Himmels willen, dieses Teufelsweib hat ihn umgebracht«, flüsterte Catherine. Ihr schlotterten noch die Knie von der Begegnung mit der alten Zauberin. Aber Jikijiki richtete sich auf, und ihr strahlendes Gesicht belehrte sie eines anderen. Mzilikazi schlief einfach, tief und fest, und als er am Abend aufwachte, waren seine Bewegungen wieder die eines jungen Mannes, seine Augen klar, und seine Haut hatte einen gesunden Schimmer. Vor sich hinsingend machte er das Feuer fürs Abendessen, als sei nichts gewesen, ja es schien, dass er alles, was in der letzten Zeit vor sich gegangen war, vergessen hatte.

»Was diese Sangoma da gemacht hat, waren natürlich Taschenspielertricks, Humbug«, sagte Catherine später beim Abendessen zu Johann, obwohl der Blick der Alten sich derart auf ihrer Haut eingebrannt hatte, dass sie ihn noch jetzt spürte. »Suggestion, Hypnose, was weiß ich.« Sie brach ein Stück Brot ab und wischte den Rest der Suppe vom Teller.

Johann hob die Brauen. »Hat aber geholfen, oder nicht?«

Am nächsten Tag, kurz vor Einbruch der Dunkelheit, stand Jikijiki vor der Küchentür. Sie hielt einen wunderschön verzierten Tonkrug im Arm, der bis zum Rand mit Amasi gefüllt war. Sie sank vor Catherine auf die Knie und reichte ihr den Krug.

»Yabonga ghakulu«, flüsterte sie und lächelte mit in Tränen schwimmenden Augen. Dann huschte sie davon.

Catherine stand da, hielt den schweren Tontopf und verstand nicht, warum sie sich auf einmal so glücklich fühlte.

*

Es war windstill und feucht, und die Mücken waren wieder unterwegs. Ochsenfrösche blökten, und Fledermäuse schossen dicht an ihren Köpfen vorbei und stopften sich ihre Bäuche mit Insekten voll, die vom Kerzenlicht angezogen wurden. Hunderte von Ameisen schwirrten ins blakende Licht, orientierungslos stürzten sie geradewegs in die Flammen. Ihre hauchzarten Flügel fielen ab und bedeckten den Tisch mit einer kostbar glänzenden Decke, die Überlebenden raschelten über den Fußboden. Johann wedelte heftig. Die schimmernden Flügel fielen wie silbriger Regen vom Tisch.

»Die Termiten schwärmen. Es wird Gewitter geben, heute Abend noch«, bemerkte er.

Wie um seine Worte zu unterstreichen, zuckten vielfach verästelte Blitze über den Horizont, Donner rollte, und über den Hügeln baute sich eine schwarze Wolkenwand auf. Johann warf seine Gabel hin, holte in Windeseile die Holzläden aus dem Schuppen und nagelte sie vor die Fenster. Scharniere gab es in Durban noch immer nicht. Catherine stellte alle möglichen Gefäße bereit, um durchleckenden Regen aufzufangen, und als der Sturm losbrach, waren sie bereit.

Es kam Blitz auf Schlag, ohne Unterlass. Inqabas Rieddach war zundertrocken, der geringste Funke würde es in eine Fackel verwandeln, und sie wagten nicht, zu Bett zu gehen. Der Regen trieb in dichten Schleiern übers Land, und sein Rauschen war so heftig, dass alle anderen Geräusche darin ertranken. Bald saugte sich das Ried voll, und ein Wasservorhang stürzte von der Dachkante. Im Schein der Talgkerze saß Johann über dem Zuchtbuch seiner Rinder, und Catherine begab sich quer durch die portugiesische Entdeckungsgeschichte des südlichen Afrikas auf die Spur der de Vila Flors. Das war etwas, was sie sich schon lange vorgenommen hatte.

»Wo ist der Umzimvubufluss?«, fragte sie nach einer Weile.

Er musste einen Augenblick nachdenken. »Weit südlich, fast den halben Weg zum Kap. Warum?«

»Dort hat die Galeone, die von Alvaro de Vila Flor befehligt wurde, im Juni 1552 Schiffbruch erlitten«, erzählte sie, während sie weiterlas. »Sie segelten von Goa und hatten Millionen in Gold und Edelsteinen geladen, mehr als irgendein anderes Schiff vor ihnen seit der Entdeckung Indiens, und nur weil irgendein Geizkragen bei der Ausrüstung gespart hatte, brachen ihr Ruder, der Vormast und der Bugspriet. In kürzester Zeit schwappten mehr als fünfzehn Spannen Wasser im Bauch der Galeone. Wie viel ist das?«

Johann spreizte seine Hand. »Der Abstand zwischen der Spitze meines kleinen Fingers bis zur Daumenspitze. Je nach Größe der Hand ungefähr ein Fuß. Fünfzehn Spannen bei gebrochenem Vormast und Ruder – da müsste das Schiff völlig manövrierunfähig gewesen sein.«

»Hm«, machte sie konzentriert. »Du hast Recht. Sie sind auf Felsen aufgelaufen, und von ihrer Galeone ist weniger übrig geblieben als von der *White Cloud*, nämlich außer Splittern nichts.«

Er sah hoch, spürte fast die Schläge der Wellen, die Messerschärfe der Felsspitzen. Tiefes Mitleid mit Kapitän de Vila Flor und seinen Leuten überkam ihn. »Wie viele Überlebende gab es?«

»Hundertzehn sind umgekommen, aber hundertachtzig Portugiesen und dreiundzwanzig Sklaven haben überlebt. Außer einigen Soldaten, unter ihnen Pantaleo da Lourenço, wurde auch die Familie von Dom Alvaro de Vila Flor, Donna Leonore und ihre Kinder, gerettet. Sie war eine Hocharistokratin, sicher über und über mit Schmuck behängt. Die Damen damals schleppten so ihr Vermögen stets mit sich herum.« Ihre Augen leuchteten. »Stell dir doch nur vor, ihr gehörte vermutlich der Ring, den ich jetzt trage.« Sie streckte ihre Hand vor und drehte und wendete sie, dass das Gold glänzte und die rosa Perlen schimmerten. »Vor vierhundert Jahren trug ihn diese Frau. Vielleicht war es ein Hochzeitsgeschenk ihres Mannes? Die Perlen sind exquisit, und damals waren sie sicher noch kostbarer als heute. Ich stelle mir vor, er hat die Perlen von einer seiner Reisen nach Indien mitgebracht und ihr den Ring in Portugal anfertigen lassen. Oder gehörte er vor ihr einer steinreichen Maharani, und sie hat ihn dem schneidigen Kapitän für besondere Dienste geschenkt? Das gefällt mir am besten. Es ist so romantisch, findest du nicht?«

»Deine Fantasie ist bewundernswert«, schmunzelte Johann. »Für mich war das immer nur irgendein Ring, den ich im Flussbett gefunden habe. Der andere mit dem großen Smaragd, den man mir gestohlen hat, das war ein Schatz.«

Ihr Gesicht in den Händen vergraben, zauberte sie das Bild der Donna Leonora nach der Beschreibung des Chronisten vor ihr inneres Auge. Das Gewand der Aristokratin war grün, ein dunkles samtiges Grün, das die Juwelen am schönsten zur Geltung brachte, und golden in den aufspringenden Falten der Keulenärmel und dem Ausschnitteinsatz. Ein hoher, schmaler Spitzenkragen rahmte ihr Gesicht mit den aufgesteckten Haaren. Steckknöpfe aus Edelsteinen und Goldfiligran schwärmten wie schillernde Käfer über den Stoff, und Ketten aus Gold, besetzt mit Rubinen und Smaragden, hingen in verschwenderischer Fülle um die zarte Gestalt. Darüber trug sie eine Marlota, ein kaftanähnliches Überkleid aus schwerem schwarzem Samt, das weit war wie ein Mantel. Vermutlich hielt ein besonderes Schmuckstück ihren Spitzenkragen zusammen. Ein Kreuz vielleicht? Sie las weiter.

Kapitän de Vila Flor führte seine Leute nach Norden, sein Ziel war die portugiesische Kolonie an der Delagoa Bay. Dazu mussten sie Natal durchqueren.

»Hier muss ich ansetzen«, rief sie aufgeregt. »Ich muss herausbekommen, welchen Weg die de Vila Flors genommen haben, dann finde ich vielleicht den Platz, wo du das Gold gefunden hast.«

Johann lächelte über ihren Eifer und vermied es, darauf hinzuweisen, dass dieses Unterfangen aussichtsloser war, als eine Nadel in einem sehr großen Heuhaufen zu finden. Warum sollte er ihr das bisschen Spaß verderben? »An Land fingen ihre

Probleme doch sicher erst an. Das Gebiet war kaum besiedelt, woher sollten sie genügend Proviant für fünfhundert Leute bekommen?«, fragte er stattdessen.

»Ein paar Eingeborene gab es offenbar, aber nichts, was de Vila Flor ihnen bot, konnte sie dazu bewegen, sich auch nur von einer Kuh zu trennen ...« Sie wendete die Seite und vertiefte sich in die Geschichte. »Donna de Vila Flor wurde von den Sklaven auf einer Art primitiver Sänfte getragen, und gegessen haben sie, was sie im Busch fanden, und das war nicht viel«, las sie laut. »Außerdem gerieten sie mit Eingeborenen aneinander, und die ersten ihrer Leute wurden getötet. Dom de Vila Flors unehelicher Sohn, den er innigst liebte, war zu schwach und wurde den Sklaven, die ihn trugen, zu schwer. Sie ließen ihn einfach im Busch zurück. Als sein Vater das merkte, bot er jedem, der gewillt war, für den Jungen zurückzugehen, fünfhundert Cruzados. Keiner ging. Das Kind ist allein in der Wildnis gestorben.« Sie hob ihre Augen vom Buch. »Plötzlich war der Wert des Geldes ein völlig anderer als vorher. Ein Becher Wasser wurde für zehn Cruzados verkauft, ein Kessel mit sechs Quart kostete hundert Silbermünzen, ein kleines Vermögen, und – hör dir das an – die getrocknete Haut einer Ziege war dreimal so viel wert wie das Leben des kleinen de Vila Flor.«

»Was haben die mit einer getrockneten Ziegenhaut angefangen?«, fragte er, nun auch neugierig geworden.

»In Wasser eingeweicht und dann gegessen – igitt!« Sie schüttelte sich. »Anfänglich hielten sie sich wohl immer dicht in der Nähe der Küste, weil dort die Flüsse am ehesten zu überqueren waren, außerdem konnten sie Krustentiere fangen. Sie aßen sogar gestrandete, in der Sonne faulende Fische.

Meine Güte, da beklage ich mich über den Zustand meiner Kleidung. Die der Schiffbrüchigen bestand nach kurzer Zeit nur noch aus Lumpen, und ihre Haut verbrannte und löste sich in Fetzen. Die Leute starben wie die Fliegen, besonders die geschwächten Sklaven, und bald musste die gute Donna Leonora zu Fuß gehen und auch noch hin und wieder ihre Kinder selbst tragen.«

»Sie war sicher eine verhätschelte Dame mit zarten Händen und einem empfindsamen Gemüt. Es muss sehr hart für sie gewesen sein«, warf Johann ein.

»Sie soll sich nie beklagt haben. Nach und nach hat sie ihren gesamten Schmuck gegen Wasser und ein paar Bissen Essen eingetauscht.« Beide Arme auf die Ellbogen gestützt, las sie mit roten Wangen und glänzenden Augen. »Ich muss mir die Situation nur vorstellen. Jemand verkauft ihr Wasser für ein Schmuckstück. Nun aber hat dieser Mann selbst kein Wasser mehr, bald wird er verdursten oder das Schmuckstück erneut eintauschen. Irgendwo entlang ihres Weges wird der letzte Besitzer mit dem Schmuckstück in der Tasche sterben, und da liegt der Schmuck heute noch, obwohl die Knochen dieses Mannes längst zu Staub zerfallen sind. Kannst du dich denn gar nicht mehr erinnern, ob du dich in der Nähe des Meeres oder im Inland befunden hast?«

»In Küstennähe, das ist sicher.«

»Ah«, rief sie triumphierend und notierte sich etwas in ihrem Tagebuch. Plötzlich schlug sie mit der Hand auf den Tisch und schob das Buch weg. »Hier haben die Termiten einen großen Teil herausgefressen. Nein, wie verdrießlich!«

Die zweite Talgkerze spuckte, zischte und verlöschte alsbald. Tintige Schwärze umschloss sie, denn der Mond war noch hinter Wolkenbergen verschwunden. Johann zündete eine weitere Kerze an.

»Wir sollten ins Bett gehen, wir haben nur noch wenige Kerzen«, mahnte er. »Außerdem hat sich das Gewitter verzogen, wir können beruhigt schlafen.« Er stand auf und leerte den Eimer, der im Wohnzimmer unter dem größten Leck gestanden hatte und halb voll gelaufen war, in den Hof. »Ich muss das Dach reparieren«, murmelte er, »und ich weiß nicht, woher ich die Zeit nehmen soll.«

Catherine ließ sich nur höchst ungern aus dieser atemberaubenden Geschichte reißen, aber es blieb ihr nichts anderes übrig, als das Buch zuzuklappen. »Gut, ich werde morgen versuchen, den fehlenden Teil zusammenzustückeln.« Sie folgte ihm ins Schlafzimmer. Kurz darauf löschte er die Kerze. Inqaba lag im Finstern, und sie folgte im Traum den Spuren der unglücklichen Leonora de Vila Flor.

*

Das Gewitter zog andere nach, glühend heiße Sonne wechselte sich mit den heftigsten Regengüssen seit Jahren ab. Die Erde war bald gesättigt, und überall bildeten sich Pfützen und Tümpel. Das Land dampfte, und die Mückenplage explodierte. Johann nagelte die Musselinvorhänge mit Leisten um die Fensterlöcher fest, trotzdem fanden die Insekten mühelos genügend Ritzen und bevölkerten in Scharen das Haus. Nacht für Nacht, obwohl die Temperatur kaum sank, wickelten sie sich fest in ihre Laken, um sich zu schützen. Binnen Minuten schwammen sie in ihrem eigenen Schweiß. Selbst die Strahlen des Mondes schienen zu wärmen.

»Ich werde noch wahnsinnig«, knirschte Catherine und kratzte sich, bis das Blut kam. »Lange halte ich das hier so nicht mehr aus. Gibt es denn nichts, um sich vor diesen Biestern zu schützen? Das Eiskraut vielleicht, das bei Jucken so wunderbar kühlt?«

Johann schüttelte den Kopf. Es gab nichts, was helfen würde, außer einer lang anhaltenden Dürreperiode, und die war nicht in Sicht. »Nein, das Eiskraut wächst nur in den Dünen am Strand, und es muss frisch sein, sonst hat es keine Wirkung.« Sanft hielt er ihre Finger fest. »Du darfst dich nicht blutig kratzen, es wird sich entzünden und eitern. Denk an deine Brandverletzung.« Er unterdrückte ein Frösteln.

Doch sie bemerkte es. Seine Hand war trocken und heiß, und ein kurzer Blick auf sein fahles Gesicht, den dünnen Schweißfilm auf seiner Stirn und die unnatürlich glänzenden Augen verrieten ihr, dass die Malaria wieder aufgeflackert war. »Du hast Fieber. Du solltest dir einen Tag Ruhe gönnen.« Sie zog das Laken bis zum Kinn.

»Du hast Recht, und beim Haus gibt es genug zu tun. Die Warzenschweine haben sich über unser Kürbisfeld hergemacht, ich will sehen, was sich noch retten lässt, und das letzte Feld Ananas muss abgeerntet werden. Es liegen zwei Schiffe im Hafen von Durban, die die Früchte mit nach Kapstadt nehmen können.« Er sagte ihr nicht, dass ihn das Fieber so auslaugte, dass er einfach nicht die Kraft hatte, in der sengenden Sonne hinaus zu seiner Herde oder auf die Maisfelder zu reiten. Er würde sich auf seine Hirten verlassen müssen.

»Mit Ruhe meinte ich nicht, dass du auf dem Hof schuftest.« Obwohl er versucht hatte, es zu verheimlichen, wusste sie, dass es ihm schon länger schlecht ging, und wieder einmal überfiel sie diese hilflose, ganz und gar egoistische Angst, ihn zu verlieren, allein dazustehen. Allein in diesem Land, allein mit einer riesigen Farm, von deren Führung sie keine Ahnung hatte, und vor allen Dingen war da diese glühende, herzjagende Angst, allein auf dieser Welt zu bleiben. Es musste ein Mittel gegen dieses furchtbare Sumpffieber geben, und sie musste es finden. Bald.

Unruhig wälzte sie sich auf ihrem Bett. Ihr letzter Gedanke, ehe sich der Schlaf endlich wie ein Vorhang auf sie senkte, war der Vorsatz, Sicelo den Namen des Krauts zu entlocken, das die Zulus gegen Fieber einsetzten. Egal, was es sie kosten würde.

∗

Sobald sie das Frühstücksgeschirr Jikijiki zum Spülen in die Küche gebracht hatte, nahm sie sich Wilmas Haushaltsbuch und die Bücher ihres Vaters vor, die die Termiten verschont hatten, und suchte nach Mitteln gegen Malaria oder wenigstens ordinäres Fieber. Die Geschichte der de Vila Flors legte sie vorläufig beiseite. Dieses Problem hatte Vorrang. Außerdem würde sie erst Leim kochen müssen, um die Schnipsel zu kleben.

Weidenrinde wurde gegen Fieber empfohlen, das war ihr bekannt, aber alle anderen Rezepte, die sie fand, gaben Chinarindenpulver als Hauptinhaltsstoff an, ganz besonders die in den Unterlagen ihres Vaters. Einige der Autoren empfahlen, den Patienten zur Ader zu lassen oder Blutegel anzusetzen. Entmutigt klappte sie nach über einer Stunde die Bücher zu. Ein Blatt fiel aus einem heraus und segelte zu Boden. Sie hob es auf. Die Tinte war zwar verblasst und das Papier vergilbt und fleckig, doch sie erkannte, dass einige herkömmliche Heilkräuter und deren Wirkung beschrieben wurden. Sie überflog die Liste, konnte aber nichts über Malaria finden. Sie legte das Papier in ihr Haushaltsbuch. Jetzt war es ihr keine Hilfe.

Sie schaute hinüber zum Gemüsegarten und stutzte. Eine zusammengesunkene Gestalt hockte auf der niedrigen Steinmauer, und es dauerte ein paar Sekunden, ehe sie ihren Mann erkannte. Jetzt richtete er sich schwerfällig wieder auf und bückte sich nach einem reifen Kürbis. Die tiefen Furchen in seinem Gesicht standen wie ein Relief hervor, das war selbst aus dieser Entfernung zu sehen, und der deutliche Gelbstich seiner Haut ebenfalls. Das Fieber hatte ihn fest in seinen Klauen. Es wurde höchste Zeit, dass sie etwas unternahm.

Sie stülpte ihren Straußenfederhut auf, lief zu Sicelos Hütte und begehrte höflich Einlass. Doch niemand antwortete ihr, und ein schneller Blick ins dämmrige, verräucherte Innere zeigte ihr, dass er nicht da war.

Mit großer Wahrscheinlichkeit überwachte der Zulu die Maisernte auf seinen eigenen Feldern, wie häufig um diese Jahreszeit. Tierknochen lagen auf dem festgestampften Hüttenboden, erinnerten sie an die wundersame Heilung Mzilikazis und daran, dass Onetoe-Jack erzählt hatte, dass ihn eine Sangoma von seinem letzten Malariaanfall geheilt hatte. Nachdenklich ging sie am Kochhaus vorbei zurück ins Haus. Nofretete funkelte fauchend unter der Besteckkommode hervor, während Bepperl jaulend versuchte, sie mit den Pfoten herauszuziehen. »Lass das, Bepperl«, sagte sie, packte ihn am Kragen und beförderte ihn nach draußen.

»Catherine.«

Fast hätte sie seine Stimme, die sonst so voller Kraft und Energie war, nicht erkannt. Sie drehte sich um und erschrak. Johann stand da, und obwohl er sich am Türrahmen festhielt, schwankte er, zitterte, als stünde er im eisigsten Winterwind seiner bayerischen Heimat, und dabei lief ihm der Schweiß in Strömen herunter. Mit einem Schritt war sie bei ihm.

»Leg deinen Arm um meine Schultern, ich bringe dich ins Bett«, befahl sie. Sein Gewicht zwang sie fast in die Knie, aber sie schleppte ihn hinüber ins Schlafzimmer, und als er sich endlich in die Kissen fallen ließ, war auch sie schweißüberströmt. Sie nahm die Musselinvorhänge herunter, tauchte sie in Wasser und hängte sie wieder auf, damit sie ihm durch die Verdunstung wenigstens etwas Kühlung brachten.

»Schick Mzilikazi zu Sicelo«, flüsterte er mit geschlossenen Augen.

Sie riss die Tür auf und flog über die Veranda zum Kochhaus. »Mzilikazi, woza, shesha shesha!«, schrie sie, bekam aber keine Antwort. »Mzilikazi«, rief sie noch einmal. Aber nur ihre Milchkuh, die mit zwei Ziegen im Gatter neben dem Pferdeunterstand lebte, blökte laut. Ihre Euter waren offenbar noch voll. Eigentlich sollte der verwünschte Zulu sie schon gemolken haben, und nachdem er die Pferde abgerieben und das Zaumzeug geputzt hatte, sollte er jetzt Holz hacken. Nichts von all dem hatte er erledigt, und ohne Milch würden sie heute keine Butter haben. »Nun, wo ist Mzilikazi?«, fragte sie Jikijiki.

»Er ist nicht anwesend«, erklärte diese, heftigst mit den Töpfen klappernd, die sie gerade abwusch.

Catherine stemmte die Arme in die Hüften. »Ach, und wo ist er?«

Das junge Mädchen rollte mit den Augen und zuckte die Schultern. »Weiß nicht. Weg.« Doch ihre selbstzufriedene Miene verriet, dass sie sehr wohl wusste, wo sich ihr Verlobter befand.

Catherine widerstand dem Impuls, aus ihr herauszuschütteln, wo dieser verdammte Kerl sich wieder herumtrieb. In fliegender Eile machte sie ihrem Mann, der kaum ansprechbar war, kühlende Wadenwickel, erklärte der skeptisch dreinblickenden Zulu, dass sie diese immer dann erneuern sollte, wenn sie begannen zu trocknen. Nur kurz erwog sie, Jikijiki zu Mzilikazis Umuzi zu senden und ihn zu beauftragen, Mila Arnim um Hilfe zu bitten. Es würde zu lange dauern, und es war zweifelhaft, ob Mzilikazi ihr überhaupt Folge leisten würde.

Kurz entschlossen drückte sie den Sonnenhut mit der wallenden Straußenfeder tief ins Gesicht und sattelte Caligula. »Mein Mann schläft, wenn er aufwacht, sag ihm nicht, dass ich weggeritten bin«, befahl sie Jikijiki. »Wenn er fragt, sag ihm, ich komme gleich wieder.« Dann hackte sie Caligula die Fersen in die Seite und trabte den schmalen Pfad hinüber zu Sicelos Umuzi. Die Zulus mussten eine Medizin gegen das Fieber haben, denn obwohl auch viele von ihnen starben, trotzten sie als Volk doch schon seit Anbeginn der Zeit den heißen Sommern in Zululand.

Der Boden war noch weich vom Regen, das Land dampfte in der Mittagssonne, es rührte sich kein Wind. Die Natur hielt ihren mittäglichen Hitzeschlaf. Catherine klebte die Zunge am Gaumen, und sie verwünschte die Tatsache, dass sie vergessen hatte, eine Flasche mit Wasser mitzunehmen. Auch das Gewehr, das sie zwar seit ihren Schießübungen nie wieder abgefeuert hatte, aber doch inzwischen als getreuen Begleiter betrachtete, stand noch im Schlafzimmerschrank. Aber außer Schwärmen von bunten Schmetterlingen war ihr noch kein Tier begegnet, sah man von dem Stachelschwein ab, das geräuschvoll über den Weg raschelte und Caligula so erschreckte, dass er nervös schnaubend mit dem Kopf schlug.

Die Felder des Umuzis lagen am Hügelhang. Keine Menschenseele war zu sehen, nur ein kleiner Hirtenjunge döste weiter unten inmitten seiner Rinderherde im Schatten einer Akazie. In ihrem langsamen Zulu bat sie ihn, Sicelo zu holen. Sie saß nicht ab.

Sicelo erschien innerhalb von Minuten. »Nkosikasi. Sawubona«, grüßte sie der große Zulu mit jenem Lächeln, das er ihr seit diesem magischen, ganz und gar unerklärlichen Augenblick am Krankenlager von Onetoe-Jack jetzt häufiger schenkte.

»Ngibonawena«, antwortete sie. »Und ich sehe dich.« Mit knappen Worten erklärte sie die Lage. »Es geht ihm schlecht, er ist kaum noch bei sich, und er braucht deine Hilfe. Zeige mir die Pflanze, die von deinem Stamm als Medizin gegen das Sumpffieber eingesetzt wird.« So schnell wie möglich musste sie Johanns Fieber herunterbringen. Ihre größte Angst war, dass er in diesen Dämmerzustand permanenter innerer Überhitzung fallen könnte, aus dem so viele Malariakranke einfach in den Tod hinüberglitten. »Bitte«, sagte sie und legte ihre Handflächen aneinander wie zum Gebet. »Ich biete dir eine Kuh, so viel, wie dir damals dein eigenes Leben wert gewesen ist. Nimm sie und opfere sie deinen Ahnen, damit sie ihr Wohlwollen auf unser Haus übertragen.« Es war ihr vollkommen gleich, ob Sicelo die Kuh mit seiner Familie aufaß oder sie wirklich seinen Ahnen opferte, solange es ihn dazu bewog, ihr zu verraten, welches Kraut die Zulus gegen Malaria einsetzten.

Sicelos dunkle Augen glitten von ihr ab. Sie versuchte seinen Blick einzufangen, doch er wich ihr aus, starrte auf einen Punkt hinter ihr. Langsam wandte sie sich um. Im Schatten eines Amatungulubusches stand die alte Zauberin. Catherines Herz machte einen Sprung, so bösartig war der Ausdruck der blutunterlaufenen Augen. Die Alte sagte etwas, das sie nicht verstand, und sie sah fragend zu Sicelo hinüber.

Der jedoch senkte die Lider, antwortete der Medizinfrau in Stakkatosätzen und begleitete seine Worte mit weit ausholenden Gesten, aber sie schienen an der alten Frau abzuprallen. Sie watschelte heran und zerrte an Catherines Rock, ehe diese sie abwehren konnte.

»Yiya«, zischte die Alte. »Yiya, umthakathi!«

»Du musst gehen«, murmelte Sicelo. »Schnell. Ich werde später kommen.«

Als wären alle Teufel der Hölle hinter ihr her, wendete sie Caligula und preschte den gefährlich steilen Weg hügelabwärts, begleitet vom gackernden Gekicher der alten Frau, bis dichtes Buschwerk sie ihren Blicken entzog. Umthakathi, Hexe, hatte sie die Zauberin genannt. Ihr standen alle Haare zu Berge, als sie daran dachte, was mit Zulus passierte, die als Hexe beschuldigt wurden.

Jikijiki hatte es ihr einmal erzählt, angstbebend, als würden schon die Worte allein dieses Schicksal auf sie herabbeschwören. »Sie werden mit dem Bärtigen verheiratet«, wisperte sie.

»Wer ist das?«, hatte Catherine arglos gefragt.

Es hatte lange gedauert, ehe das junge Mädchen antwortete, und auch dann wurde sie nicht deutlicher. »Die Hyänenmänner des Königs nehmen sie mit zum Hügel der Knochen, und da wird sie mit dem Bärtigen verheiratet.«

Erst als sie verstand, was Jikijiki mit ihrer Handbewegung meinte, hatte es ihr gedämmert, dass diese Menschen aufs Grausamste hingerichtet wurden. »Hügel der Knochen?«, flüsterte sie.

»Es leben dort Hyänen, deren Augen aus glühenden Kohlen sind. Sie hinterlassen nichts als weiße Knochen. Die Hyänenmänner selbst und sogar die Mantindane, die Tote sind, die durch Hexerei zum Leben erweckt wurden, fürchten sich vor ihnen.«

Für Sekunden geriet sie jetzt in Panik, als sie an den Hügel der Mimosen dachte, was sie dort mit ansehen musste. Ihr Herz jagte, ihre Kehle war papiertrocken. Doch dann fasste sie sich. »Welch ein Unsinn«, rief sie laut in den Busch. »Ich bin weiß, was kümmert's mich.« Schon der Klang ihrer eigenen Stimme hatte etwas Beruhigendes, trotzdem trieb sie Caligula zu größter Eile an, und bald erreichte sie Inqaba. Sie sprang vom Pferd, band es mit fliegenden Händen am Kaffirbaum fest und rannte ins Schlafzimmer.

Johann war wach und sah sie aus trüben Augen an. »Wo warst du?«

Sie kniete vor ihm am Bett, befühlte seine Stirn, die glühend heiß war. Die Wadenwickel waren völlig ausgetrocknet. »Ich habe Sicelo Bescheid gesagt, dass du Hilfe brauchst. Er kommt, so schnell er kann«, sagte sie, während sie die Tücher wieder anfeuchtete. Von der alten Zauberin erzählte sie nichts.

»Warum hast du nicht Mzilikazi geschickt?«

»Er ist mal wieder verschwunden. Ich habe die Nase wirklich voll von ihm!«

»Ich dreh ihm den Hals um, sobald ich wieder dazu imstande bin«, murmelte er und schloss die Augen.

Sicelo brachte Johann am späten Nachmittag einen Tontopf seiner Kräutermedizin. In kurzen Abständen flößte Catherine ihm das Gebräu ein, beobachtete dabei angstvoll, dass er trotz der dicken Winterbettdecke fror. Später streckte sie sich voll angekleidet auf ihrem Bett aus, um neben ihm zu wachen.

In der Nacht verschlechterte sich sein Zustand dramatisch. Sein Schüttelfrost war so stark, dass Catherine, die eingenickt war, aufschreckte. Sie zündete eine Kerze an. Zu ihrem Entsetzen reagierte er kaum, als sie ihn ansprach, war gar nicht richtig bei sich. Mit einem Satz sprang sie aus dem Bett und rannte mit fliegendem Röcken in die Küche. Im fahlen Schein des nahenden Morgens, der durch die Fensteröffnung floss und den Raum in gespenstisches Licht tauchte, durchsuchte sie hastig die Küche nach Resten des Fiebertranks, fand aber, dass nichts mehr übrig war. Hellwach durch den Schreck, überlegte sie.

Er schien eine besonders schlimme Form des Sumpffiebers zu haben. Sie hatte davon gehört, dass es Malaria gab, bei der nur alle drei oder vier Tage kurze Fieberschübe einsetzten, die aber nicht zum Tode führte, ja sogar manchmal von allein verschwand. Aber dann gab es das Tropenfieber, das unregelmäßig war und das am Ende in Schwarzwasserfieber überging und oft in wenigen Tagen tötete. Johann hatte sehr hohe Temperatur, und sie bemerkte, dass immer wieder Krämpfe durch seinen Körper liefen. Ihr schien es offensichtlich, dass es mit ihm rapide bergab ging. Sie eilte zurück, setzte sich auf seine Bettkante und legte ihm die Hand auf die Stirn. Seine halb geöffneten Augen waren tief in ihre Höhlen gesunken, wirkten wie mit Gelee überzogen, seine Haut brannte, er schlotterte am ganzen Körper.

Himmel, was sollte sie tun? Sie kannte weder die Pflanze, noch die Dosis, die Sicelo verwandte. Er nahm einfach eine Hand voll davon und bereitete einen Aufguss aus den zerrupften Blättern. Nichts hasste sie mehr, als von anderen Menschen abhängig zu sein. An welchem Ende von Zululand sollte sie beginnen zu suchen? Einzig an ihrem hellen, würzigen Aroma würde sie das Kraut erkennen können. Ein Wimmern riss ihr den Kopf herum. Johann starrte sie aus fiebergeröteten Augen an, nahm sie aber nicht wahr. Dann sagte er etwas, das wie

Mama klang, doch sie war sich nicht sicher. Aber es erschreckte sie derart, dass sie einen Entschluss fasste. Rasch tauchte sie ein paar Tücher ins Wasser, wrang sie aus, rieb ihn damit ab und legte sie ihm dann auf die Stirn und um die Waden. »Ich komme gleich wieder, mach dir keine Sorgen«, flüsterte sie. »Bepperl, Platz«, befahl sie dem Hund, der leise jaulend vor dem Bett saß. Barfuß rannte sie hinaus, die Angst verlieh ihr Flügel. Sie lief ohne Rücksicht auf Dornen und ihre Furcht vor Schlangen, die am frühen Morgen gern im warmen Sand des Weges lagen, bis sie Sicelos Hütte erreichte.

»Sicelo, woza!«, schrie sie schon von weitem, schlug ohne große Zeremonie die Kuhhaut vor dem Kriecheingang seiner Behausung zurück und steckte den Kopf hinein. »Sicelo?« Sie bekam keine Antwort, wartete, bis sich ihre Augen an das dämmrige Licht gewöhnt hatten, und sah sich dann um. Seine Schlafmatte lag nicht da, der Zulu schlief heute wohl in seinem Umuzi oder draußen bei den Rindern. »Hölle und Verdammnis«, wisperte sie. Wie sollte sie ihn nur rechtzeitig erreichen? Wie lange würde Johann noch durchhalten? In der Mitte der Hütte, neben dem erkalteten Feuer, lagen einige Stängel angewelktes Grün. Entschlossen kroch sie auf Händen und Knien hinein und untersuchte die Pflanzenreste, zupfte Blätter ab, zerrieb sie zwischen Daumen und Zeigefinger, schnupperte und schmeckte, sog die verschiedenen Gerüche tief ein und hoffte auf den hellen, würzigen Duft des Fieberkrauts. Sie machte die Augen zu und schloss alle anderen Sinne aus, konzentrierte sich nur auf jenes Aroma, und dann endlich war sie fast sicher, dass sie das Fieberkraut in den Fingern hielt.

Rasch steckte sie es in die Rocktasche und wandte sich dem Ausgang zu, als der Raum plötzlich dunkel wurde. Sie sah hoch.

Sicelo saß da, und sein muskulöser Oberkörper blockierte die Eingangsöffnung völlig. An dem brennenden Ausdruck seiner dunklen Augen erkannte sie, dass er alles gesehen hatte. Sie wagte nicht einmal mehr zu atmen. Hilflos starrte sie ihn an, gefangen von ihrer Angst und seiner kraftvollen Persönlichkeit.

»Johann ...«, stotterte sie und hob die Hände wie in Kapitulation.

Plötzlich wurde es hell. Sicelo war verschwunden, und sie glaubte für einen Moment, einem Trugbild aufgesessen zu sein. Zögernd kroch sie zum Ausgang und streckte vorsichtig wie ein witterndes Tier ihren Kopf hinaus. Von dem großen Zulu war keine Spur mehr zu entdecken. Hatte er ihr den Weg freigegeben, ihr gestattet, dass sie das Kraut in seiner Hütte fand? Mit jagendem Herzen holte sie die Pflanze hervor und studierte sie.

Silbrige Blätter, ähnlich denen des Mimosenbaums, die am Ende in einer länglichen Dolde unscheinbarer, gelblicher Blüten endeten, saßen an einem vertrockneten Stängel. Sie zerrieb noch eins der trockenen Blätter und atmete den aromatischen Duft, den sie von Sicelos Aufguss so gut erinnerte, tief ein. Jetzt war sie restlos überzeugt. Sie hatte das Fieberkraut gefunden. Doch dieser Stängel würde bestimmt nicht ausreichen. Sie brauchte mehr, musste herausfinden, wo das Kraut wuchs. Mit langen Schritten hetzte sie zurück ins Haus. Johann war in einen unruhigen Schlaf gefallen, und sein Anblick trieb sie zur größten Eile an. Sie nahm sich nicht einmal Zeit, Schuhe anzuziehen, sondern griff sich ein Messer und einen aus Palmblättern geflochtenen Korb und erklomm den Hügel am Damm. Das letzte Mal war Sicelo hier im Busch, den sonst niemand betrat, verschwunden. Sie hastete vorwärts, spürte kaum das lockere Geröll unter ihren Fußsohlen. Wochenlanges Barfußlaufen hatte sie unempfindlich gemacht. Baumgruppen mit flachen Kronen, wilde Bananen und Buschwerk zogen sich an der Flanke des Hügels nach Osten, wurden dichter und saftiger zum steinigen Bachlauf hin, der sich durch die flache Senke wand. Catherine knotete ihren Rock über der Hüfte hoch, holte tief Luft, teilte den grünen Blättervorhang und trat ein.

Es war still wie in einer Kathedrale, über ihr wölbte sich der von der Morgensonne durchschienene Blätterbaldachin. Es war mühsam, voranzukommen, das dornige Unterholz griff nach ihren Beinen, riss ihre Haut in Streifen ab, aber der Gedanke an Johanns Zustand trieb sie vorwärts.

Doch keine der Pflanzen, deren Blätter sie zwischen den Fingern zerrieb, verströmte jenes unverwechselbare Aroma. Sie bückte sich, um den grünen Trieb eines halb verdorrten Krauts, das aus einem verwitterten Baumstamm wuchs, zu brechen, als eine Puffotter, unsichtbar durch das braune Diamantmuster ihres Rücken, heftig züngelnd hervorschoss. Catherine machte einen Satz rückwärts und schlug dann einen großen Bogen um das Reptil. Aufgebracht zischte ihr die Schlange hinterher. Catherine registrierte, dass dieses Zischen unglaublich laut war, dachte aber nicht weiter darüber nach, auch nicht, als sie einen schwachen Geruch nach rottendem Fleisch wahrnahm. Irgendwo lag wohl ein totes Tier.

Mit gesenktem Kopf kämpfte sie sich durchs Gestrüpp. Erst als sie einen tiefen Ton vernahm, ein Vibrieren, das beinahe unterhalb ihrer bewussten Wahrnehmungsebene durch ihren Körper schwang, hob sie die Augen und sah sich sechs Zulus gegenüber.

Es waren alles Frauen, und ihre Anführerin war Umafutha, die alte Sangoma. Jede von ihnen war mit Tierdärmen und Perlen behängt, Schlangen ringelten sich um Oberarme und Hälse, eine trug den oberen Teil eines vertrockneten Affenschädels auf dem Kopf, sodass dessen Fell als Haarfransen in ihre Stirn fielen.

Catherine zuckte heftig zusammen, weil es so plötzlich geschah und weil das Zischen, das sie für das der Puffotter gehalten hatte, von diesen Frauen kam. Mit weit geöffneten Mündern, die Lippen von den großen, weißen Zähnen zurückgezogen wie die Lefzen eines Raubtieres, fauchten sie aufs Fürchterlichste, und ihre Anführerin erzeugte einen unterschwelligen Brummton in ihrem Brustkasten, der Catherine fast den Kopf zum Platzen brachte.

Wie konnten menschliche Wesen derartige Töne hervorbringen? Sie hob ihre Hände, um ihr Haar aus der Stirn zu streichen, doch obwohl sie das Gefühl hatte, die Bewegung ausgeführt zu haben, hingen ihre Arme bleischwer an ihren Seiten herunter. Energisch wiederholte sie die Geste, doch ihre Arme rührten sich nicht.

Die Alte kicherte hämisch und stieß ein paar Worte hervor. Darauf bewegten sich die anderen Frauen schlängelnd einige Schritte auf sie zu. Die Hälse und Hände vorgestreckt, rhythmisch zischend, begleitet von diesem grausigen Brummton, bildeten sie einen Kreis, der sich allmählich um die Weiße zuzog. Sie verströmten derartige Bösartigkeit, dass Catherine kaum atmen konnte. Alles in ihr schrie nach Flucht, ihr Gehirn feuerte Befehle ab, aber ihre Glieder gehorchten nicht. Sie stand da wie festgenagelt, wie in dem entsetzlichsten Albtraum.

Die Fingerspitzen der Zulufrauen trafen sie, bohrten sich in ihre Haut. Sie hackten immer wieder zu, mit Nägeln so hart und scharf wie Geierschnäbel. Schon floss Blut. Eine traf sie unter dem Magen, und sie klappte vornüber, fiel und landete mit dem Gesicht zuerst in den weichen, stinkenden Därmen am Hals der alten Umafutha.

Sie schrie. Und schrie und schlug um sich, griff in Weiches, Feuchtes, an Hartes, Scharfes, jemand biss ihr in die Hand. Sie schrie weiter, wirbelte herum, trat sich den Weg frei und rannte.

Sie rannte blindlings, Dornen verhakten sich in ihr, das Kleid zerriss, ihre Haut zerriss. Die Sangomas trampelten hinter ihr durch das Dickicht. Bis auf eine, die größer und eher kräftig gebaut war, waren alle sehr korpulent und daher tollpatschig in ihren Bewegungen, das bescherte ihr einen guten Vorsprung. Auf einem Dunghaufen rutschte sie aus und fiel wieder hin, dieses Mal mitten in einen weichen, grünen Busch. Heller, würziger Duft stieg aus den zerquetschten Blättern. Sie setzte sich auf und nieste. Hatte sie das Fieberkraut gefunden?

In größter Eile riss sie mehrere der silbrig grünen Pflanzen, die in Gruppen wuchsen, aus der Erde und wickelte sie in ihren zerfetzten Rock. Der Flechtkorb lag irgendwo da, wo ihr die Frauen erschienen waren. Das Stampfen und Keuchen der Hexerinnen kam bedrohlich nahe, und sie wandte sich wieder zur Flucht, stellte jedoch erschrocken fest, dass sie nicht sicher war, welche Richtung sie einschlagen musste. Konzentriert schaute sie sich um, verlor dabei kostbare Sekunden. In der Ferne, mehr zur linken, hörte sie das Platschen eines Vogels, der ins Wasser taucht. Dort musste Inqabas Wasserreservoir liegen. Als heftiges Schwanken eines Buschs anzeigte, dass die Frauen sie fast erreicht hatten, stolperte sie, krampfhaft das im Rockzipfel eingerollte Pflanzenbündel umklammernd, weiter. Den großen, dunklen Schatten, der neben ihr auftauchte, sah sie überhaupt nicht.

Sekunden später, bevor ihr klar wurde, was passierte, fühlte sie sich vom Boden hochgehoben und in rasender Schnelle durch den Busch getragen. Ihr Entführer musste ein sehr großer Mann sein. Sie wollte schreien, aber im selben Moment legte er seine schwielige Hand über ihr Gesicht und hielt ihr einfach den Mund zu. Sie biss ihn, doch das zeigte überhaupt keine Wirkung. Sie strampelte, und er drehte sie blitzschnell und warf sie mit den Beinen zuerst wie einen Sack Mehl über die Schulter. Ihre Tritte gingen ins Leere. Er hatte sie vollkommen unter Kontrolle. Immer noch hielt er ihr den Mund zu, und langsam wurde ihr der Atem knapp. Sie konnte lediglich seine langen, sehnigen Läuferbeine und verhornten Füße erkennen. Mit kraftvollen Schritten bahnte er sich den Weg, der Abstand zu den Sangomas wurde immer größer, und kurze Zeit später konnte sie die Frauen nicht einmal mehr hören.

Ganz unvermittelt setzte sie der Mann ab. Vor sich sah sie das Dach von Inqaba durch die Bäume schimmern. Sie fuhr herum. Und sah sich César gegenüber. Aber als sie blinzelte, verschwammen seine Züge, und Sicelo stand da.

»Man sagt, Umafutha gehört zu den Umthakati, den Hexenmeistern. Du musst sehr vorsichtig sein, Nkosikasi«, murmelte er und verschmolz mit dem flirrenden Grün.

Verwirrt starrte sie auf die Stelle, wo er eben noch gestanden hatte, versuchte zu verstehen, was hier geschehen war. Er hatte ihr erlaubt, das Fieberkraut in seiner Hütte zu finden, dessen war sie sich sicher, und er musste ihr gefolgt sein, anders war sein plötzliches Erscheinen nicht zu erklären. Liebend gern wäre sie ihm nachgelaufen, um ihn zu fragen, was da im Busch passiert war, wer diese Kreaturen waren, warum sie über sie hergefallen waren wie ein Rudel Hyänen. All das schoss ihr durch den Kopf, während sie den Abhang zum Haus geradezu hinunterflog. Die Zeit lief ihr davon. Johanns Leben lief ihr davon.

Auf dem Hof angekommen, weckte sie Jikijiki und befahl ihr, ein Feuer zu machen. Ohne ihr zerfetztes Kleid auszuziehen, rannte sie in die Küche und zerhackte das Kraut mit zitternden Händen. Immer noch war sie nicht ganz sicher, ob es wirklich das Fieberkraut war. Energisch schob sie ihre Zweifel beiseite. Sicher hatte Sicelo gesehen, was sie gefunden hatte, und würde sie warnen, sollte die Pflanze nicht die richtige sein. Er würde seinem Freund nie etwas Böses zufügen. Viel wichtiger war die Frage, welche Menge sie verwenden sollte. Sicelos Sud half, wenn man es bedachte, nur bedingt, und dann nur bei leichten Anfällen. Was hatte Papas Freund, der alte Doktor Borg, immer gepredigt? Von der Dosis hängt es ab, ob ein Mittel hilft oder den Patienten umbringt. Lag es vielleicht an der Dosis? War die von Sicelo verwendete zu niedrig? Würde eine zu hohe Dosis ihren Mann umbringen?

Sie nagte an ihrem Zeigefinger, schlich auf Zehenspitzen zum Schlafzimmer und sah hinein. Johann stöhnte und warf sich in seinem Kissen hin und her. Erbrochenes rann ihm aus dem Mundwinkel. Es hatte die Farbe von Schokoladensoße. Sie beugte sich über ihn und wischte es vorsichtig weg. Die Schatten um seine Augen waren violett geworden, die Haut war fahlgelb, schon wie die eines Toten. Ein schwacher Geruch nach verdorbenem Fleisch hing in der Luft, und der Schreck fuhr ihr heiß in die Glieder. Wie sie von Mila gehört hatte, roch so der Schweiß von Malariakranken, kurz bevor sie starben. Sie rannte wieder in die Küche.

Mit dem Mut der Verzweiflung setzte sie das zerhackte Grün mit sehr wenig Wasser im Eisentopf aufs Feuer und kochte es kurz auf. Es ergab eine weiche, marmeladenartige Masse. Einen Teil der Masse breitete sie auf einem Teller aus, prüfte sie immer wieder mit dem Handrücken, bis sie kühl genug war. Sie probierte davon und spuckte sie sofort wieder aus. Das Zeug war widerwärtig gallebitter. War die Konzentration zu hoch? Würde die positive Wirkung in höherer Dosis ins Negative umschlagen? Johann stand auf dem haarfeinen Grat zwischen Leben und Tod. Ein Stoß in die verkehrte Richtung, und er würde in die ewige Finsternis stürzen. Panikwellen rollten über sie hinweg, sie fror, als stünde sie in Eiswasser.

»Bitte hilf mir, bitte hilf mir, bitte hilf mir«, murmelte sie vor sich hin, dachte nicht darüber nach, wen sie um Hilfe anrief, als sie unvermittelt intensiver Anisduft umfing. Es war wohl Einbildung, ihr verzweifeltes Verlangen nach Beistand, aber sie roch es ganz deutlich, und da wurde sie vollkommen ruhig. Es blieb ihr keine Wahl, sie musste es wagen, sonst würde Johann von ihr gehen. Schnell rührte sie einen großen Löffel Zucker unter die Mischung und flog ins Schlafzimmer, setzte sich auf sein Bett und schob ihm einen Löffel voll Brei zwischen die Lippen.

Johann protestierte, versuchte, seinen Kopf wegzudrehen, spie einen Teil wieder aus, aber sie zwang ihm die Medizin die Kehle hinunter, bis er würgte.

Zärtlich wischte sie den heruntergelaufenen Brei vom Kinn. »Du musst das essen, Liebster, es wird dir helfen«, sagte sie, konnte aber ein Zittern in ihrer Stimme nicht unterdrücken. Kaum jemals hatte sie eine so große Angst verspürt, aber es gab kein Zurück. Um den bitteren Geschmack zu verdünnen, setzte sie ihm einen Becher Wasser an den Mund. Er leerte ihn gierig und verlangte sofort nach mehr. Nach zwei weiteren Löffeln des unappetitlichen Breis durfte er wieder trinken. Als er endlich alles geschluckt hatte, fiel er stoßweise atmend in sein Kissen zurück.

Catherine betete, wie sie kaum je zuvor gebetet hatte, während Johann um sein Leben kämpfte. Sie rührte sich nicht von seiner Seite, ihr Gefühl für die Zeit verschwamm, alle Geräusche entfernten sich. Sie nahm von ihrer Umgebung nichts mehr wahr. Ihr ganzes Sein konzentrierte sich auf seinen Kampf. Irgendwann, eine Ewigkeit später, klapperten Pferdehufe über den Hof, aber das Geräusch drang kaum in ihr Unterbewusstsein.

»Holla, ist jemand zu Hause?«, ertönte eine wohlklingende Männerstimme, begleitet vom Schnauben eines Pferdes.

Jetzt fuhr Catherine hoch, und auch Johann versuchte, sich aufzusetzen. »Um Himmels willen, wir bekommen Besuch, ausgerechnet heute«, sagte sie und drückte ihn zurück in die Kissen. »Ich werde sie zu Mila Arnim schicken. Es ist früh genug, sie können ihre Farm noch vor der Dunkelheit erreichen. Heute kann ich unmöglich Besucher bewirten.« Ihren Rock hebend, eilte sie hinaus.

Auf ihrem Hof standen zwei Reiter, die ihr den Rücken zuwandten, und ein dunkelhäutiger Mann. Der eine Reiter, der in eine zerlumpte Decke gehüllt war, hatte einen wilden, flammend roten Schopf, der andere trug eine Art Uniformrock und sogar Reitstiefel, seine tiefschwarzen Haare waren akkurat geschnitten und glänzten gepflegt. Das jedoch nahm sie nur flüchtig wahr, zu sehr war sie darauf bedacht, diese Leute möglichst schnell loszuwerden. »Guten Tag«, sagte sie. »Was wünschen Sie?«

Die Reiter wendeten ihre Pferde. »Sieh an, sieh an«, murmelte der mit den schwarzen Haaren und strich über sein bartloses Kinn. »Welch eine Überraschung. Das entzückende Fräulein le Roux ist die Herrin der schönsten Farm in Zululand.« Er zog seinen Hut und verneigte sich im Sattel. »Ich grüße Sie, Frau Steinach. Die so tüchtige Frau Mila Arnim, auf deren Farm wir die vergangene Nacht verbracht haben, bat mich, einen Beutel mit getrockneten Kamillenblüten bei Frau Steinach auf Inqaba abzuliefern. Hätte ich geahnt, wer sich hinter diesem Namen verbirgt, hätte ich Flügel bekommen. Sie sagte, dass Ihr Mann krank ist und dass Sie Hilfe brauchen. Nun bin ich hier, ganz zu Ihren Diensten.« Er schenkte ihr sein zähneblitzendes Wolfslächeln. Die Goldknöpfe an seiner Jacke funkelten.

Catherine konnte ihn nur sprachlos anstarren, zu groß war der Schock, zu hart klopfte ihr Herz, und ihre Empfindungen befanden sich in einem derartigen Aufruhr, dass sie keinen klaren Gedanken fassen konnte. »Graf Bernitt«, stammelte sie endlich. Mehr fiel ihr beim besten Willen nicht ein.

Der Graf machte eine elegante Handbewegung. »Dieser abgerissene Kerl neben mir ist Red Ivory, Elfenbein Rot. Der

Name rührt daher, dass er Elefanten auf hundert Meilen im Umkreis riechen kann und jeden, den er vor die Flinte bekommt, auch erlegt. Das Rot erklärt sich durch seine Haarfarbe, nicht wahr? Wir sind sehr einfallsreich mit unseren Namen hier.« Er lachte vergnügt. »Und das ist mein Diener Johnny, der Hottentot.«

Johnnys rote Blusenjacke über den engen, grauen Gamaschenhosen erinnerte an die Tracht mittelalterlicher Knappen. Ein glänzend schwarzes Auge starrte unfreundlich unter dem schweren Brauenwulst hervor, das andere war milchig wie ein gekochtes Ei. Graf von Bernitt glitt aus dem Sattel, gab Hottentot Johnny die Zügel und kam mit ausgestreckten Händen auf sie zu. Er ergriff ihre und küsste sie. »Welch eine exquisite Freude, Sie wiederzusehen, gnädige Frau ... Catherine.«

Ihren Namen flüsterte er so leise, dass nur sie ihn verstehen konnte. Die feinen Härchen auf ihren Armen stellten sich hoch. Der Duft teurer Zigarren und Eau de Colognes stieg ihr in die Nase. Beschämt wurde sie sich ihres vielfach geflickten Kleides und der löcherigen Springbockstiefelchen bewusst.

Er löste einen Beutel von seinem Gürtel und überreichte ihn ihr mit einer Verbeugung. »Frau Arnim meint, dass ein Aufguss das Fieber aus dem Körper treibt. Darf ich fragen, welcher Art das Fieber ist, das Ihren Gemahl befallen hat?« Sein Gesicht drückte nichts als tiefste Anteilnahme aus.

Das Bedürfnis, sich an seine breite Brust zu werfen, sich in den Schutz seiner Arme zu schmiegen und ihm, dem Mann, alles Weitere zu überlassen, überfiel sie völlig unvorbereitet. Sie schwankte, suchte dem Sog seines Mitgefühls standzuhalten. »Malaria«, krächzte sie. »Wir haben kein China mehr, und die Attacke ist außerordentlich schwer. Ich befürchte das Schlimmste.« Die Erinnerung an die Ballnacht in Wien brannte in ihr wie eine helle Flamme. Nervös spannte sie alle Muskeln an und biss die Zähne so hart aufeinander, als hätte sie einen großen Schmerz zu ertragen.

»Malaria.« Konstantin von Bernitt schürzte die Lippen. »Schlimme Sache. Wie oft kommen die Anfälle?«

»Häufig und unregelmäßig, das Fieber ist sehr hoch. Dieses Mal ist es wirklich schlimm. Mein Mann ...«, sie atmete tief durch, es fiel ihr schwer, diesen Ausdruck Konstantin gegenüber zu verwenden, »mein Mann weiß kaum noch, was um ihn herum vorgeht. Hat einer der Herren vielleicht noch ein paar Gran Chinarindenpulver übrig?« Ihr Blick flog zwischen beiden Männern hin und her. »Natürlich werde ich dafür bezahlen.« Bitte, Gott, hilf mir, betete sie.

Konstantin von Bernitt wollte schon prompt verneinen, als er innehielt und langsam das Haus, das umliegende Land und die Lage der Farm in Augenschein nahm. Er hatte schon viel von Inqaba gehört, die Geschichte, wie Johann Steinach in ihren Besitz gelangt war, gehörte zu den Legenden der jungen Kolonie, und jetzt, als er das Land erblickte, das sich bis zu den fernen Hügeln erstreckte, überfiel ihn glühender Neid. Er führte immer genügend China mit sich, um Malariaanfälle zu kurieren. Es war vielleicht opportun, der süßen Frau Steinach ein wenig davon für ihren Mann zu überlassen und so ihre immer währende Dankbarkeit zu erringen. Wer weiß, wer weiß, dachte er, was sich daraus noch entwickeln kann. Er schenkte ihr sein träges Raubtierlächeln.

»In der Tat, ich habe noch ein wenig, nicht viel, aber ich bin natürlich gern bereit, das Wenige mit Ihnen zu teilen.« Mit Vergnügen sah er das Aufleuchten in ihren behexend schönen Augen. Er nestelte in seiner Tasche, beförderte eine Dose zum Vorschein und öffnete sie. »Für zwei- oder dreimal dürfte es gerade reichen, und Ihre Anwesenheit, meine Liebe, ist Bezahlung mehr als genug. Führen Sie mich bitte zu dem Kranken.«

Wie ein Blitz überfiel sie die Erinnerung an die Tatsache, dass sie Johann in Kapstadt gebeten hatte, nach einem Grafen Bernitt zu suchen. Würde er in seinem Zustand diese Verbindung herstellen? Vermutlich nicht, dachte sie, aber sicher ist sicher.

»Es tut mir sehr Leid, aber mein Mann schläft. Ich möchte ihn wirklich nicht stören. Aus dem gleichen Grund«, hier fiel es ihr schwer, weiterzusprechen, aber sie gab sich einen Ruck, »aus dem gleichen Grund kann ich Ihnen auch höchstens diese

Nacht Unterkunft gewähren. Mein Hausdiener ist verschwunden, ich bin mit einem jungen Zulumädchen ganz allein. Ich hoffe, Sie verstehen das. Lassen Sie mich Ihnen zeigen, wo Sie schlafen können.« Schweigend ging sie ihm voraus. Red Ivory blieb zurück und kümmerte sich um die Pferde. Sie stieß die Tür zum Wohnzimmer auf. »Bitte treten Sie ein. Ihr Diener kann in der Hütte unseres Zulus übernachten oder im Kochhaus.«

Konstantin von Bernitt folgte ihr, bemerkte die Löcher in den Sohlen ihrer Schuhe, das geflickte Kleid, erfasste die karge Ausstattung des Hauses und strich sich nachdenklich über das Kinn. Dabei umspielte ein sattes Lächeln seinen Mund.

Johann im Nebenraum nahm nur unterbewusst wahr, dass jemand anderes als seine Frau das Haus betreten hatte. Die Schritte waren laut und fest, ganz anders als ihre leichten. Er hörte das Gemurmel von Stimmen, erst die Catherines, dann eine männliche. Mit großer Schwierigkeit öffnete er die verklebten Lider, blinzelte, als die Strahlen der schon tief stehenden Sonne in seine Augen stachen. Durch die Musselinvorhänge sah er für einen kurzen Augenblick einen schwarzhaarigen Mann, glatt rasiert, angetan mit einer dunkelgrünen Jacke mit Goldknöpfen. Er runzelte die Brauen. Irgendetwas an diesem Mann kam ihm bekannt vor. Die Haltung, die eleganten Bewegungen vielleicht? Durch den Schleier seiner stechenden Kopfschmerzen versuchte er, diesen Erinnerungsfetzen zu erhaschen, doch vergeblich. Mühsam stützte er sich auf und rief seine Frau, erschrak, wie zittrig und schwach seine Stimme klang. Als sie Sekunden später ins Zimmer eilte, ließ er sich kraftlos zurückfallen. »Wir haben Besuch?«

Sie nickte, ohne ihn anzusehen. »Ja, Mila Arnim hat einen Bekannten mit Kamille geschickt, damit ich dir einen fiebersenkenden Tee zubereiten kann, und stell dir nur vor, dieser Herr ist im Besitz von einem Rest Chinapulver, den er uns großzügig überlassen will.«

Misstrauisch starrte er sie an. »Wie kommt er dazu? Wie heißt er?«

Verlegen räusperte sie sich. »Bernitt«, nuschelte sie schnell und schickte ein Stoßgebet zum Himmel, dass es ihr gelingen möge, ihn über die Identität ihres Besuchers im Unklaren zu lassen.

Sein Kopf glühte, die Schmerzen pulsierten, immer wieder rutschten seine Gedanken weg. Beim besten Willen konnte er sich nicht daran erinnern, je diesen Namen gehört zu haben. Offenbar litt er schon unter Halluzinationen. Dieser Mann war ihm offensichtlich gänzlich unbekannt.

Catherine nahm seine Hand, vermied es jedoch, seinem Blick zu begegnen. »Er und sein Begleiter wollen in aller Frühe ihre Reise fortsetzen. Du bist doch einverstanden, dass sie hier übernachten?«

»Natürlich«, murmelte er und schloss die Augen.

Schweißgebadet verließ sie das Zimmer.

Der Graf wartete bereits auf sie und reichte ihr, in Papier gefaltet, das Chinarindenpulver. Er hatte nicht vor, sie wissen zu lassen, wie viel davon er tatsächlich besaß. Huldvoll nahm er ihren überschwänglichen Dank entgegen und sah ihr nach, als sie ins Schlafzimmer hastete, um ihrem Mann sofort die erste Dosis zu verabreichen.

Vor dem Abendessen war sie für eine kurze Zeitspanne mit ihm allein, und bevor sie sich beherrschen konnte, war es ihr herausgerutscht. »Wie geht es Ihrem Freund Pauli? Hat er die Handelsstation am Ogowé eröffnet?« Am liebsten hätte sie die Worte wieder verschluckt.

Erst stutzte Konstantin, seine Augen verdunkelten sich, dann zuckte er wegwerfend die Schultern. »Ach, Paul Pauli. Ich weiß nicht, was er treibt. Ein unzuverlässiger Geselle, das. Der ist verschwunden und hat sich nie wieder gemeldet. Kein Benehmen, der Herr.« Er zog dabei eine Zigarre hervor, zwirbelte sie zwischen den Finger, hielt sie ans Ohr.

»Aha«, sagte sie stirnrunzelnd. Warum log er? Dann schalt sie sich eine dumme Gans, dass sie erwartet hatte, er würde das Duell erwähnen. Schließlich ging es sie ja nichts an.

Graf Bernitt steckte die Zigarre wieder in die Jackentasche. »Ich war untröstlich, dass ich damals wegen dringender Transaktionen so plötzlich abreisen musste und unser Rendezvous nicht einhalten konnte. Doch mein Freund Sattelburg hat mir berichtet, dass er Ihnen meine Botschaft überbracht hat.« Wieder lächelte er dieses träge Lächeln, das ihre Knie weich werden ließ und ihr den Atem nahm, hob ihre Hand und küsste sie. »Ich bitte nochmals um Vergebung. Sagen Sie, dass Sie mir nicht mehr zürnen.«

Wie verbrannt zog sie ihre Hand zurück. »Nein, ja, natürlich nicht. Machen Sie sich keine Gedanken, Graf Bernitt.« Damit floh sie zu Johann ins Schlafzimmer, um ihre Beherrschung wiederzugewinnen. Geschickt richtete sie es danach ein, dass sie an diesem Abend nicht eine Sekunde mit Konstantin von Bernitt allein war, denn sie traute sich selbst nicht, der Anziehungskraft seiner magnetischen Persönlichkeit in ihrer jetzigen Verfassung widerstehen zu können. Sie tischte auf, was sie in ihrer Vorratskammer fand, schickte Jikijiki in den Obstgarten, um die schönste Ananas für den Nachtisch zu pflücken, und nach dem Essen verabschiedete sie sich sofort.

»Ich bitte die Herren, mich zu entschuldigen. Es war ein sehr anstrengender Tag, und ich möchte mich zurückziehen.« Sie stellte Konstantin und seinem Freund eine Flasche Wein mit zwei Gläsern auf den Tisch und überließ sie ihrer eigenen Gesellschaft. Fast die ganze Nacht durch wachte sie über Johann, horchte auf jeden seiner harschen Atemzüge. Irgendwann, es war längst nach Mitternacht, spürte sie, dass seine Hände kühler und trockener wurden. Sekundenlang von der irrsinnigen Angst gepackt, dass sein Leben von ihm wich, riss sie sein Hemd auf und legte ihren Kopf an seine Brust, und als sie seinen Herzschlag auf ihrer Wange spürte, kräftig und regelmäßig, blieb sie einfach so liegen und weinte sich ihre Erleichterung von der Seele, bis sie endlich einschlief.

*

Am nächsten Morgen stand sie mit der Sonne auf, bereitete mit Jikijiki das Frühstück, und schon um sieben Uhr verabschiedete sich Konstantin von Bernitt.

»Liebste Catherine«, flüsterte er, während er sich tief über ihre Hand beugte. »Ich hoffe inständig auf ein baldiges Wiedersehen unter angenehmeren Umständen.«

Entschlossen wich sie seinem Blick aus und zog ihre Hand zurück. Sein Kuss brannte auf ihrem Handrücken. »Wohin werden Sie von hier aus reiten?«, fragte sie, um irgendetwas zu sagen.

Red Ivory grinste. Er hatte bisher kaum ein Wort von sich gegeben. »Ich rieche Elfenbein«, sagte er.

»Da hören Sie es. Für die nächsten Monate werde ich mich im Busch herumtreiben.« Konstantin von Bernitt schmunzelte und saß auf. Seine Zügel aufnehmend, sah er ihr noch einmal tief in die Augen. »Bis bald, schöne Catherine«, flüsterte er, salutierte mit zwei Fingern an seinem breitkrempigen Hut und lenkte sein Pferd vom Hof. Johnny, der Hottentot, lief in lockerem Trab hinter ihm her.

Sie blieb wie angewurzelt stehen, bis sie ihn weder sehen noch das weiche Ploppplopp der Pferdehufe auf dem sandigen Boden hören konnte, dann ging sie ganz langsam, wie in Trance ins Haus. Der innere Druck, den sein Besuch ausgelöst hatte, war so stark, dass sie ihre Gedanken ihrem Tagebuch anvertrauen musste, um ihn zu lindern. Eine Seite war nur noch frei, und sie bemühte sich, kleiner zu schreiben, nutzte die Zeilenzwischenräume doppelt. Den letzten Satz schrieb sie in winziger Schrift an den Rand.

Lieber Gott, wo wird mich das hinführen?

*

Catherine gab Johann zusätzlich zu dem Chinapulver auch das Fieberkraut und bestand darauf, dass er stündlich einen großen Becher Kamillentee trank. Langsam, sehr langsam, erholte er sich. Seine Kopf- und Gliederschmerzen zogen sich zurück, die Temperatur sank. Aber es gab ihr einen Stich, ihren kräftigen Mann so bleich und ausgezehrt zu sehen.

Mzilikazi war fröhlich singend Tage später wieder aufgetaucht und hatte auf ihre Frage nach seinem Verbleib erstaunt geantwortet, dass seine beste Kuh gekalbt hätte und er Kürbis ernten musste. Sie war zu erleichtert, um ihm ernstliche Vorhaltungen zu machen, und wusste, dass ihn diese sowieso nicht sonderlich beeindrucken würden. Sie trug ihm auf, zwei Hühner zu schlachten, und kochte Johann eine stärkende Brühe mit viel Gemüse und Kräutern. Mila hatte ihr Samen herübergeschickt, die alle im Schatten der Guavenbäume bestens gediehen, selbst der Liebstöckel zeigte die ersten Blättchen.

Sie drang nicht weiter in Sicelo, ihr zu verraten, wie der Name des Fieberkrauts war. Die Begegnung mit Umafutha und ihren Sangomas hatte sie zu sehr erschreckt. Sie erzählte Johann beim Kaffee davon. »Noch heute habe ich Albträume. Diese Hexen haben mir wirklich Angst eingejagt.«

Er wurde schlagartig ernst. »Vor der alten Umafutha musst du dich vorsehen. Sie ist eine berüchtigte Giftmischerin und hasst alle Umlungus aus tiefstem Herzen. Wir Steinachs auf Inqaba sind mit die ersten Weißen, die sich im Herzen Zululands niederlassen durften.« Wohlweislich unterschlug er die Tatsache, dass die Alte die Schwester von Khayi war, der ihm Inqaba so glühend neidete. Es war etwas, das ihm weitaus mehr Sorgen machte, als er bereit war zuzugeben. Er nahm sich vor, sobald er wieder auf den Beinen war, bei König Mpande wegen Khayis Untaten vorstellig zu werden. Der Häuptling musste in seine Grenzen gewiesen werden, sonst würde Inqaba nie sicher vor ihm sein. Nachdenklich trank er ein paar Schlucke Kaffee. Catherine hatte ihn ziemlich stark gemacht, und schon jetzt fühlte er, wie sein Herz kräftiger schlug.

»Es gibt eine Prophezeiung«, fuhr er fort. »Vor ungefähr zwanzig Jahren tauchte ein Xhosa namens Jakot Nsimbithi in Natals Geschichte auf, der als Hlambamanzi, der Schwimmer der Meere, bekannt war. In den Augen der Engländer, die ihn Jakob nannten, war er ein Viehdieb und Betrüger, und sie warfen ihn in Kapstadt ins Gefängnis. Doch das Schicksal bestimmte, dass er erst Shaka Zulu und später König Dingane als Übersetzer diente und zu ihrem Ratgeber und gewisserweise Vertrauten wurde. Jahre später prophezeite er Dingane, dass es ihm und den Zulus ergehen würde wie den Ureinwohnern des Kaps.

›Erst werden die Umlungus die Zulus höflich um Land bitten, um sich niederzulassen‹, so weissagte er dem König. ›Sie werden Häuser bauen und ihre Kühe auf unserem Land weiden lassen, ihre Zauberer, die sie Missionare nennen, werden die Zulus durch Hexerei unterwerfen. Schließlich werden ihre Soldaten mit Feuerstöcken kommen und deine Krieger töten, und bald wird aus dir, dem König, und dem stolzen Volk der Zulus ein Volk von AmaKafulas, landlosen Dienern, geworden sein. Das sage ich, Hlambamanzi, und so wird es kommen.‹«

Johann trank von seinem Kaffee. Das Rauschen der Flüsse und das Wispern des Windes in den Bäumen trug Jakots Botschaft weiter und weiter, in jedes Umuzi, bis sie sich in den Köpfen der Zulus einbrannte.

Jakot war schon lange tot, die Weißen ermordeten ihn mit König Dinganes Zustimmung im Jahre 1832, doch seine Prophezeiung hallte noch immer durch die Hügel Zululands, und der schwelende Hass, den sie schürte, hatte auch Johann trotz seiner Verbindung zu König Mpande schon zu spüren bekommen.

»Der Kaffee tut gut.« Er reichte ihr seine leere Tasse. »Sag mir, wie du das folgende Bild interpretierst«, bemerkte er, während sie seine Tasse auffüllte. »Stell dir einen Mann in schwarzer Kleidung vor, der mit erhobenen Armen inmitten einer knienden Menschenmenge stehend mit lauter Stimme predigt. Die Knienden antworten ihm, und am Schluss der Zeremonie singen alle mit Inbrunst ein kraftvolles Lied.«

Neugierig sah sie ihn an. »Ich sehe einen Priester oder einen Missionar, der das Wort Gottes verbreitet und den Gottesdienst mit der Hymne abschließt.«

»Das sehen wir Weiße. Was die Zulus sehen, hat mir Sicelo erklärt. Sie sehen einen Feldherrn der Umlungus, der sein Volk zum Krieg aufruft, das ihm begeistert zustimmt und dann in laute Kriegsgesänge ausbricht.«

Catherine überprüfte in Gedanken das Bild, das er gezeichnet hatte.

Dann nickte sie langsam. »Man kann es verstehen, dass sie so denken, nicht wahr? Welch ein Missverständnis.«

»Dafür gibt es noch mehr Gründe. Die Missionare rammen ihnen unsere Religion und unsere Wertvorstellungen in den Rachen, erklären ihren Glauben und ihre Gebräuche für unmoralisch und schlecht und versprechen ihnen die Hölle und das Fegefeuer auf Ewigkeit. Wobei«, hier verzog er seinen Mund zu einem kleinen Lächeln, »wobei die Zulus keine Ahnung haben, wo und wie sie sich die Hölle vorstellen sollen.« Er wischte sich das Gesicht mit dem Deckenzipfel ab. Selbst reden strengte ihn noch an. »Sicelo fragte mich, wie die Hölle denn aussähe. Ob es eine Höhle sei oder ein Haus mit Steinmauern. Wie wir Weißen uns im Allgemeinen den Teufel vorstellen, Menschengestalt mit Pferdehuf und Schwanz, hab ich ihm nicht gesagt. Sein Spott kann sehr verletzend sein.« Er fiel in die Kissen zurück.

»Aber wird Mpande uns nicht schützen? Schließlich hast du seinen Sohn gerettet.«

Johann zögerte mit der Antwort, denn er hatte sich just diese Frage selbst wieder und wieder gestellt. »Er ist ein absoluter Herrscher, aber wie an jedem Königshof wimmelt es von Neidern und Intriganten. Seine Halbbrüder Shaka Zulu und Dingane sind beide ermordet worden, der Erstere mithilfe des Zweiten. Shaka kam an die Macht, indem er den rechtmäßigen Erben seines Vaters töten ließ. Du siehst also, dass ein Zulukönig auf sich aufpassen muss. Mpande vertraut seinen Beratern, und dazu gehören auch die Sangomas ... Keine Angst, es wird uns nichts passieren«, setzte er hastig hinzu, als er ihren besorgten Blick bemerkte.

Sehr schlüssig fand sie seine Argumente nicht. Sie beschloss, in Zukunft einen weiten Bogen um die alte Zauberin zu machen.

*

Johanns Zustand besserte sich rapide, aber in den folgenden Wochen machte ihm das Wetter einen Strich durch seinen Plan, sich bei König Mpande über Häuptling Khayi zu beschweren. Statt der klaren, ruhigen Tage, die sonst den April in Zululand auszeichneten, der angenehmen Wärme, die selten in unerträgliche Hitze umschlug, durchweichten schwere Regengüsse das Land, und ein tropischer Wirbelsturm, der über Madagaskar aufs Festland zuraste, trieb schwüle Hitze in ihre Breiten und brachte alles durcheinander. Pflanzen trieben zur Unzeit, Früchte faulten, und die Mückenbrut wurde viel schneller reif als zu dieser Zeit üblich. Sehnlichst wartete er auf die Trockenheit, die der Mückenplage bis hinein in den späten Oktober Garaus machen sollte. Würde er jetzt durch die Täler reiten, lief er ständig in Gefahr einer erneuten Infektion. Khayi blieb vorläufig ungeschoren.

Kapitel 16

»Verflixt frisch heute, selbst für Ende Juli, aber wunderbar klar.« Johann kam von seiner Morgenwäsche herein und trocknete sich dabei mit energischen Bewegungen die Haare ab. Noch immer wusch und rasierte er sich draußen unter dem Baum beim Wasserreservoir, wo er eines seiner kostbarsten Besitztümer, einen mehrfach gesprungenen Spiegel, an einen Ast gehängt hatte.

Catherine kniete auf dem Boden des Schlafraums und malte mit einem Stein, den sie von einem Kalkfelsen im Feld abgebrochen hatte, verwirrende Linien auf die Innenseite des Bücherkistendeckels. Sie hielt inne und sah hoch. »Du hast mich doch mit dem Versprechen hierher gelockt, dass es in Zululand immer warm ist.«

Er grinste. »Ist es doch auch, mein Zuckerpüppchen, wenn du es mit Deutschland vergleichst.«

Prüfend sah sie ihn an. »Du siehst viel besser aus, nicht mehr so gelb und hager. Du hast zugenommen. Ich glaube, wir haben das Fieber endlich kleingekriegt.« In ihrer Stimme schwang ein gewisser Stolz.

»Das habe ich dir zu verdanken. Gott sei Dank, dass du diesen segensreichen Einfall der vielfachen Dosis hattest und mich gezwungen hast, das scheußliche Zeug zu schlucken, denn dieses Mal dachte ich, es geht mir an den Kragen«, lächelte er. »Ich wäre tot gewesen, bevor ich das Chinarindenpulver von Milas Freund hätte bekommen können ...«

Als Johann in den langen Monaten nach Konstantins Besuch sich nicht einmal nach dem Namen dieses Freundes erkundigte, hatte sie sich allmählich entspannt. Nun fiel sie ihm hastig ins Wort, bevor er die unvermeidliche Frage stellen konnte. »Mir zittern jetzt noch die Knie bei dem Gedanken, welche Auswirkungen eine Überdosis gehabt hätte«, babbelte sie fieberhaft,

»schließlich hattest du bisher immer nur einen Aufguss davon bekommen, und ich Wahnsinnige habe dir einen Brei von der ganzen Pflanze verabreicht.«

»Ach, es ist doch nur ein harmloses Kraut ...«

»Das ist der Schierling auch!«

Er starrte sie an, als sähe er sie zum ersten Mal. »Wohl wahr«, sagte er nachdenklich. Ihre Worte hatten ihm schlagartig klar gemacht, welche Leistung sie vollbracht hatte. »Hast du das Rezept aufgeschrieben? Malaria werden wir immer wieder bekommen, auch du bist in Gefahr, und dann möchte ich ein Mittel dagegen in der Hand haben. Unser größtes Unglück ist, dass die Setzlinge des Cinchonabaums, die mein Freund aus Bolivien herausgeschmuggelt hatte, mit der *White Cloud* untergegangen sind. Chinarinde gibt es nur selten in Durban zu kaufen, und wenn, ist das Pulver unglaublich teuer, und es ist nicht abzusehen, wann es hier in ausreichender Menge zur Verfügung stehen wird.

Auch die Zusammensetzung der Mischung aus Honig und Kräutern, die Cilla auf deine Brandwunde aufgetragen hat, solltest du notieren, wie alles, was du in dieser Hinsicht lernst. Es wird der Tag kommen, da uns dieses Wissen das Leben retten kann. Du machst dir keinen Begriff, wie wichtig das ist. Unser Überleben in Natal hängt davon ab. Farmen verwaisen, weil das Fieber ihre Besitzer dahingerafft hat, und ganze Jagdgesellschaften fallen ihm innerhalb von ein oder zwei Wochen zum Opfer.«

Erleichtert, ihn ein weiteres Mal abgelenkt zu haben, stand sie auf. »Ich weiß nicht, welches Kraut es war, und ich habe es nie wieder gefunden. Nur an seinem Duft und den silbrig grünen Blättern könnte ich es erkennen. Ich habe mich noch einmal in den Busch gewagt, aber alle Pflanzen, die dort wuchsen, waren herausgerissen worden. Aber ein kleines Bündel ist übrig geblieben, das ich getrocknet habe.« Sie beschrieb ihm das Aussehen. »Kannst du dich noch an seinen Geruch erinnern?«

»Den werde ich nie vergessen. In Zukunft werde ich auf jedem Ritt Ausschau nach dem Fieberkraut halten. Wir brauchen es.«

»Alle anderen Rezepte habe ich niedergeschrieben, auch das von Sicelos Giftzwiebelumschlag. Geh in die Küche und sieh dir die Wand über dem Tisch an.«

»Die Wand?«

Sie zuckte die Achseln »Nachdem die Heuschrecken den Teil der Maisernte gefressen haben, der für neue Schuhe und auch Papier bestimmt war, habe ich die Wand dafür benutzt.« Sie biss sich auf die Lippen, um ihrer Bitterkeit nicht nachzugeben.

Verdutzt ging er in die Küche. In ihrer säuberlichen Schrift hatte sie auf der Wand über dem Tisch bereits mehrere Rezepte für Kräutermischungen aufgeschrieben. Die Wand war rau, die blasse Tintenfarbe sagte ihm, dass es selbst gemachte aus zerstoßener Kohle mit einer dünnen Leimlösung war. Es musste viel Arbeit für sie bedeutet haben. Von schlechtem Gewissen übermannt, kratzte er sich am Kopf. An die Tage seines letzten Anfalls erinnerte er sich nur bruchstückhaft. Was ihm ins Gedächtnis gebrannt war, war dieser unaufhaltsame Sog in den Tod gewesen, die pechschwarze Gewissheit zu sterben und die bodenlose Verzweiflung, Catherine allein lassen zu müssen. Dank ihres Mutes hatte er überlebt. Was war dagegen der Preis für ein paar Blätter Papier und Tinte? Das Handtuch um die Schultern gelegt, ging er zurück ins Schlafzimmer, kniete sich neben sie und zog sie an sich. »Du bekommst Papier, Tinte und Schuhe, das verspreche ich dir, und wenn ich eine Kuh verkaufen muss.«

Sie befreite sich aus seiner Umarmung, um ihn ansehen zu können. »Was hat deinen Sinneswandel hervorgerufen?«

»Es hat ungeheuren Mut erfordert, diese Entscheidung zu treffen. Andere hätten vielleicht lieber nichts getan vor lauter Angst, sich für das Falsche zu entscheiden, und dann wäre ich heute nicht mehr am Leben. Ich bin unglaublich stolz auf dich. Ich glaube, ich habe dir das nie gesagt, und es tut mir Leid.«

Sein Lob verschlug ihr für Sekunden die Sprache. Ihr Vater hatte sie nie für etwas anderes gelobt als ihr Aussehen. Wie gut es tat, wie unglaublich gut. Sie glühte vor Freude. »Danke«, sagte sie ein wenig verlegen und beugte sich vor, tat so, als studiere sie ihre Zeichnung auf dem Kistendeckel.

Neugierig betrachtete er die geheimnisvollen Zeichen. »Was machst du da?«

»Ich zeichne den Weg der de Vila Flors nach, und da ich wie gesagt kein Papier mehr habe, muss die Bücherkiste herhalten. Es ist die einzige Fläche, die groß genug ist. Zeig mir bitte, wo ungefähr der Umzimvubufluss im Verhältnis zu Durban liegt.«

Er legte seinen Arm um sie, studierte dabei das Gekrakel auf dem faserigen Holz und erkannte dann die groben Umrisse der Bucht von Natal. Er legte seinen Finger auf einen Punkt weit südlich von Durban. »Hier in etwa.«

Sie machte ein Kreuz und schrieb den Namen dazu. »Hier war der Umgeni, wenn ich mich richtig erinnere?« Als er nickte, zeichnete sie auch diesen Fluss ein und, die Entfernungen mit der Spanne ihrer Hand messend, den Umvoti und den mächtigen Tugela, die Grenze Zululands und schließlich den Umfolozi.

»Hier ...« Johann fuhr einen Flusslauf mit dem Finger nach, »hier gabelt sich der Umfolozi in den Weißen und den Schwarzen Umfolozi, und hier zwischen dem Hluhluwe und dem Schwarzen Umfolozi liegt Inqaba.« Er nahm ihr den Kreidestein aus der Hand und markierte die Stelle mit einem Stern. Gemeinsam arbeiteten sie aus, wo im Verhältnis die Delagoabucht lag, debattierten noch lebhaft über den richtigen Maßstab, und endlich stand sie zufrieden auf.

»Am Umzimvubufluss sind sie gestrandet und von da aus zur Delagoabucht gewandert. Ich werde ihren Weg nachvollziehen«, erklärte sie und wischte sich die kreidigen Hände am Rock ab. »Irgendwo dazwischen liegt die Stelle, wo du das Gold und den Schmuck entdeckt hast. Wir müssen die Stelle wieder finden, und dann werden wir vielleicht den Rest von Donna Leonoras Juwelen aufspüren. Die de Vila Flors haben Stück für Stück Schmuck und Gold für ihr Überleben hergegeben. Diejenigen, die sie bezahlt haben, hatten keinerlei Gelegenheit, sich etwas dafür zu kaufen. Mit großer Wahrscheinlichkeit trugen sie ihren Schatz noch am Leib, als sie starben. Ihre Leichen sind längst vermodert und zu Staub zerfallen, Gold und Schmuck aber ist unzerstörbar. Irgendwo da draußen liegt ein Schatz in der afrikanischen Erde, nicht einmal tief, denke ich mir, denn keiner der Schiffbrüchigen wird genügend Kraft gehabt haben, die Toten zu begraben. Wenn ich ihren Weg verfolge, werde ich diesen Schatz finden.« Mit kräftigen Bewegungen staubte sie ihr Kleid ab. »Hast du Hunger? Ich werde Mzilikazi sagen, dass er uns ein Huhn fürs Frühstück schlachtet. Außerdem haben wir Eier. Die rotbraune Henne hat sich endlich bequemt zu legen.« Damit verschwand sie durch die Tür, und bald hörte er die Töpfe in der Küche klappern.

Johann blieb vor der Karte stehen, einen Finger auf das Kreuz, das Inqaba darstellte, gelegt, mit dem anderen wanderte er langsam südostwärts. Brütend starrte er dabei ins Leere. Etwas an dem Gewässer, in dem er das Gold gefunden hatte, war ihm ungewöhnlich erschienen, aber er hatte nicht weiter darüber nachgedacht. Die Umgebung war wie an allen küstennahen Flüssen Natals gewesen. Grün und üppig und von Mücken verseucht. Er schloss die Augen, um sich zurückzuversetzen. Palmen wuchsen in dichten Gruppen, Mangroven und ein Baum mit eigenartigen Blüten wie aufgeplusterte, weiße Wattebäusche. Der Fluss war fast ausgetrocknet gewesen, sein Bett aus goldrotem Sand, und die Felsen, die aus den spärlichen Wasserpfützen ragten, waren rund geschliffen. Nichts Ungewöhnliches. Frustriert blickte er auf die Karte.

Was hatte er gemacht, bevor er diesen Schurken im Flussbett zwischen den Felsen hängend gefunden hatte? Plötzlich meinte er salzige Luft zu riechen und hörte das entfernte Rauschen der Meeresbrandung, und das löste die Blockade. Er war auf einen Baum gestiegen und hatte entdeckt, dass er sich in der Nähe des Ozeans befand. War es das gewesen? Lautlos pfiff er durch die Zähne, wie immer, wenn er sich sehr konzentrierte, marschierte mit dem Finger über die Karte, die Flüsse hinauf und die Flüsse hinunter, an der Küste entlang und dorthin, wo die Hügel zu Bergen wurden. Die Mittagssonne strömte durch die geöffnete Verandatür, der Schatten seiner Hand verlief genau auf der Küstenlinie.

Und dann traf es ihn. Das war es. Der Fluss lief nicht vom Inneren des Landes zur Küste, sondern parallel dazu, und zum Süden hin war ein Schimmern und Glitzern gewesen, das nur von einem riesigen See herrühren konnte. »Catherine«, rief er in die Küche. »Hör mal, woran ich mich erinnert habe!«

Sie befragte ihn mit einer Hartnäckigkeit, die jedem Polizisten Ehre gemacht hätte, und holte zu seinem großen Erstaunen noch einige bruchstückhafte Erinnerungen aus den schlammigen Tiefen seines Gedächtnisses ans Licht.

»Ein versandetes Flussbett, das parallel zur Küstenlinie verläuft und offenbar in einen großen See mündet. Wo gibt es hier in Küstennähe einen solchen See?«, bohrte sie.

»Es gibt mehrere Seen an der Küste, aber der größte ist der St.-Lucia-See, der eigentlich eine Bucht ist ... hier etwa liegt er.« Etwa auf der Höhe Inqabas zeichnete er, haarscharf an der Küste verlaufend, den See ein, der im unteren Teil schmaler begann, dann immer breiter wurde und sich weit in den Norden erstreckte. »Zwischen vierzig und sechzig Meilen schätze ich seine Länge.« Plötzlich, als hätte er etwas gesehen, kniff er die Augen zusammen, dann strichelte er den nördlichsten Teil. »Ich kann mich an ausgedehnte Sümpfe erinnern, und ich meine, die gibt es im Süden nicht.«

Die Schatzsuche ließ sie an jenem Tag nicht los. Mit hochroten Wangen zeichnete Catherine alles ein, was sie aus den Bruchstücken, die Johann erinnerte, zusammensetzen konnte, und als das Licht schon bläulich wurde und die Ochsenfrösche ihre Brunftschreie ausstießen, zog sie einen Kreis um ein Gebiet, das nordöstlich von Inqaba unweit des Meeres lag. »Hier in etwa musst du das Gold gefunden haben. Wenn dir doch nur einfallen würde, wie weit dein Heimweg war.« Sie streifte ihr Nachthemd über den Kopf.

Johann lag bereits im Bett. »Unmöglich, ich weiß nicht einmal, wo das Umuzi lag, in dem ich gesund gepflegt wurde, und wer weiß, wie lange und wie oft ich einfach im Kreis herumgerannt bin.«

Nachdenklich flocht sie ihr Haar zu einem dicken Zopf und warf ihn über die Schulter. »Aber eins wissen wir immerhin: Alvaro de Vila Flor ist mit seiner Familie und seinen Leuten immer in der Nähe der Küste geblieben, das sollte die Suche leichter machen.«

»Da brauchen wir ja nur noch ungefähr sechshundert Meilen Küstenurwald zu durchforschen. Wirklich eine Kleinigkeit.« Er lachte. »Im Ernst jetzt, es wird ein aussichtsloses Unternehmen sein. Ich habe doch nur wenige Klumpen Gold und zwei Schmuckstücke gefunden, der Rest wird bis hinauf zur Delagoabucht verteilt sein. Komm ins Bett. Es ist kalt«, sagte er und lüpfte die Decke.

Energisch schüttelte sie den Kopf. »Ich glaube nicht, das wird nicht nötig sein. Ich muss nur noch ein wenig darüber nachdenken ... was würde ich an ihrer Stelle machen ...?« Ihre Stimme wurde leiser, versickerte in einem Murmeln.

Johann hatte anfänglich ihre Begeisterung für diese Schatzsuche heimlich belächelt, nur mitgemacht, um sie zu amüsieren, doch ihre Zielstrebigkeit und klugen Schlussfolgerungen hatten ihm Respekt abgenötigt und es geschafft, sein Interesse zu entzünden. Aber was ihn wirklich gepackt hatte, war ein Satz gewesen, den sie vorgelesen hatte. »Sie segelten von Goa und hatten Millionen in Gold und Edelsteinen geladen, mehr als irgendein anderes Schiff vor ihnen seit der Entdeckung Indiens.«

Das Schiff war langsam untergegangen, die Überlieferung besagte, dass es mehrere Stunden gedauert hatte. Alvaro de Vila Flor hatte mit Sicherheit alles darangesetzt, diesen Schatz an Land zu bringen. Das, was mit den Trümmern der stolzen Galeone auf den Grund des Meeres gesunken war, lag unter Sandbergen, die die ewige Brandung seit vierhundert Jahren dort aufgeschichtet hatte. Es war für immer verloren. Niemand konnte den Schatz je wieder ans Tageslicht holen. Aber das, was Dom Alvaro und seine Leute mit sich geführt hatten, ruhte irgendwo in der roten Erde Zululands, eben unter der Oberfläche.

Er lag noch lange wach in dieser Nacht.

✳

Wie jeden Morgen stand Catherine auch heute zusammen mit Johann schon vor Tagesanbruch auf. Sie hatte sich das angewöhnt, weil sie sonst ihren Mann nur des Abends zu Gesicht bekam, und sie befürchtete, ihn eines Tages als Fremden anzusehen. Die Tür zur Küche stand offen, und durch die Fensteröffnungen sickerte das erste Grau des Morgens.

»Möchtest du noch Kaffee?«, fragte sie, und als er ihr kauend seinen Becher hinhielt, füllte sie ihn bis zum Rand. Er liebte seinen Kaffee schwarz und stark. »Bist du heute auf den Feldern?«

»Nein, ich muss zu den Rindern«, antwortete Johann. »Vier Kühe stehen kurz vorm Kalben. Es wird ein langer Tag werden. Dabei fällt mir ein, könntest du vielleicht in Mzilikazis Umuzi nach der neuen Frau seines Vater sehen? Mzilikazi bat mich darum. Sie ist krank, und du bist doch in der Heilkunst bewandert. Die Kunde, dass du mich vor dem sicheren Tod gerettet hast, hat die Runde in den Umuzis gemacht. Du bist jetzt eine berühmte Frau.«

»Du meinst, wegen meiner Verzweiflungstat? Hör auf, sonst wird mein Kopf so groß wie ein Ballon!«, rief sie. »Handelt es sich um Mzilikazis Mutter?«

»Nein, das ist die zweite Frau. Die Kranke ist die dritte.«

»Woran leidet sie?«

»Keine Ahnung. Mzilikazi sagte mir, dass es ihr wirklich schlecht geht. Einige behaupten, seine erste Frau, die die Tochter der alten Umafutha ist, hat die dritte vergiftet, und die alte Zauberin wiederum behauptet, dass Schlangen in die Kranke hineingeschlüpft sind, die ihr Inneres auffressen, und nur ein starker Gegenzauber sie retten kann. Es scheint eine komplizierte Prozedur zu sein, denn sie hat eine Kuh von dem Häuptling verlangt.«

Catherine strich dick Butter auf ihr Brot, füllte sich drei Spiegeleier mit Speck auf den Teller und begann zu essen. »Es klingt, als leide sie an einem bösen Darmkatarrh, hervorgerufen durch verdorbenes Essen. Das bedarf guter Kenntnis der Heilkunde, und die habe ich nicht. Es wäre vermessen, wenn ich meine dürftigen Kenntnisse an ihr ausprobieren würde.«

»Was kann schon passieren? Du würdest auch mir einen großen Gefallen tun. Ich bin auf das Wohlwollen des Häuptlings angewiesen, wenn ich Arbeiter brauche.«

»Gut«, sagte sie nach einer Weile. »Ich hoffe nur, dass ich hinterher nicht gemeuchelt werde, wenn sie nicht überlebt. Hat der Vater Mzilikazis die Kuh herausgerückt?«

Johann lachte trocken. »Noch nicht. Er hofft wohl, dass du seine Frau rettest und er seine Kuh behalten kann.«

»Ich reite noch heute Vormittag hinüber.«

»Nimm Mzilikazi mit. Ich werde ihm Bescheid sagen.« Er stand auf und küsste sie. »Bis heute Abend, mein Liebes, gib Acht auf dich.«

Nachdem sie die Hühner gefüttert und ihre restlichen, täglich anfallenden Arbeiten erledigt hatte, rief sie den Zulu. Er saß unter einem Baum und überwachte Jikijiki, die mit der Hacke die harte Erde im Gemüsegarten für ein neues Beet zerkrümelte. Sie machte sich nicht die Mühe, ihn dazu anzuhalten, Jikijiki zu helfen. Weder er noch seine Verlobte würden es gutheißen. »Du musst die Erde einen Fuß tief umgraben, sonst wachsen die Erbsen nicht«, sagte sie. Cilla hatte ihr Saaterbsen und Kräutersamen geschickt, und Johann hatte bereits voller Vorfreude auf Erbsensuppe mit deftig geräuchertem Schinken eine Schweinekeule in den Rauch gehängt.

Jikijiki quittierte ihre Anweisung mit aufsässigem Murren. Catherine ignorierte es. »Komm, Mzilikazi«, befahl sie, steckte Wilmas Buch in ihre Satteltasche und nahm das Gewehr mit. Noch einmal wollte sie der alten Hexe nicht unbewaffnet begegnen. Sie stand schon im Steigbügel, als sie sich im letzten Moment erinnerte, dass Jikijiki kochendes Wasser für die wöchentliche Wäsche brauchte. Seufzend stieg sie von dem Holzbock herunter, der ihr als Tritt diente, und sagte Mzilikazi Bescheid.

»Kein Feuer«, bemerkte dieser, nachdem er einige Zeit tiefsinnig auf die kalte Asche des Frühstücksfeuers gestarrt hatte.

Catherine drehte sich in der Küchentür um. »Was heißt das, kein Feuer? Dann mache eins!«

»Keine Zündhölzer, kein Feuerstein, kein Feuer.« Er zeigte seine weißen Zähne, schien sehr zufrieden mit seiner Schlussfolgerung und wandte sich schon zum Gehen.

Sie bückte sich, stocherte stirnrunzelnd in der Asche herum, in der Hoffnung, noch irgendwo ein glimmendes Fünkchen zu finden, das sie zu einem Feuer entfachen konnte, doch vergeblich. Frustriert stand sie auf und erwog, Mzilikazi zu Johann auf die Felder zu schicken, um seinen Feuerstein zu holen. Aber das würde zu lange dauern, ebenso die uralte, von den Zulus angewandte Methode, zwei trockene Hölzer so lange aneinander zu reiben, bis die Reibungshitze trockenes Gras zum Glimmen brachte.

»Richte alles für ein Feuer her und warte hier«, sagte sie und eilte ins Haus. Ihr war etwas eingefallen. Aus der Kiste im Schlafzimmer förderte sie Papas Lupe hervor, die er stets bei sich getragen hatte, um immer gewappnet zu sein, sollte er am Wegesrand eine unbekannte Kreatur entdecken. Mit dem Vergrößerungsglas in der Hand lief sie wieder zum Kochhaus.

Vernehmlich protestierend, baute Mzilikazi einen pyramidenförmigen Scheiterhaufen aus trockenen Ästen und trat zurück. »Kein Feuer«, sagte er achselzuckend.

Sie hielt ihm die Lupe entgegen. »Siehst du dieses Glas hier? Es kann Feuer von der Sonne holen, wenn ich sie darum bitte.«

»Eh«, machte der Zulu ungläubig und lachte sie aus. »Feuer von der Sonne! Kein Mensch kann mit der Sonne reden.«

Die Sache begann, ihr Spaß zu machen. Sie hob einen grün glänzenden Käfer auf, der knapp so groß war wie ein Marienkäfer, und hielt ihn unter das Vergrößerungsglas. Nun erschienen die zangenförmigen Kauwerkzeuge groß genug, um nach ihr zu schnappen. »Sieh dir den Käfer an«, sagte sie listig. »Wenn mein Glas einen kleinen Käfer in ein riesiges Raubtier verwandeln kann, ist es doch möglich, dass es Feuer von der Sonne bekommt.«

»Eh«, rief Mzilikazi, beugte sich vor und spähte durchs Glas. Mit einem Aufschrei fuhr er zurück und starrte sie entsetzt an. Ein Strom von Worten ergoss sich über seine Lippen, er klickte, zischelte, rollte dabei die Augen und zeigte mit gespreizten Armen, wie riesig dieser Käfer war. Doch als er den Finger ausstreckte und das Glas beiseite schob, um ihn zu berühren, krabbelte da nur das harmlose, winzige Insekt auf ihrer Handfläche. Vorsichtig reckte er seinen Kopf und inspizierte es. Blitzschnell schob Catherine die Lupe wieder davor, und der Käfer wuchs erneut ins Unermessliche. Sie lachte, als Mzilikazi zusammenzuckte, hielt nun das Glas weit von sich und hieß ihn, wieder hindurchzusehen. Sie hatte es auf Jikijiki gerichtet, und plötzlich erschien ihm seine Verlobte winzig klein, obendrein stand sie auf dem Kopf. Schweißperlen erschienen auf der Stirn des Zulus, seine Lippen zuckten. Er lief zu Jikijiki, betastete sie und schaute ungeheuer erleichtert, als er sie in normaler Größe und auf ihren Beinen stehend fand. Wieder sah er durch die Lupe, wieder schrumpfte sie und hing verkehrt herum. »Hau«, flüsterte er.

Catherine sah es mit Genugtuung. »Nun werde ich die Sonne bitten, uns Feuer zu schicken. Pass auf.« Rasch ballte sie zundertrockenes Gras zusammen und hielt das Vergrößerungsglas so, dass die gebündelten Sonnenstrahlen auf einen Punkt trafen. Bald stieg ein dünner Rauchfaden auf, und das Gras begann zu glimmen. »Da!«, rief sie und trug das Feuer mit einem Fidibus aus trockenen, dünnen Zweigen ins Kochhaus.

Doch erst als er die Glut mit dem Finger berührt und sich schmerzhaft verbrannt hatte, war Mzilikazi geneigt zu glauben, dass die Nkosikasi nicht nur mit der Sonne sprechen konnte, sondern dass diese ihr auch gehorchte. Beunruhigt betrachtete er die kleine Brandblase an seinem Zeigefinger und warf ihr dabei einen argwöhnischen Blick zu. Man musste wirklich vorsichtig im Umgang mit dieser Umlungu sein.

Catherine legte das Vergrößerungsglas in die Besteckkommode, damit es immer in Reichweite war, beauftragte Jikijiki, Wasser aufzusetzen, und schwang sich auf Caligula.

Als sie mit Mzilikazi an der Seite das Umuzi erreichte, schickte sie ihn vor, um sich anmelden zu lassen. Mzilikazi verschwand hinter dem Tambotizaun, und sie hörte aufgeregte Stimmen. Kurz darauf erschien ein krummbeiniger, vertrockneter Zulu, der sich den Kaross, eine Decke aus blank geschabter Rindshaut, wie einen Königsmantel um die Schultern gelegt hatte. Sein Gehabe machte deutlich, dass er der Häuptling dieses Dorfes war.

»Sawubona, Nkosikasi«, grüßte er mit allen Anzeichen von Misstrauen, doch respektvoll und zog den Kaross enger um seine Schultern.

Sie antwortete mit den traditionellen Floskeln. »Ich habe gehört, dass es deiner Frau schlecht geht. Führe mich bitte zu ihr.« Sie glitt vom Pferd, nicht ohne ihr Gewehr mitzunehmen. Waffen standen bei den Zulus hoch im Kurs, und sie wusste, es würde sonst auf Nimmerwiedersehen verschwinden.

»Du musst gut auf dein Gewehr achten«, hatte Johann gemahnt. »Sonst starren wir eines Tages in die Läufe unserer eigenen Flinten. Die Zulus haben zwar sehr eindeutige Gesetze, was den Besitz eines anderen betrifft, aber die lassen sie nur für ihresgleichen gelten. Sie sind ein kriegerisches Volk, immer noch vom Geist Shaka Zulus beseelt, und Feuerwaffen in ihren Händen würden das Ende der Kolonie Natal bedeuten. Erst kürzlich musste ein Händler in Durban einen Monatsverdienst Strafe dafür zahlen, dass er Schwarzen Schusswaffen verkauft hat. Glücklicherweise haben sie noch Schwierigkeiten, damit zu zielen, aber das werden sie bald lernen, und dann werden sie auch treffen.«

Diese Warnung beherzigend, packte sie ihre Flinte fester und betrat die Hütte. Das Innere war dämmrig und völlig verräuchert. Die Frau, die auf der Strohmatte lag, schien sehr jung. Ihr Kopf ruhte auf einem Holzblock, der ihr als Kopfkissen diente. Sie lag zur Seite gekrümmt und wimmerte, war offenbar nicht bei sich. Catherine beugte sich über die Kranke und legte ihr die Hand auf die Stirn. Sie glühte. Die Frau hatte hohes Fieber. Ihre Augen waren tief in ihre Höhlen gesunken, aber als sie die Lider anhob, sah Catherine, dass die Augäpfel klar waren, nicht gelb verfärbt wie beim Sumpffieber. Sie litt jedoch unter starken Leibschmerzen, denn sie hielt sich den Bauch.

Die Hütte füllte sich langsam mit Menschen. Es schien, dass alle Bewohner des Umuzis sich hineingezwängt hatten und jede der Bewegungen Catherines aufs Schärfste beobachteten. Die Zuschauer rückten näher und reckten die Hälse, kommentierten ihre Maßnahmen mit aufgeregten Reden, klickten, zischten, einige betatschten sie. Besonders eine große Frau mittleren Alters fiel ihr auf, deren Haut wie poliertes Ebenholz glänzte. Sie stand abseits, im Hintergrund gegen eine der Hüttenverstrebungen gelehnt, und ließ sie nicht aus den Augen. Catherine runzelte die Brauen, glaubte für eine Sekunde, sie schon irgendwo einmal gesehen zu haben. Die Zulu schien ihren irritierten Blick zu spüren, denn sie senkte die Lider, und Catherine war sich nicht mehr sicher. Einige Zuschauerinnen zerrten an ihrer Kleidung, redeten aufgeregt, und sie wurde abgelenkt.

»Hamba!«, fauchte sie und meinte, sie sollten verschwinden, alle. Sie unterstrich ihre Forderung mit energischem Wedeln ihrer Hände. Doch erwartungsgemäß gehorchte keiner. »So kann ich nicht arbeiten«, wandte sie sich in ihrem langsamen, holprigen Zulu an den Ehemann. »Schaff alle hinaus, ich will mit deiner Frau allein sein. Wenn ich dich brauche, werde ich dich rufen.«

Tatsächlich leerte sich die Hütte dann schnell, und sie hatte Raum zum Atmen. Vorsichtig ließ sie ihre Finger über den Bauch der Kranken gleiten, zuckte zurück, als diese aufschrie und sich erbrach. Gleichzeitig liefen die Körpersäfte ungehindert aus ihr heraus. Vor vielen Jahren, nach einem Ausflug in eine kleine afrikanische Küstenstadt war Catherine selbst mit einer ähnlichen Krankheit niedergekommen. Wilma hatte ihr auf Anweisung ihres Vaters zerstoßene Kohle mit Wasser vermischt eingeflößt. Noch heute schmeckte sie den bitteren, körnigen Brei und schüttelte sich. Aber die Durchfälle hörten alsbald auf. Kohle gab es genug hier, und einen Versuch war es wert, obwohl sie sich nicht sicher war, ob es Holzkohle gewesen war oder Knochenkohle. Die Frau war ihrer Meinung nach ohnehin dem Tod geweiht. Mit Sicherheit hatte sie Verdorbenes oder Verwurmtes gegessen.

Die Haut der Frau war nicht prall wie die eines jungen Menschen, sondern faltig und aschefahl. Sie zupfte ein wenig daran.

Die Haut blieb stehen. Was genau das bedeutete, war ihr nicht ganz klar, aber ihr Vater hatte das bei ihr damals auch so gemacht, und danach hatte er nicht geruht, bis sie eine ganze Kanne Wasser getrunken hatte. Langsam wurde der Gestank in der Hütte unerträglich. Ihr Magen drehte sich um.

»Lass deine Frau nach draußen bringen und die Hütte reinigen«, sagte sie zu dem Häuptling, der mit teilnahmsloser Miene ihre Bemühungen beobachtete. »Und dann lass mir Wasser bringen, viel Wasser.«

Vier Frauen trugen die Kranke nach draußen und legten sie in den spärlichen Schatten einer Akazie. Sie wedelte die Umstehenden weg. »Ich brauche die Kohle aus eurem Feuer. Füllt ein Gefäß damit.« Sie deutete auf das erkaltete Feuer in der Hütte der Kranken. Aufgeregte Stimmen aus dem Hintergrund veranlassten sie aufzusehen. Eine Gruppe von Frauen um sich geschart, die ihrer Kleidung nach Sangomas waren, stand dort Umafutha und stierte sie an. Catherine erschrak gegen ihren Willen. Die alte Frau hatte sie hier nicht erwartet, obwohl sie wusste, dass die erste Frau des Häuptlings ihre Tochter war.

Vor sich hinbrabbelnd fuchtelte die Medizinfrau mit den Armen, deutete mit dem Finger auf sie, rollte ihre Augen, tat unmissverständlich kund, wie aufgebracht sie war, dass ihr nun die Kuh entgehen würde, die sie als Bezahlung gefordert hatte, und schrie ihr etwas zu, das sie nicht verstand.

»Sie sagt, dass kein Umlungu diese Krankheit verstehen kann, es ist eine afrikanische Krankheit«, sagte Mzilikazi leise.

Catherine berührte ihr Gewehr. Die Alte würde es sicher nicht wagen, ihr hier vor aller Augen zu nahe zu treten. Wohl war ihr bei der Sache trotzdem nicht. »Sag der Alten, sie soll mitsamt ihren Schülerinnen verschwinden. Sie wird hier nicht gebraucht«, befahl sie Mzilikazi.

Doch dessen verschlossene Miene machte unmissverständlich klar, dass er es nicht wagte, es sich mit der alten Zauberin zu verderben.

»Was für ein Feigling bist du doch«, beschied Catherine ihm auf Deutsch. »Hamba«, rief sie der Alten zu. »Geh!«

Die Alte machte ein Handzeichen, das sie nicht verstand, aber es jagte ihr einen Schauer über die Haut, und sie musste an die langen Tage denken, die sie allein auf Inqaba war. In der nächsten Zeit würde sie besonders wachsam sein müssen.

Die Kohle war sandig, und sie wusch sie erst, bevor sie die Stücke mit einem Stein zu Puder zerstieß und unter das Wasser rührte. Geduldig fütterte sie die Frau mit dem Brei, benutzte dafür einen kleinen, aus einer Kalebasse geschnitzten Löffel und gab ihr nach jedem Schluck reichlich Wasser zu trinken. Wieder hatte sie keine Vorstellung, wie viel Kohle gut für die Frau war und ob eine zu hohe Dosis ihr schaden würde. Am Ende entschied sie, dass drei Löffel reichen müssten, und gab der ersten Frau des Häuptlings, einer dicken, missmutig wirkenden Matrone, die Anweisung, bis die Sonne zum zweiten Mal aufging, der Kranken den Rest des Kohlebreis zu verabreichen.

»Eine Woche lang darf sie weder Fett noch Fleisch essen, nur Gemüse und Obst«, sagte sie. Das hatte ihr Vater damals auch angeordnet. Ihre Anweisung wurde eingehend kommentiert. »Und sie muss viel trinken.«

Sie blieb noch eine halbe Stunde, um die unmittelbaren Auswirkungen zu beobachten. Es kam ihr vor, als ließen die Leibschmerzen ihrer Patientin etwas nach, aber sicher war sie nicht. Die Kranke redete nur wirres Zeug. Sie schlug spontan ein Kreuz über der wimmernden Frau und fragte sich, ob diese den Tag überleben und welche Konsequenzen das für sie selbst haben würde.

✶

Die Antwort bekam sie nach zwei Wochen. Der alte Häuptling tauchte auf dem Hof auf, in seinem Gefolge eine junge, hübsche Frau, bekleidet mit einem Rindshautrock und den Überresten eines Umhangs aus zusammengenähten Ziegenfellen, die Catherine erst erkannte, als der Ehemann sie als seine genesene Frau vorstellte.

Erwartungsvoll lächelte sie den Zulu an, wartete auf seinen Dank. Doch der kam nicht.

»Nun ist meine Frau wieder gesund, aber sie ist hungrig, und sie friert. Du musst ihr Essen geben, am besten eine Ziege, und ich will eine Wolldecke für sie haben«, verlangte er zu ihrem Erstaunen.

»Was soll ich?«, stieß sie gereizt hervor. »Ich habe keine Decke. Verstehst du? Keine Decke! Warum sollte ich dir eine Decke oder eine Ziege geben? Ich habe deine Frau gesund gemacht. Du solltest *mir* etwas schenken.«

Der Mann, der unter seiner um die Schultern gelegten Decke nichts weiter auf dem Leib trug als die üblichen Schwänze und Lederstreifen, setzte ein hochmütiges Gesicht auf. »Du hast ihr Leben gerettet, jetzt gehört es dir. Du musst es von jetzt an beschützen. So ist es Brauch. Wenn sie nichts zu essen bekommt, verhungert sie. Die Winternächte in Zululand sind kalt, ohne Decke wird sie erfrieren, und das wird deine Schuld sein. Du hast sie dann getötet.«

Ungläubig starrte sie den Mann an. »Du bist wohl völlig verrückt geworden«, teilte sie ihm auf Deutsch mit. Dann wechselte sie ins Zulu. »Hier gibt es keine Decke und keine Ziege. Geh weg«, rief sie und machte eine scheuchende Bewegung. »Hamba!«

Der Häuptling schob sich aufgeregt schimpfend näher, bis er dicht vor ihr stand. Sie verstand nur einen kleinen Teil von dem Wortschwall, der sich über sie ergoss, aber angesichts seiner Gestik und Mimik genügte das auch. Mit seinem Kampfstock vor ihrem Gesicht herumfuchtelnd, machte er ihr klar, dass er ohne Ziege und Wolldecke den Hof nicht verlassen würde. Die Frau stand teilnahmslos im Hintergrund und betrachtete ihre Zehen.

»Suka!«, schrie sie ihn an. »Verschwinde!« Mit wirbelnden Röcken rannte sie ins Haus, wollte eben die Tür zuschlagen, als sie gewahr wurde, dass der Zulu ihr auf dem Fuße gefolgt war und sich jetzt in den Gang drängte. Er schien ernstlich böse zu sein.

Nun, das war sie auch. Mit Wut und Geschrei kam sie offenbar nicht weiter. Aber sicherlich mit List. »Bleib hier stehen«, fauchte sie, lief zu ihrer Besteckkommode und holte die Lupe heraus. Mit einem zufriedenen Lächeln im Gesicht demonstrierte sie ihm ihre Macht, Dinge zu vergrößern, Dinge zu verkleinern und die Welt auf den Kopf zu stellen. Erst ließ sie eine Heuschrecke als Monster erscheinen, dann hielt sie die Lupe weit weg, und schon sah es aus, als sei seine Frau nur noch daumengroß und müsse verkehrt herum laufen. Er fuhr mit allen Anzeichen von Furcht zurück.

»Keine Ziege«, beschied ihm Catherine noch einmal, streckte ihren Arm weit aus, hob langsam die Lupe und tat so, als würde sie ihn damit betrachten.

Die beiden Zulus rannten wie aufgescheuchte Hasen, und sie lachte noch, als sie längst im Busch verschwunden waren.

»Dem habe ich's gezeigt«, erzählte sie Johann abends zufrieden und erklärte ihm die Sache mit der Lupe. »Die werden mich in Zukunft in Ruhe lassen.«

»Mit der Lupe verkehrt herum. Soso«, sagte Johann; er wusste nicht, wie er seine Bewunderung ausdrücken und sie gleichzeitig zur Vorsicht mahnen sollte. Zuluhäuptlinge nahmen es nicht mit Humor auf, wenn man sie lächerlich machte. »Das war ein guter Trick, wirklich, witzig für uns Weiße. Aber ich möchte dich um etwas bitten.« Er wartete, bis sie ihn ansah. »Bitte schlüpfe in die Haut des Häuptlings, und sag mir, was du dann gesehen hättest.«

Catherine runzelte die Brauen, wollte etwas Abwehrendes sagen, verstummte dann und konzentrierte sich. »Ich sehe eine weiße Frau«, antwortete sie schließlich langsam, »die über mich lacht.« Betroffen hielt sie inne. Genau das hatte sie getan. Röte kroch ihr ins Gesicht. »Ich sehe eine weiße Frau, der mein König Land geschenkt hat und die meine Sitten und Gebräuche verspottet.« Sie schwieg und hob ihre Augen zu ihm. »Ich werde es nicht wieder vergessen«, sagte sie dann.

Lange Zeit passierte nichts, und Johann war die Begebenheit fast entfallen. Eines Nachts jedoch, in der Stunde nach Mitternacht, in der die Geister wandern und die Teufel ihre Hölle verlassen, wachte er von einem Geräusch auf. Es war nicht laut, nur ein leises Schaben, dann ein hauchzartes Klirren. Er setzte sich auf und schwang seine Beine behutsam auf den Boden, darauf bedacht, Catherine nicht zu stören. Sie rührte sich im Schlaf, murmelte etwas, schlief aber weiter. Sein Gewehr packend, schlich er leise zum Fenster und schob den Musselinvorhang mit dem Lauf zur Seite. Angespannt lauschte er auf das verräterische Klicken großer Krallennägel auf dem Holzfußboden, auf die Schwingungen, die ein schwerer Körper wie der eines Löwen verursachen würde, und verfluchte die Tatsache, dass er immer noch keine Scharniere für die Fenster bekommen hatte und die Läden im Schuppen lagen. Die Fensteröffnungen im Wohnraum waren groß genug, dass ein hungriger Löwe sich durchwinden konnte.

Aber zu seiner Erleichterung hörte er nichts dergleichen.

»Johann, was ist?«, wisperte Catherine vom Bett.

Er drehte sich um, legte einen Finger auf den Mund und beobachtete die Veranda. Wolken zogen an der Mondsichel vorbei, huschende Schatten gaukelten ihm Formen und Gestalten vor, die es nicht gab, ein schwacher Lichtblitz leuchtete auf, war aber so schnell verschwunden, dass er unsicher war, ob er sich nicht getäuscht hatte. Langsam öffnete er die Verandatür, hielt die Luft an, als sie knarrte, und glitt dann hinaus, geschmeidig und lautlos, trotz seiner Größe.

Kein Mensch und auch kein Tier war zu sehen. Aber die Tür, die von der Küche zum Kochhaus führte, stand einen Spalt offen, und die vom Gang zum Wohnraum war nur angelehnt. Er schloss beide, zündete eine Kerze an und durchsuchte Küche und Wohnraum. Soweit er sehen konnte, fehlte nichts, und nichts war zerstört.

»Nichts«, berichtete er Catherine, verschwieg ihr aber nicht, dass die Küchentür offen gewesen war. »Ich habe alle Türen wie jeden Abend kontrolliert. Sie waren fest verschlossen. Jemand muss im Haus gewesen sein.«

Erst einige Tage später entdeckte Catherine, dass die Präparate ihres Vaters fehlten. »Wer um alles in der Welt stiehlt in Spiritus eingelegte tote Tiere?«, fragte sie verwirrt. »Wenn sie meine Lupe gestohlen hätten, das könnte ich verstehen.«

Johann schwieg, betrachtete im Geist sein Umfeld und stieß bald auf Khayi und die alte Sangoma, Khayis Schwester, die durch Catherines Eingreifen um die Kuh, die ihr Mzilikazis Vater für die Heilung seiner Frau versprochen hatte, gebracht worden war. Außerdem hatte Catherine auf dem geheiligten Grund, wo die Sangomas und Inyangas ihre Kräuter sammelten, gewildert.

Khayi und Umafutha. Beide Zulus hassten auch ihn als den Besitzer von Inqaba, suchten jede Gelegenheit, ihn zu vertreiben. Sie stahlen sein Vieh, rissen seine Zäune ein, und einmal hatte er einen von Khayis Leuten dabei erwischt, wie er den Inhalt eines Tongefäßes in sein Wasserreservoir kippen wollte. Er war ihm entkommen, und er hatte Khayi nicht nachweisen können, dass er sein Wasser vergiften wollte, aber jetzt war er sich sicher, dass er mit seinem Verdacht Recht hatte.

Es war die einzige Erklärung. Die alte Medizinfrau hatte über Jikijiki von den eingelegten Tieren gehört, die tot waren, aber nicht verwesten, und er glaubte, dass Hexenwerk des weißen Mannes dahinter steckte.

Ohne Zweifel versprach sich die Alte einen mächtigen Zauber davon, der gleichzeitig sie, ihre Tochter und die Demütigung des Häuptlings rächen würde.

Da fiel ihm etwas ein, was vor langer Zeit passiert war. Einmal hatte er eine primitive Tonfigur vor seiner Haustür eingegraben gefunden. Sie war weiß angemalt gewesen und der Kopf abgeschlagen. Er hatte sie in die Abfallgrube geworfen. Später entdeckte er, dass sie verschwunden war. Es hatte ihn nicht weiter beunruhigt, und eigentlich hatte er den Vorfall so gut wie vergessen.

Er erzählte es Catherine. »Du solltest in der nächsten Zeit die Augen offen halten«, warnte er.

Diese zuckte mit den Schultern. »Was will die alte Hexe schon mit in Spiritus eingelegten Affenbabys anfangen? Uns sollte es nicht kümmern. Ich glaube diesen Hokuspokus nicht. Nun komm zurück ins Bett. Es wird bald Morgen sein, und ich bin hundemüde.«

Er lag noch lange wach, denn er wusste, wozu diese Alte fähig war. In Zukunft würde er die im Haus verwendeten Lebensmittel häufiger kontrollieren. Man konnte nie wissen.

*

Catherine schob ihre Näharbeit beiseite. Vor ihr auf dem Wohnzimmertisch lagen die beiden ersten Ausgaben von Tim Robertsons »Durban Chronicle«. Pieter hatte sie im Auftrag von Mila Arnim bei ihr abgegeben. Tim Robertson hatte ihr schon früher welche gesandt, aber sie waren nie auf Inqaba angekommen. Andächtig öffnete sie die erste. Die Zeitungen hatten nur je vier Seiten, wovon ein großer Teil von Anzeigen der ortsansässigen Geschäftsleute ausgefüllt wurde. Gartensaat gab es da zu kaufen, Macassaröl, um die Haare nachzudunkeln, die neueste Stiefelmode und allerlei Wundermittelchen gegen Sandwürmer, Zecken und die unangenehmen Folgen von übermäßigem Alkoholgenuss.

Ein Gartenclub war gegründet worden, und über die Sitzung des Landwirtschaftsverbandes Natal wurde berichtet, dass am 24. Mai der Geburtstag Königin Viktorias nicht nur mit einer großen Parade des 45. Regiments und einer Abteilung der Königlichen Artillerie gefeiert wurde, sondern auch mit einem großen Volksfest und einem ausgezeichneten Feuerwerk auf dem großen Platz vor Platts zweistöckigem Trafalgar Hotel. Sie erfuhr, dass die Honoratioren der Stadt den öffentlichen Ball, der im Trafalgar Hotel Anfang Juli stattfinden sollte, auf Wunsch Seiner Exzellenz, dem Stellvertretenden Gouverneur, der sich zu der Zeit auf einer anstrengenden Rundreise im Land befand, auf den 18. Juli verlegt hatten. Seine Exzellenz war unverheiratet und ein Lebenskünstler, er wollte den Ball auf keinen Fall missen, schrieb Tim Robertson.

Sie ließ die Zeitung sinken. Der Ball hatte an ihrem Geburtstag stattgefunden. Auch die Steinachs waren eingeladen gewesen. Sie hatte ihr Seidentaftkleid gereinigt und zusammen mit Dan in mühseliger Stichelei ein paar recht hübsche Schlangenlederschuhe hergestellt. Aber in der Woche vor dem großen Ereignis war ihr bester Bulle an einem Schlangebiss verendet, und bei dem vergeblichen Versuch, das Tier zu retten, hatte Johann sich so schlimm am Bein verletzt, dass dieses anschwoll wie ein Ballon und er zwei Wochen nicht auftreten konnte. Catherine schiente sein Bein mit zwei Brettern, die noch vom Bau der Toilette übrig geblieben waren, und Johann fertigte behelfsmäßige Krücken, aber er konnte weder laufen noch reiten, und für eine Reise mit dem Ochsenwagen war die Zeit zu knapp. Sie mussten den Ball absagen. Während Cilla, Lilly und selbst die grässliche Prudence Mitford durch eine rauschende Ballnacht tanzten, saß sie an ihrem Geburtstag allein mit Johann auf Inqaba. Die Enttäuschung hatte ihr die Tränen in die Augen getrieben.

Johann hatte ihr einen Kuchen zum Geburtstag gebacken und war zur Feier des Tages schon mittags von den Feldern gekommen. Aber selbst das konnte sie nicht wirklich aufheitern. Sie gab sich Mühe, wenigstens sein Geschenk zu würdigen, aber überzeugend gelang ihr das nicht. Sie hatte gehofft, Papier, Tinte und vielleicht ein Paar Schuhe zu bekommen, aber Johann war noch nicht in Durban gewesen, und ein Kaffernbüffel hatte Pieter, Milas Faktotum, auf die Hörner genommen und einige Zeit außer Gefecht gesetzt.

Um die immer noch nach allen Seiten offene Küche in ein festes Häuschen zu verwandeln, so wie Mila es vorgeschlagen hatte, hatte Johann heimlich mit Mzilikazi Ziegel geformt und sie auf der anderen Seite ihres Haushangs außer Sichtweite getrocknet. Stolz präsentierte er ihr am Geburtstagmorgen den Haufen ockerfarbener, halb von Gras überwucherter Steine und drückte ihr strahlend einen Strauß wilder Lilien in die Hand. »Ich werde dir einen Tisch zimmern, sodass du neben dem Feuer eine Arbeitsmöglichkeit hast, und Nägel in die Wand schlagen, damit du deine Töpfe dort aufhängen kannst. Das wird wunderbar werden, nicht wahr?«

Sie quälte sich ein Lächeln und einen Dank ab und machte sich trübsinnig daran, ihr Geburtstagsmahl zu kochen. Eine Rinderbrühe, gefolgt von einer gebratenen Wildschweinkeule und gedünstetem Huhn mit Kräutern. Als sie den ersten Löffel der

Suppe gekostet hatte, schob sie Johann schweigend das Salz hin. An dem Wildschwein war nichts mehr zu ändern. Es war fade und zäh wie Hosenleder.

»Hätte noch ein paar Stunden im Topf bleiben können«, bemerkte er unvorsichtig.

»Dann iss es eben nicht. Ich bin es nicht gewohnt zu kochen und die Arbeiten zu erledigen, die üblicherweise einem Hausmädchen obliegen, das weißt du«, fuhr sie ihn an und aß in wütendem Schweigen weiter.

»Das Hühnchen ist sehr gut«, beeilte er sich zu loben. »Wirklich.« Zur Bestätigung nahm er sich eine große zweite Portion.

Ohne zu antworten, starrte sie in die blakende Kerze und kaute. Sie saßen am Tisch im Wohnzimmer, die Türen waren fest verschlossen, und vor den Fensteröffnungen hingen Decken, denn es war in den letzten Tagen empfindlich kalt geworden. Der Raum erschien ihr kleiner als sonst, ihre Füße waren Eisklötze, und der Geruch der Schweinetalgkerze reizte sie zum Husten.

Nach langen Minuten hatte sie endlich die lastende Stille zwischen ihnen gebrochen. »Ich habe gehört, dass Kappenhofers sich ein Stadthaus zugelegt haben. Könnten wir das nicht auch? Es wäre so schön, gelegentlich dieser Einsamkeit zu entkommen.«

Ein Stöhnen unterdrückend, rückte Johann sein verletztes Bein zurecht. »Bitte hab noch etwas Geduld. Sowie alles besser läuft, werden wir uns das auch irgendwann leisten können. Bald ist das erste Zuckerrohr reif, dann wird alles leichter sein.« Seine Stimme hatte überzeugend geklungen, wie immer, wenn er über die Zukunft seines geliebten Landes redete.

Es hatte sie noch mehr aufgebracht. »Immer kommt etwas dazwischen«, rutschte es ihr heraus. »Heuschrecken fressen deine Ernte oder irgendwelche scheußlichen Käfer, die Rinder haben Lungenfieber oder sonst eine grässliche Seuche, und dann wird Geld für Teer und Terpentin gebraucht, weil Zecken über sie hergefallen sind, es ist zu trocken oder zu nass, oder die Kaffern haben keine Lust zum Arbeiten! Und ich muss barfuß laufen, weil kein Geld für Schuhe da ist.« Ihre Stimme war in hysterische Höhen geklettert.

Obwohl sie sich für ihren unkontrollierten Ausbruch schämte, brachte sie es nicht fertig, sich zu entschuldigen, nicht einmal für das Wort »Kaffern«. Johann war danach einsilbig geworden, und es hatte Tage gedauert, ehe ihr Verhältnis wieder einigermaßen im Lot war.

*

Catherine reckte ihren Kopf und schaute durch die offene Küchentür zum Kochhaus. Eine Wand stand, eine andere war halb hoch. Die anderen Steine lagen ordentlich gestapelt daneben. Mehr hatte Johann noch nicht geschafft. Immer wieder war etwas dazwischengekommen. Seufzend hielt sie dem Chamäleon, das auf dem Verandageländer saß, eine Fliege hin und las weiter. Verwundert stellte sie fest, dass ihr Bild von Durban überhaupt nicht mit dem, das Tims Zeitung entwarf, übereinstimmte, bis sie eine Erklärung in einer Fußnote fand. Es waren seit ihrer eigenen Ankunft über dreitausendfünfhundert Einwanderer in Natal gelandet, und offenbar war Durban explosionsartig gewachsen. Vage erinnerte sie sich an die Vision, die ihr Johann vorgegaukelt hatte. Was hatte er gesagt?

»Durban wird eine bedeutende Handelsstadt werden, reiche Handelsherren werden in prächtigen Häusern residieren, es wird Einladungen zum Nachmittagstee und Bälle geben, Theater, Clubs und gute Restaurants.«

Wie es schien, entwickelte sich der Haufen primitiver Hütten, Zelte und riedgedeckter Schuppen, die sie gesehen hatte, diese Ansammlung schrecklicher Leute, die Hinrichtungen als öffentlichen Spaß inszenierten und ihre Notdurft im Busch hinter dem Haus verrichteten, tatsächlich in eine zivilisierte Richtung. Der Artikel aber, der sie am meisten interessierte, war auf der ersten Innenseite. Es ging um die Jagd nach den Elfenbeindieben.

»Wenn der Autor dieser Zeilen«, so schrieb Tim Robertson, »den Anführer der gefährlichen Räuber nicht selbst gesehen hätte, könnte man glauben, dass dieser Mann ein Hirngespinst sei, denn keiner kennt ihn, niemand weiß, wie er wirklich heißt oder woher er kommt. Land auf, Land ab wird er von den Schwarzen nur ›Kotabeni‹ genannt. Glücklicherweise haben die Überfälle auf die Elfenbeinvorräte der Zulus in der letzten Zeit aufgehört. Man kann nur hoffen, dass dieser Kotabeni sein Unwesen jetzt woanders treibt. Wir werden unsere Leser über den Fall auf dem Laufenden halten.«

»Kotabeni.« Sie probierte den Namen laut aus. Konstantin von Bernitt? War sie die einzige Person, die davon überzeugt war?

Energisch rief sie sich zur Ordnung. Sicelo hatte das Taschentuch mit dem abgerissenen Monogramm stundenlang an seinem Körper getragen. Ihre Nase musste sie getäuscht haben. Der rauchige Geruch rührte gewiss vom Lagerfeuer her, und den Duft der Seife hatte sie sich sicherlich eingebildet. Keine Sekunde mochte sie glauben, dass Konstantin so etwas Schändliches tun würde. Mein Gott, fuhr es ihr durch den Kopf, einmal noch in seinen Armen liegen und mit ihm durch die Nacht tanzen, nur einmal noch, und dann füge ich mich meinem Schicksal. Erschrocken horchte sie auf ihren eigenen hämmernden Herzschlag. War es ein Irrtum, zu glauben, dass sie ihn vergessen konnte?

Draußen auf dem Hof stimmten Jikijiki und Mzilikazi ein Lied an, und dankbar für die Ablenkung hob sie den Kopf und hörte zu. Mzilikazi hatte einen sanften, rauchigen Bariton, seine Verlobte zwitscherte hell wie eine Lerche die hohen Töne. Die Melodie war einfach und kraftvoll, wiederholte sich oft und erfüllte Catherine mit einer tiefen Sehnsucht, die sie nicht in Worte fassen konnte. Die beiden schwatzten und sangen viel, ein Hintergrundgeräusch, das ihre Tage begleitete, beruhigend wie das Murmeln eines Baches. Anfänglich hatte sie die Gesellschaft der beiden Zulus gesucht, sich zu ihnen gesetzt, wollte teilhaben, doch in ihrer Gegenwart wurden sie einsilbig und verlegen, antworteten nur, wenn sie etwas fragte. Kaum war sie jedoch gegangen, plätscherten Gespräch und Gesang von neuem munter dahin.

In ihrem sanften Vogelgesang erzählte Jikijiki von ihrer Liebe zu Mzilikazi, pries seine Kraft, seine stattliche Schönheit, sang davon, wie stolz sie auf ihren zukünftigen Mann war und dass sie hoffte, eine große Zahl von Kindern zu bekommen. Catherine hielt sich die Ohren zu. Erst vor einigen Tagen hatte sie unfreiwillig ein Gespräch zwischen Sicelo und Johann belauscht. Die Küchentür war einen Spalt geöffnet gewesen, im Hof mauerten die beiden Männer die erste Wand für das neue Kochhaus. Sie hatten ihr den Rücken zugewandt und sprachen über Sicelos bevorstehende Vereinigung mit der schönsten Tochter eines der großen Häuptlinge.

»Sie hat Augen wie eine Gazelle und breite Hüften«, hatte Sicelo geschwärmt, »sie ist eine gute Arbeiterin, und nächsten Sommer um diese Zeit werde ich mein erstes Kind im Arm halten.« Dann hatte er gelacht, das fette Lachen von einem, der sich überlegen weiß. »Eh, mein Freund. Du wirst dich beeilen müssen. Ich sehe nicht, dass deine Frau einen dicken Bauch hat, obwohl du schon einen Sommer und einen Winter bei ihr liegst, und ich mache mir große Sorgen. Wenn der Bulle eine Kuh bespringt, und sein Samen findet kein Gefäß, muss er sich eine neue Kuh nehmen. Du hast genug Rinder. Kaufe dir eine zweite Frau, eine, die jedes Jahr ein Kind bekommt, damit du gut lebst in deinem Alter.« Wieder lachte er. »Vielleicht hat deine Frau eine Schwester? Dann nimm sie als Stellvertreterin, und deine Frau kann in deinem Haus bleiben. Oder brauchst du etwa Inguduza, um dir auf die Sprünge zu helfen?« Sicelo schlug sich vor Vergnügen auf die Schenkel.

Es war ein Keulenschlag, und vor Scham wäre Catherine am liebsten in den Boden versunken, aber sie konnte sich nicht rühren. Als ihr Mann antwortete, erkannte sie seine Stimme kaum wieder. Sehr hart, sehr klar und so scharf, dass selbst sie zusammenzuckte.

»Du bist mein Bruder und meinem Herzen sehr nah«, begann er. »Ich würde mein Leben für dich geben, und du würdest dasselbe für mich tun. Das haben wir beide bewiesen. Doch nun höre mir genau zu.« Er fixierte den Zulu mit glühenden Augen. »Ein

Mann aus meinem Land wäre jetzt durch meine Hand niedergestreckt. Wähle deine Worte vorsichtig in Zukunft, mein Freund. Denk daran, was ich dir gesagt habe. Sie ist meine Nkosikasi.«

Sicelo war zu Stein erstarrt. Dann flackerte etwas über das schwarze Gesicht, sein Mund verzog sich wie im Schmerz. »Vergib meiner Zunge, ich werde sie strafen«, flüsterte er und biss so hart darauf, dass ihm das Blut aus dem Mund spritzte.

Ihr war prompt übel geworden, und sie hatte sich auf Zehenspitzen entfernt. Am nächsten Tag stand Sicelo überraschend in der Küchentür.

»Sawubona, Nkosikasi«, grüßte er verlegen lächelnd und legte einen kleinen Beutel aus Antilopenleder in ihre Hände. »Isinwazi. Nimm das Pulver, und Johanns Samen wird aufgehen.«

Verblüfft starrte sie auf das blutrote Pulver, das aus dem Beutel rann, und als sie wieder aufblickte, war Sicelo verschwunden. In diesem Moment hatte Jikijiki, bis auf ihr Perlenröckchen nackt, wie sie erschaffen wurde, die Küche betreten und das Pulver entdeckt.

Sie hatte ihrer Arbeitgeberin einen blitzenden Blick zugeworfen. »Isinwazi«, gluckste sie und beschrieb mit den Händen mindestens einen Drillingsbabybauch. »Du musst es auch Jontani geben, er wird wie ein wilder Bulle sein ...«

Catherine hatte ihr den Beutel aus der Hand gerissen und war mit hochrotem Gesicht ins Schlafzimmer geflohen, im Ohr wieder die Worte, die Sicelo gewählt hatte, um das Offensichtliche zu beschreiben. Über ein Jahr waren sie schon verheiratet, und sie war noch immer so schlank wie am Tag ihrer Hochzeit. Auch Cilla und Mila hatten eine scherzhafte Bemerkung darüber gemacht und selbst Dan, der Schlangentöter. Ohne Arg, natürlich, nur so nebenbei. Dan hatte von jungem Blut und großen Kinderscharen gesprochen, die die Kolonie brauchte, hatte gegrinst und gezwinkert und Johann in die Seite geboxt und ihm »ran an die Buletten« zugeraunt. Noch jetzt brannte sie vor Verlegenheit, aber heimlich hatte sie das Pulver probiert. Sie strich über ihren Bauch. Noch hatte es offenbar nicht gewirkt. Vielleicht sollte sie Isinwazi eine Zeit lang regelmäßig nehmen.

Draußen rief Jikijiki, Mzilikazi antwortete, und beide lachten. Catherine vernahm es und hatte das Gefühl, innerlich zu verdorren. Sie hungerte nach menschlichen Stimmen, nach Gedankenaustausch wie sonst ein Mensch nur nach Nahrung. Durban lag beinahe eine Woche südlich, Kapstadt war nur eine ferne Erinnerung, und Europa, wo das industrielle Zeitalter vorwärts preschte, es Telegrafen gab, die Nachrichten schneller transportierten, als ein Blitz über den Himmel zuckte, wo Webmaschinen in Fabriken ratterten, es Häuser mit Heizung und Wasserleitungen gab, war weiter entfernt als der Mond, der jede Nacht auf Inqaba schien.

Niedergeschlagen barg sie ihren Kopf in den Armen, sehnte sich in diese andere Welt, die hinter dem Mond. Was würde sie dafür geben, könnte sie sich jetzt einfach eine Droschke nehmen, in die Stadt fahren und unter einer Vielzahl von Geschäften das aussuchen, was sie brauchte, Bücher und Papier kaufen, Zeitungen lesen, erfahren, was in der Welt vor sich ging. Hätte sie Freunde, könnte sie ihnen schreiben, sie besuchen oder ihnen ein Telegramm schicken. Es würde Bälle geben, Theateraufführungen und interessante Vorträge weit gereister Wissenschaftler, gepflasterte Straßen, Toiletten im Haus und gute Restaurants.

Seufzend nahm sie ihre Näharbeit wieder auf. Die Fata Morgana von ihrem weißen Schloss auf dem Hügel Inqabas hatte längst böse Flecken bekommen, und immer häufiger war sie dieser Tage sehr müde. Außerdem litt sie schon wieder unter einer Erkältung. In diesem Winter hatte sich ein Schnupfen an den anderen gereiht, nun war auch noch Husten dazugekommen. Deftig stach sie die Nadel in den zweifach liegenden Stoff, es gab ein knackendes Geräusch, und die Nadel brach. Mit leisem Klingeln fielen die Teile auf den Wohnzimmertisch. Es war nur eine Kleinigkeit, eine Nichtigkeit, lächerlich in seinen Ausmaßen, aber es war genug.

»Hölle und Verdammnis!«, schrie sie, ballte die Fäuste und sprang so heftig auf, dass der Stuhl nach hinten fiel. Sie trat dagegen, stolperte und stand plötzlich ihrem eigenen Abbild gegenüber, das von dem von der Feuchtigkeit halb blind gewordenen Spiegel an der Wand, den ihr Cilla als Willkommen geschenkt hatte, zurückgeworfen wurde. Langsam richtete sie sich auf und betrachtete nüchtern ihre Erscheinung.

Nach ihrer Flucht vor der Sangoma durch den Busch war ihr Kleid nur noch als Putzlappen tauglich gewesen. Seitdem trug sie Papas Hosen auf. Es war sehr praktisch im Haus und auf der Farm. Das Oberteil des Kleides hatte sie abgetrennt und repariert und unterhalb der Taille umsäumt, so ergab es eine durchgeknöpfte, kragenlose Bluse. Heute jedoch hatte sie eins der weiten, weißen Hemden ihres Vaters angezogen und in die Hose gesteckt. Die Beinkleider hatte sie mit ungeübten Stichen enger genäht und auch kürzer, sodass ihre nackten Füße darunter hervorlugten. Ihre Sohlen waren verhornt und eingekerbt wie die der Zuluhirten, und sie konnte schrubben, soviel sie wollte, das Rot von Afrikas Erde ließ sich nicht mehr entfernen. Dan de Villiers Rat befolgend, schonte sie ihre Schuhe im Sommer. Nur an den wirklich kalten Wintertagen hatte sie die Veldskoens, die ihr Johann aus Springbockhaut gemacht hatte, getragen. Sie waren etwas zu groß, und sie musste Stroh hineinlegen, das allerdings, wie sie einmal trocken bemerkte, wenigstens auch ein wenig wärmte. Korkeinlagesohlen, wie sie in Deutschland selbstverständlich waren, gab es hier natürlich nicht.

Kein Dienstmädchen würde sich so auf die Straße wagen, dachte sie grimmig. Ich sehe aus wie die Frau eines Tagelöhners. Nein, schlimmer, korrigierte sie sich, wie eine hergelaufene Zigeunerin, denn trotz Sonnenhut und Umhang hatte ihre Haut eine goldbraune Färbung angenommen, ein paar Strähnen ihres dunklen Haars, das sie in einem aufgerollten Zopf im Nacken trug, hingen ihr ins Gesicht. Mit spöttischer Grimasse sank sie vor ihrem Spiegelbild in einen übertriebenen Hofknicks. »Voilà, die hochwohlgeborene Baronesse le Roux!«

In diesem Augenblick hasste sie Afrika, hasste sie Inqaba und ihr Leben hier, und sie haderte mit Johann, der sie in diese Wildnis verschleppt hatte. Mit einer heftigen Bewegung strich sie ihr Haar nach hinten, wobei sie mit ihrem Ehering hängen blieb.

Sie befreite sich und sah hinunter auf das breite, schimmernde Goldband, musste unwillkürlich an Dom Alvaro und Donna Leonora de Vila Flor denken und an die Schätze, die sie mit sich geschleppt hatten. Nur ein Bruchteil davon würde genügen, und ihre Sorgen hier wären für immer beigelegt. Ihre Beine bewegten sich wie von selbst, trugen sie zum Regal, wo das Buch stand, in dem das Schicksal der de Vila Flors verzeichnet war. Sie hatte das Buch notdürftig repariert, die Schnipsel auf Stücke ihres zerrissenen Rocks geklebt. Der Leim, aus Rinderhufen gekocht, war bretthart geworden. Sie nahm es heraus und trat auf die Veranda.

Die frühen Wolken hatten sich verzogen, und es war ein herrlicher Tag geworden, kühl zwar, aber der azurblaue Himmel war von kristallener Klarheit, und die scharlachroten Blütenkrönchen der Kaffirbäume glühten an den kahlen Ästen. Schon zeigten sich winzige hellgrüne Blättchen, ein sicheres Zeichen, dass der Frühling vor der Tür stand. Johann würde erst abends kommen. Es blieb ihr genug Zeit, noch ein wenig zu lesen. Sie brühte sich einen Kaffee auf, rückte den Stuhl auf der sonnenüberfluteten Veranda unter der Mimosenakazie zurecht und schlug das Buch auf, um zu erfahren, was aus Donna Leonora geworden war. Sie blätterte mehrere Seiten zurück, um ihr Gedächtnis aufzufrischen, schauderte, als sie sich vorstellte, unter welchen Bedingungen Dom Alvaro und seine Familie um ihr Überleben gekämpft hatten. Mal hatten ihnen, die ohnehin durch Hunger und Durst geschwächt waren, eisige Winterwinde zugesetzt, mal lieferten sie sich heftige Gefechte mit Eingeborenen, bei denen viele ihrer Leute umkamen. Donna Elena, die vierzehnjährige Tochter der de Vila Flors wurde von einem baumlangen Schwarzen gepackt, entkam dem entsetzlichen Schicksal, verschleppt zu werden, nur, in dem sie ihren juwelenbesetzten Mantel in seinen Fäusten zurückließ. Lediglich mit einem dünnen, goldgelben Seidenkleid und der wadenlangen Hose, die ihre Mutter von einem Matrosen erbeten und ihre Tochter zu tragen genötigt hatte, bekleidet, trotzte sie der Kälte.

»Welch zähes, kleines Ding«, murmelte Catherine und übersprang die grausigen Einzelheiten über den Tod eines der Kinder, ließ ihren Blick über die Seiten gleiten, bis sie auf eine höchst interessante Passage stieß.

Obwohl die Schiffbrüchigen ständig in der Nähe des Ozeans marschierten, fanden sie kaum trinkbares Wasser, einige starben sogar, als sie aus stinkenden Urwaldtümpeln tranken. Wer doch sauberes Wasser entdeckte, machte ein Teufelsgeschäft damit und verkaufte einen Becher für mindestens zehn Silbercruzados, so viel, wie sie in ihrer Heimat in Monaten härtester Arbeit nicht verdient hätten. Einige schleppten bald Säcke voll Münzen mit sich herum, und als alle Münzen ihren Besitzer gewechselt hatten, schreckten die Kerle nicht davor zurück, Donna Leonora und ihre Tochter gewaltsam um ihren Schmuck zu erleichtern. Bald kämpften die Männer wie Tiere um ihre Beute. Diese Wildnis hatte aus Menschen Bestien gemacht.

Abwesend goss Catherine sich eine weitere Tasse Kaffee ein und starrte vor sich hin. Es war anzunehmen, dass dabei einige der Juwelen und Münzen in den Sand gerollt und vergessen worden waren. Sie hielt die Tasse in beiden Händen und nippte an dem heißen Gebräu. Wer je einen Penny im Sand verloren hatte, wusste, dass es ein Ding der Unmöglichkeit war, ihn je wieder zu finden. Außerdem hatten Münzen ein beachtliches Gewicht. Die Schritte der Männer würde es schwer gemacht haben und ihre Muskeln müde. Geschwächt von Hunger und Durst waren sie sicherlich irgendwann zusammengebrochen und hatten sich entweder ihrer Last entledigt oder waren mit den Taschen voller Geld verreckt.

In jedem Fall würde das Gold wie auf einer Schnitzeljagd quer über Natal verstreut sein. Mutlos setzte sie ihre Tasse ab, war so vertieft in das Schicksal der Familie de Vila Flor, dass sie vergaß zu essen, vergaß, sich Gedanken über das Abendbrot zu machen, und das klagende Gackern der Hühner ignorierte, die noch nicht gefüttert waren. Noch nicht einmal die Betten hatte sie gemacht, geschweige denn Jikijiki überwacht, die die Toilette gründlich säubern sollte. Sie fröstelte. Der Wind war kalt heute, und sie hatte Schnupfen, wie schon so oft in diesem Winter. Die Augen noch immer aufs Buch geheftet, stand sie auf, wanderte ins Haus, legte sich ihre Bettdecke um die Schultern, pflückte eine der am Büschel reifenden Bananen, die von den Dachsparren hingen. Kauend und lesend setzte sie sich wieder hin.

»Holla, jemand zu Hause?« Eine grobe Männerstimme kam vom Hof her und wütendes Bellen von Bepperl, der sich zunehmend als ausgezeichneter Wachhund herausstellte.

Unwirsch sah sie hoch. Besuch? Hoffentlich nicht, dachte sie. Sie fühlte sich nicht in der Verfassung, einen Haufen saufender, schwadronierender, streng riechender Männer zu verköstigen und für weiß der Himmel wie lange zu beherbergen. Ungeduldig streifte sie die Bettdecke von den Schultern und ging ums Haus herum nach vorn.

Ein kleinerer Planwagen stand im Hof, gezogen von zwei Ochsen, die in der kühlen Morgenluft dampften. Der Gespannführer saß auf dem Kutschbock.

»Hallo, junge Frau«, rief er und tippte mit seinem Zeigefinger an seinen Bowlerhut. »Ich suche eine Madame le Roux.« Neben ihm saß ein winziger Hund, der jedes seiner Worte mit schrillem Kläffen begleitete.

»Wer sucht sie?«

»Ich habe ein Päckchen für sie. Sie wohnt doch hier?« Seine tief unter Brauenwülsten liegenden Äuglein liefen über ihre Gestalt, blieben an den Hosen hängen und kehrten voller Neugier zu ihrem Gesicht zurück. »Nun holen Sie sie schon, gute Frau, ich kann hier nicht ewig warten, oder möchten Sie meine Waren sehen?« Er hob die Plane einladend an. »Alles, was Ihr Herz begehrt, ich habe es.«

Ein Päckchen für sie? Auf Anhieb fiel ihr niemand ein, der ihr etwas schicken könnte. »Ich bin Catherine le Roux«, sagte sie und richtete sich kerzengerade auf.

»Sie?«, zweifelte der Mann nach einem kurzen Blick auf ihren Aufzug. »Die Dame soll die Herrin auf diesem Gut sein. Mit ihr will ich reden, nicht mit dem Hausmädchen.«

»Wenn Sie ein Päckchen für mich abgeben wollen, dann tun Sie es, und verlassen Sie dann meinen Hof.« Eis klirrte in ihrer Stimme.

»Holla, holla, warum so unfreundlich? Schließlich war es ein großer Umweg für mich.« Er wandte sich auf dem Bock um und kroch ins Innere des Planwagens. Als er wieder auftauchte, hielt er ein in Zeitungspapier gewickeltes Paket in der Hand und sprang herunter. Er war spindeldürr und seine Haut von so vielen Falten und Furchen durchzogen, dass er einem Stück Biltong nicht unähnlich sah. »Madame Catherine le Roux-Steinach. Und das sind Sie?« Wieder strich sein Blick an ihren Hosen herunter, verweilten auf ihren nackten Füßen. Zögernd hielt er ihr das Paket hin.

Sie nahm es ihm aus der Hand. Es war erstaunlich schwer. Vielleicht Saatgut, das eigentlich für Johann bestimmt war? Oder vermutlich Terpentin und Pech gegen die Zeckenplage. Misstrauisch schnupperte sie daran. Es roch nach Zeitungspapier.

Der Mann stand noch immer vor ihr. »Ich brauche Wasser für meine Ochsen und meinen Hund, und ich würde auch gern etwas trinken und, wenn Sie haben, auch essen. Vielleicht kann ich Ihnen ja die Einsamkeit ein wenig vertreiben?« Er streckte ihr das Gesicht entgegen, ein verschlagenes Grinsen verzerrte seine Miene.

»Mzilikazi, Jikijiki – woza, shesha, shesha«, schrie sie, und dieses eine Mal kamen die beiden Zulus im Geschwindschritt. »Gebt den Tieren etwas zu trinken und dem Mann Wasser und eine Schüssel von dem Frühstücksporridge.« Sie sah den Mann kühl an. »Danach verlassen Sie meinen Hof auf der Stelle, sonst hole ich meine Flinte. Haben Sie das verstanden?«

Als die Reaktion nur ein anzügliches Grinsen war, klemmte sie das Paket unter den Arm, marschierte ins Haus und packte ihr Gewehr. Sie lud es und ging hinaus, hielt die Waffe locker an der Hüfte.

Der Mann erblickte sie und warf seine Hände in die Luft. »Ist ja schon gut, ich geh ja schon. Nichts für ungut. Der Mensch kann sich doch einmal irren.« Er verbeugte sich übertrieben tief. »Habe die Ehre, Gnädigste, habe die Ehre.« Damit kletterte er auf seinen Kutschbock und lenkte das Gespann auf den Weg, der aus Inqaba hinausführte.

Sie wartete, bis das Klirren der Jochs nicht mehr zu hören war, dann ging sie wieder hinein. Das Paket lag auf dem Wohnzimmertisch, und es war an Madame Catherine le Roux-Steinach adressiert. Es gab keinen Zweifel. Vorsichtig löste sie die Schnur, legte sie sorgfältig beiseite und schlug das Zeitungspapier zurück, sehr darauf bedacht, es nicht zu zerreißen, denn es war eine Ausgabe des »Durban Chronicle«, die sie noch nicht kannte.

Das Papier fiel auseinander, und sie hielt ein Paar Schuhe in der Hand. Ein Paar helle, brandneue Damenschuhe aus weichstem Ziegenleder mit zierlichem Absatz und goldfarbenen Ornamenten am Schaft. Wie in Trance nahm sie ein Kärtchen heraus, das in dem linken Schuh steckte. Nur eine Zeile stand darauf.

»*Für unseren nächsten Tanz. KvB*«

Das Kärtchen fiel ihr aus der Hand. Woher wusste er, dass sie Schuhe so nötig brauchte? Ihre Hände flatterten. Gedanken prasselten auf sie herunter, als stürzte eine Mauer über ihr ein. Sie konnte dieses Geschenk nicht annehmen, nicht von Konstantin, auch wenn es die schönsten Schuhe waren, die sie je besessen hatte. Sie strich über das weiche Leder, und für Sekunden schwankte ihr Entschluss. Johann hatte doch nur seine Rinder und die Maisernte im Kopf, er würde wohl nicht einmal merken, wenn sie neue Schuhe trug. Sie presste ihre Hände an die Schläfen. Es durfte nicht sein, sie durfte die Schuhe nicht behalten. Der rechte entglitt ihr und fiel auf den Boden direkt neben ihren rechten Fuß. Sie lupfte ihr Hosenbein und schlüpfte hinein. Vielleicht passte er ja auch nicht, und es würde ihr leicht fallen, sie an den Absender zurückzuschicken. Doch der Schuh passte perfekt. Er schmiegte sich kühl und weich um ihren Fuß, die Goldornamente schimmerten. Sie schloss die Lider, überließ sich für eine Sekunde ihrer Fantasie und walzte in Konstantins Armen durch einen funkelnden Ballsaal.

»Ist jemand zu Hause?« Aus weiter Ferne, wie aus einer anderen Welt, drang vom Hof her eine Frauenstimme an ihr Ohr.

Sie fuhr zusammen. Heute ging es ja zu wie im Taubenschlag. Milas Stimme war es nicht, aber es war die einer Weißen. Zitternd nahm sie die Schuhe, eilte ins Schlafzimmer und verstaute sie ganz zuunterst in ihrer Kiste. Die Zeitung glättete sie, legte sie auch hinein und schlug den Deckel zu.

Wer um alles in der Welt kam jetzt zu Besuch? Ausgerechnet jetzt. Die Frau war sicherlich nicht allein, vermutlich wartete da draußen eine ganze Jagdgesellschaft, die verköstigt und untergebracht werden wollte. Sie stöhnte. Am liebsten hätte sie sich versteckt und gewartet, bis die Gäste weitergezogen waren, um erst einmal Ordnung in ihr aufgewühltes Inneres zu bringen. Aber natürlich ging das nicht.

Missmutig sah sie an sich herunter und versuchte einen Fleck auf ihrer Hose wegzureiben. Vergeblich. Ein bitteres Lächeln umspielte ihre Lippen. Wer immer es war, würde im Rest der Kolonie erzählen, dass Catherine le Roux-Steinach so arm war, dass sie in abgelegten Männerhosen herumlaufen musste. Der Adel des Geistes zählt mehr als der des Geldes, war stets der Spruch Grandpères gewesen, der sich im Vergleich zu seinem früheren Dasein als verarmt angesehen hatte. Sie lachte trocken. Durch die Brille ihrer jetzigen Situation betrachtet, waren die le Roux' reich gewesen.

»Hausmädchen« hatte der fliegende Händler sie genannt. Trotzig warf sie ihr Haar in den Nacken. Und wennschon, sollten die Damen doch reden. Sie zog den Hosengürtel fester, klappte den Hemdkragen hoch und ging hinaus. Nofretete schoss an ihr vorbei, dicht gefolgt von Bepperl, der kläffend um die Beine eines Pferdes sprang. Es tänzelte nervös über den Hof, die junge Frau im Sattel hatte ihre liebe Mühe, es zu zügeln. »Hoa, hoa, ruhig«, rief sie. Kupfergoldene Locken flogen unter einem kecken Dreispitz, die Röcke des grünen Samtreitkleides flatterten, und ein großer Diamant blitzte am Ringfinger der Zügelhand.

»Lilly!«, schrie Catherine. »Um Himmels willen, Lilly!«

Lachend wandte sich Lilly Sinclair, geborene Kappenhofer, im Sattel um; sie hatte ihr Pferd jetzt fest unter Kontrolle. »Catherine ... meine Güte, du siehst umwerfend aus, Liebe. So verrucht! Wie ein junger Pirat. Ist das die neueste Pariser Mode?« Sie sprang vom Pferd und lief ihr entgegen.

»Erzähl doch, was machst du hier? Wo ist dein Mann?« Obwohl sie Lilly nur einmal gesehen hatte, fühlte sie sich ihr sehr nahe, und Lilly ging es ganz offensichtlich genauso. Arm in Arm gingen sie zum Haus, und Catherine hielt ihr die Tür auf.

Lilly verzog den Mund und warf ihren Hut auf den Wohnzimmertisch. »Wir haben in der Nähe von Milas Farm gejagt, und ich habe mich mit Andrew gestritten.« Sie schüttelte ihre Locken aus.

»Du bist einfach davongeritten? Er wird umkommen vor Angst.« Zu ihrem Entsetzen entdeckte sie das Kärtchen von Konstantin unter dem Tisch auf dem Boden. Verstohlen zog sie es mit den Zehen heran, hob es auf und ließ es in ihrer Hosentasche verschwinden. Ihre Freundin hatte nichts gemerkt.

»Hoffentlich«, bemerkte diese jetzt. »Das war der Sinn der Sache. Ich habe einen Bärenhunger, hast du noch etwas vom Frühstück übrig? Und ein Glas Wein könnte ich auch gebrauchen.«

Catherine stöberte Mzilikazi auf, befahl ihm, das Feuer anzuzünden, und scheuchte Jikijiki in den Hühnerstall, um Eier zu holen. Sie holte Zwiebeln und Speck aus der Vorratskammer. »Du bist sehr schlank«, bemerkte sie mit einem Blick auf Lillys schmale Taille. »Ich hatte gehört, dass du bereits guter Hoffnung bist?« Es war ihr einfach herausgerutscht. Welch ein dummer Ausdruck, dachte sie und hätte sich gleichzeitig für ihre Indiskretion ohrfeigen können. Ihre Manieren schienen hier im Busch zu verwildern. »Ich meine, Cilla sagte, dass du ein Kind bekommst«, setzte sie verlegen hinzu.

»War wohl falscher Alarm. Gott sei Dank, ich muss mich doch erst einmal an Andrew gewöhnen, und ein wenig will ich mein Leben noch genießen, bevor ich eine Brut großziehe«, antwortete ihre Freundin, blickte sich neugierig in der Küche um, öffnete ein Gefäß mit Amatungulugelee und naschte davon. »Wie lecker, hast du das gemacht? Kannst du etwa auch kochen? Ich kann nicht einmal Wasser zum Kochen bringen.« Sie lachte fröhlich. »Um ehrlich zu sein, war ich erst wenige Male in unserer Küche.«

Später, als sie die letzten Reste der Spiegeleier mit ihren Brotkrusten vom Teller gewischt hatte und der Kaffee in den Tassen dampfte, lehnte sich Lilly zurück. »So, und nun heraus mit der Sprache, warum versteckt dich Johann hier vor der Welt? Ich würde in dieser Einsamkeit eingehen wie eine Primel ohne Wasser.«

Was soll ich ihr antworten?, fragte sich Catherine. Weil wir zu arm sind, um uns eine Reise nach Durban leisten zu können, und weil ich nichts mehr anzuziehen habe? Sie beschloss im selben Moment, einfach die Wahrheit zu sagen. Es war schließlich weder ihre noch Johanns Schuld, dass sie ständig von allen biblischen Plagen heimgesucht wurden und deswegen das Geld vorn und hinten nicht reichte. Aber bevor sie reden konnte, hob Lilly ihre Hände.

»Halt, sag's nicht. Ich weiß schon, es ist immer die alte Leier in diesem Land«, rief sie. »Die Käfer fressen die Maisernte, die Rinder sterben an irgendeiner Seuche, das Wetter ist zu nass, zu trocken, zu kalt, zu heiß, die Ernte verfault oder vertrocknet, die Zulus arbeiten nicht, oder sie klauen euer Vieh – mit anderen Worten, Afrika hat euch bei der Gurgel, stimmt's?«

Catherine lachte aus vollem Halse. Lilly hatte fast die gleichen Worte benutzt wie sie selbst, als sie sich bei Johann beklagte. »Treffender und kürzer kann man es nicht beschreiben. Hier, sieh dir meine Füße an! Verhornt wie die einer Eingeborenen.« Sie zog die weiten Hosenbeine über ihren nackten Füßen hoch.

»Nimm Bimsstein und schleif die Haut wieder glatt«, riet Lilly.

»Ich denke gar nicht daran. Endlich ist die Hornhaut so dick, dass ich nicht jeden kleinen Stein spüre. Besser könnte mich eine Schuhsohle kaum schützen«, keuchte sie und wischte sich die Lachtränen aus den Augen. »Mein Gott, Lilly, tust du mir gut.«

Ihre Freundin kramte in der Umhängetasche und zog ein sepiafarbenes Konterfei hervor. »Wir haben fotografische Bilder von unserer Hochzeit. Sieh hier, das ist mein Mann.«

Catherine hatte erst wenige solcher Fotografien gesehen und nahm sie mit spitzen Fingern. Andrew Sinclair war ein kraftstrotzender, schwarzhaariger Mann mit gewinnendem Lächeln, der einen Kopf größer war als seine zierliche Braut. »Er sieht sehr gut aus.«

»Zu gut«, kommentierte Lilly trocken. »Wie findest du mein Kleid?«

Catherine seufzte. Es war hinreißend, und die Roben der anderen Damen nicht minder. Lilly stand zwischen ihrer Mutter, Cilla, Mila Arnim und Dolly Farrington. Im Hintergrund erkannte sie noch andere. Prudence, Mrs. Fullham, sogar die Frau von Tim Robertson starrte angestrengt in die Kamera. Alle trugen Krinolinen, ausladende Hüte, Rüschen, Volants, Schleppen. Ihr erschien eine derartige Opulenz dekadent in diesem wilden Land. »Lilly, du siehst bezaubernd aus. Was hätte ich dafür gegeben, dabei sein zu können.«

»Wir werden zu Neujahr einen Ball geben. Du kommst eine Woche früher und bleibst eine Woche länger. Das heißt, wenn ich Andrew bis dahin nicht in die Wüste gejagt habe.«

»Was hat er verbrochen?« Ein Ball, eine ganze Nacht lang tanzen. Ihr schönes Seidenkleid. Und die neuen Schuhe. Konstantin. Ihre Fantasie schäumte über. Energisch rief sie sich zur Ordnung.

»Er hat gewildert.« Lillys Bewegungen wurden abgehackt, ihre Kinnmuskeln mahlten, die grünen Augen sprühten.

Catherine musste an Adam Simmons denken. »Du meinst, er hat eine Geliebte?«

»Nein, es war wohl nur ein Ausrutscher, aber ich lasse mir das nicht bieten, auch wenn mir Prudence versichert, dass alle Ehemänner Freundinnen haben. ›Sie brauchen es, meine Liebe‹«, äffte sie treffsicher das Genäsel der Engländerin nach. »›Männer sind so.‹« Hart setzte sie ihre Kaffeetasse auf. »Welch eine dumme Pute sie doch ist. Entweder ich allein bin seine Frau, oder er ist allein. Das habe ich ihm gesagt. Hast du vor Johann schon ... Männer gekannt?«

»Wie meinst du das? Natürlich kenne ich andere Männer, ich war als junges Mädchen geradezu umzingelt von männlichen Wesen.« Sie lächelte, aber Lillys Miene blieb ernst.

»Lass es mich deutlicher fragen. Ist Johann der Einzige, in den du dich je verliebt hast?«

Catherine schwieg betroffen. Wusste Lilly etwas? Nein, das war unmöglich. Nur Mila wusste, dass Konstantin hier auf Inqaba gewesen war, und die kannte nichts von der Vorgeschichte. Ihr Geheimnis war sicher. Sorgfältig setzte sie einen neutralen Gesichtsausdruck auf, um nicht zu verraten, wie aufgewühlt sie war. »Nun«, begann sie, aber Lilly unterbrach sie.

»Als geborene Baronesse hast du doch sicher viele Bälle und Gesellschaften besucht und mit einer Unmenge von Männern getanzt. War keiner darunter, der dir mehr bedeutet hat?«

Flüchtig erschienen Catherine die Männer vor Augen, die sie gekannt hatte. Alte Gesichter, krumme Rücken, schwache Augen sah sie, und die Matrosen, aber die zählten natürlich nicht. »Warum fragst du?«, wich sie aus. Ihr Herz hämmerte.

Mit fahrigen Bewegungen hob Lilly ihren Kaffeebecher, nippte daran, stellte ihn wieder hin, zwirbelte ihre Haarsträhne, trommelte mit den Fingern. »Ich habe mich auf meiner eigenen Hochzeit in einen anderen Mann verliebt«, flüsterte sie. »Ein Gast brachte ihn mit, und es war nur drei Stunden her, dass ich Andrew mein Jawort vor Gott fürs Leben gegeben hatte. Was soll ich nur tun?« Sie streifte ihre Gastgeberin mit einem schnellen Blick. »Nun bist du schockiert, nicht wahr? Hältst mich gar für ein loses Mädchen.«

»Unsinn, nein, natürlich nicht, wie kannst du nur so etwas denken. Wenn es ein Zufallsgast war, wirst du ihn sicherlich nicht wiedersehen. Du wirst ihn bald vergessen, er wird die Würze deiner Erinnerung bleiben«, versuchte sie zu trösten.

Lilly schüttelte ihre flammenden Locken. »Das ist ja das Problem. Er ist Elfenbeinjäger und erwägt, sich in Durban niederzulassen, offenbar gibt es hier im Norden die größten

Elefantenherden. Ich werde ihn also häufiger sehen. Er heißt Konstantin.«

Catherine richtete ihren Blick auf einen fernen Punkt, so als betrachte sie nur die herrliche Landschaft. In Wirklichkeit fürchtete sie, vollkommen die Fassung zu verlieren. »Die Impalas haben Junge bekommen«, sagte sie, nicht sicher, ob sie ihrer Stimme trauen konnte. »Kannst du sie sehen? Sie stehen am Buschrand beim Wasserloch ... drei Stück ... sind sie nicht entzückend? Ich hoffe, das Krokodil erwischt sie nicht – im Wasserloch lebt nämlich eins ...«, plapperte sie daher, nur um etwas zu sagen und den Schock, den ihr der Name versetzt hatte, zu verdauen.

»Impalas? Krokodile? Wovon redest du? Ich erzähle dir von der größten Tragödie meines Lebens, und du faselst von Imapalas?«

»Verzeih ... hast du ... ich meine, weiß dieser Konstantin ...?«

»Nein, ich habe nur einmal mit ihm getanzt, und er hat sich wie der perfekte Gentleman benommen. Leider. Diese Augen, Catherine, du hättest sie sehen sollen. Dieser Mund. Er ist ein Zauberer ... seine Persönlichkeit ist wie ein Magnet ... ich vergaß völlig, wer ich war und dass ich einem anderen gehöre.«

Das konnte sie ohne weiteres nachvollziehen. Aber vielleicht war es gar nicht ihr Konstantin? Es war schließlich kein so seltener Name. »Dieser Konstantin ... woher kommt er? Wie heißt er mit Familiennamen?«

»Graf Bernitt. Er kommt aus Bayern.«

Die Keule sauste herunter und traf. Offenbar waren Tim Robertsons Recherchen im Sande verlaufen, denn keiner schien Konstantin von Bernitt mit dem berüchtigten Kotabeni in Verbindung zu bringen. Zukünftig würde er eine Woche von ihr entfernt leben, und da sein Geschäft die Elfenbeinjagd war, würde er häufiger auf Inqaba auftauchen. Er würde ihr nie erlauben, zur Ruhe zu kommen. Sie ballte ihre Hand zur Faust. Die Schuhe musste sie schnellstens zurückschicken. Unbedingt. Sowie Lilly abgereist war. Wie und mit wem, war ihr schleierhaft. Schließlich gab es hier in der Wildnis keine Postämter. Sie wünschte, sie hätte das Paket in Anwesenheit des Händlers ausgepackt und es ihm gleich wieder mitgegeben. Zurück an den Absender. Annahme verweigert. Konstantin musste begreifen, dass sie verheiratet war.

Nein, korrigierte sie sich. Sie musste das begreifen. Konstantin war es offenbar egal, er war ein Freibeuter in Sachen Liebe und kümmerte sich nicht um Konventionen.

»Ist dir nicht gut, Catherine? Du machst ein fürchterliches Gesicht.«

»Ich? Aber nein, ach was, mir geht es gut, ich überlegte nur, was ich heute zum Abendessen machen soll, ich kann nämlich nicht gut kochen ...« Sie plapperte schon wieder.

»Sag mir bitte, was ich tun soll«, unterbrach sie Lilly. Das klang kläglich, und Catherine bemerkte, dass die Wimpern ihrer Freundin nass waren.

»Lass uns nachher darüber reden, jetzt solltest du mich jemand schicken lassen, der Andrew Bescheid sagt. Stell dir nur vor, welche Sorge er aussteht.«

Das erwies sich als überflüssig, denn nicht sehr viel später ritt eine lärmende Gruppe von fünfzehn Jägern mit ihren Hundemeuten, begleitet von zahlreichen schwarzen Treibern, Fährtenlesern, Trägern und mehreren Planwagen, auf den Hof. Als Catherine aus der Haustür trat, sprang ein junger Mann vom Pferd und strebte mit langen Schritten auf sie zu. Sie erkannte ihn auf der Stelle.

»Mr. Sinclair?«, fragte sie und streckte ihm die Hand mit graziöser Selbstverständlichkeit entgegen, als trüge sie eine Abendrobe.

Galant beugte er sich über ihre Hand und ließ mit keinem Wimpernzucken erkennen, was er über ihren Aufzug dachte. »Mrs. Steinach, nehme ich an? Darf ich fragen, ob meine Frau bei Ihnen ist.«

»Sie ist es, Mr. Sinclair, und sie ist wohlauf, wenn auch etwas müde. Ich hoffe, Sie und Ihre Freunde werden die Nacht hier verbringen?« Woher sie das Essen für so viele Leute nehmen sollte, war ihr zwar schleierhaft, aber diesen einen Abend gedachte sie so zu tun, als führte sie ein großes Haus. Andrew Sinclair stellte ihr seine Begleiter vor, und dann geleitete sie ihn ins Wohnzimmer zu seiner Frau und ließ die beiden Eheleute taktvoll allein. Anschließend rief sie Mzilikazi und schickte ihn los, um Johann zu benachrichtigen. Sie gab ihm eine auf den abgerissenen Rand des »Durban Chronicle« gekritzelte Botschaft mit, doch bitte ein Warzenschwein oder einen Springbock zu schießen, da unverhofft Gäste eingetroffen seien. Das sollte auch noch fürs Frühstück reichen. »Er ist bei den Rindern. Beeil dich«, rief sie ihm nach, als er sich in dem mühelosen Trott der Eingeborenen auf den Weg machte.

Hinter ihm ging Jikijiki langsam über den Hof. Sie hatte sich offenbar eingeölt, denn ihre Haut schimmerte wie poliert, das Perlröckchen wippte. Träge wie eine Schlange glitt sie an den Männern vorbei, mit geschmeidigen, unschuldigen Bewegungen, als wäre sie sich der Anwesenheit der Jäger nicht bewusst, wenn die schnellen Blicke unter flatternden Wimpern sie nicht verraten hätten.

Catherine sah es wohl und beschloss, wachsam zu sein. Eifersuchtsszenen zwischen den anderen Schwarzen und Mzilikazi fehlten ihr noch gerade. »Jikijiki«, rief sie scharf. »Geh in den Garten, und hole Bohnen, Yams und zwei Kürbisse.«

Die Schwarze warf ihr einen koketten Blick über die Schulter zu und schwänzelte davon, und nun sahen ihr alle Männer lüstern nach, die schwarzen wie die weißen. Catherine fiel Adeles Warnung Männer betreffend ein. Man darf sie nicht reizen, sie sind wie wilde Tiere, hatte diese gesagt, und sie hatte ihre Tante stets ausgelacht. Zum ersten Mal erkannte sie, worauf Adele angespielt hatte. Mit Jikijiki ging es so nicht weiter. Die Zulus verstanden ihre Körpersprache, sie wussten, dass sie nur mit ihnen spielte. Sie war verlobt, ihr gestattete man für die kurze Zeit einige Freiheiten, ehe sie für immer im Umuzi ihres Mannes verschwand. Die Weißen aber sahen nur ihren schönen Körper, und ihr Benehmen verstanden sie als Herausforderung, das war unschwer zu erkennen. In ihren Augen war Jikijiki sicher ein loses Frauenzimmer.

Schon um das Mädchen zu schützen, musste sie etwas unternehmen. Von ihrem Vater hatte sie noch ein voluminöses Nachthemd. Sie brauchte nur die Ärmel abzuschneiden und den Saum zu kürzen, und es würde ein einfaches Kleid für die Zulu ergeben, wenn ihre Nähnadel nicht zerbrochen wäre. Die Zulus benutzten die Sehne einer Kuh und einen starken Dorn. Damit konnte man Perlen auffädeln, aber keinen Stoff nähen. Sie biss sich auf die Lippen und ging ins Wohnzimmer. »Da muss ich erst Catherine fragen«, hörte sie Lillys Stimme, als sie eintrat.

»Was willst du mich fragen?«, fragte sie.

Lilly wandte sich um. »Angeblich sind große Elefantenherden nördlich von hier gesichtet worden. Andrew hat vorsorglich eine Erlaubnis von König Mpande erworben und möchte die Gelegenheit nutzen, für ein paar Tage auf Elefantenjagd zu gehen. Es ist mir schleierhaft, warum Männer immer Tiere totschießen müssen. Wir warten doch gar nicht mehr in Höhlen auf sie, und mir dreht sich jedes Mal der Magen um. Hast du schon einmal ein Elefantenbaby neben seiner toten Mutter schreien hören? Es geht einem durch Mark und Bein, kann ich dir versichern. Könnte ich deswegen ...«

»Aber natürlich kannst du«, unterbrach sie ihre Freundin begeistert. »Mit dem größten Vergnügen. Du weißt gar nicht, welche Freude du mir damit machst. Warte nur, bis Johann nach Hause kommt.«

*

Nachdem Johann seine Gäste aufs Herzlichste begrüßt hatte, akzeptierte er freudig die Einladung, mit auf Elfenbeinjagd zu gehen. »Ich hoffe, es macht dir nichts aus?«, fragte er besorgt. »Sicelo muss ich mitnehmen, er ist der beste Spurenleser weit und breit, aber Andrew wird einige seiner Leute mit Gewehren zu eurem Schutz hier lassen.«

Sie schüttelte den Kopf. »Wir kommen schon zurecht.«

»Gut. Andrews Pferde brauchen eine Pause, wir werden frühestens übermorgen reiten.«

»Wir haben nicht genug zu essen«, zischte sie.

Er lachte. »Keine Angst, ich habe sowohl einen Springbock als auch zwei junge Warzenschweine geschossen. Andrew hat seinen Koch dabei, sodass du nicht zu sehr beansprucht werden wirst.« Er gab ihr einen schnellen Kuss. »Wie wär's, wenn du dir ein Kleid zum Abendessen anziehst?«, fragte er leise.

»Es ist zerrissen, und meine einzige Nähnadel ist abgebrochen. Ich habe nur noch mein Hochzeitskleid und das aus Seidentaft, das für einen solchen Abend wohl wirklich nicht passend ist.« Sie schaffte es nicht, einen unterschwelligen Vorwurf aus ihrer Stimme herauszuhalten.

Lilly hatte den Wortwechsel gehört und mischte sich ein. »Verzeih, Catherine, ich habe das mit der abgebrochenen Nähnadel gehört. Ich habe welche dabei und Nähfaden auch. Ich bin ziemlich geschickt damit, lass mich das Kleid in Ordnung bringen.«

Die beiden Frauen zogen sich ins Schlafzimmer zurück, und Catherine berichtete ihr von ihrem Dilemma mit Jikijiki und der Idee, ihr aus dem Nachthemd ihres Vaters ein Kleid zu nähen. »Es wird nicht gerade die letzte Pariser Mode sein, aber ich werde sie zwingen, es zu tragen«, sagte sie. »Hilfst du mir, es zu säumen?«

Lilly, die ebenfalls die Blicke der Männer wahrgenommen hatte, stimmte sofort zu, und zusammen schneiderten sie ein einfaches Gewand für Jikijiki. Ärmellos, gerade, bis zur Mitte der Waden fallend, mit einer durchgehenden Knopfleiste. Es dauerte keine Stunde, und es war fertig. Catherine rief das Mädchen zu sich. Die junge Zulu beäugte es misstrauisch, hob es mit spitzen Fingern hoch, wendete es hin und her.

»Cha!«, rief sie, warf es auf den Boden und verschränkte die Arme über ihrer nackten Brust, ein Bild eiserner Unnachgiebigkeit.

»Das bedeutet wohl, sie will nicht, oder?«, fragte Lilly, die kein Zulu sprach.

Catherine nagte an ihrem Zeigefinger. Jikijikis Weigerung war deutlich gewesen, und sie war ratlos. Wie sollte sie diesem Naturkind beibringen, dass weiße Männer an freizügige Nacktheit bei Frauen nicht gewöhnt waren? Kein Zulu dachte sich etwas dabei, es war ihr Brauch. »Wie sind eure Schwarzen gekleidet?«, fragte sie.

»Die, die von den Missionaren bekehrt worden sind, tragen Kleider, aber nur, wenn sie im Haus von Weißen arbeiten. Sonst laufen sie auch herum, wie Gott sie geschaffen hat. Nackt.«

Es erwies sich als zwecklos, mit Jikijiki zu reden. Alle Argumente prallten an ihr ab, und entmutigt gab Catherine endlich auf. »Ich hoffe nur, dass sie nie zu Schaden kommt«, sagte sie und warf das Nachthemdkleid aufs Bett. Sie nahm sich vor, die Zulu heute Abend wegzuschicken.

Als sie sich endlich alle zum Dinner niederließen, erschien Catherine doch in der Pracht ihres aprikosenfarbenen Seidenkleids, und Lilly zauberte ein ähnlich schönes in Kornblumenblau aus ihrer Reisetasche. Alle Herren erhoben sich von den Sitzen, als die beiden Damen hereinrauschten, schoben ihnen die Stühle zurecht, und sie tafelten bei schimmernden Kerzen. Andrew Sinclair schien einen unerschöpflichen Vorrat an Wein und bestem Brandy in seinem Wagen mit sich zu führen, Johann tischte Bier auf, und Catherine opferte freudig alle Kerzen für diesen Anlass. Nach dem Abendessen schoben sie Tisch und Stühle beiseite.

»Lasst uns eine Scharade aufführen«, schlug Lilly vor. »Catherine und ich fangen an.«

Es gab viel Gelächter, und später tanzten sie sogar noch, nachdem die anwesenden Herren einige Balladen zum Besten gegeben hatten. Die zwei Glücklichen, die eine Partnerin abbekamen, schwangen sie zum lautstarken Gesang und Händeklatschen der übrigen mit unermüdlicher Energie herum.

Vier der Herren waren besonders begabt, konnten fast jede populäre Tanzmelodie pfeifen und stimmten einen Walzer an. Die anderen fielen sofort ein. Manche strichen imaginäre Geigen und produzierten mit gespitzten Mündern hingebungsvoll die passenden Töne, zwei andere imitierten mit ihren zu Tunneln geformten Händen Trompeten, die übrigen trommelten den Takt auf dem Tisch. Catherine und Lilly gaben sich mit Wonne der sinnlichen Musik hin.

»Da haben wir ja noch eine entzückende junge Dame«, rief einer der Begleiter Andrew Sinclairs und hörte mit Trommeln auf.

Catherine, die in Andrew Sinclairs Armen über die Veranda schwebte, wandte ihren Kopf.

Im Schein des Kochfeuers stand Jikijiki, und sie trug das weiße Nachthemdkleid. Sie hatte einem Gürtel aus farbigen Perlen um ihre Taille gewunden, die Knöpfe waren nicht geschlossen, ihre wohlgeformten Beine waren bis zu den Schenkeln entblößt. Um ihre Stirn glänzte das Perlband, in ihr Kraushaar gesteckt trug sie eine Dolde der gelben Mimosenblüten. Ihre Augen waren groß und leuchtend und ihre Lippen leicht geöffnet, als hätte sie etwas Wunderbares erblickt. Eine prächtige Abendrobe hätte keine größere Wirkung haben können.

Der Gesang der Herren erstarb, aller Augen ruhten auf der schönen Zulu, die Luft begann zu knistern. Catherine wand sich aus den Armen ihres Tänzers, warf Johann einen Hilfe suchenden Blick zu, erntete aber nur ein ebenso hilfloses Schulterzucken. Bevor sie sich gefasst hatte, hob die junge Zulu graziös ihre Arme, als umfasse sie ihren Tanzpartner, und mit klarer Stimme den Walzer trällernd glitt sie im vollendeten Dreivierteltakt über die Veranda. Das weiße Sackkleid wehte, ihre Beine flogen. Die Anwesenden wichen überrascht aus dem Lichtkreis zurück, niemand sagte etwas, bis einer der begabten Pfeifer leise begann, die Melodie mitzuflöten. Nach und nach fielen die Geigen ein, und die Trommler schlugen den Takt, ganz sanft. Immer schneller wurden Jikijikis Drehungen, längst tanzte sie nicht mehr mit einem unsichtbaren Partner, sondern nur noch für sich, und längst war ihr Rhythmus nicht mehr der der Musik der Weißen. Ihre Füße trommelten auf den Boden, sie warf ihren Kopf zurück, schlängelte sich, riss die Trommler und Geiger und Flötisten mit, bis aus dem sanften europäischen Walzer ein wilder afrikanischer Tanz geworden war, der das Blut aufpeitschte und die Beine zucken ließ.

Einer nach dem anderen verstummten die Musiker, bis Jikijiki sich mit geschlossenen Augen zu einer Melodie bewegte, die nur noch sie hörte. Das Kleid war ihr von der linken Schulter gerutscht, unter dem langen Schlitz schimmerte die seidige Haut ihrer Beine. Alle Männer, bis auf Johann, starrten nur noch die

Zulu an. Catherine erschrak zutiefst. Es waren die gleichen Blicke wie die der lüsternen Matrosen, die ihr weiland an Bord der *Carina* nachgestellt hatten. Nur Johann hatte nicht diesen Blick, seiner war weicher, als erinnerte auch er sich an etwas, aber an etwas Schönes.

»Das ist ja skandalös«, zischte Lilly und raffte ihre Röcke. »Sag ihr, sie soll verschwinden und unsere Männer nicht verrückt machen.«

»Das ist nicht ihre Absicht«, flüsterte Catherine und überlegte dabei fieberhaft, wie sie Jikijiki heute Nacht vor Übergriffen schützen sollte. »Sie spricht mit uns. Sie sagt uns, dass sie Afrikanerin ist und dass sie darauf stolz ist ...«

»Sie ist ein Kaffer, jag sie weg«, fauchte Lilly.

Ihre Reaktion war so heftig, dass Catherine nachdenklich zu Andrew hinübersah. Sie hatte von einigen Weißen gehört, die schwarze Haut liebten. Onetoe-Jack war da ein herausragendes Beispiel.

Da trat Johann vor, zog Jikijiki in seine Arme und wirbelte sie erst in schnellen Drehungen über die Veranda, dann schwang er sie herum und mit langen Tanzschritten aus dem Lichtkreis hinaus, bis er vor Mzilikazi stand, der aus dem tiefen Schatten neben der Küchentür zugesehen hatte. Mit einer Verbeugung lieferte er seine Tänzerin bei ihrem Verlobten ab. »Hambani kahle«, sagte er leise. »Geht in Frieden.«

Catherine verschlug die Eleganz dieser Geste fast den Atem. »Bitte entschuldigen Sie mich«, sagte sie zu Andrew Sinclair und sank vor ihrem Mann in einen Hofknicks. »Darf ich bitten?«, fragte sie mit leuchtenden Augen.

»Das war außerordentlich galant, geradezu französisch, mein Kompliment«, murmelte Andrew. »Wer hätte das von einem Bayern gedacht? Sie hätten Diplomat werden sollen.«

Als Catherine endlich im Bett lag, durchlebte sie dieses Fest wieder und wieder, bis sie in den Schlaf hinüberglitt und im Traum mit Johann über die Veranda walzte.

✳

Am nächsten Morgen wurde sie durch Gelächter und fröhliches Geschrei geweckt. Lilly hatte bei ihr geschlafen, Johann und Andrew Sinclair im Wohnzimmer, die übrigen Gäste im Planwagen. Sie schob die Vorhänge zur Seite und sah hinaus. Der schwarze Koch der Sinclairs hatte offenbar schon Frühstück gemacht und draußen auf der Veranda gedeckt. Die Männer tranken bereits die erste Kanne Kaffee, und manch einer hatte schon die Brandyflasche neben sich. Rasch machten sich die beiden Frauen fertig.

Zu Johanns offensichtlicher Erleichterung erschien Catherine nicht in Männerhosen. Lilly hatte noch am Abend die Risse in ihrem Tageskleid genäht. Sein Blick streichelte über ihre zierliche Taille hinauf zu den sanften Rundungen unter ihrem Mieder, blieb endlich an ihrem Mund hängen, und das Verlangen, sie zu küssen, trieb ihm das Blut ins Gesicht. »Guten Morgen, mein Liebling«, flüsterte er.

»Komm, Sportsfreund, lass sehen, wer von uns ein richtiger Mann ist«, rief Andrew nach dem Frühstück und schlug seinem Gastgeber auf die Schulter. Lärmend und unter viel Gelächter schritten die Herren darauf in den Hof und maßen sich in allerlei Kampfspielen. Speerwerfen, Steinwurf, Gewichtheben – Johann gewann in allen Kategorien, und Catherine glühte vor Stolz.

Da sie bei diesen Aktivitäten nicht mithalten konnte, wanderte sie mit Lilly durch den Gemüsegarten. Die Sonne strahlte aus einem porzellanblauen Himmel, in den scharlachroten Krönchen der Kaffirbäume flirrten schillernde Honigvögel. Inqaba zeigte sich von seiner besten Seite, und zu ihrer eigenen Überraschung fühlte sie etwas wie Stolz auf ihr Heim.

Ein Pavian sprang über den Weg in einen Papayabaum und begann, die erste reife Frucht abzudrehen. Catherine warf einen Stein nach ihm. »Hau ab, du Vieh!«, schrie sie. Der Pavian aber fletschte nur seine Zähne und ließ die geklaute Frucht nicht los. Geschickt drehte er sie vom Stiel und sprang mit einigen Sätzen ins Dickicht. »So ist das immer«, beklagte sie sich. »Paviane klauen unsere Früchte, Elefanten trampeln durch die Maisfelder, Pythons fressen die Hühner, und Löwen verputzen unsere Rinder, ganz zu schweigen von den Ratten, die sich in der Vorratskammer bedienen. Ich wette, bei euch in Durban gibt es so etwas nicht.«

»Doch, schon, aber uns berührt es nicht. Wir haben keine Felder, nur Gemüsebeete für unsere eigenen Bedürfnisse. Der Rest des Grundstücks ist Ziergarten. Andrew treibt Handel mit importierten Waren, er ist kein Farmer.« Plötzlich schrie sie laut auf und sprang zur Seite. Um ein Haar wäre sie auf eine durch ihr bräunliches Diamantmuster perfekt getarnte Puffotter getreten. »Ich hasse Schlangen. Ich habe extra einen Boy, der nur dafür da ist, Ungeziefer vom Haus fern zu halten. Jeden zweiten Tag erlegt er eine Schlange und steckt sie sich in den Kochtopf. Die Missionare haben ihn bekehrt, er glaubt nicht mehr, dass die Seelen der Ahnen in den Schlangen wohnen.«

Catherine dachte an die Puffotter auf dem Toilettendeckel und die unzähligen Spinnen, Ratten, Schlangen und Skorpione, die ihr ständig über den Weg liefen, und war neidisch. »Ich habe gehört, dass Durban sich sehr verändert hat?«

»Oh, die Spelunken und das betrunkene Gesindel sind noch zahlreicher geworden, und wenn es geregnet hat, versinkt man auf den Straßen immer noch bis zu den Knöcheln im Schlamm. Aber es gibt neue Läden und sogar mehrere Gasthäuser. Seit du dort warst, hat sich die Einwohnerzahl und Menge der Häuser mehr als verdoppelt. Die Immigranten strömen so schnell von den Schiffen, dass man mit dem Bau von Unterkünften nicht nachkommt, sodass es häufig aussieht wie beim Zirkus. Überall Zelte oder provisorische Grashütten, dazwischen haufenweise kreischende Gören, flatternde Wäsche, Schafe, Ziegen, blökende Rinder. Viele haben Schiffbruch erlitten, weil sie lügnerischen Grundstücksmaklern aufgesessen sind, aber die Stimmung sonst ist gut. Die Stadt pulsiert. Täglich werden Läden eröffnet, überall ist das Geräusch von Bautätigkeiten zu hören. Ein fröhliches Geräusch.«

Catherine konnte sich das nur schwer vorstellen. Sie sah hinüber zum Haus. Die gelben Calicovorhänge blähten sich sacht vor den leeren Fensterhöhlen. »Habt ihr Glas in euren Fenstern?«, fragte sie, bereit, noch neidischer zu werden.

»Noch nicht. Es ist wirklich ein Skandal. Im Sommer ist es ja noch akzeptabel, aber im Winter eine Zumutung. Ich liege Andrew schon länger in den Ohren, Fensterglas zu importieren, aber entweder geht das Schiff unter, oder das Glas zerbricht, bevor es an Bord geladen wird. Bisher hat es jedenfalls noch nicht geklappt.«

Sie aßen früh zu Abend. »Wir brauchen unseren Schlaf, wir brechen morgen mit der Sonne auf«, verkündete Andrew. »Den Koch benötigen wir, aber einige meiner Diener lass ich den Damen hier.« Er wandte sich an Johann. »Was ich dich noch fragen wollte: Wie ist Mpande eigentlich mit dem Halunken Khayi verfahren? Ich habe Tim Robertsons Artikel über diesen schändlichen Vorfall gelesen. Aufgehängt gehört dieser Bursche. Am Hals, bis er tot ist.« Er machte eine ausrucksvolle Geste.

Johann runzelte die Brauen und fragte sich insgeheim, wie Andrew reagieren würde, wenn er wüsste, was Häuptling Khayi tatsächlich mit den Elfenbeindieben gemacht hatte. Noch jetzt war er froh, dass Rupert und er die Sache für sich behalten hatten. Die Folgen wären sonst unübersehbar gewesen. Nur Dan hatte er es irgendwann einmal gesagt, ihm das Versprechen abgenommen, mit niemandem darüber zu reden. Jetzt blickte er Andrew an und zuckte die Schultern. »Die letzten Monate waren so turbulent, dass diese Sache leider in den Hintergrund gerückt ist. Ich muss mich schleunigst darum kümmern. Sonst glaubt Khayi, dass er uns Umlungus ungestraft auf der Nase herumtanzen kann, nicht wahr?«

∗

Es wurden himmlische Tage, und Catherine lachte mehr als in dem vergangenen Jahr zusammengenommen. Das Wetter war wechselhaft. Die frische Frühlingsluft wurde schwerer und feuchter, und jetzt in den ersten Tagen des Septembers war die kommende Sommerhitze gelegentlich schon zu spüren. Die

Jagdgesellschaft hatte ihre Vorratskammer restlos geleert, und sie musste gleich am ersten Tag zwei Brote backen. Es stellte sich heraus, dass Lilly nicht die entfernteste Ahnung von derartigen Tätigkeiten hatte, und sie sonnte sich in ihrer Bewunderung.

»Ich bin schon ein verwöhntes Ding«, gab ihre Freundin vergnügt zu, bohrte einen Finger in den klebrigen Teig und leckte daran. »Bah. Der ist ja sauer. Auf Inqaba würde ich kläglich versagen.«

»Dann wirst du bei mir etwas fürs Leben lernen«, schmunzelte Catherine, froh, einmal nicht der Grünschnabel zu sein. Sie setzte die Brotform auf die Steine in den gusseisernen Topf, wie sie es von Mila gelernt hatte, und häufte mit geübter Bewegung glühende Kohlen auf den Deckel. Mzilikazi befahl sie, aufs Feuer zu achten. »In etwa einer Stunde haben wir frisches Brot. Als Nächstes bringe ich dir bei, wie man Bambuskerzen gießt, sonst sitzen wir heute Abend im Dunkeln.«

»Muss ich das lernen?«, maulte Lilly. »Bei uns machen das die Hausmädchen.«

»Man weiß nie, wozu es gut ist«, belehrte sie Catherine streng.

Andrews Zulus waren in Sicelos Hütte untergebracht. Sie kochten ihr eigenes Essen, und bis in die Nacht noch konnten die zwei Frauen sie mit Mzilikazi und Jikijiki singen und lachen hören. Ihre Gesänge vereinten sich mit den Geräuschen der Nacht, der Wind raschelte leise im Busch, und die beiden Frauen schliefen bald ein.

»Hoffentlich besucht uns kein Löwe. Wir wären zwei leckere Happen für den«, scherzte Lilly und schmiegte sich an ihre Freundin.

Sie waren gerade in den Tiefschlaf gesunken, als markerschütternde Schreie durch die Nacht gellten. Beide Frauen fuhren hoch. Es polterte, raue Stimmen brüllten, Jikijiki schrie, und dann hörten sie das tiefe, heisere Röhren, den unverkennbaren Ruf des Königs der Tiere.

»Um Gottes willen, Löwen! Unsere Boys werden gefressen«, kreischte Lilly. »Gleich sind wir dran, Catherine, wo ist dein Gewehr?«

Der schlug das Herz bis zum Hals. Der Krach war nervenzerfetzend. Zitternd tastete sie nach ihrem Gewehr und umklammerte es, spannte den Hahn und zielte auf das schwach vom Mondlicht erleuchtete Rechteck des Fensters, bereit, auf jeden und alles zu schießen, was sich dort zeigen würde.

Für kurze Zeit ging der Kampf weiter, die Schreie wurden schriller, das Knurren der Großkatze lauter, doch dann hörte das Getöse abrupt auf. Es herrschte wieder Ruhe, nur ein deutliches, trockenes Knacken durchbrach die Stille der Nacht. Langsam ließ Catherine ihr Gewehr sinken. Bei den Hütten fand ohne Zweifel ein grausames Festmahl statt. »Gott steh uns bei. Das Vieh frisst sie auf. Hörst du ihre Knochen knacken?«, flüsterte sie. Todesmutig lief sie in die Küche, griff sich ihr größtes Messer und rannte wie von Furien gehetzt zurück ins Schlafzimmer.

Aneinander geklammert, Gewehr und Messer in der Hand, verbrachten die beiden jungen Frauen schlaflos den Rest der Nacht. Erst bei Sonnenaufgang schlichen sie im Nachthemd, Catherine mit dem Gewehr in der Hand, Lilly bewaffnet mit dem Küchenmesser, nach draußen und spähten um die Ecke des Kochhauses hinüber zu den Hütten, gefasst, die entsetzlichsten Dinge zu sehen.

Was sie entdeckten, verschlug ihnen die Sprache. Mzilikazi, Jikijiki und Andrews Zulus hockten vor einem munter flackernden Feuer und aßen Phutu. Völlig unverletzt und offensichtlich in fröhlichster Laune. Als sie der beiden verstörten Frauen ansichtig wurden, lachten sie aus vollem Halse, schlugen sich auf die Schenkel und lachten, während ihnen die Tränen aus den Augen strömten. Auch Jikijiki lachte. Sie lachte so sehr, dass sie hinten überfiel und kaum noch atmen konnte.

»Jikijiki, was war hier heute Nacht los?«, fauchte Catherine; sie hätte das Mädchen am liebsten an der Gurgel gepackt und geschüttelt.

Es dauerte eine Weile, bis einer von Andrews Leuten imstande war, ihr das zu erklären. Von Lachanfällen unterbrochen, erzählte er, dass sie die beiden Nkosikasis nur ein wenig erschrecken wollten. Mzilikazi hätte den Löwen gespielt, er sei ein Meister darin. Jikijiki und sie hätten dazu laut geschrien und zum Schluss Stein auf Stein geschlagen, um das Knacken von Knochen nachzuahmen. Sein Grinsen war breit und herausfordernd.

Schweigend starrte sie die Schwarzen an, kämpfte ihren jäh aufflackernden Zorn herunter. »Mzilikazi, mach Feuer, und setze Wasser auf«, befahl sie, schwang herum und wollte zum Haus marschieren, doch Lilly verwandelte sich vor ihren Augen in eine funkensprühende Fackel.

»Verdammte Kaffern!« Mit diesem Aufschrei wirbelte sie zum Stall, riss Johanns Sjambok von der Wand, und bevor Catherine sie davon abhalten konnte, rannte sie auf die Zulus zu, schwang die biegsame Peitsche weit über dem Kopf und holte aus.

Catherine fiel ihr in letzter Sekunde in den Arm und hielt sie fest. »Um Himmels willen, lass das, das kannst du nicht machen. Lilly, gib die Peitsche her!« Mit aller Kraft wand sie ihrer Freundin die Nilpferdpeitsche aus der Hand und warf sie auf den Boden. »Ruhig«, sagte Catherine in einem Ton, den sie für Caligula benutzte, wenn der nervös tänzelte. »Ganz ruhig.«

Schwer atmend stand Lilly da, das kupferrote Haar stand ihr wirr ums hochrote Gesicht. »Verdammte Kaffern«, zischte sie. »Das werde ich Andrew sagen. Er wird sie angemessen bestrafen.« Doch allmählich kam ihr Atem langsamer, gleichmäßiger. »Ich kann es nicht ertragen, ausgelacht zu werden«, flüsterte sie endlich.

Die Männer standen bewegungslos da, ihre dunklen Gesichter ausdruckslose Masken, und fixierten Lilly mit Blicken, die Catherine vor Schreck den Atem verschlugen. Eine jagende Löwin, die sie mit Johann in der Savanne beobachtet hatte, hatte so ihre Beute angestarrt. Mit vorgestrecktem Kopf war die Raubkatze jeder Bewegung der kleinen Gazelle mit den Augen gefolgt. Sie musste ihre Freundin so schnell wie möglich hier wegbringen.

»Vielleicht werden Nkosi Johann und Nkosi Andrew bald hier sein, sie werden Kaffee trinken wollen, setze bitte Wasser auf«, sagte sie auf Zulu und hoffte, dass ihre kleine Notlüge dafür sorgen würde, dass sich ihr kriegerisches Feuer abkühlte. »Komm«, befahl sie Lilly und schob sie ins Haus.

Lilly ließ es schweigend geschehen. »Entschuldige«, presste sie endlich hervor.

»Geht ihr so mit euren Schwarzen um? Ich würde da lieber vorsichtig sein. Die Zulus sind ein sehr stolzes Volk.«

Erst antwortete Lilly nicht. Dann zuckte sie mit den Achseln. »Natürlich züchtige ich unsere Schwarzen nicht, das macht nur Andrew. Er ist der Ansicht, dass sie eine starke Hand brauchen. Sie sind ja wie die Kinder. Ich hasse es, bloßgestellt zu werden, und die Wut ist mit mir durchgegangen. Bestraft Johann eure Schwarzen nicht?«

»Mit der Peitsche?«, fragte Catherine und konnte einen spitzen Unterton nicht unterdrücken. Flüchtig stellte sie sich vor, wie Johann, die Peitsche schwingend, seine Schwarzen auf dem Feld antrieb. Fast hätte sie gelächelt. Welch eine absurde Vorstellung. »Ganz sicherlich nicht. Er empfindet zu viel Respekt für sie.« Sie warf Lilly einen Blick zu. »Sie wollten dich nicht bloßstellen, bestimmt nicht«, beschwichtigte sie, war sich zwar nicht sicher, ob das der Wahrheit entsprach, aber das war jetzt nicht von Belang. »Es ist ihre Art von Humor. Wenn du es sachlich betrachtest, war es schon komisch. Ich möchte nicht wissen, wie wir ausgesehen haben, bewaffnet bis an die Zähne, mit wehenden Nachtgewändern und wirren Haaren.«

Lilly und sie sahen sich an, ein Lachen gluckste ihre Kehle hoch, und dann brachen sie beide in hysterisches Gelächter aus, sie tanzten, Gewehr und Messer schwingend, auf der Veranda herum, bis sie völlig außer Atem auf den Betten zusammenbrachen. Hilflos giggelnd lagen sie da, und den ganzen Tag genügte ein Blick zwischen ihnen, eine Geste, um einen Heiterkeitsausbruch hervorzurufen.

»Schlägst du deine weißen Bediensteten auch?«, fragte Catherine, als sie beim Abendessen saßen.

»Weiße Bedienstete? Hier hat man nur Schwarze. Kein Weißer kommt hierher, um Hausdiener zu werden. Alle wollen hoch hinaus, ein Geschäft eröffnen, ein Haus bauen ...«

»Wir Weißen kommen also hierher und rechnen von vornherein damit, dass die Eingeborenen unsere Drecksarbeit erledigen. Kurios, kurios.« Catherine dachte einen Moment nach, dann huschte ein Lächeln über ihr Gesicht. »Stell es dir einmal anders herum vor: Die Zulus kolonialisieren Europa und erwarten, dass wir ihre Diener werden.«

Lilly kreischte vor Lachen. »Ach, du liebe Güte, ich auf dem Boden vor einem halb nackten Wilden herumrutschend. Welch eine Vorstellung.« Sie warf sich auf die Knie und mimte die Unterwürfige.

»Ich finde die Perspektive gar nicht so komisch«, bemerkte Catherine.

Abends, als sie sich fürs Bett zurechtmachten, verschloss Catherine sorgfältig alle Türen und stellte ihr Gewehr griffbereit neben das Bett, Lilly legte sich das Messer zurecht. »Man kann ja nie wissen«, bemerkte sie.

Mitten in der Nacht wachte sie auf, als Lilly sie an der Schulter rüttelte. »Hörst du das? Irgendwo knarrt ein Bodenbrett«, wisperte ihre Freundin.

»Ach, Lilly, du träumst. Schlaf weiter«, murmelte sie und schloss wieder die Augen. »Wird vielleicht Bepperl sein, der in der Küche herumläuft. Er hat sein Körbchen dort.«

»Catherine, das ist kein Hund, das ist ein Mensch. Jemand ist im Haus. Wach auf!« Lilly ließ nicht locker, und ihre Worte hatten einen Unterton von Angst. »Ich sag's dir, wenn es wieder einer dieser verwünschten Zulus ist, stech ich ihn ab.«

Unwillig schüttelte Catherine ihre Schlafträgheit ab und lauschte. Schon wollte sie beruhigt zurücksinken, als sie es auch hörte. Huschende Schritte, ein gemurmeltes Wort, ein Schurren von Holz über Holz. »Hölle und Verdammnis«, flüsterte sie. »Jetzt hab ich diesen Scherz aber gründlich satt.« Sie packte ihr Gewehr.

Lilly umklammerte das Messer. »Halt, wo gehst du hin? Unsere Zulus würden es nicht wagen, uns noch einmal zu verlachen. Dieses Mal sind es wirklich Einbrecher, da bin ich sicher. Ich schlage vor, wir fangen fürchterlich an zu schreien, dann rennen sie weg, und unsere großartigen Beschützer wachen vielleicht aus ihrem biertrunkenen Schlaf auf und tun das, wofür sie bezahlt werden.«

Catherine dachte einen Augenblick über diesen Vorschlag nach und befand ihn für gut. »Also, ich zähle bis drei, dann fangen wir an zu schreien.«

Sie zählte, und dann schrien sie, so laut sie konnten. Vor ihrer Tür polterte es, ein Mann fluchte auf Zulu, sie schrien noch lauter, Schritte dröhnten, jemand stolperte und fiel auf den hölzernen Verandaboden, dann entfernten sich die Stimmen. Catherine hörte auf zu schreien und japste nach Luft. Draußen herrschte Totenstille. Von Mzilikazi und den anderen Zulus war nichts zu sehen, von Jikijiki natürlich auch nicht. »Typisch«, fauchte sie. »Wenn es Schwierigkeiten gibt, laufen sie weg. Warte, ich zünde eine Kerze an.« Im Dunkeln ertastete sie die Zündhölzer. Sie packte ihr Gewehr. »Nimm du die Kerze. Ich seh jetzt nach, was da los ist, und wenn es wieder unsere Leute sind, dann gnade ihnen Gott!«

Im Nachthemd schlichen die beiden Frauen auf den Flur und rüttelten an der Eingangstür. Sie war verschlossen, aber die zur Veranda stand offen und auch die, die von der Küche zum Kochhaus führte. Im Wohnzimmer waren zwei Stühle umgeworfen, das Löwenfell über der Tür und die Vorhänge verschwunden, die Schubladen der Kommode waren aufgerissen und durchwühlt, und in der Küche traten sie in die Scherben eines ihrer Teller. Daneben lag Bepperl mit eingeschlagenem Schädel.

Ein eiskalter Schrecken durchfuhr Catherine. »Diese Schweine«, flüsterte sie schockiert. Sie feuerte ihr Gewehr nach draußen ab und schrie nach Mzilikazi. »Komm hierher, sofort!«

Nach einer Weile schlichen die Schwarzen, furchtsam die Augen rollend, um die Ecke des Kochhauses, vergewisserten sich erst, dass niemand auf sie lauerte, ehe sie Catherines Befehl Folge leisteten.

Jikijiki ließ sich nicht blicken, aber Mzilikazi streckte vorsichtig seinen Kopf in die Küche; er vermied es, den toten Bepperl anzusehen.

»Der Tokoloshe ...«, murmelte er, sein Blick war unruhig, wie der eines gehetzten Tieres, das angstvoll einen Fluchtweg sucht.

»Unsinn, es gibt keinen Tokoloshe«, fuhr Catherine ihn wütend an. Dem drei Fuß hohen Wasserteufel, den die Sangomas den Menschen schickten, denen sie schaden wollten, dessen Name allein den tapfersten Zulukrieger grau werden ließ vor Angst, wurde fast jedes Missgeschick zugeschrieben. »Das waren Menschen, Zulus, wie ihr. Ich habe sie sprechen hören. Für den Rest der Nacht bleibst du hier auf der Veranda.« Sie mochte nicht zugeben, wie beunruhigt sie wirklich war.

»Und ihr auch«, wies Lilly ihre Diener an. »Hier vor unsere Tür legt ihr euch und rührt euch nicht vom Fleck, verstanden?«

Doch an Schlaf war nicht mehr zu denken. Weder die beiden Frauen noch ihre Bewacher taten ein Auge zu. Übernächtigt und aufgewühlt nahmen sie am nächsten Morgen ihr Frühstück ein. Mzilikazi machte einen seltsam gedrückten Eindruck und legte ungewohnten Eifer bei der Verrichtung seiner Aufgaben an den Tag. Catherine vermutete, dass er sich ob seines hasenherzigen Verhaltens in der Nacht schämte. »Ich habe alles durchgesehen, außer dem Löwenfell und den Fenstervorhängen fehlt nur meine Lupe.« Sie goss sich ihre dritte Tasse Kaffee ein. »Willst du auch noch mehr Kaffee? Ich wache sonst nicht auf.«

Lilly nickte und hielt ihre Tasse hin. »Lupe? Was soll denn ein Zulu mit einem Vergrößerungsglas anfangen?«, fragte sie und bestrich ihr Brot fingerdick mit Amatungulugelee.

Catherine erzählte es ihr.

Lilly starrte sie an. »Die Sonne um Feuer bitten? Ja, das würde ihnen gefallen, so kindisch, wie sie sind«, rief sie und lachte sich halb tot, als ihr Catherine beschrieb, mit welchen Taschenspielertricks sie den alten Häuptling und seine junge Frau in die Flucht geschlagen hatte. »Wie einfallsreich du bist. Einfach seine Feinde zu verkleinern, darauf muss man erst einmal kommen! Doch vielleicht ist es nur ein ganz gewöhnlicher Raubzug gewesen, und die Lupe haben sie zufällig mitgehen lassen.«

Catherine aber spürte ein Flattern im Magen, das sie sich nicht erklären konnte. Erst die Tierpräparate ihres Vaters und nun die Lupe. »Sie haben Bepperl erschlagen, vergiss das nicht. Wir können uns das nicht gefallen lassen. Johann wird sich bei König Mpande beschweren müssen. Ich bin zu oft allein.«

Unter dem Baum, in dessen dichtem Schatten er so gern die heißen Stunden des Tages verbracht hatte, begrub sie ihren Hund. Danach nagelte sie die Läden vor das Schlafzimmerfenster, und nachts verbarrikadierte sie sämtliche Türen. Mzilikazi und Andrews zwei Zulus mussten jede Nacht vor ihrer Schlafzimmertür auf der Veranda schlafen.

Kapitel 17

Zuerst hörten sie die Hunde in der Ferne kläffen, das Rumpeln der Ochsenwagen und Gebrüll ihrer Führer und dann Johlen und Triumphgeheul. Catherine und Lilly sahen sich an.

»Das sind unsere Männer, wenn ich mich nicht täusche«, sagte Lilly. »Sind sie nicht wie kleine Jungs?« Doch sie raffte ihren Rock und lief trotz des strömenden Regens auf den Hof. Catherine folgte ihr auf den Fersen. Die Männer waren über eine Woche weg gewesen, und zu ihrem Erstaunen sehnte sie sich nach Johann.

»Mzilikazi!«, brüllte Johann und warf dem im Laufschritt erscheinenden Zulu die Zügel Shakespeares hin. Er schien in Hochstimmung zu sein. »Versorg die Pferde und mach ein großes Feuer.« Dann breitete er seine Arme aus und fing seine Frau auf. »Wie gut ist es, dich wieder im Arm zu halten«, flüsterte er. »Sieh, was ich mitgebracht habe.« Stolz zeigte er auf ein Bündel Elfenbeinzähne.

Acht Stück zählte sie. »Sind die wertvoll?«

Er nickte vergnügt. »Ziemlich. Der kleinste wiegt über hundertzehn englische Pfund, ich denke, dass ich mindestens acht oder sogar zehn Shillinge fürs Pfund bekommen werde. Ich werde eine Geheimkammer unter dem Wohnzimmerboden anlegen und sie dort einlagern, bis ich sie zu Geld mache. Du brauchst doch ein Kleid, nicht wahr? Und Papier? Nun, wir müssen ein paar Rinder nach Durban zur Auktion treiben, da werde ich die Stoßzähne verkaufen. Die Preise sind bestens momentan. Bei flottem Ritt werden wir zwei Wochen unterwegs sein. Wir könnten bei den Farringtons wohnen ...«

»Das kommt überhaupt nicht infrage«, mischte sich Lilly ein. »Ihr kommt zu uns, und mach dich darauf gefasst, dass Catherine sich neu einkleiden muss. Es wird mindestens der Preis für einen ganzen Zahn dabei draufgehen.«

Catherine strahlte und funkelte, und Johann hätte sich in diesem Moment freudig vierteilen lassen, nur um diese Glückseligkeit, diesen Glanz in ihren Augen für immer zu erhalten. »Habt ihr eine schöne Zeit gehabt? Erzähl doch, was ihr gemacht habt.«

Schnell wurde sie ernst und erzählte ihm von dem Einbruch. »Sie haben Bepperl erschlagen und das Löwenfell, die Vorhänge und meine Lupe gestohlen. Ich kann mir allerdings nicht vorstellen, was sie damit anstellen wollen.«

Er schüttelte den Kopf. »Sie können kein Unheil mit der Lupe anrichten. Höchstens Feuer machen. Bepperl wird sie wohl angegriffen haben, das arme Tier. Ich werde mich bei König Mpande beschweren. Der soll entscheiden, was mit den Dieben geschieht. Wenn man sie überhaupt fasst.« Er sagte es leichthin, um sie nicht zu beunruhigen, denn er glaubte nicht, dass es ein einfacher Diebstahl war. »Wo waren im Übrigen Mzilikazi und die Zulus von Andrew Sinclair? Die sollten euch doch beschützen.«

Sie verdrehte die Augen. »Da, wo die meisten Zulus sind, wenn es Ärger gibt. Woanders.«

*

Als Lilly und Andrew Sinclair mit ihren Begleitern wieder vom Hof ritten, schien es Catherine, dass der Himmel düsterer wurde und das Licht kälter. Es würde noch dauern, ehe Johann die Rinder ausgesucht und zusammengetrieben hatte, die er zur Auktion bringen wollte. So träumte sie von den Dingen, die sie in Durban unternehmen würde. Anregung dazu gaben ihr die beiden Ausgaben des »Durban Chronicle«, in die Konstantin die Schuhe eingewickelt hatte. Sie las sie so oft, bis sie den Text auswendig konnte, während sie dabei ihre magere Garderobe in Ordnung brachte. Lilly hatte ihr glücklicherweise das Nähzeug dagelassen. Auch Papier, um ihr Tagebuch weiterzuführen, hatte sie wieder. Die Ränder der Zeitungen, sorgfältig abgetrennt, ergaben fast drei Seiten. Ein ungeheurer Luxus. Ihr Tagebuch war längst voll, jeder Fetzen geeigneten Material beschrieben, und schließlich war sie dazu übergegangen, getrocknete Bananenblätter als Papier zu benutzen, doch die Farbe ihrer selbst gemachten Aschetinte war zu schwach, um darauf noch lesbar zu sein.

»Du kannst auch statt der Bananenblätter den dünnen Teil eines getrockneten Elefantenohres nehmen«, hatte ihr der Schlangenfänger vorgeschlagen. »Walkt man es kräftig, wird es ähnlich wie steifes Pergament. Ich habe dir eins mitgebracht.«

Doch als sie das Paket auswickelte, entrollte sich ein frisch abgeschnittenes, blutiges Ohr, das fast die gesamte Tischoberfläche bedeckte. Mit unbewegter Miene bedankte sie sich und warf es später Helene, der Hyäne, zum Fraß vor.

Sie hielt ihre Eintragungen kurz und beschrieb ihre Erlebnisse nur in Stichworten, um Platz zu sparen. Endlich konnte sie ihre Gedanken entwirren und sie geordnet niederschreiben. Die Randstreifen der ersten zwei Zeitungen waren schnell mit ihrer feinen Handschrift bedeckt. Nachdem sie kurz Lillys Besuch beschrieben hatte, tunkte sie ihren Federkiel erneut ins Tintenfass. »Habe die Schuhe wieder in die Zeitung gewickelt und Milas Verwalter mitgegeben. Brannten mir wie glühende Kohlen in den Händen«, schrieb sie. Sie hatte Konstantin auch seine Karte zurückgesandt. Ohne Gruß. Das würde am deutlichsten und wirkungsvollsten sein, davon war sie überzeugt. Zufrieden klappte sie das Tagebuch zu.

※

Fünfundvierzig Rinder hatte Johann nach und nach ins Viehgatter unweit des Hauses gesperrt. Es waren fette Rinder mit glänzendem Fell. »Sie werden eine ordentliche Stange Geld bringen«, sagte er ihr abends. »In ein paar Tagen geht's los. Für heute habe ich genug. Ich bin todmüde.« Mit Sicelo hatte er stundenlang daran gearbeitet, sein größtes Wasserfass abzudichten und zu füllen. Sechs Männer wurden benötigt, um das Fass in die Halterung unter dem Planwagen zu hieven.

»Ich werde eine Rinderkeule braten und Eier kochen. Wir können ein paar Hühner für unterwegs mitnehmen und schlachten, wenn wir sie brauchen. Haben wir Milch, damit ich Butter schlagen kann?«, sagte sie.

Sie bekam keine Antwort. Johann schlief wie ein Stein. Gähnend schmiegte sie sich an seine Schulter und schloss die Augen. Im Unterbewusstsein hörte sie ein kurzes, hohes Jaulen, Rascheln und weiche Schritte, als liefe ein Tier auf sanften Pfoten den Gang hinunter. Aber das konnte ja nicht sein. Beruhigt glitt auch sie in den Schlaf.

»Das Merkwürdige war, dass sie keinen Laut machten. Wie haben sie das nur fertig gebracht?«, sagte sie zu Johann, als sie die Bescherung am nächsten Morgen entdeckten. Die Rinder waren verschwunden, der Palisadenzaun des Gatters zeigte eine Lücke, die groß genug war, dass eine Kuh bequem hindurchpasste, und die fünf Zulus, die auf die Rinder aufpassen sollten, lagen wie im Vollrausch dahingestreckt. Sie drückte den kleinen Hund, der ihr heute früh aus der Küche entgegengelaufen war, fest an sich. Noch wusste sie nicht, wie er dorthin gekommen war; sie hatte die kurze Störung vor dem Einschlafen vergessen.

Johann wirkte wie einer, dem man mit der Keule eins übergezogen hat. »Sie legen ihnen die Hand über die Nüstern«, murmelte er. »Das war Khayi, ich spür's. Ich werde ihn mit meinen eigenen Händen erwürgen, wenn ich seiner habhaft werde.«

»Was ist mit den Männern los, es scheint mir, dass sie betrunken sind.« Mit dem Hund im Arm beugte sie sich über einen der Schwarzen, der sie benommen anstierte und sich dann erbrach. Angeekelt kräuselte sie die Nase. »Ich kann kein Bier riechen, und seine Haut ist heiß und trocken.«

Der Mann zog sich an einem Pfahl auf die Füße und taumelte orientierungslos im Kreis. Johann fing ihn auf, als er stürzte, und ließ ihn zu Boden gleiten. »Das war sicher Umafutha«, grollte er. »Vielleicht hat sie ihnen Daturasamen gegeben. Sie rufen Halluzinationen und Schläfrigkeit hervor, wenn man Glück hat – zu viel davon bringt den stärksten Mann um.« Einen nach dem anderen untersuchte er seine Hirten. »Die haben Glück gehabt. In ein, zwei Tagen sind die wieder auf den Beinen.« Er schüttelte einen der Männer, versuchte ihn mit leichten Ohrfeigen zur Besinnung zu bringen. »Wer war das?«, schrie er. »War es Häuptling Khayi?« Wieder schüttelte er ihn. »Sag's mir!«

Aus glasigen Augen starrte ihn der Hirte an. »Khayi«, wiederholte er. »Yebo«, krächzte er dann nach einer Weile, wobei ihm der Speichel aus dem Mund lief.

»Wusste ich's doch«, knurrte Johann und stand auf. »Sie brauchen dringend Wasser. Bitte hilf mir.« Er lief in die Küche.

Betroffen folgte sie ihm. »Die Tiere trugen doch Inqabas Brandzeichen. Du wirst sie doch leicht wiedererkennen.«

»Khayi brennt einfach seins darüber oder daneben, um dann zu behaupten, ich hätte sie ihm ursprünglich gestohlen und er hätte sich nur sein Eigentum wiedergeholt, oder er treibt sie zu einem befreundeten Stamm und tauscht sie gegen Tiere um, die kein Brandzeichen tragen.« Mit einem gefüllten Eimer kehrte er zurück, und während er die Betäubten stützte, setzte ihnen Catherine den Becher an die Lippen. »Sie müssen ihren Rausch ausschlafen«, sagte er und sorgte dafür, dass alle Männer im tiefen Schatten lagen. »Mehr können wir nicht tun. Und jetzt mach ich mich auf nach Kwadela und knöpfe mir Khayi vor.« Er drehte auf dem Hacken um und holte seine Elefantenbüchse aus dem Haus. Sie lief ihm nach.

»Kwadela, heißt so sein Umuzi?«

»Ja, sehr passend hat er es ›Bleibt mir vom Leib‹ genannt.«

Langsam ging sie zurück zum Haus. Mzilikazi wartete am Kochhaus auf sie. Der kleine Hund strampelte sich aus ihren Armen frei und rannte schwanzwedelnd auf ihn zu, und obwohl er ihn wegzuschieben trachtete, erkannte sie, wer ihr das Tierchen geschenkt hatte. »Mzilikazi, woher hast du den Hund? Du hast ihn doch gebracht, oder?« Sie kniete sich hin, und auf ihr leises Schnalzen kam der Hund zu ihr, warf sich auf den Rücken und ließ sich den Bauch kraulen. »Sag schon, es ist ein wunderhübsches Kerlchen. Ich danke dir.«

»Hab ihn gefunden«, murmelte er und schaute weg. »Ich werde jetzt Feuer machen«, erklärte er und entfernte sich eilig.

Verdutzt sah sie ihm nach, zuckte dann die Schultern und stand auf, um dem Hund ein Schälchen Milch zu geben. Dann schaute sie noch einmal nach den im Rausch schnarchenden Zulus im Hof, rief Jikijiki und wies sie an, ihnen Wasser zwischen die Lippen zu gießen.

Die Schatten wurden länger, und sie wurde in gleichem Maße unruhiger, denn von Johann war keine Spur zu sehen. Von böser Vorahnung erfüllt, wartete sie bis zum Abend auf ihn, aß kaum etwas und wälzte sich des Nachts schlaflos im Bett, bis das weiße Mondlicht, das still durchs Zimmer gewandert war, der Morgenröte wich. Khayis Umuzi lag Stunden vom Haus entfernt, und immer wieder sagte sie sich, dass er wohl die Rinder gesucht und von der Dunkelheit überrascht worden war. Dann würde er frühestens am späten Vormittag zurückkehren, beruhigte sie sich, konnte jedoch kaum ihren Frühstückshaferbrei herunterwürgen. Voller Sorge lief sie immer wieder zu der Stelle, wo sie den langen Weg zum Haus überblicken konnte. Die fünf Zulus waren offenbar zu sich gekommen, denn sie waren verschwunden.

Endlich, am späten Nachmittag, kehrte er zurück, und als sie seiner ansichtig wurde, konnte sie einen Schreckenslaut nicht unterdrücken. Seine Kleidung war zerfetzt, er blutete aus einer Armwunde und mehreren Kratzern. Sie rannte ihm aufgeregt entgegen. »Wer hat dich denn so zugerichtet?«

Er winkte müde ab. »Ich bin quer durchs Dornengestrüpp hinter ihm her, aber der Mistkerl ist mir entwischt und meine Rinder mit ihm. Mein Fehler war es, allein hinzureiten. Morgen werde ich Pieter, Dan de Villiers und ein Dutzend Zulus mitnehmen.«

»Du hast noch das Elfenbein, und deine Kühe werden wieder kalben. Jetzt lass mich deine Blessuren verbinden«, sagte sie und führte ihn ins Haus. »Khayi wird schon wieder auftauchen. Er wird nicht ewig seinem Umuzi fern bleiben können, und dann wird sich die Sache mit dem Diebstahl klären.«

»Das ist das Schlimmste. Khayi war's nicht allein«, sagte er, als er sich aufs Bett fallen ließ. »Himmel, bin ich müde.«

Sie warf ihm einen Seitenblick zu, während sie die Armverletzung sanft abtupfte. »Wer sollte ihm denn geholfen haben?«

»Dieser verdammte Kotabeni.« Seine Wangenmuskeln arbeiteten. »Wer zum Henker ist das, welches Ziel verfolgt er? Verzeih das Kraftwort, aber ich möchte wirklich wissen, warum er es auf mich abgesehen hat«, setzte er hinzu.

Sie erstarrte, fuhr mit zitternden Fingern fort, die Wunde mit Kamillentee zu reinigen, und verband sie dann, nachdem sie eine dünne Schicht Honig aufgestrichen hatte. Es dauerte ein paar Minuten, und die Zeit half ihr, ihre Beherrschung wieder zu finden. »Wer sagt das?« Sie fragte leise und mit gesenktem Kopf, um sich nicht zu verraten.

»Meine Zulus haben es mir zugetragen. Er ist gesehen worden, und angeblich war Khayi zum König gerufen worden und nicht einmal in der Nähe.«

»Also ist es nur ein Gerücht? Es klingt sehr vage.« Sie atmete insgeheim auf. Johann wusste nichts Genaues. Schnell floh sie in die Küche, schmierte ihm ein paar Brote, belegte sie mit kaltem Fleisch und nötigte ihm eine Kumme mit dicker Gemüsesuppe auf. Er aß schweigend, und danach gingen sie ins Bett. Er zog sie fest an sich. »Mein Gott, wenn du ahnen würdest, wie sehr ich dich brauche«, flüsterte er, schob ihr Nachthemd hoch und streichelte die seidige Haut auf ihrer Brust. Sie hielt still, während seine warmen Finger langsam über ihren Bauch hinunterwanderten, doch sie konnte sich nicht in seiner Liebe verlieren, zu sehr war sie aufgewühlt.

Zerrissen von dem Widerstreit ihrer Gefühle, kämpfte sie sich schlaflos durch die Nacht. Die Frage, warum sie ihrem eigenen Ehemann nicht gesagt hatte, wer der Mann war, der Kotabeni genannt wurde, und woher sie ihn kannte, stak ihr wie ein Widerhaken in der Seele, und sie fand keine Antwort.

*

»Brennt euer Brandzeichen über das von Inqaba und verteilt die Rinder unter euren Familien«, befahl Kotabeni und polierte sich die Nägel auf seinem Jackenärmel. »Das gefällt dir, du schwarzer Halunke, nicht wahr?«, fragte er Khayi, der eben aus der Hütte seiner Lieblingsfrau kroch und seinen Schurz zurechtschob, lächelnd auf Deutsch. »Aber glaube nur nicht, dass ich dir damit Gutes tun will, ich will nur diesen Steinach mürbe machen.«

Innerlich rieb er sich die Hände. Er hatte sich der ewigen Dankbarkeit Häuptling Khayis versichert, das war sein Anliegen gewesen. Er brauchte einen Verbündeten in seinem Elfenbeingeschäft. Noch heute dankte er seinem Schöpfer, dass es ihm gelungen war, diesem Sicelo und seiner Bande zu entkommen. Es war natürlich bedauerlich, dass es seine Männer getroffen hatte, und er hoffte, dass sie nicht zu sehr gelitten hatten, aber sie waren nicht unersetzlich. Doch bis Gras über diese leidige Sache gewachsen war, musste er seinen trickreichen Elfenbeinerwerb einstellen, und das hieß, den Gürtel enger schnallen. Er strich über seine Flinte. Für Sicelo war die Kugel schon gegossen. Es war nur eine Frage der Zeit.

»Yebo«, nickte Khayi grinsend und in dem Glauben, dass der Umlungu ihn wegen seiner Gerissenheit lobte, Jontani vorzugaukeln, er wäre zum König gerufen worden. Zufrieden sah er zu, wie zwei junge, kräftige Männer die Brandeisen zum Glühen brachten.

»Setzt das Zeichen genau über das von Inqaba«, sagte Konstantin von Bernitt, hochzufrieden, dass es ihm gelungen war, diesem Steinach einen Schlag zu versetzen. Die fünfundvierzig Rinder hätten Inqaba eine schöne Stange Geld gebracht, und wie er mit eigenen Augen festgestellt hatte, herrschte dort akuter Mangel in der Hinsicht. Irgendwie musste er es schaffen, diesen Hinterwäldler von seiner Farm zu vertreiben, und dann, so war er sich sicher, würde ihm auch die entzückende Catherine wie eine reife Pflaume in die Hände fallen. Ihm wurde heiß beim Gedanken an ihren prachtvollen Körper und den berauschenden Duft ihrer Haut. Danach musste man der Sache mit etwas List nur ein wenig nachhelfen.

»Red, John«, rief er, und seine Kumpane tauchten zwischen den Hütten auf. »Bald werden wir dem großen König einen Besuch abstatten. Ein Vögelchen hat mir geflüstert, dass er seit kurzem größte Schwierigkeiten mit seiner Manneskraft hat, und ich könnte ihm da helfen.« Er schwenkte einen kleinen Beutel und zeigte dabei seine weißen Zähne in einem vergnügten Lächeln. »Bin ich nicht gut?«

Hottentot John kniff sein milchiges Auge zusammen und grinste. »Der König wird sich dankbar erweisen, er liebt es, bei seinen Frauen zu liegen.«

»Pass nur auf, dass du ihm nicht zu viel von dem Zeug gibst«, brummte Red Ivory. »Mehr als ein geiler Bock ist dabei draufgegangen. Es dauert eine Weile, bis das Gift tödlich wirkt, da bleibt ihm sicher genügend Zeit, uns seinen Henkern zu übergeben, und darauf, kann ich dir versichern, bin ich wirklich nicht scharf.«

»Schon Casanova hat sich der Spanischen Fliege bedient. Ich habe die Dosis bereits ausprobiert. – Aber doch nicht an mir«, winkte er ab, als seine Freunde in höhnisches Lachen ausbrachen, und zog sich in die Hütte zurück, die ihm Khayi zur Verfügung stellte, wann immer er dort auftauchte, wusch sich gründlich und rollte sich zum Schlafen in seine Decke ein. Das Feuer, das in der Erdmulde in der Mitte des Runds brannte, knisterte, der Rauch zog in dünnen Fäden ins Rieddach. Er stand noch einmal auf und schürte es, denn die Nacht war kalt.

Silbernes Mondlicht sickerte durch das Flechtwerk der Hütte, und für ein paar Minuten lauschte er den einlullenden Geräuschen der afrikanischen Nacht. Bald hoffte er, Großgrundbesitzer zu sein in diesem Land, das Himmel hieß. Khayi hatte es ihm erklärt, dieser krummbeinige Gauner. Zulu heißt Himmel, hatte er gesagt und war herumstolziert wie ein Pfau, der sein Rad schlägt, wir sind das Volk, das Himmel heißt. Über uns gibt es niemanden.

Es traf in der Tat zu, dachte er, es war ein himmlisches Land. Er seufzte tief. Die jämmerliche Behausung, die er in Durban sein Eigen nannte, war absolut nicht seinem Stand gemäß, und die Frau, die bei ihm den Haushalt führte, war nicht mehr als ein Dienstmädchen, auch wenn sie sein Kind erwartete. Mit dem Bild der saftig grünen Hügel von Inqaba und seiner schönen Herrin vor Augen schlief er ein.

∗

Als türkises Licht den Morgen ankündigte, wurde er von einer Salve von Schüssen geweckt. Er sprang von seinem Lager, packte seine Elefantenbüchse und schlich zum Eingang. Als er sah, was draußen vor sich ging, fluchte er leise. Dieser verdammte Steinach war tatsächlich zurückgekehrt, um seine Rinder zu holen. Begleitet wurde er von einem weißhaarigen Kerl, einem Haudegen von einem Mann, der einen Straußenfederhut und Tierfelle trug, aber auf seinem Pferd saß wie ein spanischer Grande, und einem Haufen kriegerisch aussehender Schwarzer. Als er aber den Mann erkannte, der jetzt hinter Steinach auftauchte, blieb ihm der Fluch im Hals stecken. Pieter, der Bure, Mila Arnims Verwalter. Pieter, der ihn gut kannte, ihn sofort identifizieren konnte. So nahe war er seinem Tod noch nie gewesen, denn er hegte nicht für eine Sekunde einen Zweifel daran, dass man ihn aufknüpfen würde. Vermutlich sogar hier und jetzt.

Konstantin von Bernitt hatte stets ein feines Gefühl dafür gehabt, wann es Zeit war, von der Bildfläche zu verschwinden, und jetzt war so ein Moment gekommen. Rasch steckte er alles ein, was er nicht zurücklassen wollte, kroch auf allen vieren aus der verdeckten Öffnung, die er für ebensolche Gelegenheiten als Fluchtmöglichkeit zusätzlich in die Hüttenwand hatte schneiden lassen, und schlich sich im Schatten der Hütten am Palisadenzaun entlang. Unter dem Schutz des Geschreis und der Schüsse und dem allgemeinen Durcheinander von blökenden Kühen, kreischenden Frauen und brüllenden Zulus gelang es ihm, aus dem Umuzi zu schlüpfen. Er erreichte sein Pferd, legte ihm die Hand auf die Nüstern, um es ruhig zu halten, schwang sich hinauf und verschwand im Schatten des umliegenden Dickichts. Er hörte noch, wie Johann Steinach seinen Männern befahl, die Rinder zusammenzutreiben, dann war er außer Hörweite. Mit einem weißen Taschentuch tupfte er sich den Schweiß von der Stirn.

Johann stand mitten im Umuzi, seinen Sjambok in der Faust. Er sah sich um. Frauen und Kinder waren geflohen und zum größten Teil im Busch verschwunden, die Männer hatte er in eine Hütte sperren lassen und zwei seiner Zulus vor Khayis

Unterkunft postiert, damit er ihm nicht wieder durch die Lappen ging. »Die, die und die nehmt ihr auch mit«, brüllte er und zeigte auf die fünf Kühe, bei denen Khayi sein Brandzeichen über das von Inqaba gesetzt hatte. Mehr hatte der elende Kerl vor Einbruch der Dunkelheit wohl nicht geschafft. »Danach brennt die Hütten nieder. Lasst die Frauen und Kinder gehen.«

Dann zog er Khayi eigenhändig aus seiner Hütte. Der Häuptling, der kein schwacher Mann war, hing wie eine nasse Katze in seinen Händen. Trotzdem hatte er den Mut, den Weißen stoisch anzugrinsen. Johann sah es und explodierte. Er warf Khayi zu Boden, drehte ihn auf den Bauch und schwang seinen Sjambok. Es klatschte, und ein roter Streifen erschien auf dem Rücken des Zulu.

»Nicht!«, brüllte Dan. »Nicht, Johann. Hör auf, Mann!«

»Mach kurzen Prozess, wie es sich für einen Viehdieb gehört«, röhrte Pieter.

Johann ließ die Peitsche sinken und starrte auf den Häuptling hinunter, seine Hand war noch immer um den Griff des Sjamboks gekrampft. Es passierte häufig genug, dass die Zulus Farmen überfielen, die jenseits der Grenze in Natal lagen, und die Buren sahen es als ihr Recht an, Viehdiebe auf der Stelle zu töten. Da sie die britischen Kolonialherren noch mehr hassten als die Schwarzen, kümmerten sie sich keinen Deut darum, ob das in den Augen der Herren vom Kap zu Recht geschah oder nicht. Einem Untertan seiner britischen Majestät aber blühte ein harsches Gerichtsverfahren, sollte er dieses Delikts überführt werden. Zwar war das vollkommen unwahrscheinlich, weil die dazu benötigten Zeugen fast immer fehlten, aber das Gesetz lautete immerhin so. Einem Zulu, der britisch-koloniale Kühe stahl, passierte nichts. Er unterlag dem Gesetz, das der Zulukönig proklamierte.

Johann nahm den Fuß von Khayis Beinen, mit dem er ihn auf dem Boden festgehalten hatte. Er selbst lebte in Zululand, war aber weder Untertan von König Mpande noch von Königin Viktoria, obwohl er in gewissem Maße den Gesetzen der britischen Kolonialherren zu gehorchen hatte. Seine Position war eine ausgesprochen unsichere. Mpande brauchte nur mit dem Finger zu schnippen, und er wäre Inqaba los. Über die Wankelmütigkeit des Zulukönigs machte er sich keine Illusion. Bebend vor unterdrückter Wut schleuderte er den Sjambok beiseite, fesselte Häuptling Khayi mit geflochtenen Grasstricken, die er sich aus einer der Hütten besorgte, und warf ihn quer über seinen Sattel. Dann wandte er sich den anderen männlichen Mitgliedern von Khayis Familie zu.

»Ihr, die ihr nichts weiter seid als Läuse auf dem Rücken räudiger Hunde«, begann er, die Arme in die Seiten gestemmt. »Ihr habt die freie Wahl. Entweder ihr kommt mit mir zu eurem König und steht für eure Tat gerade, oder ihr arbeitet für einen Monat kostenlos auf meinen Feldern.« Er fixierte die eingeschüchterten Männer mit scharfen Blicken.

Die Entscheidung wurde schnell und einstimmig getroffen. Khayis Verwandte begaben sich in Begleitung von Pieter und seinen eigenen Männern auf den Weg nach Inqaba. Johann schwang sich hinter dem menschlichen Paket in den Sattel und nahm die Zügel auf.

»Kommst du mit?«, fragte er Dan. Als dieser nickte, trieb er Shakespeare neben Pieters Pferd. »Bitte sag Catherine Bescheid. In wenigen Tagen bin ich wieder zu Hause. Aber ich muss dieser Sache endlich ein Ende setzen, sonst herrscht nie Ruhe auf Inqaba.« Er grüßte mit zwei Fingern und wendete.

»Zum Hof des Königs«, rief er dem Schlangenfänger zu. »Sheshisa!«

Dan nickte und lenkte seine Stute zurück auf den Pfad und dann in den lichten Busch. Schnell, hatte Johann gesagt. Er hielt seinen Arm vors Gesicht, um nicht von zurückschlagenden Zweigen verletzt zu werden.

*

Johann stand am Abhang über dem Fluss. Der Pegel war hoch und die flache Uferzone überflutet, doch er wusste, dass sich eine viertel Meile flussaufwärts eine Furt befand. Khayi, den er zusammengeschnürt hatte wie einen Rollbraten, protestierte mit einer Reihe von saftigen Flüchen.

»Thula!«, befahl er kurz und unterstrich seinen Befehl mit einem Handkantenschlag gegen die Halsschlagader des Schwarzen. Khayi verstummte, sein Kopf sank herunter. Am Fluss saß Johann ab und führte Shakespeare mit seiner menschlichen Last vorsichtig durch das träge dahinfließende Wasser, das ihm bis zur Brust reichte.

Dan folgte ihm in einiger Entfernung und behielt dabei die zahlreichen Krokodile am schmalen Uferrand aufs Genaueste im Auge. Seine Flinte war geladen, und sein Finger lag am Abzug. Den alten Flusspferdbullen, dem eine schwärende Wunde im Nacken das Leben zur Hölle machte, konnte er von dort aus allerdings nicht sehen. Der massige Bulle lag in der Flussmitte, nur die Augenhöcker und die spielenden Ohren verrieten ihn. Jetzt richtete er sie auf den Reiter, der auf ihn zukam. Lautlos tauchte er weg und lief mit erstaunlicher Schnelligkeit über das sandige Flussbett. In einem Schwall gelben Wassers kam er unmittelbar vor Shakespeares Kopf wieder hoch. Sein aufgerissenes Maul war groß genug, dass der Pferdekopf hineingepasst hätte.

Der Wallach wieherte voller Entsetzen und stieg hoch. Der Gefangene glitt von seinem Rücken und fiel in den Fluss. Johann fuhr herum, griff nach ihm, Shakespeare riss sich los und gelangte mit heftig schlagenden Vorderläufen ans Ufer. Den hörbar zuschnappenden Kiefern der großen Krokodile entkam er nur durch ein Wunder. Angstvoll wiehernd erklomm er die Böschung und blieb mit bebenden Flanken oben stehen.

Dan schoss im selben Moment, als Johann, nicht eine Sekunde an seine eigene Sicherheit denkend, mit einem Hechtsprung hinter dem sich verzweifelt gegen das Ertrinken wehrenden Khayi hersetzte. Er erwischte ihn an den Fesseln und schleifte ihn hinter sich her ans Ufer. Der Flusspferdbulle verschwand in einem Strudel von Blut und Schaum, und mit leisem Klatschen glitt eine der Großechsen nach der anderen in den Fluss und schwamm dem Blutgeruch nach.

Johann starrte auf den Wasser spuckenden Zulu zu seinen Füßen und fragte sich, warum er der Natur nicht ihren Lauf gelassen hatte.

»Weil du nicht anders konntest«, beantwortete Dan seine schweigende Frage. Er war ebenfalls unbehelligt über die Uferböschung gekommen. Alle Krokodile waren beim Schlachtfest in der Flussmitte. »Und das ist der Grund, warum du mein Freund bist.«

Johann grunzte verlegen, als er die Fesseln Khayis zerschnitt. Der Schwarze blieb liegen, er nahm wohl an, dass der Umlungu hier und jetzt kurzen Prozess mit ihm machen würde. Stoisch erwartete er sein Schicksal.

»Steh auf«, befahl Johann. »Und nun hör mir sehr aufmerksam zu. Auf dich warten die Isimpisi des Königs, seine Hyänenmänner. Ich gebe dir so lange, wie es dauert, einen Ukhamba zu leeren, um zu entkommen. Danach fange ich dich wieder ein und bringe dich zu deinem König, und der wird tun, was er muss, denn er duldet niemanden in seinem Reich, der seine Ruhe stört. Jetzt also steh auf und renne. Ich rate dir, mein Freund, schneller zu sein als eine Impala, ja schneller als der Wind, und nicht anzuhalten, bis du den Tugela überquert hast. In Natal bist du sicher vor den Schergen des Königs, und ich bin sicher vor dir.«

Er trat drei Schritte von Khayi zurück. »Suka!«

Häuptling Khayi rappelte sich blitzschnell hoch und rannte.

»Wie lange brauchst du, um einen Ukhamba zu leeren?«, wollte Dan wissen, als er der rasch entschwindenden schwarzen Gestalt nachsah.

Johann grinste. »Als trinkerprobter Bayer kann ich das große Biergefäß der Zulus in ein paar Minuten leeren. Ein Zulu selbst braucht etwas länger.«

Einen Tag später erreichte er König Mpandes Residenz. Er brachte sein Anliegen einem der zahlreichen Wächter vor, führte Shakespeare in den Schatten, setzte sich mit Dan auf einen großen Stein und richtete sich auf eine lange Wartezeit ein.

*

»Mpande ließ uns nur einen Tag warten«, berichtete Dan, als er beim Abendessen auf der Veranda der Steinachs Platz nahm. Vorsorglich hatte Catherine ihn so gesetzt, dass sein üppiger Körpergeruch ihr nicht das Essen verderben konnte. Der Wind blies von ihr weg. »Sipho, sein Lieblingssohn, den Johann weiland vor dem Leoparden gerettet hatte, kam, um uns zu ihm zu geleiten.«

»Ihr müsst die Waffen niederlegen«, verlangte der junge Zulu.

Johann dachte an das Schicksal Piet Retiefs und zögerte eine Sekunde; er warf dem Schlangenfänger einen schnellen Blick zu.

Sipho lächelte fein. »Euch wird in dem königlichen Umuzi nichts geschehen«, sagte er, als hätte er Johanns Gedanken gelesen, und die Weißen gehorchten.

Sie folgten ihm durch den langen, von Palisaden gesäumten Eingang, der sich in das riesige Rund von Mpandes Residenz öffnete. Hunderte von Hütten umringten den riesigen Paradeplatz, die von Tausenden von Kriegern bewohnt waren. In dem kreisförmigen, von hohen Holzpfählen umzäunten Viehgatter in der Mitte befand sich die königliche Rinderherde. Der Krach und der Gestank waren unbeschreiblich, Wolken von Staub wirbelten durchs Sonnenlicht. Johann und Dan ertrugen stoisch die Fliegenschwärme, die sich auf sie stürzten, wagten nicht, sie wegzuwedeln, denn sie befürchteten, dabei einen unwürdigen Anblick zu bieten. Dann standen sie vor dem König, und selbst Johann kam sich klein vor.

Auf seinem aus einem gewaltigen Holzblock herausgearbeiteten Thronsitz wirkte Mpande wie ein polierter, schwarzer Monolith. Jedes Mal, wenn Johann ihn wieder sah, war der Monarch fetter und imposanter geworden, sein Gesicht jedoch war noch immer klar geschnitten und in gewisser Weise attraktiv. Er saß breitbeinig da, war bis auf Perlenschmuck um Hals und Lenden nackt und schaute gelangweilt seinen Tänzerinnen zu, die ihre langsamen Schritte mit einschläfernd gleichförmigem Gesang begleiteten. Im Hintergrund zerlegten mehrere Männer mit Pangas einen Elefanten, dessen tonnenförmiger Unterschenkel bereits in der Glut der riesigen Feuerstelle röstete.

Der intensive Bratengeruch kitzelte Johann in der Nase, und er unterdrückte mit aller Willenskraft ein Niesen. Niesen galt als Ausdruck von Stärke und Überlegenheit. Hier bin ich, hieß es, und ich bin stärker. In Gegenwart des Königs konnte es einem seiner Untertanen das Leben kosten. Er wollte nicht herausfinden, welche Konsequenzen es für ihn haben würde.

»Auf sein Handzeichen mussten wir auf dem Boden vor ihm Platz nehmen und unser Anliegen vorbringen. Johann schilderte die Vorfälle in aller Ausführlichkeit, beschrieb wie er die Leichen der Elfenbeindiebe vorgefunden hatte, und als er die eingeschlagenen Schädel erwähnte, verfinsterte sich die Miene des Königs aufs Bedrohlichste«, sagte Dan. »Gerne, danke«, nickte er, als ihm Catherine noch eine dicke Scheibe von der Schweinekeule schnitt.

Sie nahm sich selbst vom Braten. »Warum hast du Khayi eigentlich freigelassen?«, fragte sie Johann und biss ins kernige Fleisch.

»Ich hätte Mpande beweisen müssen, dass der Häuptling meine Rinder stahl, so hat ihm dieser den Beweis durch seine Flucht selbst geliefert. Außerdem wollte ich kein Blut an meinen Händen kleben haben.«

Sie hörte auf zu essen. »Und was passierte dann?«, fragte sie.

Johann fuhr fort. »König Mpande stützte sein Kinn in eine Hand und starrte uns unter gerunzelten Brauen mit einem Ausdruck an, der dem stärksten Mann die Knie weich hätte werden lassen, und sagte lange Zeit nichts. Dann rief er ein Indaba, seine Ratsversammlung, ein, und wir mussten unseren Fall noch einmal darlegen, während die Räte aufmerksam, ohne zu unterbrechen, zuhörten.

Der König schwieg und machte lediglich mit einer Geste verständlich, dass der erste der Räte seine Meinung sagen sollte. Der Mann, ein ergrauter Würdenträger, sprach, bezog aber nicht ausdrücklich Stellung, sondern drückte seine Meinung eher indirekt aus, immer mit einer verbalen Verbeugung vor dem König. Es ist ein ganz hervorragendes System, so hat keiner seiner Ratgeber Angst, seine eigene Meinung zu sagen. Als er alle Räte angehört hatte, beendete der König die Verhandlung. Schweigend musterte er uns mit scharfem Blick, und ich kann dir versichern, dass ich kaum wagte zu atmen.

Endlich richtete sich der Monarch auf und ließ seinen Stab mit der Löwenschwanzquaste durch die Luft sausen. Er hatte eine Entscheidung getroffen und begann zu sprechen.

›Wenn ein Mann einen anderen tötet, wird er nach unseren Gesetzen mit dem Tode bestraft. Doch wenn keine Hexerei im Spiel war und es ihm gelingt zu fliehen, bevor meine Häscher ihn eingefangen haben, und er für lange Zeit seiner Heimat fern bleibt, werden ihm diejenigen, die den Toten zu beklagen haben, in ihrem Herzen vergeben, denn es ist furchtbar für einen Zulu, wenn er heimatlos durch die Hügel ziehen muss. Sollte Khayi, der dann nicht mehr Häuptling sein wird, eines Tages zurückkehren, wird er wieder in unserer Mitte aufgenommen werden. Er muss zweimal den dritten Teil seiner Rinder an die Angehörigen des Toten zahlen.‹ Hier hielt der König inne und ließ seinen Blick über seine Krieger schweifen. ›Da die Toten Elfenbeindiebe waren, müssen die Angehörigen ebenfalls eine Strafe zahlen, die ebenfalls zweimal den dritten Teil ihrer Herde beträgt. Doch die Familien dieser Toten leben in einem fernen Land, das hinter dem Rand der Welt, jenseits des großen Wassers liegt. Wir werden die Rinder nicht dorthin treiben können. Ich habe entschieden, dass sie stattdessen ins königliche Umuzi gebracht werden. Der übrig gebliebene dritte Teil von Häuptling Khayis Rindern wird künftig bei Jontani, der unser Freund ist, leben. Außerdem wird Khayis Umuzi dem Erdboden gleichgemacht und seine Familie in alle Winde verstreut. Khayi ist nun wie ein Stier ohne Hörner.‹ Dann erhob er seine Stimme. ›Geht hinaus ins Land, sucht Häuptling Khayi, und bringt ihn zu mir!‹, donnerte er.

Natürlich haben wir ihm nicht gesagt, dass Khayi längst über alle Berge war, und ich hoffe, er findet nie heraus, auf welche Weise ihm das gelungen ist«, sagte Johann. »Ganz traue ich diesem Richterspruch nicht. Vielleicht ändert König Mpande noch seine Meinung und befiehlt Khayis Tod. Ich jedenfalls habe eine

Gänsehaut bekommen, sag ich dir, und war froh, dass ich dem alten Gauner die Möglichkeit gegeben hatte, sich aus dem Staub zu machen. In Natal ist er sicher, bis er sich irgendwann wieder nach Zululand wagen kann. Mpande selbst ist einst vor seinem Halbbruder Dingane über den Tugela geflohen und kampierte in der Nähe des alten Lagers seines Vaters Shaka Zulu, bis er sich mit den Buren zusammentat und Dingane zum Teufel jagte. Er wird die Grenze respektieren.«

Catherine kicherte. »König Mpande scheint mir ein rechtes Schlitzohr zu sein. Meine Meinung, dass bei den Zulus nur das Gesetz ›Auge um Auge, Zahn um Zahn‹ herrscht, muss ich wohl verwerfen. Ich hatte erwartet, dass er ohne Umschweife den Tod von Häuptling Khayi verfügen würde.«

»Das war unter Mpandes Halbbrüdern Shaka und Dingane mit Sicherheit so. Aber König Mpande ist, verglichen mit ihnen, ein milder, ausgleichender Mann mit einem für Europäer erstaunlichen Verhältnis zur Gerechtigkeit. Wir Europäer halten die meisten der Zulus doch für unzivilisierte Wilde.«

Dan lachte und wischte sich den Mund. »Einen Missionar habe ich jammern hören, dass er unter falschen Voraussetzungen hier hergelockt wurde. Er hatte erwartet, ein primitives, unterentwickeltes Volk zu finden, das andächtig seinen weisen Worten lauscht. Als er wieder einmal eine seiner schwülstigen Predigten hielt, unterbrach ihn ein Zulu. Wie kann es sein, fragte er, dass die Seele eines Menschen, die ja körperlos ist, im Höllenfeuer röstet, das, wie alle wissen, fassbar ist? Dann begann er, weiter in den Thesen des Predigers herumzustochern. Der Missionar war völlig überfordert und verließ umgehend das Land, um die Seelen der Wilden in Neuguinea zu retten.«

»Wer einmal eine Diskussion mit einem Zulu geführt hat, weiß ihre durch tagelange Indabas geschliffene sprachliche Gewandtheit zu fürchten«, fiel Johann ein. »Sie schleichen sich mit Worten an dich heran, und bevor du weißt, was passiert, haben sie dich in eine Falle gelockt.« Er lachte in sich hinein.

Dan hob die Hand. »Dann kam der schwierigste Teil des Abends. Wir mussten Unmengen von Bier trinken und stundenlang Mpandes Tänzerinnen zusehen, die zu elendiglich monotonem Gesang sehr gemessen immer die gleichen Bewegungen ausführten.« Dan lächelte. »Als Europäer finde ich die meisten fett und unelegant und ihren Tanz eher langweilig und uninspirierend, aber sie sind sicher die Schönsten des Landes und eines jeden Zulumannes Traum.«

Johann setzte seinen Bierkrug ab. »Ich kann nur Shaka Zulu zitieren. Die Weißen sehen uns ähnlich, soll er gesagt haben, aber ihre Haut hat die Farbe von Kürbismus. Sie haben unverschämtes Benehmen und sind ohne Anstand und Sitten. Wie du weißt, legen Zulus großen Wert auf gutes Benehmen.« Er streifte Dans Erscheinung mit einem verstohlenen Blick. Sein Fellwams hatte kahle Stellen, aus den Antilopenlederschuhen lugten die großen Zehen. »Die meisten Weißen, die Shaka und Dingane kennen gelernt hatten, müssen von ziemlich übler Sorte gewesen sein, und die Zulus begegneten ihnen mit Verachtung, da sie Lumpen trugen und keine Körperpflege betrieben. Kurz gesagt, Weiße waren ihm widerwärtig, und sie duldeten sie nur, wenn sie etwas von ihnen wollten.«

»Nun, dann ist ja alles gut ausgegangen«, fiel ihm Catherine ins Wort, die keine Lust verspürte, endlose politische Diskussionen zu ertragen. »Recht ist geschehen, der Frieden ist gewahrt, und Khayis Schatten liegt nicht mehr auf Inqaba. Außerdem haben wir unsere Rinder wieder, und du bekommst Khayis noch dazu.« Sie erschlug eine Mücke, die auf ihrem Arm gelandet war. »Das fängt ja früh an mit der Moskitoplage. Heißt es nicht, dass es dann ein besonders heißer und feuchter Sommer wird?«

Johann warf einen Blick zum Himmel. Schwere Wolken zogen über den Mond, über den Horizont zuckten blaue Blitze, die Vorboten eines Sturms. »Wir kriegen Regen, eine Menge Regen, und das heißt vor allen Dingen, dass ich den Rinderauftrieb verschieben muss. Die Flüsse werden anschwellen, keine Furt wird passierbar sein.«

Mzilikazis kleiner Hund kam mit fliegenden Ohren hereingerannt und warf sich vor seine Herrin auf den Boden.

»Noch ein Verehrer, der dir zu Füßen liegt«, neckte Johann. »Du musst ihn Romeo nennen. Oder Casanova.«

Sie lachte. »Romeo«, sagte sie.

*

Inzwischen war es Mitte September geworden, und das Wetter spielte weiter verrückt. Auf einen Winter, der, wie ihr Einheimische versicherten, der trockenste und kälteste seit undenkbarer Zeit gewesen war, folgte ein früher, außergewöhnlich heißer Frühling mit reichlichem Regen. Wie Johann vorausgesagt hatte, waren die Flüsse für Wochen unpassierbar.

»Wird es uns finanziell sehr schaden, dass du deine Herde nicht jetzt nach Durban treiben kannst?«, fragte Catherine und pulte einen losen Faden aus ihren Springbockhautschuhen. Die rechte Sohle wies bereits verdächtig dünne Stellen auf, die Nähte des anderen gingen auf, und eigentlich lautete ihre Frage, wann sie endlich neue Schuhe bekommen würde.

»Nein, es ist vom Wetter her ohnehin besser, wenn wir den Trek im April machen, und dann können wir uns mit Mila und Pieter zusammentun, die auch ihre Herde nach Durban bringen.«

»Bis dahin halten meine Schuhe nicht.« Sie streckte den Fuß hoch.

Er lächelte und legte seine Hand auf ihre. »Vergiss nicht den Elfenbeinschatz in unserer Geheimkammer. Das reicht für neue Schuhe und neue Kleider. Du wirst dich bald nicht mehr schämen müssen.«

»Wann wird das sein?« Dieses Mal wollte sie sich nicht vertrösten lassen.

Johann kniff kalkulierend die Augen zu Schlitzen. »Im Dezember, wenn es zu heiß ist, um zu pflanzen, und es nur wenig zu ernten gibt, wäre eine Zeit, wo ich Inqaba drei Wochen allein lassen könnte. Wenn wir nur die Packpferde mitnehmen und nicht mit dem Ochsengespann reisen, genügt das. Es würde aber bedeuten, dass wir unterwegs auf die Gastfreundschaft von Zulus und später der Farmfamilien angewiesen sind, es sei denn, du

ziehst es vor, im Freien zu nächtigen. Würde dir das genügen?«
Er würde Pieter bitten müssen, ihn zu vertreten, und sich ansonsten auf Sicelo verlassen. Über kurz oder lang würde er nicht darum herumkommen, einen Verwalter einzustellen. Die Arbeit wuchs ihm ohnehin über den Kopf, und selbst Dan hatte ihn darauf hingewiesen, dass er seine Frau vernachlässigte.

Froh, dass sie eine definitive Antwort erhalten hatte, nickte sie. Selbst Übernachtungen in einem Zuluumuzi konnten sie nicht schrecken, nicht mehr. Schon lange nicht mehr.

*

Die frisch gesäten Kräuter im Gemüsegarten sprossen aufs Üppigste, und alle Bäume hatten reichlich Früchte angesetzt, selbst die Quitten, die in der Hitze eigentlich nicht so gut gediehen. Die Orangen und Zitronen blühten, und ihr süßes Aroma vereinigte sich mit dem Jasminduft der weißen Blütensterne, die in dem dunkelgrünen Laub der Amatunguluhecke glänzten.

Catherine grub ein Pflanzloch im Gemüsegarten und wühlte genussvoll in der warmen Erde. Mit großer Sorgfalt setzte sie den jungen Avocadobaum ein und füllte das Loch wieder auf. Dann legte sie einen Kranz von Feldsteinen als Schutz um das Beet. Sie hatte den Baum von Mila Arnim zusammen mit mehreren Ablegern eines wunderschönen Strauches bekommen, der Bougainvillea genannt wurde. Ein Botaniker aus Südamerika hatte ihn eingeführt. In Milas Garten schäumte die Rankpflanze wie ein rosa Wasserfall über eine Mauer und hatte Catherine zu Begeisterungsstürmen hingerissen.

Aus gerollten Lehmwürsten hatte sie unter Jikijikis fröhlicher Anleitung einen hohen Blumentopf geformt und ihn für Tage in der Sonne trocknen lassen. Jetzt rieb sie ihn mit einem Gemisch aus Asche und Fett ein, um ihn wasserfest zu machen, und schleppte ihn auf die Veranda. Sie füllte ihn mit Erde und setzte zwei der Bougainvilleastecklinge hinein. Während sie die Erde noch einmal fest andrückte, etwas davon abnahm, um einen Gießrand zu behalten, überfiel sie auf einmal das unangenehme Gefühl, beobachtet zu werden. Da sie den ganzen Tag allein war, hatte sie einen sechsten Sinn für die Anwesenheit von Fremden entwickelt. Sie hob ihren Kopf.

Der Mann stand regungslos im Schatten der Amatungulus und sah hinauf zu ihr. Das, was sie von seinem Gesicht oberhalb des dichten weißen Barts erkennen konnte, war runzelig und braun wie eine Walnuss. Zottige weiße Haare hingen ihm bis auf die Schultern, seine Kleidung war vielfach geflickt, das Gewehr jedoch, das über seiner Schulter hing, glänzte frisch geputzt.

Ruhig sahen sie sich in die Augen. Er hatte sehr dunkle Augen. Koboldaugen, wie Grandpère, dachte sie und wunderte sich, dass sie keinerlei Furcht empfand. Es ging nicht der Hauch einer Bedrohung von diesem Mann aus. Im Gegenteil, sie spürte den überraschenden Wunsch, ihn kennen zu lernen. »Guten Tag«, grüßte sie auf Englisch. »Was wünschen Sie?«

Seine Antwort kam bedächtig. »Auch ich wünsche einen guten Tag, Madame. Ich wäre dankbar für Wasser für mich und meinen Hund hier und einen Schlafplatz für uns beide für eine Nacht.« Der Hund, ein großes, schwarzes Tier, lag hechelnd neben ihm.

Sie hob ihre erdverschmierten Hände. »Bitte kommen Sie herauf, ich muss mir erst die Hände waschen.« Als sie wieder herauskam, lehnte er am Verandageländer, ein Rucksack und der Hund, eine Dogge von Kalbgröße, lagen zu seinen Füßen. Eine große Ruhe und Gelassenheit umgab ihn.

Sie ging auf ihn zu. »Ich bin Catherine Steinach. Wie heißen Sie?«

»Man nennt mich Le Vieux ...«

»Den Alten«, fiel ihm Catherine ins Wort. »Sind Sie Franzose?«

Nun lächelte er. »Mais oui, teilweise zumindest. Sie etwa auch?« Seine Stimme war tief und ziemlich rau, als hätte er sie lange nicht benutzt.

Sie lachte und wechselte ebenfalls ins Französische. »Auch nur teilweise. Mein Mädchenname war le Roux. Die Familie meines Vaters kam aus Frankreich, und von meinem Grandpère habe ich die Sprache gelernt. Und wie heißen Sie wirklich?«

»Ach, meinen Namen habe ich längst vergessen, zusammen mit meiner Vergangenheit ...«

»Ich kann Sie doch unmöglich mit ›Der Alte‹ anreden«, fiel sie ihm ins Wort.

Sein Lächeln wurde breiter. Es war offensichtlich, dass ihm die Hausherrin ausnehmend gut gefiel. »Pierre Dillon, doch Pierre genügt, zu Ihren Diensten, Madame.« Er machte eine hölzerne Verbeugung, dann zeigte er auf seinen Hund. »Das ist Napoleon.«

»Napoleon? Dafür ist er doch eigentlich zu groß, nicht wahr?«

Jetzt lachte er laut. »Oh, aber er ist auch größenwahnsinnig, er gibt sich der Illusion hin, er wäre ein Löwe. Das hat ihn schon mehrfach in größte Schwierigkeiten gebracht.«

Es war so leicht, sich mit Pierre zu unterhalten, und sie überlegte fieberhaft, wie sie ihn bewegen konnte, länger als nur eine Nacht auf der Farm zu bleiben. »Mein Mann müsste bald von den Feldern kommen, und Sie würden uns eine große Freude machen, wenn Sie mit uns zu Abend essen würden. Ein Gästezimmer haben wir leider nicht, aber im Wohnzimmer oder in der Küche ist genügend Platz für Sie und Ihren Hund.« Während sie sprach, hatte sie Wasser in eine Schüssel gegossen und Napoleon hingestellt. »Ich habe noch ein großes Stück Springbockpastete vom Mittagessen übrig und genügend Kaffee. Bitte setzen Sie sich.« Sie zeigte auf den Tisch unter der Mimose.

Als Johann abends kam, genügte ihr ein Blick, um festzustellen, dass sich die beiden Männer auf Anhieb sympathisch waren. Pierre war nicht nur voller Geschichten und Schnurren, sondern hatte auch unerwartete Fähigkeiten. Bald waren er und Johann in Fachsimpelei über die richtige Zeit, Zuckerrohr zu ernten, und ob das hügelige Terrain in Zululand der Qualität abträglich sei, über das Lungenfieber der Rinder und die Beschaffenheit der Erde von Inqaba vertieft.

»In Frankreich haben Sie Ihr Wissen über das Zuckerrohr nicht sammeln können, nicht wahr?«, fragte Johann.

»Nein«, sagte Pierre.

Nichts weiter.

Eine ganze Kerze lang saßen sie an diesem Abend noch zusammen und redeten, und als die Kerze erloschen war und der funkelnde Sternenhimmel über ihnen aufzog, fanden sie immer noch etwas zu erzählen. Doch Pierre gab weder seine Vergangenheit preis, noch verlor er ein Wort über die Tatsache, dass er zu Fuß durch Afrika zog. »Es hat sich so ergeben«, sagte er, und obwohl Catherine die Neugier plagte, respektierte sie, wie Johann auch, seine Zurückhaltung. In dieser Nacht schlief er in der Küche. Als er sich zurückzog, drehte er sich noch einmal um. »Ich habe auf Martinique Zuckerrohr angebaut«, sagte er und zog die Tür hinter sich zu. Am nächsten Morgen stand er mit der Sonne auf und erschien mit frisch geschnittenen Haaren und glatt rasiert zum Frühstück. Es veränderte sein Aussehen grundlegend.

Ein gebildeter Mann von Herkunft und Substanz, dachte Catherine, und er hat sich entschlossen, sich nicht mehr zu verstecken. Sie hegte ein Vorurteil gegen Männer, die Vollbärte trugen. Sie war überzeugt, dass sie als Maske für ihre Träger dienten, hinter der sie ihr wahres Ich verbergen konnten, und das war ihr unheimlich.

Le Vieux blieb, und bald konnte sie sich ihren Alltag ohne ihn nicht mehr vorstellen. Er einigte sich mit Johann auf ein monatliches Entgelt und wurde für ihn so unersetzlich wie für Catherine. Sein Wissen war schier unerschöpflich. Ob es um das verletzte Gelenk von Johanns bestem Bullen ging oder die Konstruktion für einen Ofen im Kochhaus, er wusste eine Lösung. Catherine brachte er bei, die leckerste Quiche zu backen, die sie je geschmeckt hatte.

»Woher soll ich denn Käse nehmen?«, klagte sie.

Er zeigte ihr, wie man Käse ansetzte.

Zusammen mit Johann ritt er hinüber zu Mila Arnims Farm und kaufte ihr eine junge Stute ab.

»Pieter hatte erst begonnen sie zuzureiten, bevor ihn der Büffel erwischt hat«, gab Mila zu bedenken, aber Le Vieux winkte ab.

»Ich werde mich schon mit ihr vertragen«, schmunzelte er und blies ihr in die Nüstern. Die Stute wieherte eine leise Antwort und fraß die Karotte, die er aus der Tasche zog. Von nun an ritten Johann und er morgens gemeinsam über die Felder. Napoleon begleitete sie manchmal, doch meistens ließ ihn Pierre als Schutz für Catherine zurück. Zu Johanns Beruhigung heftete sich der große Hund fest an ihre Fersen und gehorchte ihr aufs Wort.

Abseits vom Haus, wo eine flache, runde Felsnase aus dem Hang wuchs, die im Halbkreis mit dichtem Busch bewachsen war, baute Pierre mit Johanns Erlaubnis seine erste Behausung, eine Bienenkorbhütte. Dann schleppte er Eimer für Eimer Lehmerde heran, formte Bausteine und ließ sie von der Sonne trocknen. Sobald sie durchgetrocknet waren, legte er den Grundstein zu einem winzigen Haus.

Als die erste Hausmauer zu wachsen begann, sah sich Johann mit einem Problem konfrontiert, das er nicht erwartet hatte. Sicelo war eifersüchtig. Nachdem klar wurde, dass der Franzose bleiben würde, stakste der Zulu tagelang beleidigt herum, verfolgte seine Bautätigkeit mit Blicken, die sengender waren als schwelende Kohlen, und schließlich verschwand er für eine Woche. Als er wieder auftauchte, hatte er ein zugeschwollenes Auge und frische Wunden am Kopf. Wortlos, mit hochgezogenen Schultern, marschierte er über den Hof.

Johann hielt ihn auf. »Wo zum Teufel bist du gewesen?«, knurrte er.

Sicelo warf ihm nur ein Wort vor die Füße und stolzierte zu seiner Hütte.

»Man glaubt es nicht«, regte sich Johann beim Abendessen auf. »Er hat halb Zululand zu Stockkämpfen herausgefordert. Mzilikazi berichtete mir, dass er sich mit den Meistern gemessen hat.«

»In welcher Verfassung sind die? Sicelo muss ziemlich gut sein, wenn er noch laufen kann«, bemerkte Pierre. »Die Kampfstöcke der Zulus sind tödliche Waffen für den, der damit umgehen kann.«

Johann schnaubte. »Laut Mzilikazi haben die Inyangas alle Hände voll zu tun, ihre Helden wieder zusammenzuflicken.«

Am Ende hatte er die rettende Eingebung. Nach dem Essen schlenderte er hinüber zu Sicelos Bienenkorbhütte. »Ich möchte meinen Freund Sicelo sprechen. Ist der anwesend?«, rief er und wartete geduldig, bis sich die Kuhhaut vor dem Eingang hob und sein schwarzer Freund erschien.

»Wer will ihn sprechen?«, fragte er. Sein gesundes Auge blickte abweisend, seine Mundwinkel waren heruntergezogen.

»Der Mann, dessen Leben er vor den Klauen des Löwen gerettet hat.«

Sicelo schlug die Kuhhaut zurück, und Johann kroch hinein. In einem Steinring in der Mitte flackerte ein Feuer und erhellte die Hütte gespenstisch, ließ ihre Schatten wie schwarze Riesen über die geflochtenen Wände tanzen. Sie setzten sich mit gekreuzten Beinen gegenüber auf den Boden. Der Zulu blickte ihn an, und Johann sah, welcher Schmerz in ihm wühlte. Schweigend nahm er den Ukhamba, den tönernen Biertopf entgegen, den ihm Sicelo reichte, trank ein paar Schlucke und gab ihn zurück. Das Getränk war bitter und lauwarm. Er wischte sich den Mund.

»Dem Mann, der mein Freund seit vielen Sommern ist und es bleiben wird, bis er zu seinen Ahnen geht«, begann er, »dem Mann gab ich Land, damit er sein Haus für sich und seine Familie bauen kann.« Er machte eine Pause und schaute unter dem hochgeschlagenen Rindshautvorhang nach draußen zu den Hügeln in der Ferne. Dann suchte er Sicelos Blick und hielt ihn fest. »Dem Mann, der mir hilft, die Farm zu führen, dem zahle ich Geld.«

Sicelo dachte lange darüber nach. »Wird das Geld eines Tages genug sein, dass sich dieser Mann Land kaufen kann?«

»Wenn er hart arbeitet, ja.«

Sicelo malte mit seinem nackten Zeh Figuren auf den festgestampften Lehmfußboden. »Dein Land?«

Nun wusste Johann, dass alles in Ordnung kommen würde. »Nein«, antwortete er, »nein, nicht mein Land, nur du wirst es mit mir teilen. Wie du weißt, hat es mir der König gewährt, ich darf mit meiner Familie hier leben und es bewirtschaften, und meine Rinder dürfen darauf weiden, aber wie alles Land in Zululand gehört es deinem Volk.«

Sicelo neigte seinen Kopf, ein langsames Lächeln umspielte seine Lippen. Schweigend füllte er den Ukhamba wieder bis zum Rand und reichte ihn seinem weißen Freund. »Deine Haut ist weiß wie der Unterbauch eines Fisches, aber deine Seele ist schwarz.«

Johann musste noch mehrere Gefäße mit Bier leeren, aber den Frieden auf Inqaba waren der Rausch, die Kopfschmerzen und der saure Magen am nächsten Morgen ohne weiteres wert.

Danach herrschte gespannte Ruhe zwischen Sicelo und Le Vieux. Doch als Pierre, der sonst nie mit Sicelo sprach, den Zulu eines Tages aufforderte, Caligulas Vorderhuf zu halten, weil das Tier unruhig war und um sich trat, während er den Huf untersuchte, rührte sich Sicelo nicht.

»Ich bin ein freier Mann, der Land und Rinder besitzt. Männer, die landlos sind, sind Sklaven. Du besitzt kein Land, also bist du ein Sklave. Das ist deine Arbeit, iKafula!«, spuckte er aus.

Pierre sah ihn ruhig an. Sein sonnengebräuntes Gesicht wirkte wie aus Stein gehauen. »Ich besitze Land, das größer ist als ganz Inqaba, fruchtbares, grünes Land, doch es liegt weit hinter der Grenze zwischen Himmel und Erde, weiter weg, als du sehen kannst, weiter weg, als du denken kannst. Es gab ein großes Feuer, das meine Familie auslöschte und mein Herz zu Asche verbrannte. Seitdem suche ich, und jetzt glaube ich, es endlich gefunden zu haben. Aber ich werde nicht bleiben, wenn du es nicht auch willst.«

Der große Zulu rührte keinen Muskel. Lange stand er so da, dann bückte er sich, hob Caligulas Vorderbein hoch und packte es mit beiden Händen, während er seine Schulter gegen den Pferdehals lehnte und das Tier so ruhig hielt.

»Yabonga«, murmelte Pierre und beugte sich über den entzündeten Huf.

In der wenigen freien Zeit, die ihm die Farmarbeit ließ, schnitzte Pierre eine Bambusflöte und saß abends neben seinem flackernden Feuer und spielte. Sie erzählten ihre eigenen Geschichten, seine Melodien, sie waren voller Sehnsucht und oft schwer von Traurigkeit, doch manchmal, und, als die Zeit verging, immer öfter, begannen die Töne zu tanzen und jauchzen.

Catherine auf der Veranda hörte es. »Seine Seele beginnt zu heilen«, flüsterte sie Johann zu.

*

Trotz des sehr warmen Frühsommers erholte sich Catherine nur langsam von den ständigen Erkältungen, die sie durch den Winter begleitet hatten, denn in jüngster Zeit plagte sie häufig Übelkeit. Um sich abzulenken, nahm sie sich wieder die Geschichte der de Vila Flors vor. Die Sonne ging immer später unter, das Tageslicht schwand erst kurz vor sieben Uhr und bot ihr Gelegenheit, länger zu lesen, denn sie fand Kerzengießen derart mühselig, dass sie freiwillig Licht sparte. Sie aß schnell ein Stück trockenes Brot, um den Brechreiz herunterzuschlucken, der ihr wieder in der Kehle brannte, und blätterte die Seite auf, bei der sie zuletzt vor vielen Wochen aufgehört hatte. Die ersten Worte schon zogen sie mit sich, drei Jahrhunderte zurück in den Winter von 1552.

Dom Alvaro de Vila Flor war mit seiner Familie und dem traurigen Rest der Besatzung immer nach Norden marschiert, und die Qualen, die sie durchlitten, mussten unmenschlich gewesen sein. Es drehte Catherine buchstäblich den Magen um, aber sie zwang sich weiterzulesen. Sorgfältig die Schilderungen meidend, die ihr allzu sehr zusetzten, ließ sie ihren Blick von Absatz zu Absatz springen, sodass sie nur den groben Fortgang der Geschichte aufnahm.

Nur noch zwanzig Mann der Besatzung und etwa ebenso viele Sklaven waren noch am Leben, als die Schiffbrüchigen das Gebiet eines freundlich erscheinenden Eingeborenenstammes erreichten. Nach sechs Monaten Grauen, nachdem es schon Fälle von Kannibalismus gegeben hatte, und Dom Alvaros Stellvertreter, Dom Pantaleo, verrückt geworden und auf Nimmerwiedersehen in den Busch gerannt war, hatten der Dom und seine Offiziere keinerlei Widerstandskraft mehr. Sie legten ihre Waffen nieder. Was folgte, war ein Blutbad, dessen Beschreibung Catherine heftigst würgend in die Küche jagte, wo sie sich erbrechen musste. Schweiß gebadet las sie danach weiter.

Den beiden Frauen waren die Kleider vom Leib gerissen worden, ihr Schmuck war dabei unbeachtet in den Sand gefallen, denn die Schwarzen hatten es auf Waffen und Kleidung abgesehen, konnten mit den Kleinodien offenbar nichts anfangen. Die Aristokratin warf sich, nackt wie sie war, auf den Boden und kratzte in fieberhafter Hast ein Loch in die sandige Erde, in dem sie sich bis zur Taille begrub. Ihr Mann, der sich schwer verwundet in den Busch geschleppt hatte, um Essbares für seine Familie zu suchen, fand sie bei seiner Rückkehr tot. Sie war verhungert, und mit ihr, die Finger ihrer Mutter im Mund, aus denen sie offenbar Milch zu saugen versucht hatten, auch ihre kleinen Söhne.

Durch einen Tränenschleier las Catherine, wie Dom Alvaro seine Frau und die beiden Jungen mit bloßen Händen begrub und darauf im Busch verschwand. Niemand hatte ihn offenbar je wieder gesehen. Nur zwei Sklaven hatten am Ende überlebt, um die Geschichte zu erzählen. Als diese, zu Skeletten abgemagert, Monate später in Lourenço Marques auftauchten, wussten sie nur zu berichten, dass der Schmuck der Donna Leonora seit dem Massaker verschwunden war und der Dom, kurz bevor er seine Waffen niederlegte, die verbleibenden Säcke mit Gold irgendwo im Busch versteckt hatte. Obwohl man sie intensiv befragte, konnten sie sich nicht genau an den Ort erinnern, an dem die Schwarzen über sie hergefallen waren.

»Weit südlich von hier, in der Nähe eines Sees, irgendwo entlang der Küste.« So wurde ihre Antwort überliefert. Mehrere Expeditionen waren sofort aufgebrochen, doch niemandem gelang es, den Schatz der de Vila Flors aufzuspüren. Mehr als sechzig Jahre später, so berichtete der Chronist, fanden portugiesische Händler bei einem alten Eingeborenenhäuptling mehrere juwelenbesetzte Ringe. Die eingravierten Anfangsbuchstaben belegten ohne Zweifel, dass sie einmal Alvaro de Vila Flor gehört hatten. Wohl wissend, welche Reichtümer er mit seinem Schiff befördert hatte, durchwühlten die Händler voller Gier die Umgebung und versuchten mit List und Tücke, den Schwarzen Informationen über den Verbleib dieser Schätze zu entlocken. Vergebens. Johann Steinachs Fund der Ringe und des Goldes war der erste eindeutige Hinweis darauf.

Catherine blätterte durch die Seiten, suchte einen Anhaltspunkt, was aus der Tochter, Donna Elena, geworden war. Doch sie fand keinen. Sie legte das Buch nieder, ging ins Schlafzimmer, hob den Deckel ihrer Bücherkiste und studierte die Karte, die sie vor Monaten auf die Innenseite gemalt hatte. Wohin wäre sie geflohen, wäre sie an Elenas Stelle gewesen? Ihr Finger wanderte die Küste entlang. Sie kannte die Gegend nicht, aber Johanns Erzählungen hatten ihr einen guten Eindruck vermittelt. Auf den freien Stellen des Deckels machte sie einige Notizen. Busch, sandige Dünen, landeinwärts gelegentlich felsige Auswüchse, Flüsse und Bäche. So hatte er die Landschaft beschrieben.

Elena war kopflos in die Wildnis geflohen, irgendwohin, nur weg von diesen blutrünstigen Eingeborenen. Frustriert stand Catherine auf. Mit Logik kam sie hier nicht weiter. Sie musste Donna Leonoras Grab und das ihrer Söhne finden. Dann hatte sie einen Ausgangspunkt. Sie zog ihr Buch heran und schlug die erste Seite auf.

»Sie segelten von Goa und hatten Millionen in Gold und Edelsteinen geladen, mehr als irgendein anderes Schiff vor ihnen seit der Entdeckung Indiens«, las sie halblaut, und dabei lief ihr ein Schauer über den Rücken. Langsam klappte sie das Buch zu und schaute übers Tal. Eine Schatzsuche. Wie im Märchen. Sie schnaubte verächtlich und dachte an die Juwelen der Sonne, von denen sie als kleines Mädchen geträumt hatte. Ein Kind durfte träumen, aber jetzt war sie erwachsen und hatte gelernt, dass Träume Hirngespinste waren, die im grauen Licht der Wirklichkeit zerrissen.

Sacht fuhr sie mit dem Zeigefinger die Ziselierung auf ihrem Ehering nach. Aber vielleicht war es doch kein Traum? Der Ring und die verformten Goldmünzen waren der beste Beweis dafür, dass dieser Schatz existierte. Landeinwärts, aber in der Nähe des Meeres, also nicht zu weit von Inqaba entfernt. Geblendet blinzelte sie in die Morgensonne. Wie lange müsste sie wohl reiten? Vom Hügel oberhalb des Staudamms konnte man am Horizont das Meer glitzern sehen. Wie weit war das entfernt? Einen Tag? Weniger? Mehr? Ihr Vater hatte es ihr mit einer komplizierten Formel zu erklären versucht, aber sie hatte nicht genau hingehört.

Sie sah es vor sich, das Gold, das im weißen Dünensand glitzerte, die funkelnden Edelsteine, und Jagdfieber packte sie. Bevor sie wusste, was sie tat, war sie schon bei Caligula, hatte ihn gesattelt und wollte sich eben auf seinen Rücken schwingen, als ihr wieder dieser Würgereiz in die Kehle stieg. Sie konnte gerade noch ihren Fuß aus dem Steigbügel lösen, bevor sie sich neben dem Pferd übergeben musste.

Die kräftige Frau mit der hochmütigen Miene und der sehr dunklen Haut, die im Schatten von Jikijikis Hütte stand, zog sich zufrieden lächelnd zurück. Fast jeden Tag hatte sie hier gestanden und auf diesen Moment gewartet. Jetzt machte sie sich auf den Heimweg. Es gab jemanden, der auf die Nachricht, die sie ihm bringen würde, schon lange wartete.

Catherine bemerkte von alledem nichts. Frustriert lief sie ins Haus, um sich den Mund auszuspülen, trank ein Glas Wasser und beschloss, den morgigen Tag abzuwarten, bis diese Übelkeit sich gelegt hatte. Ein Ritt durch den Busch war anstrengend, und musste man sich ständig übergeben, kaum zu bewältigen.

Als Johann am frühen Nachmittag auf den Hof ritt, lief sie ihm mit fliegenden Röcken entgegen und sprudelte ihren Plan heraus. »Du hast die Ringe gefunden, der Rest des Schmucks und des Goldes muss irgendwo da draußen liegen. Bitte lass uns danach suchen. Pierre hat ein Pferd und ist durchaus imstande, für zwei Tage die Farm allein zu bewirtschaften, und länger wird es nicht dauern.«

Ihre Hand lag auf seinem Schenkel, vertraut, warm, erregend. Er umschloss sie und blickte hinunter in ihr blühendes Gesicht, verlor sich in diesen Augen, die ihn so an die Kornblumen seiner Heimat erinnerten, roch den nussigen Duft ihrer Haut und stürzte kopfüber in den heißen Strudel seines Verlangens.

»Johann?«, fragte sie und lächelte, unsicher, weil er nicht antwortete. Sie schüttelte ihr Haar über die Schulter, eine Bewegung so graziös wie die einer Ballerina.

Mit einem Satz sprang er vom Pferd, schwang sie in seine Arme, und seine Lippen fest auf ihre gepresst, trug er sie ins Haus. Sie liebten sich, ganz verrucht mitten am Nachmittag, zwei himmlische Stunden lang, die heißen Strahlen der Sonne auf ihrer nackten Haut und das zärtliche Gurren der Tauben in den Ohren.

»Nun«, girrte sie später. »Du hast mir meine Frage noch nicht beantwortet, jedenfalls nicht mit Worten. Kannst du dich zwei Tage freimachen?«

Sie brachen vor Sonnenaufgang am nächsten Tag auf. Als Proviant verstauten sie Kaffeepulver, eine Schweinskeule, ein paar gekochte Eier, Bananen und zwei Brote in ihren Satteltaschen. Catherine drückte ihren Straußenfederhut auf den Kopf, und sie ritten in den klaren Frühsommermorgen, orientierten sich am Sonnenstand und lenkten die Pferde nach Osten dem Meer entgegen. Draußen auf dem freien Feld wehte ein kräftiger Wind. Sie folgten einem breiten Wildpfad, der ihnen ein flottes Tempo erlaubte. Die Straußenfeder flatterte, hoch über ihnen jubilierte eine Lerche. Noch erlaubten sie sich nicht zu träumen, was sie entdecken könnten oder wie ein solcher Fund ihr Leben verändern würde, aber ihr Herz schlug schneller, und eine ungewohnte Energie trieb sie vorwärts.

Die Sonne stieg, und der Horizont kam nicht näher. Auch von der höchsten Hügelkuppe schien der schmale, glitzernde Wasserstreifen, der die Welt im Osten begrenzte, noch genauso weit weg wie vor Stunden. Die Schatten wurden kürzer und schärfer und sagten ihnen, dass der Mittag nahte. »Lass uns rasten«, bat sie. »Ich habe einen Löwenhunger.«

Sie banden die Pferde an einen Baum und packten ihre Wegzehrung aus. Johann kletterte den Hang hinunter zu einem

Bach, der zu einem Rinnsal eingetrocknet war, und füllte ihre Wasserflaschen. »Es wird ein heißer Sommer werden mit vielen Mücken«, berichtete er. »In den Pfützen wimmelt es von ihren Larven.« Er entfernte einige aus seinem Topf und schnippte sie weg, ehe er zwei Löffel Kaffeepulver mit Wasser aufkochte.

Der Tag war unerwartet heiß geworden, und sie dehnten ihre Rast bis in den Nachmittag aus. Der Schweiß lief ihnen in Strömen herunter. Immer wieder stieg Johann ab, um ihre Hemden in einem der zahlreichen Bachläufe, die Zululand wie Adern durchziehen, nass zu machen, um wenigstens für kurze Zeit die Verdunstungskühlung genießen zu können. Selbst jetzt, am frühen Abend, war es noch backofenwarm. Hinter den Hügeln ballten sich Wolken zusammen, und Johann sah es mit Besorgnis. »Wir haben zu viel Zeit verloren, es ist spät, wir sollten nach einer Höhle Ausschau halten, da wären wir vor einem Gewitter sicher.«

Sie hob ihre Nase in den Wind. Die Luft war weich, der Horizont klar nachgezeichnet. »Es wird trocken bleiben.« Wenn einer der gewaltigen Gewitterstürme in Natal drohte, schien schon lange vorher die Luft zu knistern, und die Farben glühten vor dem metallischen Violett eines zornigen Himmels.

Sie behielt Recht, und sie schlugen ihr Nachtlager unter einem weit ausladenden Stinkwoodbaum auf und entzündeten ein Feuer. Johann holte Wasser aus einem gurgelnden Bach in der Nähe und setzte es zum Kochen auf. »Wir müssen ganz in der Nähe der Stelle sein, die du markiert hast. Der Bach kommt mir bekannt vor, obwohl das natürlich täuschen kann. Morgen werden wir es sehen ...«

Catherine hob ihre Hand, um ihn zum Schweigen zu bringen, dann lachte sie ungläubig. »Wenn ich es nicht besser wüsste, würde ich sagen, dass es hier eine Dampflokomotive gibt. Horch doch ...«

Johann brauchte nur Sekunden, um das stoßweise Schnauben, das rasch näher kam, das Brechen von Ästen und die erderschütternden Tritte als die eines heranrasenden Nashorns zu erkennen. Er packte sein Gewehr und zerrte Catherine auf die Beine. »Rauf auf den Baum, schnell!«, schrie er, hob sie einfach hoch, dass sie die unteren Äste des Stinkwoods ergreifen konnte. »Klettere so weit hinauf, wie du kannst, aber schnell.«

Völlig überrascht griff Catherine zu und zögerte. »Warum?« Sie trug zwar Hosen, aber die Aussicht, in der Dunkelheit auf einen Baum zu klettern, sagte ihr nicht sehr zu.

»Frag nicht, tu es einfach. Ich erklär es dir später.« Mit diesen Worten schwang er sich ebenfalls hoch. »Schnell, schnell, steig auf den großen Hauptast, wenn dir dein Leben lieb ist!«

Erschrocken tat sie, wie er befahl. Den Grund für seine Aufregung erblickte sie nur Sekunden später.

Aus dem Dickicht preschte ein Panzernashorn, kreischend wie ein abgestochenes Schwein, raste ins Licht des Feuers, spießte den Topf mit kochendem Wasser auf und schleuderte ihn in den Busch, trampelte auf dem Feuer herum, dass die Kohlen herumflogen, stieß sein Horn in die Erde, pflügte durch ihr Lager und stampfte die frische Schweinskeule in den Dreck. Stoßweise grunzend sah sich das tonnenschwere Tier um, witterte mit erhobener Nase und roch die Pferde. Mit erneuter Wut fuhr es herum. Caligula wieherte ängstlich.

»Mistvieh, nun ist es aber genug«, knurrte Johann und hob sein Gewehr. Er brannte dem Rhinozeros eins auf sein dickes Fell, es fiel um, dass die Erde erzitterte, sprang aber sofort empört schreiend wieder auf und galoppierte in den Busch. Ohrenbetäubendes Krachen von splitterndem Holz begleitete seinen Abgang.

»Was ist denn in dieses Vieh gefahren?«, krächzte Catherine.

»Nashörner hassen Lagerfeuer«, antwortete ihr Mann lakonisch. »Ich glaube, die Luft ist jetzt rein, wir können uns herunterwagen.«

Aber Catherine bestand darauf, auf dem Baum zu übernachten. »Keine zehn Pferde bringen mich hier runter.«

Es wurde eine sehr unbequeme und sehr kurze Nacht.

✳

Der Goldkäferknopf lag am Grund eines kleinen Flusses. Catherine erspähte ihn als Erste. So lange hatte sie davon geträumt, dass es ihr jetzt völlig die Sprache verschlug. »Da ... da ...«, war alles, was sie hervorbrachte, während sie mit bebendem Finger auf das funkelnde Juwel zeigte. Johann zügelte Shakespeare.

Es war erst gegen neun, die Sonnenstrahlen fielen noch schräg und hatte den tiefgrünen Smaragd in der Mitte des Knopfes aufleuchten lassen. Nur eine flüchtige Sekunde, doch das Schicksal wollte es, dass Catherine sich in diesem Augenblick umdrehte und den grünen Blitz erhaschte. »Die Juwelen der Sonne«, stotterte sie, als sie sich gefasst hatte, schwang sich aus dem Sattel und lief in den Fluss, vorsichtig darauf bedacht, das feine Sediment nicht aufzuwirbeln. Sie krempelte die Ärmel ihres Hemdes auf und langte ins Wasser. Vor Nässe triefend hielt sie den Knopf triumphierend hoch über ihren Kopf. »Wir haben es geschafft«, schrie sie. Andächtig drehte sie das Kleinod. Der Smaragd war mit einem Kranz von Diamanten eingefasst und gleißte, dass ihr die Augen tränten. »Hier irgendwo muss der Schatz liegen.«

Johann hatte beide Pferde an einen Baum gebunden, und gemeinsam begannen sie die Gegend abzusuchen. Hin und her wanderten sie, ganz systematisch in netzförmigem Muster, sodass kein Zoll Boden ihrer Aufmerksamkeit entging. Sie suchten, bis Catherine vor Hunger ganz schwach war und Johann darauf bestand, das zu essen, was das wütende Nashorn übrig gelassen hatte.

»Nur noch einmal dort hinauf und hier wieder herunter«, bettelte sie. »Hier muss doch mehr liegen als nur dieser eine Knopf.«

»Vielleicht hat Donna Leonora ihn einfach verloren, vielleicht hat sie damit für Wasser bezahlt, und der, der es ihr verkauft hat, hat ihn fallen lassen oder ist hier in der Nähe gestorben. Wir werden es nie wissen. Der Rest kann über ganz Zululand verteilt sein.«

Müde und enttäuscht gab sie nach und setzte sich auf einen von der Sonne aufgeheizten Stein, während er Holz suchte und ein Feuer machte. Den Topf hatte er gerettet. Er war verbeult, aber noch brauchbar, und er setzte ihn mit einer Hand voll Kartoffeln auf, die das Nashorn übersehen hatte. Den Dreck von der Schweinskeule wusch er im Fluss ab und röstete sie über den glühenden Kohlen.

»Du siehst käsig aus«, sagte er, besorgt, weil sie sich heute Morgen, kurz nachdem sie vom Baum geklettert war, übergeben hatte. Auf seine Frage hin hatte sie mit wegwerfender Handbewegung erklärt, dass sie sich wohl einen leichten Magenkatarrh geholt hätte. Er schwieg, beobachtete sie seitdem jedoch nachdenklich. Dafür, dass sie sich in der letzten Zeit regelmäßig übergeben hatte, sah sie blühend aus. Sie war blass, aber das rührte wohl von der gestörten Nachtruhe her, ansonsten, schien es ihm, war sie noch schöner geworden. Ihr prachtvolles, ebenholzschwarzes Haar zeigte kastanienrote Glanzlichter, ihre Haut schimmerte. »Möchtest du noch ein Stück Schweinskeule?« Er hielt ihr das fetttriefende Fleisch hin.

»O mein Gott, entschuldige«, japste sie, rannte, die Hand fest vor den Mund gepresst, auf die Seite und übergab sich. Erschöpft lehnte sie hinterher am Baum. »Seit über zwei Wochen geht das schon so«, klagte sie und schleppte sich schweißgebadet zurück zum Feuer. »Was ist nur mit mir los?«

Johann war aufgesprungen. »Immer nur morgens?« Hustend nickte sie, und wie eine sanfte, warme Flut stieg die Gewissheit in ihm hoch. Tränen sammelten sich in seinen Augen, er umfing sie mit einem leuchtenden Blick, der sie restlos befremdete.

»Mir ist schlecht, und du strahlst, als hättest du in den Himmel geschaut«, fauchte sie.

Er zog sie in seine Arme. »Sag mir, Liebste. Seit dir schlecht ist, ist da noch etwas anderes eingetreten? Ist vielleicht dein Kleid etwas eng geworden?«

»Ja, natürlich ist es mir zu eng geworden. Es wird schließlich ständig gewaschen, und Jikijiki geht nicht sehr pfleglich damit um.«

Er lachte leise. »Und sonst? Ist sonst alles in guter Ordnung?«

Nun fiel es ihr ein. Sie zögerte, wusste nicht, wie sie es ihm, einem Mann, sagen sollte. »Nun«, begann sie, »meine ... äh ... Monatsblutung ist zweimal sehr schwach gewesen und nun ganz ausgeblieben. Ich bin mir nicht ganz sicher, was das zu bedeuten hat.« Vor Verlegenheit stieg ihr die Röte ins Gesicht. Nur von Wilma hatte sie gehört, dass sich da unter gewissen Umständen etwas veränderte. Ihre Gouvernante hatte nur in Andeutungen und Halbsätzen geredet, und Catherine hatte nicht wirklich begriffen, was sie mit »gewissen Umständen« meinte. In solchen Momenten vermisste sie ihre Mutter schrecklich.

»Es bedeutet, dass wir ein Kind bekommen«, rief er mit verräterisch glänzenden Augen.

Ein Kind? Sie starrte ihn offenen Mundes an. Ihre Gedanken wirbelten durcheinander. Sie sah das winzige, rot gesichtige Wesen vor sich, das Mrs. Robertson am Strand geboren hatte, erinnerte ihr glückseliges Lächeln, als sie ihr Kind endlich im Arm hielt, und plötzlich und ganz unerwartet spürte sie diese süße, warme Schwere, zwei Handbreit unter ihrem Nabel, als hätte sich der Schwerpunkt ihres ganzen Seins dorthin verlagert. »Unser Kind«, sagte sie langsam. »Mein Kind.« Vorsichtig legte sie ihre Hand auf diese warme Stelle. Ich bin jetzt zu zweit, ich bin nicht mehr allein.

Der Gedanke verschlug ihr glatt den Atem. Sie vergaß, was sie über die Gefahren der Geburt gehört hatte, vergaß die Schmerzensschreie von Mrs. Robertson, das Bild rotznäsiger Gören, die ihr so zuwider waren.

Nie, nie wieder würde sie allein sein. In ihrem ganzen Leben nicht mehr.

Ihr Herz hüpfte.

Sie markierten die Stelle, wo sie den Goldkäferknopf gefunden hatte, gründlich mit einem großen Stein und einem Kranz aus Kieseln. Catherine fertigte einen Lageplan an, den sie kurzerhand auf die Innenseite ihrer Satteltasche zeichnete. Johann peilte auf Seemannsart die Sonne an, merkte sich Uhrzeit und Stand und wie die Schatten fielen, dann machten sie sich auf den Heimweg.

»Sowie ich niedergekommen bin, suchen wir weiter. Versprichst du mir das? Bis dahin sagen wir keinem auch nur ein Sterbenswörtchen. Sonst fallen die Abenteurer wie Heuschrecken ins Land ein.«

*

Die morgendliche Übelkeit ließ sehr langsam nach. Mithilfe von Mila hatte sie ausgerechnet, dass sie etwa im vierten Monat sein musste. Das Kleine würde also im April oder Mai zur Welt kommen. »Später wird es leichter sein, den Geburtstermin zu bestimmen«, erklärte ihr Mila.

»Ich werde Lillys Ball im Januar verpassen«, seufzte sie. Die Einladung war erst kürzlich gekommen.

»Du wirst noch genügend Gelegenheit haben, auf Bälle zu gehen. Durbans Gesellschaft ist vergnügungssüchtig. Sie lässt sich keine Chance entgehen, um zu feiern. Du solltest hören, wie sie das neue Jahr begrüßen. Die Glocken der Wesleyaner Kirche und der Mission läuten, jeder, der es sich leisten kann, feuert einen Schuss oder zwei ab, es wird musiziert, gesungen und getanzt bis in den frühen Morgen.«

Bohrender Neid überfiel Catherine bei dieser Vorstellung. Ihren ersten Silvesterabend auf Inqaba hatte nur die Nachtmusik des afrikanischen Buschs und das Gefunkel des südlichen Sternenhimmels begleitet.

»Es wird unser letztes Weihnachten allein zu zweit sein«, strahlte Johann und schliff goldfarbene Kiaatholzbretter glatt, aus denen er die Kinderwiege arbeitete. Jeden Abend setzte er sich daran und schnitzte hingebungsvoll kleine Tiere, die er auf dem Wiegenrand entlangmarschieren lassen wollte. »Damit unser Sohn etwas zu schauen hat.«

»Und wenn es ein Mädchen wird?«, neckte sie ihn.

»Dann machen wir eben kurz darauf noch einen Sohn oder auch zwei, ich sehe da kein Problem.« Er griente glücklich.

Sie verdrehte die Augen und seufzte theatralisch. »Männer!« Doch zu ihrer eigenen Überraschung gefiel ihr das Bild einer großen Familie. Es hatte etwas Warmes, Einhüllendes.

»Martha Strydom wird zur rechten Zeit für einige Wochen zu uns kommen, um dem Baby auf die Welt zu helfen.« Er hielt einen kleinen dicken Holzelefanten hoch. »Gut gelungen, nicht wahr?«

*

Die Nachricht, dass auf Inqaba Nachwuchs erwartet wurde, verbreitete sich schnell. Mila besuchte sie, lud ein Dutzend mit Schweineblasen versiegelte Gläser mit Amatungulugelee, Konfitüre von Guaven, Ananas und Mango ab. Cilla, die bereits ihr erstes Baby bekommen hatte, und Lilly gaben einem Händler, der die Gegend bereiste, Babykleidung für sie mit und den dringenden Rat, viel frisches Gemüse zu essen.

»Meine Eltern senden dir ein paar Flaschen besten Rotweins zur Stärkung«, schrieb Lilly. »Ein bis zwei Gläser täglich werden dir rote Wangen und starkes Blut bescheren. Auch rate ich dir, das Amasi der Zulus zu trinken. Es soll ungewöhnliche Kräfte haben.«

Während der Händler dankbar die Reste ihres Mittagessens vertilgte und sie mit einem Krug Bier hinunterspülte, schrieb Catherine ihren Dank auf ein Stück Packpapier, faltete es, klebte es mit Knochenleim zu und gab es dem Händler mit.

Pierre schnitzte eine winzige Badewanne aus einem Baumstamm und benahm sich im Übrigen wie ein werdender Großvater. Auch Mila tauchte in letzter Zeit oft auf Inqaba auf, hatte stets ein kleines Geschenk für sie, doch als Johann Pierre und sie immer häufiger gemeinsam durch den Gemüsegarten schlendern sah, die Köpfe zusammengesteckt, leise miteinander lachend, wurde ihm klar, dass Mila nicht allein ihretwegen gekommen war.

»Ich hoffe nur, dass Pierre uns nicht verlässt. Ich weiß gar nicht, was ich ohne ihn machen sollte«, bemerkte er stirnrunzelnd.

Dan und Onetoe-Jack kreuzten auf, benahmen sich wie Glucken, versorgten Catherine mit zartem Buschbockfleisch, jungen Täubchen und nahrhaftem Flusspferdsteak. Dan räucherte ein großes Stück Krokodilfilet über offenem Feuer und servierte es ihr mit frischem Salat aus ihrem eigenen Gemüsegarten. Es war von zartem Geschmack, und sie fand es wirklich delikat. »Meine Güte«, lachte sie glücklich. »Ich werde rund werden wie eine Tonne und eine rote Nase von all dem Wein bekommen.«

In Wirklichkeit war sie nie schöner gewesen. Johann konnte sich nicht satt sehen an ihr. Ihre Haut schimmerte, die blauen Augen strahlten, und ihr Haar glänzte wie schwarze Seide. Ihr Glück umgab sie wie ein leuchtender Schleier, denn noch etwas war geschehen. Wie eine kräftige junge Pflanze hatte sie ein Wurzelgeflecht entwickelt. Es bohrte sich durch die rote Erde, verwuchs mit dem von Johann und der anderen Menschen, die ihr nahe standen, Dan, Mila, Pierre, Jikijiki und Sicelo. Noch war es ihr nicht bewusst, aber schon jetzt würde es einer brutalen Amputation gleichkommen, sollte sie versuchen, diese Wurzeln zu kappen.

Von Tim Robertson kam das schönste Geschenk, ein kleiner Stapel Papier. Kein gutes Papier und wirklich nicht viel, aber nun konnte sie wenigstens ihr Tagebuch weiterführen. Freudig schlug sie ihr Heft auf, spitzte ihre Gänsefeder und tauchte sie ins Tintenfass. Sie hatte mit zerstoßener Kohle, Holzasche, Wasser und ein wenig Bindemittel experimentiert, das sie durch Kochen von Rinderhufen gewonnen hatte, und, obwohl es ein erbärmlicher Ersatz für richtige Tinte war, konnte man das Geschriebene immerhin lesen. Allerdings beschrieb sie das Blatt nicht nur waagerecht, sondern auch senkrecht, sodass es am Ende mit einem engmaschigen Gitter spinnefeiner Schriftlinien bedeckt war. Das Ergebnis war verwirrend, und man hatte Mühe, es zu entziffern, das sah sie ein, aber Papier war einfach zu kostbar.

»Das Schönste für mich ist, dass Johann nun jeden Mittag nach Hause kommt und abends vor Einbruch der Dunkelheit bei mir ist. Er plant, ein weiteres Zimmer anzubauen, und hat bereits ein paar Bäume gefällt, die noch trocknen. Mzilikazi hat anstrengende Tage damit verbracht, Ziegel aus dem lehmigen Schlamm des Wasserlochs zu formen. Eimer für Eimer musste er die nasse, schwere Erde aus dem Tal heraufschleppen. Wie hat er gestöhnt und gejammert! Nun trocknen die Ziegel in langen Reihen in der Sonne.«

Ein leises Geräusch störte sie. Sie hielt inne mit Schreiben und hob den Kopf. Jikijiki stand im Kücheneingang, sie hielt ihren Blick gesenkt, Tränen strömten ihr aus den Augen.

»Katheni«, flüsterte sie.

Catherine sprang auf. »Was ist passiert, Jikijiki, sag's mir.« Sie legte den Arm um die Schulter der schönen Zulu.

Diese schmiegte sich für einen winzigen Augenblick fest an sie, dann löste sie sich. Wie Glasperlen hingen die Tränentropfen an ihren Wimpern. »Heute wird es das letzte Mal sein, dass wir uns sehen. Ich bin gekommen, um für immer zu gehen.«

»Jikijiki, warum?«

»Mein Vater hat mich König Mpande für sein Isigodlo versprochen.«

»Was heißt das? Was ist ein Isigodlo?«

Jikijiki hielt ihren Kopf noch immer gesenkt. »Es ist der streng bewachte, private Teil des königlichen Umuzi, wo sich seine Unterkunft befindet. Die Hütten seiner Ehefrauen stehen dort und auch die der Ndlunkulu, der Mädchen des Königs. Nie wieder werde ich vor meinem Vater knien und ihm das Essen darbieten, nie werde ich Licht in seine Hütte bringen. Für meine Eltern und Geschwister werde ich aufhören zu existieren. Ich werde aus ihrem Leben gehen und sie nie wiedersehen.«

Erst jetzt bemerkte Catherine, dass das Perlband, das verkündete, dass das junge Mädchen Mzilikazi versprochen war, fehlte. »Und Mzilikazi?«

Jikijiki warf die Hände hoch und konnte nur den Kopf schütteln, während erneutes Schluchzen ihren zarten Körper erbeben ließ.

»O meine arme Kleine«, murmelte Catherine auf Deutsch, legte ihr die Hand an die Wange und wischte sanft die Tränen weg. »Gibt es nichts, was du tun kannst? Musst du dich fügen?«, fragte sie auf Zulu.

Wieder nickte das Mädchen. »Ich werde nur dem König gehören.«

Catherine war tief betroffen. »Was ... was werden deine Pflichten sein?« Würde sie in einer Art Harem leben?

»Wir Mädchen des Isigodlo sorgen für den König.« Mehr sagte sie dazu nicht, doch ihre Augen waren die einer weidwunden Gazelle.

Ihr Anblick drehte Catherine das Herz um.

»Wann wirst du gehen müssen?«

»Wenn der Mond voll ist, genau zu der Zeit, wenn sich die Hörner der Rinder gegen den frühen Morgenhimmel abzeichnen, werde ich mein Gesicht und meinen Körper mit süß duftenden Salben aus Kräutern und Hippopotamusfett einreiben, und mit vier anderen Mädchen, die auch für das Isigodlo vorgesehen sind, werde ich mich auf den Weg zum König machen. Wir werden alles, was wir besitzen, auf unserem Kopf mit uns tragen. Mein Vater wird uns bis zum Eingang des königlichen Dorfes begleiten, und dann werde ich mich für den Rest meines Lebens von ihm verabschieden. Ein Mädchen, das in den Isigodlo aufgenommen wird, verliert in diesem Augenblick für immer ihre Freiheit. Wir jungen Mädchen, die noch nicht geliebt haben, Amatshitshi genannt, werden aufs Strikteste bewacht und jede unserer Handlungen beobachtet.« Tränen verschlossen ihr die Kehle.

Ein schöner, schlanker Vogel mit leuchtend gelber Unterseite landete auf der Mimose und flötete eine klare Melodie. Jikijiki sah hoch und lächelte herzzerreißend. »Der Inqomfi! Das ist ein wunderbares Zeichen. Möge er dein Leben begleiten, Katheni, die eine Umlungu ist und doch zu uns gehört, er wird dir Glück und Freude bringen.« Sie wand sich sanft aus Catherines Armen. »Ich muss gehen, Katheni. Sala gahle.«

Bevor sie leichtfüßig über die Veranda glitt und verschwand, flüsterte sie noch ein Wort, das Catherine erst im Nachhall verstand. Meine Freundin. Tränen schossen ihr in die Augen, und sie lief der Zulu hinterher, aber ein hauchzarter Zitronenduft war alles, was von Jikijiki blieb.

✳

Johann runzelte die Brauen, als er die Neuigkeiten vernahm. »Das arme Ding! Und Mzilikazi wird das Herz brechen«, rief er aus.

»Aber er hat doch bereits den größten Teil des Brautpreises für sie bezahlt.«

»Mpande wird ihm den Brautpreis zurückzahlen, und Jikijikis Vater wird ihm vermutlich eine seiner anderen Töchter zur Heirat anbieten, aber das wird ihn nicht trösten.«

»Was wird Jikijiki dort ... tun müssen?«

Sein Gesicht verschloss sich für eine Sekunde, als er daran dachte, wie das Leben für Jikijiki in Zukunft aussehen würde. »Hausarbeit, Feldarbeit, sie muss Wasser holen, Feuerholz sammeln, Bier brauen, seiner ... äh des Königs Notdurft beiwohnen ...«

Catherine überging das Bild, das seine letzten Worte hervorriefen. »Muss sie auch ... ich meine, wird der König sie ...« Verlegen verstummte sie, sah das zierliche Mädchen vor sich und dann den hünenhaften, beleibten König.

Johann nickte schroff. »Auch das.« Sein Herz zog sich zusammen, als ihm das Schicksal Jikijikis vor Augen stand. Sie war von jetzt an das Eigentum König Mpandes. Er konnte tun und lassen mit ihr, was er wollte. Sie verkaufen, verschenken, an wichtige Vertraute ausleihen. Jeden Tag mussten die Mädchen des Isigodlos vor ihm paradieren, und er suchte sich die heraus, die heute seine Lust erregten, sandte die anderen vielleicht in einen der Harems der königlichen Prinzen. Von der Frau eines Missionars hatte er gehört, in welchem Elend diese Mädchen lebten. Keiner interessierte sich für ihr Wohlergehen. Zu essen bekamen sie häufig nur die Abfälle, die ihnen die Königinnen oder die Kinder des Königs zuwarfen und die sie mit den Hunden des Dorfes teilen mussten.

»Sie wird ja praktisch eine Leibeigene sein!«

»Sie wird es nicht als das empfinden. Ein Mädchen des Isigodlo zu sein, gilt als große Ehre. Sie wird sich fügen, damit sich ihr Vater nicht für sie schämen muss.« Er sagte das, um sie zu beruhigen, aber seine Stimme schwankte dabei.

Catherine wischte das Spülbecken ab und wrang das Putztuch aus, das nur noch durch den ausgebleichten Blauton seine Herkunft als Kleiderstoff verriet. Was würde Jikijiki empfinden, wenn der König ihre Hütte zum ersten Mal für die Nacht besuchte? Würde sie in Gedanken ihren königlichen Gebieter mit Mzilikazi betrügen? Inständig hoffte sie, dass die junge Zulu ihr Temperament und ihre Gefühle unter Kontrolle hatte, ihre wahren Sehnsüchte nicht verriet, während der König sich nahm, was rechtens seins war. Sie fröstelte, als sie an die möglichen Folgen für Jikijiki dachte. »Werde ich sie gelegentlich sehen können?«

»Nein, und du darfst es auch nie versuchen. Du würdest sie nur in Gefahr bringen. Und dich auch. Versprich mir, dass du es nie auch nur versuchen wirst.« Sein Ton war sehr eindringlich.

Sie nickte. Es war deutlich, dass Johann von dem Bild des zukünftigen Lebens Jikijikis tief berührt war, offensichtlich Angst um sie hatte. Sie nahm es ihm nicht übel. Was gewesen war, war vorbei, seine Regung war die eines jeden christlich denkenden Menschen. Dann gewann ihre praktische Seite Oberhand. »Wir brauchen jemanden, der mir im Haus hilft, besonders jetzt«, sagte sie endlich.

»Sicelo hat mich schon vor längerer Zeit gefragt, ob seine kleine Schwester zu uns kommen darf. Bisher habe ich ihn vertröstet, weil Jikijiki uns vor Eifersucht die Hölle heiß gemacht hätte. Ich werde noch heute mit Sicelo sprechen.«

Jabisa war dreizehn, klein und zartgliedrig wie ein Vögelchen. Mit großen, ernsten Augen sah sie zu Catherine auf, vertrauensvoll und ohne Scheu. Catherine zeigte ihr das Haus und trug ihr auf, Staub zu wischen. Ein Lied trällernd, ihr rundes Gesäß im Takt schwingend, tanzte die Kleine durchs Haus.

»Nun, wie ist es gelaufen? Arbeitet sie gut?«, fragte Johann, als er abends auf dem Hof absaß.

Seine Frau lächelte. »Sie zeigt die gleiche zurückhaltende Einstellung zur Arbeit wie alle Zulus, die mir bisher begegnet sind, aber ich kenne meine Pappenheimer allmählich und lasse sie mit Müßiggang nicht davonkommen. Sie ist jung genug, dass ich sie noch nach meinen Wünschen erziehen kann.«

Mzilikazi blieb, aber sein Lachen war verschwunden. Er wagte es nicht, öffentlich gegen den König zu reden, es hätte ihn das Leben kosten können, aber als er es nicht mehr aushielt, teilte er Johann mit, dass er Inqaba verlassen müsse. Von Sicelo hörten sie später, dass Mzilikazi vor dem königlichen Dorf herumlungerte.

»Er hofft, einen Blick auf Jikijiki zu erhaschen, träumt sogar davon, sie zu treffen«, berichtete er. »Er muss auf der Hut sein. Es ist nicht klug, den Elefanten zu reizen, besonders wenn man nur eine Ameise ist.«

∗

»Was willst du?«, fragte Catherine auf Zulu und betrachtete misstrauisch die Schwarze, die plötzlich wie eine Erscheinung neben ihr im Kochhaus stand.

»Sebenzi – Arbeit.« Die Stimme war leise, das Gehabe zurückhaltend. Den Blick hielt die Frau auf den Boden geheftet, wie es sich einer ranghöheren Person gegenüber gehörte.

Schon wollte Catherine ablehnen. Schließlich hatte sie Jabisa. Die Kleine kam eben vom Wasserreservoir, den Wassereimer auf dem Kopf balancierend, der, wie sie wusste, nur um ein Drittel gefüllt war. Mehr konnte das zarte Mädchen nicht tragen. Die Frau vor ihr war mittleren Alters, aber ziemlich groß und kräftig und trug erstaunlicherweise nicht die hochgezwirbelte Frisur einer Ehefrau.

»Wie heißt du?«

»Zogile.« Ein gewinnendes Lächeln spaltete das tiefschwarze Gesicht. Ihre Augen hatte die Frau auf den Boden gerichtet.

»Gut, Zogile. Ich muss darüber nachdenken. Komm morgen wieder, dann werde ich es wissen.«

»Yabonga«, sagte Zogile und glitt geräuschlos davon.

»Jabisa ist nicht kräftig genug, die Arbeit allein zu machen«, sagte sie abends beim Essen zu Johann. »Ich habe oft ein schlechtes Gewissen, wenn sie die schweren Eimer schleppt. Zogile ist älter und offenbar stark wie ein Pferd. Ich könnte sie gut gebrauchen.«

Er legte seine Gabel nieder. »Du brauchst kein schlechtes Gewissen Jabisa gegenüber zu haben. Die kleinen Mädchen lernen schon sehr früh, Wasserkrüge auf ihrem Kopf zu balancieren. Weißt du, aus welcher Familie diese Zogile kommt? Ist sie eine Zungu oder eine Buthelezi? Vielleicht eine Ntuli?«

»Ist das wichtig? Genügt es nicht, wenn sie als Person angenehm ist?«

Johann zuckte mit den Schultern. »Ich würde ungern eine Zungu in meinem Haushalt beschäftigen, aber wenn sie dir als Person angenehm ist, soll's mir recht sein. Ich vertraue deiner Menschenkenntnis.« Er vermied es, sie darauf hinzuweisen, dass Khayi der Häuptling der Zungus war und Umafutha seine Schwester.

Catherine nickte und schnitt ihm noch ein Stück Fleisch vom Knochen der Schweinekeule. »Die Falken sind wieder zwischen den Hühnern gewesen, es ist wirklich ein Kreuz«, klagte sie. »Du musst den Stall mit Grasmatten schützen, sonst haben wir bald kein Federvieh mehr.«

Johann versprach es. Er erzählte ihr nicht, dass zwei seiner Kälber in der Nacht von Leoparden gerissen worden waren und dass er vorhin, als die Pferde unruhig waren, Tatzenabdrücke ganz in der Nähe gefunden hatte. Mit solchen Nachrichten brauchte er sie in ihrem Zustand nicht zu belasten.

Am nächsten Morgen stellte Catherine Zogile ein, die ihre Erwartungen zumindest in Hinsicht auf ihre Körperkräfte voll erfüllte. Auch schien sie willig zu lernen, obwohl es mühsam war, schon wieder jemandem, der noch nie einen europäischen Haushalt gesehen hatte, jeden Handgriff beizubringen. Doch Catherine tat es mit Freude; sie sagte sich, je eher sie das bewerkstelligte, desto schneller konnte sie sich wieder mit ihren Zeichnungen beschäftigen. Im Kopf nahm der nächste Entwurf schon Gestalt an: Jabisa und Zogile bei der Arbeit im Kochhaus.

Kapitel 18

Der Hochsommer kam früh, mit glühender Hitze und gewaltigen Gewittern. Die Flüsse schwollen an, Feuchtigkeitsschleier zogen übers Land, die Pflanzen wucherten, und aus Tümpeln und Sümpfen stieg wie giftiger Brodem das Fieber. Es kroch über die Hügel und in die Täler, säte seinen Samen von Leid und Tod. Weiße Händler starben irgendwo im Busch, ihre Pferde verhungerten neben ihnen, ganze Zulufamilien wurden ausgelöscht, und Mpandes Krieger wurden in so alarmierender Zahl dezimiert, dass der König einem Missionar erlaubte, sich in Zululand anzusiedeln, weil dieser viel von den Krankheiten des menschlichen Körpers verstand.

Catherine strotzte vor Gesundheit. Ihr Glück schützte sie wie eine unsichtbare Mauer. Es gelang ihr, die Notizen über Heilpflanzen, die sie zwischen den Papieren ihres Vaters gefunden hatte, endlich völlig zu entziffern, aber aus einem der Bücher, das die Termiten glücklicherweise nur gering beschädigt hatten, zog sie das meiste Wissen. Anhand der Abbildungen konnte sie zahlreiche der Kräuter bestimmen, die auch Sicelo verwendete. Die meisten wuchsen in der unmittelbaren Umgebung ihres Hauses. Stundenlang streifte sie auf Inqaba herum, suchte Pflanzen, experimentierte und schrieb alles akribisch auf. Nur das Fieberkraut fand sie nicht, und so hütete sie das kleine Bündel, das nach Johanns Rückfall übrig geblieben war, hütete es wie ihren Augapfel.

Bei Sicelos Mutter Mandisa, die eine ausgezeichnete Töpferin war, gab sie zwei Dutzend kleine Tonkrüge in Auftrag. Sie bezahlte mit Glasperlen, die sie bei einem der fliegenden Händler gegen eine gepökelte Rindskeule und den Balg eines langschwänzigen Witwenvogels, der kürzlich im Wasserreservoir ertrunken war, eingetauscht hatte. Die prächtigen Schwanzfedern würden bald die Federkrone eines hochrangigen Zulus schmücken.

Sie köchelte für Tage, zerstieß Verkohltes zu Puder und mischte es mit Wasser, rührte Breis und brühte Tees auf. Alles füllte sie in die Töpfchen, beschriftete sie und spannte Schweineblasen darüber. Die trockneten, zogen sich zusammen und verschlossen ihre kostbaren Mischungen luftdicht. Sie stellte sie in die kühlste Ecke ihrer Vorratskammer und präsentierte sie stolz ihrem Mann. »Meine Apotheke«, strahlte sie. »Sogar eine Salbe, von der ich sehr hoffe, dass sie gegen Natalgeschwüre wirkt, habe ich entwickelt.«

Die kostbare Rinde des Kampferbaums, von dem es nur ein einziges Exemplar im Garten der Sinclairs gab, Silberweiden- und verkohlte Kaffirbaumrinde und der eingekochte Aufguss aus Kamillenblüten waren die Zutaten, die sie in ausgelassenes weißes Brustfett eines Hippopotamus eingerührt hatte, bis die Mischung zu einer steifen Salbe erkaltet war.

Von Jabisa, Sicelos kleiner Schwester, hörte sie, dass ihr Bruder krank in seinem Umuzi lag, und am selben Abend trottete einer von Dan de Villiers Treibern mit der Nachricht auf den Hof, dass es auch dem Schlangenfänger schlecht ginge. Catherine schickte Jabisa in die Küche, um dem Boten Maisbrei, Fleisch und einen Krug Bier zu holen. »Was plagt den Schlangenfänger?«, fragte sie den Mann.

»Uqhuqho. Es schüttelt ihn«, antwortete er und führte als Demonstration einen veritablen Veitstanz auf, dass die Kuhschwänze um seine Hüften auf alarmierende Weise hüpften.

Malariafieber also, und offenbar ziemlich schlimm, dachte Catherine und verfluchte schweigend dieses Land, unter dessen verführerisch schöner Oberfläche alle Teufel der Hölle lauerten. Sie zupfte einige Blätter von ihrem getrockneten Kraut, um einen Brei zuzubereiten, und fand, dass in dem Tongefäß ein Überrest der Fiebermedizin zu einem festen Keks getrocknet war. Nachdenklich zerbröselte sie die Masse zwischen den Fingern. Nur das Wasser war verdunstet, eigentlich mussten die Wirkstoffe noch vorhanden sein, überlegte sie und erinnerte sich an die Experimente von Doktor Borg, der verschiedene Heilkräuter zerhackt, erwärmt, getrocknet und daraus Pastillen hergestellt hatte, die leicht in einem Döschen zu transportieren waren. Vorsichtig kostete sie einen Krümel und stellte fest, dass er, vom Speichel durchnässt, genauso bitter war wie der ursprüngliche Brei. Vielleicht wusste Pierre etwas darüber. Es war ihr schon zur Gewohnheit geworden, bei fast allen Problemen Pierre nach seiner Meinung zu befragen.

Der Franzose zerrieb ein paar Brösel zwischen Daumen und Zeigefinger, roch daran, tupfte etwas mit der Zunge auf und schmeckte. »Es scheint eine Art Wermutkraut zu sein, und das kannten schon die alten Griechen.« Er lächelte. »Willst du Absinth brauen? Die französischen Soldaten bekommen ihn offiziell, um Fieber und Durchfall vorzubeugen. Allerdings wird man davon auch ein wenig merkwürdig im Kopf.«

Ihr Herz begann zu klopfen. Wermutkraut. Jetzt hatte das geheimnisvolle Fieberkraut einen Namen. Sie kochte Kamille, Minze und von der wilden Weide die saftige Rinde, weiche Zweigspitzen und junge Blätter in wenig Wasser auf und mischte alles aufs Sorgfältigste mit dem getrockneten Wermutkraut. Zum Abkühlen und Trocknen strich sie die dicke Masse auf Teller und stellte sie in die Sonne. Danach schrieb sie die Rezeptur sofort auf. Die Fasern des getrockneten Produkts klebten zusammen, sodass sie es leicht in Würfel schneiden konnte. Abschätzend wog sie einen auf der Hand. In etwa musste er einem Löffel des Breis entsprechen. Sie schüttete die Würfel in einen Leinenbeutel, sattelte Caligula und machte sich auf den Weg zu Sicelo. Ob sie in seinem Umuzi willkommen sein würde, wusste sie nicht. Aber er war krank und hatte ihr mehr als einmal geholfen. Es war das Mindeste, ihm ihre Hilfe anzubieten.

»Fuß, Napoleon«, rief sie, und der große Hund sprang begeistert neben ihr her. Sie fühlte sich sicherer mit ihm, aber zu ihrem Leidwesen hatte er die gefährliche Angewohnheit, sich mit jedem Tier anzulegen, sei es ein Pillendreher oder ein Nashorn. Der Instinkt, wann es an der Zeit war, das Feld zu räumen, ging ihm völlig ab.

Der Empfang, den ihr Sicelos Frau Notemba, ein junges Mädchen mit seelenvollen Gazellenaugen, bereitete, entsprach vollkommen der Gastfreundlichkeit der Zulus. Sie gewährte der Weißen schüchtern, doch mit allen Anzeichen ihrer Ehrerbietung Einlass und eilte voraus, um sie dem Kranken anzukündigen. Catherine duckte sich unter dem Rindshautvorhang hindurch in die dunkle, verräucherte Hütte. Sicelo lag unter mehreren Tierfellen, fror aber trotz der siedenden Hitze. Sein dunkles Gesicht war schweißbedeckt, die Augen lagen tief in den Höhlen. Sie ging vor seinem Lager in die Hocke. »Sawubona, Sicelo.«

Seine Antwort kam leise und schwach. »Nkosikasi. Willkommen in meinem Umuzi.«

Gelegentlich nach Worten suchend, erklärte sie ihm auf Zulu, was sie mitgebracht hatte. Sie fand heraus, dass er das Drei-Tage-Fieber hatte, und war erleichtert. Seine Erkrankung war ganz offensichtlich nicht so schwer, wie die Johanns gewesen war. Insgeheim schrieb sie dessen Heilung weniger ihrer Heilkunst als seiner außerordentlich robusten Konstitution zu; sie konnte nicht glauben, dass die Wirkung nur auf der überhöhten Dosis ihrer Medizin beruhte. Behutsam untersuchte sie einen zu Nussgröße angeschwollenen Insektenstich auf Sicelos Arm, der stark eiterte.

»Eine weiße Inyanga«, lächelte Johanns schwarzer Freund matt und spülte einen der Krautwürfel willig mit Wasser hinunter.

Sie erklärte ihm, etwas schüchtern, denn schließlich war er in gewisser Weise ihr Lehrer, dass er dieselbe Menge morgens und abends zu sich nehmen sollte. Zum Abschied reichte ihr seine junge Frau mit beiden Händen, wie es die strenge Sitte forderte, um zu zeigen, dass sie keine Waffe versteckte, einen Krug mit Amasi, der Dickmilch. Catherine war sich bewusst, dass es ein ungewöhnliches Geschenk war, denn obwohl die Zulus sonst ihr Essen freudig mit Gästen teilten, war Dickmilch nur den Familienmitgliedern vorbehalten. Sie dankte Sicelos Frau artig und machte sich zu Dan auf.

Vor Dans Höhle stieg sie ab und band Caligula fest. Die Sonne glühte, ihre Haut zog da, wo sie ungeschützt war, Blasen, und die aufgeheizte Erde brannte durch die dünnen Sohlen ihrer

Schuhe. Das Eichentor der Höhle stand offen, sie klopfte und wollte eintreten, als sie eine schwache Stimme hörte, die sie erst gar nicht lokalisieren konnte.

»Hier bin ich, Catherine, hinter dir.«

Sie drehte sich um, und dann sah sie ihn. Das heißt, sie sah seinen Hut etwa einen Fuß über dem Boden schweben. Sie hob ihn an und blickte in Dans schweißüberströmtes, hochrotes Gesicht. Sein übriger Körper war im heißen Sand eingegraben, seine Augen, trübe vom Fieberschleier, quollen ihm aus dem Kopf.

»Dan, um Himmels willen, was machst du da?«

Das Sprechen fiel ihm schwer, denn sein Mund war wie mit Sandpapier ausgeschlagen. »So heilen meine Zulus das Fieber. Wenn ich es ausgeschwitzt habe, werde ich mit kaltem Wasser übergossen.«

Sie rannte hinüber ins Umuzi seiner Treiber und Träger und veranlasste sie, den Schlangenfänger auf der Stelle auszugraben und auf sein Bett zu legen. Er machte eine matte abwehrende Geste, als sie sich über ihn beugte, um seine Stirn zu befühlen, schämte sich ob seines fast unbekleideten Zustandes.

Catherine drückte ihn zurück. »Holt Wasser und zündet ein Feuer an«, befahl sie seinen Leuten. Als das Wasser eine erträgliche Temperatur hatte, machte sie sich daran, ihn zu waschen. Es war ihm sichtlich entsetzlich peinlich. »Ach, Schnickschnack«, sagte sie und machte weiter. Dann zog sie ihm das Kissen einfach unter dem Kopf hervor und schüttelte es auf. Anschließend räumte sie seine Küche auf, kochte ihm eine kräftige Suppe und fütterte ihn löffelweise damit. Zum Schluss gab sie ihm zwei der Kräuterwürfel.

»Heute Abend nimmst du davon noch zwei, wenn es ganz schlimm wird, drei. Morgen komme ich wieder.« Sie hielt ihre Finger gekreuzt und hoffte, dass sie ihm mit der hohen Dosierung nicht schaden würde. Die entsprechende Menge war sicherlich kleiner als die, die sie Johann damals als Brei verabreicht hatte, und ihm hatte es geholfen, ihn auf jeden Fall nicht umgebracht. Dan hatte für gewöhnlich eine Rossnatur. Er würde es verkraften.

»Letztes Mal hat man mir einen Teelöffel Senf in heißem Wasser gelöst eingeflößt, und dann musste ich dreimal am Tag einen Teelöffel Stockholmteer einnehmen«, sagte er.

»Stockholmteer? Wie entsetzlich! Das ist doch das Zeug, das man auf kranke Pferdehufe schmiert und Boote damit versiegelt.«

»Es war die Frage, wer sich als zäher erwies, das Fieber oder ich. Ich hab gewonnen«, grinste der Schlangenfänger schwach.

Eilig machte sie sich auf den Weg zurück nach Inqaba. Nach den ergiebigen Regen der vergangenen Wochen führten die Flüsse Hochwasser, und das Land war durchzogen von silbrig glänzenden Pfützen, in denen Myriaden von Mückenlarven lebten. Jetzt, kurz bevor die Dämmerung hereinbrach, tanzten dichte Moskitoschwärme um Caligulas Kopf, saßen zu Dutzenden auf seinen Ohren, stachen sie ebenfalls, sogar durch ihr Kleid hindurch. Sie ritt, so schnell es der schlechte Weg, der mit seinen vielen Schlaglöchern einem Schweizer Käse glich, zuließ. Übel zerstochen erreichte sie Inqaba und berichtete Johann von Dans Zustand.

»Wir müssen ihn zu uns holen«, sagte sie. »Seine Leute sind gute Treiber und hervorragende Fährtenleser, aber keiner kann ordentlich kochen, und mit ihrer Methode, die Malaria zu heilen, hätten sie ihn schon fast umgebracht.«

Den nächsten Tag ritten Johann und Pierre hinüber zu dem Schlangenfänger und kehrten abends zurück. Acht von Dans kräftigsten Leuten trugen ihn auf einer aus Stangen und Grasmatten gefertigten Trage. Pierre überließ ihm sein Bett und hielt Wache neben ihm; er hatte Catherine versprechen müssen, sie zu wecken, falls es Dan schlechter gehen sollte. Johann hatte darauf bestanden, dass sie in ihrem Zustand ihren Schlaf brauchte.

※

Kurz nachdem bekannt wurde, dass der Schlangenfänger und auch Sicelo durch die wundersamen Heilkräfte der Umlungu genesen waren, erschienen zwei fremde Zulus in ihrem Hof. Einer stützte den anderen, und beide waren offenbar geschwächt von irgendeiner Krankheit. Sie trugen zwei gackernde, an den Beinen zusammengebundene Hühner. Mit ernster Miene erklärten sie, dass sie gekommen wären, um sich für den Preis von zwei kräftigen Hennen, die jeden Tag Eier legten, auch behandeln zu lassen. Geschmeichelt untersuchte Catherine die beiden, schmierte Salbe auf eine offene Wunde und verband sie mit Blättern, gab dem anderen, von dem sie glaubte, dass er Würmer in seinem Bauch ernährte, zerstoßene Kohle.

Am nächsten Tag warteten schon vor Morgengrauen drei Frauen mit ihren Kindern und zwei Männer auf sie, und danach wurde die Schlange der Wartenden jeden Tag länger. Sie sah Malaria in allen Stadien, eiternde Insektenbisse, faulendes Fleisch, grotesk vergrößerte Gliedmaßen. Fette, schwarzköpfige Maden krochen ihr aus Eiterbeulen entgegen, und manchmal verlor sie den Mut, denn Afrika kämpfte um seine Beute, erwies sich oft als stärker als sie. Trotzdem füllte sich ihre Vorratskammer. Sie erhielt getrocknete Mopaniraupen als Bezahlung, Kürbisse, Eier, die fette Milch der Zulukühe, Amasi, aber auch Tongefäße, Kalebassen gefüllt mit Hippopotamusfett und Tierhäute.

»Umafutha wird dich hassen«, warnte Johann. »Du stiehlst ihr bestes Geschäft und beschädigst ihr Ansehen. Das wird sie nicht einfach so hinnehmen. Kein Mensch würde das.« Er sagte es leichthin, denn er wollte sie nicht beunruhigen, aber tief drinnen bohrte ein ungutes Gefühl, wenn er an die rachsüchtige Alte dachte.

»Es gibt so viel Leid, ich kann die Leute nicht abweisen. Du selbst hast mich doch zu Mzilikazis Vater geschickt, um nach seiner Frau zu sehen. Damit hat es doch angefangen.«

Darauf fand er keine Antwort. »Sei wachsam«, sagte er zu ihr, hörte aber selbst, wie lahm das klang. »Nimm dein Gewehr mit, wenn du den Hof verlässt.«

Eines Tages dann, als sie aus dem Haus trat, um nachzusehen, wie viele Patienten heute warten würden, lag der Hof leer im Sonnenschein vor ihr. Es war niemand gekommen. Nur Zogile hockte im Kochhaus und schrubbte einen Topf. »Weißt du, was geschehen ist?«, fragte sie Zogiles Rücken. »Wo sind die Leute geblieben?«

Die Schwarze drehte sich nicht um, sah nicht hoch, scheuerte weiter und schüttelte nur den Kopf.

»Steckt Umafutha dahinter?« Ihr war wieder schlecht geworden heute Morgen, und ihr Geduldsfaden war kurz und brüchig. »Antworte endlich, du weißt doch etwas.«

Die Zulu hörte auf zu schrubben, ließ Topf und Bürste fallen. Ruckartig wandte sie den Kopf, und ihr Blick flackerte für den Bruchteil einer Sekunde über die Weiße. Er war von einer solchen Feindseligkeit, dass Catherine zurückprallte, als hätte sie einen heftigen Schlag erhalten.

Von einer unbestimmten Angst überfallen, machte sie auf dem Absatz kehrt, dass ihre Röcke flogen. Jabisas Stimme, die aus dem Gemüsegarten herüberklang, hielt sie zurück. Vielleicht würde sie von ihr eine Antwort bekommen. Die Kleine vertraute ihr. Sie fand das Mädchen im Schatten eines Guavenbaums. Mit einem rauen Stein polierte sie die Außenkante ihrer Füße, bis sie glatt und weiß waren, wie die Zulus es liebten, und sang dabei mit dünner Stimme vor sich hin. Hacke und Schaufel lagen auf dem halb umgegrabenen Beet. Catherine schluckte eine Rüge herunter und fragte sie stattdessen, ob sie wüsste, was passiert war.

Jabisa sprang erschrocken auf. Den Blick auf den Boden gerichtet, klimperte sie mit ihren Perlenketten, malte mit dem Zeh Kringel in den roten Staub, kratzte sich. Es war ihr deutlich anzusehen, dass sie sich weit fort wünschte. Für einen Moment war Catherine versucht, die Antwort aus ihr herauszuschütteln, aber dann nahm sie sich zusammen, befahl ihr nur barsch, gefälligst ihre Arbeit zu beenden und nicht herumzutrödeln.

»Sie werden nicht wiederkommen.«

Erstaunt wandte sie sich um. Sicelo saß auf einem Felsvorsprung vor seiner Hütte und polierte den Kugelkopf eines neuen Kampfstocks. Seit seiner Hochzeit war er nur noch selten hier anzutreffen. »Woher weißt du das? Hat Umafutha etwas damit zu tun?«

Emsig polierte der große Zulu das Holz. Catherine wartete geduldig. Das zumindest hatte sie gelernt. Zeit hatte keine Bedeutung für die Zulus. Sie wurde nur in Handlungen gemessen. So lange wie ein Herz für hundert Schläge braucht, so lange wie es dauert, eine Kuh zu melken, oder so lange es braucht, eine Hütte zu bauen. Oder einfach so lange, wie es dauert. Also wartete sie.

»Es sind Zulus«, sagte Sicelo endlich und rieb Hippopotamusfett über seinen Stock. »Sie werden nicht wiederkommen.« Bei den letzten Worten sah er ihr voll ins Gesicht, und sie las die unmissverständliche Warnung in seinen dunklen Augen. »Du bist keine Zulu«, sagten diese Augen, »du bist keine von uns. Misch dich nicht in unsere Angelegenheiten.«

Sie senkte ihren Blick. »Yabonga. Sala gahle«, sagte sie, ehe sie langsam zurück ins Haus ging.

Als sie später Johann davon berichtete, zeigte dieser deutlich seine Erleichterung. Die Entwicklung war ihm unheimlich geworden, war er sich doch nur zu sehr der Macht der alten Sangoma bewusst. »Sei froh, es wurde eh zu viel für dich, das musst du doch zugeben.«

Insgeheim gab sie ihm Recht. Als sie am nächsten Morgen, von ihrer täglichen Übelkeitsattacke noch ganz zittrig, ihre Hausarbeit erledigte, die Hühner gefüttert hatte und nun den Stall reinigte, merkte sie, wie sehr sie das doch anstrengte. Nachdem sie das Kräuterbeet gejätet hatte, gedachte sie es sich bequem zu machen und zu lesen, denn Tim hatte ihr außer Papier auch einige Bücher geschickt. Sie streckte ihren Rücken durch und ging in die Küche. Die Küchentür stand offen, die Sonne schien, Nofretete räkelte sich auf dem warmen Steinboden, Romeo fing Fliegen.

Gedankenversunken zerdrückte sie das aromatische Fleisch einer Mango, schüttete Zucker darüber und stellte es beiseite. Für einen Augenblick lehnte sie am Tisch und dachte an ihr Kind und daran, dass sie von jetzt an nie wieder einsam sein würde. Alleinsein, das war nicht schlimm. Es war vorübergehend, man war eingehüllt in die eigene, vertraute Gesellschaft, bis der andere wiederkam. Einsamkeit war etwas Kaltes, Dürres, etwas, das schmerzte wie ein Messerschnitt und einen frieren ließ, das Türen zur Dunkelheit öffnete und bodenlose Löcher aufriss.

Sie halbierte eine Passionsfrucht, deren lila-grüne, harte Haut schon die ersten Druckstellen von Reife zeigten, und mischte das duftende Gelee mit den schwarzäugigen Kernen ins Mangomus, während ihr Gedankenfluss von einem Erinnerungsstein zum anderen hüpfte, über die Jahre zurück, bis in die Zeit, als erst ihre Mutter sie allein gelassen hatte und dann Grandpère. Da war dieser kalte Schmerz zum ersten Mal aufgetreten, und seitdem war er nie wirklich verschwunden. Jeder Tod in ihrem Leben hatte ihn wieder aufflammen lassen, zuletzt der ihres Vaters.

Sie schob den ersten Löffel der süßen Fruchtmischung in den Mund. Ein breiter Streifen Sonne fiel schräg durch die offene Tür, Nofretete sprang auf lautlosen Pfoten auf den Tisch und rieb ihr Köpfchen an ihrem Arm. Sie lehnte sich in den Türrahmen und blickte über das Land. Die Sonne stand im Zenith, und Johann musste gleich vom Feld zurückkehren. Mit einem tiefen Gefühl von Frieden berührte sie ihren sanft gerundeten Bauch. Bald waren sie eine Familie, und ihre Wärme würde sie für immer vor der Eiseskälte der Einsamkeit schützen.

Nachdem sie ihr Fruchtmus gegessen hatte, stellte sie den Teller neben die Abwaschschüssel, nahm Nofretete hoch und ging hinaus, um wie jeden Tag nachzusehen, ob ihre Bougainvilleastecklinge endlich Blüten getrieben hatten. Die jungen Pflanzen waren offenbar gut angewachsen, denn schon vor Tagen hatte sie bereits grüne Triebe entdeckt. Zu ihrem Entsetzen lagen die Stecklinge auf dem Topfrand, die zarten, frischen Wurzeln waren abgerissen, die Blättchen verwelkt. Sie ließ ihre Katze fallen, die aufjaulend über das Geländer sprang und sich unter den Amatungulus versteckte. Aufgebracht rauschte sie in die Küche, wo Jabisa mit trägen Bewegungen das Frühstücksgeschirr spülte. »Hast du meine Blumen zerstört?«, fragte sie, über die Maßen wütend. »Rede!«

In diesem Augenblick kam Johann von den Feldern zurück und stieg vom Pferd. Bellend fegte ihm Romeo entgegen. »Du siehst aufgeregt aus, Liebling.« Er küsste sie herzhaft. »Was ist passiert?«

»Sieh dir das nur an!« Sie zeigte ihm die verdorrten Stecklinge.

Stirnrunzelnd betrachtete er den Schaden. »Kann es Nofretete gewesen sein oder Romeo?«

»Keine Katze und sicherlich kein Hund kann sie so säuberlich auf den Topfrand legen«, sagte sie heftig. »Jemand hat sie herausgerissen.«

Er musste ihr Recht geben. »Hast du Jabisa gefragt?«

»Ach, die sagt natürlich, dass sie es nicht war und auch nichts darüber weiß.«

»Sie wird Angst haben, es zuzugeben. Frag sie noch einmal.« Damit ging er ins Haus.

Unschlüssig drehte sie die Stecklinge in der Hand. Das Erdreich im Topf war wieder festgedrückt worden. Mit der Hand schaufelte sie es zur Seite und stieß zu ihrem Erstaunen auf etwas Feuchtes in Faustgröße. Von einer plötzlichen bösen Vorahnung befallen, grub sie es hastig aus.

Das tote Äffchen, das zusammen mit den anderen Spirituspräparaten gestohlen worden war, lag auf ihrer Handfläche. Da es nicht mehr vom Spiritus konserviert wurde, war die Verwesung bereits fortgeschritten. Maden wimmelten durch sein gelbliches Fleisch, es stank zum Gotterbarmen. Catherine starrte die Überreste des in Fötushaltung gekrümmten Tiers schreckensgelähmt an, sah plötzlich nicht mehr das tote Äffchen. Es verwandelte sich vor ihren Augen in ein Menschenkind, ein winziges, halb verwestes Menschenkind. In ihrem Unterleib ballte sich eine Riesenfaust zusammen. Vor Schmerz krümmte sie sich vornüber.

»Nicht mein Baby, nicht das«, wimmerte sie.

Ein Geräusch drang durch ihren Schock, kein Lachen, aber etwas wie ein flaches, zufriedenes Glucksen. Sie fuhr herum. Zogile lehnte im Schatten des Kochhauses und beobachtete sie.

Gerade noch sah sie das triumphierende Zähneblecken der Schwarzen, bevor diese ihre Gesichtszüge wieder unter Kontrolle hatte. Dieser Sekundenbruchteil genügte, und Catherine wusste, wer das Äffchen dort vergraben hatte und warum. Und schlagartig wurde ihr auch klar, wer Zogile wirklich war.

Eine der Sangomas, die ihr im Busch aufgelauert hatten und vor denen sie von Sicelo im letzten Moment gerettet worden war. Eine, die zu Umafutha, der alten Hexe, gehörte. Umafutha, die alle Umlungus verabscheute, deren besonderer Hass aber den Steinachs von Inqaba galt.

Zogile trat aus dem Schatten hervor. Ihr Gesicht war zu einer unkenntlichen Fratze verzerrt. »Ihr Umlungus seid ein Geschwür, das über Zululands Rücken kriecht und alles verschlingt. Das Land unserer Ahnen, uns und unsere Kinder und Kindeskinder«, schrie sie. »Du wirst kein Kind bekommen, es wird in deinem Bauch zu einem Tier werden, und dann wirst du dich in ein Tier verwandeln.« Die Stimme stieg zu einem irrwitzigen Kreischen, die Zulu stieß ihre Hand vor und hielt die beiden mittleren Finger nach innen gebogen, Zeige- und kleiner Finger zeigten auf die Weiße.

Erst wurde Catherine heiß und dann kalt, und dann holte sie aus und schleuderte Zogile das verweste Ding mitten ins Gesicht. Für eine Sekunde hing es dort wie festgeklebt, dann löste es sich auf und glitt in schleimigen Klumpen herunter. Zogile schrie wie abgestochen, sie kratzte sich mit allen Anzeichen größten Entsetzens das graugelbe Zeug von ihrer schwarzen Haut. Schrie und kratzte, bis sich ihr Blut damit vermischte. Als sie das Blut an ihren Händen entdeckte, hörte ihr Schreien abrupt auf, ihre Augen weiteten sich und wurden dumpf, wie die eines Tieres, das sich seinem Schicksal ergab.

Catherine bückte sich, ließ sie dabei jedoch nicht aus den Augen, tastete auf dem Boden herum, bis sich ihre Finger um einen Stein schlossen. Den Stein in der Faust, hob sie den Arm und holte langsam aus. Die Drohung war überflüssig. Zogile, ihr Gesicht eine blutverschmierte Fratze, stolperte rückwärts und schlug sich schwerfällig in den Busch.

»Wage dich ja nie wieder hierher, dein Hokuspokus wirkt bei mir nicht«, schrie ihr Catherine auf Deutsch nach und warf den Stein gegen den nächsten Baumstamm. Er prallte ab und polterte über den Boden. Schwer atmend ging sie in die Küche, um ihre nach verwestem Fleisch stinkenden Hände zu schrubben.

Johann stürzte aus dem Toilettenhäuschen in die Küche. »Was ist passiert? Ist etwas mit dem Baby? Um Himmels willen, Liebling, sag es mir.«

Bebend und noch immer außer Atem, aber erfüllt von Triumph berichtete sie ihm von dem Vorfall.

»Umafutha«, knurrte er. »Umafutha und ihr Bruder, Khayi. Ich bring den Kerl um.« Er wollte aus der Küche stürmen, doch sie hielt ihn fest.

»Unsinn, Khayi hast du selbst nach Natal gejagt, und Umafutha wirst du nichts beweisen können. Unserem Kind ist nichts passiert, und mir geht es gut. Vielleicht begreift die alte Hexe nun, dass ihr Zauber einer Umlungu nichts anhaben kann, und lässt uns in Frieden. Wenn du ihr etwas antust, bringst du auch alle anderen Sangomas gegen uns auf, und vielleicht verspielst du sogar das Wohlwollen des Königs. Versprich mir, dass du es nicht tust.« Sie sagte ihm nichts von Zogiles Fluch; sie wollte die Worte durch Wiederholung nicht in ihrem Gedächtnis verankern.

Seine Gesichtsmuskeln arbeiteten, doch dann wich die Spannung aus seinen Schultern. Er wischte sich über die Stirn und nickte. »Du hast Recht. Sie kann uns nichts anhaben. Das ist der beste Weg, trotzdem würde ich liebend gern Khayi noch einmal in die Mangel nehmen. Zwar ist er in Natal, aber hat mit Sicherheit Verbindung zu seiner Schwester. Glaub mir, er steckt dahinter.« Er spannte seine Oberarmmuskeln unter seinen Hemdsärmeln, dass eine Naht platzte.

»Versprich, dass du nichts unternimmst.«

Er versprach es ihr, auch wenn es ihm schwer fiel.

Ein leichter Wind war aufgekommen, und sie erschauerte unwillkürlich. Sie wunderte sich darüber, denn die Sommerhitze hing wie eine Glocke über dem Land, und Mensch und Tier suchten Schutz vor der sengenden Sonne. Die Vögel hatten sich tief ins Blättergewirr des Buschs zurückgezogen, Napoleon lag hechelnd im Schatten unter dem Tisch, Romeo neben ihm. Wieder fegte ein kleiner Windstoß über die Veranda, und sie bekam erneut eine Gänsehaut. Immer noch fröstelnd rieb sie sich die Arme und ging in den Windschatten.

»Einen großen Schreck habe ich schon bekommen, ich bin noch ganz zittrig«, gab sie zu. »Aber dann packte mich diese unglaubliche Wut, ich fühlte mich wie eine Löwenmutter, deren Junges angegriffen wird.« Das Gefühl hatte sie mit einer Macht überfallen, die sie völlig überrumpelt hatte. Sie legte ihre Hand auf ihren Bauch, fühlte diese köstliche, runde Schwere. Manchmal konnte sie kaum erwarten, ihr Kind endlich im Arm zu halten.

Zogile kam nicht wieder, und wenige Tage später war sie tot und Umafutha verschwunden. Sicelo hatte ihnen morgens die Nachricht gebracht. »Keiner weiß, wohin sie sich verkrochen hat«, flüsterte er. »Die Ahnen, die sie einst riefen und zur Sangoma bestimmten, haben sie verstoßen, und ihr Zauber hat sich gegen sie gewandt.« Lange schwere Pausen lagen zwischen seinen Worten, als müsste er sie gewaltsam aus sich herauspressen. »Sie hat ihren Schatten verloren, und ein Zulu, der seinen Schatten verloren hat, hat seine Seele verloren. Er wird sich nie zu seinen Ahnen gesellen können.« Seine Stimme sank, war kaum noch hörbar. »Sie ist niemand mehr, dazu verdammt, ruhelos über die Hügel zu ziehen und des Nachts in den Löchern von Mpsi, der Hyäne, zu schlafen, für immer, bis die Zeit zu Ende ist.« Sein Blick ging ins Leere. Er verstummte.

»Wirst du mir sagen, was es bedeutet, wenn eine Hand auf mich zeigt, deren zwei mittlere Finger zur Handfläche gebogen sind?«

Schweißperlen erschienen auf Sicelos Stirn. »Es bedeutet den Tod. Aber es wird kein schneller Wechsel vom Licht ins Dunkel sein. Dieser Tod wird grausam sein, unter Qualen, für die es keine Worte gibt. So ist es«, sagte er und ging dann.

Seine Worte krochen wie Tausende haariger Raupen über ihre Haut, und sie schüttelte sich unwillkürlich.

Johann sah sie schaudern. Er erkannte es sofort als etwas viel Schlimmeres als einen Entsetzensschauer, und erschrak. »Frierst du? Du hast ja eine Gänsehaut in dieser Backofenhitze.« Besorgt legte er ihr den Handrücken auf die Stirn. Sie glühte. »Du hast Fieber. Das ist sicher der Schreck.«

Gib Gott, dass es nicht das Sumpffieber ist, betete er und hob sie einfach hoch, trug sie ins Schlafzimmer und ließ sie aufs Bett gleiten. »Rühr dich nicht. Ich werde dir Wadenwickel machen und nach Mila schicken.«

Von einer plötzlichen Schwäche übermannt, legte sie sich dankbar zurück in die Kissen und schützte ihre Augen gegen das grelle Licht, das durch die Fensterlöcher hereinströmte.

*

Die Schutzmauer ihres Glücks fiel zusammen. Johann und Mila wachten an ihrem Bett, Pierre saß wie zu Stein erstarrt vor seinem Haus, seine Bambusflöte schwieg. Mila zerkleinerte die wenigen Kräuterpillen, die von Catherines eigenen noch übrig waren, löste sie in Wasser auf und flößte ihr den Sud schluckweise ein. Doch Catherine verglühte förmlich im Fieber, wurde von Schüttelfrösten geschüttelt, als hätte sie eine Riesenfaust gepackt, und in derselben Nacht verlor sie ihr Kind. Durch den scharlachroten Schleier von Schmerz und Angst nahm sie nichts von der Wirklichkeit wahr.

Johann hielt ihre Hände und betete, wie er noch nie gebetet hatte. Als Mila das, was sein Kind gewesen war, wegtragen wollte, hielt er sie zurück, nahm ihr die Schüssel mit dem blutverschmierten, faustgroßen Klumpen ab, und während ihm die Tränen über das Gesicht strömten, wickelte er sein totes Kind in ein Tuch und legte es in einen schmalen hölzernen Kasten. Es war ein kleiner Junge.

Den Kasten in beiden Händen haltend, trug er ihn hinüber zu dem Hügel, der dem Haus am nächsten lag. Dort auf der abgeflachten Kuppe, wo der Blick über Zululands grüne Hügel in die Unendlichkeit lief, begrub er seinen Sohn unter der lichten Kuppel eines uralten Büffeldornbaums. Über ihm wölbte sich der strahlend blaue afrikanische Himmel, um ihn flüsterte geschäftig der Busch, doch in ihm war nur Schwärze und diese unendliche Angst, auch noch Catherine zu verlieren. Er legte die Hände zusammen und flehte Gott um Gnade an.

Lange verharrte er neben dem Steinhaufen, den er über dem Grab aufgeschichtet hatte, seine Augen brannten heiß, und sein Herz war ein kalter Stein in seiner Brust. Als er sich endlich abwandte, trat Sicelo aus dem flirrenden Schatten der mit gelben Pompomblüten übersäten Süßdornakazie, die auf dem höchsten Punkt des Hügels wuchs. Einen Augenblick stand er schweigend neben seinem Freund, dann berührte er den Büffeldornbaum. »Es ist gut so. Es ist der Baum, unter dem wir Zulus unsere Toten begraben. Die Seele deines Kindes wird für immer in diesem Baum leben und bei dir bleiben, bis du am Tag, an dem du deinen Körper verlässt, dich zu ihr gesellst«, sagte er.

Gemeinsam machten sie sich auf den Weg zurück zum Haus.

»Ich habe etwas für die Nkosikasi. Ich werde es holen«, murmelte der große Zulu und verschwand hinter seiner Hütte.

Kurze Zeit später kehrte er zurück. In seiner Hand hielt er ein Bündel Pflanzen, deren silbrig grüne, fedrige Blätter einen frischen, würzigen Duft verströmten. In der Tür blieb er stehen und bat um Erlaubnis, das Krankenzimmer zu betreten. Johann nickte.

Catherine merkte nicht, wie Sicelo vor ihrem Bett in die Hocke ging und ein Blatt des Fieberkrauts unter ihrer Nase zerrieb, aber der Duft der freigesetzten ätherischen Öle erreichte sie in ihrer Bewusstlosigkeit. Sie schien ruhiger zu werden. Johann eilte zum Kochhaus und kochte nach dem Rezept, das sie mit Aschetinte auf die Küchenwand geschrieben hatte, den Brei, der auch ihm schon das Leben gerettet hatte. Während Mila den Kopf betend in ihren Händen vergrub, schob er Catherine Löffel für Löffel von dem Brei in den Mund. Dann warteten sie gemeinsam, Mila, er und Sicelo.

Sie warteten die ganze Nacht hindurch. Irgendwann morgens erwachte Catherine schweißgebadet und schlug die Augen auf. Sie musste sich erst langsam von dem zähen Schlamm ihrer wilden Fieberträume über verweste Kinder und tote Affen mit Goldkäferaugen befreien, ehe sie Mila erkannte, die sich aufgeregt über sie beugte. Erleichtert probierte sie ein Lächeln. Es musste ein böser Traum gewesen sein. »Guten Morgen. Mila und Sicelo, was macht ihr hier?«, fragte sie verwirrt. »Was ist passiert? Habe ich lange geschlafen? Ich habe einen wirklich furchtbaren Traum gehabt ... mein Baby ...« Allmählich wurde ihr bewusst, dass Milas Gesicht ungewöhnlich ernst war. Dann war Johann da und nahm ihre rechte Hand fest in seine, und im Hintergrund stand Sicelo, sein dunkles Gesicht versteinert vor Gram.

»Ist etwas mit meinem Baby?« Ihre Stimme klang dünn, und ihre andere Hand, mit der sie über ihren Bauch strich, erschien ihr zentnerschwer.

Für Sekunden schloss Mila die Augen, dann nahm sie ihren Mut zusammen. »Es hat keinen Sinn, drum herum zu reden«, sagte sie, während sie Catherine mit mütterlicher Geste das Haar aus der Stirn strich. »Du hast das Sumpffieber bekommen und dein Kind verloren. Es tut mir entsetzlich Leid, aber glaube mir, du wirst wieder Kinder bekommen, und dann wird alles gut gehen. Du bist eine kerngesunde junge Frau.«

Ihr Bauch war leer, ihr Kind tot, und sie war wieder allein. Das war alles, was Catherine verstand, und alles, was sie geglaubt hatte, geträumt zu haben, kam zurück, und sie wusste, dass es Wirklichkeit gewesen war. Sie biss ihre Zähne aufeinander, um diesen Schmerz aushalten zu können, und für einen ganzen Tag und eine Nacht ließ sie niemanden, weder Johann noch Mila, an sich heran.

Johann saß neben ihr, streichelte sie, redete mit ihr, flehte sie an, ihn nicht auszuschließen, aber sie war wie zu Stein erstarrt.

Erst am nächsten Abend fiel sie in einen unruhigen Schlaf, und er wagte es, sie allein zu lassen, um in die Küche zu gehen und einen Schluck Wasser zu trinken. Er war grau im Gesicht und bis ins Mark erschöpft vor Sorge.

Mila nötigte ihm einen Teller Hühnersuppe auf. »Johann, du musst sie hier wegbringen. Pack sie in deinen Wagen und fahre für ein paar Monate mit ihr ans Meer, wo es kein Fieber gibt. Sie ist durch das Fieber und die Fehlgeburt körperlich und seelisch so geschwächt, dass sie diesen Sommer nicht überlebt, wenn sie noch einmal Malaria bekommt, und die ist dieses Jahr besonders schlimm, wie du weißt. Du kannst unbesorgt gehen. Du hast doch Pierre.«

Er sagte es Catherine sofort. »Sowie du die Reise körperlich durchhalten kannst, werden wir Urlaub am Meer machen. Dort ist die Luft frisch und angenehm, und du wirst wieder völlig gesund werden.« Mit tiefster Dankbarkeit sah er ihre blauen Augen kurz aufleuchten.

Ein schwaches Lächeln überzog das bleiche Gesicht. »Ans Meer! Das ist ... wunderbar. Wohin werden wir fahren?« Flüchtig drängte sich ihr das Bild Travemündes auf, dem beschaulichen Fischerdorf mit den entzückenden weiß gekalkten Häuschen an der Ostsee, von Spaziergängen am Strand und im Kurgarten und Buttercremetorten in der Konditorei.

»An den Strand in Natal, wo mich das Meer vor vielen Jahren an Land geworfen hat. Es ist der schönste, den ich je gesehen habe, und mir gehört dort ein gutes Stück Land. Davor liegt ein Riff, in dem es Langusten und Austern gibt. Eine halbe Stunde Fußmarsch weiter nördlich weitet sich der Umhlangafluss zu einer großen Lagune, ehe er in den Indischen Ozean mündet. Die Gegend ist ein wahres Vogelparadies, es gibt Buschbock und Warzenschweine, so viele Fische im Meer, dass du sie mit der Hand herausfangen kannst, und sie liegt nur etwa fünfzehn Meilen von Durban entfernt. Nur einen halben Tagesritt. Wir könnten die Stadt besuchen und bei den Farringtons übernachten oder in Lilly Sinclairs neuem Haus.«

»Wo werden wir unterkommen? Gibt es dort ein Hotel?«

»Die ersten Tage wohnen wir in unserem Ochsenwagen, bis wir unsere Unterkunft gebaut haben.«

Travemündes Abbild löste sich in Rauch auf. Sie richtete sich halb auf. »Unsere Unterkunft? Du willst mir erzählen, dass wir für unseren Urlaub erst ein Haus bauen müssen?« Kraftlos fiel sie wieder zurück. Die Vorstellung war zu grotesk.

Er strich ihr über die Wange. »Ach, keine Sorge, das geht schnell. Sicelo und Jabisa werden uns begleiten und uns eine stabile Hütte bauen.« Sein Ton war leicht, sorgfältig verbarg er seine schwarze Wut. Hätte sie nicht diesen Schock durch Umafuthas perfiden Anschlag erlitten, wäre ihr Körper mit dem Fieber fertig geworden, davon war er überzeugt, auch davon, dass Khayi dahinter steckte. Der Tod wäre für den Häuptling nicht schlimmer gewesen als die Strafe, die der König über ihn verhängte. Nun hatte er sich gerächt, und das hatte seinem Sohn, seinem Kind, jetzt das Leben gekostet. Er fuhr sich mit beiden Händen durch die Haare; er kaute schwer an seinem Versprechen, Khayi in Natal zufrieden zu lassen. Aber er hatte Catherine sein Wort gegeben. Daran war er gebunden.

✳

»Nkosikasi.« Sicelo stand vor ihr und lächelte auf sie herunter in einer Art, die fast zärtlich zu nennen war.

»Er hat eine Überraschung für dich«, sagte Johann, der ihre ersten Schritte an der frischen Luft überwachte. »Fühlst du dich kräftig genug, um bis zum Gemüsegarten zu gehen?«

Sie nickte. Es war köstlich, die warme Luft einzuatmen, Blüten zu riechen, Vögel zu hören und den weichen Wind zu spüren, der vom weit entfernten Meer herüberstrich, wenn sie geglaubt hatte, dass ihr das nie wieder vergönnt sein würde.

Sicelo war ihnen vorausgegangen und wartete mit breitem Lächeln in der Nähe der Guavenbäume. »Eh«, sagte er und zeigte auf ein frisches Beet.

»Das Fieberkraut«, rief sie. »Du hast mir das Fieberkraut gebracht.« Begeistert kniete sie sich nieder, drückte die rote, feuchte Erde um die jungen Pflanzen fest und lachte zu ihm hoch. Dann stand sie auf. »Yabonga ghakulu«, flüsterte sie und ergriff die Hand des großen Zulu. »Nun haben wir eine Waffe gegen die Malaria. Du bist ein ehrenvoller Mann.«

»Aiih, Nkosikasi«, sagte Sicelo, sichtlich verlegen, aber außerstande, seine Freude zu verbergen.

»Und was ist das?«, fragte Catherine und beugte sich zu einer jungen Pflanze mit dreigeteilten, gezähnten Blättern. Es schien eine Kletterpflanze zu sein. In den Blattachseln saßen winzige weißliche Blüten in Büscheln an dünnen Stängeln.

»Isinwazi«, murmelte Sicelo leise, vermied aber dabei ihren Blick.

»Isinwazi?« Für einen Moment wusste sie nicht, was er meinte, bis es ihr wieder einfiel. »Oh«, machte sie und wurde rot.

»Was ist das?«, fragte Johann interessiert, »auch eine Heilpflanze?«

»Ja, ja, doch, eine Art Heilpflanze, offenbar für besondere Leiden. Ich werde mich mit ihr befassen müssen«, stotterte sie.

Sicelo malte mit dem großen Zeh Kringel in den Sand und grinste noch breiter. »Und das ist Inguduza«, sagte er, warf Johann einen schnellen Blick zu und zeigte auf eine hübsche, blaue Blütenkerze, die einer Hyazinthe auf einem langen Stängel sehr ähnlich war. »Sie macht Männer stark wie Löwen.«

Johann warf ihm einen Blick zu, der jeden anderen zum Erzittern gebracht hätte. Sicelo lachte fröhlich.

»Ah«, machte Catherine. Sie verstand nicht ganz, was er meinte. »Wie wunderbar wäre es doch, wenn Sicelo und ich unsere Kenntnisse austauschen könnten«, sagte sie. »Es wäre ein Segen für unsere gesamte Gegend. Würdest du Sicelo das übersetzen? Ich fürchte, mein Zulu ist noch nicht so facettenreich, dass es nicht zu krass und wie eine Forderung klingt.«

Johann wählte seine Worte daraufhin sehr sorgfältig, trotzdem verschwand das Lächeln seines schwarzen Freundes. Er übersetzte Sicelos Antwort. »Seine Kenntnisse gehören seinem Volk, er darf sie dir nicht weitergeben. Das Fieberkraut und diese beiden anderen Heilpflanzen sind ein Dank an dich, wobei aus seiner Antwort nicht völlig klar wird, wofür. Ich nehme an, dafür, dass du ihn betreut hast, als er krank war.«

Sie beließ es dabei, erzählte ihm nichts von dieser besonderen Verbindung, die sie zu dem Zulu hatte. Es war nichts, was sie rational erklären konnte, genauso wenig wie das, was zwischen ihr und César im Moment seines Todes passiert war. Durchaus wahrscheinlich war doch, dass sie sich das alles nur eingebildet hatte. »So wird es sein«, sagte sie.

»Für heute ist es genug, du solltest dich wieder hinlegen«, sagte ihr Mann und wollte sie zurück zum Haus geleiten, doch sie wehrte ihn ab. »Wo ist ... wo liegt ... hast du ...?« Ihre Stimme fing sich in ihrer Kehle, und sie verstummte, sah ihn nur flehend an.

Er legte seinen Arm um ihre Schulter und drehte sie herum. »Dort auf dem Hügel unter dem Büffeldornbaum schläft unser Sohn.« Lange hatte er gezögert, ihr zu sagen, dass man bereits sehen konnte, dass es ein Junge gewesen war, doch dann entschied er, dass es ihr Recht war, es zu erfahren.

»Ein kleiner Junge«, sagte sie leise, und dann weinte sie. Auf dem Steinhaufen leuchtete ein weißes Kreuz, von Pierre geschnitzt, und am Fuß des kleinen Grabes trieb ein junger Bougainvilleenstrauch seine ersten rosa Blüten. Mila hatte ihn gepflanzt. Catherine flossen noch immer die Tränen aus den Augen, aber sie lächelte. »Ich möchte hinübergehen«, sagte sie und ließ sich nicht davon abbringen.

*

»Die Wasserfässer müssen unter dem Wagenboden aufgehängt werden«, befahl Johann und deutete auf zwei hölzerne Fässer. Seine Zulus packten zu. »Behandelt sie vorsichtig, damit sie nicht leckschlagen.« Er selber sperrte eine schrill gackernde Hühnerschar in den aus Gras geflochtenen Käfig. Mithilfe von Pierre hievte er ihn auf den Anhänger, der mit einer Kette am Planwagen befestigt war, und deponierte ihn zwischen den Beinen des umgedrehten Esstisches. Zwischen die Tischbeine knotete er eine Stoffplane, die dem Federvieh Schatten spenden würde.

Die Reisevorbereitungen dauerten nun schon fast eine Woche, und Catherine sah mit stummem Staunen zu. Neben den zwei Wasserfässern war ein großer Sack Mehl verstaut, und Körbe mit weiteren Vorräten hingen unter dem Wagen. Töpfe, Geschirr, auch ihre Malsachen und einige ihrer Bücher – kurzum, der ganze Haushalt – fanden ihren Platz im Inneren. Ananas, grüne Bananen und Kürbisse baumelten in Bündeln vom Dach unter der Plane.

Am letzten Tag wuchtete Johann mit Sicelo ihre Bettgestelle und die Stühle hinein. Ganz zum Schluss hängte er die Haustür aus, vernagelte den Eingang mit Brettern, schleppte die Tür zum Ochsenwagen und verstaute sie hinter den Betten. Angesichts ihrer fassungslosen Miene lachte er laut los. »Wir brauchen doch eine Haustür in unserer Hütte, damit wir keine ungebetenen Besucher bekommen. So, nun hole ich noch Resi.« Kurz darauf kam er mit einer bunt gescheckten Kuh zurück und band sie an einer langen Leine hinter den Anhänger. »Damit wir Milch und Butter haben«, erklärte er.

Vorsichtig half er Catherine auf den Wagen und schwang sich in Shakespeares Sattel. »Los geht's, Leute.« Er ließ seine lange Peitsche über die Rücken seiner Zugochsen tanzen. »Hoa, hoa, bewegt euch.« Die Peitsche sang, und langsam setzten sich die sechzehn Zuluochsen in Bewegung. Caligula trottete als Packpferd hinterher, gefolgt von zwei weiteren Ochsen zum Auswechseln.

Jabisa und Sicelo liefen nebenher. Catherine hatte darauf bestanden, dass das Zulumädchen ihr Bündel, das sie auf dem Kopf trug, im Lastenanhänger verstaut, und setzte durch, dass beide Zulus sich bei ihr im Wagen ausruhen konnten, wann immer sie sich danach fühlten.

»Sie sind Zulus, sie werden es nicht tun«, argumentierte Johann, dem diese Idee bisher nicht gekommen war.

»Unsinn, du wirst sehen, sie werden es gern annehmen.«

Sie behielt Recht, und Jabisa kletterte hinauf zu ihr, fröhlich plappernd, wie ein Mädchen ihres Alters das tut, auch wenn sie ab und zu in Tränen ausbrach, weil sie noch nie so lange und noch nie so weit von ihrer Familie weg gewesen war. Auch hatte sie bisher vom Meer nur gehört. »Ich werde es nicht berühren«, sagte sie entschieden. »Die Alten meiner Familie sagen, dass seltsame Wesen in seinen Tiefen leben, die in Mondnächten an Land kriechen und die Menschen mit sich nehmen.« Kein Argument Catherines konnte sie von dieser Überzeugung abbringen.

Catherine lehnte sich zurück und schloss die Augen. Es war einer jener Tage in Zululand, da man glauben konnte, geradewegs in einem Glutofen gelandet zu sein. Die Hitze prallte in glühenden Wellen von der sonnengebackenen Erde und den weißen Felsen zurück, die wie blanke Knochen übers Land verstreut lagen. Der Himmel war ein tiefes, brennendes Blau, das Grün der Hügel staubig, und die Konturen waren scharf gezeichnet. Sie saß im Inneren des Wagens, hatte die Plane am unteren Ende aufgerollt, ihre Rockzipfel um die Hüfte gebunden und hoffte auf einen Luftzug.

Die Nächte waren warm und silbern, Myriaden von Sternen funkelten über ihnen, Afrika wisperte, gluckste, lachte und sang um sie herum, und sie schlief sicher in Johanns Armen, bis die Sonne morgens die Welt vergoldete.

✳

Am Rande des grünen Küstenurwalds glitzerte die Lagune, und als Johann seine Ochsen auf der Kuppe der letzten, sanft geschwungenen Düne zügelte, sah Catherine das Meer.

Es erstreckte sich zu ihren Füßen bis in die blaue Unendlichkeit. Dunst verwischte die Grenze zwischen Himmel und Wasser, es gab keinen Horizont heute, nur weites, schimmerndes Licht. »Ich möchte aussteigen«, flüsterte sie und kletterte mit Johanns Hilfe hinunter, und als sie ihre nackten Zehen in dem warmen Sand vergrub, begann ihre Heilung an Leib und Seele. Langsam, jeden Schritt spürend, ging sie hinunter zum Saum des Wassers. Es wehte ein leichter Wind, das Meer atmete langsam aus, und die langen Wellen brachen sich, es atmete ein, und sie liefen mit leisem Zischen zurück. Zu ihren Füßen wuchsen flach geschliffene, nachtblaue Felsen aus dem Sand, der nicht weiß war, wie sie ihn von den Inseln vor Westafrika kannte, sondern ein sattes Gold. Vorsichtig, um sich die Sohlen nicht an den Seepocken zu verletzen, kletterte sie auf die höchste Klippe und hob ihr Gesicht in die Sonne.

Johann stand oben auf der Düne, sah hinunter zu der kleinen Gestalt in der Unendlichkeit der gleißenden Strandwelt, sah, wie sie die Arme hochstreckte und ihr Haar im Wind flattern ließ, und konnte fast nicht atmen vor lauter Glück und Dankbarkeit.

*

Wie Johann versprochen hatte, stand ihre Bienenkorbhütte innerhalb von zwei Tagen. Es gelang ihm, eine weitere junge Schwarze, Diboli, anzustellen, die Jabisa half, die Hütte zu bauen. Sie legten die Grasmatten, die Jabisa bereits in den vergangenen Wochen auf Inqaba gewebt hatte, um den halbkugelförmigen Rahmen aus Baumschösslingen herum, eine Lage nach der anderen, und befestigten sie mit geflochtenen Grasstricken.

Diboli, die bisher auf einer Missionsstation in der Nähe der neuen Siedlung Verulam gearbeitet hatte, von den Missionaren eigentlich Deborah getauft worden war, ein Name, den kein Zulu aussprechen konnte, und wie selbstverständlich ein einfaches Baumwollkleid statt der traditionellen Tracht aus Grasröckchen und Perlenschnüren trug, begleitete ihre Arbeit mit christlichen Hymnen, die sie bei dem Missionar gelernt hatte. Ihre Stimme war von so strahlender Klarheit, als käme sie aus der Kehle eines Engels.

Die beiden jungen Frauen bauten die Hütte um die Haustür von Inqaba, und nach weiteren zwei Tagen, als der Boden aus Kuhdung und der unterwegs gesammelten Erde eines Ameisenhügels zu einem matten Glanz poliert war, öffnete Johann die Tür und bat seine Frau in ihr neues Haus. Sie trat ein, misstrauisch schnuppernd, denn sie erwartete den Geruch von Kuh und Mist.

Zu ihrer Überraschung roch es angenehm, wie frische Milch, es war erstaunlich geräumig und, da Jabisa auf ihr Bitten eine große Fensteröffnung freigelassen hatte, auch nicht dunkel. Mit Johanns Hilfe hängte sie die Gardine aus Inqaba auf. Die Eingangstür stand offen, sie setzte sich auf ihr Bett und schaute hinaus in die Helligkeit. Als Bauplatz hatte Johann eine Mulde auf der Krone der höchsten Düne gewählt. Nach Norden, Süden und Westen schützten sie flache Bäume und verfilzter Busch vor starken Winden, zum Osten hin war die Mulde flacher, und ihr Blick ging über den Dünenhang, der mit blau blühenden Ranken bewachsen war, und das gischtumtoste Riff in die Weite des Ozeans. Ein Viermaster unter vollen Segeln glitt über den Horizont, der Himmel schimmerte wie Perlmutt.

»Ich werde den Sonnenaufgang über dem Meer sehen können«, sagte sie und schaute einem Schwarm weißer Reiher nach, die am Wassersaum entlang nach Norden flogen.

Sie schlief wunderbar in der ersten Nacht in ihrem Haus am Meer.

*

Von der fast senkrecht stehenden Hochsommersonne seit Wochen aufgeheizt, war das Meer in diesem Januar besonders warm. Störche lärmten am Ufer der Lagune, Flamingos stolzierten im flachen Wasser, und eine weiße Wolke eleganter Seeschwalben fischte hinter der Brandung. Wie jeden Morgen waren die Steinachs mit der Sonne aufgestanden und schwammen im Schutz zweier parallel verlaufender Felsbarrieren. Hier war das Meer ruhig und klar, doch draußen warf es sich mit so unvorstellbarer Kraft auf das Riff, dass selbst Catherine nicht wagte, außerhalb dieser Barrieren zu schwimmen.

Sie watete durch das gläserne Wasser auf den Strand, legte die Austern, die sie von den Felsen geschlagen hatte, zu den Miesmuscheln und Langusten in den geflochtenen Korb, band ihn zu und stellte ihn zurück in den schattigen Tidenteich. Ein Schwarm Jungfische stob davon, wie Silberflitter in dem gläsern klaren Wasser. Sie hielt ihre Hand hinein, ganz ruhig, und bald kamen die Fischchen zurück und begannen an ihrer Haut zu knabbern. Es kitzelte. Eine Gruppe Schmetterlingsfische, silberglänzend, mit leuchtend gelben Markierungen, schwammen in geordneter Formation vorbei, und zwei winzige Feuerfische flirteten hinter ihren Schleierflossen mit den tanzenden Sonnenflecken.

Johann stand regungslos auf einem gischtumtosten Felsen, den Assegai Sicelos in der Faust, und lauerte darauf, dass die Languste, deren rot geringelte Fühler unter dem überhängenden Felsen hervorragten, sich endlich bequemte herauszukommen. Urplötzlich holte er aus, der Speer sauste herunter, das Wasser spritzte auf, und dann streckte er ihn hoch über den Kopf und zeigte stolz das zappelnde Tier. »Das wird ein Festmahl werden. Lass uns zurückgehen, ich habe Hunger«, rief er ihr zu und watete durch die Gischt an Land. Er schwang den Korb auf den Rücken. »Der Wind hat auf Norden gedreht«, begann er, aber bevor er den Satz zu Ende bringen konnte, stieß Catherine einen Schmerzensschrei aus.

»Verflixt, gibt es hier denn auch Bienen im Wasser?« Sie hüpfte auf einem Bein in der zurückströmenden Welle. »Irgendetwas hat mich übel gestochen.« Auf ihrem Bein wuchs eine lange Spirale von Blasen, rote, bösartig aussehende Blasen, die sich von ihrem Fußgelenk bis zum Knie zogen. »Es tut gemein weh!«

Er nahm eine Hand voll Sand und rieb ihr Bein ab. »Dich hat eine Portugiesische Galeere erwischt, eine Qualle. Eben wollte ich dich davor warnen. Der Nordostwind spült sie an Land. Da schwimmt eine.« Er zeigte auf ein daumengroßes Gebilde, das aus kobaltblauem Glas zu sein schien und munter im Wind an der Wasseroberfläche segelte. »Dort und dort und hier am Wellensaum sind noch mehr. Sie haben lange, fast unsichtbare Fäden, die sich blitzschnell um ihre Opfer wickeln. Komm, ich weiß Abhilfe.« Er zog sie über den glühend heißen Sand die Düne hinauf. Dort wuchs ein Teppich von langen Ranken, hier und da glühten magentarote Margeritenblüten in dem saftigen Grün.

»Das Eiskraut«, rief sie. »Wie hübsch es ist.« Sie trat von einem Fuß auf den anderen. »Beeil dich, es ist, als stünde ich auf feurigen Kohlen.«

Johann quetschte den Saft aus den fleischigen Blättern und schmierte ihn so großzügig wie möglich auf die Blasen. »Hilft es?«, fragte er besorgt, aus eigener leidvoller Erfahrung wohl wissend, wie schmerzhaft die Stiche dieser Qualle waren.

»Etwas zumindest. Ich sollte mir auch meine Fußsohlen damit einschmieren. Ich bin sicher, sie haben im heißen Sand Blasen gezogen.« Sie sprintete hinunter zum Wassersaum und kühlte ihre Füße in dem sahnigen Schaum der auslaufenden Wellen. Hand in Hand stapften sie dann über den windgeglätteten Sand zurück zu ihrem Haus.

Jabisa und Diboli hatten bereits ein Feuer unter einem großen Kessel entfacht. Mit einer deftigen Drehbewegung zog Catherine das Krustentier vom Speer und warf es in das sprudelnd kochende Meerwasser. Es gab einen hohen Fiepton von sich, als die Luft aus dem Panzer entwich, und verfärbte sich feuerrot. Als das Wasser wieder sprudelte, folgten nacheinander die anderen Langusten. Nach zehn Minuten befahl sie den Mädchen, den Topf vom Feuer zu nehmen, und ging hinter die Hütte, um zu buschen. Johann hatte den Platz mit geflochtenen Grasmatten umzäunt, sodass sie vor Blicken geschützt war. Auch ihre Waschkommode stand dort. Sie zog das nasse Hemd und die Hose aus, deren Herkunft als lange Unterhose ihres Vaters kaum noch zu erkennen war, da sie die Beine eben unterhalb der Knie abgeschnitten hatte, und übergoss sich, einen ausgehöhlten Flaschenkürbis benutzend, mit Süßwasser. Dann wrang sie ihre Haare aus, ließ sie aber offen über den Rücken hängen. Die Sonne würde sie im Nu trocknen. Im Häuschen schlüpfte sie in ihr Kleid. Nun, da sie nicht mehr schwanger war, passte es ihr wieder, und den Riss unter dem Arm, der erneut aufgeplatzt war, hatte sie in mühevoller Arbeit geflickt.

»Die Langusten sind fertig. Wir können gleich essen«, rief sie Johann zu, der in der Tür stand.

»Wir werden noch mehr benötigen, wenn wir unsere Gäste angemessen bewirten wollen«, bemerkte er und deutete über die Dünen.

Catherine stockte der Atem. Auf dem gerodeten Vorplatz, wo ihr Planwagen und die Pferde im Schatten eines Grasdaches standen, stiegen eben die Farringtons, die Sinclairs und Tim Robertson von ihren Pferden, gefolgt von einem ihr unbekannten Herrn, der, untadelig in Gehrock und Zylinder gekleidet, die Reitstiefel poliert, dass sie in der Sonne blitzten, in so gekonnt lockerer Haltung auf seinem Pferd saß, als würde er am Sonntagmorgen im Hyde Park ausreiten.

»Nun, ist mir diese Überraschung gelungen?«, schmunzelte Johann mit sichtlichem Stolz. Vor Tagen schon hatte er Sicelo nach Durban gesandt und ihre Freunde zu einem Fest gebeten. Weihnachten war Catherine noch zu krank gewesen, um zu feiern. »Cilla und Per konnten nicht kommen. Ihr Baby hat eine starke Erkältung.«

Nach der lautstarken Begrüßung machten sich Rupert und Tim daran, ihr mitgebrachtes Zelt abzuladen, und bauten es mit Johanns Hilfe auf. »Wir haben uns gedacht, dass wir Männer hier draußen schlafen und die Damen im Haus«, erklärte Rupert und stemmte sich gegen den Mittelpfahl, während seine Freunde die Plane im Sand verankerten. Andrew Sinclair trug ein Dutzend Weinflaschen hinunter zum Wasser und vergrub sie im feuchten Sand im Schatten eines der flach geschliffenen Felsen. »Ich hasse lauwarmen Wein«, bemerkte er zu Catherine. »Darf ich dir im Übrigen Francis Hannibal Court vorstellen – er ist ein Freund meiner Familie in England.«

»Mr. Court.« Sie reichte ihm die Hand, und jetzt erkannte sie ihn als den Mann, der am Tag ihres Schiffbruchs seinen Zuchthengst verloren hatte. »Ich meine mich zu erinnern, dass Ihre Frau Sie begleitet hat. Wird sie auch noch kommen?« Zu spät entdeckte sie den Trauerflor auf seinem Jackenärmel, hätte die Worte am liebsten heruntergeschluckt. Doch er machte es ihr leicht.

»Wie freundlich, sich an sie zu erinnern, wo Sie meine arme Frau doch nie gesprochen haben. Es ist nun schon einige Monate her, dass sie starb. Sie stolperte über eine Stufe und fiel so unglücklich, dass sie sich den Hals brach. Mein einziger Trost ist, dass sie nicht gelitten hat.«

Nachdem Catherine in angemessener Form ihr Beileid ausgedrückt hatte, erzählte ihr Francis Court, dass er ursprünglich seine Freunde, die Sinclairs, nur für ein paar Monate hatte besuchen wollen, um dann weiter nach Indien zu reisen, wo er plante, auf Tigerjagd zu gehen und die Möglichkeit einer Rennpferdzucht zu erkunden. »Ich habe eine gewisse Ader fürs Abenteuerliche, und ich kenne Indien von einem früheren Besuch. Mein Cousin ist dort im diplomatischen Dienst.«

Wie machte er das nur, dass er in dieser Hitze so kühl und trocken wirkte?, fragte sie sich. »Tigerjagd«, sagte sie dann und dachte an die Tierköpfe in Onetoe-Jacks Hütte. »Das ist ja faszinierend. Wollten Sie sich dann die totgeschossenen Tiger in England an die Wand hängen?«

Hinter ihr bekam Lilly einen Hustenanfall.

»In Cornwall«, antwortete Francis Hannibal Court und rückte seine gefältelte Krawatte gerade. »Mein Haus in Cornwall hat viele Wände, wo ich Tigerköpfe aufhängen könnte.« Ein spöttisches Lächeln saß in seinen Mundwinkeln.

»Bleiben Sie doch in Natal und besuchen Sie uns in Zululand. Abenteuer können Sie hier jeden Tag in Hülle und Fülle erleben«, schlug Catherine vor.

»Ich prüfe gerade die Möglichkeiten«, nickte Mr. Court und ließ seinen Blick nach Süden schweifen, wo der Bluff, der die Bucht von Durban umfasste, deutlich zu erkennen war.

»Ist Ihr Hengst eigentlich je wieder aufgetaucht?«

Mr. Court nickte. »Arg lädiert zwar, aber während der vergangenen Monate habe ich ihn aufgepäppelt. Bald ist er so gut wie neu.«

Andrew Sinclair, der eben vom Strand heraufstapfte, fuhr sich mit dem Finger in seinen Hemdkragen. »Ungewöhnlich heiß heute, was? Macht es den Damen etwas aus, wenn wir die Krawatten ablegen?« Auf ihr Nicken löste er dankbar den seidenen Knoten und öffnete die obersten Hemdknöpfe. »Nun, Francis, sag mir, was du vorhast?«, wandte er sich an seinen Freund. »Offenbar hast du den Gedanken an Pferdezucht noch nicht aufgegeben?«

»Korrekt, mein Lieber, hat man mir doch gesagt, dass hier ein großer Mangel an guten Pferden herrscht. Das Klima in Pietermaritzburg soll sich hervorragend zur Aufzucht von Rennpferden eignen ...«, hörte Catherine Mr. Court antworten. Sie wandte sich ab und verschwand mit den übrigen Damen in ihrer Hütte, um ihnen zu zeigen, wo sie übernachten konnten.

Lilly nahm sie sofort in den Arm. »Geht es dir gut, meine Liebe? Es tut uns allen so entsetzlich Leid.«

»Ich möchte nicht darüber reden. Es schmerzt zu sehr, und es ändert nichts, wenn ich jammere«, sagte Catherine. »Ich habe mich entschlossen, nach vorn zu sehen. Sag mir doch, wie geht es dir? Ich war erstaunt, dich in deinem Zustand hoch zu Pferd zu sehen.«

Lilly strich sich über den erst wenig vorstehenden Bauch. »Ich bin zäh wie Hosenleder, gutes Pioniermaterial«, kicherte sie. »Außerdem sind wir langsam geritten, und da wir gekommen sind, euch abzuholen – was, das weißt du noch gar nicht?«, rief sie aus, als sie Catherines überraschte Miene sah. »Hast du die Einladung zu unserem Ball vergessen, den wir anlässlich des großen Pferderennens veranstalten? Da wirst du dich doch standesgemäß ausstatten wollen? Du hast noch Zeit genug.« Als sie den verblüfften Gesichtsausdruck ihrer Freundin sah, lachte sie. »Wie ich sehe, hat Johann auch diese Überraschung für sich behalten. Welch ein Schlingel ist er doch!«

∗

Johann verkaufte gleich nach ihrer Ankunft in Durban sein Elfenbein für einen sehr guten Preis. Die riesigen Elefantenherden waren rarer geworden, die meisten der Dickhäuter hatten sich weit in den Norden verzogen, und so erzielte er so viel, dass ihre akuten Geldsorgen vorüber waren. Mit großer Erleichterung bezahlte er seine Schulden bei Lloyd Gresham und George Cato sofort. Dann führte er seine Frau die West Street entlang, wo sich ein Laden an den anderen reihte, und fragte: »Was begehrt dein Herz?«

Catherine war sprachlos. Durban summte wie ein Bienenkorb. Überall waren Läden aus dem Boden geschossen, es gab Sachen zu kaufen, von denen sie kaum zu träumen wagte.

»Mit den Einwandererschiffen des letzten Jahres sind Tausende nach Natal gekommen, Handwerker, Bauern, auch Abenteurer natürlich, aber hauptsächlich brave Leute, die hier ein neues Leben aufbauen wollen«, erklärte er ihr diese wundersame Wandlung.

Auf dem Marktplatz, ein von Palmen, Natalfeigen und wilden Bananen überwucherter Grasplatz und als Zentrum von Durban eine Schande, hatte ein Mr. Currie den ersten großen Verkaufsstand für Farmprodukte errichtet. Doch Fensterglas, bemerkte sie mit Enttäuschung, gab es in der Kolonie noch immer nicht.

Sie trafen Tim Robertson, der ihnen voller Begeisterung sein neues Zelt zeigte, das er neben dem aufgebaut hatte, in dem er noch immer mit seiner Familie hauste. »Ich habe bereits ein Grundstück erworben«, erzählte er mit sichtlichem Stolz. »Die ersten Arbeiten für unser Haus haben begonnen.«

»Ihre Frau wird froh sein«, bemerkte Catherine trocken. Zu ihrem Entzücken sah sie, dass er neben seinem »Durban Chronicle« auch Bücher und Papier verkaufte. Jane Robertson erwartete ihr sechstes Kind, wie unschwer zu sehen war, ihre kleine, am Strand geborene Tochter konnte gerade laufen, und die vier anderen hatten nichts von ihrem überschäumenden Tatendrang verloren.

»Deswegen kann ich nicht an den Festivitäten teilnehmen«, erklärte Jane, die blass und mitgenommen wirkte, und zeigte auf ihre quirlige Kinderschar.

∗

Der große Tag des Rennens kam mit klarem Himmel und strahlendem Sonnenschein. Alle Geschäfte schlossen um die Mittagszeit, und fast die gesamte Bevölkerung Durbans versammelte sich auf dem buschbewachsenen Grund zwischen der Umgeni Street und den Sümpfen. Seile und Pfähle mit Fähnchen markierten die Rennstrecke. Der Besitzer von McDonald's Hotel hatte eine behelfsmäßige Tribüne aus Holz und Segeltuch errichtet, mit Holzplanken als Sitzen und einer Bar, wo er Bier ausschenkte. Etwa hundert Leute konnten dort Platz finden, doch die meisten saßen auf ihren Ochsenwagen neben der Rennstrecke, von denen die Planen für ungehinderte Sicht entfernt worden waren. Die Schwarzen, die sie begleiteten, mussten Kaffee kochen und Erfrischungen herumreichen.

Das Rennen interessierte Catherine weniger. Sie musterte voller Neugier die flanierenden Damen. Wagenradgroße Hüte mit wallenden Federn gab es, Seidenkleider, deren Röcke die Trägerinnen achtlos am Boden schleifen ließen, und Schuhe, richtige Schuhe mit Absätzen. Die burischen Damen waren meist praktischer gekleidet, mit festen Stiefeln, großen Schultertüchern und Röcken, die so gekürzt waren, dass sie nicht den Boden fegten.

Als die Rennen gelaufen waren, begaben sich die Steinachs mit Lilly und Andrew zu deren Haus, wo sie während ihres Aufenthaltes in Durban wohnten. Alle Zimmer der Hotels und Pensionen waren ausgebucht, damit sich die Damen dort frisch machen und umziehen konnten. Ein Ladenbesitzer namens Miller staffierte seinen Planwagen als Droschke heraus und verdiente sich eine goldene Nase, denn es war der einzige Wagen, in dem die Damen unbeschädigt zum Haus der Sinclairs gebracht werden konnten. Ein Fußmarsch auf Durbans mit Steinen, Abfall und tiefen Löchern übersäten Straßen hätte jede Fußbekleidung ruiniert. Zu allem Überfluss öffnete der Himmel seine Schleusen, und die Straßen verwandelten sich in eine Schlammwüste. Ein findiger Tischler entfernte den Deckel von einer Packkiste, stellte diese hochkant, brachte außen Tragestangen und innen ein mit Kissen gepolstertes Brett als Sitz an, und baute so Durbans erste Sänfte. Von kräftigen Zulus getragen, war sie heiß begehrt, und bald zogen ihm die Münzen die Taschen herunter.

Cilla kam in einem Tragestuhl an, den Catherine erst auf den zweiten Blick als umgebaute Schubkarre erkannte. Per hatte einfach die Räder abmontiert und dafür Stangen angebaut. Die Ladefläche polsterte Cilla mit Decken und Kissen aus, drapierte ihren weiten Rock um sich und setzte sich mit angezogenen Beinen aufrecht hinein. In der Hand hielt sie einen Regenschirm, im Schoß ihr Kind. Von vier seiner Schwarzen ließ Per so seine Frau und seinen Sohn zum Ball transportieren.

Als es Zeit war, schritt Catherine, prächtig wie ein schimmernder Schmetterling in pfauenblauer Seide, Schuhen mit kleinen Absätzen und dem Goldkäferknopf am Ausschnitt strahlend an Johanns Arm die Treppe hinunter.

Dieses Kleid hatte er ihr geschenkt und ein weiteres für den Tag. Die Extravaganz hatte er sich geleistet, um das Leuchten wieder in ihre Augen zu zaubern. Gegen seinen Protest hatte sie sich allerdings auch eine Männerhose gekauft, für die Arbeit im Garten und auf dem Feld, wie sie sagte. Natürlich hatte die Frau des Ladenbesitzers nichts Besseres zu tun gehabt, als diesen Skandal schnellstens zu verbreiten, und schon auf dem Rennen war er Stadtgespräch. Die Frauen tuschelten mit boshaft funkelnden Augen, Männer nickten Catherine mit einem Lächeln zu, das Johann für anzüglich hielt, und musterten sie verstohlen mit diesem Blick, der für ihn eine Intimität hatte, die jede Grenze des Anstands weit überschritt. Catherine jedoch schien das alles nicht zu berühren.

Er stand ein wenig abseits von ihr und konnte sie beobachten. Eine Gruppe Offiziere drängte sich um sie, buhlte um ihre Gunst, und sie spreizte ihre Federn und funkelte und schillerte, warf lachend ihren Kopf mit der glänzenden Haarpracht zurück und zeigte dabei ihren langen, eleganten Hals. Ihre Gesten waren lebhaft, die Augen blitzten, sie plauderte geistreich und amüsant, und die Offiziere hingen an ihren Lippen. Ihn überfiel der Gedanke, wie sehr sie doch in eine solche Umgebung gehörte, zwischen kultivierte Menschen, in einen Saal wie diesen und nicht in die Einsamkeit der Wildnis von Inqaba, und sein Herz wurde ihm schwer. Im Zwiespalt zwischen Stolz und Schamgefühl wünschte er sich für sie doch ein wenig von dem zurückhaltenden, demutsvollen Auftreten seiner sittenstrengen Mutter und seiner Schwestern.

Lilly bahnte sich einen Weg durch die Offiziere. »Catherine – welch ein hinreißendes Kleid«, rief sie ohne Neid. »Ah, da ist ja auch Johann.« Sie führte ihre Freunde in die Festräume. Stimmengewirr, Gläserklingeln, die Hitze unzähliger Kerzen und der durchdringende Geruch nach Citronellaöl schlug ihnen entgegen. »Ich weiß, es stinkt, aber es ist die beste Abwehr gegen alle stechenden Biester«, entschuldigte sich ihre Gastgeberin.

Prudence rauschte herein und steuerte auf sie zu. »Catherine! Du hast zugenommen, aber mach dir nichts draus, vielleicht macht ja auch nur das Blau dicker.« Sie fächelte sich mit beiden Händen Kühlung zu. »Herrje, was für ein Wetter, und ich musste reiten, weil Millers Planwagen ja schon fest ausgebucht war. George hat unsere Kaffern mit der Abendkleidung zum Hotel vorausgeschickt und meine Preziosen in seinem Schnupftabakbeutel transportiert. Ich wäre ja nackt ohne sie.« Auf ihrem mageren, mit Sommersprossen übersäten Dekolleté präsentierte sie eine Kette aus zweifarbigem Gold und Muschelkameen, streifte dabei das von Brillanten funkelnde, mit Rubinen besetzte Collier an Lillys Hals mit einem abschätzigen Blick.

»Entschuldigt mich«, murmelte Lilly. »Ich muss jemanden begrüßen.«

»Vulgär«, zischte Prudence hinter ihrem Rücken.

Catherine lächelte kommentarlos und schaute sich nach Rettung um. Am anderen Ende des Saals entdeckte sie Justus und Maria Kappenhofer und wollte sich eben durch die Menge kämpfen, als Lillys Stimme sie zurückhielt.

»Catherine, ich möchte dir jemanden vorstellen«, sagte ihre Freundin hinter ihr, und sie drehte sich um.

Sein Lächeln war dasselbe, träge, raubtierhaft, magnetisch. Ihr Herz setzte einen Schlag aus.

»Catherine, das ist Graf von Bernitt. Graf Bernitt, Frau Steinach von der Inqaba-Farm.«

Sie reagierte schnell. Mit steifem Arm reichte sie ihm die Hand, hielt ihn so auf Abstand. »Ich freue mich, Sie kennen zu lernen, Graf Bernitt«, sagte sie. Zu ihrer abgrundtiefen Erleichterung spielte er ihr Spiel mit, auch wenn der Druck seiner Hand und sein Kuss, der wie Feuer auf ihren Fingern brannte, eine andere Sprache sprachen.

Den ganzen Abend verfolgte sie die Angst, dass Johann erfahren könnte, wer der gut aussehende, dunkelhaarige Fremde in der prächtigen Samtjacke war, der von allen Frauen umschwärmt wurde. Doch Johann interessierte sich nur für sie, und sie wich fast nie von seiner Seite. Erst in einem unglücklichen Moment, als Francis Court ihn in ein Gespräch verwickelte, fand sie sich mit Konstantin allein in einer Ecke.

»So sehen wir uns also wieder«, flüsterte er so nah an ihrem Gesicht, dass sie seinen heißen Atem spürte. »Meine schöne, verführerische Catherine. Doch nicht verführerischer in Seide als in verwaschener Baumwolle, und in Männerhosen sicherlich hinreißend. Ich glaube, ich werde Sie bald wieder besuchen auf Ihrer herrlichen Farm.« Er strich sich übers Kinn. Seine Haut war dort wie auch auf den Wangen heller, wie bei jemandem, der sich vor nicht allzu langer Zeit einen Vollbart abrasiert hatte.

»Lassen Sie mich zufrieden«, wollte sie sagen, doch ihre Zunge schien gelähmt. Sie brachte keinen Ton hervor. Mit einer abwehrenden Bewegung ließ sie ihn stehen und bahnte sich, so schnell sie konnte, einen Weg durch die festliche Menge, um Johann zu finden. »Lass uns so schnell wie möglich wieder nach Hause fahren«, bat sie ihn zu seiner unendlichen Überraschung am nächsten Morgen. »Mir sind das Gewimmel und der Krach zu viel. Hast du diesen infernalischen Lärm heute Nacht gehört?«, rief sie, verzweifelt darauf bedacht, einleuchtende Gründe für ihren Vorschlag zu finden. »Dieses Getrampel und Gedröhne draußen und dann das unsäglich scheußliche Gegröle.« Sie waren erst ins Bett gegangen, als der Horizont schon heller wurde, aber sie fand es wegen dieses Getöses unmöglich, einzuschlafen. »Das sind die Mitglieder des neuen Gesangsvereins, die ihre Proben abhalten, was eigentlich eine erbauliche Sache ist, aber sie tun es auf dem Wellblechdach von Greshams Laden und trommeln im Takt zu ihrem unmelodiösen Geschrei mit den Hacken auf sein Dach. Außerdem stinkt es«, fügte sie hinzu, »und es läuft doch auch allerlei Gesindel herum. Ich sehne mich nach unserem Inqaba.«

Über ihre Beweisführung musste Johann lachen, aber dem letzten Satz konnte er nicht widerstehen. Er traf ihn mitten ins Herz.

So schnell er vermochte, erledigte er alles in Durban, was zu tun war. Es gelang ihm endlich, einen jungen Weißen zu engagieren, der anfänglich als Gehilfe für ihn arbeiten sollte, den er aber zum Verwalter auszubilden gedachte. »Pierre wird nicht jünger, und außerdem spinnt sich etwas zwischen ihm und Mila an. Ich muss vorbeugen. Mr. Sands hat einen Lohn von drei Shilling Sixpence den Tag akzeptiert. Das können wir uns leisten.« Er saß bei Kerzenschein in Lillys Gastzimmer und rechnete seine Ausgaben zusammen. »Unsere Ernte wird gut, ich werde noch ein paar Zulus anheuern müssen. Die bekommen zwischen zwei Shilling Sixpence und fünf Shilling im Monat oder eine Kuh für sechs Monate Arbeit.«

»Kannst du sie nicht auch mit Ziegen bezahlen? Unsere vermehren sich wie die Kaninchen. Wenn der Wind falsch steht, können wir sie bis ins Schlafzimmer riechen.«

Er hob die Schultern. »Ziegen sind nicht sehr begehrt bei den Zulus, aber wir werden sehen. Vielleicht lassen sie sich mit einer Ziege für einen Monat Arbeit locken. Sonst musst du reichlich Ziegenragout kochen.« Er lachte und klappte sein Heft zu.

Charlie Sands, ihr zukünftiger Verwalter, grüßte sie linkisch mit der Kappe in der Hand und einer tiefen Verbeugung, wobei er bis unter die Wurzeln seiner blonden Haare errötete. »Ma'm, einen guten Tag wünsche ich ...«, stammelte er, sichtlich beeindruckt von der schönen Herrin von Inqaba.

Lilly war furchtbar enttäuscht, als sie sich verabschiedeten, und quittierte Johanns Erklärung, dass er die Farm nicht länger allein lassen konnte, mit einem Flunsch.

»Ich komme bald wieder«, versprach Catherine. »Bestimmt.«

Sie ritten zurück zu ihrem Ferienhaus und verbrachten noch ein paar himmlisch schöne Tage, ehe sie für die Heimkehr packten. Während Johann und Sicelo Inqabas Haustür wieder auf dem Planwagen verluden, stand Catherine allein ganz vorn, an dem äußersten Punkt ihrer Düne. Ihre Zehen gruben sich in den warmen Sand. Über ihr wölbte sich der afrikanische Himmel, vor ihr lag die unendliche Weite des Indischen Ozeans, die grünen Hügel Zululands erstreckten sich hinter ihr bis zum Horizont. Jede Pore ihrer Haut atmete die salzige Seeluft, nahm dieses unirdische, ganz unbeschreibliche Licht in sich auf, das Meer rauschte durch ihren Körper. Sie breitete die Arme weit aus, legte den Kopf in den Nacken, und für einen wilden Augenblick glaubte sie, tatsächlich zu fliegen.

»Hier werden wir uns ein Haus bauen«, sagte sie zu Johann, der schweigend auf sie gewartet hatte und sie in diesem Moment nicht zu stören wagte, nur mit aller Inbrunst hoffte, dass sie ihm eines Tages nicht tatsächlich davonfliegen würde.

Diboli war in Durban geblieben, aber dafür überraschte sie Sicelo einige Tage vor ihrer Abreise mit der Ankündigung, dass er gedenke, sich eine zweite Frau zu nehmen, die er gleich mitgebracht habe. Die junge Schwarze trug europäische Kleidung, komplett mit Hut und weißen Handschuhen. Ihr Englisch war perfekt, ihr Ausdruck gewählt. Catherine verschlug es die Sprache. Nach ihren vorsichtigen Fragen stellte sich heraus, dass das Mädchen als Kleinkind nach dem Tod ihrer Mutter von König Mpande an einen Missionar verschenkt worden war, der den König von einer Krankheit geheilt hatte.

Der Missionar und seine Frau, die zu ihrem Leidwesen kinderlos waren, zogen das kleine Zulumädchen in allen Gesichtspunkten wie ihre eigene Tochter auf. Sie nannten sie Sophia und erzogen sie in christlichem Glauben, unterrichteten sie in Lesen und Schreiben und den Rechenkünsten. Ihre Mam, wie Sophia ihre weiße Stiefmutter nannte, brachte ihr bei, einen europäischen Haushalt zu führen und sich auf die Ehe vorzubereiten.

Sprachlos flog Catherines Blick zwischen der jungen Dame, denn das war sie von Aussehen und Benehmen, und dem baumlangen, so gut wie unbekleideten Zulu hin und her. »Aber ...«, stotterte sie, verstummte jedoch, als sie Johanns warnenden Fingerdruck spürte.

Die Antwort bekam sie am Tag, als sie aufbrachen. Johann hatte gerade die Haustür auf dem Wagen verladen, als Sophia erschien. Ihre Habseligkeiten balancierte sie in einem Bündel auf dem Kopf, um ihre Hüften trug sie nichts als einen Schurz, der sich auf den zweiten Blick als der Überrest ihres Stoffrocks herausstellte, um ihre Stirn gewunden das Band aus schimmernden Holzperlen.

Wie selbstverständlich lief auch Sophia neben dem Wagen her. Sie half Jabisa, servierte Sicelo sein Essen auf den Knien und hob nie länger die Augen zu ihm als für einen flüchtigen Blick, so wie es die Sitte von einer Zulufrau einem Mann gegenüber verlangte.

»Ich werde so viele Rinder als Brautpreis an ihren weißen Vater zahlen, wie es für eine Häuptlingstochter üblich ist«, erklärte Sicelo.

Catherine fragte sich, ob der Kirchenmann den Brautpreis annehmen und was er dann mit diesen Rindern anfangen würde.

Sophia nannte sich fürderhin wieder bei ihrem Geburtsnamen Nomiti. Als hätte sie sich gehäutet wie ein Reptil, hatte das junge Mädchen ihre europäische Hülle abgestreift und damit auch ihre europäischen Manieren. Nur ihr gewähltes Englisch erinnerte an ihr früheres Leben. Sie war eine Zulu, ganz ohne Zweifel. Schon ihr umwerfender Sinn fürs Komische zeigte das. Es war ein Vergnügen, sich mit ihr zu unterhalten, denn sie hatte die Bibel gelesen und alle Bücher, die sie im Missionarshaushalt gefunden hatte, und wusste über viele Dinge Bescheid. Durch Zufall entdeckte Catherine, dass Nomiti fließend Französisch sprach. »Meine Mam ist dort geboren«, erklärte sie. So verging die beschwerliche Reise kurzweiliger, als Catherine erwartet hatte.

Endlich rumpelten sie den langen Weg unter den Kiaatbäumen hinauf zu ihrem Haus, und es war der vierte Tag, an dem sich Catherine jeden Morgen übergeben hatte.

»Ich werde den Viehtrieb im April nicht mitmachen können«, stöhnte sie lächelnd.

Johann küsste hingebungsvoll ihre Hand und schwor sich, jede Aufregung von ihr fern zu halten, damit sie dieses Kind in Ruhe austragen konnte. Er blinzelte in den Himmel. Kein Dunstschleier trübte das tiefe Blau. Es hatte schon die gläserne Klarheit des afrikanischen Winterhimmels. Das Wetter war milde und trocken, die Nächte wurden bereits kühler. Die Malariazeit war vorbei. Zutiefst erleichtert ließ er die Peitsche knallen, die Zugochsen legten sich gehorsam ins Geschirr und zogen den schweren Wagen um die letzte Biegung, und dann lag Inqaba vor ihnen.

Kapitel 19

»Mpande hat Ärger mit seinen Frauen«, sagte Johann und schenkte Mila Bier nach.

»Das ist kein Wunder, er hat einen großen Fehler gemacht«, antwortete diese. »Von seinen über zwanzig Frauen hat er mehr als sechzig Kinder, aber keine offizielle Hauptfrau. Das bedeutet dynastisches Chaos.« Sie probierte das Wildgulasch, das Catherine gekocht hatte. »Das ist wirklich gut, Catherine. Ich werde mich für unser nächstes Treffen sehr anstrengen müssen.«

»Da kannst du noch Unterricht bei Pierre nehmen. Der hat mir das nämlich beigebracht. Da du ja nächsten Monat zu meinem Geburtstag schon wieder bei uns bist, hast du zwei Monate Zeit, und ich bin sicher, dass Pierre die Zeit finden wird, dich zu diesem Zweck zu besuchen«, sagte ihre Gastgeberin und lächelte dabei.

»Mpandes Isigodlo ist größer als jedes seiner Vorgänger. Mal zieht er die Frau vor, mal jene. Das kann nur Unheil bringen«, nahm Mila den Gesprächsfaden wieder auf.

Dan, der bisher geschwiegen hatte, lachte sein knurriges Lachen. »Wohl wahr. Seine erste Frau ist die Tochter des Häuptlings des einflussreichen Zunguclans. Mpande hat ihr ein eigenes königliches Umuzi gebaut, wo sie mit seinen anderen Frauen, die aus demselben Clan stammen, residiert. Sie ist so eifersüchtig, dass sie den König in aller Öffentlichkeit herunterputzt, und die anderen Frauen singen ein Spottlied auf ihren untreuen Ehemann. Cetshwayo ist ihr ältester Sohn, den Mpande als seinen Nachfolger ausrief, noch bevor er seinen eigenen Halbbruder Dingane mit seinen Impis in die Lebomboberge trieb und nach dessen Ermordung selbst König wurde. Letztlich aber hat er sich von Cetshwayo abgewendet und bevorzugt nun Mbuyazi, den Sohn von Monase, und die Zungufrau spuckt Gift und Galle.«

»Was ist mit Sipho? Ich dachte, der ist sein Lieblingssohn?«, fragte Catherine.

»Den muss er in der Thronfolge außer Acht lassen. Seine Mutter ist nur die Tochter eines kleinen Häuptlings«, erklärte Johann. »Sie gehörte zu Shakas Isigodlo, wenn ich mich recht erinnere. Ihr Vater übergab sie Shaka, um so die gute Beziehung der beiden Clans zu zementieren, und Shaka hat Monase an Mpande weitergereicht. Sie war lange seine Lieblingsfrau, und bis heute munkelt man, dass Mbuyazi in Wirklichkeit Shakas Sohn ist.«

»Meine Güte, wie kompliziert und merkwürdig«, bemerkte Catherine. »Wird nicht wie in Europa immer der älteste Sohn König?«

»O nein«, warf Mila ein. »Der stärkste wird es. Es gibt einen berühmten Ausspruch von König Mpande. ›Unser Haus hat die Königswürde nicht dadurch gewonnen, dass wir es uns auf einer Matte bequem machten‹, erklärte er, ›unser Haus hat die Königswürde durch Zustechen mit dem Assegai erlangt.‹ Ob er daran gedacht hat, dass seine Söhne das als Aufforderung verstehen könnten, ihn umzubringen?«

Dan de Villiers Gesicht wurde sehr ernst. »Mpande spielt Cetshwayo und Mbuyazi gnadenlos gegeneinander aus. Er ist wie alle Zulus ein Meister der subtilen Gesten. Vor der letzten großen Jagd zum Beispiel ließ er einen Ochsen schlachten, um mit dem Fell ihre Schilde zu überziehen. Um zu zeigen, welchen seiner beiden Söhne er favorisiert, wurde Mbuyazis Schild aus der bevorzugten Seite der Haut gefertigt. Cetshwayo wird sich das nicht lange gefallen lassen, und er hat die ranghöchsten Krieger hinter sich. Dieser Wettkampf wird Zululand spalten.«

Pierre hatte bisher geschwiegen, jetzt aber hob er den Kopf. »Ich habe gehört, die Prinzen sammeln ihre Leute um sich, und wenn beide ihre Impis mobilisieren, explodiert Zululand, und das werden auch wir abbekommen. Gebe Gott, dass Mpande lange im Vollbesitz seiner Kräfte bleibt, um die jungen Bullen in Schach zu halten.«

Die Freunde schwiegen, jeder hing seinen eigenen Gedanken nach, und an den besorgten Mienen konnte man unschwer ablesen, in welche Richtung die gingen.

»Seid bitte mal leise«, sagte Catherine und hob die Hand. »Was ist das?«

In der plötzlichen Stille hörten es alle. Abgehacktes Gebrüll aus rauen Kehlen, untermalt von rhythmischem Stampfen, metallischem Geklirr und dumpfen Schlägen.

Johann sprang auf. »Ein Zuluregiment, ein Impi!«

Dan und Pierre waren ebenfalls auf den Beinen. »Zum Henker, was ist los? Haben wir Krieg und haben es nicht gemerkt?«

Johann schob Catherine in den fensterlosen Gang des Hauses. »Du bleibst drinnen, leg alle Riegel vor und halte dich still. Mila, du ebenfalls.«

»Ich werde mich auf keinen Fall irgendwo verstecken, wenn etwas passiert, nur damit das klar ist«, bemerkte Mila und strich über ihr Gewehr.

»Genauso wenig wie ich«, verkündete Catherine. »Was glaubst du, wie oft ich mich tagsüber allein meiner Haut wehren muss? Wer hat neulich die Mamba, die es sich im Wohnzimmer bequem gemacht hatte, erledigt? Du warst ja nicht da. Überdies kann ich ziemlich gut schießen.«

»Das ist nichts für Frauen, außerdem bekommst du ein Kind.«

»Ich bin nicht krank, und ich bin nicht aus Zucker, nur weil ich ein Kind bekomme, und ich bin nicht das ängstliche Frauchen. Es ist besser, wenn du das nicht vergisst.« Catherine blitzte ihren Mann an, und Mila lachte.

»Könnt ihr Frauen nicht einmal tun, was wir Männer euch sagen?«, knurrte Dan und meinte das todernst.

»Ihr bleibt beim Haus, sonst sperre ich euch eigenhändig ein«, sagte Johann, und sein Ton veranlasste Catherine, sich zu fügen. Sie rannte ins Schlafzimmer und holte ihr Gewehr. Mit Mila schloss sie sich in der Küche ein. »Von hier aus können wir einen Teil des Weges überblicken«, sagte sie. Beide Frauen luden ihre Gewehre.

Johann und Dan legten sich auf dem höchsten Punkt oberhalb des Wasserreservoirs auf die Lauer und warteten. Pierre erschien nur Minuten später, seine Elefantenbüchse im Anschlag, zwei weitere stellte er neben sich. »Ruhig!«, befahl er Napoleon, der seine Kruppe aufgestellt hatte und knurrte. Der große Hund gehorchte sofort. »Wo sind Jabisa und Sihayo?« Sihayo war der jüngere Bruder Sicelos, den ihm dieser als Ersatz für Mzilikazi geschickt hatte.

»Verschwunden, nehme ich an«, antwortete Johann grimmig. »Vielleicht ist Sihayo auf dem Weg, um Sicelo Bescheid zu geben, doch das bezweifle ich. Charlie Sands ist draußen bei den Rindern.«

Das Gebrüll kam näher, und Johann sog zischend die Luft durch die Zähne, als sie unter den Kiaatbäumen auftauchten. Ein Impi von etwa fünfzig Zulus in voller Kriegsausrüstung. Federkronen wippten, die weißen Quastenumhänge wehten, und im Takt ihres Laufschritts schlugen die Krieger abwechselnd ihre Kampfstöcke und Assegais gegen die Schilde. Johann bekreuzigte sich und spannte den Hahn. Der Kriegsgesang der Zulus ist wie das Gebrüll von Löwen. Voller urweltlicher Kraft, erderschütternd und grauenvoll, und das Trommeln ihrer Assegais auf den Schilden zwingt das Herz eines jeden Zuhörers in seinen Rhythmus. Es ist ein Geräusch unmittelbarer Bedrohung.

Johanns Puls hämmerte, als er an Catherine und ihr Kind dachte, doch dann konzentrierte er sich auf die näher kommenden Zulus. Das Impi hatte Inqabas Hof fast erreicht. Angeführt wurden es von zwei Männern, die ihre Krieger um mehr als Haupteslänge überragten und deren Federkronen üppiger und höher waren als die aller anderen.

»Du nimmst den rechts, ich den anderen«, flüsterte er Pierre zu, hielt den Atem an und zog den Hahn durch.

Im selben Moment erkannte er über Kimme und Korn, wer es war, und ließ den Hahn in letzter Sekunde zurückschnellen. »Halt!«, befahl er. »Verdammt, wenn man vom Teufel spricht! Das ist Cetshwayo, und der andere ist Mbuyazi. Das bedeutet großen Ärger.«

Cetshwayo hob seinen Assegai wie zum Gruß, dann senkte er ihn, brüllte ein paar kurze Kommandos, und eine Gruppe seines

Impis löste sich aus der Formation und schwärmte aus. In Abständen von zwanzig Fuß stellten sie sich mit dem Rücken zum Haus auf. König Mpandes imposante Söhne traten gemeinsam vor, und die drei Weißen gingen ihnen entgegen, ihre Gewehre bereithaltend. Selbst Johann musste zu den Prinzen aufsehen.

»Sawubona, mein Freund«, grüßte ihn Cetshwayo würdevoll. »Das schönste Vögelchen ist aus dem Isigodlo unseres Vaters geflogen. Wir sind hier, um es einzufangen.« Er hatte Mbuyazi mit einer kurzen Geste zur Seite geschoben. Der reagierte mit finsteren Blicken und heftigem Schütteln seines Assegais.

»Warum sucht ihr euer Vögelchen hier?«, fragte Johann, nachdem er die Prinzen gebührend begrüßt hatte. Besorgt nahm er die schwelende Feindseligkeit zwischen den Brüdern wahr.

»Ihr Name ist Jikijiki«, sagte Cetshwayo und beobachtete den Weißen genau. Seine Stimme war voll tönend und trug weit. Die beiden Frauen in der Küche verstanden jedes Wort.

»Sie ist aus dem Isigodlo ausgerissen«, flüsterte Catherine entsetzt.

»Mein Gott, hoffentlich kommt sie zur Vernunft und kehrt schnellstens zurück. Wenn man sie erwischt, wird der König sie hinrichten lassen, und ihren Liebhaber dazu«, sagte Mila. »Da wird kein Pardon gewährt.«

Catherines Hals wurde plötzlich trocken und kratzig. Sie musste die aufsteigende Übelkeit herunterschlucken, sah die riesenhaften Hyänenmänner vor sich und in ihren Fäusten Jikijiki. Wie ein Tier, das geschlachtet werden sollte.

Erleichtert, dass Inqaba nicht zwischen diese beiden Kampfhähne zu geraten drohte, hieß Johann die Prinzen willkommen, bat sie, sich auf Inqaba auszuruhen, auch wenn er es sich kaum leisten konnte, eine Schar ausgehungerter Krieger zu beköstigen. Doch Gastfreundschaft war eine Selbstverständlichkeit unter den Zulus. »Catherine, du kannst aufmachen«, rief er, klopfte an die Haustür und wartete, bis der schwere Riegel zurückgeschoben wurde. Er brauchte sie nicht zu fragen, ob sie gehört hatte, was passiert war. Ihr Blick und das kalkweiße Gesicht sprachen Bände. »Wir müssen ihnen Gastfreundschaft gewähren, so lange sie bleiben wollen«, sagte er. »Mpande, der alte Löwe, ist noch in bester Manneskraft, und ehe ich seinen Zorn riskiere, lege ich mich eher mit einem wütenden Nashorn an.« Er rieb sich seine brennenden Augen. Das dauernde Starren am Gewehrlauf entlang hatte sie ermüdet. »Jetzt müssen wir den tapferen Kriegern etwas Anständiges zu essen machen, um ihnen die Wartezeit zu versüßen. Sie bekommen sonst nur karges Essen, in Zululand herrscht Hungersnot. Sie brauchen schließlich Kraft, um sich gegenseitig die Schädel mit ihren Kampfstöcken einzuschlagen«, setzte er ironisch hinzu.

Die Krieger sammelten Holz, und bald loderten mehrere Feuer. Auf ein Zeichen ihrer Führer hockten sie sich in geordnete Reihen, setzten ihre Federkronen ab, Kampfstöcke und Assegais aber hielten sie in Griffweite.

Johann ließ seinen Blick über das Kriegslager schweifen. »So, ran an die Arbeit, wir müssen kochen«, befahl er. Jabisa und Sihayo waren plötzlich wieder da und rannten, um seine Befehle auszuführen. Bald rührte Jabisa emsig Phutu, den steifen Maisbrei. Sihayo schickte er, um Charlie Sands von den Vorkommnissen in Kenntnis zu setzen und ihm zu sagen, dass er bei den Rindern bleiben sollte. »Dan, ich werde zwei Ziegen opfern. Nimm dein Messer mit.« Er und der Schlangenfänger machten sich auf den Weg zum Ziegengatter.

Mila nahm den großen Korb. »Pierre und ich gehen Gemüse schneiden.«

»Ich sehe nach, was wir im Vorratsraum haben«, rief ihnen Catherine nach, ergriff eine Blechschüssel und schob die knarrende Tür zu dem schattigen Raum auf.

»Katheni.« Ein Geräusch wie das sanfte Rascheln trockener Blätter.

Sie hob den Kopf. Hatte sie sich verhört?

»Katheni, Sawubona.«

Scheppernd fiel ihr die Schüssel aus der Hand. Jikijiki stand in der hintersten Ecke im Vorratsraum. Um die Stirn trug sie wieder das Perlband ihres Verlobten Mzilikazi, und ihre großen Augen leuchteten.

»Jikijiki, um Himmels willen! Hast du nicht gehört, was draußen los ist? Cetshwayo und Mbuyazi sind hier, um dich einzufangen«, flüsterte sie eindringlich.

Die junge Zulu wurde grau und rang die Hände, ihre Lippen bewegten sich. »Hilf mir, Katheni«, wisperte sie.

Catherine packte sie am Arm. »Was machst du hier? Warum bist du aus dem Isigodlo ausgerissen?«

Jikijikis Unterlippte bebte, als sie antwortete. »Ich werde mit Mzilikazi über die Hügel ziehen, bis wir einen Ort gefunden haben, wo niemand weiß, wer ich bin. Wir werden unser Umuzi bauen, und unser Kind wird dort geboren werden.« Sie legte ihre zitternde Hand auf ihren Bauch, eben unterhalb des Nabels, in dieser unverwechselbaren Geste aller Frauen, die ein Kind erwarten.

»Wo ist Mzilikazi?« Catherine wurde heiß und kalt, als sie an die strikten Gesetze dachte, die die Mädchen des Isigodlo wie Käfigstangen umschlossen, und an die Worte von Mila.

»Er wartet auf der anderen Seite des Flusses auf dem großen Felsen, der auf deinem Land liegt.«

Catherine nickte. Nicht weit vom Ufer ragte eine verwitterte, von Büschen und Bäumen gekrönte Felswand auf. Das Land darunter fiel steil zum Fluss ab, denn bei einem der letzten schlimmen Unwetter vor einem Jahr war der sanfte Strom zu einem gefräßigen Monster angeschwollen und hatte sich nahe an die Wand herangefressen. »Du wirst zu Fuß mehr als einen Tag dorthin brauchen«, flüsterte sie, »und die Gefahr, dass du gesehen wirst, ist groß.« Sie nagte an ihrem Daumen. »Sie werden euch beide erwischen. Du weißt, welches Schicksal dich dann erwartet.«

Zu ihrer großen Überraschung lächelte Jikijiki strahlend. »Die Hyänenmänner werden uns nichts anhaben können. Mzilikazi, der sehr schlau ist, hat einen mächtigen Gegenzauber«, antwortete sie mit heiterer Gelassenheit und zog die Decke, die sie gegen die Winterkälte schützen sollte, fester.

»Einen Gegenzauber?« Catherine sah, dass der Glaube an ihren Geliebten Jikijiki wie ein Heiligenschein umgab, und schluckte eine bissige Bemerkung herunter.

»Catherine, können wir alle Kürbisse ernten?« Pierres Stimme. Sie schreckte hoch. Niemand durfte erfahren, wer hier bei ihr in der Vorratskammer stand. Sie spähte hinaus. »Ja, natürlich, nehmt alles, was ihr findet«, rief sie und wandte sich wieder der Zulu zu. »Du musst dich verstecken.« Aber wo? Verzweifelt überlegte sie. Der Hühnerstall fiel ihr ein, aber das war Unsinn. Die Hühner würden alles durch ihr Gegacker verraten. »Du bleibst hier.« Sie schob sie ganz hinten in den Vorratsraum. »Duck dich«, befahl sie, und Jikijiki rollte sich zu einem Ball zusammen. Catherine deckte sie mit ihrer eigenen Decke zu, hievte einen Mehlsack davor und rollte ein Fass daneben. Darauf stapelte sie die Tonkrüge, in denen sie Lebensmittel aufbewahrte. »Rühr dich nicht vom Fleck, und sei leise.« Rasch räumte sie alle Vorräte, die sie brauchen konnte, in die Küche, schloss die Tür und legte den Riegel vor.

Die anderen fand sie bereits emsig bei der Arbeit im Kochhaus. Johann und Dan häuteten eine der Ziegen, während Pierre die zweite bereits zerlegte. Mila saß hinter einem Berg von Gemüse und schälte und schnippelte. Sie setzte sich dazu.

»Sie sind ein beeindruckendes Brüderpaar, nicht wahr?«, sagte Johann und deutete auf die Prinzen.

Cetshwayo und Mbuyazi, in vollem zeremoniellen Kostüm, stolzierten durch die Reihen ihrer Krieger, blähten sich auf, schüttelten ihre hohen Federkronen aus Straußenfedern. Die langen, weißen Tierschwänze, die ihnen vom Hals bis fast auf die Fersen fielen, wehten wie prächtige Löwenmähnen im Wind.

»Es fehlte nur noch, dass sie brüllen wie Löwen.« Johann schmunzelte, während er große Fleischstücke auf den Rost legte und sie mit flüssiger Butter begoss. »Ich muss gestehen, dass sie sehr den schwarzen Teufeln ähneln, mit denen mir unser Pfarrer als Kind Angst gemacht hat.«

Die Unterhaltung rauschte an Catherine vorbei. Der einzige Gedanke, der sie beherrschte, war, dass sie Jikijiki von hier wegbringen musste, ohne dass es jemand bemerkte.

»Pack doch mal mit an«, sagte Pierre und schleppte mit dem Schlangenfänger gut gefüllte Schüsseln in den Hof zu den

Zulus, die von den anregenden Essensdüften munter geworden waren.

Mbuyazi, ein auffallend gut aussehender Mann mit einer Stimme, die aus seinem Bauch zu kommen schien, erlaubte immer nur vier seiner Leute gleichzeitig zu essen, und auch nicht zu viel. »Sonst werden sie faul und müde«, erklärte er.

Die Steinachs und ihre Freunde aßen spät, saßen hinterher noch für einige Zeit zusammen. »Dieses Mal haben wir Glück gehabt«, sagte Johann. »Aber was mir wirklich Sorgen macht, ist, dass Mpandes Zuluimpis kürzlich über die Grenze in Swaziland eingefallen sind und riesige Rinderherden nach Zululand getrieben haben. In seinem Sog frönen auch einige der Häuptlinge dieser ihrer Lieblingsbeschäftigung und fallen über ihre Nachbarn her.«

»Wir könnten eine Mauer um unser Hausgrundstück ziehen«, sagte Catherine, sich mühsam zusammenreißend. »Sie würde auch wilde Tiere abhalten.«

»Nicht die Affen und nicht die Schlangen, und Elefanten und Leoparden schon gar nicht«, bemerkte Mila.

»Eine Mauer?« Johann hob die Brauen. »Ich bräuchte Jahre, um genügend Ziegel dafür zu trocknen, und eher müsste ich eine Mauer um meine Rinderherde bauen. Danach gelüstet es unseren eingeborenen Freunden. Doch genug der Probleme. Nun lasst uns auf das gütige Schicksal trinken, das uns verschont hat.« Er hob seinen Krug und prostete seiner Frau zu. Sie wirkte blass und angestrengt, aber, so dachte er, das war bei Frauen, die ein Kind erwarteten, wohl normal.

Und Catherine lächelte und redete, lachte sogar und verriet mit keiner Miene, dass ihr vor Angst fast die Luft wegblieb.

Abends teilte Johann die Hauswache ein. »Ich nehme die erste mit Sihayo, dann lösen uns Pierre und Dan ab. Die Frauen bleiben im Schlafzimmer, und Napoleon wird vor ihrer Tür liegen.« Er fixierte seine Frau mit einem scharfen Blick.

Sie hob die Hände. »Gut, gut, reg dich nicht auf. Wir werden brav sein.« Wie sollte sie nur Jikijiki unter diesen Umständen von hier wegbringen? Heimlich schlüpfte sie in die Vorratskammer, brachte dem verängstigten Mädchen eine Schüssel mit Essen und verriegelte die Tür wieder.

Die Nacht war mit ungewohnten Geräuschen erfüllt. Dunkle, leise Stimmen, kurze Befehle, metallisches Klirren, das Zischen ihrer Lagerfeuer und die gelegentlichen Vogelrufe, mit denen sich die Zulus untereinander auf weitere Entfernungen verständigten.

Auch am nächsten und übernächsten Tag ergab sich nicht die geringste Gelegenheit, mit Jikijiki ungesehen den Hof zu verlassen.

»Mzilikazi wird auf mich warten, so lange es dauert«, flüsterte die junge Frau und verkroch sich wieder in ihr Versteck.

Doch am dritten Morgen wachte Catherine auf und wusste, dass sich etwas verändert hatte. Sie rüttelte Mila neben sich wach. »Ich glaube, sie sind weg. Horch einmal.« Rasch warfen sie sich einen Umhang um und spähten hinaus. Inqaba lag in idyllischer Ruhe vor ihnen, die Feuer waren erkaltet, und nur aufgewühlte Erde und ein paar abgebrochene Federn zeigten, wo die Zulus gelagert hatten.

Erleichtert machten sich alle daran, aufzuräumen. Catherine betrachtete entgeistert ihren ausgeräuberten Gemüsegarten und die drastisch reduzierte Anzahl ihrer Hühner. »Das nächste Gelege müssen wir ausbrüten und schlüpfen lassen«, sagte sie zu Johann. »Sonst müssen wir für längere Zeit auf Hühnerfleisch verzichten.«

Mila kehrte noch am selben Tag in Begleitung von Pierre, der ihren Einwand, sie könne sehr gut auf sich selbst aufpassen, einfach ignorierte, auf ihre Farm zurück. Kurz danach preschte Johann davon, um eine verirrte Kuh einzufangen, und Catherine fand die Gelegenheit, auf die sie gewartet hatte. Rasch packte sie Fleisch, Gemüse und ein paar Eier in einen geflochtenen Korb und schloss die Tür zum Vorratsraum auf.

»Komm schnell, Jikijiki, wir haben nicht viel Zeit. Ich werde dich auf meinem Pferd zur Felswand bringen. Hier, nimm das.« Sie drückte der Zulu den Korb in die Hand. »Hilf mir, Caligula zu satteln.« Sie ging ihr voraus zum Unterstand der Pferde, hob den

Sattel auf Caligulas Rücken, zog den Bauchgurt fest und prüfte die Länge der Steigbügel. Dann schwang sie sich hinauf und streckte Jikijiki die Hand hin. »Versteck dich unter deiner Decke, leg die Arme um meine Taille, mach dich klein und sag kein Wort«, befahl sie.

Jikijiki umklammerte ihren Brustkorb, dass sie kaum atmen konnte. Der Weg hinunter zum Fluss war nichts weiter als ein schmaler Wildpfad, übersät mit Hufspuren und Kothaufen. Sie ritten in völligem Schweigen, fuhren zusammen, als ein Vogel mit lauten Warnrufen vor ihnen aufflatterte, erschraken bei jedem Schatten im Busch. Der Wachposten einer Pavianherde erspähte sie und warnte gellend seine Genossen.

»Hölle und Verdammnis«, murmelte Catherine, denn eine Horde wütender Affen war nicht nur gefährlich, sondern verriet ihre Anwesenheit so sicher, als hätte jemand ein Leuchtfeuer angesteckt. Sie trieb Caligula an und duckte sich, als einer der großen Affen sie mit einer reifen Frucht bewarf. Andererseits konnte sie ziemlich sicher sein, dass sich in der Nähe einer großen Pavianherde kein Leopard herumtreiben würde.

Der Tag war mild und die Luft herrlich klar. Gegen Mittag neigte sich der Weg, und sie roch Wasser. Der letzte Regen lag eine Zeit lang zurück. Vielleicht hatten sie Glück, und die Furt war passierbar. Und hoffentlich sind die Krokodile satt, dachte sie grimmig. Am Fuß der Wand war die Vegetation weggerissen, und es gab wenig Möglichkeit, sich vor den Großechsen in Sicherheit zu bringen. »Wir sind gleich am Fluss, halt dich fest, ich weiß nicht, wie tief er jetzt ist«, flüsterte sie und fühlte, wie Jikijiki nickte.

Jikijiki lupfte das wollenene Tuch und sah ihn zuerst. »Da ist er, dort oben!«

Mzilikazis Gestalt zeichnete sich scharf gegen den blauen Himmel ab. In triumphierender Pose stand er oben auf dem abgeflachten Grat und winkte seiner Liebsten. Offenbar war er sich sicher, dass keiner ihr Versteck entdeckt hatte.

»Yabonga ghakulu, Katheni«, flüsterte die Zulu. »Diesen Weg gehe ich allein.« Sie glitt vom Pferd, nahm den Korb mit Lebensmitteln, zog ihre Decke um die Schultern. Noch einmal drehte sie sich um und sah Catherine lange an, das Feuer ihrer Liebe leuchtete aus ihren dunklen Augen, ihre Lippen bewegten sich. »Sala gahle, Isingane«, sagte sie. Dann kletterte sie die Böschung hinunter zum Fluss.

Catherine sah ihr nach. Isingane, hatte Jikijiki gesagt. Enge Freundin. Sie wischte sich über die Augen, die plötzlich brannten. Erleichtert bemerkte sie, dass der Fluss nicht viel Wasser führte. Jikijiki konnte von Stein zu Stein springen und erreichte in kurzer Zeit sicher das andere Ufer.

Eine Weile verharrte sie noch, gut getarnt durch die dichten Wedel der Ilalapalmen und wilden Bananen, die das Flussufer säumten. Die Luft war feucht, trug den Geruch von rottendem Grün zu ihr hinauf, das Wasser rauschte leise. Sonnenstrahlen tanzten über die lehmgelbe Oberfläche, die Schichten der Felswand schimmerten ocker und grau durch das Grün von Schlingpflanzen, und nur das schrille Gezwitscher der Webervögel im Ried unterbrach die tiefe Stille. Es war einer jener Tage in Afrika, da sie sich nicht vorstellen konnte, je wieder woanders glücklich werden zu können.

Jikijiki trat aus den Büschen auf die Felsplattform und streckte Mzilikazi ihre Hand entgegen. Er nahm sie und half ihr über die letzte beschwerliche Strecke nach oben. Mit einem Seufzer lenkte Catherine Caligula zurück auf den Wildpfad. Doch Caligula scheute und schnaubte, schlug mit dem Kopf. Seine Ohren spielten aufgeregt. Hatte er etwas gehört, das ihr entgangen war? War ein Raubtier in der Nähe? Hastig ließ sie ihre Augen über den Busch hinunter zum Fluss wandern, entdeckte aber zu ihrer Erleichterung nichts. Sie wendete Caligula und warf einen letzten Blick hinauf auf den Felsen. Was sie dort sah, ließ ihr das Blut in den Adern gefrieren.

Die beiden Liebenden standen eng umschlungen an der äußersten Kante, und hinter ihnen, nur etwa hundert Fuß entfernt, erhob sich eine undurchdringliche Mauer von federgeschmückten Kriegern, die von zwei außergewöhnlich großen Männern angeführt wurden.

Die Häscher des Königs hatten ihr Versteck gefunden.

Hilflos musste Catherine mit ansehen, wie diese menschliche Mauer sich langsam enger um die beiden zog, konnte ihren Blick nicht lösen, wollte schreien, aber kein Laut kam aus ihrer Kehle. Schon erkannte sie die beiden hünenhaften Prinzen und dahinter die ebenfalls baumlangen Hyänenmänner, als Mzilikazi sich plötzlich aufrichtete und den Arm hob. In seiner Faust hielt er einen Gegenstand, der bei jeder seiner Bewegungen die Sonne reflektierte. Überrascht blieben die Krieger stehen.

Den Arm ausgestreckt haltend, drehte sich Mzilikazi langsam im Halbkreis. Geblendet von den Sonnenblitzen, kniff Catherine die Augen zu Schlitzen, und auf einmal wurde ihr klar, was Mzilikazi tat. Er hielt die Lupe in der Hand, die von ihr gestohlene Lupe, und versuchte seine Verfolger zu verkleinern.

»O Gott«, stöhnte sie unwillkürlich.

Jetzt begriffen die Hyänenmänner offenbar, dass das seltsame Ding in Mzilikazis Faust völlig harmlos war, und stürzten sich mit wenigen Schritten auf Jikijiki und ihren Liebhaber.

Auch Mzilikazi musste erkannt haben, dass er einem Trick aufgesessen war und dass es für Jikijiki und ihn keinen Ausweg gab, denn er schleuderte die Lupe in hohem Bogen von sich. Dann schwang er seine Liebste in seine Arme, trat ganz dicht an die Kante, und Catherine verstand, was er vorhatte.

»Nein, nicht«, keuchte sie.

Aber die beiden konnten sie natürlich nicht hören. Mzilikazi machte einen Schritt ins Leere und sprang mit seiner Braut im Arm in die Tiefe. Für den Bruchteil einer Sekunde schwebten sie wie schwerelos vor der Wand, dann schlugen sie unten auf, dort, wo das Wasser das Ufergestrüpp weggerissen und Felsen und Steine bloßgelegt hatte. Immer noch eng umschlungen, rollten sie über den steilen Abhang bis in den Fluss, der sie mit leisem Schmatzen aufnahm, hinunterzog und mit sich davontrug. Sie tauchten nicht mehr auf, und die Männer des Königs begannen ihren Abstieg.

Blind vor Tränen trieb Catherine Caligula an, voller Angst, dass sie ihnen in die Hände fallen könnte, überzeugt davon, dass der König nicht sehr freundlich mit denen umgehen würde, die einem Mädchen aus seinem Isigodlo auf der Flucht geholfen hatten. Zu Hause warf sie sich aufs Bett und weinte, dass sie meinte, ihr Innerstes würde nach außen gekehrt. Sie weinte um Jikijiki und Mzilikazi, und sie weinte um diese große Liebe. So fand sie Johann, als er von der Jagd auf seine Kuh zurückkehrte.

Stockend erzählte sie ihm alles, von Anfang an bis zu dem grausigen Ende. Sein Magen krampfte sich zusammen, als ihm klar wurde, welcher Gefahr sie sich ausgesetzt hatte, wie nahe ihr die Hyänenmänner gewesen waren, die keine Zuschauer bei ihrem furchtbaren Handwerk duldeten. Er dankte Gott aus tiefstem Herzen, dass er seine Hand über sie und ihr Kind gehalten hatte, doch er machte ihr keine Vorhaltungen, das konnte er nicht. Sie war ihren Gefühlen gefolgt, wie konnte er ihr das vorwerfen? Er hielt sie sicher in seinen Armen, das war alles, was für ihn zählte.

»Ich bin schuld an ihrem Tod. Mzilikazi hatte meine Lupe. Er hat meinen Trick geglaubt. Ich habe mir einen Spaß erlaubt, jeder Weiße hätte mich ausgelacht ...«

Er hielt sie fest, als sie schluchzend ihren Kopf in seiner Halsgrube verbarg.

»Ich möchte, dass wir an den Fluss gehen«, flüsterte sie, als sie keine Tränen mehr hatte, »den Zweig des Büffeldornbaums pflücken und ihre Seelen damit nach Hause bringen, nach Inqaba. Sonst sind ihre Seelen verdammt, auf ewig ohne Heimat zu sein, und sie werden sich nie zu ihren Ahnen versammeln können.«

Wortlos nickte er, antworten konnte er nicht. Seine Kehle war ihm eng geworden.

Jeder für sich, eingeschlossen in ihrer Angst, warteten Catherine und Johann, ob ihr Handeln Konsequenzen nach sich ziehen würde. Sie zeigten sich gegenseitig lächelnde Gesichter und mühten sich um Gesprächsthemen, lagen nachts wach, taten aber so, als schliefen sie, alles in dem Bemühen, den anderen nicht noch mehr zu beunruhigen.

Doch als die Tage vergingen und alles friedlich blieb, wagten sie aufzuatmen.

»Wir haben Glück gehabt«, sagte Johann.

»Ja«, sagte sie. »Wir schon.«

*

Cetshwayo und Mbuyazi umkreisten einander wie zwei rivalisierende Löwen. König Mpande brachte seine reichen Häuptlinge gegen sich auf, indem er ihre Rinderherden plünderte, um seine Truppen zu ernähren. Auf Inqaba hörte man von Grenzscharmützeln mit den Swazis, den Tsongas im Norden und den Pedi im Nordwesten. Im Süden starrten die weißen Kolonisten Natals begehrlich über die Grenze auf das fruchtbare, grüne Zululand, und ihr Hunger nach mehr Land wuchs.

Johann vergewisserte sich täglich, dass die Riegel in Ordnung waren, und ölte sie regelmäßig. »Cetshwayo und Mbuyazi haben ihre Leute zusammengerufen, und jeder hat seinen höchsten Sangoma angewiesen, die Krieger mit Zaubermedizinen für den Kampf vorzubereiten«, brummte er beim Abendessen. »Diese verdammten Hitzköpfe. So lange haben wir in Frieden gelebt, und nun droht ein Bruderzwist, der schlimmer ist als ein Krieg mit Fremden, weil er von innen kommt.«

Pierre, der auf ein Glas Wein herübergekommen war, schüttelte den Kopf. »Dieses Mal gibt es andere Gründe. Die Krieger des Tulwanaregiments des Königs sollen ihre Speere im Blut der Swazis waschen, und wie bekannt ist, gehören Cetshwayo und Mbuyazi diesem Regiment an.«

»Das wird ein blutiger Kampf werden, denn ich bin überzeugt, dass König Mpande es in Wirklichkeit als Wettkampf zwischen seinen Söhnen ansieht.« Johann runzelte besorgt die Brauen. »Außerdem hat Sicelo berichtet, dass plündernde Swazis unterwegs sind. Ob es stimmt, weiß ich nicht, aber in solchen Zeiten ist es besser, vorzusorgen.«

Catherine, die sehr empfänglich für atmosphärische Störungen war, spürte etwas wie das Brausen unzähliger Vogelschwingen, hörte dumpfes Grollen, nicht laut, sondern unterschwellig, wie das eines weit entfernten Erdbebens. Noch nicht gefährlich, aber eine Warnung. Sie erzählte Johann von ihrem Unbehagen.

»Ich werde geschmiedete Riegel an allen Türen anbringen, die zum Gang führen. Wenn je etwas passiert, kannst du dich dort verbarrikadieren. Ich werde ruhiger sein, wenn ich weiß, wie gut du dann geschützt bist«, antwortete er.

Flüchtig sah sie sich im Dunkeln im Gang hocken, während von außen Zulus mit Pangas die Tür einschlugen. »Ja, schön«, antwortete sie und befestigte die zwei Büffeldornzweige, die über der Haustür hingen. Sie hatten sich gelockert, als sie getrocknet waren.

Lange Zeit blieben sie ohne Nachricht, wie der Kriegszug ausgegangen war. »Es ist frustrierend. Wir leben hier wie auf einem anderen Planeten«, murrte Johann. »Wir müssen wissen, ob die Tulwana siegreich waren, denn waren sie es nicht, können wir uns auf Vergeltungskriegszüge der Swazis einrichten.«

Die Nachricht brachte ihnen Onetoe-Jack, dessen acht Frauen zu sechs verschiedenen Familien gehörten und ihn stets mit allen Neuigkeiten versorgten. Nach einem Jagdausflug saß er im Hof von Inqaba ab. Es war empfindlich kalt geworden, und er fand die Steinachs in ihrem Wohnzimmer. Sichtlich erleichtert ließ er sich auf einem Stuhl nieder, zog sein durchlöchertes Fellwams enger um den Körper. »Cetshwayo ist blutbefleckt zurückgekehrt, das heißt, er hat sich tapfer geschlagen, Mbuyazi offenbar nicht. Danach muss es zu einer Konfrontation zwischen den beiden gekommen sein, nichts wirklich Ernstes, nur ein Geplänkel, ein Abgrenzen, bei dem allerdings Mbuyazi den Kürzeren gezogen haben soll.«

»Ein Gockelwettkampf«, murmelte Catherine, stolzierte wie einer herum und erntete dafür brüllendes Gelächter der beiden Männer.

»Trotzdem müssen wir uns für die Zukunft auf alles vorbereiten«, sagte Johann, als er wieder sprechen konnte. »Gockelkämpfe gehen meist tödlich aus. Es wird nicht heute passieren und nicht morgen, aber es wird passieren.«

*

Catherine richtete sich auf und presste ihre Hand in den Rücken. Ihr Schwerpunkt hatte sich mit zunehmender Schwangerschaft nach vorn verlagert, und das Arbeiten im Garten fiel ihr nicht immer leicht. Ächzend hob sie den schweren Korb mit Kürbissen und trug ihn zum Haus. Der Wind fuhr ihr unter den Rock und hob ihn an. Als ihr Kleid immer enger wurde und kein Stoff mehr da war, um es auszulassen, hatte sie es kurzerhand unter der Brust abgeschnitten und den Rock dort angesetzt. Jetzt bedeckte er ihre Waden nur noch zur Hälfte, und sie fand diese Länge sehr praktisch und angenehm, auch wenn Johann sein Missfallen nicht verstecken konnte.

»Du sollst doch nicht so schwer tragen«, rief Johann, kam ihr über den Hof entgegen und nahm ihr den Korb ab.

»Wie ich schon einmal bemerkte, bin ich nicht krank«, antwortete sie. »Aber ich habe die Nase gestrichen voll. Ich hoffe, unser Kind beeilt sich etwas. Bald wird es wieder heißer, und davor graut mir schon.«

»Nun, gute vier Wochen wirst du sicher noch warten müssen«, lächelte er.

Er musste das falsch eingeschätzt haben, denn in der Nacht wachte Catherine in einer Wasserlache auf und wusste, dass ihr Baby an diesem Tag auf die Welt kommen würde. Weder Martha Strydom war da, noch Pierre, der bei Mila weilte. Sie und Johann waren mit ihren Zulus allein.

»Hölle und Verdammnis«, knirschte sie, als die erste starke Wehe einsetzte.

»Jabisa, Sihayo«, brüllte Johann, und seine Stimme war höher als gewöhnlich. »Setzt Wasser auf, shesha!« Er selbst riss Wäsche aus dem Schrank, bezog sein Bett neu und half Catherine zwischen zwei Wehen hinüber auf das saubere Laken. Er wünschte, dass wenigstens Sicelo da wäre. Sicher hätte der ein Mittel gegen ihre Schmerzen und für eine rasche Geburt bereitgehabt, aber sein Freund war auf Jagd, unerreichbar, irgendwo im Busch.

»Im Vorratsraum stehen einige Töpfchen. Ich habe sie beschriftet. Bitte bringe mir den, der mit Blaulilie bezeichnet ist«, ächzte sie, während die nächste Wehe mit einer Riesenfaust ihren Bauch zusammenkrampfte. Mit schweißnassen Händen nahm sie kurz darauf das Töpfchen entgegen, konnte aber den Verschluss aus getrocknetem Rinderdarm nicht öffnen. Sie streckte es Johann hin. »Ich brauche zwei Löffel davon, und das regelmäßig. Mach dir keine Sorgen, ich weiß, was ich tue. Es wird mir die Wehen erleichtern und auch unserem Kind helfen, schnell auf die Welt zu kommen.«

Aber es half nicht. Den ganzen Tag quälte sie sich, und im Morgengrauen lag sie wachsbleich und schweißüberströmt im Bett. Sie war am Ende ihrer Kräfte, und Johann war so verzweifelt, dass er freudig sein Leben für ihres gegeben hätte. Er kniete vor ihr und hielt ihre Hände, fühlte ihren Herzschlag und zählte ihre Atemzüge.

»Jontani.« Die Stimme war nur ein Wispern.

Er wandte sich mit leer geweinten Augen um. Jabisa stand in der Tür. »Ich habe meine Mutter mitgebracht. Sie wird Katheni helfen können«, sagte das Mädchen und trat zur Seite. Draußen stand Sicelos Mutter, und Johann schickte ein Dankesgebet zum Himmel, denn von ihr hatte Sicelo seine Kunst gelernt. Sanft legte er Catherines Hände auf die Decke und stand auf.

»Mandisa, Sawubona«, grüßte er erleichtert und bedeutete ihr, hereinzukommen.

Die dralle Zulu mit den energischen Bewegungen schob ihn vor die Tür und schloss sie hinter ihm. Johann fand sich mit einer schüchtern auf den Boden starrenden Jabisa im Gang allein. Die Zeit dehnte sich schier ins Unendliche. Er zog seine Uhr hervor, nur um festzustellen, dass erst eine halbe Stunde vergangen war.

Die Tür öffnete sich. »Jontani.« Mandisas Stimme war befehlsgewohnt. »Der Weg des Kindes ist versperrt, und es muss eine Zaubermedizin angewendet werden, sonst wird deine Frau zu den Ahnen gehen. Wünschst du das? Wenn ich die Medizin anwende, wird dein Kind vielleicht sein Leben nie leben können.«

Johann stand da wie betäubt. Ein Schmerzenslaut, so schwach wie der Ruf eines verletzten Vögelchens kam von Catherine, und er traf seine Entscheidung. »Tu es«, sagte er. »Tu es.« Und möge Gott uns helfen, setzte er schweigend hinzu.

Mandisa nickte. »Ich brauche glühende Kohlen in einem irdenen Gefäß. Jabisa, hamba shesha!«

Ihre Tochter rannte, um ihren Befehl auszuführen, und kehrte kurz darauf mit einer Tonschale zurück, die Holzkohlenglut enthielt. Ihre Mutter ließ sie in das Zimmer.

»Bitte«, sagte Johann flehend und wollte ihr folgen, aber Mandisa schloss wieder die Tür und ließ ihn draußen stehen.

Wie lange er herumgelaufen war, wusste er nicht. Seine Welt bestand nur aus den Grenzen der Veranda. Zweiundzwanzig Schritte bis zum Geländer, Drehung, zweiundzwanzig Schritte zum anderen Geländer. Hin und her. Eine Ewigkeit lang. Über ihm zog ein strahlender Tag auf, aber er stand im Dunkeln.

Plötzlich riss ihn ein Aufschrei herum. Mit drei Schritten war er an der Tür und riss sie auf. Mandisa stand vor ihm und versperrte ihm mit ihrem massigen Körper den Blick auf das Bett. Im Raum hingen beißende Rauchschwaden, sonst war es still. Voller Panik schob er die alte Zulu mit einer kraftvollen Armbewegung beiseite. Gleichzeitig erreichte ein Laut sein Ohr, ein Kieksen, fast wie ein Zwitschern, und dann ein Schrei, der energische Schrei eines neugeborenen Kindes. Wie ein Blitz fuhr es ihm durch den Körper, und er stürzte zum Bett.

Catherine hielt ein strampelndes, blutiges kleines Wesen auf ihrem Bauch und weinte hemmungslos. »Wir haben eine Tochter«, schluchzte sie. »Sieh doch, wir haben eine Tochter.«

Er fiel vor seiner Frau und seinem Kind auf die Knie, legte mit unendlicher Vorsicht seinen Arm um beide. Seine Tochter schrie lauter. »Sie ist hungrig«, flüsterte die junge Mutter, hob ihr durchschwitztes Nachthemd und legte die Kleine an die Brust. Das sanfte Schmatzen und zufriedene Seufzen seines Kindes waren die schönsten Laute, die Johann in seinem Leben gehört hatte.

»Einen Augenblick, Liebling«, flüsterte er nach einer Weile und stand auf. Er ging zu Mandisa, die von der Tür her alles mit angesehen hatte und deren sonst so strenge Miene sich in einem strahlenden Lächeln aufgelöst hatte.

»Yabonga ghakulu«, sagte er förmlich und fand wie von allein die richtigen Worte. »Dein Ruhm als Retterin der Nkosikasi und unseres Kindes wird von den großen Flüssen in die Welt getragen werden, und der Wind wird dein Lob singen. Sag mir deinen Preis.«

»Fünf Kühe«, sagte die gewiefte Zulu und lachte ein fettes Lachen, das ihren üppigen Körper in gefährliche Schwingungen versetzte. »Fünf Kühe, Jontani.«

Johann stimmte sofort zu. Er hätte ihr auch freudig zehn Rinder oder mehr gezahlt.

Bis an sein Lebensende sollte er den scharfen Geruch des Rauchs nicht vergessen, der auf geheimnisvolle Weise seiner Tochter auf die Welt geholfen und seiner Frau das Leben gerettet hatte, und immer würde er sich des Moments erinnern, an dem er mit seiner Kleinen im Arm auf die Veranda trat und ihr Inqaba zeigte. Mit der Hand schützte er sie gegen die strahlende Frühlingssonne.

»Das ist Inqaba, meine Tochter, der schönste Ort der Welt. Das ist deine Heimat«, flüsterte er.

Catherine sprach nie davon, was ihr im Schlafzimmer widerfahren war.

*

Sie nannten sie Viktoria Mila Mandisa, und Mila und Pierre standen Pate, als der Pfarrer, der den beschwerlichen Weg aus Verulam gemacht hatte, sie taufte. Johann hatte ein Rind geschlachtet, alle seine Freunde eingeladen, die weißen wie die schwarzen, und war sich sicher, dass sein Glück nie vollkommener sein würde.

Dan, der Schlangenfänger, kam, und Onetoe-Jack erschien mit seinen Lieblingsfrauen. Mandisa, die einen brandneuen Rindshautrock angelegt und ihr Haar zu einer komplizierten Frisur hochgezwirbelt hatte, brachte außer Sicelo ihre gesamte Familie mit. Mit schweigendem Ernst beobachteten sie die Zeremonie, mit der die Weißen ihren Gott anriefen und das kleine Mädchen seinem Schutz empfahlen. Der Pfarrer stimmte mit dünner Stimme einen Psalm an, und die Zulus summten leise mit. Mandisa begriff die Tonfolge schnell und erhob ihre herrliche Stimme, ihre Familie fiel ein, sie machten die schöne, alte Melodie zu ihrer, spielten mit ihr, die hohen Stimmen der jüngeren Frauen schwebten klar wie Flötentöne über dem weichen dunklen Bass der Männer, die älteren Frauen führten den Chor kraftvoll an. Sie sangen, sie wiegten sich, klatschten in die Hände, und aus dem Psalm wurde ein inbrünstiges Gebet, das in den strahlenden Himmel Zululands stieg.

So empfing Afrika die kleine Viktoria.

Aus Durban kamen Geschenke in großer Menge, und Catherine brauchte sich um Kleidung für ihre Tochter keine Sorgen mehr zu machen. Lilly und Cilla hatten sie im Überfluss geschickt.

Es wurde gegessen und getrunken, und Johann und Pierre hielten Reden zur Begrüßung der kleinen Viktoria, und Dan de Villiers brachte einen glühenden Trinkspruch auf Catherine aus und hatte dabei feuchte Augen. Anfänglich saßen sie getrennt, die Weißen und die Zulus. Auf der Veranda um den Esstisch scharten sich die Weißen, die Zulus hockten am großen Feuer, das im Kochhaus loderte. Dann stand Catherine auf und hob ihre Hand. Die lebhaften Gespräche verstummten. Sie hielt ihre kleine Tochter hoch, dass alle sie sehen konnten.

»Das ist Viktoria Mila Mandisa Steinach. Sie ist in Afrika geboren, und in Afrika wird sie leben. Sie trägt den Namen Mandisa, weil es diese Frau war, die mir und Viktoria das Leben gerettet hat.« Sie winkte Mandisa, die sich würdevoll erhob. »Unser Kind wird immer auch zu dir gehören, und wie es sich für ein gutes Kind gehört, wird sie im Alter für dich da sein, und du wirst eine ihrer Ahnen werden, wenn deine Zeit gekommen ist. Ich möchte dich bitten, uns auch als deine Familie zu betrachten.«

»Yebo«, lachte Mandisa und konnte ihre Begeisterung nicht mehr zügeln. Ihre Stimme stieg jubelnd in den klaren Frühlingshimmel. Sie sang die Geschichte, wie die Ahnen dem kleinen weißen Mädchen auf die Welt geholfen hatten und dass sie, Mandisa, nun die Einzige ihres Volkes war, die eine weiße Angehörige hatte.

Der Rhythmus ihres Gesangs wurde schneller, ihre Füße wirbelten, sie stampfte den Takt, und dann fielen auch die anderen schwarzen Frauen ein, sangen und trillerten und stampften, dass der Holzboden der Veranda unter ihnen bebte, bis sich auch die Weißen ihrer überschäumenden Lebensfreude nicht mehr entziehen konnten. Johann schwang Catherine in einer Polka herum, die alle zu Hochrufen hinriss. Später glühten Feuer auf, Fackeln wurden auf dem Verandageländer befestigt und warfen gelbe Lichtpfützen und zuckende Schatten, und die Zulus saßen mitten unter den Weißen.

Johann fand Catherine abseits am Geländer stehend. Ihren Kopf in den Nacken gelegt, schaute sie andächtig hinauf zum Himmel. »Sieh, die Sterne funkeln wie Millionen kostbarer Diamanten, und dort ist das Kreuz des Südens. Noch nie habe ich es so klar und prächtig gesehen.« Sie lehnte ihren Kopf an seine Schulter. Ihr Herz tat weh, so schön war es.

*

Viktoria wuchs schnell. Catherine spürte ihr Gewicht, wenn sie sich die Kleine auf Zuluart in einem Tuch auf den Rücken band, während sie im Garten arbeitete oder Kräuter suchte. Sie wurde zu einem vertrauten Anblick, die junge weiße Frau in Männerhosen mit ihrem Baby, das sie wie eine Zulu trug, selbst wenn sie auf dem Pferd saß. Ab und zu besuchte sie Sicelos Umuzi, denn seine erste Frau Notemba hatte auch ein Kind geboren. Viktoria und der kleine Ziko lagen dann gemeinsam auf einem Antilopenfell vor Notembas Hütte, und die beiden jungen Mütter ergötzten sich an ihren munteren Kleinen. Sicelos zweite Frau, Nomiti, die sich äußerlich durch nichts mehr von einer

Zuluehefrau unterschied, erwartete in drei Monaten ihr erstes Kind. Ihr Bauch unter dem Rindshautrock wölbte sich schon deutlich.

»Ich bin mit großer Freude und Stolz erfüllt, die Erwartungen meines Ehemannes nicht zu enttäuschen«, erklärte sie Catherine in ihrem fehlerlosen, geschliffenen Französisch und ging, einen Tonkrug auf dem Kopf balancierend, zum Wasserloch. Catherine sah ihr nach, dieser wunderschönen, braun schimmernden Göttin der Fruchtbarkeit, konnte immer noch nicht begreifen, wie sie ihre Metamorphose unbeschadet überstanden hatte. Ihre weißen Eltern hatten ihr den stolzen Brautpreis zum Geschenk gemacht, und seither war Sicelo ein vermögender Mann.

Mandisa schaute oft nach Viktoria. »Ich habe ihr Leben gerettet und bin nun verantwortlich dafür«, erklärte sie, brachte der Kleinen glatt polierte Holzstücke zum Spielen und einen besonders schönen Perlengürtel, der genau um Viktorias runden, kleinen Bauch passte.

*

Weihnachten feierten sie gemeinsam mit Pierre bei Mila, und wie Catherine es insgeheim erwartet hatte, verkündeten die beiden beim Nachmittagstee ihre Verlobung.

»So, du hackst mir damit meine rechte Hand ab«, knurrte Johann. »Wer soll dich auf Inqaba ersetzen, he?« Obwohl er lächelte bei diesen Worten, war es ihm bitter ernst. Charlie Sands war noch nicht so weit. Er war gewissenhaft, aber etwas langsam in seiner Auffassungsgabe.

Pierre winkte ab. »Mach dir keine Sorgen, Charlie bringe ich auf Vordermann. Wenn er erst einmal etwas kapiert hat, weicht er kein Jota davon ab, das hat auch seine Vorteile.«

»Sind wir die Einzigen, die mit euch feiern?«, fragte Catherine. Sie waren schon am Abend vorher in ihrem Ochsengespann angekommen, und morgen war Weihnachtsabend. Sie knöpfte ihr Kleid auf und schob Viktoria ihre Brustwarze in den Mund.

Mila antwortete: »Nein, nein. Es kommen noch mehr, unter anderem ein Landsmann von dir, Johann. Graf Bernitt aus Bayern. Ein sehr charmanter Mensch. Eigentlich solltet ihr ihn kennen, er war auch auf Lilly Sinclairs Fest. Ihr müsstet ihn getroffen haben. Er sieht fantastisch aus und hat eine unglaubliche Ausstrahlung. Die Frauen umschwärmen ihn wie die Motten das Licht.«

Catherine fuhr hoch, ihre Brust rutschte aus Viktorias gierigem Mündchen. Die Kleine protestierte lautstark und griff danach, spuckte dabei ein wenig Milch auf das Kleid ihrer Mutter, die einen schmierigen Fleck hinterließ. Dankbar für die Gelegenheit, nicht sofort reagieren zu müssen, rieb Catherine heftig darauf herum.

»Bernitt?«, fragte da Johann langsam. »Konstantin von Bernitt?«

»Genau der«, nickte Mila. »Er ist ein prächtiger Unterhalter und wunderbarer Tänzer.«

Er sah seine Frau von der Seite an. »Hieß nicht so der Freund der Familie, den du mich damals gebeten hast zu suchen, Liebling?«

»Ja«, krächzte sie und wünschte sich weit weg.

»Hast du ihn bei Lilly denn gesehen?« Seine Stimme war ausdruckslos.

»Jabisa, bitte wechsle Viktorias Windeln«, sagte sie schnell und übergab ihre kleine Tochter dem jungen Mädchen. Gehorsam verschwand diese mit dem Baby auf dem Arm im Haus. Catherine sah ihren Mann nicht an. Der Moment, vor dem sie sich so lange gefürchtet hatte, war gekommen. Sie räusperte sich. »Ja, ich habe ihn gesehen, aber nur ganz kurz. Die anderen Damen hingen in dichten Trauben um ihn herum. Es gab einfach keine Gelegenheit, euch bekannt zu machen.« Das wenigstens war die Wahrheit. »Und dann habe ich es ehrlich gesagt vergessen. Es tut mir Leid.« Auch das war die Wahrheit, jedenfalls die halbe. Das Geständnis war nicht schwierig gewesen, aber sie zitterte, dass Konstantin ihre früheren Treffen erwähnen könnte. Verzweifelt erwog sie, plötzlich fürchterlich zu erkranken, um schleunigst nach Inqaba zurückkehren zu können, aber tief drinnen wusste sie genau, dass sie dieser Konfrontation nicht mehr aus dem Weg gehen konnte. O Gott, hilf mir, betete sie.

Johann aber lächelte. Ein Lächeln, das seine Augen nicht erreichte. »Welch ein wunderbarer Zufall. Ich freue mich, einen Freund deiner Familie kennen zu lernen. Ich bin sicher, wir werden uns prächtig verstehen.«

Ich nicht, dachte sie und schenkte ihm dabei ihren süßesten Blick. »Lasst uns doch auf unsere frisch Verlobten trinken«, lenkte sie ab.

Pierre stand auf. »Für diesen Anlass kühlt eine Flasche Champagner. Ich habe sie schon vor einiger Zeit aus Durban mitgebracht. Ein Mann muss doch vorausschauen.« Er küsste seiner Verlobten die Hand und ging hinters Haus zu dem kleinen Bachlauf, der sich durch Milas Obstgarten wand, wo er die Flasche eingegraben hatte.

※

Konstantin von Bernitt kam zu Catherines ungeheurer Erleichterung ohne Red Ivory, nur in Begleitung des einäugigen Hottentot Johnny, der dieses Mal auch zu Pferde war, und zweier Schwarzer. Er sprang vom Pferd, gab Johnny die Zügel und schritt mit ausgestreckten Armen auf Mila zu. »Meine Schönste, du siehst strahlend aus. Ist etwas passiert, was ich noch nicht weiß?«

Errötend wie ein junges Mädchen erzählte ihm Mila Arnim von ihrer Verlobung und nahm lachend seinen überschwänglichen Glückwunsch entgegen. »Pierre, du Schwerenöter, wage nicht, uns deine zukünftige Frau ab jetzt vorzuenthalten. Meine Rechte sind älter, ich kenne sie länger.«

»Keineswegs, keineswegs«, antwortete Le Vieux. Trotz seines Lächelns war es überdeutlich, dass er den Bayern nicht leiden konnte.

Dan de Villiers und Onetoe-Jack kamen kurz nach ihm, und später ratterte noch der Planwagen des Missionarsehepaars aus Verulam auf den Hof. Pierre hatte die Zubereitung des Weihnachtsmahls übernommen, und als die Sonne den Abend mit rosa Gold überschüttete, wehten die delikatesten Düfte ums Haus. Onetoe-Jack ließ sich von seinen zwei Frauen, die er für seine Behaglichkeit mitgebracht hatte, vor dem Essen seine wund gelaufenen Füße waschen und kühlen. Seine Pfeife zwischen den Zähnen haltend, hockte er mit geschlossenen Augen in einem Stuhl und schnurrte vor Genuss, während die beiden Zulus seine dünne Waden massierten.

Catherine hatte für diesen Abend ihr aprikosenfarbenes Seidenkleid mitgebracht und trug den Goldkäferknopf am Ausschnitt. Sie stand mit dem Rücken zur Tür, als Konstantin den Raum betrat. Sie schloss für Sekunden die Augen. Nichts konnte sie vor den Auswirkungen der nächsten Minuten bewahren. Es würde kein Blitz vom Himmel fahren, noch würde sich eine Erdspalte auftun, sie würde sich jetzt umdrehen und Konstantin von Bernitt begrüßen müssen, und dann würde sie erfahren, wie ihr Leben weitergehen würde. Langsam wandte sie sich um.

Sein Lächeln blitzte, die Augen funkelten. Er nahm ihre beiden Hände in seine. »Nein, welche Überraschung, die schöne Catherine. Frohe Weihnachten, meine Liebe.« Damit küsste er erst ihre rechte und dann ihre linke Hand. Es kitzelte, denn er trug wieder einen Vollbart.

Hastig zog sie sie zurück. »Graf Bernitt, wie schön, Sie hier zu sehen.« Sie holte tief Luft und nahm all ihren Mut zusammen, ehe sie sich Johann zuwandte. »Liebling, darf ich dir Graf Bernitt vorstellen? Graf Bernitt, das ist mein Mann, Johann Steinach.«

Die Herren reichten sich die Hände und sahen sich in die Augen. Es war Abneigung auf den ersten Blick. Die Luft war mit Spannung aufgeladen, als befänden sie sich im Auge eines Wirbelsturms. Catherines Herz hämmerte.

»Ich freue mich zu sehen, dass Sie von der Malaria genesen sind«, sagte Konstantin von Bernitt und zeigte seine weißen Zähne. »Es war mir ein Vergnügen, dass ich Ihnen mit dem Chinarindenpulver aushelfen konnte.«

Catherine hätte ihn mit Wonne erwürgen können. Sie hielt den Atem an, denn jetzt wusste Johann, dass sie ihn belogen hatte.

Doch Johann dachte nicht daran, seine Frau bloßzustellen. Nicht vor diesem Menschen. »Catherine hat mir erzählt, wem ich das zu verdanken habe«, log er, ohne mit der Wimper zu zucken. »Ich hatte immer gehofft, mich persönlich bedanken zu können. Ich bin hocherfreut, jetzt die Gelegenheit dazu zu haben, Graf Bernitt.«

Mila musste gemerkt haben, dass unter der Oberfläche der geschliffenen Worte ein Duell ausgetragen wurde, denn sie berührte Johann am Ärmel. »Meine Lieben«, rief sie. »Kommt zu Tisch.« Sie zog ihn auf die große überdachte Veranda, auf der ein langer Tisch mit Kerzen und Blumenschmuck gedeckt war. Pierre rückte Mila den Stuhl neben sich zurecht, Konstantin nahm auf ihrer anderen Seite Platz. Catherine setzte sich so weit es ging von Konstantin weg, sodass sie nicht zu befürchten brauchte, von ihm in ein Gespräch verwickelt zu werden.

Das Essen war köstlich, die Gespräche waren munter und geistreich. Johann beugte sich hin und wieder vor und musterte Konstantin von Bernitt mit gerunzelten Brauen, schüttelte irritiert den Kopf, aß dann aber weiter. Etwas in dessen Erscheinung bohrte in seiner Erinnerung. Das Gesicht war es nicht. Die arrogante Haltung vielleicht oder seine selbstsichere, aufreizende Art? So sehr er sich bemühte, es gelang ihm nicht, auf den Grund der Sache zu gelangen. Die Erinnerung war flüchtig wie ein Rauchfetzen, der vom Wind verwirbelt wird. »Du hast mir nicht erzählt, woher das Chinarindenpulver stammte«, sagte er leise zu seiner Frau.

Sie legte ihre Gabel hin und biss sich auf die Lippen. Dann entschloss sie sich, die Wahrheit zu sagen. »Ich wollte dich nicht aufregen, denn wenn du gehört hättest, dass es Graf Bernitt war, wärst du sicherlich nicht einverstanden gewesen, schon gar nicht mit seiner Übernachtung bei uns. Aber ich versichere dir, dass ich nicht eine Sekunde länger in seiner Gesellschaft verbracht habe, als es unbedingt nötig war. Alles, was mich bewegte, war der Wunsch, eine Medizin für dich zu bekommen.«

Er nahm ihre Hand, die zusammengeballt in ihrem Schoß lag, öffnete sanft ihre Finger und küsste sie. »Nie würde ich glauben, dass du anders handeln könntest. Ich bitte um Verzeihung, wenn ich den Eindruck vermittelte.«

Gerettet, dachte sie. Gott sei es gedankt, gerettet!

Später spielten sie Scharaden, Pierre erzählte eine spannende Geschichte, die sich auf Martinique zugetragen hatte, und dann schoben sie die Stühle zurück, und er spielte auf seiner Flöte ein paar Tanzweisen. Es ließ sich nicht vermeiden, dass Konstantin auch sie aufforderte, nachdem er bereits mit Mila und der Missionarsfrau getanzt hatte. Steif und hölzern lehnte sie in seinem Arm und schwieg eisern. Mit einem spöttischen Lächeln brachte er sie zu Johann zurück und verbeugte sich. Dann holte er sein Taschentuch heraus und fuhr sich übers Gesicht. Es war aus feinstem, schneeweißem Leinen und trug sein Monogramm.

Johann sah es, seine Augen flogen zur rechten Hand Konstantins, und jetzt wusste er, was die ganze Zeit an seiner Erinnerung gezerrt hatte. Er erkannte den protzigen, breiten Siegelring.

»Kotabeni«, flüsterte er heiser.

Sein Ausruf traf Catherine wie ein Hammerschlag, und die Welt schien still zu stehen.

Dan de Villiers und Onetoe-Jack fuhren herum und musterten Konstantin von Bernitt. »Sag das noch einmal«, knurrte Dan.

»Das ist Kotabeni, der Elfenbeindieb. Ich erkenne ihn wieder«, sagte Johann. Seine Stimme füllte den Raum, und Catherine fürchtete, ohnmächtig zu werden. Pierre, Dan und Jack bildeten mit Johann einen dichten Kreis um Graf Bernitt.

Der lachte plötzlich, ein Geräusch ohne Humor und Belustigung. »Aber nicht doch, meine Herren. Sie irren sich. Außerdem ist heute doch das Fest der Liebe, und Damen sind anwesend.«

»Johann, würdest du mir das bitte erklären?«, verlangte Mila mit klirrender Stimme, und er tat es. Mit knappen, dürren Worten, bei denen Mila immer bleicher wurde. »Pfui, schämen Sie sich, meine Gastfreundschaft derart zu missbrauchen«, sagte sie zu Bernitt. »Was machen wir jetzt mit diesem Schurken?«

Dan de Villiers und Johann schauten sich nur kurz an, dann packte Johann den Grafen von links, Dans Pranken umschlossen seinen rechten Arm, sie hoben den großen, schweren Mann einfach hoch und trugen ihn hinaus und hinüber zu Milas Vorratskammer neben ihrem Kochhaus. Sie schoben ihn wortlos hinein, verrammelten die Tür, dass sie ein Elefant nicht würde aufbrechen können, und machten sich mit Fackeln auf die Suche nach Hottentot Johnny. Doch der schien einen sechsten Sinn zu besitzen. Er war verschwunden. Johann und Dan durchsuchten über eine Stunde die Umgebung, doch vergebens.

»Nach den Weihnachtstagen werden wir ihn nach Verulam bringen, da kann ihn der Konstabel aus Durban abholen«, sagte Dan, als sie endlich zu den anderen zurückkehrten. »Damit ist dieser Spuk vorüber. Welch ein Halunke der Herr Graf doch ist.« Er kippte zwei Gläser von Milas kostbarem Cognac, als wäre es Wasser, und seinem Gesichtsausdruck war unschwer zu entnehmen, dass er mit dem Herrn gerne kurzen Prozess gemacht hätte.

Es dauerte lange, bis die gedrückte Stimmung von der Weihnachtsgesellschaft wich. Doch endlich gelang es Pierre, mit einem Feuerwerk von heiteren Geschichten alle zum Lachen zu bringen, und das Eis war wieder gebrochen. Nur Catherine blieb den ganzen Abend einsilbig. Immer wieder fühlte sie Johanns Blick nachdenklich auf sich ruhen und fürchtete den Augenblick, da sie mit ihm allein sein würde.

Unausweichlich rückte dieser Moment näher. Bald nach Mitternacht waren die Talgkerzen heruntergebrannt, und alle zogen sich zurück. Johann ließ die Plane ihres Wagens herunter, und Catherine drehte sich zu ihm. Sie musste ertragen, was nun folgen würde.

»Du hast gewusst, wer Kotabeni ist.« Es war keine Frage, sondern eine Feststellung.

Sie blickte auf den Boden. »Ja«, flüsterte sie.

»Warum hast du nichts gesagt? Seine Anschuldigungen hätten mich Kopf und Kragen kosten können. Und Inqaba.« Er gab sich übermenschliche Mühe, einen neutralen Ton anzuschlagen. Am liebsten hätte er geschrien und getobt, so eifersüchtig war er.

»Ich ... konnte nicht«, stotterte sie endlich und verriet damit alles.

Johann stellte sich an das Fenster und starrte hinaus in die Dunkelheit. Ein leichter Wind fächelte sein erhitztes Gesicht. Er stand lange so, schweigend, wandte ihr den Rücken zu.

Sie wartete mit gesenktem Kopf hinter der unüberwindlichen Mauer seines Rückens, fühlte seinen Schmerz, als wäre es ihr eigener, und hätte ihren rechten Arm dafür gegeben, das ungeschehen zu machen, was sie ihm angetan hatte. Es war unerheblich, dass nichts zwischen ihr und Konstantin passiert war, sie hatte Johann in ihren Gedanken verraten, und das war ebenso schlimm.

»Du wirst ihn nie wieder sehen.« Es war eine Frage, und es war eine Bitte, kein Befehl.

»Nein, nein, nie«, antwortete sie hastig. »Nie, ich versprech's.« Sie hob ihr tränenüberströmtes Gesicht zu ihm. »Johann, es tut mir so entsetzlich Leid. Ich kann es dir nicht erklären ... bitte ...«

Er legte ihr die Finger auf die Lippen. »Es ist gut. Dan und Jack werden ihn morgen nach Verulam schaffen, und dann vergessen wir ihn. Einverstanden?«

Dankbar schmiegte sie sich in seine Arme und nickte. Viktoria weinte einmal im Schlaf auf, und ihre Eltern beugten sich besorgt über sie. »Sieh einmal, sie lächelt«, flüsterte der stolze Vater und streichelte mit unendlicher Zärtlichkeit die weiche Wange seiner kleinen Tochter.

Endlich kleideten sie sich aus und gingen ins Bett. Catherine konnte nicht einschlafen, war es aber zufrieden, mit dem Kopf auf seiner Brust zu liegen und seinen stetigen Atemzügen zu lauschen. Irgendwann vor Morgengrauen fiel ihr ein, dass sie ihm auch nicht erzählt hatte, warum Konstantin von Bernitt aus Deutschland geflohen war. Ihr Puls jagte hoch, doch dann beruhigte sie sich. Niemand ahnt, dass ich den Brief gelesen habe, dachte sie. Sie wusste von nichts. Woher auch? Und wer weiß, ob die Sache mit diesem Pauli stimmt? Sein Freund Wilhelm von Sattelburg schien nicht davon überzeugt zu sein. Außerdem hatte das nichts, aber auch gar nichts mit ihr und Johann zu tun, und ihm würde es nur wehtun.

*

Dan und Johann setzten den Grafen am übernächsten Morgen auf sein eigenes Pferd, dessen Zügel Dan an seinem Sattelknopf befestigte. Die Arme hatten sie ihm vorsorglich auf den Rücken gebunden. Onetoe-Jack hatte die Knoten sehr fest gezogen.

»Grüßen Sie die schöne Catherine von mir«, brüllte Konstantin von Bernitt Johann zu und lachte, als er das wütende Aufflammen in dessen Augen sah. »Aber, aber, Sie werden sich doch nicht an einem Gefesselten vergreifen?«, höhnte er, während Dan sein Pferd vom Hof führte.

Johann ballte die Fäuste, beherrschte sich aber und ging hinüber zu seinem Planwagen, der unter einer ausladenden Akazie stand. Er fand Catherine auf ihrem Bett sitzend, die Augen hatte sie fest zugekniffen, die Hände über die Ohren gepresst. Er berührte ihre Schulter. »Er ist fort. Für immer. Vergiss ihn«, sagte er. Dann nahm er seine Tochter aus ihrer Wiege, küsste sie und warf sie in die Luft und fing das vergnügt quietschende Bündel wieder auf. Er drückte sein Gesicht in den weichen Flaum ihrer Haare, atmete ihren frischen Duft, spürte ihren süßen Atem auf seiner Wange, und langsam entspannten sich seine verkrampften Züge wieder.

Keiner der Anwesenden erwähnte Graf Bernitt auch nur ein einziges Mal. Alle waren lustig. Sie saßen unter dem betäubend süß duftenden Frangipani, den Mila von Freunden aus Indien bekommen hatte, sangen Weihnachtslieder und erzählten sich Geschichten von einer anderen Welt, in der Weihnachten kalt war und nach Zimt und Kardamom roch und Eis und Schnee das Land in ein glitzerndes Märchenland verwandelten.

Nachts lagen Catherine und Johann eng beieinander, weil ihre Lagerstatt sehr schmal war, aber ihre Gedanken trennten sie weiter, als ein Ozean es hätte tun können. Irgendwann drehte sie sich zu ihm, suchte seinen Mund und sagte ihm mit ihren Händen, wie Leid es ihr tat.

*

Nach vier Tagen dann kehrten Dan und Onetoe-Jack zurück. Dan sprang vom Pferd, nahm seinen Straußenfederhut ab und schüttelte ihn auf. »Erledigt«, sagte er.

»Ich hoffe, sie stecken ihn in den Tronk, ins Gefängnis, und werfen den Schlüssel weg«, bemerkte Onetoe-Jack und streckte einer seiner Frauen die Füße hin, damit sie ihm die Schuhe ausziehen konnte.

*

Hottentot Johnny, der seinem Herrn bedingungslos ergeben war, wartete auf seinem Pferd mit zwei Kumpanen hinter einem Felsvorsprung, verdeckt von dichtem Busch. Die rote Blusenjacke, die er sonst immer trug, hatte er ausgezogen, um besser getarnt zu sein. Sein gutes Auge hatte er fest auf die Reitergruppe gerichtet, die sich durch das sonnenverbrannte, gelbe Gras des weiten Tales rasch näherte. Konstantin von Bernitt, beide Hände auf den Rücken gefesselt, ritt in der Mitte, vorn und hinten ritten zwei Soldaten, an seiner Seite der Konstabel von Durban. Johnny legte seine beiden Hände als Trichter um den Mund, stieß einen hohen, flötenden Ton aus und endete mit einem harschen Tschuk-Tschuk. Dann wartete er. Keiner der Begleiter reagierte, nur der Graf hob seinen Kopf und suchte den Busch mit den Augen ab. Hottentot Johnny wiederholte den Ruf, und Konstantin von Bernitt lächelte verstohlen. Verächtlich streifte er seine Begleiter mit einem Blick. Stadtmenschen, dachte er. Jeder Buschläufer hätte gewusst, dass es keinen Vogel gab, der einen derartigen Ruf besaß. Er ruckte seine Hände, versuchte, die Fesseln zu lockern, und biss die Zähne zusammen, als die Stricke in seine Haut schnitten. Er würde warten müssen, bis sein einäugiger Freund ihn befreien konnte.

Als es passierte, ging alles sehr schnell. Wild feuernd und mit fürchterlichem Gebrüll stürmten Johnny und seine Leute aus dem Gebüsch hervor. Das Pferd des vordersten Soldaten brach zusammen, die anderen scheuten, die Schüsse der Männer gingen in die Luft. Johnny griff in einen Sack, nahm eine Hand voll gemahlenen Pfeffers und warf es Reitern und Pferden in die Augen. Schrill wiehernd gingen die Gäule durch. Der Konstabel, ein gewichtiger Mann von explosivem Temperament, wurde heruntergeschleudert, rollte einen Abhang hinunter und blieb brüllend im Dornengebüsch hängen.

»Schnell, meine Hände!«, befahl Konstantin von Bernitt. Hottentot Johnny lehnte sich hinüber zu ihm und schnitt ihm die Fesseln durch. Der Graf packte die Zügel seines Pferdes, hieb ihm die Hacken in die Seiten, und wenige Minuten später waren sie vom Busch verschluckt. Es dauerte Stunden, ehe die Soldaten ihre Pferde wieder einfangen konnten. Bis zum Einbruch der Dunkelheit suchten sie ihren entflohenen Gefangenen, und dann zündeten sie Fackeln an. Aber seine Spur verlor sich auf der harten, rot gebackenen Erde. Konstantin von Bernitt war verschwunden und wurde nicht mehr gesehen. Wetten, ob der Graf seinen Häschern wieder ins Netz gehen würde, wurden in ganz Natal abgeschlossen und standen zehn zu zwei für den Grafen. Doch nach ein paar Wochen aufgeregter Diskussionen in den Bars von Durban wuchs langsam Gras über die Sache. Es wurde sogar als sicher angenommen, dass von Bernitt auf seiner Flucht zu Tode gekommen war.

Irgendwo weit im Norden saß derweil Konstantin Graf Bernitt auf einem Felsvorsprung und polierte den Lauf seiner Elefantenbüchse. Ivory Red und Johnny lagerten im Schatten, ihre Pferde grasten am Pflock. Tief unter ihnen gurgelte der Pongolafluss. Von Bernitts Blick schweifte nachdenklich nach Süden über das staubige, buschbestandene Land zu den grünen Hügeln Zululands. Er hielt eine Gewehrkugel in der Hand, warf sie hoch, fing sie wieder auf, warf sie hoch. Dabei wurde sein Mund scharf wie ein Messerschnitt. Er nahm ein Stück verschmutztes Papier und eine schimmernde Goldmünze aus dem Ledersäckchen, das an seinem Gürtel hing. Er wog sie in der Hand, studierte die Prägung. »Ethiopie, Arabie, Persie.« Zum tausendsten Mal entfaltete er dann die Karte, studierte die flüchtig hingeworfenen Linien, verglich sie im Geist mit der Topographie Zululands und kam wie immer zum gleichen Ergebnis. Südöstlich von hier, irgendwo in der Nähe der Küste, an oder in einem Fluss hatte diese Goldmünze einmal gelegen.

In Gedanken versunken steckte er sie zurück, rollte dabei die Kugel in der Handfläche herum und dachte an den, der ihm alles zerstört hatte. Johann Steinach. Hätte der ihn nicht erkannt, kein Mensch wäre je auf die Idee gekommen, dass Graf Konstantin von Bernitt identisch war mit Kotabeni. Mit einer heftigen Bewegung schnitt er mit seinem Messer ein »J« in das Blei und steckte die Kugel zu der Münze in seine Uhrentasche. Wenn die Zeit gekommen war, würde sie ihr Ziel finden.

Kapitel 20

Erbarmungslos hämmerten die Sonnenstrahlen hernieder, und die hart gebackene Erde antwortete mit dumpfem Stöhnen. Die Totentrommeln erklangen für Zululand. Der Mais vertrocknete am Halm, das Zuckerrohr blieb verkrüppelt, Rinder verdursteten auf der Weide, und die großen Elefantenherden zogen weit fort, tief in den grünen Norden. Die Zulus hungerten, die schwarzen wie die weißen, und einigen der Lala Ngunis, die im Süden lebten, fiel wieder ein, dass sie während der letzten großen Hungersnot ihre Brüder gegessen hatten.

»Meine Zunge erinnert, dass die Ferse vom Fuß das Leckerste war«, bemerkte einer der alten Männer, dessen Körper nur ein lederüberzogenes Skelett war, und steckte eine Hand voll gerösteter Termiten in den Mund. »Am besten die eines Kindes.« Er spuckte die Termiten wieder aus. »Bah! Selbst die Ihlawabusi sind vertrocknet.«

»Am saftigsten war der Hintern von jungen Frauen«, entgegnete ein anderer und schmatzte mit trockenen Lippen.

Kurz darauf kamen den Kolonialherren Berichte zu Ohren, dass immer wieder Menschen verschwanden, meist junge, doch der Gouverneur sah sich außerstande, dem gründlich nachzugehen, da er nicht über genügend Regimenter verfügte und diese Vorfälle jenseits der Grenzen Natals passiert waren. Außerdem gab er nichts auf diese Geschichten.

»Natalgeschichten«, bemerkte auch Catherine abschätzig, als sie von den Gerüchten hörte, aber als Dan ihnen erzählte, dass seine Zulus untereinander von Vätern sprachen, die sich weigerten, ihre eigenen Kinder aufzuessen, sie aber gegen die anderer eintauschten, um diese dann zu verspeisen, ließ sie Viktoria nicht mehr aus den Augen, nicht eine Sekunde lang.

Langsam fand sie wieder Ruhe. Der Name Konstantins wurde zwischen ihr und Johann nicht mehr erwähnt. Auch seine Wunden heilten, und auf Inqaba ging das Leben weiter. Viktoria war der Sonnenschein im Leben ihrer Eltern. Sie wuchs und gedieh und wurde immer mehr zum Abbild ihrer schönen Mutter.

Das erste Dampfschiff erreichte Durban, und die Postsäcke, die in seinem Bauch lagen, enthielten eine Nachricht, die das Land wie Gift zersetzen sollte. Man hatte Gold in Australien gefunden.

Wochenlang wurde in den Häusern, in den Bars und Spelunken von nichts anderem gesprochen. Von den reichen Funden, die arme Landstreicher mit einem Schlag zu Millionären machten, von den goldenen Aussichten, die auf jeden warteten, der den Mut hatte, nach Australien auszuwandern. Die Habgier wuchs wie ein Geschwür, Neid zerfraß die Menschen, und einer nach dem anderen schiffte sich ein, um in dem fernen Kontinent sein Glück zu suchen. Die Kunde, dass Hunderte von enttäuschten Siedlern das Land verließen, war sogar bis nach Inqaba gelangt. Tüchtige Händler gaben ihre Geschäfte auf, Farmer ihr Land, qualifizierte Handwerker, die Natal so sehr brauchte, schlossen ihre Werkstätten.

»Natal blutet aus«, murmelte Johann. Er zog die Kerze heran, um die letzte Ausgabe des »Durban Chronicle«, die ihnen ein fliegender Händler verkauft hatte, besser lesen zu können. »Ich fühle mich wie in einem Schmelzofen«, stöhnte er. »Verdammt heiß und trocken in diesem Sommer. Ich kann in dieser Hitze einfach nicht schlafen.« Es war schon nach neun Uhr, und sie saßen noch bei Kerzenlicht und Mondschein auf der Veranda.

»Dafür scheint es weniger Fieber zu geben. Vielleicht hängt das irgendwie zusammen«, erwiderte Catherine. »Es ist mir schon seit längerem aufgefallen, dass es wohl vom Wetter abhängig ist. Je mehr Regen es gibt, desto schlimmer wütet das Fieber. Schon mein Vater warnte mich vor sumpfigen Gegenden. Ich muss einmal darüber nachdenken.« Sie hielt ihren Zeichenblock auf den Knien, der Träger ihres dünnen Hemdes war ihr von der Schulter gerutscht. Zart schraffierte sie die Schatten in ihrer Zeichnung und verwischte sie, bis nur ein Hauch die Grübchen in den Wangen ihrer Tochter andeutete. »Dieses ist nur eine Skizze, als

Nächstes werde ich sie in Pastell malen, Öl ist nicht meine Stärke.« Mit schräg gelegtem Kopf hielt sie das Bild auf Armeslänge. Es zeigte Viktoria inmitten von Nofretetes Nachkommenschaft auf dem Verandaboden sitzend. Dan, der Schlangenfänger, hatte vor Monaten einen halbwüchsigen Kater angeschleppt, der, sobald er dazu imstande war, flugs zur Sache kam und sich dann wieder in die Büsche schlug. Das Ergebnis waren sechs entzückende Fellknäule, die das Haus durcheinander wirbelten.

Johann nahm ihr das Bild ab. »Wie wunderhübsch sie ist, nicht wahr? Ich werde einen Rahmen dafür anfertigen und es im Wohnzimmer aufhängen. Ist sie nicht eine Schönheit, unsere Kleine?« Er beugte sich über die Wiege, die in ihrer Reichweite stand, und streichelte die rosigen Wangen seiner schlafenden Tochter.

»Wecke sie ja nicht auf. Ich bin froh, dass sie endlich schläft«, mahnte sie lächelnd. Johann war völlig vernarrt in sein Kind, er konnte sich morgens kaum von ihm losreißen, um auf die Felder zu reiten.

Er setzte sich wieder hin und entfaltete die Zeitung erneut. »Ach je, in den Lokalnachrichten steht, dass Mrs. Prudence Mitford sich nach England eingeschifft hat.«

»Allein? Ist George nicht erwähnt?«

»Allerdings. Offenbar ist er auf und davon, um im gelobten Land Gold zu suchen.«

Sie ließ ihren Zeichenstift sinken. »Nach Australien also.« Sie kicherte. »Kannst du dir den geschniegelten George auf den staubigen Goldfeldern zwischen all dem Gesindel vorstellen? Er wird Ausschlag vor lauter Ekel bekommen.«

Doch Johann war nicht zum Scherzen zumute. »Charlie Sands werde ich auch kaum halten können. Er redet von nichts anderem mehr als davon, was er tun wird, wenn er reich ist. Lieber Gott, weißt du, wovon dieser Einfaltspinsel träumt? Er will sich einen Landsitz im guten, alten England kaufen und Landedelmann werden!«

Jetzt lachte Catherine laut. Die Vorstellung war zu grotesk. »Wenn er geht, was machen wir ohne ihn? Du wirst einen anderen jungen Mann brauchen.«

Er kratzte sich am Kopf. »Es verlassen so viele das Land, dass Natal allmählich leer läuft wie eine umgekippte Flasche. Mit der Wirtschaft geht's bergab, die Preise für Vieh und Farmerzeugnisse fallen, weil die Nachfrage sinkt. Es könnte sein, dass ich keinen Verwalter mehr brauche, jedenfalls nicht in dieser Zeit.«

Sie sah beunruhigt hoch. Er klang ziemlich deprimiert. »Was dir wirklich zu schaffen macht, ist die anhaltende Dürre, nicht wahr?« Und die Heuschrecken, die Rinderpest, die Zecken, die Affen, die den letzten Mais klauten, die wilden Schweine, die die Felder umwühlten. Die Liste war endlos, und sie hatte das alles unglaublich satt. Immer wenn sie glaubte, über den Berg zu sein, passierte etwas, um sie wieder zurückzustoßen. Wir sollten die Farm »Sisyphos' Qualen« nennen, dachte sie grimmig.

»Hier, hör dir das an«, rief er. »Der Gouverneur will eine Belohnung für denjenigen aussetzen, der Gold in Natal findet. Mein Gott, ist der Mann sich nicht im Klaren darüber, dass alle fragwürdigen Elemente, die sich bei uns herumtreiben, nun jeden Quadratfuß des Landes durchwühlen werden, egal, wem der gehört? Es wird Mord und Totschlag geben, glaub mir!«

Sie legte ihre Zeichnung auf den Tisch und sah ihn an. »Gold. Hier? Wäre das nicht wunderbar? Wir sollten vielleicht gleich anfangen, Inqaba umzugraben. Wer weiß, vielleicht sitzen wir ja auf einem Vermögen«, sagte sie, lächelte dabei aber. Angeleuchtet vom Kerzenlicht, tanzten Dutzende riesiger Wanderheuschrecken ein geisterhaftes Ballett um ihre Köpfe. Wie betende Nönnchen sahen sie aus mit ihren ausgebreiteten Flügeln, dem dicken Kopf und den lang herunterhängenden Beinen. Nofretete fing eine aus der Luft und fraß sie auf. Catherine lachte und hob ihren Haarschopf, um sich den feuchten Nacken zu wischen. »Ich wünschte, ich hätte den Mut, mir die Haare abzuschneiden wie Mila.«

Bevor er jedoch lautstark seinen Protest äußern konnte, hörten sie Pferdehufe klappern. Johann richtete sich auf. »Besuch? Um diese Zeit?«

»Gibt's in diesem Haus etwas zu essen für zwei hungrige Wandersleute?«, dröhnte eine laute Stimme.

Dans unverkennbare Geruchsnote wehte ihm auf die Veranda voraus. »Einen wunderschönen guten Abend, liebe Freunde.« Er schnupperte. »Ihr habt wohl schon gegessen?«

Johann klatschte ihm grinsend auf den Bauch. »Solltest besser ein wenig fasten, lieber Freund, sonst lecken sich die Löwen der Umgebung bald die Lefzen vor Vergnügen.«

»Du bist nur neidisch auf meine stattliche Figur«, grunzte Dan und begrüßte die Hausherrin mit einem Handkuss.

Hinter dem Schlangenfänger humpelte die kleine Gestalt von Onetoe-Jack herbei. »Johann, alter Junge, du hast die einmalige Gelegenheit, deine Freunde vor dem Verhungern zu retten.« Er hob seine Rechte mit dem fehlenden Mittelfinger, trippelte hinüber zu Catherine und küsste ihr die Hand mit einer tiefen Verbeugung. »Ich grüße dich, unvergleichliche Catherine.« Seine grauen Augen himmelten sie an.

»Ach geh, Jack, du willst nur an die Fleischtöpfe, gib es zu.« Aber sie freute sich über seine galante Begrüßung. Er brachte stets einen Hauch von gepflegter Kultiviertheit ins Haus.

»Was führt euch hierher?«, fragte Johann und stellte zwei Krüge frischen Biers vor ihnen auf den Tisch.

»Kotabeni«, antwortete Dan, und die Steinachs erstarrten. »Es gibt Berichte, dass ein kleiner Frachtensegler häufig in der Mündung des St.-Lucia-Sees gesehen worden ist. Angeblich soll er Elfenbein an Bord nehmen, das ihm Schmuggler aus dem Landesinneren bringen. Wir sollten da mal nach dem Rechten sehen. Wir haben unsere Fährtenleser und Treiber dabei. Sie richten sich gerade ihr Lager hinter dem Kochhaus her.«

Catherine hielt den Blick fest auf ihre Zeichnung geheftet und wagte nicht, ihren Mann anzusehen. Dann stand sie hastig auf. »Ich hole euch etwas zu essen«, murmelte sie und eilte in die Küche.

»Warum glaubst du, dass es dieser hochwohlgeborene Halunke ist?«, hörte sie Johann fragen. »Klaut er es wieder von den Zulus?«

»Offenbar. Es ist seine Handschrift. Außerdem scheint er im Norden sein Unwesen getrieben zu haben. Dort soll eine Herde von zwanzig Elefanten gemetzelt worden sein. Mpande hat ein Impi hingeschickt, aber sie sind zu spät gekommen. Es ist also nichts bewiesen, aber mein Bauch sagt mir, dass er dahinter steckt. Dieser feine Herr ist schlüpfriger als ein Aal.«

»Er soll doch so eng mit dem König sein.« Johann kreuzte Zeigefinger und Ringfinger. »Ich habe gehört, dass er ihm bei einem ... äh ... delikaten Problem geholfen hat.«

Dan lachte freudlos auf. »Glück hat dieser Mensch, das muss man ihm lassen. Das letzte Gerücht besagt, dass Mpande ihm dafür die Genehmigung, Elefanten im Nordosten zu jagen, erteilt und südlich von Inqaba ein Stück Land überlassen hat. Angeblich hat er ein vom König unterschriebenes Papier, das das belegt.«

Johann sah betroffen hoch. »Ein von Mpande unterschriebenes Papier? Das glaube ich nicht einen Moment. Sollte es stimmen, wäre es sehr unschön für uns. Aber wenn er die Erlaubnis zur Elefantenjagd hat, bräuchte er nicht zu schmuggeln. Warum sollte also Mpande ein Impi hinschicken?«

»Weil Mpande die Identität von Kotabeni nicht kennt. Man hat nur zwanzig tote Elefanten gefunden, denen die Stoßzähne herausgeschnitten waren. Eine Visitenkarte lag nicht dabei.«

»Man sollte den König vielleicht darauf hinweisen«, sagte Onetoe-Jack und massierte die juckende Stelle, an der ihm der Militärarzt in Durban nach dem Schlangenbiss letztendlich den Finger amputiert hatte.

Catherine brachte Teller mit Fleisch und Gemüse, Brot, Butter und Früchte. Still setzte sie sich wieder hin. Ihre Hände hielt sie im Schoß verschlungen, so fest, dass ihre Knöchel weiß wurden.

»Wir wollen Anfang nächster Woche losreiten. Begleitest du uns? Wir könnten Verstärkung gebrauchen«, fragte der Schlangenfänger.

»Selbstverständlich. Das lass ich mir nicht entgehen. Außerdem betrifft es mich besonders, wenn sich Bernitt wirklich Land an Inqabas Grenze erschlichen hat.«

»Ich komme auch mit«, sagte Catherine und sah ihrem Mann fest in die Augen. Wenn sie Konstantin von Bernitt stellen sollten, wollte sie dabei sein, um zu verhindern, dass es zwischen ihm und Johann zum Schlimmsten kam. In ihrer Gegenwart würden sich die beiden beherrschen, davon war sie überzeugt.

Er winkte energisch ab. »Wo denkst du hin. Wer soll bei Viktoria bleiben? Du willst sie doch wohl mit Jabisa nicht allein lassen?«

»Selbstverständlich nicht. Unsere Tochter ist eine Afrikanerin, eine weiße Zulu, die gewohnt ist, den ganzen Tag auf meinem Rücken zu verbringen. Es ist Zeit, dass sie ihr Land besser kennen lernt. Ich nehme sie mit.«

»Viktoria ist viel zu klein. Wir können sie unmöglich mitnehmen«, protestierte er. In Niederbayern lagen Kleinkinder in Viktorias Alter in der Wiege, wurden allenfalls, in Wollschals gehüllt, im Kinderwagen spazieren gefahren.

»Natürlich können wir das. Viktoria ist im afrikanischen Busch geboren, es ist ihr Land. Sie ist ein afrikanisches Kind wie Tausende andere, die hier leben. Ich binde mir unser Buschbaby auf den Rücken, wie es jede Zulufrau tun würde. Sie wird es herrlich finden.« Zärtlich zog sie den dünnen Musselinvorhang, den sie über der Wiege gegen die Mücken angebracht hatte, zurecht.

Mit zäher Energie setzte sie sich gegen den geballten Widerstand der Männer durch, und endlich machten sie sich zum Aufbruch fertig. Johann half Catherine, die Viktoria auf dem Rücken trug, in den Sattel. Schlafdecken, Ölzeug gegen den Regen und Ersatzkleidung zusammengerollt hinter sich aufs Pferd geschnallt, Kochtöpfe und Proviant in den Satteltaschen des Packpferds verstaut, ritten sie los. Viktoria lugte mit blitzblauen Augen aus ihrem Tuch hervor, schaute neugierig einem bunten Falter nach, griff juchzend nach herunterhängenden Rankpflanzen. Wie ihre Mutter vorausgesagt hatte, fühlte sie sich offensichtlich pudelwohl.

Die alten Elefantenpfade waren breit genug, dass sie zu dritt nebeneinander reiten konnten. Außer Dans Schwarzen begleiteten sie Sihayo und mehrere Zulus von Inqaba, die ebenfalls zu den besten Fährtenlesern zählten. »Nicht, dass der Kerl uns wieder durch die Maschen schlüpft«, sagte Johann.

Sie kamen gut voran. Die Wege waren hart, als wären sie gepflastert, die Flüsse ausgetrocknet und leicht zu überqueren. In den letzten Schlammlöchern stritten sich die Krokodile mit den Flusspferden ums Überleben und ließen die kleine Karawane unbehelligt passieren. Die Nächte waren klar und der Mond voll, sodass sie sich immer erst spät einen Schlafplatz suchen mussten. So nutzten sie die kühleren Abendstunden, um vorwärts zu kommen.

Mehr als einmal hustete ein Leopard in ihrer Nähe. Dan und Johann hielten ihre Flinten schussbereit und nahmen Catherine und Viktoria in ihre Mitte. Onetoe-Jack schützte ihren Rücken. »Er ist über uns«, flüsterte Johann einmal. »Kannst du ihn riechen? Er hat seine Beute in eine Astgabel eingeklemmt.«

Catherine schielte in den großen Baum. Die elegante Silhouette der Großkatze, die bewegungslos auf dem Hauptast lag, zeichnete sich scharf gegen das Mondlicht ab. Alle Zulus vermieden es ängstlich, in die Baumwipfel zu schauen, um das Raubtier nicht zu reizen. Schweigend zogen sie weiter über den mondbeschienenen Weg.

Am dritten Tag hob Catherine den Kopf und sog die Luft tief in ihre Lungen. »Es ist ein großes Wasser in der Nähe. Ich kann es riechen.« Ihr weites Hemd war durchgeschwitzt, die Nässe lief ihr unter dem breitkrempigen Hut in Kragen und Hosenbund, und ihre Tochter war ein feuchtes Gewicht auf ihrem Rücken. Sie wischte sich den Hals ab. Gnadenlos strahlte die Sonne aus dem weiß glühenden Himmel, jedes Metallteil am Zaumzeug war so heiß, dass die Haut Blasen zog. Nur selten fanden sie genug Wasser in den Flüssen, um sich abzukühlen. Dann standen die Männer Wache, die Gewehrhähne gespannt, die Blicke fest auf die Uferzone geheftet, während Catherine sich mit einem Kochtopf das von Mückenlarven wimmelnde Wasser über den Körper goss und dann vorsichtig ihr Kind wusch.

Sie erreichten den See in der kurzen Abenddämmerung und schlugen ihr Lager in einiger Entfernung zum Wasser auf. Johann hatte eine Antilope geschossen, die sie am Stock auf zwei Astgabeln rösteten. Catherine schnitt Brot auf und ließ

Kartoffeln in der Glut garen. Fledermäuse schossen tief hinunter, um sich die Mücken und Nachtfalter zu schnappen, die zu Hunderten im Feuerschein tanzten.

»Du bleibst morgen im Lager«, sagte Johann zu seiner Frau und hielt die Luft an

Sie reagierte so, wie er es erwartet hatte. »Nein«, sagte sie. »Bestimmt nicht.« Sie warf ihm einen listigen Blick zu. »Ich könnte doch von den Banditen überfallen werden, während ihr am See seid. Wer weiß, wer hier alles im Busch herumkriecht. Außerdem haben wir keine dreißig Fuß entfernt Leopardenspuren gesehen.«

»Netter Versuch, Johann«, grinste Dan. »Gib am besten gleich auf, sie überzeugen zu wollen.«

Im Morgengrauen machten sie sich auf den Weg, Viktoria schlief noch fest in ihrem Tragetuch. Sihayo und mehrere Zulus blieben als Wache im Lager zurück. Sie ritten schweigend, lauschten auf jedes Geräusch, das fremd war, und verharrten minutenlang, als sie glaubten, menschliche Stimmen gehört zu haben.

»Klang wie ein Baby«, wisperte Catherine und musste Caligula beruhigen, der irritiert mit dem Kopf schlug.

»Bushbabys«, nickte Johann. »Schreien wie kleine Kinder.«

»Unheimlich.« Sie erschauerte trotz der Hitze.

Sie ritten in die aufgehende Sonne, die Seeoberfläche glitzerte wie mit Millionen funkelnder Diamanten überschüttet. Alle hatten ihre Hüte tief ins Gesicht gezogen und versuchten angestrengt, in dem flirrenden Licht etwas zu erkennen. Catherine sah nur noch schwarze Punkte und Blitze, die ihr die Tränen in die Augen trieben.

»Da ist etwas«, sagte Johann. »Dort, auf der anderen Seite.« Er beschattete seine Augen. »Es scheint ein Segler zu sein.«

Dann sahen es alle. Eine winzige Nussschale tanzte in dem gleißenden Geglitzer auf den Wellen dicht unterhalb der Mündung des Sees in den Indischen Ozean. Zu ihrer Linken, in einiger Entfernung vom Ufer, schlugen plötzlich die Buschkronen hin und her, als wäre ein starker Sturm aufgekommen.

»Ruhig. Da sind sie!« Dan hob warnend einen Arm. »Dort«, flüsterte er und zeigte auf ein Bündel Stoßzähne, das, von Mückenwolken umschwärmt, über dem Ufergras zu schweben schien.

»Sie sind zu viert, und sie müssen ein Ruderboot haben, um hinaus zum Segler zu gelangen«, sagte Johann leise. Er reckte sich, um besser sehen zu können, denn niedriges Buschwerk und im leichten Wind schwankendes, hohes Ried versperrten ihnen immer wieder die Sicht. Die vier Träger wurden von zwei anderen Männern am Wasser erwartet. Einer, ein Schwarzer, trug eine rote Jacke, der andere war ein korpulenter, hemdsärmeliger Kerl, seinen Bewegungen nach deutlich älter als die übrigen. Johann sah sich um. Die einzige Möglichkeit, näher heranzukommen, führte über sumpfiges Grasland, das nur spärlich mit Busch bewachsen war. »Catherine, du bleibst mit Viktoria hier in Deckung«, sagte er, und sie gehorchte und zügelte Caligula unter den tief hängenden Zweigen einer Silbereiche.

Die Träger mit dem Elfenbein hatten mittlerweile das Ufer erreicht, und der korpulente Mann balancierte auf einem langen Baumstamm hinaus zu dem Ruderboot, das sie nun deutlich erkennen konnte. Er fuchtelte mit den Armen und brüllte einen Befehl.

Catherine fuhr zusammen. Ihr Herz begann hart zu klopfen, denn an diese Stimme erinnerte sie sich nur zu genau. Doch unsicher, ob sie ihrer Wahrnehmung trauen sollte, kniff sie die Augen zusammen und spähte hinüber zum Ufer. Er war fast hundertfünfzig Fuß entfernt, doch seine Gestalt, sein Leibesumfang, die ausholenden Gesten, der buschige Vollbart ergaben ein Bild, das sie sofort erkannte. Im selben Augenblick drehte der Mann sich um und sah unverwandt zu ihr herüber, zögerte, schaute noch einmal, schüttelte dann seinen Kopf und wandte sich ab.

»Johann«, rief sie leise. »Warte. Ich kenne den Kerl.« Sie trieb Caligula neben sein Pferd. »Es ist der Kapitän der *Carina*, des Schiffes, auf dem mein Vater und ich gesegelt sind, und wenn ich mich nicht sehr täusche, ist es die *Carina* da draußen. Als wir im Hafen von Loanda lagen, hat der Kapitän im Schutz der Dunkelheit Elfenbein geladen, und ich bin sicher, es war geschmuggelt.« Rasch berichtete sie ihm von ihrem Streit über die Passage und der kleinen Erpressung, mit der sie den Kapitän gefügig gemacht hatte. »Wenn ich mit meiner Vermutung nicht richtig gelegen hätte, hätte er doch nie und nimmer eingewilligt.«

»Den werden wir uns jetzt mal vorknöpfen«, knurrte Dan und hieb seinem Pferd die Hacken in die Seite.

Aber sie kamen nicht mehr dazu. Mit durchdringendem Geschrei stieg ein Schwarm Wachteln vor ihnen auf, und der Mann in der roten Jacke wandte sich um, sah zu ihnen herüber und erkannte Johanns markante Gestalt und auch die von Dan und Onetoe-Jack. Er riss seine Büchse hoch und feuerte, doch verriss, als ihn einer seiner in Panik geratenen Kumpane behinderte.

»Also doch!«, knurrte der Schlangenfänger und gab seinem Pferd die Sporen. »Dieser verdammte Schurke Bernitt steckt dahinter. Der in der roten Jacke, das ist sein Schatten, dieser Hottentot John.«

Die Träger luden ihre Beute in größter Hast ins Boot und sprangen hinterher, gefolgt von dem noch immer feuernden Hottentot John. Der Kapitän stand breitbeinig im Bug, seine Leute ruderten, was das Zeug hielt, und langsam, aber stetig entfernten sie sich vom Ufer. Johann und seine Freunde feuerten gleichzeitig. Der Knall ihrer Schüsse rollte wie eine Welle über den See, Hunderte von Seevögeln flatterten kreischend hoch, und minutenlang war nichts außer dem Donnern ihrer Gewehre zu hören. Kleine Wasserfontänen spritzten um das Boot auf. Die Ruderer waren tief über ihre Riemen gebeugt und ruderten, was das Zeug hielt.

»Hab einen erwischt«, jubelte Onetoe-Jack, als einer der Männer die Arme hochwarf, das Ruder fallen ließ und über Bord fiel.

»O mein Gott«, rief Catherine. »Seht doch.«

Schweigend starrten die vier über das Wasser. Es schien um das kleine Boot zu kochen, Schaum spritzte hoch, das Ruderboot schaukelte gefährlich, der Kapitän schoss mit seinem Revolver in den brodelnden See, packte dann das Ruder, das der Getroffene losgelassen hatte, und schlug heftig auf etwas ein, das versuchte, das Boot zum Kentern zu bringen. Entsetzt schloss Catherine ihre Augen vor diesem grausigen Schauspiel.

»Unsere gepanzerten Freunde haben ein Festmahl«, knurrte Dan und senkte seinen Flintenlauf. »Vielleicht kriegen sie den Dicken und diese Rotjacke ja auch noch. Zielt ihr auf den Bootsrumpf, dann nehme ich mir diesen Hottentotten vor«, sagte er, lud nach und hob seine Büchse. Er zielte sorgfältig und zog langsam den Hahn durch. Der Schuss knallte, aber der Mann in der roten Jacke stand noch immer, und der übrigen Besatzung gelang es, das Boot aus der Gefahrenzone zu bringen. Kurz darauf drehten sie neben dem Frachtensegler bei und begannen in großer Hast, die Stoßzähne an Bord zu hieven. Dan de Villiers beobachtete sie sehnsüchtig, hob noch einmal seine Büchse, ließ sie dann aber wieder sinken. »Es ist zu weit. Da verschwende ich nur mein Pulver. Aber so schnell kommen die nicht wieder, möchte ich wetten.«

»Das sind nur die Handlanger«, warf Johann ein. »Der Kopf der Bande ist uns wieder durch die Finger gerutscht. Verdammt!«, knurrte er. »Als trüge er eine Tarnkappe. Sicher sitzt er irgendwo und machte sich über uns lustig.« Er ließ seinen Blick über die weitere Umgebung wandern. In einer Entfernung von ungefähr einer halben Meile, aus dem Gestrüpp einer niedrigen Hügelkuppe, blitzte es einmal grell auf. »Es beobachtet uns jemand mit einem Fernrohr von dem Hügel aus«, flüsterte er, so als befürchtete er, dass derjenige ihn hören könnte. Die Köpfe der drei anderen flogen herum.

»Er ist zu weit weg, und wir kommen nie ungesehen an ihn heran. Seine Position ist zu gut gewählt«, grollte Onetoe-Jack. »Der ist über alle Berge, wortwörtlich, bevor wir auch nur in seine Nähe kommen.« Er warf Dan einen Blick zu. »Wie ist es, sehen wir beide uns die Gegend einmal an?«

Der Schlangenfänger nickte. »Johann, ihr drei reitet nach Hause, Jack und ich«, hier flog sein Blick zu der Hügelkuppe, »werden uns an die Fersen dieses feinen Herrn heften.«

Sie wendeten ihre Pferde und ritten zurück ins Lager. Onetoe-Jack und der Schlangenfänger verabschiedeten sich nach einem handfesten Mahl. Ihre Fährtenleser und Treiber, die jeder ein größeres Bündel trugen, folgten ihnen in einer langen Schlange. Catherine gab Viktoria die Brust, während Johann ihre Sachen packte. Er bestand darauf, die Kleine mindestens die Hälfte des Weges zu tragen. Er rückte seine Tochter in ihrem Tuch auf seinem Rücken zurecht, streichelte zärtlich ihre Wange, und dann brachen auch sie auf, um die verbleibenden Stunden Tageslicht auszunutzen. Sie redeten wenig, waren meist zu beschäftigt, die Mücken abzuwehren. Als sie endlich auf höher gelegenes Gebiet kamen und die Umgebung gut übersehen konnten, zügelte Johann überraschend sein Pferd.

Mit zusammengezogenen Brauen starrte er konzentriert zu dem Rinnsal hinunter, das einmal ein breiter Fluss gewesen war. Er zog hier eine enge Schleife, flach geschliffene Felsen lagen frei, in der Mitte ragten Zwillingsfelsen wie Klippen aus dem gelben Grund. Ihre Formation berührte eine tief verschüttete Erinnerung.

»Was ist? Warum halten wir?«, fragte Catherine und trieb Caligula neben ihn.

»Ich kenne diese Gegend«, antwortete er langsam. »Hier habe ich, wenn ich mich nicht völlig täusche, den Kerl gefunden, der mir später mein Gold und die Karte gestohlen hat, auf der ich den Fundort markiert hatte.«

»Bist du sicher?«, rief sie, über die Maßen aufgeregt. »Wie weit war es von dem Platz entfernt, wo du es gefunden hast? Bitte versuche dich zu erinnern!«

»Ich kam von da.« Er zeigte nach rechts, in Richtung Südosten.

»Und hier in der Nähe haben wir auch den Goldkäferknopf gefunden! Stell dir doch nur vor, wir finden den Rest des Schatzes. Alle unsere Sorgen wären vorbei. Wir könnten unser Haus vergrößern, ein Kinderzimmer für Viktoria anbauen, einen Verwalter einstellen, ja sogar ein Haus in Durban kaufen und häufiger dorthin reisen. Es gibt dort jetzt Theateraufführungen, sogar Konzerte, und dauernd werden Feste gefeiert. Es wäre so wunderbar.« Wie ein fernes strahlendes Licht in der staubigen, hitzeflimmernden Landschaft schwebte dieser Traum vor ihr.

Sein Gesicht verschloss sich. Es war nicht das Leben, das er sich vorstellte. Nie würde er für längere Zeit Inqaba verlassen können. Fast wünschte er, ihr nie von diesem verwünschten Schatz erzählt zu haben.

»Johann, du könntest ein neues Viehgatter bauen. Du beklagst dich doch schon so lange, dass das von Inqaba nicht einmal eine Hauskatze abhält«, flehte sie. »Wenn wir einen Tag später nach Inqaba zurückkehren, wird es keinen Unterschied machen.« Für einen wilden Moment war sie entschlossen, es auch ohne ihn zu wagen. So nahe war sie ihrem Ziel noch nie gewesen.

»Ein Haus in Durban, natürlich, schön«, sagte er nach kurzem inneren Kampf und wendete seinen Wallach. »Hamba«, befahl er den Zulus und deutete hinunter zum Fluss. Doch je näher er dem Ufer kam, desto mehr löste sich sein Erinnerungsbild auf, zerflossen die Konturen, die er sich eingeprägt hatte. Endlich schüttelte er den Kopf. »Es hat keinen Zweck, ich kann mich nicht mehr genau entsinnen. Lass uns nach Hause reiten.«

»Nur noch bis zur nächsten Ecke, von dort aus wirst du den Fluss überblicken können«, bettelte sie, zupfte dabei Viktorias Tragetuch fürsorglich zurecht und band die Schleife des kleinen Sonnenhuts neu. Sie hatte ihn selbst genäht. »Bestimmt wird dir dann alles wieder einfallen.« Seinen Widerspruch gar nicht erst abwartend, bohrte sie ihre bloßen Hacken heftig in Caligulas Flanken. Er machte einen Satz, schoss um die Biegung, und dann war vor ihr der Weg plötzlich zu Ende. Caligula wieherte angstvoll, stemmte seine Vorderbeine steif in die Erde, rutschte aber über die Abbruchkante, wo im letzten Jahr Unwetter einen großen Teil des Abhangs weggespült hatten, und stürzte in ein flach auslaufendes Loch, das groß genug war, um einen Ochsenwagen mit vollem Gespann zu verschlucken.

Catherine wurde aus dem Sattel geschleudert und ließ mit einem Aufschrei die Zügel fahren, als sie mit dem Arm auf einem Stein aufschlug. Durch den Schwung rollte sie unaufhaltsam weiter, bis sie endlich in den weichen Ufersand klatschte und tief einsank. »Hölle und Verdammnis«, schrie sie. »Johann!« Ihrem Schrei antworteten Dutzende unsichtbarer Kreaturen, gelbköpfige Weber stoben davon wie Goldflitter im Wind, ein großes Tier platschte durch die flache Wasserrinne, ein Vogel lachte gellend. »Johann, hierher!«, schrie sie noch einmal.

Er rutschte und fiel mehr den Abhang hinunter, als dass er kontrolliert abstieg, und Viktoria wurde tüchtig durchgeschüttelt. Bis zu den Knien im weichen Sand versinkend, stapfte er zu Catherine und packte sie unter den Achseln. »Hast du dich verletzt?« Besorgt untersuchte er sie.

»Höchstens meinen Stolz«, fauchte sie. »Ich hab die Zügel losgelassen. Wo ist Caligula? Ist ihm etwas passiert?«

»Nein, scheint alles in Ordnung zu sein. Er hat nur einen Riesenschreck bekommen. Sihayo und die anderen Zulus holen ihn aus dem Loch.« Er sah sich um. Das ausgetrocknete Flussbett war mit unzähligen, runden Steinen übersät. Vor dem steilen, ockergelben Uferhang flatterten bunte Bienenfresser, ihre roten Bäuche blitzten in der Sonne, ein paar Reiher suchten im Uferschlamm nach Fröschen. Krokodile konnte er nicht entdecken. Sie hatten sich offenbar in wasserreichere Abschnitte des Flusses zurückgezogen. Ein Urwald aus Palmen, wilden Bananen, dichtem Busch und einigen hohen Bäumen dazwischen wucherte bis zur Abbruchkante. Felsschichten lagen blank, wo Wasser und Wind den roten Sand weggetragen hatten.

»Da ist eine Höhle, kannst du sie erkennen? Unter dem Felsdach, hinter den Palmwedeln.« Er zeigte auf eine Gruppe niedriger Palmen, deren weit herunterhängende Wedel sich träge im Luftzug bewegten. Mit Schwung zog er Catherine aus dem Schlick hoch. »Es wird spät, wir brauchen ohnehin einen Rastplatz für die Nacht. Ich sage Sihayo Bescheid. Dann können wir in Ruhe die Höhle erforschen.« Er löste das Tuch, das Viktoria hielt, nahm sie auf den Arm und erklomm mit ihr die Böschung. In dem Rinnsal, das von dem Fluss übrig geblieben war, wusch Catherine unterdessen den gröbsten Schlamm aus ihren Hosen. »Hat sich Caligula verletzt?«, rief sie Johann entgegen, als der zurückkehrte.

»Nein, Gott sei Dank nicht. Sihayo hat ihn abgerieben und beruhigt. Jetzt roden er und die anderen einen Platz, wo wir unser

Nachtlager aufschlagen können. Nun komm, lass uns nachsehen, wohin die Höhle führt.« Er streckte ihr die Hand hin.

Das Felsdach ragte weit aus der Uferböschung. Johann untersuchte sie. »Die Höhle muss bei Hochwasser gut zur Hälfte überflutet sein«, bemerkte er. »Siehst du die dunkleren Schichten im Hang? Bis dahin steigt das Wasser offenbar regelmäßig.« Er zeigte auf eine Stelle, die sechs Fuß über dem Grund lag.

»Wenn wir nicht gerade eine Dürreperiode haben«, sagte sie trocken. »Bis dort ist der Fluss lange nicht mehr gekommen.«

Der Eingang der Höhle war mannshoch, es roch modrig und nach Verwesung und deutlich nach Rauch. Catherine schob den Vorhang aus Palmwedeln und blühenden Rankpflanzen beiseite und trat zögernd ein. »Ich sehe etwas Licht am Ende, da scheint die Decke eingebrochen zu sein oder ein Lichtschacht nach oben zu führen.«

Schweigend drangen sie tiefer ein, der Höhlenboden stieg langsam an. Die Flutgrenze war auch hier an den Wänden deutlich auszumachen. Der Untergrund war lehmig, gelegentlich lag der Fels darunter frei. Allmählich wurde der Rauchgeruch stärker. Catherine hob die Nase. »Ich glaube, da hat jemand ein Feuer gemacht, es scheint noch zu brennen«, wisperte sie und legte den Finger auf die Lippen.

Eine weit aus der Wand herausstehende Felsnase versperrte ihnen den Blick. Johann hielt sie zurück, bedeutete ihr, dass sie sich hinter ihm halten sollte, und lehnte sich vor. Als ihm klar wurde, was er da sah, sog er zischend die Luft durch die Zähne.

»Was ist?« Ihre Stimme war ein Hauch. »Lass es mich auch sehen.« Sie drängte sich vor.

Die Höhle weitete sich dort zu einem Rund von etwa fünfzehn Fuß, im Hintergrund ragte ein Vorsprung aus der Wand, als hätte jemand einen Altar gebaut. Aus der Felskuppel über ihnen tropfte Wasser mit monotoner Stetigkeit, Tageslicht sickerte durch eine schmale Spalte. Im Vordergrund schwelte ein Feuer. Eine schmale, kleine Gestalt hockte davor, umhüllt von einem Gewand aus völlig zerschlissener, goldgelber Seide, an dessen Oberteil sich noch ein Steckknopf befand. Er glänzte golden, und in der Mitte glühte ein roter Stein.

»O Gott, Donna Elena«, stöhnte Catherine und griff sich an den Hals.

»Wohl kaum«, sagte Johann nach einer Schrecksekunde. »Außerdem hatte die keine schwarze Haut.« Er nahm Catherines Hand und ging langsam auf das Feuer zu. Das Wesen reagierte nicht. Es babbelte vor sich hin, heisere kleine Laute, als spräche ein Gnom zu sich selbst. Manchmal kicherte es und tat einen fauchenden Atemzug. Es war ein Geräusch, das Catherine an das Zischen einer Schlange erinnerte. Nun standen sie unmittelbar vor diesem Geschöpf. Sie ging langsam in die Hocke und sah ihm ins Gesicht.

Sie war nicht mehr fett, ihre Haut war dünn wie braunes Pergament, die Augen waren milchig von Katarakten. Über ihrer Stirn saßen die Reste eines Pythonkopfes, um ihren Hals hing die Kette mit menschlichen Zähnen.

»Umafutha«, flüsterte Catherine.

Als die alte Sangoma diese menschliche Stimme hörte, verstummte sie, drehte ihren Kopf und sah die beiden Weißen an. Klingende Wassertropfen fielen in die Stille, langsam und stetig. Catherine hielt den Atem an, ließ die Augen nicht von Umafutha; sie war sich gar nicht sicher, ob diese überhaupt noch etwas erkennen konnte. Doch dann hob die Alte ihren Kopf und schnüffelte, sog die Luft ein wie ein witterndes Tier.

»Die Umlungu«, ächzte sie. »Ist das die Umlungu, die mir meine Seele stahl?«

Catherine wurde es eiskalt, sie wollte schon aufspringen und fliehen, aber da geschah etwas, das sie völlig um ihre Fassung brachte. Die alte Frau hob langsam ihre Hand und streckte sie ihr entgegen. Es war eine Geste, die so klar sprach, als hätte sie Worte benutzt. Sie bat um Hilfe. Instinktiv griff Catherine zu. Die zitternde Hand in ihrer war klein und hart, wie eine Vogelklaue. Mit der anderen Hand griff Umafutha in die goldene Seide über ihrem Schoß und zerknüllte sie. Der brüchige Stoff zerfiel. Ein Teil des rechten Beins lag frei.

»O Gott«, brach es wieder aus Catherine heraus. Das Bein war eine wimmelnde Masse von weißlichen Würmern. Der Oberschenkelknochen lag frei, hörte da auf, wo sich das Knie hätte befinden müssen. Der Gestank war unsäglich.

Johann beugte sich vor und presste Viktoria dabei fest an sich. »Das war ein Tier«, sagte er, »ein sehr großes Tier.«

»Wir müssen ihr helfen«, sagte Catherine. »Sie muss entsetzliche Schmerzen haben. Wir müssen das Bein irgendwie reinigen.«

Er schüttelte den Kopf. »Es hat keinen Zweck. Sie überlebt die nächste Stunde nicht. Der Wundbrand hat sich zu weit ausgebreitet.« Er hatte die deutlichen Zeichen des nahen Todes erkannt. »Ich hole Trinkwasser, das ist jetzt das Wichtigste. Sie ist ja völlig ausgetrocknet.«

»In meiner Satteltasche habe ich einige meiner Medikamente, bitte bring sie mit.«

Johann kehrte schnell zurück und stützte die sterbende Sangoma, während Catherine ihr tropfenweise Wasser einflößte. »Es ist unwürdig, dass ein Mensch so stirbt. Ich muss diese widerlichen Würmer entfernen«, sagte sie. Dann erhitzte sie etwas Wasser, das sie von den Wänden aufgefangen hatte, auf der Glut und goss es über das, was von dem Bein übrig war, bis alle Maden weggespült waren.

»Yabonga ghakulu, Umlungu«, hauchte die Alte und verzog ihren zahnlosen Mund zu der Grimasse eines Lächelns.

Catherine starrte in diese fast blinden Augen. »Sie hat mich wirklich erkannt«, sagte sie mit schwankender Stimme. Die Tränen liefen ihr übers Gesicht, während sie aus ihren Kräutern und Medikamenten einen Trank gegen die entsetzliche Qual Umafuthas mischte. Dann setzte sie der Alten den Becher an die Lippen. »Trink, Umafutha. Es wird dir die Schmerzen nehmen.«

Gehorsam nahm diese den starken Aufguss aus wildem Dagga zu sich, der auch Onetoe-Jack bei seinem Schlangenbiss Erleichterung gebracht hatte. »Yebo«, murmelte sie dabei und nickte. Dann schloss sie ihre Augen. Allmählich wurden ihre mühsamen Atemzüge seltener und ruhiger, die Schmerzenslinien glätteten sich, ihr altes Gesicht entspannte sich, wurde kleiner. Es war, als fielen Jahre von ihr ab.

Catherine und Johann saßen neben ihr und begleiteten sie auf ihrer letzten Reise. Die einzigen Laute in der hohen, dämmrigen Höhle waren das Girren und Glucksen der kleinen Viktoria und das stetige Tropfen des Wassers. Irgendwann hob sich die zerschlissene goldgelbe Seide über Umafuthas Brustkasten zum letzten Mal und fiel dann langsam zusammen.

»Sie hat es geschafft«, flüsterte Catherine erstickt und kämpfte um Fassung.

»Sie hat dich erkannt, und sie hat dir vertraut, ausgerechnet dir«, sagte Johann und versuchte eine Erklärung dafür zu finden, dass er plötzlich eine Kraft in dem stillen Gewölbe spürte, die sich wie die Wellen in einem Teich ausdehnte, in den man einen Kiesel geworfen hatte. Das Zentrum dieser Kraft schien seine Catherine zu sein. Er blieb in der Hocke sitzen und starrte auf die winzige, braune Gestalt in dem zerschlissenen Seidenkleid der Donna Elena, die vor dreihundert Jahren im Busch verschollen war. Ein Schauer lief ihm über den Rücken, und er stand auf, um die Beklemmung abzuschütteln, die sich seiner bemächtigt hatte.

»Wir können sie so nicht liegen lassen, wir sollten sie beerdigen«, sagte Catherine leise.

Die alte Sangoma war leicht wie eine Feder, als sie ihre Leiche in die flache Grube legten. Johann hatte einen Stein gespalten, und sie hatten das Grab mit diesen Steinkeilen gegraben. Der goldene Steckknopf fiel bei der ersten Berührung ab, und das Seidenkleid löste sich auf. Catherine steckte den Juwelenknopf in ihre Hosentasche. Dann bedeckten sie den Leichnam mit den Seidenfetzen, schoben die Grube zu, und Johann wälzte mehrere große Steine darüber.

»Sie trug Donna Elenas Kleid, also muss die Leiche des Mädchens hier auch irgendwo sein«, sagte er, während sie sich, so gut es ging, den Dreck von den Händen kratzten.

Sie nickte. Im fahlen Licht, das durch die Öffnung im Kavernendach fiel, untersuchten sie die Höhle, jede Vertiefung, jede

Unebenheit, jede Stelle, die sich auf irgendeine Weise von ihrer Umgebung abhob.

»Nichts. Gar nichts«, sagte Catherine, kniff ihre Augen zu Schlitzen zusammen und ließ sie über die Höhlenwände wandern. »Ich spüre, dass hier etwas ist. Ich fange noch einmal von vorn an.« Mit dem Steinkeil schabte sie an verschiedenen Stellen den Lehm von den Wänden. Unter einem Überhang entdeckte sie eine Spalte zwischen zwei Steinen. »Hier liegt etwas«, rief sie und langte mit hart klopfendem Herzen hinein. Sie förderte einen Becher und einen verbogenen Silberlöffel zutage. Die Innenseite des Bechers war völlig verkrustet. »Donna Elena war offenbar nicht gewohnt, ihr Geschirr selbst zu waschen«, bemerkte sie, und ihre Spannung löste sich in befreitem Lachen.

Doch Elenas Leiche fanden sie nicht, nicht die geringste Spur.

»Sie war hier, das beweist ihr Kleid, und sie hat hier eine Zeit lang gelebt, das beweisen Becher und Löffel. Wohin ist sie danach gegangen?« Sie nagte an ihrem Daumen.

»Wie hättest du dich verhalten?«, fragte da Johann.

Catherine schloss die Augen, flog drei Jahrhunderte zurück, ließ den Horror, den die junge Elena erlebt haben musste, in ihre Adern fließen. Das junge Mädchen hatte ihre Mutter und Geschwister unter entsetzlichen Umständen verloren, ihr Vater war völlig von Sinnen in den Busch gerannt. »Ich hätte meinen Vater gesucht, den Einzigen, der von der Familie noch am Leben war«, sagte Catherine, ohne die Lider zu heben. »Seine Spur wird sie schnell gefunden haben, denn er wird sich keine Mühe gegeben haben, Geräusche zu vermeiden und Spuren zu verwischen. Er hatte nichts mehr zu verlieren.« Sie konzentrierte sich. »Die einzigen Überlebenden haben berichtet, dass Dom de Vila Flor mit zweien seiner Offiziere das Gold vergraben hat, bevor sie sich ergaben, und dass er allen Schmuck seiner Frau mit sich nahm, als er verschwand.« Wieder machte sie eine Pause, während Johann sie mit atemloser Faszination beobachtete. »Dom Alvaro hätte das Gold nie nur irgendwo versteckt, er hätte einen Ort gewählt, der vergleichsweise sicher und schwer zu finden war.«

»Eine Höhle«, sagte Johann.

»Eine Höhle«, bestätigte sie, »und Donna Elena hat davon gewusst. Sie muss es gewusst haben. Wäre ich sie gewesen, hätte ich mein Lager in dieser Höhle aufgeschlagen und dann meinen Vater gesucht.« Jetzt öffnete sie ihre Augen. »Ich hätte mein Kleid ausgezogen, weil es weithin zu sehen war, und wäre in meiner Unterwäsche weitergelaufen. Es war Winter in Natal, ein kalter Winter, und sie hat eine Matrosenhose unter ihren Röcken getragen. Sie hat diesen unglaublichen, monatelangen Gewaltmarsch quer durch Natal überlebt, ihr wird es egal gewesen sein, ob es schicklich war oder nicht. Ich denke, sie ist in diesen Hosen weitergelaufen, um ihren Vater zu suchen, und sie wird nichts von dem Gold mitgenommen haben. Es wäre zu schwer gewesen.«

»Es muss also noch hier sein«, sagte Johann.

»Es muss noch hier sein«, bestätigte sie. »Wir müssen noch einmal von vorn anfangen. Als Erstes brauchen wir mehr Licht.«

Johann suchte mehrere Holzscheite, entzündete sie und steckte einige in Felsspalten, gab ihr einen und hielt die anderen hoch. Zoll für Zoll suchten sie die Höhle noch einmal ab. »Achte auf Verfärbungen, auf Stellen, die anders aussehen als ihre Umgebung«, sagte er. »Ich hätte das Gold nicht im Boden vergraben, es hätte einfach zu lange gedauert, ein tiefes Loch in diesen harten Boden zu schaufeln. Ich hätte versucht, es hinter Steinen in der Wand zu verbergen.«

*

Der Schatz des Dom Alvaro de Vila Flor lag ganz offen da, sie hätten ihn längst gefunden, hätten sie nur genau hingesehen. Catherine entdeckte ihn, als sie sich auf den altarförmigen Vorsprung setzen wollte, um sich auszuruhen, und vorher die Oberfläche sauber wischte, wobei sie feststellte, dass es keine solide Felsplatte war. Mit dem scharfen Stein schabte sie den Lehm herunter und fand, dass der Altar von Menschenhand aufgeschichtet worden war. Er bestand aus runden, fest mit Lehm verschmierten Steinen. Sie rief Johann, und danach ging alles sehr schnell.

»Ich hab's«, flüsterte Johann, und seine Stimme klang wie Sandpapier auf Holz.

In den bretthharten, zerfallenen Überresten des Ledersacks, der noch die Bruchstücke eines Wappens trug, schimmerten die Goldstücke in so reinem Glanz, als wären sie frisch geprägt worden.

»Nimm eins heraus«, sagte er leise, und sie tat es.

Schwer und von eigenartiger Wärme lag das Goldstück auf ihrer Handfläche. Es trug ein Balkenkreuz im Kranz einer Inschrift. »Hoc Signo Vinces. Emanuel Punkt R Punkt Portugalie«, buchstabierte sie und drehte die Münze um. Ein Wappen, gekrönt von einer mehrzackigen Krone, leuchtete ihr entgegen. »Ethiopie, Arabie, Persie«, las sie vor. »Mehr kann ich nicht entziffern.«

»Der größte Teil des Goldes wird bei Hochwasser aus der Höhle gespült worden sein, aber es reicht immer noch«, sagte Johann und stand auf. »Wir brauchen etwas, um das Gold zu transportieren. Ich bin gleich wieder da.« Eine halbe Stunde später kehrte er mit einer seiner Satteltaschen zurück. Catherine griff in die Goldmünzen, sie gaben einen satten, vollen Ton. Mit beiden Händen schaufelte sie das Gold in die Tasche, vier Hand voll wurden es. Am Grund des zerfallenen Sacks lag eine prächtige goldene Kette. Vor Verzückung funkelnd, legte sie sich die schwere Halskette um und drehte sich im Kreis. »Steht sie mir?«, rief sie.

Johann hob seinen brennenden Scheit und betrachtete sie. Ihre Haare hatten sich aus dem Knoten gelöst, den sie wegen der Hitze trug, ihr Hemd war verdreckt, die Hose mit getrocknetem Lehm verkrustet, aber ihre blauen Augen strahlten, ihre Zähne schimmerten im Feuerlicht, und ihre Haut hatte einen samtigen Glanz. »Du siehst aus wie eine Königin«, lächelte er. »Aber du solltest die Kette wieder abnehmen. Keiner darf von unserem Fund erfahren, es würde eine Lawine auslösen. Ich werde Isaac Lewin in Durban ersuchen, mir ein paar Münzen einzuwechseln. Er ist verschwiegen.«

Mit Bedauern folgte sie seinem Rat. Bevor sie ihren Fundort jedoch verließen, suchte sie die Umgebung ab, bis sie einen Büffeldornbaum fand. Sie brach einen Zweig. »Ich werde Umafuthas Seele heimbringen, das bin ich ihr schuldig«, sagte sie zu Johann.

Am nächsten Morgen machten sie sich mit ihren Begleitern vor Sonnenaufgang auf den Weg und ritten stramm durch. Catherine war in Hochstimmung, und die ganze Zeit träumte sie davon, wie ihr Leben sich jetzt ändern würde. Das Bild des weißen Schlosses nahm wieder Gestalt an.

Am Tag, nachdem sie Inqaba erreicht hatten, suchte sie Sicelo auf und berichtete ihm von dem Sterben der alten Sangoma, aber nicht, wo sie die Alte gefunden hatten, und bat ihn, den Büffeldornzweig zu dem Platz zu bringen, wo sie gelebt hatte.

Sicelo hörte ihr mit steigendem Erstaunen zu. »Umafutha?«, fragte er ungläubig, als sie zu dem Moment kam, wo ihr die Sterbende die Hand entgegenstreckte und um Hilfe bat.

Mit einem langen Blick auf die Frau seines Freundes Johann nahm er dann den Büffeldornzweig an sich.

∗

Von Onetoe-Jack und Dan de Villiers hörten sie einige Tage später, dass sie auf der Spur des Grafen weit bis in den Nordosten vorgedrungen waren und schließlich die Jagd abbrechen mussten. »Wir waren nicht gut genug vorbereitet. Um diesen Menschen zur Strecke zu bringen, müssen wir eine große Jagdgesellschaft organisieren, mit Spürhunden und den besten Fährtenlesern. In der Kolonie kann er sich nicht mehr sehen lassen, jeder weiß dort Bescheid und würde ihn sofort gefangen nehmen. Wir kriegen ihn, das verspreche ich«, sagte Dan de Villiers. »Ich werde Andrew Sinclair, Rupert Farrington und auch diesem Francis Court Bescheid sagen. Er ist ein hervorragender Schütze. Wir sollten gut zweihundert Leute zusammenkriegen, und dann geht es dem feinen Grafen an seinen hochwohlgeborenen Kragen.« Er wrang sein Schnupftuch zwischen seinen Pranken, bis der Stoff riss.

∗

Jetzt hatten sie Geld, genug für alles, was Catherine sich wünschte, aber die Hitze ließ nicht nach. Die letzten Wasserlöcher trockneten zu lehmigen Pfuhlen, die Wildtiere zogen in großen Herden davon, und die Rinder magerten ab, weil das Gras nicht nachwuchs. Die Früchte auf den Feldern waren klein und verkrüppelt, selbst die Ananas hatten nur die halbe Größe, lediglich Thymian, Rosmarin und Majoran gediehen in Inqabas Kräutergarten auf dem krümeltrocknen Boden. Das Schlimmste aber war, dass der Wasservorrat ihres eigenen Reservoirs täglich schrumpfte.

Johann deckte es mit Grasmatten ab, trotzdem sank der Wasserspiegel. Sie mussten das kostbare Nass sparen, wo sie konnten. Eine Reise nach Durban, um einige der Goldstücke in Rixdollars oder Pfund und Schilling umzutauschen, war in dieser sengenden Hitze, ohne die Sicherheit, unterwegs genug Wasser zu finden, mit einem Kleinkind vollkommen ausgeschlossen.

Das sah sogar Catherine ein, vor allem, weil Viktoria in letzter Zeit unter Durchfall litt. Trug sie die Kleine nicht auf dem Rücken, lag sie neben ihr auf einer Decke, selbst während der Gartenarbeit, und steckte alles in den Mund, dessen sie habhaft werden konnte. Sie hatte wohl das Falsche erwischt. Seufzend fügte Catherine sich.

Den Händler, der kurz darauf auf den Hof fuhr, Strohhüte, Schokolade, Baumwollstoff, Samtbänder und einen himmlisch schönen Schal aus China vor ihren leuchtenden Augen ausbreitete, musste sie wegschicken. Als er peitschenknallend seinen Ochsenkarren wendete, rannte sie ins Schlafzimmer, warf sich aufs Bett und schrie, so laut sie konnte. Aber sie biss dabei ins Kissen, sodass niemand sie hören konnte, nicht einmal die kleine wollige Jabisa, die sehnsuchtsvoll die Schätze des Händlers bestaunt hatte.

Johann beobachtete mit Sorge, wie still seine Frau wurde, ihre Miene grimmiger und ihr Verhalten oft brüsk. Der März, sonst ein regenreicher Monat, verging, ohne dass es auch nur einmal richtig ergiebig geregnet hätte. Getröpfelt, ja, auch ging ein- oder zweimal ein Schauer nieder, aber die Nässe drang nicht in die harte Erde, sondern verdunstete an der heißen Oberfläche. Die Sonne sog den Menschen die Feuchtigkeit aus den Poren, die Milch der Mütter versiegte, Säuglinge starben. Die allgemeine Lage in Zululand war verzweifelt. Plötzlich hatte Johann genügend Leute, die für ihn arbeiten wollten, aber keine Arbeit. Es gab nichts zu ernten, keine Felder zu bestellen, kaum eine Kuh gab noch Milch. Das Land verbrannte unter der erbarmungslosen Sonne zu schmutzigem Graubraun. Charlie Sands packte sein Bündel und machte sich zu Fuß nach Durban auf, um sich nach Australien einzuschiffen und auf den Goldfeldern sein Glück zu suchen.

*

Allmählich wich die Hitze, und der Winter sickerte über die Hänge der Drakensberge nach Zululand, der Himmel war klar, und die Nächte wurden angenehm kühl. Es fiel Regen, aber nie genug. Johann stellte zwanzig Zulus ein, die im Flussbett gruben, bis sie auf Wasser stießen. In einer Menschenkette trugen sie es eimerweise zum Haus, bis sie zumindest genug hatten, um kochen zu können, und für ihre persönliche Hygiene. Danach ließ er die Fässer füllen, die sonst als Vorrat für Reisen mit dem Ochsenwagen benutzt wurden, und transportierte sie auf die Weide zu den Rindern. Tagelang karrte er die Fässer voll hin und leer zurück, dann trieb er seine Herde hinunter zu einem verschlammten Wasserloch, wo das Gras, gespeist vom Grundwasser, stellenweise noch grün war. Ziegen und Schafe aber musste er sich selbst überlassen. Sie starben zu Dutzenden, und nur die Hyänen wurden fett und brachten ihre Jungen durch. Riesige Vogelschwärme besuchten ihr kostbares Wasserreservoir, saßen in dichten Reihen auf dem Rand, fielen zu Dutzenden hinein und ertranken in dem verzweifelten Bemühen, ein paar Tropfen trinken zu können. Jabisa und Sihayo bewarfen sie mit Steinen, um sie zu vertreiben, und wurden bald recht zielsicher. Die getroffenen Vögel steckten sie in ihren Kochtopf und brachten ihren Familien die, die sie nicht selbst aßen.

Mila und Pierre kamen als einzige Gäste zu Catherines Geburtstag. Die Stimmung war gedrückt, denn kurz vorher hatte ein Buschfeuer einen großen Teil von Milas Haus zerstört. Die Steinachs erfuhren erst davon, als Mila zwei Tage vor ihrem Geburtstag in Begleitung zweier Zulus auf ihrem Planwagen auf den Hof ratterte. Bis in die Knochen erschöpft, bat sie mit grimmigem Humor um Asyl.

Es war so schnell gegangen, berichtete sie, dass sie froh war, mit heiler Haut davongekommen zu sein. Ein plötzlicher Windstoß hatte das Kochfeuer verwirbelt, Funken flogen aufs Dach, und Sekunden später stand das Haus in hellen Flammen. Das Feuer griff aufs Maisfeld über, überbrückte mit Leichtigkeit einen breiten Weg und fiel über ihren Garten und den angrenzenden Busch her.

»Ich habe gekämpft wie ein Berserker. Eimer um Eimer Wasser hab ich mit meinen Zulus ins Feuer geschüttet, sogar versucht, eine Schneise zu schlagen ...« Ihre Stimme versickerte. Sie wischte sich über ihre Augen.

Catherine nahm sie in den Arm und führte sie ins Haus. Sie war bis ins Mark erschrocken, als sie ihrer Freundin ansichtig wurde. Milas Haar war angesengt, stand struppig vom Kopf ab. Sie sah zu Tode erschöpft und um Jahre gealtert aus. Das Schlimmste jedoch war, dass sie ihr legendärer Mut offenbar verlassen hatte.

»Ich gebe auf, Zululand hat mich geschafft.« Mila ließ sich auf einen Stuhl fallen. »Dieses mörderische Feuer hat alles zerstört, was ich mir aufgebaut habe. Mein Land sieht aus wie eine Mondlandschaft. Es würde Jahre intensivster Arbeit benötigen, ehe ich wieder davon leben könnte. Wenn ich mich etwas erholt habe, gehen Pierre und ich nach Durban. Wir werden heiraten, uns ein kleines Häuschen kaufen und unsere alten Tage in Ruhe beschließen. Mein Geld liegt sicher bei einem Freund in Durban. Noch gibt es dort ja leider keine Bank.«

»Und Pieter?«, fragte Johann von der Tür her. Er gab sich Mühe, seinen Schrecken über ihr Aussehen zu verbergen.

»Er wird hinauf ins Klip-River-Gebiet zu entfernten Verwandten ziehen. Er ist schließlich Bure, und das sind seine Leute. Die

Hitze hat ihm immer zu schaffen gemacht, und er wird auch die Malaria nicht mehr los. Es ist besser so.«

Catherine weinte hemmungslos in dieser Nacht.

※

»Wann werden wir nach Durban reisen können, um das Gold umzutauschen?«, fragte Catherine, während sie das Geschirr vom Abendessen abdeckte. »Es ist schon Monate her, dass wir es gefunden haben.« Es war ein harter, schimmernd heißer Tag gewesen, und sie war erfüllt von innerer Unruhe.

Johann saß über seinen Zuchtbüchern und trug zwei weitere seiner Kühe als eingegangen ein. Sie waren verdurstet wie die anderen auch. »Hm«, machte er automatisch, hatte wohl nicht richtig zugehört.

Sie wiederholte ihre Frage und gab sich Mühe, ihre Frustration nicht überdeutlich werden zu lassen. Drängte man Johann, konnte er so stur werden wie ein missgelauntes Maultier.

»Nicht im Augenblick, nicht, solange wir keinen Verwalter haben«, antwortete er, ohne seinen Blick von dem Zuchtbuch zu heben. »Ich kann doch die Farm nicht allein lassen.«

Schweigend trug sie das Geschirr in die Küche und stapelte es auf dem Waschtisch, leerte die Reste aus der großen Schüssel, ihrer besten Glasschüssel, in den Eimer für das Schweinefutter. Die ganze Zeit presste sie ihre Zähne zusammen, wie um einen Schrei zurückzuhalten, spannte alle Muskeln an, um nicht aus den Fugen zu geraten.

Sie sah hinunter auf die Schüssel. Sie hatte sie einst in Durban in Catos Laden erstanden. Sie hatte viel Geld gekostet und war ihr ganzer Stolz, denn vorher hatten sie eine Blechschüssel oder eine von Mandisa aus Ton gefertigte benutzen müssen. Diese hatte einen gravierten Rand und eingeschliffene Blütenranken.

Was jetzt über sie kam, konnte sie danach nicht genau sagen, aber plötzlich hob sie die Schüssel hoch über den Kopf und schleuderte sie mit aller Kraft gegen die Wand.

Der Krach schreckte sogar Johann aus seinen Berechnungen hoch. Im Laufschritt erschien er in der Küche. »Ach, du lieber Gott, unsere gute Schüssel. Wie ist denn das passiert?« Er bückte sich und begann die Splitter aufzusammeln.

»Sie ist mir aus den Händen gerutscht«, sagte sie tonlos.

»Na, welch ein Pech. Sie war doch wirklich teuer.« Er öffnete die Küchentür. »Jabisa, woza«, brüllte er, und als die junge Zulu erschien, wies er auf die Bescherung. »Mach das gründlich sauber, bevor du das Geschirr abwäschst.« Damit verschwand er wieder im Wohnzimmer, und Catherine folgte ihm schleppenden Schritts.

»Auf den Schreck sollten wir einen Schluck von Milas gutem Obstler trinken. Hier«, er reichte ihr ein kleines Glas mit klarer Flüssigkeit. »Das wird deine Nerven beruhigen. Wir haben ja noch die Tonschüssel von Mandisa. Es ist also nur halb so schlimm. Prost!« Er kippte sein Glas und notierte etwas im Zuchtbuch.

Catherine ließ sich auf ihren Stuhl sinken, kürzte den Docht der blakenden Talgkerze und schlug ihr Buch auf. Es wehte ein starker Wind, die Decken vor den Fenstern beulten sich nach innen, die geschlossene Tür klapperte. Sonst war es sehr still. Das Quaken der Ochsenfrösche fehlte. Die Trockenheit hatte sie vertrieben, nur gelegentlich schrie ein Nachtvogel, selbst die Zikaden strichen ihre Saiten nur lustlos. »Ich habe es satt«, sagte sie unvermittelt und warf das Buch hin, das sie zum sechsten Mal las, weil sie die anderen noch öfter gelesen hatte. »Mir hängt das Leben hier zum Halse heraus. Ich kann es nicht mehr ertragen.« Plötzlich wallte ihr Blut auf. »Ich will nicht mehr, hörst du?«, schrie sie Johann an, der sie vollkommen überrumpelt anschaute. »Sieh mich doch an! Wir haben einen Sack voll Gold, und ich laufe in Lumpen herum.« Sie zerrte an den ausgefransten Hosenbeinen der Hose, die sie Anfang des Jahres in Durban gekauft hatte. »Unsere Tochter wächst wie ein Kaffer auf, du arbeitest wie ein Sklave und ich ...« Ihre Stimme brach. »Mein Leben geht an mir vorbei. Den ganzen Tag bin ich allein mit Viktoria. Jetzt haben Mila und Pierre uns verlassen, und alles, was ich von dir höre, ist, dass du diese verfluchte Farm nicht allein lassen kannst.«

Es war sehr still nach ihrem Ausbruch. Johann wagte nicht, etwas zu sagen, er hätte auch nicht gewusst, was. Er fühlte nur, dass sie an einem entscheidenden Punkt ihrer Ehe angekommen waren. Ihm war, als hielte er ein hauchdünnes Glasgefäß in der Hand und sollte damit über eine Klippe springen.

Catherine fing wieder an zu sprechen, dieses Mal ganz ruhig, mit einer Stimme, die bar jeden Ausdrucks war. »Seit April gibt es Fensterglas in der Kolonie, jetzt ist Anfang September, und wir müssen unsere Löcher immer noch mit zerfledderten Decken zustopfen, wenn wir es uns doch leisten könnten, das ganze Haus zu verglasen. Ich will Fensterglas, und ich will, dass sich unser Leben ändert. Wie Onetoe-Jack vor langer Zeit die Tugenden einer Farmersfrau in Afrika beschrieben hat, habe ich reiten gelernt, kochen, backen, nähen und vieles andere. Ich kann Kühe melken und ihren Kälbern auf die Welt helfen. Ich habe gelernt, Scharen von unangemeldeten Gästen willkommen zu heißen, und kann mit unseren Zulus umgehen. Meine Konstitution stellt die eines Trekochsen in den Schatten, und ich habe mich bemüht, ein sonniges Gemüt an den Tag zu legen. Ich habe alles mitgemacht, das weißt du, habe selten geklagt, aber jetzt kann ich nicht mehr. Tu etwas!«

»Catherine, Liebling ...« Er war aufgesprungen. »Bitte ...«

Aber sie wehrte ihn ab, und im Bett drehte sie ihm den Rücken zu, steckte die Faust in den Mund, damit er ihr Weinen nicht hörte.

Er lag neben ihr und zermarterte sich das Hirn, was er tun sollte, denn ihm war wohl klar, dass er etwas ändern musste, wollte er sie nicht verlieren. Das Glasgefäß drohte, in tausend Splitter zu zerspringen. Noch bevor der Morgendunst aus den Tälern stieg, hatte er einen Entschluss gefasst. Er sagte es ihr, als sie sich an den Frühstückstisch setzten. »Ich werde das, was von meiner Rinderherde übrig ist, Sicelo anvertrauen. Dann werden wir den Planwagen packen und nach Durban fahren. Ich will dich nicht verlieren.«

»Gut«, sagte sie nach einer langen Pause. »Sag mir Bescheid, wenn es so weit ist.« Aber ihr Rücken blieb steif, ihre Miene grimmig.

*

»Post kommt«, rief Jabisa, die im Kochhaus den Maisbrei rührte, und zeigte auf den Weg, der im flirrenden Schatten der gelb blühenden Kiaatbäume lag.

Catherine stand steifbeinig auf und ging dem Schwarzen entgegen, der, wie üblich bei den Postläufern, seinen Proviant in Form eines großen Fleischstückes auf der Spitze seines Assegais mit sich trug. »Gib ihm Phutu und Gemüse«, befahl sie Jabisa und nahm die zusammengefaltete Nachricht aus dem gespaltenen Stock entgegen. Der Mann bedankte sich und folgte der kleinen Zulu.

»Es ist für dich«, sagte sie und reichte den Zettel Johann. Sie hatte Dans ungeübte Handschrift erkannt. Es wäre ja auch zu schön gewesen, wenn sie einen Brief bekommen hätte, der ihren eintönigen Tag belebt hätte.

»Verdammt«, sagte Johann, als er die kurze Mitteilung gelesen hatte. »O verdammt, verdammt, verdammt!« Er hieb mit der Faust auf den Tisch, dass seine Tasse hüpfte.

Prüfend sah sie ihn an, denn er war mit einem Schlag kalkweiß geworden. »Was ist los?«

»Dan und Onetoe-Jack haben endlich Bernitt und seine Kumpane aufgestöbert, und dieser rotjackige Hottentotte hat Onetoe-Jack nachts aus dem Hinterhalt erschossen. Nun ist die gesamte Kolonie auf Rache aus.«

»O mein Gott«, flüsterte sie und sank auf einen Stuhl. Wieder ein Tod, wieder einer ihrer Freunde gegangen. Wieder hatte sie ein Mensch für immer verlassen.

»Dieses Mal wird er uns nicht entkommen, es sind nicht nur die Weißen hinter ihm her, sondern auch die Angehörigen von Jacks Frauen. Alle Clans, mit denen er durch sie verwandt ist, haben ebenfalls Rache geschworen. Sie bieten jeden Mann auf, den sie kriegen können, und Dan bittet auch mich zu kommen.« Hilflos sah er sie an, weiße Furchen liefen von seiner Nase zu den Mundwinkeln. »Was soll ich tun? Ich kann doch nicht Nein sagen, Liebling. Jack war einer meiner besten Freunde. Er hätte Himmel und Hölle für uns in Bewegung gesetzt ...«

»Es ist gut«, antwortete sie mühsam. »Geh nur. Wenn du wiederkommst, werden wir nach Durban fahren. Diese Zeit überstehe ich auch noch. Lass mir Sihayo hier. Ich komme zurecht.« Mir vertrocknet nur das Herz vor Einsamkeit, setzte sie schweigend hinzu.

Er zog sie in seine Arme und hielt sie fest. »Es wird alles gut werden«, flüsterte er in ihr Haar. »Ich versprech's dir.« Er suchte ihren Mund, und sie ließ es geschehen, dass er sie ins Schlafzimmer trug, doch im letzten Moment drehte sie sich weg.

»Bitte nicht heute, ich bin müde und habe Kopfschmerzen«, flüsterte sie, und mit schwerem Herzen nahm er Rücksicht auf sie.

*

Es wurde die größte Menschenjagd, die Zululand bisher gesehen hatte. Jeder Mann, der dazu imstande war, machte mit, und Hunderte von Treibern und Fährtenlesern begleiteten sie, und die wiederum wurden von einem Tross ihrer Frauen begleitet, die an den großen Lagerfeuern für alle kochten und auch sonst zu Diensten waren. Die Weißen kamen bestens ausgerüstet, bis hin zu Wein und Kisten mit gutem Cognac. Der Lärm der Jagd hallte durch ganz Zululand.

Onetoe-Jacks schwarze Familie jagte alleine. Die Männer verschwanden lautlos im Busch, bewaffnet mit Assegai und Panga, und setzten sich auf die Fährte der Elfenbeinjäger. In dem mühelosen Trott der Schwarzen, ihren Blick fest vor sich auf die Pfade geheftet, damit ihnen auch nicht der kleinste Hinweis auf die, die sie suchten, entging, liefen sie viele Meilen jeden Tag, bis sie auf eine erkaltete Feuerstelle stießen. Die Fährtenleser begannen in immer weiteren Kreisen den Boden und die Umgebung aufs Genaueste zu untersuchen. Zum Schluss richtete sich der Anführer auf und zeigte nach Osten, dorthin, wo das Meer lag.

*

Knapp eine Woche, nachdem Johann Inqaba verlassen hatte, schlug das Wetter um. Nach fast einem Jahr Trockenheit zogen blauschwarze Wolken hinter den Hügeln hoch, Blitze zuckten, Donner rumpelte in immer kürzeren Abständen übers Tal, und Mensch und Natur dankten ihrem Schöpfer für diese Gnade. Catherine stand mit Viktoria im Arm auf der Veranda und sog die feuchte Luft ein. Ein starker Wind war aufgekommen und zerrte an ihren Hosen, blies ihr das Haar um das Gesicht. Sie trug ihre Tochter ins Schlafzimmer und setzte sie zu ihren Spielsachen. Die Kleine krabbelte juchzend über den Boden, griff nach dem Püppchen, das ihr Vater für sie geschnitzt hatte, und steckte es in den Mund. Sie zahnte stark. Jabisa hockte sich zu ihr und ließ die kleine geschnitzte Tierherde aufmarschieren.

Die ersten großen schweren Tropfen fielen, platschten auf die Veranda, gegen die Hauswand, hüpften auf den Blättern der Amatungulubüsche, sammelten sich rasch zu Rinnsalen. Krachende Donnerschläge rollten unablässig über den schwarzen Himmel, Blitze sprangen von Wolke zu Wolke, Sturmstöße fuhren in die Baumkronen, rissen Blätter herunter und wirbelten Äste durch die Luft. Der Regen fegte als dichter Vorhang übers Land, sodass Catherine bald nichts mehr erkennen konnte, sich fühlte, als wäre sie in einem Kokon aus Silberfäden eingehüllt. Das tiefe Orgeln des Sturms drückte auf ihre Ohren, Bäume ächzten und schrien. In Windeseile schloss sie die Türen, ließ die Fenster jedoch offen, um das grandiose Schauspiel beobachten zu können.

Die ausgetrocknete Erde konnte die Massen von Wasser nicht aufnehmen, es schoss über Wege und Wildpfade, die Flüsse stiegen an, wurden zu reißenden Strömen. Sie fraßen ihre Uferzonen, rissen Bäume und Sträucher weg, die nur locker in dem trockenen Sand verwurzelt waren. Der Hang über ihrem Wasserreservoir begann zu rutschen. Catherine merkte anfänglich nichts, erst als ihre Veranda bebte, rannte sie nach draußen und sah fassungslos zu, wie eine Schlammlawine gegen die Stützpfähle drückte. Der Sturm schrie und heulte, gewann noch immer an Stärke. Als Erstes neigte sich die Mimose neben dem Geländer und verschwand in der Erdlawine, die sich über die Amatungulubüsche ins Tal wälzte.

»Sihayo!«, rief Catherine, aber der Wind riss ihr die Worte aus dem Mund, und keiner hörte sie. In fliegender Hast löste sie die Haken der Fensterläden und stemmte sich mit aller Kraft dagegen, um sie zu schließen. Aber immer wieder wurden sie ihr aus den Händen geweht und krachten gegen die Hauswand. Endlich hatte sie es geschafft, wenigstens die vor dem Schlafzimmerfenster zu schließen. Aufatmend lehnte sie an der Wand. Viktoria war in Sicherheit. Blind von dem peitschenden Regen, tastete sie sich zur Tür, drückte sie einen Spalt auf und schlüpfte hinein.

Blitz auf Schlag kam, der Sturm tobte, Regen stürzte herunter, in kürzester Zeit leckte die Nässe durchs ausgetrocknete Rieddach, und sie und Jabisa waren vollauf damit beschäftigt zu verhindern, dass sie drinnen keine Überschwemmung bekamen. Viktoria schrie unablässig, und langsam kroch die Angst auch in Catherines Seele. Gewitter hatten sie nie schrecken können, aber dieses war kein normales Gewitter. Schon entdeckte sie in der Ferne Feuerschein, wo die Hütten eines Umuzis abbrannten, und der Wind röhrte, als wären alle Teufel der Hölle losgelassen.

Von der Küche aus sah sie, dass Dreck und Geröll in ihr Wasserreservoir gerutscht waren und dass die Mauer drohte nachzugeben. »Bitte nicht das«, betete sie. Ohne Trinkwasser wäre es das Ende von Inqaba. Über den Hof stürzte die Flut, strudelte durch ihren Garten, riss ihre Medizinkräuter heraus, entwurzelte Obstbäume. Die Fieberkrautpflanzen schwammen davon. Zwei in Todesangst gackernde Hühner wurden am Haus vorbeigespült und verschwanden in einem Sturzbach von Schlamm über den Abhang. In den Amatungulus, die uralt waren, sehr starke Wurzeln hatten und deswegen noch standhielten, blieben die Tiere hängen. Catherine versuchte nicht einmal, sie zu retten. Sie selbst wäre dabei in Lebensgefahr geraten.

Das Unwetter tobte die Nacht hindurch, und weder sie noch Jabisa oder Viktoria taten ein Auge zu. Es gab nichts, was Catherine zu ihrem Schutz hätte unternehmen können. Sie war dazu verurteilt, wehrlos zu ertragen, was die Natur für sie bereithielt. Im Morgengrauen, der Regen fiel mit unverminderter Heftigkeit, und der Wind hatte überhaupt nicht nachgelassen, wagte sie es, die Tür zu öffnen und hinauszuschauen. Jabisa, die kaum von ihrer Seite wich und in der Nacht ihr Bein fest umschlungen hatte, tat es ihr gleich. Plötzlich schrie das Mädchen gellend auf und zeigte nach Norden.

»Es ist die große Schlange, die Himmelsschlange, sie kommt herunter, um uns zu verschlingen.« Am ganzen Körper schlotternd, floh die Zulu schreiend ins Haus.

Catherine sah hin, und was sich da vor ihren Augen abspielte, erfüllte auch sie mit Horror. Es hatte sich ein Wirbelsturm gebildet, und sein langer Schlauch, der sich aus den pechschwarzen Wolken schlängelte, die den ganzen Horizont bedeckten, war breit und stark und sog alles, was er bekommen konnte, in sich hinein. Mit erschreckender Geschwindigkeit raste er auf Inqaba zu, schon konnte sie Büsche und ganze Bäume erkennen, die durch die Luft wirbelten.

Sie handelte blitzschnell, riss Viktoria in ihre Arme, schob den Esstisch weg, öffnete die Bodenklappe über ihrer Geheimkammer und packte den Jutesack, in dem Johann die Goldmünzen verstaut hatte, und zog mit aller Kraft. Er bewegte sich nicht. »Hilf mir«, schrie sie Jabisa an. Gemeinsam wuchteten sie ihn heraus und zerrten ihn beiseite. Mehrere Goldmünzen fielen heraus und rollten über den Boden, aber sie kümmerte sich nicht darum, legte stattdessen ihre Tochter in die Kammer, stieß Jabisa hinterher und kroch dann selbst in das stickige Loch. Sie konnte kaum atmen, so eng war es, krümmte sich in Fötushaltung um ihre Tochter und zog die Klappe zu.

Der Tornado erreichte sie, und der Himmel stürzte über ihnen ein. Als würden Giganten mit Felsen werfen, krachte und polterte es, ein hohes Pfeifen drückte auf ihre Ohren, das Haus bebte, Millionen von Dämonen kreischten. Jabisa wimmerte, Viktoria schrie, und Catherine betete.

Sie verlor jegliches Zeitgefühl, wusste nicht, ob Minuten, Stunden oder Tage vergangen waren, als der Sturm endlich nachließ.

Ächzend bewegte sie ihre eingeschlafenen Arme, schob Zoll um Zoll die Klappe hoch und spähte hinaus.

Im Raum herrschte Chaos. Alle Flächen waren mit Riedbüscheln übersät, die Tür zur Veranda schlug im nachlassenden Wind hin und her, in der Fensteröffnung daneben steckte ein Busch. Quer über dem umgefallenen Tisch lag ein zentnerschwerer Ast, Grünzeug und abgerissene Zweige blockierten die Tür zum Gang, dazwischen verstreut glänzten einige Goldstücke. Ehe sie sich Gedanken darüber machen konnte, wie ein halber Baum in ihr Wohnzimmer gelangt war, schleuderte eine Bö ihr Regen ins Gesicht, gleichzeitig klatschte etwas hart auf den nassen Boden. Ihr Kopf flog herum, und zu ihrem Entsetzen fand sie sich in Augenhöhe mit einer züngelnden Kobra. Der Aufschrei blieb ihr in der Kehle stecken, sie wagte kaum, zu blinzeln. Erneut ergoss sich ein Wasserschwall über sie. Als sie sich die Nässe aus den Augen gewischt hatte, sie wieder sehen konnte, war die Kobra verschwunden. Aufatmend wollte sie sich aus Öffnung herauswinden, als ihr schlagartig klar wurde, dass das Wasser von der Decke ihres Wohnzimmers gekommen war. Angstvoll sah sie hoch.

Im Dach klaffte ein Loch, durch das ein Elefant gepasst hätte, aus dem voll gesogenen Ried tropfte Wasser. Glücklicherweise schien ein Baum mit seiner breiten Krone aufs Haus gekippt zu sein und hatte so verhindert, dass der Dachstuhl vom Tornado restlos weggerissen wurde.

Sie zog sich hoch und knickte ein, ihre Beine waren taub geworden. Heftig massierte sie ihre Waden, das Blut stach wie tausend Nadeln, aber wenigstens konnte sie stehen. Dann hob sie Viktoria heraus. Jabisa lag in eine Ecke gepresst, den Kopf in den Armen versteckt und wimmerte leise vor sich hin. Catherine ließ sie und machte einen Schritt, um durch die aufgewehte Tür auf die Veranda zu gehen. Erst in letzter Sekunde hielt sie sich am Türpfosten fest. Ihre Veranda war nach vorne weggebrochen. Wäre sie einen Schritt weitergegangen, wäre sie mit Viktoria über die abschüssige Fläche gerutscht und den Abhang hinuntergestürzt.

Vor Schock zitternd, presste sie die Kleine fest an sich, stieg über das Astgewirr im Wohnraum in die Küche und probierte die Tür zum Kochhaus. Sie ließ sich vergleichsweise leicht öffnen, doch das Kochhaus gab es nicht mehr. Die zerfetzten Grasmatten hingen in den Bäumen, die gemauerte Feuerstelle allerdings stand noch, und zu ihrer unendlichen Erleichterung sah sie, dass auch die Mauer des Reservoirs gehalten hatte. Vorsichtig kletterte sie über Geröll und einen zersplitterten Baumstamm auf den Hof. Die Krone eines Kiaatbaums versperrte die Haustür, und ihre Toilette war jetzt wie ihr Zimmer unter freiem Himmel, von den Wänden und dem Dach des Anbaus stand nur noch das Gebälk.

Viktoria in ihrem Arm schrie vor Hunger, und sie trug sie ins Schlafzimmer, dessen Dach noch intakt zu sein schien, setzte sich auf Johanns Seite des Betts – ihre war durch ein Leck durchnässt – und gab ihr die Brust. Dabei überlegte sie, wie sie es bewältigen sollte, in diesem Chaos zu überleben, bis Johann zurückkehrte.

*

Johann hatte das Unwetter in der Ferne aufziehen sehen und war sich im Klaren, dass Inqaba im Zentrum liegen würde. »Ich mache mir Sorgen um Catherine. Sie ist allein auf der Farm, und diese Gewitter nach einer langen Trockenheit können die Hölle sein.«

»Ach was, deine Frau ist außerordentlich tüchtig, und dein Haus ist aus Stein gebaut«, antwortete Dan de Villiers. Er schlug einen Palmwedel beiseite, der über den Wildpfad hing, hielt seine Augen fest auf die Erde geheftet und atmete dabei stoßweise, wie ein Bluthund, der die Fährte aufgenommen hat. »Mein Spurenleser sagt, dass die Kerle sich dort getrennt haben.« Er zeigte nach vorn, wo sich der Weg gabelte. »Zwei sind im weiten Bogen nach Osten weitergeritten, die anderen hinauf nach Norden. Ich denke, die wollen am Fuß der Lebomboberge entlang zum Limpopo und über die Grenze nach Moçambique, wo sie erst einmal in Sicherheit wären. Mein Gefühl sagt mir, dass die zwei Reiter der Graf und sein einäugiger Hottentotte waren, und die Richtung, die sie eingeschlagen haben, sagt mir auch, dass vermutlich irgendwo ein Schiff auf sie wartet. Vielleicht die *Carina*.«

»Das leuchtet ein. Was machen wir also?«, rief Rupert Farrington, der hinter ihnen ritt. »Sollen wir uns trennen?«

»Seine Handlanger interessieren mich nicht«, antwortete der Schlangenfänger. »Wir wollen den Grafen und den Hottentotten. Der hat schließlich Onetoe-Jack hinterrücks ermordet.« Er bekreuzigte sich bei diesen Worten.

»Wir sollten ein Menschennetz auswerfen«, fiel Francis Court ein. Die Tage im Busch hatten selbst sein tadelloses Äußeres verändert. Die Reitstiefel waren verdreckt, seine Jacke war zerrissen, und die seidene Krawatte diente ihm als Verband für einen langen Kratzer am Arm. »Wir sollten weiträumig ausschwärmen und die Kerle langsam zum Meer treiben. Da werden wir sie dann erwischen. Unweigerlich. Es sei denn, sie versuchen nach Australien zu schwimmen.« Er lachte ein ruppiges, freudloses Lachen.

In der Ferne rollte Donner über die Hügel, Johann hob den Kopf und sah den grauen Regenvorhang über das Land marschieren. »Es regnet, Gott sei Dank«, sagte er. »Lange hätten wir das nicht mehr durchhalten können.« Selbst hier, Meilen von dem Gewitter entfernt, konnten sie die Feuchtigkeit riechen.

»Heute sollten wir hier lagern, und morgen früh brechen wir vor Sonnenaufgang auf«, befahl Dan, der wie selbstverständlich die Leitung des Unternehmens übernommen hatte.

Die Zulufrauen sammelten emsig Holz, und bald flackerten die Lagerfeuer, in großen Töpfen wurde Maisbrei gerührt, und ganze Antilopen rösteten aufgespießt über der Glut. Die weißen Jäger saßen mitten unter ihren schwarzen Begleitern. Geschichten wurden erzählt, Begebenheiten aufgebauscht, von Heldentaten schwadroniert. Jeder hatte etwas beizutragen, und allen war schmerzlich bewusst, dass einer fehlte. Onetoe-Jack.

»Auf unseren Freund«, murmelte Johann und hob die Flasche mit Cognac, die Andrew Sinclair gespendet hatte.

»Auf Onetoe-Jack, möge er ins Paradies eingegangen sein, und mögen die schönsten Frauen dort auf ihn warten«, antworteten die anderen ernst, leerten ihren Bierkrug auf ex und spülten mit Cognac nach. Erst spät kehrte Ruhe ein an den Feuern.

Die Natur jedoch spielte ihnen einen schlimmen Streich. Als sie einen Tag später an die Ufer des Wela gelangten, mussten sie feststellen, dass das sonst flache, friedlich dahinrauschende Gewässer, durch das man bequem zu Fuß waten konnte, zu einem tosenden Strom geworden war, der bereits große Bereiche der Uferzone weggerissen hatte. Das Wasser toste mit dumpfem Brausen, das die Erde beben ließ und die Pferde nervös machte.

»Vielleicht kommen wir im Süden hinüber, wo er sich gabelt«, sagte Johann, der die Gegend kannte wie seine Westentasche. Mit Dan ritt er am Ufer entlang, aber sie fanden keinerlei Möglichkeit, sicher dieses reißende Wasser zu durchqueren. Die Luft war stickig, Mückenschwärme tanzten im Ried, es roch faulig nach verrotteten Dingen.

»Wir sitzen fest, auch sein Nebenarm, der Mzimane, führt Hochwasser«, stellte der Schlangenfänger nüchtern fest. »Zum Henker, steckt denn auch noch die Natur mit diesem Halunken unter einer Decke?« Er nahm seinen Straußenfederhut ab und wischte sich mit dem Ärmel übers Gesicht. »Man könnte glauben, wir braten schon in der Hölle, so heiß ist es geworden.«

»Wenn wir nicht über den Fluss kommen, dann hat er ihn auch nicht passieren können«, warf Rupert ein. »Logische Sache, oder?«

»Es sei denn, er hat ihn schon vor ein paar Tagen überquert, als das hier noch ein zahmer, kleiner Bach war.« Johann fuhr sich mit beiden Händen durch das verschwitzte Haar; er versuchte vor seinen Freunden zu verbergen, welche Sorgen er sich um seine Familie machte. Denn, das war ihm erst jetzt blitzartig klar geworden, um nach Inqaba zurückzukehren, musste er irgendwie diesen Fluss überwinden, und er konnte nicht erkennen, wie ihm das gelingen sollte. Außerdem erwartete ihn dann noch der Hluhluwe. Er ließ seinen Blick über die im Regendunst versinkenden Hügel schweifen, und dann sah er das, was Catherine in diesem Moment auch sah.

Die große Schlange, die vom Himmel kam.

»Ein Tornado, verflucht, es hat sich ein Wirbelsturm gebildet!«, brüllte er und beobachtete schreckensstarr das Naturereignis.

Hilflos mussten alle mit ansehen, wie der Tornado seine zerstörerische Bahn zog. Jeder wusste, wo Inqaba lag, jeder wusste, dass Johanns Familie dort allein zurückgeblieben war. Johann bewegte seine Lippen in einem stummen Gebet, Dan de Villiers hatte vor Aufregung seinen Oberarm gepackt und drückte ihn wie einen Schraubstock zusammen. Andrew, Rupert und Francis Court standen eng um ihren Freund herum, als könnten sie ihm so Zuversicht übermitteln.

»Da hinten brennt es«, sagte Francis.

Alle sahen das leuchtende Fanal am Horizont, als ein ganzes Umuzi, durch Blitzschlag entzündet, in Flammen aufging.

»Ich muss über den Fluss, egal wie, und wenn ich schwimme«, rief Johann, und nur die vereinten Kräfte seiner Freunde konnten ihn davon abhalten, sich in die tosenden Fluten zu stürzen.

»Was nützt es deiner Frau, wenn du ertrinkst oder dich ein Krokodil verschlingt, du Held«, schimpfte ihn Dan de Villiers und versuchte so, seine eigene Angst um Catherine zu verbergen. Er zwang Johann, sich ans Feuer zu setzen. »Wenn du nicht vernünftig bist, binde ich dich fest«, drohte er ihm. Er meinte das todernst.

Johann fügte sich, aber die Vorstellung, wie es jetzt auf Inqaba aussehen musste, zerriss ihn. Minutenlang überlegte er, wie er es anstellen konnte, unbemerkt zu verschwinden und den Fluss zu überqueren, verwarf diesen Gedanken aber schnell. Inzwischen war es pechschwarze Nacht, nicht ein Stern funkelte, der Mond war hinter Wolkenbergen verborgen. Er vergrub sein Gesicht in den Händen und murmelte ein Gebet.

∗

Catherine ahnte nicht, dass Johann alles hatte mit ansehen müssen. Sie war viel zu beschäftigt, sich einen Überblick über den Schaden zu beschaffen. Mit Gewalt zerrte sie Jabisa aus der

Geheimkammer und setzte sie mit Viktoria ins Schlafzimmer. »Wisch den Boden, pass auf meine Kleine auf, und rühr dich nicht aus dem Zimmer, verstanden?« Damit krempelte sie ihre Hosen hoch und machte sich auf den ersten Rundgang in der unmittelbaren Nähe des Hauses. Dass sie nun ihre Notdurft im Freien verrichten musste, war nicht gerade angenehm. Sie war nur froh, dass wenigstens die Toilette selbst stand und sie nicht gezwungen war zu buschen. Ihr Garten war mit einer Schlammschicht bedeckt, das Reservoir ebenfalls voller Geröll. Drei Schlangen schwammen in dem trüben Wasser, auch im Garten hatte sie einige gesehen, die mit dem Wasser aus dem Busch heruntergespült worden waren, darunter eine schwarze Mamba. Sie würde sich vorsehen müssen und nahm sich vor, der Mamba mit dem Gewehr zu Leibe zu rücken. Wenn meine Hand vor Angst nicht zu stark zittert, dachte sie. Dans Horrorgeschichten über die Angriffslust dieser tödlichen Schlange hatten ihr die schlimmsten Albträume verursacht. Seufzend wandte sie sich ab. Es würde sie knochenbrechende Arbeit kosten, den Dreck herauszuschaufeln, aber sie musste es tun. Sonst hatten sie kein Wasser. Beim Abstieg vom Reservoir knickte sie um und griff nach einem Ast, um ihren Fall zu verhindern. Sie schrie, als ein glühend heißer Schmerz durch ihre Hand fuhr. »Hölle und Verdammnis«, wimmerte sie. Mit Schrecken sah sie, dass der Daumen schief stand. War er etwa gebrochen? Vorsichtig bewegte sie das Glied, der scharfe Schmerz war fast nicht auszuhalten, aber gebrochen war offenbar nichts. Ausgekugelt vielleicht, denn neben dem Gelenkknochen unmittelbar an der Daumenwurzel war ein weiterer Knubbel gewachsen.

Papa hatte sich einmal den Arm am Ellenbogen ausgekugelt, und sie hatte zugesehen, wie César ihn gerichtet hatte. Mit beiden Händen hatte er ihn gepackt, geruckt, gezogen, und dann stand der Arm wieder gerade. Es war das einzige Mal, dass sie Tränen in den Augen ihres Vaters gesehen hatte.

Sich mit der gesunden Hand abstützend, kletterte sie den Abhang hinunter und humpelte hinüber zu Caligulas Unterstand. Sie hörte ihn wiehern, war mehr als froh darüber, konnte ihn aber nicht erreichen, weil angeschwemmtes Gestrüpp den Eingang versperrte. Ohne nachzudenken packte sie einen größeren Ast, um ihn beiseite zu räumen, als der Schmerz in der Hand ihr den Atem nahm. Sie sank auf den Holzbock, der ihr beim Aufsitzen als Tritt diente. Der Daumen musste gerichtet werden. Sie untersuchte ihn. Das Gelenk schwoll zusehends an, sie musste schnell handeln. Es blieb ihr nichts anderes übrig, als die Zähne zusammenzubeißen und zu tun, was getan werden musste.

Sie legte ihren Arm auf die glatte Oberfläche des Steins und kniete sich auf ihr Handgelenk. Wie hatte es César gemacht? Sie schloss die Augen und versenkte sich in ihr Inneres, bis sie ganz ruhig war und nichts mehr hörte außer dem kräftigen Schlag ihres Herzens. Dann holte sie tief Luft und packte den Daumen. Bitte hilf mir, César!

Ziehen und Rucken, dann loslassen.

Sie tat es und schrie und fing an zu zittern. Doch der Daumen war zurückgesprungen und saß wieder richtig im Gelenk. Es tat zwar noch immer höllisch weh, aber es war nicht dieser scharfe, glühend heiße Schmerz, eher ein dumpfer, wie nach einer Prellung. Vorsichtig wackelte sie mit dem Daumen. Es schmerzte zwar, aber er bewegte sich so, wie sie es ihm befahl, und sie lächelte unter Tränen. Kurz darauf konnte sie sich vergewissern, dass ihr Pferd nur einen großen Schrecken, aber keine Verletzungen erlitten hatte. Erleichtert setzte sie ihren Kontrollgang fort. Jabisas Hütte gab es nicht mehr, aber die ihres Bruders Sicelo stand noch, die ihr als Unterkunft dienen konnte, bis sie eine neue errichtet hatte. Catherine kehrte zum Haus zurück, gab Viktoria noch einmal die Brust und legte sie in die Wiege. Es war Zeit für ihren Mittagsschlaf. Sie deckte ihre Tochter gut zu, denn mit dem Unwetter war kühlere Luft herbeigeströmt. Jabisa schickte sie zum Grasschneiden. Das Hausdach, die Hütte des Mädchens und das Dach des Toilettenhäuschens mussten so schnell wie möglich neu aufgebaut werden. Die Kleine trollte sich, war noch immer stumm vor Schrecken.

Danach endlich nahm Catherine allen Mut zusammen und sah sich die zusammengebrochene Veranda an, die sich im Winkel von etwa fünfundvierzig Grad nach vorn dem Tal zuneigte. Die vorderen Stützen waren weggebrochen, das Geländer auch, der Holzboden war aus seiner Befestigung am Haus gerissen, aber intakt, soweit sie erkennen konnte. Eine träge Schlammlawine wälzte sich den Hang hinunter, hatte die Amatungulus schon fast vollständig begraben. In ihrem Strom fing ein goldener Blitz ihren Blick ein. Sie kniff die Augen zusammen. Es war ganz ohne Zweifel eine ihrer Goldmünzen, und ihr fiel ein, dass sie den Münzsack nirgendwo gesehen hatte. Mit wenigen Schritten war sie wieder im Zimmer und suchte den Boden ab. Sie kroch auf Händen und Knien unter dem Gestrüpp herum, aber sie fand nur noch eine Hand voll von dem Schatz der de Vila Flors. Der Rest war vom Tornado gefressen worden. Der Schock traf sie hart. Minutenlang hockte sie am Boden, angeschlagen wie ein Boxer nach zu vielen Kopftreffern.

«Lass dich ja nicht unterkriegen. Was ist schon schnöder Mammon gegen dein Leben und das deiner Tochter.« Grandpère!

Gehorsam rappelte sie sich auf, sammelte die Münzen ein, warf sie in die Geheimkammer und schloss die Klappe. Mit diesem Problem würde sie sich später beschäftigen. Daraufhin verriegelte sie beide Türen, die auf die Veranda führten, und schärfte Jabisa ein, ihre Finger davon zu lassen. Ihre verletzte Hand gegen die Brust gepresst, überlegte sie, was als Nächstes zu tun sei.

»Hallo, Catherine«, sagte da eine Männerstimme vom Kücheneingang her, und sie erstarrte, als hätte jemand Eiswasser über sie gegossen. Sehr langsam wandte sie sich um.

Er war verdreckt und abgerissen, war offenbar wochenlang nicht aus den Kleidern gekommen, aber sein Lächeln, dieses träge, verruchte Lächeln, dieses verfluchte Lächeln, das ihr geradewegs in den Kopf stieg und ihr die Knie weich machte, das Lächeln hatte nichts von seiner Wirkung verloren. »Konstantin«, krächzte sie.

Er nahm ihre schlaffe Hand, führte sie zu den Lippen und sah sich dabei um. »Schlimm sieht es bei dir aus, mein Engel, und du musstest dieses Unwetter völlig allein durchmachen. Du armes, armes Mädchen. Doch nun bin ich da. Du bist nicht mehr allein.«

Der letzte Satz war tödlich. Etwas zerriss in ihr, wie eine Sehne, die zu straff gespannt gewesen war. Sie brach zusammen. Geschüttelt von einem Weinkrampf, ließ sie es widerstandslos geschehen, dass Konstantin von Bernitt sie in die Arme nahm, ja, sie presste sich sogar enger an ihn, war so froh, dass endlich jemand da war, der das Unglück mit ihr tragen konnte. Lange stand sie so, ließ sich trösten, ließ sich streicheln, ließ sich festhalten.

Später half er ihr, das Wohnzimmer notdürftig aufzuräumen, es gelang ihm sogar, den Ast zur Seite zu schieben und den Tisch aufzustellen. Er entfachte ein Feuer, und sie setzte Tee auf. Sie fand Brot und Marmelade im Vorratsraum, entdeckte dabei, dass der Sturm zwischen Mauer und Dach gefahren war und einige ihrer Medizinfläschchen zerbrochen am Boden lagen. Erst nach dem Essen wagte sie die Frage zu stellen, die ihr den ganzen Nachmittag auf der Zunge gebrannt hatte. »Sie suchen dich, weißt du das? Ganz Natal ist mit Fährtensuchern und Hunden hinter dir her.«

Er lachte vergnügt und zupfte den Faden aus seiner Jackenmanschette, wo ein Goldmetallknopf gesessen hatte. »Da müssen die Herren früher aufstehen. So schnell fängt man mich nicht. Mir ist nur dieses vermaledeite Unwetter dazwischengekommen, sonst wäre ich schon längst an Bord der *Carina*, die versteckt im St.-Lucia-See auf mich wartet.« Er stand auf. »Erlaubst du, dass ich die Jacke ausziehe?« Sorgfältig hängte er sie über die Stuhllehne und setzte sich wieder. Sanft legte er seine Hand auf ihren Arm, streichelte sie, schaute ihr dabei in die Augen. »Meine schöne, tapfere Catherine«, schnurrte er mit dunkler Samtstimme.

So mitgenommen war sie, so bis ins Tiefste erschüttert, dass sie es geschehen ließ. Seine Finger wanderten langsam ihren Oberarm hinauf, krochen unter ihren Hemdsärmel, glitten ab, und als sie seine Berührung auf ihrer nackten Brust spürte, zuckte sie zusammen. Er zog seine Hand zurück und begann mit Bedacht, ihr Hemd aufzuknöpfen, dabei hielt er ihren Blick mit seinem gefangen.

Wie von einem starken Magnet angezogen, näherte sie sich seinen Lippen. Erst als sie seinen Atem spürte, kam sie zu Sinnen. »Nein, nicht«, wehrte sie ab. »Wir dürfen das nicht ...« Sie gab einen Schmerzenslaut von sich, als er ihre verletzte Hand einfing.

Er hielt inne. »Das sieht ja schlimm aus. Lass mich mal sehen.« Behutsam untersuchte er die blau angeschwollene Prellung. »Wie ist das passiert?« Sanft küsste er ihr Handgelenk.

Stotternd, weil ihr jagendes Herz ihr den Atem nahm, erzählte sie von dem Unfall und dass sie den Daumen selbst eingekugelt hatte.

»Was bist du doch für ein mutiges Mädchen«, murmelte er, bückte sich und nahm ihren Fuß hoch. Auch dieses Gelenk war geschwollen und blutunterlaufen. »Das muss wehtun. Komm, ich bringe dich zum Bett, du musst dich hinlegen, der Fuß braucht Ruhe.« Ohne viel Federlesens schlang er seinen Arm um sie, führte sie ins Schlafzimmer, ließ sie aufs Bett gleiten und verschwand dann im Kochhaus.

In ihrem Kopf war nur erschöpfte Leere, ihr Fuß klopfte, das Daumengelenk tat höllisch weh, und sie wollte nicht daran denken, welcher Berg von Arbeit vor ihnen lag, ehe Inqaba wieder auf Vordermann sein würde, sie wollte auch nicht an Johann denken, sie wollte nur die Augen schließen und sich in ihr Inneres zurückziehen.

Leise kam Konstantin von Bernitt wieder herein. »Ich hatte noch ein wunderbares Mittel in meinen Satteltaschen, das dir die Schmerzen nehmen wird. Hier«, er setzte ihr ein Fläschchen an die Lippen, »trink erst mal einen tüchtigen Schluck Cognac, das wird dich wärmen. So, und nun runter mit diesem Zeug.« Er gab ihr einen Becher mit einer warmen Flüssigkeit.

Gehorsam trank sie und erkannte erst, als sie den Becher fast geleert hatte, den widerwärtigen Geschmack. »Was ist das?«, fragte sie. »Wilder Dagga?«

»Und eine schwache Mischung aus der wilden Datura mit Laudanum«, lächelte er.

Sie wollte protestieren. Sie wusste, dass Datura Halluzinationen hervorrufen konnten, doch die Wirkung setzte, verstärkt durch den Alkohol, der in ihren Adern kreiste, schnell ein. Ihr Kopf schwamm, die Glieder wurden ihr seltsam leicht, ihre Haut war sehr empfindlich. Er begann sie sanft zu streicheln, und jede seiner Berührungen war wie ein exquisiter Schmerz, von dem sie nicht genug bekommen konnte. Flüchtig tauchte Johanns Gesicht über ihr auf, seine braunen Augen blickten sie unendlich traurig an, aber es löste sich auf, sobald sie genauer hinsehen wollte, wurde zu dem von Konstantin, der sich über sie beugte. »Mir ist komisch im Kopf«, protestierte sie.

»Entspann dich, lass es geschehen«, raunte er und legte seine Hand auf ihre Brust. Warm und schwer lag sie da. Unwillkürlich stöhnte sie, ein sanftes, lang gezogenes Stöhnen, das in einem Seufzer endete. Sein Streicheln stimulierte sie auf unerträglich sinnliche Weise, und als er das Hemd von ihren Schultern schob und den Latz ihrer Hose öffnete, wehrte sie sich nicht, quietschte nur einmal auf, als er sie kitzelte.

Viktoria schnaufte im Schlaf, und Catherine legte Konstantin die Finger auf den Mund. »Schh ... wir müssen leise sein«, kicherte sie trunken.

Er nahm ihre Finger zwischen seine Lippen und begann, ganz sachte daran zu saugen. Seine Hände schienen überall zu sein, und dann auch seine Lippen, die alle versteckten Stellen an ihrem Körper fanden. Sie wurde schamrot, aber konnte nichts dagegen tun. Es musste so sein. Jemand rief seinen Namen, sie begriff nicht, dass sie es selbst war. Eine heiße Welle schlug über ihr zusammen, sie bäumte sich stöhnend auf und öffnete ihre Beine und überließ sich dem, was da mit ihr geschah.

*

»Meine Schöne, wach auf«, sagte eine Stimme.

Widerwillig öffnete sie die Lider. Als sie Konstantin erkannte, der Viktoria im Arm hielt, setzte sie sich abrupt auf, ächzte leise, als ihr Kopf zu hämmern begann.

»Deine Tochter schreit«, sagte er und reichte sie ihr. »Ihre Windel ist nass, und ich glaube, sie ist furchtbar hungrig.«

»Meine Güte, wie lange habe ich geschlafen?«, fragte sie nervös und versuchte sich krampfhaft zu erinnern, was zwischen ihnen vorgefallen war. Ihr Hemd war zugeknöpft, ihre Hose auch, aber zwischen ihren Beinen war ein rohes Gefühl, als hätte sie sich wundgeritten. Sie vermied es, ihm in die Augen zu sehen. »Was hast du mir nur gegeben, mir platzt fast der Kopf?«

»Das vergeht, keine Angst. Jetzt machen wir uns etwas Gutes zu essen.« Er warf eine Springbockkeule und ein großes Stück Flusspferdfleisch auf den Wohnzimmertisch. »Meine Satteltaschen sind unergründlich«, grinste er. »Was ist das?«, fragte er, bückte sich und hielt eine Goldmünze in der Hand. Er studierte sie neugierig. »Portugalie«, murmelte er. »Na, das ist ja sehr interessant.« Er sah sie scharf an. »Woher hast du die Münze? Hier gefunden?« Seine Stimme hatte einen stählernen Unterton bekommen.

Catherine biss sich auf die Lippen und schalt sich eine nachlässige Trine, nicht sorgfältiger den Boden abgesucht zu haben. Sie nahm ihm die Münze ab. »Ach, die habe ich schon vermisst. Danke. Mein Großvater schenkte sie mir einst.« Die Lüge ging ihr glatt von den Lippen.

»Aha«, machte Konstantin mit ausdrucksloser Miene. Während er sie prüfend ansah, überlegte er, ob sie gelogen und das gefunden hatte, was er schon so lange suchte. Sein Blick flog durchs Zimmer. Es war noch immer so ärmlich eingerichtet wie eh und je, also war es nicht wahrscheinlich, dass die Steinachs auf einem Haufen Gold saßen. Er entspannte sich wieder und half ihr, einen Kürbis und Kartoffeln fürs Abendessen aus dem Dreck im Gemüsegarten zu graben.

Unerklärlicherweise fiel ihr erst jetzt Jabisa ein. Sie schlug unwillkürlich die Hand vor den Mund. Hatte die Zulu etwa Konstantin kommen sehen, hatte sie vielleicht auch heimlich zugesehen, was zwischen ihnen passiert war?

»Grundgütiger Himmel«, flüsterte sie, »gib, dass dem nicht so ist. Ich komme gleich zurück«, setzte sie laut an Konstantin gewandt hinzu. Schnell durchsuchte sie, so gut es ging, die Umgebung des Hauses. Zu ihrer abgrundtiefen Erleichterung, war von Jabisa keine Spur zu sehen. Offenbar war sie schnurstracks zu ihrer Mutter gerannt, anstatt ihren Auftrag auszuführen. Es dauerte lange, bis Catherine ihr inneres Zittern wieder unter Kontrolle hatte.

Sie aßen in der Küche. Das Essen tat gut und war sehr schmackhaft. Konstantin von Bernitt konnte tatsächlich kochen. Rasch stapelte Catherine das Geschirr auf der Spüle. Jabisa konnte es am Morgen abwaschen, sie war heute zu müde. Sie wünschte ihm eine gute Nacht, küsste ihn nicht, sondern reichte ihm nur die Hand. Als er ihr ins Schlafzimmer folgen wollte, verstellte sie ihm entschlossen in der Tür den Weg.

»Nein«, sagte sie. »Nein, bitte schlafe du im Wohnzimmer. Es regnet nicht mehr, der Boden ist trocken. Ich habe dir schon Bettzeug hingelegt.« Sachte, aber bestimmt schloss sie die Tür und ließ ihn draußen stehen.

Am nächsten Morgen nach dem Frühstück bat sie ihn ruhig, Inqaba zu verlassen. »Es ist besser so, und Johann wird bald wieder hier sein«, setzte sie hinzu, ohne zu verraten, wie aufgewühlt sie wirklich war. Noch immer zitterte sie vor Scham, traute aber ihren eigenen Gefühlen und Reaktionen nicht, befürchtete, dass sie sich noch einmal hinreißen lassen könnte. Sie wollte ihn so schnell wie möglich aus dem Haus haben, um nicht noch einmal in Versuchung zu geraten.

Konstantin riss sie hitzig an sich. »Verlasse ihn, lass uns zusammen irgendwohin gehen, wo uns keiner kennt. Ich habe die Frau in Durban schon zum Teufel geschickt. Ich war betrunken, als ich sie geheiratet habe.« Er hatte ihr das am Abend vorher beim Essen gestanden.

Flüchtig empfand sie Mitleid mit dieser Person. »Ich möchte, dass du gehst«, sagte sie mit fester Stimme und befreite sich energisch aus seinen Armen.

Schweigend zog er eine Pistole aus seinem Rockbund und legte sie auf den Tisch. Der Griff war aus poliertem dunklem Holz, mit Silberfäden verziert und trug sein Monogramm. »Es ist eine Steinschlosspistole«, sagte er, »und sie gehörte meinem Bruder, der mit Otto von Bayern nach Griechenland ging. Ich möchte, dass du sie behältst. Falls du auf Inqaba je in Gefahr gerätst, kannst du dich verteidigen.« Dann holte er einen Ring aus seiner Münztasche, einen Goldreif, der mit einem großen Smaragd besetzt war. Er hob ihre Hand und schob ihn auf ihren Ringfinger, ehe sie sich wehren konnte. »Dieser Ring soll uns verbinden und dich immer an mich erinnern.«

Sie schob ihn weg, zerrte den Ring von ihrem Finger und legte ihn neben die Pistole. »Nein, nimm ihn wieder mit, ich will ihn nicht. Ich bin mit Johann Steinach verheiratet, und ich werde es bleiben, bis dass der Tod uns scheidet. Das habe ich geschworen. Und ich liebe ihn.«

Wortlos beugte er sich vor und presste seine Lippen auf ihre. Es kostete sie ein paar Sekunden härtesten Kampf, aber dann stemmte sie ihre Hände gegen seine Brust und löste sich von ihm. »Geh jetzt und komm nicht wieder. Bitte.«

Er blinzelte in die Sonne, die aus dem tiefblauen Himmel strahlte, alle Nässe aufsaugte. Das Land dampfte, gleichzeitig begann das Wasser abzufließen und zu versickern. Lange würde es nicht dauern, und die Flusspegel würden wieder sinken. Es war Zeit zu gehen. Höchste Zeit. Die *Carina* würde sich nicht ewig im Ried des St.-Lucia-Sees verbergen können. Er stand auf, zog sie mit sich hoch und küsste sie noch einmal. »Ich bin dir verfallen, du Hexe«, murmelte er heiser, »und ich werde zurückkommen, ob du willst oder nicht. Du weißt, dass wir zusammengehören.«

Sie blieb reglos stehen, während er auf den Hof ging und sein Pferd losband. Das Letzte, was sie von ihm sah, ehe er um die Biegung im Busch verschwand, war die Kusshand, die er ihr zuwarf. Langsam kehrte sie ins Haus zurück und entdeckte, dass die Pistole und der Ring noch immer auf dem Tisch lagen. Sie wickelte sie in ein Stück Stoff und versteckte sie in der hintersten Ecke der Geheimkammer.

Kapitel 20

»Sie haben den Hottentotten«, verkündete Dan und ballte triumphierend die Faust. »Onetoe-Jacks Zuluverwandtschaft hat ihn aufgestöbert. Exzellente Spurenleser sind das, muss ich sagen, tapfere Kerle und zäh wie bayerisches Hosenleder. Sie bringen ihn ins Lager. Lasst uns ihm einen würdigen Empfang bereiten. Wir werden ein ordentliches Gericht abhalten, und er wird einen Verteidiger bekommen. Was der allerdings vorbringen könnte, um das Urteil zu beeinflussen, kann ich mir nicht vorstellen.«

»Keine Frage, es wird auf Tod lauten«, sagte Andrew. »Wie machen wir es? Verschwenden wir eine Kugel an diesen niederträchtigen Schurken? Oder einen guten Strick?«

Es kamen verschiedene Vorschläge. »Wir hängen ihn auf«, sagte einer. »Nicht schnell, wir ziehen ihn langsam hoch, damit er etwas davon hat. Ich möchte ihm in die Augen sehen, wenn er krepiert.«

Das wurde ausgiebig diskutiert, und schon schien es, dass die Mehrheit zustimmte, als Onetoe-Jacks Zulufamilie ins Lager zurückkehrte. Hottentot Johnny brachten sie nicht mit.

»Er traf auf die tödlichen Schatten im Wasser«, sagte der älteste von Onetoe-Jacks Verwandten. »Sie haben ihn mit einem Lächeln verschlungen. Die Welt ist wieder rein.«

»Wovon zum Henker faselt er da?«, fragte Francis Court.

Johanns Gesicht hatte an Farbe verloren, während er dem Zulu lauschte. »Sie haben ihn den Krokodilen zum Fraß vorgeworfen«, sagte er und konnte ein Schwanken seiner Stimme nicht verhindern. »Sie haben Abfall beseitigt.«

Dan grinste böse. »Das bedarf einer Belohnung. Ich werde den erfolgreichen Jägern etwas Leckeres zum Abendessen schießen. Begleiten Sie mich, Mr. Court?«

Francis Court ergriff seine Flinte und folgte dem Schlangenfänger. Sie schossen einige Flusspferde und brachen die Hauer heraus, die ähnliche Preise erzielten wie Elefantenstoßzähne. Die Kadaver überließen sie den Zulus. Mit Assegais und Pangas stürzten die sich auf die toten Hippos, brüllten, schlugen sich, knurrten sich an wie Tiere, und nur die stärksten schafften es, große Fleischstücke abzusäbeln, die sie über die Köpfe der anderen ihren Leuten zuwarfen, die das Fleisch auf einen Haufen legten und mit Waffengewalt verteidigten. In unglaublich kurzer Zeit war von den Flusspferdkadavern nichts mehr übrig als ein großer schmieriger Blutfleck.

Das Tosen des Flusses wurde im Laufe der nächsten Tage leiser, der Wasserpegel sank deutlich, und endlich konnten sie ihn gefahrlos überqueren. Johann verabschiedete sich und machte sich, begleitet von seinen Zulus, schleunigst auf den Weg nach Inqaba.

*

Catherine arbeitete bis zum Umfallen. Sie tat alles, um die Erinnerung an diesen einen Tag zu verdrängen, auch die widerlichsten Arbeiten, je scheußlicher, desto eher fühlte sie sich seelisch gereinigt, auch wenn sie körperlich stank, dass ihr schlecht davon wurde. Schon am Tag nach dem Unwetter legte sich ein süßlich klebriger Geruch über Inqaba, der rasch unerträglich wurde. Die Ursache fand sie schnell. Außer ihren Hühnern hatte die Schlammflut auch Schlangen und andere Kleintiere erwischt. Tote Ratten lagen im Dreck, ertrunkenes Federvieh hing in den Amatungulus, selbst eine kleine Antilope war, unter den Trümmern der Veranda eingeklemmt, verreckt. Die paar Ziegen, die die Himmelsschlange nicht davongetragen hatte, lagen tot im Gatter. Ihre Körper blähten sich auf, und bald verpestete Verwesungsgestank die Luft und trieb in Schwaden übers Haus. Der Gedanke an das verlorene Gold drängte sich nicht ein einziges Mal in ihr Bewusstsein.

Glücklicherweise tauchte Sihayo auf. Das Unwetter hatte ihn im Busch überrascht. Er hatte sich zwar am Bein verletzt, doch die Wunde heilte bereits. Zusammen mit ihm sammelte sie die Kadaver ein und transportierte sie hinunter zu Helene und ihrer

Sippe. Knurrend, mit gefletschten Zähnen, stritten sich die Hyänen um die unerwartete Mahlzeit. Anschließend kraxelte Catherine zum Fluss hinunter und tauchte mit voller Kleidung unter, um diesen Geruch loszuwerden.

Der Schmerz in ihrem Daumen ließ im Laufe der Woche nach, und sie begann sogar, den Dreck aus dem Kochhaus und, dabei bis zu den Hüften im schmutzigen Wasser stehend, den Schlamm aus ihrem Brunnen zu schaufeln.

Glücklicherweise war das Wetter herrlich. Es hatte diese kristallene Klarheit, die stets auf Regengüsse in Zululand folgt. Es sind Tage, wo die Hügel tintengrün leuchten und indigo ihre Schatten, die Erde ziegelrot ist und der Horizont ein schimmerndes Licht. Es war warm und trocken und der Himmel von solch strahlendem Blau, dass sie Mühe hatte, sich vorzustellen, dass er noch vor einer Woche schwarz wie die Hölle gewesen war und einen Wirbelsturm geschickt hatte, der um ein Haar das Ende von Inqaba und all derer, die dort lebten, bedeutet hatte.

Am Ende der nächsten Woche hörte sie Hufklappern und wusste, dass ihr Mann wieder zurückgekehrt war. Sie holte tief Luft, überlegte gleichzeitig, ob er ihr das, was zwischen ihr und Graf Bernitt vorgefallen war, ansehen würde. Dann setzte sie ein breites Lächeln auf und lief ihm in die Arme.

Er drückte ihr in seiner Erleichterung, seine Familie unversehrt vorzufinden, fast die Luft aus dem Leib, ehe er sie freigab.

»Habt ihr Konstantin von Bernitt erwischt?«, fragte sie, als sie wieder atmen konnte, sah Johann aber dabei nicht an.

»Den nicht, aber Hottentot John, der Onetoe-Jack getötet hat.«

»Also war die Jagd ein Erfolg. Was geschieht nun mit ihm? Wird er in Durban vor Gericht gestellt?«

Johann war damit beschäftigt, Shakespeare vom Sattel zu befreien, und hielt seinen Blick abgewendet. »Er ist umgekommen«, sagte er und hoffte, dass sie nicht weiter fragen würde. Wie sollte er ihr erklären, dass der Busch seine eigenen Gesetze hatte? »Nun erzähle mir doch schleunigst, wie du und Viktoria den Wirbelsturm überstanden habt. Wie ich sehe, hat glücklicherweise das Wasserreservoir gehalten.«

Gemeinsam machten sie einen Rundgang, und je länger der dauerte, umso grimmiger wurde seine Miene. »Um das Dach vom Haus, Kochhaus und Toilettenanbau zu decken, werde ich ein paar der Frauen meiner Arbeiter holen, die Jabisa beim Grasflechten helfen, das ist kein Problem, und die Wände der Toilette kann ich reparieren. Aber die Veranda sieht schlimm aus. Das wird länger dauern.« Schweigend prüfte er die Stützen am Haus. »Sie haben gehalten, das ist zumindest ein Anfang. Jetzt möchte ich meine Tochter begrüßen.« Er legte seinen Arm fest um Catherines Schultern und führte sie nach drinnen. Irgendwann fiel ihr ein, ihm von dem verschwundenen Schatz zu erzählen.

Er runzelte die Brauen. »Oh«, sagte er nur. »Nun, für mich hatte er eigentlich immer etwas Unwirkliches«, setzte er nach einer kurzen Pause hinzu. Das war alles.

Am nächsten Morgen wurde sie bereits von Hämmern und lauten Rufen geweckt. Johann hatte sich an die Arbeit gemacht. Mit einem Seufzer abgrundtiefer Erleichterung sank sie zurück und gönnte sich einige Minuten köstlicher Ruhe.

*

Dieses Mal erkannte sie die Zeichen, bevor die morgendliche Übelkeit einsetzte, und stürzte in einen Abgrund von Verzweiflung. Das Kind konnte nur von Konstantin sein, das fühlte sie mit absoluter Sicherheit. Flüchtig stellte sie eine Rechnung auf, zählte nach, wann Johann und sie das letzte Mal zusammen gewesen waren. Zwei Wochen war er weg gewesen, den Abend vor seiner Abreise hatte sie ihn abgewiesen, und nach seiner Rückkehr hatte es zwei Wochen gedauert, ehe sie wieder zusammenfanden. Jedes Mal, wenn er sie begehrlich streichelte, bekam sie eine Gänsehaut und konnte diese unsichtbare Wand aus Schuldbewusstsein und Scham nicht überwinden. Sie schützte Müdigkeit vor. Seine kaum verhehlte Enttäuschung zerrte an ihren Nerven. Er stürzte sich darauf in die Arbeit, stand vor Sonnenaufgang auf, schuftete mit seinen Zulus, den Hof vom Matsch zu befreien, die Veranda wieder aufzubauen, das Kochhaus, die

Wände des Toilettenanbaus und das Wasserreservoir. Jeden Abend fiel er bei Sonnenuntergang völlig geschafft ins Bett, und sie lag neben ihm, lauschte seinen schweren Atemzügen und bat ihn schweigend um Verzeihung.

Für kurze Zeit hoffte sie, dass es sein Kind wäre. Dann begann sich ihr Bauch jedoch deutlich zu wölben, und sie wusste, dass es nicht sein konnte. Sie war zu weit für die Zeit, in der er als Vater infrage kam.

Johann überraschte sie, als sie sich morgens in der Küche übergab, begriff sofort, was es bedeutete, und schloss sie begeistert in die Arme. »Ab jetzt musst du dich schonen, damit Viktorias Brüderlein in Ruhe wachsen kann. Also wirst du weder Schlamm schaufeln noch schwere Sachen tragen. Du wirst ab jetzt das Leben einer verwöhnten Dame führen.« In seiner überschwänglichen Freude nahm er ihre abweisende Reaktion nicht wahr.

Von nun an lebte sie in ständiger Furcht, dass er herausbekommen könnte, was geschehen war. Doch die Zeit verging, das Baby wuchs, Johann war bestens gestimmt und freute sich wie ein Schneekönig auf die Geburt. Abends im Bett streichelte er zärtlich über ihren Bauch.

»Es sieht ja fast so aus, als ob wir Zwillinge bekommen, so weit bist du schon. Wir werden Martha Strydom vier Wochen vorher kommen lassen«, sagte er. »Am besten auch gleich Mandisa dazu.« Er lachte und küsste hingebungsvoll erst ihren Mund, dann die zarte Haut auf ihrem Bauch.

Bei seiner Bemerkung über ihren Umfang wurde ihr heiß und kalt vor Schreck. Sie verstrickte sich immer tiefer in ihren Depressionen, wurde blass und still, und um die Weihnachtszeit, deren Abende Johann damit verbrachte, in der Abendhitze auf der Veranda ganze Herden kleiner Tiere zu schnitzen und ein größeres Bett für Viktoria zu bauen, damit das Baby in der Wiege liegen konnte, erreichte ihre Verzweiflung den Höhepunkt.

Sie versuchte, das Kind loszuwerden. Wenn Johann auf den Feldern war, schleppte sie die schwersten Wassereimer, grub den

Garten um, ja sie ging so weit, dass sie mehrfach vom Tisch sprang, um eine Fehlgeburt herbeizuführen. Ihr erstes Kind hatte sie so leicht verloren und große Angst gehabt, dass es auch mit Viktoria passieren würde, doch dieses klammerte sich fest. Sie durchwühlte ihre Bücher nach einer Medizin, die das Problem lösen konnte, schluckte Rizinusöl löffelweise, aber auch das half nicht. Sie bekam lediglich entsetzlichen Durchfall. In ihrer schwärzesten Stunde erwog sie, vier Rizinussamen zu zerkauen. Von Sicelo hatte sie gehört, dass das mehr als genug war, um einen Menschen umzubringen. Es schien eine beliebte Methode der Zulus zu sein, sich auf diskrete Weise eines Feindes zu entledigen.

Sie hielt die Samen bereits in der Hand, als Viktoria plötzlich durchs Wohnzimmer krabbelte. Mit ihren pummeligen Händchen packte sie ein Tischbein und zog sich ganz langsam auf die Beine. Sich immer noch festhaltend, machte sie einen Schritt auf ihre Mutter zu, blieb einen Augenblick unsicher schwankend stehen und strahlte sie aus leuchtend blauen Augen an, bevor sie auf ihren Po plumpste. Es war der erste selbständige Schritt ihres kleinen Lebens gewesen.

Catherine sah ihre kleine Tochter an, die ihr vertrauensvoll die Ärmchen entgegenstreckte, und eine Welle von Scham überflutete sie. Sie warf die Rizinussamen weit von sich in den Garten, fiel vor Viktoria auf die Knie, zog sie in die Arme und schmiegte sich an sie, atmete ihren blütenfrischen Duft ein, konnte gar nicht von ihr lassen.

Von diesem Augenblick an akzeptierte sie ihr Schicksal. Sie würde nicht auf Inqaba bleiben können, das vermochte sie Johann nicht zuzumuten. Ihn, der ihr nur Liebe und Fürsorge geboten hatte, so zu betrügen, ging über ihre Kraft. Die Frage, ob er sie mit Viktoria ziehen lassen würde, verdrängte sie. Daran, dass er ihre Tochter fordern könnte, mochte sie nicht denken.

Wohin sie gehen sollte, wusste sie nicht. Mit einem Bastard im Bauch würde sie niemand willkommen heißen, und wenn das Kind geboren war, wäre sie erst recht eine Ausgestoßene. Die Gesellschaft verzieh einer Frau ihres Standes einen solchen Fehltritt nicht. Der einzige Ausweg, der ihr nach langem Grübeln einfiel, war, einen Brief an Konstantin zu schreiben, in dem sie ihn bitten wollte, sie aufzunehmen. Seine Ehre würde ihm das gebieten, dessen war sie sich sicher. Je länger sie über diesen Plan nachdachte, desto unangenehmer erschien er ihr, aber desto sicherer war sie sich auch, dass es der einzige Weg war. Also setzte sie sich hin und begann zu schreiben.

»Geliebter Konstantin«, schrieb sie zähneknirschend. Es entsprach nicht mehr der Wahrheit.

»Es beweist mir Deine große Liebe, dass du mir den kostbarsten Gegenstand, der sich in Deinem Besitz befindet, überlässt, Deine Pistole, die Du von Deinem lieben Bruder bekommen hast, die der wiederum von seinem König, Otto von Bayern, für hervorragende Tapferkeit erhalten hat. Er gab sie Dir, damit Du vor den Gefahren auf diesem dunklen Kontinent geschützt bist. Ich werde sie stets bei mir tragen, aber, so ein gütiger Gott will, nie benutzen müssen, denn ich wähne mich nicht in Gefahr auf Inqaba.«

Sie kaute an dem Stift; sie ekelte sich vor sich selbst, dass sie log und diese schwülstigen Worte zu Papier brachte. Aber es musste sein. Um Johanns und ihres Kindes willen. Was mit ihr passieren würde, war bedeutungslos. Es kümmerte sie nicht. Entschlossen drehte sie das voll geschriebene Papier um.

»Allerdings habe ich es ihm noch nicht gesagt«, schrieb sie weiter. »Ein grausames Schicksal hat uns damals auseinander gerissen, doch ich bin Gott aus tiefstem Herzen dankbar, dass er Dich auf Deinen Reisen vor Unheil bewahrt hat und es in seiner Güte möglich machte, dass wir uns wiedersahen. Ach, nur die doppelte Grausamkeit, dass jeder von uns mit einem anderen verheiratet ist!«

Es hatte sie schockiert, sein Geständnis zu hören, aber ein schlechtes Gewissen hatte sie nicht. Von der Frau hatte er sich bereits getrennt, sie würde ihr nichts wegnehmen. Die letzten Zeilen musste sie senkrecht über die anderen schreiben, sodass sie mit den waagerechten ein engmaschiges Netz ergaben. Papier war noch immer knapp. Der nächste Satz kostete sie ungeheure Anstrengung.

»Ich liebe Dich mehr als mein Leben, und für Dich und unser ungeborenes Kind werde ich die Kraft finden, es ihm zu sagen. Unsere Ringe *werden uns ewig verbinden, auch wenn wir sie nicht offen tragen können. Um ihn immer bei mir zu haben, habe ich ein geheimes Täschchen eigens zu diesem Zwecke in meinen Rock eingenäht.«*

Es schockierte sie, dass sie so leicht lügen konnte. Natürlich hatte sie nicht vor, den Ring je an ihrer Person zu tragen. Müde reckte sie ihren Rücken. Ein Windstoß fuhr durch die Tür herein und blies das Blatt Papier auf den Boden. Ehe sie aufspringen konnte, um es aufzuheben, kam Johann herein, sah den Brief und hob ihn auf. Die Welt hörte auf, sich zu drehen.

»Gib ihn mir«, rief sie mit ungewollter Heftigkeit und griff zu.

Er lachte und zog ihn weg. »Erst bekomme ich einen Kuss. Wem schreibst du? Lilly?« Sein Blick fiel auf das Geschriebene. Er las die Anrede, und sein Gesicht versteinerte. Schweigend studierte er den Rest, während sie dastand, nicht mehr atmete, nicht mehr denken konnte, aufgehört hatte zu sein. Es war, als wäre sie schon gestorben.

Nachdem er ihn gelesen hatte, legte Johann den Brief sorgfältig auf den Tisch und beschwerte ihn mit dem Tintenfass, damit er nicht wieder wegfliegen konnte. Für Momente blieb er so stehen, die Augen auf den Tisch gesenkt, die Fingerspitzen berührten den Brief. Das Papier raschelte leise, denn seine Hand zitterte.

Catherine neigte ihren Kopf und wartete auf das Fallbeil.

»Willst du es mir erklären?« Seine Stimme klang gepresst.

Sie stand auf, trat vor ihn und sah ihm in die Augen, weil sie ihm das schuldig war. Nie vorher in ihrem Leben war ihr etwas so unglaublich schwer gefallen, wie die nächsten Worte auszusprechen. »Das Kind, das ich erwarte, ist nicht deins.« Dann erzählte sie ihm, was geschehen war, beschönigte nichts, ließ aber auch nichts aus. Sie redete lange, und er unterbrach sie nicht.

Johann ertrug es. Wie Steine prasselten ihre Worte auf ihn herunter. Der Schmerz, den sie verursachten, war schlimmer als alle Qualen der Hölle.

»Ich werde gehen, sobald ich Antwort auf den Brief habe.« Auch wenn mir dabei das Herz bricht, fügte sie hinzu, aber diese Worte sprach sie nicht aus. Ihr Stolz verbot es ihr, um sein Mitleid zu winseln. Sie hatte Schreckliches getan, ihn betrogen, sein Vertrauen schändlich missbraucht. Die Strafe dafür musste sie klaglos hinnehmen. »Wo wünschst du, dass ich in der Zwischenzeit schlafe?« Das Gewicht des Babys hing schwer an ihr, aber ihr Rücken war brettgerade.

Er drehte sich fort, und sie glaubte schon, dass er sie hier und jetzt ohne ein weiteres Wort verlassen würde. Sie schloss die Augen, um nicht mit ansehen zu müssen, wie er sich von ihr entfernte. Die Welt hinter ihren Lidern war ein strudelndes, dunkles Chaos. Sie wartete.

»Öffne deine Augen und sieh mich an«, befahl er. Als sie gehorchte, legte er seine Hände um ihr Gesicht. »Du bist mein Leben, ohne dich bin ich nur ein Sandkorn am endlosen Strand, ein verlorener Tropfen Wasser im Ozean. Wenn du gehst, hört mein Leben auf.« Zart legte er seine Hand auf ihren Bauch. »Es ist dein Kind, und es könnte meins ein. Genau werden wir es nie wissen. Es wird also unser Kind sein.«

Seine Worte sanken in ihre Seele wie in einen großen, stillen Teich. Es dauerte eine Ewigkeit, bis sie ihren Sinn begriffen hatte. Dann konnte sie ihn nur ansehen.

»Bitte«, sagte er.

Catherines Körper wurde plötzlich leicht wie eine Feder, ihr war, als erhebe sie sich in die Lüfte und wirbele davon, erst als sie seine besorgte Stimme hörte, kehrte sie zurück.

»Ist dir schwindelig, möchtest du dich hinlegen?« Er hob sie auf und trug sie zum Bett, legte sie so vorsichtig hin, als wäre sie aus feinstem Porzellan. Dann kniete er vor ihr und legte seine Hände um ihr Gesicht. »Schlaf jetzt«, flüsterte er. »Ich bin bei dir. Dir wird nichts geschehen. Dir nicht und unserem Kind auch nicht.«

✳

Irgendwann in den darauf folgenden Tagen holte sie die Pistole und den Ring aus dem Versteck und legte die Sachen vor Johann auf den Esstisch. »Mach damit, was du willst. Ich will das nicht mehr sehen«, sagte sie und streichelte ihm über den Kopf. In den vergangenen Tagen hatten sie sich wieder ganz neu entdeckt, konnten nicht genug voneinander bekommen, berührten sich, wo sie Gelegenheit fanden, und es bereitete ihnen eine unbeschreibliche Freude.

Langsam nahm er das Kleinod hoch und drehte es hin und her, versuchte die Inschrift darin zu entziffern. »Hast du dir diesen Ring genau angesehen? Nein? Nun sieh doch einmal genau hin, was da drinnen steht.« Er hielt ihr den Ring so hin, dass sie die Gravur lesen konnte.

Sie war nicht vollständig, aber zwei Worte waren deutlich »de Vila«. »De Vila Flor?«, rief sie. »Wie kann das sein?«

»Es ist der Ring, der mir damals von diesem Menschen gestohlen worden ist. Aber es war nicht Konstantin von Bernitt, da bin ich mir sicher. Ihn hätte ich sofort wieder erkannt.«

Sie starrte ihn aus großen Augen an, und dann begriff sie. »Ich weiß, wie dieser Mann hieß«, begann sie stockend. »Paul Pauli.« Und sie erzählte ihm von dem Brief, den sie bei Onetoe-Jack gefunden hatte, in dem Wilhelm von Sattelburg seinem Freund Konstantin von dem Verdacht der Witwe Pauli berichtete. »Er hat ihn ermordet«, wisperte sie. »Konstantin von Bernitt ist ein Mörder, und deswegen musste er sein Land bei Nacht und Nebel verlassen. Himmel, Johann, ihr müsst ihn fangen, er darf nicht länger frei herumlaufen. Er ist offenbar mit der *Carina* geflohen, aber er wollte wieder zurückkommen, hierher ... Ich habe Angst.«

Johann verständigte den Konstabel in Durban und seine Freunde, aber Konstantin von Bernitt blieb verschwunden, und gegen alle Vernunft keimte langsam die Hoffnung in ihr auf, dass er für immer fort war. Vielleicht war er auch umgekommen, und das wäre für alle das Beste, davon war sie überzeugt.

Das Ende

Anfang März setzte Johann endlich Glas in Inqabas leere Fensterlöcher. Er war von seiner Reise nach Durban mit einem netten Sümmchen zurückgekehrt, das er bei Isaac Lewin für die Hand voll Münzen erhalten hatte. Isaac hatte nur durch die Zähne gepfiffen, die Münzen getestet, indem er kräftig draufbiss, und dann hatte er ihm das Geld auf den Tisch gezählt. Johann kaufte Papier und Tinte, ein Kleid für Catherine, neue Schuhe, Babykleidung, ja sogar einen entzückenden Sonnenhut mit großen gelben Stoffblüten, kurzum alles, womit er glaubte, ihr eine Freude machen zu können. Er legte sogar eine frische Schicht Ried aufs Hausdach, anstatt nur die Löcher zu stopfen, die die Vögel und der Wind verursacht hatten. Catherine fühlte sich wie eine Königin, zeichnete und schrieb und putzte ihre neuen Fenster jeden Tag. Weder Sihayo noch Jabisa durften sie auch nur berühren.

*

Blau schillernde Glanzstare landeten in den Guavenbäumen und machten sich laut zwitschernd über die reifen Früchte her. Catherine nahm ihren Korb und ging hinüber. Die Guaven dufteten aufs Herrlichste, Nektarvögel hingen wie grüne Juwelen im Zitronenbaum, die Glanzstare stoben als schimmernde blaue Wolke davon. Erfüllt mit tiefer Zufriedenheit schaute sie hinüber zu ihrem Haus. Johann hatte es weiß gekalkt, das Rieddach glänzte golden in der Sonne, die Fenster blinkten, und auch die frisch gepflanzte junge Mimose, die neben der neuen Veranda anstelle des beim Unwetter entwurzelten Baumes stand, zeigte die ersten gelben Blüten. Lange stand sie so. Langsam zerfloss das Bild von ihrem Haus, und plötzlich stand da das weiße Schloss, von dem sie so lange geträumt hatte.

Jabisa hatte offenbar entdeckt, dass sie sich im Fensterglas spiegeln konnte, drehte sich, lachte und flirtete, und Viktoria juchzte und versuchte sie nachzuahmen. Die Kleine war goldbraun wie ein Haselnüsschen, ihre dunklen Locken flogen, die Augen blitzten blau wie die Kornblumen im Land ihres Vaters. Die junge Zulu hob das kleine Mädchen in ihre Arme und tanzte mit ihr über die Veranda.

Catherine lachte und winkte ihnen zu. Dann legte sie die Guaven in den Korb und warf dem Meerkatzenpärchen, das in den Büschen turtelte, eine Frucht zu. Das Leben war schön, es war so schön, dass sie manchmal die unsinnige Angst packte, dass etwas geschehen könnte, das alles zerstören würde, diese ganz und gar entsetzliche Angst, dass etwas sie und Johann trennen könnte. Aber Johann lachte dann und küsste sie und sagte: »Nichts und niemand wird mich je von dir trennen.« Dann war alles wieder gut, und sie schalt sich töricht.

Sie ging zum Abhang, der hinter den Guavenbäumen zum Fluss abfiel. Diesen Aussichtspunkt liebte sie besonders. Unter ihr strömte das Wasser leise rauschend dahin. Schwalben jagten dicht über der Oberfläche, im Ufersand sonnte sich das große Krokodil. Es war nach der langen Trockenperiode zurückgekehrt, zusammen mit den Impalas und Wasserböcken. Das schimmernde Band des Flusses wand sich durchs üppige Grün des weiten Tales und verlor sich im Dunst. Sie wandte sich zum Gehen, stolperte kurz, knickte um, fand aber ihr Gleichgewicht schnell wieder. Trotzdem wurde ihr heiß und kalt bei der Vorstellung, sie hätte den Abhang hinunterfallen können. Sie nahm sich vor, Johann zu bitten, ihr an dieser Stelle eine niedrige Mauer zu ziehen, vielleicht eine Bank zu zimmern, damit sie hier sitzen konnte.

Ihr Korb hatte ein beachtliches Gewicht, aber obwohl sie im siebten Monat war, fiel ihr die körperliche Arbeit nicht schwer. Schrilles Gegacker vom Hühnerstall ließ sie aufschauen. Irgendetwas hatte ihre Hennen aufgescheucht. Sie ging hinüber und spähte in das dämmrige Halbdunkel des Stalles. Die Ursache für die Aufregung entdeckte sie sofort. Eine drei Fuß lange Eierschlange, die zusammengerollt auf einem der Nester lag und eben ihr dehnbares Maul um das letzte Ei geschoben hatte.

»Mistvieh«, murmelte Catherine, nahm einen gegabelten Stock, den sie just zu diesem Zweck im Hühnerstall versteckte, und wickelte das Reptil auf. Dann trug sie es behutsam hinaus und schleuderte es weit weg. Die Schlange war für Menschen harmlos. Es gab keinen Grund, sie zu töten. Ein verendetes Küken beförderte sie auch nach draußen. Es lohnte sich nicht, dafür den langen Weg zu Helenes Grube zu machen. Die Ameisen würden es innerhalb kürzester Zeit skelettiert haben. Sie sammelte die Eier aus den anderen Nestern, ließ aber einige zum Brüten zurück, denn kürzlich war ein Leopard in den Stall eingebrochen, und Johann hatte ihn erst erschießen können, als das Raubtier den größten Teil ihres Federviehs vertilgt hatte. Sein Fell zierte jetzt ihre Wohnzimmerwand, dort, wo früher das Löwenfell gehangen hatte. Sie wandte sich zum Gehen, blieb aber stehen, als sie ein Flüstern vernahm.

»Catherine.« Nomiti hockte im Schatten vor Jabisas neuer Hütte am Boden, hatte ihren Rücken gegen die Hüttenwand gelehnt. Aus weit aufgerissenen Augen blickte die Zulu zu ihr hoch.

Catherine stellte ihren Korb ab und beugte sich hinunter. Sie erschrak, als sie sah, dass die junge Frau am Kopf blutete. Ihre Lippen waren aufgeplatzt und stark angeschwollen, ein Bluterguss verschloss das rechte Auge, aus dem breiten Riss darunter tropfte Blut, und auch auf ihrem Oberarm war die Haut aufgerissen. »Was ist geschehen, Nomiti?«

»Er hat gegraben, unten am Fluss«, presste Nomiti zwischen ihren geschwollenen Lippen hervor.

»Was heißt das, gegraben? Wer hat gegraben?«, fragte Catherine verwirrt. Der Gouverneur hatte eine Belohnung für denjenigen ausgesetzt, der Gold in Natal fand. Hatte etwa jemand auf ihrem Land nach Gold gegraben? »Wer hat das getan, Nomiti, sag's mir.«

Langsam streckte ihr Nomiti die Faust entgegen und öffnete sie. Auf ihrer Handfläche lag ein Knopf. Er war aus Goldmetall, und Catherine wurde es eiskalt. So einen hatte sie schon einmal gesehen. Konstantin von Bernitts Jacke hatte diese Knöpfe, drei vorn, je drei auf den Manschetten. Schockiert kniete sie vor Nomiti auf der Erde. »Sag mir genau, wer das war.«

»Kotabeni. Gegraben.« Sie machte eine Bewegung und stieß dann mehrere Worte auf Zulu hervor. Der Schock blockierte offenbar ihren französischen Wortschatz.

»Kotabeni«, wiederholte Catherine. Die Zulu hatte Konstantin von Bernitt dabei überrascht, wie er am Flussufer die Erde umgegraben hatte. »War er allein?«

»Ja, das war er. Ich habe ihn gefragt, was er da tut, ihm gesagt, dass es unser Land ist, und ihm gedroht, Sicelo zu holen«, flüsterte Nomiti und wischte sich wiederholt das Blut von den Lippen. »Dann hat er mich geschlagen ...« Sie brach ab, ihre Unterlippe zitterte.

Catherine war sich sicher, dass sie etwas verschwieg. Sie musterte die junge Frau genauer und entdeckte den riesigen Bluterguss unter der braunen Haut ihrer Schenkel. Himmel hilf ihr, dass er ihr keine Gewalt angetan hat, betete sie. Darauf stand der Tod durch die Hyänenmänner für den Mann, und die Frau wurde meist verstoßen. Die Strafe für eheliche Untreue allerdings war die Hinrichtung für beide, doch das, so war sie überzeugt, war hier mit Sicherheit nicht der Fall.

»Er hat es nicht geschafft«, sagte Nomiti da, die ihren Gesichtsausdruck richtig gedeutet hatte. Triumph schwang in ihrer Stimme, und Catherine atmete auf.

Napoleon schlug an, jaulte auf, verstummte aber sogleich wieder. Sie wendete den Kopf, glaubte, dass Johann von seinem Schweinegehege zurückkehrte, aber er war es nicht. Es war Konstantin von Bernitt.

Mit dem starren Blick eines Löwen, der seine Beute fixiert, stand er mitten in ihrem Garten vor ihr. Seine Jacke mit den Goldknöpfen war zerrissen, das Haar hing ihm in die Stirn, seine Fingernägel waren abgebrochen und die Handrücken mit Risswunden übersät.

Fassungslos starrte sie ihn an. Wie konnte er es wagen, sich noch einmal hier sehen zu lassen! »Was wollen Sie hier?«, fragte sie scharf. »Bring Sicelo her«, flüsterte sie Nomiti zu.

»Meine Schöne, welch eine unfreundliche Begrüßung.« Abschätzend glitt sein Blick an ihrer Gestalt herunter. »Es stimmt also. Man hat mir schon berichtet, dass du ein Kind bekommst. Es ist meins, nicht wahr? Ich bin gekommen, um dich zu holen«, sagte er. »Dich und meinen Sohn. Ich will, dass er meinen Namen trägt. Und ich will das Gold, das ihr entdeckt habt. Ihr habt es doch gefunden, nicht? Hier«, er fischte die Goldmünze aus seiner Uhrentasche und hielt sie ihr vor die Nase. »Diese Münze ist identisch mit der, die ich bei dir gesehen habe. Wo habt ihr sie her? Niemand außer mir hat den Lageplan, also wie seid ihr darüber gestolpert?« Seine Stimme war mit jedem Wort schärfer und härter geworden.

Nun hatte sie endgültige Gewissheit. »Sie sind von Sinnen, Graf Bernitt. Verschwinden Sie von Inqaba, und zwar schleunigst.« Sie sagte das ganz ruhig. »Mein Mann wird gleich zurückkehren.« Aus den Augenwinkeln bemerkte sie erleichtert, dass Nomiti unbemerkt von ihm hinter den Hütten verschwand.

Er lachte böse. »Nichts wird er, meine Liebe. Er wühlt noch immer bei seinen Schweinen herum. Ich habe ihn ungesehen beobachtet. Er stank selbst wie ein Schwein. Wie kannst du das nur aushalten?« Mit einem Schritt war er bei ihr und schlang beide Arme um sie. Sein frischer Bart kratzte ihr übers Gesicht, als er versuchte, sie zu küssen.

»Lassen Sie mich los, sofort!«, fauchte sie ihn an und zog ihre Fingernägel über seine Wange.

Konstantin von Bernitt zuckte zurück, ließ sie aber nicht los. Blut quoll aus der Schramme und lief in seinen Bart. Seine jettschwarzen Augen flammten kurz auf, dann hatte er sich wieder im Griff. »Aber nicht doch, Catherine, so behandelt man den Vater seines Kindes doch nicht. Als Gräfin von Bernitt wirst du dich in Zukunft zusammennehmen müssen.« Seine Stimme strich sammetweich über ihre Haut, aber die Drohung war unverkennbar.

Ihre Blicke verhakten sich in einem wortlosen Duell, und jählings schlug eine so weiß glühende Wut über ihr zusammen, dass ihr das Blut in den Ohren rauschte. Ihr Herz raste. »Sie sind ein Mörder und ein Dieb«, fauchte sie. »Sie haben Paul Pauli ermordet und ihm diesen Plan gestohlen. Ich weiß alles über dieses angebliche Duell.« Obwohl ihr die Angst die Kehle hochkroch, zwang sie sich zu einem Lachen. »Vielleicht möchten Sie wissen, wer diesen Plan ursprünglich gezeichnet hat, wer das Gold einst als Erster fand und wem es damit gehört? Es war mein Mann, Johann Steinach.« Das warf sie ihm wie Steine vor die Füße.

Bei ihren Worten war er plötzlich starr geworden, reglos wie eine Raubkatze vor dem Sprung, seine Augen verloren jeden Ausdruck und wurden zu undurchsichtigen Kieseln. »Ich will dieses Gold, es ist meins, hörst du«, sagte er endlich leise, aber in einem Ton, dass ihr die Haare zu Berge standen. Er legte eine Hand um ihren Hals und drückte zu, nicht stark, sie bekam noch Luft, aber nun brach ihre Angst durch.

»Hilfe, Johann!«, schrie sie. Ihr Ruf hallte über die Hügel, die Impalas am Wasserloch spitzten die Ohren, die beiden Meerkatzen machten einen Satz und waren wie vom Erdboden verschluckt.

Graf Bernitt hielt ihr den Mund zu, entschuldigte sich jedoch gleichzeitig für seine Unart. »Aber es wäre jetzt wirklich nicht gut, wenn Johann hier mit seiner Flinte auftauchen würde. Nun komm, mein Herz, wir haben keine Zeit zu verlieren.« Damit zerrte er sie mit sich. Vergeblich wehrte sie sich, biss ihm in die Hand, trat ihm gegen die Schienbeine, aber es machte keinerlei Eindruck auf ihn.

Napoleon jaulte. »Der Köter kann nicht kommen, ich hab ihn festgebunden«, erklärte er, ihren hoffnungsvollen Blick richtig interpretierend. »Catherine, ich wäre dir wirklich dankbar, wenn du nicht so störrisch wärst. Ich will doch nur dein Bestes. Wir holen jetzt das Gold, und dann verschwinden wir.« Er stolperte, seine Hand rutschte von ihrem Gesicht, und sie schrie so laut, dass ihr fast die Lungen barsten.

Zu ihrer größten Verwirrung wurde Konstantin von Bernitt urplötzlich von ihr weggerissen und fiel rückwärts auf den steinigen Weg. Über ihm stand eine riesenhafte schwarze Gestalt, in der rechten Faust einen Panga, das tödliche Hackschwert der Zulus, in der linken einen Assegai, der direkt über dem Herzen des Gefallenen schwebte.

»Sicelo«, rief sie. »Gott sei Dank. Wo ist Johann?«

»Auf dem Weg«, knurrte Sicelo. »Geh ins Haus, Katheni.«

Sie tat, was er sagte, aber sie stolperte über ihren Rock und fiel gegen ihn. Der Augenblick, bevor er sein Gleichgewicht wiedererlangte, genügte dem Grafen. Er riss dem großen Zulu den Panga aus der Hand und holte aus. Der Schlag traf Sicelo am Hals. Er presste seine Hand in seine Halsgrube, seine Knie gaben langsam unter ihm nach, und er sank zu Boden.

»Nein, Sicelo ... lieber Gott, nicht Sicelo!«, wimmerte Catherine und fiel vor ihrem schwarzen Freund auf die Erde. Mit beiden Händen presste sie den klaffenden Schnitt zusammen, presste so hart, wie es ihre Kraft erlaubte, sah voller Angst, wie seine Augen trüber wurden und die Gesichtsmuskeln erschlafften. Noch hob und senkte sich seine Brust, aber die Atemzüge wurden flacher.

Romeo fegte bellend den Weg hinunter, sie riss ihren Kopf hoch und sah, dass Johann ihm dicht auf den Fersen war. Er warf einen Blick auf seinen verletzten Freund, sah Blut auf Catherines Rock, glaubte es wäre ihrs und brüllte, als wäre er selbst getroffen. Er hob Sicelos Assegai auf und stach zu, erwischte Konstantin von Bernitt am Arm, und dann klirrte Metall auf Metall. Sie keuchten und stöhnten, kämpften mit der Verbissenheit von Todfeinden, denn beide wussten, dass nur einer von ihnen überleben würde. Was Konstantin von Bernitt, der Fechten schon in frühester Jugend gelernt hatte, Johann an Erfahrung und Können voraushatte, machte dieser durch seine Größe und schiere Kraft wett. Trotzdem trieb Konstantin ihn immer weiter an den Abgrund.

»Hört auf, verdammt!«, schrie Catherine, aber keiner der beiden hörte sie auch nur. »Jabisa, hier, drück deinen Handballen fest auf Sicelos Wunde. So fest du kannst«, rief sie der Zulu zu, die schreiend herbeigelaufen war, wirbelte herum und hastete zum Haus, den steinigen Weg entlang, sprang über einen niedrigen Busch, schnitt sich die Haut an den Dornen auf, merkte es nicht einmal, sondern rannte, so schnell sie konnte. Nicht um ihr Leben, sie rannte um Johanns Leben. Sie rannte ins Schlafzimmer, fand ihr Gewehr nicht, riss Césars Speer von der Wand und flog zurück in den Garten. Als würde die Natur den Atem anhalten, waren alle Geräusche verstummt, nur das metallische Klirren der Waffen und das Keuchen der beiden Kämpfenden zerriss die Luft. Mit erhobenem Arm lief sie auf die Männer zu, den Speer in ihrer Faust. Seine messerscharfe Spitze blinkte in der Sonne.

Johann musste sie aus den Augenwinkeln gesehen haben, für den Bruchteil einer Sekunde war er abgelenkt, und das nutzte Konstantin von Bernitt. Der Panga sauste herunter, Johanns linker Zeigefinger wurde abgetrennt. Er fiel in den Sand. Johann brüllte und griff nach der verletzten Hand, Blut pulsierte zwischen seinen Fingern hervor. Der Angreifer schlug noch einmal zu. Dieses Mal traf er Johann Steinach am Brustkorb, zwar nur mit der flachen Seite des Hackschwerts, aber die Wucht des Schlages brach diesem mehrere Rippen und stieß ihn über den Rand des Abhangs.

Mit einem Schrei sprang Catherine zu der Stelle, wo er verschwunden war, sah ihn, leblos wie eine Stoffpuppe, den Hang hinunterrollen, sah, wie er gegen einen Felsen schlug, weiterrollte über eine Abbruchkante und verschwand. Sie machte einen Satz, um ihm zu folgen, und hätte durch ihren verlagerten Mittelpunkt das Gleichgewicht verloren, wenn Konstantin von Bernitt sie nicht zurückgezogen hätte.

»Das war's dann wohl. Nun bist du frei«, keuchte er. Schwer atmend stand er da, seine Hand mit dem Panga hing herunter. Auch er blutete aus zahlreichen Wunden, aber er stand noch auf seinen Füßen.

Bei seinen Worten kam eine eiskalte Ruhe über sie. Césars Speer in beiden Fäusten haltend, trat sie dicht an ihn heran, erwiderte sogar sein Lächeln, und dann rammte sie ihm die zisellierte Speerspitze bis zum Ansatz des metallenen Halbmonds in den Bauch, gerade eine Handbreit über dem Nabel. Er schrie nicht einmal auf, sondern blickte sie nur erstaunt an und brach zu ihren Füßen zusammen. Mit beiden Händen umklammerte er den Speerschaft, zog und zerrte, aber die Widerhaken saßen tief ihn seinem Fleisch. Sein Atem kam stoßweise, hellrotes Blut sprudelte zwischen seinen Fingern hervor.

Sie sah es, aber es berührte sie nicht. »Jabisa, lauf zu Sihayo, berichte ihm, was passiert ist. Ich brauche Männer, um Jontani zu suchen.« Ihre Stimme war völlig ruhig.

Sicelos kleine Schwester warf einen Blick auf ihren blutüberströmten Bruder und rannte los. Sicelos Wunde blutete nur noch wenig, sein Gesicht war aschgrau, in seinen Mundwinkeln hingen Blutblasen.

»Und hol deine Mutter. Sag ihr, dass Sicelo schwer verletzt ist«, rief ihr Catherine nach, schon im Begriff, den Abhang hinunter zum Fluss zu klettern, als Sicelo sich bewegte.

»Nkosikasi«, wisperte der große Zulu mit fadendünner Stimme, streckte zeitlupenlangsam seine Hand aus und packte ihre. Sie zögerte, warf einen wilden Blick hinunter zum Fluss und versuchte auszumachen, ob Johann in einem Busch hängen geblieben war. Erkennen konnte sie nichts, nur ein Fetzen seines hellen Hemdes hing in den fingerlangen Dornen eines Amatungulu. Am Flussufer wuchsen Ilalapalmen, wilde Bananen und allerlei Gestrüpp. Vielleicht hatten die seinen Fall gebremst, und er lag verletzt im Busch. Sie musste da hinunter. So schnell wie möglich.

»Katheni.« Wieder Sicelos Stimme, doch hörbar schwächer als vorher. Er hielt ihre Hand in einem Klammergriff, aus dem sie sich nur mit Gewalt hätte befreien können. Seine Finger waren eisig und trocken, deutlich spürte sie die Kälte des nahen Todes.

Sie fiel auf die Knie, presste seine Hand, versuchte sie zu wärmen, rief seinen Namen, bettelte ihn an, um Johanns willen bei ihr zu bleiben, doch sie konnte ihn nicht aufhalten. Allmählich entspannte sich sein Griff, sein Blick kehrte sich nach innen, und sie wusste, dass Mandisa zu spät kommen würde.

»Hamba gahle«, flüsterte sie ihren Abschied. »Mögen dich deine Ahnen achten und erkennen, welch ein großer Mann du gewesen bist, welch ein Freund.« Sachte legte sie ihm die Hand auf die Brust, die nun still war, und drückte ihm die Augen zu. Sie senkte den Kopf, wusste nicht, wie sie auch nur die nächsten Sekunden ertragen sollte. Lange hockte sie so, hatte selbst die Wirklichkeit verlassen, schwebte zwischen den Welten in einem kalten, schwarzen Raum, bis laute Stimmen sie zurückholten.

Sicelos Brüder erschienen, begleitet von einem Dutzend ihrer Stammesgenossen. Stumm standen sie um seine Leiche, ihre Gesichter versteinert, ihre Augen glühend vor Hass.

Endlich wandte sich Sihayo von seinem toten Bruder ab und kam zu ihr. »Wir werden Jontani suchen. Es ist besser für dein Kind, wenn du im Haus wartest.«

Mit schleppenden Schritten kehrte Catherine zum Haus zurück, stand mit Viktoria im Arm reglos auf der Veranda, wie sie damals reglos im Bug der *Carina* gestanden hatte, als ihr Vater gestorben war, und beobachtete, wie die Zulus ausschwärmten. Sie suchten, bis die Nacht hereinbrach, sie suchten noch mit Fackeln, aber Johann blieb verschollen. Der Mond stieg hinter den Hügeln hoch und überschüttete das dunkle Land mit gespenstischem Silber, und sie stand noch immer am selben Fleck, Viktoria war längst auf ihrem Arm eingeschlafen, aber sie fand es unmöglich, sich zu rühren. Endlich kamen die Zulus zurück.

»Jontani ist zu seinen Ahnen gegangen«, sagte Sihayo. Dann hoben sie Sicelo auf und trugen ihn heim in sein Umuzi. Auch Konstantin von Bernitt nahmen sie mit. Er lebte noch, und Catherine sah teilnahmslos zu, wie die Zulus den Mörder Sicelos an Händen und Füßen fesselten und wie ein geschlachtetes Schwein an eine Stange hängten. Vier Zulus hoben die Stange auf die Schultern und trugen ihn davon. Sie hatten ihm die Schuhe ausgezogen, und ohne großes Interesse bemerkte sie, dass er an jedem Fuß einen zusätzlichen Zeh besaß, der unmittelbar oberhalb seiner kleinen Zehen saß.

Die Zulus legten Konstantin von Bernitt, Kotabeni, irgendwo im Urwald ab, vergewisserten sich, dass er nicht fliehen konnte, und ließen ihn allein. Der Gefangene nahm seine letzte Kraft zusammen und versuchte, die harten Grasstricke zu lockern, aber sie reichte nicht einmal mehr dazu, einen Finger zu bewegen. Von tödlicher Schwäche überwältigt, sank er hilflos zurück. Ein merkwürdiges Geräusch ließ ihn jedoch aufhorchen, ein Surren und mächtiges Zischen, das allmählich anschwoll. Mit einem plötzlichen Gefühl entsetzlicher Vorahnung hob er den Kopf, und dann sah er es. Er lag im Weg eines gewaltigen Wanderameisenvolkes, das zielstrebig auf ihn zumarschierte. Als die Insekten in seine Wunden krochen, in die Nase, die Ohren, seinen Mund und die Augen, fing er an zu schreien.

*

Viktoria weinte, und Catherine trug sie hinein, fütterte sie, spielte sogar ein wenig mit ihr, doch sie bewegte sich durchs Haus wie eine Marionette und fühlte nichts als bodenlose Leere. Nachdem sie ihre Tochter ins Bett gelegt hatte, setzte sie sich unter die Mimose und starrte über das dunkle Tal. Sie schrie Johanns Namen hinaus in die Nacht, aber ihr Ruf verhallte unbeantwortet. So saß sie, horchte in die Finsternis, redete mit ihm, als könnte sie ihn mit ihren Gedanken erreichen, flehte ihn an, durchzuhalten, weigerte sich, auch nur für eine Sekunde zu glauben, dass er sie für immer allein gelassen hatte.

Viel später, als der Mond schon hoch am Himmel stand, trug der Wind den Todesschrei einer lebenden Kreatur aus der Ferne an ihr Ohr. Ein Mensch? Eine Gänsehaut lief ihr über den Rücken.

Nein, dachte sie, kein menschliches Wesen konnte so schreien, so atemlos, mit jeder Faser, so, als spürte es bereits die Höllenflammen auf seinem Fleisch. Eine Antilope war es vielleicht, die von einem Leoparden gerissen wurde, oder ein Warzenschwein. Die Schreie schnitten durch ihr Inneres, und sie wartete mit zusammengebissenen Zähnen, bis sie endlich verstummten.

Der Mann auf dem Waldboden bewegte sich nicht mehr, verschwand schnell unter der raschelnden Flutwelle. Dann war da nur noch das Knistern von Millionen winziger Beißzangen zu hören.

So starb Graf Konstantin von Bernitt einen wahrhaft afrikanischen Tod. In den nächsten Tagen sollten die Ameisen seine Knochen auch von den letzten Fleischresten säubern, bis nur noch sein blankes Gerippe übrig war. Als die Zeit fortschritt, fielen Blätter von den Bäumen über ihn, Schicht um Schicht bedeckten sie sein Skelett, bis es aussah wie etwas, das dorthin gehörte.

Catherine wartete die Nacht hindurch. Der Mond wanderte, fliegende Wolken täuschten ihre Wahrnehmung. Mit brennenden Augen suchte sie die Dunkelheit zu durchbohren, lauschte angestrengt auf jedes Geräusch, doch nur der eintönige Gesang der Zikaden setzte die Luft in Schwingungen. Als würde ihr eigenes Leben zu Ende gehen, liefen ihre Gedanken zurück, durchlebte sie ihre Zeit mit Johann noch einmal, und nun sah sie klar vor sich, was sie verloren hatte.

Ihren Anker im Strom ihres Lebens, seine Wärme, die Dunkelheit in Licht verwandelte, seine Liebe, die das Bollwerk gegen alles Böse war. Seine Leidenschaft, die ihre Sinne zum Singen brachte. Sie vergrub ihren Kopf in den Händen, fragte sich, warum sie erst jetzt begriff, dass sie ihn liebte.

Im Morgengrauen machte sie sich auf. Sie stieg den Abhang hinunter zum Fluss, langsam, da das Kind in ihrem Bauch sie schwerfällig machte, und suchte nach Spuren von ihm. Sie suchte für Stunden, stapfte durch den weichen Ufersand, hangelte sich unter Bäumen entlang, spähte in die Schatten unter Felsvorsprüngen, doch vergebens. An der Stelle, wo der große Regen ein tiefes Loch im Fluss ausgewaschen hatte, lebte seither eine Flusspferdfamilie. Angstvoll ließ sie ihren Blick über die Gegend streifen, fand aber weder Spuren von Johann noch die eines Kampfes und atmete auf. Doch als sie entfernt die Stromschnellen rauschen hörte, wusste sie, dass ihre Suche zu Ende war. Auch wenn er den Flusspferden entkommen war, mit dem Blutverlust aus seinen Verletzungen hätte seine Kraft nicht gereicht, sich gegen die reißende Strömung zu wehren. Er war ertrunken oder auf den Felsen zerschmettert, seine Leiche fortgespült. Es gab keine andere Möglichkeit.

Mit hängenden Schultern stand sie an dem dahineilenden Gewässer, starrte blind ins lehmige Wasser. Nur einmal hob sie den

Kopf. Auf der anderen Uferseite lag das große Krokodil mit weit geöffnetem Rachen, ein Schwarm Madenhacker fiel ein und machte sich daran, die zwei Zoll langen Zähne zu reinigen. Sie schaute wieder beiseite, stand nur da, ausgeweint und leer. Lähmende Kälte füllte ihr Inneres, tötete jede Regung. Ihr war nicht klar, dass ihr Körper einen Überlebenskampf führte, alle überflüssigen Emotionen ausgeschaltet hatte, sich nur auf die lebenserhaltenden Funktionen konzentrierte. Irgendwann bewegte sich ihr Kind in ihrem Bauch. Sie zuckte zusammen, raffte sich auf und stieg den Abhang wieder hinauf, ging zurück in ihr Haus.

Sobald die Kunde von Johanns Verschwinden König Mpande erreichte, schickte er Sipho mit seinen fähigsten Fährtenlesen, aber auch die fanden keine Spur von Johann und zogen unverrichteter Dinge wieder ab. Catherine blieb allein zurück.

Das Erste, was ihr auffiel, war die ungewohnte Stille. Zwar zwitscherte Viktoria, Jabisa klapperte mit den Töpfen, und Sihayo hackte Holz im Garten, aber es fehlte etwas, was sie nicht in Worte fassen konnte. Natürlich fehlte das vertraute Hintergrundgeräusch, das ihren Tag begleitet hatte, wenn Johann daheim war. Aber auch wenn er den Hof wieder verlassen hatte, war ein Hauch von Wärme geblieben, das Flüstern seiner Bewegungen. Nun war da nur kühle Leere, tote Stille.

Mechanisch erledigte sie ihre täglichen Arbeiten, ritt, um ihr ungeborenes Kind nicht zu gefährden, im Schritttempo hinaus zu den Rindern und sah nach dem Rechten. Dann besuchte sie die Arbeiter auf dem Feld, erstaunt, dass sie arbeiteten, ohne dass Johann hinter ihnen stand.

»Jontani ist bei uns«, sagte der Vorarbeiter, ein älterer Mann mit weißem Kraushaar, und meinte damit, dass Johann nun zu ihren Ahnen gehörte und sie durch ihr Leben begleiten würde, ständig um sie war, ihnen zuhörte, wenn sie ihm ihre Probleme darlegten. Eine höhere Ehre hätten sie ihm nicht erweisen können.

Catherine dankte ihnen und fühlte einen ziehenden Schmerz, fast etwas wie Neid. Sie wünschte, es wäre ihr möglich, die Welt auch so zu sehen. Sie lenkte Caligula zurück zum Hof. Schon von weitem hörte sie Hundegebell, dachte für eine Sekunde, es wäre Onetoe-Jack mit seiner Meute, aber das konnte ja nicht sein. Doch es waren Jacks Hunde, die ihr entgegenrannten, und hinter ihnen tauchte der Schlangenfänger auf. Er half ihr aus dem Sattel und nahm sie in die Arme. Nur im Unterbewusstsein registrierte sie, dass er frisch und nach Seife roch. Lange hielt er sie so, ohne etwas zu sagen. Als er es dann tat, war seine Stimme tränenerstickt.

»Es tut mir Leid, es tut mir so Leid.« Wieder brauchte er eine Pause, um sich zu sammeln. Er wischte sich die Tränen vom Gesicht, sah sie dabei aber nicht an. »Bitte bleib auf Inqaba«, brach es aus ihm hervor. »Ich könnte es nicht ertragen, wenn du auch noch gehst. Ich flehe dich an, lass mich hier nicht zurück. Pierre und Mila sind bereits auf dem Weg hierher, und sie bringen Martha Strydom mit, damit sie rechtzeitig zur Geburt da ist. Justus sieht sich schon nach einem guten Verwalter um ... du wirst nicht allein sein.«

Sie legte ihm die Finger auf die Lippen und nahm alle Kraft zusammen, derer sie noch fähig war, um überhaupt sprechen zu können. »Inqaba ist meine Heimat.« Sie sah hinaus über die grünen Hügel. »Unser Sohn liegt in seiner Erde, Viktoria ist hier geboren, und dieses hier«, sie legte eine Hand auf ihr ungeborenes Kind, »wurde hier gezeugt. Inqaba war Johanns Traum. Wenn ich von hier wegginge, würde ich ihn verraten. Außerdem«, sie verzog ihr Gesicht im Schmerz, »wo sollte ich wohl sonst hingehen?«

Dan de Villiers sah sie an, sie, der schon seit ihrer ersten Begegnung sein Herz gehörte, ertrank in diesen blauen Augen, sehnte sich nach nichts anderem, als ihre zarte Haut zu streicheln und diesen Mund zu küssen. Seine Kinnbacken mahlten, mit übermenschlicher Anstrengung sagte er die Worte nicht und hätte doch alles darum gegeben, sie aussprechen zu können. Stattdessen senkte er die Augen, drehte seinen Hut in der Hand und schwieg.

»Wie hast du es erfahren?«, fragte Catherine und übersah geflissentlich die Gewissensnot, die ihm so klar ins Gesicht geschrieben stand, wusste sie doch längst, dass der Schlangenfänger hoffnungslos in sie verliebt war.

»Die Nachricht ist wie ein Buschfeuer von Umuzi zu Umuzi gesprungen und hat sich in ganz Zululand und Natal verbreitet. Alle wissen es. Johann hatte viele Freunde.« Er wandte sich ab, seine breiten Schultern bewegten sich heftig. »Soll ich ein paar Tage hier bleiben, bis du dich besser fühlst?« Darf ich dich trösten, in den Arm nehmen, bis ans Ende meines Lebens für dich da sein? Das sagte er nicht. Natürlich nicht.

Sie legte ihm die Hand an die Wange und schüttelte den Kopf.

※

Der Pillendreher, der im Garten unter den Guavenbäumen seine Dungkugel über die rote Erde rollte, war wunderschön. Seine gewölbten Flügeldecken schimmerten je nach Lichteinfall metallisch blau oder grün und manchmal auch violett. Mit den Vorderbeinen stemmte er sich ab, die Hinterbeine wuchteten die Kugel, die er aus dem Mist einer jungen Schirrantilope gedreht hatte, auch über das größte Hindernis. Emsig begann er, rings um die Mistkugel zu graben, und versenkte sie neben den anderen Mistkugeln, in die sein Weibchen bald ihre Eier legen würde. Er grub tiefer und tiefer, kleine Steinchen rollten beiseite, die Krume lockerte sich, brach auf, und die Knöchelchen, die alles waren, was die Ameisen von Johann Steinachs Finger übrig gelassen hatten, wurden von der afrikanischen Erde bedeckt.

※

Am sechsten Tag nach Johanns Verschwinden nahm Catherine eine Schaufel und marschierte den beschwerlichen Weg hinüber zu dem Hügel, auf dem ihr kleiner Sohn beerdigt war. Lange saß sie an seinem Grab, endlich legte sie ihre Hand auf das weiße Kreuz und stand auf. Direkt neben der Ruhestätte grub sie ein Loch, nicht groß, gerade so, dass sie eins der Püppchen, die Johann für Viktoria geschnitzt hatte, hineinlegen konnte. Dann zog sie ihren Ehering ab und legte ihn dazu. Sie schüttete das Loch zu, rollte einen größeren Stein darüber und fertigte aus zwei Ästen des Büffeldorns, die sie mit einer aus Gras gedrehten Schnur zusammenband, ein grobes Kreuz. Sie steckte es tief in die Erde und stand auf. Nun gab es einen Ort, an dem sie trauern konnte.

Es war vorbei, das wusste sie. Auch ihre Hoffnung hatte sie hier begraben. Sie stützte sich auf die Schaufel, strich mit dem Fuß die Erdkrümel glatt. Später würde sie über beiden Gräbern einen Baum pflanzen, einen Kaffirbaum, der zu Zululand gehörte wie kein anderer. Er würde in dem feuchtwarmen Klima wachsen und gedeihen, rasch seine Wurzeln in die rote Erde senken, seine Kraft und Nahrung aus dem saugen, was unter ihm lag. Für Generationen würde er seine Krone schützend über Vater und Sohn ausbreiten, und seine Blütenkrönchen würden leuchten wie das ewige Feuer. Eines fernen Tages würde auch sie in seinem Schatten ruhen und endlich ihren Frieden finden.

Eine Hand auf den Rücken gepresst, wandte sie sich ab und machte sich auf den Heimweg. Ihre Schaufel geschultert, ging sie den schmalen Pfad entlang, der durch die grasbewachsene Talsohle führte. Der Tag war heiß, die Sonne gleißte, und die Luft schimmerte über den Hügeln. Dunst verwischte alle Konturen, und Hitzespiegelungen spielten ihr einen Streich, täuschten Wasser vor, das nicht da war, ließen sie Dinge sehen, die es nicht gab. Ein Schwarm Perlhühner flog gackernd auf. Etwas musste sie aufgestört haben. Sie sah genauer hin und sah einen Mann auf sich zukommen. Doch eine Herde Paviane fegte aus dem Busch über den Weg. Staub wirbelte auf. Blätter flogen. Das Bild zersplitterte, es war eine Sinnestäuschung gewesen, ihr verzweifeltes Wunschdenken. Sie spannte alle Muskeln an, schluckte ihre Tränen hinunter, verhinderte mit übermenschlicher Kraftanstrengung, dass dieses Wunschdenken, dieses brüllende, schreiende Verlangen nach ihm in ihr Oberhand gewann.

Ihre Lippen waren taub, ihre Haut, ihre Glieder. Ihr Herz. Mechanisch setzte sie einen Fuß vor den anderen, hielt den Kopf wie gegen einen Sturm gebeugt, versuchte, die nächsten Tage zu planen. Mila und Pierre waren auf dem Weg, und dafür war sie zutiefst dankbar. Die Geburt war nicht mehr lange hin, sie hatte ein Kleinkind, und ehe sie ihre Farm allein bewirtschaften konnte, hatte sie noch sehr viel zu lernen.

Ihre Farm. Inqaba. Sie blieb abrupt stehen. Aus Dankbarkeit für die Rettung seines Sohnes Sipho hatte König Mpande Johann das Land zum Siedeln gewährt. Würde er dulden, dass sie und ihre Kinder dort weiter lebten? Ihr Herzschlag geriet aus dem Takt, als ihr klar wurde, dass er sie des Landes verweisen konnte, einfach so, nach Lust und Laune. Inqaba, der einzige Ort, den sie Heimat nennen konnte, gehörte nicht ihr. Sie hatte keinerlei Rechte. Ihr wurde schwindelig, und sie brach in kalten Schweiß aus. Sie zwang sich, tief durchzuatmen, zwang sich mit aller Kraft, an die Möglichkeit zu glauben, dass sie vom König Heimatrecht erhalten würde. Es durfte nicht anders ein. Langsam ging sie weiter. Sie würde zu ihm gehen und ihn darum bitten müssen. Wieder hielt sie inne. Er würde Geschenke erwarten. Einen Ochsenwagen voller Geschenke. Johann hatte sie ihm stets zum Umkosifest um die Weihnachtszeit gebracht, wenn das Fest der Ersten Frucht gefeiert wurde.

Fast hätte sie aufgelacht. Sie sah sich auf ihrem Planwagen vor dem königlichen Dorf ankommen, als einzige Frau, als weiße Frau unter Tausenden von federgeschmückten, nackten Zulus. Das Bild war grotesk. Sie beschloss, es darauf ankommen zu lassen, einfach nichts zu tun, weiterzumachen, als sei nichts geschehen. Eben wollte sie weitergehen, als eine Erkenntnis sie plötzlich und verheerender traf als ein Feuerblitz aus heiterem Himmel.

Alvaro de Vila Flors Gold war für immer verloren, vom Sturm in alle Windrichtungen verstreut. Sie hatte kein Geld. Überhaupt keins. Kein Geld, die Farm weiterzuführen, kein Geld, dem König Geschenke zu machen, kein Geld, auch nur das Notwendigste zu kaufen, um ihr und ihrer Kinder Überleben zu sichern. Blindlings suchte sie am nächsten Baum Halt, stand mit gebeugtem Nacken da, krümmte sich immer mehr, während Schlag auf Schlag diese Gedanken auf sie niederprasselten.

Sie würde Inqaba verlieren, und sie besaß keinerlei Mittel, sich in Durban niederzulassen, geschweige denn die Passage nach Deutschland zu bezahlen, um dort bei Adele unterzukriechen. Ihr Leben befand sich in freiem Fall. War das die Strafe, die Gott ihr zugedacht hatte, für das, was sie mit Konstantin getan hatte, diesen einen Augenblick von Verrücktheit? Sie drückte die Stirn gegen die raue Rinde. Unter ihr rauschte der Fluss dahin, ein stetiges, hypnotisches Geräusch, das an ihr zerrte, ihr zuflüsterte, einfach loszulassen und sich zu ergeben.

Im selben Augenblick trat ihr Kind um sich, und sie wusste, dass ihr dieser verführerische Ausweg versperrt war. Beide Hände in die Seiten gepresst, wartete sie ab, bis es sich beruhigt hatte. Dann machte sie den ersten schleppenden Schritt in das schwarze Loch, das ihre Zukunft war. Ihr war kalt bis in die Knochen.

Die Sonne stand hoch und blendete sie, und wieder gaukelte ihr ihre überreizte Vorstellung das Bild eines Mannes vor, der den Weg herauf auf sie zukam. In der gleißenden Helligkeit wurde er zu einem tanzenden Schemen. Müde wischte sie sich über die Augen und ging weiter, ihre Sinne gefangen im Gefängnis ihrer Trauer. Sie musste sich zusammenreißen, sie würde sonst zerbrechen. Nach ein paar Schritten hob sie wieder ihren Blick.

Es war keine Sinnestäuschung, es war ein Mann, und er war näher gekommen, schon konnte sie erkennen, dass er kein Hemd trug, dass er groß war, außergewöhnlich groß sogar. Sie blieb stehen. Plötzlich hatte sie Mühe zu atmen, konnte sich nicht erklären, warum ihr Herz so hämmerte.

Auch er war jählings stehen geblieben, stand so, dass das Sonnenlicht ihn von vorne traf.

Seine Haut war nicht dunkel wie die eines Zulus, nur sonnenverbrannt, und er war hager geworden, sein Gesicht von den Strapazen der vergangenen Tage schwer gezeichnet. Er trug nur noch eine schlammverkrustete, zerfetzte Hose, seinen Oberkörper bedeckten unzählige Wunden, ein riesiger, schwarzblau angelaufener Bluterguss zog sich quer über seinen Brustkorb von der Halsgrube bis zum Hosenbund, der Stoffstreifen, den er um seine linke Hand gewickelt hatte, war mit schwarzem Blut verkrustet, aber er lachte und rief ihren Namen und fing sie auf, als sie in seine Arme rannte.

Ihr Mann. Ihr Leben. Ihre Zukunft.

Seine Wärme floss durch ihren Körper, sein kräftiger Pulsschlag füllte die Leere in ihr, und die tödliche Kälte wich. Mit jeder Faser ihres ausgehungerten Körpers spürte sie seine Arme um sich, fühlte sein Herz im Takt mit ihrem schlagen, sog seinen Geruch in sich hinein. Er lebte, und er war wieder bei ihr. Nichts anderes zählte.

Ihr Blick wanderte hinüber zu dem Kreuz auf dem neu aufgeworfenen Grabhügel im Schatten des Büffeldornbaums. Sie würde es zerbrechen können. Der Fluss unter ihnen schwatzte leise mit den Felsen, Zikaden sangen, vom Haus trug der leichte Wind Viktorias helles Stimmchen zu ihnen herüber, und unter seiner Hand, die auf ihrem Bauch lag, bewegte sich ihr Kind.

»Mein Vater hat es mir damals versprochen«, flüsterte sie. »›Du wirst wissen, wenn du dein Glück gefunden hast‹, sagte er. ›Es wird funkeln und schimmern, und dein Herz wird singen.‹«

Sie tat einen langen, tiefen Atemzug. »Er hat Recht gehabt.«

✳ ✳ ✳

Hinter dem Horizont, weit in der Zukunft, zogen schwarze Wolken auf, und Donner rollte über die Hügel. Nur wer genau hinhörte, wer wusste, worauf er zu lauschen hatte, konnte ihn vielleicht vernehmen.

Es waren Jakots Worte, die dichter wurden und lauter, die sich zusammenballten und Kraft sammelten. Noch waren sie zu leise und schwach, noch sollte es dauern, ehe sich das Unwetter entladen würde. Nicht plötzlich würde es kommen, wie die Himmelsschlange, sondern langsam, stetig, unaufhaltsam und zerstörerisch wie eine tödliche Krankheit.

Eines Tages aber würde der Donner alles übertönen, würden die Blitze die Welt in Brand setzen. Jakots Prophezeiung würde Wirklichkeit werden, und kein Mensch in Zululand, schwarz oder weiß, würde diesen Tag je vergessen.